文苑英華

第六册

中華書局

文苑英華第六册目録

文苑英華卷第八百三十五　諡哀册文一

諡册文

哀册文上

諡册文

齊明皇帝諡册文　謝朓

維永泰元年九月朔日，哀子嗣皇帝諱仰惟大行皇帝早葉萬邦，聖烈方遠，式遵（一作尊）帝世，俾皇鴻猷，咸以爲無名以化，則言繁莫宣，其道有求（一作來）斯應，則影響庶同（一作圖）其功，所以永言配命，寄心宗極，光昭令德，允樹風聲。伏惟大行皇帝令信四時，齊明日月，創光（一作保）大於登庸，通神機（一作機神）於授命，因時以暢籍九萬而輕舉，天保既定，運四海而高臨，及廼（一無此字）開物成務，重維國綱（一作紐），風作草化（一作心化一作）徃如神，左賢右戚，內樂外禮，輯五材以敎民申三驅而在宥，用能盡德殷薦，美善斯畢，皇矣之業，既孚

蒸哉之道，咸備景化，方遠厭世，在天龜筮告期，遠日無改，仰則前王，俯詢百辟，累德稱曆，允極鴻名，謹命某甲奉太牢之奠，謹上尊諡曰明皇帝，廟號高宗，天人允協，神其尚饗。嗚呼哀哉。（一作皆藝文類聚）

唐中宗孝和皇帝諡議册文　蘇頲

維景雲元年歲次庚戌十月戊寅朔十三日庚寅，攝太尉銀青光祿大夫守戶部尚書上柱國宣城郡開國公臣姚珽等議曰：臣聞聖人極天下之賾，以象其物宜，成天下之文，以察其時變，加於百姓之謂德，刑於四方之謂風，德也者動於神明，風也者由於敎化，原始見則名合道，先知終存義，迹因行表，其來尚矣。伏惟大行應天神龍皇帝纘

武之命，允文之基，肇承於有客，以至乎熙緝，若乃含青雲之符，耀赤光之瑞，覆順而一夷險，安貞而升潛躍，由是恭于三朝，服茲四罪，後羿之始，祀夏而無改舊物，若帝之初遷周而有膺新命，庚匹夫烝烝之思，愛於文武，豫大帝庚庚之占，友於王季，既而三年諒陰，九族敦叙，免喪問道，穆乎天子之容，退朝容藏，怡若家人之禮，功收其成，不以徽刑濟其寬，不以大譴，詞所不悼（文粹作悟），讜說所不入，約躬而厚物，盡下以推人，翱翔乎儒雅之林，經啓（唐詔令作營）於文章之圃，不傷麛卵，不夭卉木，體仁也，行於蠻貊，暨於部臺，施惠也，酌中衢之樽不竭也，陳太廟之器不盈也，故能百寶用，四靈臻，嘉禾神芝日獻于府，柔遠格懷，荒至名駒鉅象

歲塡于牧方採原(文粹作厚)陵之靈華感而通夢遂揚昊壇之煙燎嚴以配尊然後心游絕冥神寄愷樂在雲臺之上希夷於眞諦之門追汾水之陽縹緲乎列仙之館豈圖變生氛沴凶遘(官令作構)霄極欻憑玉以大漸顧遺弓而上遷所以函夏攀援人神哀戚龍攢旣啓烏耘逾(詔令作愈)慕禮徹三獻北有因山之名法崇二言南有至郊之議謹按謚法慈惠愛親傳施備物皆曰孝安人緝衆推賢讓能皆曰和夫孝以愛(文粹詔令並作安)親和以安人是則憲先王之典謨垂後裔之光烈者蓋天之所稱矣請上尊謚曰孝和皇帝廟曰(詔令作號)中宗謹議(文粹作上)

此篇唐文詔令及文粹並作謚册文編英華官以其有臣某上議之語又首末頗類謚册故題目兼云謚議册文而八百四十卷別有謚議門此殆一時變禮今仍其舊按本紀九月丁卯上謚詔令作十月十三日庚寅疑是奉册之時

唐德宗(文粹有神武二字)皇帝謚册文　權得輿

維永貞元年歲次乙酉十月丙申朔孝孫嗣皇帝臣某伏惟大行皇帝德合天地作人父母纂承光明建用皇極昔在寶應制天下賦輿戚藩以大自魯流(集本文粹唐文詔令並作疏)雍師律旣貞會陝收洛克殲厥命廓開王塗是登上嗣乃宅丕后服藝祖神宗之大烈有乾乾翼翼之至敬敷佑迪哲尊嚴懿恭燭明四極發育萬物濯沐乎仁澤澄清乎理本巍巍乎建中風聲與貞觀同符洎時有祲沴變生京轂省方履薄(諸本作展義)弘陰騭之功整旅致誅申震耀之令鴟誼(文粹作氛祲)殲息侯王軌道丕冒持載鏡清砥平然後明禋毖祀萬靈以接翕受敷施九德咸事含弘亭毒以致其和惇釆虛受以通其志政刑有體宸扆有銘煥乎文明之化成也因時創節象卦設樂薰然中和之被物也納嘉言於近侍輟巳行之詔疾讒口於宵人宥過誤之罪去徽號而約巳正廟祧而(文粹詔令並作以)尊祖九譯通道萬方來賓庭旅煌乎勳籍夷歌陳於樂府霜露所墜車書大同順氣旁達天休滋至慶霄(詔令作瑞雲)輪囷德水清澈三辰秉陽以宣耀百嘉麗地而交感飛走呈祥肖翹遂性宥在天下二十有七

年夫文思光被陶唐之盛也愷悌忠利虞帝之教也亹亹穆穆周文之業也聰明神武漢祖之烈也窮(詔令作包)古先之大律極帝者之上儀方將扈升介(文粹作崇)丘待(詔令作侍)檢玉諜(集作牒)奄遺末(文粹作天)命永棄多(文粹作萬)方億兆嗷嗷哀號靡訴顧惟沖昧懼忝孫謀君父有命付茲神器虔恭貽訓感慕滋深今因山旣建同軌畢至一二元老宗工碩生考稱天之禮稽節惠之法式遵古義敢薦大名謹遣攝太尉門下侍郎平章事杜黃裳謹奉册上尊謚曰神武孝文皇帝廟曰德宗伏惟聖靈昭格膺是典禮幽贊丕祉流于無窮嗚呼哀哉

唐文宗皇帝謚册文　李珏

維開成五年歲次庚申七月乙亥朔十一日乙酉哀弟嗣皇帝臣伏惟大行皇帝德升上玄功定內難百辟勸進萬姓（一作情）樂推洎順人撫運嗣統立極凝旒建大中之道執契弘無爲之化聰明天縱孝敬日新翼翼承九廟之祭蒸蒸奉三宮之養以文思光赤縣以武德（一作烈）澄滄海慈儉厚下端莊肅物達聰無不察黈纊若不知成湯之六事罔愆大禹之九功咸序學無常師惟格王是式仁必由己以蒼生爲心脩雅樂而簫韶成音戒逸遊而靈囿望幸過外夷之教羈縻殆絕舉中古之典汪洋勃興宮禁無私恩嬪嬙無侈服每宰臣伏奏卿士宴見論道何嘗於日旰恤刑已至於歲減大闢諫路深排倖門危言激訐惟理是聽匪

唯納之而又賞之寵戚貴寵惟法是訓匪唯戒之而又繩之禎符秘瑞王者之所寶郡國承詔寢而不揚鴻名徽號列聖之所重臣寮抗疏約而不受興起儒術脩明祀事刻經誥於琬琰貞宗廟之琮璜鷄鳴而起孜孜於衆善日入而息矻矻於群書敦叙九族厚戚藩之恩協和萬邦惇（一作存）戎狄之信至公不私於天性體道必從乎人欲應變懸解知幾如神日者數逢儆擾星有謫見克己脩德側身勵政和人心以保乂謹天戒而來祥復貞觀之故事編開元之政要旌別淑慝澄清品流一物失所必形於睟容百姓未康每勞於聖慮聽政餘力游藝緣情探二南之風雅窮（一作講）六義之教化汾水著韶（一作道韻）栢梁變體腴雋人口馨香國風南山崇崇京國之望不列祀典（綿祀）千百年舉神授職發自精懇興雲致雨響應度祈至於山宮人放鷙鳥太官節重味之膳外府減任土之貢傾倉賑乏平糴恤饑蟲蝗不爲災水潦不成（一作爲）沴日月臨照天地含弘肖翹蠢蠕樂生遂性稽帝王之能事郤封禪之虛美超邁三五度越聖賢繇是四夷八蠻罔不廷九州六合罔不順在宥天下十有五年於戲身居九重心遍萬寓日用憂（一作優）濟時臻治平形悴神勞至于大漸啓金縢而無驗憑王几而有命顧屬沖昧丕承寶圖祇奉神器懼不克荷今因山戒期復土備禮痛深手足哀結精靈呼天擗摽觸目增感夫謚者行之迹號者功之表採鴻生鉅儒之議從公卿庶尹之

請考彼古道易茲大名對越昊（一作旻）穹式揚徽烈謹遣太尉中書侍郎同中書門下平章事李珏謹奉冊上尊謚曰元聖昭獻孝皇帝廟號文宗伏惟聖靈昭格膺受茂典陰隲宗社介福無窮嗚呼哀哉（一作昔唐大詔令）

哀冊文上

陳文皇帝哀冊文　徐陵

維太康元年太歲丙戌四月丁未朔二十七日癸酉大行皇帝崩于有覺殿殯于太極之西階粤六月丙寅將遷於永寧陵禮也宮（一作容）車曉駕幄殿晨張旌銘（一作惟）具列紼翣成行哀子嗣皇帝諱擗蜃輅於冊階（一作陛）攀龍帷於紫庭趣過窮於屏關（一作闈）拜慟感於明靈東京飛其瑞露北

陸賈其祥星乃詔靈臺之史稽採咸池之曲叶大雅於鳴
金同藏書於群王其辭曰
若水傳帝薰風御民重光所集世載于陳赫矣高祖愍一作
愍哉上旻蟬聯寶胥一作胄 暉煥郊禋我皇誕聖應一作膺 此
家慶道主衢鑄神凝懸鏡洛書天表河紀靈命納揆馳芳
賓門流詠稽陰克伐震野勤王亳道增構幽風會昌言瞻
少昊實狀一作杖 高陽劾駕轗轕一作駕彼軫轕是 清宮未央歡覃
兆庶德洎遐荒穆齊高緩上膳長樂肅肅承顏哀哀薦酌
悼園恭儉章陵謙約大寶崇明無間一作闇 改作纂武升歷
遺憂一作愛 寔繁三湘九派沴氣雲昏力折天柱才傾地門
册一作卌 泉夜照細柳朝屯谷魅山鬼横流塞源赫赫英暮

赴赴雄斷逝行天討無遺神筭齊掃江淮長驅巴漢九夷
百越雷隨風渙北俘一作頫 昆邪西戡伊軒荷負皇極劬勞
庶幾勤民聽政旻食宵衣服貴綈皁風移閭閻唐山罷奏
濮水韜微訪採徂徇搜敭仄微世感中孚民惟大畜外户
無閉高垣奚築降情儒雅凝懷庠塾御廡爲歡臨雍彌肅
禮兼三代樂備九成天資武德地照文明墨縗一作衰 斯在
幪巾自清連珠合璧曜爽流精獸舞時務一作豫 禽歌頌平
帝載維遠王靈維大候雨占風荒中海外慄彼鞮譯咸承
冠帶是曰君臨斯爲交泰白環已貢一作貴 玄珪克貞一作禎 一作
東河佇揖北狄思征鉞斧將戒璁珩未鳴星滏去楚日沴
悲剥億兆何豐穹旻遽傾嗚呼哀哉大禹胼胝重華屆腊

仰惟勞務同斯遠諱一作幸 吉夢無徵昭祈奚益聽茂陵之鍾鼓
抱喬陽之劍舃雖一作記 彯髴於神儀終纏綿以一作於 號擗
嗚呼哀哉三占已一作以 吉四海星一作同 奔列贈一作賵 天宇
崩號帝閽千門啓於閶闔萬乘警於靈轀槐風悲於輦道
松雨思於郊源鑾旆動而虛悲宿衛靜而空尊嗚呼哀哉
畢陌平夷流山蟠固紀無遷市唐有通樹經白社之脩途
廻青門之廣路思沛邑以東臨懷周京以西顧嗚呼哀哉
機神不測性道難稱克窮靡寄孺慕奚憑唯封云亭之典
禪父肅玉牒之與金繩楊英聲而永久共日月而俱升嗚
呼哀哉　一作皆藝文類聚

唐高祖神堯皇帝哀册文　虞世南

維貞觀九年歲次癸未五月乙未朔六日庚子大行太上
皇崩于大安宮殯于前殿之西階粤十月甲子朔二十七
日庚寅將遷座于獻陵禮也九天落構七曜沉暉引鷺翻
於兩闕駕龍轜文粹大詔令並作輴 於六飛哀子嗣皇帝諸擗踴崩
心攀號泣血悲慕望其如在痛音顏之已絶去昭景而不
留即幽途而永訣孝以追遠哀惟慎終爰詔史册叙德宣
風其詞曰
玄覽載籍遂聽皇王立德可久應運期二本作斯 昌天基崇峻
帝系悠長虹耀二本作輝 降祉真氣呈祥葱珩朱紱熊軾龍章
文粹作常 契叶禎符誕生叡德文粹作聖 彤雲晝聚黄星夕映舒卷
潛躍幾深道性地載天臨日暉川鏡歷試藩岳風移俗正

火德云謝群龍戰野蚩尤躍旗(文粹作旂)王良策馬拔山殪(文粹作艦)日滔天泯夏蕩析黎元阽危宗社提劒創業杖鉞專征風驅雲動海運天行伐謀上略制勝神兵尊王踐土復帝夷寅職惟上相任隆群辟六階已平四門盛闢殊物顯命彝章典册錫重介珪禮優乘石煙雲(文粹作霞)改色鏞筦變音觀圖受命負衮君臨仁霑動植化感飛沉般輅周冕禹迹堯心削觚返樸抵璧藏金商俗未改遺氣阻亂涉塞虔劉伊源(文粹作瀍)叛換應變雷動乘機電斷十角雲消三川水泮漸以文教致諸王道制禮和樂尊儒養老翠鳳栖桐(二本作梧)册魚在藻水浮玄貝階榮朱草威加海外澤被區中要荒合軌鞮譯(文粹作鞨)遐邇浸羽沉浪飛輪駕風眷言釋負有懷

高謝倏爾櫟陽杳同姑射邈詩禮以承天稟義方以成化聿應(文粹作膺)景福方期大(文粹作永)年玉几奄及金縢遂騫(文粹作愆)絕五日之晨背遷千齡而上仙攀帷房以孺慕抱劒舄以纏綿嗚呼哀哉虔奉顧託式遵遺志捐珠玉而不藏即陶瓠以成器貽儉德以爲謩垂風聲於後嗣嗚呼哀哉永去天邑言遵紀市(文粹作地肺)背沃野於(文粹作之)神皋越通川於渭涘(文粹作之清渭)懷岐山之前跡睠新豊之舊里築哀噎以留思旐聮翩(文粹作翻)而顧稍悲風急而古(文粹作拱)木吟平野晦而愁雲(文粹作寒煙)起嗚呼哀哉惟緌衣之如昨忽馳光之不(文粹作莫)駐丞時遊(文粹作逝)而卽改俄涉新而履故野蒼蒼以日衰歲凜凜而行暮感物悲於氣序銜哀踐於霜露泣逝水之東

流(文粹作川水之逝波)動喬(文粹作商)山之風樹蹐厚地而無感仰高天而何訴嗚呼哀哉曰聖與仁誰前誰後炎著無金石之固勳華異松喬之壽孰歷世而長存惟令名之不朽紛玄功與至德冠列辟而爲首俾軼五而登三與造化而長久(文粹作天長而地久)

唐太宗文皇帝哀册文

褚遂良

維貞觀二十三年歲次己酉五月甲辰朔二十六日己巳大行皇帝崩于翠微宮之含風殿旋殯于大極殿之西階粵八月庚寅將遷座于昭陵禮也鳳紀(一作管)凝秋龍帷將曙溢化同軫綿區縞素哀子嗣皇帝諦覽風樹而增感攀銅池而拊膺遍宗祧之是寄傷往駕之無憑奠樽盈而悲

序促靈景翳而愁雲興去劒滋遠清徽方閟爰詔司存傳芳璦宇其詞曰

三微囬祉五耀垂文光昭司牧對越唐勛族著玄牡家傳縉雲高祖配(文粹作配于)天一人有慶大行神武維幾作聖良畫(文粹並大詔令作書)自得高文成性夙表餘雄先懷友敬(二本作反正)蒼兕爰發朱旗首令寰瀛昏墊關洛荒蕪妖傾地軸盜弄乾樞戎衣光啓霸政宏謩天兵電照(文粹作掃)月陣風馳蚩尤遁(詔令作遯)剪猰窳戉(二本作戚)誅閏位不戞餘分與戾先收秦組次焚商袟轉圜上畧容光下濟從(詔令作徙凝)邑垂仁賓門灑惠脩風順軌凝圖奉曆青房同覩玄珠叶契發揮三五聲名遐裔泛野休兵靈臺偃革升巖藏銑遵河奉璧學隸(詔令)

作肆徐輪丘園散鳥就日依宜如天在斯刑哀動植化美墳荒樂華曾舉禮葉旁垂泳塲鑿剪斗極咸鸎狼山入圍潮海(一本作者)歸池東旌若木西旆條支龍鄉委質(詔令作責)烏衣來儀大矣乘時悠哉利見文龜浮沼應龍在淀濡露飛茸卿雲呈絢松芙望幸瑶華方薦仙冊叙術星飛告變氛沴氣於千(二本作升)年掩璿暉於離殿嗚呼哀哉弘璧陳階鈞天罷佾(二本作同晉初秋飛絃罷佾)夢齡遐想(詔令作鶩川悠緬)宮車宴出大隧弗營元龜獻吉展軫劾駕義和(二本作端圭)司日迫靈心於將餞痛皇情其如失凝清秋(文粹作凝秋林詔令作拂凝霜)於廣陌(詔令作路)遡悲風於長樹經陌深而徐轉邁蘭池而從蹕聳輕旆之逶迤動遙旆之簫瑟嗚呼哀哉周營甫窆漢啓泉關穀林摧落

喬巖變哀平原淒兮白日遠深渚澹兮秋雲飛覽銅爵而興慕傷鼎湖之不歸嗚呼哀哉崎陵玄壤隅(二本作嵎)山窮路肅(二本作虛)衛翻英輕池(文粹作馳)委素蓋庭易晚松陰難曙萬方悲而雨泣三靈條而雲沍嗟厚德之長遠仰高天而攀慕嗚呼哀哉崇基未煥置業方昭遺風餘烈天長地遠想神襟而騰茂縱史筆而揚翹籠嘉聲於日月終有裕於唐堯嗚呼哀哉

唐高宗天皇大帝哀冊文　　天后武氏

維弘道元年歲次癸未十二月甲寅朔四日丁巳大行天皇崩于洛陽宮之貞觀殿殯于乾元殿之西階粵以文明元年五月壬午朔十五日丙申發自瀍洛旋于鎬京以其年八月庚辰朔十一日庚寅將遷座于乾陵禮也曉霧收碧晨霞泛冊庭分羽衛肆啓龍攢哀子嗣皇帝輪攀訴容車崩號哀殿悲歷軨之空巖感鳳樽之虛薦擗摽靡潰充窮殯裂剝思攀輿(一作)而還迷龕喘興而復絕俯惟究懇荼毒交侵瞻白雲而茹泣望蒼野而摧心憶遊冠之日遠哀墜劍之年深淚有變於湘竹恨方纏於穀林念茲孤幼哽咽荒襟腸與肝而共斷憂與痛而相尋顧慕冊襤迴環紫掖撫耿嗣而傷今想宸顏而慟昔寄柔情於簡素播天聲於金石其詞曰

月瑤誕慶靈(一作雲)丘降祥仙源漢遠聖緒天長繞樞飛電麗室騰光烏庭開象龍德含章六藝生知四聰神授晦迹

登庠韜光齒胄綴玉詞條綺瓊文囿發揮綠錯牢籠紫苗鑑符教敏豈木疏通賓門表譽納麓彰功始潛朱邸或躍青宮夏俞欽德周誦傾風粵自銅闈虔膺寶命惠露動植信洎翔泳淳化有敷至仁無競教溢璇寓道光金鏡五龍開運六羽昇平西雲應呂南風散絃晷符義日蔭廣堯天貢闕旌士焚林蓋賢蕭明上格財成下濟問寢承親在原中悌戒盈茅宇獨奢土砌衢室裡宗雲門饗帝以聖承聖資明嗣明禮崇殷夏樂盛咸英時和俗泰天平地成永同文軌長垂頌聲德動乾符威清地紀滌氛祲(一作和)穴掃沴漾氾推轂六師坐知千里亭毒寰縣瑩鏡圖史霜戟林聳月旗雲亘疊鼓簫關鳴笳松隥追凉水殿避暑山楹霞翻

淚井樹響晉（一作晉）城務簡通三神疑得一玄池肆賞青丘佇逸訪道順風養真乘日拜牀襄野尊師石室寶獻河宗晝歸王會浮黿交影飛輪繫軌雲封薦欽川觀申虔告成七廟歸功九天無事無為爰逝爰豫胥域延想汾川滌慮儀鳳巢阿飛麟在馭火林歸朔燭鄉移曙所冀玄壽齊年紫皇祲興旅館災纏未央遽脫屣於宸極奄乘雲於帝鄉亘天維而落構匝日寓而沉光殉百身而靡贖積萬苦而徒傷魂銷志殞裂骨抽腸受玉几之遺顧託寶業於窮荒嗣君孝切諒闇居喪荷（一作集）大務於殘喘積衆憂於未亡所以割深哀而克勵力迷衿而自強嗚呼哀哉浹埏遏密綿區縞素恨鈞天之不歸瞻鼎湖以凝慕嗚呼哀哉攀聖

滋遠戀德滋深訴昊穹而兩泗擗厚載而崩心泣人靈而灑悲霰晦宇宙而起愁陰嗚呼哀哉緹琯移序朱明應律蛩蠶方營繇謀獻吉背九洛而移馭傃八川而從蹕列璧羽之透迤動鍾挽之簫瑟顧園邑之蒼葦望巖遂之紆鬱喬陽之烏不追茂陵之書方出嗚呼哀哉跡圖懸圃神降長流去重陽之奕奕襲大夜之悠悠同霸塋之薄窆契紀壟而莫脩思門山於夕月悲隴樹於新秋嗚呼哀哉想軒駕之攀龍思（一作吊）山之戀鳳矧承眷於先旁誓牽戮而哀送豈謂務切至綦（一作至基）事違深悰仍徇公而抑己遂奪情以從衆悲千罔極之悲痛萬終天之痛嗚呼哀哉恭惟聖烈寔鏤徽裹敬因彤管載（一作撰）玄功業彌遠而道彌著時

盃遠而聲盃隆播二儀而不極橫四海而焉窮嗚呼哀哉

一作皆唐大詔令

文苑英華卷第八百三十五

文苑英華卷第八百三十六　哀册文二

哀册文下

中宗孝和皇帝哀册文　徐彦伯

維景龍四年歲次庚戌六月辛巳朔二日壬午大行應天神龍皇帝崩于神龍殿殯于太極殿之西階粤景雲元年十一月二日乙酉將遷座于定陵禮也晝攢毁帝雕輼肅軔縞綍霜廻册旂雪引御（文粹作变）臺之奺（文粹大詔令作耿）黙背天閤之崇峻皇帝瞻在原之墜響感聯萼之凋陰禮莫收兮泣遺迹同氣訣兮悲聖心爰命下臣式揚鴻懿咨曆烈於金牒刻明獻於玉字其詞曰

少典之子重玄（文粹作華）之孫珠聯寳系海浸昌源鳳鳥鳴國蛟龍（文粹作龍蛇）守門於鑠皇朕赫應成命青霄南浮形雲北映掃刷中寓光亨累聖欽若應天纘戎（文粹作成非）前慶身佩星斗掌提璣鏡克明克（文粹作類）允武允文就之如日望之如雲聲中律吕辭合（文粹作令）典墳道懋登庸榮膺繼體位擁青陸業移朱邸春誦夏（絃）冬詩秋禮復子明辟固天攸啓鵬舉提象鸞飛作乾蘿（幽）已御芝璽仍傳拱黙當宁賡歌撫絃堯（元）覩更睦媯德逾纉萬寳阜成四門光闢宵衣若厲道風循尺（文粹作尼）野接翹車殿横儒席晉連縞蔬婉奕辭容潤洽泉草（文粹作魚）恩周卉𦬊鞮譯鷩輪要荒走幣削觚反樸寬刑薄税俗富京坻人忘疵癘帝圖廣運天意難誣徜祥籙張皇瑞符仙芝抱砌神蓂挺厨龜負綿檢麟銜斗樞孝思罔極崇（文粹作宗）廟克裳親幸國揚式陳昭配翠輦容與蜺幬晻暖蒼璧森羅明祇肅對玄精備典洪範盈疇將睞華蓋遥封岱丘歆紫宙之陁僻追白雲之豫遊時若慕於喪妣道空在（詔令作存）於委裘嗚呼哀哉惟幾在辰穆（文粹作枚）卜遠吉仍几虚座綴衣玄（文粹作空）室景沴攝提悲纒昱（詔令作昱）日群臣奉於末命天下悲乎晏出嗚呼哀哉宗伯莅典同軌赴辰龜謀入（文粹作人非）兆犀轄移輴唱（二本作唱）苦挽於香掖咽酸笳於曙旻形皆晶晶兮露驚月玉座微微兮花掩塵嗚呼哀哉列綺城之哀仗引滋橋之渡𢡟朔飈急兮御道寒愁日晦兮雲郊晚駐石馬之新塗下金天之舊坂見疎杏之源長覺深松之路遠嗚呼哀哉伊昔睿喆光謀壽宫𣃁郁我后復幸方中委冠劍於泉𡨥保明靈於昊穹山有移兮海有變道無闕兮聲無窮嗚呼哀哉

睿宗大聖真（此並時初謚文粹作玄真大聖乃天寳十三載加謚）皇帝哀册文　蘇頲

維開元四年大歲（文粹作歲次）丙辰六月乙巳朔二十日甲子大行睿宗大聖真皇帝崩于百福殿旋殯于太極殿之西階粤十月朔某日將遷座于橋陵禮也素帟褰周青壺警節儼無聲以盈衞陳有象而成列哀子開元神武皇帝諱追擧引紼（唐大詔令作索）耿擗司常悽慽物其涕迸感衆靈而影翔（文粹作彰）潤（文粹作彫）兹鴻業欽若要道爰制近臣敢揚大實其詞曰

高祖興唐垂其耿光睿宗誕慶紹我明命明命伊何重熙累盛耿光伊何翊善傳聖在昔分瑞爰初割（二本作剖）符宅般令典居相宏圖宣哲觀藝秖肅服儒踐其成式納以嘉謨否歷終泰傾維更紐予從代王予車罔毋退象藏密冲襟

釋莫不為震驚自得謙受擁乃政復亨而運開（文粹作權乃復亨塞而自開）固推皇帝仍陟元后鳴牝搆孽紛虹肆災飇馳神武電掃姦回三讓天下再登神極順夫吐心忘我帝力艱譯脩貢親賢任職樂英巳敷禮縟重飾（文粹作繹）宗廟率祀郊丘肇禋養而迎夏芟以祈春靜默沿道和平返淳智周翔泳功濟陶鈞知子惟明從吾所尚陋伊和之奠（詔令作冀）緒追謠欽而將喪帝允執乎厥中皇可（二本作遂）崇於太上始受圖而觀察終脫屣以清曠齋必閑館朝而別宮問安順色資孝弘風理極燕愛（二本作受）言承至公豈綴衣而憑几忽成器而號兮嗚呼哀哉夢年卒驗顧命是屬付神器其得所安靈心其何欲增摧絕以攀慕竟耿時以去俗萬邦赴而同軌

六遂陳而帥屬外群悲於縞素中不瘞於珠玉唇輅迎轉龍旒戒徂寒生紫殿曉發清都笳挽遲遲而徒靡旆旌戀戀以威紆除櫟陽之御路指橋岳之幽途禮既獻而三徹神方寧而九賔遠奉遊冠（文粹作遠遊道冠）近嚴歸蹕因高而渭川盡見憑下而秦京稍出積耘草以横霜攢悲松以翳日嗚呼哀哉與羲軒之建子姒兮令問傳其不巳倚簡冊之尊聖真兮鴻名冠而方始然後景雲靄華露滋楊至德般永思此天子之孝也臣何足以知之嗚乎哀哉

玄宗大明皇帝哀冊文　王縉

維寶應元年歲次壬寅建巳月五日玄宗至道大聖大明孝皇帝崩于神龍殿旋殯于太極殿之西階粤以寶應二

年三月甲辰朔十一日將遷座于泰陵禮也象物巳設仙馭將飛空聞脫屣無復求衣孝孫皇帝親臨遣奠意延晷刻向池綍而涕流想山園而心惻九天兮無所一往兮何極感貽美於孫謀俾述事於祖德其詞曰

天厭隋亂中原無主人歸唐德上帝是輔以聖易暴與文繼武義冠殷湯威包漢祖仰膺歷數光宅區寓（文粹作宇通用）惟皇得一承帝（文粹作乾）嗣五赫哉厥初萬物斯覩景龍之際乾儀反坤不利王室將開禍門吕危劉氏趙啄皇孫我獨杖叙神斯（文粹詔令作期）武賁上排閶闔俯掃軒轅不驚宗廟大造黎元為而不有禮備尊尊乃奉睿宗爰受寶命問安視（文粹作侍）膳純孝至敬維城之年佐潞之政一著獻兆百靈翼聖

躍馬絶(二本作截)流水不敢競潛龍變海池亦告(二本作呈)慶有開
必先興王之盛誥曰皇帝余倦于勤徃纉丕績(二本作業)以順
兆人辭之不可其命維新體乾之大法土之均臨之以日
生之以春寒暑影信動植知仁九族既睦四門既賓天通
之聖電(一作畫)斷之神求賢巽簾就列縉紳讜言是聽庶政
必親刑措兵弭(二本作戢)威加德馴戎狄讋竄塞不驚塵琛賮
爭入來自無恨駕鼓斥騶焚裘棄珍風雨時若京坻相因
師於上古思與還淳然後制禮節焉作樂和焉東(二本作北)祠
后土南郊上玄齋祭陵廟位號山川教戰講武祈農籍田
冕旒問俗旌旗幸邊文物蔽地英聲動天鳳巢麟擾甘露
醴泉九尾三脊朱草飛煙繽紛劾祉每歲且千道德洋溢

乾坤交泰成功如何登封於岱山太平如何是時無外才藝
餘美帝王之最樂究天人乙夜懃對文齊日月秋風靡逮
推曆正元調律平害札動雲落弦開葉碎揮琴弄(二本作陋)雲
教詞輕沛良辰可賞聽政方退鍾鼓屢陳君臣高會巍巍
蕩蕩四十餘載巡省順動西南粤區命子出震繼明握圖
長驅猛士累剪封狐不失舊物言旋上都離宮就養壽酒
多娛習道久矣神仙遠乎嗚呼哀哉湖上鑄鼎海中祈藥
忽乘紫氣長遊碧落千門萬戶告(二本作若)無天兮寥廓八達
九衢雖有人兮寂寞淚為雨於宸衷(文粹作極)哭成雷於郊郭
遺轍迹而徒攀棄衣冠而何託同軌畢至初陵已開震鳳
輦於仙仗降龍輴於帝臺儼(二本作擬)將行兮蕭穆似有顧(文粹

作覩)兮徘徊過春城兮如送望暮山兮謂來嗚呼哀哉壽元
肇吉先天不遠接橋山之徃(二本作大)隧營金阜之玄扉擁馳
道兮皆徃獨宮車兮不歸原夜(文粹有兮字)藏晝終天(文粹有兮字)
戢輝文始建(文粹作遠)極武餘英威玄(二本作立)德不朽至道惟微
雖陰陽之與變化侔神聖(二本作德聖)兮安可希超前古以作
則遺後代以垂衣嗚呼哀哉

肅宗大宣孝皇帝哀册文　裴士淹

維寶應元年歲次壬寅四月庚戌朔十八日丁卯大行文
明武德大聖大宣孝皇帝崩于長生殿旋殯于兩儀殿之
西階粤二年三月二十七日庚午將遷座于建陵禮也燭
列瑤宮(一作燭映瓚宮)河低象闕旛擁霄霧旌徹曙月森鷺翮以

成行儼轜輬(一作龍輴)而將發哀子嗣皇帝諱克窮感慕擗摽
傷摧奠玄衣而增肅瞻白雲而不廻雨泗噎兮千官泣天
仗摧兮萬國陪懿業方未神暉潛翳延詔有司騰芳後裔
其詞曰
高丘演慶玄牝開祥寶曆(一作系)攸重靈源自長文昭武穆
累聖重光七葉增曆(一作濬)時惟我皇天帝纂裳全真養正
宵然姑射欽哉有命謂禹知子踵堯傳聖伊昔休應虹流
電驚荷蘭養德叢桂疏榮徇齊紼孝弘裕欽明光含王理
秀發珠衡辨(一作辯)日多悟朝雲亩又輕尊師樂業問寢揚名
三善克舉萬邦以貞叶契斷金盟觀書群玉性與兼愛道存
濡足詢事考言登庸(一作應圖)受籙運符提象輝同偶燭景星

耀芒大風成曲戎羯緣間書稱猾夏轉旆秦川連兵朔野水靈潛衛山祇警蹕順時徙邑聿來岐下用剪修虵匪勤戎馬輯寧黎庶保乂宗社赫矣天府於皇樂都瑤壇饗帝璧沼崇儒進善求瘼明刑恤辜册巖藏銑綠浦捐珠容成啓路王母獻圖功宜祀夏道洽歌虞物莫疵癘人用昭蘇櫟陽先惠棣萼增睦冠帶麟洲賓延鳥服招諫懸鼓誓師推轂禮備樂和遠安邇肅恩循覆燾義涵亭毒露臺愛費茅宇觸奢北薦春實南牧（一作收）若華御雲聳蓋濡露垂蔭畝秀同穎階榮指邪滌慮高居凝神下濟遠探仙訣深入真諦穆穆頌聲溫溫愷悌榮鍾三古牢籠八裔才生之亹爰集良已之文莫繼佇襄野而來巡慾祁宮而興沴嗚呼

哀哉序分弘璧旋臨綴衣如天落構象日徂輝棄璇寓而奚速啓金縢而遂遠鳥册龍圖之瑞青丘丹浦之威贍脫屣分如在牖攀髯分不歸巖岫晦分愁雲積郊原空分落景微嗚呼哀哉環瀛縞素鞮譯凝慕龜謀協吉象耕遐赴珠王重而不藏襲稱（一作衣）廞而有數靜鈎陳于塋所閉閶闔于應（一作象）路靡營南紀之壘空望西陵之樹嗚呼哀哉蒼旻浩然緹律函遷既深悲於寒霰俄隕涕於韶煙背鳳城而紆鬱援（一作振）蜃紼而聯翩息輿駕于懸圃闡鍾磬於廣川神理宜其造物皇情邈以終天嗚呼哀哉三光循變九丹非術蛩隧蒼茫鮒隅簫瑟度清渭而徐轉指甘泉而半出薙曲斷管以臨風松門倚巖而蔽日嗚呼哀哉式斂末命戒茲群后至德神功天長地久邁千祀之騰茂居百王之冠首俾下武而欽承彰典謨而不朽嗚呼哀哉

一作皆唐大詔令

代宗睿文皇帝哀册文　崔祐甫

維大曆十四年歲次己未夏五月二十二日寶應元聖文武皇帝崩于大明宮蓬萊殿遷座于大內二十六日丙寅殯于太極殿之西階有司卽南郊定儀上尊謚曰睿文孝武皇帝其年十月丁酉朔四日庚子將遷幸於（一作于）元陵禮也東方啓明繁霜猶落風物凄於宮樹號啼隘於殷幕哀子嗣皇帝諒闇纏感若泣血漣如感備物之如在索明靈於太虛聆哀挽之急節攞靈駕之將引捧玉策之歔欷

望龍輴而不忍恭惟大孝終揚盛（一作於揚）名爰命司籍光昭德聲其詞曰

於休我皇長發其祥咎繇翊舜德種四方玄元去周闡流道光王實受命其牙則黃炎漢之後南北披壤天猒衆閏掃隋興唐有唐不腆帝命不叶曹融蔵㪍盛于八葉其盛伊何聰明徇齊誕實偏甸聖敬日躋無幽不洞無遠不稽孝友濬哲聲達群黎天寶季歲竟天長彗虵騰犬爽以螫以噬皇輿南巡帝出朔裔君父命我爰揔六師驅駕熊羆左右蠻夷逆徒蟻聚言割其旗一鼓冰碎日未改時席卷鄗邑風清洛師天開地廓萬物斯覩安輿自蜀復于中土龍躍岐山正于九五帝子之孝軼邁千古子則戴親孫能

敬祖乃登儲位問安三至一有元良儀形克類繼文纂緒
道格玄穹大明方中萬寓發蒙豈無桀鶩化而爲忠豈無
昇遐如燎遏蓬刑清政脩遐邇懷柔王度如王德音海流
四靈皆擾三春游羞方將羣瑞登于介丘華封祝堯使聖
人壽豈代何速奄捐九有天裂其高地傾其厚嗷嗷萬姓
泣慕元首創鉅痛深寧丁我后嗚呼哀哉肅肅正殿自炎
徂凉漏滴盡兮夏日永燭華凝兮秋夜長階有苔兮委積
庭有草兮芸黃嗚呼哀哉七月之期同軌畢至市疑野筵
壞疑因山開隧捨清禁而不畱指平原而出次嘉德兮啓
闈承天兮敞扉抵廟門兮駐嚴蹕順孝心兮傷永違嗚呼
哀哉出朱雀兮度青門恨六龍之若奔傾萬邦而會九族

送吾皇兮歸壽原風飈飈而簫鼓慘日曀昧兮郊野昏植
栢兮青青彌岡兮亘陘俯杳杳兮重壤想森森之萬靈偶
嬪嬙兮像闈寺捧厥衣兮拱下庭嗟備物之皆列奉玄堂
兮永寧嗚呼哀哉仙馭兮何之九虞兮有期揔千官兮萬
騎返城闕兮如疑功高舜典美冠周詩於萬億載昭昭有
詞嗚呼哀哉

順宗至德大聖大安孝皇帝哀冊文　趙宗儒

維元和元年歲次丙戌正月一日丙寅朔十九日甲申大
行太上皇崩于興慶宮之咸寧殿旋殯于大內太極殿之
西階粵以其年七月壬申朔十一日壬午將遷座于豐陵
禮也龍輴將進魚帷已拂庭引啟儀衢陳備物哀子嗣皇
帝諱孝思罔極昭感人神痛天儀之永閟攀德音而靡聞
盡哀誠於祖奠徹永慕於顯旻欽惟宸範宜光典冊乃詔
魯臣纘揚聖績其詞曰

太陽麗天朗曜清懸元后統位至化光被洪惟我唐紹興
哲王德宣風土法化乾綱爲政本仁寶系攸長積習和氣
變爲禎祥矩範相纘巍巍煌煌十葉丕慶膺茲駿命禀乎
聰明生知孝敬秉文成訓惟睿作聖祚曆攸歸天保斯定
厥初錫壤啓彼維城及升上嗣萬邦以貞道邁儲訓業茂
繼明揔于至妙御乎至精天休廣運播茲清問締武經文
金鑾玉振不絕馳道有過茲慎莫見于微咠窺其朕六律
諧度四時齊信庠塾齒胄望苑招賢學闡與海詞峯峻天

深工八體尤洞三玄秉志樂善銳思討研敬老尊道優游
文囿至賾必精微言咸究不習而知莫非天授建中季祀
邦都盜起皇輿出狩幸於郊壘逆祲晝霾衝發如機危蹕
之辰從曰撫軍每躬誓衆能感師人竟掃兇孽於昭大勳
惟謀靜難惟孝安親出震一作鎮非御圖如運璿樞廣弘拯物
情窮一作殷泣辜深仁降感天至澤旁敷洋溢汪濊格于天區
寬刑恤隱省賦蠲逋斥絕亡貢歸還戎一作戍俘出中宮之
音妓歇戍塞之勤夫有命於火鴉來光典謨玄風大翕庶類
愉疾瘳皆愈萬彙發枯理于臻至道我得玄珠垂裳負扆
懷茲寅畏美利天下雲行雨施人自遷善時稱不諱覆育
之恩無不茂遂含靈逢幸湛濡濯聖政泰元降祉媼神薦慶

猛猷（一作猷）皆仁翮旦一遂性憬夷慕化向風翹聽八表無塵
一時之盛方播金石流于舞詠爰降冲志稱乎倦勤褰裳
釋位思保怡神惟聖禪聖光于君臨傳萬葉之丕籍浹四
海之歡心付託之際人祇感深棄代昌期興運本枝遇乾
坤之交泰見堯舜之同時尊名崇於聖壽至道體於希夷
嗣皇帝　德永裔垂則資敬問安乾乾翼翼一人事
親化行邦國冲畢何早栖靈物表聖慕極於无窮人悲集
於荼蓼嗚呼哀哉蔯翻儀陳招摐初轉背紫禁而歸壽陵
出青門而臨下（一作上）苑金鼓聲兮二儀震烟雲慘而百里
遠實馬局（一作跼或作蹐）步於透遲縞士揚音於楚挽嗚呼哀哉
瞻彼重峯中起靈宮衆山朝衞欝欝崇崇積凝巖之崇靄
聚浩野之悲風睇長天而怨不極指流水而恨無窮嗚呼
哀哉萬方臣子心崩以摧會七月之畢至望九疑而增哀
攀龍髯而何及泣鸞輅之空迴嗚呼哀哉崇茲嚴寢邈矣
終天獸方護闕鳥亦耘田閉虛（一作靈）儀於宸宇響夜漏於
青川嗚呼哀哉五雲之上六龍以（一作已）飛難攀真駕空覲
游衣廖廓一生易其（一作期）有歸惟英謩與睿範傳萬代之
洪徽嗚呼哀哉　一作皆唐大詔令

僖宗皇帝哀冊文　樂朋龜（唐會要作孔緯）

維文德元年歲次戊申十月乙丑朔二十七日辛卯僖宗
皇帝將遷于靖陵禮也羽衞既整笳簫畢陳感切群品哀
慟八神孝弟嗣皇帝臣國體情重天倫無痛深範規（唐大詔令作規）
範鴻烈想像徽音舉觴莫以頓首援哀冊以寫心詞曰
天實生聖聖必爲君銀河色變玉清氣分祥圖煥炳瑞景
絪緼重瞳舜目八彩堯雲克明克類乃武乃文是超東戶
宜繼南薰乃平萬方乃登四海壁典必舉舊章無改威儀
穆穆多士藹藹聲冠今王化宜直窐東漸漲濱西被流沙
徙施尉候匪間幽遐書文車軌範爲一家貫貿雕髻慕我
諸華既洽無爲益彰在宥疎網雖設吞舟是漏微火不防
燎原孰救四極鼇傾兩曜麟鬭爔爔湯旱湯湯堯水火鑠
金流陵移山徙咨嗟所（疑作析）祝監濫畐史莫咎人謀難窮
天理漢后三七冥運則然秦都百二巨防虛傳風排月暈
彗掩星躔豈去岐山蒲逡崑嶽于橐于囊爲稼爲鶴書藏
稽宂琴前洞壑沉吟往事追想前作爰秉天馭爰幸井落
潘澈錦江崢嶸劍閣皇天震怒列藩會盟妖氛一蕩駭浪
徐清遂復中夏言歸上京兒童躍舞父老懽迎寢殿未安
僞（詔令作爲）孽爲害糾率姦人隱藏無賴洋洋漢源燿燿芝蓋
爰警爰蹕乃朝乃會僭逆既頽鑾輅言旋魯戈廻日媧石
補天方覩萬物方永億年遽云猒代俄乃上僊嗚呼哀哉
帝鄉兮莫追天路兮何之龍馭飄兮弓劍在雀臺暮兮歌
管悲嗚呼哀哉顧惟幼冲祇紹明聖棒秦民之誓詞虔覇
陵之遺令載深號咽敢云稱詠望松關兮杳宜撫棣萼兮
精誠念烏兎之奔邁仰牛斗之縱橫播芳塵於簡冊託凄
恨於銘（詔令作旌）旌嗚呼哀哉

卷終

文苑英華卷第八百三十七　哀册三

后妃哀册文上（此下二卷英華所編不依年代先後今正之）

太穆皇后哀册文一首　文德皇后哀册文一首

則天皇后哀册文一首　和思皇后哀册文一首

昭成皇太后哀册文一首

哀皇后哀册文一首　貞順皇后哀册文一首

太穆皇后哀册文　李伯藥

維貞觀九年歲次癸未冬十月辛丑朔二日庚寅太穆皇后梓宮啓自壽安陵將祔于獻陵其日至尊親奉奠于太安宮乃使兼太尉某設祖于行宮禮也龍攢鳳啓翟輅朝陳方祇靖德圓魄虛神哀子嗣皇帝諱攀号劒而長號想禕褕之弗御痛異宮之隔禮切分心於窮慮二南風化萬古徽音式昭史册如玉如金其詞曰

玄功肹蠁景福氤氳將開樞電且應黃雲曰惟基命于昭德性配天不失復夏無兢門德丕承華宗遐興皇家漢氏祥發慶膺寘符世胄並會休徵帝妃北渚聖母東陵祕景陰陵含章嬪則柔順弘範幽閑毓德率禮無違尊師罔忒言昭圖史聲芳邦國帝籙將啓天妹言歸塗山表貺渭汭增曄外求方淑內鑒幾微蘋蘩夕肅絲枲中闈琴瑟匪諧氷霜懸潔道叶離明貞符允悅潛德勿用內教爰（詔令作奚）設世罕交泰時虧地節膺期集祉含和履正華渚降祥高禖誕聖潛著軒象未彰靈命奄御雲衣俄飛天鏡嗚呼哀哉

受終撫運馭極垂衣乾物思厚德政闕承天瑤鐏委奠金屋虛筵嗟故劒之無託歎房樂之徒懸嗚呼哀哉宸駕上僊玉几垂裕率土遏密同軌畢赴背櫟陽之神宇指原陵之封樹悼虞妃之不從遵周典而還祔嗚呼哀哉蒼茫昭世寘漠神心松庭幽寂隧路凝深儼龍輼而未進切鳳吹之哀吟水滔滔而不息日黯黯而將沉百神驚而玄兆（詔令作宮）遂萬國慟而寒山陰晦重雲於畢陌結微霜於穀林嗚呼哀哉極寰宇之儀訓播英聲於先後惟皇運之天長配靈嶬而地久流凱風於椒掖散白露於陵阜軼任姒之高縱（疑作蹤）邁嵩華而不朽嗚呼哀哉

文德皇后哀册文　虞世南

維貞觀十年歲次甲申六月己未朔二十一日乙卯大行皇后崩于立政殿粵九月十一日丁酉將遷座於（文粹詔令作于）昭陵禮也殯宮夕啓靈轜曉前儼帷𢂍於空殿肅陛衛於靈筵皇帝親臨賫載義深追遠瞻青蒲而永絕悼玉階之莫反蜃輅將引犧鐏已徹爰詔記言式揚徽烈其詞曰

二儀合德兩曜齊光列聖觀象邦家克昌猗歟華族英靈降祉比齊越姜疋宋踰子育德高門騰芬素里體仁將聖披圖閱史造舟爲梁嗣徽前德履和思順自家刑國淑問不已柔風允塞紃組執勤璁珩垂則時逢昌聖運屬休徵代邸膺歷唐侯嗣興紫宮北曜黃道階昇化宣風始業贊丕承比德無競凝神不測應物達（二本作通）理撫機先識體備

簡(文粹作賢)能嬋無朓側績苞九亂恩加八極性道希夷言容莊敬戒奢處約懷冲複正景暖風暄霜嚴水浄領略三古箴規六行源濬流遠時昌祚延國貞誕獻皇支挺賢談高辯日學冠通玄慈訓所及懿德光前五福云備千齡方永地紀絶維月輪韜景晨興弗豫德音彌整馬鬣無封鶴珠斯屏嗚呼哀哉異人神於倏忽變容服於平生改清蹕以哀輓易朱旗以素旌昔照朝景響環珮於增城今冥求夜吟松栢於山楹嗚呼哀哉氣變灰飛暑退寒襲煙觸樹而凝慘露分枝而泫(文粹作垂)泣聞哀雁之夕飛聽悲風之曉急仰雲霄而永慕慟陵寢其何及嗚呼哀哉背玄武而北轅絶牽牛而横度逝去去而逾遠馬駸駸而不駐想渭水之

貫都歎黄山而隱霧嗚呼哀哉嗟人生之浮促若飄風之過牖牖何風而蹔停人何生而能久惟承天與載物邈慈深而德厚邁任姒之高蹤播英聲而無朽嗚呼哀哉

則天大聖皇后哀冊文　崔融

維神龍元年歲次乙巳十二月巳巳朔二十六日甲午(文粹作十一月二十日唐會要作十二月二十六日大詔令作十一月巳巳朔二十六日甲午新舊唐書并通鑑並十一月壬寅按通鑑目録十一月丁丑朔壬寅即二十六日)大行則天大聖皇后崩于洛陽宫之觀象(文粹作仙居)殿旋殯于集仙殿之西階粤二年歲次丙午　月朔日將遷祔于乾陵禮也祖庭火燼攢宫月曉雲戴黼翣風牽絳旐儼天衛之蒼蒼邈神遊(詔令作宸儀文粹作神義)之宵宵哀子嗣皇帝諱慕切充窮誠殷遺奠瞻象服其如在攀龍車而不見閟慈範於長陵戢神嬋於前殿示八軌訓先(詔令作前)王典則爰命史臣颺言聖德其詞曰

天生后稷飛鳥覆翼天護武王躍魚隕航施于成康武子有光唐沛之疆河汾之陽異氣發祥聖后其昌穆穆皇皇作合于唐至哉坤德沉潛剛克奇相月媪惠心淵(唐諱二本作泉)塞蘋藻必恭(二本作推勤)紘綖是則訓自闈闥風行邦國九(二本作七)廟肅祇六宮允釐中和外睦遐邇清夷家道以正王化之基皇曰内(文粹作納)輔后其謀咨謀咨伊始(文粹作攸攸)皇用嘉止亦既顧命聿懷代巳聖后謙冲辭不獲巳從宜稱制於斯爲美伏羲當責忘軀齊尼神器權臨大運匪華宗祧永固寰區奄宅負扆肅(詔令作淑)清垂旒光赫洸洸(文粹作洗洗非)我君

四海無氛英才遠略鴻業大勳雷霆其武日月其文灑以甘露覆之慶雲制禮作樂還淳返朴宗祀明堂崇儒太學四海(文粹作夷)慕化九夷(文粹作戎)稟朔沉璧大河沉金中岳巍乎成功靡(文粹作禽)然向風乃復明辟深惟至公歸閑於大庭之館受養於長樂之宫品彙脩悅謳歌載隆冉祚既穆璇(文粹作璣非)樞巳肅庶保太和長介景福如何靡怙而降斯酷后弄孫其未淹(文粹作掩)人喪姚其馬速嗣皇擗摽(文粹作踊)列辟扶服九族(文粹作親)號咷萬姓荼毒嗚呼哀哉積憂勞而弗悆(文粹作不豫)兮構氛沴而成災逢冰霜(詔令作霰)之慘烈兮見草木之凋摧感大漸之將逝(文粹作至)兮遺惠言而不廻付聖子其得所兮顧黎元曰念哉須寵錫以留訣兮節禮數以(文粹作而)送

哀邈終天而一往（文粹作去）兮復何時而下來嗚呼哀哉光陰荏苒兮氣序廻互泣盡冬霜兮悲生春露攢塗云啓兮同軌畢赴湘川未（文粹作不）從兮漢塋蓋祔古則禮（文粹作祀非）闕令也儀具嗚呼哀哉夜漏盡兮晨輓發轉瀰風兮搓晝月厭河洛兮不臨去嵩邙兮飄忽指咸陽之陵（二本作園）寢歷長安之宮闕旋六馬兮湏斯考三龜兮中歇嗚呼哀哉出國門兮林丘（文粹作爽曲）覽舊迹兮新憂具（文粹作備）物森兮如在（詔令作無）改良辰闕兮莫晉當赫曦之盛夏宛簫瑟之窮秋山隱隱兮崩裂水廻廻兮逆流嗚呼哀哉掛旌旐於松煙即宮闈於夜泉下幽騶兮無日上穹隆兮蓋天隧路嚴兮百靈拱殿垣虛兮萬國旋如有望而不至然西陵之茫然嗚呼哀

哉軼（二本作撫）帝皇之高風兮稽母后（文粹作欽文母）之餘懿時來存乎（文粹作兮）立極（詔令有兮字）數往歸乎（二本作兮）配地何通變之有恒兮而始終之無愧惟正辭（文粹作聖慈）之可法（詔令有兮字）播徽音（詔令作休聲）於後嗣嗚呼哀哉

和思皇后哀册文　蘇頲

維景雲元年歲次庚戌十月戊寅朔二十日丁酉和思皇后竟歸于仙靈宮之寢殿粤十一月戊申朔二日己酉招祔于定陵禮也皇帝翼翼而承洪緒親親而居寶位痛終鮮於棣華哀不從於行涙祔自姬冊招曰漢圖神既來兮雲之際神將往兮山之隅象物中嚴容車外設閒（一作開）奇香兮藹如在委微爐兮空若滅當四海之遏音延六宮而

告訣有司忝直清之寄奉吉宣方大之烈其詞曰

乾道元亨川維永貞德由覆合功佇載成帝典攸正人倫則厚以光虞嬪思媚京婦貴冑昌演華宗慶膺書藏乃命符得而興展我之嫁惟皇之出主家選容師氏練吉觴賀紫掖軿歸朱邸儉而中規榮必循禮　覩止婉兮變兮陳詩佩玉執事栽桂姜后通言衛臣知行是脩容靜能服莊敬芬若蘭吐華若李穠光搓采翟欻同飛龍房樂懸而莫御闈風詠而猶廣豈娥靈之有憑而羽化之無像嗚呼哀哉至業隆於祀夏尊名冠於升唐披麗人之金屋見仙鳥之瑤筐才窈窕兮時已逝事蹉跎兮夜不暘潜太虛以滅景長自依乎清光萬邦攀於晏駕七月會於同軌往寓

集青之臺今招洒川之水上偎厭俗以求故內則在陰而追美無不之兮有來長作合於神理對橋山之壑鳥垂渭溪之造舟群動觀而雨洒（疑作泗）柔明進而燭幽嗚呼哀哉聽鳴鷄以徒奏悲服馬以空發簫鼓還兮遺朔風松楸翳兮出微月歸杏陵其永閟絕柏館而靡尋資謂德之良史畐配和之徽音嗚呼哀哉

昭成皇太后哀册文　劉子玄

維開元四年歲次景辰秋八月（詔令作七非）甲辰朔十七日庚申昭成皇太后梓宮啓自靖陵將遷祔于橋陵皇帝乃使某官姓名設祖于行宮禮也冊搖既飭玄宮載闢俶龍輴而命駕指鮒隅而卜宅哀子嗣皇帝肅瞻蓼莪而罔極感

芣苢而增傷嗟鏡奩之不御痛珠匣之沉光緬考前烈旁稽舊史顧西(唐詔令作南)陵以氷懷託東觀而書美其詞曰

觀津鍾祉平陵誕靈作嬪西漢爲母東京地專戚里門承后族車䡉王衣丹開金屋爰初笄總寔負(詔令作表)才賢學殫詩禮工極紘綖方松等勁北蘭齊妍慶膺懷月祥兆捫天膠東胙土濟南開國邪媛思才河魴佇德柔閑植性婉順成則六行畢彰四訓無忒聿自朱邸來昇紫微政成閫闈化穆閨闈孚毓三母牢籠二妃桃夭闡興葛藟增徽五福多爽百齡過隙地裂方祇天傾圓魄歸神萬里滅彩椒掖德音若存儀形遽閟嗚呼哀哉痛鍾宸衷禮極哀榮謚踰光烈儀比功成蒔周關之先夢奉堯門之舊名撫遺鏡而增咽攬賜衣而疚情嗚呼哀哉龜兆協謀龍輴戒轍指黃山以徐轉背青門而永訣挽鐸鏘其競喧旒旐儼其齊列萬國慘而潛怛(詔令作落淚)六宮悲而慟絕嗚呼哀哉遂入松徑閟歸穀林見寒山之月若聞拱樹之風吟玉座空兮壽宮寂金缸閉兮泉戶深想清徽之不昧寄彤管以流音嗚呼哀哉

哀皇后哀冊文(高宗太子弘追封孝敬皇帝之妃) 宋温璩

維開元六年歲次戊午夏五月甲午朔三日景申哀皇后裴氏梓宮啓自先殯將遷祔于恭陵之山塋禮也皇上御寰區而翼翼纂洪緒而親親感上仙於周嗣(一作副)痛未從於虞嬪攀鶴駕於終古贈鸞輅而增新時無遠而惟吉物有容而必陳纂芳佇思徽幽符神載揚清懿之烈爰屬有司之臣其詞曰

月麗雲昇靈叶奕馮甚鄉茂族晉邑丕承土厚河廣祥發慶膺公族必後綬晃攸興良精允象室(疑作宜)家化國昌胄延和榮門誕德淑問不已柔風允塞素里揚英清閨仰則一人元良萬邦大本天作之合興能烈壼家本楙於漢封地先歸於(一作于)晉衮王饋旋善駕酒騰歡承暉養德春景訪安擢金羽之頻頻結環珮之珊珊貢日月之光色妣靈象而無端含章擬文敬徽慎獨崇法服於暈組接懿筐於蠶族覲皇英而上親祇宵燭而下睦庶無違於信順期有憑於福靈忽戢光於輪月奄落彩於前星奕仁壽於偕老遘天禍而斯丁瞻神宇之惟漠感靈衣之靡形驚迴風於靈(一作虛)殿宿衆鳥於空庭顧長御以揮(一作擊)涕井自殉於山向制歷時而遽終情徇節(一作循)而恒苦草驕春而繞砌蟲吟秋而入戶限百刻之不延調(一作周)六脉其誰續(一作補)嗚呼哀哉殂謝緬其永久氣節漫(一作沒)以流換感窀穸之冥漠(一作幽輪)軫皇情以悽欷稽舊章之典禮崇新命之綸渙濟天地而德合綜神靈而道貫嗚呼哀哉日吉兮晨良玉佩兮金章命騏校以進駕翊龍輴而上騰代靈靴於河鼓建參旗於太常號宮女之嗷嗷(一作噭噭)遣使臣之皇皇騰魚軒兮背北渚亂鳳管兮越南岡當赫曦之畏日如徙靡之秋光望舊城而不返遵厚夜而何長嗚呼哀哉(一疊此四字)神

理惟昧萬物同宅人生有終駟馬過隙訊虞妃於千一作前古聞宵帝於在昔感伊洛於之一作山川懐靈仙之顯一作影迹彼宵形兮天壤云誰函兮金石惟彤管之芳輝與青史而無斁嗚呼哀哉　一作皆唐大詔令

真順皇后哀册文　徐安貞

維開元二十五年歲次丁丑十二月庚子朔七日丙午惠妃武氏薨于興慶宮之前院移殯春宮麗正殿之西階粤翌日乃命有司持節册謚曰真順皇后以旌德飾終也洎明年春二月己亥朔二十二日庚申將遷座于敬陵禮也啓攢塗於春禁候重門於初旭轉靈衛於金根緬哀懐於上國亦既有命銘于貞玉其詞曰

風之始者　備内職選才淑政兼翊戴化鍚丕祉繁華鍾美我天后之從孫周栢王之季子于渭之涘重開戚里鵷鸞飛翔珮玉鏘鏘自華野一作婕妤而三命乃率先於厲行出言有章彤管有光孝慈之心諒自天啓鞠育孫幼恩流愷悌七子既均六宮有禮貴主三分於外館賢王兩闢於朱邸彼陰教兮惟徽承日月之光輝輔聖人之至德故動用而無遺驪谷湯泉天行慕從屬車之納陪遊之日孰謂蕩邪茲焉遇疾　焚香山以邀元吉却帝重城彌晋永畢恩勿藥之有喜痛還年之無術嗚呼哀哉覽舊館兮洞開踐芳塵兮徘徊指井泉之畫像謂德容之在哉自昔唐詔令作曾城之宮椒風之殿獲遇明詔令作時主是矜邦媛有平生之渥恩無淪沒之餘眷況真順之寵錫伊往古之莫見卜兆詔令作地考常三龜既良園陵蒼蒼在國之陽傍芙蓉而左轉怨桃李之春芳風卷旌旆斂笳委咽中使護道懿見辭訣山藏玉衣地留金穴惟清灞之永矣流國風而不竭嗚呼哀哉

文苑英華卷第八百三十七

文苑英華卷第八百三十八　哀册四

后妃哀册文下

恭皇后哀册文　常良嗣

維開元二十八年歲次庚辰月朔日寧皇后元氏薨于西京之第旋窆于某塋天未忘衆相次徂落其明歲十一月二十四日壬薨在殯制册爲讓皇帝且有後命追謚妃爲恭皇后盖以王有讓統之寔而妃有恭德之美所以考行追崇皆聖皇天倫篤愛有光於古先者也粤天寶元年五月乙巳朔十七日庚申將遷祔于惠陵王薨及葬凡爲七月天子之禮也命侍臣叙以書册其詞曰

皇矣有熊處于玄宫衣冠所在祇亂無窮以武而興復于土中以文始大元氣比崇禮侔周恪慶慚柔風展我邦媛倫㳂有融至静委和如天克令莫莫中谷夭夭作詠黄𦃃尊容素紗增映鑒圖閲史陰儀壼政帝寵元昆妃承累命降家人之禮擬陰安之盛漢書文紀陰安侯高帝嫂鵲巢化行人倫以正貳一作或幾望於終古故守冲而菹敬祥開夢兆服媚蘭蓀女延湯邑男受茅恩緑車齊軫綵戟盈門各禀柔訓常貽誥言天授戩穀無非播諦歸賵事凶毁基成沴圓月忽蝕朝雲亦霧溅綵帶陽收華邸第嗚呼哀哉魯宫未考漢門處哀帝以讓而追謚后從夫而永陪褕翬一作翬褕暫舉璋瓚誰開用小君之備物怨吾王之不來嗚呼哀哉娥輪半上蜃輅將移逗一作追蔓旐兮遲遲卷六衣兮披披青門一别兮不駐素滻既濟兮相隨入長陵之松栢顧漢苑兮參差司馬門兮豐豐恭后墳兮在斯嗚呼哀哉

承天皇后哀册文　楊炎　一作皆唐大詔令

維大曆三年歲次景午四月乙未朔五日庚子故齊王謚曰承天皇帝妃張氏謚曰恭順皇后天寶末賊臣搆難王從二聖南幸成都自武功定策禁中啓先帝於靈武呂是年八月薨于行在今上録功追遠詔謚鴻名以大曆三年六月遷座于咸陽禮也雲翮宿懸天鷄空嚮一作響建𦍑鳳以雙引度蒼龍以一作而長徃皇帝慟極天倫齊於開館望桂輿之簫颯撫蘭臺之殤一作傷斷娄詔近臣遺音是纂其詞曰

皇國氛氳麗于天文本枝百代連一作聯華千載維王斯會其祥則大祖武之烈宗文之配令德純粹温恭慈愛和必有節動而無悔持盈以冲明道若昧金玉是飾鼓鍾于外伊昔慶衍維皇握圖天孫載弄甲觀晨趨善問居講嚴師服儒瓊林秋實寶婺晴敫皇用錫土苴茅剖符大邦之幹滄海之隅遥分朱邸近植青梧愛鍾嘉惠寵被宸渥從侍

寢門觀風太學禮聞齒讓聽辨聲樂歷運中否災鯨構昏
初避夷狄一作帝初避狄聖有昌言主叶羣議天廻乘輅適于硭
碭之野進于閶闔之門雲趨北河電掃中原方從廟告言
守藩垣忽川逝于東海怨夜長于西園嗚呼哀哉志業見
於屯蒙勳名留於天壤成宗禋之有聖一作歸悲歡愛之易
丧獨精聚而寬遊奉君親呂長往展我邦媛德容可仰魯
館而家齊風是長翟拜三月轜歸百兩豈鳳吹之有行一作
有歸而虹銷之無像嗚呼哀哉帝念伊始晬容生憂傷桂絆
之幽靈望山河之林缸解劍龍一作龍劍而追慟燭鴻徽以寘
搜駕之輅旗服以晃袞儼千官於天衛一作衢將合祔而從
周嗚呼哀哉笳鼓宵陳河山曉發地坱乾一作北兮聲遠天

空同兮影沒入幽隧之穸林伏盤原之宫闕嗚呼哀哉考
至公與至性見爲子兮爲臣臨難不忘其社稷感時恩致
於君親短而非病逝豈同塵惟德名與盛典可觀法以求
仁嗚呼哀哉　一作皆唐大詔令

貞懿皇后哀册文　常袞

維大曆十年歲次集本文粹作在辛卯十月辛酉朔七日丁卯舊唐
書文粹作六日景寅貴妃獨孤氏薨粤明月追謚曰貞懿皇后殯于
內殿之西階十三年十月癸酉唐書文粹如此是英華及大詔令作六月十七日癸
酉非乃命攝大尉銀青光祿大夫守門下侍郎同中書門下
平章事河內郡開國公常袞持節冊命以其月英華唐書文粹如此
是惟大詔令作其年十月癸酉朔二十五日丁酉遷座于藏陵禮也素紈
列位黼帝周庭輅升玉綴軒鉠珠儒唐書集粹作爐皇帝悼鸞掖
以追懷感麟趾唐書作迹而增慟備百禮以殷遣命六宮而哀
送宗祝薦告司儀降收爰詔侍臣紀乘鴻休其詞曰
祚祉悠久寵靈誕受元魏藩戚周隋帝后五侯迭興七貴
居右輦啓皇運光膺文母纘女是因以綱大倫生知陰教
育我烝人瑞雲呈彩瑶星降神聰明睿知婉麗貞仁惟昔
天鑒嬀唐書文粹作拽求才淑龍德在田葛覃于谷[redacted]周姜胥宇
漢后推轂王業惟艱嬪風已穆繼文傳聖嗣徽克令不曜
其光乃終有慶祗奉園寢肅恭靈命越在哀疚聿追孝敬
文織絲組朱綠玄黃上供祭服以祀明堂法度有節不待
珩璜篇訓之製自盈縑緗敘我邦族風于天下始於憂勤

叶成皇化慈厚諸女寵臨下嫁登進賢才務譓日夜服縉
示儉脫珥唐書文粹作賛申誡訪問後言譏游夙退內和群娣動
有矜誨外睦諸親泣辭封拜闕翟有期唐書文粹作日親蚕集作躬親
俟時忽歸清漢言復方祗萬乘悼懷群生文粹作臣慕思王衣
追慶金劍唐書文粹作劍疑作紉同儀嗚呼哀哉去昭陽兮窅然乘
雲駕兮何在人代宛兮如舊炎凉倏兮已改翠葆森以成
列素旗儼而相待言從王兆之貞求閟瑶華集作池之繚別
長秋之西苑過望春而諸本作兮南登招帝子於唐書文粹作于北渚
從母后於東陵后之女葉國公主墓城東地卑濕至是從祔東陵云下王唐書文粹作土清
兮動金翠外無像兮中有思合簫挽而唐書作以攢咽從諸本作結
雲雨之詔令作而慶凝吾君感於幽期俯曾亭而望思慘嬪嬡

以延佇極容衛之（文粹作以）晝時攙巾袂兮遠訣隔軒檻兮群
悲不復見兮廻御輦傷如何兮黲層慦下蘭皐兮背芷陽
旌悠悠兮野蒼蒼帶白花兮掩淚衣玄帉兮斷腸當盛明
之（唐書文粹作兮）共樂忽幽處兮獨傷去故庭而（諸作兮）日遠即新
宮兮夜長樣無文繡之飾器無珠貝之藏盖自我之立制
形（諸本作刑）有國之大坊（詔令作防二字禮記通用唐書文粹作方）嗚呼哀哉見送
往之空歸歎終焉之如此方士神兮是與非甘泉畫兮疑
復似遺音在於玉瑱陳迹留於金圯獻萬壽兮無期存二
南之餘芙嗚呼哀哉

元獻皇太后哀冊文　　蕭昕

維寶應二年歲次癸卯閏正月乙巳朔十六日庚申元獻

皇太后啓殯于永昌之陵寢安神于細柳之亭宮粤三月
甲辰朔十三日乙卯將遷座于泰陵禮也謚冊昭禮容車
儼駕皇帝執通衣而在疚遵遠日以戒期悼惘凶之荐及
痛皇妣以御悲泣外郊而阻禮將撤奠於有司命宗伯之
貳職陳明德以爲詞其詞曰
兩儀判賓二曜分形乾剛坤順陽德陰靈嬪風以婉婦道
惟聽王教斯立邦家以寧渭水定祥塗山協德式敷陰教
用光內則紃組克脩蘋蘩是職䄍佩相警副笄盡飾族承
嵩（詔令作遵）岳德備椒房福覆蘭殿祥開畫堂黃花襲慶彤管
貽芳姜源佐嚳堯母嗣唐靈婺沉彩仙娥墜魄厚夜無歸
重泉永閟義存故劒禮備追冊先志克遵爰開故宅坤儀
載穆象服攸宜鸞輅爰正翬衣在斯藹藹邦媛雍雍母儀
先天毓德早歲聞師日月有期山陵甫制六綍齊引八神
警衛龍帷儼其載陳驥服聘以偕逝率土留慟殊方雪涕
去城闕之遲遲望郊原之翳翳背黃山而北指渡清渭以
東轅野色慘以凝幕青（詔令作春）雲重而垂軒儼騑驂以跳駕
慘徒御而不喧捨層城之禁掖向新廟之陵園嗚呼哀哉
遵周道之合祔美時風之同穴列容衛於山阿若平生之
像設擬靈（疑）金之塼楚泛薤露之清切痛脩夜之不陽歎
行芳之永絕嗚呼哀哉緬惟在昔嬪德斯臧夫婦以正邦
家之光明明淑德誕聖配皇肅威靈之如在欽懿範之不
志嗚呼哀哉

章敬皇后哀冊文　　裴士淹

維寶應二年歲次癸卯閏正月乙巳朔五日己酉大行章
敬皇后啓自先殯十六日庚申膺冊禮于行宮粤三月二
十七日庚午將遷祔于建陵禮也素帝遐敞彝鐏曉薦風
謫板塗月虛蘭殿哀子嗣皇帝諱悲深玄夜慟切聖慈爰
講（一作脩）六服之禮允迪二南之詩示寰區以壼則恭典冊
以台司鸞旆曳音蜃輅遷轍辭臣奉詔敢揚徽烈其詞曰
圓方配德耀魄齊明王化之本國風以清於穆宗盟（一作周）
貽謀先覺太伯崇讓延陵聽樂菹醢乎純嘏施及繁昌斗維
儲慶軒緯流祥入懷夢月滿室騰光蘋藻無替紘綖有章
待年秘景率禮含芳象服是宜誥冊成詠顧史垂則稱詩

展敬啓迪四聰誕敷六行蘭芳桂郁霜皎氷净鸞集瑶筐
鸞𢌞金鏡化光葛藟務先穜稑載靡震驚肯淪朓朒柔明
旣進陰教惟肅必戒浮華遠登才淑寧觀戲馬草往濯龍
亮門協慶莘野聯蹤褵禮凝彩璁珩有容志循簡易禮備
肅雍維德之行令問不已繡輪羽蓋玉階金虎式昭範於
人倫竟韜華於地紀六宮揮涕于清禁萬寓銜冤於神理
鳴呼哀哉宗祧未固濬哲膺期仁涵動植慶浹華夷捧鏡
奩而增欷臨甲觀而纏悲望松楸兮逾遠感霜露兮何追
湘川有君漢陵宜祔露衛攸心禮章加數瑞雲呈紫而轉
妍歐服變黃而無蘦想層城於北闕背壽原於東路應門
寂寂以長閉同軌轔轔而畢赴嗚呼哀哉閟泉闈兮有洫

引池紼兮方昭吟古木於靈囿遡悲風於渭橋繁笳凝而
淒切輕旆轉而蕭條衣潛覆兮猶在香遠聞兮而不消嗚
呼哀哉鳴鷄奏而夙興服馬嚴而曉發㤓河山之淑氣怨
桃李之嘉月雖立極與觀圖繁祉光而禋設猗彤管兮有
煒賛徽音兮無歇嗚呼哀哉

昭德皇后哀册文　韓滉

維貞元二年歲次景寅十一月丁亥朔十二日戊戌大行
皇后崩于兩儀殿旋殯于西階越朞（一作三）年歲次丁卯二
月景辰朔二十九日甲申大行昭德皇后將還座于陵臺
禮也長秋宵闕靈轀夙備哀笳候曉咽挽增欷容衛儼然
祖庭愔邃動常情以旨失列孝思之天至哀子皇太子痛
鳳輦之將引哀陵雲之未訣號遣奠以登餞臨凱風以泣
血臣滉奉詔式揚懿烈其詞曰
坤厚載物乾道由儀成象大矣貞徽篆之芳聞在郡（詩在洽之
陽）俔表天施風弘王雅慶發明離靜恭之德斯賛庶方之
教聿熙誠軒星之降彩何王華之遽（一作荐）萎嗚呼哀哉桂
館纏哀椒塗煉寢翬衣卷玉龍杠綢錦内朝遷閟公宮扃
禀彤管空貽黃桑罷紝宸衷深悼於故劍儲貳（一作兩）痛絕
於勺飲惟華宗之遠派寔統業（一作系）於周王猗烈祖之上
儴固命氏之靈長沙麓之徵爰契筮華（一作保）之慶載洋穆
嘉猷於洲渙躋盛德之（一作於）任姜居内輔以同休飾芳音
（一作陰化）以融光賦樛木以逮下鄙脫簪以自彰夙著當熊之

績早膺靈鳳之祥布一德以蕃衍貞萬國以元良章順簡
以柔克奚辰蝕而靡常掩圓魄以就晦絶坤維而不張嗚
呼哀哉臣妾何恃宮壼安仰湊末巷以晨謁瞻蘭殿以疑
想庭寥寥以增曖縹襜襜以不敞激號唱以俱發達蒼冥
以振響嗚呼哀哉通靈甫構天京啓阡壽原春慘新宮晝
玄珠襦巳襚玉座將遷哀嬪負璽泣御收筵鷖輅徐轉鸞
旗遵前慟皇情以餘渥下北極以辭天想衣練以崇儉絕
傾筐而詠賢嗚呼哀哉瑶齊未閉鑾鑑長委靈仙耿邈毋
儀在紀嬀汭同風塗山繼美配祇薦號騰英流祉惟皇儲
之孺慕方銜血以頻毀掩禮經之前蹤達天下之孝理遵
（一作導）曆㦎之慘怛昭天行之終始垂千古而自揚（一作傷）豈

臣詞之足擬嗚呼哀哉　一作皆唐大詔令

懿安皇太后哀冊文　封敖

維大中二年歲次戊辰夏五月己未朔二十一日己卯懿安皇太后崩于興慶宮吟非殿旋殯于大內兩儀殿之西階粤十一月丁未朔二十六日壬午遷座于景陵之別寢命大尉具陳祖饋殿廷禮也泄紼就列神攢啓封晴霜拂禁曙月彎空叶龜謀之吉兆儼蜃衛於行宮皇帝孝本自天禮期踰節仰遺令之是禀仰宸衷而敢越宵載既備祖庭爰設緬行珮之徂征駐輼輬疑作轜之去轍顧謂簡冊克揚休烈臣敖奉詔敢獻文曰

大圓清升大方渾凝日正陽德月司陰職人倫既分伉

儷云自昕之卑達帝之尊有國有家以君以親光光母后列列門胄昇亂中縈天枝外秀河祥岳祉蘭香玉羨汾陽之孫昇平之子有命縈集來嬪帝宮奉維城之中饋光戚里之華容赫赫憲皇龍潛未躍貽孫鍾紫極之慶知子奉青宮之樂惟后之明執禮而行莊敬必嚴於父道盥漱將俟乎雞鳴及二聖歸真三光正色日朗黃道月盈宵極中興是賛陰教維則形詠肅雍功推輔翼服澣濯以警其華煥讓封拜以誠乎譏抑蘋藻絜蠲於宗廟葛藟吟諷於宫掖高禖有慶大電膺祥誕元良而立極纉丕構而圖昌於是養素便殿齋心洞房宸嚴捧負孝道輝光噫馳颷兮未發迅朝露兮何常人代之推遷莫極仙家之日月猶長婦事三朝毋臨五葉禮益上載恩方下接無何秘籙求真空門悟刼追兮斂之悠遠感霜露之履涉謂十地兮何躋謂冊梯兮可躡金屋不知其長往彤管空遺乎舊法嗚呼哀哉姜嫄讓德任姒推名仰衍軒耀俯順坤靈容範不邀乎箴史婉娩自協乎柔明終獻浮代期歸福庭謝明時於清禁即脩夜之玄扃嗚呼哀哉蘭殿靈唐詔令作盧嚴椒房幽寂日下珠簾塵生粉壁禁樹暮兮煙慘宮瓦寒兮霜白瞻象設兮如在捧梯褕兮成昔嗚呼哀哉車書畢會容衛周陳黃山指路清渭臨津姑射之雲霓自遠鮒隅之簫鼓空聞想宸宜於寥廓徒望望於逡巡嗚呼哀哉天上無歸人間一別盼三清之縹緲晋四德之昭晰詩著陰陽之詠書徵

卜筮之說咨叶吉於新阡爽同歸於故穴雖壽宮相望參差陵附之煙而仙路有詔令作何期縺繼瑶池之月嗚呼哀哉

文苑英華卷第八百三十八

文苑英華卷第八百三十九　哀册五

太子哀册文

隋元德太子哀册文　虞世南（隋書元德太子傳作虞世基）

維大業二年七月癸丑朔二十三日乙亥皇太子薨于行宫粤三年二月庚辰朔六日乙酉將遷座于莊陵禮也履綍宵載鶴關曉闢肅文物以具陳儼賓從其如昔皇帝悼離方之云晦嗟震宮之虧象顧守器以長懷思視膳（一作臨鑑）而興想先遠戒日占謀允從庭燮撤祖菑弛妝重抗銘旌以啓露動軒（一作輴）於振容揆行授（一作度）名累德彰謚爰詔史册式遵典志俾濬哲之徽猷播長久乎天地其詞曰

宸基峻極帝緒會昌體元襲聖儀國（一作耀）垂光氣秀春陸神華少陽居周軼誦處漢韜莊有縱生知誕膺惟睿性道鸞日幾深綺歲降迹大成循情多藝樹親建國命懿作藩

威䌽先路烏弈渠門肅服有紀分器惟尊□□高楚服（一作殿）雅盛梁園譽后膺儲天人叶順本茂條遠□丕崇禮（一作體）峻改王參墟奄有唐晉在昔能謙居中益慎□封畿千里閶闔九重神州王化禁旅軍容聽言偃草高視□折衝帷扆清秘親賢允屬從（一作之）景鳳瀾飛華螭王揮翰□泉涌敷言藻縟式是便蕃（一作煩）思謀啓沃恭（一作共）惟積德豐衍繁祉粤自天孫光升元子緑車建事碧纓奉記（一作祀）肅穆蕭容儀形讓齒禮樂交暢愛敬兼資優游道（一作養）德恭巳承凝（一作儀非）南山聘隱東序尊師有粹神儀深穆其度顒顒觀德溫溫審諭烱戒齋籤流連王（一作玉）賦入監出撫日就月將沖情王裕令問金相宜綏景福永祚元良神理宜寘天道難究仁不必壽善或愆祐遽瑩山之頹壞忽桂宮之毀構痛結幽明悲纏宇宙慟皇情之深惻摧具寮其如疚嗚呼哀哉

廻環氣朔荏苒居諸霑零露於瑩圃下申（或作嚴）霜於王除夜漏盡兮空階曙曉月懸兮帷殿虛嗚呼哀哉將寧甫窆長遠望苑渡渭涘於造舟遵長平之脩坂藐鶴駕而不追顧龍驂（一作樓）而日遠嗚呼哀哉永隔存沒長分古今去榮華於人世即潛燧之幽深羅（一作罪）夕煙而稍起慘落景而將沉聽哀挽之悽楚雜灌木之悲吟紛徒御而流袂䙝（一作紱）纓弁以霑襟嗚呼哀哉九地黄泉千秋白日雖金石之能久終天壤乎長畢敢圖芳於篆素永求飛聲而騰實嗚呼哀哉　一作皆隋書本傳

唐懿德太子哀册文　李嶠

維神龍二年歲次景午夏四月甲戌朔二十三日景申懿德太子梓宮啓自洛邑將陪窆于乾陵禮也歛衣夕陳祖奠朝設蜃輅俄軫龍旗按節皇帝嗟蟻庭之寢籥悄鳳渚之韜簧撫萬乘而懷國本綏六姻而悼乾將情無輟哀禮有加數刻純懿乎金版播聲芳於玉裕其詞曰

靈命將興元符是膺皇基茂立帝武丕承祥集耆堂慶流朱邸棘矢延貺桐圭備禮寔惟天族載挺人英川竇岳秀虹輝電精舞象得玄珮觹聞道刻舟敏邁牽衣慧早幾神闇體理識冥資心韜鍾律情含蔡蓍曰仁曰孝非訓非師寬惠深博溫良肅祗苞舉六爻一作文網羅群籍詩接楚彥

賦延梁客淮國傳騷雲夢一作臺對易樂善起輩多才掩昔乃崇匡衛實屏實藩乃列朝請爲鴻爲鵠揚聲北路振彩西園儀表姬戚光輝舜門恭事閫闈歡迎黨族怡色王潤温詞蘭馥中外克諧親疏允睦恒德有裕間言無讟榮深出茅寵茂留中婉孌群辟綢繆二宮陪輿澤厚賜一作錫馬恩隆西蜀欽義南山向風禮縟天孫望高元嗣重海闕象前星虛位方輟頒彝行膺圭器奄喪門軸俄催隙駟嗚呼哀哉鳳下朝陽龍收暝光瓊田滅彩桂苑淪芳國軫傾輸朝悲壞梁惟靈徵之寂寂怨天道之茫茫嗚呼哀哉玄聖登期恩榮下賁爰命典册式昭名謚謚兕雖崇榮盛不蒞閶壤同戚且寮增欷嗚呼哀哉築思臺兮竟不旋還作室

兮復何年訪來人兮傷對日瞻去鵠兮感昇天惜明離之虛懸悵鳳樂之徒懸對銀牓之畱月泣銅樓之迷煙嗚呼哀哉司兆獻占掌圖辨域梚鐸初警帷幌既飭引文衛之逶迤度繁笳之悽慘纏永慕於青府結餘酸於紫極嗚呼哀哉辭交風之近甸出避雨之層巒望八水而遥集懷三川而顧歎麥枯兮夏早花落兮春殘林野晦而天無色烟雲愁而景欲寒嗚呼哀哉梚駕昭途即宮下土執斧供事揚麾按部藏日兮山門埋鐙兮地戶痛平生兮冥寞哀倏忽兮今古視不見兮呼不聞天無曉兮夜無分同變化兮光陰盡配陽秋兮菊蘭芬嗚呼哀哉

一作皆唐大詔令

節愍太子哀册文　李乂

維景雲元年十月朔日節愍太子梓宮啓自鄠杜粵其日將陪窆于定陵禮也蜃衛初列鳳仙將遠閱火海而不流赴窮泉而莫返皇帝懷副君之大義降猶子之深慈飾忠烈於逝者備哀榮以送之漢幄虛侍周墻肅事思臺空築幽埏永閟金相兮玉裕揆行兮旌能峻節兮無泯芳聲兮有恒其詞曰

素雲流祉白水貞祥祀及百代威加萬方勃焉家國赫矣皇王帝子攸降乾男以將邁德誕靈懷文抱質漢臺占雨秦宮唐大詔令作京近日敏對不群能言罕疋藝該百遍詔令作變詞含六律朝霞自舉夜月當遊醴薦推穆書成重鄴典戎仙

衛作牧神州是謂元子　光膺孟侯少陽正位太學知道春誦夏絃尊師敬老榮承　王王寵殷瑜珮三善不忘四章旋遠過闕則下入廟斯趨　曰仁與孝終始不渝聖敬日躋溫文歲廣望高周副才優　魏兩用事有倫出言無黨政成中外聲溢天壤邪臣作蠱匹夫知惋不顧身尤（詔令作遊）將夷國難忠義斯伏謀猷是斲復災宮朝歸魂霄漢白駒過隙蒼蠅止藩水逝西沼霜彫北園鶴闕誰馭鳩里徒究瞑目於此傷心誰論嗚呼哀哉去日淪暉前星隧彩形神溘謝德音如在物是人非年移運改聖明延鑒徽章有待有待伊何慶逢開闢延鑒伊何恩隆典冊即鳴鳳之岡嶺啓占鳥之隧宅人辭中壘之桑鳥思平陵之栢地如伊水山連紀市嗟委化於仙期欲問安於神理五營成列萬國咸酸挽鐸朝唱旌麾曉寒指牽牛以南渡乘飲龍而北悵顧青舍兮非春掩玄扉兮大暮昔之來矣銀牓銅樓今之徃矣曠野荒丘冉冉兮辰促蒼蒼兮道悠惟聲華與純懿比金石而恒留嗚呼哀哉

惠莊太子哀冊文　張九齡

維開元十二年歲次甲子十一月丁巳朔二十四日庚辰司徒申王薨于行在所冊謚惠莊太子旋殯于寢粵閏十二月二十七日壬午將陪葬于橋陵之栢城禮也黼幕宵布羽蓋宿設西序啓攢南首成列皇帝深天倫之感崇后儲之禮擬容衛於青宮申孔懷於朱邸爰命史氏猶於大唐（詔令作於稽）令則無俾直書不彰遺德其詞曰

昊天有命先后受之分王子弟藩衛京師克荷成憲罔不（集作弗）肅祗懿哉明哲誕惟神粹宣慈日聞孝友天至道則胸合跡無自異性實生知學兼將習易微書遠詩言禮立德必有隣善如不及貴而能損量固難挹方伯出鎮邵南取斯司徒入掌鄭武其宜義之所在政乃克施物留遺愛事著成規西夏息人東征叶卜韡韡同軒（二本作華）皇皇改服疾道中路凶傳左轂寧不慭遺奄鍾斯酷嗚呼哀哉昔在冲妙具惟兄弟四國並封五王均體遊必連騎居則同邸各承愛於含飴俱受經於置醴旣荏苒而云邁屬殷憂之將啓實定禍於蕭牆遂繼明於雲陛雖隔深宮之衛常洽

家人之禮骨肉謝以痛心感平生而流涕嗚呼哀哉爰擇茂典將（集作追）崇上嗣表先聖之元良申友于之褒異紛鹵簿以徒設儼文物而空備彼神儀之如在乃群悲之所萃周禮從祔漢塋是陪先遠日而撰（集作選）吉會同盟以送哀夜漏盡兮暗室啓庭燎殘兮晚挽催按三校而徐進將一去而不廻嗚呼哀哉背朱門兮遲遲馳（詔令作駟）白驥兮騤騤野蒼茫而助慘風蕭颯而增悲翩翩兮素蓋寂寂兮晝帷遵舊途而何有覽陳迹以如疑面都邑兮不入侍陵寢兮有期惟光儀之永閟與昭代而長辭嗚呼哀哉潛清暉於幽窆昭鴻名於美跡將在皇儲之史豈伊諸侯之策播遺芬（集作芳）於蘭桂傳不朽於金石諒紀言之在茲嘉德音之

無歎嗚呼哀哉

惠文太子哀册文　蘇頲

維開元十四年歲次（唐大詔令作太歲）景寅四月己酉朔十九日丁卯太子太傅岐王範于洛册謚惠文太子殯于正寢之西階仲夏景申將祔于橋陵禮也憢風北清魄月西照列鐸挽以嚴蔵出軒除而㵒燎皇帝戚深天倫（或作三倫）寵異天人追遣典於將遠慟哀懷其若新人以貞位文以光謚爰詔司存迺甄遺懿其詞曰

重玄之門唐系居尊五色之土岐封效古瑶圖正位兄一弟二實萼承庇帝三王四常急難兮特詢以事竟扶翼兮能竭其志其志伊何程才則多武之以靖文之以和勇超

東牟思奪東阿是曰且爾曷云其他覃訏守成忠肅鍾美克順克比爲臣爲子河書聚學沛易窮理毫使露濡賦令雲起出咨岳政入愼邦紀魯衛則侔武栢斯擬傳于元嗣欽若端士往錫朱旂來朝紫微家人輯穆藩后增暉共肯不同而不膳珍華不共而不衣楚謀或隱梁籍寧遺㒒巡岱以封還侍升天而慶歸徛那兮揚名於后懿（詔令作於）錦兮脩業可久富貴兮于何不有闇忽兮曾莫之壽嗚呼哀哉

宵欲分漏輦傳于奏天八初辨時憲（詔令作㥠）切乎思駿馬連蹄而交使近臣馳命而挾醫望君王兮何遅遅俯欞檻兮猶若期至不至兮欻長辭悲莫悲兮惜此悲外皆罷慘兮內獨漣洏豈吾季之在哉崇后儲以謚之孝依橋岳仁本京

師莊泊文兮疇能忍茲靈輤稍發清道徐按整承華之鹵薄昭德陽之宮觀樹陰陰於國門橋啾啾於天漢盈舊戀以廻復蓄新哀以聚散埶然嗣王若不勝哀慘天地之何心怨關山之已長夫儉爲之德謙固其則存沒是舊惠文是徵存也高臺深池之不競殁也備物重器之不矜嗚呼哀哉典册之有憑惠文之有稱故奉先皇之松栢成太子之園陵嗚呼哀哉

惠宣太子哀册文　韓休

維開元二十二年歲次甲戌七月庚申朔十日己巳司徒薛王業于洛册謚惠宣太子翌日殯于正殿之西階粤八月二日庚寅將陪葬于橋陵禮也凉陰戒秋白露凝夜儀

哀挽於郊道儼盧容於池榭皇帝痛棣華之旣凋矚蘭坂而增欷撫徽典以無及恨潛泉之永閟光乎典册昇彼儲嗣爰命史臣颺言其懿其詞曰

於昭帝系濬發玄裔遠堯升唐自薛而王粤有成德遂荒東國大啓土宇聿崇典則夫其秉靈在初迪哲惟睿惇敏秀鑠淳龐淑愼謀謨以成蹈道而順（或作進）文英獨越武烈惟振百辟式瞻五宗（或作崇詔令作常）以訓惟茲大賢克懋天叙爲藩爲屏是輔是弼保釐我邦家左右我王室沛獻演易楚元說詩藝無不綜學罔有遺分以寶王建其旌旗出弘聲政入贊雍熙咨爾公族是惟敦睦王曰命爾寵其車服俾侯于京怡怡弟兄穆以家人之禮崇其藩后之榮曷常

不樂彼同輿郄東平之歸奏詢其異政欽少（詔令作此）海之能名將以天倫之愛可以昭于（詔令作於）載籍友于之道可以貫於神明宜其善有其慶禍無其胎享比眉壽祐其多才胡勿藥以爲疾逮彌旬而成災躬爲禱兮無不至誠以請兮無不備走群祀以累祈徵上醫而畢泊蒼黃而晦明未隔閨忽而古今斯異嗚呼哀哉神理無昧人寰巳非想河樂其猶在望淮仙而不歸悲由中而自切情限禮而相遠帳丙舍而（詔令作之）云遠飾承華以增暉嗚呼哀哉靈龜肇吉服馬先路悼津門之永遠遵河橋以直度笳哀洛陽之道旐靡咸京之樹換憂歡於今昔變風景於新故嗚呼哀哉夫行以謚尊恩由禮盛申備物以增飾緬貞徽而獨映俾重

爲善之名以彰有後之慶嗚呼哀哉庭樹慽以驚秋川波咽而不流歷神皋兮望國寢背華宇兮歸山丘歷（詔令作流）塵蒲兮虛榭暗綠苔生兮行徑幽惟盛德與鴻烈亦天長而地久悠悠嗚呼哀哉

恭懿太子哀册文　李揆

維上元元年太歲庚子六月巳未朔二十六日甲申皇帝（舊唐書本傳并詔令並無帝字）第十二子待節鳳翔等四鎮（唐書作州）節度觀察大使興王佋薨于中京之中（二本作內）邸殯于（詔令作於）寢之西階粤八月丁亥册贈皇太子廟號恭懿冬十有一月庚寅詔葬于長安之高陽原禮也鸞隊開封龍輴（二本作輼）進轍陳祖藏而就位儼塗芻而（唐書作以）成列皇帝哀王林之閟景惘

瓊萼而罹（唐書作之惟）霜瞻屢（唐書作龍）緈而增思懷鴈池而永傷考謚惟古襃崇有式爰詔史臣恭宣懿德其詞曰

維天祚唐累葉重光中興景運（唐書作宸景）再紹乾綱本枝建國盤石疏疆克開聖（唐書作寵）胤寔曰賢王驪源孕彩日幹騰芳深仁廣孝蘊藝含章秀發孩笑（二本書作童年）惠彰髫（唐書作齓）齒蹈禮知方尊賢（唐書作承尊）叶旨對日流辯占封（二本作鳳）繼美魯衛後塵問平絕軌胡孽初構王師未班爰從襁褓載歷險艱愛借（二本作備）中掖名崇懿藩居常禀訓動不遠顏禮及佩觿朝加分器祚土延壤（二本作渥）登壇受師玉（詔令作璇）軾金箱（四字唐書作玉賢金聲）文經武緯樂善爲寶崇儒是貴濬哲外朗溫文內深閱書成誦觀樂表音五經在口六律諧心才優藝洽

（詔令作給）絕古超今虵豕猶梗寰區未泰（二本作乂）潞慮祈真焚香演偈食去葷血心從（唐書作依）定慧庶福邦家俾清兇穢霜（唐書作霧）露嬰疾聰明害神沉痾始遘彌曠盈旬正（唐書作止）慮無擾發言有倫在膏方函問膳逾勤雲物告徵星辰變象楚藥無救秦醫莫伏靈儀杳而上賓徽音邈其長徃遠舊邸於青社即幽陵於黃壤嗚呼哀哉寃氣奪兮去何之精靈在兮孝有思痛（唐書作念）君親之永隔託夢寐而來辭延桂宮而震（一本作宸）悼貫椒壼而纏悲旌遺芳於碣館賁新命於儲闈嗚呼哀哉先遠戒候占龜獻吉指鶉野而西臨背鳳城而右出天慘慘而苦霧山蒼蒼而翳日揚薤挽之哀悽眄松挺之簫瑟罷（詔令作羅）烏伏以禮峻橑黃腸而思容望馳道而

長辭赴幽途而未華嗚呼哀哉生爲寵王兮哀愛所鍾歿
追上嗣兮朝典斯崇昇王筌於洞府閟唐書作闕非銀榮於泉
宮金石誰固兮人生有終簡冊猶二本作攸記兮德音無窮敢
直詞以唐書作於纂美庶末代而承風嗚呼哀哉

昭靖太子哀冊文　蕭昕

維大曆八年歲次癸丑五月乙亥朔十七日辛卯開府儀
同三司元帥鄭王薨旋殯于內侍省二十七日甲午冊謚
曰昭靖太子洎十年歲在乙卯十二月庚申朔二十六日
乙酉遷窆于萬年縣細柳之北原乃詔京兆尹黎幹監護
喪事展飾終之儀禮也嗚呼哀哉窮陰肅冽殺景凝沍蜃
輅方巾龍驂在御設庭燎以終夕啓攢塗而即路皇帝悼

賢王之不淑念愛子之云亡齊彭殤以理遣顧形影而神
傷録舊功一作勳於藩邸議新謚於太常瞻承家於七鬯追
嗣位於元良爰命侍臣式纂遺芳其詞曰
維昔啓土膺茲冊命賜爵爲王建封于鄭衆國寵異魯邦
禮盛明哲在躬溫良成性國步艱難遘茲師旅克生才藝
允是文武乃拜元戎俾殲醜虜職思靖亂功期禦侮守師
律以殄邦振威聲而先舉問安內豎視膳寢門隨肩明兩
順色晨昏光輝棣蕚友愛鶺原率禮不遠人無間言招賢
南楚愛客西園宗子維城王室以藩樂善未終沉痾斯起
群望並走衆醫咸理有加無瘳蘭銷玉毀馳光度隟逝川
閱水軫皇慈之怛化嗟國人之罷市嗚呼哀哉疇庸未紀
度德則優崇以徽號闡其謀猷善則可旌禮無不酬吉凶
同域神理難求列前星之儲位昭甲觀之靈一作叢慶選一作
撰日月以有時備塗芻以將命卜窀從吉辨方居正茔原
霜苦松阡雪映起寢廟之崇嚴制園陵之尊敬一作盛嗚呼
哀哉轀車發軔緹綺前旌祖載奠撤簫笳哀鳴梲出離宮
路廻直城羽儀以列徒馭不驚越素滻以東指背黃山而
北征聯岡走以廻抱遠樹靡而低傾對驪宮以立表依細
柳以開塋閟重扃於窆壤悲執紼於栢櫞川杳杳以瞑色
野梢梢一作稍稍以寒聲仰清芬之不泯實昭晰於鴻名嗚呼
哀哉　一作皆唐大詔令

文苑英華卷第八百三十九

文苑英華卷第八百四十　謚議一

謚議上此下二卷英華所編失年代先後今正之

德宗謚議　許孟容

皇莫大夫羲軒帝莫加于唐虞姒氏商鎬亦續憲度咸紀名謚以揚昭光徽儒臣之議所以節一惠也發揮茂耀如揭日月伏惟大行皇帝文思濬哲天縱神授大明繼聖大孝尊親服道稽古洗心藏密巍巍蕩蕩赫赫功造嚴祖宗而上下昭假仁億兆而飛沉表靈始者蘇寇殘魂戎旌未偃方由雍邸出揔虞師剗讐耻而戴君父起雍城而升火海元良有開曆數誕膺同殷宗而心在諒陰位一作泣漢制而禮從權令然後諏咨對越端拱而理時丁祲沴盜起洮

烈宸筭獨復雲雷駿奔浹旬底定鯨燎殲洗亥巳哀痛大猷彌尊戢泉威武止殺弔人之志也金方朔壠獫狁昆夷赩趄獷悍不敢不率冄穴南裔扶桑東極自古未化占風而至鏡照廣及無思不服之德也大本達道是爲中和鼓而舞之名我至樂以變繁淫以貞神人奉聖順聖元侯繼獻九成八佾聖作明述垂衣脫劒訢合猗那之奏也觀文化成匠物研精四始六義動經風雅洪音巨麗焜燿皦繹立言垂訓冊書玄鳥之作也蠲疴保全壽夭之門方疏溥錫目之廣利札瘥不聞長養推仁施齊天地如保赤子之誠也教由德禮人乃耻格古作訓夏我箴政刑載弘哀敬用息刀鋸利見大人脩本媿心之旨也躬信孚而偷薄以

華體清明而貪饕以懲納匪躬之直無毀校防川之誤推輔理之功有輻湊並進之勤泥金方草仙鼎忽成汗漫無從希夷永閟哀同軌之將會仰鴻名之可易鋪衍至蹟錫乎無窮謹按經義參諸謚法曰物妣無方之謂神保大定功之謂武尊仁安義之謂孝經天緯地之謂文大行皇帝變化無窮樞衡在握神莫過焉金湯善師豺豕擾馴武莫盛焉　焯王度煥乎黼藻文莫逾焉考墳史而徵德實請上尊謚曰神武孝文皇帝廟號德宗謹議

敬宗謚議　賈餗

議曰定尊號考列聖終古之重事有司宜用大者遠者上

質百王之明烈下開千載之成法參天人之意極臣下之誠酌而舉之以正大謚故稱天以誄大莫加焉微臣得議公莫至焉所謂大者遠者蓋揔夫一朝之治化四海之惠澤夷夏之率職元元之受賜皇明而（疑）臨之遠近叡斷所繫之巨小何如耳其他苟不足以升降盛德者固得畧而不論伏惟大行皇帝以英叡之資紹膺丕暦啓皇輝於磐石浴聖德於少海每欽承冊命天下感悅既即尊位孝思蹐顯列聖之道率禮（一作履）不違禮行乎郊禋敬達乎宗廟富四海以致養榮兩宮以問安推恩廣愛累霈鴻渥發號施惠洽於百靈而又天資嚴正叡德沉毅恃海內承憲宗穆宗威靈德澤之厚朝野無事生人休息初臨大寶委政

宰庭春秋至富而遠蓄剛辯既閱庶務四聰益達英斷自己任賢不疑故卒能光啓誠明載安天下橫議或熾聖衷愈堅忠勳內外叶贊雄略於是舉兵食之大計示經營乎四方而不庭之藩首自夷殄礪忠奮節視師（一作待沖）於朝承風嚮化遐邇聳動夫不怒而威不戰而勝王者之武也推是大旨引而伸之則未形之用可見矣惜乎號未光乎天地澤未浸乎四海而變生非慮遐抱天闕生靈之惋憤其可既乎七月將至同軌既集臣謹上稽國典傍考物情約以經義合諸謚法表功節惠庶叶大中書曰惟叡作聖夫以濬哲之材繼聖明之業而祖宗成式脩舉罔墜禮百神而親九族尊儒術而容諫諍鋪鴻闡號聖德彰明非叡而

何謚法威強叡德曰武制勝朝堂之上而威稜遠馭不俟車甲非武而何昔漢昭帝之所以爲昭知臣而謚法亦曰明德有功曰昭大行皇帝初雖謙讓然終任其剛斷以顯明德非昭而何夫愍者臣下追惋之誠所深切者也謚法在國逢難曰愍聖朝既討讎戡亂明告四方有司所宜率億兆之心極君親之義薦誠隆（一作擁）感非愍而何謚法慈惠愛親叶時肇享皆曰孝乎愛敬於率土刑家邦之孝理躬親嚴配之典奔走職來之功廣慈至德非孝而何傳曰臨之以莊則敬又記曰莊敬則嚴威擬盛烈之形容參歷古之訓典謹上尊謚曰叡武昭愍孝皇帝廟號曰敬宗謹議

宣宗謚議　蘇滌

議曰伏以皇天平分盛王全用施雷雨之廣澤則庶物生成務恩威之至仁則四海亭育遂使含靈受泰觸類知懷美謚大名固當稱謂伏惟大行皇帝爰自盤維膺茲九五行越今古仁被黔黎孝惟生知略不代出以天下爲己任視宇內於掌中坐朝而不問風霜彌亂而不恡府帑動惟師古慮必歸周問善若驚去疾務盡前王之美事列聖之令典必擴而行之加以講信脩睦任賢興能思念勳庸則發凌煙之彩繪旌孜友于則罷雍和之宴錫俯閔才彥則命法官諫官之次入對愛憫生育則禁三月五月之採捕一物之不得其宜納隍在慮四方之稍有未泰降食爲心命

將則千里坐知指縱（詔令作蹤）則三邊克定是以人並為便物
得自安加以西平羌戎南殄蠻冦三州七關之地坦然無
虞四鎮際海之毗晏然自葥然後賑廩恤人蠲農命使遂
無不肅邈無不安姦宄戢心權豪屏息京輦絶枹鼓之響
邊陲無烽燧之虞可謂超三躋五度契踰繩者矣故有識
曰仵其云亭齊人已臻於仁壽不享堯運不升軒雲豈獨
唐俗有喪考之悲杞人懷崩天之怨而已謹按謚法敬祀
享禮曰聖闢土斥境曰武聰明睿知曰獻經天緯地曰文
慈惠愛親曰孝先皇帝肅祗禋祀非禮不行得不謂之聖
乎收復舊疆誅鋤梗驁得不謂之武乎好文樂賢與善不
倦得不謂之獻乎虔奉天道銳意典法得不謂之文乎五

十而慕問安不懈得不謂之孝乎謹上尊謚曰聖武獻文
孝皇帝廟號宣宗謹議

懿宗先太后謚議　杜宣猷

議曰臣聞慶都誕堯唐風稱盛塗山育啓夏道克昌坤德
旣刑於邦家帝籙方傳於悠久况母儀夙著壺教自高婺
曰昭其休祥俔天表其鴻慶晦耀未兆逢時乃彰殊榮不
在於生前縟禮必行於身後詳觀國史迩聽皇王歩驟以
來其道一貫伏惟先太后應二儀而作合齊兩耀而降祥
泒流弄印之榮道叶握圖之聖肇明初進慈儉用光蘋蘩
遵助祭之儀紘綖展親蠶之禮四德懋之姿始耀六宮之望
攸歸服澣濯而自修抑華侈而不御大行皇帝道資內助
禮冠中闈越辭輦之遵聞體鳌降之盛則二河之族難並
五龍之慶方逕進賢才而益恭辭進封而奪志（一作辭封拜而難奪）
是子一人而不享其福毋四海而不居其尊行成楷模言
著箴誡名器尚虛於椒掖輝華俄鈌於桂輪全德則崇備
物猶爽當海晏河清之日屬賓天上漢之朝（一作期）故紛軫
皇情之深新阡赴册禁之慟於是痛環珮之絶響感詩禮
之無聞爰詔近臣俾詠明淑神筆（一作筆是）添句用寫悲情豈
八字之能倫與三光而齊朗歎纏綿悽愴之痛憫撫存悼
亡之詞天文照臨哀榮兼極其後必大倚伏有徵皇上繼
明之初遷思顧復遂發宮女副以內臣恭告薦之誠度陵
寢之制寔遵近禮即兆為山改馬鬣之形就鼈隅之式璇

宮對立蘭殿煥開想像如覿於王衣盼蠁疑遊於金屋上
仙之日都天不簪於柰花追榮之辰國風空賦於荇菜昔
處虞嬪之列今當文母之崇體內範而素深因子貴而昭
慶泰原松檟佳氣久凝漢后禘祫盛禮俄及道光前古德
冠後宮發睿感於賜衣軫孝思於遺鏡遂揚翟褕（一作芾）之
禮以慰昭靈之慈謹按易曰元者善之長謚法曰宣慈惠
和曰元又曰明德有功曰昭伏以先太后待年之初已標
仁懿之則儷極之後益彰柔睦之風得不謂宣慈惠和乎
輔佐昌期聿脩陰教克生聖嗣光啓中興得不謂明德有
功乎請上尊謚曰元昭皇太后謹議

一作皆唐大詔令

駁工部尚書宋慶禮謚議　張九齡

開元中通會典要作開元七年太常博士張星謚贈工部尚書宋通典作宗慶禮曰專議云太剛則折至察無徒有事東北所亡萬計所謂害於家凶於國謚法曰二本作案謚法好功自是曰專禮部員外郎張九齡駁之議二本無此字曰營州鎮彼戎夷扼喉斷舌二本作背逆則制其死命順則爲其生通典作主人是稱樂都其來尚矣尋罷海運克廣歲儲邊亭晏然河朔無擾與夫興師之費轉輸之勞較其擾勞孰爲利害而云所亡萬計一何謬哉安有踐其迹以制實貶其謚以徇虛採會要作乘慮始之二本作以謗聲忘經遠之權利義非得所孰謂其可請以所議更下太常庶表行之跡可尋而易名之典不墜也謹

議後謚曰敬

駁太師燕國公張說謚議大常寺謚爲文貞伯成駁之　楊伯成

議曰謚者德之表行之迹將以激礪風俗檢束名教固無虛譽通典作稱是尊會要作存寔錄准張說罷相制云不書二本作肅細微之人頗采周慎之旨又致仕制云行虧半古防闕周身術兌瓜李之嫌而喧會要作諠衆多之口且王之有瑕尚可磨也人之斯玷焉可追焉通典作焉得追諸謚曰文貞何成沮勸請下太常更擇行事定議謹議

御史中丞盧弈謚議　獨孤及時任太常博士

盧弈剛毅而舊唐書會要集本並作朴忠直方而清勵精吏事所居可紀天寶十四載洛陽覆沒于時東都集作周舊唐書會要作京人士狼狽鹿駭猛虎唐會集作武磨牙而爭其肉居位者皆欲保性命而完妻子或競先策蹇集本文粹作先策高足爭脫羿彀或不恥苟活井飲盜泉弈獨正身守位蹈諸本無此字義不去以全死節誓之諸本無此字不辱勢窘力屈以朝服就執猶慷慨舊唐書有感憤二字數賊梟鏡之罪覩者股慄弈不變其色西向而辭舊唐書作西北面辭君會要作西面辭君然會要作而後受害雖古烈士方之者鮮矣或曰洛陽之存亡操兵者實任其咎非執法吏所能抗師敗將奔去之可也委身寇讐以死誰懟及以爲不然男者禦而忠者必守社稷是衛則死生以之會要作一老而去之是智免也忠於舊唐書文粹作於忠何有蓋舊唐書作昔苟息殺身於晉不食其言也仲由結纓於衛舊唐書有食焉二字不避其難也玄冥文粹作石

正勤其官而水死守位而忘軀也伯姬待保姆而火死先禮而後身也彼四人者死之日皆於事無補夫豈愛死而賈禍也以爲死輕於義故蹈義諸本有而字捐生古人書之使事君者勸然則祿山之亂大於里丕集作克孔悝會要二唐書有弈字廉察之任切於玄冥之官分命所繫不啻保姆逆黨兵威烈舊唐書作甚于諸本作於水火于斯時也能與執干戈者同其戮力挽之不來推之不去豈不以師可虧免不可苟身可殺節不可奪故全其持舊唐書作特操於白刃之下孰與夫文粹無夫懷安偷生者同其風哉謹按謚法圖國忘死舊唐書作身下同曰貞秉德遵業曰烈弈執憲戎馬之間志藩王室可謂圖國矣舊唐書會要集本並無矣字下三字同國危不能拯集作救而繼之以死可

謂忘死矣歷官十一任言必正事必果而清節不撓去之
若始至可謂秉德矣先集有時字非黄門以直道佐時弈嗣之
以忠純可謂遵業矣請謚曰貞烈謹議

故左武衛大將軍持節隴右節度經略大使兼鴻
臚卿御史中丞贈涼州都督大原郡開國公郭
知運謚議　前人

議曰郭知運驍勇有謀善文粹有於字用兵起行間為唐上將
當時唐興百餘載矣天下充富太倉有二十年之蓄玄宗
脩集本文粹作循漢武故事方銳意拓土知運適與時會遂扶作無
此字乘天威奮其材力獨一本作敢與虜确故能破黠戛可汗以
靜文粹作靖北庭敗吐蕃誅康待賓隴坻文粹作底以西烽火為息

尉為麾下吏士任必以材往往超倫績用茂著王君㚟二本作英非
以果勇代處分閫之寄牛仙客出將入相以清幹信
謹稱斯又獎拔之明也當時議者謂知運與郭處瓘王晙
辞訥並為中興名將至今隴上將士思之或有起詞宇於
故城遺壘尸而祀之者上元中肅宗加太公望武成王之
號知運列於配食之位則其勳伐事業宜有以美稱易其
名者謹按謚法服叛懷遠曰威易曰厥孚威如繫辭曰弧
矢之利以威天下虞書曰董之用威傳曰非威非懷何以
示德則威者聖人所以佐仁義以濟天下者也施於名號
可以表將帥之德請謚知運曰威謹議

駁議郭知運　崔㬇時任左員外郎附見獨孤集

議曰郭知運承恩詔葬向五十會要有餘字年今請易名竊恐
非禮謹按禮記會要作經云禮時為大又曰過時不通典會要有以字
為禮也昔衛公叔文子卒將葬其子戍請謚於君曰日月
有時將葬矣請通典會要有所以二字易其名者蓋時不可踰也通典
會要有今字節度既通典有卒字名不浮行數紀之集有間字前門生故
吏已合謀謚今乃申請竊將有為而作節度嗣子英乂頃
屬多故屢制方隅朝庭策勳位表端揆附從者竊不中之
禮會無妄之求況節度當開元集有之字初朋贈特加碑誌踰
等集作並建皆出恩命追悼之遇文粹作過亦已當矣今又鹵莽外
於典章追送往之闕遺啓將來之冐昧況今裂土者接畛
專征者百輩若率而行之誰曰無請不唯有司疲於簡牘

抑恐名器等於草芥雖欲曲全竊將不可又禮經云已孤
暴貴不為父作謚若節度合謚而不以其時則嗣子廢先
君之德若不合謚而苟遂其志則先君因嗣子而見尊以
僕射而言集有之字恐貽越禮之譏以國家而言集有之字又殊旌
善之體請下太常重議謹議

重議郭知運　獨孤及

議曰禮時為大順次之將葬易名時也有故文粹作古字闕禮
追遠請謚順也假如諸侯五月而葬魯惠公之薨也有宋
師二本有太子少葬有闕六字至隱公元年十月而文粹作巳改葬不以踰
時而文粹無而字廢禮又公叔戍明謚適當葬前謹按禮經二字
通典會要作三百禮經三千威儀曾不言已葬則不可追謚況帝王殊途

不相沿襲（會要作禮）新禮（會要作制）則死必有謚不云日月有時今請易名者五家無非葬後苗太師一年矣吕諲四年矣盧弈五年矣顏果（集作真非）卿八年矣並荷褒寵無異同之論獨知運以其子不幸遂以過時見抑苟必以巳葬未葬爲節則八年與五十年其緩（會要作後）一也而與奪殊制無乃不可乎議云巳孤暴貴不爲父作謚此謂其父無位而子居大官（會要作貴位）不當以巳（通典作子）之貴加榮於父也禮不云乎父爲士子爲大夫葬以士耳（集作禮）若知運者處方面之（通典會要作重）寄位列九卿茂勲崇名與衛霍侔儔終之禮宜嘉於他將一等豈待因依嗣子然後作謚今之專征（通典作征鎮）者（通典會要有卒多起署販皂隷之中九字）雖逢風雲化爲侯王其（其字通典會要作而其間有）

祖父爵位與知運齒者鮮矣（通典會要作與知運等當請謚者有幾）柰何（通典作何乃）懼名器等於草芥以是殺（通典會要作廢）禮竊謂近誣乾元巳（文粹作以）來累有詔追贈百官祖父内外文武具寮之先悉蒙恩錫或音徽久沫或墓木巳拱受大名貴位於九原者以萬數未嘗以没代遠近爲限夫贈謚一也贈者一時之寵謚者不刊之令今以歲久而廢易名是王澤浹於天下而獨隔於一人也當開元二年吐蕃以舉國之師入五原塞擊柝之聲聞於秦（集作咸）雍知運與郭處瓘等討平之以張王室當時微知運則汧隴之西左衽是懼今朝廷方將命師（四字集作出將）以征不服討不庭宜褒寵之以勸握兵者安可以華久而廢大典况夫謚法者蓋考其言行事業之邪正必以字褒貶之使生者聞美謚而慕覩惡謚而懼不待賞罰而賢不肖皆勸是一字之謚賢於三千之刑本非爲没者之子孫以爲哀榮寵贈之具假令知運無子且未嘗立勲苟位至上將則謚不可廢豈以其子之存亡以（集無以字）爲請謚之可否竊稽（會要作考彼）載籍徵諸舊章易名之禮請如前議謹議

故太保丞相贈太師苗晉卿（集作韓國苗公）謚議　前人

太師禀天純懿爲唐股肱兩朝當國庶績惟允論道賦政送往事居叶恭秉彝動罔違德惠和以懋其事明哲以保其身昔嘗懸衡九流剖竹四郡刀尺之下無滯用襦袴之内無貧人洛陽居守東夏輯睦天寶之季（文粹作年）二京爲戎

皇輿西狩億兆左衽太師踐危機不易心處横潰不忘國奮身拔跡於豺狼之口道不汙而節不奪忠之大者至德乾元之（文粹無之字集作年）中天下多故皇綱未張肅宗脩（集作循）漢宣故事用刑名繩下而太師以曹參爲師持清静守職勵翼王度將順事典人亦寧一厥猷茂焉能知人能官人慎選乃條言割其楚（二本有至字）拔群萃而取公器不五六年比肩衮職者（集無者字）光映冊（集作策）府當代榮之漢史稱胡廣與故吏陳蕃並爲三司太師有焉夫九德咸事寬爲之首百工惟時哲則能惠（集作能哲則惠）宜其享天眉壽爲國元老古者生以行觀其志没以謚易其名字之美惡視行之大小後代或三字以表德真惠文子是也或二字以彰善鄭文

終侯留文成侯是也蓋其跡集作績大名盛則禮優謚崇太師德冠縉紳位侔周邵將加旂誄謚之制宜以鄭留為準謹按戴大禮體和居中曰懿文令資有成曰獻稽千載之令典合二名以配德請謚曰懿獻謹議

丞相故江陵尹兼御史大夫呂諲謚議　前人

呂諲任職從政聰敏肅給能以才知潤飾吏道至德中與三司同鞫大獄獨引律文附會經義而平反之當時卒用中典諲叅其論在台司齦齦雖無匪躬之能然平章法度守而勿失脊為荊州一年有成號令明具賦斂均一物有制而事有倫大抵以威信為主戮陳希昂按申太芝之姦而三楚之人悅服厥功懋文粹集本作茂焉自至德已集作以來荷

推轂受脤之寄處方面者數十輩而將不驕卒不墮政脩人和如諲者蓋鮮矣集無矣字豈不以人散久矣而兵未戢挹濁流者難候清整棼絲者難為功文粹作工諲當此時能以慈惠易其疾苦且訓其三軍如臂使指合境無拔葵啗棗之盜而楚人到于今猶歌詠之其識集作才略必有過人者雖欲文粹無欲字勿褒之其可乎按謚法威德克就曰肅禁暴威也愛人德也考禮議名而擬諸其集無其字形容請謚曰肅謹議

駮議呂諲　嚴郢附見獨孤集

議曰伏以故相國江陵尹兼御史大夫贈吏部尚書呂公諲昔事先朝累當大任至德之初天步艱難公首披荊棘扈蹕靈武忘軀進忠一日三接先朝察匪躬之節納沃心之議爰立作相弼諧神人其嘉謀嘉猷獻可替否之跡入則造膝出則詭辭溫樹不言難可得而知也至有爛焉明白欲蓋而彰者請區而載之乾元收復之際兩都衣冠多繫於三司詔獄御史中丞崔良器議事失入時宰苗太師崔趙公等雖廷諍之然未堅決公有犯無隱引經正辭上是其言刑為之省所全活者蓋數百人明主收霜集作雷電之威聖朝行寬大之典者繄公之力也古者進賢受上賞書不云乎咎繇曰都在知人公踐台衡專以推賢任人為務故相國房公琯故吏部郎韋公陟入登右集作左職皆公之由今相國黃門侍郎杜公之蒞江陵也公薦在方面之

任今相國中書侍郎元公之在杜克也公咨以幕府之政會未數歲而二相接武於上台天地交泰聖賢相得庶績咸熙五典克從者茲集本文粹作資公之舉善也則子皮之舉子產鮑叔之舉管仲肖何之舉曹參武侯之舉蔣琬方之前人我有餘地其在荊南也戢兵和衆令行禁止理績為天下最雖古之羊杜無得而踰今太常議荊南之政詳矣而曰在台司齦齦無匪躬之能者乃一作以扶瑕掩瑜通典會要集本作德之論非中適集作適中通典會要作中道之言也國家故事宰臣之謚皆有二字以彰善旌德焉夫以呂公文能無害武能禁暴貞則幹事忠則利人盛烈宏規不可備舉傳叙八元之德曰忠肅恭懿若以美謚標於形容請謚呂公曰忠肅謹

議

重議呂諲　獨孤及

議曰呂諲任宰相日淺當時會肅宗躬親萬機(文粹作務集作方)庶政群臣畏威奉職而已雖有嘉謀於巖廊之上莫由有知之者及其荊門之政爲仁由己畧見於事其恩惠被於物(集有其字)風謠存乎人故人得而稱之議名之際敢不闕其所疑而録其尤(文粹有者字)著者有司之職也其閲寔訟(集作詔)獄在未執政之前前議(集壘議字)之詳矣敢辱再告至若推進名賢(集作公)使登大任旣同温室之樹且行狀所不載孔子曰君子於其所不知蓋闕如也故不書今奉符令必用(會要作加)二字且以忠配肅謹按舊議凡殁者之故吏得以行狀

請謚於尚書省而考行定謚則有司存(通典會要有朝字)廷辨可否宜在衆議今駁議撰謚異同之説並故吏專之伏恐亂庖人尸祝之遠公器不私之戒且非唐虞師錫僉曰之道昔周道衰孔子作春秋以繩當代而亂臣賊子懼謚法亦春秋之微旨也在懲惡勸善不在哀榮在議美惡不在字多文王伐崇周公殺三監誅淮夷晉重耳一戰而覇諸侯武公盛矣而皆謚曰文以冀缺之恪德臨事寧俞之忠於其國隨會之納諫不忘共師言身不失其友其文德豈不優乎而並謚曰武固知晉法者必稱其大而畧其細故言文不言武言武不言文三代已下朴散禮壞乃有二字之謚二字謚非古也其源生于(通典會要作於)衰周施及戰國之君

漢興蕭何張良霍去病霍光俱以文武大畧佐漢(文粹有時字)致太平其事業不一謂一名(通典會作文)不足以紀其善於是乎有文終文成景桓宣成之謚雖瀆禮甚矣然猶褒不失人唐興參用周漢之制謂魏徵以王道佐時近文直言極諫愛君而忘身近貞二德並優廢一不(集本文粹作莫)可故曰文貞公謂蕭瑀端直鯁亮近貞性多猜貳近褊言褊則失其賽正稱貞則遺其宏狹非一言所能名故曰貞褊公其餘舉凡推類大抵準此皆有爲(新唐書壘爲字)之也若迹無殊途事歸一貫則直以一字目之故杜如晦謚成封德彛謚明王珪謚懿陳叔達謚忠温彥博謚恭岑文本謚憲韋巨源謚昭唐體璟謚忠魏知古謚忠崔日用謚昭其流不可悉數

此並當時赫赫以功名居宰相位者謚不過一字不聞其子孫佐吏有以字少稱屈者由此言之二字不必爲褒一字不必爲貶若褒貶果在字數則是堯舜禹湯文武成康不如周威烈王靜慎(集通典會要並作慎靜史作慎靚)王也齊桓晉文不如趙武靈王魏安釐秦莊襄楚考(集作孝)非烈也杜如晦王珪已下或成或明或懿或憲不如蕭瑀之貞褊也歷考古訓及貞觀以來制度似皆不然今奉所議云國家故事宰相必以二字(集爲有字)謚未知所(集無所字)出何品式請式具諲當以(三字集作四示謹當以)爲按擬若忠者臣事君之常道荀靖恭乎位誰則非忠非有炳然之異則不以爲謚至若議獄緩死任賢舉善德之美者然肅者威德古凡號之名足以表之矣月

令曰孟秋天地始肅詩曰昌不肅雍又曰肅肅王命仲山甫將之肅嚴也敬也忠之屬也天地不肅則歲不成宗廟不肅則禮不立軍旅不肅則人不服肅之時義大矣哉以謚之從政也威能閑邪德可濟衆故以肅易名而忠在其中矣亦循隨會甯俞之不稱文豈必因而重之然後爲美魏晉文已(集作以)來以賈詡之籌筭弃賈逵之忠壯張既之政能程昱(通典會要作普非)之知勇顧雍之容重王渾之器量劉楳之鑒裁庾翼之志(通作智)畧彼八君子者方之平東宜無慙德死之日並謚曰肅當代不以爲貶何嘗微一字二字爲之升降乎謹上稽前典下據甲令叅之禮經而究其行(通典會要作往)事請依前謚曰肅謹議

駁司徒楊綰謚議(太常謚文貞端駁之)　蘇端

議曰古者美惡無私褒貶必當將以嘉善而退惡爲列辟之明典也可不慎歟今謹詳前謚文貞者稽法考事恐非光允時論發揚來訓矣夫道德博聞曰文清白守節曰貞且元載與司徒友敬殊深推爲長者首舉清要人莫與京及司徒寵望漸高載畏其逼又知載凶壞紀綱心貳於君既懼其疑因而疎問(通典作因疎簡)有口皆知載惡而獨曾無一言或有發載之惡譖告未明抱誠坐法者司徒時居上列奏達非難不能因此披衷正詞全志士之命露兇狡之私而乃晏安自恭優游過日使元載禍大臧身竟勞聖上防伺之慮豈守節不隱耶豈懷其退無毒耶非謂文貞明矣洎元載將謀不忠罔聰蔽聖畜怨於下招怨於上使北塞人勞有過時之戍西郊虜入無弭災之虞忠磁邢忠(通典會要作堅)義之士將死復生梁宋傷夷之人或寒或餒搜訪旌恤中外所急載皆絕之使王澤不及於下爲行路所嗟而楊公當聖上維新之時居天下得賢之望誠宜不俟終日造次速言乃寂寥啓悟噤閉謨猷貪食萬錢之賜虛承一心之顧使防河之人家聞採緣(會要作篆)之嘆近甸諸邑多與圻父之憂豈慈惠愛人乎既曰不慈不惠何以謂之文有隱有毒何以謂之真矣古者諸侯有國卿大夫有家上以報祖宗下以慶子孫之義也楊公歷處厚俸人謂儒宗曾不立家又無私廟寧使人老(一作孝)非關敬祖之禮位極亡祭祀(二本作櫝)

之宮乃在衣冠誰不歎恨又乖大義(一作憲是)克就愍仁接禮之義矣曰文與貞豈可以議聖人立謚有公無私(四字通典作書公而無私之謂也)所以周宣不敢私於父謚曰厲漢宣不敢私於祖謚曰哀百王明制歷聖通則昔公叔文子有死衛之節脩班制之勤社稷不辱方居此謚爰及太宗初魏公徵有匡救公直之忠中宗末蘇瓌有保安不奪之節所以諸賢甚衆謚文貞者不過數公至於燕公張說先朝辭翰之臣(四字二本作翰能)名節昭著省司尚謂不可至今人故稱之猶(會要作由)是言之焉可比德請牒太常更詳他謚以守彝章庶乎青史之筆不乖於周漢黃泉之冤免慙於蘇魏謹議

代太常答蘇端駁楊綰謚議　梁肅

謚曰有國之典存以位叙其德沒以謚易其名名之小大視德之美惡蓋書其著而畧其微要其終而明其義故曰謚以尊名節以一惠恥名之浮於行也楊文貞體淳素之資協特中之德爰自下列至于宰司秉心不渝動必由道與夫立功立事開物濟衆不同日語矣而清儉厲俗明哲保身曰文與貞在我惟允秉公議者其誰曰不然今奉符謂公與元載交游嘗爲載薦引載之咎惡悉歸於公斯乃昧於覩行定謚之義且非君子成人之美也請區而（集作以）評之昔荀爽爲董卓所舉致位三公及卓數亂漢政可謂甚矣而漢史曾不以卓之過累於慈明晏子陳氏俱事齊侯陳志邪而晏志正春秋亦不以陳之惡延於平仲是知

道不必合事不必同則載之於公其事可見况當載秉鈞而公不參大政載以時望慕我我則靜而守中因跡爲簡適見清節又有發載之惡皆漏泄致辭患自掇也庸可救乎及夫載覆其餗公膺大任任職月（集作日）淺屢以疾辭位且不安安可以寂寥啓悟而責之乎昔季文子相三君無食粟之馬衣帛之妾君子以爲忠楊公以大名厚位出入三朝無宅一區無馬一駟志於清白交不謟瀆可不謂貞乎掌訓誥秉（集作持）銓衡處成均貳宗伯潤色王度無替厥美加以敏而好學見善如不及可不謂文乎謹按謚法稱貞之例有三清白守節曰貞大慮克就曰貞憂國忘死曰貞文之義有六經天緯地曰文道德博聞曰文慜人（集作忠信）接禮曰文不耻下問曰文慈惠愛人曰文脩德來遠曰文名既不備事亦殊貫又安可以二王三恪私廟家祭之闕併責於一名哉若其美果在一名則仕文伯孔文子且無經緯天地之文孟武伯寗武子又非克定禍亂之武若以厥禮不稱其名則臧孫辰縱逆祀不得謚文管夷吾臺門反坫不得謚敬是知議名之道録（文粹作取）其所長則捨其所短志其大行則遺其小節使善惡決於一字褒貶垂於將來蓋先王制謚之方也若綜覈名實於公論宜取坦然明白彰於遐邇者今或乘人之意肆誣謗之辭所謂抉瑕刺（集作次）骨之說非正議也且聖人（二本作人字）無全能才不必備以鄭公徵立言正色耻君不如堯舜其節大矣而昧於知人

許公褒固執遺（二本作條）詔延沮邪計其志明矣終不能守故春秋爲賢者諱過傳稱不以一眚掩大德語曰無求備於一人蓋二公所以爲文貞也若曰有行所歸九德咸事如周公之文宣父之德（八字集作周公之文宣王之宜文粹集作周公之文宣）然後擬議則千古莫嗣而謚典絕矣安在一二蘇魏足爲定制乎謹上參典禮近考故事楊公之名請如前議云爾（後謚爲文簡）

常州刺史獨孤及謚議　權德輿

議曰獨孤及剛方直清根於性術其脩身蒞官確然（文粹作乎）處中立言遣辭有古風格辨論裁正昭德塞違濬波瀾而去流蕩得菁華而無枝葉其樞衣入室之徒皆足以掌贊書而秉方冊則及之爲文可以（集本無以字文粹）徵矣其爲博士

時有上議景皇帝不宜爲太祖者詔下爲庶官及皋夔殷周漢之故事尊祖配天之大古以爲景皇(文粹有帝字)始封于唐天所命也於是定儀(文粹作議)無一代典法新平長公主之子裴儆(文粹作儆洙)尚永清公主欲以他族(文粹作宗)主婚及時相禮上陳不可竟得以裴僕射遵慶爲主當時稱之定呂諲盧帝鄭知運之謚用禮文憲齊得褒貶之正凡在(集本文粹作斷)是往復詞旨堅明其理舒州屬歲饑旱鄰郡庸亡什四巳上而舒人生聚悅安不知凶年優詔褒異就錫(文粹作賜)金紫其初在濠其後在常皆因俗爲理人用愛戴雖不得居公卿長帥之任然其奏常議論三郡績用亦足以列於文苑附於循吏按謚法曰博聞多能曰憲獻(二本作爲)可替否曰憲

及酌三王四代之典訓作爲文章以輔教化是爲博聞位黍中外必以稱職聞是爲多能定宗廟之饗爲薦可正婚姻之主爲替否有司稽美行而易其名者請謚及曰憲謹議(文粹作謚)

贈司空李揆謚議　前人

議曰李揆端莊粹溫絜廉淑慎用文章術學資適逢時會其英華以取貴達如良庖投刃無復肯綮歷諫曹左史司王言貳春官以至于平章大政在帝左右必以文誼藩身奉法遵職官曹無秕政姻族無倖人束帶山立敷陳前老儼然而溫有碩儒大臣之度或起或廢其道甚夷昔觀射父能作訓詞以行事於諸侯左史倚相能通訓典以叙百物機實有之建中中西戎乞盟以舊齒宿望將命殊俗結華夷之信董衣裳之會已事迴車歲當與元匪躬靡盬至河地而殁追錫司空恩禮有加按謚法曰率事以信曰恭不懈于位曰恭揆果行求已致位台司歷官陟降十有八次周旋敬慎以揚職業不曰率事以信乎及逾懸車之年奉絕域之使受命(文粹作詔)即路視險若夷貞厲盡瘁沒(集本文粹作復)是於在轂不曰不懈于位乎昔甯玄成翟方進以經明爲漢相而皆謚曰恭迹揆所履節以一惠勤官死事炳然昭明有司易言請以恭謚謹議

文苑英華卷第八百四十

文苑英華卷第八百四十一

謚議下　謚議二

駁贈工部尚書馬暢謚議　常袞

議曰太常考馬暢之行舉夙夜就事廉方勁正之敬以易其名異乎無所苟於言也比建中興元間暢以父有征討之勳推恩而授爵位父薨家富於財以酒色自娛貞元中齎傾產交中官因獻田宅以求幸德宗薄其人而終不信用坐前與孤姪寡嫂分居拆財醜聲聞於（一作于）時茲後使孽子孀妻披姦抉私公言盈于庭此皆章著於視聽者可（一作何）以謚爲敬乎議者云先司徒之籌畫而暢揣摩者策無遺焉暢叅訂（一作計）於閨庭之內苟所言要中而不可隱當指明其効實而書之俾行道者無所惑不然則莊武公之才畧光于典策矣而乃飾虛辭以揚其善爲子請謚得非繆盭之甚邪又稱名儒端士皆從之遊未知孰爲其所漁（一作田蘇是出左傳）耶孟軻云尹公他端人也其取友必端夫爲端士而遊乎暢之門况謚法夙夜就事者以其績用可紀非謂其曠日彌月以至乎（或作于）終身也廉方勁正則暢處已行事未嘗造次而踐其途焉何以謚爲敬乎大凡言功伐議德行遵（一作尊）其迹有以勸善貶其名有以懲惡固非庸者事也如暢之輩烏足以黷典法哉若有司以有爲而爲之則宜乎勸（一無此字）貶之例也請下太常重定其謚（博士崔鄙改謚曰繆）（一作皆唐會要）

太尉晉國公韓滉謚議（代太常博士李谿暢當作）　顧況

議曰韓滉天然風操自建名實馭下威重允凝績用顯天下兵興務給財食月計億費王府一空中歲滉領小司徒實專出納平準齒革之材貿遷虞衡之賦邸無斂貨市均靡物加以齒用殆復充盈洎擁旄吳楚封畧數千里盛名大烈豈（疑作望）而斯畏嚴令山鎮不可撓沮諭意維揚則張瑗之謀戢矣飛書斬將則沅清之亂平矣采衛邦伯文武陪寮怙勢之徒負阻之族莫不輒軋顒顒如也且天寶以來江左無物產貨贍文法浸寬貪夫徇財小人趨利求茲官者十佰八九滉梶能制動絲克理棼過之所至刑必糾之非簡能之不知方矯時而爲理興元初姦宄偷變震驚我師滉首獻方物奔貢漢中慶賜遂行邦用由濟貞元初歲不有秋秦將歉食上憂乏用人心大搖滉發廩救災不

侯終日萬鍾繼至二輔（疑作二輔或是三輔）斯給蕭酇何轉漕關中寇恂資用河内皆以勤王幹蠱推功第一若斂而言則滉之功非細也爰命作相咨以財計用統邦九（一作賦）漢粟誠多超古之才高謝主臣而已會登用日淺其道未光然累行疇庸可得而擬謚法曰慮國忘家曰忠安君不念巳危而忠滉安國荒饉濟君艱難屬時多虞立權修賦危巳從怨忘家在公得非忠乎謚法曰剛德克就曰肅執心決斷曰肅滉剛而得位師克以貞令出惟行刑其必犯得非肅乎臣聞舉善不必求備易名是其大者昔謝琰定謚特以忠肅褒榮何曾議謚詔以忠肅追美稽滉勳勞無忝前烈伏請謚曰忠肅謹議

左常侍柳渾謚議　柳宗元

尚書考功伏以魯史褒貶虞書黜陟彰善癉惡王教之端自周公巳（集作以）來謚法未改謹按柳公累歷臺閣（集無此二字）清貫茂著名節貞亮存誠絜廉中禮納忠爲諍（集作争）臣之表出守乃牧人之良剌舉必聞潞清可紀冒危而大節不奪更名而純誠克彰遂踐冏司以匡王國奉上盡啓帷之志退迹有推讓之高珪璋問望洽於人聽所以聳厲在位關於政教聲聞于上者其事寔繁褒善勸能固將不廢宗元慨當族屬且又通家傳信克備其遺芳考行敢徵於故事謹具若其懿績布以懇詞定謚之制請如律令謹狀下太常博士裴堪謚議曰貞奉勑依

宗元乃渾之姪孫作此議上考功或是裴堪因其説而詵謚曰貞故載之謚議

駁尚書右僕射鄭珣瑜謚議（太常博士徐復謚文獻駁之）　李巽

議曰夫謚所以昭德也德既昭矣則文無以加焉故相國鄭公端操特立寡言慎行及居台司有獨遺恤人之美有知難不汙之節雖無文若之進拔無孟子之是非無賑施之仁無謇諤之義然足以稱賢相也夫文人者大則經綸天地次則潤色王猷周文以至德爲西伯季孫以道事其主咸謚曰文爲美無以尚也亦焉用兩字然後爲備哉竊覩以（一作）兩字之謚或有兼德（一作得）一字不足以盡盛德之形容故有兩字生焉然亦興於近古非三代兩漢之事也

夫舉典之道信其正不信其邪春秋之大吉也則兩字之謚非春秋之正也故相國鄭公之謚爲文足矣焉用獻哉爲獻可矣焉用文哉兩字兼謚竊所未諭請下太常重定謹議（一作皆唐會要）

又議

議曰鄭珣瑜令德清規坐鎮風俗理人而善政浹洽作相而謀猷密勿其終始事迹當時罕儔所以表賢易名定曰文獻夫文者煥乎大行獻者軒然高名合而褒之厥有經義亦猶貞惠文子累数其功至于再三以勸事君者今奉駁議其無進拔無是非無賑施無謇諤且曰二字之謚非三代兩漢之事愚以爲異（一作巽）之駁所謂進拔者豈不以

推擇群萃致之於庭乎珣瑜任司衡銓曁當鈞軸流品式叙英髦在朝若無奬拔之明則何以至此但如來議寡言愼行故其端兆不可得而窺也當先朝之月上體不平姦臣王叔文招（一作擅）權作朋將害于國其視丞相如無也輕議（一作詣）是相府不循舊章珣瑜意雖能誅力固不足移疾高謝萬情所歸則是非之明孰大於此夫所謂賑施者在禮家施不及國賢人君子廣愛爲心莫不開移物之源布厚生之政曩者恤災患免逋租亦旣當之矣其於篤親庇族衣無常主踐名教者誰則不行若以分孤寡之資同於賑施則於（一無此二字）珣瑜（一有之字）所羞言也奚謂無哉至如騫蹇匪躬前議已書其微婉矣旣承高論敢不指明德宗季年

李實爲京兆尹殊恩寵接貴倖無比而實以羨餘稱伐莫之敢非珣瑜衆詰所由上陳利害且曰取於人而未酬其直焉得有餘是其言不可謂之無謇諤矣伏以國朝宰輔謚文而兼字者代有人焉故房玄齡謚曰文昭狄仁傑謚曰文惠魏徵陸象先蘇瓌宋璟張說崔祐甫並謚曰文貞劉仁軌劉幽求姚元崇裴耀卿張九齡並謚曰文獻李元紘韓休並謚曰文忠薛元超曰文懿盧懷愼曰文成蘇頲曰文憲楊綰曰文簡其餘不可悉數若以文包美不宜以他字配之則房玄齡狄仁傑以降昭惠貞獻忠懿成簡皆不得正矣我唐聲明文物垂二百年更閱群才發揮王度豈議名之典獨未得中耶不然何輕阻（一作沮）之爲駁正所

設但當論謚之當否不宜詰字之多少苟有不當雖一字之可乎若皆允宜雖二字何害如帝臣源附會兇黨李北海奪其嘉名所言至公人則悅服今旣曰賢相而又非之君子於其言豈得苟而已乎若云二字非三代兩漢之規則又異乎愚所學者夫威烈愼靜（史作靚）周王之謚也文終文成漢祖之佐命也霍光爲宣成孔光爲簡烈中代之勳德也劉寛爲昭烈楊賜爲文烈東郡之鼎臣也安謂其無二字哉况文之爲謚（一作名）其義多矣有經緯天地焉有忠信接禮焉有寡立不懾堅強不暴焉有敏而好學不耻下問焉夫匪一端各有所當若皆侯西伯季孫之德然後稱文則魯侯與文伯歜之類皆不爲文矣故誄謚之制因時

（一作特）旌別前狀議珣瑜之行曰爲一代之名臣斯其旨歟謹上採禮經旁觀舊史參諸國典以定二名請依前謚曰文獻謹議（一作皆唐會要）

文議　李巽

議曰鄭珣瑜兩字之謚今太常請依前謚曰文獻者夫謚者春秋褒貶之旨也仲尼書法隨類推廣雖一字褒貶其文猶博蓋欲指明事業以昭示後代俾後之人懲其惡（一有而字）勸其善故不可苟夫謚一字正也堯舜禹湯周公邵公是也兩字非正也故謚法不載或人臣不守彝章苟逞異端考烈愼靜（史作靚）是也或將主之權以功德加厚於臣也蕭何霍光房玄齡魏徵是也不當加而僭也孔光劉寛薛

元超李元紘是也三字過也貞惠文（一有子字）是也亦謚法所
不載也古今無有也公叔文子謚（一作是）衛君之過也衛之
亂制也不然即記之失也以一美加一字即堯舜禹湯當
累數十字以爲謚也夫禮記者非盡聖賢之意也非盡宣
尼之所述也當時雜記也昔后蒼爲曲臺記其弟子戴聖
增損刊定爲小戴禮今禮記是也若盡宣尼之所述即戴
聖豈得而增也昔宣尼修春秋游夏不能措一詞以知禮
記非盡宣尼所述故戴聖得（一作後）以增損也則貞惠文子
之謚衛君亂制也古今無有也非宣尼所述又何足法哉
鄭珣瑜和茂修整始終無闕可爲（一作謂）美矣至於議行考
功而度越等輩比於鄭文成梁文昭魏文貞則不侔而謚

號無差輕用國典失春秋之旨矣向者鄭梁數公皆經綸
草昧輔翼興王以道輔君致於化洽彰灼千古言之者凜
然生敬而以珣瑜齒之豈無愧於心哉夫數公者皆時主
感風雲之會懷謨明之美故加於常典以明其德亦所以
篤君臣之義也然非正也權制也若後之人非數賢之比
則當循常以避數賢地也其劉仁軌薛元超李元紘加字
之謚皆黷國典而昧彝倫言之可爲寒心豈當舉之以爲
訓也其餘姚元崇宋璟劉幽求或輔相一代致理平之化
或忘身徇難成中興之業又豈珣瑜之以典選爲進善以
辭疾爲嫉惡邪皆尚口僞辯非守典確論也夫以典選者
皆爲進善耶若然者則國家有天下二百年何裴行儉馬

戴盧從愿等數賢獨見稱於時也循資署置謂爲進善異
乎余所聞也又珣瑜之病數月而終豈僞疾耶（一作也）借使
僞疾尤可恠也昔子路之冗食家臣有殺身徇難而珣瑜
履台輔之重當危難之際平居則饗其高爵厚祿見危則
奉身自保以此爲是非之明即董狐之書趙盾爲妄作也
珣瑜之辭疾可責於太常舉以爲德信君臣之義非常人
所知也珣瑜之下詰李實誠中其疾可謂美矣然則珣瑜
自始筮仕至於啓手足垂四十年歷諫職持風憲其忠規
激發恐有過此者今太常舉其下詰李實未爲多也謂爲
謇諤者衆矣豈能使汲黯魏徵有慙色哉前異議云三代
兩漢無二字之謚此末（一作未）學之過也無荀文若之進善

無孟軻之是非無文子之賑施無周舍之謇諤以珣瑜之
行清而無闕可爲掩之不足辯也今所議兩字之謚亦又
不當其議固（一作故）不足斥也前異之言過矣但兩字之謚
加等之美以蕭何房玄齡言不在珣瑜也異雖不敏至於
言謚美以感（一作感）人聽此嘗所激切而不平也終不欲有
僭齒於蕭何房玄齡之宗又不欲有造次擬於魏文貞姚
元崇宋璟劉幽求之讜言悟主茂績殊勳也夫前車之覆
後車所以易轍也前有司之失後有司當有以矯之也不
矯之則逶迤遂達以至亂制此有國之誡也考烈靜愼孔
光劉寬薛元超李元紘之同於禹湯文武蕭何霍光房玄
齡魏徵前有司之過後之專筆削者宜有以矯之也不矯

之典禮寖亂矣有司不可以尤而效之也不可以黨所見而遂僭典也鄭珣瑜兩字之謚請下太常重議若一字不足盡珣瑜之盛德必須兩字則敢俟再告謹議(兗從復議謚文獻)

一作皆唐會要

駁左散騎常侍房式謚議(太常博士陸亘謚曰傾乾度駁之)

韋乾度

議曰詳覩貞元之末西蜀之事逆豎劉闢構難之初兇邪叶謀嗷嘯相聚年深事遠十不記一然而磈磊不平鋒刺疊深者藏在骨髓請舉其梗槩一二焉式自忠州刺史故太師奏授劍南西川度支(一作支度)副使後兼御史中丞又剖符蜀州是時貞元十八年也式因晝日昏睡如醉經宿乃

寤詢(一作訊)其左右僮僕不知其所從來後逾年却復使職會故使太師薨殁劉闢潛扇逆謀禍亂始胎式遂倖姦人之意爲譎怪之語謂闢曰乃者蜀州昏病之中見公爲上相盧文若爲侍郎儀衛甚盛富貴極矣他日無相忘賊闢大喜布蒲軍縣自以爲神授非人力也賊每接賓客肆談論撫群邪申號令未嘗不以是爲先深自以爲祥兆也豈不因式作興言鼓妖孽惑亂平人堅(一作堅)壯兇險不然何區區之蜀瑣瑣之寇王師討伐經費萬計崎嶇阻險留年乃拔何哉蓋以式深爲浹洽之辭激切嚚固不然何盤柢固根之甚也故使太師末貞元年八月薨其時乾度任殿中侍御史前使度支(一作支度)判官劉闢自攝行軍司馬節度留後九月初乾度被逐攝簡州刺史名雖守郡其實囚之明年四月追廻勒攝成都(一本有府字)縣令其時授闢西川節度詔命初下東川之圍未解乃召募亡命兼收管内鎮兵張皇壓聲扇(一作熒)惑郡縣發兵七千馬畜三萬號爲十五萬人轉牒埶压以來縣道郵次酒肉畢具芻茭無匱署牒首曰闢副曰式叅謀曰符載令下之日妖氛(一作氣)坌興下愚沸騰貪冒姦賞奔走效命有磨轂擊爭死恐後當此之時邛蜀震驚田野廢業竄伏山谷邑居人吏分散道路如此之時(一作事)非得之於人皆親所聞覩時賊圍逼梓州之日(一無此二字)又王師諸軍稍稍繼至倡狂兇寇不復張矣然嘗察式爲人柔而善佞不義不信(一作不顧不義)不然何劉闢文

若喬規符載皆咨諏執禮拳拳以事之以斯而言可以知其所止矣伏以聖上法維天之度崇納汙之弘雖玄澤滂流葢盪昭洗然易名之典在正根源茍非其人不可加美如式西蜀之事大節已虧缺矣何面目以求謚焉傾之爲謚頗爭前狀請下太常重定謹議

一作皆唐會要

又議

議曰式之在西蜀也入人耳目其事熟矣固非愛之者所能粉飾而文其論惡之者所能披抉而聚其說蜀之此時雖女子小人亦知兇闢斷頭之不日然爲其用者乃救死於頸語其無勇烈之心斯可矣豈可盡被其附麗之名乎如式之於劉闢既不能去又不能死可謂求生害仁者也

而駁議曰大節已虧無乃過言歟何從聞之闕之走西山也召所疑畏者十數輩於庭將盡殺之然一作而後去而式在其間賴蒼黄之際闕黨有護持者僅免於難推衍之論則不當如是明矣然居此時有將見危授命之義殺身成仁之道詰之者稱式無愧色愚不信也不如是則式之去希烈也理河南也廉宣城也何以無忠敬之目歟愚論之曰式也不疾任末之目不閉吉挹之口乃罪也無壬皓棄家之心無譙玄受毒之志其罪也如闕之反天子棄墳墓乃曰顧式說一夔以結其心署一牒以張其勢豈其然乎夫人臣不幸罹於是惟死而已矣然孟子曰生吾所欲也矧自軻已下哉使死之易則王諒李業虞悝馬信不足貴

也意者非一作將不可必死望人乎始不以一無此二字非不死罪之以懷生貶之是異論也夫謚者易其名者也夫子曰名以出信不日名之必可言也名不正則言不順以至于刑罰不中止謂此耳夫豈容易哉語曰於其所不知盖闕如也恍惚之夢駁議之外無言者懼非所以昭示後世也皐陶謨曰五刑五用哉言用刑必當其罪也刑其支體於一時猶須當其罪矧刑其行義揭之於千萬年歟康誥曰敬明乃罰請依前謚爲傾謹議　一作皆唐會要

駁贈司徒李吉甫謚議　張仲方

議曰古者易名請謚禮之典也處大位者舉其巨節蔑諸細行昭範當代彰示後人然後書之垂於不朽善善惡惡不可以誣故稱一字則至當焉舉一事則至明焉定褒貶是非之宜泯同異紛綸之論李吉甫禀氣生材乘時佐治傳涉多智一作知含章炳文燮贊陰陽經綸一作綸邦國惜乎通敏資性而便媚取容故載踐樞衡疊補台衮大權在已沉謀一作議罕成好惡徇情輕脫寡信謟淚在臉遇便則流巧言如簧應機必發夫大臣之翊戴元后者端俗一作格致治孜孜夙夜緝熙庶績平章百揆兵者凶器不可從我始及其伐罪則料敵以成功至使內有害輔臣之盜外有懷毒蠆之孽師徒暴野戎馬生郊皇上旰食宵衣公卿大夫且慙且耻農人不得在畝紡婦不得事一作在桑耗賦斂之常貲散帑藏一作庫之中積徵邊徼之備竭運輓之勞僵尸

血流觜骼成岳毒痛之聲一無此二字號呼無辜勦絶群生一無此二字逮今四載禍胎一作辭之兆寔始其謀遺君父之憂而豈謂一有爲之二字先覺者乎夫國之論大功者不可以妄取不可以枉致必咨籌畫乃著丕顯不競而分豈妨全美當削平西蜀乃言語侍從之臣擒翦東吳則訏謨廊廟之輔較其時一作德則有異言其力則不倫何乃捨一作取其所重一作輕而録一作捨其所輕一作重存一作録其所小而畧其所大且奢靡是嗜而曰愛人以倫授受無守而曰慎才以補斥諫諍于外豈不近之蔽聰乎舉中忠烈之廣豈不近之匿愛乎焉一作爲有蔽聰匿愛家範無制而能垂法作程憲章百度謹按謚法曰敬者夙夜儆戒曰敬書曰敬明乃訓易曰敬

以直內內而不肅何以形于外憲也者刑也法也戴記曰憲章文武又曰發憲慮義以爲敬恪終始載考歷位未嘗劾一法官讞一小獄及居重位以安和平易寬柔自處考其名與其行不類研其事與其道不侔一定之辭惟精審愼與日詳制貽諸史官請俟蔡寇將平天下無事然後都堂聚（一作叢）議謚亦未遲謹議（勑賜曰忠）（一作皆唐會要）

贈太保于頔謚議　王彥威

議曰于頔剛毅特立博游文藝蘊開物成務之志爲從橫倜儻之才刺湖州復南朝舊陂以溉人田由是斥（一作烏）鹵生稻粱歲時大化得丁壯之物籍者取什一代貧人租入故輕重以濟江南卑濕送終者無懸窆封樹之制髙則不

（一作不可）慝深則及泉土纔周棺水至露胔頔悉命以官地收瘞當時稱之爲蘇州則繕完隄防疏鑿畎澮列樹以表道決水以溉田其爲襄陽當吳少誠弄兵王師不乏粮（五字或作王師有征軍不乏見粮）軍（或作師）未嘗退衄克吳房郎山生得賊將遷以兵柄授之推誠於人有古將畧然惜其不能善終如始奉初以還跋扈立名滿盈不戒則有司擬議之際安可不善善而惡惡哉元洪刺郡以官事被謫中貴人銜命部領便道之徒所路出于漢頔遷命武士持刃捕捽洪旣就執王人徒歸又不奉詔出師而西抵于鄧軍聲甚雄人聽日駭夫師出以律其出不命時人不能識其指歸王者功成而作樂諸侯則否頔之反旆於蔡也作文武順聖樂貞元

御寓務求寵綏有司請編優詔許之（一作莫逆）事出一時之澤樂作諸侯之庭良可惜哉然則如頔者是知樂之可作而不知禮之不可作者也迹其馭衆爲政之術蓋初以利興害去爲已任而令行禁止其源出於法家者流文深意苛有犯無捨至有屋誅同命之條然未嘗別白其罪以示顯戮人到于今而冤之洎乎天姻（一作恩）下浹元侯入覲朝廷甲婚姻之好復以宰相待之則又子罪官貶而連起國獄搢紳之論寖益非之謹按謚法殺戮不辜曰厲愎佷遂過曰厲請謚爲厲或曰頔（頔字一作太保）縣文學政事而揚歷中外卒當登壇補袞之寄推於事任亦謂難能則易其名者宜兼舉美惡二字以正褒貶今特謚爲厲或有未安愚以爲

不然誄（一作夫）類能而授聖人之勸勉議謚貴當有司之職分禮經言謚蓋節以一惠至於論譔之際要當美惡咸在細大無遺議乎謚（一作易）名則以優迹春秋之義也況援其功不足以補過契其美不足以掩瑕其馭下也任威少恩其事上也失忠與敬謚之爲厲不亦宜乎勑賜謚曰思

一作皆唐會要

晉謚恭世子議　白居易

晉侯以驪姬之惑殺太子申生或謂申生得殺身成仁之道是以晉人謚爲恭世子載在方冊古今以爲然居易獨以爲不然也大凡恭之義有三以孝保身子之恭以正承命臣之恭以道守嗣君之恭若棄嗣以（文粹作於）非禮不可謂

道受命於非義不可謂正殺身以非罪不可謂孝三者率非恭也申生有為而謚曰恭不知其可若垂之來代以為訓戒居易懼後之臣子有失大義守小節者將奔走之將欲商榷敢徵義類在昔虞舜父頑母嚚舜既克諧瞽亦允若申生父之昏姬之惡誠宜率于道以幾諫感君心以至誠雖申生之孝不侔於舜而獻公之頑亦不迨於瞽盍以烝烝之乂俾不格於姦乎故咎之始形則齋慄祇載（文粹有而字）為虞舜可也若不能及禍之將兆則讓位去國為吳太伯可也若又不能及難之既作則全身遠害為公子重耳可也三失無一得於是乎致身於不義不祇陷父於不德不慈負罪被名以至於死臣子之道不其惑歟夫以堯之

聖書美曰允恭舜之孝書美曰溫恭今以申生之失道亦謂曰恭庸可稱乎周之衰也楚子以霸王之器奄有荆蠻光啓宇土赫赫楚國由之而興謚之為恭猶曰薄德今申生殉其死不顧其義輕其身不圖其君俾死之後弒三君（奚齊卓子懷公）殺十有五臣（荀息里克丕鄭祁舉共華賈華叔堅騅歂纍虎特宮山祁慶鄭狐突瑕生郤芮也）實啓禍先大亂晉國則楚恭之得也如彼申生之失也若此異德同謚無乃不可乎左氏脩魯史受經於仲尼蓋仲尼之志丘明從而明之無善惡無大小莫不微婉而發揮焉至於申生之死也之謚也畧而無譏何其謬哉何以厭諸且仲尼修春秋明則有凡例幽則有微旨其有君不君臣不臣父不父子不子者率書名以貶之故書曰晉侯殺其太子申生不言晉人而書晉侯且名太子者蓋明晉侯不道且罪申生陷君父於不義也以微旨考之則仲尼之明貶可知也（文粹集本作矣）以凡例推之左氏之闕文可知矣嗚呼先王之制謚豈容易哉善惡始終必褒貶於一字所以彰明往者而勸沮來者故君子於其謚無所苟而已矣繇是而言則恭世子之謚不亦誣乎不亦誣乎

改恭太子（一作改恭君）謚議　李綌

魯僖公五年晉殺其太子申生先聖之書惡用譏也是時國中請謚不亦過乎詩曰溫溫恭人唯德之基亦曰溫恭朝夕執事有恪皆極言也是故子服景伯戒其徒曰陷而入於恭閔子馬（國語作閔馬父）笑之為（疑作謂）周恭王能庇其（國語無其）

字昭穆之闕而為恭楚王能知其過而曰恭先王恭亦不敢自專稱曰自古在昔由是知恭固不易名也今觀申生之事未有得其稱者夫禍機將發子輿之謀狐突之諫明而知之既不肯用至於將死之日復不能以六日之狀自明而曰君安驪姬君非姬氏居不安食不飽我辭姬必有罪是我傷公之心也乃受賜而死噫越哉其過也獻公雖闇昧好聽讒非中心知之而猶好之也以晉國之地方千里財用之給士女之衆求聘妃后豈無超於驪姬者哉然而獨任專寵諸姬莫奪者得非希意鉤情機切其容以傷君心使然耶如此則必以姬之行為善以姬之言為實安而任之漸至作亂史蘇所謂其受逞而不知至夫事狀明

著姦詐潏淢知其不善顯其不實如醉而醒如寐而覺震
電憑怒執而戮之必使夬然剛决矣復安有傷心至於不
安居飽食哉設令旣戮之復思其儀質而悒悵者則亦念
其欺罔忿恨矣謂恐傷心無乃謬歟且申生將使獻公違
嘉聲於億載鎮令譽於千古甚於安其居飽其食也失令
名於後裔貽讒言於孫謀甚於居不安食不飽也推此大
義傷心猶亦不害況於無傷而遽至死耶遂使長惡不懲
譖二公子豈曰能庇其昭穆之闕乎沉迷不返人諫而拒
豈曰能知過乎親不能庇非執事有恪也過不能知非爲
德之基也乃此凝滯不通之論謂之恭君亦已過矣謚法
曰壅遏不通曰幽如申生者真是也稽之典法攷謚曰幽

太子使夫後代知所以事君父之道必左右輔弼使不陷
令名於簡冊之中不獨虛死其身偷安尊者於旦夕而已

文苑英華卷第八百四十一

文苑英華卷第八百四十二　誄一

誄

北齊盧紀室誄一首　梁度支尚書陸君誄一首

從子永寧令謙誄一首　隋秦孝王誄一首

盧紀室誄　盧思道

齊正統二年秋七月司徒記室參軍事永安鄉男范陽盧詢祖卒先民有言惟德可久抑又聞之惟名爲壽爾之無禄没而不朽乃援弱翰告哀哀友遂作誄曰

皇盧耿邈師緒蟬聯大儒漢世名公魏年司徒譪譪撫翼沖天尚書亹亹亦稱象賢君人擢（一作擬）秀絶後光前發榮隨浦韞耀春田爰在弱齡孤根回立内無怙恃外寡朋執

行有餘力藝無不習善價斯待香名允集下學上達鑽幽洞微九流百氏與軫同歸文成鍾律韻響珠璣麗詞泉涌壯思雲飛雄州擢第言割其楚我實褎然觀國而舉自茲不調多歷年所游泳儒玄從容嘿語納於大麓崇建府朝八紘所掩車乘翹翹我有明德乃應嘉招起自幕下來儀鳳條應徐並轍潘顧齊鑣聲華簪帶譽動朋僚逖矣江陰承風請胡莊生喻指季子觀樂立朝所寄俊才優學懸河自口靈珠在握乃參軍事仍贊中鉉大坤所麗德施攸踐同推麗則俱謝蟲篆何才之高何位之鮮天下士也宜享多福豹變其文鴻漸於陸神之聽之于何不淑營魄遂往音儀在目嗚呼哀哉昔余與子分重契深譬諸投漆如彼斷金余慕大隱子惟陸沉等趨（一作趍）宫闕並綴衣簪春臺共踐秋水偕臨還馬齊轡出蓋連陰良書濁酒永嘯長吟美言俱贊闕行同箴娛樂未幾嶮阻相尋忻既無極憂亦難任云胡不吊亡我知音百年已矣萬事傷心嗚呼哀哉亭伯君山並嗟湮滅荀粲王壽同悲夭折蘭菊無墜鍾鼓不絶之子云亡何愧前烈靈衣襲几奠酒盈杯故庭飛簴靈帳凝埃僕流離而涕泗驂顧慕以遲迴出南陽之舊道掩北邙之夜臺趙卿之銘已勒滕公之隴未開臨象設而不面詎幽魂之可來嗚呼哀哉

梁故度支尚書陸君誄　江揔

君諱襄字師卿吴人也祖惠徹宋車騎府法曹行參軍父

閑楊州別駕齊永元紹曆蕭遥光謀反伏誅閑以州職（一作臨）見害子絳其日并命忠孝之道萃此一門襄時年十四號毁殆滅布衣蔬食終于身世起家著作佐郎出爲永寧縣令累遷臨川王廬陵王法曹外兵記室入爲太子洗馬掌管記中書舍人管記如故爲丹陽尹丞俄遷太子庶子掌管記楊州治中太子家令領國子博士管記如故丁母顧夫人憂廬乎墓所服闋又從家令轉中庶子並掌管記遷中散大夫金華宫家令出爲鄱陽内史除尚書吏部郎秘書監領楊州大中正度支尚書太清二年三月京師傾覆君竄迹還鄉吴民陸黯起義民攻郡擾攘之際憂憤而終春秋七十有二余避世河滸暫之吴國百舍不容千

里無饋陸公國士之眷惠好之深朝同飦粥夕共瓢飲契闊晤言流連晦朔日月逝矣懷古何忘臨哀能誄夂頗摧筆時事屯邅不追削蒸渠季適越未戢干戈世人仕累為物所役杼軸於懷四十餘載隋開皇九年於長安致仕懸車已洎就木幾何但東海成田南冠求繫龜山更促空想吹笛之哀馬角徒生絕望通波之水嗚呼哀哉攬涕操觚

乃為誄曰

嫣苗碩茂完裔繁昌賓門穆穆筮仕鏘鏘食釆命氏遐哉陸鄉四昇臺省八辟賢良分柯振葉令聞令望玄貂朱鞸琴弁金鐺流聲世祀列讃祠堂別駕貞烈志存名教捐生徇(一作主)知死不撓晻映泉壤痛此忠孝於鑠夫子積德

累仁韜光戢耀隱璞含真居哀能痛至情通神泫枯壠樹哀感馴禽永慟家禍長號不辰玄黃絕睇蔬布終身心符屈婞(離騷婞直以亡身或作是非)室箒原貧分甘共感內族外姻求之今古斯為異人月下奏章螢前讀史紿紙蘭臺觀書洛市強學待問潤身為己結髮濯纓登朝入仕昂昂逸驥逐日千里宛宛長離陵江迅起枳棘棲鳳化行乳雉平臺累陟石扇整履跧(一作雌)伏不競棼絲自理倚席無譏師訓胄子驥足時務俊民斯俟秋實選能春華備美思媚儲后遊息承華書記策提爵命增加彈碁擊筑沉李浮瓜追隨飛蓋侍從鳴笳二儀廻斡四氣淹賒離景遽沉前星奄滅撫己惟舊懷恩守節昔荷故臣攀號聲折登高能賦大夫就列

金華式攀吏奉清切脩竹貞松含霜抱雪下車軒日(一作日)求瘼康時良辰坐嘯朗夜卧治懸魚化靜佩犢去思廣弘條教精察毫釐典選搜揚操刀寄勿(一作沒)不紊朱紫傍無請謁秘署學林得人超忽延閣緗素校文遺闕卜妙鉛槧讐成碁月鴈行攸序龍作(疑)簡才讓珠不拜賜紛恩來帝曰俞往爾行兼該金城失險王弩流災年臻几杖病息草萊世故天禍臣悲主辱露盡朝陽風驚夜燭黃鵠超逝白駒何促事迫歸魂依然啓足悠悠世路辛苦難屢尋戈蕭道棊骨交衢家無半菽地絕飛芻念君桑梓零落凋枯傷君井邑子侯崎嶇喪亂絕卜葵藿荒蕪凄涼故友辯標遺孤臨穴外野撫棺窮途嗚呼哀哉為善豈懼修名難假德

被中和道周文雅不朽之迹非謂泉下亹亹清名(一作風)冷泠獨寫嗚呼哀哉

從子永寧令謙誄　王僧孺

余之從子謙字幼光以昭陽紀歲秋賓旅月啓足閩隅暄日泉岫是殲才子實喪俊民若其孝親睦友故非天墮地出與才絕學如有鬼告神授王懷瑕而可指桂含蠹其取傷孰與九德彰於造次百行動為表徵(一作綴)吐論含毫宣赴鍾琯標心用己懸符矩矱(疑作韄)惠響棲道(一作使)清心可鏡和而靡昬簡而周奭邃若凝雲累如止水無慭座右不愧屋漏苔苔繞路素塵滿席蕭索庭户靡事鮮明沉淪典籍將絕弔賀室如夏甫狀等安有所累清塵(一作安其所有清塵)唯

不能忘懷藝而已斯美宜久宜長而驥騄之步中行鸞鷟之翅未矯一歸寥廓長夜虛無雖東隅再暝（一作冉冉）鉼丙之御無及北顧相望駼首之數不盡而恒化非常人所不免況風雲萬里間此山川客思故鄉次旁之念何極輕棺夜蜀允南之思可知而魂兮耿耿扁舟靡靡生人之望已冥死歸（一作父）之期又阻痛心傷目豈伊一事無以少寄辛傷故後誄之云爾

昭昭洪胄映策光書遠龐避項從衞還徐基忠踐孝抱約懷虛有顯而默匪砳伊舒如玆邴魏譬彼董疎入登高闕出啓精廬瞻星晝野望闕推車履仁不匱蹈道有餘九世盛矣七葉光諸徃彌慶主來傅英儲峨峨三祖羅室並居

前瞻紫闕傍望白渠高軒霞被四馬龍驢（一作驢）温温司武皎皎秘書義高松竹價重璠璵元昆世父重規疊矩容與學台徘徊詞府青紫已拾大夫斯取盛藩徃相名織來撫暉光不已鬱生之子稷稷萬尋昂昂千里實鳳靡雜真龍非似均情邈窮得意莊李室有虛白門無囂滓遺心沮勸忘懷愠喜貧靡斯攝（疑作攝）賦（疑作富）其無恥陰而不峭方而能理德有潤身學斯爲己逸羽難集孤峰易峙南邁瑾琨西踰杞梓人亦有言名爲實使譽傾邦國價鬻州里崇蘭自芳珏王自光汪汪巨壑曖曖重墻靡造靡請不迎不將久而愈敬狎而愈莊即無矯資（一作即斯無矯）此有循常默非蓄短顯弗用長豈伊暨滓如彼懸泉唯學已聚待問則強備

在三篋兼下五行亦稅其巾于彼王吏如龍宮楚有斯內侍蘊此上才安玆下位儲扉始闢傳府初開爾其夾止碎彼昔才從斯簡帝仍此追陪何以　自玆翰飛傍佐戎列來攝儒衣儒衣濟濟訪對斯歸是義罔惑唯禮無違悠悠越障泱泱閩海薄言銅墨蒲密斯在孰云識吏政均舊宰循猛是兼絃帯無怠補袍方服治情莫改增賁匪課歸民自倍十郡爲則百城斯採化日未逢政稱異等斯痛斯傷喪善殲良妖同武擔疾甚清漳闔棺陋邑掩櫬無鄉嗚呼哀哉耿耿輕轜悠漫長塗（一作悠悠漫塗）風生閶闔日去昆吾空歸故國寧識舊都水鳴秋鶴岸集寒烏寒不夜哭惟獨呱呱茫茫大塊杳杳玄壚嗚呼哀哉伊吾與爾大別唯名

肥泉猶接瓜瓞未輕義雖子道思（一作恩）實友生歡憂共日險泰均情如菊有芬如蘭有薰別唯慕類居實有群晝日持論遥夜披文漸漬義老祖述淵雲唯昏及旦自旭徂曛人道實難譬彼徂湍驅車崎嶝執手河干三川縈薄七嶺悠漫自玆不見心譬迴瀾歲佇會面日望音輸歡無一緒悲有萬端蕭陰遽戢扶景易殘即斯大暮爲此一棺山足難曉壟首易寒秋蟲相叫暮羽來摶宿草行沒寒樹方攢昭埜長已（疑）大夜斯安孰知冥默徒此汍瀾嗚呼哀哉

隋秦孝王誄

隋煬帝

維開皇二十年六月二十日丁丑上柱國秦孝王薨于仁壽宮嗚呼哀哉八元八凱濟濟辰則周南召南赫赫周國

於穆孝王紹彼（一作慈）明德天實喪予殲我剛克嗚呼哀哉如何上靈降此災否國喪宗臣家亡千里嗚呼哀哉爰初不豫冕旒視疾及至大漸停鑾駐驊親臨舄纊俯觀徹瑟動皇情痛深慈膝一辭明世千秋長幕如何綿綿終古仲秋卜宅將歸泉戶梁山之陽永寧后土嗚呼哀哉余寡兄弟愛篤彌深奄然零落痛體傷心嗚呼哀哉追悼無及永分古今神雖虛翳（一作神靈雖翳）徽聲靡替誄王德音貽千百世乃作誄曰

皇隋啓運應天順民保茲七百靜彼四鄰利建宗子藩屏懿親孝王惟允俾侯于秦爰自聖章天性誠愨色養烝烝孝立名建恭近於禮恥辱斯遠嘉之弗忘懼而無怨孝悌

之至通於神明溫溫居德肅肅厲精恭敬表志退讓爲情肄此棠棣敦斯鶺鴒仲稱令弟叔曰仁兄荷歎我弟好學無替九流日修三餘卒歲琴臺夜開書帷晝閉聰敏若神雄辯無滯妙矣聲律明哉龜筮玄象風角於焉及睿允文允武多才多藝惟善惟樂爲仁爲惠天挺出群英圖命世欽若孝王容止堂堂振鷺將集鳳雛斯翔人之領袖國之輝光輝光伊何肅肅翼翼義以處身仁以經國明燭繁符財成淵塞靖恭爾位好是正直令聞令望無反無側皇枝良幹日富英聲宣風作伯盤古維城東京舊都河南殷傳惟我哲王行臺惟寘飛轡崤函褰帷伊洛德被汝墳仁行華亳西秦右地實賴英雄寔惟王化（一作匪他）乃即龜蒙惠和

布澤易俗移風亹亹孝王仁而能斷德敷大國有符公旦移鎮樊征述職江漢地接冦讐稜威靖難文德招遠懷勞伐叛聲轢外藩入侍天軒典茲戎衛仍居納言寶劍橫躍豐貂尤溫周衛清切敷奏便繁獻替惟允禁旅斯敦偽陳不恭軼我炎鄙王赫斯振將清江渎圖斯元帥難全其備唯我孝王膺茲無愧恭行天討受脤建旗申威郢渚鞠旅江湄軍容赳赳逋醜偲偲（一作崇崇）雲陳不布高城靡持泥首銜璧請命于台兵不血刃野無橫屍善戰不陣我弟于茲金陵戡定飲至京師廣陵淮海一都之會牧彼禎民作相于外時雨隨車棠陰遂蓋惟晉太原寄隆望大表裏山河要衝襟帶東自維揚（一作揚越）廻旌轉旆善政廉平於斯爲最

胡虜畏威烝黎荷賴烽火戎馬俱清邊界寒暑失御庸（一作痛）衛弗開言旋京邸去彼叢臺息駕仁壽撫席巖限連綿藥餌歲去年來秀而不實禍極生災天胡不弔木壞山頹嗚呼哀哉至尊廢朝而悼傷皇后輟膳而摧痛甚秦國之永辭劇梁武之長逝昆弟哀哀而日嗟僚友嗷嗷而悲慟嗚呼哀哉歎日月之不居何卜遠之詎促旌旐飄飄而從風笳管酸嘶而響谷服馬顧而不能行挽夫悲而不成曲霜霰落兮山谷寒木葉下兮丘壟殘風颸颸而吟樹泉幽咽而悲湍離群之獸絕跡孤飛之鳥悲酸背離宮而東轉歷山邸而北度去甲第之樓臺即荒田之丘墓昔時鳴鑾而戒途今日靈輀而啓路臨朝謁之平衢永絕茲之一步

儼若神而有靈幾悲傷而留顧嗚呼哀哉棄求（一作白）日之昭昭襲長夜之悠悠昔玄扃而無曉悲黄泉而永幽湮盛年於萬古殂壯志於千秋嗚呼哀哉慟友哭於秋季悲復歸於故地尹形遊而不遷何魂兇之空志嗚呼哀哉酒罇浮塵兮獨滿琴絃含風兮自斷冥夜久其何期焉知歲月之長短孝王與我體容情親孔懷之篤有踰常倫昊天何酷哀哉哲人柰何吾弟先我長淪煩冤痛毒悲恨何陳嗚呼哀哉痛毋弟之同胞棄共被之寒矧豈止三荆之變色非唯四鳥之分巢遽一朝而云逝曷何去而何止形未捨目言猶在耳彼蒼者天子何甚矣嬛嬛（一作煢煢）交于哀哀吾子痛當柰何痛當何巳想髣髴而不見猶盤桓而佇立空

撫膺而莫追抑歛淚而何及嗚呼哀哉嗟地久而天長終倫彼（疑作淪沒）乎幽方徒春華而秋落不復見我弟兮孝王何謝安之蔬食豈子路之喪亡獨端憂而無（一作誰）告徒哽塞而追傷悲莫悲兮長別痛莫痛兮終絶因悽愴以寫情慟人琴而永訣嗚呼哀哉

文苑英華卷第八百四十二

文苑英華卷第八百四十三　誄二

誄

隋新城郡東曹掾蕭平仲誄　陳子良

蕭平仲字某蘭陵人也梁文皇帝之玄孫鄱陽王之曾孫也鄱陽嗣王之孫定襄侯之第五子也泒清瀾於天潢分喬枝於若木君降生昴宿挺質珪璋孝友温恭仁慈亮直

其形曲而雅其神俊而明耽思群書研精衆藝盡人間之能事極天下之竒才江淮貴遊獨稱領袖故可以坐觀羔鴈俯拾朱紫至如南山爲志不能北面事人詩書自娛耻與絳灌等列洎有陳失馭西遷於隋而兄弟十人白眉斯在棠棣之詠事等姜肱君子義之高其行也屬皇期有道咸序搢紳乃拜吏部外郎東宫學士冀州司法參軍禮部員外郎新城郡東曹掾從班列也君莅政能官咸熈庶績所在遺愛置言成範至如纓緌之士草莱之客莫不聆嘉聲而雲萃飡德音而風趨李膺襲號楷模王商昔稱賢智方之蔑如也適應入踐常伯超補右司如何靈祇殲我明哲春秋五十有五大業九年二月十五日卒（一作終）於新城

郡之官舍嗚咽哀哉余與夫子頗有親連少敦莫逆既同羇旅彌篤綢繆非無陸機之書（一作詩）尚有鍾儀之操誰謂吉士奄逐隙駒嗟乎盛年何晚（一作時）促之如此也嗚呼哀哉昔之絶絃軫歎聞笛傷心余雖謝古人寧不悽慟是知身歿名存寔由著述況復故人景行何能泯之敢以聞見乃作誄曰

嗚呼哀哉粤若高祖大造惟梁德侔五帝道冠百王赤眉作梗黄屋云亡有嬀之後應運退昌君之顯考耻爲委質在行既高居賓坦逸篤生夫子如披雲日像形信典聲名本實機神電舉雅調風生還同照乘有類連城學逾班固才冠劉楨金湯失險天猷有陳華途隋德預沐堯民青盖

西度紫氣東瀹依依去楚悽悽入秦梁亳之郊忽傾風樹結廬卯鳥穿池馮霧兄弟十人義聲咸布爰降綸綍特預銓衡龍樓振藻司冠馳名俄居郎署昇朝擅美含香趨奏事禮承祀抑抑威儀彬彬文史涪水既臨鄣城是面視民如傷事心惟戰周震善政潘岳能官企彼前哲顧巳非難余之室人君之從妹加以篤欸頗蒙提誨銘之在心没齒唯佩契闊關隴連翩蜚代余任主簿眉山之川亟會琴臺兼遇名賢花朝月夜罯酒題篇邇之新城暫申累日謂君積善未保元吉不言別後忽嬰斯疾如何清輝奄辭蘭室嗚呼哀哉承諱驚惶聞問喪慟泣前悲未盡後哀仍集白馬不追素車安及悲人世巳今太促數死生兮異路玄壤冥兮難窮黄泉寂兮易暮客位空而聚塵書臺掩而生蠹嗟古人兮神交念往哲兮虛通決有竭兮心尚感聲有止而哀無窮宿草衰兮凝秋露白楊慘兮生悲風痛遊魂兮安在徒釃酒兮招空嗚呼哀哉　虛通（疑作靈通）

平城縣正陳子幹誄　　前人

昔聞子路雄烈赴難如歸先軫忠貞雖死無悔故能貽芳塵於後世徇（一作殉）節義於遐年況乎勇嗣前修功深曩代者豈可使身名頓滅典籍無聞悲夫余弟少府則其人也弟名子幹字元楨梁右將軍信義太守之孫陳晉安王府諮議吳平侯之第三子也惟元楨稟質純和天挺聰俊生知孝悌早擅雄才屬金陵亂離王室版蕩人倫東喪禮樂

西歸泊於一門同遷灞岸是則開皇九年之四月也家君有鍾儀之操懷敬仲之心遂屏跡杜門茹憂成疾忽悲風樹痛深陟岵其時余年十九爾始八歲伶仃辛苦實迫饑寒青門乏種瓜之田白社無容身之地一溢（一作釜）之米巳索一飄之飲屢空日夕相悲分填溝壑頼余以少遊庭訓夙稟家風曾覧五經頗窺三史追孔融之令範慕張楷之高蹤長安人主儀同郝翙要余入室仍寄廡下遂慕西河搢紳公子負笈雲萃藉此東脩方濟餬口幸以爾幼不好弄長實庶幾因茲入學以勤以苦諒非性分何能成立脩齊王英禮賢待士沛獻非儔召入平臺悅其篆隷仍題銀牓取埒仲將足稱妙絶見美當世隴西李巨仁才華任俠

與余（一作使）宿素（一作爽）欽其俊又因娶以女非厥人品孰能致之及爾委質周行策名吏部公卿籍甚士類（一作友）趨風俄而詔授并州平城縣正是乃深開簿領妙達治方蘊冰蘗而不渝賴松筠而無改屬隋運將謝盜賊公行太上皇于時留守并州龍潛汾水所管州縣咸聽指麾專總兵機式遏寇虐元楨素便弓劍立性雄昭屢剪兇渠頻蒙榮賞凡有草竊咸資決勝以大業十二年八月有賊帥郭六郎（一無郎字）將兵三千人來侵縣境元楨受命率徒數百獨飛輕騎手斬十人賊見威雄莫不披靡忽遭流矢斃于陣中春秋三十有一嗚呼哀哉嗟爾輕生奮不顧命在天胡忍殲我哲人方冀龜文以諧豹變如何馬革遂裹師元嗚呼哀哉爾從官東西死生契闊與余一別已逾二紀徃聞非命寔用痛心媿鵜鴒之在原悲棠棣之先落惜哉同氣冥漠何之嗚呼哀哉余以貞觀六年二月十日夜於相如縣夢見爾靈仍於夢中共馳哀慟乃涕流於枕悲不自勝嗟乎門祚不昌鍾此哀薄旣乏子姪終鮮兄弟顧影煢獨實切肝腸是知結草酬恩魏顆之功無爽出魂屢請蔣濟之子非虛雖生死之或殊諒鬼神之有識不任感愴追誄友于式紀遺塵庶同潘岳敢詢前典而爲誄云

猗歟我祖承舜之緒爰從嬀汭下居潁汝鳳飛于齊輝映于許妃彼長陵辭江而舉攀手桂林篤生魏楚淮海喪亂關河播遷忽傾庭蔭痛結昊天惟我　兄弟泣血連翩余雖

弱冠爾尚童年立雖無地窺竈無煙余稟家風世敦經史式崇儒教俄而成市衣食是資殷憂備嘗爾因脩學遂能克己孝敬有裕才華難擬言行無擇自此揚名偏工篆隸獨擅嘉聲爰參選部乃任平城金科是執王律逾明尤便弓劍本慕忠貞皇上龍潛居汾之汭兵權攸總諸侯是制郭六兇渠稱兵齊衛元楨受律奮威投袂躍馬星奔抽戈電逝斬將搴旗罕當鋒銳忽中飛鏑在陣而斃嗚呼哀哉人亡勇敵衆疾英奇况逢亂世功無所施在位非重居名極卑不登廟食虛死何爲凡百君子各慎爾儀獨埋玄壤誰其賞知空令親友逆哭路岐無復蒲簡唯餘墨池露團宿草風響松枝山花開落隴月盈虧一朝非命千秋永離嗚呼哀哉余於縣府春宵獨寐忽覩爾靈夢中相值執手嗚咽其（一作共）傷憔悴語未及終倏如電馳寔感我心瘖乃驚悸恍焉如失伏枕流淚曾聞賁父魯侯命志亦承揚賛宋策云記矧伊義勇取捋無愧非余所述誰當在意興言遂感發增情思援翰寫心式旌遺事嗟爾義夫英聲不墜嗚呼哀哉

德先生誄　李華

或問曰德先生者奚氏余曰南陽張姓有畧其名維之其字也或曰與古誰倫可造七十子乎余曰七十子或賢或恒人方於賢原憲（文粹作思）不齊其比也或曰大哉余曰七十子親聖人之道者也七十子中行聖人疆畛之際維之得

聖人衣冠之潤向使復覩聖人則鱗差耕雉也或曰何咎而瞀余曰聖賢偕時故春秋之亂卅耕惡疾左丘明卜商皆瞽聖如夫子失司寇饑於陳蔡忠如萇弘（文粹無此字）謀尊王室而戮死君子道消故仁賢窮維之隣道呂黎韓極（文粹作拯）亦以德聞與維之同病不幸二子不以病爲魚不爽中明者也或曰夫如是得無誄之余誄之曰神胡病後之人而奪先生噫嘻哀夫（文粹有人字）德甫余將疇凡

故衡州刺史東平呂君誄　　柳宗元

維唐元和六年八月日衡州刺史東平呂君卒爰用十月二十四日槀葬于江陵之野嗚呼君有智勇孝仁惟其能可用康天下惟其志可用經百世不克而死世亦無由知

焉君由道州以陜爲衡州君之卒二州之人哭者逾月湖南人重社飲酒是月上戊不酒去樂會哭于神所而歸余居永州在二州中間其哀聲交于北南舟舡之下上必呱呱然蓋嘗聞千古而覩于今也君之志與能不施于生人知之者又不過十人世徒讀君之文章歌君之理行不知二者之於君之（獨本作其）末也嗚呼君之文章宜端於百世今其存者非君之極言也獨其詞耳君之理行宜及於天下今其聞者非君之盡力也獨其跡耳萬不試而一出焉猶爲當世甚（獨本作所）重若使幸得出其什二三則巍然爲偉人與世無窮其可涯也君所居官爲第三品宜得謚於太常余懼州刺史（二字集作史）之逸其辭也私爲之誄以志其行其

詞曰麟死魯郊其靈不施濯濯夫子胡累其儀冠仁服義于橹詩書忠貞繼佩智勇承綦（獨本作基）跨騰商周堯舜是師道不勝禍天固余欺鬼神齊（集作不）怒妖孽咸疑何付之德而奪其時嗚呼哀哉命姓惟嬀（集作呂）勤唐以力輔寧萬邦受祚（集作胙）爾國維師元聖周以降德世征五侯伊祖之則嗣濟厥武前書是式至于化光爰耀其特春秋之元儒者咸惑君達其道卓焉（集作然）孔直聖人有心由我而得敷施變化動無不克推理惟功舒文以翼宣于事業與古同極道不苟用資仕乃揚進于禮司奮藻含章央科聯中休聞用張署讐百氏錯綜逾光超都諫列屢卓其囊帝殊爾能人服其智戎悔厥禍欸邊求侍咸（集作盛）選邦良難乎始使

君登御史贊命承事風動海壖皇威以致來惣征賦甲茲郎吏制用經邦特推重器諸臣之復周官匪易漢課殘奏鮮云能備君自他曹載出其伎（集作於技）筆削自任群儒（蜀本作倫）莫（集作葦）議正郎司刑邦憲爲貳迯佞肅邪（郴州本作亂迯佞肅）諂諛其畏（八字集注作糾迯伊肅邪諛其畏）遷理于道（集作道民）服民（一作民服）休嘉思陳若昵惕邇如遐實閈其閎而撫于家載其愉樂申以舞歌賦無吏迫威不刑加浩然順風從令無譁絲（集作繇）蠢外邑我蠶盈車雜耕隣邦我黍之華既宇其畜亦藝其麻鼛鼓斯弃人喜則多始富中教與良廢邪考績既成王用與嗟陟于欲濱言進其律號呼南竭謳謠北溢欺吏悍民先聲如失逋租匿稅歸城自出燕并既息罷羸乃逸惟昔舉

善盜弁于隣今我與仁化爲齊人惟昔富人或賑之粟今
我厚生不竭而足邦思其弼人戴惟父善胡召災仁胡罹
咎俾民伊怙而君不壽嬌嬌貪㥶乃康乃茂嗚呼哀哉廩
不餘糧（集作食）藏不積帛内孥族姻外賙賓客恒是懸罄逮
兹易簀僮無凶服葬非舊陌嗚呼哀哉君昔與余講德討
儒犄中之輿希聖爲徒志存致君笑詠唐虞揭兹日月以
耀凡（集作萃）愚疑生所恠怒起特殊齒舌噭噭雷動風驅良
辰不偶卒與禍俱直道莫試嘉言罔敷佐王（集作王佐）之器窮
以郡符秩在三品宜謚王都諸生群吏尚擁良圖故友咨
懷累行陳蓍是旌是告永永不渝嗚呼哀哉

虞鶴鳴誄　　前人

維某年月日前進士虞九皐字鶴鳴終于長安親仁里既
克葬于高陽原二三友生皆至於墓哀其行之不昭於世
追列遺懿求諸后土申薦嘉名寔曰恭肅乃作誄曰
昔（集作吳）虞之分爰宅上陽其後優游在越爲鄉延詡輔漢
愜定封疆東徙之賢犄惟仲翔日預曰喜在晉克彰義篤
斯父（集作文）有苾其芳秘書多能垂耀于唐洎于漢陽世德
以昌（君先父綛泗州刺史）毗贊尚父休徽用揚惟我先君並時翺翔
洽主記室蔚其耀（蜀本作燦）光賁契伯仲永永不忘漢陽元子
寔紹其美傳習儒（集作餘）風彪炳文史克恭以孝惟禮是蘐
譽洽于鄉論爲秀士百郡之選叢于京師昧没騰藉乘凌
蔽欺生之始至則奮其儀退然（集作默）以謙人悅而隨名卿
是挈先進咸推方出群類振耀于蔣禍丁舅氏漂淪海沂
棒訃號呼匍匐增悲喪有幼主禮或多遺孰徇于名而不
是思投袂就道乘艱若夷竭誠喪具巾敬裳帷萬里來復
祇祔于墓遐不逾節儉而有度由其溫恭守以貞固行道
咨嗟觀理興慕復從鄉賦煥發其華克不再舉聞于邦家
倚閭千里歡味斯多姻族盈門載笑且歌君之不淑名立
志阻（蜀本作沮）慶歸其鄉身終逆旅生死巳間壽觴方舉賀書
在途委骨歸土哀歡易地弔慶交户神胡不仁降此大苦
嗚呼哀哉惟昔受首羈貫相親通家修好講道爲隣既冠
于作思致其身升于司徒及爾繼年交歡二紀莫間斯言
倫乎其和確爾其堅更爲砥礪咸去嵩弦今則遐已吾其

缺然嗚呼哀哉誄行謀謚惟古之道生而無位没有其號
惟是友生徘徊顧悼爰用壹惠幽明是告溫溫其恭惟德
之經先民有言（集作）今也是旌嗚呼恭肅欽哉嘉名

文苑英華卷第八百四十三

文苑英華卷第八百四十四　碑一

封禪

大周降禪碑　李嶠

愚臣觀象銅衙紬文金版變化莫神於開闢崇高莫大於富貴陰陽密運帝王操輔相之機曆數潛廻穹壤授甄陶之業故謂上下同德幽明合契靈祇有命既錫造於雍熙人主推功必申虔乎報謁奉符而勤（一作勤是）成展乎（疑作宋）脩祀而益厚增高有道存焉其來尚矣自旦昏交謝文質遞遷朴略洪荒上行於萬八千歲陵夷因華下傳於七十二家披圖而考其樹風按軌而詳其陳迹莫不祗肅其事神明其道龍駕帝服疆埸於鄒魯之垌犧樽象彝藁秸於云

亭之上咸就發生之宇以爲禮神之宅未有廻輿按轡覲中土之神靈刻石泥金崇外方之禋祀名臣於是乎斷其去就良史（一作吏非）於是乎題其失得然則置表測日陽城當六氣之交際（一作傑疑）林英山太室爲九封之長神翰降生於廊廡王畿仰矚於峯岫風雷所蓄俯鎮於三河辰緯所躔旁臨於四岳立崇乾事坤之兆蹠就下因高之位捨此地也疇其尚焉歷千載而祺徽音罕聞先覺超百王而崇軌躅允資元聖我大周之有天下也鼓道德之林藪恢聖神之事業始於閭閾成於家邦輝光燭於兩朝德澤流於八裔登僊納麓（一作録）則舜有大功錫範陳謩則禹濟元后謳歌而歸新華故揖讓而改物承天由牝馬而御飛龍自潁

沴而臻練（疑作鍊）石蓋千帝所不能及六籍所不能談若夫兆朕鴻源絪縕寶系載千嗣於改律猶綿桑連乎麥梓皇天睠命積大寶而爲家聖道會昌擁洪鑪而作極神基將偃伏構倦派於昭回同遠太祖無上孝明高帝合（一作含）幾察道盡曆窮神磨帝象而龍潛座台庭而虎變黃星造魏而文握漢圖赤羽興燕（疑作鄴）而武遷商鼎天冊金輪聖神皇帝遂荒三極奄有萬方御六辯而高馳憑九霄而下濟若乃玄通不測之智神用無方之業超因越果名流於貝葉之書應物隨緣迹蒲於蓮花之會祕恍忽於言象微希微於識籙亦循寶應慈物推心坐雄帝之朝吉祥衷時卽巳登女皇之位此之謂神力張衆立寓蕩海夷山正八柱之

低昂理三光之盈縮乾坤（一作象）關鑰於廡下品物鑪錘於堂（一作掌）內春生夏長循環奉亭毒之仁暑往寒來奔走赴財成之節此之謂天造左規右制俯察仰觀揆朱鳥於南宮契玄龜於東洛天威四臨而有截王道一家而無外均霜調露正六合之樞機叶軌同文立三川之朝市此之謂建國臨戶牖之法座垂星辰之采章嚮明而居端默以聽號令存於寬大規畫出於易簡循名責實而苟且之弊銷極深研幾而變通之理得此之謂立政焰煙灰之墜典寫溪谷之遺音無體無容與天地同節有法有象共陰陽通氣引之而被乎百代橫之而充乎四海此之謂禮樂雷電皆至先王以折獄致刑歲月發端君子以懸書立法殊井

疆而知禁晝衣冠而不犯䟽械破杻掩方載而勝殘解網
取枲閉圜扉而靜讞此之謂刑典操盾秉騶立於賓主之
階綴掖摳衣聚之東西之學辨尊卑於章服觀禮容於俎
豆委裘多暇合九德以成歌垂拱無為援五絃而度曲此
之謂文教因農隙而講事順天時而鞠旅定功在於歸（一作休）
馬保大由乎止戈然後干苞虎皮箭射貍首鞞鼓不作
廟堂懸百勝之威尉候無虞征戍罷三邊之役此之謂武
德籍乎千畝所以備粢盛齊於九疑所以嚴禋享苞茅絜
乎楚入樽俎隆乎殷奠於穆顯相而公侯駿奔肅雍和鳴
而祖考來格此之謂孝理金玉是賤委於嶄巖之山輿馬
不珍捐其騕褭之服御高辛之黃黼垂孝文之皁綈栝柱

茅茨未能埒其卑損藜羹糗飯無以儔其菲薄此之謂冲
挹任皋夔衡旦之輔酌虞夏商周之書網羅并包商榷擬
議衆目張而彝倫叙群才用而庶績康野無遺賢朝無闕
典循且昧旦懃懇方宵厲惕虛心解頗博愛兼聽防六事
察五聲檢身有常視準繩而為度祗德罔倦刻盤盂而自
警遺身主於循物勞已存乎逸人是以恩澤流通教化洽
著龍荒鼠徼覃寓外之雍熙鳳亢麟州奉寰中之度律遠
安邇肅地平天成（一作天平地成）玉律調年珠囊叶紀棲京坻於
龍畝逸馬牛於衢路悍婺象鑣班白不提闤闠無犬吠之
驚風俗有鶉居之暇原隰驅軺之使以採詩聽歌蓄畜（一作緇撮）
植杖之翁擊壤鼓腹和氣旁薄禎符肸蠁招一角五蹄之

仁獸儀九苞六象之僊禽毛蟬出其祥麟見田化其珍物
日烏素毛而冊喙天龜玄甲而青純雲蒸霧涌拜九洛之
璿圖電激雷奔受三清之寶冊若乃山鵲海鯨石銘巖篆
之符候月擢風連葉駢柯之祉神靈之所酬酢廣大之所
薦成紛綸葳蕤紹至疊見董狐之窮墨罄簡書而未周夷
吾之傾辯畢辭談而不盡昇平之浹洽也如彼符命之昭
彰也若此固可以循類帝之事奉丕天之律聖上方固懷
讓德虔守謙光升中之儀推而不莅也於是王公庶尹牧
伯群寮粵耆艾博麗之儒洎蠻夷戎狄之長咸進而稱曰
陛下欽承元命對越上玄廓天地之宏圖張祖宗之丕業
臣妾四極驅馭百靈鼓舞發育經綿彌綸之績宣滲漉沉

潛懷柔容保之恩備是以人祇順德遐邇宅心玄符畢臻
黃瑞盡出幽贊乎祖考（一作考妣）之茂烈發明乎施尊之盛儀
意者二塗滅氣二室儲貺以望屬車之塵久矣帝者雖倦
焉得距而已乎伏願坦至公之懷捐獨善之意欽若大典
疇咨故實上以光七廟之休德下以納群生之福祐長為
稱首豈不美歟帝曰俞哉乃包含藝文考練風俗採儒術
徵禮官裁五歲之典章覈四朝之制度叔孫掌事容成諏
日以天冊萬歲二年臘月乙亥闢冊掖開紫微撫玄虬按
黃道叶紀先路靈威並轂五戎促節旗常（一作旌旗）盡垂象之
文六甲分營壁壘暎太陰之氣雷動海運天廻星轉踰昴
覲而南下望圭臺而左薄陸離方攘煥炳聿皇以徂夫嵩

陽萬乘停鑣百司就列文物隱地遺光滿於竹（一作蔚非）宮興
徒沸川輕蓋埋於石柱天子乃幸齋寢披僊偓靡薜荔之
席陟蝘蜎之臺惟夫蠲意澄心所以至誠畫敬於是乎山
祇護野風伯清塵王醴潛滋金砂闇涌神鍾驚騰峯巖傳
九乳之音寒律移暄草樹動三陽之色徵祥之報影響不
遠壬午柴燎祀昊天上帝於南岳顯祖立極文穆皇帝太
祖無上孝明高皇帝侑神作主天子戴圓冕披大裘登三
垓植四邸藉陳葅秸器用陶匏高炎四施耀流汐而燭滄
海廣樂六變來象物而降天神感霏煙瑞（一作滴）露之徵延
薰風景星之祉大禮既畢應嘉既臻思欲契精爽於高明
剖靈符於峻極甲申御金蹕登王輿環拱百神導從群后

遂陵桂蔓攀松蹬跨崢嶸而出煙道排列鈇而犴天門羽
節高揮上下烏星之次龜壇下映俯瞰鵬雲之色瓊文祕
檢絡之以銀繩寶笄休期探之於金策交大靈於咫尺受
洪釐於億萬然後倘佯煙霄怊悵古昔凝神於九天之上
遊目於八紘之表睠觸石之雷雨爰覃作解之恩仰斗杓
之運行仍布惟新之令是曰大赦改元為萬歲登封元年
歡浹幽明慶霑動植千齡之統由聖代而連九皇萬歲之
音自神仙而周四海休氣低而翔輦神光起而屬天拂鑾
相趁以降於行殿丁亥禪祭后土於少室下趾東南顯祖
妣立極文穆皇后太祖妣無上孝明高皇后侑神作主戈
矛山立玉帛星陳登澗沼之毛輯江淮之物禹會之殊方

異俗俱執豆籩漢祠之僑獸珍禽悉加壇墠撫空桑之琴
瑟斟鬱鬯之樽罍咸秩衆靈遍祀群望席以黃琮為鎮書
以青石為緘元封之謁款（一作款謁）方丘儀因東峙建武之推
功太析禮視北郊陽烏珥而僊鶴飛紫雲騰而黃霧起靈
之來兮如雨瑞之委兮如山於是事畢功弘禮周慶洽方
欲輯珪璧陳猷任鋪六代之禮文受萬邦之朝賀宏規大
業其盛矣哉蓋淳源浸衰叔葉多故神器不還於至道尊
名或假於涼德秦嬴極暴企踵於無為之朝漢徹窮奢厚
顏於盛德之事人不見義其來自久我后首出帝先遂康
天步登封降禪拉宇宙之樞衡立顯崇功（一作從初）定皇王之
軌式鴻勳上格於窮昊厚福旁浸於黎元煒煒煌煌亘寰

區而宣壯麗巍巍蕩蕩橫山丘而殷聲名固已轥前聖之
規模聞含靈之耳目方使炎農抱愧愕眤（一作眙）於梁甫之
阿姚舜欽風延佇於崇高之路天下大功成矣域中之能
事畢矣昔者鳥獸率舞一人賦元首之篇戎夷來賓四子
詠中和之樂時僅平而頌作俗未泰而歌興況乎臧五登
三遠承文武之烈襲六為七近叶春秋之義神功與二儀
並運顯號將七曜俱懸豈可使時遇無詩於皇不作臣嶠
謬忝司牧躬陪錯事末光幸煦長傾捧日之心僊石徒攀
終愧陵雲之筆敢承明制而為頌云
天命上君君臨下土靈祇允懷品物咸覩翕受三六時乘
九五於昭文明粵若稽古闢鑠（一作鎔）六氣庭衢八荒殊隣

筐篚絶黨梯航河海晏謐閭閻阜昌琴橫帝扆鼓卧邊場
齊衡均度制禮作樂武戢五戎文興四學法宮布政靈臺
視朔化偃中和人還太朴湛恩布濩協氣氛氳嘉亨歲積
休符日聞祥開草樹慶動煙雲乾冊冊篆河圖紫文欽若
元命率由前典道洽升中功成丕顯神筴演卦名山除單
翠鳳銜甤玄龍御辯廻鑾左矗弭節中樞萬騎雷動群方
電趨層壇般薦登鑾山符駐輦星躔交神漢曲雷雨下濟
輝光仰燭地戶開靠天牢罷獄萬歲重虖三辰改旭迎陰
廣澤報地方畦庭合六舞筵陳兩圭神靈第（一作茀）瑞巨象
天孕牒貫銀縷函封金泥禮具德明神觀瑞浹儲筭玉斗
賜齡金篋知崇高之可封悟梁甫之虛躡敷帝道於一藝
振天聲於萬葉

文苑英華卷第八百四十四

文苑英華卷第八百四十五　碑二

儒一

益州夫子廟碑一首
遂州長江縣先聖廟堂碑一首

益州夫子廟碑　王勃

述夫帝車南指遁七曜於中階華蓋西臨藏五雲於太甲
雖復星辰蕩越三元之軌躅可尋雷雨沸騰六氣之經綸
有序然則撫銅渾而觀變化則萬象之動不足多也握瑤
鏡而臨事業則萬機之湊不足大也故知功有所服龜龍
不能謝鱗介之尊器有所歸江漢不能竊朝宗之柄是以
朱暘登而九有照紫泉清而萬物覩粤若皇靈草昧風驪
受河洛之圖帝象權輿雲鳳錫乾坤之瑞高辛堯舜氏沒
大夏殷周氏作逵其變遂成天下之文極其數遂定天下
之象衣冠度律隨槼器而重光王帛謳歌反宗禋而大備
洎乎三川失御九服蒙塵俎豆衰而王澤竭鍾鼓衰而頌
聲寢邵陵高會諸侯輕漢水之威踐土同盟天子窘河陽
之召三微制度乘戰道而橫流千載英華與王風而掃地
大業不可以終喪彝倫不可以遂絶由是山河兆朕素王
開受命之符天地氤氳玄聖舉乘時之策興九圍之廢典
振六合之頹綱有道存焉斯文備矣夫子姓孔氏諱丘字
仲尼魯國鄒人也帝天乙之靈苗宋微子之洪緒自玄會
翦夏浮寶玉於南巢白馬朝周載旌旗於北面五億神器

琮璜商列帝之業三命然而鍾鼎冠承家之禮商丘誕膺
下屬於防山泗水載靈逸軌於汶上禮樂由其委輸人儀
所以來蘇排禍亂而搆乾元掃荒屯而樹真宰聖人之大
業也若乃承百王之丕運總千聖之殊姿人靈昭有作之
期嶽瀆降非常之表珠衡玉斗徵象緯於天經曆攙龍蹲
集風雲於地紀亦循三階瞰月恒星知太紫之宮八柱衡
霄群嶺辨中黃之宅聖人之至象也若乃順時而動用晦
而明紆聖哲於常師混波流於不問太陽亭午收爝火於
冊衡一作權滄浪浮天控消涔於翠渚西周捧袂倦公留紫
氣之書東海摳衣郯子叙青雲之秩接輿非聖詢去就於
往歌童子何知爭炎涼於詭問聖人之降跡也若乃叅神

揆訓錄道和倪辱太白於中都紆乘黃於下邑湛無爲之
跡而衆務同并馳不言之化而群方取則雖復霓旌一作旌旎
羽旆齊人張夾谷之威八佾三雍桓氏逼公宮之制洎乎
歷階而進宣武備而斬俳優推義而行肅刑書而誅正卯
用能使四方知罪爭歸譖好之田三家變色願執陪臣之
禮聖人之成務也若乃乘機動用歷聘棲遑神經幽顯志
大宇宙東西南北推心於暴亂之朝恭儉溫良授手於危
亡之國道之將行也命道之將廢也命歸齊去魯發浩歎
於衰周厄宋圍陳奏悲歌於下蔡聖人之救時也若乃筐
篚六藝筌簣五典折旋洙泗之間探賾唐虞之際三千弟
子攀鱗化而升堂七十門人奉洪規而入室從周定禮憲

章知損益之源反魯裁詩雅頌得絃歌之首備物而存道
下學而上達揆神叙教降赤製於南宮運斗陳經動玄符
於北洛聖人之立教也若乃觀象設教法三百八十四爻
四十有九窮神知化應萬二千五百周易作萬有一千五百二十五十
有五成變化而行鬼神觀陰陽而倚天地以鼓天下之動
以定天下之疑索衆妙於重玄纂群微於太素聖人之讚
易也若乃靈襟不測睿視無涯石砮昭集隼之庭土缶驗
羵羊之井秘山南望識皓骨於封禺叅澤東浮考冊萍於
夢渚麟圖鑒遠金編題佐漢之符鳳德鈎深玉策筮亡秦
之兆聖人之觀化也時義遠矣能事畢矣然後拂衣方外
脫屣人間奠楹興夕夢之災負杖起晨歌之跡撓虹渠於

大厦物莫能宗一作文摧月觀於魯丘吾將安仰明均兩曜
不能遷代謝之期序合四時不能革盈虛之數適來夫子
時也適去夫子順也爲而不有用九五而長驅成而勿居
撫雲霓而高視聖人之應化也自四教遠而微言絕十哲
喪而大義乖九師爭大易之門五傳列春秋之輻六體分
於楚晉四始派於齊韓淹中之妙鍵不追稷下之高風代
起百家騰躍攀戶牖而同歸萬匹驅馳仰陶鈞而共貫循
使絲黃金石長懸闕里之堂荊棘蓬蒿不入昌平之墓聖
人之遺風也遵揚十聖光被六虛乘素履而保安貞垂黃
裳而獲元吉故能貴而無位綏端於太極之初高而無名
布政於皇王之首千秋所不能易百代所不能移萬乘資

以輿袞四海由其輕重雖復質文交映嚐禴祀而長存金
火遁遷奉琴書而罔絕（一作網紀）盖易曰觀乎人文以化成天
下又云聖人以神道設教而萬物伏焉豈古之聰明睿智
神武而不殺者夫國家龔宇宙之淳精摅明靈之寶位高
祖武皇帝以黃旗問罪杖金策以勞華夷太宗文武皇帝
以朱雀承天穆玉衡而正區宇皇上宣祖宗之累洽奉文
武之重光稽曆數而坐明堂陳禮容而謁太廟八神齊饗
停旄太史之宮六辨同和駐蹕華胥之野文物隱地聲名
動天樂祭九俗禮盛三古冠帶混并之所書軌八絃（疑作紘）
閭閻兼匝之鄉煙火四極竭河追日夸父力盡於楹間越
海陵山堅亥塗窮於廡下薰腴廣被景貺潛周乾象著而

常文清坤靈滋而衆寶用溢金膏於紫洞雨露均華棲玉
燭於玄都風雷順軌冊萁蓂菌藻繪軒庭鳳彩龍姿激揚
池御殊微朕鑾不召而自至茂祉昭彰無幽而不洽雖復
帝臣南面降衢室而無爲岱畎東臨陟名山而有事靈命
不可以辭也大典不可以推也由是六戎宵警橫紫殿而
擬金五校晨驅蹴玄雲而噴玉星羅海運嶽鎮川渟登碧
壇而會神祇御玄壇而禮天地金箱玉冊益書筭於無疆
玳檢銀繩署靈機於不竭功既成矣道既貞矣歷先王之
舊國懷列聖之遺塵翔赤驥而下雲亭吟翠虬而望鄒魯
泗濱休駕杳疑汾水之陽尼岫凝鑾暫似銅（疑作峒）山之典
廼下詔曰可追贈太師託鹽梅於異代躡路生光寄舟楫

於同時泉塗改照咸亨元年又下詔曰宣尼有縱自天體
膺上哲合兩儀之簡易爲億載之師表顧唯寢廟義在欽
崇如聞諸州縣孔子廟堂及學館有破壞并向來未造生
徒無肄業之所先師闕奠祭之儀久致飄零深非敬本宜
令諸州縣官司速加營葺九隴（一作成都）縣學廟堂者大唐龍
朔三年鄉人之所建也爾其州分化鳥境衜鐏鴟羸（疑）錦
室於中區託銅梁於古地玉輪斜界神龍蟠沮澤之雲石
鏡遥臨寶牒祕（一作馬牒）禹山之影天帝會昌之國上照乾維
英靈秀山之鄉傍清地絡庠序由其糾合纓弁所以會同
文翁之景化不渝智士之風猷自遠於是雙川舊老攀帝
獎而翹心三蜀名儒想成均而變色探周規於舊宅詢漢

制於新成（一作都）開基於四會之躔授矩於三農之隙土階
無級就擊壤於新權芧茨不剪易曽巢於故事莊壇文杏
即架櫟欒夾（一作樊）谷幽蘭爰疏户牖儀形莞爾似聞沂水
之歌列侍誾如若奉農山之對緇帷曉闢橫組帶於西河
絳帳宵懸聚青襟於北海雖秋禮冬詩之化以洽於齊人
而宣風觀俗之規實歸於上宰銀青光祿大夫譙國公諱
崇義大武皇帝之支孫河間大王之長子高秋九月振玉
贊於唐丘寶筭千齡躍璇斗於大渚我國家靈命東朝抗
袞冕之尊宗子維城南面襲軒棠之重析玄元之（一有緒字）緒
擁朱虛之（一有祿字）佐拜玉節於秦京輝金璋於蜀郡玄機應
物潛銷水性之災八冊筆中兗俯絕山精之訟魏文侯之擁

箏道在而謙尊董相國之堊惟風行而俗易司馬宇文公諱綂河南洛陽人也皇根帝緒列五岳於三朝青鎻册梯（一作堺）跨千尋（一作種）於十紀仲舉澄清之譽未極夷塗士元卿相之材先登（一作循先）上佐氷壺精鑒遥清玉壘之郊霜鏡懸明下映金城之域縣令柳公諱明字太易河東人也梁岳之英長河之靈沐雲漢之粹精（一作精粹）荷天衢之元亨旃旗赫弈於中古珪組陸離於下葉鳳巖抽律擢魯秀於龍門驪穴騰姿吐榮光於具闕自朱絲就列光膺令宰之榮墨綬馳芬高踐郎官之右仙鳧旦舉影入銅章乳翟朝飛聲含玉軫臨邛客位自高文雅之庭彭澤賓門循主壺觴之境曠懷足以御物長策足以服人重泉之惠訓大行單

父之謳謡遂遠循為夏絃春誦俗化之樞機西序東膠政刑之根本上祇朝憲下奉藩維爰搜複廟之儀載闢重欄（疑作欄）之制三門四表煥（疑作煥）矣惟新十（一作上）哲宗師肅焉如在將使圓冠方領弃行鄒魯之風鋭氣英聲一變賓（疑作賓）渝之俗於是侍郎幽思摛鳳藻於瓌林丞相高材排鳳姿於璧沼遺榮處士開簾詮孝悌之機頌德賢臣持節聽中和之樂其為政也可久其為志也可大方當變化台極儀刑萬宇豈徒偃仰聽事風教一同而已哉勃幼乏逸才少有奇志虚舟獨泛乘學海之波瀾直轡高驅践詞塲之閫閾覩質文之不泰衆矣考聖賢之去就多矣自生人以來未有如夫子者也嗟呼今古代絶江湖路遠恨不得親承妙音攝齋於游夏之間躬奉德音攘袂於天人之際撫身名而永悼瞻棟宇而長懷嗚呼哀哉敢爲銘曰

五帝既沒三王不歸天地震動陰陽亂飛山崩海竭月缺星隕禮樂無主宗禋遂微其一大哉神聖與時迴博（疑作溥）應運而生繼天而作龍躍浩蕩鵬飛寥廓奄有人宗遂荒天爵其二尼山降彩泗濱騰氣志匡六合神經萬類夾谷登庸中都歷試䕶情貫一玄猷絶四其三棲遑教跡寂寞河圖遠齊出宋歷楚辭吳風衰俗毁禮去朝無麟書已卷鳳德終孤其四杳杳靈命茫茫天秩吾道難行斯文易失式宣六藝財成四術虚往實歸外堂内室其五邈矣能仁悠哉化主力制群辟權傾終古陸離彩縈蟬聯茅土洪海輕河登山小

魯其六皇家載造神風四極檢玉題祥龜金署德聿懷聖跡同亨天則栖春（疑作春）台庭爰昇袞職其七王津同泒金堤茂版智士高風文翁澤遠吐淳壤沃聲和俗悳載啓仁祠遂光儒苑其八沉沉壷奥肅肅崗除靈儀若在侍列（一作列侍）如初槐新市容杳古壇疎楹疑置莫壁似藏書其九泛泛寰中悠悠天下徇名則衆知音蓋寡碩石參瓊迷風亂雅仲尼既沒夫何爲者其十

遂州長江縣先聖孔子廟堂碑　楊炯

法象莫大於天地變通莫大乎四時懸象著明莫大乎日月備物致用莫大乎聖人夫子諱丘字仲尼魯國鄒人也龜龍負讖帝鴻驅八翼之軒魚鳥呈文天乙降三分之璧

五十二戰權輿騶帝之都（一作甚）二十七征草昧馳王之業平域中之禍亂掃天下之㲉劉以盛德大業之尊當開階立隧之重及其山崩海竭日薄星迴曆數不還謳謠遂遠元子賓周而建國二王之車服可尋上卿冀宋而承家三命之衣冠再襲是故陰陽混合洩符瑞於平鄉宇宙氤氳灑休徵於闕里龍峻而龜背月角而雷聲有軒帝之殊姿有殷王之異表山開道甲尼丘落於紫垣星掌巫咸鈎鈐墜於蒼陸净光童子來遊震（一作姬）旦之郊乾象明靈（一作虚）俯下庖犧之國十五而志學三十而有成申下問於伯陽屈帝師於郯子天爲木鐸九州知發號之期吾豈匏瓜一國有來蘇之望常（疑作棠）登委吏稍踐中都天下可臨諸侯

取則以之禮而國定司空之官以成禮以之義而國平司寇之官以成義掌山林於夏典物得其生聽獄訟於秋官人忘其死大夫亂法仍行兩觀之誅陪臣執權即問三雍之罪強公室而（集無此字）弱私家叙君臣而（集無此字）明長幼用能使犧牲征邑不登闑闠之庭羽戟旌旄不列壇場之位當是時也三光薄蝕九土分崩夷狄有君中華無主（集作禮）周京赫赫成康之至教蔑聞魯國巖巖賢聖之餘風可墜河圖未出吾道不行周流八方經營四海治（集作政）亂運也窮通命也苟天下之至聖仍逢盜跖之軍伏天下之至和猶有匡人之逼德生於我樂天命而何憂文不在茲臨大難而無懼使仁者必信安有伯夷使智者必行安有王子豈

三千擊水牛蹄不能鼓橫海之鱗九萬摶風鷄羽不能翕垂天之翼然後上不臣天子下不事諸侯乘殷之輅服周之冕或屈伸於季孟之間或動靜於魚龍之際下學而上達將聖而多能博而無名信而好古察殷周之禮樂損益可知觀杞宋之文章賢才不足數年學易伏羲龍馬之圖三月聞韶媯帝鳳凰之典信在（集作存）乎德術（集作行非）數貫於神明（集作四時）意見乎時制作侔於造化已所不欲則一言可以終身人之莫遠則一言可以亡國惡鄭衛之亂雅樂惡利口之覆邦家榮辱定於樞機褒貶存乎簡牘精誠格召北門（集作辰）開紫掖之星福應全來中極敷玄雲（集作漏之玄象）之氣乃若知幽明之故見天地之心有感而遂通不行而克

至年當甲子潛知啓漢之萌運（集作音）叶宮商預察亡秦之兆星移大火追責天司月入陽街（集作純陽）無勞（集作行無）兩備季桓子羵羊之井推木石之禎祥陳惠公集隼之庭驗蠻夷之貢賦然後歷三辰而玉步照四極而金聲坐於緇帷之林浮於亶州之海門生七十仰天路以無階弟子三千望宮墻而不入哲人之能事畢矣先王之至德行矣配乎二象不能遷必至之期參乎兩曜不能稽有（集作有非）常之動南遊楚國遂聞衰鳳之歌西狩魯郊獨不傷麟之泣夫子周靈王二十一年冬十月庚子生至魯哀公十有六年夏四月己丑卒凡享年七十二于今一千餘歲泰山頹而梁木壞微言絕而大義乖傳饗祀於百家奉琴書於十代秦始

皇見登床之識(集作讖)始亂衣裳魯恭王肴壞壁之書猶聞
絲竹漢圖起於六千日賜金之禮載優魏德行於五千年
刻石之風未泯述文(集有序字)武者皆憲章於聖人脩學校(集有書字)
者侖折衷於夫子自華(集作常)轄王曆毳幕瑤圖皇天無
阜白之徵戎狄起豺狼之釁攉六律絶笙竽塞師(集作瞽)曠
之耳天下之人廢其聽矣散五彩滅文章膠離朱之目天
下之人黜其明矣我高祖神堯皇帝因三靈之寶曆藉萬
國之歡心風起北方月行中道削平宇宙(集作雷雨)戢干戈於
羊馬之年彈壓華夷照文物於龍蛇之代太宗文武聖皇
帝昇瑤壇於曲洛受王版於平河經天緯地盪海夷嶽坐
玄宫而寄轉紫微光帝宅之尊戴黃屋以(一作而)深居赤縣

列(一作襲)神州之貴今上天無私覆道不虛行馭六氣而平
太階乘八風而制群動星連月合層臺而有觀羽之勞海
晏(一作日)河移直筆有書祥之倦封太山而禪梁甫千載同
歸敞衢室而築明堂百靈咸秩雲行雨施品物流形天尊
地卑乾坤定矣若乃虞夏商周之禮考正朔而三遷東南
西北之人混風聲而一變環林拂日映高柳而對扶桑圓
海澄天走鯤池而涵象浦粤以乾封元(一作三非)年有詔追贈
夫子爲太師咸亨元年又詔州縣官司營葺學廟憑風雲
於異代照日月於殊途死者有知殁而無朽如綸如綍大
君於號令之嚴匪朴匪雕上宰極司存之敬長江令楊公
弘農華陰人也即華山公之孫大將軍之子朱宫帶地明

河一葦之西黃關中天神嶽千花之北山川壯麗於區宇
人物繁多於海内齊九能而闊步一門鍾豹變之榮襲五
公而長驅四代赫蟬聯之祉出忠入孝誕秀興賢冠蓋城
邑池臺鍾鼓英靈輻湊繽紛萬王之門嘉瑞駢羅濟濟千
金之子是故北方多士太一壯其(集作一壯表乎)魁梧南國仙人
中書備其端雅倚桐可仰冊漆兼(集作重)施照明月於膏懷
吐清風於襟袖臧武仲之智卞莊子之勇(集作法)可以爲大
臣矣韓尚書之臨入座發跡下邳卓太尉之踐三階來從
客縣自操刀入仕聞魯邑之絃聲解紛分司察豐城之寶
氣汝陰徐令大號無雙河内王君時稱未有飛雪千里不
能改松栢之心名都十城不能動夷齊之行先是殊方㬎

客常(集作栢)嚴鉅野之兵絶磴奸豪每縱潢池之蘇(集作虐)數
州常以爲(集作久)弊歷政所不能移行人爲之聚衆(集作扰疑)耕
父由其釋耒公英謀獨斷銳氣無前奮一劍戮元兇馳單
車而躡遺噍道旁牛馬並屬羅衡縣内神明皆稱傳琰若
乃山林猛獸動星象而垂文江漢貙旿(集作眦)鼓風飈而作
慽城門六閉未防虞吏之災都市三言終有三君之㬎公
雄心裂眥壯髮衝冠按東海之金刀飛北斗之石箭罔蠻
不擾有符劉孟之城坑穽無㴱矣更似童君之邑自非愛人
猶子視物如傷豈能剽斬兇渠親除災害與夫赤繩不用
道被於瑕丘桴鼓希聞化移於京洛可同年語哉然後示
之以禮儀陳之以庠序興役爲工(集無此句)憑三時之閑暇薄

賦輕徑梘（集作峴）四野之川原依八城負郭青泥險磴斜連白
馬之關赤岸長波遠注黃牛之峽懸四刀而開益部照參
伐於天光賦三錯而闢梁州（集作長江）絕岷（集作峧）嶓於地德背
山臨水掩全蜀之膏腴望月占星採公宮之法度冊墉數
仞吐納雲霞椽柱三間蔽虧風雨瑠璃曉闢東宮雀目之
窓玳瑁朝懸西漢虵鱗之桷圖光甚於北斗聖質循生赫
符彩於連珠宏姿可想至於月衡月準山額山庭偘偘星
文堂堂日角莫不向之如在疑遊北上之山望之儼然似
矚東流之水博士助教其等西州閭望南國英靈駭飛兎
於文場躍雕龍於筆海楊雄博識神遊象繫之端李郃幽
通思入璣衡之表每至部光令月朱鳥乘春爽氣高天玄

文苑英華　八百四十五卷　十二

龜迭曆瑷邃王一丘中堂奉先聖之儀石磬金鍾南面胥諸
侯之禮華陽曾子鼓篋來遊蜀國顏子摳衣請學絃歌在
側（集作聽）還昇武騎之臺禮樂居前重覩文翁之室祁祁茂
德濟濟時英聖人千載之風儒者一都之會丞主簿尉其
等青田戒露均玉華蓋而長鳴綠地生風下仙閣（一作閣）而直
轡大夫貞節還君內史之丞文學明誠（集作經）猶（集作甚）歷南
昌之尉鄉望姓名等王孫獵騎驃泉隰之盤遊公子文鋒
叙江山之體勢符倚明以都官漱職逢有道而相推遒元
淑以郡吏從班見司徒而不拜念以鄉閭少事風月多懷
命童子於雲臺就門人於相圃冬禮春詩之化再造雙川
淹中稷下之風一匡二（集作三）蜀若夫平南壯烈沉流水於

裁碑逐北勳庸（集作元勳）登燕山而刻頌庚太尉新亭之基尚
有黃金鄭康成通德之門猶存白屋況乎功苞大象績被
蒼生豈使銘典闕如音塵不嗣是則（集作用）雕墉峻宇列冠
蓋於宜城塞陌填街考春秋於太學小人徃簡不知所以
裁之夫子之文章今可得言也詞曰
西崑王闕南海金堂惟惚惟恍一陰一陽三辰赫赫九土
茫茫太極天帝神州地皇驪連上古混沌中央降及軒頊
終於夏商四時玉斗五緯珠囊聖德千載淳風八荒天開
赤籙日照青光讖叶金匱兵符玉璜化隆文武澤盛（集作伊）
成康天子穆穆諸侯皇皇春秋代謝宗社危亡帝典無（集作垂）
象人倫不綱山河命德天地興祥禮樂三變文明一匡

文苑英華　八百四十五卷　十三

原承少典祚啓成湯吹律卌鳳御符（一作鈎）白狼三仁去國
再命循墻不有積善其何以昌降靈鄒邑誕哲平鄉月角
摛彩星鈐吐芒文行忠信恭儉溫良或默或語能柔能剛
學而不厭師亦何常通禮明德尊賢毀方古之君子昔者
明王道叶公旦神交帝唐攝官從事服冕端章示之以德
臨之以莊澤如春雨威若秋霜男女斯別尊卑克彰時逢
版蕩運屬棲遑入齊損味居陳絕糧登山極目臨水徜徉
無道斯隱捨之則藏季孫大賚敬叔揄揚問官郯子受樂
師襄神明叶贊雅頌鏗鏘紫麟遥集丹鳥遠翔牛靈水火
家國舟航功符日用德叶天長倏嗟崩嶽奄歎摧梁昧昧
神道悠悠彼蒼書開懷宅識識（集作發）登床輿代壓重因時

弛張氈裘黼黻沙漠壇場璣衡修修修載籍膏肓汾河水白晉野星黃軒電臨斗殷雷集作雲入房九圜臣妾八極城隍東序西序上庠下庠粵惟銅墨寶號金箱集作相靈山地輔德水天潢芝蘭秀出羔鴈成行玉匣狐劍瑶莖驌驦懲奸擿集作擿是右濟猛移蝗風傳積石道被滄浪絲言渙汗經葺相望裊井蓮植秋窗桂芳綉楹文琰綺綴明璫四注飛閣三休步廊禮行釋菜敬盡明禋圖非有若地異空桑伏羲書契女媧笙簧匏土金石珪琮璧璋高門程鄭碩學王楊威儀秩秩宮徵瑲瑲山棲鳥集作吊鳥木宿鴛鴦蜀門荷戟江津濫觴落星高堰明月回塘冊碑不朽清廟無疆

文苑英華卷第八百四十五

文苑英華卷第八百四十六　碑三

儒三

兖州曲阜縣孔子廟碑一首

陳留郡文宣王廟堂碑一首

許州文宣王新廟碑一首

柳州新脩文宣王廟碑一首

處州孔子廟碑一首

書處州韓吏部孔子廟碑陰記一首

兖州曲阜縣孔子廟碑　李邕

嘗觀元化陰藏上帝玄造雖道遠不際而運行有符揚榷大抵宣考神用逮一作建人統之可復補天秩之將頹其撥

一也昔蚩尤怙賊厥弟驕兵巨力朋徒合緒連禍則黃帝興聖首一作重出群龍推下濟以君人儆勤畧以戡亂逮至橫流方割包山其咨轉死為魚鱻食不粒則堯禹並跡振拔殷一作隱憂導百川康四國粵若殷禮鈇周德微宋公用鄒楚子問鼎則夫子卓立燦然成章闢邦家之正門播今昔之彝憲此天所以不言而成化聖所以有開而必先其若是者乎故夫子之道消息乎兩儀夫子之德經營乎三代豈徒小說蓋有興聞夫亭之者莫如天藉之者莫如地教之者莫如夫子且沐其亭而不識其道則不如勿生荷其藉而不由其德則不如勿運故曰消息乎兩儀者也夫博之者莫如文約之者莫如禮行之者莫如夫子且會其

文而不揚其業則不如勿傳經其禮而不啓其教則不如勿學上代有以焯序中代有以宗師後代有以丕訓故曰經營乎三代者也意唐虞之美不必至是賛而大者進聖君也夏桀之惡不必至是擠而毁者激肅主(一作君)也伊尹之忠不必至是演而數者勉誠節也趙盾之逆不必至是抑而書者誅賊臣也至若論慈廣孝輔仁寵義職此之由於是君臣之位序父子之道明朋友之事興夫婦之倫得雖朗日開覺膏雨潤澤和風清扇安足踰哉借如九皇繼統而政醇士聖同年而道合雖事業廣運而理濟(一作齊)一時未有薄遊大夫僻居下國德教旣徃言滿方來廟食列邦不假手於後續君長萬葉必歸心於素王若此之盛是

以騰跨百辟孤絶一人咼成名而可稱盖取興而爲大者也我國家儒教浹宇文思啓(或作庆)天伸吏曹以追尊建禮官而崇祀侯褒聖於人爵尸奠享於國庠是用大起學流錫類孝行敦悅施於萬(一作方)國光覆彌於胤宗三十五代孫嗣褒聖侯璲之子(一作芝子)藏嗶泊族賢元亨等或專門碩學(一作儒)冏鑿于緒或餘波明哲載揚厥聲乃相與合謀曰夫堀墓之地禮曰自衰聽訟之樹詩云勿翦一則遇事遺愛一則感物名懷矧乎大聖烈風吾祖鴻美故國封井舊居川岳歟宜其悚神馳佩蔭行膜拜陳齋祭奠嚴祠樹繚垣以設防刋豊石(一作碑)以爲表兗州牧京兆韋君元(一無元字)珪王國周親人才懿德明啓風績(一作俗)休有政(或作名)教長

史河南源晋賓字光國贇操孤與清節特遠納人以禮成俗於師司馬天水狄光昭(一無昭字)字子亮相門開祥(或作祚)雅道踵武聞義必立從事可行録事參君東海徐仲連功曹成陽盖寡疑倉曹太原王道淳弘農揚萬石戶曹傅陵崔少連弘農揚褒玄(一無此五字)兵曹太原王光超(一無此五字)范陽張傳望法曹安定皇甫俭東海徐彥光士曹榮陽鄭璋參軍扶風竇光訓及曲阜縣令鴈門田思昭主簿吳興施文蔚清河晏弘楷等宣緒通德儒林秀士升堂覩奧遊聖歆風僉同演成乃共經始其銘(或作詞)曰

元天陰隲大明靈(一作虚)鏡神不利淫物將與正凡曰投艱在此逢聖吞沴荐虐軒皇(一作黄)底定襄陵兆災夏禹文命

周道失序夫子應聘刪(一作刋)詩述史盛禮張樂雅頌穆清訓詞昭灼片言一字勸善懲惡誘進後人啓明先覺六順勒興四維(一作數)皆作元(一作茂)功濟古至道維來首出列聖席卷群才大名震耀廣學天開丞掌匝寓(一作宇)誦習(一作聲)窮垓帝念居室以光壽宮建侯于嗣環封厥中孫謀不泯祖德斯崇乃刋聖烈用廣休風　一作皆唐文粹

陳留郡文宣王廟堂碑(前篇作記)　陳兼(又見獨孤及集)

唐天寶十有一載歲次壽星陳留改文宣王宮(七字前篇作陳留郡)(重建文宣王廟)郡守河南道採訪處置使元公彥冲所以崇德樹風敬教勸學也初公以三務(前篇作農)之隙分命(前篇作務)有司修廢功舉墜(前篇作墜)禮而此堂也舊規僵(前篇作傴)陋下宇將壞我

是以有經始之制冬十月丙午新宮成凡天下有道則文教大洽爲政者克廣舊典以尊先聖禮也浚儀令河東裴勝叶恭大猷祗奉成績乃立石于（前篇作於）朝廷以旌盛德所庇云

有三才然後有剛柔剛柔交而利害作乎其中於是橫目蚩蚩天不能節黃帝堯舜氏始以仁義拯溺其流及乎夏商而周監二代有明堂之禮樂教之首也逮周（集無周字）德下衰王室卑而五霸起彝倫墜而六學缺天將持其木鐸以授後聖繇是周公沒五百歲而夫子生雲從龍風從虎大道既作天下化成故夫子修詩書以酌虞夏殷周之損益而國風帝典備約魯史記以書二百四十二年之廢興而

亂臣賊子懼嗚呼（集作嗚戲前篇作於戲）不（前篇有有字）大壞何以見聖人之全功乎粵若中都之制立民極也以匡頹風防不爲曲兩觀之法用重典也以去姦雄（集作究）政不爲苛夾谷之會誅無禮也以尊兩君刑不爲僭三預是邦之政而魯至於道向使鳳鳥來河圖出東周之化其在魯乎嗚呼明王未興孔能無輔運匪我與德兮何衰盖弘其教（前篇作道）以救物處其順以安時行藏屈伸與化推移（集有也字）其世衰也揭仁義於天下其世平（集作大來前篇作世衰）也啓土宇于（前篇作於）身後出入百代波流萬方孰不日用聖猷欽若祀典然後知素王之德與天地並或曰夫子栖栖於魯衛陳蔡之間或者其未智歟君子曰是智也聖人與時消息同彼憂患不有

臣蒲（前篇作人）之難麟鳳之感何以戒（集作誡）苟合安蒙求（前篇作享）使達者順時窮者知命然則卷舒之迹其可究乎奔奔新廟庶人成之有以建誕敷之（前篇作文）德勿亟之化盖黜埋其楹玄端其服加衮冕之等（前篇作數）正當宁之位王命所以寵儒章也兩楹之下四科以班兗公東序（前篇作房下同）西向（集作嚮下同）費侯鄆（前篇作鄆侯會要冉耕封鄆侯）侯薛侯徐侯衛侯黎侯吳侯魏侯西序東向其餘未入（前篇作於）室者畫衣冠於四墉（集本作篇作西廟）配祭所以辨等威也議者謂我邦君於是乎建宏規而播新命脩令典而崇明祀講義以度功（前篇作執度）懋功以從時訓人以成德昭德以合禮六者禮之善物而時有遷邑有改不銘考父之鼎紀奚斯之功是廢名也何以示後嗣

遂命客卿前封丘縣丞泗上陳兼志之

此篇見獨孤及集而梁肅作及集後序亦云述聖德以揚儒風則陳留郡文宣王廟碑而碑末乃云命陳兼志之肅出及門必不誤書疑及命兼代作英華總目明言及作而八百十四卷并此卷重出却病作陳兼未詳前卷已刪今存于此

許州文宣王新廟碑　劉禹錫

歲在丙辰元日開成許州牧尚書杜公作文宣王廟暨學舍于兌禺華故而鼎新也前年公受社與鉞董淮陽汝南之師八月上丁釋菜于宣父之室陋宇荒堦不足廻旋已事而歎乃詢黃髮有鄉先生前致辭曰自盜起幽陵許爲

兵衛連戰交粹（集作枰）率無寧歲耳恍鉦鼓不聞絃歌目不知書不害爲智邇來生聚教養起居祖習一出於軍容今華天子憐許民爲擇賢侯此人人思治之時也公曰諸吾當先後之於是元年脩戎律以通衆志次年成郡政以鬻民瘼季年崇教本以厚民風我言既從乃卜新宮灋水之瀕城池在東登登其杵坎坎其斧繩之墨之鑿枘枝梧載塗載𡋯（集作載塈載塗）黝焉（集作黝烏）陵虛寢廟弘敞齋宮嚴閟軒墀廟廡儼雅清潔門庭牆仞望之生敬外餝舳稜中設鸛幄嚮明當宁用王禮也堯頭禹身華冠象佩之容取之自魯及門觀與偶形畫像之儀取之自太學宗彝籩豆青黃規矩之器秉周禮也犧牲制（集作特非）幣薦獻升降之節遵國

章也藏經于重檐欽器于處櫝講筵有位鼓篋有室授經有博士督課有助教指蹤有役夫洒掃有廟幹公又割㯳地爲廣圃蒔其柔蔬而常菹旨蓄之御備捨巳俸爲子錢權（集作權）其孳息而監酪缸膏之用給濟濟莘莘化行風驅家慕恭儉戶知敬讓父誨其子兄規其弟不遊學堂與捷市同繇是麾勇爵戴鶡冠者往往弭雄姿而觀習禮義矜甲冑者知根於忠信服縵胡者不敢侮縫掖教化之移人也如置郵焉冬十一月許人以新儒宮成來告且乞辭欲行乎遠也公名悰字永裕故丞相岐國公之孫岐公爾諸二帝碩學冠天下嘗著書二百餘篇言禮樂刑政古今損益統名曰通典藏在石室副行人間今孝孫聿脩（集有之字）形乎事業播于聲詩懿哉能世其家也禹錫昔年忝岐公門下生四忝公府近年牧汝州道許昌躬閱其政故不得讓遂銘于麗牲之碑銘曰

許介韓魏四征之地兵興已還其鬬𡾰𡾰亦有儒宮軋于兵間賢族矢止思樂泮水俾人嚮學王化之始便地爰相新規欝起廟貌斯嚴堂皇（一作堂堂）有煒秩秩禮物衻衻冑子入于門墻如造闕里春誦（集作誦）夏絃載颺（集作揚）淑聲風于閭閻浹于郊坰途讓班白家尊父兄與化而遷其猶性成昔之委巷相詬交侮今逢覿感不道媟語昔之連營誇力使酒今遇賓客欽容（集作相對）拱手魯有泮林鳥革其音許崇學教民悅其教鐫于圭石以志新廟

柳州新修（石本有玄聖二字）文宣王廟碑　柳宗元

仲尼之道與王化遠邇惟柳州古爲南夷推髻卉裳攻劫鬬暴雖唐虞之仁不能柔秦漢之勇不能威至于有國始循法度置吏奉貢咸若釆衛冠帶憲令進用文事學者道堯舜孔子如取諸左右執經書引仁義旋辟唯諾中州之士時或病焉然後知唐之德大以遐孔氏之道尊而明元和十年八月州之廟屋壞幾毀神座（石本作位）刺史柳宗元始至大懼不任以墜教基丁未奠薦法齊時士（二本作是）禮不克施乃合初亞終獻三官衣布洎乎（二本作于）羸財取土木金石徵工僦功完舊益新十月乙丑王宮正室成乃安神棲乃正法庭抵會群吏卜日之吉虔告於王靈曰昔者夫子嘗

欲居九夷其時門人猶有惑聖言今夫子去代千有餘載
其教始行至於是邦人去其陋而本於儒孝父忠君言及
禮義又况巍然炳然臨而炙之乎惟夫子以神道設教我
今罔敢知欽若茲教以寧其神追思告誨如在于前苟神
之在曷敢不虔居而無陋罔貳昔言申陳嚴祀永永是尊
麗牲有碑刻在廟門

處州孔子廟碑 前篇作記　韓愈

自天子至郡邑守長通得祀而徧天下者唯社稷與孔子
爲 前篇作焉 然 前篇有而字 社祭土稷祭穀而勾龍與棄乃其佐享
非有 石本前篇並作其 專主又其位所不屋而壇豈如孔子用王
者事 文粹集註並作禮 巍然當座以門人爲配自天子已 或作以集本前

篇作而 下北面跪薦 二字集作拜跪薦祭 進退誠敬禮如視 石本作覩 弟子
者勾龍棄以功孔子以德固自有次第哉自古多有以功
德 集註作續 得其位者不得常祀勾龍棄孔子皆不得位而得
常祀然其祀事 前篇作者 皆不如孔子之盛所謂生人已 集作民 以
來未有如孔 集作夫 子者其賢過於堯舜遠者此其效歟郡
邑皆有孔子廟或不能 前篇作得 脩事雖設博士弟子或役於
有司名存實亡失其所業獨處州刺史鄴侯李繁至官能
以爲先既新作孔子廟又令 集作命 工改其 石本無其字 顔子 四字
集作改爲顔回 至子夏十人像其餘六十 前篇有二字 子及後大儒公
羊高左丘明孟軻荀況 或作卿 伏生毛公韓生董生高堂生
揚雄鄭玄等數十人皆圖之壁選博士弟子皆如 集本文粹作必

皆 其人又爲置 三字集作說 講堂教之行禮肄習其中 前篇有又爲二
字 置本錢廩米令可繼處以 前篇有守字 廟宇 集本文粹作守廟 成躬
率 前篇有羣字 吏及博士弟子入學行釋奠 集作文粹並作菜 禮耆老
嘆嗟其子弟皆興於學鄴侯尚文其於古記無不貫達故
其爲政知所先後可歌也已詞曰 二字前篇作乃作詩曰
維此廟學鄴侯所作厥初庳下神不以宇先師所處亦窘
寒暑乃新斯宮神降其獻講讀有常不誠 前篇作戒 用勸揭揭
元哲爲 集本前篇作有 師之尊群聖嚴嚴大法以存像圖孔肖咸
在斯堂以贍以儀俾不惑忘 集作碑不惑忘 後之君子無廢成美
琢辭碑石以贊攸始

此篇八百十四卷重出前已削去

書處州韓吏部孔子廟碑陰記　杜牧

天不生夫子於中國中國當何如曰不夷狄如也荀卿祖
夫子李斯事荀卿一日宰天下盡誘夫子之徒與其 集本文粹無其字 書坑而焚之曰徒能亂人不若刑名獄吏治世之賢
也彼商鞅者能耕能戰能行其法基秦爲強曰彼仁義蝨
官也可以置之 言置之不用也 自董仲舒劉向皆言司馬遷良史
也而遷以儒分之爲九曰博而寡要勞而無功不如道家
者流也自有天地已來人無有不死者海上迂怪之士時
二本作時 出言曰黃帝鍊丹砂爲黃金以餌之晝日乘龍上天
誠得其藥可如黃帝以燕昭王才 二本作才 賢破強齊幾於霸
秦始皇漢武帝之雄才威六強擗四夷盡非凡主也皆甘

其說耗天下揹骨肉而不辭至死而不寤(二本作悟)莫尊於天地莫嚴於宗廟社稷梁武帝起爲梁國者以蓏脯麵牲爲薦祀之禮曰佛之教牲不可殺以天子之尊捨身爲其奴散髮布地親命其徒踐之有天地日月爲之主陰陽鬼神爲之佐夫子巍然統而辯之復引堯舜禹湯文武周公爲之助則其徒不爲劣其治不爲僻彼四君二臣不爲無知一旦不信背而之他仍族滅之儻不生夫子紜紛冥昧百家鬬起是己所是非己所非天下隨其時而宗之誰敢非之縱有非之者欲何所依據而爲其辭是揚墨駢槇已降百家之徒廟貌而血食十年一變法百年一改教横斜高下不知止泊彼夷狄者爲夷狄之俗一定而不易若不生

夫子是知其必不夷狄如也韓吏部夫子廟碑曰天下通祀唯社稷與夫子社稷壇而不屋取其代爲配未若夫子巍然當門(文粹作座)用王者禮以門人爲配是天子至于庶人親北面而師之夫子以德社稷以功固有次第因引孟子曰生人以來未有如夫子者也自古稱夫子者多矣稱夫子之德莫如孟子稱夫子之尊莫如韓吏部故書其碑陰云

文苑英華卷第八百四十六

文苑英華卷第八百四十七

碑四

儒三

旌儒廟碑一首　福州都督府新學碑一首

麟臺碑一首

旌儒廟碑　賈至

觀象考曆本乎元辨方正位稽乎極體元御極莫先於(一作乎)教教之大者(一無者字)莫大於儒旌儒者祠我新典也昔秦滅羲軒之制廢唐虞之則大搜學徒竭索儒黨懷書挾櫛者鱗集麏至然後罪九流之異論尤百氏之殊術無辜殺身有道併命究骸積於坑谷流血淬(一作染)於泉壤蹈仁義而死者不可勝紀開元末天子在驪山之宮登集雲(一作靈)

之臺考圖驗地(一作記)周覽原隰見鄉名坑儒頹塹猶在慨然感亡秦之敗德哀先儒之道喪強(或作偏)死千載遊魂無依乃詔有司作是(一作是作)新廟牲幣有數以時饗祠(一作祀)因祀命鄉號曰旌儒人神和悅怨氣銷散於戲秦皇帝以神武邁古併吞六合掃天下以一箠剪(一作芟)群雄如爇草建守(一作官)罷侯大權在己自軒轅已降平一宇宙未有若斯之盛也夫戡亂以武守武以文文以正崇武以權勝秦皇知權之可以取不知正之可以守向(一作嚮)使天下既定守正崇儒遵(一作導)六經之謀(一作謨)訓用三代之文質則黃(一作唐)軒盛美湯武弘業不若也觀夫坑儒焚書之意乃欲蓋先王之能事竊作者之鴻名駐衆耳以前聞遏私欲於當

代此儒之所忌(一有也字)秦之所志悲夫儒以恭儉爲宗秦則疲弊生人極力宮室儒以道德柔遠秦則竭耗中國勞師四夷儒以宥過議賢秦則刻法峭刑賊匱諫輔儒以述先好古秦則勞師(一作師心)徇智燔(一作播)棄墳典(一作典墳)夫如是則秦不得不滅儒不得不坑事之(一作使)然也今天子矯覆車之前軌崇明祀於後葉秦之所滅(一作廢)我之所與斯區夏無疆之休子孫萬代之福也昔武王封比干之墓則招諫之道勸矣晉文表綿上之田則誌過之名立矣漢高護信陵之塚則尊賢(一作義)之風著矣夫徽揚(三字一作未若激揚)大教廟食衆賢上以與天地之經次以存顛覆之鑒下以絶厲災之眚建一詞(一作祀)而三德具焉鄙臣不敏敢作(一作獻)頌曰

於維先王設教崇儒乃作經籍(一作作訓六經)爲代典謨降及夫子三千其徒存(一作載)揚清風文在茲乎天喪斯文道有通塞宄生暴秦反道敗(一作背)德竊善據譽師愿(一作心)徇惑焚書坑儒萬古悽惻牢路千祀微茫九原驪山之北坎窞猶存草樹無色(一作顏)愁(一作秋)雲晝昏時聞夜哭如(一作知)有冤魂帝在華清登高訪古愍默(一作繁蕪)頹漸悲凉榛莽上感亡秦覆車遺武下哀群哲饗祠無主爰降嘉詔聿修清祠饋之牲牢奠酬以時幽幽廟門肅肅靈儀冥漠(一作寞)求食長無餒而粤自漢初建(一作造)于隋運(一作閏)亦有令主尊儒尚訓闕典莫(一作罔)崇斯文莫振昭昭神理長懷幽憤我后濬哲聰明文思敷弘六教咸秩神祇鬼無妖災人不癘疵俾

爾蒼生富壽無期小臣作頌敢繼刪詩

一作皆唐文粹

福州都督府新學碑　獨孤及

世與道交相與喪弘之者在人非庚桑楚不能使嵔壘(莊子作畏壘)大壤向化微文翁蜀學不崇閩中無儒家流成公至而俗易民賴德施占今一也初成公之始至也未及下車禮先聖先師退而歎堂室湫陿數學荒墜懼鼓篋之道寖子衿之詩作我是以易其地大其制新其棟宇盛其俎豆俎豆既修乃以五經訓民考教必精絃誦必時於是一年人知敬學二年學者功倍三年而生徒祁祁賢不肖競勸家有洙泗戶有鄒魯儒風濟濟被於庶政大曆十年歲在

甲寅秋九月公薨于位於是群吏庶民耆儒諸生雨泣廟門之外若有望而不至號曰豈不欲斯文之漸漬於東甌之人歟不然何錫厥化而不遐公之年也吾黨瞠然嗚呼爲歸判官膳部員外郎兼侍御史安定皇甫政殿中侍御史潁川韓贄監察御史河南長孫繪率門人部從事州佐縣尹相與議以公之功績明示後世謂及嘗同司諫之列宜備知盛德善政見託論譔以實録刻石曰公諱揆字某皇帝之諸父宗室之才子寬裕愷悌孝慈忠敬莊而成式文而強力治王氏易左氏春秋酌其精義以輔儒行故居處執事著書屬詞非周孔軌躅不踐也天寶三載應選部辯論爲安陽縣(集無縣字)尉中興之後歷御史尚書郎諫議大

夫給事中十餘年間周歷三臺言中彝倫動中大本上交不諂下交不瀆家貧不樂清近求爲京兆少尹無何出守弘農（集有弘農八和四字）又移典華陰兼御史中丞華陰之近者安遠者來天子以爲才任四岳十二牧之職大曆七年冬十有一月加御史大夫持節都督福建泉汀漳五州軍事領觀察處置都防禦（集作團練）等使八年夏四月龍旂六轡至自京師閩越舊風機巧剽輕沓貨産利與巴蜀埒富猶無諸餘善之遺俗號曰（集作爲）難治公將治之也考禮正刑節用愛人頒賦遣役必齊其勞逸視年豐耗量入以制用削去事之煩苛法之掊尅者吏不奉職民不師教則懲以薄刑俾浸遷善由是人知方矣公將安之也初哥舒晃反書至

公擾（集作擾）及於門遽命上將帥戈船下瀨之師西與鍾陵軍會先拔循潮二州以援番禺推誠誓衆士皆奮勇既而大憝就戮五嶺底定民是以康緊我師是賴人無姦宄寇賊之虞矣公將教之也考頖宮之制作爲此學而寓政焉躬率群吏之稍食與贖刑之餘羨以備經營之費而不溷於民也先師寢廟七十子之像在東序講堂書室函丈之席在西序齒胄之位列於廊廡之左右每歲二月上丁習舞釋菜先三日公齋戒肄禮命博士率胄子脩祝嘏陳祭典釋菜之日豐器用幣籩豆在堂罇罍在阼公玄端赤舄正詞陳信是日舉學（集無學字）士之版視其藝之上下審問愼思使知不足教之導之講論以勗之八月上丁如初禮歲終博士以遜業之勤惰覃思之精麤告于公敘其才者進其等而貢之于宗伯將進必以鄉飲酒之禮禮之賓主三揖受爵於兩壺之間堂下樂作歌以發德鹿鳴南陔由庚嘉魚南山有臺以將其厚意由是海濱榮之以不學爲耻州縣之教達於鄉黨鄉黨之教達於衆庶矣公薨之二（集作明）年太常議按公叔發（一作東髮非）修衛國之班制以交四隣故易其名曰文孔文叔其勤公家夙夜不懈衛人銘其彝鼎以公尊教勸學德洽荒服乃奏謚曰成詔贈禮部尚書而刻金石之禮則闕而未備今也敢播德馨貽之無窮其銘曰

公之文肅恭且仁宣力事君潤飾經術底綏斯民公之武

鰥寡不侮剛亦不吐率師勤王戡厥醜虜易俗（集作公之）移風經始頖宮百堵皆興孔堂崇崇四科以班乃侯乃公秩秩祀典鏘鏘禮容大昕鼓徵（集作徵）學士莘止褒衣方屨登降以齒從公于邁樂我泮水我屢我里講論（集作論）資始比屋爲儒俊造（集作選）如林縵胡之纓化爲青衿公宜難老爲學者（集有者字）司南（女今反）斜（集作抆）日告凶實天匪忱翩翩和鑾兮不聞遺音頎言思公兮如王如金鏤餘烈於此石以塞罷市者之心

麟臺碑　常袞

大凡（二字一作夫）聖人作然後王道明王道明然後瑞應至靈旣感通理合冥數昔殷道剥喪民罔攸歸於是文王以有

位之聖嗣成湯之德神人感義（一作咸乂）故鳳鳴於岐洎周德陵夷（一作遲）道靡所屬由是仲尼以無位之聖述文武之法憲章聿脩故麟見於魯于時王室無主禮法盡去天子之尊存乎位號魯周公之所封用四代之禮樂遺風故典鬱而未發仲尼以天生（一作徵）之德主乎其中居周公之邦志文武之道覩廢興之運知作者在已位不得以庇生民權不得以司刑賞是天將喪斯民也而未喪斯文也乃綴絕緒申舊章變其禮文酌為典憲擘五常之龜鏡遵三綱之軌轍帝王之道幽而復明盛德大業於是乎在天錫嘉瑞光昭厥功顧（一作故）周敬魯哀不得而有也由此觀之蓋春秋為王法之器魯國為王法所寄在其所寄以舉其器鼓

仁義為舟航權褒貶為檝櫂（一作萬檝）乘横流之波濟天下之溺上無列國之輔下無陪臣之助故道不信於天下而信于知（一作智）者法不著於當時而著於後代向使仲尼有滕薛之土得三家之衆與我王澤沛（一作霈）及烝民則麟出於（一無此字）其郊得其所矣豈復厄於虞人哉故麟不見則孔聖之道不彰麟不死則周室之亂不極嗚呼聖人之生也得其時則化行於江漢不得其時則道屈於季孟靈瑞之出也得其時則名薦於郊廟不得其時則身罹於殘夫是以（無以字）聖人能順時以濟人不能反時以自聖靈瑞能因時以應感不能反時以自靈彼死於陳蔡獲麟於大野影響之應其符著矣春秋傳曰有以告者曰有麏（一作麕）而角者何（一作而角者）孔子曰孰為來哉孰為來哉夫豈不知乎蓋遜（一作殺）之而不敢有（一有故字）示人以疑（一有之故二字）也元和五年冬十一月袁徽以滑之從事使於（一作乎）鄆陽停驂訪古得（一作經）獲麟之舊墟且曰後之人築臺於此以旌厥德（一作路）感先聖之不遇俾麟出之不（一作而非）時徘徊道周乃作銘曰

二儀既闢三象乃垂聖道湮鬱人心不開上無文武下有定哀（一作吁下同）于嗟麟兮孰為來哉周維不綱孔實嗣聖詩書載删禮樂大定懲惡勸善姦（一作歸）邪反正于嗟麟兮亢昭符命聖與時合化行為（一作位）是尊茍或乖戾身窮道存於昭豈邑棲遑孔門于嗟麟兮孰為其仁（一作孰知其賢）運極數殫沒（一作道）德（一作）至時否楚國寢廣秦封益侈墉仍迫阨崎嶇

闕里吁嗟麟兮靡有攸止世理則麟世亂則麏出非其時（一作）麕鹿同群孔不自聖麟不自神于嗟麟兮夫何所云（一作夫復何云）

一作皆唐文粹

文苑英華卷第八百四十七

文苑英華卷第八百四十八　碑五

道一

老氏碑一首

續唐故中嶽體玄先生潘尊師碑一首

老氏碑　薛道衡

自太極權輿上元開闢乘天維而懸日月橫地角而載山河一消一息之精靈上生下生之氣候固以財成庶類亭毒群品有人民焉有君長焉至若上皇邃古夏巢冬穴靜神息智鶉居鷇飲大禮與天地同節非折疑於俎豆大樂與天地同和豈考擊於鍾鼓逮乎失道後德失德後仁皇王有步驟之殊民俗有淳醨之變於是儒墨爭騖名法並

馳禮經三百不能檢其情性刑典三千未足息其姦宄故知索其流者澄其源直其末者正其本源本本其唯大道乎老君感星載誕莫測受氣之由指樹爲姓未詳吹律之本含靈在孕七十餘年生而白首自(一作因)以老子爲號其狀也三門雙柱表耳鼻之奇蹈五把十影手足之異爰自伏羲至於周氏綿祀歷代見質變名在文王武王之時居藏史柱史之職南(疑)朝屢易容貌不改宣尼一覩嘆龍德之難知關尹四望識真人之將隱乃發揮衆妙著書二篇率性歸道以無爲用其辭簡而要其旨深而遠飛龍成卦未足比其精微獲麟筆削不能方其顯晦用之治身則神清志靜用之治國則反朴還淳既而鍊形物表卷迹方

外蜺裳鶴駕往來紫府金漿玉酒讌衍清都然日月之光華與天地而終始泝其流者則挹落嚚塵得其門者則騰驤雲霧大椿凋茂非蜉蝣之所知溟渤淺深豈馮夷之能測盛矣哉固無德之稱也莊周云老聃死秦佚弔之三號而出是謂遁天之形雖復傲吏之寓言抑亦蟬蛻之微旨皇帝誕靈縱啟接統膺期照春陵之赤光發芒山之紫氣珠衡月角天表冠於百王明鏡衢鐏聖德會於千祀周道云季多難在時九鼎共海水同飛(一作氣)兩日與洛川俱斷天齊地軸之所蛇食鯨吞銅陵王壘之區狼顧鴟跱黃延姦宄鄭阻兵禍大縱毒螫將遍函夏神謀內斷靈武外馳應機搶而掃除仗旄鉞而斬伐共工既翦重立乾坤蚩尤

就戮更調風雨宰制同造化之功生靈荷魂魄之賜萬方欣戴九服謳謌乃允答天人祗膺揖讓升泰壇而禮上帝坐明堂而朝群后昔軒轅顓頊建國不同大昊少昊邦畿各異舜改堯都夏遷虞邑歷選前辟義存創造惜十家之產愛兆民之力經始帝居不移天府規摹紫極仍據皇圖下宇上棟務存卑儉右平左墄聿遵制度朝夕正殿不別起於鴛鸞升降靈臺豈更營於鳷鵲憂勞庶績矜育蒼生念茲在茲發於寤寐棘林肺石特降皇情祝網泣辜深存寬簡非(一作非疑作艸古草字草纓見慎子)纓知恥畫服興慙天無入牢之星地絕城牛(一作牢)之氣延閣廣內考集群典石渠璧水闡揚儒業綴五禮於將墜正六樂於已崩總章渭志之音太

餙咸功之頌承華養德作貳東朝外正萬邦內弘三善兩離炳耀重日垂明永固洪基克隆鼎祚重以維城盤石多藝多才良佐寶臣允文允武爲王室之藩屏成神化之冊青致世俗於淵塗納烝民於壽域旄頭垂象窮髪成形德徐作患其來久矣無上筭以制之用下策而難服自我開運耀德戢兵感義懷仁稱藩請朔稽顙款塞匍匐投掌牂牁夜郎之所靡漠柔（疑）榆之地咸被聲教並入提封閩越句吳不愆貢職夫餘肅慎無絶夷邸逮邇禔福文軌大同自三代之餘六雄競逐秦居閏位漢雜霸道魏氏則虐深華夏有晉則化成戎狄降斯以後粹駁不分帝迹皇風寂寥千載天命聖德會昌神道變億兆之視聽復三五之規

模固以幽明昝協荷（疑作脊）瑞彪炳千年靈蔡著天性以効徵三足神烏感陽精而表質春泉如醴出自京師秋露凝甘遍於竹葦星光若月雲氣飛煙三農應銅爵之鳴五緯叶珠囊之度信可以揚鑾動蹕肆覲東后玉檢金繩登封岱岳而謙以自牧爲而不宰尚寢馬卿之書未允梁松之奏在青蒲之上常若乘奔處黃屋之下無忘夕惕雖蒼璧黃琮事天事地爾正火正窮神之禔猶恐祀典未弘秩宗廢禮永言仁里尚想玄極壽宮靈座靡鹿徙倚華蓋蜀壇風霜凋弊乃詔上開府儀同三司亳州刺史武陵公元胄考其故迹營建祠堂皇上往因歷試惣斯蕃部循漢光司隸之所魏武兗州之地對苦相之兩城繞渦穀之三水芝

田柳路北走梁國沃野平皐東連譙國望水置鄴桉旱(?)瞻星梳玄圃以疏基橫玉京而建宇雕楹畫栱磊砢相扶方井圓淵參差交映尊容肅穆僁(?)衛儼而無聲神館虛閑滴瀝降而成響清心潔行之事存玄守一之儔四方輻湊千里波屬知如在之敬申禋祀之禮顯仁助於王者冥福資於黎獻允所謂天大道大難幾者矣若夫名言頓絶幽泉之路莫開形器不陳妙物之功難著騰茂實飛英聲圖冊青鏤金石不可以已而在茲乎歲次敦牂律中姑洗大隋馭天下之六載也乃詔下臣建碑作頌其詞曰

悠哉振古邈矣帝先四夷紀地（一作四紀維地）八柱承天叢生類聚廣谷大川至道靈運神功自然五精應感三微相繼樹

以司牧執其象契帝迹懋皇王猷謝帝上德逾遠淳風漸替時乖澹泊俗異冲和尚賢飾智懸法張羅內修樽俎外事干戈魚驚網密鳥亂弓多真人出世星精下斗龍德在躬鶴髮垂首解紛挫鋭去薄歸厚日角月角天長地久小茲五嶽隘此九州逝將高蹈超然遠遊青牛已駕紫氣光浮玄門洞啓神化潛流賴鄉（一作相城）舊里渦川遺迹古往今來時移世易靈廟凋毀祠壇虛寂九井生桐雙碑碎石惟皇受命廼神廼聖譬發地鍾光垂天鏡宇宙開朗妖氛蕩定曜魄同尊祭神取正流泳繼木鳳穴龜林異類歸款萬方宅心鴻臚納貢王會書琛青雲千呂薰風入琴化致鼎平家興禮讓永言柱下循懋太上乃建清祠式圖靈狀原

隰爽塏亭皋彌望梅梁桂棟曲檻叢楹煙霞舒卷風霧（疑作風露）淒清僊官就位羽客來庭穰穰簡簡降福明靈至神不測理存繫象大音希聲時振高響遐邇讚頌幽明資仰敬刊金石永播天壤

續唐故中嶽體玄先生潘尊師碑（集有頌字）　陳子昂

尊師業尚冲㝎勤歩幽深㴱理心事天所保惟嗇絶聖棄智不耀其光故真感冥期珍圖秘學性與天道不可得而聞也若乃崇標曠迹遐情遠意志摩青雲遂視紫闥高宗每降輿輦親詣精廬尊師身不下堂接手而已每歎曰大丈夫業於道不能投身霄嶺棲景雲林而疲荷此山以煩世主吾之過乎（集作也）遂欲東遊蓬萊孤角入海屬天皇敦篤

斯道祈款逾深踟蹰山隅絶策未往既而金格有命鑣轡遺區於戲昔姑射有神人堯輕天下崆峒有至道軒轅屈（二字集作軒后文粹作軒屈）順風玄真高蹤萬古同德何其盛哉尊師有弟子十人並僊階之秀然鸞姿鳳骨耿曖雲臨（二本作松）者唯穎川韓法昭河内司馬子微皆眞宗訓瑤庭密受瓊室專太清之業遺下僊之儔谷汲芝耕服勤於我蓋歷歲紀也始尊師受籙於茅山昇玄王君王君受道於華陽隱居陶公陶公至子微二百歲矣而玄標僊骨雅似華陽夫階眞蹈冥練（文粹作鍊）景遊化若其必有類乎法昭等永惟尊師靈迹洞業高深邁古而棄世往矣其若之何乃斵石幽山申頌金鼎（二本作玄德）頌曰（文粹作其辭曰）

觀元化兮求古之列僊得瑤圖與金鼎信元符之自然神與道而惟一天與人兮相連苟精守以專密必駕景而陵煙冊丘不死兮羨門子黄門（二本作宮）度世兮吾體玄玄之世德（四字本本玄之至德作體兮）洵淑美冲心養和寶元始初學茅山潨江水乃入華陽洞天裏道逢真人（文粹有兮字）昇玄子授以寶書青苔紙令守崧山玉女峯雲栖窮林令五紀聖人以萬機爲貴而我以天下爲累聖人以大寶爲尊而我以天下爲煩是以冥居於崾嶇寄遺跡於軒轅有唐高宗兮天子之光好道樂僊兮思（文粹作彼字）雲鄉千旌萬騎兮翠鳳張（二本作鳳）邀我（文粹作邀遊）汝海兮箕山陽朝拜白茅夕紫房齋心潔意緬相望所問玉真及玉皇何以得之受天昌黄庭中人

在予身窈窈冥冥精甚真去汝驕氣與淫神勤能思之道自新（文作相親集粹作自親）遂解形而遺世乘白雲而上賓弟子不知其所往（集作如）也乃刻石以思真

文苑英華卷第八百四十八

文苑英華卷第八百四十九　碑六

道二

益州至真觀主黎君碑一首

江州冲陽觀碑一首　衢州開元觀碑一首

益州至真觀主黎君碑　盧照鄰

若夫三清上列瑶闕控日月之圖八洞深居貝闕吐山河之鎮雖復扶桑大帝傳赤字於東華安寶神君受青符於南極猶未能發揮不宰復歸無物之功開鑿妙門言謝有爲之業其馮馮翼翼百姓存焉而不知杳杳冥冥萬族死之而無愠獨爲衆化之宗者其唯元始天尊乎暨乎蹩躠（疑作蹩躠）爲仁跛跂（疑作跛踶）爲義鳴臚傳小儒之具緘縢爲大盜之術堯禹生而天下火馳姬孔出而群方鼎沸則有氤氳祖帝發皓發於東周兆朕皇輿飛紫雲於西道鳳交開景返徐甲之營魂龍光照天柱宣尼之神氣得一吹萬有大造於蒼生把十蹈五樹靈基於寶祚能使秦皇東指見赤烏而長懷漢帝北遊望青煙而下拜於是靈山水府俱爲練玉之場甲第離宫多入空歌之地青牛道士按錦節於中都白鹿仙人列瑶壇於八表乃紉門西拒邛關南望星橋對斗像牛漢之秋横月硤縈城疑兎輪之曉落武騎遷昇之路冠蓋雲飛文翁講肆之堂英靈霧聚巖開菌桂藴金碧之祥光礀吐夭桃積神仙之粹氣至若其觀者隋開皇二年之所立也竢屬煬帝驕淫蜀王奢僭堯旒多事有慙七聖之遊几杖不朝未遑八仙之術紫臺（一作蓋）初構霜露霑衣碧洞新開蓬萊變海仙居制度與雲雷而共屯象帝威儀將市朝而猶梗皇家纂戎牝谷乘大道而驅除盤根瀨鄉擁真人之閈閎高祖以汾陽如雪當金闕之上僊太宗以峒山順風蜀瑶景之下視武皇帝凝旒紫閣懸鏡冊臺運琁極而正乾坤坐閶陽而調風雨變銅渾於九洛鱗羽登歌鳴玉鑾於四清煙霞變色焚符破璽更聞繩燧之初剖斗折衡重覩人倫之制銀書紀岱登日觀以論功玉牒封梁下雲丘而校美千齡胎化中（疑）以駕羽之期萬歲巖者獻以華封之壽耕田鑿井者不知自然鼓腹擊壤者不知帝力嗚呼豈非道風幽贊之效與乃廻輿詔蹕親幸譙若奉策老君爲太上皇帝仍令天下諸州各置觀一所於是碧樓三襲上接虹蜺絳闕九成下交星兩（疑作雨）乘雲御氣日夕於關山薦璧投金歲時於岳瀆此觀地當極（一作樞）要任切會昌南鄰覆錦之城西逼吞珠之界使星連注皇華結轍既而綠地榛蕪朱宮蕩蕩非夫位膺金策名載瓊軒爲紫帝之群賓列黃庭之上格孰能居此（一無此二字）棟梁乎圃冊巖長樓大開流電之庭廣制明霞之宇觀主三洞法師姓黎諱某廣漢雒人也金天命秩即有天地之官火正分司實掌羲和之任夏殷之際代爲伯相或食邑於魯或書社於衛故魯之黎城衛之黎陽即其地也魏晉之交或立功於吳剖符於蜀在吳者其後封於壽春黎將故

城有黎氏之墓石文石闕之（一作文）字在焉在蜀苻堅時秦爲蜀郡太守北齊時練山爲益州刺史故子孫因家於蜀法師練山之六代孫也祖宗父泉（一有州字）並爲州郡都主簿平正七職之任蜀文公之好智固讓朝恩素子整之多才終從郡辟禮儀體式鄉校取式於公曹獻頌章程府主責成於平正時無留事復聞坐嘯之談野有讓耕重聽行歌之樂玄珠結慶剖江漢之圓流紫胞貽祉動岷精之垂曜豫章七歲非復常村朝陽五色豈云凡鳥初登小學笑孔墨之神勞一見玄書以彭聃爲已任王笈雲囊之術龍緘鳳蘊之圖莫不吞楚夢於胷中指魯城於掌上臨長水而飲犢不就堯徵卧巨澤而牧羊徒勞漢使冥丘聳駕左肘

符觀化之辰諄詧停裝橫目傳栖真之地貞觀之末有昭慶大法師魁岸堂堂威儀肅肅列（疑作裂）圓冠而楚（疑作焚）俗制橫大陂（一作帳）而抗山谷聲若坻頹辯均濤發仲尼河目飛電驚人子貢斗脣連環動坐昂昂不雜如獨鶴之映群鳥（一作雞）矯矯無雙狀真龍之對芻狗于時三蜀耆老咸相謂曰與大道者其在茲乎初襲羽褱且莅貞陽小觀纔麾玉柄巳馳天下大名尋而廣漢士人固請法師爲靈集觀主去長桑之故苑臨隱坌（莊子作岔）之斯（疑作新）丘經之營之既彫既斲銀臺中天而孤出珠樹匝地而叢生同赤城之建標有黃房之貞構觀中先有天尊真人石像大小萬餘區年代寖深儀範凋缺沉沉寶座積萬古之塵埃邈邈瓊顏被千齡之苔蘚法師睹斯而流涕曰不圖先聖尊容零落於此是重胝即路無版（音鉢）末哀櫛沐幾於四時栖遑周於百舍誓將崇輯事畢然後寢食爲期鄉曲爭持錢帛競施珍實費餘巨萬役不崇朝還開紫翠之容更表圓明之色行益州刺史駙馬都尉喬居主揩懿親勲門盛族任高方面寄功西南法師道叶半千神凝正一而至真福地荒凉日久不有上德其誰振之又表請師爲至真觀主法師升堂慷慨吐納玄科攝齊寮亮分明紫訣詞鋒雲鬱觸劍石以飛揚義壑泉奔橫王輪而浩蕩入其門者披煙霧於九天聞其音者聽咸韶於三月由是户外之屨魚貫江水堂下之賓鴈行關塞黃老之學復於今矣則有王孫之黨都

公之論名亞春陵氣高韓魏鷸裘玉劍散圓庭以陸離驥子銀鞍委山衢而沛艾法師以茲衆施即於天宮後起大講堂并造長廊二十餘丈琳堂欝其崪起星闕忽以環周仰叫寥以嶙峋下峥嶸以廣朗陰娥假道窺玉女於南軒陽烏廻轡俗（疑）青禽於北闕又於觀内鑄銅鍾一口重七卜斤立石壇三級週廻一百步懸黍璣於碧落明月流光建瓊乳於玄都飛霜蓄韻壇開錦砌類江浦之澄霞庭列瑤堦疑崑丘之積雪每至三辰法會八景（一作境非）真遊霓裳蕩耀魄之華羽蓋轉風雲之路通天亘景兼造化之全模帶鳥銜虹連飛動之奇勢可謂德光而功濟道勝而名揚者也前長史范陽公一代羽儀門傾四海前長史譙國公

兩朝胏腑威動百城並屈銀黃俱伸交素法師雍容坐鎮嘯傲行藏雖郭先生之禮峻晉侯蒙莊子之身輕柔相不能尚也若夫言出於口龍驤所不能追行成於心王公所不能及悲懷絢（疑作徇）物風雨晦而逾勤苦節橫秋氷霜急而逾固戶居環堵而歲計有餘道周稊稗而日用無竭又於學射靈山別立仙居一所即至真之珠庭也栽松蒔栢與月樹而交輪刻桷彫甍共星樓而接翼蒼郊却倚猶太行之北登錦肆前通似灞陵之南望華表千年之鶴未見成都津亭八月之龍時歸鄉里法師出家入道三十餘年弟子所得襯施不可稱量盡入修營咸供衆用見諸疾苦便開五色之囊遇彼饑寒輙有千金之費巾拂之外餘無

所留凡所經過洪濟多矣法師又於咸亨二年正月十八日寢疾之際聞空中有聲曰天上今欲相煩爲玉京觀主法師辭以至真功德未就固請不得（一無得字）行必選之間所疾便愈左右侍者無不同聞自是遠近道俗咸共驚嗟曰天下（疑作上）知余不肖將棄余矣上座監齋某等並流廻左映策地景於冊田浩氣中升養天倪於紫室雖復司班玉籍並列仙宮（一作官）每稟宗師之道仍偹弟子之敬亦猶披衣囓鈌同德而相尊雲將鴻濛比肩而相下大弟子並仙庭十哲道家童師閉門鍊火陪嘯父之高煙卜肆驅鈎記壺公之遠御咸用輯瓔基墨之隊典正鸞樹之頹風散在人間數揚道教可謂庚桑畏畾（莊子作畏壘）致大壤以匡時范相

鳴夷行計然而濟俗僉曰吾師也整（莊子作蟄）萬物而不以爲戾（莊子作義）利萬代而不以爲仁逍遥乎有無之表彷徨乎塵垢之外東郭順子無擇存而不論伯昏瞀人禦寇論而不議豈使爲山九仞道不列於珠庭築館三休功未書於瑶版下官迷方肴傳邀赤斧於萬（一作寓）山失路乘槎問君平於蜀郡汾陽處子目擊而言忘漢陰丈人德全而機謝是用搜奇井絡題片石於靈丘觀藝協晨見乘雲之飛將蒼蒼中野同銷地媪之魂耿耿太初獨昧天師之化其詞曰象帝之先其誰之子徒觀其妙莫究其始果而勿代爲而不恃強爲之名謂之道紀（其一）太朴云季孝慈已彰邈邈帝祖緜緜帝鄉曰神曰聖爲龍爲光千年受籙萬古稱王（其二）

於鑠帝唐丕承天秩道風吹萬玄猷配一五載乘雲三山禮日薦璧延士投金訪術（其三）地分輿井城連劒閣錦瀨開霞嵋峯吐月白雲舒卷青山廻沒芸（一作菌）閣香飛桃源花發（其四）紫宸高映冊宮洞開巖舒金碧地起樓臺鶴飛龍度鸞歌鳳廻星雨交接風煙去來（其五）寶龜涵影玉顔乃睠神劒九光華冠萬變（一作絢）日軒朝敞雲歌夕轉紫樹瓔鍾玄壇竹院（其六）儒與上士昭哉至人笙簧道德粉澤人倫汾陽處子箕山外臣遂荒白屋奄有玄津（其七）玉扃將墜金堦無主草滋紅壁苔凝繡柱式佇賢才崇其騰（疑作[illegible]）矩福庭霞煥仙徒霧聚（其八）縹緲四真雍容十哲俱升紫宇並邀清節松子排烟焦君卧雪辦雲懸寓神遊朝徹（其九）玉鼎庭坤珠

鄉勝踐鍾鼎紛藹江山悠緬薛縣池平來州水淺懸日月
於鼇極揭天人於鳳椽其十

唐江州冲陽觀碑　李湜

夫大易究天地之心老經遊道德之奧非先非後無始無
終不行而至不疾而速跨億齡而超萬祀不以為長馳寸
晷而迫分陰寧云是促寒暑乘之而斡運四時行矣動植
禀之以資生萬物成矣若乃注元精而懸斗極皇運以興
陶正氣以立乾維帝圖爰起故軒后以道登于雲天唐后
以德遜於尊位其餘法寶曆揔璿衡皆以冲妙宰域中玄
通御天下逮秦皇慢德漢武驕真幸集靈之宮遊祈年之
館心非至懇意屬無厭徒徤羨於一時竟貽嗤於萬代眷

言魏晉咸璅璅焉迄至陳隋並區區者是知道之昌也無
為之化若斯道之喪也有累之求若此然則否終則泰窮
變乃通得之一朝必復昌運我大唐之御極也應盤古而
開混沌法太一而掃攙搶降靈元始之前提象太初之外
乾坤翕闢飛龍之德在天河洛經通神馬之圖出地高祖
神堯皇帝鏡宮授籙推亡懷負勝之圖太宗文武聖皇帝
豐戸收祥馭朽握瑤光之運高宗天皇大帝撫大鈞而司
左契執大象而御中樞籠微於七十二君飛英於萬八千
歲中宗孝和皇帝小心恭孝大度寬仁上奉宗祧下安黎
庶睿宗大聖真皇帝神功不宰聖謨廣運以由庚而安壽
域以洪範而享昌年開元神武皇帝變代重光創業垂統
撥亂反正應天順人知微知彰朝北辰而刋玉惟精惟一
會九牧而鑄金惟幾也能使遐邇肅清惟神也能使幽明
暢謐濛汜抵於暘谷同文同軌大核際於水丘一尉一侯
其公卿也則伊周賛翼其牧守也則邵杜綏懷文以化成
虞庠有籥金之業法惟刑措夏臺鮮辨璧之疑爾其南畝
澄清有如京如坻之積東山舉逸無在邁在軸之幽大樂
舉而音律諧大禮備而威儀整民俗一作知和樂人識訓章
加以九包六象之禽止庚巢閣雙觡五蹄之獸入囿馴郊
慶雲舒王葉之陰甘露洒金莖之潤海貝積而江珠浦山
車至而澤馬來其餘絕瑞殊休應圖合諜者不可勝紀焉
由是赤駱青旗坐明庭而領國政金繩玉版封日觀而紀

天符昌以臻茲蓋皇上得王真之要道也故能範圍三大
陶冶六虛俟其偆文選作儒而聘其美矣冲陽觀者梁普通三
年刺史邵陵王奏置奉詔造焉其觀當置之際山頂常有
雙鶴棲託每天氣清朗日色晴明西飛雲衢東至廬岳其
居也乃爽塏之層阜博敞之奧區南眺平原北臨激水松
子之峰非遠王喬之蹟猶存左對崇巖右瞻穹岫排雲掩
日背陰向陽狀若幃屏圖經之數載矣以其仙鶴冲翥居
處向陽二美可嘉故有冲陽之稱矣其地也上躔景緯牛
斗寓其精下料山澤廬江蟠其鎮徒觀其一作夫數峯朶竪
而浪水漾階風被遂一作灑庭雲葉鏤楶瑤林寶藥髣髴三
珠之麗邃宇崇堂依稀七寶之飾真容式備道氣殊高必

華金童捧金(香疑)鑪而入侍太清玉女持真訣以而來儀鑾沼
營壇宛在風塵之外樂堂經藏蕭然松石之間此實玄聖
之殊庭列仙之遊館也逮于垂拱四年冬遂爲野火所侵
回祿揚光軒廊發燄崐山之火燎及芝田鹿氏之災煙侵
桂棟致令玄門殆毀仙構俄傾迄至開元之初猶闕真君
之院爰有北岳先生洞玄蘇慕道等凝真牝谷養素清溪
長往之迹逾高幽貞之志彌遠多端濟物寡欲搜微痛此
荒蕪秉兹拾施衣布之外衾被罔留撫遺迹而興工想金
墓而崇葺日役攸勸風匠是憑洞關(疑作闕)妙門式圖真㒵
炳乎冊舖翠幌魚若秋水春臺鏤度玄關重裝昔像影升
玄籥更飾仙儀鳳瑟龍盤宛然功備把十蹈五鈎繩極妙

能事斯畢不其然矣刺史趙郡李訥亏傳虎石將軍橫比
塞之勳構襲龍門司隷擅東都之望愷悌君子名教中人
詞場則蘭桂叢生學海則蓬壺對出羣流宸居道暢黎烝
風符三月之春人荷二天之福別駕趙郡李承胤即州將
之族父也長史京兆韋公胤司馬榮陽潘公綬並題輿九
派展驥二渠雅譽邁沂土之歌美政完荆南之價化宣千
里無勞庾亮之書功贊六條自得應詹之佐司軍功參軍
長孫子尚司倉參軍姚令珣員外司倉參軍江克勵司兵
參軍孫司弼司法參軍張延祚參軍陳德貞嚴幹等八音
繼響以同舉五色聯暉而異趣鳳藻揚日鶯遷弄春梁竦
深耻屈爲州縣王彬慱綜甫就典兵徐稚枉器於功曹楊

球屈聲於從事豫章擢七年之秀鵾鵬即六月之圖縣令
黃撝主簿周暉尉宋不爵孫匪逸等並椅桐杞梓珠貝球
琅禮樂專門詩書領藝家邦共理忠孝相資傳通應時恭
勤掾務嚴明既斷擿伏如神割滯豈異於解牛繩愆不殊
於逐鳥鄉人楊公定周仁珙等茂族高門魁岸豪傑或掛
冠而從三樂或結纓而聘九衢咸捨淨財以追冥祐具題
爵里勒在碑陰所冀證福今生銷災往劫某傾(疑作頃)因祗
役齋沐朝真躬謁崇祠覩兹勝躅悠然長想悵矣高風此
際綱維道明祈請雖幼懷輕舉竊好神仙未逢太上之家
下遇麻姑之席自惟庸鄙輕讚玄功何敢述其天倪但俱
書其甲子昭宣不朽而爲頌曰

大哉元氣邈矣真圖寧窮妙象罔究鴻鑪道氣方振澆風
未斁發揮玄錄何賢墨儒(其一)雕肝莫測肸蠁難名蟬蛻滓
濁神遊太清沉尸載起枯骸更生韜光秘訣養正真經(其二)
變相(疑作朴)從彫驅淳入詐質文互起昏明遞謝燧火御圖
觀龍演卦詭類千品殊形萬化(其三)於戲圡唐興聖冲光化
呑遂古聲超上皇六幽允塞三靈弁昌御九登運得一乘
陽(其四)稟(集作亶)惟皇猷光宅天休張我玄籥清我道流雙童
晚憩四子晨遊山棲白鶴關度青牛(其五)至人有爲重爻是
考芸閣三襲琳鑒七寶海跫澄真天神御昊含漱靈液規
模玄老(其六)一人有慶萬姓攸資仰稽真竿式練精思徃焚
仙桂今植靈芝惟其嗣美賴我尊師(其七)王命良臣作牧江

曲芙芙佐貳濟濟寮𫎇中和演化威恩動俗衆妙所歸群
生是屬其八廬峰之右吳江之南仙居隱隱邃宇眈眈道原
巨濟洞穴難探荃微思拙文何以堪其九

衢州開元觀碑　顧況

玉太上也謂之三清淵神靈也謂之三洞洞之法金𥨎王
珮之書玉馬之券廻車畢道夫一作天誥也負石填河師誓
也得之者上騰九天失之者下祟十祖故曰萬劫秘而五
千文行蕭武好佛法道士桃𣟴釋藏徒聊順帝旨強說為
大教佛經故論者短之多稱道家唯有老子兩卷井蛙不
知尾閭也大哉玉皇上極金闕青童紫微扶桑之君仲侯
左靈東華之君人雖位在上清而循臣妾玉皇太上巳下

如陪臣焉凡三十六天三十六洞地道下通華陽林屋傍
通龍丘九嶷其上神秀厥生道奥徐先生名含真中書侍
郎安貞之族子也傳八景之真文握𢬵疑作九光之靈符隸
乎此觀初棟宇壇墠惟彼瓦礫蘙爲草莽先生之功休堂
象設始吐光彩蕭寥同映養屯茹氣蹈火吞刀之士不可
呼而來夫道可不遇一作謁文復何吕銘曰
天地未生聖人未作陰陽坱圠日月磅礴道隱乎先氣流
形傳乃播群法靈神沃若奔景無天廻元谿落其一帝作玉
府以般靈居四輔之曰三清之書不得其人曠刧秘諸臣
拜稽顙以度一作處實魄之明浩輿其二
兇徃嘗盜開靈書罰露天誥免冠自懲慝不塞咎戾夫其

文以自贖蓋欲鋪簡神明非爲道士所發自貞元辛未歲
九月哉生明余窮愁幽憤思以自適吟咏道篇以攄煩襟
時長安尉杜陵史鎬在焉爲余搦管揮洒後漢神仙之上
王次仲者善爲此書余今日見史侯如漢世矣

文苑英華卷第八百四十九

文苑英華卷第八百五十　碑七

釋一（此下十九卷英華所編失作者先後之次今正之）

陝州弘農郡五張寺經藏碑一首

益州縣竹縣武都山淨惠寺碑一首

梓州飛烏縣白鶴寺碑一首

陝州弘農郡五張寺經藏碑　庾信

蓋聞如來說法萬萬恒沙菩薩轉輪生生世界豈直優波提舍祇夜脩多而已哉是以熙連禪河質多羅樹七處八會三清（一作清是）四說皮紙骨筆木葉山花象負之所未勝龍藏之所不盡（一作蓋）雖復銀函東度金疊南翻泰景逕傳竺蘭私記譬猶得海水之一珠不下崐山之片王若夫人雲

深藏師子雷音梵志徃生聲聞說戒雪山羅漢之論鷲嶺菩提之法本無極際何可勝言弘農五張寺者南陽張元高寓居此地昔者千金之族見徙五陵大姓之民移家六郡蓋其流也元高五子負荷遺訓離經辨志並是成名入室生光咸能顯德加以尊承慧業敬受法門兄弟同居共捨爲寺伽藍肇建即以五張爲名是知城居趙信仍名趙信之城殿入蕭何即號蕭何之殿加以象馬無悋衣裘是捨（一作恰）春園㮧路鑾入禪林黐月桑津迴成定水平輿雖盛豈可獨擅二龍扶風最良不得專稱五馬寺主三藏大法師法映（一作法映法師）邑主洛州刺史張隆等財行法擅（一作財法行擅）身心罄竭兼化鄉邑道俗數千敬造一功德輪見成三百餘部　雲書金繩金檢削之蒸粟之簡葉酸棗之珠並入香城咸封禪閣坐堂伏檻羗（一作老）非湘水之神綠房紫的足擬恭王之殿高掌西望長河北臨𣌭氣常浮爐煙咸起戶牖寥廓吹萬龍門（一無門字）之風梁棟崢嶸落客（二字一作實）河源之樹僧徒雲集不遠燉煌之城學侶相奔更合華陰之市兩陜昔分實基王化二陵今阻翻馳羽檄虞公屋產交亂風塵召伯甘棠凋零霜露雖復兼能共治未遣渡河之獸烽析是警實擾移關之民是以法王御世天人論道汲引四流周圓五怖故能調伏怨憎消除結縛洪水津梁得無砥柱之難香山轍迹非復終南之險天子命我試守此邦墨龜未黔孔席無煖繞臨鄴尉之境即有樓船之役

既而南風不競北道言旋幕府既開邪君且止鄉俗耆老依然此別屬茲法事須余制文聊以課虛爲銘云爾

舍衛之國祇洹之園三明極地八會窮源連河競說勝辨爭論波提東度秪夜南翻非空即色離有無言達人止是獨悟重昏身雖繫鳥（一作疑馬）心避騰猿禪樓卻月義殿翔鵾迴風香蓋反露珠幡西臨砥柱東背轘轅河鳴陝山𧽤漢（響書𧽤通用）蘇門翔禽歌轉流澗絃喧度河餘獸移關舊村昔爲畿服今成塞垣城疑廣武地似煩樓燧烽並照象馬單奔無鍾甕莒有雨（一作兩）圍原不資十方誰釋三（一作二）怨風傾地柱火及天元銀鈎永固金牒長存封君馬首方事南蕃言從楊僕請謝劉昆（用後漢劉昆虎渡河事正應前句英華誤改作琨）

益州緜竹縣武都山淨惠寺碑　王勃

原夫帝機寥廓雲雷驅妙有之功正氣洪荒清濁構乾元之象融而為川瀆結而為山岳五城韜海㙊崑閬於大都八洞藏雲冠瀛州於巨闕造化之所偃薄靈谷之所啓處標緹油而縱觀詠頌寧殫出宇宙而高尋風煙罕測是知玉扃無當遐荒非視聽之津金牓所存城闕盡江湖之致何必九蚪齊鶩直訪銀宮八駿長驅逕臨石室武都山惠淨寺者梁大清年中之所建也名山列岳之舊仙都福地之湊黃龍負匣著寶籍於經山紫鳳銜書蔭榮光於井絡須彌山頂仍開梵帝之宮如意山中即有經行之地爾其盤基跨險列嶂憑霄日月之所竄伏烟霞之所枕倚飛泉

瀑霤湯滌崩崖緑樹玄藤網羅丘壑飛塵作氣被萬吹於中巖帝琰司寒宅千霜於北谷丹梯碧洞杳冥林岫之間桂廡松楹寂寞風塵之表是稱英鎮實職崇岡闍闍當四會之街城邑辨三分之地緜綫錦瀆下侵重巒玉阜銅陵旁分絶磴山川絡繹崩騰宇宙之心原隰縱橫隱軫亭皐之勢頃以黃旗夜徙紫蓋晨傾九服失圖三靈在疚姦臣躍馬擄折版疑作坂而吟雲壯士聞雞擁陽關而嘯雨岷峨失險化為鋒鏑之場江漢橫流非復朝宗之國禪宇由其覆沒法衆是以凋淪國家奄有帝圖削平天疊紫宸反懟皇階即叙萬國順百靈朝幽顯再立華戎一揆燭龍韜景避羌日於幽都雲鵬斂翼伏廣風於晏海以為軒階具美

功窮塑授之基漢道兼弘力盡初疑作祈年之觀爰經寶地大啓祥宮撫香象而高視鳴法螺而有唱龍垣淨土連帝道而重光鶴苑崇基脫皇居而首出況乎山積舊壤下鎮偏隅天帝遺墟上干躔次王舍城之宮闕白王猶存給孤獨之園林黃金尚在法物由其大備盛德所以相尋株兵奉天藏之圖泉女獻山祇之籍離亭合榭因岸谷之高低疊觀連房執岡巒之曲直丹崖反照畫拱相臨緑嶂斜烟雕簷間出豐隆曉震次棲審疑作畱而悽皇列缺晨奔望崇軒而愕眙千香寶樹自起風烟九乳仙鍾獨鳴霜雪銀龕佛影遥承鴈塔之花石壁經文下映龍宮之業虹生北澗即掛新幡鳳下東岑還栖舊刹若乃尋曲嶂歷崇隈周行

數里直上千仞蒼松蓄吹臨絶逕而既寒黛篠防烟繞廻疆而結蔭春巖橘柚影入山堂秋壑芙蓉光浮水殿亦有山童採葛入丹竇而忘歸野老紆花向青溪而不返山神獻果送出菴園天女持花來遊淨國寶香冥之秘訣託幽深之逸境豈直淮南桂樹暫得仙家江左桃源終迷故老而已爰有寬闍梨者俗姓揚氏其先華陰人也因官徙地家於緜竹山分太華水帶長汾州岳會同風雲感召玄經素論侍郎居八俊之英緑綬黃軒大尉列三台之首法師玉函降彩金瓶探色振八解之逕源踐三明之廣路靈機入證窮象載於初髫妙諦因心釋羊車於弱冠三千法界由廣位而出無明十二因緣自普濟而登彼岸弘宣誓願

大拯沉黎揮覺劍而破邪山揚智燈而昏照室彌綸所被
白馬盡於禺同權漸所開黃牛至于嶓冢虔誠樂土懸影
玆峰𨑹以貞觀九年於寺西院立七佛堂一僧含星毫動
牖月面分堦彩鳳銜旒神龍負塔飛烟湧座龕龕忉刹之
天杳靄成臺樹樹菩提之果朝散大夫行縣令清河張楚
親承妙業俯刊貞琰林宗有道伯喈無愧法師夙機少晤
應變多奇玉山中斷瓊林下雜支道林之好事語默方融
釋惠遠之高居風埃遂隔泊乎坐忘遺照返寂歸真城肆
颷然若空山黯而無色豈直巖枝泣血礀戶摧梁而已哉
縣令劉照彭城人也自碭山杖劒綰鳳曆於雲臺㬰郊授
鉞嗣龍圖於白水王壘三分之胄下維公門金陵一霸之

基旁參帝緒舉綏丹綬歷今古而先鳴人傑地靈冠山川
而得儁君膺岳瀆之秀挺風雲之會（一作選）昆溪劒鍔直照
胄於（衿疑）楚澤珪璋潛周覆行魯恭明德方昇漢輔之階潘
岳能文且職河陽之縣仁徽可被闔境仰其風猷威德所
加百城疊其霜彩尚廼康莊妙域光開不捨之壇舟檝愛
河昭暢無生之業痛鷲林之殄瘁悲象教之榛蕪爰命緝
興式光泉藪武踐龍淵近分廬岳之圖金闕瑶臺更討瀛
洲之記銘曰
武都仙鎮靈墟粵域邑動香城山開淨國澗流百道峯雲
五色谷暗藤斜山高樹逼千楣鶴列萬栱星懸分林構趾
接磴開壥臨階竹樹遶棟風烟龕前惟石塔下秋泉綠崖
踈逕青岑拒室霧道相縈烟房互出華濃碊淨花深嶂密
鳥度難尋後鶩易失簷分后實地絡金沙丹丘抗月碧洞
棲霞松開野路桂列仙家仙鑪栢葉寶座蓮花砌因巖曲
橋隨峰返果出天厨香來仙苑玉鑄（鑄疑）啓釋金鐺照晚谷
思鍾張山悲鐸遠閶闔踐勝銅墨高青聲飛別邑望動專
城縣金道肆刻石山楹千載之後于嗟令名

梓州飛鳥縣白鶴寺碑　前人

原夫玉都瓊室紫垣光大帝之庭金闕銀臺玄壁杜群仙
之域故能使神明有宅駕日月以長驅鸞鳳知歸撫雲霓
而上出斯則曾巢瑾穴上皇迷棟宇之尊考室靈基中古
識巖廊之貴然後冕旒前扆提四海以為家登步太階列

千門而有閟（閟疑作）況乎嶒山形見旁行草昧之先
光宅乾坤之右雖鶴臨西闕龍宮與王法同亡而象化
東流鴈塔與遺儀繼起白鶴寺者蓋菩提寺之餘址梁武
皇之所建也香城福地之舊三巴五蜀之湊裂岷山之粵
域分井絡之榮光西包玉壘之墟北瞰銅陵之野南駒列
第門庭萬家東戶連峰岡巒千里實伽藍之勝迹得迦衛
之英模憑絕磴以圖規俯長溪而作固自金陵不競王鏡
無章地池輿南露之悲亭障切北風之候崩山闕水觸地
網而三分墜月奔星劃乾綱而五裂中原錯戾慈門為虎
豹之墟滄海橫流定水穴鯨鯢之浦懷山既蕩法衆咸淪
林院榛蕪軒堂委寂遂使悲生棄井壁玉毳於三泉歎積

爲山移變峰於九仞皇上攝千秋之寶運緒三聖之宏機挾宇宙而先神御雷風而首出靈功不宰華夷沾共貫之恩至道無思霜露得平分之序者祐圖於日慎寤寐同符稽妙冊於年刀疑幽明合既然後東巡巨鎮祄疑六聖而撫寰中南面天壇朝萬方而小天下皇威既暢寶應齊歸川岳薦靈風煙動慶丹烏抱日疑增帝閣之華素鶴低雲若赴仙庭之會昔白魚黃竹業未峻於封崇赤雁芝房名不登於梵宇爰徵瑞典肇錫嘉名重興波若之臺更起招提之院金繩夕布綿秀　以開壇玉牓晨舒擁皿峰而闢戶爰有弘演上人者法門之秀士也行超常倫思越恒儀悲淨域之爲墟喜皇波之昔泛繼還舟於苦海驚浪旋夷

比歸馭於邪山靈闕非險於是淨財雲委真衆烟馳如趨摩竭之宮似何毗邪之國縣令梁弘悅首加甄緝縣丞梁敬一親昭施典上憑天旨爭開舍利之壇俯會衆心競起須彌之座禹同故嶺石鮮堅華蔚漢餘垌地多暎斥事闕經始人懷祇懼重階不就空思天室之坻寶像無資未獲黎陽之士豈非冥期肸蠁功參造化之外故能果督閒發運昈周映貝齒含滋璣毫起照三十二相臨王座以相輝八十四儀擁金山而圓立層甍四合爍奔電於丹楹複殿三休絡浮烟於翠幌因高積磴疑遷倒景之臺架嶮連棠立迎風之觀琱簷競注縈霧道以龍回繡桷爭飛儀雲衢而鳳矯寫歸禽於寶鏡誤投朝鸞圖走獸於文璫疑栖

夕兔雷霆蓄洩栽臨承霤之間烟雨飛浮未出層欒之下耀丹青於菌壁妙跡疑存炳鉼鋈於蓮龕神輝自燭鏘鏘櫚鐸聲傳桂葉之風焰焰山爐氣結松陰之藹仰真容於始旦蒲月晨昭窺列棟於方宵長虹夜發香泉激溜有符溫淨之地珎木城行無忝祇園之樹信照尼之別府寔兜率之殊庭者乎愛友上座法師等情機藻瑩戒律圓明披玉笥以研芳候璦鍾而肅慮禪悰曉映依稀同雞岫之前梵唄晨臨髣髴像玉山之曲縣令獨孤儉等或鵬垂符運終變道於中台或蠖屈求伸且毗風於下邑鄉望儀曹等或盥泉錦室家稱二蜀之毫疑作三蜀之豪左思蜀都賦云家有鹽泉之井又云二蜀之豪或抱朴懷仁譽擁雙流之美或以爲山川肆戢循紀石

於弇州陵谷生哀尚沉研疑作碑於現首兒乎德因時盛慶流封拜之辰名爲功登事屬文明之運豈可使璿猷被物終昧變於女機金字韜華不題勳於翠琰敢作頌曰

層途菌疑藹靈機翕忽玉架天都金栽地闢法王利見香城繼發鷲塔齊雲龍宮瘞月長江近域廣漢遺居禪扃共往梵宇全暎迹均梁後義切秦餘山川牢落榛莽丘墟有聖聿興惟皇降撫因天憑地爲雲爲雨日觀龍驤烟壇鶴舉肇開嘉號重光淨土循毗上士道場真政物覩成章子來興詠土石呈彩人靈合慶寶座晨嚴金山夕映紫微分殿青岑暇疑郭複岫縈樓攢峰跨閣月低璠鏡星連寶鐸彩鳳將飛蟠虹未落森沉梓宇肅穆芳壇花明柳砌葉暗

朱欄溪留夏雪澗咽秋松湍山虛梵冷谷靜鍾寒法衆爰依禪徒矣止望風三蜀征塵千里頓首玄墀歸心翠衣業起疑作起有色功齊無始偉哉其化妙矣能仁去來均迹前後俱身寂滅爲樂般若爲因題芳翠琰敢詰靈津

文苑英華卷第八百五十

文苑英華卷第八百五十一　碑八

釋二

益州德陽縣善寂寺碑

若夫玉繩高曜分寶曆於皇階金牓洞開導瓊暉於帝幄雖復蒼梧比望湖亞疑盈舜后之歌綠苻西浮江漢積文妃之頌未有激揚煩陰栖妙果於香城揮發蓋纏摧冥基於淨域則紫房册室猶君毀室之間朱紱瑶筐未出塵籠之際我國家鳳翔元氣駕黃軒而層飛龍躍太虛絕蒼根

而止倢文皇帝以八才御曆光昇代野之榮文德后以十亂秉時恭贊塗山之業握仁王之寶鏡日月重光驅梵帝之金輪雷霆靜謐涅槃甘露承眷而宵流般若靈音雜祥以晝引蛟臺蜃閣俄交霰旦之墟月面星毫坐照毗邪之國善寂者蓋舊寺之餘趾梁武帝之所建也爾其碧雞仙宇分絕障於金堤石兔遥源控長江於玉峽封畿四會龍垌舍衛之壇里閈三分鹿野徑行之地洎蒼鵝上擊銅馬交馳祇園興廢蕩之悲沙界積淪胥之痛火焱昆岳高臺與鴈塔俱平水浸天街曲岸與猴池共盡山川隱嶙空傳鷲嶺之基灌莽疑作蕭條非復鶩林之樹武德伊始君子道亨正皇極而撫寰中登十八階而臨天下函開雲物更逢

真聖之期井絡星辰重集 曾昌之運雖開基撥亂欲訟知
歸而繼絶興亡經綸未暇 先皇帝統業貞觀仰疑宸奉文
物於三天布聲名於十地參羅上下亢橐籥於襟懷八部
神祇薦圖書於掌握皇帝降地花昇含生無昏墊之虞法
衆有來蘇之望俄而徃疑脱庭搆癘椒房穆卜六宫震恐三
靈愕貽馳瑶展幣有聲於群宗碧劑玄針無徵於衆術帝
廼降監廻慮屏壁與珠追勝迹於靈闢事良緣於福地爰
紆聖綍重啓禪宫峙斑利疑作攡刹於將傾鎮一作領銀繩於已
絶絲疑作緣綸既洽棟宇行周坤德用寧陰儀載朗於是林
衡授矩周官詮揆日之工梓匠揮斤荆客練成風之巧重
楹畫拱坐出天霄複樹文閨俛臨雹宇顯慶中縣令蕭君

道弘理鈎繩於日用懸藻繢於天成仙宫之妙匠可尋盧
舍之神模不墜琱落鶴翥洩珠網於星津綉桷蚪伸吐璿
璫於月徑緑房冊鎖彩綴晴霞紫閤青疏光含薄霧春風
瓊樹香飄席上之蘭秋水銀塘影數軒中之芰晨光轉卉
翻寶宇之龍花溽露低枝蕩真文於貝葉天童潤色黄珉
碧玉之壇海聖彌縫師子龍王之會建靈幢於厚夜珠鏘
年深懸法鼓于迷津規模歲遠時又於佛堂東壁畫二聖
像冊青未畢大啓神光隣玉塵之崇輝發金龍之實相朱
軒夕朗似遊明月之宫緋宇晨融若對流霞之闕由是岷
英蜀秀攀講序以雲趨帯鶩襟鸞仰齋庭而霧合貪機火
阻净施旁流綺羅分解珮之因軒蓋得捐金之所靈妃翳

日捨翠幄於香筵仙客停雲落霓裳於寶地自非坤姿睿
契景應潛周豈能照義祉於氤氲動玄機於肹蠁者也爰
有上座弘一節並沉研符隱括仁崇疑妙律於神珠肅靈
椒於寶印大昊奉織截若海而横流風伯扶輪歷邪山而
郊駕騰燭龍於惠炬俯鏡重昏奏鳴鳳於天歌下清群籟
摩珍在握遥臨七寶之宫正覺爲心俯闢三乘之路湛衡
鑄於忍地品藻鷄園推水抵於言河扶持象化縣令宇文
某河南人也帝隋尚書之元孫皇唐侍中之令子爾其虹
旗萬里御六氣而鵬翻霜戟千群擁三州而鶚視帝華皇
枝之重對越乾坤金縢石匱之功光華宇宙公上流提慶
中和毓祉見鍾鼎於南鄉奉軒裳於北闕雲姿月步下瑶

澤而追風雪羽霞臨歷珠田而矯霧芳蘭公子即以地業
高人幽桂王孫即以琴樽待物叙徽猷於禮樂則俎豆縱
横談賞契於林泉則煙霞咫尺自栽聲百里揆化雙川收
武城之故事擇中牟之令典仁風易狎候冊犨於春坰惠
化難經佇青鸞於晚墜疑山巨源之遠量嘯傲行藏謝太
傳之高風從容語默縣丞王敬衣簪舊族苹交名家白虹
紱抵鵠之光紫電蓄衝牛之氣七年高秀拂曾漢以非遥
六月雄圖擊長波而未遠鄉堅等少承榮緒中區勝族門
稱東別之標地接西隅之嚮嚴君平之覆道盛德家傳秦
子整之談天風流代襲咸以爲妙圖真諦事出於無名翠
琰玄碑道凝於不朽弇州北跨猶 疏騄驥之名文石東區

尚勒元龜之頌況乎玉衣流慶事屬於仙幃金屋延祥福
纏於梵宇爰求勝筆載記芳謡下官弱植少徒薄游多暇
薜蘿人事空餘江海之心筆札神交尚有淵雲之氣相如
謝病訪詩酒於臨邛丘也棲遲聽絃歌於單父群公以道
之存矣思傳記德之書下官以文在兹乎願展當仁之筆
其詞曰
蜀㳌疑東漸岷山西積月峽星橋勝金孕碧肸蠁靈兆丘
墟梵迹鴈塔推基　肅肅黄運英英文母配乾垂慶儀
坤握矩寵照香城仁沾浄土爰光大壯聿求多祚青牛福
地白鶴禪林重肩霧敞複殿雲深龕雕翠玉剎樹黄金龜
鏡夕照鳳鐸晨吟蕙樓彌堅化臺出沒棟列長虹窓栖明

月果脣周㯍蓮眸間發兩臂猴池煙生龍窟肅穆禪衆優
游令宰方駕康衢連舟性海鷲岳增飾鷄林潤彩藻繪相
尋冊青盡在我今懷矣窮路何長疑承風詠德展義陳詞
百年心事千載風期東西南北栖遑幾時

梓州通泉縣惠普寺碑　前人

若夫玄機黙運披膚列於三精素鍵潛融肇神功於萬彙
則有靈期肸蠁龜龍負河洛之圖帝緒氤氲賢哲舉乾坤
之策雖功懸日月終值軌於寰中業静雲雷未逃規於象
外爾其譯雉林之寶偈詮鷲嶺之真圖抽紫玉於禪山朗
玄珠於智水不生不滅光臨妙物之津無去無來濬發乘
時之契伏三明而獨運施洽平分據二諦而同歸功超遂
古故能使三千法界向風知袵席之師百億大王聞道失
巖廊之貴非什迦之神化其孰能與於此乎既而正法將
隱微疑作徵言不嗣應身既沒遺儀間起恒星夜掩西天銜
風霧之悲夢日宵成東漢肅壇場之禮由是鹿園曾敞像
教旁流宜妙奬於希夷範靈蹤於顯晦瑆龕寶座光華震
旦之墟鳳刹蜺裳斧藻閻浮之域　其寺蓋梁大同年中所
建地分彭蜀嶺對岷峨憑廣漢之遺墟籍犍爲之舊壤西
馳峭嶝山連白雉之交東赴東川江走黄牛之峽崇墉却
峙之勢庭衢四會勝里九曲之分閭閻萬積危冠袪服參
差軒蓋之則露　畦隱軫亭一作神皋之望是惟先鏡寶啓
香城煥若神化出紺壇烟屬疏絶閣而三休紫殿雲深徹

廻廊而四注重欒複棟霧緝霞張綉桷璚楣鸞伸鶴跂珍
臺控景羲和　練巒之因綺榭裁氛屏翳得停鑣之所連
甍積翠交玉鎖於星衢洞户流丹綴金鋪於月竇垂珠網
露傍傾漢浦之琛列鐸吟颸上合鈞天之樂固以輪奐之
美冠直宰以先鳴璚範之奇告靈基而得雋乃造彌勒下
生像一座相好端足姿郎備貞觀末年靈暉繼發房範匝
曜疑運不夜之城户牖皆明似出重昏之境自非理參幽
賛道叶冥機宣佛鏡於無方演慈燈於已絶豈能寫冊青
於實相妙色長存圖銑鋈於真容神光不昧若乃時暄福
地低落照於晴暉候肅禪房汎初華於齋景千千寶樹若
在雙林一一香仍清八味山暉儀脫枝疑華亭而相鳴野

鷲迎晨拂花簾而自樂松楹秀蔓曲成蘿薜之衣砌石生蓮直起芙蓉之座則有拖身童子矣止巖阿忍辱仙人來儀倜户都人野彦希梵席而接裾趙美燕餘望齊庭而繼屣莫不青鳬委貫俱欣不捨之擅紫具兼明共化無緣之力故能使琱形晝塔象設年滋彩帙瑶箱龍編月乆豈西周之道備南國之風成者乎爰有寺主等覃機色外練迹塵間浴井露於身田集祥風於性宇栖情不二起初地之權授手大千猶擁彌天之具縣令等或公侯百代玄貂列駟之門或文史三冬吐鳳廻鸞之客銅章墨綬任切臨人鐵印黃簪功宣陸漸局（一作扃）牛烹而待價肆蠖屈以來伸揮鋋九折之隅作鏡雙流之外錄事抑元等冊軒紫綬家

傳方面之動驥子魚文地列膏腴之右昔承隋運屢委天書爰自皇初顓流帝禮等寶渝之奉漢類微濮之匡周咸申白馬之盟並受飛龍之託故能遺風罔墜代濟其美望重西南功宣法俗咸以爲絃歌小政循篆德而垂芳鍾鼎微榮尚銘勲而作鑒況乎神威自在方傳宰匠之功豈可棟宇常存不勒山河之賛爰託幽鄙奉揚徽猷敢宣此義而爲頌曰天地定位君臣作極道在巖廊功霑寰域尚清皇眄猶歌帝力況我能仁惟神不測誕生迦室利見王城機罩有應業會無生長驅定境振旅魔營恩兼動植勢絕隨迎鷲山傾仭鶴林埋景惠曰西沉慈波東騁競窺靈相爭參佛影月殿分城雲龕勲嶺長江舊域廣漢遺區川分潼峽塞接岷渝閭閻四會亭障威紆爰開寶地實控名都霞牆百雉雲甍四住紫闕尋煙赭樓結霧波流虹起雷奔蠖步網單星鶚璫栖月兎靈機藻綷禪室安開琱金範玉舉翠浮冊神宮不夜虛室長寒光超有色既出無端清露花徑飛泉葉户凋綠苔秋山蒼樹古茫茫展類巍巍淨山鶖鷺同歸華夷共聚第一義諦寥廓法門迹離生滅思舉乾坤情迷則復道在爲尊惟名與器萬古長存

梓州郪縣兜率寺浮圖碑　前人

若夫仙楼白玉窈冥崑閬之墟神闕黃金寂寞蓬瀛之浦斯則岡巒髣髴猶鳳冊而空存島嶼憑陵蟻龍舟而罕迨至若按皇軒於夏籙考璿構於殷圖周王北洛之宮秦帝

南山之閣西京故事不聽雷霆東國餘基倪臨　雨莫不陵遷谷變共榛灌而丘墟火絕烟沉與雲雨而坱芥其有據坤　之寶位借神道之宜扶占象緯而圖基揆川原而宅址蜂甍映月還臨舍衛之城鴈塔尋雲即對耆闍之嶺成而不毀者將斯之謂歟兜率者隋開皇中之所建也爾其林泉糾合之勢山川表裏之制抽紫巖而四絕疊冊峰而萬變連溪拒壑所以控引太虛蒸雲駕雨所以盪洩元氣淬江千仞波潮將旭日爭光都城百雉甍棟與晴霞共色信光造化之奇模盡登臨之妙境玄房霧轉抗金樞於桂邑之前緋殿星開栖玉刹於　花落沼近拂天衣澗葉底陰斜籠寶座宵汀鶴警乘敔吹而齊鳴曉峽猿清挾

霜鍾而赴節若乃巡碧磴歷玄關俯鎖窓登疑緣瓊鋪洞照
神姿蒲月疑臨石鏡之峰衆馥揚烟似對香爐之岳信可
下清人境上配天都爲勝地之先鳴執名山之右契者也
爰有信弟子某乙等夙祛塵網早植慈根悲梵室之未弘
悼禪居之猶褊以爲上棟下宇河圖避風雨之災廣榭崇
臺時令著高明之宅是以菩提長者競潔雲烟之垓天帝
人王争闢仙宮之塔則知威容下麗群生鮮瞻仰之因材
樸重凋黎人有子來之地乃於寺内建浮圖一所某年月
日鄉望等兆基弘願繼發淨因陵轢中天規模大壯高列
砌架迴浮輕軒直上千尋周迴百步占氣候景神祇叶幽
贊之功揆墨端行班倕逞絶群之思收岱宗之杞梓聚崑

山之王石土兼五色金逾百鍊龍盤萬拱棨屏翳而高驤
鶴矯千楣冠扶摇而獨運重簷謁謁雲將反覆於櫺軒洞
宇寥寥風伯栖遑於户牖仙娥去月旅方鏡而忘歸寶婺
詳星攀圖璫而未返玄甍湛霸若鵬飛之弃九天冊楹聯
騫如鳳翔之據千仞每至韶光照野爽霽晴遥列郊墟於
四野開雲氣於千里風恬雨霽烟霧藻天地之容野曠川
明風景挾江山之助則有琱簾綉軸排淨域而停輪寶騎
銀鞍指珍臺而聳轡於是披岫幌抵巖扃攀翠梯而三休
步玄梁而十憩廊軒外敞淑氣長延陰室中開鮮飈自激
俯環瀛而極野積蘇非遠出雲漢而高踐靈槎可記真福
地之殊觀香城之巨麗者乎寺主等沉研二諦振耀三明

抵蒼壁於邪山攬玄珠於定水挹其流者曲成般若之緣
承其風者濬發菩提之懇長史河東裴某風神朗潤藻發
貞勤蕭條江海之心磊砢冰霜之節下岷關而叱馭寄切
全都臨蜀野而宣條功深半刺縣令衛玄　　河東望
族榮高銅墨任屈絃歌淡辰而風化大行踰月而姦豪屏
氣陶潛彭澤自得高人王吉臨卭仍延重客縣丞胡敬仁
三河舊徹疑一代良材提鏌鋣而頽割跼驊騮而待步江
湖秩秩疑作至方懷縱壑之圖海浪風高未接垂天之翼鄉
望等並中和受氣孝友承家才稱江漢之靈地實岷峨之
秀或以時良入選擢迹鄉鄰或以逾疑望來儀升名郡縣
並沐康衢之化俱承比屋之封瞻彼岸而同歸登春臺而

共樂咸以垣墉遽覆猶傳路寢之歌銀鼎俄穿尚勒靈臺
之頌況乎崇基弈弈與天地而争土層構峩峩配山川而
末固豈可使宏規在我空存蔽月之基雄筆同時不借凌
雲之氣謹聞命矣乃作銘云
二象成紀三才定位開剖太虚遵引元氣紛紛化迹飈飈
聖致行傑趣約歸同華疑異洪王西眷教迹東遊功超道
茂義冠儒流冊青既備棟宇旋周梵宮霞積香閣星浮緬
想規蓬瀛金臺迴起曠瞻嵩閬瑶房峻峙壯矣名都神居
攸止大哉英服茲峰誕紀金繩對嶺王牓分岑松扃委鬱
桂幌深沉雲龕疑晦煙洞花深重巒霧結複磵泉吟肅肅
禪衆遥遥淨境疑毗野經文龍宫拂影梵几臻金室光來石井

峽曉傢清池韁鼇䟽峨舊族　江漢英姿爭開法題重峻崇基占雲接廡揆景分塀天人谷應幽顯呈期靈恩孤出神摸獨霧積千楹霞張萬拱玉牖星羅璿璫月擁褸榭龍蟠重甍鳳聳峩峩岊弈弈崇標琱簾切漢寶綴陵宵深窓閟景洞戶流颷銀釭夕映珠鐸晨摇我辭秦隴來遊巴蜀勝地歸心名都憇足甫建鄉縣頻移灰燭聿從良時尋妙躅曠望原陸周流江汜桃李春風芙蓉秋水烟霞四面闗山千里他鄉寓目玆焉復幾

文苑英華卷第八百五十一

文苑英華卷第八百五十二　碑九

釋三

廣州寶莊嚴寺舍利碑一首

梓州郪縣靈瑞寺浮圖碑一首

廣州寶莊嚴寺舍利塔碑　王勃

昔者萬人疾疢神農鞭草而救之四維凋瘵夏禹刋木以除之豈非物外其性則道功出事懋其和則任跡著傍稽素篆仰叩玄扉即時義而規大覺因彝倫而佇真諦向使三災克珍八正咸脩人握戒珠家藏寶印則三十二相不可得而視也八萬四千法不可得而聞也然則聖人以運否而生神機以喪而顯兕迦維授手摩竭推心高張妙用之功自極橫流之弊蓋不獲已豈徒然哉故能業擁大千化形真一由樂惟而起七覺因來蘇而坐三昧發揮五演以寂滅為身常提挈四流用慈悲為化迹黒風宵遁波旬忘反噬之心緑洛晨開天常識問津之所括夷塗於九相蹇步其安納惠晷於重昏迷方自曉大矣哉應物而起與運而終至自於崑冥復歸於無物雖金沙宴駕雙林無可作之期而王諜遺文六塵有經行之俗象法不可以無至疑微言不可以遂喪六千羅漢競結香緣五百仙人分開講肆星龕月殿俄盈震旦之墟鳳刹蜖旌坐遍閻浮之域屈伸闔闢其道矣哉夫寶莊嚴舍利塔者梁大同三年內道場沙門曇俗法師之所立也其狼邪貴族則漢庭峻節

祖德循傳梁甫高吟嘉聲未遠法師夙登真地深入惠門照果業於三明拂塵勞於八解羊車綺歲懸欣半月之詞鳳閣觿年已振彌天之嚮道惟堅固行乃頭陀百結斯安斥羅綃而能疑御十珍雖貴對藜藿而甘心于時以石應天人大弘緇侶法師至誠幽感獨步玄宗豈直王公欽振錫之風固亦天子降同輿之禮寶瓶宵注則雨露隨軒玉柄朝撝則風霜蒲席既而素懷有在潛擯俗之圖爰定我居首訛疑棲霞之寺爾乃巖開石霤邑跨金陵魚峰多讚唄之懽虎磎有送迎之限紫蘿山徑居藏勝記青松磵户坐諧幽致枕石漱流者乂之原夫見化有緣應身欲謝旻天罔極追懷自遠故有諸天會聚共位神光列國交兵

譯求其致豈不深哉然則麟鳳下靈猶稱瑞貺王石徵謌尚勝精彩亦有楚鐸淪照擢紫露以衝星周鼎沉華吐黃雲而噴景成浩疑作者之述足稱希代之貴況乎釋迦妙相如來真骨雖八萬四千之寶塔散在群方而九十二道之靈虹　終聞間出立成斯應瞻庭廡而時逢非德不鄰歷山川而罕致是以優填頻顧思存電下之光波應投身願奉巖聞之影粵在梁武精求不暇以爲秦登碣石而事止尋仙漢索瀛洲而心非好善於是齋延鳳設上祈忉利之宮講帳星垂下請龍王之藏輕齋棹海重賞梯山族王匣之全移華金棺之半啓以法師智遺人我識洞幽明思假妙因冀通靈感爰承綸綍載踐滄溟過石門而右指歷銅標而左顧乘桴月沂戒楫星沼相彼遐陬寔惟荒裔一音演說本承聽受之鄉五日繼明素隔照臨之域珍奇乃萃聖德斯依傳則知有感必臻信罩幽　不行而至豈隔殊方法師既達國城式斅朝命授銑筐而頂禮撫瑶緘而跪發盡收其寶重載而歸亦猶珠匱斃衣須馬鳴而後用金藏陋宇待龍樹而方開梁氏之都妙筴而仰神光家之由也十四字疑有脫誤炎京可覽往反九十旬楫施不輟風潮八千里以大周三歲届于茲邑法師性豊幽濬質固虛瀛綿歷是淹波育屢積維摩見柄蓋伸方便之門道安謝歸思遠朝廷之事頗居此刹有詔許焉仍分舍利俾弘真福國惟甌駱郡實番禺爾其封疆跨躡之壯海陸會同

之壯上當星紀下裂坤維階百越而鄰三吳軼雕題而陬交趾神化氣色汀洲建不死之鄉舜禹精靈原隰現行宮之地閭閻霧撲士女雲流謳歌有覇道之餘毗俗得華風之雜蜃樓高峙猶埋夕帳螺臺峻績尚識朝基信夷夏之奧區而仙靈之窟宅也此寺乃曩在宋朝早筵題月法師聿提神足頗啓規模爰於殿前更須彌之塔因緣盛力人以子來徵日官而正晷集風師而舉草育王莽令掃地户而獻神兵梵事馳心感天官而下靈匠崇階遽積寶樹俄周不殊仙造還如湧出故其粉書之妙丹青之要璿基岌其六時瑠闌紛其四照仙楹架雨若披雲翳之宮綵檻臨風之遏扶搖之路欹華璫於月徑譬合非遙撥留網於星

潯珠連可驗王虬承霤條雲竇而將騖金爵提甍拂烟衢而待翥瑤窓綉户洞達交輝方井圖泉參差倒景雕鐫備勒飛禽走獸之奇藻繪爭開複地重天之爽懸梁九息良馬駿走而未窮疊礎三休盧騎捷而知倦是棲銀榔用府瓊函採舍衛之遺模得浮圖之故事爰自梁末以迄皇朝城邑屢新軒墀若舊雖復百魔蜩沸聽鼓鐸而懷音六賊蜂屯仰椽爽而革面多迴淨施罕犯仁宮則知會吹遐斯同偃草慈雲所潤豈直流根故能比蜀守之詞堂長爲典制均魯王之秘殿若有明徵而其作鎮一隅俯炎荒而獨秀盤基有地冠終古而長存者乎國家業擁事初事用皇極高祖以援其疑撥亂伏紫氣以登三太宗以端拱纘明

自黃離而用九皇上纘乾坤之命業振文武之英風太階平而百度理中國定而兆人樂時和歲阜邑頌塗歌以五刑不用六械徒設舟車四達誰論貢賦之差襟帶八荒非復華夷之隔天寶降地符昇木石甄祉飛沉郊慶雖叶和末疑變實類文思之功而持盈守城亦資連帥𠠫大中大夫使持節廣部等州都督李某早登清貫夙踐崇軒嘉猷迴發於天朝善政果行於朞月越谿仙鍔吐光芒而駭人岱嶺寒松排風飇以成性美哉稱由功著鶴響徹於雲霄方爲時須能軾疲於道路廣陵單轂如送張綱渤海亂繩復思龔遂王尊早蓋欣臨折坂之前吳隱朱轓更集貪泉之右高名夙著佛化橫飛群盜屏跡而歸農姦吏聞風而

去職京坻坐積囹行疑作犴 潛廻汲黯之卧淮陽直聞清淨王堂一作商非之居池郡疑作汝群 但舉賢良用能使檻穽不施猛獸巡江而遠寘市廛無擾商旅倍道而相歡颶風寢毒炎埃罷鴽疑作旁 人稱有道家實無爲加以援翰寫心自契真康之旨高談見意不踰玄默之津學究儒林真窮什部知通人事且味禪宗道可以知歸虛物 由其顯會是歲也忽於此塔重覩神光王林照灼金山具足條來忽往類奔電之含雲吐燄流精若繁星之轉 傾都共仰溢郭周窺士女幾乎數里光景動乎七重實孟冬之日也觀夫至道不私瑞生必由乎樂國慶基有會福至必依於善人自非化足動微教非飾迹何以發真如之盛契壯實相之輝華

在昔鳳集潁川宣后歸功於良守龍游湘浦章帝布德於賢臣歷選前猷茲爲故實然後上和下睦主聖臣良烕火返風雖有辭於進壤毋脩子應亦何愧於當仁至於百越衣纓三閩疑作閫 耆老或代道篁竹氣推卅桂之城家擅芝蘭名動蒼梧之野出平原而袪甲擁崇闉以鳴鐘並爲菩部之恩親覩招提之瑞同祈介福共絜齊弦聲疑作磬 龍象於南州盡衣鉢於西竺會吞方丈供備千蘭法鼓振而沙界肅供鐘鏘而鐵圍靜妙財爰捨法施爭流華轂牣於香城文駟塡於寶廛鏹藏巨億更入僧祇價直百千還登佛座豈徒照車十乘列隋氏之明珠盈篚萬金積大顛之寶具而已朝散大夫守長史 地乘華緒[illegible]頂擩名流豫章擢

而成幹騏驥生而躡影山濤天骨無情出入隱之間王衍風
神自出塵埃之表自忝榮嶺墜作式瀛幽略其小術包其
大體振溫良之逸步得毗贊之宏綱布道移風善寵邦政
歸休置驛獨守家聲然則野老行歌雖致功於露冕藩君
坐嘯固籍美於題輿化成異壤抑由同德故能道揚法教
揮斥蓋纏家懷方廣之恩人慕常陀之學傳灯繼廣曳組
成陰下逮府寮旁周縣宷並恐疑薰脩同希福惠豈可謂
爾之教矣何日忘之者乎時有明威將軍行禺府折衝都
尉李公天子之舊屬朝廷之夙將也靈根自遠聖族多奇
受聘聘於丹泉奉衣纓於平業青龍帶劍光超殿閣之榮
白武銜珠早陟齋壇之寵自招皇誕作鎮邊城湟水樓船

遊勞都尉灞陵車馬尚識將軍魂驚斷鴈之峯恩盡沉鳶
之浦濡鱗涸轍處定水而彌勤撫翼香林在窮途而更切
頻光法會荐委珠珍護持攸仰招提是屬其兆基也如此
經綸黼藻其大矣哉爰自上座寶輪等並妙根宿植勝果
將圓翰飛般若之林高步揖那之舍慈矜密洞散明月於
談筵智鍔相輝化繁霜於寶刃思琱琬琰式播徽猷弟子
家嗣太丘忝閨門之薄官地連雕渙竊藻繪之餘工爰託
下才用旌高躅豈知仲宣旅泊方銜深井之悲長卿罷歸
空負陵雲之氣我之懷矣乃作銘云
大息頹運嗟呼失道德弊爲仁物壯則老熱依情猶求鴞
討早赤水沉珠玄丘墜寶皇王矣妙覺慈然應朝宗深微妙

業與慈悲然燈匡俗捨栰濟時涅槃不住般若無恩俯迹
見生和光不滅色音雖昧規模尚切　倚歟
上人稟彼惟新智傾八藏心超六塵淒涼燬宅解脫迷津
鴻宜佇想龍蟄存身青蓋遺邦黃旗故服原隰刑勢江山
重複磵户秋明巖盤夜燭　鼓鍾于宮聲聞于
外聿求紫閣言尋丹瀨絕域棲遑驚濤顛沛至誠冥感神
珍顯會甄陶設險翼軫疏源尉陀餘國盧尋舊邊邑居雄
盛人物殷全是惟樂土實曰龍川護持靈剎莊嚴寶塔基
構鼎新亭欒櫨業奔日宵排歸雲曉納架壁三休連甍四
合分惟星紀境控天池棟宇綿邈衡津推移神機不應瑞
景潛儀光合千廡彩動金枝凡我寮庶同嗟權實周顯情

勤王濛思逸咫尺幽鍵往來靈室共蔭法堂俱歸惠日四
維信受三明弘益具葉紛綸龍華焉弃講肆宏敞齊筵巨
翼供引純陀飯迴香積天人合契幽顯同心傾家奉賄破
產移琛軒裳彎鶩纓珮交臨蘭董胥遠揖那意深偉哉連
率坤乎德化職重集棠秋遵熊駕酌貪貽則還淳息詐道
濟香城禎凝寶舍琳琅什種杞梓緇徒調輕僧會辨拆文
殊奔螭易失令鼠難拘頹刊貞琰永冠康衢伊我窮途欣
兹勝謁文休泛海中翔遊越尚想知音有懷明發謬惟雅
顧叨陪天骨爰抽弱翰式叙高蹤孤音易竭獨賞難逢思
起王粲悲生蔡邕豈無音甫詎適爲容

梓州郪縣靈瑞寺浮圖碑　前人

若夫神州栝地寰中分五嶽之圖巨壑浮天海上擢三山之秀造化之所樞杻靈仙之所窟宅故得　發揮雲氣牛頭山者即廣漢之名峰也圓裔幾乎數里直上逾乎百仭若乃巖泉銑石之什風煙草木之狀傾九園而得雋環四時而競爽蒼岑隱嶙旁分玉砌之階碧洞逶迤下趨疑金陵之苑實群聖之所託也隋開皇中王秀作牧益州來窺勝地首旌嘉號仍疏淨域因危裂户就嶺磴之成規躋險分筞借岡巒之廻勢工窮雕鏤妙出丹青飛棟神行廻甍靈一作虛搆又於山頂別浮圖隋開皇告運明皇首出軒疏疑埛眛基砒堙蕪奄興宣榭之災施及栢梁之燼鄉望等馳心妙律夙契禪居悲梵宇之摧梁痛珍臺之絶搆

思弘法額重緝奇功黨集且千家惟巨萬以爲玉楼星峙稽閬苑之全模金闕霞飛得瀛洲之故事指香城而聳臨火宅而危魂參妙範於神明騁良工於宇宙飛簾按轡定樞臬於風衢羲和頓第揆鈎繩於日路雕簷畫拱龍廻紫漢之間複霤重欒鳳舉丹霄之外璚扉暮敞推日月於金鋪繡桷晨開落繁星於玉砌每至兩江春返四野初晴山川霽而風景凉林甸清而雲霧絶沙汀送暖落花與新鶯爭飛城邑迎寒凉葉共祁疑作初鴻競起則有都人襲賞憑紫檻而縱衿野客含情俯丹櫨而極矚窮百年之後樂寫千里之長懷信可以澡雪神襟清疏視聽機竟於紛擾置懷抱於真寂者矣且勅旅□遊岷徼漂舉涪鄉年髫一窮時灰七變王陽西上方驚欽轡之心王粲南征實動登樓之思我之懷矣乃作頌曰

大塊甄質名山作絶發地龍盤干霄鳳峙風雪萬邑岡巒千里絶域天城珍臺地起揆刹玄嶺圖基丹嶠層棟峥嶸重簷窮寮有隋叅曆重明攺照事與時遷迹從原燎義均除舊事切爲新如或繼者代有其人聲飛隴蜀望動州隣爭開爭施競植靈因控險裁標循危列搆巖烟接廡風雲對霤鐸運星衢璫懸月竇紫軒霧合丹梁霧透暮春疏節新秋戒序照滿暄郊氣銷寒渚樹濃鶯亂川長鴈舉流溺寓懷魂馳意與儒哉靈宇壯矣全摹窮高極麗遠覽長圖賞因時合筆爲神驅有情君子誰爲捨乎

文苑英華卷第八百五十二

文苑英華卷第八百五十三　　碑十

釋四

梓州玄武縣福會寺碑一首

彭州九隴縣龍懷寺碑一首

梓州玄武縣福會寺碑　　王勃

若夫龍圖而括運撫麟筆以傷時天地閉而賢人隱周孔長疑而微言絶豈非太階無象三辰鮮適叙之因滄海爲陵百川有横流之勢况乎法身長徃顧糟粕以空存化迹繁流仰州航而遂遠雖復功推八正徒迷鶴樹之談道亜三明未都龍宮之籍則有妙音難遇瞻雪嶺而投軀真諦希聲仰雲山而破骨優填企景新雕白玉之龕般若尋風

而疑化黄金之像三千寶座𢌞出天宮八萬珍臺遥臨凈域非惠圖之冥感孰能臻于玆乎福會寺者隋開皇中之所建也爾其峯巒地列東分井絡之光樓雉雲横西覩禺同之奥北彌豊邑里閈千甍南控平江波潮萬里擁亭皐之絶勢昇林野之殊形肇開修竹之園式揆旃坛之刹法川髙闢慈宮峻敞文璫寶綴環日月於重廊翠拱丹楹起虹蜺於複殿真容俯映福衆爰依梵筵交燭禪房互啓山神獻果還棲交露之臺天女持香即遶飛花之閣輪輝夜潚抽紫焰於金山毫相晨臨發珠華於玉地爰有縣令㮚邉河東令族大業之年來光卜邑高人捧檄功爲銅墨之先令宰鳴琴課穆絃歌之最恭𠉀香城而惻念披道肆而矜

珉示懐延奨司思疑作弘未敷𢌞於寺内起重閣一所秉煙置臬揆日端繩層榭三休𤨏簷四注奔星掛廡混珠網而同歸明月窺軒雜璿璫而共貫仍抽麗筆俯刋貞琰詞源迅委振法海之波瀾義宇宏深接禪宮之闈奥昔者陶潛彭澤　之風潘岳河陽未入菩提之域兼其美者著在我㮚君乎俄而帝隋方否三官失龍鳳之圖皇業未昌九野被豺狼之毒雖復飡砂茹石窺釼道而𢌞心蜂聚梟勝疑指銅梁而革面自非法雲西曉潜銷火宅之氛惠日東來𢌞即昏衢之景則安能冥資福地顯沮魔軍波清於振蟄之隅燎息於炎昆之曲洎乎大鈞無事神器有歸清玉户而帝宸中轉金輪而王天下玄埸佛境與天下而惟新鷲樹鷄林共風雲而改旦功既成矣時既貞矣紫宸有裕蒼旼胥悦都人佪至瞻鴈塔而懽心野老相趨尋鹿園而頓顙或至誠冥發争知不盡之虚或道恩旁流竟奏忘緣之施乃於寺内造善提塑像一座實彭氏絶群之迹洞彖瑶銑體倫丹青得延疑作埏範之奇模盡陶甄之能事功分　實相變入冥機丹果長春蓮不柴靈儀若動以臨王舍城中神足疑行即作菩提樹下銀牀地湧寶帳猶懸珍木天成金花下落總章元年又奉爲皇帝更造八菩薩像成於凈境别峻崇堂而力寄群縁功難獨舉遂令衆情馳騖空懐經始之圖靈座端嚴未得安居之地時有弘濵上人自丹嶋下日昌帝籙於明堂青鶴乘宵降仙苗于大

室軒晃將風雲交映鍾鼎與山河共遠法師宿時疑真諦幻挺殊姿拔五翳於長驅登四禪於迴觀以爲德因時建溼什繼踵於西都道冀人弘林遠隨有於南國痛迷生之詭嬌悲歪覺之後陵疑作夷思欲樹真氣於未萌緒崇因於巳往遍遊淨境歷騁疑遐方至總章二祺于茲剎身持寶印口出神珠心動巴南化行蜀右法羅潛舉馴鳥性於慈林惠鏡旁開息猿心於定水亦有情鈎五縛遥騰辭脫之川想墜六塵迴拔沉迷之域名臣長者締玉珮於銀庭苦女靈姬落金環於寶地貪機霧滌法施泉流林衡掄杞梓之材班匠獻鈎繩之巧千欒電糾萬桷霞張飛陛緑甍曾構架景孌釭杳照乘緋壁而宵分珠箔重華掩青疏而曉

亂紅箆植井彩綴河宮冊桂承粱香交列肆天倡梵樂肅然切利之天藻蓋琱璫煥若摩伽之殿豈精力之玄感而神化曲成乎直歲寺主等州閭盛族鶩鷺榮因杲惠圓而功成踐魔庭而戰勝排四門而獨徃共極邦緣攀十地而遐征同趨覺路縣令虞洽旌旗百代劍履三朝匡帝座而南征擁台庭而北面星像垂祉川岳載靈祿章七歲麒麟千里稚情負俗鬱王佐之宏圖英識邁時得公門之逸氣既而拂衣華族入天邑而觀光列校仙臺出靈關而作宰泉魚神夜多單父之深恩隴翟遊春嗣中牟之善政有條不紊施緩政於繁繩斷訟有神下高鋒於錯節因以激揚大化潛滋比屋之封光啓令圖預積攀輪之慕縣丞裴林

家接朱欄齊流冊闕軒裳照緒忠孝榮門烏鳴有伐木之歌龍文非制逢之具高材列霧盛德分司翰墨不足留神琴罇申其徇性十旬休沐奄有泉林千里邀迎乃疲風月青驪蠖蝶終噴玉而懸雲素鶴徘徊具御珠而犯露加以沉研有地題橋八辭之津誘勸無方叱馭三乘之路故能使幽明仰德法俗依仁攀海祗而如歸挹衢罇而不疑暾鄉望等龜靈高族驥子名家闢錦室於中堂分緋疏於甲第或望雄都鄙代列歌鍾或業預雲雷門藏璽詔文場促席有江漢之英靈武觀連衡得岷峨之銳氣並能馳心彼岸欲臨海而褰裳投足化城下悲思而反袂下官薄遊江右旅寄城隅懷道術於百齡接風期於四海依然梵宇欣

象教之將行莞爾公庭惜牛力之遂屈雖文殊辨論妙懸辭而亡言而伯喈雄筆叙真宗而罔愧敢巡此義乃作頌云金堤廻邑玉峽長瀾城闕紛亂江山聳盤雲屯勝邑霧啓禪壇右縈層雉左控崇巒竹園精舍檀山香閣萬拱騰虬千楣跂鶴晚星疎孝朝霞泛暖鼓奏泉流鍾鳴霜落時經失道代歷交呈神宮不撓法衆無驚金輪邃曉玉鏡施明功照佛剎化被玉城帝圖冥運真儀潛發具齒含星流毫推月鳥離山面龍還海闕寶樹刑疑留天宫匠設爰有真人式宣慈主發迹江甸馳聲蜀宇望遠連規攀澄襲矩力窮興道功周廊廡群緣肹蠁衆福氤氳叢楹列電高棟御雲銀龕曙撫玉座宵分瓔璣有爛藻繪多文鬱彼巖邑

猗歟上宰松桂連華鴛鸞集彩禪津有裕至公無待火宅可辭舟航斯在我之飄寓邈矣來遊山川俯仰道義淹留承風郭外撰綴江幽玄機勝筆天地相周

彭州九隴縣龍懷寺碑　前人

粤若真元混沌抱一氣於天門象化童蒙構三靈於地户由是金城逆順山河假成器之囿玉燭沉浮風火兆流刑之孽懸大明於日月適滯泉宮設巨浸於雲雷終迷爕宅太極所以散而爲兩洪飈所以吹而爲萬雖復卑高異列俱沉方内之遊空集横流共失環中之埶豈夫涅槃深視不背色以求真般一作波若長驅每乘空而得静則知一名同出陰陽爲破道之墟萬象皆空天地即降魔之境莫見

其俯仰不知其去就至有於太墟復歸於無物其建言立德開業成務握大柄而推造化執洪鑪而誥元始四門幽闢顧非相而遲迴三駕晨嚴臨有爲而出頓豈不知覊孤之路終嬰旅泊之虞舟楫中流未釋風濤之嶮將以宅心者寂虚室所以合符應物者神明鏡由其不倦故能商摧宇宙指麾權實演群生而非其力存庶品而非其有千巒閑景似居蓬艾之間雙闕臨空若在江湖之上其釋迦之冲用乎龍懷山有井絡之所交會岷隅之所控帶攢峯北走吐香嶂於玄霄巨壑南馳歕洪濤於赤岸香城寶地左右林泉碧岫丹岑往來烟霞時有法會禪師者俗姓褚氏吳郡錢塘人也金章錫美河陰傳九命之尊玉鉉乘榮江左受三台之貴地靈人傑自朝野而重光學府文宗冠南都而獨秀法師紫星降彩紅雲受氣應積善於高門契冥緣於累世果浮觴引潜圖彼岸之功聚礫延砂即採爲山之業靈樞密運闢仁路而長鳴惠刃高揮斬邪關而洞照以爲冥機體化毫髮莫滯其真執數遂微乾坤不容其筭於是四禪幽觀破銅堞而出無明三殊雄圖排鐵圍而抵非相法雲自在吐納龍宫賢聖不仁奔馳象域將使三千塔廟知真實之玄津萬億幡幢入墟之秘藏安心樂土遁影靈闕以開皇元年憩于兹嶺靈墟福地已被神功王牓金繩未光朝命蜀王秀以文昭建國帝子專征仗巴服之尊名裂卭荒之寳命彤騑僣帝蹕萬騎於銅梁皂蓋圖王

譬千乘於玉宇鏡山南望志狹彭渝錦水西浮恥朝江漢開實沉之壁壘嚮京叔之風塵擁龜堞而託殊方憑爵堂而傲天子威權所制勝兵數十州椎視所臨經塗五千里三英賦雪瞻秋月於梁臺八叟吟風傳朝雲於楚館思弘正法廣召名僧振錫雲趨乘盃霧合禪師括囊泉石韜跡煙霞攀紫桂而同塵守青蓮而向晦銜飈蕩岳寧移忍地之靈烈火焚不撓堅林之色王心有悟時加優禮順風拜道封山謝失净發財於廣内採仙室於重幽因嶂爲壁憑崖列户以開皇五年始賜額爲龍懷寺地鄰縣左遂均縣上之恩山似龍盤即建龍懷之利爾其崇巒經復複磵縈廻高丘洩雲長林翳日增疊垣於下巘挨堞構於中巖杳

闕神行珍臺妙位王蚪銜霞絕游氣而負蒼天金鳳連甍排烈風而瞰玄圃延緣房於疊巘上拂霞莊蔓冊闕於重礎下披泉戶陽開陰闔變霜和露迴蝮蛇以騰飛起雷霆於指顧王堂朝亘影襲長虹珠殿宵浮光含列宿禪師歿後爰有孝恭法師智開法師弘嚮法師寶積闍梨四上人者並禪師之上足而法門之領袖也五明衢路控引情宮八解源流朝宗性海其深為寶拔白王於嶄巖無礙居真得玄珠於罔象住持真界棲息妙塗俱探寂滅之源各證菩提之域雖業定人境照已極於無方而道寄生成功遂覃於有相演中乘之奧義增上棟之宏規萬拱不騫千門有闕疑俄而帝隋大去皇家小徃天地閉而賢人隱雲雷

屯而巨寶衰毒龍橫霧四天沉暗逆之悲醉象驅風三界溺崩離之酷上人惠機幽晤定識潛融知佛日之恒明審王風之尚靜芝歌商岳揆雞嶺而同歸茅籍磻溪與候江而共致遁俗無悶因時有待洎冊陵啓秩赤縣居尊迦維授手波旬革面十千天子新朝帝釋之宮八萬仙人始向毗耶之國一音演而荒憬服三聖澄而禮樂備由是巴方舊彥蜀城遺老仰慈門而知戶牖升福田而喜耕鑿雕轂繡幰鶩騁而馳魂黼帶綖裾指鶴林而鶩欵寶瓶宵注潤浹堯旬王栖晨霏風調舜曆咸以為假況其性迷生安視聽之功動亂其心窮子失肌膚之戀江連巫峽始絆心猿山對禹同終維意馬貞觀年中積闍梨等廼宣昭遺趾發

揮精舍容成校曆揆日用於天經隸首陳章筭神功於地籙迴廊窈窱自吐風飇列榭崢嶸坐含雲雨圖竭宮之妙質儼廬舍之真容寶珠周映銀龕備色逸多垂足似臨覺率之天師利分身若赴維摩之境靈仙可接藻繪無施真應難微雕鐫有寄若乃巡積岨歷森沉天花照而高月落地籟驚而幽泉思紫蘭香疑徑香侵栢葉之鑪綠草紋菌影入芙蓉之座真童鳳策即踐金沙仙女鸞衣還窺石鏡巖莊轉梵杳冥松桂之墟碉戶栖槔寂寞藤蘿之院法鼓奏而寒山曠洪鐘鳴而曉壑靜頹苔翠蘚且不盡之靈依不乳瓔珞入無生之妙饌蕭蕭焉遥遥焉信調御之珠庭而列真之甲第也爰有上座玄鑒法師等並六塵無我四

諦非他奉乾越之微言守楞伽之奧府法雷潛吼鼓動風煙慧日揚明照臨位壑青蓮坐得見宅心之恒靈冊洞行忘覺身成之美化須彌不動迴鎮閻浮闍崛安居下觀忉利開四生之廣路叙六趣之彝倫足以遵揚真績恭宣來命者矣縣令梛公諱明獻字太沕河東人也太玄降氣中黃授彩襲周魯之榮基吐河汾之靈液四科高第振風翮於三冬萬室崇班蹈雲縣於百里既而政成黎頌道洽畊謳假無上之幽筌毗不言之景化絃歌在韻將寶偈而齊歸銅墨成章與梵天而共貫瓊波湛淡沃蕩雲電珠濯蘿條𦶜鬱煙雨貞機罕應良談於好事之遊朗調多奇高賞盡名山之曲下走東皋事失南州筌窮歡孔席之栖遑笑

楊岐之浩蕩，溥遊茲邑。喜九高人三接，而定琴罇七縱。而擒風月林宗，有道相期清淵之間；平叔能言，見許天人之際。從容宴語，契闊胷懷。欣任情之同，冥感形骸之共。遣維玄都妙域，已挂於忘言；而義塹文場，竊申於知已。敢作頌曰：

妙象無偎，神功有涉。湛淡名器，崩騰事業。慧路翹車，禪河艤檝。控引群倫，品迴庶劫。縱橫宇宙，反覆山川。言因境立，道寄形詮。羨稽福地，式挨珍田。冊溪漏日，碧洞栖烟。閣都玉檻，湞彌石室。榛灌溟濛，風雲蕭瑟。琴晬容廼，眷禪徒有。謐華礸三休，花巖（巖疑作）四崟。崇巒架殿，疊嶂營樓。千楣鳳起，萬拱鸞浮。星開緋髮，月湛青牟。神宮不夜，濛於長秋。户臨重嶠，牕分絶嶺。手迴香浮，中天梵磬。鶴林聖迹，龍泉佛影。焉思山空，依悲峽靜。森森巨栢，落落長松。月出東岫，霞生北峯。山人自狎，野老相逢。白雲屢斷，青溪幾重。彭澤之令，臨邛之客。比得（疑）山藪，重規泉石。法守成言，慈門致役。糠粃吏隱，薜蘿迹心。五（疑作吾）生擾擾，與道遑遑。殷勤頌詠，惆悵津梁。投功翠碣，助化玄場。百年之後，皆鮮蒼蒼。

文苑英華卷第八百五十三

文苑英華卷第八百五十四　碑十一

釋五

滄州弓高縣實性寺什像俾一首

洛州昭覺寺什迦牟尼佛金銅瑞像碑一首

滄州高弓縣實性寺什迦像碑　張文成

詳夫元天北列，運斗極於旋樞；大地東傾，鎮江河於岳王。晝夜則晦明無定，犧舒爲朝夕之資；動靜則虧缺有時，乾坤非久長之器。豈湛然常住，大雄包混沌之源；寂爾無生，正覺出氤氳之表。故能使九十六道，紀菩提之一門；三十三天，貫湞彌之四頂。振嵐颷而吹大塊，運僧祇於埏埴之前；揚智炬而爍鑪，置賢劫於陶鈞之上。其去也，後天而滅，故現滅而歸無；其來也，先地而生，故因生而示有。青宵帝座，降靈氣于中胎；白凈王宮，孕神姿於右脇。連乘七步，樹下六年。薦王象於祥符，啓金人之瑞夢。影流中國，大地由其震動；光入太微，垣星爲之不見。法王之應跡也，妙覺常身本無顏色，至人垂教，遂有形儀。開滿月之奇姿，韞中天之異相。髻銜龍髮，頂秀螺文。萬印生於瑞手，千花發於神足。蓮開青目，毫光照於四天；花艷冊脣，頂彩周於十地。法王之實相也。具一切智，號遂達多，通萬物名，心希有往來。不窮之謂聖，陰陽不測之謂神。不化而行，不言而信。持惠燈而耀長夜，楊法舸而救迷津。爲壓品之醫，生作群生之慈父，法王之至仁也。法忍智忍，率難忍以皆空；無心即心總群心而俱攝珊瑚江海一指測於波瀾琉璃日月二手分其晝夜目連持線天地爲之頹綱舍利投針山石由其絶紐法王之神力也儒童毓秀慶闕里生歎鳳之君摩訶降跡若縣誕疑作猶龍之彦仲尼禮之標首抑至聖於迦維伯陽道德之真宗訪右皇於天竺故知一乘妙旨超然居十翼之先二諦微言邈矣出童之表法王之威德也率陀天上飛閣神宮舍衞城中香臺造化百千妙界生於鳥趨之間十二音聲出於象牙之長金繩百丈下照月宮珠網七重傍臨月殿萍流地上化爲池沼之形花散空中變作樓臺之影法王之壯觀也佛中佛日天上天人金口振於西方銀函泊乎東夏無能間細寫蠶漱於波流瀾一作有外

談空運迦維於宇宙合掌腹内思聞十善之音聲舒翼㲉中遥相四天之説法王之仁化也高梯直上包括太虛抽針旁絞區分小有貫花之句光如水上之蓮花説偈之音皎若星中之月非有相而非無相凡聖莫測其幽微空是色而色是空聖愚不知其要妙法王之教化也法身無像故因像以宣功道本無言亦因言而示教塵俗不可以久處故厭世而歸空其如不以道標故疑神而降跡吾之去也因其辯無常吾之來也因來談緣起情有所至河海爲之徧龍神有所歸叢林爲之變鶴從滅至能逼寂滅之因無生示生求入長生之地法王之變化也由是八方迴向萬國歸依惠日被於三千法雨流於百億周穆王之代聖

教方融漢明帝之時慈雲漸扇年移晉宋運屬周隋蒼鵝出而天地屯赤龍發而干戈起秦川涌血羅什不歸趙郡僵屍圖澄永去西域馱經之路荆棘參天東郡畫像之郊風塵撲地我高祖神尭黄帝傍迴地軸蹴崑崙以傾西天太宗文武聖皇帝仰握乾符掃攙搶而南滅削平嶽瀆舒卷風雲芟毒樹而建祇園拔邪山而開福地實性寺則貞觀三年奉勅之所建也平原控趙渤海臨齊上衡畢昴之星下瞰衡漳之地浦稱駿瀆馬頰太史之遺蹤地號弓高龍頷將軍之舊業爰於此地廻構乾堂與八會之香臺鬭三休之妙觀龔遂解繩之邑寶線爭長將一作曹丕沉李之郊天花競落螺宫映水枕藕關於黄河魚梵吟風接層樓

於滄海實栖神之秘宅毓善慶之神區者哉寺主乂依定水早庇禪林功濟有緣業優無學意花不染弘上善於慈心勝累疑作果争攀寮中乘於惠眼非色非相疑神究竟之端無我無人高蹈苦空之外上座都維那等並尋鷲嶺訪道鷄園歸誠甘露之門自得醍醐之性鵝珠護戒摽苦節於堅林龍鏡澄空照真歸於静域以爲脩身者福福遂則殃銷堅善者功功施則縁發旁求大匠廣召山虞粤以儀鳳二年移寶堂於寺内去舊處三百餘歩設奇功於地道神妙無方窮逸思於天關靈機不測魚鱗翠瓦逐層閣而冊移鴈齒青階帶崇基而較轉虹梁曜日煥若神行鯨棟疑煙故非人力寶階星動似忉利之飛來紺殿雲同淨化

城之涌出豈非威神自在不可思議者哉於寶堂內敬晝
什迦尊像一鋪鎔金範素寫朦圖青斲象浦之靈珠瑑龍
泉之羽壁鮫人水織競送霜縑蛾容抽絲争投璽線七重
交映百寶莊嚴實相端凝粹容圓備蜂王獻蜜紛飛紫紺
之樓龍女持花出入珊瑚之殿諸獻天果芙蓉生寶座之
前居士焚香栴葉起金爐之上千軀聖像據六地而揚音
八部龍神下三天而奏樂斯乃玄功幽贊故無德而稱焉
調露之初邊烽屢警七重黑暈萬里黃沙旄頭干太白之
精素髮拒中台之翠鄉人等九州令族四海良家提龍劒
而星馳擐犀渠而電激爲鵬爲鶚輕飛鴈塞之前如虎如
貔廻嘯狼居之表陰山霧廓瀚海波清憑惠力而服魔軍

持葙筭而摧孺子共申弘願植此豐碑記歷代而長存惟
令名之不朽奉爲高宗大帝星珠歛耀斗電潛耀御鸞鳳
於金轝蓬蓽龍於鼎嶠媧皇誕裔妃姒降禎斷鼇立極之
神功乘龍御天之大業疑情三妹早惠六通坐蘭抜而虔
誠仰坎山而展慶使持節滄州諸軍事滄州刺史李公挺
堅林之雅操列鳥喙之殊姿漢太尉之名家覆龜文之異
相貫琮出刺下車而肅百城韜壽闈居閑閤而綏千里長
史北平公晉太尉龍首有盧陶唐左相之榮實兼平景麗
上元之展足終非百里之材王休徵之佩刀實有三台之
望朝散大夫行亐高縣令[illegible]晉君嘉禾獻瑞門傳棨葉之風
邑草襲勳業踐彤弓之錫[illegible]惟綺琴於膝上翠翟朝馴攬明

鏡於懷中青鸞曉集丞大原王原忠主簿隴西李灌尉河東
衛神暹常山張行昇等並周靈王之史仙人白鶴之苗裔
帝顓頊之孫宗柱史青牛之華胄羊車映王煥昇氣於淮
（疑作雒）川鵲印嚮靈符於寶軸驥從果道方申逐日之功鵬
舉北溟皆戢摩霄之翼鄉望某等並地鄰鄒魯境接燕齊
俗富詩書家豐禮樂海隅鷗押猶存射雉之規河朔鷹揚
仍帶爽鳩之氣雋不疑之故里氣調魁梧石神容之舊墟
英靈俊傑德由名顯功以頌宜非筆無以申其功非言無
以叙其德旁求翠琰遠捨鴻徽刻龍首于銀鉤鑿龜文於
上皈蓬萊之水二尺孤標碣館之前扶桑之日卅中獨立
金臺之上俾夫天銷刼石瓊文寫而無窮地入微塵寶字

書而不滅重宣此意而爲頌曰
大虛混沌寂寥沉默二儀既判三才允植地缺東南天傾
西北陵遷穀轉山開水塞月滿則虧日盈則昃大哉正覺
竟元不側先地而極後天而益不滅不生無聲無色耀魄
指掌乾坤胸臆聖人立教用形表則實相端嚴粹容岐嶷
銷烕吾若剗平六賊水號連河山名擅持大度斯闡三明
左即牛口西來馬明東陟王偈光啓金言允克碣燕郊平
原趙國雀臺西指蜃樓東逼建此神區爰崇淨域龍圖合
兆龜書應墨綺綴星浮金鋪電絶地神獻果天厨送食八
會雲平三門箭直寶堂移轉神通[illegible]智力飛詹振羽虹梁重
翼閣似雲行樓如鶴息增日逐[illegible]旋天橋縱匿野外塵黃

星間暈黑爰憑窣居前除荆棘鴈塞消氣龍樓受職銀書王版鐫名記德臨鴈塔之背基對峰臺之闉域窮遐思於圖篆放神功於剪刻孤標九流之問獨立金臺之側惟令名之不朽或馳芳於百億

洛州昭覺寺什迦牟尼佛金銅瑞像碑　李嶠

蓋聞發體凝寂離形相之區道心玄微同虛空之德不可以名言說不可以去來敢泊矣無繫脩焉似存潛輝匿端而迹滿三界戚識掩智而行該萬法埶存於希夷之表機動于忽恍之中談其空則不盡有爲索其朕則服歸無物非　天之至妙其孰能與於此乎夫權智無方說三應物真乘寂住抱一湛然同天等人寧累於我卑見病示慘未

虧於常樂故能蒙塵於八邦疑之路含垢於五濁之津入其廻輪爾乃脫生死共其迷後然後舟航顛倒撫神機而獨化携弱喪而同歸大悲所薰其利溥矣玄德所被可勝言哉及道隋盈虛教迁正像猶嘱累於句偈尚隄防於脩習足疑作是以四依弟子深演護持之功十行法師大弘供養之事瓜甲儻盡悉成菩提心口能存俱離煩惱法雲上際於兜率慧日傍臨於震且魯人將聖神契闇托於西方漢主聖明靈儀夜飛於東園屈伸變化其不可思儀之致歟皇帝以六龍乘時三獸演法窺道品于掌握接聖期於旦暮彈壓海際彌綸沙境赤縣爲不祥之宅蒼生沐仁壽之賜瑆函玉檢苔字苗之隆平寳網珠幢迎天人之勝福丕業以不宰成務深慈以無緣致功固已合上帝之元符開中天之寳藏豈徒窮數盡妙越契踰繩而已哉太子左衛率上柱國相王八卦乾男五行帝子金相玉質鳳毛龍翰幼承寵異列俎豆於南郊長懋徽音茂盛於東陸孝友隆其三善溫良登其四行貴而思降體易象之流謙冲而不盈道家之日損每推太宗之重深讓元良之德攀紫庭而抗疏懼隔照臨仰玄四而申處庶通誠感異固疑作十冀因善之力遂廻九皐之聽跪辭銀版褰裳下天地之宮拜受王璜備物坐候王之國裂山河於大郡黒社生光屬邑於元昆黄離遐阻欣跗蕚之有序慶宗祐之彌隆載荷今恩求垂曩誓乃發願造什迦牟尼佛尊像一軀大菩薩弟

子神王各二身方撤東山之府且摸西竺之容皇嘉廼誠用錫休命制度廣輪之法咸順松心琢磨鎔範之資盡令官給於是乎百上獻技几牧輪琛瑞雀棲鑪仙人練火觀秘影於龍窟得真形於鷲山二輪千輻之像姿七澥八圓之殊相青毛紺髮蓮目睟容珠纓大士登護法之旋金杵神王夾降魔之座鏊崑岑之瑶碧窮蜀道之丹青黼繢周施莊嚴其足皪兮似金山之出海眺首天近𢘆其琱刻靈儀始畢寳飾纔終眉宇之間忽呈異彩圓周一作同植璧冏若懸珠合身之千光連西門之五色官司駭視而愕立遠近爭途而交赴廻兩宮之軒騎動七貴之輿輪稍積旬時愈益郎則神變無象真筌隱乎寂微感通有途妙契存乎

咫尺自非聖靈合德忠孝因心何以發金轂之殊祉玉毫
之秘相者哉西域金身既遷於勝妙之塔南宮像畫亦送
於清源之臺揆卜因安有自來矣聿求勝壤用遷期剎有
司制禮具音樂洛州供車乘內出神幡香轝送至道塲於
是士女雲趨衣冠翕集二龍灑道千馬隨軒幡花經鐵鏁
之橋讚唄下金繩之路前後導從梧宮竹苑之球琳左右
奉持秦圃蔡園之龍象煙霞將翼庭混色鼓鍾與蠡具齊
音園繞周旋達於淨境既安象設仍建齋筵親屈萬乘之
尊俯從八關之會日月天子來待威儀星辰大夫預陪文
物携麒麟之貴戚入鸚鵡之仙臺樹低陰祥運接步以犧
帝龍顏之相謁象王螺髻之容對奉二宮忽疑什迦之讓

座詳觀兩聖更似多寶之分臺（一作塔）于時人天盡室法俗
傾都衆有稻葦之多地無針鋒之隙並睎王鏡咸仰珠輪
莫不注目虔心稽首禮足慶詹蔔之還嗅悅優曇之更開
咸訝難思得未曾有爾乃實坊四散銀闕雙開地如龜甲
山仙龍鱗羽騎銜枚列萬隊而清警天龍按部總八神而
環衛威容儼其既肅中外寂而無譁然後借座燈王請飯
香士夫乘法匠開不住之宗耆儒禮官獻無廢之式傾中
藏之寶貨移太官之玉廚衣鉢分行簪居聯事流三川之
水未足方油渠酪池興二室之榮（疑作雲）不能媲香烟花雨
大樂驚於寶剎高幢入於梵宮誦經則上界遙聞彈指則
下方俱動用慈悲而行喜捨以清淨而爲功德杒中之布

施寧比其多南北之虛空未量其果方見如來種智化成
於天寶之基菩薩慧明利建維成之業寧止百千聞法咸
蒙離垢億萬同會俱證無生惟抱義含仁顧言慎德文章
冠代禮樂在躬以旦奭之周親踐曹史之名行詩書探四
學之奧篆籀殫六文之功資寬和之性不代不矜秉夷澹
之心無榮無欲用能體道悟發遺榮去羨讓其天下高名
動於萬方得其環中妙果深於大度解末俗之常愛蹈其
空之遠跡勝上之業所以崇奉君親謙撝之風所以率先
黎獻行可以激貪止競誠可以運神感靈即事論功因今
揆昔則南吳去國心未階於紹隆東海稱藩福不登於資
敬豈足以梗槩風範㕘差軌轍背栒邑以塵勞樹績猶勤

珮戈衛臣以陪隷妝功尚銘彝鼎剋乃調御輪　之功亦
君王去就之事津涯共滄溟將廣名節與嵩岱齊高形舞
詠而被笙鏞固其宜矣書版圖而鏤金石夫何愧焉爰命
下臣式旌高躅庶山飛海竭將地軸而無傾火刼風災共
金堅而不朽重宣此義敢作銘曰
心行之表虛空之際有物　成是名真諦非生非滅不巨
不細去失其方來無所繫潛通緊揆闔發機神大　流俗
權開應身非邪作正（一作綱）導法爲輪蟄户逢照迷途得津
天籥含聲衢樽稱物酌焉不匱動而愈出說果明因談因
證實波旬迴首尼揵頫滕應變開鑿隨方汲引德洞幽深
化緜區畛洽恩洎緣停報斯盡石室韜光金河輟軫慈册

已謝慧炬俄沉色相俱覩希夷莫尋蒸哉睿聖皇矣君臨
更維象法還開佛音有美親賢于嗟擅捨讓踰斷髮誠均
捧馬脫屣青宮分茅黒社道　方外義高天下將追宿契
且樹良緣乃隆皇造爰抽國泉觀形兜率取法優填大冶
神化靈儀自然異相紛紜殊姿掩藹黼　册𩞅莊嚴金
面似月輪頂如天蓋十位傍拱四神來會真契何遠心誠
則通毫文王絜額里金融色動天印輝含帝弓不資睿德
孰顯神功象設既安　塲乃闢玉輿廻軫瓔柯侍席伏一作伏是
擁曲鈎𨑳羅飛錫海引千供霞張奕人天鼓　龍象徘
徊作花蓋烟爲寶臺
嘉顧克成供因無乏百靈衛善千祥護法聊聊三思悠悠
萬刼永固彛器長隆寶葉

文苑英華卷第八百五十四

文苑英華卷第八百五十五

釋六

宣州大雲寺碑一首　陝州龍興寺碑一首
長安西明寺碑一首

宣州大雲寺碑　李嶠

或稱唐虞神祇之奥主也其在孔墨道術之明師也然其
經略所制僅行於冠帶之鄉名教所談不出於乾坤之位
徒躧蹝於步武蓋搶攘於禮法語方外之靈躅窺天中之
妙寶則知夫力有遺而途有窮矣察動用於神機推朕迹
於冥數則知夫識有畔而功有闕矣悠悠百代蠢蠢四流
冡埃壓於憂紒之境隔視聽於神明之域任忠信之薄徒
喪淳源救質文之弊無階聖道沒世不聞至極之理一作已
終身不覩玄門一作妙之法奔嗜欲壓五濁而輪廻躡穽
投機入三途而鼎沸大運不可以終否横流不可以遂溺
五精延貺披鳳籙而告休期七覺垂仁闢龍宮而開寶命
慈氏越古今輪聖神皇帝體兼具相心冥衆善超十方四
諦之門惣三明六通之業諸天翼戴上昇於兜率之宮萬
㝢慕思下涖於閻浮之俗哀末法之衰弊悵夷途之榛梗
載紆金屣由紺殿而起西方廼睠瑶圖臨紫宸而正南面
大矣靈覺深哉妙果去來無象曠萬刼而潛神起㓕有緣
應千齡而啓聖粤若屈跡弘道乘機濟物馭之以神通知
惠行之以方便善功感或異理故應無常身化本隨方故

居無定位襲五運於玄坛之上降三尊於黃屋之下稱緣而動宰官共商主同歸虛已而遊廟堂與山林一致天人之善權也提宏綱之落烈廓大象之權搆遂荒百億窮有頂而君臨奄有三千罄無邊而光宅闢海縣而清囂滓開天庭而掃氛祲四魔六賊盡爲征賦之民萬邑千閭悉成道場之宇爾乃御寶極而玄覽撫璿衡以貞觀茫茫淨界宛如忉利之天眇眇大紘化爲莊嚴之國宇宙之嘉會也制目籥而動出張洪鑪而造化不爲不宰鼓舞而群品薦何慮何思氤氳而百寶湧然後蕩之以香風茸露薰之以福田惠業大根小葉咸受施而蒙榮蠕動翾飛盡飡和而飲澤協氣煙曼休貞雲聚乾符坤寶載於龍馬之圖歲德

年祥調於鳳凰之歷陰陽之太和也立最上之乘不棄於聲聞小道用無爲之理猶存夫禮樂常教闢四果之門闡訓三雍之典業然後遠心近行俱得所聞傾罇酌蠡各滿其量憲章乎法寶而度律既周經緯乎時文而網羅畢備登一世於解脫躋群生於仁壽軌躅謐靜頻蹤於元亨之衢品物康寧高枕於會昌之宅道德之神化也合樂而埋瘞焚燎陳詩而嚴配昭格禮于上下不失於金木五官享于宗祊遂及於山川百祀旁求六趣之府下建四冥之室莫不于食有福奔走而來蘇用犕而明攀援而出苦鬼神之福寧也玄門罕測法象難窺雖金口微言時傳于具多之葉而玉毫靈相莫覩于搵曇之花屬大事之因緣逢遠

期之旦暮稽首禮足親瞻五梵之容滌慮清心俱奉一音之倡洗貪慾之腸腎開盲聾之耳目置須彌於掌握詎是難思警海水於靈空未爲希有祇黎之誠感也惣人祇幽顯之微資鬼神變化之妙兼育萬物而莫見其生成遍寖十方而不窺其轍跡巧諭善說而罕測其靈祕點黑（一作墨）數塵而未量其終始故能慈以救物寬而容衆罷黜刑憲而天下勝殘屏撤牲牢而蒸人以粒豈與夫慘痛傷骨象魏懸桎梏之書部夘殈胎山澤厭罝罘之酷可同年而語也覩握鏡之緣起得獻青之本事象藏祕錄禎符鬱乎大雲登跡乘時靈應開于寶雨受先佛之付囑荷遺黎之負擔頒其瑞紀所以旌識善緣樹其階梯所以津梁法俗天

授二年乃下制令天下諸州各置大雲寺一所宣州大雲寺者本名永安寺晉義熙二年之所立也龍飛在運既易龍興（一作光）之名天曆惟新即改天安之號積暄寒而驟風雨所以制毀圓方法爻象而應星辰所以基綿載祀昔乃地橫瑶阜壤帶金陵廓巨鎮于三吳走通莊於百越山川磊落郊畿枕端委之鄉島嶼遇隆烟霧合朝宗之浦上帝於是乎垂象先王於是乎高會衣冠俊傑滿舊國之風謠物產珎奇傾神州之韞櫝東南之巨麗也因福地之形（一作名）勝即靈模之兆迹拓其趾而峻其墉擇其材而增其構星愉月桂氿河鼓之天津露栢霜松出巴陵之地道山祇則讓夫冀境海若則輸其珍藏精衛銜石禺神營而中留

靈虵吐珠屬艮緑而改獻盂州乃授矩司臬乘鑾架巘迴廊曲榭亘迤邐而掩高深峻閣崇基陟崢嶸而望寥廓複道共星階連步雙闕與天門對象內則香殿崛起若朱鳥舒翼冠南海之鵬雲前則涌塔化成若皇媧振鱗立東維之鼇柱翕赩璀璨帶璧而垂珠窈窕深（一作森）沉藏烟而吐霧瓊林幽其妙境弥衛嚴其象設五通羅漢夾奉金山八部龍王分司玉砌窮壯麗於天巧擬威神於帝室故能使外道摧服（一作伏）異方歸向四倒八謬瞻奈苑而心迴伍蓋六纏經竹園而累盡若乃雲除雨霽闢牖當軒眺八極之山川臨萬家之井邑輜軿綉軸前通舍衛之城桂檝蘭橈下泛蓮𡰪（一作尼連）之水賞心極目遺累忘機處子於是乎傲其

江海詞人於是乎騁其翰墨至如毗耶聚落眷屬俱來摩竭道場君臣愸集舉琫琄之欄檻入琉璃之搭廟一一香蓋懸於寶縷之幢種種天花散於金繩之地賛嘆圍繞歸依董習洗心於八解之池拭目於三明（一作朝排）之藏名衣上服資具樹之經行重溢全裝襯蓮花之法會自非大心弘益圓智曲成爲天上天下之師護人間世間之法豈能使恒沙國土並登常樂之門億萬生靈俱出無明之路刺史曲陽男鉅鹿魏正見大名開宇復南史之公侯懋賞承家奏西河之金石隆簪組之舊德壯朝廷之厚寄朱軒皂蓋辭圻坂而越長洲來晚去思喜邑門而怨彭關長史隴西李延慶黃裳具美白賁全真文學則東魯之四科鍾鼎則

西朝之七貴司馬南陽男張安宏才碩量經文緯武策勳光刑馬之封服冕榮珥貂之業機明足用政理多方承禰禮於襜帷有成勳于邦國諸曹參佐録事參軍李文遠等或文房學府吐鳳而懷蛟或劍室珠泉衝星而襲月水火錯居而致用青（一作朱）藍糅色而成彩群務允緝誼圯汝之謳謡庶事無留閴南陽之府寺縣令冊陽儲孝任大江播氣長雖發藻未踐廊廟之班猶留絃歌之事卓子康之莅政不任刑書虞承鄉之到官唯開講席縣丞鄭文覽等並刀筆英選琳瑯奇資（一作賞）高才未展聊從枳棘之遊俊翮方昇豈滯榆枋之集允我聯事莫匪同心攀十地之弘因奉四天之大號經營撲斵克成輪奐之功脩昔柱持碩假

招提之福上座寺主等並通達無昇惠解多聞勤求於八清淨心成就於五菩提法昇大悲之座俯慰迷津轉無上之輪高懸勝躅用能經始梵域規模神造凌雲起構雖憑於太極之靈匪日成功實俟於豬天之力鄉望前杭州監官縣尉吳寶度等雲澤奇寶水鄉遺俊或隱鱗求志蓄美價於瑶琨或撫翼俟時貢珍名於箘簵咸能厭離塵垢脩持其業具足三施豈真黃金買田積累衆功自白衣成道咸以爲六種震動法王之利見金身十善護持大士之莊嚴淨吐無筭數之良果有不思議之妙力豈可使車轍馬跡獨銘於西弇之山佛影龍龕不紀於東林之石是用伐彼真琰詢其藻績不官負心多恙驅傳不遑欽白黒之勳

誠備冊青之壯觀客自南鄙王𧨏之雅嘆靈光言於東吳左思之高談建鄴聊扣寥（一作寂）寞而爲頌云

正法中否淳風載邈道隱三明時昏五濁聾利外染驕謡內斵識淺易淪蔽深難覺（其一）至人乃睠屈己乘時諸佛付囑群仙護持遂荒法寶奄頓乾維露西天澤雲含（一作合）帝慈（其二）是撲燎原爰清闕水剪截奔競滌除囂滓九道合符十方同軌區宇一變陰陽更始（其三）大康雅俗廣濟含生六寶神御三才化成慶延動植德至幽明魔識正觀神呼太平（其四）至道難合迷方未悟樹以妙𣟄登之覺路寶坊邑啓銀函壤布大矣能仁深哉善護（其五）勝境吳俗名都楚封海潮翔鷺山氣盤龍物產殷阜閭闔錯重津途繁轄里閈鳴

鍾（其六）良牧帝難俊僚人望負荷深委規模大壯長者法財沙門異匠共表靈刹同開寶相（其七）觀閣雲心階基洞口飛月栖棟宛虹入牖闕對蜃樓幢侵牛斗跨時靈域津梁妙有（其八）落落閑宇沉沉絕機池開梵樂樹下天衣高座弘道深經暢微虎馴十戒龍學三歸（其九）天啓聖期神扶淨域萌秪斯（一作期）遠徵祥難測粹業已安高碑乃植沙數有盡金堅無極

陝州龍興寺碑　蘇頲

有唐神龍元年龍集丁巳應天神龍皇帝出乎震御乎乾也粵若我高祖撥亂反正受天明命太宗震遠懷荒立人紀綱高宗見天之則（闕）人之力故我祖宗之耿光天人之交際矣功侔於天靡弗（闕）復矣道濟於人靡弗育矣上祗乎人心醇醲之化積乎中和樂之聲被乎外則聖母以權居位七廟不可乏主以義明群萬方由其傒予乃考順應之符旌緝熙之頌有若周文爲太子益三朝之恭有若漢文爲天王遵五讓之實遂稽盛典張宏紀綱纂舊物由舊章穆穆皇皇顒顒昂昂俾爾熾而昌俾爾壽而臧其斯之謂也時公卿大夫禮官博士稽首颺言曰陛下誕彌厥月初朔龍也接統伊始元又龍也潛者德之隱飛者德之興覿乎聖人之變合於聖人之契古之白鱗赤鴈威鳳神雀或當道而蜿分或中流而魚躍惟萬物之幽贊曾六年之不若陛下宜以大寶加明號其龍之興乎天子方辟容遷

慮卑聽深視咨神祇之協謀討經籍之遺美於戲軒轅氏聲（疑）玄扈就肴虛者莫如佛之寶也推大聖之蘊超衆妙之機則道方於權智成乎真實脩心觀心惟凡證聖即色非色惟覺悟迷小者得其小大者得其大藥草之喻是也有者見其有無者見其無露泡之喻是也使般若之門隨方而啓仁壽之域舉代咸登用於國家六度齊行於人倫五常等豈與夫太后好道而黜於儒曾孫好刑而雜於霸朕當寵登庸之休瑞詢住世之宗旨衆生未度而度之百姓有罪而罪已弘風而共貫興化而致理以助天之子人乎因制天下州盡置大唐龍興寺陝州者以弘福寺爲之寺則唐武德中所創昔王業始基宜於百億故侯福之弘

暨帝圖中鈌躍於九四故見龍之興此又前聖之兆後聖之徵也徒觀其阿疑作阿山谿險當砥柱之湍瀨城雉紆餘轍嶒陵之風雨蓋朝宗之次行在之宮三輔齊劇隣其左二京分政出其中斯何壯哉郡國之雄也先是香填之金布之神祚之福護之千艫疊映萬楹叢舉含真珠之赤光帶瑠璃之紺色般般遠矚弈弈增新紅電生於樹杪星漢拂於樓間謂須彌邪現空而隱半謂兜率耶住世以臨下如有待者塔廟之靈乎上自清洛而西顧經琴巖而北指七聖不迷百神咸扶旌迴守塞華過閑田吟邵伯之苃棠追漢仙之結草勿剪勿伐將有聲而在風曰希曰夷豈無寂而觀妙孰若此寺崇大法之本協中興之符致於閑安

得所饒益爰發中吉出五綵綉及金銀以寵之後庭則雜於四時其布惟五內藏則錯於三品其功用六飾紅玻條紫磨璀綉色涵鏡光分身應矣金相觀矣雨諸天花隨慶雲而歷亂作諸天樂混清吹乱以參差善哉彌勒降梯首王讓座弗之比也當月宇披露門注明毫晞凈目者駕肩而奏接足而禮徒稻麻之與竹葦墨黑之與針鋒稱三自歸獲四無畏大德君瑶君愕而禪師上座慈郁維那道休二法師神入於定力思用於塵勞洎其慮也寺主靈觀上人樂說多聞辯才強學焉可淪以愛染撓其情也亦有廬阜之寄儻宜於隱迹剡山之期或褫於襟帶每至斷三苦絕三流止六哀禁六賊脩善明之願則罔不偕唱湏達之

析則罔不攝受龍王之泉則罔不捨自非淬慈劒破魔邪壓勝福舉　正孰能臻於此矣前刺史東平畢使君名構字其忠謇士也清心勁節祗服文藝故其臨事天下謂之直臣今刺史河南元使君名澹字行冲精粹士也正辭邪道研機禮樂故其著書天下謂之良史朝請大夫行陜令清河崔君名昱字盛緒長仁合義睦而奉娣當作姊用晉國變事郭奕之儔也友以爲兄魯恭之匹也故其虛心應物理家移政則太守樹風以養之宰君承流而廣之始乎精悉終乎惠愛務芫發而歸厚惴姦慝而寡悔寂則旁通誠則圓對斯並倜儻卓犖殊尤絕倫者盍務之哉郡有張士龍王忠誠侯元嗣郭琬袁休王方等脩業諦聽感緣信受應乎千

里閈千十室皆以爲周錫王命而藏大昴漢振天聲而樹隆碣況探客記指元符轉聖輪道皇極使雕篆之辭鈌則莊嚴之事耿云何以觀人世殿我邦乎遂載諸厥中宣此偈曰

賢劫聖惟法王吾君子與巨唐應夫符契而後翔龍圖來象教昌清蹤宅接通莊列旋題崇寶坊翠華轉河之傍青蓮降陜之卿河之水幕榮光陜之路蔽苃棠東洛邑西咸陽望巡幸驩且康歸調御福穰穰

唐長安西明寺塔　前人

頊嘗誦先生之訓探衆聖之旨蓋本三極而宗五常也況以觀則吹萬循而照則歸一知夫棄理悟寂曲能制事者

覺爲之路以諸(疑作詣)精微定得其門而弘汲外缶釋不言
乎始扁輪不義乎末其苴如之蘊邪智有無涯間之以息
物無有祕應之以刑矣物也者不可使刑止有也者不可
因無息然後三極宜符適時之義遠五常昭合濟浴之功
大其象法之體也赫矣帝唐發于天光鴻勳鋪億載盛業
冠三代欽明濬哲以至高宗天皇紹元命而道要道也時
孝敬皇帝儲副承祧晦明示疾一物三善禀人君之量喜
而又懼聞王子之言以大威力作弘誓願憑有爲之基獲
無妄之吉粤明慶元年仲秋癸酉詔於京兆延康里置西
明寺以報之先是三藏法師玄奘惟應真乎迺成果者首
視延裒財輪徃以繩度還而墨順次命少監吴興沈謙

之傾水衡之藏徹阿(疑作河)宗之府制而縮版杀以懸渠鈎
北阜之隅伐南山之枚初歷落以星峙忽穹崇以雲曼攢
拱岌嶫騫甍宛轉揆陰陽之中居子午之直叢倚觀閣層
立殿堂虬鳳夭矯而相承魁神雎盱而欲起罔不珠綴窱
窱旋題照燭琉璃洞轍菡萏紛敷白日爲之隱蔽冊寛爲
之舒卷者九一十二所每動微風滴細雷宵然其若來和
鏘然其有去音悉豊麗慱敞峥嵘朧朗奕奕焉耽耽焉中
國之莊嚴未有大荒之神異所絶於是召以正工以考安
瑞表湛真容繡色電熌金光火合移忉利之宮鎮菩提之
座狀微笑而莞爾意屢言於善哉者不可勝計遂賜田園
百頃淨人百房車五十兩絹布二千疋徵海内大德高僧

有毗羅靜念淸顯廣說鵬耆辦了鶖子知會凡五十人廣
京師行業童子有空淨聞道善思喜法須迦分施撰擇不
染者凡一百五十人導天衢指天寺上御安福觀以遣之
有則有容昂昂顒顒駢象馬錯人龍幡幢之陰周四十里
伎樂之響震三千界使其將法印發妙梯上至乎穆清下
遺乎紛濁散而無我見桃李之成蹊聚則有朋知稻麻之
爲衆若普聞名稱時立威儀行則上首舉爲左臂者上座
道宣寺主神察都維那智衍子立傳學玄則棲禪靜定持
律道成懷素等八法師舍衛是求須彌不動以等空知行
如海法如陶器必盡而寫瓶共縛令大律師崇業約身利
牧維忍辱之行全信役仁守毗尼之律明犹染壘鑒比持

縱攉伏魔障彌成學徒上座大德神岳法師開方便品證
圓明實貫穿百氏分别四諦芸髙諸彦不敢近論筆墨遂
岳群仙自應逕寄書帙相與禁六賊制六衰紅粟腐積黄
金巨萬行天厨之寶舉泛海岸之雕驢日靜犍槌夜鳴鍾
析罔不受薰脩戒破煩惱結禪以思默聽以和發商調柔
之意書秘密之偈業公愀而歎曰此身有待諸行無常欽
疑不居之歲月無不臧之泡影樂化成而記壁者請因寺
而言之是則有隋尚書令越國公楊素泊我濮王泰宅之
舊區豈不當必蔀僾不師且奪終畀謀始之則淵非守城
之具從梁抵第寧復賓遊封薛池臺果成童牧孰若變爲
嚴淨歸入檀那匪化塵之可思匪刼燼之能毁轉以清渠

灑道緑樹分行水流舊𥁕空花落雨新殿邦而住世者不亦大哉冝宣詠歌以備刋勒矣我開元神武皇帝御十方之四載格上下秋神祇萬人敬百蠻服伊護法者必聖王乎演法者其開士乎敢作頌曰

𡗝作京兮泰之理殊住寶剎兮從中起巘相望兮非相似輪乎奐兮不可擬惟聖皇之經始兮惟調御之依止封迦葉之上人兮延德光之太子香爲土兮金爲界樹低枝兮蓮出水紛接足以駢闐兮盡洗心以歡喜永巍巍兮什梵宮揚大法兮尊大雄

文苑英華卷第八百五十五

文苑英華卷第八百五十六　碑十三

釋七

唐河南龍門天竺寺碑一首

陳州龍興寺碑一首

荊州玉泉寺大通禪師碑一首

玄識闍梨盧墓碑一首

唐河南龍門天竺寺碑　蘇頲

形器分有宰匠名言立有導師上聖卓然大仙之旨也定融於忠惠無不明明證于覺覺無不定虛若一作其照然觀我動以權而應物智周斯大功利斯遠繼善者循乎業欲仁者適乎變業乃至於無相變復存於有作使因城之廣

剎土之嚴其來尚矣天竺寺者天竺王子避位出家三藏法師寶思惟之立也夫所宗謂道道崇可讓位兒生於佛國所慕惟法法住可濟時兒行於人代其𡗝季子安世高之事魯仲尼康僧會之徒歟不然何以諦俗歸直秉𦤎弘教之極也故哲於東震發自南離藏戒珠却𠇍寶陵海漲而絶雲𢀖矣屬䑴䑳傾其伍兩餘星拆其三翼法師於呀呷淼瀰之際覩觀世音像一軀隨而載之九七夕觀音則聖極於既墮迦葉以神刑於儭沒海可以化爲之迹變入諸身若是乎海本如故則荆榒莫致瓜步浮盃遂往孰喻乘桴於中道捨筏於彼岸邪至則晃旒賛歎京師翕習意吉之而仍得目㢠𨑳之更生典之紉觧徵而張絶緒也始

甛西明寺譯金光明榜迦文殊師利咒藏廣博嚴淨陀羅尼浴像功德大寶積等經七部顧而言曰機輪未兆礙之殊域志成已信乘之坦塗今微言載歌密藏咸啓吾具徃矣况求法不二觧空第一竟起西閤之群必擇東林之衆常謂洛京闕塞山斷川流枕城池於正陽當日月於亭午脉脉中瀉逶迤左薄黃道映以為界翠瓶臨而見空天下地勢之寄也故實塔會盤鏡龕延袤御梯憑下敷座因高其次八四方成萬億皆黙而許之感遂通者法師乃亂流東濟止彼香山又於山北見龍泉二所洞澈深淺則鋪冊孕碧嬰珠連而上跳廻盈經復則小雨微風黙拆瓊而傍散積礫揺動光輝自然琉璃混成毛髮可數法師樂之爰

創方丈隣於咫尺堅持願力善誘擅心皆撤無之歡豫盡布金之須達更于其測造浮圖精舍焉飛觀遥峙仙莖崛起遠而趣之虛空縹渺於其間近而察之岑崟青熒于表裏羌難得而名也景雲歲辛亥月建巳日辛卯制以法師所造寺賜名曰天竺惟皇建極與天比崇教設而風靡化行而日用法師不忘本而遂初乎殿中侍御史趙國李奮字玉田育粹含釆妙機強學佑其垂成憲以從事法師即於東山之端建丈六石龕匪劾而攻載追而琢四衆圍繞萬人唱和疑龍蜒之朝隤狀羅浮之暗徙則圓焰石乳疑陰水精香卄韞玉花麗交纓諒殊特也若乃立三會開八關撞鴻鍾伐靈鼓引清梵稱神呪向之雙泉氛氲五色雲

止烟絶星流火爇亟福應而神滋焉每熙春載陽具物和暢此都人士則填城隘陌句北而南遺光相涉群聽相接震聞乎數十里外無不擧袂陰峯陽梳沸水潔誠而徃脩禮而去爾其倚紅樹憑冊檻清冷窈窕聲聞下上披光若臧人得至天其崇信也如彼其安閑也如此禪期樂淨道詎越于身心觀其照覺事已冥於世界寺之梵衆德無量無轉不退輪求於斯也沙門圓實密行精苦辦才酬對以尸臣之命功藏於宮大夫之靈德謨乎廟矧夫清凉有地常所住持忉利為天宛其相似文殊以之演說者城因而廻何者復何如哉雕而頌之可也俾宣　偈曰

洛之表兮伊之東山有香兮泉道蒙攢爐疊拱兮飛在空

錯石雕琱兮生梵宫乘谿險兮開素波望參差兮圖絳虹維妙力兮歸大雄天竺之子心定惠輪轉聖王道光濟山之曲泉之涯兮特勝緣與弘誓永安居而悟寂混群物而同契

陳州龍興寺碑　張說

觀夫廣大無相者虛空也四輪倚之而住精微無體者佛性也萬法因之以生聖人有以見三界成壞皆有為殼故剖之以戒肅聖人有以見六趣輪廻是無明網故决之以定以爍寶光之慧炬沛善利之慈舟返迷路率於中道徜横流登於彼岸以見乎直實之要總攝一乘以言乎天地之間曲成萬物大矣哉道心包舉等太虛而無際法教流

逼爾曠刼而常在則有乘如來方便出應化門用大事集作土因緣處帝王位俾庶類咸若謂之光宅天下令衆生脩善名爲莊嚴佛國龍興寺者皇帝即位之歳溥天之所置也唐祚中微周德更盛歷載十六姦臣擅命伯明氏有盜國之心一闡提有害聖之迹皇上操北斗起東朝排閶闔運扶揺張目而叱之殷乎若震雷發地欻虩翕響以克彼二凶赫然若太陽昇天晞熈仰象以復我萬邦返元后傳國之璽受光武登壇之王尊祖繼宗郊天祀地之禮既洎循舊布新改物班瑞之典又被乃考出世之法皷大雄之事入無功用之品住不思議之力一光所燭庶兆爲之清淨一音所宣大千爲之振動雲蒸風靡不崇朝而壞之踊

塔徧天下矣陳州者上古太皡之墟近世集作代淮陽之地置守則列爲郡封王則建爲國本其風俗豪侈靡麗舊矣翻東門之下接袂成帷觴宛丘之上炫服成市信祿章疑之郊一都會也剌史南陽韓府君名琦其爲邦也勝殘去殺聖主之得賢臣別駕彭城郡王名弘集作隆業其從政也能肅而恭高陽之有才子長史南陽張齊賢儒林之選也司馬河南雲盈公族之良也士曹從事八人録事參軍于璆爲稱首六屬官人二十五人宛丘縣令崔脩以爲稱首或以藝榮或以門進高車一轍美利同人禮舉刑清於是乎在因邦甸積稔之蓄偶日月正旦之初欽若王言建立靈寺上畧其趾下務其慾百工不勸而亟庶役不徵而會

經始如雲成之不日夫其帶四郭五衢之陌踞重墉闤闠之端福地砥平長垣雲矗高門有閌大廈斯飛連廊曲閣交軒對霤木磨而不彫土塗而不以壯無僭侈以約費爲功儉無侶陋以淨居爲寶法王宮殿居花界集作近寶花之城菩薩伽藍住金燈之地亦循是也上座處玄寺主真度維那守慎等戒珠如月獨潔麒麟之行法寶如山普聞師子之吼克諧善衆底定神居甘露飽而湍盈集作盈萧天香醉而闡繞于時陳項之老褎衣而博帶皤皤然相造而諏曰久矣吾黨之惑也倥侗顓蒙情實橫放我悉愛僕集作恚愛我業聰明不開日有忘其生生月無覺其烕烕一息之福集作漏可勝言哉如集作而令舉足至於道場申臂及于淨土晝則目

禪誦之事夜則耳鍾梵之音何悟是生晚臻斯樂豈不思天子之至仁乎惻下人之昏墊邁集作過上聖之昭軌假有相之途詣無生之理洒冥澤於已烕蔕玄根於未始百靈之所歸依萬宇之所欣喜非獨陳而已矣蓋神闢天聖開地世之祖也纂帝寶基皇統孝之主也殄瑞往破魔聾威無外也廣正典紹度門德無大也通幽洞明兼麤該精滂洋而行混護厥成一收功而四善舉一推心而群願立咨如是則龍興之化易有量哉夫業可大而蕪沒焉不貽於後事可尊而苞蘊焉不述於世臣子之罪也敢其圖之然言語之不到者心識心識之不到者真如二乘聞之而不見十地見之而未了而我云何能知能說竊比六時之鳥

七寶之樹是出乎，和雅音聲是讚乎微妙功德記其在處長者之金園銘其事因育王之石柱其辭曰

聖帝(集作皇)在上於昭于天唐雖舊邦其命維新龍興反正(集作返正)戡三暴臣少康非擬於舜爲隣皇王蒸哉(其一)於廓玄教生人戶牖神化洒心小大稽首掌擊萬域潛移仁壽三代之前蓋未曾有最上乘哉(其二)決決陳服韓侯道之奕奕寶坊邦人造之天龍護持聖賢熙熙受福維其帝心則怡正理興哉(其三)

荆州玉泉寺大通禪師碑　前人

譔夫惣四大者成乎身矣立萬法(集本文粹作始)者主乎心矣身是虛哉即身見空始同妙用心非實也觀心若幻乃等真

如名數入焉妙本乖言說出焉真宗隱故如來有意傳要道力持至德萬劫而遥付法印一念而頓受佛身誰其弘之大通寶禪師其人也禪師尊稱大通諱神秀本姓李陳留尉氏人也心洞九漏懸解先覺身長八尺秀眉大耳應王伯之象合賢聖之度少爲諸生遊問江表老莊玄旨書易大義三乘經論四分律儀說通訓詁音参吴晉爛乎如襲孔翠玲然如振金王既而獨鑒潛發多傷傍弛(文粹作多聞旁)施逮知天命之年自拔人間之世企聞蘄州有忍禪師禪門之法徹也自菩提達磨天竺東來以法傳慧可慧可傳僧璨僧璨傳道信道信傳弘忍繼名重跡相承五光乃不遠遐阻翻飛謁詣虛受與沃心懸會高悟與真乘同徹盡

捐(二本作縊指)妄識湛見本心住寂滅境行無是處有師而成即燃燈佛所無言可(二本作依而)說是空王法門服勤六年不捨晝夜大師嘆曰東山之法盡在秀矣命之洗足引之並坐於是涕辭而去退藏於密儀鳳中始立玉泉名在僧録寺東七里地坦山雄目之曰此正楞伽孤峯度門蘭若蔭松藉草吾將老焉雲從龍風從虎大道出賢人覩岐陽之地就去城都華陰之山學如來市未云多也後進得以拂三有超四禪昇堂七十味道三千不是過也爾其開法大畧則專(二本作惠)念以息想極力以攝心其入也品均凡聖其利(二本作到)也行無前後趣定之前萬緣盡閉發惠(二本作慧)之後一切皆如持奉楞伽遞爲心要過以往未之或知久視年

中禪師春秋高矣詔請而來趺坐覲君肩與上殿屈萬乘而稽首洒重九重而宴居傳聖道者不北面有盛德者無臣禮遂推爲兩京法主三帝國師仰佛日之再中慶優曇之一現然處都邑婉其祕旨每帝王分座后妃臨席鵷鷺四匝龍象三遶時熾炭待礦故對默而心降時診飢投味故告約而義領一雨溥霑於衆緣萬籟各分(二本作吹)於本分非夫安住無畏應變無方者孰能爲(文粹作至)爾乎聖敬日崇朝恩代積當陽初會之所置寺曰度門尉氏先人之宅置寺曰報恩軾閭名鄉表德非僻局猷誼輦長懷虛壑累乞還山既聽中駐久矣衰憊無他患苦魄(集作魂)散神全形遺力謝神龍二年二月二十八日夜中顧令扶坐(文粹作命趺坐)泊

如化滅禪師武德八年乙酉受具于天宮至是年丙午復
終於此寺蓋僧臘八十矣生於隋末百有餘年（二本作歲）未嘗
自言故人莫審其數也三界火心四部氷背樣崩梁壞畱
動雨泣凡諸寶身生是金口故其喪也如執親焉詔使界
喪（二本作哀）侯王歸贈（二本作賻）三月二日冊謚大通展飾終之義
禮也時厥五日假安闕塞緩亙（二本作及）葬之期懷也宸駕臨
央（文粹作訣）至午橋王公悲送至伊水羽儀陳設至山龕仲秋
既望還詔乃下帝諸先許冥遂宿心太常卿吹皷導引城
門郎監護（二本作護監）喪葬是日天子出龍門泫金襯登高停
蹕自盡迴輿自伊及江挾（二本作扶）道哀候幡花百輩香雲千
里維十月哉生魄明即舊居後岡安神起塔國錢嚴飾賜

踰百萬鉅鍾是先帝所鑄群經是後皇所賜金牓御題華
幡內造塔寺尊重遠稱標絕初禪師形解東洛相見南荊
白霧積晦於禪山素蓮寄生於坐樹則雙林變色泗水逆
流至人遠代同符異感百日卒哭也在龍華寺設大會八
千人度二（文粹有十字）七人二祥練縞也咸就西明道場數如
前會萬迴菩薩乞施後宮寶衣盈箱珎價敵國與寵貴（二本舉寵作親貴）
侑供巡香其廣福儔因存沒如此日月逾邁榮樂（二本作落）
相推鳴（二本作於）戲法子永戀宗極痛慈舟之遽失恨湧（二本作洞）
塔之遲開石城之嗟入也不孤廬山之碑焉可作竊比
夫子貢之論夫子也生於　天地不知天地之高厚飲於江
海之廣深強名無跡以慰　其心銘曰

額珠內隱匪指莫効心鏡外塵匪磨莫照海藏安靜風識
牽樂不入度門孰探法要倬焉禪伯獨立天下功收密旨（二本作詣）
解却名價（二本作假）誦（二本作讀）無所得解亦都捨月影空如
現如悞（二本作於悞）者無量衆善（二本作善爾）爲父爲師露清熱惱
光射昏疑冀將住世萬壽無期柰何過隙一朝去之嗟我
法門（二本作門人）憂心斷續進憶瞻仰退思付囑盡不離定空
非滅覺念茲在茲敢告無學

玄識闍梨廬墓碑　前人

夫孝者法象乎天地感通乎鬼神故愛敬之中又有真報
哀戚之外更追冥福玄識禪師其人也厥姓桑氏其先長
樂人洪尚書洪之後也曾祖梁州刺史諱千秋祖貴鄉縣

令諱信考文林郎諱奕自前代無遠德基於累仁是生達
者禪師智周萬物而理證本無願度四生而見滅諸有以
爲空不離色體念子之慈業不忘緣起思親之孝乃於萬
山北栢榮陽東原葬先考文林府君先妣太原王氏負土
成墳結廬其域置義井取施無求報鑄洪鍾取聞而悟道
脩古寺造尊容取襯相生信若夫信生攝攝生靜靜生定
定生慧於生滅處得常住心於虛空中立一切法其定慧
之門乎禪師昔宴坐界山群虎自擾今經行牢樹四衆依
德至人疑寂雖罕見全象識者餘論亦時存一隅篆美豊
石寄詞短偈云爾
邈矣上德行密道高哀哀父母生我劬勞禪心護念神之

遊遨若河雖廣曾不容舠丼井既渫利物無竭不增不滅不流不滯仁靜而鑒知動而悅華鍾既鏗椎椎法聲如來如去如滅如生不有奚得不爲胡成寶地嚴飾金光晃耀善惡無門惟人所召境因見（集作心）起理憑思照孝（集作懲）哉

一心混成衆妙

文苑英華卷第八百五十六

文苑英華卷第八百五十七　碑十四

釋八

潤州江寧縣瓦棺寺維摩詰畫像　一首

西京千福寺多寶佛塔感應碑　一首

潤州江寧縣瓦棺寺維摩詰畫像碑　元黄之

夫魁北藏樞秉三奇於紫掖峴西運軸森萬族於黄輿方領圓冠棹九流而宗學海霓裳羽服乘六甲而下仙巖雖凥像微茫不能味丼陳之識陬維窅邈不能拄草玄之功仁義與禮樂可遵未出死生之境昏黙與清虛可尚繞居天地之先且造化以六合爲功聖人以二門分教豈夫百千萬刼量其遠近三千七品語其功業者哉况性相之微不可以名言得虛有之妙不可以智力知三千之淨土無邊八萬之法門虛受能住不思義（一作議）解脫者也維摩詰者華言浮名居士也沒于妙喜之國生于毗耶之城大仙那提之子常脩梵行世號白衣居士焉故總妙圓明現身方大方（一作丈）無起無住不去不來空色空而取真空滅生滅而求寂滅或歸之于無物或得之於黙然邪正於是路殊語言由其道斷居士之真宗也若乃家室不離而教傳緇服天子迴向而身爲白衣讓金粟之尊未即如來之位晦玉毫之相空留長者之名亦猶百谷之王以下莫能大六虛之相居高而自卑居士之洪謙也若乃移外方諸佛一室規乎四天對樂世之衆生一刼成乎七日毛孔之內皷

大海之波濤芥子之中嚮須彌之巘嶫擲世界於恒沙之
外不覺不知攝高堂於大會之前同瞻同仰嵐風動地口
吸莫以為難猛火燃天腹（一作騰）貯但聞其一居士之神通
也若乃群邪作梗諸惡延（一作挺）災衆生茹焚溺之悲寔識
迫傷夷之患由是騁自在之力縱無礙之威破煩惱而繫
慳貪斬毒蛇而擒醉象朦憧暫建緬縛四魔智劒繞揮心
降六賊故使波旬振讋不能變帝什之容外道摧殘不能
竊真如之業居士之威力也若乃非相成光乎是相故見
於威儀無言假道於有言方形於問荅弘乞食之理須菩
提但覺茫然聞宴坐之談舍利佛不能加報摩訶迦葉息
言於二乘大月揵連吞聲於四衆亦由明鏡內鑒照之而

不疲洪中外發扣之而必應是以五百弟子同稱我不堪
任二千闕人俱盡得無生發忍居士之靈辯也若乃智惣
大雄心行菩薩雖人我無相以拯救為懷憂本無憂憂凡
俗之憂病本無病病衆生之病冨室貧里等資其福田酒
肆婬房（一作舍）廣談其善誘則知去重昏之小翳朗惠日而
無私中根之大莖霑法雨而同潤居士之慈悲也若乃前
際無昧於因緣成時化時不為於本願光嚴悟矣行念
其道場新學豁然坐知其宿命晨持亂鉢未息塵言中設
飲盂普均香氣有疾菩薩憂惱於是併除犯律比丘疑悔
由其傾蓋居士之利益也若廼恭承父訓事方便以崇嚴
瞻望毋儀奉智度而資受結齊肩（疑作眉）於法喜坐詠宜家

期上足於塵勞行同入室因風起對共賞慈悲他日趨廷
獨推誠實知識慕善道品所有居先伴侶求真度法由其
見託居士之宗黨也若廼上棟下宇空寂為輪奐之資凈
服名衣慚愧入裁縫之用開八正之路則衆馬交馳坐四
禪之床則身心不動智惠之果秋垂無漏之林凈妙之花
春發惣持之苑禪悅為味詎假珍羞解脫充漿寧思玉液
奏法音之樂則絲竹藏聲燒異品之香則旃檀罷郁居士
之遊處也於是隨意所轉覺路遐通應緣而攝梁津尅濟
恢勇猛之志則火生蓮廣　虛之因則水中現月法本希
有若都優曇之花道之將行大備具多之葉舉閻浮之國
士禮敬忘疲想毗耶之人天聲塵不朽居士之遺跡也得

其道者則三乘弟子羞稱多聞行其法者則七種學人莫
不愛樂是致四天讚仰而無假十地攀接而無階王者賓
而九有清群生聞而六念作雖驪龍改地共尊金粟之儀
水土迁行長奉寶臺之供我國家神明造物聖政調時滌
瑕穢而玉鏡清刮洗訛而摛大村牢籠七十七代欝映萬
八千年率土之濱罔有弗（一作不）蹕普天之下共惟帝臣京
坻積而銅爵鳴鍾皷和而玉羊現將益四生之福爰開十
善之因精舍廣袛陁之園列郡揚淨名之教萬姓資其分
別八方暢其休明天地平成於是乎汲引在江寧縣瓦棺
寺變相者晉虎頭將軍顧愷之所畫也爾其上纓珠斗下
控金陵六代為天子之都三分入王孫之國禮讓流行之

地英靈誕秀之鄉鷲巖分虎踞之山鳫塔桃盤龍之水愬幽閑與形勝則兎官之寺焉昔有晉莊嚴净域時梵侶以規模雖廣彫飾未周求念粹華每疚懷於須達共成圓滿而假力於擅那凡厥施財莫匪鳴剎顧君乃連扣資數百竿逾千萬大衆貽愕不知其然君習氣精微洗心閑雅雖纓弁混俗而績素通神乃白錙徒令其粉壁於是登月殿掩雲扉考東漢之圖採西域之變妙思運則冥會能事畢則功成神光謝而晝夜名聖容開而道俗覩振動世界謂彌勒菩薩下兜率之天照耀虛空若多寶如來踊耆闍之地由是士女駢比擁路爭趨車馬軒轟傾都盛集玉貝交獻須臾而寶藏忽盈青鳧亂飛俄爾而銅山崛起納緡帛

者繼踵施衣服者　肩當鳴剎而雖則可驚不崇朝而過其本數非天数疑衍精義入神者孰能與此乎雖江山寂寥居處緬邈年移代改留侯歎過隙之駒是人非丁令化遼域之鶴由是觀其道場妙矣謂應供而來儀床枕儼然疑有懷於問疾目若將視眉如忽嚬口無言而似言鬢不動而疑動豈冊青之所歎詠相好之有靈哉預禮者肅如在之心瞻仰者發歸依之念信受演說之旨大布於人天住持負荷之規實存於牧宰刺史楊令琛懷軌物之量韞不代之才五服當列土之榮千里負專城之寄移風易俗頻推董相之帷揖道歸真再擁文侯之慧長史薛宏仁賢雅望迈德於仲舉之輿司馬成景一作暈賀以卿相高才屈跡

於七元之驥俱遊六藝貯籯金而常滿共逢三朋攬衣珠而求悟縣令陸彥恭夙神俊邁境宇恬虛雖馴雉已彰實割鷄焉用風亭月牖還開見寶之詞石岭泉清頗愜分襟之賞脩菩薩之行則仰之彌高見宰官之身則威而不猛相門出相茲焉在茲佇聞摶擊鵬翮栖遲鳳沼豈徒播茲風化奏彼絃歌而已哉丞鄭孝義逸氣飛騰英懷倜儻擢命世之標幹揮含人之符彩我之自出鳳樓鳴五色之鶵家之積善牛渚降九派之族宏才博學再闕康成之門愛客好賢重覩當時之驛朋友推其令譽人吏偃其高風歷州縣而暫勞獻鹽梅而詎遠主簿于植才藝早著水鏡長懸將騁驥於高門先漸鳴疑作鴻於下位尉史惟清以雍容

儒雅門專秉直之風以磊落才雄巖引乘箕之宿則知龍駒千里非黃綬之所羈鵠子九皐惟青天之是矚家衆不墜望台鉉而相輝堂構克隆見公侯而必復寺主雲影及徒衆并諸寺大德等並法身挺秀覺意圓明岳拔提之尊號懷盛明之忍辱四十二之賢聖接踵比有一十八之虛心持目想勇猛精進將意耳而齊驅博達多聞與阿難而並騖宣言論辯了有頡鷳著體性利根更嘉鸞掘故能經行不倦極濟忘疲模楷四流笙篁二諦邑人左補闕馮宗石拾遺孫處玄等並資忠履孝抱義懷仁凝大江之精靈糵高山之景行莫不衛門育德華省馳聲或長揖九徵或光膺八命所以東南甚寶江左有人焉既而道俗披誠賓僚

訖欽濫見推於相箕遠不讓於當仁弟子謬忝詞場摧桂林之秀言贍法宇早從祇樹之遊覩泡影之皆虛悟聲色之非實雖心爲形役而志與道俱思惟必在於佛乘夢想無忘於梵行觀居士之跡不可思議聞居士之言得未曾有恨不親承聖旨捧袂於不二之門躬奉尊顔跪履（一作屣）於大千之界託菩薩之下位共拂天花接比丘之末得（一作行是）同窺聖果昔讃舞鸞之化每有頽於榆楊今從問鵬之遊豈得默而無述爾時欲重宣此義是以敢作銘云其詞曰元氣浩浩大匠存存鎚鏞精粹折托乾坤四生有劫六趣無門愛流夕漲塵飛晝昏（其一）巍巍哉世雄應期來現妙矣居士隨緣利見大庇生靈遂荒基殿刼塵遐邈恒沙法遍

（其二）空牀寂寂虛實閑閑文殊奄至波旬遽還拔毛沃海剖芥藏山地分珠柱天潤玉顔（其三）智惠無邊威靈具足廣延寶坐高蹈金粟振動人天津梁道俗火宅垂蔭幽徒炳燭（其四）於赫有晉像教斯傳續事　矣靈儀在焉神光夕照瑞相朝圓杷如電掣皎若星懸（其五）我皇垂拱誕膺寶位控引四流陶鈞萬類法闡妙有靈通夢寐政事以和物無不利（其六）天陰南斗地擁東吳江山作固臺壘稱都俗富英傑人多給孤莊嚴結搆炳煥規模（其七）瞻彼邦邑媚兹寮寀化偃一同馨馳四海氷玉常瑩松筠不改廼睠道場肅焉如在（其八）薄遊淨域永念毗耶香如致飯衣似持花顒容示疾答齒降邦室懷方丈會想無遮（其九）杳杳三界茫茫九有瞻仰睟容思惟受手式刊真石僉圖不朽盛列鴻名天長地久（其十）

西京千福寺多寶佛塔感應碑　岑勛

粵若妙法蓮華諸佛之秘藏也多寶佛塔證經之踊現也發明資乎十力弘建在於四衣有禪師法號楚金姓程廣平人也祖父並信著什門慶歸法胤母高氏久而無姙夜夢諸佛覺而有娠是生龍象之徵無取熊羆之兆誕彌厥月炳然殊相岐嶷絕於葷茹齠齔不爲童遊道樹萌芽聳豫章之植幹禪池畎澮涵巨海之波濤年甫七歲居言厭俗自誓出家禮藏探經法華在手宿命潛悟如識金環惣持不匱若注瓶水九歲（一作載）落髮住西京龍興寺從僧籙

也受具之年昇座講法頓收珍藏異穹子之疾走直詣寶山無化城而可息爾後因靜夜持誦至多寶塔品身心泊然如入禪定忽見寶塔宛在目前什迦分身遍滿空界勤行聖現業淨感深悲生悟中淚下如雨遂布衣一食不出户庭期滿六年誓建茲塔既而許王瓘及居士趙崇信女普意來稽首咸捨珍財禪以爲輯莊嚴之因資爽塏之地利見千福默議于心時千福有懷忍禪師忽于中夜見一水發源龍興流注千福清澄泛灔中有方舟又見寶塔自空而下久之乃滅即今建塔處也寺内淨人名法相先於至地復見燈光遠望則明近尋即滅竊以水流開於法性舟泛表於慈航塔現兆於有城（疑）燈明示於無盡非至德

精感其孰能與於此乃入禪師建言惟然歡愜負穃荷鍤于
槖千囊登登憑憑是板是築灑以香水隱以金椎一作鎚我
能竭誠功乃用壯禪師每夜於築階所懇志誦經勵精行
道毅聞天樂咸嗅異香喜歡之音聖凡相半至天寶元載
創構材木肇安相輪禪師理會佛心感通帝夢七月十三
日勅內侍趙思侃求諸寶坊驗以所夢入寺見塔禮問聖
夢有孚法名惟肖其月賜錢五十萬絹千疋助建脩也則
知精一之行雖先天而不違純如之心當後佛之授記昔
漢明永平之日天化初流我皇天寶之年寶塔斯建同符
千古照有烈光于時道俗景附檀施山積庀徒度財功百
其倍矣至二載勅中使楊順景宣旨命禪師於花萼樓下

迎多寶塔額一作顯是遂總一作揚僧事備法儀宸睠俯臨額書
下降又賜絹百疋聖札飛雲動毫龍之氣象天書之桂一作挂
天女桂塔駐日月之光輝至四載塔事將就表請慶齋歸功帝
力時僧道四部會逾萬人有五色之雲團轉一作輔塔頂衆
盡瞻仰莫不胥悅大哉觀佛之光利用賓於法王禪師謂
同學曰鵬運滄溟非雲羅之可頓心遊寂滅豈愛網之能
嘉精進法門菩薩以自強不息本期同行復遂宿心鑿井
見泥去水不遠鑽木未熱得火何階凡我七僧聿懷一志
晝夜塔下誦持法華香煙不斷經聲遞續因以為常沒身
不替自三載每春秋二時集同行大德四十九人行法
華三昧尋奉恩旨許為恒式前後道場所感舍利凡三千

七百一作十粒至六載欲葬舍利豫嚴道場又降一百八粒
畫普賢變於筆鋒上聯得一十九粒莫不圓體自動浮光
瑩然禪師無我觀身了空求法先刺血寫法華經一部菩
薩戒一卷觀普賢行經一卷乃取舍利三千粒盛以石函
兼造自身石影跪而載之同置塔下表至敬也使夫舟遷
夜壑無變度門刼算墨塵永垂貞範又奉主上及蒼生寫
妙法華經一千部金字三十六部用鎮寶塔又寫一千部
散施受持靈應既多具如本寺其載勅內侍吳懷寶賜金
銅香爐高一丈五尺奉表陳謝手詔批云師弘濟之願感
達人天莊嚴之心義成因果則法一有施財二字施信所宜先也
主上握至道之靈符受如來之法印非禪師大慧超悟無

以感於宸衷非主上至聖文明無以鑒于誠願倬彼寶塔
為彰梵宮經始之功真僧是葺克成之業聖主斯崇耳其
為狀也則岳聳蓮披雲垂蓋偃下欻崛以踊地上亭盈而
媚空中晻晻其靜深旁赫赫以弘敞礝磩承陛琅玕綷檻
玉瑱　居楹銀黃拂戶重簷疊於畫栱反宇環其壁璫
坤靈贔屭以負砌天祇儼雅而翊戶或漁疑肩架鷲鳥肘
挼脩蛇冠盤巨龍帽疑抱猛獸勃如戰色有奭其容窮繪
事之筆精選朝英之偈讚若乃開扃鐍窺祕奧二尊分座
疑對鷲山千佛發題若觀龍藏金碧炅曜環珮葳蕤其於
列三乘分八部聖徒翕習佛事森羅方寸千名盈尺萬象
大身現小廣座能卑須彌之容欻入芥子寶蓋之狀頓

覆三千昔衡岳思大禪師以法華三昧傳悟天台智者爾
乃寂寥罕契真要浩法不可以久廢生我禪師克嗣其業
繼明二祖相望二年夫其法華之教也開玄關於一念照
圓鏡於十方指陰界爲妙門驅塵勞爲法侶聚沙能成佛
道合掌已入聖流三乘教門惣而歸一人萬法　我爲最
雄譬滿月麗天瑩光列宿山王映海蛾蛭群峯嗟乎三界
之沉寐久矣佛以法萃（疑華）我爲木鐸惟我禪師超然深悟
其貌也岳瀆之秀氷雪之姿果脣具齒蓮目月面望之厲
即之温覩相未言而降佛之心已祕躅傳正觀之精茂或
名高帝選或行密衆師共弘開示之宗盡契圓常之理門
人慈務如嵓靈悟空法濟等以定慧爲文質以戒忍爲剛

柔含朴玉之光輝等檀㫋之圖繞夫發行者因因圓則福
海廣超因者相相遺則惠林深求無爲於有爲通解脫於
文字舉事（疑作衢）理含毫強名偈曰佛有妙法比象蓮花圓
頓深入真静無瑕惠通法界福利恒沙真其寶所俱乘大
車（其一）於戲上士發行正勤緬想寶塔思弘勝因圓階已就
層覆初陳乃昭帝夢福應天人（其二）輪奐斯崇爲章静域真
僧草創聖主增飾中座眈眈飛簷翼翼蕣靈感歸於帝力
（其三）念彼後學心滯迷封衢昏（一作昏衢）未曉中道難逢常驚夜
枕還懼真龍不有禪伯誰明太宗（其四）大海吞流崇山納壤
教門稱頓慈力能廣功起聚沙德成合掌開佛如見法爲
無上（其五）情塵雖雜惟海無漏定養胎染生死迷轂斷常起
縛空色同謬簷匐現前餘香何嗅（其六）形形法宇繁我回依
事該理暢玉粹金輝惠鏡無垢慈燈照微空王可托本願
同歸（其七）

文苑英華卷第八百五十七

文苑英華卷第八百五十八　碑十五

釋九

大唐泗州臨淮縣普光王寺碑一首

嵩岳寺碑一首　大相國寺碑一首

海州大雲寺禪院碑一首

大唐泗州臨淮縣普光王寺碑　李邕

嘻代人以塔廟者即有象（一作爲）也儀像者非有相也邕嘗論之未始諒矣其或執之於我安住爲十切之塲什之於空循捨得一如之智皆所以頌其顯酌其心必於無作之時敷弘正法之故俾或禮或見能超因因之緣若我若人盡登果果之業則曷爲不應曷道不行豈空寂之門獨階

遜入事相之地遂阻圓明者哉普光王寺者僧伽和尚之所經始焉和尚之姓何何國人得眼入地能朔初忽乎西來飄然東化獨步三界遍遊十方烏飛於空月見於水泥鍵鐵鎖降伏貢高長者錦書散除文字深以慾爲晉器道寔法鈞消一無於太常越諸有於真際豈徒福河灌頂慈雲覆身舉手而安瘉四因動足而與復三見或以沉香作炭有枉言者則誘而進之沙末求珠不知其量也（一作則者）何而責之香象之行雖極水底神龜之出亦兼陸道因如法如自得定力有作無作冀是福田嘗縱觀臨淮發念置寺以慈悲眼目信義方寸興廣濟心儀普照佛光相繞覌瞻仰巳多遠近簪裾往來舟楫一歸聖像再謁真僧作禮祈祥焚香拔苦觸塵者庇如來之影聳毛者荷師子之威信施駢羅建置周布繚垣雲矗正殿霞開層樓敞其三門飛閣通其兩舖舍利之塔七寶齊山净上之堂三光奪景於製造也未綴于手荷德名也巳聞於天中宗孝和皇帝遠降綸誥（一作詔）特加禮數延入別殿近盜重玄德水五瓶霑濡紫極芾露一斗福潤蒼生乃請寺名仍依佛號中宗皇帝以照言犯諱光字從權親覲御書寵題寶額垂露落于天上飛翰傳於國中其末也廣內慶齊其至也連城歡逆窮憑筆貴獨爲右軍寺爲額高更因天子每名晨大衆瞻禮嬉遊上昇門基直視川野巒阜巋嶙而屏合淮水逶迤而帶長邑壓助其雄商旅增其大茲爲勝也曷以加焉

和尚口雖勿稱緣乃有以知變易之道廻軒少留衆生可悲菩薩亦病示疾同盡唯識永在嗚呼以景龍四年三月二日（傳灯録作景龍三年三月三日）端坐棄代于京薦福寺跡也孝和皇帝申弟子之禮悼大師之情敬漆色身謹將法洪仍造福度門人七僧賜絹三百匹勑有司造靈轝給傳遞百官四部哀送國門以五日還至本處當是時也佛像流汗風雨變容鳥悲於林獸號於野矧伊慈子降及路人乎過去僧惠嚴（傳灯録作慧儼）等主僧道堅弟子木義等並持床有義失勢無追施法立齋知時明物問隊舊業克嗣前脩攀（一作係舉）儀形建崇塔院植娑羅樹表蓮花臺宛然坐而不言欲爾感而皆應懺則殃滅求則福生（一作興）雖日月巳綿而靈變

如在歸依有衆檀施孔多鯨鐘萬斤罠寬六種講筵七架開導四生清凈之身更疏浴室涅槃之餕別構食堂可謂能事畢矣喜願并矣宜八部之宅以致諸天廻首自然樹懸密語印文地現五風轉柔潤（一作閏）之音千燈熖光明之色構之者罪花彫落信之者燋（一作福）種萌生雷響發其六牙珠彩澄其二水州牧杜公惟孝其直如箭其絜如水（一作有）（撤屏書明板書作又八字）地壓淮上城遷泗中民勤於勞物集（一作告）其利長史宗公（公字一作子嗣全）司馬盧公或清節首公文雅形國或禮容虛已堅操動將臨淮宰薛欽行等或主諾條流庭無置對或子人簡德邑有歡康並豎位大（一作天）車正信超士興二道之教發一師之因相與累贊經身長懸覺道樹

不朽之德弘未來之功是刻豐碑以光盛美其詞曰

惟普照之大身兮杖菩薩之右臂粵靈瑞之可聞兮固昭成之難值期一會之來思椎萬華之善（一作檀）施弘住持之信受廣事相之該備豁川陸之雲龍椎城邑之頹雉辟天師於九重徧人王於十利嘉寺旁之立名寵聖札之題字追已滅之化身了見在之文義貯儀形於空塔存詞謁（一作疑）於金地無憾而不除福何求而不致副真僧之貞實接群公之雅器播末日於山河刻巨石於淮泗

嵩岳寺碑　前人

九人以塔廟者敬田也執於有爲禪寂者慧門也得於無物今之作者居然异乎至若智常不生妙用不動心滅法滅性空色空喻是化城竟非住處所以平等之觀一洗於有無自在之心大通於權實導師假其方便法雨任其根莖流水盡納於海壖聚沙俱成於佛道大矣廣矣不可得而談也嵩岳寺者後魏孝明帝之離宮也正光元年牓閑居寺廣大佛剎殫極國財濟僧徒彌七百衆落落堂宇踰一千間藩戚近臣逝將依止碩德圓戒作爲宗師及後周不祥正法無緒宣皇悔禍道什中興明詔兩京光復二所議以此事爲觀古塔爲坛八部扶持一時靈變物將未可事故獲全隋開皇五年隸僧三（一作二）百人仁壽一（一作二）載改題嵩岳寺又度僧一百五十人逮豺狼恣睢龍象凋落天宮墜構劫火潛燒（一作潛燒劫燒然）唯寺主明藏等八人莫敢爲

尸不暇匡徧且王充西拒蟻聚洛師文武東遷鳳翔巖邑風承羽檄先應義旗輓粟供軍悉心事主及傳奕進計以元嵩爲師凡曰僧坊盡爲除削獨茲寶地尤（一作夫）見褒崇實（一作賞）典殊科明敕洊及不依廢省有錄勳庸特賜田碾四所代有都維那惠果等勤宣法要大壯經行追思前人髣髴舊貫十五層塔者後魏之所立也發地四鋪而聳陵空八相而圓方丈十二戶牖數百加之六代禪祖同示法牙重寶妙莊就成偉麗豈徒帝力固以化開其東七佛殿者亦曩時之鳳陽殿也其西定光佛堂者瑞像之戾止昔有石像故現應身浮于河達于洛離京轂也萬輩延請天柱不廻惟此寺也一僧香花日輪俄轉其南古塔者隋仁

壽二年置舍利於群岳以撫天下茲爲極焉其始也亭亭孤興規制一絶今茲也巖巖對出刑影雙美後有無量壽殿者諸師禮懺誦念之場也則天太后護送鎮國金銅像置焉今知福利所資演成其廣珠幡寶帳當陽之鋪有三金絡花鬘備物之儀不一皆光（一作相）潤利（一作秋是）月色陵遲卌窮海縣之國工得人天之神妙逍遥樓者魏主之所構也引流插竹上激登樓菱鏡漾於玉池金虬飛于布水食堂前古鐵鍾者重千斤函二十石正光年中寺僧之所造也昔兵戎孔殷寇榛偕作私邑竊而爲寶公府論而作仇後有都維那惠登發夕（一作力）通夢進明獨往以一巳之力抗分衆之徒轉戰而行踰晷而至雖神靈役鬼風雨移山

莫之捷也西方禪院者魏八極殿之余趾也時有遠禪師座必右山行不出俗四國是仰百福攸歸明準帝庸光啓象設南有輔山者古之靈臺也中宗孝和皇帝詔於其頂追爲大通秀禪師造十三級浮圖及有提靈廟極地之峻因山之稚華夷（一作戎）聞傳時序瞻仰每至獻春仲月諱日齋辰鴈陣長空雲臨層嶺委鬱貞柏掩映天榆迢（一作超）進寶階騰乘星閣作礎者便登（一作發）師子圖造者更攝蜂王其所内焉所以然矣若不以達磨菩薩傳法於可可付於粲粲受於信信恣於忍忍遺於秀秀鍾於今和上（一作尚）寂皆宴坐林間福潤寓内其枕倚也陰陽所啓居四岳之宗其津梁也密意所傳稱十方之首莫不佛前受記法中出

家湛然觀心了然見性學無學自有證明因非（一作無）因本末（一作來）清淨開頓漸者欲依其根設戒律者將攝乎亂然後微妙之義深入一如廣大之功遍滿三界則知和雅所訓皆荷法乘慈悲所加盡爲佛子是以無言之教響之若山不舍之檀列之如市則有和上姪寺主堅意者憑信之力統僧之綱崇現前之因鳩最後之施相與上座崇泰都維那曇慶等至矣廣矣經之營之身田底平福河流注今昔紛擾雜事夥多是以功累四朝法崇七代感化可以函靈應緣起所以廣玄河（一作成）故得尊容赫曦光聰日月厦屋弘敞勢變山川回何有足度四生鍾重有足安萬國豈伊一丘一壑之異一水一石之奇禪林玲瓏曾深隱見

祥河皎潔卌艘澄明而巳哉咸以爲表於代者業以成形藏於密者法亦無相非文曷以陳大略非石曷以示將來乃命道奐禪師千里求篆一言書事專積（一作精）毋極臨紙屢空媿迷津之未悟期法王之可通其詞曰

西域傳耆闍山世尊成道于其間於南部洲嵩岳寺達磨傳法於茲地天之柱帝之宮赫奕奕兮飛九空禪之門覺之徑密微微兮通衆聖鎮四國定有力開十方惠有光立豊碑之隱隱表大福之穰穰

大相國寺碑　前人

夫聖不徒作作必有因化不徒開開必有攝故大事所會一法所傳若天若人或賢或達雖萬牙出地而三獸渡河

使不聞者聞未悟者悟豈虛也哉此寺伽藍古廢建國有濮州之像自安業而來及逝將復歸堅守常住人至萬且千飛聲殷雷用壯敵國坐如嵩泰安如須彌有若部人郭寶者生心起謗　目失明有若部人陳振者興言詆徒喉腫及舌皆追悔自昔痊平在今或沒身爲奴或鑄鍾依佛延和初載奉詔改爲大相國寺復置額焉先天中內府降財御書題額（榜一作）睿宗通夢靈應肇發臨遣碩得僧真諦載馳載驅乃慰乃止昭宣渥命寵錫神幡吏人候迎法侶圍繞駱驛里羅郊原者不可勝計夫以金仙聖容之表先主感之代邸嘉名之舊先主標之筆精池水之妙先主躬之故能鍾乾坤激日月景光遐燭德寓弘覆𣅀云比也我

開元神武皇帝受天元禧祚國傳寶睠九族叶萬邦功濟而業成道光而孝理惠康父子義結華戎寰瀛之濱大輿之上顒顒而戴欣欣而懷遠識路于茲（慈一作）寓目于茲（一作）慈者莫不瞻大明欽聖禮仰天性而泣遺澤荷慈氏而歎堅林形力者罔告勞檀施者罔辭費莊嚴不獨于示相功德何止於無爲碁布黃金圖擬碧絡雲廊八景兩散四花國土威神塔廟崇麗此其極也雖五香紫府大息芳馨千燈赤城永懷照灼人間天上物外異鄉固可得而言也上坐知隱寺主元深都維那上智儼皆妙覺圓常對境亡境彌入後地因如得如合之不離混以相濟咸以爲他方所至廣法界惟三虛空所至弘度門惟一況乎實相感通之

應聖跡飛動之神安可默然聲闕題紀者已乃作頌曰佛法住持正教弘益真容見寺先帝書額藩邸鴻名建國前跡我皇孝理我人光澤日月明明家邦赫赫觀妙追遠懷恩惟昔八部莊嚴四天感激以式永代是紀豐石

海州大雲寺禪院碑　前人

天也地也攝生之謂玄造日也月也容光之謂神功然亭育之仁可幹終滅照明之力未焯昏霾故熱惱積薪刼燒難爍驚波巨海沃焦自淵獨有導師空王禪那宴寂一念首安住之域加行證無爲之階密教內修莊嚴外度雙引相應並照兩忘然後生無生淨名不去照無照了義能覺蘘菩提之炬則枳棘滌除檝般若之航則橫流既濟湛四

禪於中道超三有以上征精舍攸躋（脩一作）度門斯盛其此之謂矣與有寺之良背山之前臨有礭師禪師旁者武德八年邦守蕭公諱頲護法之所建也周目環郭澄心際海示（亦一作）既一味實無絫（終一作）生夫憑其高宅其勝曾近俗諦或乘法師且水出於冰凡作於聖雖曰醜地猶是道場矧乃妙有孤標寶相靈變入我室觀我形者哉施及貞觀歲有等觀禪師繼前必承後問分之則別位二事合之則同列大空坐於斯竟於斯鳴藏四益風驅百爲火焮棟宇崩落象設傾低先天中有惠藏禪師聞之斯行居而不住妙齡強植勁節老成被甲律儀下帷經藏方丈之室將歷十年簞瓢之飡日常一食信爲法本悟寶如宗簡珠圓明

經（一作紅）蓮清淨剃髮結（音髻）落亡境受於衆生起了於心（一作身）緣覺被於物是以興補舊塔建置尊容彌陀當其陽菩薩侍其側四大海水惠眼啓明五須彌山毫相崇絶有若稽義擴實沿名討因都極樂之大郊壽無量之景命備如昔者（一作昔如昔者）稱讚觀厥音聲克濟斯艱廼復千遠則有階地超越自在神通發弘願心得大勢用皆所以濡火宅軔勉輪按地者結業坐開入影者苦（一作昔非）趣以息粤若殫財竭力刻楄雕題積四三（一作四）年模造化意寶殿蔚以雲構金山煥其日臨豈徒然哉夫壯麗者將以重威神儀形者將以攝歸止或離性解脫或見作隨緣藥草寓其根莖雲雷感其方類即說非說若通不通惟三獸之度河廣一子之

來學禪師以爲默則絶教言則牽文苟心事於化人豈迹留於捨法會議斲石僉允圖（一作功）邑來守是邦偶聞茲事依僧依佛何日忘之在家出家惟其常矣頃者下檄湖海申明捕殺鱗羽咸若災疹以寧救蟻雖尚於沙彌涸魚每憂於釋種祈寒則怨童子何知率三省於短懷寄一塵於實地別駕弘農楊公守堅字越石本枝膺胄胤岳靈直道守公智印觀法司馬瑯琊王公元勗字固禮高闊襲吉皇士令名資位升聞妙意融朗盛矣美矣左之右之時有（一無有字）新羅通禪師五方（一作力）上乘一門深入利行攝俗德水浮天讚而演成恭而有述其詞曰

覺羨之將衆始生終滅昭回之明內昏外徹陰入不斷心起難折靈海慾深洪鑪火熱倬彼大師超然正覺亡境息想示法流渥絶生死岸破煩惱殼度門光啓住地玄邈傳灯三葉（或作乘）分座一義象設儀形莊嚴地位有爲不染無相能離荀曰法乘莫非種智古者豐石抗之高山紀事標柱（一作杜）銘勳列班膺茲妙有運彼玄關則百伊昔粤吾無間

一作皆唐文粹

文苑英華卷第八百五十八

文苑英華卷第八百五十九　碑十六

釋十

鄭州大雲寺碑　李邕

恭惟黄屋者昇唐堯之大雅精舍者昌什迦之廣乘將以示崇高弘誘進俾夫壯麗加于四海瞻仰攝於群情酌言求圖即理一貫矣大雲寺者鄭國慈縁之所建也覩其肇允枚卜爰適底居所感彌多光靈滋茂固以星晷上憲人紘下稽執天物之大中合玄宮之妙相豈止宅豐壤盤名

州厦屋雲陰沙門玉立而已於是象設巨麗法供魁殊尊容乃神靈眷所仗則有寶座蓮動現身金光不同於凡後歸于静至使彌留咸華遠人孔殷香饌比肩花蓋擊鼓一心不起則從願應如二見無物則隨施逾疾故能飛名勝出福履嘉祥昭升累朝發弘歷聖粤我高祖光皇帝俟時登庸從縱一作觀典感弃駕尚軔五轉欲承鳳難疑爵雲龍聊宵極馳慮想於幽贊禱法力於大權創建滌象一軀植浄根也洎我高宗天皇大帝纘祖匡業繼明德暉萬流澄瀛八風叶律齊致功於化造將有事於岱宗道由是邦言念茲者寺中留綉像一鋪實也丁厥則天皇大后奉遺托祗與權改物毋儀霸迹政神器追惟乾蔭永動皇情明啓度門宣遊覺路乃降綉像一鋪廣也如崇建塔宇附麗朝闕愚縣官之力王府之財中使望匠人經始則有之矣未或介在草僻居里閭發皇明於日中落寵錫于天上有如此之盛者也日者通莊載堙繚垣式遏門途弗敞面勢匪宏浮雲在天蝦蟆蝕月具瞻者渴高明之歎歸止者憤鬱之心寺主俗姓李氏名婆諦隴西姑臧人也發趣如因彌入禪寂雖獨得斷相而同人有爲乃陳詣府庭移牒省闥引仍舊之直矯易恒之枉申報曠祀奔走宣勞終于訟真成我道勝是以頹墉填塹焚萊平場廣途褰開曾構踴出疑若當陽谿若捷徑洛師之道盪胃泠然決渠滎波之水所謂形便得裝嚴具行李榮觀群郡一作邑

景矣長史河東柳冲府君道融至和性與元德從心然譜遊双翰林推轂演成誓言同事是刊厥懿豈伐于功其詞曰

鄭之法宇兮在城一隅大椎應感兮休徵有殊累聖克念兮象設三鋪佛身圓對兮神光發圖乃奉靈勝兮至自彼都面勢推惟一作隔兮頹垣朽株南望不及兮鬱然坐拘觀者竹貽兮頹履夷途碩德感發兮執心匪渝豈用歷紀兮茲事乃教刻石傳懿兮表此亨衢

楚州淮陰縣婆羅樹碑　前人

覩厥好德存樹愛人及烏有情不忘雖小可作夫施及者也則有宗廟加敬墟墓增悲覩物可懷比事期廣此觸類

者也矧及通感靈變玄符聖迹根抵淨土碩茂佛時燭金山之祕影聯玉毫之殊相至若渥日法會荼毗應身雙樹之間光覆僧祇之衆安可混曜散木比列清林議上茅之生喻堅固之神造者也婆羅樹者非中下物土所宜有者巳婆婆十畝映蔚千人密幄足以綴飛飈高蓋足以轉流景惡禽翔而不集好高止而不與巢有以多矣然深識者雖能（疑）徊仰止而莫知宜識傳物者雖沉吟引稱而莫辨嘉名華葉自奇榮枯常異隨所方面頞貞靈應東瘁則青郊苦而歲不稔西茂則白藏泰而秋有成惟南匪他自北嘗爾或季春肇發或仲夏萌生早光豊隨晚暮儉若且槁莖後吐芬條前秀差池旬日奄忽齊同無今者（疑）可殊非

物理所測古老多怪時俗每驚巫者占於鬼謀議者感於神樹證聖載有三藏義淨還自西城（疑作域）建（疑作逮）茲中休宿因依齊戒瞻嘆演夫本處真之舊間（疑作闕）原其始也榮灼道成之際究其來也權藏薪盡之余或森列四方或合并二體常青不壞應現分榮變白有終示滅同盡昔與什迦葉首今爲群生立緣夫佛病從人（一有來字）大慈感故樹萎因物悲理然化能分身半枯即是以有合相後茂還齊宜其表正聖神靈既品彙以變見一攝而稱讚十方者也淮陰縣者江海通津淮楚巨防彌越走蜀會閩驛吳七發枚乘之丘三傑楚王之窟勝引飛輿商旅接艫每至同雲冒山終風振壑官子惕息橋工疚懷魚貫延其萬艘霧集坌

於層渚莫不膜拜圍繞焚香護持復悔多尤廻析景福於是風水相借物色同和挂帆啓行萬艘駿邁浮山崛起而蹠巘慶雲亂飛而北峯雖電影施鞭夸父杖策罔可喻其神速局云狀其豁快者哉州牧宗子名仲康廣孝惟家大忠刑國播清政以主郡儀古式以在人知微知彰有禮有樂別駕扶風竇公名誠盈盛門貴仕懿懷令名利用以厚生明畧以營道上交不諂下交不黷司馬宗子名曰景虛受賢交幹用柔克退遜中律先後自公且觀麟趾之詩未弘驥子之任邑宰清河張公名松質貌自稚節忽乎傳（一作傳）聞始于能賦而彰中於成器而立牧人通忽徇物合權威肅攝於神明慈惠安其父母豈依政理自有才名莫不

淨慮（一作浮廬）一乘追攀八掛歎徒植而多感惟化生而求懷大啓上緣率以擅施碩直得多道暉寺主道玄上座道約都維那雲一寺皆妙覺圓常什門上首㡧金棺而既往駭堅林而在茲鄉里司徒玄簡戴玄景王玄珪張仁藝王懷儼劉元隱沈信祥等夙悟大師深入真際勤行進力護供儼莊楊州東大雲寺法師希玄廣派清流固祇懷本戒行有以鎮浮俗利言有以誨蒙求既憑籍於衆心亦謀明于獨得是標靈跡乃建豐碑其詞曰

政化之理兮耳棠猶存寶乘之妙兮婆羅是敦欽厥道成兮八相克尊感乎示跡兮一歸可捫與佛合緣兮榮落同時欻爾化生感變誰思休咎畧徵（一作休真咎徵）兮伺察不欺流

俗莫識兮綿曠鷲疑上人西方（一作邊）兮覩止僧悲發皇靈
覨兮堅固在茲方國傳聞兮想象悽其廻首正信兮頂禮
護持優曇千年兮曷足儀之

五臺山清涼寺碑　前人

上尊王之分護大千也甘露以洒之慈雲以覆之香風以
熏之惠日以暖之忽恍乎無相之體通凋（疑作洞）乎有形之
類演正法降毒龍在清涼之山苑經行之地其山也左溟
渤右孟津恒岳揭其前陰山屋（一作臺）其後五峯對聳四望
崇崇蓄陰陽之神秀含造化之奇特每至冊宵出日俯拍
雲霞清漢無波下看星月可以伴鷲嶺可以鬬蓮宮在炎
漢時卜中箭領用肇造我清涼寺在北齊時以八州租稅

食我緇徒焉歷代帝王莫不崇飾洎我唐開元天寶聖文
神武應道皇帝丕弘妙教大闡玄宗渥澤浸而恒河流景
福丞而鐵山固仍復舊號祗以修先是長安年中勑國師
德感供以憣花文殊應見于代且大神變法大光明儼兮
似或存倏兮無處所允稽首咸懷欣擇傍顧此身盡在光
影其畢棄咎乃罔不休示立諸相而無所立廣度群生而
無所度非大聖至神覆護其孰能如此者歟夫其清涼之
爲狀也壯矣麗矣高矣博矣靡可得而詳矣赫奕奕而燭
地崒巍巍而翊（疑作翍）天寒暑隔閡于簷梠雷風擊薄於軒
牖星樓月殿憑林跨谷香窟花堂枕峯臥嶺尊顏有睟像
設無聲觀之者發惠而興敬居之者應如而合道天花覆

地積雪交輝梵響乘虛遠山相答珍木靈草仰施而紛榮
神鍾異香降祥而聞聽淒風烈烈詎辨冬春奔溜潺潺不
知晨暮經所謂吉祥之宅豈虛也哉開元二十有八載帝
之元女曰末穆公主銀漢炳靈瓊娥耀質發我上願歸乎
大雄爰捨金錢聿崇妙力奉爲皇帝恭造淨土諸像欽鑄
銅鍾一斛之以七寶合之以三金影搖安樂之界聲震閻
浮之國足以滌除煩惱足以開鑿聾盲二沙門清白懷忠
置陳于禪林之院樹法幢以供之聲梵樂以安之惟時孟
秋月望慶雲出山西北圓光五百余丈有萬菩薩同見其
間前後感應不遽數意者其福我聖君乎天寶七載貴妃
兄銀青光祿大夫弘農縣開國男上柱國鴻臚卿楊銛奉

爲聖主寫一切經五千四十八卷般若四教天台疏論二
千卷俾鎮寺焉海墨樹筆竹紙花書密藏妙輪千童萬品
置之以寶案盛之以王箱上祇祐于君親下澤潤於黔庶
善夫上座曇財寺主神慶都維那智詵入妙覺海登大空
山大德忠翰（一作幹）智空曇開如岸王寶先覺蓮花不染高
僧清超淨法雲光庭觀谷陰禪枝嚴栖戒葉並鸞鳳比德
龍象叶心豈即舊而增脩亦惟新而超（一作起）構備致靈應
昭彰邑郡以爲智德斯遺靡籌稱謂句偈不忘式圖刊勒
敢承前短強述斯文銘曰
天作五山兮寔曰五臺山（一作臺）上出泉兮有龍爲災大聖
煦嫗兮戢毒徘徊西南其刹赫赫枚枚峯徵之上兮崒崔

崔嵬金容月滿兮寶座蓮開祈我聖皇兮其至矣哉以感以通兮爲祉爲福前際后際兮無去無來

台州乾元國清寺碑

李華

天寶十五載逆將犯闕塵翳郊廟上皇哀蒼生避狄幸蜀皇帝誓復君父之耻理兵于朔方避狄仁之盛也復耻孝之大也惟仁盛孝大故（疑）不逾年而收京師奉陵寢凶孽走而天降之戮化（一作元）氣和而人至于道巍巍乎堯舜之烈不足比崇天子齊心玄默運行慈煦爲（一作與）元吉卿士妙講（一作議妙）化之宗以爲五帝三王之道皆如來六度之餘也厥初生人降及中古君臣父子日用而不知故玄聖昇竺乾而師有古先生宣尼有言三皇五帝皆非聖者而西方有聖人其爲大千之尊乳育群聖明矣夫玉帛非爲禮之本捨玉帛則無以爲禮象飾豈施教之源捨象飾則無以爲教建塔廟爲禮（一作尊威）容履霜堅冰物有其漸於是卿士從兆人從九圍之中列刹相望矣盈川非古邑也襟東江西山因而城之寺在遠郊信者勞止自官吏耆耋至於商旅咸以津梁未建爲媿爲羞邑城之西有淨名廢寺背連山而面通川杉栝晝暝緇褐經行寒潭夕清車馬無聲境勝心閑十金果成耆壽徐君贊錄事徐知古等請於縣令隴西李公平平請于前刺史趙郡李公冊冊請於河南等五道度支使御史中丞京兆第五公琦琦聞於天子墨制曰可僧義璿等伏以乾元之初元惡掃除國步旣清廟易名牓因改曰乾元國清寺昭睿功也自所志（一作泊於）州縣之長僚吏以降多捨青白之俸微梓人求繪工爲民儲福爲佛成宮高殿倚雲長廊生風蓮花出界開在空中自江南無有是刹上座某等至某都維那某奉前佛之心印得輪王之髻珠第五公以上智利國人登宰輔李使君以全德公才持憲爲郎今刺史陳郡殷公日用忠武傑出長城江海尊知官司馬隴西李公乾嘉峻（一作俊）能操綱清可激俗縣令李令宗室大儒政之善者皆易簡詣於真境清淨符于度門醍醐勝味甘露妙源正性無說弘之在言其詞曰

東裔名刹西方樂土吳山倚垣越水當户揑松黝藹下有象潭龍在泉中水容耽耽景象光敝江湖氣含天清寶界地勇靈龕大聖蒸蒸動乎天地百神奔走戎服旣備命將誓師殄殲逆類奉迎太上開闢正位神人什憤品物咸遂鼓舞賡歌上通元氣無思不洽雜沓禎瑞輪帝御寓像法昭融項（一作須）彌四洲建大（一作大起）蓮宮俾彼盈川秀冠越中縣有德政州有名公奉宣睿謀爰度崇工（一作爰崇）梵侶開士慈雲惠風頌言上報聖壽無窮建表勤名堂堂乎鍾

文苑英華卷第八百五十九

文苑英華卷第八百六十　碑十七

釋十一

杭州開元寺新塔碑一首　李華

漢永平中佛教初至洛陽始置寺度騰蘭二（一作三）德古者官之庭府稱寺蓋賓而尊之比於曹署此其源也杭州開元寺梁天鑑四年豫州刺史譙郡戴朔捨宅為寺寺號方與名僧惠園營建之後處士戴玄范賓恭增飾之至開元

二十六年改為開元寺庭基坦方雙塔樹起日月逝矣材朽將傾廣德三年三月西塔壞因荒之後人頗莫展太常卿兼杭州刺史張公伯儀忠簡帝心威靜吳越駐車跪禮徘徊感嘆乃捨清白之俸為君為親修而復之兵部員外郎兼侍御史范公倫人之珪璋國之俊彥（四字一作碧者）法師什曇獻上座什雲卿寺主什崇遠都維那什惠達什法祥長樂寺什曇景等戒香扶其永誓道力護其成功于是斂南荊揚之巨材諸郡僱輸之藝匠竭耗神明三年畢事乙栗結化穿貫顯氣晃爚景象燦若鎔金距畢（疑作甲）躋高九為七級級有佛事環迴昫轉廛網通映如梵什宮踐乎上府俯視萬井有若棊布仰瞻望八宇雲在身下傍眺江山列在

掌端過乎阯謂傾峯動岸岌嶪其側既鏤以冊素飾以青紫（九字一作既雕既鏤以素以青浴綠漬紫）掀勝閃目百變百移如有靈物嵲（一作累）跪稜層霤鬼攢欒標江壓湖孤島突天不可名也霞照冊戶如開日宮風搖和鈴若下天樂聲徹有頂輪蔭空界影入清江形鎮大地所濟者廣巍巍度門先大德什懷亮住持之固如山不動先（一作老）法師什道貞華嚴祕宗香象至底先法師什藏暉三藏扃鑰吾方啓之過去人緣在世慈願不有偈頌其如佛恩華嘗官是邦感深霜露忝大常一面與兵部為寮敬申其美以佐法門之宏觀其文曰

亭亭揭堅迥出江甸秋天沈寥百里獨見如海浮來如地踊現以壯州邑以調群心餌藥解病依舟濟深御曹

郎署共布黃金

杭州餘杭縣龍泉寺故大律師碑　前人

大朴既雕淳源不復生人溺于迷妄自拔無由我梵惟哀之力現靈東方雷起群蟄間生龍象調御人天巍巍乎大明燭幽而品物知向矣噫稠林枝幹榮枯不息火宅煙焰起滅相尋於衆生速壞之身有諸佛常存之性垢衣纏寶而不見濁水求珠而未得法無高下根有淺深由是啓權那證入之門立毗尼攝護之藏土因水而成器火得薪而待燃惟此二宗更相為用律行嚴用（一無此字）奉則净無瑕缺戒定（一無此字）光深照則測見本源次修定門而自調伏云何為大定地雖傾而不動云何為脩我心雖寂而無住然後

登般若之岸上楞伽之峯以此身爲法身了無得爲真得或有黙脩玄契於文義受教頓悟於宗師不由門階徑造堂室微塵學者時得一人復有大悲空隘而不窮弘誓海涸而不盡俯從像法以導世間則我大律師其人也師諱道一字法崙餘杭嚴氏生族姓之家是爲因地作如來之子寔有本緣故祖考不書尊上乘也禮峻山岳神閑江海機對敏洽應受融明自織褓至於成童顔色無違視聽皆正年甫八歲辭親就師鴻鵠入冥自然方外蓮花出水不染泥一作世間十七預剃度隷龍泉寺受具于光州岸律師行相珠圓潨流鏡澈始就山陰聽岸講涅槃經師既歸而爲衆敷闡同時聽者奉以爲師恭惟此經佛最後說教旨

深圓故草玄著義法華經大事因緣授聲聞記口誦心奉誓盡當來金綱經滅度無邊悉離諸相誦起信論滌除邪妄開導心宗常所受持皆爲義什於華嚴入普賢性海於維摩得不二法門凡歷見聞莫非心證從文悟理也白日頓明于世界飛鳥自在于空中從理乘如也嘗謂天台觀門徃誓深教吾所歸也夫垢因戒净惠定以生未有愛尚存而坐登三昧每嘆曰持心繫于刹那求道本於清净使學徒解怠由軌範不明教之興衰在我而已矣乃護一席心必隨嘗講大乘方攝齊登座侍者布薦微爽律文即命撤席澣衣以俟明日其檢身激下皆此類也自是江南律學砥礪彌精矣至若齊場星列談座雲繞四衆仰山王之高萬里赴龍宮之會遠夷逾海而來聽長老順風而請益至仁生滅至辨成簡判折疑問若陽和觧氷弘敷妙理如止水觀月化童蒙爲上智伏我慢爲調柔引諸佛戒定之池浴衆生輕重之垢垢自流去池常湛然又以儒墨者般若之筌簹詞賦者伽陀之鼓吹故傳通外學時復著文在我法中無非佛事故李大理昇期崔河南希逸嘗撫本州麾幢徃復故成御史廣業令盧華州元裕兵部韓員外賞孤身郡邑綸綍洄沿及御人故汴州何司户寒同與叩絶韻於清風味玄機于末夕廬山師友今古一時誠願容弘崇脩本寺導容纓綱高殿揀宇工人殫其百櫨信士竭其千金佛宮嚴麗一方勝絶寫入藏經手自刊校學者賴

焉席常住因通給無闕凡聖均焉於天竺寺造慈氏變相憑高爲臺與衆均福光靈肹蠁如在會中永以報生育劬勞之恩光先師訓誘之德不離宴坐應者如歸天寶十三年春忽洒飾道場端理經論惟銅瓶錫伏留置左右具見五天大德十八羅漢幡蓋迎引請與俱西二月八日恬然化滅報齡七十六僧臘五十七生以其日滅亦如之昔同如來捨位之辰今是菩薩徃生之日古先大士無此明徵先時院庭有百合兩本對發白花光如月輪照於昏夜嗚呼慈雲既歸花亦彫萎物感如是人哀可知至其月日迁厝于寺之西偏江嶺淮湖緇麻縞素荼毗之會聲動山川寂寥原野人亡地古悲夫一爲人師六十年矣遠名利故

不遊京國樂閑安故不出户庭有請而方去故深慈寄行莫
得而究焉門人之冠者一行禪師惠䆮法師律梁寺乾應
律師蘇州東林寺懐哲律師湖州開元寺惠燈少明之記
長者寶藏脩身執持導師化城無處瞻仰眷屬之賢有若
族人神都等如來影中怖畏都盡力生令地哀號不窮以
華悅魯史之風尚竺乾之道追書本行見託斯文銘曰
苕溪教源因戒生定百千人俱見性清淨裂除意網磨拂
心鏡雖會一乘終脩萬行說法登壇天龍諦聽須彌峯頂
白月孤映彼迷方者從我得正報盡生盡歸自法身最朝
涕泣江上門人炬滅陰夜舟沉海津雪山靈草無復青春
欲報之德蒼蒼罔極既斷言語又非空色假言喻空觀我

為則

衢州龍興寺故律師體公碑　前人

器為外物挹泉者器有以濟饑渴也身為妄聚奉道者身
有以成大覺也泉不離器道不離身器存則饑渴洗除身
脩則大覺無礙故律為知見根本開入扃户持其要得其
宗者有若長老體公蓋毗尼之堂室尸羅之燈炬三昧之
舟筏也信安有名山名川山秀川清家為將宗母曰徐性
地靈開祐降神而生徐氏既孕夢婆羅門告曰姊當生男
詔興大法長老既齔好聚沙起窣堵波焚草為香採花為
供年十有五瓊章鶴姿兄為淨安寺上首乃往從學日誦
萬言兄歎曰吾祖父昆弟六人出家受習之速無其比也
年二十一通大乘小乘千紙如意年中配度淨安寺遊問
會稽遇光律師受其戒誦戒至三日屬衆僧布席登座宣
說無有遺文住洛京五年與本州策律師東陽超至法師
同講問為法門儀表萬歲元年歸信安稟受者千人由是
江南律範端嚴第一衲衣袒肩跣足行乞千蔣松竹繕造
僧房苦行貫天地大慈包世界於辯才得自在於文義得
解脫于人法得無我於觀照得甚深刺史徐嶠之率參佐
縣吏耆艾以降請居龍興寺迎供者多不知同日紛然辦
關聞於長老曰吾脩無諍三昧不唯自利弘願利人咄因
吾身生彼嗔恨乃別立一室室纔方丈晏然安居不踐門
閾刺史李暢跪請移居大方至於涕淚俯如其請因入法

華三昧口不息誦身不親席大事因緣我得心證請左溪
大師講止觀鑄鍾七千斤隣州長吏稽首延請結艦浮川
幢蓋彌望瞻禮萬計行無住悲建講堂門樓厨庫房宇畫
諸佛刹鑿放生池聞者敬觀者信聽者悟日月無私之照
江湖不言之潤如來權實之門其至矣哉收材江湖方構
佛殿群盜據州寺半為墟址如鳥巢形若枯木卤稍棄刃
稽首歸仁寶應二年六月九日自非繩床趺坐而威享齡
九十二僧臘七十一緇素號慟梵越悽悲至廣德元年十
二月三日焚于州西其原起塔安神諸佛之遺教也唯長
老貌清神遠仁深行獨卓為道器汪為法源謙非外儀質
乃內（一作哀非）至若調伏住持之固禮誦跪繞之勤耄期不衰

寒暑如一學窮必究理精必詣循自以爲功微道淺未足爲師真金純金萬寶之最也趺滅之夕則異香滿室閉塔之日則群鶴翔鳴信安王禕趙太常順真鄭庶子倬李中丞冊前相國李梁公峴皆爲此州躬往圖統趙太常敬因長老立文殊萬聖之象李梁公增感先人泣下雙林之間長老在世靈徵繁多日輪降照於梁端大龍脩敬于池上寒蒲一作莆擬擢于氷下彩芝之芝瑩於禪室慶雲覆會仰歎千人此其盛者弟子僧會藏爰自童蒙服勤左右四十年矣惠命阿難結集如來之言顏氏之子鑽仰素王之道杭州靈隱寺大德惠遠婺州開元寺大德清辨本州六度寺大德惠炬一作矩大乘寺主浩然本寺上座惠達寺主法會

都維那神奕等輪王之位我敬奉之妙光之法我敬行之爰請伽陁式播玄烈銘曰

付屬戒藏遵行威儀光還性静眞具會飛止法根本深仁得之蓮花不濡性本清淨彼上人者無時非定定不離儀儀不離性色身雖滅此滅皆寂寂然不動斯爲正真鎔金起塔京斷門人

荊州南泉大雲寺故蘭若和尚碑　前人

肇有含氣則鷹鸇逐鳥虎狼噬人人最靈于其間嗜欲萌而六根動利害交而五兵作文一作雲疑演乾坤至於性命老陳道德循於天下不必究因緣之本不知大千之廣而内盜方扇心塵益悖長圖合于三界猛焰流于四生乘時雷震

惟佛能救一作救世於是超六度之岸轉三乘之輪馭指南於迷路建高灯于黒夜翻海滅焰擎山潰圍蒼生既孤再獲慈母人天之奉大矣遠矣微塵法門吾道一貫承此印者歸乎上仁和尚諱惠真南陽冠族張氏也父大禮銀青光禄大夫坊州刺史靈除右闕慶延仁宗大夫人陳氏誦法華經屢有祥應既誕和尚休益康寧而象禰彌絜每帝聞誦經則止而聽之六歲發言輒諧經義七歲誦書日記萬言默誦一作尋法華經安樂行品因捨儒學專精大乘年十三剃度隷西京開業寺事高僧滿意意公門人皆釋侶珪璋和尚年幼道尊以爲之冠十六受十戒持護峻整名重京師進具經旨遍覽毗尼意謂未圓尋文果闕乃往天竺

求梵本至海上遇淨三藏自摩竭陁還淨公謂曰西方學者亦殊宗貫假欲詮正如異執柯一作執何因悉授所賚律集與之俱返纔二年間問不懸解續成手部名曰毗尼孤濟蘊始以五月十六日結夏安居僧聞盡愕喧然雷動門人來問答曰迦利底迦星此其候門人未達既而無畏三藏以五月十五日至京師衆僧怪而問故三藏曰五視一作是迦利底迦星合時來正當日結夏耳迦利底迦星即火星也由是緇林聳歎與聖人一無人字合符梵僧長老尚多初至長安和尚修謁膜拜方半多公喜曰爾非真耶留之座隅密付心要當陽弘景禪師國都教宗帝室尊奉欲以上法靈境歸之和尚衣疑請京輔大德一十四人同住南泉以

和尚爲首昔智者大師受法於衡岳祖師至和尚六葉福種（一作緟）荆土龍象相承步至南泉歷詮幽勝因起蘭若居爲地與心寂同吾定力室與空明同吾惠照躬行勤儉以率門人人所不堪我將禪悅至於捨寢息齋寒食止一味茶不非時賞遇歲荒野人茹草和尚如之門人勸諭對曰順正行事亦如來教也中宗聞之將以禮召時弘景禪師在座啓于上曰此人遥敬則可願陛下不知強也撰菩提心記示心初因開佛知見升堂入室者則必親授此外物（一無物字）祕之立教之宗以律斷身嫌戒降心過應捨而當在無行而不息離心色（一作色心）則凈凈皆亦離則無生內外中間無非實際要因四攝成就五身始以上觀悟入終於

蓮花正受平等法門究竟於此師子國目加三藏來謁嘆曰印度聞仁者名以爲古人不知在世（一作界）本國奉持心記久矣其尊稱微言冥究佛心而神槁（一作稿）遐域一行禪師服勤規訓聰明辨達首出當既奉詔徵泣辭和尚而自咎曰弟子於和尚法中痛無少分後與無畏譯毘盧經義有不安日以求正決於一言聞者洗心每謂以法授人不宜容易從人受法鮮克有終故耆來衆生悉蒙慈覆至於悟戒承法千無一焉或問南北教門豈無差別對曰家家門外有長安道又問曰脩行功用遠近當殊荅曰滴水下巖則知朝海又門　無信根如　何勸發曰兒喉既閉乳母號慟（一作奚爲）大悲無緣亦爲歔欷嚴而（一作端嚴）簡重慈而有威望門能進者寡矣弟尚書右丞紹真行備乎身德及乎人元老大保陸公象先名臣韓京兆朝宗宋兵部鼎常刑部盧舟僉契慈緣而承善誘如此其仁哉天寶十年二月既望北首右脅卧入禪定中夜而試然享齡七十九經夏六十報年之限涅槃之時同於如來昔日未曾有遺命門人曰聖教無服慎勿行之弟子正知法擧宗等哀聞大千感動他界先時雙泉竭大霧昏白光照室半若攢血法門無蔭之徵也刑部常侍郎時臨荆州躬護喪事以三月一日厝于西巖山林變哀鳥獸號咽有意于道者莫不摧心洒涕和尚質孤情山神瑩澄海妙聲宣布而剛強悽感慈眼運照而濁惱清涼使祥光洞明枯木蕃榮得舍利於神人教天龍於

冥晦其玄慈幽護則病者愈死者生高僧遥請而帝夢叶學徒聽法而天樂下昭聞殊方不可殫載初聞一行終天子賜謚曰大惠禪師及和尚滅度追謚同之二方如來皆同一號此其證也正知者闍梨持和尚心印槩法闍利轉和尚義輪以華聞風未懷俾強名道其辭曰

荆南正法大士相傳灌頂尊記乃吾師焉（一作吾師受爲）備脩衆善不染群緣法華三昧惠照無邊菩薩普門我願亦然煩惱牙折菩提鏡懸戒比秋月法若春泉不動南楚仁周大千本來常凈自性無遷漸則生頓光依魄圓隨順生死芭蕉豈堅蕭蕭塔樹永對爐煙

文苑英華卷第八百六十

文苑英華卷第八百六十一　碑十八

釋十二

東都聖善寺無畏三藏碑一首

尢溪大師碑一首　潤州天鄉寺雲禪師碑一首

東都聖禪寺無畏三藏碑一首　李華

惟和尚輪王梵嫡號善無畏釋迦如來季父甘露飯王之後其先自中天𢌞因難分八（一無此字）王烏茶父曰佛手王以和尚生有聖姿早慕德藝故歷試焉十歲統戎十三嗣位睹諸凡舉兵構亂不得已而後征之接刃中體捍輪傷頂軍以順勝兄以愛全乃白母后告群臣曰向者親征義斷恩也今以國讓行其志也因置位於兄固求入道太后哀

許賜以傳國寶珠南至海濱殊勝招提入法華三昧聚沙建塔誓一萬區黑蛇傷指而不退息身寄商船往中印度密脩禪誦口放白光無風三日而舟行萬里與商人同遇群盜呫於併命和尚慰帖徒侶默誦直言七俱胝尊全現身相盜果爲他寇所殲寇乃露罪歸誠指蹤夷險越窮荒踰毒水至中天境上乃遇其王王之夫人即和尚妹也和尚服凡品而徒侶以君禮奉之王問獲其由嗟稱不足菩提眷屬是日同歸慈雲布陰一境丕變於是發三乘之藏究諸部之宗品偈章句誦無遺者說龍宮之義理得師子之頻伸名振五天尊爲（一有聖字）稱首那爛陀寺像法之泉源衆聖之都會乃捨寶珠瑩大像額端晝如月魄夜則光耀

僧有達摩鞠多掌定門之祕鑰佩如來之密印顏如四十許實（二字作巳）八百年也和尚捉體兩足奉爲本師鉢中非國食示一禪僧華人也見油餌尚溫粟飯餘煖愕而歎曰中國去此十萬八千里是彼朝熟而午時至此何神速也會中盡駭而和尚默然本師謂和尚曰中國白馬寺重閣新城吾適受供而反汝能不言真可學也乃授以摠持密教龍神圍繞森（一作自）在目前無量印契一時受頓即日灌頂爲天人師稱曰三藏三藏有六義內爲戒定慧外爲經律論以陀羅尼而統攝之惟陀羅尼菩提速疾之輪下脫吉祥之海三世諸佛生於此門夫慧照所傳一燈而已殊異燈亦無邊由是有百億釋迦微塵三殊菩薩（一作提）金剛

摠攝於諸定向月懸同於法身頓升階位隣於大覺此其旨也和尚遍禮聖跡周行大荒不悔艱難每所三至爲迦葉剃髮受觀音摩頂嘗結夏於靈鷲山有猛獸前路深入山穴穴明晝有摩尼立像左右侍者色相如生中印大旱求和尚請雨觀音大聖在日輪中手執淨瓶（一作單持）注水地中感咽于雙樹之下問往昔於佛世之人爲者不言十問（一作聞）其一假金爲貝葉寫大般若鎔銀起窣堵波等佛身相母后謂和尚已化淚竭喪明及寄疏問安朗然如故大權威後外道如林九十六宗各專其見和尚皆隨所執乘喻破疑解邪縛于心門拾迷津於覺路法雨大小而均澤定水方員而滿器什異學之旗鼓建心王之勝幢使其以

金制往即身觀佛大師喜曰善男子中國有緣可以行矣
乃頂辭奉下至迦葉濕彌國中夜次河無津梁浮空以
濟受請於長者有羅漢降曰我小乘之聖大德是登地菩
薩乃讓席推尊和尚受以名衣乃升空而去烏傷國有白
鼠馴遶日獻金錢講毗盧於突厥之庭而可敦了請法和
尚乃安禪樹下法爲金字列在空中突厥之妻（一作官人）有以
手按其乳乳爲三道飛注和尚口者乃合掌端容曰此我
前生母也或悟舉夘三斫支體無所傷破者唯聞銅聲而
已至雪山天池而和尚不愈（疑作念）本師自空而至曰菩薩
身同世間不捨生死汝久離諸相寧有病耶言畢而冲天
則洗然而愈矣路出吐蕃與商旅同次夷人貪貨率衆合

圍乃密爲心印而蕃豪請罪至中國西境夜有神見曰此
東非弟子界也文殊師利實護中州禮足而滅以驢負經
至西川涉龍沙陷驢足沒于泉下和尚入泉三日止龍宮
而化之牽驢出岸經無霑濕膚宗道尊德感立契無爲詔
僧若那及將軍史獻出玉門塞表以俟來儀開元紹（一作繼）
典重光大化聖皇夢與真僧見其姿狀非常躬御冊青圖
之殿壁及和尚至止與夢合符天子光靈而敬悅之飾內
道場尊爲教主自寧薛二王而下（四字一作以降）皆跪席捧器爲
師賓大士於天台接梵筵於帝座禮國師以廣成之道致
人主於如來之乘巍巍法門於此爲盛有術者握鬼神之
契參變化之功承詔御前効其神異和尚恬然不動而術

者手足無施矣其餘秘要代莫聞也累請居外勑諸寺迎
送隨駕至洛京詔於聖善寺安置自出內之後奔走華夷
和尚臨之貴賤如一奉儀形者蓮華開於眼界稟言說者
甘露降於心源超然自悟曰有其人矣法侶高標惟尊奉
長老寶思其餘皆接以門人之禮禪師一行者定惠之餘
術窮天地有所未達咨而後行和尚質粹神邁氣和言簡
不捨律議而身心自在不離坐席（一作宴坐）而願力俱圓有來
畢應觸應無礙故衆妙懸解藝能兼於百工大悲普薰草
木同於一子不知其極也於本院鑄金銅靈塔以此功德
應緣護世手爲模範妙極人天寺衆以銷冶至廣庭除深
隘慮風至火盛災延寶坊笑而言曰無可爲憂自當有驗

及皷鑄之日大雪蔽空靈塔既成瑞花飄席前後奉詔禳
旱致雨滅火返風昭昭然遍諸耳目矣從容上請大庇緇
林正法之興繫於龍象信也表求還國優詔不許開元二
十三年十一月七日右脅累足涅槃於禪室享齡九十九
僧臘八十法界淒凉天心震悼詔鴻臚卿李現威儀賓律
師以其月日塟於龍門西山溯慕傾都山川變色弟子寶
思（一作畏非）禪師榮鄭氏明畏禪師琅琊王氏皆高族上才超
然自覺息言爲樂說之辨妙用即禪那之宗入和尚之室
惟兹二人而乾元之歲再造天維大君心謐無緣之悲躬
行不匱之孝由是釋梵扈蹕天師濟師凶穢掃除人祇清
淨位光付囑教大興行二部件師爰以偈頌刻諸金口法離

文字道不可名以慰門人感慕之心有同顏子喟然之嘆其文曰　釋宫尊種龍扶出持捨位成道爲天人師度微塵衆行甘露慈仁消大怖辨洗群疑法本不滅今子得之隨方演教聿來中國帝居承迎天花滿祴懽喜園花惟聞薝蔔百千萬億調服其心灌頂在昔聲聞現今山王高妙海月圓深因於示滅空悲鶴林伊水西山冥冥玄室金棺此閉式瞻無日雙寳昭典教尊言容歸我者因因明悟實

故左溪（一作谿下同）大師碑　前人

百億三昧無非度門於覺照中而自在過去大士時惟左溪傳氏之子法號玄朗字惠明其先北地泥陽人漢魏大族隨晋南度家於義烏今爲東陽義烏人也自江夏太守

極梁居士翕賢達相承世謂居士爲諸佛化身杳不可測左溪即（一作則）居士六代孫梵行之間宜生上德母葛氏夢天降靈瑞而娠左溪心浄體安迄于乳育生九年奥辭家入道蕪綜群言曰此法門之畎澮也如意年中剃度隸義烏清泰寺尋光州岸律師受具戒就會稽印宗禪師尚（一作商）律部重山深林怖畏之地獨處巖穴凡三十年宴居左溪因以爲號每言石泉可以洗昏蒙雲松可以遺身世吾以此始亦以此終於（一作于）所居一方建立精舍約而不陋跪懺其間如來諸大弟子皆菩薩僧大迦葉之頭陀舍利佛（一作弗）之智慧羅睺羅之密行須菩提之解空由（一無由字）此四者皆最上乘同趣異名分流合體舍利弗先佛滅度佛

以法心付大迦葉此後相承凡二十九世至梁魏間有菩薩僧菩提達摩禪師傳楞伽法八世至東京聖善寺弘正禪師今北宗是也又達摩六世至大通禪師大通又授大智禪師大智（一有禪師二字）降及長安山北寺融禪師蓋北宗之一源也又達摩五世至璨禪師璨又受能禪師今南宗是也又達摩四世（一作代）至信禪師信又受融禪師住牛頭山今徑山禪師承其後也至梁陳間有慧文禪師學龍樹法授惠思大師南嶽祖師是也思傳智者大師天台法門是也智者傳灌頂大師灌頂傳縉雲威大師縉雲傳東陽威（一無威字）大師左溪是也又弘景禪師得天台法居荆州當陽傳真（一作其）禪師俗謂蘭若和尚是也左溪所傳止觀爲本

祇樹園内常（一作當又作嘗）聞此經燃燈佛前無有少法因字以詮義因義以明理因理以同如定慧雙脩空有皆捨此其略也菩薩或以性海度或以普門化香像（一作象）至底彌樓最高其餘幽賛不知充滿法界夫知上法易行上法難脩上法易證上法難明謂左溪爲有則實無所行謂左溪爲無則妙有常住視聽之表巍巍左溪因恭禪師重研心法唯（一無唯字）十八種物行頭陀教厥後奉東陽威大師得最上乘詮第一義現聲聞像弘大覺心大（一無大字）無可名也偏袒跪膝奉觀音上聖願生兜率天入親近彌勒殫罄衣鉢嚴具尊儀焚香稽首則舍利降靈光發寺非正陽屋宇凋落殿移則像毁財匱則力難（一作難）左溪錫杖指揮工人聽命如

從舊貫（一作舘）儼若天成心不離定中口不嘗藥味耄期之歲同於壯齡告門人曰吾六印道圓萬行無得戒爲心本汝（一作爾）等師之天寶十三載九月十九日就滅春秋八十二僧（一無僧字）夏六十一（一作四）四輩號慟如慕如疑香花（一作木）幢雷動山谷鄉人或夢左溪居寶（一作實）閣第四重者竊告其隣輿之夢協兜率天者第四天也願力所召度廣人天既荼毗巳門人分捨利建塔于左溪遵相法也城邑之人願獲親近分半舍利起塔於州某原申永慕也左溪假在深山衣弊食絶布紙而衣（一作綻）掬泉而齋如繒纊之温均滑甘之飽誦經則翔禽下聽洗鉢則騰猿跪捧（一作群猿來捧）宴坐一室如（一作同）法界之樂（一作大）蕭然一院等他方之遊或

問曰萬行皆空云何苦行對曰本無苦樂妄習爲因衆生妄除我苦隨盡又問曰山水自利如聚落何對曰名香挺根於海岸如來成道於雪山未聞籠中比大遼廓至若旱蛙躍流瞽犬能視雲雷興而獵者捨弓矢鱗介絶而漁者壞罾罘舉其暐（一作倬）然曷可殫載弟子衢州龍丘九嵒寺道賓越州法華寺僧法源僧神邕本州靈隱寺僧玄靜（一作淨）棲嵒寺僧法開蘇州報恩寺僧道尊菩薩僧開左溪之祕藏常州福業寺僧守真杭州靈曜寺僧法澄靈隱寺僧法真明州天寶寺僧道原（一作源）淨安寺僧惠從本州開元寺僧清辨純得醍醐飽左溪之道味入室弟子本州開元寺僧行宣常州妙樂寺僧湛然見如來性專（一作傳）左溪之法門新羅僧法融理應英純理應歸國化行東表弘左溪之妙願（一作顧）菩薩戒弟子傳禮王光福等菩薩（一作提）惠芽霑左溪之一雨清辨禪師等荷瞻遺烈見請斯文銘曰

慈（一作磁）石奏金澄流見月法與心起緣隨定（一作足）設衆生未度我爲舟筏將如趙代空（一作豈）望荊越趣道云何知之在行殖煩惱驚歸（一作開）寂滅城不住之住無生之生兜率天樂徘徊下迎潺湲左溪東入蒼海青松白月人亡地在四輩盡哀時乎不待須德空嶺刼塵（一作衣）無改（一作皆　唐文粹）

潤州天鄉寺故大德雲禪師碑　前人

東南苾蒭之上首曰長老雲公報年若干永泰二年某月日涅槃於潤州卌徒天鄉寺人天痛慕江海寂寥御史中

丞韋公元輔（史作甫）須臨潤州嘗申跪禮無何韋公兼觀察領浙西按部至京江來脩謁問長老曰如來遺教付囑仁賢貧道有檀像一龕敬以相奉意深言簡聞者悽然韋公致别之明日長老繩床跏趺無病而滅嗚呼至矣哉昔支遁與謝公爲山水下（疑衍）之遊竺法師與王度爲生死之約古今同道如見其人長老每言曰得天師於牧馬求善法於鸞香不可不敬樂羊以食子見疑苾蒭以草繫成忍不可不仁智瑶死於大縣項生退於什宮不可不薦留侯先期而黃石悦玄謀懇乞而觀音降不可不信學此四者以爲教端内訓緇褐外化群品其餘觸類而長道遍恒沙長老法號法雲獲度於神龍之歲俗姓申氏其先魏都之望

出於姜姓左右宣王詩所謂惟岳降神者也曾祖寧皇朝
考功員外郎祖靖睦州遂昌縣令父儉不仕以復楚之忠
烈相韓之勳伐蓄靈韜耀鍾美後人長老童非入道誦法
華經景龍歲受具于本州龍興寺玄觀律師由是萬計俱
圓名冠同列與鶴林絢律師偕往嵩額求法於大照和尚
以心眼視徹見無邊界果在掌中隨心舒卷踰菴羅熟終
當自知此其端也道在無愛故無棄物有志於道來問長
老曰飲甘露者當淨其身有涉道未泓來問長老曰菩提
為寶耶無知無德涅槃為空耶常樂我淨由是江景（疑）禪
教有大照之宗焉至若願力所弘莊嚴佛教像飾同日月
之照厨供盡人天之福積若山川流于他方凡聖去來緇

素皆以天鄉為中路之化城也夫三界為牢鬼神同死使
桎梏輪轉無觧脫時佛性在煩惱之中佛身即衆生之體
大法平等無所不同雪山滿月是為真語同音半字寧為
妄說如來毫相始于東土菩薩求法遍在西方慈悲之間
固非一致若乃昆朋刼灰夏時同學化來周穆之歲星隕
魯莊之年甘泉金之人祀伊存浮圖之說謂之為妄則常
情不測謂之為實則迂濶難明立定哀之時書隱桓時事
憑魯史之文猶未之詳况超乎視聽之外出乎名言之域
固宜然也國史傍録往往合符者則宣尼稱西方有聖玄
老云吾師竺乾後夢孝明漸於中國楚王英尤敦此
道嘗奉縑贖罪詔曰王誦黃老之微言尚浮圖之仁祠絜

齋三月與神而為誓其還縑以助伊蒲塞桑門之盛饌浮
圖仁祠即塔廟也絜齋為誓即禮懺也伊蒲塞則優婆塞
也至魏受禪洛陽宮中有浮圖毀除之沙門以佛舍利擲
水生光由是移於道東廣開禪室僧會楊花於三吳惠持
演教於三蜀震曜韓聲無代之法壤也因蓋吳同亂之積
其後也賴曇休堅持之誓自菩提達摩降及大照禪師七
葉相乘謂之七祖心法傳示為最上乘南方以殺害為事
北方多豪右犯法故大通在北能公在南至慈救愍曲無
不至其餘則澄公威神止石羯之雹惠始定力悛赫連之
暴爭檢尼部之初曇柯律藏之始道安盂範羅釋詮譯惠
遠道生闡教於廬臣杯渡寶誌着異於江浙公之慈靈鎮

攝智者之遵揚真極清膺昏季在壤尋舉稠公之衣而定
興廢驗仲尼之記而崇建立唐撫運同符聖覺中州徼外
人智如林玄莊無畏繼與夷憂（夏疑作）不可悉數舉甚（其疑作）
殊尤長老既臧門人僧某等戒還本原智人無學以某月
十六日遷定於鶴林寺西江湖晦宜道路悽慟初吏部侍
郎齊瀚採訪江東見天鄉殿宇傾圮孰尸完葺乃請禪師
與絢公當謂寺僧乾最得堅固力求真實智乾元初奏請
天下一（二一作）十五寺長講戒律天鄉即其一焉爾後率同
心願善繕理禮部員外郎崔令欽常為丹徒宗仰不怠於
何吳越震擾緇侶竄伏長老挺身於戈劍之間宴坐於虎
很之口大浸不瀸大火不焚天鄉獲全長老之力也帝中

丞以句容令田少文誽況長老之風弘無生教故托句容護
辦葬事刺史韋公損率善逝甚深之旨行菩薩廣大之慈
大理司直蕭冊徒令史坦惟爭道周如潤州者疑長之兄
弟之子曰堂構爲當代詞人修在家梵行與門人俾華贊
德於萬斯年其文曰
至哉玄德高標法派法而不着行而不求輪王自在象寶
調柔黒夜生月鶩波起州洲淪大浸日落中夜方外常在
人間代謝性不遷易法無高下億萬人天從吾受化從受
化巳委順知時諸佛如是今得之清江朗月古人仁祠以
我遺法爲人導師

文苑英華卷八百六十一

文苑英華卷第八百六十二　碑十九

釋十三

楊州龍興寺律師二字一作經律碑一首
潤州鶴林寺故徑山大師碑一首
東京大敬愛寺大證禪師碑一首

楊州龍興寺經律院和尚碑　李華

菩薩調伏身心具一切智調伏心者爲定慧調伏身者爲
律儀假煩惱而後有身心有身心而後開知見權衡並用
何莫由之如來於鹿野苑中爲五俱輪始闡此法持律第
一有優波離如來謂戒爲性源因定見性定爲慧本因慧
得常不依科教無所成實乃宣告四輩攝護身心命以優

波長老集毗尼藏以優波無緣此土摩訶迦葉啓廸當來
而付囑之典禪同祖數世去聖滋遠枝剖條分令學者所
宗四分爲盛此間有數息諸觀以攝亂意是蓋禪那之濫
觴也夫沙門奉律猶世間行禮若備中和易直之心而無
升降周旋之節於爲義非爲義非爲半人恭惟世間皆歸
佛性體無分別俱會一乘勝妙法蠡爰傾海水明徹實器
方貯醍醐禪律二門如左右翼和尚執持戒律兼脩定慧
恩制落染爲人式瞻六十年矣和尚法號懷仁其人也惟
天寶十載十月十四日晨起盥漱繩床跏趺心奉西方既
瞑就臧於龍興寺春秋八十三僧夏六十緇素弟子比拒
泗沂南踰嶺徼望哭者千族會葬者萬人其上首曰越州

開元寺僧曇一福州開元寺僧宣一常州興寧寺僧義宣杭州譚山寺僧惠鸞東京敬愛寺僧璿光潤州栖霞寺僧法瑜僧乾印潤州天鄉寺僧法雲楊州崇福寺僧明幽延光寺僧靈一龍興寺僧惠遂等天下丼露正味調柔人中象王利根成熟音樂樹下長流福慧之泉雪山峯頂仰見清涼之日金剛決定煩惱無餘優曇開敷香潔盈滿罔不成實樂說辯才得法華三昧衆所知識物之依怙法施之恩重群居之感深哀奉色身經始靈塔于某原像教也幽公自幼及哀所親侍靜言玄梵俯託斯文試言之曰先陀妥者分於一名摩醯目者夾於三點衆法歸善群緣體無退豈違人弘之在我外離諸相循行邪道內度四生方為

靈覺至若調牛良田唯待天雨渡駛巨海何護持囊喻夫靈藥毒草同在林中丼泉激泥共生地下疇能了達惟我宗師和尚大原郭氏厥後遷於淮在孩抱之歲誓茲道門親慈所鍾志不可奪因瑶臺成律師受具戒律文有徃哲所疑時賢或誤一言曲分於象表精理自得於環中聲振京師如晞日月諸寺固請綱領乃默而東歸既還揚都府幺群頓常誦金剛般若波羅蜜經如意輪陀羅尼般若佛心我得此心衆生亦如謂天台止觀色（疑作是）一切經義東山法門是一切佛乘色空兩亡定慧雙照不可得而稱也寒不加服暑不攝齊食不求飽居不易坐四方施捨歸於大衆一身有無均于最下朝廷之士銜命徃復路出惟揚終歲百數不踐門閾以為大羞仰承一聍如洗飢渴和尚與人子言依於孝與人臣言依於忠與上人言依於敬佛教儒行合而為一慮學者流誤故覩教經論延來者聽受故大起僧坊將警群迷故廣圖菩薩因地善護諸命故曲濟衆生壽量以文字度人故工於翰墨法皆佛法兼採儒流以我慢為防故自負衣鉢以規範為任故綱正緇林發揮道宗故上紆曆禮以感慕遺跡故不遠他邦以龍象祭議故再至京國以軌度端明故研精律部黃門侍郎盧藏用才高名重罕有推挹一見和尚慕味循環不能離坐退而嘆曰宇宙之內信有當人黃門於院內置經藏嚴以香燈天地無疆象法常在太子少保陸象先吏部尚書畢構

少府監陸餘慶吏部尚書崔日用秘書監賀知章禮部尚書裴寬中書侍郎嚴挺之河南尹崔希逸太守房琯中書侍郎平章事崔渙禮部尚書李澄詞人氾水尉王昌齡等所瞻奉頓同灑掃建塔之地廣狹如素高卑得中周臨四衢平覩千里門人環侍列相蔫以名香空曠寂寥以哀以慰夫子門人輕重諸侯之國如來弟子皆為釋梵之師敬悅其風以偈銘曰

佛境無二佛心皆一隨其根源乃起禪律持戒外獎觀空內謐是藏私耶衆僧秘密昏醉億萬求醒者稀如來戒定與爾為歸性空因戒垢重初微彼上人者深乎道機真空不生妙果無得開明戒定流去怨賊衣滌利波鼻聞薝蔔

白月正圓如何昏黑昏黑既已四輩號咷不見金襯空圖
白毫月明江潤月落山高廻野孤塔群心鬱陶訓迪真子
森然朗達阿難苾芻迦葉菩薩仙髮承足諸天奉鉢智火
遽燃獨留緇裼月苦淮甸風悲楚川千株茂樹百道春泉
佛日長晦浮圖歸然哀哀龍象大比群緣

潤州鶴林寺故徑山大師碑銘　前人

道行無跡妙極無象謂體性空而本源清淨謂諸見滅而
覺照圓明我天人師示第一義師無可說之法義爲不二
之門其定也風輪駐機其慧也日宮開照其用也春泉利
物三者備體誰後誰先入無量而不動開法華而涌（一作踊）
出湛兮以有無觀聽而莫測寥焉以遂近思惟而不窮知

（一作智）德皆空爲真實際大悲恒寂遍撫群迷月入百川之
中佛匝千花之上脩而證者玄同妙有應而起者旁作化
身先大師適來此土化身數適去他方補處數不可得而
知也自如來現滅四魔橫恣人天無怙寄命崩崖勝大敵
者那羅延身銷（一作消）大壽者伽陀妙藥拔陷扶墜而生大
師大師延陵馬氏諱玄素字道清崇高紹興於法位（一作外）
胄（一作經）緒不繫於人間慈母方娠厭患葷肉長至之日誕
彌仁尊生有異祥乳育安靜既亂稽首父母求歸法門即
日獲請出依精舍如意年中剃度隸江寧長壽寺即進具
已戒光還照定水澄源鵝王之不受泥塵香象之頓除翳
鎖未之比也身長七尺體無凡骨眉毛際臉口若方冊目
不顧眄聾伴扣玉入南牛頭山事威大師撞鍾大鳴入海
同味迦葉以頭陀第一大師亦斗藪塵勞聞一知十未嘗
請益觀法無本觀心不生喻金剛之最堅比獅子之無畏
圓月照海高深盡明慧風吹雲宇宙皆淨威大師摩頂謂
曰東南正法待汝興行命於別位開導來學於是騶虞馴
擾表仁之至也衆禽獻果明化之均也接足右繞百千人
俱大師悉以菩薩呼之教習大乘戒妄調伏自性還源無
漸而可隨無頓而可入摩尼照物一切如之吾當默然無
法可說或有信領雙極懇求心要于我渴仰施汝醍醐問
禪定耶吾無脩問智慧耶吾無得道惟心證不在言通懷
（一作壞）帝釋輪終爲世論自淨而已無求色聲既悟者小無

微塵大無三界當悟者内珠雖隱彿作來因藥草萬殊根
莖等潤貌和言寡飢至飽歸或有聞尊稱而遷善現色身
而獨得我無示（一作爾）念道溥慈圓食不問鹹酸口不言寒
暑身同池水飽蚊蚋之飢渴道離人我順衆生之往來貴
賤怨（一作冤）親是法平等故饋其味而不辯同於粳糯奉上
服而不拒齊於敝褐俾夫家有道侶府無爭人開元中本
寺僧法密請至京口潤州刺史韋銑灑掃鶴林斯（一作茲）焉
供養有耆者恣及（一作忍）積骸如山刺史韋銑聞大師尊名
來仰真範忽自感悟懺伏（一作悔）求哀大師受之又白言和
尚大悲當應我供大師衲衣跏趺未嘗出戶公俛稽首不
爲動搖至是如其懇求（一作乞）忻然降許夫盜隱其罪刑恚

其子仁與不仁皆同佛性無生無滅無去無來今濁流一
澄清水立現諸佛所度我亦度之天寶中楊州僧希玄密
請至廣陵便風馳帆白光引棹楚人相慶佛日度江梁宋
齊魯傾都來會津塞途盈人無立位解衣投施積若丘陵
皆委於所在行無住捨禮部尚書李憕時爲楊州牧齋心
跪謁爲衆唱首望慈月者誰不清凉傳百億明燈照四維
上下塵沙之數皆超佛乘二州以貪法之心移牒踰月均
吾喜捨成樹堅牢無非道場還至本處天寶十一載十一
月十一日中夜坐滅嗚呼菩提位中六十一夏父母之生
八十五年起哀位者可思量否至有浮江而奠望寺而哭
十里花雨四天香雲幢幡蓋網光蔽日月以其月二十一

日四衆等號捧金(一作全)身建塔于黃鶴山西原像法也州
伯邑宰執喪師之禮率衆中哀江湖震悼晨於寺內移居
高松互偃涅槃之夕椅桐雙枯虎狼哀號聲破山谷人祇
慘動天地晦瞑(一作冥)及發引登原風雨如掃慈烏覆野靈
鴿徊翔(一無而字)有情無情德至皆感初達摩祖師傳法三世
至信大師信門人達者曰融大師居牛頭山得自然智慧
信大師就而證之且曰七佛教戒諸三昧門語有差別義
無差別群生根器各各不同唯最上乘攝而歸一凉風既
至百實皆成汝能總持吾亦隨喜由是無上覺路分爲此
宗融大師講法則金蓮冬敷頓錫而靈泉滿(一作湧)溢東夷
西域得神足者赴會聽焉融授巖大師巖授方大師方授

持大師持授威大師凡七世矣真乘妙緣靈祥嘉應僉具
傳錄布於人世門人法鏡吳中上首是也門人法欽徑山
長老是也觀音普門文殊佛性惟二菩薩重光道源門人
法勵法海親奉微言感延霜露結崇龕座開構軒楹時惟
海公求(一作求)報師訓廬孔氏之墓起淨明之塔世異人同
法然長慕僧慧(一作此字)端等蔭旃檀樹皆得身香菩薩戒弟
子故吏部侍郎齊澣故刑部尚書張均故江東採訪使潤
州刺史劉日正故廣州都督梁昇卿故採訪使潤州刺史
徐嶠故採訪使常州刺史劉同昇故潤州刺史韋昭禮(一作理)
故給事中韓賞故御史中丞李冊故涇陽縣令萬齊融
禮部員外郎崔令欽道流人望莫盛于此弟子嘗聞道於
涇山循樂正子春之子大夫也洗心瞻仰天漢齋高鏡公
門人悟甚深者大理評事楊諳過去聖賢諸功德藏志之
所至無不聞知魯史從告況乎傳信其文曰

濁金清境在爾銷練磨之瑩之功至乃現膏潰炷然光明
外遍陽升律應草木皆變啓迪瘖聾惟吾大師息言成教
捨法興悲哀極不動風波自移境因(一作由)心寂道與人隨
香然玄默湛入無餘性本無(一作非)垢云何淨除身心宴寂
大千無同無異度未度者化周緣備道樹忽枯涅槃時至
我無生滅隨世因緣吉祥殿上應化諸天寂寂靈塔滔滔
逝川恒沙劫壞智月常圓

東京大敬愛寺大證禪寺碑　王縉

醴泉湧而蠲疾寶炬然而破暗蓮花無染而獨淨夜光不
繫而自得其惟上智乎夫上智之身曲隨世界上智之心
密遊聖境或宿植德本大乘願後來或意生人間用弘開
示非慧見孰能知之大德號曇真姓邊陳留開封人也厥
初爲孩稟知持異亦既有識用晦如愚家有耕桑未嘗問
鄉有學校未嘗顧則曰處豐屋何如方丈馳良馬何如振
錫珪組耀世不如被褐金玉滿堂不如歷白食珎者豈觀
飯來香積聽樂者豈聞梵唱云何戰既勝矣出門絕迹潛
嵩少間專於讀誦年至二十遂適太原受聲聞戒習根本
律性甚聰敏傳涉經論時同學者仰之爲師久而嘆曰大

聖要道存解脫不入其門非佛之子乃損落枝葉澄清泉
源請長老大照醒迷解縛開心地如毛頭掃意塵於色界
從此日益喻師能知於四威儀之中無一剎那有怠不住
以至於大寂無作以至於恒用我正無所虛空未爲廣我
照能遍日月未爲明震雷破山聞不聞等烈風拔樹見在
（一作不見）見等是身無主與四大假合方寸無生於一切離相
猶以爲未出心景彌勒深入大照既沒又尋廣德大師一
見而拱手再見而分座問之於了荅之以默俱詣等妙忽
合自他究衲之行楞伽之心密契久矣廣德又謝學徒嗷
嗷相顧靡依來求於我嗣續前後皆以實歸出宅諸子俾
稱所乘渡河三獸自止於分天寶季年祿山作逆陷我洛

陽亂兵蜂蠆大德澹然獨在本處天龍潛衛於左右猾很
仰瞻而讚嘆施財獻供終朝盈門於善惡等以慈於苦厄
久以忍言說不得無畏故也動靜皆如自在故也度（一作廣）
衆無邊大願力也依報無量邁種福也夫修行之有宗旨
如水木之有本源始自達摩傳付慧可可傳僧璨璨傳道
信信傳弘忍忍傳大通大通傳大照大照傳廣德廣德傳
大師二授手一一摩頂相承如嫡密付法印惟聖智所證
非思議能測也大德既捨眷屬竊爲沙彌身不顧名志在
成道聲稱浸遠歸向如林天寶八年緇侶領袖舉以上聞
乃蒙正度初隸東都衛國寺旋爲敬愛寺請充大德遷彼
與住此有緣非無因地離人天之會法如雲門之施衆有

塵勞之悟寺盈河潤之福今學與其進當學起其信善誘
不倦得賢則喜利往者導之以鍵覩奧者辦之以正在定
者戒於貪悟所覺者使之以視（一作遠一作遠視）彼來學如蕃
摩勒果冀其出世如優曇鉢花齊我者稀故我貴矣實應
二年正月十四日趺坐如生薪盡火滅年六十夏十四哀
纏門人悲及塵衆樹爲之變色獸爲之失聲棟折航沉佛
土蕭索其年九月葬於嵩岳寺之北阜大曆二年有司奏
監上聞惻然乃賜號曰大證禪師縉嘗官登封因學於大
照又與廣德素爲知友大德弟子正順即十哲之一也視
縉猶父心用感焉以諸因緣爲之強述銘曰
上德不德與慈連悲現於獨界俯爲人師以我無恩彼彼

盡思爾方厭俗我則隨時由多分別妄知垢凈根不緣塵
象豈桊鏡法不可著空即是病無得之得絶聖而聖文字
非文字言語非言語云何以辭脫云何而語汝隨宜說方
便究竟非我與舍利依嵩山寂寥松栢所

文苑英華卷第八百六十二

文苑英華卷第八百六十三　碑二十

釋十四

魏州開元寺新建三門樓碑　封演

先生立清廟修百祀所以展嚴禋祈景福今釋門之有塔
寺亦像教之崇建福焉或謂之仁祠或謂之精舍或謂之
伽藍或謂之招提名雖不同其實一也河朔之州魏爲大
魏之招提開元爲大開元者在中宗時草創則曰中興在
玄宗時革故則曰開元道無常名隨時而已矣實應初歲

王師北伐奮其威武或以火攻秉秆翕其延燒積薪吁其
可撲由是寺門夷蕩鞠爲灰燼緇侶往來莫庇風雨耆老
興嘆衣冠疚心共苷沒齒不覩典復洎開（一作相）國田公之
在魏也勤四封之人而撫之閱三軍之實而補之戎務之
閑詮于（一作泉）僧曰彼道場勝地麗譙餘趾堙替歷稔未之
充脩吾儕闔廬猶設鍵閉矧乎尊像之所在福田之所植
臺觀有素其可闕乎始吾之來有意于此惟是緝綏緝甿
斂以供樂上事故未遑也今原野聚府庫實甿庶安居徒
逸而締構不備豈吾心哉即持俸錢遂度山木匠伯獻藝
役夫僝功時大軍之後良材一罄龍門上游下桃仍阻公
乃使河中府以營建之旨咨于台臣精誠內馳萬里潛契

山不吝寶貞松大來炎涼未再水濵如積鷲和嶠之千丈惡慶氏之百車操繩墨運斤斧者得以功成而不溷亦由材之備矣既立三門鎮之層樓又像雙闕校之連閣甍宇若畫棟粹于雲華技盖而靡及龕抱關而方落上可以廻眺百里覽川原林麓之富下可以俯瞰萬室察舟車士馬之殷崇崇乎信一時之壯觀而全魏之卓絕也粉樓之經始僧徒皆盛以為舊制已廣後難及也迨樓之集事僧徒皆喜以為有加于前無不及焉其中長老或涕而言曰此寺自神龍至於寶應五十有七年而遇焚毀自寶應以至于茲十有三年而復舊物非夫上天悔禍諸佛護念則前功幾乎泯絕大功不能為謀尚何見斷龔之制冊臘之制

故事禳袪前軌既歷多劫公能繼之其樹善之規有如此噫建三門惠也製雙塔誠也繕群經智也度幼子慈也有一於此且長享百祿慶流後裔況能備茲四者加以氣懾貔豹心椎鐵石一為蒼生之父母一為天子之股肱受登壇之寄畫雲臺之像未云多也公令弟御史大夫燕貝州刺史北平郡王廷琳雅量沖遠天姿穎出內安黎庶紹襲黃之名外鎮封疆弘魯衛之政公愛子左散騎常侍燕御史中丞悅駕部郎中燕御史中丞縉從子太子賓客燕御史中丞昴等皆才傑而妙器周而敏卓然自立克茂家聲如龍如虎森森冀冀豈必觀懿氏之兆而後識其昌聽卜偃之說而乃知其大論者以開元天寶以來北平士望屢

金拖紫者多矣未有如公弼諧帝室惣統方面侯王將相萃於一門數十年間光華照灼雖方召衛霍輯寧周漢晉名竹素曷以過之寺主僧法敬昂疑作卯公所度之子也幼而聰達閑於禮訓求封君之錫土慕大千之踰城上座僧志高都維那僧道圓及諸紀衆等並精通妙法堅持密行名稱普門威儀無鉄遠則濟釋繼踵近則福寂比肩莫不飲公之徽猷承公之令範懼瑕珉之匪報思鼎鼐之有銘聿相與轉石山足立碑門右以無忘我田公之茂績其詞曰碣石峨巖滄浪沖融蘊茲間氣生我田公道可濟時材任理戎擁旄仗鉞作藩於東八座爰涉三台累踐人臣寵榮今古或鮮祇率常命式敷彝典殊勳載崇真門日闡三

煙聚霧合聲馳響應若斯之神速者已是知田公之勇於信施極於脩葺非人力也如來付囑大臣有旨哉公頃曾入寺度恭作禮有舍利兩粒降於其瓶光明圓淨瑩徹心目蓋舍利者非常之瑞雖一粒二粒乃至多粒供養功德以金身等遂于寺內起塔二所而分葬焉入塔之辰見群雲靈鶴徘徊其上百千人俱嘆未曾有得不謂道心純至而冥佑荐委耶公又以此寺經典舊多殘缺哀彼學徒訪問無所乃寫一切經兩本并造二樓以貯之三四五佛初中後善龍宮所不備矣耳所未聞莊嚴圓滿卷帙克足其闡化之功方有如此公體資海岳德邁人天深了因果高謝繫縛復於此寺度幼子一人俾脩淨業以傳法印妙莊

門峩峩舊址已傾刋木萬里匪公誰成雙塔嶷嶷先現是呈運甕千夫匪公是營無量法寶允資流布有梵有宅所聞必具無量眷屬允資供護若女若男遇緣則度儉德凜如清心澹如傾家以施内不留儲恢我佛乘壯我禪居永綏福壽其樂只宜

蘇州支硎山報恩寺大和尚碑　釋皎然

我先大師曰佛嘉言孔顏大造人天張無生極宗懸衡於群教之表自弟一義締皆我之邁一也況儒墨名法道家之流哉教之斯行資乎哲匠今大師即其人也大師諱道遵字宗達吳興張氏之子崇勳茂德世爲吳中右族大師夙負殊操絜士稱之榮曜不足關其心聲塵未曾觸其性

其年二十詣天竺威大師首宗毗尼依佛教也常愀然而嘆曰孔老之學不明三世昭昭之業何異夫適郢而求冥山哉先大師則不然覩萬像無根我獨以無生一心覆疑山之峻知四流妄有我獨以不動二字停倒海之波室是遠而悟者天隔昔在漢明永平之際大教洋溢霈然而東與生靈滌心觀天地更始正士自摩騰以降持法有如關中者秉律有如南山者海内髦士亟歸乎哉如凱風微陽嘉禾先發北齊惠文大師傳龍樹智論一性之教即我釋迦如來九世祖師文殊所乘也惠文傳南嶽南嶽傳天台始授一心三觀之旨以十身佛剎微塵數脩多羅如懸瓮綱不出正念無遺即中蓋如來一斯教之扃鐍也天下一作也天下弘經士窺我宗者不得其門而入天台去世界傳章安章安傳縉雲縉雲傳東陽東陽傳左溪左溪傳自龍樹已還至天台四祖事具諫議大夫杜正論教記今太師則親承左溪一受心宗方造其極物有凋折而苦節不衰時有晦明而至行不變法華三昧淵乎我乘嘗從容謂門人曰堯舜之民不必獨義教之至也教若不至民何咎焉吾恐大教未周群機未發陷諸子於邪見之網吾徒得無過乎乃欲廣寫法華經置道場關經院以燭繼景楊大桃慈聲蓋平生之願與一之日發其心二之日規其趾作不踰序厥功成焉居山之福地於戲群峰合沓以就我當大藏而孤峙疑天作以待一作得用此持經之境也及以清晝山

空杉吹不動真念凝乎寂寞經聲在乎宵冥此持經之心也大曆元祀州將常公元甫兵部尚書劉公晏侍御史王公圓開州刺史陸公向殿中侍御史陸公迅大理評事張公象境誘真心共獲殊勝乃相與飛表奏聞詔書特下署名曰法華道場焯哉獄乎經王之惠日昇于天乎自江以東惣一十七所皆因大師之首置也舉精行大德二十七人常持法華報主恩也大師以無緣慈眼極一觀四生多溺空見乃鑄盧舍那及毘盧遮那像明智身不有法體非無將顯古佛證經之由乃起多寶妙塔開淨土當生之業遂作彌陀色身法華一經駭聲得記方等四部得嘉一作喜廣教盡收一作狀無垢淨光蓋是如來極開方便跡雖有作

功乃無爲接人天機使知有殊常之福又寫天台一教溢乎道塲真銓昭昭與清景不極大師有言佛法壽命其性常任乎不存我法安寄於是置莊二所世田爲義倈嘉穀以登身由是脩期聖禾不絕非夫大師平等之施孰能于事理雙全哉物役我慈日用不足門人有懈廢者接彼退機諸法華玄義天台止觀四分鈔文臨壇度人授心揚律穎盈乎石室之籌天寶年於靈巖道塲行法華三昧忽覩大明上燭天界我身正身儼在光中異日問天台然公公曰智慧光明從心流出非精志之所致耶又於本寺入法華道塲忽覩此身在空中坐先證者知是大師滌垢之相不然則萬法有無礙之用哉其年春秋七十一僧臘四十

六以興元元年七月二十九日告終于支山本寺嗚呼象法衆壞苦流增波無數人天從今何怙初當寺盖公輪公一夜同夢大殿忽崩得非法匠將亡之應示疾之日驕陽爻焉嘉苗若燎辭世之夕風號雨暴天地慘黷亦我法陵遲之變也傳教門人靈輪法盛道欣可入如來之室豈唯宣父之室哉俾厥鴻猷張而未弛奉教門人猶子靈源等高志謦欬德隣先覺精細行以檢儀敷大乘以基性雖後學夙聆德聲旨云不騫貽諸樂石銘曰

泓澄吳江靜幾于道清氣蓄焉誕我僧寶洸洸大師與道爲蕃義天無孛慈釭不昏巋然支山緊公所發建塔闢院夷荒而趾乃基靈峰靈峰崇崇乃啓秘藏秘藏彤彤天色在下日輪當中真經無言至象非象真理徹性不昧不朗三觀一心如懸帝網雪山差我有時而裂香樹偃蹇有時而折世相若斯師何示滅示滅何之天泣人悲高丘漠漠細雨霏霏陵發西去相逢是誰見海未乾疑山尚阻囂囂魔民爰得其所吾所寂寥空留法語入室數子皆弘我經安公如月遠公如星恭恭秩秩釋氏儀形影塔亭亭長在寒樹天上花落人間日暮徒飄苦雲與我爲喻

虎丘西寺經藏碑　顧況

闔閭之葬海湧（一作湧塿）也水銀爲溟渤黃金爲鳧鴈精氣爲白虎是名虎丘東晉王珣王珉捨山造寺生公忍死待西國經來之所也山中塔廟叔父有功叔諱七覺字惟積容

相端靜神龍初八歲剃度萬言一覽　際天人嘗以唵啣（一作部）林萬法之母法從數起乃讀外書小餘大餘以爲譏攝惟摩所謂通達善道法華所謂通達大智況受經於叔父根鈍智短魯不得乎少分（一作多）至德三年示終本山付囑門人澹交曰此山法事莫不圓對而經藏猶闕澹交僧瑤俗性何廬江次宗其胄奉佛不敢廢師之命自至德貞元龍在戊寅紹建方畢瞿曇教迹不捨有表不（一作示）住（一作無）表觚若用中壇攝其六頂攝其六（一作四）譬如無根安得有華故覺華長者得定光如來授記鹿仙長者得釋迦如來授記寶手菩薩者空王如來授記皆因造藏而得作佛從虛空藏流出一切藏一切藏流出四大藏四大藏一億大

藏四億小藏圍繞湧出壯如蓮花灌於四藏流出十二藏從十二藏分爲三藏一聲聞藏二菩薩藏三真如性海藏海水可量虛空不可量虛空可量菩薩摩訶薩成就衆生變化隨感不可量菩薩摩訶薩脩行地位有分劑故故可量諸佛真如性海無分劑故故不可量攘於三藏流出八萬四千藏脩多羅藏摩訶藏爲上首於是有法藏寶藏甚深微密藏妙花光雲等藏無盡在色究竟天衆生衆生福薄不得瞻睹讚呼雞摩海醎首羅大自在神天樹雲音日輪速疾執金剛神淨光光香雲最上光嚴身衆神清淨華髻栴檀樹光足行神雷音幢相雨花妙眼道場神淨花普照無等光燄主空神求斷迷惑普遊淨空主方神示現宮

殿樂勝莊嚴主晝神普得淨光諸根常喜平等護音寂靜海音主夜神其摩竭提國有金剛藏中有摩尼瑶王變現自在兩無盡瑶嚴好花是諸菩薩演說如來廣大境界慈目瑶髻發生喜樂可愛樂正念天王十方海中一切瑶王吐雲彌覆流出教綱其佛號法水覺空如來嚴持器杖夜叉王力懷高山夜叉王毘樓博叉燄口海光龍王等甚可怖畏鳩槃荼王美目端嚴鳩槃荼王日光天子月光天子星宿王天子威德光明天子各各恒沙恒沙眷屬相與掌護其南海撈伽山下娑竭羅龍宮其光明藏大地劫淨諸方等諸經納於龍宮其善部州大藏六萬卷中六千卷小藏四千卷大悉地有空有不空廣略平等譬如萬法出一塵中千輪百疏又於一塵流出（一有又字）如帝釋宮殿因陀羅網一珠映八十億珠法界義中法身法性百佛世界細一毛端拄一毛端成微塵數世界一一世界法身演無量百千萬億諸佛法藏是身爲陀羅尼藏湧法海藏衆法瑶藏舍乘敷藏花頂衆藏密耶護藏言頊顯也此皆奢摩他毘鉢舍那定惠之力觀見如來等藏藏依識攝有含（一作合）藏理發（一作法）於心而形於藏內外俱朗不其然乎斯文淳（一作紕）一非敢戲論光佛相好贊佛功德從佛知見中來頌曰

雪（一作靈）山緋宮等虛空耶叔父付囑瘖交續耶妙華光雲香普薰耶娑碣所措摩醯護耶喝剌呼嚧歸命護耶

蘇州乾元寺碑　前人

五蘊十二入十八界此上三科能包萬法因緣生爲有無自性爲空有融一則（一作即）中道義雖石船渡海蚊背負山不爲希有事僧法珣與和合衆法藏等造乾元寺者晉高士戴逵子顒之宅也乾元初節度使鄭昊之奏立觀察使李涵李道昌皆有力大臣求無上道以心無所額無邊受者實得施者實與雖空不敢有爲有域無爲無域無爲有爲之體有爲無爲之用無生無滅無相無名無相法無言語說法以無言語說故有相大乘有觀法門無相大乘無觀法門於有所得有相大乘義於法無所得無相大乘義所得無所得俱真一乘之義事也爲妙因果譬如種子依地而生又如大地能荷群有虛空之體大於天地天地有

盡虛空無盡如來之體大於虛空光明虛覺圓寂萬德故於無住本建乎諸法不動真際恒沙煩惱莫不斷除魚吞鈎虎落穽蛾拂火此衆生自取其毒道本平坦樹本清凉佛在摩竭提國城等正覺諸弟子栖乎茂林籍彼祥草厥後因時設教猶著弊衣行次乞食及性忉利省摩耶夫人優填王鑄金刻木始用膠漆泥布佛有象自此始也與佛在時功德無異於是給孤長者造祇洹精人末由底迦造龍宮精舍竺乾法蘭造洛陽白舍寺佛圖澄造鄴中九百七十三寺釋道安造襄陽一十五寺遠法師造廬山東林西林寺度法師造攝山栖霞寺杯渡法師造南陵隱靜寺傅大士造東陽雙林寺思大師造衡陽南岳寺智者大師

造天台國清王泉寺三十五寺略也涅槃無前無後無般若無新舊法珣上不重舊德下不輕新學（一作法珣上人重舊德不輕新）學門人清瑛清况於經藏中抄佛心詑（疑）求示無極文曰

偉哉迷廬宏亘大千百億日月藕系貫穿蛟背負文飛登梵天塵勞爲海般若爲船截生死流是曰希有大哉乾元寶則不朽和衆雲臻珣爲稱首佛告善來寶坊崇哉法雨洒垓蒸雲徘徊

文苑英華卷第八百六十三

文苑英華卷第八百六十四　碑二十一

釋十五

廣陵白沙大雲寺碑　顧況

地輪依水水輪依火火輪依風風輪依虛空虛空無所依佛體也變佛體爲金色界地輪是也金色界中有香水海水輪是也香水海水中有光明藏火輪是也復有寶林香花瀰漫周遍佛土風輪是也上至香積下至金色一光明

藏依報正報之因歟有智爲精界無智爲器界佛土爲性界法身報身應變之身一也天親以應化非直佛亦非說法者其華嚴則不然諸佛同身流入毘盧遮那智藏之海人有血脉地有溪關滄島之脅有白沙之墟焉天塹在南屬岡在北敦彼廣斥勾擪五材構刺元精猛虎蹲路騰蛇跛水氣毋毒形火爐壓物之意惣持相士曰牛欄河灘畔堪造漫吒羅非人乃秩天寶末長安僧絢避屬東土晝爲像宮以配梵帝皇猷允塞畺福爰集善米若干商主若干與其眷屬爭欲奮迅爰雲構版揷定中丕赫徵絢之功人其捨諸於戲古稅其溥人猶告困夫絢不柄刑賞不驅其人蓋以天子孝理昭明並受其佑霜露怵惕蓼莪罔極申

以上報護儒經之興聞此名教君子肝腦而塗地者也不然其孰能與於此乎所作既成推山幹坎金翅吞龍之勢徹乎上王磅礴乎夜摩胷開掌坦碁布箭直廓乎其崇（一作索）也哉洎夫擸師陶師事匿乾陂方等百一嚴身之具華儉適中甭而不鈌三草二木俱霑一雨昔北山之翁天帝命操蛇之神以遂其志是知悪善根（一作力）軍吒胷索口唵（一作奄）火皆警電春雷張雕威恒保寧刹土易見底迦一時生晦（一作悔）魔軍（一作兵）法將不可以較乎勝負吹螺擊鼓歌唄讃嘆旋知之衆莫不圓逼信乎劉賦停酸脩羅竄迹菩薩鏡生死海爲大涅槃大法現前了無塵礚凡有作有諡名有相大乘無作無諡名無相大乘體相融一真味也

涉入無閡因中說果果中說因此文殊道引之智羖羊有角能破金剛不破如如之相我於觀照權實皆如如從心上變起離心無物離物無心固（一作因）物因迷盧不動有若靈辯禪師者大照大師之上足如優曇花綱首艮制利見如詹蔔花絢上人者根器清浄如拘物頭花芬多利花丰來求我分別三締不有歐和之志悉地之德焉雖乎决擇然則嗢陁喃散施有情之義磁石攝鉄不攝鴻毛相應故作針則沉作鉢則浮隨緣故獸亂堅骨魚食碎砂骨游（一作遊）鋪託胎弗也明佛性故與夫有不染塵空不斷相非空有故若有去來若無去來無去來故若有方所若無方所故佛與衆生數無増減無增減故補得迦羅由來則

佛前佛後同名同號乃至不同一一微塵之數微塵數佛各坐蓮臺展臂指塵皆當此說且脩多羅藏八萬在婆竭羅龍王宮中以龍樹之聰利受持不盡海惠盡焉（一無此字）曾不得夫少分（一作多）或以其言河漢詎知我生一一生陰陽也不測之外更有神速之如此乎是以聖人神道設教大哉神乎若在其上若在其下群玉藏書之府比夫現量春秋叙二百餘年方彼曠刼百千萬億那因他其數略也法從數起從一刹那至一洛剎從一洛剎至一俱祇至一僧祇從一僧祇至一高出從一高出至不可轉無邊無礙無鞅（一作夫）無極重重（一本再疊重重字）成住壞空空不相凌滅其相去也不亦遼乎假使生肇融叡伊皐稷契共佐唐虞我知

不相若也老聃曰竺乾國有古先生西過流沙彝師之旨孔子對商太宰曰三五非聖西方之人蕩蕩焉無得而稱又曰聖人丘不得而見之矣日月無燭無不燭聖人無見無不見般若無知而無不知周紀有之昭王二十四年甲寅（張楲經世紀年作在子）天地震動江河泛濫王問大史蘇由此何祥也對曰聖人生於西方穆王三十三年壬申（是歲紀年作壬子傳灯録作五十二年壬申今又作三十三年未知孰是）天地震動江河泛濫王問大史扈多此何祥也對曰聖人滅于西方示有生滅實無生滅何使無生之法格乎戰國戰國得之秦不坑儒趙不坑卒小國事大國大國不征小國含哺鼓腹無爲之法化也雖有大夢然後大覺塵勞性空有（一作空）有常寂分攺遷易無

非法身而大雄法寶五迦葉不得當乎付囑必也當乎不論前後此瞿曇所以賛佛法也文曰

佛日之曙兮照乎東方大雄説法兮海印發光獨立世界兮横呑八荒江沙漫漫兮寺壓其陽撼谷幹波兮氣盤中央

揚州慶雲寺律師一公塔碑　獨孤及

公諱靈一俗姓吳廣陵人也膺（集作神）清氣和方寸地靈（一作虛）與自然妙有（集作太初元精）合其純粹聞思脩（一作循）非惠介然生知九歲出家十三斷髮（集作結）嚴持律藏將紹法寶示入（一作八）文學以誇（集作誘）世智初不詳（集作計）身中有我我中有身德克報圓斷緣相滅寶應元年冬十月十六日終于杭州

龍興寺春秋三十有六臨滅顧命以香水荼毘爲送終之節門弟子虔奉遺旨粵以是某月某日焚身于某山起塔于其原從拘尸城之制也右補闕趙郡李紓殿中侍御史頓丘李湯嘗以文字言語遊公廊廡至是相與追録遺懿以詒塵刼謂公真靜直方淵遠弘大而睿識洞鑒天倪道機注不蒲酌不竭冲然也自受生至於出家貪恚不入念哀樂不見色自知道至於返真雙寫不踐居士之門六根不染欲界之塵學無常師悟不以漸內以了因證心果外以惠用接物與止水空谷同其應和而法施不住天機無方精義玄言或形於章句騷雅之遺韻陶謝之鈌文公能緣之其終篇必以了義傳約和者量其根之上下而投以法味飽其風者亦虛而來實而歸或以足言言必緣情一緣則萬緣作而諸相見無乃不可乎曰佛法自利他不係於權實將善誘之心唱和之固曰示入固波可也公又嘗謂無生正位實相宗本二乘所感談者莫究於是着法性論以辨之而迦葉後問惠遠與吉驍焉疑斷渙若氷釋者是以爲向使大啓壽量好務弘道則法王虔聞非公䟽寄鳴呼生不極其涯道不竟其源豈應物之緣住世之數止於是乎爲世締之始終報身之去來非思議之所及乎清塵緬然學者安仰若涉大水而無舟航儒生強名以志陳跡

亦從自知道起至陳跡一段集本作自出家至于涅槃六根不染欲界之塵雙遣不踐居士之門公之嚴持也初公之先世爲富家既削髮權萬金之產悉以讓諸孤昆季所取者獨衲衣錫杖及身而三捨七界五欲如棄涕唾公

之純白也其所底止必擇山間林下無塵埃之地初舍于會稽南山之南懸溜寺焉與禪宿之達者釋隱虛與印靜虛相與討十二部經第一義締之旨既辨惑徙居余杭宜豐寺隣青山對佳景以嶺松澗石爲梵宇竹風月露爲丈室超然獨往與法印俱自是師資兩忘空色皆遣暴風偃山而正智不動巨浪沃日而浮囊自安於是著法性論以究實締公之懸解也公智刃先覺法施無力每禪誦之隙輒賦詩歌事思入無間興含飛動瀟沅之遺韻江謝之闕文公能綴之蓋將聰合詞林與儒墨同其波流然後循循善誘指以覺路繇是與天台道士潘清廣陵曹評趙郡李華頴川韓極中山劉頴襄陽朱放趙群李舒頓丘李湯南陽張繼安定皇甫冉范陽張南史清河房從心相與爲塵外之交講德味道朗詠終日其終篇必博之以聞約之以脩量其根之上下而投之以法味欲使俱入不二法流公示教之壞門也內張天機外與物接捨法無我以虛受人嚮馬若空谷之響止水之像優而柔之使自得之其道振未始不無爲也而歛其和者亦虛而來食而歸明徹其所以然則不得其朕公應用之無涯也宜豐寺地臨高隅初無止泉公之戾止有靈泉呀然而湧噴金沙之溜于禪庭左右挹之彌清軒之無窮公精至感物也鳴呼川發天落壽量俾一切住世聖道以拯枝喪得大雲而宗天宅其公乎于嗟昊穹奪我善友使生不極其涯道不竟其源豈前

已就有可出將轉現他方乎爲應化之始終法身之去來
非思議所及乎凡今學徒戒歸若涉大水而無毫釐抽毫
強名以
志陳迹

其銘曰

茫茫（集作示生）五濁愛胥如債何以（集作以何）爲師尸羅之戒卓爾
立志於焉懸解持佛密藏俾道勿壞（集作一念識滅萬法懸名離性空破魔結壞）
穎脫諸有獄視三界上德不器大言（集作道）無方遺言（集作天縱）之文亦知其方發彼蒙求（集作童）啓迪思量我皆令發直
心道塲奈何法船今也則亡適來豈時（集作逆）適去豈順施
未及普天乎（集作胡）不憖飛鳥無跡法雷罷震福庭空虛來
者曷問言之糟粕晋爲秘印

舒州山谷寺覺寂塔隋故鏡智禪師碑銘

獨孤及

案前志禪師號僧璨不知何許人也出於周隋間傳教於
惠可大師摳衣于鄴中得道于司空山謂身相非真故示
以（集作有）瘠疾發無我所故居不擇地以衆生病爲病故所
至必說法度人以一相不在內外不在中間故必（集作足）言
不以文字其教大畧以寂照妙用攝流注生滅觀四維上
下不見法不見身不見心乃至心離名字身等空界法同
夢幻亦無得無證然後謂之解脫禪師門率是道也上膺
付囑下拯昏疑大雲垂陰國土皆化謂南方教所未至我
是以有羅浮之行其來不來也其去不（集作無）去也既而以
袈裟與法俱付悟者道存形謝遺骨此山今二百歲矣皇
帝後五年歲次庚戌及剖符是州登禪師遺居周覽陳迹
明徵故事其荼毘起塔之制實天寶景戌中別駕前河南
少尹趙郡李公常經始之碑板之文隋內史侍郎河東薛
公道衡唐相國刑部尚書贈太尉河南房公琯繼論譔之
而尊弘道之典易名之禮則朝廷方今（集作無今字）以多故而未
遑也長老比丘釋湛然誦經於靈塔之下與澗松俱老痛
先師名氏未經邦國焉與禪衆寺大律師釋澄俊同寅叶
恭亟以爲請會是歲嵩岳大比丘釋惠融至自廣陵勝業
寺大比丘釋開悟至自廬江俱慕我禪師後七葉之遺訓
曰相與歎塔之不用命號之不崇懼象法之本根墜于地
也頹中（集作無）邊衆生之弘誓以攄（集作行）罔極楊州牧御

史大夫張公延賞以狀聞於是七年夏四月上沛然降興
廢繼絶之詔册諡禪師曰鏡智塔曰覺寂以大德僧七人
灑掃供養天書錫命暉焕崖谷衆庶踊躍謂大乘中興是
日大比丘衆議立石于塔東南隅紀正（集作心）法興廢之所
以然及以爲初中國之有佛教自漢孝明始也歷魏晋宋
齊施及梁武言第一義諦者不過布施持戒天下惑於報
應而人未知禪世與道交相喪至菩提達摩大師始示人
以諸佛心要人疑而未思惠可大師傳而持之人思而未
脩追禪師三葉其風浸廣真如法味日漸月漬萬木之根
莖枝葉悉沐我雨然後空王之密藏二祖之微言始爍然
行於世間浹于人心當時聞（集作問）道於禪師者其淺者知

有爲法無非妄想深者見佛性於言下如燈之照物朝爲凡夫夕爲聖賢雙峯大師道信其人也其後信公以教傳弘忍忍公傳惠能神秀能公退而老曹溪其嗣無聞焉秀公傳普寂公之門徒萬升堂者六十有三得自在惠者一曰弘正正公之廊廡龍象又倍或化嵩洛或之荊吳自是心教之被于世也與六籍侔盛焉嗚呼微禪師吾其二乘矣後代何述焉庸詎知禪師之下生不爲諸佛故現比丘身以救濁刼乎亦猶堯舜既徃周公制禮仲尼既沒（集作逮之）游夏弘之使高堂後蒼徐孟戴慶之流（集作徒）可得而祖焉夫以聖賢所振爲木鐸其揆一也諸公以爲司馬子長立夫子世家謝臨川撰惠遠法師碑銘今（集無今字）將令千載之

後知先師之全身禪門之權與王命之追崇（集作丕顯）在此山也則揚其風紀其時宜在法流及當（集作嘗是）味禪師之道也文故不讓其銘曰

人之靜也性與生皆植（集作衆生佛性莫匪宿植）知誘於外率（集作染）爲妄識如浪斯鼓與風動息滛駭貪怒爲刄爲賊生死有涯緣起無極如來憫之爲闢度門即妄了真以正覺源啓迪心印貽我後昆間生禪師俾以教尊二十八刼迭付微言（自摩訶迦葉以佛所付心法遞相傳至師子比丘凡二十五世自達摩大師至禪師凡三世共二十八刼集作世）如禪師膺期弘宣世溷法滅獨以（集作與）道全（後周武帝下令滅佛法禪師隨可大師隱遁司空山十有三年）童蒙求我我以意傳攝相歸性法身乃圓性身本空我無說焉如如禪師道既棄世將三十紀妙

經乃届皇明昭賁億兆膜拜凡今後學入佛鏡界于取非取誰縛誰解（初禪師謂信公曰汝何求曰求解脫曰誰縛汝誰解汝曰不見縛者不見解者然則何求信公於是言不證解脫知見遂頓禮請益是日禪師授以祖師所傳袈裟）萬有千嵗此法不壞

棲霞寺故大德玭（一作玼下同）律師碑　劉軻

世說域中四名刹棲霞其一以其高僧世出自齊梁間大小郎至大師聲問相襲故江左重呼其名謂棲霞大師焉大師諱曇玭俗姓王氏晉瑯琊文獻公後自永嘉南遷爲句曲人王父師虔會稽守虔生智高尚不仕州里號處士生大師自孩抱絕不爲兒弄塵能言標頴聰接群言秘肯迎耳必了及長不茹葷血乃曰天其或者將滌吾器耶既落髮於金陵希瑜（一作喻）律師受戒於過海鑒真大師後與

友人高陵恩律師追遠永之游乃偕隱廬之東林雖欲遺名而名已高矣於是奔走吳楚青徐之學者始五臘講律於豫章龍興環座捧帙者麻葦明年登明寺壇至德三載勅隸於明寺後累涖事于甘露壇端肅儼恪儀形梵衆大曆初乃歸棲霞其涖壇傳戒一十五會講訓經律三十七座州牧（一有蘭陵二字）蕭公高其人謂標望風度詎獨鄭衞松栢耶乃命爲僧正紀綱大振雖一公帖四輩之望無以上也十四年忽昌言於衆曰吾以律從事自謂無媿於篇聚矣然猶未去聲聞之縛既而探曹溪牛頭之旨沉研覃思朗然內得乃曰大丈夫了心當如此建中元年禪坐空谷雖野馬飄鼓星辰凌歷云云自彼我何事焉後尾官寺其

徒聚謀而請曰瓦官衆中之名剎也大師乃江左之碩人也捨是而不居吾屬安仰始出山居焉從人欲也無幾何謂弟子志誠海湘（一作潮）等曰吾休矣丘井夢電之喻必然耳貞元十三年十一月六日丁亥坐化于瓦官寺律堂是月景中荼毗塔於新亭之後岡春秋七十五僧臘五十一門人臨壇者有若廬陵龍興寺明則廣陵定山寺道興鄉邑寺行銓臨淮開元寺澄觀九江寶琢寺智蒲當州彭城寺惠興瓦官寺靈津鶴林寺常靜天鄉寺日耀龍興寺惠登皆津梁後進爲世燈燭賢七十子而後仲尼大聖睹栖霞弟子得不爲師氏名焉今寶稱領摩訶苾芻衆壇壓廬岳大江西南卓然首出若商那之後繼以掬多得不謂釋

氏之雄乎輒夙承寶稱之知見命叙述且曰吾得子銘吾大師吾無恨矣文曰

有晉氏家地高瑯琊産栖霞兮宿殖有自許身佛氏爲釋子兮結决（一作夫）纓蓋惠及中淨（一作率是）誰何對兮璞琢金鎣潭澄月映本清淨兮尸羅毗尼開遮止持作律師兮攝深庄高以遊以遨鏗蒲羅兮梵行既立薪傳火襲光岌岌兮

一作皆續廬山記

文苑英華卷第八百六十四

文苑英華卷第八百六十五　碑二十二

釋十二

杭州大覺禪寺碑一首

湖州法華寺大光太師碑一首

東林寺經藏碑一首

杭州徑山寺大覺禪師碑銘并序　李吉甫

如來自滅度之後以心印相付囑凡二十八祖至菩提達摩紹興大教指授後學後之學者始以南北爲二宗又自達摩三世傳法于信禪師信傳牛頭融禪師融傳鶴林馬素禪師素傳于徑山山傳國一禪師二宗之外又別門也於戲法不外來本同一性惟佛與佛轉相證知其傳也無

文字語言以爲說其入也無門皆經術以爲漸悟如夢覺得本自心誰其語（一作悟）之國一大師其人矣太師諱法欽俗姓朱氏吳都（一作郡）崑山人也身長六尺色像第一修幹蓮敷方口如丹嶷焉若峻山清孤泊焉若大風海上故揖道德之器者識天人之師焉春秋二十有八將就賓貢途經丹陽雅聞鶴林馬素之名往申款謁還得超然自詣如來密印一念盡傳王子妙力他人莫識即日剃落是真出家因問以所從素公曰逢徑則止隨汝心也他日遊方至餘杭西山問於樵人曰此天目山之上徑大師感鶴林逢徑之言知雪山成道之所於是蔭松藉草不立茅茨無非道場於此宴坐之久邦人有構室者大師亦因而安處心

不住于三界名自聞于十方華陰學徒來者成市矣天寶二祀受具戒于龍泉法崙和尚雖不現身意亦不捨外儀於我性中無非自在大曆初代宗睿武皇帝高其名而徵之授以肩輿迎於內殿既而幡幢設以（疑）龍象圍繞萬乘有順風之請兆民渴灑露之仁問我所行終無少法尋制於章敬寺安置自王公逮於士庶其詣者日有千人司徒楊公綰情遊道樞行出人表大師一見於衆二三目之過此默然吾無示說楊公亦退而嘆曰此方外高士也固當順之不宜羈致尋求歸山詔允其請因賜策曰國一大師仍以所居爲徑山寺焉初大師宴居山林人罕接禮及召赴京邑途經郡國譬若優曇一現師子聲聞晞光赴響者

轂擊肩摩投衣布金者丘累陵聚大師隨而檀施皆散之建中初自徑山徙居於龍興寺余杭者爲吳東藩濱越西境馳軺軒者數道通濱驛者萬里故中朝御命之士於是往復外國占風之侶盡此（一作此爲）奔走不踐門閫恥如瘖聾而太師意絕將迎禮無差別我心既等法亦同如貞元八年歲在壬申十二月二十八夜無疾順化報齡七十九僧臘五十先是一日誡門人令設六齋其徒有未悟者以日暮恐不克集事大師曰若過明日則無所及既而善緣普會珍供豐盈大師意若辭訣體無患苦逮中宵跏趺示滅本郡太守王公頲即時表聞上爲虛歎以大師玄悲默照負荷衆生賜謚曰大覺禪師海內伏膺於道者靡不承問

而心悵惘號慕明年二月八日奉全身于院庭之内遵遺命也建塔安神申門人之意也嗚呼爲人尊師凡將五紀居唯一床衣止一衲冬無纊氈夏不絺綌遠近檀施或一日累千金悉命歸於常住爲十方之奉未嘗受施亦不施人雖物外去來而我心常寂自象教之興數百年矣人之信道者方悕畏於罪垢愛見於莊嚴其餘小慧則以生滅爲心垢淨爲別捨道由徑傷肌自瘡至人應化嘗其病故大師貞立迷妄除其惷冥破一切相歸無餘道乳毒既去正味常存衆生妄除法亦如故嘗有設問於（一作于）大師曰今傳舍有二使郵吏爲刲一羊二使既闕一人救一人不救罪福異之乎大師曰救者慈悲不救者解脫惟大師性

和言簡罕所論說問者百千對無一二時證了義心依善根未度者道豈遠人應度者吾無雜味日行空界盡欲昏癡珠現鏡中自然明了或居多靈異或事符先覺至若飲毒不害遇疾不醫玄鶴代聞植栁爲蓋者此昭昭於視聽者不可備紀於我法門皆爲妄見今不書（一作爲）尊上乘也弟子實相門人上首傳受秘藏導揚真宗甚乎有若似夫子之言庾桑得老聃之道以吉甫運褰當代歸依釋流俾筌難名強著無蹟其詞曰

水無動性風止動滅鏡非塵體塵去鏡澈衆生自性本同諸佛求法妄纏坐禪心汲如來滅後誰登無生大士密授真源湛明道離言說法潤根莖師心是法無法脩行我體

本空空非實性既除我相亦遣空病誓如乳毒毒去味正天師得之斯爲究竟何有涅槃適去他方教無生滅道有行藏不見舟筏空流大江蒼蒼遥山成道之所至人應化萬物皆覩報盡形滅人亡地古刻頌豐碑永存（一作全）澗戸

湖州法華寺大光天師碑　李紳

賢刼千佛生於後世法輪迴轉應現隨相或國王大臣宰官居士降生有地不以色相故如來言以色見我聲音求我爲行邪道故不以金色瑞相蓮花化生降胎示報以潛靈聖上人姓唐氏生於邑之安吉母梅氏竒孕而夢協靈祥在娠而不茹葷血既生能言不爲戲弄未亂之歲思求佛乘發念法華三月通貫傳凡（發作梵）音于性稟精護念於

神契經聲一發而頑鄙葷心晝集夜持而七部圓滿從容音響指顧閑雅雖捷口利辯者皆隨慕念及登戒之歲僧儀首冠西遊長安祥氣達於函關瑞相通于帝夢上上以持經爲國請闕請見肅宗皇帝召對禁中上拱而嘆曰昔夢吳僧口念大乘五光隨發音容宛若協我嘉徵因錫名大光以瑞唐姓肅宗元年降誕之辰會齋于定國寺因賜上人墨詔許以天下名寺持意往者住持令內臣趙思溫送于千福寺持經道場經日四七而吳音清亮常達（一作通）聖聽上表異其事令高力士以宣諭焉後居藍田精舍先期而寺僧夢天童來降稱曰大光經聲達（一作通）于峯頂師既宴坐自見神手從天而降撫光之心師乃憶先達抱玉

大師常志斯言今高其法音當有神輔夕夢神僧乳見于心命光口飲自是功力顯揚神形不勞尋山探幽偶墜窮谷龍泉莫測淪溺其間心靈了然無所惑亂因以本經多寶塔爲誠願持十萬遍怳然出泉若有神捧後詔住資聖寺大師以慈親在吳未谷慈力表乞歸養恩未許還猶繫煩惱之念遂生無妄之疾策蹇強力將投于泉驢伏不前群烏佛頂心既將覺疾乃隨瘳昔如來雙鵲巢頂而定惠堅明大師群烏摩首而煩疑解脫延以寶軸加飾首載法華于千福寺行道日夜事命有詔許還既止烏程崇修寶塔日持法華偈以成往願焉永泰元年浙西廉察使韋元甫表大師爲六郡別駕道場將念之音大曆癸丑歲文忠

公顔真卿領郡余先人主邑烏程余生未朞歲乳病暴作而不啼不覽者七辰師至命乳母洗滌焚香乃朗念法華至功德品遂起席而坐拱而開目師飲以杯水遂命乳哺疾乃隨愈大師視而笑曰汝何穎返之速乎因以法師易余幼名巳及成童之歲貞元中余甫弱冠再遊霅上舟泊之次大師以貯于溪側而笑曰戲撫如兒童焉余爲州將飲醉於館大師引宿於道場夜分將醒白光滿室朗然如晝覩大師宴坐妙音方闡若聞毫相經音既息光亦隨歛余是歲西邁辭大師于法筵撫予頂曰爾得徑山之言我則無以爲諭行矣自愛去留有時空王教平等者護念大師以永貞元年十二月黑月既夕示滅于法華寺經之院

歔號鳥墜山林驚振異香飄馥二日不息是月告刺史顔
防曰去矣人世無牽夢泡大師熈和暢達無入而不自得
焉隨機見教經行無閡維摩結之儔也知機同如藏往察
來默而不顯晉寳公之倫也經通梵界瑞降天童靈（一作佛）
相神光昭融顯見曇上人之徒也大哉明德慈悲護世通
異相于王者示法輪之寳重昏外識於黎庶懼色相之迷
妄是以居若長橋動如浮雲隨鷗自親入獸不亂一衲四
十歳無浣濯而誠香芬馥一飦七十載滋禪悦而膚體溫
然余遭大師留駐于世而不覩大師寂滅之日年踰耳順
昏寄塵勞無法舸以濟河悲火宅之迷室忝門徒者（一作跡忝門）
者追書梵宫時予烏墓臺舊僚天官郎敬君守郡吳興寄言

刊石銘曰
多寳如來聞經誦塔伴尼闡教以弘正法受持三世以成
賢劫或降忉利或生人天金相不顯真如默傳明燈繼焰
水月分圓示抱金（疑）德資于上賢體實戒珠心惟法鏡懐
寳不迷含光不競（疑）希夷要妙法凝清浄發諭開蒙藏機
匿聖瑞協皇夢功致天童聲宣梵界響達宸聰降靈神手
捧溺龍宫跡隱三昧心符六通金粟分身普賢馳象譬諭
言詞光明顯相仁滋一雨功歸無量法性天高慈門海曠
我昔嬰兒迷蒙疾痼靡曰沉魄返年師駐梵音耳聽神光
目覩白馬先鑣迷津莫泝鼓音以息慈雲不浮寳樹摧葉
祥泉涸流稠林喪斧苦海沉舟色相歸空法身無際莫測
往來誰分顯晦三表開仁深乎宴諦

東林寺經藏碑　李肇

釋迦者流有十二部經由（或作猶）儒之詩書易禮樂春秋皆
立言垂教之本儒無文字則天下久已大壞三藏之説不
行西方聖人之教幾乎息矣若聲聞乘之四諦門緣覺乘
之十二因緣門菩薩乘之六波羅蜜門以至佛乘之一切
種智生而知之則已學而知之者向微（一作自非）斯文是必情
然不自知其術也人主擅萬乘之權富有四海至于生死
報應之際常（一作恒）必瞿然有生之徒奔走之不暇實由斯
言之恒赫而致化（一作比）夫塔廟莊嚴之爲像教其用大矣
佛有天龍大會未嘗不以契經爲事佛滅後大迦葉召千

羅漢結集法藏阿難傳焉西土以胡文紀之謂之梵書科
斗文字之類也著于貝葉謂之梵夾殺青爲簡之類也後
漢天竺人摩騰始至中國出其文四十二章翻爲隷書其
後稍稍不絶至晉沙門法護遍遊西國達言語之不通者
究三十六書之體而還梵書之詁訓音義然後大備雖爲
道滋廣而難能亦甚盖以事生六合之外教出五常之後
時人無能知者少則謬於文句大則失其宗旨道安嘗嘆
釋經有五失本三不易故信奉之代亦以名臣佐而成之
自漢永平至唐開元祖述之士凡一百七十六人有桑門
之重譯有居士之覃思有長老之辯論有才人之撰集校
其經律論傳記文集删改之惣五千四十八卷號爲實録

其中貞觀法師玄奘述一作作居多五分其数有其一其爲
該慱首出前輩而歷代精舍能者藏之方之蘭臺秘閣而
不繫之官府也五都之市十室之邑必設書寫之肆惟王
公逹于衆庶靡不求之以至徼福祐防患難嚴之堂室載
之舟車此其所以浩瀚於九流也廬山山岳之神秀而東
西林爲海内名刹有恵遠道安一作生是之遺風四百餘年鍾
磬之音不絶然而三藏經論闕而無補元和四年雲門僧
靈澈流寓而歸棲泊此山將去言于廉問武陽帝公公應
曰一作之是如響徃年公夫人蘭陵蕭氏終有釵梳一作珮服
之資而於荊州買良田数頃收其租入以奉檀施至是取
之增以清白之俸而經營焉爰即洪州諸寺雜理其事琱

函餙軸漬蘗磨墨僧謀而吏書一作藏著徃一作兆是而寒就先
命度地之宜以圖建置黙設規制懸成剞劂一作晌疑乃結構
而浮于江以至于東林施爲殿堂用尊祕藏得浮槎大德
義彤爲之主受持灑掃者七人以備名山之闕而資學者
公之素志爾初彤公受具一作葉於廬山浮槎寺嘗討大藏
惡其部帙繁亂將理之不可遂發弘誓四十餘夏果得至
焉於是捜遠近之逸函墜卷目在辭亡者得之互文合部
者兼之斷品獨行者類之本同名異者存之以僞亂真者
標之又病前賢編次不以註疏入藏非尊師之意弃開元
庚午之後洎德宗神武孝文皇帝之季年相繼新譯大凡
七目四千九百餘卷立爲删藏著雜録七卷以條貫之合
開元崇福舊録惣一萬卷舉藏以志函隨函以命軸微塵
句偈如在常中然後金口之說流于娑婆者盡在於兹山
也五年帝公薨七年慱陵崔公以仁和政成惘黙舊績由
是東林以遺公得請篆刻之盛其成公故家府從事李肇
爲之文曰

多羅之教神道不測迦葉承之布西域兮毗尼之用其法
翼翼優波受之番作則兮阿曇之文演暢宗極苾蒭龍象
甚奇特兮三者之藏傾如輸墨王公大人爲之歸兮帝公
之績崔公之德及兹寶藏何崩岁兮崇崇彤一作二公合發
願力傳之歷刼千百億兮鑪峯之北靈壇之側系之迦陁
金石刻兮　一作皆續廬山記

文苑英華卷第八百六十五

文苑英華卷第八百六十六　　碑二十三

釋十七

故章敬寺百巖大師碑　　權德輿

禪宗長老百巖大師之師曰大寂禪師傳佛語心法始自達摩至於惠能之(文粹作能)化行于南服流于天下大抵以五蘊九識十八界皆空猶鏡之明也雖萬象畢呈而光性無累心之虚也雖三際不住而覺觀湛然得於此者即凡成聖不然一塵瞥起六入膠固循環回復於生死之中風濤火輪迷忘不息授受聆合大師得之一言宗通深入無礙師諱懷暉姓謝氏東晉流寓今爲泉州人孩提秀發博究書術一旦慨然曰我之祖先今安在耶四肢百體視聽動用孰使之然耶灌然雨泣改服緇褐志在楞伽行在曹溪得圓明清淨之本去妄想因緣之習百八句義照其身心心離文字化無方所於是抵清涼下幽都登徂徠入太行所至之邦蒙被法味止于太行百巖寺門人因以百巖號焉元和三年有詔徵至京師宴坐于章敬寺每歲召入麟德殿講論後以疾固辭十年十二月二十一日怙然示滅

其年六十其夏三十五弟子智朗志操等以明年正月起塔于灞陵原凡一燈所傳一雨所潤入法界者不可勝書著法師資傳一編自鷄足山大迦葉而下至六祖(二字集作于)能秀論次詳實或問心要者荅曰心本清淨而無境者也非遣境以會心非去垢以取淨神妙獨立不與物俱能悟斯者不爲習氣生死幻蘊之所累也故薦紳先生知道入理者多游焉嘗試言之以中庸之自誠而明以盡萬物之性以大易之寂然不動感而遂通則方袍褒衣其極致一也嚮使師與孔聖同時其顔生閔損之列與釋尊在代其大慧綱明之倫歟至若從師受具之次第宰臣大官之尊信誕生入滅之感異今皆不書德輿三十年前嘗聞道於大寂聿來京下時欵師言頃因哀傷似獲悟入則知煩惱不遠(文粹作邇)菩提雖聚散於此生期會歸於彼岸銘曰

西方之教南宗之妙與日並照百巖得之爲代導師頗若琉璃結火燔性愛流溺正癡冥奔命即心是佛即色是空師之通兮無來無去無縛無解師之化兮揭茲靈塔冊素周匝示塵劫兮

南嶽彌陀寺承遠和尚碑(集作南嶽大師遠公塔銘記)　呂温

原夫法起於無色生於妄求離於色者未得皆空徇念於無者斯爲有著也(集無也字)是以至人心無所念念無所求利未動而誰安本不然而何感然而利根難植頓詣罕聞不有舟梁孰弘濟度匪因陛級莫踐堂塗必在極力以持其

善心惠念以奪其浮想不以身率誰（集作孰）為教先誰能（集作其）弘之則南嶽大師其人也師諱承遠漢州綿竹縣謝氏之子積脩妙性宿起㝠因乘報現身應期弘道自天鍾美因地粤靈七尺全軀峨峨與瞻敬之狀九漏懸解江漢資清淨之源殊相夙成隱照潜發甫志學始遊鄉校驚禮樂之陷阱覺詩書之桎梏忽忽不樂未知所逃俄有信士以尊勝真言質疑於學怡然聳聽宛若前聞識契心㝠神動意往遂涕訣（集作決）慈顔行徇幽緣初事蜀郡唐（集作康）禪師禪師學於資州詵公詵公得於東山弘忍堅林不盡祕鍵相傳師乃委質僮役服勤星歲旁窺奥旨密悟真乘既壯遊方沿洟東下開元二十三年至荊州玉泉寺謁蘭若真和尚荊蠻所奉龍象斯存歷劫方契其幽求一言懸會於靈（集作虛）受愛從剃毀始備錙錫昂然古貌森映高（集作喬）松真公南指衡山俾分法派越洞庭浮湘沅（集作沅湘）息于天柱之陽從通相先師受聲聞具戒三乘之經教四分之紀律八正之倫要六度之根源莫不更贊神機遁歸心術聞京師有慈愍（集作敏）三藏出在廣州乃不遠重阻星言覲謁學如不足求所未盡一通心照兩捨言筌敏公曰如來付受吾徒用弘拯救超然獨善豈曰能仁俾依無量受經而脩念佛三昧樹功德（集作悳）劫以濟群生由是頓息諸緣專歸一念天寶初歲還於舊山山之西南別立精舍號彌陀臺焉雜草編茅僅蔽經像居靡重侍室無斗儲一食不遇則

茹草而過弊衲莫完（集作充）而歲寒（集作中）自若奉持贊嘆苦劇精至恒於真際靜見大身花座踴於意田寶月懸於眼界永泰中（集作年）有高僧法照者越自東吳求（集作遊）於廬阜遠公教跡結西方道場入觀積旬至想傍達見彌陀座下有老比丘焉啓問何人荅曰南嶽承遠願告吾土尊（集作尋）勝緣既結真影來現照公退而驚慕徑涉衡峯一披雲外（集作水）之塵宛契定中之見因緣昭晰悲喜流涕遂執摳衣之敬願承入室之顧大師德因感著道以證光遠近聆風歸依載路於是大建法宇以從人欲輪奐雲起冊刻化成走檀信（集作記）於十方晝莊嚴於五會香花交散鍾梵相宣火宅之煙焰皆虛慾海之波瀾自定加以寶裝祕偈建幢于臺前玉篆真文揭碑於路左施隨求之印以廣銷業累造輪轉之藏以大備教典勸念則編（集作徧）牓於崖谷勵學則兼述於縑緗其欲人如身慈惠懇至皆此類也大師峯栖木下六十餘年苦節真脩老而彌篤夙開戶牖久啓津途法界之尊重在焉天人（集作人天）之瞻仰如是常陋處方丈志行平等食不重味寒不兼衣王公之珍服盈廂甿庶之金錢布地莫不迴脩佛事贍養孤老凡（集作眷）言施者以是報之期頋將及至（集作志）力無替中鍾會食到必先衆夕磬虔念居恒達晨其克己練（集作鍊）心慎終如始皆此類也大曆末門人法照辭謁五臺北轅有聲承詔入覲壇場內殿領袖京邑託法雲之遠蔭旨感初因分慧日之餘光寧忘

本照奏陳師德乞降皇恩由是道場有般若（集作舟是）之號貞元歲某獲分朝寄爲問湘中近照德輝獲（集作備）探衆妙況靈嶽直午先皇本命宜有上士斯焉護持表求興崇詔名誠額臺雖舊號其命維新寺由是有彌陀之額度生二七會供千人中貴廵香守臣視饌瑶圖花捧寶字煙開寵降九天暉映三界師亦建不壞之塔以壽君親脩無邊之功以福邦國梵王之能事畢矣法門之榮觀備矣貞元十八年孟秋既望顧命弟子申明教戒掃室趺坐恬然化滅報齡九十有一僧臘六十有五先是忽告門人曰國土空曠各宜勉力數月而災火焚寺周歲而吾師觧形此蓋寶去山枯龍移水涸空曠之旨乃明前知法衆崩慟若壞梁木

邦人號赴如失舟航以其年九月七日遷神于寺之南岡即安靈塔教也前後受法弟子百有餘人而全得戒珠容傳心印者蓋亦無幾比丘惠詮知明道偵超然等皆奥室之秀者以瞻奉將遠經行坐燕求懷於（集作宗是）極見託碑紀移有道於物外真無愧詞比遺愛於人間誠當墮淚

銘曰浩浩隋（集作清）塵茫茫逝川大雄作矣救物爲先能明大教非師有緣（集作明非有照慈亦無緣）不宰功立忘機智全誰其弘之南嶽命代習識虗受應身圓對理則歸空教惟不昧未摇本静行苦神恭雲跡一滅天星六周熱惱就濯童蒙來求攝以尊念驅之力脩我法有戶誰能不由其露晨稀香雲夕卷彼岸方濟慈舟忽遠鑪煙如在塔樹匆剪刊勒（集作）豊碑永想正眼

西京興善寺傳法堂碑　白居易

王城離域有佛寺號興善寺之坎地有僧舍名傳法堂先是大徹禪師宴居于是寺說法于是堂因名焉有問師之名跡曰號惟寛姓祝氏衢州西安人祖曰安父曰皎生十三歲出家二十四歲具戒僧臘三十九報年六十三終興善寺葬灞陵西原詔謚曰大徹禪師元和正真之塔云有問師之傳授曰釋迦如來欲涅槃時以正法密印付摩訶迦葉其下（二字集作傳至馬鳴文）十二葉傳至師子比丘又及（集作二）十四葉傳至佛馱先那先那傳圓覺達摩達摩大弘可可傳鏡智璨璨傳大醫信信傳大滿忍忍傳大鑒能是爲六

祖能傳南嶽讓讓傳洪州道一一謚曰大寂寂即師之師貫而次之其傳授可知矣有問師之道屬曰自四祖以降雖嗣正法有冢嫡而支派者猶大宗小宗焉以世族譬之即師與西堂藏甘泉賢勒潭海百巖暉俱父事大寂若兄弟然章敬塵澄若從父兄弟徑山欽若從祖兄弟鶴林素花（集作華）嚴集若伯叔然嵩山忠東京會若伯叔祖嵩山秀牛頭融若曾伯叔祖推而序之其道屬可知矣有問師之化緣曰師爲童男時見殺生盡然不忍食退而發出家心遂求落髪於僧曇授戶羅于僧藏崇學毗尼於僧如證大乘法於天台止觀成最上乘道於大寂道一貞元六年始行化閩越間藏余而廻心改服者百數七年馴猛虎於會稽

作勝勝集作家道場八年與山神受八戒於鄱陽作迴響集作
嚮道場十三年感非人於小林寺二十一年作有爲功德
於衛國寺明年施無爲功德於天宮寺元和四年憲宗章
皇帝召見於安國寺五年問法於麟德殿其年復靈泉於
不空三藏池十二年二月晦大說法於是堂說訖就化其
化緣云爾有問師之心要曰師行禪演法垂三十年度白
黑衆百千萬億應病受集作授藥安可以一說盡其心要乎
然居易爲贊善大夫時嘗四詣師四問道第一問云既曰
禪師何故問法師曰無上菩提者被於身爲律說于口爲
法行於心爲禪應用有三其實一也如江湖河漢在在立
名名雖不一水性如一集作無二律即是法法不離禪云何於

中妄起分別第二問云既無分別何以脩心師曰心本無
損傷云何要脩理無論垢與淨一切勿起念第三問垢即
不可念淨無念可乎師告之集無此二字曰如人眼睛上一物
不可住念王二字即作金屑雖珍寶在眼前亦爲病第四問云
無脩無念又集作亦何異於凡夫耶師曰凡夫無明二乘執
着離此二病是名真修真修者不得動不得忘動即近執
着忘則集作即落無名明其心要云爾師之徒殆千餘達者
三十九人其入室受遺集作道者有義崇有圓鏡以先師嘗
欲與予言知予嘗醍醐嚫薝蔔者有日矣師既沒後予出
守南賓郡遠託撰述迨今而成嗚呼斯文豈直起師教慰
門弟子心哉抑且志吾受信然仁字作然燈記記於靈山會於

將來世故其文不避繁銘曰
佛以一印付迦葉至師五十有九葉故名師堂爲傳法

撫州景雲寺故律大德上弘和尚石塔碑　前人

元和十一年春廬山東林寺僧道深懷縱如建冲契宗一
至柔詧音語集作辯諸非智則智明雲皋太一集本續廬山記作易等凡二
十輩與白黑衆千餘人俱實持故景雲大德弘公行狀一
通贄集作執非錢十萬來詣潯陽府請司馬白居易作先師碑
會有疾二本作故不果十二年夏作石墳成復來請會有疾不
果十三年冬作石塔成又來請始從之既而僧反二本作及山
衆反聚落錢反二本作及寺府翌日而文就明年而碑立其詞
曰四字集作云爾

我聞竺乾古先生出世法法要有三曰戒定慧戒生定定
生慧慧生八萬四千法門是三者迭爲用若次第言則定
爲慧因戒爲定根根植則苗茂因樹則果滿無因求滿猶
夢果也無根求茂猶揠苗也雖佛以一切種智攝三界必
先用戒菩薩以六波羅密化四生不能捨律律之明二本無明
字用可思量不可思量如來十弟子中稱優波離善持律
波離滅有南山大師得之南山滅有景雲得之師諱上弘
姓饒氏曾祖君雅祖公悅父知恭臨川南城人童而有知
故生十五歲發出家心始從舅氏剃落壯而有立故生二
十二歲集作十五歲非立菩薩三字二本作立菩提願從南嶽大師具
戒樂其所由生故大曆中不去父母之邦請隸于本州景

雲寺脩道應無所住故貞元初離我所徙居于(二字集作君非)洪州龍興寺說法親近善知識故與廬山法真天台靈裕京門法師(集無師字)齊暨興果神湊建昌惠璡(集作進)吾長老交遊(記作故與廬山法真建昌惠璡天台法裔荊門靈裕暨興果神湊五長老交遊)佛法屬王臣故與姜相國公輔顏大師真卿暨本道廉使楊君憑崔君册四君子友善提振禁戒故講四分律而徙(集作從)善遠罪者無比數隨順化緣故坐甘露壇而誓衆主盟者二十年荷擔大事故前後登方等尸施羅者十有八會救拔群生故娑婆男女由我得度者萬五千五百七十二人示生無常故元和十年十月巳亥遷化於東林精舍示滅有所是月丙寅歸于南岡石墳住世七十七歲安居六十五夏自生至

滅隨跡示教行止語默無非佛事夫施於人也慱則迹諸已也厚故門人鄉人報(集作斂非)如不及繇是藝松成林琢石爲塔塔有碑碑有銘銘曰

佛滅度後簷蔔香衰醍醐味醨誰迹是香誰復是味景雲大師景雲之生一匡苾蒭中興毗尼景雲之滅衆將安仰法將疇依昔景雲來行道(集作道行)者隨踐跡者歸今景雲去升堂者思入室者悲鑪峯之西虎溪之南石塔巍巍有記事者以真實辭書於塔碑

江州興果寺律大德湊公塔碑(集本續廬山記作塔碣銘)　前人

如來滅後後五百歲有持戒見性者曰興果律師姓成號神湊京兆藍田人既出家具戒於南岳希操大師參禪於鍾陵大寂大師志在前首楞嚴經行在四方毗尼藏其他典論以有餘力通大曆八年制懸經論律三科策試天下禪師中等得度詔配江州興果寺從僧塗餘(二本作移)隸東林寺即鴈門遠大師舊道場有甘露壇白蓮池在焉師既居是嗣(集作事非)興佛事元和十二年九月七日遘(記作感)疾二十六日反真十月十九日遷全身于寺西道北祔鴈門墳左春秋七十四夏臘五十一(集有日字)至乎哉師本行也以精進心指(二本作脂)不退輪以勇健力撾(記作撾)無畏鼓故登壇進律儔爲法將者垂三十年領羯磨會十三化末乂(集作大)衆萬數儀範所攝惠用所誘貢(二本作貴)高增(一本作)慢罔不降伏其威重如是自興果訖東林一盂齋一榻居衣麻寢菅如坐

七寶繇是名聞檀施來無虛月盡歸寺藏與大衆共之迨啓手足日(二本作目)前無長物其簡儉如是師心行禪身持律起居動息皆有常節雖沍寒隆暑風雨黑夜擁一爐秉一燭行道禮佛者四十五年凡十二時未嘗闕一其精勤如是師既疾亟四大將懷無戀著念無厭離想郡太守門弟子進醫饋藥者數四師領之云報身非病焉用是爲言訖趺座恬然就化其了悟如是門人道建利登(集作辨與謷同)元審元愬等封墳建塔思有以識之以先師嘗辱與予游託爲銘碣初予與師相遇如他生舊識一見許(作語)合不知其然及迁化時予又題一四句詩爲別蓋欲會前心集後緣也不能改作因取爲銘銘曰

本結香火菩提記作杜集作菩提薩香火社共嬿電泡煩惱身集作煩惱身
電泡不須戀戀任集作從師去先請西方爲集作主人集

文苑英華卷第八百六十六

文苑英華卷第八百六十七　　碑二十四

釋十八

曹溪六祖大鑒禪師第二碑　劉禹錫

元和十一年某月日詔書追褒曹溪第六祖能公謚曰大鑒實廣州牧馬揔以疏聞繇是可其奏尚道以尊名同歸善善不偶異教一字之褒華夾也慊得其所故也馬公敬

其事且謹始以垂後遂咨于文雄今柳州刺史河東柳君爲前碑後三年有僧道琳率其徒由集法作宇曹溪來且曰願立第二碑學者志也惟集作雖如來滅後中五百歲而摩騰竺法蘭以經來華人始聞其言猶夫重昏之見曶爽後五百歲而達摩以法來華人始傳其心猶夫昧旦之覩白日自達摩六傳至大鑒如貫意珠有先後而無異同世之言真宗者所謂頓門初達摩與佛衣俱來得道傳付以爲真印至大鑒置而不傳豈以是爲筌蹄耶芻狗耶將人人之莫已若而不若置之耶吾不得而知也按大鑒生新州三十出家四十七年而歿既歿百有六年而謚始自蘄州集作之東山從第五師得授記以歸高宗使中貴人再徵不奉

詔第以言為貢上敬行之節曰

至人之生無有種類同人者形出人者智蠢蠢南裔降生傑異父乾母坤獨肖元氣一言頓悟不踐初地五師相承授以寶器宴坐曹溪世號南宗學徒爰來如水之東飲以妙藥差其瘖聾詔不能致許為法雄去佛日遠群言積億著空執有各走其域我立真筌揭起南國無脩而脩無得而得能使學者還其天識如黑而迷仰見斗極得之自然竟不可傳口傳手付則受于有留衣空堂得者天授

袁州萍鄉縣楊岐山故廣禪師碑　前人

天生人而不能使情欲有節君牧人而不能去威勢以理至有乘天上之隟以補其化釋王者之位以遷其人則素

文苑英華　一千八百六十七卷　二

王立中區之教懋建大中慈氏起西方之教習登正覺至哉乾坤定位而聖人之道參行乎其中亦猶水火異氣成味也同德轅輪異象至遠也同功然則儒以中道御群生罕言性命世衰而寖息佛以大慈救諸苦廣起因業故劫濁而益尊自此東來而人知像教佛衣始傳而人知心法弘以確（集作權）實示其攝脩味真實者即清淨以觀空存相好者怖威神而遷善厚於求者植因以覬福羅（集作罹）於苦者證業以銷冤革盜心於冥昧之間泯受緣於死生之際陰助教化揔持人天所謂生成之外別有陶冶刑政不及曲為調柔（集作揉）其方可言其旨不可得而言也惟四海之大群倫之富必有以得其門而會其宗者為世導師焉禪

師諱乘廣其生容州姓張氏七歲尚儒以俎豆為戲十三慕道遵懆削之儀至衡陽依天柱想公以啓初地至洛陽依荷澤會公以契真乘洪鍾蘊聲和至（集作和之）斯應陽燧含焰睎之乃明始由見性中得自在常謂機有淺深法無高下分三宗者衆生存頓漸之見說三乘者如來開方便之門名自外得故生分別道由內證則無異同遂以攝化為心經行不倦愍彼南裔不聞佛經由是結廬此山心與鏡寂應念以起教隨方而立因居涉旬而善根（集作依法）者知歸逮周月而帶縛者漸（集作漸）悟以月倍日以年倍時瘖滕恫開荒憬漸革（集作華非）邑中長者十方善衆咸信發願大其藩垣法堂四阿復（集作服）引僧舍身心恒寂像馬交馳隨其去

文苑英華　一千八百六十七卷　三

來皆得利益踰嶺之北涉湘而南仰茲高山知道有所在此地緣盡脩然化俱神歸佛境悲結人世自趺坐而滅至于荼毗三百有六旬矣爪髮加長容澤差衰真子號呼圍繞薪火得舍利如珠璣者數十百（集作百十又註作百千）焉於戲肖圓方之形故寂滅以示盡入菩提之位示（集作故）殊相以現靈（集作虛）亦猶鳳毛成字麟角生肉必有以異不知其然於是服勤聞法之上首曰甄叔（集作朴）乃率其徒圓寂道弘如亮如海等相與抆淚具役建塔于禪室之右端從衆也初廣公始生之辰歲在丁巳當玄宗之中元也生三十而受具更臘五十二而終終之夕歲直戊寅當德宗之後元三月既望之又十日也後九年其門人還源以為崇塔以好

(集作存是)神與建銘以垂休皆懸像寄懷不可以闕一繆謂予爲習於文者故重足千里以誠相攻大懼其先師德音與時寢遠且曰白月中黑東川無還颺于金石傳信百刼彼隨墮淚之感豈儒者流專之敬酬斯言銘示真俗文曰如來說法遍蒲大千得勝義者強名爲禪至道不二至言無辯心法東行群迷丕變七葉無詞四魔潛扇佛衣生塵佛法如線吾師覺者冥極道樞承受密印端如貫珠一室寥𡕒(集作然)高山之隅爲法來者百千人俱喬民唫唫戶有犀莊攝行方便家藏佛書頗力既普度門斯盛合爲一乘散爲萬行即動求靜故能常足絕緣離覺乃得究竟死即我休(集作生非作樂)生(即作死)非我病常藏者身常圓者性本無言說

咐囑其誰等空無礙後覺得之像閟靈(集作虛)塔迹留仁祠十方四輩瞻禮於斯

故衡嶽律大師湘潭唐興寺儼公碑　前人

佛法在九州間隨其方而化中夏之人汩於榮枯(集本作榮利)破榮莫若妙覺故言禪寂者宗嵩山北方之人銳以武力(集無力字)攝武莫若示現故言神通者宗清涼山南方之人剽而輕制輕莫若威儀故言律藏者宗衡山是三名山爲莊嚴國必有達者與山比崇南嶽律門以律公爲上首律之後雲峯證公承之證公之後湘潭儼公承之星月麗天珠璣同貫由其門者爲正法焉公號智儼曹氏子世爲柳之右姓兆形在孕母不嗜葷成童在侶獨不嗜戲其夙植因

厚者歟生九年樂爲僧父不能奪其志抱經笥入岣嶁山從名師執業凡進品受具聞經傳印皆當時大長老我入名門不住珠乘我得(集作行)覺路逕入智地屋(集作居)室方丈名門大千護法大臣多所賓禮嗣曹王皐之鎮湖南請爲人師自是登壇莅事三十有八載由我得度者萬有餘人持寶木解瓔珞爲禮公色受之謂門弟子曰彼以有相求我我以有爲應之凡建寶幢修廢寺飾大像極其工應物故也元和十三年九月二十七日中夜具湯沐剃頭頂與門人告別既(集無既字)即寂而現(集作視)身與色無有壞相嗚呼豈生能全吾真故死不速朽將有願力耶余不得而知也問年八十二問臘六十三葬於寺東北隅傳律師子中

選道準傳經弟子圓皎真璨與其徒圓靜文外惠榮明素存政等欲其師之道光且遠故咨余乞辭乃作長句以偈銘之曰

祝融靈山禹所治非天有道(集作非天不道)不可止中有毗尼出塵士(集作心)以律視儼循孫子登壇人師四十紀南方學徒宗奧旨幼無童心至齔齒識戚形全異凡死長沙潭西逾(集作幾)五里陶侃(集作佩同)故居石頭寺門前一帶湘江水千嗟律席(集作虎)之名兮與湘流而不已

魏州開元寺琉璃戒壇碑　李輔

正覺出乎道而道以文或得其儒或得其佛曰仁佛亦曰仁儒曰義佛亦曰義儒而佛之六戒義者禁人爲非者也

且事得其宜故將祭將征必設壇爲墠以重宗戒者豈亦禁人爲非者耶將事亦壇亦場以儀其限原筵者何來自前教祇園之初位序以立其徒（一無徒字）從之流我中原喻者既蹈而孚迷者不知其所界以其衆視而歸達者存而不習其從亦無不利我僕射廬江何公在藩之達者也功名既有四履來安述職之餘岌然無事此寺住僧會恩法門之津梁也於寺殊搆久以莊嚴去大和七年四月十九日因公行寺自有琉璃壇法請公爲地公曰然其用安在會恩言釋徒無言而有注相注相之歸戒壇爲本金剛以不壞悠久琉璃取至浄爲光持戒堅固洗心清明有如是也若夫壇場之原乃與碣石而長存比丘之功非法無以入

善非趾無以出俗出俗歸真此其趾也故崇登頓以攝威儀威儀既明定惠斯了居凡匪造履達方遊在昔三聖有言後生傳法莫不以爲四生路廣人天業殊炎赫清凉所乘異境先迷後得無患夫悔從悵悵而行聖人惻隱慈者用是興悲義者於焉外護外護之仁非大君大臣不能以有施解極之理要道斯存伊釋命微罔能弘綽公曰然定惠之漈吾所未極惻隱之際儒釋何殊且或（一作哉疑）利用生成戒亦道（一作導）人之理因令除地約戒俾築壇其心命曰莊嚴之度締搆之工一以子之之度立工懸告公乃捐其真俸以成梓陶之具俾會恩録之一歲而壇上下俱搆賁以琉璃艭之卅添疊十文房張軒達户如龍之蟠如鳳之騫煇縉撐盧觀者動然神寘其隅珠内其項重級須平大光輝映朔于東序擬議東方法生於東我願無巳寺德又言前有三門旁有二樓二樓三門可以加飾公曰然其亦琉璃壇之畢會恩請事公遂奏置義壇以資法侶行者不費一錢居者不輸毫髮樵蘇絲穀仰公私廩先治（一作法是）一日有瘖僧就壇後法一日而瘖僧遂口寺者以爲祥感之應其然豈不然耶輔植業於儒異門釋氏其間等級尚較故希有數揚之聲令此抽毫以公有命具序釋氏來告之門非有準繩非多要牘亦盖之而巳矣在書有序在物有容事立功成宜論篆刻述者敢廢斯文銘曰

崇維祇園在藩之東爰立其壇有隆（一作其壇）有豊賁以琉璃

覆之窮隆上高下厚中焉有融有融伊何鑒彼威儀寔繁茲搆童童者在昔初法築之締之及今（一作命）大輅斲斯襲斯妙取天巧固擬神保論是機祥永資壽考無此端本定惠不生無我明公追琢不成郁茲介福肅彼緇英涉級東方未載厥名

東林寺遠法師影堂碑（并序）　李演

天之高也日星垂其耀地之厚也山嶽鎮其維人資三才之靈挺五行之秀奥有邁德宏域融神惠境焯迦羅之絕照挹耳露之玄津配名岳而永崇晞扶桑而不息則慧（一作惠）遠法師其人也法師鴈門樓煩賈氏釋道安之門人其英姿朗韻清行素節詳諸舊碑及張氏傳固以杳映前秀

鋪鑠令開灰心上骸而神機天發金口木舌而法音雷震
無取無捨而律儀氷澈不生不滅而禪性暉如抱德陽和
而浩類洗心潛靈淵沼而遠方翹首脩不共法而常（一作恒）
軫大悲薰般若智而冨諸梵行故能誘納衆善沙汰群疑
萬流仰海而同歸一雨施物而咸潤可謂阿摩勤果實從
中生分陁利花性非外染矣自晉氏太元年法師始飛錫
南嶺宅勝東林世更七代年垂四百流芳遺潤金鏘玉振
當一（一作催當）時之羙虎溪爲釋氏龍門把千載之風匡阜擬
縉紳闕里皇唐貞元十有一祀江州刺史馮翊嚴公士良
秉明德以分符宣中和以述職上賛緝熈之化下臨撃壤
之人以無爲政克用其民（一作以無爲政爲政克用）廵稽外野指途中

林藪枉禪闕式瞻遺像喟然嘆曰斯名也寒暑不能易其
芳斯德也江海無以臻其極彼瑣行纖節尚崇植楹廡正
位居室噫尊美若茲而偶形在壁俾珍儀掩翳清光不曜
豈悖德允元之旨乎乃與寺之上首熈怡律師圖之將遘（一作遠）
勝宇且示實相律師久儲于懐果協其素旌美樹善
二謀同心悅徒勸工成之匪日綉虆翼其雲聳睟容儼以
景彰觀至道者存妙像于鏡中味微言者得玄珠於意表
豈止惠議攝（一作懾）英姿而雨汗仲堪仰素風而心醉哉故
非夫遠公之志德不能譯聖文服秀民非夫嚴公之澈識
不能立清祀揚妙軌篆芳金石敬賛二美銘曰
粹靈純綸（一作論）是（一作寔）惟至人含德摛曜升陽發春道光
海域幽遯嶽濵六髦棄蔽八士辭巾緣徂物謝跡留事性
百億神遊恒沙化廣昭昭遐軌冷冷末響慧日凝暉白雲
翹想曠哉明牧遠味芳風思覿遺像求之列墉爰搆（一作庭）
棟宇式是道宗旌休垂洪地久山崇

文苑英華卷第八百六十七

文苑英華卷第八百六十八　碑二十五

釋十九

杭州塩官縣海昌院禪門大師塔碑　盧簡求

奥若大師示㓕之四月，院主僧法昕萃諸門人授簡於簡求曰若之師深索禪悅爲本宗之門人前時來謁我師一言有得令將以是月十七日謹護法器藏於靈龕縁徼烈於樂石者非子而誰歟簡求於義無文字之觧辭不得已乃粗舉其要以備用焉師諱齊安知者謂帝系之英高門之出先人因難播越故師生于海汀郡焉深避世榮終秘族氏尊其雅尚故亦不書在胎而夢日光祥既孕而神光下燭數歲有異僧款門召見摩其頂曰鳳穴振儀龍宫藏寶紹隆之業其在斯乎及丱亟請出家父母呵止之師曰禄利之養止於親爾冥報之利不其遠耶珪組之榮止於家爾濟拔之利不其廣耶父母感悅而順聽遂依于本郡雲宗禪師雖勤縈譏默和光同塵而螢月殊輝雞鶴異態矣當年受具乃詣南岳知嚴（一作知巖）律師外檢律儀内煕實相非修非證雅會真詮後聞南康之龔工山大寂大師隨化度人慈縁幽感裹足振錫不日而至本師奇而悅之乃以辨惠暢其指歸俾於利那而登妙覺及大寂歿去盡力遂終後遊於他方爰弘於般若且曰胎外濕化無非佛種行住作卧皆是道場方便隨迎各安性類妙心法眼其有限乎元和末師春秋已逾七十而居越蕭山之法樂寺寺古製陋垣屋靡完補壞扶傾不克宴坐時昕於海昌放生池壖𡋯地肇葺禪居焉脩廊大殿彩壁層甍㕡留自屏鱗介咸若昕讌不自有延請我師慕學之徒從而至者日比百數迨今委化年整二紀釋子仰食信士擅施秔稌糗餌蔬果飴糖無精麤之分别無凶礼之隆殺星馳阜積莫辨誰何非冥報勝因何以臻此師不言寒暑不下堂廡無留聆無傾聽如此者盖有年矣每五日開法四座屏氣直心示（一作下）體引經證心法外無言叩之即應不分迷悟矧勝負之機耶不有定慧矧是非之相耶與夫顯神通而振道業者固相遠也而又法身魁岸相好莊嚴眉毛絣垂顱骨圓聳望之者如仰高華而揖滄溟曾不測乎高深者也於戲德攸天縱爲傳教之法雄道實生知盖積習於聖位聆其風者皆曰不可思議粤以會昌壬戌歲十二月二十一日泊然宴寂俄爾示㓕先時而竹栢盡死至是而精彩益振爰有清響扣户祥光蒲室如環佩之鏗鳴若劍戟之交射示現之相豈由於我哉蹉乎流禪河於法海寧有盡期詮群品于三乘同歸聖果令也徒瞻相好來闕輝容橋壞玄津雲貍瑞日學徒信士哀可既乎是用追採遺言重宣教肯銘曰人心常靈法證常明定慧一相有無俱名於此有得自師歸寂一作自歸空寂近取諸身胡云不識五千尊經何限輿義迷者見文悟者見意見者無住措即是處醫病未除徒勞廻顧我行慈悲示爾蚩蚩無鑿高原自有清池大師之言一一真詮不疑不怖同歸善緣

彭州九龍縣再建龍興寺碑　陳會

郡之雉東方萬楹橫空屹然麗譙之欲造乎天倪者其名曰再建龍興之佛寺焉厥初寺號大空天授二年爲大雲我唐開元中詔號龍興會昌五年廢爲閑地僧俄巾像示滅鍾聲絶耳樓臺爲薪吁呼表成毀哀之數者其實在言然而不知言者徒行咨坐歎以爲吾釋門之大教將灰燼

於今日矣殊不知流濁者攪而清粃多者簸而精繇是未經歲我皇馭九土懷八荒以爲我之提大化也無欲其一事之不得其所於我也而況釋之教毗我之爲理者深可服焉弘大法則生死皆無是鎖我之七情也推小乘則禍福皆有是割人之衆惡也惡之典我刑止於殺惡之釋我刑惟其生繇由澄上流禁浮俗曾何以異我之理焉繇是我負扆玄郊而復詔天下使率土郡府各復其寺寺之數郡府有差釋之數男女一致其於夫彭爲郡得復寺之二焉二之數龍興居一一寺度僧三十精選進一作潔行能臻不二之門者居其右焉開須達之園者抑其次矣謹住持善完緝使材無遺用衆有所歸肩一心紹前搆不瞬目使

其寺如從踊出者其愼選得人力焉其始也披蒿萊剗榛莽重疊敗棟草創危梁嚴贊須晝夜以聳其信心示因果教化以開其衆意既而遠近咸萃耆艾必疑作畢臻浹月疊旬資糧山峙爾良工度貞木繚以周墻七百餘尺一旦二字疑作亘以備廊間百十四然後中堂雲搆三門洞開儼八臂之瑞容拖丈六之金質崢嶸矐落哉餙邃宇而鳳欲征飛揭危梁而蟉將抝力吁呼窣篠瓌嚴固不可一二言之也兄乎列開講宇周繪四牖東序設以聖神部五合沓西廂施治無異常睟慈容然後儆以天途寫其地府坐牖鐃鈸嘗聞真界之音鼎鑊砧鑕盡載酆都之苦是使即之者勇善望之者悛惡誠象設之多岐亦箴規之別户者也況創

浮圖建寶剎請金口之妙典萬軸王崇銘佛頂之具言譙幢珠綴是知摩勝建寺豈滯有爲如來革門寧妨無着以是因復寺而破性相者以爲空寂兩忘方歸真諦性相俱在未入妙途如是則理乖圓對法閡影從俾迷方者盡不得出於二途溺川者何緣極於五衍茫茫八表盡從心猿浩浩群生誰調意馬因知空寂與性相同途性相與空寂易軌非性相無以臻空寂非空寂無以見性相是知性相爲空寂之筌蹄空寂因性相而超度如是則寺不得不復道不得不弘捨之不可循四教之在躬爲之則無何三乘之別載大矣哉釋教之復興者其於誨誘躋化不可得而名也而況彭門地控山河倍多獷得邪正相軋是非堅明

雖五刑具設誠足以攝其威而百法俱陳固可以歛其惡予剖符是郡星欲二周守成之下螟螣望境而他飛行化之物疑商旅乘風而沓至以是公多暇日因諸衆長老與鄉之鮐耋之請而書復寺之歲月以廣其一二焉銘曰

吾皇混一三教兮復建仁祠復之多少兮其數甚宜不屈土木兮不奪耕機旰肇糾窮兮日用不知上或以之爲定制兮不熾不衰寺之一復兮衆知其非

宣州新興寺碑　盧肇

至哉邃古已（集作以）來天之未錫正命者其惟帝唐乎聖祖神宗光啓土宇垂億萬祀克承休嘉莫不以禮樂先兆人以慈儉任天下仁居惠佳營魄離者而其施循存揭淺厲

深心跡泯者而厥功亦在常善救人常善救物非至德誰能（二字集作其孰能）昔行之故鬼神受祉黎元樂康寶祚延洪率由此道也於是表大覺爲靈根與群生共有叩真空而不壞惟聖者獨知非崇夫金輪氏之教則焉得窮理盡性齊萬法於物我哉是以沉善惡乎洸（集本文粹並作滉）妄之泉擢枝整乎植性之囿常令學者崇飾（集作餙）精廬顯有唐（二本作唐堂）皇亦如庠序郡國分理必付元臣將俾群生罔不開悟且天斯干秩秩止在周邦靈宮彤彤唯居魯國邑有列剎映乎霄顯飛甍麗乎陽光瞻彼王毫儼然金地翬軒鵬晲岫聳雲攢遍於州郡若斯之美與若夫宣城新興寺者會昌四年既毀大中二祀故相國太尉裴公之所立也公諱休

字公美河東聞喜人代濟文德洎公彌大擢進士甲第科登直言制首未三十由拾遺遷殿内鴻名儁望迭處清雄入奉綵綸出省風俗拜春官則齊驅驥騄視民部則克阜生齒至於調入王府貨出水衡洎涉台司亦勞厥事凡三拜廉察五授節旄孫先生有愧知兵山巨源當慙視史（二本作史）撥路既長乎百群荆門復平乎水土公降由辛未歸以甲申爲唐碩臣作佛大士光珉顯竹此不復書所至之邦必興修淨行大中二年拜宣城常典名緇會難有設疑以試公者曰三界虛妄群生顛倒可（二本作何）有修行能解纏縛孰爲智慧可（二本作何）化凡愚胡爲乎公之區區徒自撓耳公曰噫嘻珠玉在櫝啓之則見其琭聖賢有門行之則踐其

閫分塗而往惟善惡焉善惡如東西耳趣之不已則至其所焉在乎推心於不染馭馬於無塗也如是三界信真實群生非顛倒但學者不能窒慾棄貪遺名去利弗捨有漏而思住（二本作往）無爲耳然捨之自我取不由人非用智慧解彼纏縛如此則了無一物以撓吾真也他日門人有謂公曰敢問三界之言未立人不知脩行不知因果畏陰騭者不爲之多介景福者不爲之少理亂增損繫乎其時洎斯教也行乎諸華愚人畏罪以損其惡賢者望福以增其善增之不已則至今當盡善矣損之不已亦至今宜無惡矣何昏迷暴虐無烕於秦漢之前福慧聰明不增於魏晉之後歸之者殊途輻湊立之者萬法雲興稽諸天下見其文

求諸古莫有其法號爲大聖作天人師是冝使吾人盡升
覺路不冝使蚩蚩庶類由古迄今若斯爾之(文粹作若斯之者也集作若斯之慼)設使(集作或)像法至今未行將盡墮惡道爲鬼爲蜮乎
夫法未始有今而有之希聖之徒可存而知之也其由之
之固庸非溺乎公笑謂之曰大昭肇啓法不齊(二本作濟)備聖
人繼作代天爲工結繩畫卦質文滋變一聖立一法生天
道人事顯若符契夫爕人氏之未爲火也則天無火星人
無火食龜無火兆物無火災必矣少昊氏之未理金也則
天亦(二本無亦字下同)無金星人亦無金用龜亦無金兆物亦無
金災必矣及聖人攻木出火鍛石取金於是乎精芒主宰
騰變上下則知世法時事隨聖而立佛(二本無此四字)聖人也考

精神之原(文粹作源)窮性命之表作大方便護於群生受之而
不知盖由天道運行物以生茂皆謂自巳孰知其然也於
是問者廓然自得佛味武宗時毁寺而宣之新興故有崇
基廣廈文甍雕甍鞠爲土梗唯喬柯灌木森聳澗瀆(二本作壑)
祥煙翠靄(二本作靄)交覆巖麓耳及宣宗詔許立寺宣之四人
相鼓以力(二本作萬)請先立之於宣郛公獨不許遂命苾蒭上
首元敬謂之曰吾聞之新興寺大曆初有禪師巨儻南宗
之上士也與比宗昭禪師論大慧綱明實相際於此始作
此山道場後有浩禪師作草堂於道場西北其旁有藻律
師居之逮(二本作律)師去世門人立塔院貞元中巨儻之門人
靈翹始請於太守台三院而爲寺彼皆知慧傑出親啓山

林今之立寺無以易此也議定郡東故有妙覺寺寺雖毁
而杉檜多大十圍一旦有二龍鬬谷中拔大樹三十二視
之皆殿宇之材也公嘆曰將立寺而龍拔巨樹天其有意
乎遂用之於是霜斤沐楹王砂瑩礎上下其響音中桑林
不朞年(集作月)而雲攢肆榮風揺寶鐸蟉拏六扇月照金鋪
勝絕(集作紀)一源繚墻百雉繕脩多羅爲攝受置無盡藏爲
莊嚴窣窱幽邃輪奐博敞盖江南之首出也初奉詔隷僧
二(文粹作三)十人今其存者太半搆殿立門有軒有廡則律師
元敬法華道延首其事編經立藏不遺句偈則維摩從省
禪門真會著其功善集檀施備脩房廊學于三時旁窺六
義則金剛清越服其勤而法華遂言涅槃明則洎法林超

度皆以禪學爲宗律師道隨宜春人幼植浮行行(二本作得是)
泥洹(二本作泯)妙旨一日(二字二本作直)以披文相質之事造余于新
安余既許之道隨復言繼二十人者皆苦(二本作善)脩持(一作行)
能遺物累則有應玄友恭道幽仁寶懷貴從儉惟恭文明
(文粹作昉)師迥師宗思静常政文暢弘暢契蒙景先法進惟勤
志弘玄操與前輩又爲三(二本作二)十人矣而太尉所立有殿
内千佛有地藏院有上方石盆院又以俸錢入膏腴之墅
爲地藏邑大定中之謀始丁太尉太尉作之門人述之有
作有述誰曰不然乃爲文(二本作銘)曰
奕奕新興敬亭南麓鉅構崇基崢嶸爗煜伊昔既毁(二本作廢)
神愁鬼毒洎將再營(二本作榮)天人合福艴有違龍其怒則觸

助作棟楹拔此巨木雨運風移騰（文粹作滕）川蹄陸神怪戮力
老幼同心蚨翼飛貨龍鱗布金揭立菻奕化成嶽崟玉礎
方夾花臺百尋日明香剎雲生寶林太尉裴公聳其學者
弘以戒光甘露披灑示厥有爲取彼難捨必有精靈扶持
大厦小儒刻石有慚史野末言欲之庶近風雅

魏州故禪大德奬公塔碑　公乘億

蓋聞妙諦惟玄不可以一理測真筌至奧不可以諸相求
隨萬化而泯色空而不生不滅超三界而越塵垢故無去
無來此乃不思議者其惟西方釋迦牟尼佛之謂乎伏自
教傳西域化被中原漢明推入夢之祥梁武顯施身之願
語其大也外不見須彌之廣言其小也內不知芥子之微

斯乃梵琞褒（疑作袞）然代代相付肇自摩訶迦葉迄于師子
尊者統爲二十三代而後達摩多羅降于漢土至能秀分
之爲七而後苞披葉附派別脉分其真宗不泯不滅者則
我大覺大師固有系焉和尚姓孔字存奬家本鄴魯即闕
里之裔孫也乃祖乃父因官隸於薊門歷祀既深籍同編
人和尚以無量刼中脩菩薩行及茲降世豈同凡倫當衣
釆之妙齡蓄披緇之大志未踰七歲即悟三乘啓白所親
懇求剃落遂於薊三河縣盤山甘泉院依止禪大德曉方
（一有而字）乃親承杖屨就侍瓶盂啓顧全身惟思半偈大中五
年伏遇盧龍軍節度使張公奏致（疑作置）壇場和尚是時戒
相方具而後大中九年再遇侍中張公重起戒壇於涿郡
衆請和尚以六踰星紀三統講筵宣金石之微言示玉毫
之真相三千大千之世界靡不瞻依十一十二之因緣竟
無凝滯禪大德玄公者即臨濟之大師也和尚一申禮謁
得奉指歸傳黃蘗之真筌授白雲之秘訣所爲醍醐味奕
乍潅頂以皆醒薝蔔花香纔經手而分馥一旦旋辭舊剎
頗歷諸方西自京華南經水國至於攀蘿冒險踏石眠雲
經吳會輿廢之都盡梁武莊嚴之地無不追窮聖跡探討
禪宗後過鍾陵伏遇仰山大師方開法宇大啓禪扃赴地
主之邀迎（即遼言疑相公）會天人之供施而陳奧義衆莫能分和
尚立以剖之如刀解物仰山目眙擊指稱歎再三遷聞臨
濟大師已受蒲相蔣公之請纔凝省侍飛錫而遽及中條

尋獲參隨致林（疑作置極）而將渡白馬當道先太尉中令何公
專發使人迎請臨濟大師和尚翼從一行不信宿而至於
府下而乃止於觀音寺江西禪院而得簪裾繼踵道俗連
肩曾未期年是至遷化斯蓋和尚服勤道至展敬情深無
乖靈堵之儀克盡茶毗之禮云乾符二年有幽州節度押
兩蕃副使檢校秘書兼御史中丞賜紫金魚袋董廓及幽
州臨壇律大德沙門僧惟信并涿州石經寺監寺律大德
弘嶼等咸欲指陳盤嶺祈請北歸和尚欲徇群情將之薊
部晨詣衙庭啓述行邁先時中丞韓公之叔曰贊中遽聞
告去撫掌大驚廼曰南北兩地有何異也魏人何薄燕人
何厚如來之敬豈如是耶和尚辭不獲已許立精舍韓公

之妝常侍及諸檀信鳩集財貨卜得勝槩在於南甎門外通衢之左成是院也有如化成松柟將杞俱俱來文石與砥砆荐至重廊復道竹翠松青四户八牕風輕月朗和尚樂兹幽致用化群迷開觧脫門演無量法能使天花散地水月澄空常與四衆天人皆臻法要六州士庶盡結勝因豈謂一念俱尸奄從物化斯乃文德元年七月十二日也享齡五十九僧臘四十一有親信弟子藏暉一作暐行簡一以主喪一以傳法大德奉先師之遺命於龍紀元年八月二十二日於本院焚我真身用觀法相闔城禪律繼踵爭來四達簪裾連肩悉至於是幡花蔽日螺唄喧天火絶發而雲自愁薪不加而風助勢三日三夜號禮如斯於香燼

之中得捨利一千餘粒諸寺大德各各作禮請分供養焉於戲雪毾如故其儀宛然俸一礙以徒悲仰雙林而莫見遂建塔于府南貴卿縣薰風里附於先師之塔志也憶到職之初曾獲瞻禮法主大德藏暉不以億才業庸淺具聞於我公相請撰斯文億秉筆惕然得盡蕪鄙銘曰

傳如來教厥惟大雄百千刼外方丈室中慈悲是念色相皆空端然不動豈染塵蒙其一　矯跡三界安心四禪身雖是假道本無邊璞内有玉火中生蓮傳法何處隨其有緣其二　越絶支道庄廬遠公高情遠致跡異心同既離邪縛肯處凡籠松軒竹徑空悲夜風其三　我性不動我心就燃果得舍利粒粒珠圓幡花艷閃梵唄交連唱偈作禮聲徹梵天其四　實刹新建招提舊蹤蓮芳不見葱嶺誰逢響亮朝磬清冷夜鍾歷千萬祀傳我禪宗其五

文苑英華卷第八百六十八

文苑英華卷第八百六十九　碑二十六

德政一（德政碑凡二卷英華所編失作者先後之次今正之）

隴右監牧（集作校）頌德碑一首

河南隱尹張公碑一首　淮南節度使崔圓碑一首

魏博節度使田弘正碑一首

隴右監牧（集作校）頌德碑一首　張說

周禮校人掌王馬之政天子十二閑馬六種閑爲一廄馬二百一十六應乾之策也六廄成校五馬（集粹作良）一駑是謂之謂小備校有左右閑成十二合月之道也駑馬三良馬之數凡三千四百五十六是謂之大備秦并一海內六萬騎之國馬盡歸之帝家則周制陋矣漢孝武冨（一作當）文景

倹局（一作約）之積雄衛霍張皇之勢勒兵塞上廄馬有四十萬疋東漢魏晉國馬陵夷不可復逮武帝時矣後魏以（二本無此字）胡馬入洛蹴踏千里軍陣之容雖壯和鑾之儀亦闕大唐接周隋亂離（文粹作雜）之後承天下征戰之弊鳩括殘燼（文粹有僅字）得牝牡三千從赤岸澤徙之隴右始命大僕張萬歲葺其政焉而奕世載德纂脩其緒肇自貞觀成于麟德四十年間馬至七十萬六千（二本無此二字）疋置八使以董之設四十八監以掌之跨隴西金城平涼天水四郡之地幅員千里猶爲隘狹更析八監布於河曲豐曠之野乃能容之于斯之時天下以一縑易一馬秦漢之盛未始聞也張氏中廢馬官亂職或戎狄外攻或師圉內寇番拱之後二十

餘年潜耗太半所存蓋寡開元神武皇帝登太寶受靈符水瑞感而河龍出星精應而天駟下二年春帝乃簡心膂（二本作腑）善畜之將卜福祐冝生之長俾領內外閑廄使焉即開國霍公（文粹作開府霍國公）其人也公名毛仲姓王氏開元佐命之元勲東國亡王之後裔四伯輔禹與理（集作治）水之謨四七興漢在經星之列（文粹作裔）清明虛受察舍冰鑑籌謀先覺慮出蓍龜竭無私之忠而善歸天造輸不懈之力而玄同日用故得騰躍風雲攀附日月策功第一承恩莫二庭羅魏絳之鍾皷第賞堂邑（見東方傳二本作京色非）之山林文馬蕃錫於晉侯御衣（一本作丞）分於韓信庶姜如王則降榮彤管衆子番髻則抱拜朱茀（二本作弟非）聖人之見之（二本無之字）也必猶爾

爲之四顧而蕭志聖人之不見之（二本無之字）也乃恤然若無與樂其天下仲尼所謂是必才全而德不形者也夫其虞（二本作其虞）身則立無跂（疑作跂國語立無跂）正也視無還端也聽無聳（二本作聳與國語同）成也言無遠視也國有憂未嘗（二本作）不戚國有慶未嘗不怡其御下則明利害之鄉阜財求之務使之趨害而避害懷德而畏威身不離於闕廷令遠行於坰牧亦有不學而暗合於古未更而懸辯其事然其從政必問於遺訓而咨於故實者也若夫春祭馬祖夏祭先牧秋祭馬社冬祭馬步敬其本也日中而出日中而入禁（二本作焚非）原焚牧除蓐釁廄時其事也絜泉美薦芹涼棧濕趣足而陸交頸相靡宜其性也攻駒教駣〔[illegible]〕馭臧僕刻之剔之羈之

策之就其才也不及其性故親人樂藝節樂如舞之心自
生不窮其才故閫（集作閫非）托鶩曼竊戀詭銜之態不作爾乃
舉其神異則望駒騋腰裊乘黄茲白來儀外廐呈技内攊
朝刷閬風夕洗天潢（二本作泉）聖皇一馭長壽萬年別其種類
則有研蹄繁鬣小領遠志曰龍曰騋曰戎曰騵差其毛物
則有蒼白驪黄騂紫驕皇騅（丕馬）駓驒駱（集作駱非）駰騢駵雒（集作
駛鳥集作駱鳲鵳非）駮驓駩駶騏䮝騝毫骭馬足很尾魚目宗廟齊
毫戎事齊力田獵齊足罔不畢有元年牧馬二十四萬疋
十三年乃四十三萬疋初有牛三萬五千頭是年亦五萬
頭初有羊一十萬二千口是年亦二十八萬六千口皇帝
東巡狩封岱嶽輦輅既陳羽衛咸備大駕百里塵烟一色

其外又有閑人萬夫散馬千隊骨必殊貌毛不錯（二本作雜）群
行如動地止若屯雲百蠻震聳四方抃躍威懷紛紜壯觀
揮霍迴衛飲至朝廷宴樂上顧謂太僕少卿兼秦州都督
監牧都副使張景順曰吾馬幾何其蕃育卿之力也對曰
帝之福也仲之令也臣何力之有因具上其狀帝用嘉焉
霍光口無伐辭貌無得色朝髦庠鼐欽（二本作欣）以多之於是
明威將軍行左（二本作右）衛郎將南使綦守忠武將軍行右（文粹
作）羽林中郎西使憑嘉泰（集作泰）右千牛長史北使張知右
左驍衛郎將兼塩州刺史塩州監牧使張景遵隴州別駕
脩武縣男東宮監牧使帯衛都使判官果毅齊琛惣監帯
績（集作續）及五使長户三萬一千人僉曰自開府庇我十三

年矣畜有娩息人無乏匱克猷帝心莫匪嘉績且如停西
南兩使六頃人夫藁穀計八十萬功（二本作工）圖石以息人約
費其政一也納長户隱田税三萬五十石以檢私肥公其
政二也減大僕長支乳駱馬錢九千三百貫以塞隙止散
其政三也供軍筋膠十萬七千斤以收絹縑工其政四也
蒔苜蓿一千二（二本作九）百頃以茭蓄御（集作冬）其政五
也使監官料舊給庫物新秦（集作奏非）置本牧（二本作）分其利不
丧正錢二萬五千貫以實府宜官其政六也買死畜貯絹
八萬疋往嚴道市僰僮人（集作千）口以出滯足人其政七也
五使（集作使非）長户數盈三萬墾用給食糧不外資以勤農却
輓其政八也敢問監（二本作郡）牧之事孰能如（二本作加）於此乎然
則稱伐計功前典所貴上以美聖主擇才之得人下以賛
忠臣受任之盡節末以道官屬承風之成事竟以示後代
昭前之令聞是四烈者不可廢也既而大君有命舊史書
功吟咏（二本作詠）瓌奇篆刻金石泰汧湫渺尚想非子之風魯
野區區猶傳史克之頌誠從此而觀彼夫何足以言哉頌
曰皇天考牧兮聖之君四十三萬兮馬爲群塹汧渭兮垣
隴坂飛黄阜兮昆蹄苑山崆峒兮水嗚咽泉噴玉兮草汗
血聚如華兮散如雪性既馴兮才亦絶維國家之大事駕
時龍兮祭天地和鑾發兮文物備維帝皇（二本作皇帝）之七德
惣戎馬兮威萬國絲髦翻兮金介直（二本作胄）有霍公之掌政
擇張氏之舊令天王大（二本作無大字）駕兮伏黄麾大僕騋乘（二本

（無此字）兮展軨儀舞月駟兮蹀雲螭神倜儻兮志（二本作態）權奇騏驥溢野兮牛羊日多子孫繁位兮恩寵如何頌皇靈兮纂金（二本作石）鼓萬斯年兮群王府

此篇集粹所載如堂邑作京邑騂雜作馰駱之類皆曰本差誤遂項各注非字當從英華元本

河南尹張公碑　韓信卿

惟唐六葉歲在乙未兇臣肇亂殘毒生靈殺洛之郊七年方平宮廟燔夷府寺爲墟陰燔（疑作燐）轉于原隰麋鹿遊于街陌天子乃命河東郡侯延賞尹於東夏恭惟河東度稟聖謨清默無爲外務徑簡內無讌嬉勸沮以仁休息以和視人猶身視邦猶家一年流亡麕至二年土壤咸闢三年

公給人足家有餘積疏達河渠導塞提（一作堤）封溝洫化爲東川山木流於郡國乃立宗廟乃建（一作構）寢殿變丘墟爲閭里散災祲爲和氣公府若虛戶庭不扃牛馬產畜牧而不羈君守四年遷官罷鎮東人父子孀獨窮老若遊魚之失於淵棲禽之喪于林於是河南洛陽洎甸內二十二邑長守將校及佐吏耆艾三軍之衆相率琢石頌美表揚仁風詞曰惟皇紘極繼業嗣聖兇臣無君矯衆犯順都邑殲殘化爲丘樊於烈河東受命緝熙守一含光體醇志機以禮代刑以簡重威政得其恒物遂其生措置典刑士吏自清弭廢鞭笞黎氓不欺芃芃榛楛變爲禾黍氛祲蒙蒙散爲祥風乃設堤防禁遏溢瀑湍俾安流時無水禍乃疏河渠浸枯決淄河渠既泝山木浮浮煨燼之中再立清廟荆榛之下再閎高殿人不知役公有盈羨風聲沛然大化四流歸朝執憲惠賛皇猷我有牛馬牧而不羈我有兒童路不拾遺泱泱田疇疇能繼之洪惟曼古淳風揚揚下及有周亦稱二南烈烈河東實嗣其風

淮南節度使尚書左僕射崔公頌德碑銘（并序）　李華

在昔召公相武王除人之虐（一作除害去虐）敷命帝庭（一有周公二字）佐成王卜洛定宅登頌清廟奉康王會朝豐宮克致太平惟崔公相玄宗保寧聖德鎮安天下輔肅宗掃除凶穢紹享太平事今上振宣明威撫綏淮海惟申伯翊宣王登南郊

（一作邦是）興周室小白率諸侯征楚翟奉王職與崔公叶德同勳皆姜姓也夫議盛德論大功賛大賢舉其殊倫卓然昭明不書其細申大體也故詩陳方叔之烈曰方叔元老克壯其猷又美韓侯之封曰有倬其道韓侯受命今述崔公亦不名不備官古之制也後魏尚書亮八代至公海內首族人倫德範公少負文學重名且兼宏略駿（一作揚）于王庭甲科入仕歷京兆倉曹參軍再遷司勳員外郎丁太夫人憂以毀聞終喪拜刑部員外郎兼侍御史知劍南節度留後使逆臣起幽陵陷潼關至尊哀兆人思古公避狄之義於是帝車西南依我心膂拜中書侍郎平章事劍南節度採訪使玄宗克讓聖子家爲唐虞公出納王命至于朔方

彌諧二聖孝慈光明自西自東殄殲元惡天討之師岌如山行兇若霜藁鼓燎無餘（一作存）帝曰爾圖實叶朕志官中書令拜趙國公公拜稽首臣敢上冒以負天明命帝遂其高俾作少師師訓東宮蕭長邦憲居守洛京乃傳濟王又典汾州王德日宣汾州阜安乃統江淮主三軍督萬人加工部尚書時征鎮之司恃勳奸令公獨露奏悪用轂輿轉吏部淮南既清軍有餘逸吏難江南萬里康哉六歲在鎮心馳王幄戀慕之極至於涕洟（一作流涕）獻章請朝帝恩降允公不候（一作俟）駕建旆將馳耆耋泣訴吏人遮道即日詣闕乞留者三百餘人公申諭而行至于京師天子大悅曰趙國公先帝元臣嘗爲朕師自我不見于今六年有司如朕

意待之加尚書左僕射遂淮南之請所部八州人舞手蹈足秘書省少監蕭廬州刺史長樂賈涑有文有武忠于王室推心馭下嘉績升聞戴公仁明思揚威德合肥令彭城劉商先後之族臨人惠和老幼（一作臨人惠和一州之老幼）咸曰我州我邑敷王德澤崔公封内我是以安其仁不銘其德不可謂賢華嘗忝公遊洛以爲頌夫五岳視三公四瀆視諸侯入掌三公之政出踐諸侯之長昔鄭武公爲卿士詩人賦緇衣魯僖公爲周賢侯史克頌坰（一作駉）野敢附其風（一作前烈）以書公不朽故褒大臣則王室尊崇美政則王命行不唯頌公尊天王也令載公朝覲之禮以弘大之其文曰

思崔公出鎮之崇克忠克孝宣帝之武恢帝之功自蜀自朔至于秦宮出納大命決事于中（一作衷）思崔公烈烈郁郁以邕以肅乃統淮服洎江之隩（一作澳）闐闐長轂霞旆霜鏃蠢爾兇壽罔不顛覆思崔公三世元臣德綏生人乃朝于王王顧殊倫且曰東南飲化如春爲朕腹心寧其永呻（一作吟咏）思崔公入覲于王鑾（一作聲）央央珮玉以鏘（一作鏘）秉珪奉璋公復于楊四牡其騤公慕彤庭涕濡于裳思崔公廬江州邑靰不垂泣我公之還陽和起蟄乃求樂石樂石爰立刋之頌之介福攸集州人斯及

魏博節度使田弘正碑　元稹

陛下以元年正月壬戌詔臣稹曰朕有臣弘正自魏入鎮魏人思之因守臣愬狀其德政乞文於碑（集無此二字）爾司予

言其文以付臣拜稽首退而奏書於陛下曰始安祿山以玄宗四十三年盜幽州兵劫擊郡縣偷闕擾京天下掉撓肅宗征之海内甫定而夾河五十餘州或伏（集作服）或叛更立迭奪廢置征伐覲見（集作朝覲）賦入之宜皆自爲意五紀四宗容受隱忍田承嗣始有魏博相衛貝澶之地承嗣卒以其地傳兄子悅悅傳緒緒傳季安既而季安悍誕淫驕風勃蠱蠹發特（集作具）喜殺左右漸及於骨肉往往顧妻子曰安用此由是内外惴悸妻元氏因人不忍移置他所餘一月乃卒是歲先皇帝元和之七年八月也季安子懷諫始十餘歲衆襲故態名之爲副大使而家臣將士則逆虐用事士衆不分伏日夜相告曰田中丞興博大孝敬於軍謹

羸讀儒家書好言君臣事儻可依倚爲將帥乎聞者皆踴（集作躍）躍一朝牙旗下衆來拊附與仆地不肯起衆亦不肯去乃大言曰爾輩即欲用吾語能不殺副大使且使吾取天子恩澤洗汝瘢穢使千萬衆知君臣父子道從我乎皆曰諾遂殺蔣士則等數十人以與知留後事移懷諫於外明年歸之朝蓋七年之十月四日也乃圖六州之地域籍其人與三軍之生齒自軍司馬已下至于郡邑吏人（集作之）廢置盡獻於先帝詔與以工部尚書長魏博相衛貝澶之地仍勑司封郎中知制誥裴度使於與且以錢一百十萬緡賜其軍曲救管内百姓一年勿復事問耆羸賑乏困褒殛誅之不以法者魏之人相喜曰歸天子乃如是耶與又

悉取魏之僭服異器人臣所不當爲者斥去之先帝曰與吾六州之善心者田興也使興弘吾至正不亦可乎因名曰弘正先是魏諸賓循僕役也將卒無畏避弘正始求副節度已下於朝至則迎迓承奉雖六勳將莫不承者避謁者趨付授咨度始用賓禮先是諸將之外有權者莫不拘劫妻子以爲固四方之來聘問者莫不防礙出入以爲寇士吏工賈限其往來人多懼愁稀復會聚至是皆曠然矣魏之人又相喜曰人之生不當如是耶滑以水害聞於朝請移河於衛之十四里且役衛功三萬餘詔弘議之皆曰壞吾他役吾人以利他邑古無有也弘正曰魏於滑信彼此矣朝廷何異焉不時與工以救人議魏俗丕變先帝多之以右僕射就加焉十三年又加司空以子布之會蔡有勞也是歲李師道燒河陰驚洛邑陰通元濟詔弘正誅之明年破賊五萬於東阿進収鄆之陽谷距其城四十里營焉二月壬戌劉悟斬師道以其首歸於弘正正入鄆而十二州之地平以功加司徒平章事後歸於魏其年八月朝觀京師先帝待之有加焉乞留不獲詔加侍中以遣之又明年陛下以成德喪帥詔弘正入焉初王武俊以戰朱滔功得有趙地傳子孫凡三十九年矣至承宗爲盧從史李師道所詿誤先皇帝征而赦之者再受畏感恧不克來覲而聞陛下天覆海深悉包悉受乃果自信將朝有時未行會病將歿以志付其弟承元聽命於朝陛下語宰相曰弘

正在魏吾何患焉即日内出五詔詔弘正爲中書令節度德棣於鎮且詔父子皆爲帥以大其威十一月甲寅成德獻狀曰弘正至自魏魏人哭之鎮人歌之奉宣奏陳詔條除去僭異循魏政也且臣聞之德之至者有二政之大者有三三政一曰仁爲惠政二曰法爲善政三曰謙爲和政二德一曰忠爲令德二曰孝爲吉德今弘正獻魏博六州之地平淄青四代之寇入鎮冀不測之泉可以爲忠矣祖考食宗廟父子分土疆兄弟羅軒冕可以爲孝矣始初山東鍵閉東縛詠而游之歌而舞之可以爲仁矣始初逼越廢怠而制之舉而用之可以爲法矣始初山東傲很侵取地德以讓之功以劭之可以爲謙矣謙法仁孝資之以忠

不曰德政謂之何哉臣謹奉制以一百九十二字付守臣
勲銘之石用申約束銘曰
帝命弘正予言是聽理亂有數其數（集作通）甚明亂則隱約
理由亂生既理復亂生於翫輕唐受天命既理（集作海內）既平
高祖太宗不荒不寧玄宗抑厄其否乃萃四十三年奄有
丕宅始視燕冦胡鷄弄兒雖我寵重彼將胡為所細所忽
忽焉而隆四后𡘖顛山東不夷逮我聖父殷憂儉赳乘其
淫驕乃伐乃殛爾視群孽胡為而亡潛（集作僭）久而大頑昏
暴狂爾亦自視胡為而昌畏茲逼側求思悠長曩爾之有
既克而有在克而守惟爾惟我而今而後爾雖穹崇無忘
孿訴我雖平寧無忘燕冦銘之戒之以永聲臭

文苑英華卷第八百六十九

文苑英華卷第八百七十　碑二十七

德政二

江西觀察使武陽公韋公遺愛碑一首
徐襄州碑一首

江西觀察使武陽公韋公遺愛碑　杜牧

皇帝召丞相延英便殿講議政事及於循吏且稱元和中興之盛言理人者誰居第一丞相墀言臣常守土江西目覩觀察使韋丹有大功德被于八州歿四十年稚老歌思如丹尚存丞相敏中丞相植皆曰臣知丹之為理所至人愛所去人思江西之政熟於聽聞乃命守臣纛于衆上丹（集有公字）功狀大中三年正月二十日詔書授史臣尚書司勲

員外郎杜牧曰汝為丹序而銘之以美大其事牧伏念天寶建中艱難之餘根於河北枝蔓於齊魯梁蔡闕為章句書生以蜀叛錡為宗室老以吳叛其他高下其目跂而欲飛者往往皆是憲宗皇帝高聽古議廣諫益聖任賢使能考校法度號令未出威先雷霆十有四年擒殲兇很方行四海罔不率伏當時凡五徵兵解而復合僅八周歲天下晏然不告勞苦實以守土多循良吏而丹居第一周召伯理（集作治諱下同）唐人於陝西召穆公有武功於宣王時仲尼採甘棠江漢之詩絃而歌之列于風雅班固序漢宣帝中興名臣言理人者亦首述黃霸龔遂次將相下令明詔刻丹理効令得與元和功臣中興得人之盛懸於無窮用古道

也謹按萧氏自漢丞相賢巳降代有達官孝寬有大功於後周封鄖國公鄖公曾孫幼平爲岐州叅軍生抱貞爲梓州刺史生政爲漢州雒縣丞贈右諫議大夫雒縣生武陽公公字文明以明五經登科授校書郎咸陽尉以監察御史殿中侍御史佐張獻甫於邠寧府徵爲太子舍人遷起居郎檢校吏部員外侍御史河陽行軍司馬未行改駕部員外郎會新羅國以喪來告且稱立君拜司封郎中兼御史中丞章服金紫弔冊其嗣新羅再以喪告不果行改容州經略使築州城環十三里因悉城管內十三州教種茶麥多開屯田黃賊畏服詔加太中大夫貞元末拜河南少尹連拜檢校秘書監兼御史中丞鄭滑行軍司馬皆未至

拜右諫議大夫憲宗即位劉闢以蜀叛議者欲行貞元故事請釋不誅公再拜(集無此字)上疏曰令不誅闢則朝廷可以指臂而使者唯兩京耳此後(集無此字)外而誰不爲叛因拜劒東南川節度使兼御史大夫時劉闢急攻梓州公至漢中表言攻急守堅不可易帥高崇文客軍遠鬬無所資若與梓州綴其士心必能有功遂召拜晉慈隰三州觀察使不半歲元和二年二月拜洪州觀察使洪據章江上控百越爲一都會屋居以茅竹爲俗人火之餘烈日乆風竹戛自焚小至百家大至盪空霖必江溢燥必火作火水夾攻人無固志傾搖懈怠不爲旬月生産計公始至任計口取俸除去冗事取公私錢教人陶瓦伐山取材堆疊億計人能爲屋取官材瓦免其半賦徐責其直自載酒食以勉其勞初若艱勤日成月就不二周歲凡爲瓦屋萬四千間樓四千二百間縣市營廡名爲棟宇無不創(集作爲)泒湖入江節以斗門以走暴漲闢閎廣衢南北七里盪潔汙壅築堤(一有平字)五尺長十二里堤成明年江與堤平鑿六百陂塘灌田一萬頃益勸桑苧機織廣狹俗所未習教勸成之凡三周年就成生遂手爲目覩無不如志公之爲政去害興利機決勢去如孫吳乗敵不可當向輔以經術仁撫智誘慈母之心赤子之欲求必得之故人自盡力所指必就子産理鄭未及三年國人尚謗黃霸理潁川前後八年始曰愈理考二古人行事與公相次第不知如何元和伍年薨年五

十八其銘曰

章武皇帝披攘經營凡十四年五六徵兵人不告病肩於太寧將相是矣豈無循良考第理行誰高武陽武陽所至爲人父母於洪之功洞無前古洪始有居水火是苦二者夾攻死無處所曰天使無(集作所然)不嗟不訴武陽始至材瓦是聚公錢不足以俸爲助能爲居守貰貸付與月(集作日)載酒餚如撫稚乳不督不程誘以美語未二周星創數萬堵幾半重樓如詩翬羽鋼以長堤繚四千步明年水平人始歌舞災乆事鉅一日除去灌田萬頃益種桑苧俗所未有罔不完具寂寥十年誰守兹土大中聖人元和是師圖讃功勞武陽豈遺乃命史臣刻序碑詞寵假武陽爲人慰思

訓勸守吏勉於爲理

徐襄州碑　　李騭

大中十年春，令丞相東海公自蒲移鎮於襄四十年詔徵赴闕今天子咸通五年公爲御史大夫自始去襄於玆六年矣而襄之卒校民吏自七州之幼艾追思公之養育教訓相與上言京師狀公之事績請於天子刻之碑石用昭示于無窮于是天子嘉公之勤詔可其奏明年二月襄之父老請詞於公之舊軍副吏（一作史）太常少卿弘文館學士李騭曰凡紀公盛德丕績文于碑石將傳乎百千萬年宜用聞見詳熟者則得其實騭固淺陋今適當職而爲之非以文用其敢於是承命退而叙之公名商子秋卿家世儒

門脩源長波流芳積潤自十五代祖諱欽十四代祖諱某兩世繼爲中書侍郎十三代祖諱湛十一代祖諱孝嗣閒代繼爲大尉南朝之盛具在南史本傳生公七世祖諱文遠隋朝爲國子祭酒皇朝爲國子博士儒學尊顯名冠國史儒學篇高祖幸國學召博士講論春秋諸儒莫能對本朝司刑卿追謚忠公諱有功即公五世祖也自中書至司刑十葉服冕乘軒重榮疊慶光隆赫顯無與爲比司刑當天后時累爲法官用法平恕常以潛德陰功論出枉陷力排酷吏之勢盡忠竭節以保護皇室公能嗣之炳爲元臣初公少時工學暇豫不爲嬉戲嘗以生民休戚爲己之任凡所經涉郡國土俗四民之業必皆詢訪而究詳之於其利病無所不通常曰使得一縣治當必爲良吏矣始舉進士文宗五年春考登上第陞朝爲御史會昌二年以文學選入禁署宣宗以北邊將帥懦弱不武戎狄侵叛公時爲尚書左丞詔以公往制置安撫之歸奏稱旨尋授河中帥節又移襄陽公自初仕以至丞相華貫清級踐歷居多而未嘗履趨競之迹含光蘊德容貌若虛人皆汲汲我獨委順嘗任殿中侍御史丞入中書白事執政因問徐殿中果何如人丞曰今之賢人也執政曰然禮部員外郎缺諸公見言其人所言者或再來詣某有三至者徐殿中亦在薦中足未嘗及其門殆真賢人與子言是也卒以禮部與公始爲內職不治民及受重藩使絕塞則用前所蘊蓄道

以寬恕爲本本於誠明吏民畏公之詳達而不敢欺戎虜感公之德惠皆願向服其來鎮襄陽也亦率是道故朞年而仁信敷再朞而刑政省三年而帑廪實四年而禮義興風教備問民之所病及願欲而不得者必盡去而皆行之所行之政存而不朽者有八今具襄民之狀庶得傳其顯實云其一曰漢南數郡常患江水爲災每至暑雨漂流則邑居危墊築土環郡大爲之防繞城堤四十三里非獨築溺是懼抑亦工役無時歲多艱憂人倦追集公乃詳究本末尋訪源流遂加高沙堤擁扼散流之地於是豁其穴口不使增脩合入蜀江瀦成雲夢是則江漢終古不得與襄人爲患矣其二曰襄陽荊鄂十道之要路公私來徃充給

寔繁是必率配行供假借辦賄求利歲月不堪公乃悉用官備創置釋器富供給費不擾齊人往來徒所憧憧邑人信皆不知矣其三曰軍人百姓窮困者多投狀陳論苦於從前債利蓋以數十邑公私債負不許停至于補累攤徵有加無減遂使家傳積欠户率催足延及子孫例無放免飛走無路怨憤難伸官中曾無所收私室常被攪擾公乃縷悉上奏放免獲依債户既除寃聲求息其四曰承前役納所由在田在城居側近者近百頃統謂之馬禾比每年配諸將官健出力營種率歲出功錢人不下六七百例入屯將所由官田元無所獲徒遺虛監將額添市耕牛破費甚多收獲無幾公乃廢却其他敗租與人每歲所收却耕

種之利租人皆獲利使將健求免工傭其五曰襄土疆闊遠連接江山每至秋時常多寇盜張旗結黨夜出晝藏謂之山柵擾害頗甚燒刼閭井驅率平人至于道途皆須警備公乃選擇少壯官健三百人別造營各爲捕盜將常令教習不雜抽差訓練無時以爲備禦每聞屬縣寇刼當時據數抽行裊徃夕歸夜發晨至皆是并贓捉獲更無孑遺頃挫賊心鄉閭遂泰因創造捕盜將營屋四百間分爲左右中間開報點集列帑置標別創一亭以爲教試之所奏立將額門當通衢過客行旅莫不興嘆大中十一年諸郡搆亂起於湖南準詔徵兵同力剪滅漢南軍徵五百人兙日成功實自捕盜咸強之力又江西叛將毛鶴搆亂比諸

道最甚收復倍難成功當時常侍僕射乘遞先至襄州奉詔令差兵助發遣所差五百人於數内全取捕盜將并差捕盜都將韓季友惣領兵士小路進發仍先揀擇通引官衙虞候史慶中與常侍僕射爲元從押衙賫榜帖先至江西安存百姓遂收刼亂兵器甲及常侍僕射舟船至江州其韓季友請捕盜將官健三百人開道分六路先去平明齊到人皆不知機計既行遂半日内面縛賊將授首者一十三人當日行刑傳首赴闕常侍遂奏請且留捕盜將二百人在江西并奏請權差韓季友爲都虞候二年之中重脩置廨署城市皆捕盜將功力其六曰荆南中路有蠻水驛地當甲下泥淖常多暑雨之時不通車馬皆是結栰牽挽

以濟公私行人力出編甿妨害農業繚繞甚遠兩縣勞辛遂徑捷疏高別一路度宜造驛水無差徴之虞又近於當路十二里其七曰襄州兩稅每差綱官送納并有直進滕臘其數甚多例屬新官豈免敗闕陪備差遣擾害頗深每吏部注官多不敢受因訪問貲綱大數可以資陪人遂請度支陸運脚撚馱到京遣進奏院所由勾當輸納既免損汚疋帛又免上供失時襄州新官求無差役之弊其八曰漢陰驛西舊有江亭一所迎候皆於此前後窄隘不便筵宴所要鋪陳須至漢陰驛上廳内遂使前後虛豁難置門牕重客居停全無牀幅結束非便寢止難安遂别搆設廳以備迎送長廊虛檻連接大廳恠石脩篁羅列其所江波

入户盡艑臨軒信可謂勝遊之地也又重脩瑣闥改制上
廳夏清冬溫憇息冝便別開過路繚繞江亭主客遨迎咸
遂得禮因命新亭曰漢廣亭桂江所謂不朽之制凡公之
爲民於除害興利若屈到之芰子反之飲文王昌之蒲葅
雖勞支體勤思慮含辛茹苦必行之未嘗一日而懈也故
制貧民侵刻之負罷疲卒奸濫之政公之仁也訓驍勇以
擒盜繕甲兵以備武公之義也具候館之器用豐饋勞之
儀牽公之禮也决高沙之壅徙蠻貊之傳公之智也免蠹
官之綱致及時之貢利必舉害必除公之信也夫揔五常
以在躬之謂德德及於民之謂政功之被于物也淺則其
澤易竭政之被于物也深則其久愈彰公之去襄六年矣

民始懷公之德政而追思詠歌之得不謂之被物久而逾
彰公之德乎與夫在治而民之謂疑者異矣公前治蒲亦
由是德突厥居特峨山者千二百人相率自外塞渡河歸
附于公朝廷以虜衆持疑兩端未即信納公乃召其酋長
以恩信諭之虜皆泣下釋兵觧甲伏以聽命因請從齊魯
之閒隙地以居之編籍爲耕民奏置備征軍千人日令督
肓無有他役凡盜有新發無不立赴者又教其軍積紙爲
戰衣千五百領矢不能陷歲饑乏食民流徙不止於是告
廩發稌豆麰麥賤出以救之完治城觧列樹表道用民之
方（疑作力）而厚其酬傭濟活以萬數逾朞乃罷有禽俱巢于
屬邑之樹其一巢者爲鷙鳥所攫日暮群鷇哀鳴閧者異

之憫其孤遽徙食之愛均巳子鷇長能飛而後去人咸以
爲至德之感及禽鳥焉故公前之治蒲其仁澤被于物也
既如彼今之治襄其德政及其物也又如此庸詎知異日
蒲人之不有相率闕于天子而請公之德刻于金石以傳
乎無窮哉亦將必有釆者矣謹繼銘曰
公德之容弘深粹玄公仁之豐沉漬穠穠内愉外懌溥暢
昭宣政以之和民以之安在昔羊公惟德之理有碑于峴
寔表厥美烈烈顯德蹈之者誰曠祀六百惟公繼之繼之
者何愛民若子苞寒餔饑其急逾巳日者大江淫至於民
萬門之命將盪而覆是究是度惟公之規乃决巨壅大沴
以移公之來朝民泣牽衣公進就路攀車從公專醎醝利

無歸于私公長御史朝綱以釐帝曰汝賢汝可承弼公遜
不答退惟讓卑帝心益加會襄人來請祀公德刻之于石
帝曰賢哉汝真吏師政苟不惠人誰汝思加乃懿績遂命
起之告示襄人謂爾咸冝帝德明聖爾言適時勿謂天高
其神可欺勿謂室暗而公不知善不善報惟其所施爾不
吾信視公之爲舊（疑作蒲）民之生實公是營襄民之富實公
是覆漢波滔滔其注維東公思在人與彼無窮公澤惟川
公壽惟山是禱是祝期千萬年崇碑峩峩揭于峴巔民望
而思永貽後昆

文苑英華第八百七十　終

文苑英華卷第八百七十一　碑二十八

紀功一

贈太尉段秀實紀功碑一首

西平王李晟東渭橋紀功碑一首

幽州紀聖功碑一首

贈太尉段秀實紀功碑并序　德宗

立人之道曰君與臣爲臣之義曰忠與節忠莫極於衛國節莫大於忘身存其誠德貫乎天地致其功用施于社稷獨斷勤兇慝之命沉謀安宇宙之危其智勇足以拯時其義烈足以弘教非旲穹錫慶敷佑皇家重振紀綱再激汙俗何邁迹之會而獲見斯人開府儀同三司檢校禮部尚

書兼司農卿上柱國張掖郡王段氏名秀實字成功應期降生扶翼唐祚禀陰陽之粹氣備剛柔之全德體正明道從時卷舒蓄爲淳和發爲功烈朕宅帝位之五載孟冬十月賊臣朱泚叉天悖人因時多虞乘我無備誘聚叛卒作亂于京師朕深惟罪己之誠遠遵避狄之義駕自中禁狩于近垧賊陰謀爲奸陽言示順以公嘗任涇帥素得士心掾諸衆情引以自助公感時悲憤思定大業謂復國安人由己不可以顧私謂開物變化在權不可以虛死畧匹夫之褊介蘊曠代之宏規內貞其心外混其跡且控察元惡情狀將因而圖之賊果不疑委以心腹一作腑遽發凶黨謀襲我師公詭說以詞止之不可及疑作乃竊取官印假爲兵

符急追寇軍不遠而復銷禍紓難陰陽若神于時物情危疑忠邪莫判卒乘未輯軍旅未完微公之謀吾幾蔑濟旣而密結勇敢誓殲寇讐決策尅期中外發應會賊泚召公計事引入閤中露其姦情言及僭竊公氣塡胷臆植髮衝冠仰天大呼玄鑒何昧孰爲臣子而忍是心語未絕音奮笏前擊兇徒敗面旣噴而奔左右愕然初未敢動繼者不至事遂無成逆徒交鋒因而遇害嗟乎天生萬物唯人最靈禀元氣之精鍾五行之秀是宜守正居順移孝資忠君君臣臣父父子子各履於達道同臻于太和天乎不融生彼狂悖神乎不惠喪我忠貞靜言思之輟饋忘寐詳求其理抑有以焉玆朕不明敗德招損故列聖垂祐儆戒于予則泚之亂所以懲旣往昜將來禮教陵夷風訛俗弊故上帝玄一作降鑒聳動于人則段公之死所以勵當今傳不朽也訪彼前史稽諸昔賢全大節者不必成功建大功者或未立節非節不可以裨教非功不可以持危義實相須事難竝備吉甫以文武翼周室宣王中興絳侯以智謀安劉氏文皇紹立茂功著矣而節未可稱董卓脇國以擅威伍孚刺之而不畏王敦擁衆以稱亂周顗折之而無疑奇節備矣而功竟不就至若屈伸合變進退知機智以遂其謀勇以决其死功與時竝節與名偕也古已還無公儔比貞烈之至通於神明桀驁聞之而動心仇讎感之而不怨死於義而義著忘其家而家全行路興悲懦夫增氣矧予之

慟其可弭忘且人之所愛者身也國之所重者位也公能
殺身徇國朕得不以重位報之哉乃詔有司冊贈太尉謚
曰忠烈賜實封五百户莊宅各一所嗣子授三品正員官
諸子各授五品正員官表其閭里護其喪葬官立祠宇史
載忠勳哀榮之典備矣君臣之義極矣公始以天寶四載
奮筆從戎才爲時生官由才達得司馬戰陣之法叅將軍
帷幄之籌累典六方州更踐臺寺出擁旄節入爲卿士位歷
十七歲踰三紀封王列於異姓開府比於台司參職六官
食賦百室言不伐善履常下人恒持順信之規罔居疑悔
之地利刃在手授節皆歷貞松有心老而彌勁吞大憝於
方寸之内定危疑於晷刻之間力可屈而志不可遷身可

殺而節不可奪所謂有始有卒爲臣之極致者歟日月有
期宅兆云畢身殁功在凜然如山勒銘傳芳終古不滅以
志吾過且旌善人銘曰
浩浩上天四序唯均氣或堙鬱過（一作愆）爲災氛否不可終
必復元亨洗以膏雨播之祥雲濟濟蒸人五常是則時或
迍難乃生兇慝亂必有定允歸皇極極以茂勳輔之明德
勳德克崇玆惟良公實天降靈寧保朕躬日月蔽虧宇宙
昏蒙冏然明誠獨誓深忠豺狼爲群狺狺逞志咆哮奔突
乘我未備公飛尺符横制醜類變化若神邦家不墜元惡
大憝誘姦作狂竊器僭名反易天常公獨挺身奮擊暴強
烈烈英武殁而彌彰義標名教功存社稷贈極上台賞延

真食省咎祗畏懷賢憫惻刻銘豐碑昭示萬國

西平王李晟東渭橋紀功碑　同前

天有柱以正其傾地有維以紐其絶皇王有輔佐以濟其
艱難非命曆所歸不得生良弼非君臣相合不能集大勳
非暴亂弘多不足表忠節非奸猾熾焰不克展雄才天輿
事（一有君字）肆會然後臣功著而王業興焉高祖太宗拓跡垂
統掃乾坤之沴氣（一作氛沴）拯生靈之塗炭其受命也正其布
澤也寬六宗丕承克廣前烈雖遇屯否化危成安二百年
間五夷大難由内以正宸極者再自外而復都邑者三山
岳降神雲龍叶契繼生賢哲保定邦家神龍中諸武擅權
甚（疑作悊）間王室則有若扶陽王彦範等推戴中宗紹復洪

業景龍末發帝窺國瀆紊乾綱則有若徐國公幽求等左
右玄宗掃除兇穢天寶之季盜起幽陵翠華南征潼關不
守廣德之際戎軼邠郊皇輿東巡鄷宮罷警則有若尚父
子儀等殄殪醜逆冊肅宗于岐攘却蕃夷翊代宗于陜建
中四祀寇發上京暴蔑人神僭稱名器則有若西平王晟
等剪滅大憝廓清中區惟玆數公異時同德道濟于社稷
勳書於鼎彝唐之得人於斯爲盛東渭橋抵王城東北四
十里而國之廪積在焉始晟於此駐孤軍糾群帥俟時而
動一舉成功予是用揚其美而紀其功以明事之有因謀
之有素也粤若菲德嗣膺大寶化乖柔遠明不燭幽淮右
賊臣提（一作阻）兵犯順兇悪陵汝服震驚洛師朕憫將吏之受

汙衮烝黎之無訴罔思衞巳姑務靖人亟發禁師東征不軌猶慮勝敵之未勇（一作果）乃徵涇師以繼之賊此畜姦覬隙乘便餌誘貪卒扇結暴徒伺其不虞謀聚犯闕朕引咎出次薄狩二畿封豕長蛇穴處宮廟磨牙噴毒噬螫害人晟時總偏師遠戍河朔曾不俟召聞難駿奔鼓義勇仗順之師呑敗亡稔惡之寇雄威勝勢疾若飈馳屬賊帥昏迷恃衆貪亂誘我蠭賊連謀内逼朝廷載遷關河長擾豺狼塞路羿浞爭驅人煙絶於井邑陰燐交於田野物情大駭盪然靡依晟乃設會軍門哭而誓衆國讐不滅無以身為遂發感激嗚咽流涕天地為之變色將帥為之動心軍中較然知有逆順晟乃（一作又）度公積計私課程賞典定刑章

行令自身録功先下由是勇者奮力智者効謀其氣增倍其心如一屹立堅壁于渭之陽姦逆畏威而震慴忠義奮氣而聳慕分二兇之勢不敢相附為諸鎮之援俾得自堅晟之力也二月守暨乎夏五月晟知衆心可用乃揀日饗士乙未陳師于東郊如虎（唐諱）如豹如熊如羆兇徒接戰累合皆北倒戈棄甲罔敵我師乘而殪之摩壘而止戊戌方旭連營進攻賊衆相驚股戰魄駭登陴而不敢拒闔門而不敢窺晟仗鉞啓行執桴親鼓欽（塞也）隍塹排墻垣勝氣兆於風雲威聲振於原野指顧摧靡盪無孑遺布朝旨以寬脅從勵臣節以誅同惡乾軸傾而復紐皇維弛而更張遷梟聲為好音變祆祲為和氣然後閑戎律釐軍容不諠（一作傲）不譁有嚴有翼搜苑囿殄遺寇清宮門授彼有司宣言于衆曰龔行天討將以遏亂畧去人害王師所至歌舞從之其或矜勇恃勳作威肆掠是則以暴易暴夫何賴焉懋功有恒賞違禁有常罰惟國之令典不得以贖論敢犯令者殺之無捨爰擇便地引軍出屯馬無錯群士必成列尅敵彌日都人莫知徐命有地之官同（一作周）諭鄽里士庶聞巨猾之殲殄而我師壺觴犒軍如恐不及者若赤子之保慈母涸鱗之赴洪波或欣而呼或感而泣吾是以知烈祖積德人懷其深賢臣佐時功濟斯美晟有興運之畧有匪躬之誠有定亂之勳有禁暴之德俾予從乂垂拱仰成乃册拜司徒兼中書令加實封一千户録功第一序位居

首事業編乎史册德輝流乎頌聲入為夔龍出作方召贊賀（一作贊贊）徽烈中外具瞻而晟居高牧卑辭滿守約崇讓而勳閥彌耀惡盈而福禄攸歸斯又明哲之規慎終如始者也夫制敵在謀不在衆感人以義不以威當天地屯蒙邦家離析援孤者踣黨勝者強群心囂囂靡所止戾若風動中野波騰滄溟從而拯之豈易為力于時馬不滿百駟兵不盈萬人無郡邑土田之資無城池險阻之固獨立不懼氣吞群兇以盡忠誓心以必死勵巳以大順率衆以至誠動天衆心攸同天意允答故指揮散地而不可拔致討勍寇而力有餘國危能安軍勝能整古所謂衛社稷者晟其當之播揚休風篆刻貞石俾厥後嗣無忘乃功銘曰

赫矣我唐受天眷命祖功祖德浸澤儲慶窮海請吏遐荒稟令寧一九服惠康萬姓三五以還莫之與盛迨予不類辱守丕圖獨理匪特立誠未孚蠢爾孽臣扇茲潰徒震驚朕師黷職皇都宇宙沸騰人神睢盱重以統戎誘姦同貫播還斯載歲聿云半天既悔禍人胥厭亂乃錫元臣夷兇剪叛昏祲茫茫横流湯湯挺然孤軍在渭之陽我城非完恃順爲防我旅非衆同心爲強由義率人人皆嚮方萬事如一爭先啓行拗憤求逞畜威斯張力足勢全時惟鷹揚以戰則克以謀則臧指麾之間群醜潛亡鯨鯢既平宮室既清軍伍無聲都人不驚成功禁暴自昔稀有寔天生德彰于厥後洋洋令名茲爲不朽

幽州紀聖功碑銘（并序）

李德裕

幽州盧龍軍帥檢校尚書左（集作右）僕射張公仲武往年脩獻捷之禮今歲有銘勳之請二者君子韙之豈不以諸侯有四夷之功獻其戎捷春秋舊典也宗周納肅慎之貢銘於楛矢天子令德也斯可以爲元侯表可以爲後代法聖上嘉其動而中禮乃命宰臣採其尤（集本文粹作元）功傳於惇史臣德裕敢颺言曰夫兵者所以除暴害也愛人則惡其爲害禁暴則惡其爲亂雖睿智不殺化之以神至德允懷招之以禮然書有猾夏之戒傳有脩刑之訓虞舜四征（二本作罪）乃成大功文王一怒以至無侮非德教之助歟仁聖文武章天成功神德明道大孝皇帝應我大（二本作文）典煥而（二本作乎）光明極象外之微臻於至道鼓天下之動致於中和慮必鈎深退而藏密故能神幾獨照伐未兆之謀威光遠震制不羈之虜當其時也烽燧迭驚（二本作警）羽書狎至人心大摇群帥（二本作師）沮氣皇帝以軒后之威神漢高之大畧光武之雄斷魏祖之機權合而用之以定王業此議臣之所以延（延字二本作不敢）望於清光也偉哉天地應而品物生君臣應而功業成故龍躍而雲從鶴鳴而子和方叔伐獫狁蠻荊來威安遠擊車師西域震服宜有良將殿于朔邊張公禮閣戰器書成傳癖張仲孝友子孺塞泉（二本作淵唐諱）留落（見漢書二本作流）落不偶光景未耀明主雅聞奇志持印而拜將軍還推赤心築壇而命元帥拔自雄武授之薊門果能精誠奮發策

慮愊憶（二本作福聽）千里獻籌一心憂國則知龍頰善將任人傑而不疑日角好謀歎敵國而強意回鶻者本北狄之裔也或曰獯鬻或曰山戎五帝所不能臣三王所不能制前史載之詳矣暨薛延陁之敗也酋帥吐迷度率衆款塞太宗幸靈武納降立迴鶻部落置瀚海都督因我封殖遂雄北方代（集作肅是）宗之戡內難也葉護以射鵰之士親扈戎旌亦由羌髳率師以翼周北貊梟騎以助漢既藏大憝乃疇厥功（集作庸）特拜葉護司空歲賜絹（二本作繒）二萬疋厥後歸宗女以配之立宮室以居之其在京師也溼（集作堤）祠雲構甲第基布棟宇輪奐衣冠縞素交利者風偃挾邪者景附其翖（疑作翎）侯貴種則被我文繢帶我金犀悅和音猒珍膳蝎

霾上國百有餘年旣而絷慝罔無親天命不祐僭侈極欲神
道惡盈本國荐饑畜産耗半黠戛斯因利乘便遂焚龍庭
區（文粹作壚）落蕭條陰燐青熒夳之烏介可汗亡逃失國竊號
沙漠非我冊命自爲假王其來也瀰漫陰山睥（二本作脾）睨高
闞玄塞之下氛霧蔽天質貴主以前驅依大國而求援或
丐我米糒救其饑人或邀我甲兵復其故地外雖柔服內
有桀心因行人罝辭徵呼韓故事願居光祿塞急保受降
城其下有二部曰赤心宰相那頡啜特勒赤心者天性忿
鷙戎馬尤盛初與名王嗢沒斯首謀內附俄而負力怙氣
潛圖亂（集作厲）階爲嗢沒斯所紿（文粹作招）誘以俱謁可汗戮於
帳下其衆大潰東逼漁陽上乃賜公璽書問（二本作授）以方略

公以室韋悍函（二本作亟）之兵近我邊鄙俾其偵邏且禦內侵
尋以徵役不供爲虜所敗由是介馬數萬連亘幽陵伏精
甲於松構布穹廬於磧鹵散若飛鳥止如長雲火燎于原
不可嚮邇公激義氣以虹貫發精誠而石開奇計兵權密
授髦雋乃命介弟仲至與裨將游奉寰王如清左敵萬李
君慶張自榮高守素李志操率銳兵三萬建旆而前介胄
雪照戈矛林植命以義殉壯由師直聲隆隆而未洩欲逐
逐而不食戢以聽命嚴而有威公曰險道傾仄且馳且射
胡兵所以無敵也致之平原勒以方陣我師可以逞志也
於是據于莽平環以武剛首尾虵伸左右翼張輕騎旣合
奇鋒橫鶩如摧枯株如搏畜兔攝讋者弗取陸梁者盡（二本
作皆）仆虜侯王（集作王侯）貴人計以千數然後盡衆服聽悉數係
（二本作系）纍谷靜山空靡有孑遺槖駝駃騠風澤而散旃墻罽
幕布野畢收馬牛幾至於谷量虜血殆同於川決徑路寶
刀祭天金人奇貨珍器不可殫論乃命從事李周瞳馳傳
上奏又命牙門將周從玘繼獻戎俘皇帝受而勞之群臣
畢賀昔長平七征驃騎六舉竇憲令（集作合）氏羌之衆陳湯
檻城郭之兵或生靈减耗士馬物故（文粹作痛傷）或（文粹無此字）邀
功救罪矯命專征然猶告類上帝薦功清廟顧視二漢不
其忝歟以公威動蠻貊功在漏刻因命公爲東面招撫回
鶻使先是奚契丹皆有虜使監護其國責以歲遺且爲漢
諜自回鶻嘯聚靡不鴟張公命裨將石公緒等諭意兩部

戮回鶻八百人雖介子討罪於龜茲班超行誅於鄯善未
足儔也回鶻又遣宣闕（二本作門）將軍等四十七人詭辭結歡
潛伺邊隙公密賂其下盡得陰謀且欲馳入五原大（蜀本作盡）
毆雜虜公逗留其使緩彼師斯覔得人病馬瘠縮衂而退
挫銳解紛緊公善計今烏介自絕皇澤莫敢近邊并丁零
（二本作令）以圖安依康居而求活盡徙餘種屈意黑車寄託遠
遁流離饑凍黑車亦倚其威重迫脅諸戎造謀藉（文粹作籍）兵
鮮仇交質自謂約齎（二本作賚）深入漢將取而未期渡漠（二本作幕）
輕留王師往而非利公以壯猷遠御（集作馭）長計羈縻不渝
便嫵之使（二本作避嫵之便）終盡致（集作終致盡）敵之術將時動而得
雋豈歲數而勝微矧乎明主一枝（集作伎）將帥爲爪牙視戎狄

爲田（二本作鼠）𤢺方獯猛敵不虧細娛非周宣無以成召武（二本作虎唐諱）之勳非漢宣無以聽營平之計勗哉上將光我中興
公前後受降三萬人特勤二人可汗沸一人大（二本無大字）都
督外宰相四人其他裨（二本作俟）王騎將不可備載王褒以日
逐歸德稱爲人瑞班固以稽落盪冠大振天聲孰若天子
神武百蠻震疊（集作摺）乘其慶國（集作困）臨以兵鋒割单于之
旗納休屠之附非萬里之伐無三年之勤巍乎成功輝焯
後代宜刻金石以揚鴻休銘曰
太和之初赤氣霄興開成之末大茀雲凝（二本作彤雲暮凝）異鳥
南來胡𤢺之微北夷飈掃厥國土崩逼迫遷徙震我邊鄙
長蛇去穴奔鯨失水上郡（二本作都）薊門近（集作兵）連千里曾不

畏天循爲驕子丐我邊穀邀我王師假我一城建彼幡旗
歸討強漢郅支嫚辭很顩朔野伏莽見羸鴈門之北羌戎
雜處戩戩群羊茫茫大鹵縱其梟騎驚我牧圉暴若豺狼
疾如風雨皇赫斯怒羽檄徵兵謀如泉默斷乃霆（二本作雷）聲
沉機變化動若神明沙漠之外（二本作北）虜無隱情漁陽突騎
燕歌壯氣赳赳元戎眈眈虎視金鼓誓衆干旄蔽地爰命
介（文粹作其）弟屬之大事翩翩飛將董我三軍稟兄之制代帥
之勤威掠（二本作畧）火烈胡馬星分戈廻日日劒薄寒（二本作浮）雲
天街之北旄頭已落絶轡之野蚩尤未縛俾我元侯恢弘
遠畧終取（集作取彼）單于係之徽索陰山寝烽亭徼櫜弓萬里
昆夷（集作吾）九譯而通蠻夷既同天子之功儒臣篆美刊石
垂鴻

文苑英華卷第八百七十一

文苑英華卷第八百七十二　碑二十九

紀功二

平淮西碑二首

平淮西碑　韓愈

天以唐克肖其德聖子神孫繼承(集作繼繼承承)於千萬年儆(新唐書藩鎮傳作敬)戒不怠全付所覆四海九州罔有內外悉主悉臣高祖太宗既除既治高宗中睿休養生息至于玄宗受報收功極熾而豐物衆地大孽芽其間肅宗代宗德祖順考以勤以容大慝適去稂莠不(集作已)薅相臣將臣文恬武嬉習熟見聞以爲當然睿聖文武皇帝既受群臣朝(集本唐書有乃)字考圖數貢曰嗚呼天既付予令(二本作天既全付予)有家今傳次

在予予不能事事其何以見乎(二本作于)郊廟群臣震懾走職(二本集作奔走率職)明年平夏又明年平蜀西川又明年平江東又明年平澤潞遂定易定致魏博貝衛澶相無不從志皇帝曰不可究(集注作窮)武予其少息九年蔡將死蔡人立其子元濟以請不許遂燒武陽犯葉襄(集有等字)城以動東都放兵四刼皇帝歷問于朝一二(二本有外字)臣皆曰蔡帥之不廷授於(二本作于)今五十年傳三姓四將其樹本堅兵利卒頑不與他等因撫而有順且無事大官臆決唱聲萬口和附并(集注作併)爲一談牢不可破皇帝曰維天維祖宗所以付任予者庶其在此予何敢不力況一二臣同不爲無助曰光顏汝爲陳許帥維是河東魏博郃陽三軍之在行者汝皆將之曰

重胤汝故有河陽懷今益以汝維是朔方義成陝益鳳翔延慶(二字唐書作鄜延寧慶)七軍之在行者汝皆將之曰弘汝以卒萬二千屬而子公武集(集本無集字)往討之曰文通汝守壽維是宣武淮南宣歙浙西四軍(二字唐書作徐泗五軍)之行于壽者汝皆將之曰道古汝其觀察鄂岳曰愬汝帥唐鄧隨各以其兵進戰曰度汝長御史其往視師曰度惟汝(集注有與字)予同汝遂相予以賞罰用命不用命曰弘汝其以節(集注有度字)都統討(唐書作諸)軍曰守謙汝出入左右惟汝(二本作汝惟)近臣其往撫師曰度汝其往飲食(二字唐書作衣服飲食集止作衣食)予士無寒無饑以既厥事遂生蔡人賜汝節斧通天御帶衛率(二本作卒)三百九兹廷臣汝擇自從惟其賢能無憚大吏庚申予其臨門

送汝曰御史予閔士大夫戰甚苦自今以往非郊廟祠祀其無用樂顏胤武合攻其北大戰十六得柵城縣二十三降人卒四萬道古攻其東南八戰降(集有卒字)萬三千再入申破其外城文通戰其東十餘遇降萬二千愬入其西得賊將輒釋不殺用其策戰皆(二本作比)有功十二年八月丞相度至師都統弘責戰益急顏胤武(集有合字)戰益用命元濟盡并其衆廻(二本作洄)曲以備十月壬申愬用所得賊將自文城因天大雪走(走字二本作疾馳)百二十里用夜半到蔡破其門取元濟以獻盡得其屬人卒辛巳丞相度入蔡以皇帝命赦其人淮西平大饗賚功師還之日因以其食賜蔡人九蔡卒三萬五千其不樂爲兵願(二本有歸字)爲農者十九悉縱之斬

元濟（集有於字）京師冊功弘加侍中愬爲右僕射帥山南東道
顏胤皆加司空公武以散騎常侍帥鄜坊丹延道古進大
夫文通加散騎常侍丞相度朝京師道（唐書作進）封晉國公進
階金紫光祿大夫以舊官相而以其副總爲工部尚書領
蔡任既還奏群臣請紀聖功被之金石皇帝以命臣愈臣
愈再拜稽首而獻文曰
唐承天命遂臣萬邦（二本作方）孰居近土襲盜以狃往在玄宗
崇極而圮河北悍驕河南附起四聖不宥屢興師征有不
能尅益戍以兵夫耕不食婦織不裳輸之以車爲卒賜糧
外多失朝曠不岳狩百隸怠官事亡其舊帝時繼位顧瞻
咨嗟惟汝文武孰恤予家既斬蜀吳旋取山東魏將首義

六州降從淮蔡不順自以爲強提兵叫讙欲事故常始（集作
乃）命討之遂連奸鄰陰遣刺客來賊相臣方戰未利內驚
京師群公（集作臣）上言莫若惠來帝爲不聞與臣爲謀及（集注
作乃）相同德以訖天誅乃敕顏胤愬武古通咸統於弘各走
爾（二本作各奏汝）功三方分攻五萬其師大軍（唐書作兵）北乘厭數倍
之嘗（集作常）兵時曲軍士蠢蠢既翦陵雲蔡卒大窘勝（集作翦又
注作遂）之邵陵郾城來降自夏入秋復（集作複）屯相望兵頓不
礪（二本作勵）告功不時帝哀征夫命相往釐士飽而歌馬騰於
槽試之新城賊遇敗逃盡抽其有聚以防我西師躍入道
無留者頟頟蔡城其疆千里既入而有莫不順俟帝有恩
言相度來宣誅止其魁釋其（唐書作于）下人蔡之卒夫投甲呼

舞蔡之婦女迎門笑語蔡人告饑船粟往哺蔡人告寒詔
賜（二本作賜以）繒布始時蔡人禁不往來今相從戲里門夜開
始時蔡人進戰退戮今眠（蜀本作旰）而起左飧（集作餐）右粥爲之
擇人以牧餘憊選吏賜牛教而不税蔡人有言始迷不知
今乃大覺羞前之爲蔡人有言天子明聖不順族誅順保
性命汝不吾信視此蔡方孰爲不順往斧其吭凡叛有數
聲勢相倚吾強不支汝弱奚恃其告而長及汝父兄（二本作而
父而兄）奔走來偕（集作偕來）同我太平淮蔡爲亂天子伐之既伐
而饑天子活之始議伐蔡卿士莫隨既伐四年大小竝疑
不赦不疑由天子明凡此蔡功惟斷乃成既定淮蔡四夷
畢來遂開明堂坐以治之

同前　段文昌

夫五兵之設本以助文德而成教化故聖人不專任之其
有桀驁暴邪干紀作孽道德不服則兵以威之文誥（一作告）
不諭則兵以靜之在禁暴除害而已自黃帝堯舜不無能
誅至湯武受命武功寖盛其本之以仁義行之以弔伐惟
帝與王率由茲道於戲創業之君勞而後定守文之主安
而忘戰故三代之衰功在五伯未有中葉之後再安生靈
前古所無歸于聖代我唐運之興也高祖太宗以仁義之
兵除暴隋之亂戎功祖武百代丕承玄宗肅亦內剪奸邪
外清夷狄所以繼文之代協帝之明既而禍起於微亂生
於理由是髖髀之衆結固於兩河斤斧不用綿歷于五紀

肅宗代宗（此二字一無）親剪大憝且務生育德宗順宗覲于天
象察於人事以理運未至沴氣猶凝運啓昇平以俟後聖
惟我后握樞出震端扆嚮明考上玄之心思祖宗之意掃
滌區宇光啓帝圖不以萬乘爲尊四海爲富遵大禹櫛風
之志有光武一夜之勤以爲景擒七國而漢民安成剪三
監而周化洽焉有患難未去而德教可興日者李（一作惠）琳
侍近狄之固劉闢憑坤維之險李錡保長江之衝從史資
太行之阻四兇相挺（一作扇）繼爲亂常三數年間盡膏鈇鑕
太尉茂昭以中山之地盡室來朝司空弘正以全魏之邦
舉宗向闕義風所激莫不歸心兇彭城從折簡之召（一作名非）
横海展執珪之覲向之談虞虢之存亡議輔車之形勢莫

不刳心斷臂纖踵爲忠既而麟見於巴賨之間河清於鄜
衛之際固本根（一作固同本）之既昭聖祚之符廓清寰海兆於
此矣而長淮右地連山四起控接（一作扼）吳楚密邇轘轅有
上帝濯龍之池同冀方多馬之國戈鋋雪照駔駿雲屯二
姓三兇憑阻作孽歲在甲午吳少誠積禍而甕餘殃聚於
逆嗣氛祲淮濆我后方吊人省寃墾災除穢猶命使者持
節往中寵賻以昭柔服之義示含弘之仁元濟刼衆拒境
滔天肆逆剽葉縣燒舞陽侵襄城伊洛之間騷然震恐乃
詢廷議咸願假以墨經授以兵符天子泉（一作淵唐諱）默以思
霆馳以斷獨發宸慮不詢衆謀漢宣從屯田之議晉武決
平吳之計至聖不惑群疑自消於是會梟藻之師得鷹揚

之帥以忠武（二字一作中）軍帥李光顏往者平朔邊靜庸蜀雙
矛電激孤劒飈馳亦猶馮異之總軍鋒子顏之將突騎才
氣雄武可掃攙搶總魏傳河陽郃陽九三軍自臨潁而前
以河陽軍帥烏重胤當從史內訹（一作詘非）邪謀外阻兵勢精
誠奮發密（一作獨）應王師故得虜魏豹於軍中縛呂布於麾
下識慮中正可華梟音益以汝海之地總朔方義成陜虢
鄜南西川鳳翔延州寧慶九七軍由襄陽而進宣武帥韓
弘請以子公武領精卒一萬二（一作三）千時集洄曲欒書作
帥鍼爲戎右充國討虜印綬支軍是能從帥之命成父之
志又以壽春守李文通夙精戎韜累習軍旅明於守備可
保金湯總宣武淮南宣歙浙西徐泗九五軍旣固始之險

以鄂岳都團練使李道古以先曹王皐有任城之武昔征
兇渠嘗取安陸授以戎柄嗣其家聲乘五關之隘以唐鄧
隨帥李愬溫敏能斷靜深有謀昔趙孟慕成季之勳復能
霸晉亞夫紹絳侯之武亦克擒吳想其英徽必有以似（一作嗣）
山南東道荊南九兩軍自文成而東乃命御史中丞裴
度布挾纊之恩奉如綸之命以諭群帥以撫輿師且以古
之會兵必謀元帥令歸於一勢不欲分命宣武軍帥韓弘
爲諸道行營都統假陸遜之鉞拜韓信之壇指縱（一作蹤）畫
奇正之機發號申嚴凝之令然後有司馬之法成（一無成字）餘
制之師而寒暑再羅賊巢未下又命內掌樞密之臣梁守
謙肅將天威盡護諸將懸白日於千里推赤心於萬人由

是其寧奮升城之勇君文勵擊鄖（一作堰非）之志焚上蔡以剪
其翼孩鄖城以扼其吭以軒后攻蚩尤之城（一作亂）殷宗伐
鬼方之罪周公誅淮夷之叛雖以聖討逆皆三年後定百
辟之義且謂久勞將决其機以安海內復命丞相裴度擁
（一作特）淮蔡之節撫將帥之臣分鄧禹之麾旆盛竇憲之幕
府四牡業業于藩于宣先是光顏重胤公武戎旅同心壘
垣齊列常（一作長非）蛇之勢首尾相從胡騎之雄紛紜縱擊逐
餘孽如鳥雀獮殘寇似孤貍干矛如林（二字一作杖）行次于洄
曲丞相之來也群帥之志氣逾厲統制之號令益明勢如
雷霆功在瀨刻賊乃悉其精騎以備洄曲之師唐隨帥李
愬新總傷痍之軍稍勵奔北之氣城孤援絶地逼勢危而

能養貔虎（唐諱）之威未嘗矍視鵰鷙鳥之勢不使露形是以
收文成栅而降吳秀琳下興橋而擒李祐果敢多略衆以
留之或謂蓄患不利吾軍愬誠明在躬秉信不撓爰命釋
縛授之親兵祐感慨之心出於九（一作萬）死縱横之計果効
六奇粤十月既望陰凝雪飛天地晝閉愬乃遣其將史旻
仇良輔留鎮文城備其侵軼命李祐領突騎三千以爲鄉
導自領中權（一作軍）三千與監軍使李誠義繼進又遣其將
田進誠領馬步三千以殿其後雲郊（一作郊雲）晦冥寒可墮指
一夕卷旆凌晨斬（一作破）關鋪敦淮濆仍執醜虜蜼魏軍得
田時爲導潛出盧龍鄧艾得田章先登長驅綿竹用奇制
勝與古爲儔四紀逋誅一朝蕩定攄宗廟之宿憤致黎庶

之大（一作乂）安周漢以還莫斯爲盛帝命策勳進弘爲侍中
光顏重胤並爲司空愬爲左僕射帥山南東道公武加散
騎常侍節制鄜坊冊延道古進御史大夫文通加散騎常
侍王師獲金爵之賞環境蒙優復之恩掩骼埋胔除瑕宥
罪躋群生於壽域還比戶於可封東西南北無思不服丞
相旋請來朝後加金紫光禄大夫封晉國公乃眷淮濆蒸
人生殖俾擇循吏撫其疾傷以宣慰副使刑部侍郎馬總
領淮蔡之任天子議功雲臺追美將帥俾刻金石以揚休
勳而百辟僉謀群帥克讓推義士之志敢貪天功徵賢臣
之言實在君德於是縉紳之士暨侯服之臣上獻鴻名式
昭徽冊然後光輝千古聲名百蠻詔命掌文之臣文昌勒

銘淮浦庶乎閱周雅者美宣王之中興觀劒銘者戒蜀川
之恃險銘曰

天有肅殺萬物以成雷風爲令霜雪爲刑君有武節四海
以寧陳之原野阻以甲兵在昔聖王格寧邦國武以禁暴
刑以助德牧除害馬農去蟊賊苟非戎功孰靜群慝明明
我后神筭精微九重獨運千里不違宵衣旰食再安中寓
始剪朔漠旋梟蜀虜丹徒鏦濞白門縛布服兹四罪豈勞
一旅淮夷怙亂四十餘年長蛇未剪環境（一作寰宇）騷然逮于
孽章逆志滔天懷柔匪及告諭罔悛帝念生人乃申薄伐
飛將鷹揚前鋒電發齋壇命信靈旗指越我武惟揚祆氣
（一作妖氣）未戢集于洄曲决戰摧兇豹備（一作畧）臨晉維留杳中

桓桓襄帥奇謀成功一作應變無窮浮壘暗渡東馬潜攻合以長圍絶其飛走布穴弋一作德戒妖升城獲醜商不易一作改肆典安其亂洄曲殘兵投戈束手帝嘉群帥賞不踰時畫社啓封珪組陛離洎于蠻貊服我英威刻之金石作戒淮夷一作皆唐文粹

文苑英華卷第八百七十二

文苑英華卷第八百七十三　碑三十

隱居

隱居貞白先生陶君碑　蕭綸

夫夜光結緑非胠篋之恒珍逸羽翔鱗豈園池之近玩寧期心於遠大蓋不知其所以然也是以顯踢高蹈洗耳於唐朝漢陰貞栖㓕迹於周代盛德風流有自來矣應期而

曜質者其在兹乎先生名弘景字通明本冀州平陽人也其先自帝堯陶唐氏之後胤堯治冀州平陽故因居止龍馬見五色之符欽明表八彩之瑞光宅於天下允釐於庶職洪源愛遠系緒綿長漢興陶舍爲高祖右司馬子青翟位至丞相後至漢末南渡始居丹陽七世祖濬仕呉爲鎮南將軍荆州刺史祖隆宋南中郎參軍事父貞寶司徒建安王國侍郎竝立履清約博涉文史先生含元精之和氣畜陵飈之雅姿兼宣七善總脩九德行仁蹈義嶽峙淵渟牆仞無以覘清濁不能測道風與星漢同高勝氣與煙霞共遠六歲便解書能屬文七歲讀孝經毛詩論語數萬言晏倩幼習典墳公幹少誦詩賦方之於古彼有多慚是以

岐嶷流聲黃中著稱有鄉人得葛洪神仙傳見淮南八公諸仙事乃嘆曰讀此書便使人有凌雲之氣於是寢興諷誦晨夜不輟年二十七爲宜都王侍讀總知管記事傍道求賢焚林招士朝難其選是曰得人阮瑀之書記不足扶衛孫楚之才辭何以捧轂齊代好治宮室方脩苑囿青溪舊觀更就起築仍奏表上頌辭事燕美邁彼樂職之篇踰乎景福之製帝省覽久之益以爲善除奉朝請恪居官次夙夜惟寅春朝秋請是棫樸者也先生本不希榮常欲辭退乃與親友書曰疇昔之意不願處人間年登四十志畢山藪今三十六矣時不我借知幾其神乎無爲自若明年遂拜表解職抽簪東都之外解組北山之陽同稷丘之棲

眞慕留侯之卻粒便具舟楫永言東邁朝廷錫問時賢餞別祖以二踈招兹四皓超然輕舉與世同符爾乃杖策孤征游踐山嶽既而到于句容登於茅嶺以此地神仙之宮府靈異之栖託往不能返遂卜居焉先生曰夫子云隱居以求其志行義以達其道吾聞其語未見其人我今義通無復其一請同求志之業故自稱隱居亦猶稚川之抱朴士安之玄晏倚巖栖隱依林遁跡交柯結宇剗徑爲門懸崖對溜悲吟灌水深鬱絕（藝文類聚作危）峭組織煙霞枕石漱流水禽無撓採藥耦耕野獸不亂逍遙閒曠放浪陵山（一作丘）嗒然若喪確乎難拔屬齊末道消天命既否水鬪穀洛地震由辰先生靜思冥數預識徵兆於是近遠書問悉皆杜

絕昔乃聞之夏甫今則見之先生我大梁休運應期受天明命三辰開朗四海寧謐先生奉表稱慶於是信問復通天監以來常有勑旨供給藥餌不乏歲將渥澤湛恩莫之與比先生七年暫游南嶽兹山也譬閶風之地軸若崑陵之天鎭八桂傍臨九純間設茼有琅玕草生車騎遺世獨往是用忘歸一十年有勑遣左右司徒惠明徵還先王茅山別給廨宇軒后之降精（一作情）天老漢帝之致禮河宗况於兹日弗能尚也養志山阿多歷年所攝生既善冥祥亦降猛獸不據魑魅莫逢庭無荊蕀遠同闕里階吐神泉逕動

於是羽人徘徊仙客上下鸞鳳游集芝英豐潤大造佛像爰及寫經起塔招僧備諸供養自誓道場受菩薩

法夢登七地又得嘉名具以啓聞蒙勑許可葛玄之夢見開士朱鸞之遠望尊儀何以擬兹通感足此徵應以大同三年歲次景（計其時當作丙疑唐人避諱）辰三月壬寅朔曰癸丑告別年化春秋八十有一天子嗟惜儲皇軫悼有詔稱譽追贈中散大夫謚曰貞白先生禮也以其月十四日窆于丹陽郡句容縣雷平山若軒轅之葬衣冠如王喬之藏劍舄化於兹日可得偶（一作紀）焉先生器宇凝深思識精贍含章貞吉不脩廉隅年將中壽厖踰於矩眉目眡朗儀貌鮮絜實亡勸沮多行德惠悋惜光景愛好墳籍篤志勵節白首彌至若乃淮南鴻寶之訣隴西地動之儀太一遁甲之書九章歷象之術幻女銀鉤之敏允南風角之妙太倉素問之

方中散琴操之法咸悉搜求莫不精詣爰及卞射荀棊蘇卜管筮一見便曉皆不用心張華之博物馬鈞之巧思劉向之知微葛洪之養性兼此數賢一人而已門人恒法闓等慕遙風於緱氏繪遺像於橋陽勒玄碑而相質騰絳霄之流芳乃爲銘曰

留舄表化棄劒凝神徘徊紫氣照耀丹鱗厥跡猶在餘風可遵誰其嗣此淵哉淑人高行邁種盛德日新朗猶懸鏡彅似貞筠身以弘道行不違仁昔滯纓綬頡頏縉紳厭乎匡救勞彼問津亦既解組乃襲山巾遠尋丘壑高蹈風塵情無緬世隱不隔真結宇依巖貞棲茂草水玉留年華精却老乃有令問燕斯壽考泉過危庭峯臨窈洞露凝蘭階

雲生桂棟日斜欄席花落窻甕尚平未反王孫不旋海桑交易陵谷貿遷豐碑有樹遺烈無騫

梓州射洪縣武東山陳居士（集作故居士陳君）碑

陳子昂

君諱嗣字弘嗣其先陳國人也漢末淪喪八代祖祗自汝南仕蜀爲尚書令其後蜀爲晉所滅子孫避晉不仕居涪南武東山與唐胡白趙五姓置立新城郡部制二縣而四姓宗之世爲郡長蕭齊之末有太平者兄弟三人爲郡豪傑梁武帝受禪網羅英豪拜太平爲新城郡守尋加本州別駕弟太樂太濛爲黎州長史督護（二字集作都督護）南梁二郡太守樂爲本郡（文粹作州）司馬即　君之高祖父也生曾祖方慶好道不樂爲仕得墨子五行秘書（集有而字）隱于武當山生烈祖湯仕郡爲主簿遇梁季喪亂避世不仕生皇考廣（文粹無此字）廻廻早卒君即廻之第二子也少孤而有純德恭己餙（二本作飾）行一日三省家世本以清白崇德迨君之孤素業空矣君有二兄養母以孝君克順至行同勤苦節夏不避暑冬不避寒烝烝服事行年四十有五入則孝出則悌謹而信汎愛衆而親仁無餘力也以是不優於道逮親終沒春秋已高從仕（二本作事）不可以養矣乃輟干祿之學脩養生之道山壑高居農野末歲雅聞漢有王丹者放居不仕家累千金以自奉田稼勤者載酒肴從之鄉里承化以相懲沮乃歎曰彼王丹者足以（集無以字）爲政矣奚其爲爲政也由是

始考林澤闢良田習山書務農政天道時變地道化成丘陵泉（文粹作淵）藪星歲雲物靡不用心也（文粹無也字）原田莓莓粳黍稷稷（文粹作黍稷漠漠）汶陽之稼如雲矣春日（二本作也）載華歲聿其秋白露時降百穀收熟君嘗乘乎肩轝省農夫饋田畯刑以肅惰悅以勞勤若孫吳之用兵鷙鳥之搏擊也俾彼碩（文粹作甫）田歲取十千倉廩實崇禮節恤惸寡賑窮乏九族以親之鄉黨以歡之居十餘年家累千金矣其鄰里有婾衣食帶刀劍推埋胠篋之類鬬雞走狗之豪莫不靡下風馴雅業（文粹作素節集作雅素）曰里有仁焉吾何從（文粹有之字）也遂頓浮窈之節肅恭儉之規脩孝悌餙（二本作飾）薦耻將欲較君（二字文粹作効君子）之素業也君時年已耳順素無經世之情林園遺

老玄默忘歲遂保先君武東山之故居行不由徑非公事未嘗至於州縣也昔襄陽有龐德公谷口有鄭子真東海王霸西山蜀才皆避（集有世之二字）人養德退耕（集有以字）求志軒冕不可得而羈憂患不可得而累迨于我君作者五人矣於戲古者至人不利苟得不務近貴量腹而食度身而衣非其道萬鍾不足豐也匪（二本作非）其榮五鼎不足飪也躬勤耕稼植其杖而芸不荅子路之問者其（集無其字）豈我君之徒歟綿綿羅網冥冥高鴻擢擢竹竿穆穆幽龍其與禍敗之遼絕胡楚（集無此字）越（文粹作如胡越）哉然則兩龔不免於蘭焚二老不免於薇歎其近貴利耶夫上無憂悔下無饑寒合（集作含）道以制嗜慾達命以順生死仁以愛身智以養德俾爾耆而

艾俾爾昌而熾君子保之以永壽考非我君者（文粹無者字）乎享年八十五歲壬辰五月十三日考終厥命臨終誡曰啓余手啓余足我聞古人有言珠玉而瘞之是暴骸於中原也古者不封不樹後代聖人易之以棺槨吾不敢違聖人可具棺槨而巳斂以常服墳無丘壠吾將庶幾以奉先人之清業也有子某某等皆能祗奉遺訓聿從先志長壽二年龍集癸巳某月朔某日玄月載踰卜兆時吉始啓殯昭告奉遷於舊塋武東山之陽禮也鄉里會葬者千餘人皆涕泣號慕悲純德之不見咸曰君子沒矣仁（文粹作人）何以名陵塋（集作谷）不朽匪惟頌聲小子不敏謹（文粹作請）述鄉人之教其辭曰

肅肅我祖國始於陳中裔淪喪泊（集作沮）此江濱山川隆欝旂鼎氤（二本作氛）氳挺生君子（集作生我君子）於鑠元真唯孝肅悌唯仁善鄰樂我耕稼忘我縉紳芸芸（二本作茫茫）田藪歲也其春農事方作（二本作農人肅事）君子犒勤孰爲夫子植杖而耘弋者何慕（集作墓）鴻冥（集作飛）高雲楚狂懼世夷叔求仁良圖（文粹作特）終矣不考于身我異於是非隱非淪撫化隨運安排屈伸大（二本作天）年既沒長夜何衣聖達不免宇宙同塵桐棺三寸豈我寠貧自古有禮（文粹作死非）吾從聖人嗟爾百代子子孫孫驕奢自咎天道無親思我松栢恭儉是遵

孝善

有唐善人墓碑　白居易

唐有善人曰李公公名建字杓直隴西人魏將軍申公發公十五代祖也周柱國陽平公遠六代祖也綏州刺史明高祖也太子中允進德曾祖也綿州昌明令珍王大父也雅州別駕贈禮部尚書震考也贈博陵郡太君崔氏妣也陳許節度使禮部尚書遜兄也渭源縣君房氏妻也容管招討使濟外舅也長慶元年二月二十三日夜無疾即世于長安脩行里第是歲五月二十五日歸附于鳳翔某縣某鄉某原之先塋春秋五十八有二女五男曰訥朴恪愨碩公官歷校書郎左拾遺詹府司直殿中侍御史比部兵部吏部員外郎兵部吏部郎中京兆少尹澧州刺史太常少卿禮部刑部侍郎贈工部尚書職歷容州招討判官翰

林學士鄜坊(集作州)防禦副使轉運判官知制誥知(集無知字)吏
部選事階中大夫勳上柱國爵隴西縣開國男有史官起
居郎渤海郡(集無此字)高越(集作鉞)作行狀有翰林學士中書舍
人河南元稹作墓誌有尚書主客郎中知制誥太原白居
易作墓碑大署其碑曰善人墓善人者何公幼孤孝養太
君太君老疾常曰倭子勸吾食吾輒飽勸吾藥吾意其疾
瘳倭子公小字也及長居荆州石首縣環其居數百家凡
爭鬬稍稍就公决公隨而評之寖及鄉人不詣府縣皆相
率曰請問李君公養有餘力讀書屬文業成與兄遜起應
進士俱中第爲校書時以文行聞故德宗皇帝擢居翰林
翰林時以視草不譾隨退官詹府詹府以貞恬自處不出

户輒踰月鄜帥路恕高之拜請爲副在鄜時有非類者至
以病去爲御史時上位有過(集作遇)其行事者作謬官詩以
諷爲吏部郎中時調文學科暨吏課高者得無停年又省
成勞文(集無文字)急成狀限縣是吏(集作史)輩無緣爲姦詭(集作詭)
今選部用其法知制誥時筆削間有以自是不屈者因請
告改京兆少尹時與大尹議歲賦府稅緡十三萬在灃時
不鞭人不名吏居歲餘人人自化在禮部時由文取士(集作
生非)不聽譽不信毁公爲人質良寬大體與用綽然有餘裕
爲政應平易簡不求赫赫名與人交外淡中堅接士多可
而有別稱賢薦能未嘗倦好義論而無口過遠邪諛而不
忤物其居家菲衣食厚賓客敬兄嫂禮妻子愛甥姪初先
太君好善喜佛書不食肉公不忍違其志亦終身蔬食自
八九歲時始諷詩書日三百言諷畢盡得其義善治(集作理)
王氏易左氏春秋前後著文凡三百五十二首皆詣理撮
要詞無枝葉其卓然者有詹府司直北部員外郎廳記請
雙日坐聽與梁肅書上宰相論選事狀秉筆者許之薨之
日不識者皆識者歎交遊者出涕執友者慟夫如是其善
人乎傳曰善人國之紀也語曰善人吾不得而見之矣噫
善人之稱難乎哉獨加於公無愧焉銘曰
古者墓有表表有云顯其行省其文故季札死仲尼表其
墓曰君子今吾表李君署其碑曰善人嗚呼李君有知乎
無知乎君之名與此石俱

高愍女碑　李翺

愍女姓高妹妹名也生七歲當建中二年父彦昭以濮陽
歸天子前此者有(二字集作賊)質妹妹與其母兄者(集作而)使彦
昭守濮陽及(文粹作反)彦昭以城歸妹妹與其母兄皆死其母
李氏也將死憐妹妹之幼無辜請獨免其死而以爲婢于
官(二字文粹作衆)皆許之妹妹不欲曰生而受辱不如死母兄(集有
凡死二字)皆不免何獨生爲其母與兄將被刑咸拜於(集作于)四
方妹妹獨曰我家爲忠宗族誅夷四方神祇尚何知問其
父所在之方西嚮哭再拜遂就死明年太常謚之曰愍當
此之時天下之爲父母者聞之莫不欲愍女之爲(集有其字)子
也天下之爲夫者聞之莫不欲愍女之爲室家也天下之

爲女與妻者聞之莫不欲愍女之行在其身也昔者曹娥思夫自沉于江獄吏嚀囚章女悲號思唁其兄作詩載馳緹縈上書廼除肉刑彼四女或孝或智或仁或義噫此愍女厥生七年天至（集作生）其知四女不倫向遂推而布之于（集作於）天下其誰不從而化焉雖有逆子必改行雖有悍妻必易心賞一女而天下勸亦王化之大端也異哉愍女之行而不家聞户知也貞元十三年翱在汴州彦昭特爲潁州刺史昌黎韓愈始爲余言（一有之字）余既悲而嘉之於是作高愍女碑

文苑英華卷第八百七十三

文苑英華卷第八百七十四　碑三十一

遺愛

河西節度使杜公碑　楊炎

周有召伯樹王風之始漢得留侯稱佐命之傑功赫於帝典名鏤於河圖維唐之受命大殪戎於西周皇帝感讚武之風思二南之化詢求卿士惠澤窮荒乃命兵部侍郎杜公名鴻漸自河登車主盟西塞公英明博達淳粹先覺碩德漢庭之老中興佐命之勛體合一氣精合五老伊昔皇運中否河海風塵天子方偽遊北門之野公負霸王之畧感社稷之危緬懷風雲以身許國隱括王道旁觀曆象謂宇宙不可終閉兆庶不可無君龍吟空山雲起大澤追昌言以排世難告天命以成帝業日月盡（一作晝）蝕載之高懸鯨鯢躍波戮而爲醢史（一作史）也泰（疑作奏）嚮天之樂儒也觀嗣夏之書故登朝爲夔龍纂戎爲方召至於是邦也清其心而妙其用厚其惠而感其和與物也氣之陽春含靈也工之槖籥以爲儀俗不足以勸賞故先悅以茂功貪人不可以害群故問罪以去奸訛言不可以疑衆故畢詞以爲戮於是八藩以之匍匐三師以之授褎（疑）群盜以之出奔巫人以之伏死古之作者不貴成功貴以德不憚濟世憚

先仁樂生下齊明道者謂其強孫武講軍事上者知其固
西門檮河明刑者恨其暴子玉佐楚治兵者慮其剛而公
形體兼才智周乎萬籟之變嚮合乎四會之中是神降歟
詩云愷悌君子民之父母其來也丘陵如無其去也風雨
可懷故吏兼侍御史唐朝英洎邑老其州長吏陳奉先等
以炎耳目馨香託之篆刻庶乎覩斯文者有襄南之慕頌
遺美者深頡上之風銘曰
或或杜公蚪蟠于奥入美其華我覩其操王用謩畫大邦
以造三錫輅車纂戎之號威肅惠時明神所勞何彼塞翁
靡人仁報徘徊頌石末代作好

唐故義武軍節度使營田易定等州觀察處置使

開府儀同三司檢校司空同中書門下平章事符
陽郡王贈太師貞武張公遺愛碑銘并序

權德輿

維唐十二葉皇帝纂太統建大中始初清明敷佑下土稽
四征六服之理閱先正宗臣之籍流慶斯復遺風可懷繇
是傳陵上谷列侯二千石元僚司武從事亞旅上其故府
太師貞武公功德請銘于碑以示厥後乃詔小司徒臣德
輿因地域之名物酌軍師之憲令舉而叙之云公諱孝字
達忠其先燕人八代祖奇北齊右北平太守封右北平王
齊季喪亂實開邊隙代有長技軼於外區曾王父靖乙失
活部落節度使王父遜部落刺史父謐早襲先職來朝上
京星環北極輸君長之贄幣鵬變南溟發邊關之導譯拜
開府儀同三司他日以公之勤累贈至户部尚書公雄姿
正志沉毅英達傳兵符於百勝襲王爵於九代年未弱冠
入侍明庭才爲異倫射必命中以日磾之信愛受泰仲之
車服自他有耀至是來歸時玄宗御天下四十餘載習文
事而去武備人不知戰恬於已然幽陵首禍轂洛恇駭公
跡染汙俗心堅本朝豈求生以害仁將蹈難以明義史揭
繼亂猶居劫中質其所恃無路自奮間道旁午客陳嘉猷
俄而成德軍節度李寶臣錫姓撫封同信臣之任就義若
渴推心於公綜其都軍以壯支郡乃策崇勲累居大官凡
軍師之禁令攻守之奇正成德之重必咨於公隣帥倡變

皇赫問罪公出自上谷覘于具丘寇徒六萬將犯中冀乘
轅外嚮方陣而前公以駟介千數飈馳急擊突入其阻夾
攻其堅敵人力屈昏夜引去遷御史中丞封符陽郡王尋
拜易州刺史加太子賓客以軍之輯睦移於郡以郡之班
制叶於軍文理武教交脩四暢師貞人龢爲列郡表儀初
公與寶臣感慨於少年之場周旋於多難之際迎導善氣
切劘良規若驂有靳如埶斯濯異時自代前定於公且曰
輿師之心也勲力之冠也俄然寢疾瘖不能言猶以手指
北睠然注目既而惡子阻命陰交匪人因喪以干紀專地
而圖禍公驟諫不入飛章上陳請以州兵首遏亂略優詔
拜工部尚書兼御史大夫恒州刺史成德軍節度使一人

注意四履專征糾合諸侯連收城縣敗之於東鹿走之於
常山以至斬首且無遺策轉兵部尚書易州刺史易定滄
等州節度觀察使錫軍號曰義武時三分恒陽之地録功
有差而群帥參心或懷觖望太行而東疆埸日駭且有從
約皆爲假王公居其腹心守正持重王立於磷緇之際雖
鳴於風雨之中静柯勁草在我而已彼朱滔者以燕啗公
夸大嫺結譸張指斥公乃出和門以溢衆援皦日以誓心
義利之間死生不惑且曰縣官之所以賦軍宿兵下尺一
之詔者在排難捍（一作扞）患而已吾徒之所以乘堅驅良佩
丈二之組者在畢力致命而已碎首塗地吾無悔焉一心
事君四面受敵俄屬京師急變鑾輅時巡時太師西平王

以禁兵自魏來援于我於是與公决策赴行在所公素約
以伯仲又申之婚姻分鋭師選良將授以赴蹈使君頗行
斷金之契匪石不轉定山東爲己任坐制群疑清轂下爲
前籌行戡大憝赤誠相照血涕交頤西平繇是建大勳立
大烈而公亦静深以制動貞厲以伐謀使其徒（集作從）散約
而無亡矢遺鏃之費者公之功也前此拜尚書左僕射至
是同中書門下平章事貞元元年就加司空九受律行師
十有一歲承寧諸侯臧黜不端動有節制人斯愛戴贈助
其供養賻補其禮喪拊循接禮勞徠安輯輔以正德而不
怵於邪濟以守忠而不回於利章灼卓異有初有終其居
涼國太夫人憂也手植松檟倚廬於墓感致瑞祉詔旌其

門終身之哀加人一等不遺故舊皆以器使戲下多善吏
庭中無留事雖古人之威懷無以過焉春秋六十二以七
年三月感疾薨于位德宗皇帝不視朝三日册贈太傅詔
郎吏吊祠法贈有加其後累贈太師易曰貞武追封上谷
郡王易之大有曰信以發志禮之中庸曰誠之不可揜惟
公推本於是闇然而彰德宇弘大色容厲肅長才經武奇
表出倫喬枝戛雲以直上雄劒發匣而耀頴始以天寶十
載受詔即戎授范陽郡洪源府右果毅破九姓突厥改上
黨郡漳源府折衝乾元初轉左領軍衛翊府左郎將實鎮
飛狐之地寶應中拜左武衛大將軍加金印紫綬歷左金
吾大將軍兼太僕卿殿中監以至于專席賓護剖符建牙

載居六官乃進左揆燮和鼎鉉平理水土真食大封異姓
而王積功伐以崇厚履信順而光大壯武之後遠繼公台
富平之門時推德器豈徒然哉嗣子今司徒同中書門下
平章事延德郡王茂昭以全才休績保大宣力戴翼天子
撫征諸侯常以工部尚書建旟傅陵以刑部尚書循方伯
之職特詔所理郡爲大都督府經歷左僕射司空丞居代
官南北軍衛爪牙上將同氣分職寵冒一時侯王則銀黄
相映子弟乃金埒對起流光貽訓其信矣乎二十年延德
王以介圭四牡來朝京師德宗沃心嘉歎宴喜蕃錫如韓
侯中伯故事順宗繼明崇德報功及居台宰進掌邦教敦
喻還鎮涕洟就途今皇帝以道御天下燭明理本間歲再

入覲爲守臣龜龍乞留京師以奉朝請堅若金石激以肺
肝服勤王家丕赫宸矚感念勳節顚慄義方直以鄭武公
桓公漢帝平父子古先懿鑠舉集公門二邦幼艾千夫長
百夫長沐浴風烈怵惕慕思是儀古式以永耀斯不朽之
事也拜君命之辱而傳信焉銘曰
天秉日星亦有風霆君用文德亦資武力太師矯矯生我
王國時或覲屯師惟壯直大蹇朋來其心不回好謀而成
義略乃開傳陝上谷地直枅木既夷狄童則理長轂威謀
杭厲命賜遲縛回回盜泉嗷嗷喜王允我所履與之豐福
士皆賈餘人以仰足琱戈袞章裕此一方追錫吊祠禮優
職袞司徒襲慶道叶仁聖三朝戴君皆受四命覲禮煌煌

嘉猷洋洋湛露彤弓威儀有光芾棠蔽芾邵伯所憩緇衣
改爲鄭國之詩仍代洪休集作烈邦人戴之來言寘懷乃刻
斯碑

高陵令劉君遺愛碑　劉禹錫

縣內之大夫鮮有遺愛在其去者蓋邑居多豪政出權道
非有卓然異績結于人心浹于骨髓安能久而愈思大和
四年高陵人李仕集作上清等六十三人思具集作前令劉君
之德詣縣請金石刻之縣以狀申于府府以狀考于明法
吏吏上言謹按天寶詔書凡以政績將立碑者其具所紀
之文上尚書考功有司考其詞宜有紀者乃奏明年八月
庚午詔曰可令書其章明有以結人心者揭于道周云涇
水東行注白渠釃而爲三以沃關中故秦人常得善歲按
水部式決洩有時畎澮有度居上游者不得擁泉而顓其
腴每歲少尹一人行視之以誅不式兵興以還寖失根本
涇陽人果擁而顓之公取全流浸原爲畦私開四竇澤不
及下涇田獨肥他邑爲枯地方集作力既移地征如初人或
赴訴泣迎尹馬而上涇之腴皆權倖家榮勢足以破理訴
者覆得罪繇是咋舌不敢言呑冤含忍家視孫子長慶三
年高陵令劉君勵精吏治視人之瘼如煙集作熛疽在身不
忘決去乃脩故事考式文暨前後詔條又以新意請更水
道入于我里請杜私竇使無棄流請遵田令使無越制别
白纖集作悉列上便宜掾吏依違不決居三歲距寶曆元

年端士鄭覃爲京兆秋九月始具以聞事下丞相御史御
史屬元谷實司察視持詔書詣渠上盡得利病還奏青規
中上以谷奉使有狀乃俾太常撰日京兆下其符司録姚
康士曹掾李紹實成之縣主簿談孺直實董之冬十月百
衆雲奔憤與喜并口謳力手集作運不屑鼛集注作鼛鼓揆功什
七八而涇陽人以奇計賂術士上言白渠下高祖故墅在
焉子孫當恭敬不宜以畚鍤近阡陌上聞命京兆立止絶
君馳詣府控告具發其以賂致前事又謁丞相請以顙血
汙車茵丞相彭原公斂容謝曰明府眞愛人陛下視元元
無所恡第未周知情僞耳即入言上前翌日果有詔許訖
役仲冬新渠成涉季冬二日新堰成駛流渾渾如脉宣氣

蒿荒漚日迎耜(集作耜是)斯釋(集作什)開塞分寸皆如詔條有秋
之期投鍤前定孺直告巳事君率其寮躬勞徠之烝徒讙
呼奮襏襫而舞咸曰吞恨六十年明府雪之撾姦犯豪卒
就施爲嗚呼成功之難也如是請名渠曰劉公而名堰曰
彭城按服引而東千七百步其廣四尋而深半之兩涯夾
植杞柳萬本下垂根以作固上生材以備用仍歲旱沴而
渠下田獨有秋渠成之明年涇陽三原二邑中又擁其衝
爲七堰以析(集作折)水勢使下流不厚君詣京兆索言之府
命從事蘇特至水濱盡撤不當擁者繇是邑人享其長利
生子以劉名之君諱仁師字行輿彭城人武德名臣刑部
尚書德威之五代孫大曆中詩人商之猶子少好文學亦

以書(書字集作籌畫)干東諸侯遂參幕府歷尹劇縣皆以能事見
陟卒不時而遷既有績于高陵轉昭應令俄兼檢校水曹
外郎充渠堰副使且錫朱衣銀章計相愛其能表爲檢校
屯田郎中兼侍御史幹池監(集作幹池鹽)于蒲錫紫衣金章歲
餘以課就加中(中字集作司勳正郎)執法理人爲循吏理財爲能臣
一出於清白故也先是高陵人蒙被惠風而惜其捨去發
于胷懷播爲聲詩今釆其旨而變其詞志于石文曰
噫涇水之逶迤溉我公兮及我私水無心兮人多僻錮上
游兮乾我澤時逢理兮官得材墨綬紫兮劉君來能愛人
兮恤其隱心既公兮言既盡縣申府兮府聞天積憤刷兮
沉痾痊劃新渠兮百畝流行龍蛇兮止膏油遵水式兮復
田制無荒區兮有良歲[illegible]劉君兮去翱翔遺我福兮牽我
腸紀成功兮鐫美石求信詞兮昭懿績

文苑英華卷第八百七十四　終

文苑英華卷第八百七十五　碑三十二

臺

攀龍臺碑一首

攀龍臺碑

李嶠

粤若太極始搆氤氳含五氣之精元貽既分鼓舞立三才之位由太朴而觀成象自流形而臻物備因乾坤之變化相后辟之經綸則知肇創雲雷非一聖之事奄荒區夏由浸昌（一作崇）之業是以岐酆受命武王戢商野之戈譙亳開基文后遷漢宮之鼎若乃提六合之樞紐扣二儀之鑰鑰日月既出方利見於通三風雲未知（一作和）尚勞謙於初九蓄宏圖於緣鶴（用伊尹事鶡鶴通用）之邸垂慶緒於斷鼇之運屈伸

應物而無累於特進退隨方而不遠於道非聖人之曆智其孰能與於此乎大周無上孝明高帝諱某字某太原文水人也其先出自周平王少子有文在其手曰武因以姓氏居沛之竹邑晉尚書僕射開府儀同三司薛候陔其後也六代祖洽仕魏封於晉陽食菜文水子孫因家焉夫其受氏中古開階上業軒轅以青龍進駕配末循機少昊以玄鳥名官修方正度高辛之首戴干盾后棄之躬勤稼穡或四妃分孕隨肩執天下之圖或三聖連衡踵武司域中之契宗支繼明而襲嘉帝載重熙而累洽雖七百休祚璧遷於質文而九王尊名復光於曆數自非慶鍾長發神應遠期人鬼贊其謀猷乾坤扶其統緒豈能出入百代周旋萬著至道淳風未昏而已旦洪鑪大寶既舊而還新家纂迎日之符門傳配天之業環三辰於斗極不足比其崇高灌四瀆於滄溟未能傳其深遠若夫振坻育德屈道不王鳥奕於昭穆之間頡頏於公卿之位蓋詳諸惇史可得而畧高祖成皇帝宏才碩量經文緯武曾祖章敬皇帝達學通儒金聲玉振大父昭安皇帝心寘道德志挾九區顯考文穆皇帝理會幾神名高四海帝即文穆之第四子也母文穆皇后嘗祈晉祠於水濱得文石一枚大如鸞卵上有紫文成日月兩字異而吞之其夕夢日入寢門光耀蒲室已而懷孕遂產帝焉及載誕之宵夢人稱唐叔虞者謂后曰余受命于帝保護聖子鸞鶴而帝已生明日紫氣氤氳

覆冒其城（一無此字）上俄而化爲五色彗髯若文綉之衣左右親賓莫不駭異及長龍顏方面身長八尺背有黑字象北斗之形昔者禱于郊禖拾郊而興王業游乎溫洛吞珠而立帝期（疑）譙宮誕而青氣發祥猗殿生而丹曦授彩亦有御蘭感夢皇天之命伯儵剪葉開封上帝之名太叔咸躋未然之兆並獲將來之應猶不能比蹤神既埒美聖符況乃龍顏武肩（帝王世紀文王龍顏虎肩）有含良（春秋元命苞文王四乳是謂含良）之骨法載鈐懷斗似高宻（禹之字也出是紀）之容狀是故生而聖知幼而聰達敏給於論天之始徇齊於對日之初甫及勝衣究緹緗之賾（嫙作賾）遠乎東髮殫鞶帨之巧淳深孝悌之性闡發天機弘裕仁慈之風匪因師習太后嘗被重疾不愈經

時帝扶侍起居品嘗藥物僅踰荅尌秤象之歲未及子建誦詩之年覆不正絇衣不解帶及丁荼蓼號慕嘔血七日無水漿之膳三年罷鹽酪之滋扶杖而行殆至毀滅雖孝文之服勤累載高宗之諒陰三祀無以加也常有大節罕營小方志立功名而不求苟得心重氣俠而動循常憲道德深富規模弘遠曠心將江海齊逸宏量與宇宙同寬是以單父通人識其殊異之表大梁奇士許以霸王之畧文穆皇帝（一作后）則哲之鑒恒易其難惟幾之神每前其用嘗從容謂諸子曰吾家累仁千祀積德重葉餘慶所及宜在子孫今觀汝曹悉王佐才也然草創經綸之際聖賢馳騖之秋騰𪖙而馭風雲叱咤而成功業其在士䕶耳以如天

之聖用知子之明隱括所在錙銖不繆豈如趙邦諜嗣唯驗於藏寶楚國擇才更憑於埋璧及文穆之棄代也帝廬于墓塋負土成墳手植松栢喪紀之節復如居穆后之哀有芝草生于廬前群鳥（一作雀）數萬銜土集於墳上山中舊多猛獸行李艱阻至是皆逃竄絕迹時人以爲純孝之感焉隋高祖雅聞帝名屢加辟召友人同郡叔孫賀傳通之士也陰陽術數無所不該謂帝曰公狀貌非常但玉埋未發耳終居人上勿爲事先帝亦知隋統將終乃稱疾不應漢王諒以戚藩之重作牧太原乃親率官僚造門致禮深加敦諭逼令進發帝不得已起應明敭至仁壽宮屬情文帝寢疾有勑舘于內史省以須後命帝高名宿望傾動當

朝承風仰流揖拜無地衣冠如宗海之赴士燕均在田之覩司空觀王雄左僕射楊素吏部尚書牛弘兵部尚書柳述咸與抗禮延登首席中郎之下迎王粲計吏之長揖相逢千載風流復存斯舉帝風儀偉麗占對詳明朝端改容左右屬目雄等素欽才辯欲探閫奧爭出異同五興名理而洪鍾有虛受之量明鏡體不疲之德詞同炙輠應若扣機立定雌黃既堪羸（疑）后前膝坐離堅白足使田巴杜口觀王既特相欽慕牛弘亦深加敬異並虛心降節投分申交而楊素負才恥已不若雖外示接引而內懷猜忌乃私謂觀王牛弘曰吾觀武氏風骨實有英雄之度今太平無事安用此人不如除之王等不荅而柳述又潛遣相工視

帝知之深不自安會隋文帝崩因移病出外素等以爲僞迹從此欲搆禍端賴觀王牛弘營護得免漢高以英威冠代取忌范曾（漢書作增）劉主以倜儻出群見疑曹操比方前事有若合符帝既脫網羅深自隱匿雖室家追訪猶見碭山之雲而壓里去還下（一作不）就丹陵之日辭杜城之弋獵罷雷澤之魚釣獨覽前志長懷古人有行高於時有行濟於物輒慷慨擊節殷勤留想便欲冥道契於一朝託神交於千載塤篪唱和自多眄蕣之觀（疑）風景遊遨無乏林泉之興歲將晏也龍蟠鳳戢者久之大業七年煬帝徵天下精兵會於涿鹿將親授節鉞以伐遼左旌旗亘於千里轉運盈於萬軸閭閻失業郡縣不安帝謂諸兄曰夷狄不賓肇

於上古自當置之度外耳未有紆萬乘而讐小忿擾群生
而赴非急夫兵猶火也不戢自焚禍亂之萌從此始矣既
而六師魚潰九野鴻飛竟兆天亡之徵卒成土崩之勢帝
於是慨然有志方思濡足乃討論兵法商確將率上自黃
帝下訖有隋考其謀畧機權稽其成敗得失並列名氏爲
之讃論殫魚鈐武韜之術究玄女黃公之符勒成一家凡
三十卷名曰古今典要制高秦肆事軼魯門可以刻秘牒
而昇（一作升）廟堂可以藏名山而懸日月聖人之心情可見
矣天下之能事備矣于時兵戈屢擾鐵鑓荐臻英傑懷逐
鹿之心氓黎有瞻烏之懼期謝公之出處以卜興衰待韓
王之從就而論勝負與能之託時議攸歸長吏猜焉數令

相覘帝自惟人望懼發禍機欲混迹而同塵且韜光而向
晦乃出應期命爲河北道總管府騎司叅軍智周變通道
兼語默戢大鵬之舉遂集榆枋降應龍之神還游埳穽楊
玄感之作亂也後主方重討遼東玄感進圍洛陽官兵頻
戰不利城中大駭議欲出降時帝在東都懼其失計遽往
見留守樊子蓋爲陳用兵形勢制敵權宜論玄感必敗之
徵說都城可守之策子蓋大悅拜而從之爾後軍謀一皆
諮稟卒擒玄感帝之力焉後主歸自遼陽子蓋方之行所
邀帝同發擬相推薦帝知後主猜忌不願多取功名深自
讓撝發言懇到子蓋心悟嘆息而罷於是沉（疑作沈）以軍功
奏授正議大夫遷晉陽公宮留守司鎧參軍無忌之克敵

讓封仲連之立功辭位比我休德曾何足云帝既博通群
書兼善衆術拂龜端策未勞詢於詹尹推歷考度無假訪
於山稽大業十二年後主幸江都宮帝私謂諸兄曰此行
也不復還矣繇是鄉里宗族勸帝起義帝每自推筭知時
命未符又念叔孫賀之言故抑而不許初李密爲楊玄感
謀主玄感不能從及聞帝與樊子蓋運籌所揣皆如密意
乃歎曰天下奇才也遂遣書招帝帝笑而不從諸兄素聞
密名勸帝帝曰密雖有才氣未能經遠欲圖功業終恐無
成會唐高祖安撫太原便留鎮守帝觀之曰雄傑簡易聰
明神武此可與從事矣投刺往謁焉賈文和之揣君鄙食
其之觀將翔而後集可謂明也高祖亦虛心結契握手推

誠周文之得姜牙載以騑服成湯之逢伊尹告之宗廟便
膺不牙之任即承心膂之託高陽賊歷山飛來冠帝從高
祖擊之弧彎六鈞箭穿七札隨手必陷當皆靡亂神兵掩
擊醜虜大殲熊山之破赤眉不比其捷犬邑之摧青犢未
儔其儁（光武大破青犢十餘萬於野王孫之射犬）高祖嗟嘆賞賜甚多軍師凱
旋便過帝宅樂飲經宿恩情逾重其後數過輒宿遂以爲
常帝嘗夜行聞有稱唐公爲天子者登遣尋索了無其人
又夢從高祖乘馬登天俱以手捫日月於是具以狀白并
獻所撰兵書高祖大懽益以自負置其書於箱篋後皆按
以從事聞程昱之夢即以爲名聽張良之言皆納其策所
謂天授豈但人謀高祖將舉義兵令帝領徒於城內義旗

建授中郎將兼司鎧參軍、陪斬木之經始奉披荊之締構
異中涓之受職同剡校之分麾從破呂州進授右光禄師
至霍邑隋將宋老生發兵拒險軍不得進群下多請引還
者高祖將從之帝直入切諫高祖乃止決機於龍闕之日
定策於狐疑之辰笑裨諶之請車同子房之借箸實建王
業事符天啓霍邑定拜壽陽縣開國公食邑一千户晉城
斬邑既憑帷幄之謀開國承家即啓山河之賦京師平遷
光禄大夫賜宅一區錢三百萬綵五千段（一作疋）灌嬰之頻
從征伐始拜大夫去病之累著勳庸方開甲第釋干戈而
論俎豆起桴鼓而立君臣式是儀禮允歸通儁義寧元年
拜禮部侍郎餘如故儀刑斯在命服有輝肅事南宮雖懋

於春典司言東掖更資於夕拜遷黃門侍郎餘並如故職
參持蓋位連負璽茂先之傳覽圖籍譽滿玉堂務伯之提
正綱維名高瑣闥録前後功効改封義原郡開國公增邑
一千户賜良馬二百疋粟萬（一無此字）二千石爰膺嘉賞遂啓
大邦辭漢皇之驂寧比其惠分吳主之粟未齊其寵武德
元年拜內史令帝累讓不受改授納言又固辭乃授上柱
國金紫光禄大夫散騎常侍同中書門下三品兼檢校井
鉞將軍賜田三百頃奴婢三百人綵物二萬段黃金五百
斤別食實封五百户金章紫綬王尚黃扉柱國齊元相之
班將軍比命卿之服膺上賞而平軍國坐中樞而議文武
恩榮兼被時華莫儔三年拜工部尚書餘並如故差有八

座配象七星以百揆之樞衡參萬機之損益德續兼備聲
望日隆于時軍旅猶殷憲章未洽帝盡心翼亮推誠匡輔
入有造膝之謀外弘匪躬之義興復乎九疇之叙彌綸乎
百度之闕頽綱所以克振令典於是畢修高祖之禮絶群
彥進封膺（唐書作應一本作晉）國公加實封八百户餘並如故高祖
又謂帝曰朕在并州之日恒往卿家今欲使卿一門三公
用徹吾主人之意也是日封帝長兄司農卿士稜爲宣城
郡公次兄行臺左丞相士逸爲六安郡公（舊唐書作安陸縣公）並食
邑一千户歡比連席之舊契均同舍之游酬德踰於二錢
報恩過於一笥闔門受邑寧唯吳漢之子孫舉宗畢侯豈
直蕭何之兄弟爾後高祖行幸常令帝總留臺事兼知南

北牙兵馬判六曹尚書相國之寵秦中蓋資鎮撫令君之
任許下仍參籌畫具瞻惟允是謂國鈞時帝先缺中闈高
祖親爲求偶謂帝曰隋納言遂寧公楊達才爲英傑地則
膏腴今有女賢明可以輔德秦晉之足不能加也於是特
降綸言俾成姻對高祖自爲帝婚主遣桂陽公主專知女
家降六禮於璿樞指三星於金穴魯夫人（一作大夫）之嫁女卿
士送迎張公子之取妻乘輿供帳作儷於鳳凰之兆相從
於孔雀之樓伐柯則歎其食魚流行則美其巢鵲是配琴
瑟爰宜室家欽若有行即孝明高皇后妃也始同嬀水之
聘終啓塗山之業永言好合若有神靈之契焉憬彼塗泥
寔惟淮海襟帶全楚咽喉勁越雖孫權故業久黜霸圖而

劉濞餘祆（一作妖）仍多反氣杜伏威初行僭逆輔公祏繼以亂亡梟藪未懲萑蒲猶在帝思俾乂遂紆時哲以本官權檢校揚州大都督府長史賜錦袍寶帶一具爾乃撫之以誠恕經之以權畧鈎距闡施旣閒羊而知馬網羅潛設亦因魚而得鴻降北海之渠未踰期月盡（一作勦）南山之盜詎假旬時然後商旅安行農桑野次化被三吳之俗威行百越之境輶軒符節之使復下於蠻陬齒革羽毛之琛還輸於王國矣始高祖之餞帝也期以半年及江湖旣平帝將入覲父老數百人詣闕上表乞更留一年潁川之還借冦恂臨淮之重祈侯霸儔功語德彼獨何人璽書褒焉復留鎮撫九年太宗以儲宮統事乃徵帝入朝寵賜頻繁事以殊禮荆河奥壤密邇瀍洛自昔股肱之郡由來戰爭之場飛水初澄雖免鯨吞之患蓼祠未翦尚有狐鳴之妖受委共康非賢勿授使持節豫息舒道等四州諸軍事豫州都督賜黄金二百斤朱幡首途吏人抃舞而交謌皂蓋臨府盜賊驚惶而請命傾巢咸附闔境肅然棄戟捐矛旣如張霸之政術含哺鼓腹更似岑熙之歌詠利州都督義安郡王孝常稱亂歙南扇動夷落孝常誅死餘黨分竄刼掠未息朝廷患之太宗博訪群寮咸以爲非帝不可貞觀元年拜利隆始靜西龍等六州諸軍事利州都督郡惟遐徼地實偏陬尋蜀帝新開之途經漢主舊燒之棧渝人賨旅獸駭禽驚帝招輯叛亡撫循老弱賑其匱乏開其降首百城

櫜弓而不用群盜束手而來歸弘以善貸之恩赦其旣然之罪未移弦望郡境乂安制書褒揚增邑五百户賜珍物服玩黄次公政稱長者裂壤開封杜伯侯動無間然賜書增秩五年改授荆峽澧朗岳果松等七州諸軍事荆州大都督眷兹上流實惟舊楚接荆臺之跨跱連渚宮之形勝一都之會昔號難治帝仁化久覃威名先著褰帷而十部咸肅閉閤而萬殊皆理寛力役之事急農桑之業徙囹空而京坻實姦回息而禮義興市不倚門田多讓畔烝人罷訟詠河上之芣棠游女無思歌漢濱之喬木流化實同於二陜宣風寧止於六條先是徽屬亢陽頗傷時稼帝乃親往長沙寺迎阿育王像而祈焉俄而油雲勃興大雨洪澍倏忽而四境滂霈須臾而千里霑洽申夏未踰於晷刻降福遄同於影響一州歎駭稱有神明是知元符未臻且列於公侯之位帝道潛契實冥於天地之德昔者姬文事紂行化始自於江池晉武平吳樹勳實由於荆土誠作霸之基址乃興王之宸宅况復風煙氣色樓臺通翔鳳之川邑里光輝阡陌通卧龍之境爰紆不世之主將建非常之業於是乎百物呈瑞三靈降休游殷朝之白狼止酆尹之丹爵含牙之獸遁迹於殊隣同穎之禾垂苗於近甸惠愛之德著矣皇王之迹兆矣然後白氣流而聖人感黄河清而聖人生奄有六宮遂荒三象化千乘而爲萬國撫四海而成一家起藩屏之會昌致寰瀛之景福大矣哉九年唐高

祖崩帝奉諱號慟因以成疾太宗遣名醫診療道路相望醫以病候將深勸令進藥帝因舉聲大哭嘔血而崩敬想忠義之風緬惟臣主之分求諸古昔未之聞也時年五十九遺令歸葬文水因山爲墳穿足容棺斂以時服灞陵之不藏金寶紀市之無變壓肆惟聖達節千載同風於是具條失圖闔境哀慟農商號於野士女哭於衢三月停竽瑟之音再期深考妣之慕寧止東城故老安歌對陳氏之祠復見南峴吏人垂涕望羊公之碣太宗聞帝崩狀嗟悼久之（一作良久）曰可謂忠孝之士乃命史官書之追贈禮部尚書配食太上皇廟賻物八百段米粟八百石官造靈轝送達故鄉仍委本州大都督英國公李勣監護喪事緣喪所須

並令官給遣郎中一人馳驛吊祭謚曰忠孝公禮也天皇大帝嗣膺乾曆光闡帝猷思盛德而有懷念元功而載佇永徽元年改贈使持節都督并汾慈嵐四州諸軍事并州大都督餘並如故聖上肇開陰耀正位坤元永徽六年又下制贈司空如故顯慶元年又贈司徒改封周國公食邑四千戶咸亨元年贈太尉兼太子太師太原郡王食邑五千戶以文水三百戶充奉陵邑置令丞巳下官夫源流廣而津泒長枝葉繁而本根茂況立德之祀奄百代而全昌謀孫之基冠千齡而首出與夫東漢外戚西京異姓不同年而語矣文明元年皇帝臨朝追崇爲魏王食邑一千戶永昌元年群臣以名號不稱抗表固請於是上尊號曰忠

孝大皇及鍾石變聲謳歌有奉皇帝欽受終之茂躅衍新之景命改正朔而營宗廟定郊丘而立社稷聿尊故實光啓鴻名乃奉冊尊大皇爲孝明高皇帝陵曰昊陵廟曰太祖推大功而增大號奉先之義存焉享皇極而配皇天敬始之誠備矣仍以爲千人起邑名未光於寢園萬戶陪陵班僅齊於今長恩廣崇陽之稱更增奉明之秩聖曆二年乃下制改昊陵署爲攀龍臺加置官屬佐吏濼水將九河齊濬橋山與四岳爭高然後肅敬之儀旁絕於恒數尊崇之志上申於罔極蓋天子之孝也庸小人之可談乎初晉陽懿公既受田於文水有紫氣發於其地上衝太微占者以爲當有聖人興於此邦至是而天下宗周符於所占

矣帝神氣和雅天姿英邁率爾坦易而無廢務儼然威容實可親昵俾好賢而樂善博識而多聞游談者空慕其風鑽仰者不知其度若乃觀文察理覩奧鈎深推六畫而見三才覆四營而窮萬象斯乃皇風之所以際天人也敦本抑末納祜蠲邪探秘術於九門致成功於六府斯乃大帝之所以慈眡庶也語奇正縱橫之術論帝王仁義之兵教貔武熊羆作舟車器械斯乃軒后之所以張武功也溫良濬哲惇懿文明觀象乎灕火之衣聽言於宮商之律斯乃嬀水之所以昭文德也聲爲律而身爲度勤於國而匱於家沐雨而櫛風卑宮而菲食斯乃夏王之所以求諸巳也引罪讓德持尊下卑虛襟於藥石之言屈體於芻蕘之議

斯乃商后之所以聽於人也不傲不逸多藝多才求賢審
官興法立度通刑政之要達禮樂之情斯乃周公之所以
勤王事也宮牆罕測性道難聞筆削所裁群賢無措言之
地憲章所綴百代成不刊之式斯乃孔宣父之所以正人
倫也兼列聖之純懿總百王之事業時運未集東皐輟鴻
鶴之心天衢既亨北面就人臣之禮似文命之匡虞曆都
君之輔唐政終能與時俯仰隨運汙隆居位恒磊其身蒞
官必行其道是以參謀帷幄則消薄蝕而殯攙搶助理鹽
梅則成雍熙而作舟檝名裕於八能之士德高於五聖之
臣及錫瑞分珪牧州典郡其人變而衆化其政賢而郡美
人稱來晚謳歌迎節傳之車出有去思號泣擁轓帷之路

豈唯南征而北怨固亦西泣而東悲仁覃於雞犬之鄉澤
浸於螻蟻之穴用能摛光表之盛業啓格天之洪緒存膺
顯位彤弓開九命之尊歿享大名紫籙登萬乘之貴豈非
天道人事祐賢福善之徵歟皇帝念過隙之不留哀終天
之罕報欽致孝之前轍一作軌仰增名之舊式以爲廟堂作
頌公業纔播於朱絲簡書策勳德音不傳於翠琰將謀相
質之事更弘顯達之躅載紆中旨爰命下臣考泗水之遺
風求弁山之故事奉天經而揚詞藻圖帝範而懸金石將
使神功睿業配圓象而照臨茂烈崇徽共方儀而永久跪
承大命而爲頌曰
厥初剖判肇有君臣體國經野司天屬人三徵遞襲五運

相因惟德是輔惟乾罔親其一謙莊斯崇恭允修則替金鏡易
失玉儀難繼於皇聖周獨與神契受籙千祀重光百世其二
軒謝摯立辛遷稷升岐山光啓酆水丕承渾耀中鈌靈符
更興三才奄有八景時乘其三方隆慶基誕生睿德齊聖剛
毅欽明柔克行爲天經語成帝則文冠楊史學窮儒墨其四
僶俛三聘觀光九重未交劉徹先揖袁逢路險難進才高
不容言辭吠犬退保潛龍其五人思英雄物疵孤直隨運出
處與時消息遂汩泥沙爰栖枳棘擇木候主摶風舉翼其六
披荊晉野借箸汾坼霍邑通路秦關啓扉策無遺兆慮必
先機漢主分食蕭王解衣其七裂壤疇庸升朝致績勳刻彝
鼎任司衡石玉鉉調梅金壇秉戚職備文武道光帷幄其八

恩洎同胞禮加內主魚貫納幣鷹行分土外館施衿中臺
曳組榮被親戚慶隆今古其九三事出牧九卿爲守憂一作患
人急才磊道資祐淮水卧汲潁川借寇龔遂買牛宋均浮
獸其十荊吳異俗梁豫殊鄉德績均被椒蘭共芳歌迎來軸
泣送歸艎朝禮斯懋宸心孔臧其十一堯得聖臣納諸大麓
舜讓才子止其枚卜況我皇明兼而韞櫝徒磊時命罔終
天祿其十二戢耀南紀遷神北維二分齊德三馬同基漢曲
圖像江淹立祠存流美化歿有餘思其十三欽若大君奄荒
天位率由禮樂仰尊名器禋郊展儀升壇立謚祗敬已洽
孝思無匱其十四衣冠軫慕園寢加隆裸擇殷士歌留沛童
弁山垂裕濟水銘功流德音乎翠琰配貞觀於玄穹其十五

文苑英華卷第八百七十五

文苑英華卷第八百七十六　　碑三十三

陵廟

梁宣帝明帝二陵碑　韓休

有梁拓跡開統建邦立號皇業始於憂勤霸功成於海縣乃昭事上帝惠綏遠人文軌通於四表正朔繼乎三代屬天步未夷皇綱中圮巨猾開釁大盜潛移宗廟鞠爲禾黍衣冠剪爲戎狄則我梁之業將墜於地國之郊禋蓋無主矣而天未絕商禹猶祀夏炎精驕而復揚文德懿而方華明命斯在神休允歸則我中宗宣皇帝代宗明皇帝秉彼

樂推撫其歸運者矣宣皇帝諱詧明皇帝諱巋姓蕭氏蘭陵中都里人也房雲祚商大火封宋功昭華夏之業德盛明周之禮故能慶緒崇緬哲源浩瀚樂叔之封既命遂列於諸侯高辛之祚克昌俱有於天下始宋公子食采於蕭國以得氏其後居于豐沛自漢丞相何侍中彪奕世載美不忝前烈洎于裔孫整東晉淮陰令始渡江居于南徐州之蘭陵焉整生雋及鎋雋曾孫道成是爲齊高帝鎋以四代孫丹陽尹順之生高祖武皇帝衍高祖生昭明皇帝統宣皇即昭明皇帝之子明皇即宣皇帝之子也降元精之吉秉正陽之氣星斗發祉日衡兆祥德叶於天地之和名書於帝王之籙故其本枝崇慶歷試肇迹勿用而覆夫重

剛明夷而蒙彼大難乃鞠旅獎沔投戈雍梁政始東國化行南紀取長沙而兵不血刃戰江夏而舉無遺策推賢用之而如不及委政授之而心不疑一作不疑心誅僭昇而廓天關掃欃槍而清帝座遂撫方夏用膺徽號訓兵同於一旅申命式于九圍克祇上靈之睠光啓中興之業于斯特也飛鴻蒲野戎馬生郊延旅荆棘室同煨燼由是躬大禹之菲薄同衛文之節儉千里襁負一年成都適其樂國歸我有道者蓋同于遷豳而居此也於是菀夢澤朝渚宮五德配天二郊在國不失舊物重覩漢官之儀叶于新命還秉宗周之禮用能布令結援脩好申盟我譽延乎四方人心洽於一德始則誕受多福終亦繼明重熈豈維敵國挫師

克申威武信亦強隣結好芬若椒蘭謹其外虞弘我邦本孝心虔於紱冕儉德過於茅茨立教以至仁爲宗弘風以清淨爲樂豈非古之聰明神武而不殺者夫方欲覲兵上國清蹕中壤混一區宇削平四方而乾道臨於大過雄圖屈於知運覇功則肇王業未弘雖慷慨於當年竟遷回於卒歲者矣嗚呼陵谷驟改市朝無處荒墳觸然蔓草蕪沒孟嘗尊貴獨愴雍門之言魏武英威空留士衡之吊有可悲矣嗣子崇屬金陵畢氣天祿永終山川不出於伯符曆數有同於歸命終我梁祚是爲虞賓其天意也豈人事也次子珣梁南海王隋左光祿大夫梁國公食邑三千户贈遷州刺史承百祀之重稟二宗之慶恩昭異代禮崇備物子鈞皇朝中書舍人率更令崇賢弘文兩館學士鈞子灌皇朝渝州長史贈吏部尚書疇其慶靈俾爾戩穀盛名昭於海内高秩謝於人寰實彰燕翼之宜克享褒崇之禮嗣子曰嵩金紫光禄大夫吏部尚書兼中書令河西節度經略度支營田九姓長行轉運等副大使知節度事判梁州事赤水軍使檢校天下諸軍兵募健兒使集賢院太學士上柱國徐國公秉靈迪哲體道弘正自我人秀惟其國禎亮采而三階已平疇咨而九功式序糾易王愿緝熈邦政文武體用清明在躬地奉紫垣之寵門延絳河之貴末言孝思式是前烈雖大統云集而鴻芬莫記時逢喪亂跡昧於亡隋之年運屬光華功盛於有唐之日丘墟遂遠碑表

莫存豈使配天之功不勒於金石終古之美末翳於丘山式繼武於烝夷俾拔文於大隧緬思至道俯課庸懷幸陪論政之餘空愧知音之託乃爲銘曰

天祚我梁受命而王於穆烈祖昭惟武皇德配華夏功成剪商克受丕祉弘茲太康陰極爲剥泰終而否九伐未脩四郊多壘戎州孔熾王室如燬不有繼明孰彰代祀四子有命二宗代興曆數攸在天人叶徵靈心允洽玄德昭升奄有成命其歸與能長江作限上京未復末念殊邦思同比屋挍山雖壯逝水何速嗣王不辰終我天祿洪惟德門卓彼孝孫弼我王道弘其政源式播前烈貽厥一作將貽後昆勒茲琬琰末翳蘭芬一作蓀已矣焉哉昭丘一望盡煙埃楚

塞斷兮荊門開緜千里以環繞（一作廻）見二陵之崔嵬銅臺虛兮繐帳暗金鎬閟兮黃鳥哀嗚呼百年人畏其神者豈獨軒轅之臺

柳州羅池廟碑　韓愈

羅池廟者故刺史柳侯廟也柳侯爲州不鄙夷其民動以禮法三年民各自矜奮（集有曰字）茲土雖遠京師吾等亦天氓今天幸惠仁侯若不化服我則非人於是老少相教語莫違侯令（文粹作命）凡有所爲於其鄉里及於其家皆曰吾侯聞之得無不可於意否莫不忖度而後從事凡令之期（文粹作凡期之令）民勸趨之無有後先必以其時於是民業有經公無負租流逋四歸樂生興事（文粹作讓）宅有新屋步（文粹作涉非）有新

船池園潔脩豬牛（集注作羊）鴨雞（文粹作雞鴨）肥大蕃息子嚴父詔婦順夫指（文粹作教）嫁娶葬送各有條法出相弟長入相慈孝先時民貧以男女相質久不得贖盡沒爲隸我侯之至按國之（集注有經字）故以傭除本悉奪歸之大脩孔子廟城郭巷道（文粹作道巷）皆治使端正樹以名木柳（文粹作而）民既皆悅喜與其部將（四字石本作嘗與其部將文粹作嘗與部將）魏忠謝寧歐陽翼飲酒驛亭謂曰吾棄於時而寄於此與若（文粹作汝）等好也明年吾將死死而爲神後三年爲廟祀我及期而死三年孟秋辛卯侯降于州之後堂歐陽翼等見而拜之其夕夢翼而告（文粹有之字）曰館我於羅池其月景辰廟成大祭過客李儀醉酒慢侮堂上得疾（諸本作疾）扶出廟門即死明年春魏忠歐陽翼

使謝寧來京師請書其事于石余謂柳侯生能澤其民死能驚動禍福之以食其土可謂靈也已作迎享送神詩遺柳民俾歌以祀焉而并刻之柳侯河東人諱宗元字子厚賢而有文章嘗位於朝光顯矣已而擯不用其辭曰荔子丹兮蕉黃雜肴蔬兮進侯堂侯之船兮兩旗度中流兮風泊之待侯不來兮不知我悲侯乘駒兮入廟慰我民兮不嚬以笑鵝之山兮柳之水桂樹團團（集作如此是英華作團圓非）兮白石齒齒侯朝游兮暮來歸春與猿吟兮秋鶴與飛（文粹作秋與鶴飛）北方之人兮爲侯是非千秋萬歲兮侯無我遺福我兮壽我驅癘鬼兮山之左下無苦濕兮高無乾秔稌充羨兮蛇蛟結蟠我民報事兮無怠其始（集注一疊始字）自今兮欽于世

世

白楊神新廟碑　令狐楚

道太原而北列郡數十鴈門爲大在周秦時與山戎林胡犬牙其疆國家以文德柔惠而驅去之北跡距塞口猶千里而遠若內地控于道都秩二千石者非休勳懿德則名王施士乙亥歲今尚書隴西李公蕪刺并部選第郡政之尤異者得昌化守南康郡王河南元韶首表其名遽聞于天韆書勞勉移理於代惟南康以壯事老諫速事先侍中平王則尚書郎寧王勤於君惠於人而敬恭於神由是神降之福人懷其德是歲夏五月赤車彤襜至自石州初一日會計于官次察掾吏之勤惰次二日存問于里閭求人

民之利病既三日徧祭于山川神祇盖無停陰鬱不輟聲于郡東九四十里白楊有祀實代之主也哷水旁注鴈門山前峙礲礴相抵為堆為阜蘙薈柯條如虬如龍廣僅百畝厥高又倍信可以回薄日月而避逃風雨豈朔漠之氣凝結於此乎坤元之精泱泄於此乎不然其何以巍巍蒼蒼將欲戛若木稍扶桑卑大椿於漆園小蟠桃于東方與夫古墓多悲蕪城早落者不同品矣按諸經記且曰昔元魏高祖孝文由一成而宅九有起雲中而馭天下損益三代憲章百王厥初經營由此途出繫馬其下歇鞍于枝威靈所憑別白而在既偃頓以附土又跳騰而架空如有高掌嫌為鳥勢形洎今朝中書令燕公說纂詠其事張公白擲篇之卒章云欲識前王塔鞍處正北面抽一小枝

戶部侍郎吉公中孚中而明之建中初吉公以萬年尉為黜陟判官至此為之歌序具載其事焉故迹彌顯高名益大為屏翳營牖東觷掾欒內奐有祆蠱之氣無尊嚴之威式車馬為圖播于海嵎代人神之是以祠也而舊規相襲未甚弘者以避禍非以致敬奠蘋蘩者惟徼福不惟饗德猶此祀也不亦淺疑孝文於代乎南康其孫也大懼夫祖德之墜于地因愀然而言曰於古有召公奭以區區陜服為周三伯行野聽訟憩於甘棠後之人思其人猶愛其樹其在詩曰勿翦勿伐召伯所茇矧我烈祖有開國之武麗天之文撫正萬方照臨四海而又儲祉降德于後子孫俾不佞起家而王專城為守慨不能顯揚先美使若黃帝幸君之使使理此土敢黷於祭祀是藝于功烈而速其罪戾也一年因農之隙而易其地二年乘歲之豊而改其製不三四年得請于上而新廟成南面衮服所以稱尊也兩楹阼階所以定位也築墉于外所以禦侮也設屏于前所以修容也耽耽沉沉顯敞靚深不風而清無雲而陰前王戾止之儀於是乎在裔孫聿追之孝於是乎舉不唯禁淫祀廢非禮抑亦開明德摛耿光欲使異日觀者不俟請書問俗而知樹之所由植廟之所由崇諗於有知僉曰非頌聲不可初南康之典化額嘗客焉迨今剖符則又備位于隴西公之府相得最舊見繩為文故敢徵成之功與作之義篆刻貞石立于前楹庶擬衛悝彝鼎之銘敢同魯僖閟宮之什銘

曰

蔚彼白楊叢生鴈門蒙冪翳寞晴天色昏巨抵交柯龍翔虎眠從古強名莫知其原惟昔魏帝于枝息鞍懸垂低昂厥迹猶存大畏其力小懷其恩爰有靈祠號為神明二扉不肩四簋不陳樵蘇所往雉兎為隣於鑠良牧時惟孝孫下車之初致敬而言蔽芾甘棠猶思其人綿綿葛藟下庇于根乃正名居式崇藩垣山立當宇翼張重軒有赫斯皇既嚴且尊允矣君子孰如其仁大椿之年細柳之軍吾與元也人誰間然欲載其功莫先於文編詞琢石終古不遷

野廟碑　陸龜蒙

碑者悲也古者懸而窆用木後人書之以表其功德因留

之不忍去碑之名由是而得自秦漢以降生而有功德政事者亦俾之而又易之以石失其稱矣余之俾野廟也非有功德政事（文粹作政事功德）可紀直悲夫甿竭其力以奉無名之土木而已矣甌粵間好事鬼山椒水瀕（文粹作濆）多淫祀其（文粹有廟字）貌有雄而毅黝而碩者則曰將軍有溫而愿哲而少者則曰某郎有媪而色（文粹作尊）嚴者則曰姥有婦而容艷者則曰姑其居處則敞之以庭堂峻之以階（文粹作陛）級左右老木攢植森拱蘿蔦翳其（集作于）上梟鴟（集作鴻鵠）室其間車馬徒隸（集作從）叢雜怪狀甿（文粹作農）作之甿怖之大者推牛次者擊豕小不下犬鷄（浙本作鷄犬）魚菽之薦牲酒之奠缺於家可也缺於神不可也一日（文粹作廟）懈怠禍亦隨作耋孺畜牧慄

慄然病疾戚（蜀本作臧浙本作死）喪甿不曰適丁其時耶而自惑而（集作其）生耶（文粹無此字）悉歸之於神雖然若以古言之則戾以今言之則庶乎神之不足過也何者豈不以生能禦大災捍大患死（死字文粹作其死也）則血食於生人無名之土木不當與禦災捍患者爲比是戾於古也明矣今之雄毅而碩者有之溫愿而少者有之升階級坐堂筵耳絃匏口粱肉載車徒（集作馬）擁僕（文粹作徒）隸者皆是也解民之懸清民之暍未嘗術（浙本作貯）于胷中民之當奉者一日懈怠則發悍吏肆淫刑毆之以就事校（浙本作較）神之禍福孰能（浙本作爲）輕重哉平居無事指爲賢良一旦有大夫之憂當報國之日則恇撓脆怯顛頓（文粹作躓）竄踣乞爲囚虜之不暇此乃纓弁言語之土木耳又何責（文粹有其字）真土木耶故曰以今言之則庶乎神之不足過也既而爲詩以亂其刑曰（二字集粹作末）土木其形竊吾民之酒牲固無與（集粹作以）名土木其智竊吾君之禄位宜如何（集粹作如何可）議禄位頎匕酒牲甚微神之饗也孰云其非視吾之俾知斯文之孔悲

文苑英華卷第八百七十六

文苑英華卷第八百七十七　碑三十四

祠堂

蜀丞相諸葛亮碑一首　魏府狄梁公碑一首

蜀丞相諸葛亮祠堂碑　裴度

度嘗讀舊史詳求往哲或秉事君之節無開國之才得立身之道無治人之術四者備矣尊（集本文粹作蕪）而行之即（二本作則）蜀丞相諸葛公其人也公本系在簡策大名蓋天地不復以云當漢祚衰陵人心競逐取威定霸者求賢而不及藏器在身者擇主而後動公是時也躬耕南陽自比管樂我未從虎特稱卧龍詩曰潛雖伏矣亦孔之炤故（文粹作荆非）州平心與元直神交洎乎三顧而許以驅馳一言而定其機勢繇是翼扶劉氏纘承舊服結吾抗魏擁蜀稱漢刑政達乎荒外道化行于域中誰謂阻深殷爲強國誰謂蓮脆勵爲勁兵則知地無常形人無常性自我而作若金在鎔故九州之地魏有其七我無其一由僻陋而啓雄圖出封疆以（二本作而）延大敵財用足而不曰浚我以生干戈動而不曰殘人以逞其底定南方也不以力制而取其心服震（文粹作懾）諸夏也不敢角其勝負而止候其存亡法加於人也雖徒（文粹作從）死而無怨德及於人也雖奕葉而見思此所謂精義入神自誠而明者矣若其人存其政舉則四海可平五服可傾而陳壽之評未極其能事崔浩之說又詰其成功此皆以變詐之畧論節制之師以進取之方語化成之道不

其謬歟夫委棄荆州不能遂有三郡此乃務增德以吞宇宙不黷武以爭尋常及出斜谷據武功分兵屯田爲（文粹作謀）久駐之計與敵對壘待可勝之期雜乎居人如適壺邑彼則喪氣我方養威若天假之年則繼大漢之祀成先主之志不難矣且權傾一國聲震八紘而上下無異詞始終無愧色苟非運膺五百道冠生知曷以臻於此乎故玄德知人之明者倚伕曰魚之有水仲達姦人之雄者嗟稱曰天下奇才度每迹其行事度其遠心願奮短札以排群議而文字蚩鄙日日（文粹作志願）未果元和二年冬十月聖上以西南輿區寇亂餘烈（文粹作業）罷叱未息汙俗未清輟我股肱爲之父母乃詔相國臨淮公由秉鈞之重乘（二本作承）推轂之寄戎軒乃降藩服乃理將明帝道暇落綏懷溥暢仁風閭閻滋殖府中無留事宇下無棄財人知嚮方我有餘地則諸葛公在昔之治與相國當今之政異代而同塵矣度謬以庸薄獲參管記陪（二本作隨）旌旆而爰止望祠宇而脩謁有儀可象以赫厥靈雖徽烈不忘而碑表未立古者或拳拳一善或師長一城尚流斯文以示來裔況如在之嘆終古不絕（文粹作紀）其可闕乎乃刻貞石庶此都之人存必拜之感云爾銘曰

昔在先主思啓疆宇擾攘靡依英雄無輔爰得武侯先定蜀土道德城池禮義干櫓煦（二本如此是英華避諱改作輿非）物如春化人如神勞而不怨用之有倫柔服蠻落鋪敦（文粹作敷非）渭濱

攝跡畏威雜居懷仁中原旰食不測不克以待可勝允臻其極天未悔禍公命不果漢祚其亡將星中墮叉旗鳴鼓猶走司馬死而可作當小天下尚父作周阿衡佐商燕齊管晏總漢蕭張易代而生易地而理遭遇風紡亦皆然矣嗚呼奇謀奮發美志夭遏吁嗟嚴立咸受謫罰聞之痛之或泣或絕其常勿翦騈邑斯奪跡是而言殊途共轍本於忠恕孰不感悅苟非誠懿徒云固結古栢森森遺廟沉沉不殄禋祀以迄于今靡不駿奔若有照臨蜀國之風蜀人之心錦江清波玉壘峻岑入海際天如（文粹作知）公德音

魏府狄梁公祠堂碑　馮宿

后不可以獨臨必誕生岳靈扶既傾繫將絶茲梁國狄公

是巳與於天授之朝蘊沉謀奮奇節也物不可以終否必繼起邦傑欽往績懋來功茲沂國田公是巳挺乎河朔之郊創新祠脩舊典也初梁公出牧于魏實宜斯人罔遂乞留則深遺愛闔境同力生祠其神畏威懷仁如在乎上祈恩徼福亦若有答洎胡起幽陵毒痛中邦腥羶遺餘漸漬毗俗六十年于茲矣戰血滿野忠魂歸天皆祀之容隱嶙猶在元和壬辰歲我天子恢拓千古之不庭凡在率土罔不來服維元侯保和一心之有衆舉茲列城表正多方歸職貢而奉官司尊漢儀而東周禮鳳鳴而梟音華蘭芳而棘刺死其醴湧而盜泉竭慶雲飛而濁祲消四郊廓清萬方丕變然後辯正封疆咨謀耆老得是舊址作爲新祠鳩材僝功蕆事須役上下有度東西惟序披圖以立儀像攄品以昭命數不僭不偪經之營之越十月五日厥功成沂國公於是乎請護軍追賓寮將校虎貔之群撰吉而致饗焉先一日執事設次于門西設柔毛翰音腯肥鮮膏之具以俟詰朝公至則改命服于次率護軍等升拜將校巳下次拜于堂下公親酌以奠揚觶而言曰昔者皇風中微陰沴勃興六宮弄其神器萬乘遜于羅川生人之耳目盡迴元老之肺肝爾困蹈履虎尾攘奪鯨口雖除蔓草扶持忠賢元良克正萬國居貞秘策潛授五王奮起包復夏之大業於心術貽安劉之永圖於身後再造唐室時維梁公顧不腆之是羞獲守茲土寔群師與三軍之衆逮封内之黎

老勤請于天王天王重違斯人而鑒厥誠未及浹辰而璽書金印命服瑞節一日騈至於是又須非常之清問下莫大之洪澤馬逐逐車闐闐野接跡空駕肩彼感心與喜氣固巳翔九天而滲九泉今所靡皇寧居思有上報竊慕神之志義景神之忠功薦神于此堂吉辰良日以微懇陳告至於脩廢繼絕輿仁樹善乃守臣之職烏敢爲名再拜而退由是六州之人士知狄公之崇德可享而田公斯言可復也詩云維其有之是以似之乃作銘曰

奕奕新祠于魏之疆巖巖梁公惠此一方其惠伊何其人則亡在昔通天戎虜猖狂衝陷連城勢莫與亢山東繹騷駘藉犬羊顧是都會孰能保障天后召公飛傳靡遑至自

彭澤屹爲金湯以逸待勞以柔摧剛綏賦寬役勉農勸桑
外示無虞內爲之防虜則引歸歲獲大穰人荷公來踴躍
歡康人惜公遷泣涕彷徨援刀割膚守闕上章終然不克
詎可弭忘衆心欲成經始斯堂立公儀形薦此馨香于以
祝之萬壽無疆于以歌之久久垂芳追惟我公寔邦之良
岐嶷有聞金玉其相學以時習闇然日彰文武是經謨謀
允臧測圭知正涵蝪難量碩大博厚靖和端莊逮使絕域
義聲孔揚呑夏致感有鳥呈祥旿疑于天理決獄平當函
觸龍鱗驟採虎狠西門沉巫汲直開倉蜀守興學晉臣撫
狀公兼有之謇謇在旁宣威中權論道上庠慰薦幽仄懷
來暴強天授以還燎火無光藹藹本枝困於斧斨下適人

願上廻天綱拜洛受圖非劉而王后實當扆唐遷于房時
惟正色中激剛腸婁婁一作婁伊侈謀將易儲皇公陳不可校
短推長血瀝太階心祈彼蒼長戈倒日勁草橫霜一柱凝
然四維重張帝拜元老眷歸少陽潛安爪牙寮布棟梁七
日變疾五月興唐道優三仁力茂一匡始終無愧夷夏所
望維此魏邦寔維樂康燕冦之後中爲戰場何人不繇靡
室不喪祠宇煨燼階除墟荒故老懷思遺畊慨慷循依封
畛時奠壺觴否道既傾聖曆會昌元和御臣天子垂裳九
夷入蠻山梯海航禮備樂陳執贄奉璋思我懷人寘彼周
行是生沂公忠順激昂劍久埋獄雖能處囊道言愔愔武
烈洸洸業尚管蕭化臻龔黃掃除氛祲弔恤災傷尾斷蜂
蠆苗鋤莠稂萬夫歸誠有死無將天子嘉之霈澤瀼瀼龍
節虎旗玉佩金鐺班其慶賜覃其瀋翔沂公滋恭俯伏一作
扶服兢惶媿負山岳誓酬毫芒乃建新祠婉彼井棠航疑其
厦屋繚以周牆吉蠲羞容羽衛兩廂仰止何遠中心是藏
地靣沙麓河抱衡漳刻勒豐碑揭乎中央

文苑英華卷第八百七十七

文苑英華卷第八百七十八　碑三十五

祠廟一

嵩山啓母廟碑　崔融

臣聞天地生成其法自然之謂道陰陽鼓舞其功不測之謂神然則物或類感事因通變乾棟傾而三光北馳坤輿缺而百川東瀉河淪越儁有郡邑之爲魚水陷歷陽有吏人之化鼈訪遺蹤於女峽風雨蕭條徵往事於始泉絃歌響亮盈虛靡定合散焉常不知誰子既老氏之多膌忽然

爲人寧賈生之足辯仰觀俯察裁識幽明之故原始反終未窮死生之說得於道而失於道義有必然出於幾而入於幾理無或爽知變化者其知神之所爲乎臣謹按啓母廟者蓋夏后啓之母也漢避景帝諱改啓之字曰開厥後相傳或爲開母而顧野王輿地志盧元明嵩高記並不尋避諱之旨以爲陽翟婦人事不經見諒無所取粤若玉斗璇璣李母之居隣北極金臺石室王母之宅在西山氣爲母則群物以萌月爲母則容光必照坤爲母則上下交泰后爲母則邦家有成故華胥履跡而雄氏孕女登感神而炎運作星流華渚而白帝生月貫幽房而黑精降明明有夏穆穆塗山子娶於度土之辰女婚於台桑之地搜奇帝紀讖（一作譙）異歸藏束生登蒙而有迷韓子稱賢而不朽漢臣之筆墨泉海陳其令名秦相之一字千金叙其嘉應士歌南國徒聞（一作問）侯禹之詞石破北方終見生余之兆則郭璞所謂陽城西啓母石李彤所謂嵩山南啓母祠晴巢之說有徵鴻烈之言無爽者矣昔者鸞川之上母變空桑豚水之濱男生破竹美人之虹名螮蝀仙婦之月作蟾蜍精衞銜木而償冤女尸化草而成殯山崩蜀道臺候婦而無歸石立武昌亭望夫而不及論乎誕載群下莫尊於帝王語乎遷易凡百無聞於感致美矣哉不可得而稱也大唐華去故爲取新輿運而生繼天而作握乾坤而造物海內知春闢混沌而爲家域中無外天皇膺曆數順謳歌金

櫃玉板服皇王之能事衞室廟堂承祖宗之茂烈垂衣裳而作元后端拱北辰負黼扆而朝諸侯嚮明南面周邦赫赫其道洽於成康漢室巍巍其化鍾於文景東漸西被遠安邇肅海三年而無波雲連月而不散天瑞降地符昇靈鳳五文歲時來苑囿神龍八卦昏旦游池沼禮云乎哉無取於周旋揖讓樂之謂也必在於移風易俗司祿益富家國於是乎有餘司命益年臣人於是乎不夭明王三懼未嘗遺戒愼之心天子四鄰莫能展弼諧之用家安其業但聽於鄰雞人得其和遂同於野鹿表讖記奏河圖四十六事之著明曷云尚也登太山禪梁甫七十二封之可識何以加乎且夫窮聖神備道德滋萌元氣開闢太初斯乃天

皇氏之所以應乎天也依土地明神靈駕六羽而上騰度九州而下濟斯乃人皇氏之所以順乎人也造書契教畋漁合五緯而節四時登九天而類萬物斯乃犧皇氏之所以制人法也務播殖該變通嘗藥以救兆人聚貨而交天下斯乃農皇氏之所以興人利也振夔鼓載龍旗天則玄女授符帝則黃神降升一作斗斯乃軒轅氏之所以除人害也均度量正都邑揔秋令於金天分瑞官於鳳紀斯乃帝昊氏之所以為人極也絜祭祀義鬼神覆時以象天養財以任地斯乃帝頊氏之所以為人教也秋乘馬春乘龍順三辰而天道平建五正而人事理斯乃帝辛氏之所以為人政也明如日晦如陰人無識其名帝何力於我斯乃帝

堯氏之所以昭君德也聞一善舉八才帝唱動而爛星雲天歌發而蹌鳥獸斯乃帝舜氏之所以章后功也夫三統者道之大五行者生之宗三皇法之而列五帝則之而序道以三興德以五立并天下之至聖孰能兼於此乎而猶雖休勿休損之又損下明詔發德音尊天而重人省方而巡狩舉星畢曳雲稍召風伯以清塵命山靈而護野馳洛邑鶩壤城天廻而地游雲合而霧沓周穆王來遊太室先徵夏啓之石漢武帝有事嵩丘即訪姒開之石徒觀其丹青歲古霜露年侵聖情有睠與言改葺其山則古文之外方其地則新邑之中土銘壇邐迤斜分玉女之臺碑闕相望近對石人之廟金草生而五色貝樹長而三花紫雲合

沓於溪澗白霧氛氳於巖嶺考之易林信為神明所伏求之逍甲固以威靈肅然天其命有司乘務隙因高背下察隱嶙之餘基審日觀星揆推殘之落構周官置臬郢匠揮斤異態神行金模化造紅葩奪日飛累樹於山間綺綴衡風架廻廊於木末仙人在棟神女臨窗周施璘瑂之椽徧覆琉璃之瓦赤玉為階鷙黃金作門闕山如白岸樹似青溪蓋蘊藻於前庭籍生芻於後徑蘭杏夾水居然洗沐之資竹帚臨風自隔囂塵之境夢臺雲雨宋王樹而先驚楚壁山川屈原書而幾倦壽宮蟾兮不擾象設安兮逾肅霜羅曳曳雲錦披披鴛鸞襆兮翡翠幬白羽扇兮青絲履垂玉鸞之珮若往而若還戴金雀之釵不長而不短其居處

也曖曖昧昧陰閉陽開其被服也煌煌熒熒霞駮雲蔚邕俎則麟胎鳳卵黍蕙燃黃餌膳則木蜜金膏玉漿瓊酒當是時也合五岳訊九魁選太陰命玄闕馮夷鳴鼓女媧清歌左蒼龍兮吹笙右白虎兮絙瑟金真拂座玉女焚香肅肅習習天媛來風雨雰雰霏霏神姬下霜雪孔雀飛而儀鳳舞弄玉邀歡軿車合而羅綺陳智瓊陪宴麻姑服道變海水而來遊織婦希風填河津而下謁洛妃綽約江妃綿邈玄女以明月為珠素女以積雲作髻九天真母八極夫人畢集於兹矣青霞衣兮翠雲裘靈連蜷兮既留車迴風兮馬飛電視倏忽兮無見昔者濟陰山下降堯母之精靈湘川水曲留舜妃之響像壝壇或在徒聞分福之名棟宇

不僭誰辯安歌之處豈知夫三仙福地百姓尊祠挾王者之都幾當聖人之順動犧牲玉帛可以洽氣和神幼婦外孫可以披文相質虔奉綸旨式陳壯觀雖周人作詩自得后妃之美而魏臣獻賦終慙神女之工敢作銘曰

九州地險五岳天中蛟龍洞穴日月仙宮蓄洩雲霧震蕩雷風笙歌近接鍾鼓遥通（其一）其在嬀帝洪泉未塞昏墊下人沉灉中國於鑠大禹顯允天德龍畫旁分螺書徧刻（其二）佩文北海旮匕南方還從碣石更下台桑予娶有禮我都攸昌八年不顧四載惟荒（其三）宛委既登轘轅佇鑿家室誤往態罷方作天道幽秘生涯糾錯其化則遷其靈是託（其四）虔妃之館仙女之臺物類通感精蒐去來巫山廟立漢水

祠開壝壇歲古棟宇年摧（其五）皇矣大唐麗哉神聖膺圖受籙體元居正赫赫高祖天有成命明明太宗於茲爲盛（其六）重光累洽下武嗣文負扆而化垂衣以君三靈肹蠁六氣氤氳魚鱉咸若雞犬相聞（其七）重譯請命殊鄰稟朔化及中乎風移大朴天秩百禮人和萬樂汾水可遊峴山何邈（其八）隋巢舊說夏啓遺居盛德不泯茄聲在諸周王轉蹕漢帝迴輿輦倈降鑒其祀如初（其九）虞衡掌木班倕葺宇虹亘梅梁龍蟠柱柱草積庭院水周堂廡石室置儔軒官爲輔（其十）珠簾洞卷玉座含清金翠玓瓅羅縠輕明儀刑若動侍衛疑生依俙有物惝怳無聲（其十一）帝子湘川天孫漢曲翩綵縹眇躊躇躑躅神女弄珠靈妃啓玉倏來忽往星繁電燭（其十二）壯矣麗矣神之聽之聰明是屬景福無斁夫人立館幼婦鐫辭巍巍皇室萬萬餘基（其十三）

少室山少姨廟碑　楊炯

臣聞崑崙（集本文粹並作閬）西北之地（二本無此字）天門也則五帝處其陽陸三王居其正地太（集作泰）山東南之地（二本無此字）日觀也則秦皇刻其石銘漢帝探其玉策故知建都邑正方位劃（文粹作畫）崇墉刳濬洫必憑天地之險然後四海爲家擁神休尊明號叶時月同量衡必致山川之祠然後群神受職少室山者山岳之神秀者（二本無此字）也憑河圖而括象（文粹作地）用遁甲以（集作而）開山發揮宇宙之精噴薄陰陽之氣壁立而千仞削成而四方北臨恒碣循如聚米南望荊衡

財（文粹作纔通用）同覆簀共工氏觸皇天之八柱未足擬議龍伯人釣溟海之五（文粹作三）山無階響像考於含神霧（文粹作紐）白玉猶存驗於山海經黃花不落其名有序則太室西偏其位可知則嵩嵩佐命若乃乾坤之所合雷雨之所交仰躔七星之野俯鎮三河之曲朝市臨於域中樞機正於天下六合交會於是（二本有乎字）有天帝之下都九州名山於是（二本有乎字）有靈仙之窟宅臣謹按少姨廟者則漢書地理志嵩（文粹作崇）高少室之廟也其神爲婦人像者則故老相傳云啓母塗山之妹也昔者生于石紐水土所有（二本作以）致其功娶于塗山室家所以成其德后宗之位象南宮之一星外戚之班比西京之列傳惟幾不測其道無方聘神變而

揮霍降精靈而盻蠁亦偕將候三妹青溪之軌跡可尋虞帝二妃湘水之波瀾未歇何止祠稱丁婦廟號勝（二本作賸）姑少女宅於西宮夫人館於南岳山臨白崖空聞石室之靈浦對青崖獨有金臺之異若斯而已矣年（文粹作時）更魏晉數歷周隋四望於是莫脩八神以之無主炎涼代序寧觀俎豆之容霜露沾衣非復絃歌之地國家乘天造之草昧屬人謀之與能奄有大寶遂登神器天地水火之無象則女媧氏補之於是乎鍊其五石東西南北之失位則神農氏立之於是乎甄其四海天皇貴與天乎合德富與地乎侔貨窮變化之道（二本作理）盡神明之數伏羲畫卦唯觀鳥獸之文黃帝垂衣蓋取乾坤之象利兼於成器功周於備

物瑶臺美化闡邦國之風猷銀牓嘉聲備（集作美文粹作茂）君親之典禮稱才子者八族則叔獻季貍有亂臣者十人則太顛閎夭若夫圓丘方澤所以饗天神地祇複廟重欄所以序文昭武穆命秩宗之位分太宰之官考虞宴之質文定殷周之損益其大禮有如此者高陽有飛龍之樂始會八風帝舜有儀鳳之音初調九奏后夔典其敎制氏辨其聲鍾磬笙竽（二本作竽瑟）致其和尊卑長幼成其序其廣樂有如此者太微營室明堂布政之宮白獸蒼龍象魏懸書之法下應循章王言如絲北辰而拱衆星南面而朝天下其爲政有如此者糾萬人者施之以八刑誥四方者戒之以三典盡衣不犯載酒無寃兑禽獸於網羅備（二本作納）寰瀛於軌

物其恤刑有如此者周人之養國老始闢西膠漢氏之召諸生初開太學辟雍所以行其禮泮宮所以辨其敎（二本作政）童子三（一本作五）尺羞談（文粹作稱）霸后之臣冠者六人唯述明王之道其文德有如此者涼風至司馬於是乎陳兵太白高將軍於是乎宜戰秉斗杓而誓旅出星門而杖鉞莊周稱天子之劒舉之按之呂望言聖人之兵如風如雨其武功有如此者稽其殷室（二本作令）有文犀利劒之効珍考其周書有茲（文粹作諸）白乘黃之騁力東漸西被南馳北走盧敖之窮觀六合不出於城堭陶侃之飛入八門未游於仙（二本作宮）室其疆理有如此者察璿璣而平大運天回地游吹王律而部人時暘動陰靜煙雲蕭索而合彩日月淑清而啓旦豈

直鳳巢阿閣入軒后之圖書魚躍中舟稱武王之事業其休徵有如此者然則囊括混沌發揮生靈大庭不足使驂乘驪連不足使扶轂可以會玉帛可以答靈祇行聖人之大孝既郊祀而宗祀昭帝王之盛節亦因天而事天猶復下聽輿人旁求故實以爲唐堯五載無聞太室之儀殷帝八遷未卜王城之地是用陳圭置臬建周后之兩都制（二本作詔）蹕鳴鑾巡漢王之中岳熒惑先列招搖在上隱天（二本有而）宇動地欲（文粹作吹）野（二本有而字）歎山旌旗則日月運行鍾鼓則雷風相薄道伊闕擩轘轅怡然肆（二本作長）望邈乎周覽壯靈山之雲雨仍求載祀之經對閑寢之丘墟思秩無文之禮於是降天渙命司存亘因其舊跡葺其新廟詳費務議工

徙下隴蜀之名材致荆藍之寶玉易者言乎悅使人（文粹作民）（唐諱）忘其勞詩者歌乎子來成之不日東西膠葛（文粹作轇轕）南北峥嶸繡栭兮雲楣光照燿兮奪日（二本作目）桂棟兮蘭橑氣氛氳兮襲人皎日登於綺（一作納）疏奔星下於閨闥珠簾瑇匣上高閣而三休金柱銀檻（二本作楹）延步廊（文粹作出長廊集作步長廊）而中宿窮山海之壤寶盡人神之壯麗豈直（文粹作止）河房貝闕俯鏡（文粹作）馮夷之都洛水瑶壇旁臨虙妃之館爾其巖嶂重複岡巒左右青霞起而照天白露（二本作霧）生而匝地餘基隱嶙仍知萬歲之亭古木摧殘尚變（二本作辦）三花之樹明公舊祀棟宇岩嶢仙女曾臺風煙爛熳（文粹作漫）軒轅之訪大隗（二本作塊非）先來牧馬之童太一之微少君直下乘龍之使

夫峻極也天帝因而會昌夫降神也景福由其興作於是乎昭之以明德聽之以和聲可以羞澗溪沼沚之毛可以奠潢汙行潦之水聰明正直惟鬼神而有知玉帛犧牲在（文粹作實）陳信而無愧日之吉靈之來蜺爲旌兮翠爲蓋雷爲車兮電爲策鼓之以南箕風嫋嫋而先路潤之以西畢雨寘宜而灑道其始至也若海靜山空曈曈朧朧照白日於扶桑之東其少進也若移星轉漢爍爍爛爛吐明月於瀛洲之半佩珠玉而的（文粹作玓）皪襲羅紈（二本作縠）而飄颻建晨纓之寶冠踐遠游之文履命儔兮嘯侶徙倚兮徘徊群仙畢集衆靈咸至有西華之紫妃有中黃之素女華山之上飛（二本作明）星遠燭陽臺之下暮雨潛通或瓊臺而（文粹作以）飛霞

或銀臺而薦樂天孫忽降蹔停支石之機神女相歡即起投壺之電左侍右衛則甲申之瓊石乙巳之蘭蕭妍倡妙妓則憑悅之清歌幽靈之鼓瑟樂章既闋禮容斯備回風兮雲旗入不言兮出不辭荷衣兮蕙帶倏而來兮忽而逝惟神享德降百福而無窮惟岳配天視三公而有典昔者夏后氏之乘四載仍開宛委之圖周穆王之御八龍循紀弇（二本作崦）山之石況乎上照下滿天平地成人主宅中旁羅於宇縣山靈顯位客邇於神州豈使令德不傳頌聲寂（二本無此字）無紀述（二本無此字）田是三天降策有南霍之升（文粹諸作叔儲）八丈鐫銘有西王之服道魏國鍾繇之字唯勤歲年晉家張載之文遂承明制（二本作詔）其詞曰

上帝有命皇天無親樹之元后以牧烝民（唐諱二本作人）光宅六合懷柔百神德成郊祀禮備宗禋（其一）軒稱配永崑墟帝出堯號則天汾陽詔蹕觀人設教叶時同律有感必通無文咸秩（其二）皇家啓聖受命于天上鍊五石旁疏百（二本作九）川開階運斗宅海乘乾王毋益地周公卜年（其三）天子建德重規疊矩聖敬日躋宗文祖武範圍三極和平萬宇率由舊章粵若稽（文粹作乩）古（其四）璇宮夜敞銀牓朝開德象陰月聲象（二本作符）震雷山河奠載（文粹作戴）星緯鹽梅能事畢矣乾元大哉（其五）理（二本作化）定制禮功成作樂日月旗（二本作旂）常夏殷正朔德溥（二本作澤）天外文明地角氣白星黃風搖露濁（其六）兩京畿甸五載巡遊馳驅太一部列蚩尤將見大隗爰尋許由廻鑾

躑躅寓目周流(其七)欝欝靈鎮巖巖積石直上五千去天三百帝休非遠真經可覿石室徘徊瓊膏滴瀝(其八)山唯(二本作惟)地德神即陰靈𡛟姬逐雨玉女隨星陰陽不測黍稷非馨倏忽年代荒蕪廟庭(其九)旁求祀典載垂天漢(二本作渙)始制(二本作詔)林衡俄成壯觀紫柱(文粹作梲)星錯冊梁霞煥似對青溪如遊(集作臨)白崖(其十)文貍赤豹電策雷車隱隱中道訇訇太虛遂停龍駕永託神居天廻地止霧歇雲除(其十一)衆靈睒睗(文粹作易)群仙容與衡岳夫人漢濱游女洛川觧珮天河弄杼顧慕招携繽紛儔侶同聲同氣(文粹作同氣同聲)爰笑爰語(其十二)于以採蘋南澗之濵于以採藻于彼行潦吉日(文粹作日吉)兮辰良浴蘭湯兮沐芳揚枹兮拊鼓奠桂酒兮椒漿神其醉(文粹作舉)止降福穰穰(其十三)

后土神祠碑(并序)　玄宗御製(張說詞)

古之王者皆受天命禮樂有權神祇是主郊兆所設雖定於厥居精靈所感則通乎其變(一作變化)大抵(一作匠)歸正旁行不流唯創制者爲能之亦安在守文而已脽土祠者本魏地郊丘之舊而漢家后土之宮汾水合河梁山對麓地形惟堀(一作堆阜)天然詭異隆崛以(一作而)特起忽盤紆而斗絶景象相傳肹蠁如在有物不可以終否有典不可以遂廢故推而行之神而明之歲在癸亥始有于玆焉在昔后王時邁省方柴燎告至幽隱胥泊大舜則三(一作五)載一巡武帝則三歲一祭古今大變(四字一作今久時代丕變)人神禮煩朕就爲損益折以法度一紀再駕亦無間(一作聞)焉二千年冬勤兵三十萬(一作萬騎)逾旌旗徑(一作亘)千里校獵上黨至于太原赫威戎于朔陲沛(一作霈)展義於南夏肆覲群后道有以大備懷柔百神文無而咸秩先是有司宿設恪敬乃事已未師次(一作頓)于齋宮庚申親祀于后祇聖考在天俯而作主何禮不舉靡神不偏往者漢氏之祠也牲以養牛五歲蠒栗所以貴其誠藉以采席六重藁稭(一作秸)所以尚其質事與古及(一作反)義不經見朕因其地而不因其儀取其得而不取其失凡牲幣法物之事歌舞接神之類咨故實於方澤不遂過於元鼎此皆公卿大夫鴻生鉅儒獻其方聞匡於不逮朕何有也且王者事天明事地察示有(一作其)本敎以

孝柰何郊丘之禮猶獨以祈穀爲名者耶於戲享于至誠錫以繁祉黄雲蓋于(一作於)神鼎降光燭于(一作於)靈壇自昔已然乃今復見斯固陰精有所寓寶氣爲不誣雖寂寥而不動亦動之而斯應顧朕之不德靈咸何從賴累聖儲祉福流所致乃青災肆赦與物更始大賚天下有慶兆人山川鬼神鳥獸魚鼈莫不允若莫不咸寧此所以承(一作仰)覆載報生殖資元元盡翼翼豈與夫封禪有牒專在求僊秘祝有辭容于(一作於)移過而已其銘曰

至哉坤元萬物資生王者毋事德合天明義有大報用叶永貞茫茫九土思索其精因天事天因地事地彼汾之曲高脽傑異景象遺光壇場舊位寂寥(一作寞)千祀精靈永(一作

長闕誣神不祥復古惟祺文所無者秩而祭之矧曰后土
昔載明祠何必國（一作因）陰乃爲我師意多漢武跡在橫汾
風流可接簫鼓如聞壽宮創制神鼎勒勳古往今來豈無
斯文

溧陽瀨水貞義女廟碑　李白

皇唐業有六聖丹造入極鏡清（集本文粹並作照）萬方幽明咸熙
天秩有禮自太（二本無太字）古及今君君臣臣烈士貞女采其
（文粹有史傳二字）名節尤章可激清頹俗者皆掃地而祠之蘭蒸
椒漿歲祀罔缺而茲邑貞義女光靈翳然埋冥（文粹作名）古遠
琬琰不刻豈前脩傳達者爲邦之意乎貞義女者溧陽黃
山里史氏之女也以家溧陽史闕書之歲三十弗移天于

人（五字文粹作不務其志）清英絜白事母純孝手柔荑而不龜身漂
擊（文粹作激）以自業當楚平王時王虐忠助讒苛虐厥政芟於
尚斬于（二本作於）奢血流于朝赤族伍氏慫毒於人何其深哉
子胥始來（二本作東）奔勾吳月涉星遁或七日不火傷弓于飛
逼迫于（二本作於）昭關匍匐於瀨渚捨車而徒告窮此女目色
以臆授之壺漿金（二本作全）人自沉形與口滅卓絕千古聲凌
浮雲激節必報之讐雪誠無疑之地難乎哉借如曹娥潛
波理貫於孝道聶姊殞肆槩動于天倫魯姑棄子以却三
軍之衆漂母進飯沒受千金之恩方之於此彼或易耳（二本作爾）
卒使伍君開張闔閭傾蕩鄢郢吳師鞭屍於楚國申胥
泣血於秦庭我亡爾存亦各壯志張英風於古今雪大憤
于天地微此女之力雖云爲之士亦焉能咆哮烜（二本作焰）
施于後世耶望其溺所愴然低回而不能去每風號吳天
月苦荊水嚮像如在精魂可悲備昔（集作借其）投金有泉而刻
石無主哀哉邑宰滎陽鄭公名晏家康成之學世子產之
才琴清心閑百里大化有若主簿扶風竇嘉賓縣尉廣平
宋陟南郡陳然丹陽李濟（二本此句在上）清河張昭皆有卿材霸
略同事相協緬紀英淑勒銘道周雖陵頹海竭文或不死
其詞曰
粲粲貞女孤生寒門上無所天下報母恩春風三十花落
無言乃如之人擊漂清源碧流素手縈波（二本作彼）潺湲求思
不可秉節而存伍胥東奔乞食于此女分壺漿滅口而死

聲動列國義形壯士入郢鞭尸還吳雪恥投金瀨沚報德
稱美明明千秋如月在水

湘源二妃碑　柳宗元

元和九年八月二十日湘源二妃廟災司功掾守令彭城
劉智（集作知）剛主簿安邑衛之武告于州刺史御史中丞清
河崔公能祗栗厥戒會群吏洎衆工發開元詔書惧褻守
祀搜考羸羨均節委積咸執牘律至于祠下稽度既備徧
役惟時斬木于上游陶埴于水涯廼桴廼載工逸事遂作
貌顯嚴粲然而威十有一月庚辰陳奠薦詞立石于廟門
之宇下唯父子夫婦人道之大大哉一神咸極其會爲子
而父堯爲婦而夫舜齊聖並明弼成授受內若嚚瞽上承

輝光克艱以乂德罔不至帝既野死神亦不返食于兹川古有常典歐祓夾孽恢宣淑靈收或失職以奸天刑有翼其恭有苾其馨沉牲爰告即石是銘銘曰

淵懿承聖舜妻堯女德刑嬀汭神位湘許揆兹有初克碩厥宇命秩其祀(集作唐命秩祀)兹邑攸主毛牲既肆(柳州本作鬴)椒馨爰糈亂千萬年期保伊祐僭(集作替)火焆孽炖于融風神用播遷時罔克龔邑令群吏告于郡公應用積餘以就爾功杼木負埴載流于江既夷以成崇宇峻墉絜嚴清閟左右率從神樂來歸徙御雍雍神既安止邦人載喜奉其吉主(集作王)以對嘉祉南風湝湝湘水如舞將子無譴神聽鍾皷豐其交報邦邑是與刻此樂歌以極終古

文苑英華卷第八百七十八

文苑英華卷第八百七十九

祠廟二

燕支山神寧濟公祠堂碑　楊炎

西北之巨鎮曰燕支本匈奴王庭昔漢武納渾邪開右地置武威張掖而山界(一作介)二郡間連峰委會雲蔚黛起積高之勢四面千里陽崖有梧栢之材備幹華陰壑有堅剛之璞化五兵維人氣雄其畜多馬虜得之以制陰國主天街周以之興秦以之霸漢得之以斷右臂却南牧西距于

海比渚(一作緒)于河自外而望上也能熊(一作雄)乎一氣旁蔭朔鹵前衡塞門與積石來朝崑崙相長(一作負)泊陟蒼蒼臨峻極則形變六合空同大荒青冥在混元之中絕壁揭宇宙之外舊史云封祀之山八中國之外三自夏缺壞(一作秩)奠漢疆土宇(一作漢擴疆土)時更百王(四字一作于時更而王者)莫能配天其意者將纘禹之業以俟聖人乎維唐百(一作之非)三十載貫玄化之紀息金革之虞(一作金華之墟)茫(一作蠢)蠢蒸然華(一作萃)于聖澤於是左冄冗右崆峒古而(一作所)未賔咸頓首于路門之外天子登神宮勒金版將復美于郡(一作義于郡)岳告成于昊蒼議夫(一作云)此山天合氣以正秋方地與神以主西國(二作)(而主戎國)俾蚪螭者爲師爲旅貔虎者爲妾爲臣不在於巨靈

乎其封神爲寧濟公錫之鞶帶備厥禮物詔邦牧太子少保哥舒公卜吉日築臺（一無臺字）靈祠于高麓之陽每歲盛秋以笙鏞之器錡釜之品率封內以望之索群神以會之亞旅師氏旄頭弩牙金鼓七校車徒十萬從饗于廟庭大閱于山外（一無外字）所以固（一作因）天界以崇聖功乘地險而恢遠略也觀夫叢嵓懸抱烟雨脊窣宮庭晃其閑（一作角）暮林石古而幽陰神其居之可以禱安靜矣樹（一作掛是）空桑變鍾石神其聽之可以感和樂矣大王通帛熊蟠桂漿粲其傾筐采章（一作物）煌煌神其歆之可以祚永（一作有）年矣維石巖巖日月不老維靈是與生此熊羆神其薦之可以奉吾君矣於戲陳信克享正詞幽感宜乎有祈而降有祭而歆龍也

無風雨之愆蚍（一作敝）也無氣焰之作此神之職又何羞焉

乃作頌曰

揭靈山兮天地界勢奔壯（一作突）兮風雲駭峰龍有（一作蹲龍）峰兮入天門氣蚍蜒（一作蜒蚍）兮破淫（一作烟嵐）昏祐自天兮得終古

被（一作備）華蟲兮駕朱虎　一作皆唐文粹

南海神廟碑　韓愈

海於天地間爲物最鉅自三代聖王莫不禮（集本文粹作祀）事考於傳記而南海神次最貴在北東西三（二本有神二字）河伯之上號爲祝融天寶中天子以爲古爵莫貴於公侯於海嶽之禮（二本作祝）犧幣之數放而依之所以致崇極於大秩（一本作神）今王亦爵也而禮海嶽尚循公侯之事虛王儀而不用非致崇極之意也由是冊尊南海神爲廣利王祀（一本祀作祝號）祭式與次俱升因其故廟易而新之在今廣州治之東南海道八十里扶胥之口黃木之灣常以立夏氣至命廣州刺史行事祠下事訖驛聞而刺史常節度五嶺諸軍仍觀察其郡邑於南方事無所不統地大以（集註作而）遠故常選用重人既貴而富且不習海事又當祀（文粹作祝）時海常多大風將往皆憂慼既進觀顧怖悸故常以疾爲辭（文粹作辭）而委事於其副其來久矣（二本作已久）故明宮齋廬上雨旁風無所蓋障牲酒瘠酸（集註牲瘠酒酸）取具臨時水陸之品狼籍籩豆薦裸興俯不中儀式吏滋不恭神不顧享肓風怪雨發作無節人蒙其害元和十三年始詔用前尚書右丞國子祭酒魯國孔

公爲廣州刺史兼御史大夫以殿南服公正直方嚴中心秉直（二本作樂易）祗慎所職治人以明事神以誠內外單盡不爲表襮至州之明年將夏祝冊自京師至吏以時告公乃齋祓視冊誓群有司曰冊有皇帝名乃上所自署且（文粹無且字集作其）其文曰嗣天子某謹遣某官某敬祭其恭且嚴如是敢有不承明日吾將宿廟下以供晨事明日吏以風雨白不聽於是州府文武吏事凡百數交詞（二本作謁）更諫皆揖而退公遂升舟風雨少弛櫂夫奏功雲陰解駮日光穿漏波伏不興省牲之夕載陽載陰將事之夜天地開除月星明概五鼓既作牽牛正中公乃盛服執笏以入即事文武賓屬俯首聽位各執其職牲肥酒香罇斝（二本作爵）靜絜降登有

數神且(文粹作其 集作具)醉飽海之百靈秘怪慌惚畢出蜿蜿蛇
蛇(二本作蜒蜒)來享(文粹作慕)飲食闔廟旋艫祥飈送颿旗纛旄麾
飛揚晻藹鐃鼓嘲轟高管嗷噪武夫奮棹工師唱和穹龜
長魚踴躍後先乾端坤倪軒豁呈露祝之之歲風災息滅
人厭魚蟹五穀豐(二本作胥)熟明年祀歸又廣廟宮而大之治
其庭壇坎(二本作改)作東西兩序齋庖之房百用俱(二本作具)脩明
年其時公又因(二本作固)往不懈益虔歲仍大和耋艾歌詠始
公之至盡除他名之稅罷(文粹無此字)衣食於官之可去者四
方之使不以資交以身為帥燕享有時賞與有節公藏私
蓄上下與足於是免(文粹有于字)屬州負逋之緡錢十有八萬
(集註作一十有四萬)米三萬八千(二本作八萬二千)斛賦重(二本作金)之州耗金

一歲八百困不能償皆以丐之(文粹作正之)加西南(二本作四面)守
長之俸誅其尤無良不聽令者由是皆自重慎法人士之
落南不能歸者與流徙之胄百二十八族用其良才而廩
其無告者其女子可嫁者與之錢財令無失時刑德並流
方地數千里不識盜賊山行海宿不擇處所事神治人其
可謂備至耳矣咸願刻廟石以著厥美而繫以詩乃作詩
曰
南海陰(集作之)墟祝融之宅即祀于旁帝命南伯吏惰不躬
正自今公明用享錫右(文粹作祐)我家邦惟明天子惟慎厥使
我公在官神人致喜海嶺之陬既足既濡胡不均弘俾執
事樞公行勿遲公無遽歸匪我私公神人具依

河瀆神靈源公祠廟碑

王延昌

中國經瀆河為長上應析木下朝扶桑演崑崙踰積石繚
大漠經龍門灌注九州之間經營萬里之外鱗介所宅神
靈所之(一作都)玄冥總之以命官憑之以為伯唐堯觀諸(疑)
龍圖聿見周公沉璧榮光發祥元符之來彪炳彰灼古先
哲后罔不欽崇奠封居之儀修壇墠之制存乎祀典代以
為常則班固序漢書所謂河祠臨晉是也備其南直太華
左隣中條渭水過其傍汾脽揭其後風雲相盪精氣交馳
(一作配)于以禮神事之宜也不然發源自遠地則多漫(一作綿地
則多)胡為不昭晰於他邦獨受享於茲土前賢經始抑有其
由至於春以泮凍秋以涸流(漢書作涷)初以歲禱終以報祈嘗

醪有加騂駒是薦盖以在雍州之域通天子之都地既稱
雄禮云異數與夫淮流桐栢江出嶓山僻在遐方莫我京
也幽賛之力實賴河公以潔為清瀾至於數四息昏墊之
苦絶羨溢之憂濵河之人闊無大害此靈長之德上善之
功也祈以正直享以精誠未嘗不誘其衷而降之吉也或
進以便佞言以矯誣未嘗不奪其魄而貽之禍也歲大旱
而作霖雨時大札以惠嘉生依仁而行唯德是輔天寶歲
安禄山稱兵朔裔肆逆東夏熖烶扇爍烝人爇焉宗社有
綴旒之危士庶畜阽危(一作原)之懼太上南幸肅宗北巡賊
相張儒據有長安賊將崔乾祐固守蒲坂今關內河東副
元帥中書令汾陽郡王郭公時為兵部尚書門下平章事

朔方節度使訓兵誓衆超百二之險謂此邦底定則京師可啚虔禱于河潛軍以往金皷掩夜渠魁出奔遂收蒲城神所道一作導也及師次渭汭陰霧晦宴公假寢之際夢河神謂曰永豐倉側將有急變不如速退姑以避之比全軍及郊屬巳雲合克遠冦難神所扶也其後李國貞之遇禍公復總戎故絳僕固懷恩之逆命公又出鎮河東大君日旰食中外騷擾公獨奮無前之勇馳不測之深始按節而來終奠酧其邁所謀必克無往不平再安叛渙神所相也爰自兵亂以迄于今時更十年代歷二聖國之氛霾惟河公蕩滌國之土宇惟河公廓開國之忠良惟河公保祐國之奸慝惟河公殄摧誠靡幽而不應澤罔微而不該得一

以靈不其宜哉汾湯王深惟據我屡崇昭報奉牲玉莫敢愛也致精意未嘗怠也每蠲吉歷選自郊徂宮奠于堂户之間則神之昆弟具在酌于屋漏之內則神之伉儷攸居文墨國語文墨尋常之間注云五尺爲墨相望男女無別公曰神人之主也禮政之源也人有上下則禮有內外之制人所謂否神具可考盍築館于後以安靈匹乃謀于副元帥副使太子賓客御史大夫知河中府事崔公寓量功命日而後役於河西縣大夫李開不徵貨財不殫日力曽不踰月克復于成大廈耽耽欝其特起內寢既立神儀穆然於是齒危髮禿之老王端等進而稱曰大河浩蕩弊邑之望也自公杖鉞三至我里靈應肸蠁未嘗或欺國之克復實始於此安天步於龍虎定人心於繹騷大君成湯武之功賢相保桓文之業皆神之由也矧內寢棘翼今茲有成此而無述何以示後願刻樂石以彰厥庸公敎曰諸公之辭固不可抑頌祇則可無推美於予墨客聞敢繫辭曰

浩浩長河中國之紀洪流激射橫制地理蒸雲吐霧薦圖効祉是曰經瀆斯爲德水聖唐六葉巨猾挻災撕音攄舉手擬之也揚雄長揚賦靡賊撕邑或作漸非邑摩城如霆如雷汾陽矯矯杖鉞而來乃臨蒲坂神實先道導一作乃亂渭水亦亦疑背告嗟我上相神之所勞汾陽之德溫恭正直柔嘉維則忠勤是力秉心泉淵字唐諱塞不測不克東西南北勦絶奸慝入登九命一人是毗出統三軍四方是維維言祐之河公降禧衆神在

列曽未區別公爲之節內寢攸設寢廟亭亭中外有經濯濯厥靈妃偶攸寧於戯祠宇焜燿中土在河之滸在城之下刋茲片石昭灼千古

文苑英華卷第八百七十九

文苑英華卷第八百八十

家廟一(此下三卷英華所編失作者先後今正之)

崔太師家廟碑一首

郭子儀(元題作英人非)家廟碑一首

烏氏家廟碑一首

故中書令(一作丞相)贈太子太師崔公廟碑　韓雲卿

戊申年(一作歲)六月尚書右(一作左)僕射趙國公圓薨天子罷朝三日喪禮贈賻加異常數詔贈太子太師謚曰某(唐書謚昭)襄嗣子袞遵荷先訓敦率舊禮五月而葬二十五月而祥既祥(一無此二字)始立廟于(一無于字)洛邑曰考廟皇考廟階二尺有七寸(一作二尺有七)從四尋衡八尋三尺(戶一作)五(立一作)楹外垂

四阿巧塡采椽(一作絲繪)不施(一作施以)丹雘齋宮嬖室庭垣稱之因述(一作連)族氏勳躅諸路(一作清顯)明銘其德大師崔姓(一作氏)清(一無此字)河東武城人也系于齊著于漢荷先少師之敎純孝溫重稟受元和緯武經文爲國梁柱賊臣祿山憑犯河華玄宗順動南廵(一作遊)蜀漢公爲居守有扶翊再造之勳函洛阻絶人罹薦毒肅宗振旅朔鄗戡(戳一作)靜禍亂公爲宰衡有翼贊匡(戩一作)復之謀山越之難河泗之竟(一作淮泗之疑)公領揚州宣風淮楚有剪攘威鎮之績於惟茂勳莫與爲亢(一作茂勳盛業疇爲公比)禮曰以勞定國則祀之能禦大災則祀之能捍大患則祀之是宜廟食以銘于鼎以九月初朔之日寢廟既成庭除既平備器撰服絜儉中禮(一作絜服備器儉而中禮)先享七月致齋具物水草陸產醴酪牲牷之備外盡物也色溫行恐(一作挑)身詘(一作屈)意愉如懼不及內盡志也禮卒奠撤齋莊之色如存焉歎息之音如聞焉君子曰吾觀崔氏之享有以知禘嘗之義焉古者諸侯立五廟廟有鼎與樂有國之制侯伯有爵而無土廟有鼎彝有樂不克立五廟而立三廟不銘于鼎而銘于碑其銘曰

顥顥太師天孕鴻才恢張碩勳光照台階(一作輝衡台)惟昔奸宄蝕恩(一作飮息)犯順乘(一作當)時無虞區域(一作宇)駭震玄宗南廵功著巴岷肅宗戡復勳揚冊牘彌廓(銷一作殄)氛祲宣明日月於惟大帥誰將比烈爰自鼎司出鎮淮夷外有亂虜內有疑師欽和畏威遠邇來思於維太師爲國藩維功以藏

災勞以定國詳考祀典禮存廟食爰立寢廟不忘儉易卑不狹陋廣不踰制秏秏(一作𣯶𣯶漢鮑宣傳𣯶𣯶秏之思秏音沐謹愿貌)孝子愉愉其志齋莊慤誠庶物臻備俎豆斯設神將來暨歲時迭移霜露存至德流慶延昌庇後嗣(從爰自至此文粹無)

一作昔唐文粹

郭子儀家廟碑　顏真卿

昔申伯翰周降福於維岳仲父匡晉演慶於篯淮而猶見美詩人騰芳史冊豈比夫神明積高之壤百二懸隔之都三峰發地而削成九流浮天而噴激炳靈毓粹弈葉生賢括宇宙而稟和揔河山而蘊秀莫與京者其唯郭宗乎其先蓋出周之虢叔虢或爲郭因而氏焉代爲太原著姓漢

有光祿大夫廣意生孟儒爲馮翊太守子孫始自太原家焉後轉徙於華山之下故一族今爲華州鄭縣人夫其築臺見師蓬子致養家承金穴之貴政有露冕之高或哲或謀或肅或乂皆海有珠而鳥有鳳也閥閱之盛其流益光隋有金州司倉諱履球府君懋其德輝不憎下位克己復禮州邦化焉篤生唐京州司法諱昶府君能世其業以伸其道遠近宗之不隕厥問生美原縣主簿贈兵部尚書通府君清識徹照博綜群言始登王畿鬱有休稱道悠運促靡及貴仕垂于後昆沒而見尊是生我諱敬之府君幼而好仁長有全德身長八尺二寸行中絜矩聲如洪鍾河目電照虬鬚蝟蟝進退閑雅望之若神以仲由之政事兼翁

歸之文武始自涪州録事參軍轉瓜州司倉雍北府右果毅加游擊將軍申王府典軍金吾府折衝兼左衛長上原州別駕遷扶州刺史未上除左衛威左郎將兼監牧南使渭占二州刺史侍中牛仙客購君清節奏授綏州遷壽州累加中大夫策勳上柱國以天寶三載春正月十日遘疾終於京師常樂坊之私第春秋七十有八乾元三年春二月以公之實徹聞府儀同三司司徒兼中書令上（集無上字）柱國汾陽郡王曰子儀有大勳于王室乃下詔曰故中大夫壽州刺史郭敬之累君子之行毓達人之德才光文武政美中和生此大賢爲我良弼頃以孽胡作亂黔首罹殃朕於是纉興神武之師克掃攙搶之氣而子儀帥彼勁卒赫然先驅取京洛如拾遺剪齒殘猶振稿功存社稷澤潤生人是用寵洽哀榮義申存殁累追贈太保於戲府君體含弘之素履秉冲邈之高烈言必主於忠信行不違於直方清白爲吏者之師死生敦交友之分端一之操不以夷險槩（其作變）其懷堅明之姿不以雪霜易其令用情不間於疎遠泛愛莫遺於賤貧拳拳服膺終始靡二故所至則化所去見思人到于今稱之斯不朽矣傳曰盛德必百代祀其有後也宜哉恭惟令公先皇之佐命臣也少而美秀長而瓌儒姿性質直天然孝弟寬然無比騎射絕倫所蒞以清白見稱居常以經濟自命弱冠以邦鄉之賦驟膺將帥之舉四擢高第有聲前朝三爲將軍再守大郡累典兵要必

聞休績天寶末安祿山反於范陽令公以節度使擁朔方衆圖高秀嚴（唐書作巖）於雲中破史思明於嘉山先皇（集無皇字）帝之幸朔方赴行在于靈武擊尚羅於河曲走崔乾祐于蒲坂今上之爲元帥也首副旄鉞會廻紇於扶風摧兇寇於汶水追餘孽於陝服長驅河洛弼成厤圖再造生靈克清天步乂函夏之未乂安天下之未安一年之閒區宇大定丕休哉徒覩其元和降精閒氣生德感星辰而作輔應期運以濟時忠於國而孝於家威可畏而儀可象盛德繫物寬身厚下用人由已從善如流沉謀秘於鬼神精義貫於天地推赤誠而許國冒白刃以率先霆擊於雷雨之初鷹揚乎廟堂之上九二歷卅司兩升都座四作元帥九年中

書歷事二聖厥德維懋易相二十而受遇益深蓋尅復上都若再戡定東京者一其餘隳城衛邑得隽摧鋒亦非遽數之所周也信可謂王國之虓虎生人之廕庥者歟非太保之邁種不孤則何以鍾羡若是况乎亥于著睦贊龍虎者十人貽厥有光紆青紫者八九勳庸畢集今古莫儔皆奮號尊榮紅粟綠霑於萬石惲家全盛朱輪不出於十人繇我觀之事不侔焉於是乎清廟之典所以仁祖考鴻伐之刻亦以埀子孫爰刱制於舊居將求圖而覩德中堂有侐丕搆克崇感霜露而怵惕以增敘昭穆而敬恭斯在庶乎觀盥顒若既無斁於永懷入室僾然必有覿乎其位哀榮既極情禮用申仁人之所及遠哉孝子之事親終矣豈

唯溫溫孔父遠稱讒鼎之銘穆穆魯侯獨美龍旂之祀其詞曰郭之皇祖肇之號士逮乎後昆實守左輔徙華陰兮源長流光施于司倉京州兵部克熾而昌載德深兮篤生太保允懋厥道神之聽之永錫難老式如金兮於穆令公汾陽啓封文經武緯訓徒彼空簡帝心兮含一不二格于天地愷悌君子邦之攸塈昭德音兮芝馥蘭芳羽儀公堂子子孫孫爲龍爲光鏘璆琳兮乃立新廟肅雍允卲神保是聽孝思孔昭亶居歆兮乃立高碑盛德美皷（章移之皷二切多也或作致非）日月有既徽猷永埀映來今兮

河陽軍節度使烏公先廟碑　韓愈

元和五年天子曰（文粹作以）盧從史始立議用師于恒乃陰與寇連奔譔兇驕出不遜之（集本文粹無之字）言其執以來其四月中貴人承璀郎誘而縛之其下皆甲以出操兵趨譁牙門都將烏公重胤當軍門叱曰天子有命從者（文粹無者字）有賞敢違者誅（二本作斬）於是士皆斂兵還營卒致從使京師壬辰詔用烏公爲銀青光祿大夫河陽軍節度使兼御史大夫封張掖郡開國公居三年河陽稱治詔贈其父工部尚書其以享廟（四字二本作且日以其廟享）即以其年營廟于京師崇化里軍佐竊議曰先公既位常伯而先夫人無加命號名差卑於配不宜語聞詔贈先夫人劉氏沛國太夫人八年八月廟成三室同宇祀自左領府君而下作主于第乙巳升于廟烏氏著于（集作於）春秋譜於世本列於姓苑在莒者存在

齊者（文粹無者字）有餘有（文粹無有字）支鳴皆爲大夫秦有獲爲大官其後世之江南者家鄱陽縣處於（二本無於字）北者家張掖或入夷狄爲君長唐初察爲左武衛大將軍實張掖人其子曰令望爲左領軍衛大將軍孫曰蒙爲中郎將軍是生贈尚書諱承洽字某（新唐書作承玼字重潤）烏氏自莒齊秦大夫已（二本作以）來皆以才力顯及武德以來始以武功爲名將軍（二本作家）開元中尚書管平盧先鋒軍屬（二本作婁）破奚契丹從戰捺祿走可汗渤海上（文粹作走可突于渤海上韓文舉正云許孟容烏承玼碑作可突干又云渤海乃武藝也李邴本作渤海擾海上諸本脫擾海二字）至馬都山吏民逃死（二本作徙）失業尚書領所部兵塞其道塹原累石綿四百里深高皆三丈寇不得進民還其居歲罷運餞（二本無此字）三千萬餘貫黑水

室帑以騎五千來屬麾下邊威益振（二本無此字）張其後與耿
仁智謀說史思明降思明復叛尚書與兄承恩謀殺之事
發族夷尚書獨走免李光弼嘉之（二本作以聞）詔拜寇軍將軍
守右威衞將軍檢校殿中監封昌化郡王右領軍使積粟
厲兵出入耕戰以疾去職貞元十一年二月丁巳薨于華
陰告平里年若干既（集作即）葬於其地二子大夫爲長子（集本無此字）
季曰重元爲其官銘曰
烏氏在唐有家於初左領右衞（集作左武右領）二祖紹居中郎少
卑屬于尚書不償其劾（二本作勢）乃相大夫授我戎節制有疆
墟數備禮登（二本作備禮登壇）以有宗廟作廟天都以致其孝左
祖右孫（二本作右祖左宗）爰饗其報云誰無子其有（集作孰其）無孫克

（文粹作先）對無羞乃維有人念昔（文粹作昔命）平盧爲艱爲瘁大夫
承之危不弃義四方其平士有息息來覲來齋以饋黍稷

文苑英華卷第八百八十

文苑英華卷第八百八十一　　碑三十八

家廟二

馬公家廟碑　李宗閔

元和十五年夏六月有詔天平軍節度使檢校禮部尚書
兼鄆州刺史御史大夫扶風縣開國伯馬公作三廟於京
師秋九月新廟成冬十月有一日命公母弟推攝祭行陞
祔之禮既卒事推率其族人耋老相與言曰馬氏之先以
功名顯於周漢之際下魏晉氏族世寢衰今公起自窮身
遂爲方伯克有宗廟勤亦至矣願得銘之於石以示後人

俾其無忘艱難而世世享祀不絶其亦可乎咸以爲然公
名物字會元扶風茂陵人也昔舜伯益掌上下草木鳥獸
歷夏殷周世不失職其後造父事穆王有勞賜之趙城氏
後七世至叔帶去周適晉事文侯後三世生夙爲晉王卿
遂專國事後八世與韓魏三分晉地建國稱王後五世趙
之公族有名奢者將趙有功封馬服君其子孫因別爲馬
氏自奢七世至通爲漢武帝侍中以二千石始自邯鄲徙
茂陵於是屬方（疑作右）扶風故號扶風馬氏在三國時多仕
於蜀更宋至宇文周連連有人公之五代祖曰士儒爲隋
江亳二州刺史亳州生伯達入唐舉進士爲懷河内尉樂
黃老長生之說棄官從孫思邈遊隱于茅山河内生頠舉

進士又舉八科士於高宗天后朝爲御史尚書兵部郎屬
天下羅織熾起以不謟皇族罪用失其官已而歎曰吾雖
不逢吾子孫宜有達者兵部生光粹五歲而能詩舉進士
爲滎陽令功化甚美縣人傳之滎陽生皇考謞依年十歲
則受左氏春秋日記萬言後方以經明行高歷仕諸侯由
檢校尚書職方郎中爲吉州刺史治行卓尤升聞于朝進
褒州名加賜命服竟以官卒公既孤追念世業以爲五代
祖有文才仕隋官不過群吏高祖父懷至道曾王父有陰
德欝積而未發王父皇考惠澤在人而皆存不議於朝歿
而祭於寢重祥累慶其不在玆乎乃刻心自脩以道迎天
之休學明德成名聲四聞於諸侯辟書交至公又言曰古

之貧無以祭必求仁者之粟然則不以其道雖日用三牲
不如魚菽之爲絜也故在滑與中貴人迕在閩不協於柳
冕以是濵于死而厄窮十年公亦不悔憲宗即位知公之
賢追刺泉虔二州以御史中丞都護日南以國子祭酒觀
察於桂以徙升御史大夫師于百越徵拜尚書刑部侍郎
尋副丞相晉公討淮西淮西平遂代晉公鎮其地加工部
尚書治蔡州居一年蔡人和且寧遷于許州而并有殷蔡
朝京師留拜禮部尚書華州刺史而爲鎮國軍元和十四
年齊寇始誅朝廷以其地廣人衆易生撓動折其都府别
爲一道而分曹濮之田以益之命爲師齊人之不廷于今
六十年民窮而無告兵驕而好亂公至則布以誠信示之

法式纖悉而不苟寛柔而有威居一年人盡安田益闢三
軍百吏上下有節上聞之進封扶風伯加銀青光禄大夫
復追贈王父爲尚書工部郎中祖母常氏爲扶風郡太夫
人封皇考爲兵部尚書母鄭氏爲滎陽郡太夫人以褒寵
之命立三廟備致祭以告成功嗚呼人之富貴顯榮以祀
其先祖世多有之如公之起不失政終始如其志者斯亦
難矣得不謂之大孝乎明著後世可以無愧銘曰
今皇帝即位六月東藩臣愬使使者上言有司以臣名數
謬登禮當廟祠皇帝曰昔我憲考聰明聖武兵衛四出掃
定郡邑愛敬忠良爲民父母實命汝愬作藩于東始平淮
亂遂撫鄆封庇二邦仍世不虔民痛無告卒驕而頑苞奸

窺隙以萬以千汝來尸之莫不順然朕初即位汝適報政
疇汝爵邑書于功令愬拜稽首敢亂疑休命皇帝曰咨無
汝私蔡人不襲汝則治之齊人不安汝則綏之勤亦至矣
而賞何卑命汝爲伯即封於岐愬拜稽首非臣之力陛下
先臣實有明德臣家其慶幸以守職皇帝曰咨我今有詔
追榮爾先以昭爾孝啓爾土宇錫爾宗廟愬拜稽首死無
以報乃命季推作廟京師由門及堂不偪不僭礱楹刻桷
秩秩施施是卜是擇仲月吉日三廟之主第升于室登降
享獻夔夔齊慄公猶居外推奉以行克薦誠敬如公在廷
神祇安樂福禄來并維公之典益自諸生維艱維難乃克
有成咨如汝疑作後嗣無忘此銘

相國崔群家廟碑　牛僧孺

憲宗紀元十四年詔右相中書侍郎平章事清河公群立家廟于長安崇業里廟三室粵五月二十二日天子命以羊一豕一助奠太常出博士一人相禮儀即日加贈烈考金部公尚書左僕射極顯親之榮錫教忠也先是丞相清河公諏日卜牲致齋盥洗朝服立於阼階之東司儀告辨宗祝讚事奉贈鄭州刺史府君神主祔於第一室夫人樂平郡太夫人王氏配座室曰皇考廟奉懷州刺史贈太子少師一作今贈司空府君神主祔于第二室夫人魏國太夫人李氏配座室曰王考廟奉今贈太尉府君神主祔於第三室夫人齊國太夫人盧氏晉國太夫人王氏配座室曰考廟

始迎嚴嚴卒事兢凌俛興衎於愉愉勿勿瞻虔俯慕肹蠁交格逮闇質明禮旣勿遠君子於是觀卿大夫之孝而知周德之所在矣廟第一室曰鄭州公諱湛字湛然以德門清閥冠當代之疑作以弘度茂質儀搢紳以全用具業識文武釋褐常州武進縣主簿累選潁川滎陽二長史動必中禮遷必以肅治官將私皦皦矩矩歲終上能宰相啓公爲壽州刺史未被詔而公捐館爲有德者之所哀痛第二室曰懷州公諱朝字守唐書世系表作懃忠即鄭州公第二子也純粹凝秀發爲菁華臨蒞不耀舉適大當蜀天寶羯起虎臣扞難盱得士爲勇蒻公以辟三府由試大理寺直攝監察御史四遷檢校倉部郎中兼侍御史知鄭潁兩州節度使觀察留後錄刺史事時副元帥梁國公抱玉以全師軍岐下餼饋廩食悉責於公急須草草一呼三索應卒尤翔了辦綽綽移試國子司業兼懷州刺史內殿召問賜金紫寵之以基址大用未幾改檢校左庶子充河西隴右糧料使是以志將疇謀陟岵以不及致詔恩重此露前能優贈秘書監大夫家風行孝具於貞元中右相司徒滎陽鄭公餘慶神道碑文第三室曰贈太尉公諱積字實方懷州公之嗣子也善一作書史書五言詩爲文而敏政建中年德宗狩梁漢九州歲貢瑟縮不集上在巡責賦稅急租庸包大夫表公嘗從二府事澄磨剖劇以斬斬於當時累請公以秘書丞殿中侍御史爲判官居廣陵楊子運江南以超行在

公號憂國厄晡旦自力蹄馳檝飛職貢填路寇平謝免脩然脫屣雖蹤希象外而功行軆灼爲時湏速遂適無容矣三遷檢校金部郎中司自陝以東水陸運會其年失仲弟哀踰於禮遂嬰疾不起其後寵章七告身自司徒公冊贈太尉至於初終容行具於舊相令太常趙郡李公絳神道碑文夫以鄭州之厚仁懷州之器業金部之忠孝三良百行施豈無集元和年清河公竟以全德文武恭忠溫直憲宗外綏華戎內接萬機條綱品例疎貫折折不質不要天下瞻信立言者幟疑作識丞相之輔理而知三廟之遺愸遠矣古者道施於仁則鏤於鍾彝書於簡編其或行浮而實未稱者史氏闕逆乃必噫哀於諡誄發輝於文辭寄金石

存景行以備紀事者以之𠀤備揀今清河公禎祥聖代庸跡
焯闡推始反本以崇宗祧(俎)兆方豐非一中於度牲牷豆隼
無有缺時春秋禘嘗盡忠盡敬循以丕烈耿光未克篆鐫
泣奉家老狀請隴西牛僧孺傳而誄之銘曰
昭昭成廟櫨松桷栢斲之礱之謹古不飾二門耽耽瞻東
應南周匝壖垣庭植冬陰三室峙崙肅棫嚴深濟濟孝孫
以時饗之籩簋豆邁既具而宜恪恭聲聞如見如疑明德
馨香百福已來厥初大風胥太之遺支胤茂秩累累而賢
榮陽之仁河內之才太尉植行將關以先册元感靈乃儀
鳳凰丞相厥生輔我唐章忠孝懋宣興時太平耀榮祖宗
以尊顯親既祭則禮(一作祖)以敬如(一作加)存牲牢具肥祝史

賛神宗婦宗工整整平平祉祚之傳若火移薪於萬斯年
爰有記云

代郡開國公王涯家廟碑(文粹作興元節度使王公先廟碑)

唐制五等有爵服而無山川登于三事得立四廟備物崇
祀以交神明敬先報本以輔孝治有國之令典也惟長慶
三年前相國王涯(集粹作公)始卜廟於西京崇業里公時鎮劒
南東川上章曰臣涯官秩印綬品俱第三請如式以奉宗
廟制曰可是歲仲冬申命長男孟堅祔其主于三室明年
公入爲御史大夫復以十一月躬行蒸祭閱歲公出梁州
就拜司空禮崇典數廟加常祀(文粹作祀室)大和二年增新室
既成祔顯考于宗(二本作)位告饗由禮觀之者以爲世程第
一室曰上儀同幽(集作幽)州別駕府君諱元(文粹作光)政以妣傅
陵崔氏配第二室曰湖州安吉縣令贈尚書刑部員外郎
府君諱實以妣贈扶風縣太君馬氏配第三室曰朝散大
夫青州司馬贈戶部侍郎府君諱祚以妣贈武威郡太夫
人賈氏配第四室曰溫州刺史贈太尉府君諱晃(二本作晃)以
妣贈魯國太夫人傅陵崔氏配初周靈王太子晉遇浮丘
公化爲神稱時人號曰王家其後遂以命氏顯於秦者王
(文粹作日)翦三世將秦師子孫分居晉代間東漢有微君霸霸
孫甲亦號微君徙居祁縣爲著姓故至于今爲太原人自
漢涉魏益以熾昌凡十葉至後魏度支尚書廣陽侯冏廣
陽有二子神念神感神念南奔梁神感北仕齊惟儀同府

君廣陽侯五代孫也唐興于太原實從義旗佐成王業故
有開府儀同之寵惟刑部府君以功臣子理二邑不躋貴
仕故有錫羨後大之祥惟戶部府君幼孤以孝聞於鄉曲
未冠以文售於(文粹作于)有司由前進士補延州臨安縣主簿
會詔徵賢良策在甲科授瀛州饒陽尉歲滿遷渭南尉天
后在神都而東畿差重遂由渭南轉河陽適逢建萬像神
宮甸內吏分董其役因上書切諫跡是名益聞開元初以
大理司直馳軺車聯讞大獄閩禺朔漢(文粹作漢)所至(文粹作至止)
決平早以纍棘傷生晚成劉懿樂就夷曠故不至大官惟
大尉府君生於治平時以文學自奮年十有五貢然從秋
賦明年春升名于司徒又一年玄宗御層樓發德音懸文

詞政術科以置髦士府君策最高授太常寺太祝未幾復
以能通道德南華冲虛三真經進盩屋尉天寶中歷左(文粹
作右)拾遺左補闕禮部司駕二外郎屬幽陵亂華連(二本作遺)兵
南服因佐閩粵改檢校比部郎中行軍司馬時中原甫寧
江南爲吉地二千石多用名德乃以府君牧温州朝廷虛
公卿以俟高第及聞永嘉人輟春罷社薦(集作播)紳間以不
淑相吊焉雖位負于道而邁德垂矩後之人得以續祚丕
揚之其儲休啓祐有自云爾生三子皆聰明絶人長曰沼
以神童仕至檢校禮部郎中次曰絜以奇(集作某)文仕至國
子祭酒今代郡公實季子也早在文仕籍射策連中咸世
其家貞元中德宗聞其名自藍田尉召入禁中視草厥後

三典書命再參内廷憲宗器之付以國柄翊賛有道雖冊
免常居大僚今年自梁州請覲上思用舊臣爲羽儀遂領
大常其公府如故以一心事六君顯官重務靡不揚歷且
夫起諸生至三公而心愈畢道益廣出授黃鉞以臨(集注作伯)
諸侯入服華章以謁家廟追崇極大位血食備多室享全
禜而奉詔薦嗚呼公侯之孝歟宜書廟器以視橋公之三
鼎其辭曰
閟宇神庭邃清而嚴上公之儀四室耽耽犧以絜牲粢以
大糦交神尚敬合饗尚氣子姪宗工駿奔奉事副笄偐袂
儼恪居次孝孫兢兢執爵而升以祼以擩(文粹作濯)以伏以典
水陸具來羶薌畢登列于圜方其氣增增乃初蒸嘗(二本作乃

禴嘗)乃敬而追遠二昭二穆孝以尊本瞻瞻几幄蹐蹐堂闈
禮成起慕涕落玄衮濡露踐霜誰無永懷不如達者哀與
禜偕逢時奮庸誰不得位不如仁人以道爲貴惟公之達
兮名以顯親惟公之仁兮德以潔身六朝之清臣一代之
全人宜其世家冀亮(二本作冀冀)振振罔不恭肅(集作肅祗)祗于廟
門(集作于廟之門)

文苑英華卷第八百八十一

文苑英華卷第八百八十二　碑三十九

家廟三

東都留守令狐楚家廟碑　劉禹錫

今上元年七月十三日汴州刺史宣武軍節度副大使知檢校禮部尚書兼御史大夫上柱國彭陽縣開國伯令狐公西嚮拜章上言守臣楚蒙被恩澤列爲元侯得立家廟以奉常祀制書下其奏于有司於是善相考祥得地于(集作)於京師通濟里居無何新廟成公以守藩故申命季弟監察御史定卜牲練日越八月丁亥祔享三室堷墉以尚幽設幄以迎精禮無尤遠神用寧謚第一室曰泰州上邽縣尉諱濬以妣太原王氏配第二室曰綿州昌明縣令贈吏部尚書諱崇亮以妣贈太原郡夫人河東柳氏配第三室曰太原府功曹叅軍贈司空(二字集作太子太保)諱丞(集作承)簡以妣贈魏國太夫人冨春孫氏配明年十月公由浚郊以介圭入覲直拜户部尚書進爵爲侯既辭戎旃(集作旗)得以列侯謁三廟是歲南至上不視朝又得以展時祭先期致齋栗然以敬既齋盡志歆然永思奉其百順陳以具物始躋而虔恭終獻而沈瀾既卒事顧麗牲之石宜有刊紀乃俾家老授其牒于所知云令狐晉邑也晉大夫魏顆以輔氏之功始封焉其易名曰文國語所謂令狐文子是也(一作已)其先周文王之昭畢公高之裔畢萬爲晉卿始封于魏自萬至顆蓋四世其後三十七世藍田侯虬仕拓跋魏爲燉煌郡太守子孫因家遂占數爲郡人藍田之孫熙在隋爲納言惟上邽府君納言之玄孫道克肖而位不至惟尚書府君西州之右族光未耀而德已基惟司空(集作太保)府君志爲君子之儒以明經(文粹作經學)居上第調補陽安縣主簿歷正平縣尉汾州司法叅軍陝西大都督府兵曹終于太原府首掾始以顓經進既仕旁通百家愛(集作愛非)穀梁子清而婉左丘明國語辨而工司馬遷史記文而不華咸手筆朱墨究其微旨愷悌以肥家信誼以急人德充齒耋獨享天爵故休祐(集作祜)集于身後徽章流乎佳城凡以子貴丞(集作承)澤降命書告第者始贈尚書祠部郎中再贈禮部尚書三加右僕射四進太保五爲上公(八字集作四字令稱)先夫人亦四從封客印纍纍邦族聳慕生三子皆才彭陽公爲嗣次子從端實肅給令爲檢校膳部郎中叅河東軍事季子前所謂監察御史令主柱下方書温敏而有文綽綽然真令兄弟惟彭陽公以才名翰飛叅侍從(八字集作以詞筆取升名班叅侍從)由傳士主尚書牋奏典内外書命遂登樞衡言文章者以爲冠擁節總戎率身知(集作和是)衆留于盟津變風于浚都言方畧者以爲能夫浚師嘵嗜難治乘亹竊發寖成習俗莅政(一作本政)

五載飲和華心東馬來朝憑熊集作熊羆文粹作人皆隕涕問公還期觴必祝之留爲常伯旋命居守汴人聞公之東近而愈集作命懷勰瞿集作勰勰瞿瞿盡文粹作感西其首言遺愛者可紀焉貴而率禮老而能慕怵惕乎霜露齊莊乎廟祧睦其仲季施及鄉黨言孝悌者歸厚焉勒銘于碑以代夷文粹作彝鼎銘

曰

巳孤之孝莫如備物顯彼二本作顯新廟四阿三室時維仲月卜用柔日酘醴苾芬牲牷慱文粹作肥腯籩籩在堂蕭膋在庭孝孫蒸蒸躬文粹作恭若捧盈低簪委紳薦俎登鉶肹蠁交感流涕集作涕流緣纓禮以備儀誠以致美祖考來格錫之休集作丕祉工祝告記退循軒所乃授風人作詩以紀徜歟彭陽

之寵光佐憲皇穆集作王非西省東臺迭爲侍郎國之大柄集作政咨爾平章敬宗凝旒俾鎮雍丘入爲地官今集作令守東周彭陽之忠厚宜介福以壽東郊既釐可復朝右綿綿其冑系于周舊由我顯起必昌其後大和紀元作廟之首刻碑廟門龍集己酉

天平軍節度使殷公家廟碑　馮宿

能樹休動著茂功豊人爵列天秩焜耀當代㧝張其門者幾何人哉不有營繕乎先宗廟而後宮室不有禋祀乎愴春秋而感霜露太和甲寅歲天平軍節度使檢校尚書右僕射陳郡殷公侑建家廟于京師永平里之東北隅禮也前此表陳其請詔報曰俞勿亟成功度思來格於是乎討獻尸奠盎之茂典徵以蘋蘩浴蘭之通制冬十有一月辛亥奉工部衛尉騎省三府君李氏周氏劉氏三太夫人神主克祔于其室自西徂東靡陋靡豐守經據古處約爲恭

追惟我氏之權輿二十一代祖封在東漢桓靈間爲諫議大夫出冀州刺史避黨錮棄官挈家屬南渡江棲於曲阿邁德流芳或隱或顯槃于家牒播于人聞十九代至工部府君諱楷字文絢一作詢高宗朝四岳舉高第釋褐拜雍州新豐尉累遷大理丞天授中以議獄平反爲酷吏所陷貶台州永寧丞今上太和八年七月詔追贈工部侍郎衛尉府君諱玄覺字元明十八明經出身以工部府君處明夷之時持法不撓謫居而歿未歸舊阡茹荼調選求爲寧海

尉既克營護祔于先兆遂大布之衣終身不言祿與工部府君同日追贈衛尉少卿騎省府君諱懌字易從少負志氣博學善屬文弱冠遊太學籍甚於公卿間天寶末知天下將亂乃捉槖東歸侍太夫人版輿徙居吳郡吳中士大夫得從府君遊者鄉黨以爲榮本道採訪使李希言辟爲從事奏授試崑山尉浙東節度使薛兼訓請爲謀奏授試右衛兵曹參軍並不就事具今東川節度禮部尚書楊嗣復府君神道碑元和至寶歷中累追贈左散騎常侍於戲三君皆位不允疑作克量道屯於時贈典累錫覃恩逮及天其或者將厥後必有達人疇庸纘服在於茲者不然何陳郡公之龐鴻魁梧磊砢昭彰若此陳郡公大度宏略自誠

而明垂髫而早聞立志負笈而見賞先達佐軺軒不辱於
絶域弄禮闈有聲於奉常爾其起草彌綸剖符愷悌五諫
之弘益十連之勞徠徵拜名卿出乘元戎奮餓夫爲齊氓
化亂邦爲善部襁負始至壺漿遽迎錫命就加璽書亟降
時以爲賀公以爲憂桂人洪人滄人鄆人既尸祝之又謳
歌之異日鄭伯來朝韓侯入覲執圭有委蛇之狀捧俎申
洞屬之容揚名立身養親繼孝賢臣之懿畜彰矣君子之
能事畢矣夫碑之於神道者懸空（疑作窆）所用碑之於廟門
者麗牲所資先祖無美而稱之之爲（一作謂）誣先祖有美而
不稱之之謂不明古之人銘其功烈於鼎今人銘其德善
於碑若然則轉石他山搜詞直筆垂攸久於刊刻託堅剛

以居諸皷音無窮鍾慶不匱書在是已其銘曰
帝里西偏天街右方三室兩廂克建（一作搆）斯堂於惟浸昌
云誰經之鄆侯殷君云誰處之祖烈宗文藹然清芬揚名
顯親教孝申敬是爲率德可以觀政莫之與盛比時備物
追遠復始無遺享嘗兹用受祉固在元祀祝嘏言具粢盛
既飭罔絶敬齊如聞歎息有典有則順考前典聿脩明禋
事死猶生爲能饗親爰奉爰尊於惟皇祖恃法不回酷吏
所擠竟孤其才僉曰哀哉穆穆王父天鍾孝德啜泣封樹
歸全兆域報日罔極徛那先子超度名輩遠圖中輟貽慶
後代玄鑒不昧否道既傾復迷非遠奉烝如在欽若報本
飛章瀝懇秉越有虔于城嶷然求懷悽愴長薦吉蠲於斯

萬年

淮南節度使檢校尚書右僕射趙郡李公家廟碑

白居易

王建侯侯建廟廟有器器有銘所以論譔先德明著後代
或書于鼎或文於碑古今之通制也維開成某年某月某
日宣武軍御史節度使檢校尚書右僕射汴州刺史上柱
國賜紫金魚袋趙郡李公齋沐祇栗拜章上言請立先廟
以奉常祀於是得請于天子承式于有司是歲某月某日
經始於東都明年某月某日有事于新廟外盡其物內盡
其志三獻百順神格禮成其友居易以李氏南祖（唐宰相世系表
李乃趙郡李氏有南祖西祖東祖集作宗廟非）世家名爵與僕射志行官業書于

麗牲之碑謹按家牒九代祖善權後魏譙郡守八代祖延
觀徐梁二州刺史七代祖續馬頭太守六代祖顯達隋潁
州刺史五代祖遷皇朝宜穀二州別駕贈德州刺史高祖
季（集粹作孝）卿右散騎常侍贈德（集粹作鄧）州刺史曾祖府君諱敬
玄總章儀鳳間歷吏部尚書侍郎同中書門下三品中書
令弘文館太學士監脩國史封趙國公謚曰文憲才智職
業載國史令祭于第一室以妣荊（集作蒯非）國夫人范陽盧氏
配焉王父府君諱守一屬世難家故不求聞達避榮樂道
與時浮沉終成都府郫縣令今祭于第二室以妣滎陽夫
人鄭氏配焉先考府君諱晤（集作悟非）歷金壇烏程晉陵三縣
令府君爲人篤於家行飾以吏事動有常度居無惰容所

莅之邑有善政辭滿之日多遺愛不登貴仕其命矣夫祭
于第三室以先妣上谷夫人范陽盧氏配焉府君累贈至
尚書右僕射夫人累贈至上谷郡太夫人前後凡三追命
六告身(二本作第)渥澤疊洽自葉流根從子貴也郫縣洎晉陵
府君咸善積于躬道屈于位儲祉流慶而僕射生焉僕射
名紳字公垂六歲丁晉陵府君憂孺慕號踊如成人禮九
歲終制孝養上谷太夫人年雖幼承順無違家雖貧甘旨
無闕侍親之疾冠帶不解者三載餘可知也執親之喪水
漿不入口者五日餘可知也先是祖考妣(晉陵府君前娶夫人裴氏無子早卒)
洎叔父兄妹之殯咸未歸祔各隅(集作奧)一方公在斬衰
中親護九喪匍匐萬里及期喪事禮無闕遺至誠(文粹作誠)感

神有靈鳥瑞芝之應事動鄉里名聞公卿言孝友者以為
表率憲宗嗣統三年李錡盜據京口公寓居無錫擢第東
歸錡聞公名署職引用初詢以謀畫結舌不對次強以章
檄絕筆不書誘之以厚利不從迫之以淫刑不動將僇辱
者數四就幽囚者七旬誠質神明有死無二言名節者以
為準程朝廷嘉之拜右拾遺歲餘穆宗知公忠孝文行召
入翰林特授司封員外郎知制誥遷中書舍人承旨前滕
(二本作承顏色滕)知無不言獻替啓沃如石投水俄拜御史中丞
戶部侍郎既而望屬台衡朝當晏駕時移世變遂出掾高
要佐潯陽旋為滁壽二州刺史大凡公之為政也應用無
方所居必化卧理二郡以去害為先故有盜奔獸伏(集作依)

之感廉察浙右以分憂為功故有卹隣活殍之惠尹正河
洛以革弊為急故有摘奸抉蠹之威文宗知公全才知(文粹作以)
汴難理乃授鈇鉞俾鎮綏之初宣武師人驕強很悍狃
亂徼利積習生常公既下車盡知情偽刑賞信惠合以為
用一年而下懲勸二年而下服畏三年而下恥格肅然丕
變薰然太和撫之五年人俗歸厚至於捍大患禦大災却
飛蝗遏暴水致歲於豐稔免人於墊溺噫微公之力汴之
民其為殍乎其為魚乎殊績尤課不可具舉天下征鎮淮
海為大非公作師不足以長束諸侯制加銀青光祿大夫
揚州刺史淮南諸州(二本作道)節度觀察等使餘如故詔下之
日出次於外軍門不擊柝里巷無吠犬從容五日按節而

東百姓三軍挈壺漿捧簞醪遮道攀餞者動以萬輩皆嗚
咽流涕如嬰兒之別慈母焉噫若非襦袴之惠及其幼鷄
豚之養及其老又推赤心置人腹中者則安能化暴戾之
俗一至於此乎西人泣送東人歌逆(二本作迎)梁楚千里風變
化移膏雨景星所至蒙福于時開成會昌之際上方致理
公未登庸顒顒蒼生還(二本作還)望而已盛矣哉大丈夫生於
世也以忠貞奉于君以義利惠乎人以徽冕貴乎身以宗
廟顯乎親以孝敬交乎神宜其荷百祿輔一德為有唐之
宗臣者歟君子謂李氏之廟也休哉公之祭也順哉然日
有孫如此有子如此可謂孝矣故其碑銘曰(二本作云)
祭祀從貴爵士(二本作士)有秩諸侯之廟一宮三室皇皇西室

皇祖中書曾二本作孝孫追遠昭穆有初顯顯中室王父卿令順孫祗享盡愨文粹作孝盡敬肅肅東室先考晉陵嗣子奉薦孝思蒸蒸嗣子其誰僕射公垂公垂翼翼齊嚴諒直爲子爲臣有典有則載膺休命載踐右職以孝肥家以忠報二本作肥國乃授侯伯纛鉞旂戟乃饗祖禰牲牢黍稷家聲振耀國典裦飾六命徽章三世血食光大遺訓顯揚先德子孫承之垂裕無極

文苑英華卷第八百八十二

文苑英華卷第八百八十三

碑四十　神道一

將相一此下七卷英華所編失作者先後今正之

太子少傅蘇瓌神道碑一首

贈太尉裴神檢神道碑一首

太子少傅蘇瓌神道碑

盧藏用序　張說銘

維唐景雲元年歲在庚戌十一月己巳太子少傅許國蘇公薨于崇仁里之私第春秋七十有二嗚呼哀哉一無此二字粤明年三月己酉制葬我公于武功之先塋禮也公諱瓌字昌容京兆武功人也其先出自帝高陽厥胤曰黎實勤火正建昆吾之子始封於蘇以國受氏公其後也暨漢平陵侯子侍中嘉魏侍中則晉尚書遜聰華國圖代載明德

公高祖周度支尚書封國公諱綽立言成務垂法後王言曾祖隋尚書僕射開府儀同三司雍州牧諱威嘉謨成績懿于當代大父隋尚書職方郎中鴻臚卿諱夔理綜群品識覃衆妙烈考秘書丞沁台二州刺史追贈岐州刺史遊藝聚學素風不隕一作隤公系上聖之遐緒鍾盛德之衆茂資元和以體仁稟清明以成美初孩而孤稟絳郡夫人之慈訓幼而岐嶷聰敏冠常始讀山棲志一覽便誦及長博通經史尤善屬詞年十八進士高第補寧州叅軍轉恒州司法丁絳郡夫人憂自中出涉寒從至京兆哭不絕聲性以禮全形以哀瘠左庶子張大安以孝悌上聞服闋拜恭陵丞轉相王府録事王改封豫官上小遺府上帝即拜朝散

大夫尚書水部員外郎未幾兼侍御史淮南廉按俄轉夏官員外郎兼官尹丞歷水部祠部郎中兼判司禮事以親聯出爲朗州刺史轉歙州刺史武興令檢校冀州刺史累遷汾鼎同汴楊陝以累最入爲尚書又拜右丞加銀青光禄大夫遷尚書左丞户部尚書又拜侍中京師留守兼理究滯車駕還京持節河北安撫加金紫光禄大夫轉吏部尚書東都留守尋追還守本職尋拜尚書右僕射同中書門下三品封許國公脩國史今上踐祚拜尚書左僕射優抗詞乞骸優答不許拜太子少傅公長子頲歷給事中中書舍人嘗與公聯侍紫墀接機黄閣前後之拜近古未有公體道貞固立志（一作心）簡直多識前言遍詳舊事自周隋

損益家牒可紀公則紹之罔不畢綜故閨門之内孝悌成則朋友之間忠信克舉其在參佐也婉孌柔嘉醜夷不爭其事藩邸也從容諷議賓僚是仰四爲郎而彌綸之功布于省闥九爲牧而循良之績著于州郡周旋二轄焯耀文昌廻翔兩宫耀鑠巖廟版圖國之信而五教在寬冢宰人之紀而九流式叙左右端揆盡訏謨之畧東西掖闡備忠讜之美德逾盛而心益下位彌大而行益恭用能高而不危長守富貴考父三命謙光數朝平仲一心中乎累聖非至德淑慎疇至此哉夫其仁恕篤密清廉簡惠躬儉約以自持蹈名教以撫物禄以周給不積於家財以睦親必均於衆故義廣而私謁之途阻名揚而兼濟之道宣兹亦叔

敖之賢國僑之懿也幾深通志精晤默識然文以廢跡（一作實）靡絢其華學以辨微固伸於己故始終機揆舉無遺策斯文子房之智孔明之能也造膝沃心務存匡救引過稱善不近於名故聲聞於天而口無擇績宣于事而心罔專蓋叔子之仁孔子之慎也兼斯衆善以享明德方將三階載理兩宫更曜天命不祐奄忽遷殂朝喪其楨人隕所戴天子悼焉臨遣大府卿李從遠策書吊祭輟朝三日有司備禮發哀追贈司空荆州大都督賻絹八百段米粟八百石凶事葬事並官給賜東園秘器大鴻臚卿監護官爲立碑皇太子别次發哀遣洗馬吊祭賻物二百段羲和擇日太常考行朱旂載路班劒啓行哀榮之禮備矣諸侯之孝

終矣公家代尚儉載在縑竹是（疑作其）生也門無主賓堂無客其終也塋無封樹隧無碑表大漸之始遺令遵行頲等泣血受命罔有踰越雖逼朝旨不旌墳壙建碑于塋北一十五里故文藝之行經緯之迹雖備于國章布在人口懼違先訓皆略而不書中書侍郎同中書門下平章事范陽張公雅俗之鎮具瞻令德文章之椎談者爲楷偉公道德之首徽猷可行刊石紀頌穆如清風頌曰（一作其詞曰）斤斤蘇公正體（張集作體正）含道稟靈淳粹爲唐元老忠以衛主孝以立身文以經國惠以安人司牧九郡九郡爰靜平章百工百工爰整千載典憲三朝綱領上纂先人五代相國下垂餘慶七子令德帝謂庭碩伊公是似（一作以非）揆侍王

墀序拜金阤聯華疊潤佐我天子於戲彼蒼國榦云亡地頹五嶽天拆三公備禮詔葬群官會喪掌史司德刊銘路傍

贈太尉裴行儉神道碑　張說

星辰玄(集作懸)象所以殷時布氣然而行不言之道者天也文武用才所以勤官定國然而收(集有致字)無為之理者帝也當高宗之休運任名世之良臣清九流而闢四海代天工而張帝德歷選前哲豈多乎哉公諱行儉字守約河東聞喜人也其先出于嬴姓伯益之後也秦則裴侯始封漢則侍中受職魏晉之代簪為盛門八裴方於八王聲振海內三子尊為三祖望高士族自冀州刺史徽至公十二代中

軍將軍雙虎(唐諱)至公六葉代無遺德不隕厥問者已大王父伯鳳周驃騎大將軍光汾二州刺史琅邪郡開國公大父定高大將軍馮翊郡守襲琅邪郡公諸侯受封山河傳國天子共理循良克家考仁基隋左光祿大夫以陰圖王克伏義扶舊主遭時不利玉折名揚聖唐龍興旌淑勵節贈原州都督命謚曰忠盡(集作蓋)春秋之褒也公清明本乎世德正性出乎胎教氣潤河靈貌椎岳立仁孝之道天生而知將相之器與年俱長以高蔭為弘文生絕事篤學累年不舉房僕射異而問焉對曰隋室喪亂家亡(集作之)典籍館有良書探討未徧故少留耳梁公驚曰驥子志氣凌雲一日千里其早為通人之目也如是明經補左屯衛倉曹

詔舉轉雍州司士遷金部戶部二員外歷都官郎中長安令明慶中與長孫太尉褚河南論及中宮廢立國家憂患有公伯僚譖行於季氏出為西州長史又改金山副都護又拜安西大都護西域從政七八年間窮荒舉落重譯向化我之獨賢邊之多幸乾封歲徵為同文少卿尋除司列少常伯官復舊號為吏部侍郎加銀青光祿大夫自居銓管大設綱綜辨職差才審官序爵法著新格言成故事上元中長星出天禿髮入塞詔公為洮州道左軍總管又為秦州鎮撫右軍總管並受元帥周王節度雖叅公有諫耀武之事不行而方叔陳(集作帥)師來威之道備矣儀鳳二年十姓生可汗匐延都支為(集無此字裴行儉傳作及)李遮匐潛構犬戎

倣擾西域朝廷憑恕將行天討公進議曰敬玄敗績於茅戎審禮免冑而入狄豈可絕域更勤(集作貫)王師今波斯王亡侍子在此若命使冊立則路由二蕃便宜取之是成擒也高宗善其計詔公以名冊送波斯兼安撫大使公往莅遺愛洽於人心是行也百城故老望塵而雅拜四鎮酋渠連營而謁酒一言召募萬騎雲集公乃飾嚴以反謀託獵以訓旅誤之多方間(集作闘)其無備裹粮十日執都支於帳前破竹一呼銜遮匐於麾下華戎相慶立碑碎葉蓋美克儁不殺而是講(集作用謀)要(集作安)人以德而去害審(集無此字)廓氛祲於地表燀皇靈於天外充國有屯田之頌竇憲有燕山之銘討(集作詢)茲遠略彼何微也遷禮部尚書加上柱國又

特降恩命兼右衛大將軍夷典秩宗神必據我文昌有將
天道存焉調露中單于可汗伏念外叛大鴻臚蕭嗣業喪
律詔公爲定襄道大總管軍至朔州斥堠相接匈奴故態
狃劫粮以餧師神將出奇張虛勢以陷敵僞爲轉運伏其
壯士示羸師以綏行隱精騎以躡迹寇果大下援兵奔散
驕虜益驚自爲得色驅此車牛甚彼泉井於是箱中兵起
千弩齊發要路騎飛一息而至群胡顛沛殺傷滿野從此
饋運路無驚者觀夫大漠無俔穹廬靡所追之逃遯捨之
憑陵費日老師兵家所病公潛使緩頰均其利心深圖既
入狼意亦攺及姦罪衙官陰送降款公密上其事人莫之
知及如所期舉國歸附煙塵大起師徒惶惑公徐使令軍

曰此是伏念執温傅來降非他寇也俄而啣壁輴門釋縛
納疑帝加厥勳命尚書崔知悌乘馹勞軍備禮獻凱冊勳
之日程務挺張虔勗者行軍之偏將也訴言子勞（集作營）逼
逐方降大軍又屬秉鈞忌才上下其手公曰雖不逮群師
之讓功（集作力）猶恥與二王之競力（集作功）今而殺降後無來
者乃封公聞喜縣開國公而伏念温傅皆戮都市是年也
伏念弟元珍擁其餘種復叛則天稱制追正宿枉贈伏念
太僕卿程張諸家別故夷族君子以爲神理之不可誣也
永淳元年詔公爲金牙道大總管未行遘疾四月二十八
日薨於京師延壽里春秋六十有四長子貞隱早卒嫡孫
叅玄嗣封藐是諸孤哀哀童幼高宗悼焉贈幽州都督賜

凶儀還鄉喪葬官供禮部郎中監護窀穸之數率禮有加
別勑留守委皇太子擇六品京官一人檢校家事五六年
間待兒孫稍成長日停寵極哀榮禮之厚者擇周（集作及）存
沒義莫重焉太常議謚傳古多能文武表式曰憲其年十
月葬我憲公於聞喜之東良原禮也神龍中興朝思舊德
贈公揚州大都督開元孝享皇帝宰（集無此三字）宰嗣延恩贈
公太尉生不登于（集作乎）台階沒追位乎靈庠序四時於地
下（集作下之）調三光於天上（集作上天）聖人神教意在茲夫公志堅
慮精神勇識澈藝必討本學皆覩奥又善測候雲物推步
氣象鬼無遁謀靈不藏用著文集二十卷造草字數千文
皆寶傳人間以爲代法又撰譜十卷又爲軍營行陣部衆

料敵等四十六訣大聖天后令秘書監武承嗣就家取進
以爲密秘述（三字集作秘術）豈比馬卿浮華難留封禪之草劉安
虛誕空傳鴻寶之書而已哉加以汲引沉淪推奬氣類虛
懷而襟帶不設弘亮而城（集作藏）府洞開故虎旅雲從詞林
響應若羽毛之宗麟鳳衆川之長江河也在選曹見駱賓
王盧照鄰王勃楊炯評曰炯雖有才名不過令長其餘華
而無（集作不）實鮮克令終見蘇味道王勮嘆曰十數年外當
居衡石後各如其言其在軍麾擇帳下之士則有張知運
薛訥閻敬客井元暕裴思諒王智方呂休璟劉玄意引偏
俾之將則有程務挺張虔勗王方翼崔智辯党金毗郭待
封劉敬同李多祚黑齒常之凡所進拔盡爲名將此則有

道之人倫武侯之賞鑒也公之送波斯也入莫賀延磧中遇風沙大起天地瞑晦引道（集作遵）皆迷因命息徒至誠虔禱徇於衆曰井泉不遠須臾風止氣開有香泉豐草苑在營側往來之人莫知其處此乃耿公之拜井商人之化城也公在禮闈勑賜善馬及寶鞍令史奔馳馬倒鞍破懼而逃罪公使詔之曰知汝誤耳又平都支遮副大獲珍異酋長將吏請遍觀馬有馬腦大盤希代之寶也隨軍王休烈捧盤跌倒應時而碎叩頭流血惶怖請死公笑曰事有不意何至重玉而害人乎此又文饒之含容郗吉之仁恕也公西擒都支北降伏念前後錫馬五百疋僮二百人金銀器物三千器錦罽織皮三百段公受置庭中旬日散盡此

又趙膺之待士田文之市義也若夫知人以爲本感通以爲行善貸以爲常散積以爲樂古之友道者從事於斯矣公元夫人河南陸氏兵部侍郎爽之女也陸氏卒繼室以華陽夫人庫狄氏有任姒之德班左氏之才聖后臨朝召入宮闈拜爲御正中宗踐祚歸養私門歲時致禮媧皇（集作后）補天進參十亂少康嗣夏退叶三從晉朝公卿列拜虞潭之母周官音注近同韋逞之家皇上臨極旁求陰政再降綸言將留內輔夫人深戒榮滿遠悟真筌固辭羸憊超謝塵俗每讀信行禪師集（集作録）求期尊奉開元五年四月二日歸真京邑其年八月遷窆之於終南山鴟鳴堆信行禪師靈塔之後古不合葬魂氣無不之成遺志也長子參玄官

至涇鄧二州刺史聿脩厥德人亡道存次子延休并州文水令世載文雄家傳草聖次子慶遠協律郎深達禮樂克和神人咸負長才同淪短運季子光庭侍中兼吏部尚書輔政邕熙致君堯舜孝理發乎陵廟仁澤遍乎松檟是故妻以夫榮母以子貴以（集無以字）尚書先贈方伯申命上公夫人舊封華陽增號晉國詩云文武吉甫萬邦之憲上公有焉又曰彼美孟姜德音不忘小君有焉孝經云立身行道以彰（集作顯唐諱）父母侍中有云合三德而爲家横百代而濟美信可以言時稱代鏤石刊金者歟神道前銘薛令所撰具有後命俾余係述焉遷世家益孟堅之一傳劉寬表墓並伯喈之兩碑報德教忠俱傳不朽銘曰

天生亞聖祚此王國文綜九流武參七德柔遠服叛窮西盡北赫我皇靈去其螽賊仁則不遠智何不周如山之峻如川之流術與神合藝將道遊書來懸帳賊出登樓司馬軍陣官人紀綱帝加常伯國于開喜室有令妻家成克子社金傳世桓圭守祀神道（集作爲）上台未介邦祉

文苑英華卷第八百八十三

文苑英華卷第八百八十四　碑四十一　神道二

將相二

故開府儀同三司上柱國賜楊州刺史大都督梁國文貞公姚崇神道碑　張說

敘曰八柱承天高明之位定四時成象亭毒之功存書爲九州禹也堯享鴻名播時百穀棄也舜稱至德由此言之知人則哲非賢罔乂致君堯舜何代無人有唐元宰曰梁文貞公者位爲帝之四輔才爲國之六翮言爲代之軌物

行爲人之師表蓋維嶽降神應時間出者也公諱崇字元之姚姓有虞之後遠自吳興近徙于陝今家洛陽焉烈考長沙文獻公樹勳王室建旟巂府公紈綺而孤克廣前業激昂成學榮問日流武庫則矛戟森然文房則禮樂盡在弱冠補孝敬挽郎又制舉高第歷佐濮鄭並有聲績（集本文粹作華）入爲司刑丞天授之際獄吏峻密公持法無頗全活者衆進夏官員外郎郎中侍郎朝廷曰能遂掌軍國遷鳳閣侍郎監脩國史兼相王府長史始則天人讓王承置醴之顧終以飛龍利見延騶乘之恩自時厥後恒當大任凡三處兵部尚書三入中書令一爲禮部尚書左庶子又肅政大夫惣靈武庫兵馬又司僕卿知隴右監牧使出典亳宋常越許申徐潞揚同十郡景雲初以藩邸舊寮封梁國公食賦百室公性仁恕行簡易匡懷泛愛而涇渭不雜真率逕（二本作徑）盡而應變無窮每（文粹作常集作亦）推是心以御於物故所莅必畂庶風偃禁驚（二本作很）化從言不厲而教成政不威而事理去思觀頌來暮聞歌既登邦政卒乘輯睦及在宗伯神人克諧今之中書是爲理本謀事兼於百揆論道惣於三台公執國之鈞金玉王度大渾順序休徵來臻懋德格天名遂身遜拜開府儀同三司崇其秩逸其志也初太夫人在堂公受任（文粹作職）西掖頗限扃禁求侍晨昏優詔既許尋命（二本作令）還職公固請以泣制曰家有令弟足慰毋心國有棟（集作諫）臣安可暫闕其後部符江表敦諭起復纕麻

外畢樂棘內毀變禮中權通識所貴神龍之首與聞興復疇其井賦累讓而停夫以革故咼新大來小往得喪而不形於色進退而不失其正者鮮矣君子曰忠不忘親仁也哀不遠事義也讓功辭邑禮也濟代全名智也仁以長人義以和下禮以安上智以周身宜其光輔四帝軒冕三紀池臺琴筑優游暮齒傳爵七於祚胤保祿位於終始矣享年七十有一開元九年九月寢疾薨於東都之慈惠里皇上悼焉國人慕焉撫牀輟舂魯未云比制贈楊州大都督謚曰文貞禮也十年二月葬於萬安山之南原在疾也王人賜膳御醫視藥（集作御藥視醫）于薨也中使弔臨羽儀哀送君臣之義厚莫重焉子异子（集無子字）奕思綴遺美以寘罔極有

詔掌文之官敘事盛德之老銘功將以寵宗臣揚英烈帝
乃灑恩仙翰鏤澤豐碑日月照臨於佳城煙雲變態於神
道寶其文字別爲群王之山禁其樵蘇即表三司之墓銘
曰
源深自虞派別從吳避地魯陝居家洛都神明遠契岳瀆
眞符翊聖斯偶生賢不孤仁將勇濟孝與忠俱學仍（文粹作乃）
攢植文鋒迅驅絲安卑位即聘長途惟實惟有若虛若無
再三軍國一二訏謨戎柄尤重王綸最樞蕪司任切乆政
榮殊黼藻彌煥冊青靡踰以寬容物以鑒分區外或形放
中恒禮拘箴雖誠口諍亦忘軀但覩渾璞誰詳瑾瑜伊咎
尺寸管樂錙銖名遂身正（二本作名遂正身）言誠願乎方辭漢祿

更辱齊租旣積而散窮歡盡娛川歸東極日去（集作止）西晡
上側旒宸旁悲路衢藍田羙玉荔浦明珠載廣休慶爰弘
典謨豐碑乃立盛業其輔帝念頻軫仙毫持紆鐫金刻石
鳳篆龍圖七耀光動三泉澤濡銓（文粹作欽）能欽事理欝詞敷
求舊銘實慙恧碑蕪（二本作慙碑恧蕪）緬思雲霧尚想江湖有道
之德其何以踰延陵之墓空此嗚呼存歿終始遐哉邈乎

右僕射太子少師唐璿神道碑　蘇頲

欽若於天者謂之代工覆冒于人者謂之成務則調元氣
法三象鼓洪爐宜萬物其代工成務之本也簡大僚所以
服其事明先正所以詔其功卜熊羆所以占其兆從龍虎
所以合其應匪徒然而已哉有唐元老宋公侯矣公諱璿
字休璟曹昌酒泉人也昔在夏商大夫陳其氏姓泊遷汾
晉季子聽其聲樂豈軒之後唐之遺乎旣仕楚而聞魏亦
家秦而滅項涼武昭王攬中州之傑居右地之盟七代祖
晉昌宣王和佐厥威霸守其夷險故累爲郡之首族粵宣
公遠我曾祖驃騎大將軍開府儀同三司贈兗州刺史諱
某世位大將軍二千石大父洛陽令朔方郡贊特贈秦州
都督諱某烈考咸陽令贈岐州刺史諱某操斧鉞班珪瑞
者耀洪烈於四世垂餘風於百里於穆不已莫之與京公
初髫而孤入則孝出則悌承於母兄之旨及冠而立學以
聚問以辨從於師黨之言焉張嘉運先授於易森然可見
者萬象賈公彥次授於禮坦然可觀者百度射策高第初

補吳王典籤歷綿州邑西尉同州馮翊主簿弗之好也嘗
欲屠郅支刺樓蘭執渾邪逐呼韓始自謀於將帥終見器
於公輔遂爲踈勒道行軍從事策勳至上柱國授營州都
督府户曹叅軍尋以朝散大夫檢校朔州刺史蓋養能而
成績矣轉安西副都護檢校庭州刺史長壽中武威軍大
惣管王孝傑之復四鎮實賴其謀表公爲西州刺史涉龜
沙薄烏壘矛精絕慰渠此之謂也公至則扶厥傷止其擅
因所利補其闕故西州之士刻石而建碑焉無何遷靈州
都督新昌軍防禦營田等使入蕭關殺都尉絕梓嶺討符
離此之謂也公至則城彼方要其險岬諸野墾其實故北
地之大者有備而無討矣就加銀青光祿大夫入拜左豹

韜將軍遷司衛卿未幾攝右肅政大夫檢校涼州都尉假
節隴右諸軍事叅警夜之肅嚴不時之敬事典之常者惟
公是遷受南憲之寵惣四方之役邦家之急者緊公是任
其年麹莽布支率種落數萬寇於洪源也公訓鉦鐲完甲
兵以禦之虜見積尸之凶我懸斬級之賞遁則忘草在而
蒙棘他他籍籍不可勝云朝賔休之除右武衛右金吾二
大將軍俾仍舊鎮雖貴而不留中也先后稽六官之本思
五法之要自我聰明惟天照鑒乃拜公文昌夏官尚書同
鳳閣鸞臺平章事隱心而行正色不撓功多微賞議切安
劉中宗之踐副君旁求中庶特轉公大夫太子右庶子加
金紫光祿大夫知政如故召綺里而稱叔孫也屬篤言北

垂薄伐東鄙復公爲夏官尚書燕幽營二州都督安東都
護按河北（一作翔）之州軍（一作軍州）自邺鄜巡遼碣貪夫廉而邑
法戰士逸而待寇且有倫要而無怨讟神功初徵拜輔國
大將軍同中書門下三品遷持進尚書右僕射食實封三
百户已而居守秦雍今之揆路古曰台司百寮師師萬事
理也分郡關而典之鎮京師以留之豈冨人之始封亦鄴
侯之大任位益高而勇退年愈邁而思止抗聞㨨衮密奏
封章夂之聽致仕進封宋國公朝朔望天子方崇文太學
講武宣揚延首鴻儒傾心碩老復以公爲太子少師監脩
國史乞言而書法也景雲初匈奴請公主盟使臣爲約未
堅致辭或紿國命公爲持進檢校御史大夫朔方軍大惣

管以禦之伏宸威肅戎令人莫聞於吠犬騎寧憚於射雕
舉則全師還而罷事將簡棄軒冕神明芝朮煞邦有大禮
樂大政刑率由典謨罔不資度享年八十有六景命不造
延和元年七月戊子薨於長安懷真里第嗚呼哀哉皇上
聞哀撤懸出次揮涕追柳莊而承命（一作亟赴）思鄭産而安歸
制贈使持節都督荊州諸軍事荊州刺史贈物四百段米
粟四百石喪事官給仍差官四品一人監護有加等也太
常考行謚曰忠書不云殷之得傳用訓朕志而承其道雅
不云周之命程是我戒我師而就其緒於戲惟公浚明前
典允迪古訓惣而成之入則獻規出不言政石建孔光之
比決勝千里逼知四夷子房充國之亞爲將軍尊重於位

而謝賔客公之不敢專爲丞相開陳其端以歸人主公之
不敢伐如是則鏤彛器圖旂常載史官列盟府矣夫翠鵠
羣象非不鷙也有其用則不全麟鳳龜龍非不靈也無其
時則不至若乃時已偕用不竭身已康名不㓕者旣明而
且哲也公上惟祖禰傍至功緦塡於槐里之間謹原之右
卜其兆圖其域各以族而爲之度焉臨薨戒諸子曰儉則
自完孝不忘本吾之志矣嗣子陳州刺史先脊左千牛中
郎將先擇等克奉遺命能循懿業以年月日葬于舊塋亡
夫人太原王氏從祔禮也昔禽息進里奚於秦而穆公之
政厚虞丘進叔敖於楚而莊王之力霸故有世祝而代禄
焉則我師臣計功亂于私風小彼秦楚之事大哉帝平之

烈謀可乂者敢作銘曰
稽古陶唐惟帝之初遷虞事夏俾侯而起居盤峻峙令德之祉亦曰綿系誕生君子君子伊何邦之宰臣宰臣伊何秉我洪鈞登于廟堂王則是保服于戎狄公實致討事惟一心恭乃三命從讓順老歸閑體正天也不慭人之云亡大夫掌域郡公會葬咸陽北坂渭水南渡其如邢山永此防墓（王則是保疑作王躬是保）

侍中兼吏部尚書裴光庭神道碑　張九齡

夫道尊常習故蓋人拘於凡也得精亡麤是天縱於聖也方聖上之拔大師也豈籍譽於朝廷哉徑取士（集作才）於無跡懸收功於未朕而終致大用克成休勛使祖虐名者見

西子而憎貌工橫議者聞魯連而杜口乃知古謂則哲維帝其難今之得人遇聖爲易能允明主之鑒不負真賢之實者其在正平中憲公乎公諱光庭字連城河東聞喜人也伯翳之後與秦同姓始封于裴因邑命氏在魏晉之際爲人物之傑與瑯琊王氏相敵時人謂之八裴八王自玆厥後弈代更盛大王父定周大將軍馮翊大常瑯琊公大公仁基隋光祿大夫追贈持節原州都督天之旣厭隋德矣見危致命不亦難乎謚之曰忠憲春秋之義也父行儉禮部尚書兼定襄道行軍大總管聞喜縣公贈太尉時或有姦（集作奸）王命矣禁暴安人不謂重乎謚之曰憲尊名典也公即獻公之第七子降神元和含光不耀越在初服（集作

歲已有老成雖遠大是圖而近識莫悟學探帝載何事小名業綜人倫豈矜一善弱歲居太尉獻公喪幼以孝聞尋補弘文館學生神龍初明經擢第授家令寺丞轉太常丞加朝散大夫景龍中以親累外轉尋入爲陝王友改右衛郎將丁晉國大夫憂柴毁骨立殆至滅性服免起爲月州別駕未之就也復除右衛郎將無何遷率府中郎嗟乎有其道而無其用不可行也得其時而不得其志亦不可行也公負經綸之器韜王霸之畧自委洎外棲遲下位出外從事十數年間坦然而自若者何哉蓋知才有所必伸命有所必與非茍而已開元中聖上思光祿之休烈嘉太尉之元勳是必象賢其將大受特拜司門郎中轉兵部仙

臺之文始應列宿鴻漸之羽可用爲儀遷鴻臚少卿以覩其能也是歲天子有事于岱宗諸侯會朝于行在執籩豆者不限於中外獻琛（集作賝）賁者亦勤於駿奔莫不來享無有遠近而執正以公代䏇邊事職在行人且曰夷狄恃（集無此字）豺狼黷盟阻德我今有事戎或生心我張吾師有備無患若何公曰不可夫封禪者所以告成功也觀兵者所以威逆命也云亭苗扈非一時之事也受脤執燔非三代之禮也天方佑我光啓舊服憬彼獯鬻能違天乎無庸勤人可以諜告從之秋九月突厥果使其相執失頡利發與其介阿史德暾泥熟來朝公之謀也東封還遷兵部侍郎所父之職夏卿之亞存而舉者悉以咨之公於是考遺訓補

闕典蒐苗備符之禮詳施稅簡稽之賦（周禮大司馬施貞分職簡稽鄉民集改施仁征）頒九畿之政設九伐之刑以綵國容以精軍實遏鄙不聳帝用嘉之既而拜中書侍郎同中書門下平章事兼御史大夫王出其言霈乎人有歸也天憲惟明肅乎人知禁也尋加銀青光祿大夫換黃門侍郎俄遷侍中兼吏部尚書弘文館學士惣百揆之樞轄酌九流之泉（集作淵唐諱）奧叶文軌之殷受天人之和木（集作水非）火象鼎其惟實餗山川出雲用作霖雨時哉之會無得稱焉先是大化之行務以玄默遵夫易簡舊章在而不議吏道雜以多端公於是求華故之實契隨時之義作秩序以平之設循資以定之謹權衡以選之考殿最以叅之姦回無所措其邪噂嗒不能

介其量多士動色群方改瞻仰之者邈乎如山窺之者閒不容髮或曰執事無乃惠歟公曰大命敢不敬歟若然方將致六符於泰階驅百姓於仁壽豈直睥睨先正（集作世唐諱）紛綸近古汨而隨流守而勿失云爾哉二十年冬上幸河東祠后土命公兼左軍師禮畢賜爵正平男加光祿大夫云（集無此字）抑人有言曰樹善莫如滋積仁莫如重則臧僖之慶有後於魯欒武之德未絕於仁宜公侯之子孫必復其始也公嘗讀易至乾之屯升之漸喟然嘆曰物惡有滿而不溢高而不危者哉既而居不崇侈動無踰法雖百乘之家萬夫之長冲如也謂日用不知存諸方冊何天年朱永瘼此台臣二十有一年春三月癸卯遘疾薨於京師平康

里之私第春秋五十八朝廷哀傷冕旒震悼制戶部尚書杜暹即殯弔祭賵（集作賻）物五百段粟五百石喪事優厚官供輟朝三日丁未有詔追贈太師謚曰忠憲使某官某監候喪事以某月日葬我忠憲公於聞喜之舊塋禮也初知星者言上相有變良臣將歿謂請讓之公曰使禍可禳而去則福可祝而來也論者多之以爲知命夫天下之達道有五所以行之者三曰忠孝仁安君忠也榮親孝也周物仁也此三者有一於（集作于）身鮮矣而公實兼之且媚于人者必好其威福賢於事者必羞其謗政公知其然則以直道匪躬之故忠莫厚焉禮爲人子春秋以致享義於人臣夙夜以從命公知其然則以時告如在之敬孝莫重焉夫

以衡石之任陶鈞之力莫不責於下吏求備於一人以故舞文雷同疑獄歲構恬而不改浸以成風公知其故則以信察御物之惠仁莫加焉其行已奉公皆此類也嘗所著述率于箴規以爲惇叙九族本枝百世（集作代）王者之盛也而義不可以無訓作瑶山往記維城前軌以諷之微而彰志而晦聖人之舉也道不可以虛行作續春秋自戰國迄于周隋以統之臣子義也天人之際備矣非洽聞通理其孰能與於此乎宜其存無幸人歿有遺愛嗣子積京兆府司錄事叅軍孝實克家動必中禮丕承厚命紆天鑒而增華敢跡前脩琢豊碑而不朽銘曰

益作舜虞鍼分晉土憲流八族德盛三祖琅琊象賢懷文

佩武光祿忠烈殺身報主尚書出將恢我王畧文教內敷武功外鑠緇衣之弊惟公繼作用晦而明處豐思約鴻臚好謀夏卿稱職代天施化佐皇立極納于憲府好是正直乃宅冢司謀猷允塞盡瘁事國夙夜在公居無闕正歿有餘忠天子命我頌德銘功日月有旣令聞無窮

文苑英華卷第八百八十四

文苑英華卷第八百八十五　碑四十二　神道三

将相三

故相國杜鴻漸神道碑一首

冀國公贈大尉裴冕碑一首

故相國杜鴻漸神道碑　元載

皇帝正位建元之二年廵狩至陜郊季冬旋軫鎬京乃春王正月臨前殿延群臣制詔太常卿衛公鴻漸研機味道圖國疑作翰人師俾時不迷倚以爲相史臣載與公同官西掖聯務中樞入則竝金門躋玉堂出則偕車輿馳廣路好我不淺德公亦深建千甍（俎）得入公之室睹公之奥節以危難而固義以顛沛而彰故得𢕟公之道察公之行開而當名品物定辭觀公之辨政消煩解結逢機立斷試公之與物藥未扣猶陪行止彌留方殆必參嘗藥禱名者世人之所重終不爲天適見公不在居死者有情之至哀贊於貴生益知公之能達古史之云流美而不揚乃廢職書而或畧近亦誣若然者則刋盛德於山阿藏茂勲於王府可也公帝堯之胤家于京兆春秋末諸侯耗盡炎黃唐虞之苗裔鮮有存者范宣子猶廣稱世閥盛誇穆叔而經秦涉漢百王千載名公大人騈衡繼武玄宗朝叔考暹門下侍郎平章事以清節居東府垂拱中大父愼行荆州長史以文武式南邦開元之際皇考鵬舉安州都督以大名蒞淮浦公杜陵男子遼廓不羈性與道合旁通多可思挹濵海

自涯皆返將窺語嘿杳然難究輙孩（老子聖人皆孩之）時人不屑下位歷楊州參軍華縣尉大理評事司直關內度支副使虛己而不疵於物存誠而受汙於俗天寶末将相交隙海內寒心家有襄陵之憂人懷崩角之懼公以爲期死不勇必生非任莫肯念亂誰無父母於是始有濟難勤王拯溺定傾之意祿山果憑豺豕凌雲京畿鞏洛成隴荒淆函爲障塞命信臣捽（一作挅）扼二華之險守河渭之監以挫其鋒分河隴材官據南陽當宛葉以遏其勢朔方節度中書令汾陽王發緣邊利兵畧雲中出井陘以制其後汾陽拔公爲戎副倚公以幕畫公議無返顧計不旋踵戒器蒐乘接食饋軍斯須決機閑暇辨劇故佩鐸竟徒未鼓而破恒陽

逆守先聲而屈時大兵深入後計在完敕公西歸本軍鎮撫喻告調發兵食保綏華戎會哥舒翰（亦有內忌二字）出師桃林以不計合戰既而從散約解形離勢沮六軍拆北而莫濟上将授元而不歸强胡犯闕長戟指闕玄宗西巡巴蜀駐蹕槐里俾肅宗不從詔馬下受辭徵兵朔方東向問罪付以神器之重昜以興復之謀肅宗承命感咽北馳惶怖邠郊無舘穀之犒安定絕薪芻之餼始誅二守物情尚疑衆纔一旅邊郡猶驚遂踰平凉出蕭關直趣豐安阻河爲固公乘疾（一有凉出二字）西上奏謁於白草頓請借前著以圖安危靈州四臨兵車之會長安新破人心正揺姦豪竊窺雜種園目衆情一呼而可潰危機視景而斯發北轅未改捨此

奚之豐安僻界西垂北臨沙漠斥候吏不至疲兵徑度儻軍門晏闢廻舟未具蒼皇朔裔蹈據無所非策之上也因條列市租計入幕府文書守便宜山川要害肅宗撫公背曰靈武卽我之關中河內卿亦吾之蕭何寇恂虜在目中凶雛不足殄也卽日大駕移幸靈州守則完郛戰有全兵伐鼓鼙麾下令風生東極榆谿西洎先零莫不裹飯而趨揭弓而走重足揮汗惟恐居後肅宗雖受傳國之誥平戎之約謙讓未發守持盜固願以撫軍討賊賊盡歸報遥禀威畧不正位號公與御史中丞裴冕率呼韓單于羌戎君長校尉部曲塞翁老将頓首勸進封章十上肅宗深自閉絕留中寢答公獨排闥及霤披誠見意哀辭扣玉瀝血洒（一作淚）

地以爲命不得廢雖不可玩稽天後時物駭人散文武之業墜而莫振非天子之孝也上亦躊躇感動廻慮遷思公乃陳儀撰吉登帝大位於是義徒推轂廻紇攢厲蹴踏咸陽網羅關外救楚請命夷凶滌穢收秦復洛翊帝霸世皆公之力也定策之初既以大功推裴郭疇庸之際竟以常賚爲侍郎達者多公之遠名明主善公之能讓拔我荆棘在主簿而難忘張良布衣固封留而已足五凉四戰之郊（一作圖）荆州用武之地會稽浙河之險二都初定九服猶虞傾側動搖三方尤急東西萬里出入十年仗節擁麾更居迭撫公之在鎮河西無盜邊之警洞庭息三苗之禍海寇不動甌閩順軌得公之効也如彼公之罷守袁晁陷山

越康元燒夷陵犬戎奪酒泉匈奴欝右臂失公之患也如
此今上卽位以公先帝大臣明於治亂漢庭儒雅習於制
度徃踐常伯登于相府禮崩樂缺自公綴之國綱天憲實
公持之爲上從容論天下事甚衆潛跡密啓（一作疏）明可否
者非一愼深於削槀功隱於詭詞求泰中西南大將暴很
淫雪腹心坐離師衆四潰雖事迫理順而形疑勢拒皇帝
憫百姓之不辜哀群校之罹毒公奉辭授鉞單車詣蜀辨
邪正於一言安萬夫之反側始公未至皆鴟張內恐很顧
外視及公申令則饑（疑作飽）德飲和且舞式歌岷峨旣平雙
流已清衛公告成乃眷以寧帝曰丞相善謀能權蹈難寢
危勤畧憂邊珥弓弭旃策勳勞旋公拜稽首天子萬年公

有濟世勘難之才遺物離人之政自深根以寧柢每乘流
而泪波及位極台衡動崗梁益未脫羈瑣終悲晚暮雖陳
乞已屢而優眷愈深來朝之明年首夏初吉以東都河南
吳越荊楚保釐之任分鎭之務俾公居中惣統遙領是歲
仲冬月朔羸憊遜位及乎旣望生涯告盡留誡諸子申約
道佀罷塗車芻靈之送黜聚僂豚楯之飾捐牢廢禮不封
不樹觧縗脫紳稅囊親主（疑作土）待乆客（一作得乆容非）而稽變是
留歸而隔至從吾所好示袪俗累乃隱几喪偶知常委蛻
恬然而終晏然而逝非合氣於漠得全於天骸形而忘損
心具宅而無情死者其孰能至此極也惟公學奧九流技
括衆藝忘象遺數達者知禮存於身而致於用也吉凶悔

吝散徽破詭應於化而鮮於物也技經肯綮理悟神對宜
其翼宣大政左右明聖位冠群后聲施來裔載不虞非據
偶得累公責重憂深心昏意擾公則弘我以命起予以道
未嘗不體平神清忽在世表以過必告我躬是保實欲依
公戮力仰答玄造然後乞恩歸印相誓將老今左相齊公
與予雙拜齊公全才稀售懷寶鄙試塵垢粃糠陶鑄名器
頡頏委運俯仰隨俗及乎培風撫翼立朝當國則骨鯁魁
壘奮揚蹈厲端莊寤主饑渴憂世執邪遵法起墜振廢方
知達觀無旱計月固不勝火逢指就而知人拆大木而惟
我特稱並用房杜所謂同登管樂式是百辟惠余小子爲
新非固服我甚忘散褒未卷高秋已行惟余與王相顧求

傷鄙夫誄德齊公洒翰拵愧強名懃慕纂之以（疑）其詞曰
陽驕必折陰勝亦邪剛柔雜居賢聖之家堂堂衛公含和
用中爲保自易當難不逢首陽誠拙拄下非工餔糟末位
致命危邦自西徂東足趼頭蓬簡稽衣食賦政理戎經營
指揮雲合風從定計翊帝華暴鋤凶退殊獨潔進不爭功
出征入輔計文經武洗蕩三蜀雍容兩府神邁形尙思深
志遠封禪留草東山不歸台光折耀白晝徂暉依仁孔夙
寢信不暮自天之佑宜無悔怒天之荐瘥時丁耗斁（音蠹）如
魚思涉若廢綱罟或歲大旱孰爲霖雨生公則惠喪公何
苦形有必行死無不之誰存封域誰制喪期平皋漫澶野
蔓離披延陵已達弋者何知

冀國公贈太尉裴冕碑　前人

王者纂大業以拯時難君子合天符以成聖功在殷之傳說周之申甫漢之博陸其類也臨大事一作惠首大謀君子正位邦國是憲其道也琰圭火龍玄社朱户其禄也古之人遇其時行其道濟其業受其禝嗚呼裴公斯近之矣公諱冕字章甫河東大族著於系譜曾祖澧州刺史諱懷感祖滑州司馬諱陟考長安丞贈司空諱紀自司空而上世累清德公全樸以受其形器混冥以養其精和憒然大不爲累方駕前古其禮容誠敬可陳於蠻貊施一作饗於鬼神宜乎吉凶變幽而偶聖君精義致用而審天道天寶十四載皇上避狄于華陽肅宗僞遊于幽朔公以御史中丞奉

詔翼贊元良釋位濟河會于靈武與侯伯卿士官師亞族考大德除殘之運唱靈祇億兆之心負金璽玉旒爲人請命于西土維天意群謀是告而蒼生災害是懷于時冊禮既畢公乃自左庶子拜中書侍郎平章事從時望也帝曰予欲教熊羆食貔貐公於是乎請蒐于岐陽朝于酆宮以干鉞陳師以蠻夷誅暴公定大業運開中興帝曰予欲端百揆詔典司乃命公爲尚書左僕射於是乎綱理庶工四方來同左右始終十有三祀紉自縣聯屬署監察御史嘗有姦蠹吏公按之時寵權臣之戚也黨其祀而請于公公竟正刑書不爲勢屈時論以公有不可奪之節故肅然由是歷侍御史尚書郎者五其中以直遇坎牧蠻溪者二以

時當任兼憲臺鎮興梁益各一以勳烈封冀眞食五百户以秩開府儀同三司大曆一有十字非四年冬十一月今上念伊尹之一德思孔光之再起詔復入相旬有二日兼河南江淮副元帥東都留守是月辛酉薨于長安年六十七翼日冊贈太尉明年二月葬于京城南畢原詔京兆尹護喪事贈布八百段鹵儀葬帛具俾出有司昔在天寶之季公嘗爲御史大夫王鉷讚毀無何鉷弟銲坐大逆有詔廷辨而兗首詞引及鉷公自下列抗其矯誣朝廷謂之不黨其後程元振僭用威柄有道從虎賁公停車致詰面拆及畱在黜無愠德仁遂行君子謂公誠盡於忠者在於禮外其身故臨難不惑一其守故當事則明磅礴乎死生之間逍遥乎

晦明之境公嘗北使殊俗班命氈裘單于君長稽顙屈膝覲王商而知懼從魏絳而來服以言尚其直以動尚其順以成事尚其濟物以進退尚其得中孝弟愛敬格于天地惇信明義通於鬼神帝王得之以奉天時百官得之以脩典憲佐命者二后歷事者三朝皤皤華皓爲國元老執璧奉珪一作觴在君之堂生食邑土殁垂惠愛豈禄以爲尊者其孤正授辭家老請志于石以代三昴林鍾之義銘曰

元精一作混元降靈建乎人極邈矣冀公順帝之式鴻造覆育大鈞埏植業濟功成保和居直帝念髦碩二登輔翼爲時養賢以及萬國昔在上帝降命元老以佚愷元一以豈作伏尤以明至道唐歷中否亦命我公順人載疑作戴天戡黎代共德

謝星隕仁沉海竭大厦梁崩崇山玉折領袖前古綱紀來
轍憧憧豐碑耿耿鴻烈永傳億祀遺芳不㓕

文苑英華卷第八百八十五

文苑英華卷第八百八十六　碑四十三　神道四

將相四

故正議大夫守門下侍郎同中書門下平章事成紀縣開國男賜紫金魚袋贈太子太傅貞憲趙公神道碑銘　權德輿

在漢孝宣厲精理道則有魏相邴吉知大體百職脩明中興有聲惟皇帝在位十四祀得賢相成紀公趙氏受天清淳佐時緝熙本洪範之正直躬大雅之明哲左輔右弼調若鼎味降祚而生盡瘁而終時貞元十三年年六十一皇上震悼不視朝三日詔奉常具儀法冊贈太子太

傳又俾百執事爲位哭於其庭吊祠禮贈賻集作率有加等二府之屬或銘其德於壽堂或狀其行於考功有司稽實謚曰貞憲公之盛業斯謂不朽又舉其始中終之畧識于神道公諱憬字退翁天水西人其先成子之文宣子之忠文子之知人左丘明太史公實書之曾王父仁本皇司列少常伯同東西臺三品以忠清勵翼多所發明乾封惣章之祭號爲稱職王父贈趙越集作州都督誼歷右司郎中乾封縣令司僕少卿烈考贈鄭州刺史道先仕至洪州録事叅軍惟祖禰含章故慶延追錫崇構丕矩俟大於公公保

抱之歲生知色養羈冠（集作貫）之年則無幼志及夫被儒服
踐法言敬直而文肅莊而溫端誠博物錯綜古今非大中
至正不接於心術寶應中玄宗崩肅宗幸梓宮有司議方
中復土之制時西鄙日聳歲饑人流公以王者追孝恤禮
宜儉褐衣上疏詞約指明君子曰此劉更生諫昌陵之言
也息偃江介名聲籍甚始佐州司乃辟戎車自試守江夏
尉三遷至監察御史其後翹車繼轍賢侯虛左大凡難理
之府皆待公爲重歷殿中侍御史太子舍人（集作中舍）丁太夫
人憂柴毀孺慕殆將死孝感導善氣降爲嘉生有芝煌煌
秀于壤樹之側公默而去之人莫知者既免喪徵拜水部
員外郎未幾檢校工部郎中副湘中七州軍事居一年詔

領留府尋踐方伯以中執法錫金印紫綬罷職家居拜給
事中執法疊懷和比狄有下嫁冊命之禮徙兼憲丞以副
皇華旋軫未至遷尚書左丞畯人用彰皆以貞勝其初撫
封上符于漢中守臣之任憂寄愈切公恤隱布和仁而愛
人輿師知訓善吏樂職行之三年教化明備底貢有藝賦
政不煩絜矩以杜奇衺露章而無吐茹飛語雷動明誠山
立受代踰年事實敷聞故有左曹之命講貫舊章惟眞是
視刑或失入議將必還公望日盛其勤靡盬故有和戎之
役致賜諭旨恊寧殊憐疆埸之言專對而不給紀綱之僕
承事而不征保就安利比方咸悅故有在途之拜整南宮
之紀律起郎吏之功緒風望素重法制尤精嘗歲終舉吏

可以長人者或以其細故深詆將以病公公乃移書自訟
請下其考有傅大之度無怨欲之私一臺承式六轡在手
持綱體要善否有章故積公輔之望貞元八年夏四月拜
中書侍郎平章事明年五月轉門下侍郎以厚德載物以
全才宣化舉直盡忠敷納詳（集作將）明正王（集作百是）度之本去
一朝之便事有統紀心無適從嘉猷匡（英華被諱作讓）言鎮定弘
大謙厚而不伐持平而居易闢邪塞違貞厲而不校陟恪
始終帝載用和戲（疑）夫先正（集無正字）帝伯歷左肅機東臺侍
郎亢著休功再參大政公皆踐之是以仰之嘗以爲漢庭
諸公罕備有（集作其）用以石慶之醇謹而不能關決薛宣之
方畧而失於煩碎翟方進之通明而固其位公孫弘之節

儉而近於名公備（集作偏）有其長彼實多缺唯丙魏所履我
無愧焉嚮使天與之年盡行其道則天之所化可勝既乎
故其發庸也士之仁者相賀而不仁者相吊其全歸也士
之仁者相吊而不仁者相賀斯可知已至若睦中外之姻
而均其祿賜嚴宗廟之祀而不理第室啓手足之日家無
餘財奉終卽遠待恩禮而後備難矣哉嗣子宣亮全亮元
亮承亮等伯季以門子爲弘文生叔仲始解巾受祿皆稟
德風幼而孝謹以十一月景午時得吉卜奉公之喪祔窆
于河南緱氏縣景山之原禮也以德輿叨居宰士嘗辱深
知職奉贊書備詳盛烈俾刻金石聞于無窮銘曰
晉有成宣代稱忠勳先正常伯匪躬事君纘復於公爲時

獻臣德不踰閑心不遺仁貞其所履以翼天子大猷（集作猶是）是經中立不倚乃賦明命宜躋遐紀吾道方伸脩途遽巳緜原蒼蒼宰樹成行令名章章樂石在旁噫嘻太傅之風末代不忘

故朔方河中晉絳邠寧慶等州兵馬副元帥河中絳邠節度度支營田觀察處置等使元從奉天定難功臣開府儀同三司檢校司徒兼中書令河中尹上柱國咸寧郡王贈太師忠武渾公神道碑銘

前人

天地訢合以生萬物（文粹作嘉集作卉）其成歲功也則有肅殺震曜之助焉君臣保乂以熙百志其講武功也則有經綸翼

戴之輔焉龍虵起蟄山澤通氣與運相値有開必先斯太師所以宣力四代稽謨七德輝煌威靈勤身濯行（集作征是）霆征（集作擊）風行乃緝熙于光明故弭戈淑旅以嚴師律黃流玄衮以正台耀湛露彤弓以覺報宴納書追命以榮恤禮蕃錫始終如公之功公諱瑊字某其先夏姒之後爲渟維漢劉之代爲渾耶或強以（文粹無以字）爲國（集作或強與爲國）或分以保（文粹無保字）姓貞觀中開置州壤就加官師曾祖元慶皇豹韜衛將軍靈丘縣開國伯祖大（文粹作文）壽皇太子僕贈尚書左僕射考釋之皇開府儀同三司太常卿兼御史中丞寧朔郡王贈司空惟靈丘紹先公之職居次卿之重僕射以積厚允家寧朔以儁才雄邊貴仕崇勳乃列茅社流光追遠是加密印回復介祉開先元臣功昭于前人德合于大君建中癸亥翠華西狩公以大司馬艱貞翼從部勒戎車揣摩殺機勤勞行內爲上心膂登壇授律誓命交感如漢拜淮陰侯故事而又加焉乃進左揆遂叅大政惣賦輿而爲之師長恢王畧而以之北伐兇黨盡銳壁于武亭公以事鉅師老則傷威重正合奇勝在於疾力奮寡擊衆鼓行無前殲夷潰弱如建瓴水中堅席勝又覆於咸陽長轂啓行旣闢于延秋會西平王以東諸侯之師清宮獻捷公乃抑其賈勇須彼成功窒士心之矜伐息兵火之氣焰然後窮追斬級寇孽以平備法從於清蹕捧大明於黃道告類薦功登拜上台撫封尹正復與虜硧（文粹作會）時北平王出大

鹵收絳臺而公已惣成師下左輔於是緝忠力揚奇鋒復離宮拔堅壘衡陣壓境傳于蒲津金鼓之聲氣相合山河之表裏皆復渠魁授首師帥協附安流以濟方軌而前士不離傷（文粹作離傷集作離埸）工不易肆二（文粹作殄）寇正刑四方咸穌論道正律乃平水土秉諠靖人以脩班制休嘉賁于草木利澤逮于鰥寡言爲軍志動爲吏師貞元景子政成一紀進掌邦教遂居右弼十五年冬寢疾（集作痛）十二月辛未薨于理所享年六十四皇上悼歎不視朝五日冊贈太師賻（集作賜）襚吊祠有司備物大僚襄物明年二月甲申窆我太師于萬年縣洪固原太常跡其功德奏謚曰忠武禮也初公年十一以將門子仕于邊部未弱冠五遷至左驍衛將

軍始從朔方之師戰黑山次從隴右之師摧石堡又嘗西出臨洮奪昆夷之善地而爲之壁壘北絶太漠破險彸之堅甲而焚其廬帳又從汾陽王臨淮王討反虜于山東南攻贊皇北取眞定射其特將李立節貫于左肩斃之又五遷至太常卿皆以功次其間開地于河曲以静九蕃宣威于陝西乃定三川凡王師之所以尅獲都邑元老之所以發揚蹈厲公必居其先偏而當其勍劇故以御史中丞爲靈州左司馬以御史大夫爲邠州刺史以工部尚書爲單于大都護專征上郡榆林之地入爲左金吾衛大將軍又以户部尚書奉晉王出車之重自時厥後投艱感慨能納大忠以恤大事理蒲十六年再陟公台以司空兼侍中以

司徒兼中書令大凡歷官二十八次眞食千八百室居節制者五副元帥者四材力絶人始封樓煩方内洽平乃進咸寧凡汾陽王九代之勳公皆左右四履之地公皆踐歷憫冊師禮法謚尊名公皆如之所不至者壽而已矣惟公厚性寛中智謀深靜秉義類以賦明命植端誠以糾王慝講功述職遠意長利執德之柄蹈禮之輿致其用以格天啓其心以沃聖協建皇極爲宗工元龜雅好左氏春秋班氏史得考父之恭范宣之讓驃衛之功畧黄韓之敎化又嘗慕太史公自叙著作(集無作字)行紀(文粹作已)一篇詞不矜大而事皆明備有子五人曰殿中少監鍊太子中允鎬太子司義郎鉅櫟陽尉鋼雲陽尉鐵著位于兩宮以奉朝請試吏

于縣内以脩事任食德而才稟訓而忠皆以純孝致其哀敬令弟輔國大將軍右領軍衛將軍武當郡王玘與諸孤等推烝嘗景鍾之義因識(集作職)表以聞有詔詞臣刻石傳信乃採其贊書侯表作神道銘銘曰

比載斗極陰方尚武玄金朱轓錫命都府太師間代感會雲雨四征庇人九合尊主昔未成童則能肆勤卓行深入致果忘身弱冠摧鋒環列南軍中興之後書社策勳援枹兩河轉戰三秦靈朔鄜邠所居必聞出統蕃衛入司徼循時丁阨難節冠群倫逋誅嫡結狂穢宮闕西平鞠旅公亦授鉞旣臨延秋如火烈烈休士退舍特惟不伐祲沴乖方蒲津未通北平釋位公實撫封胥命長春克成厥功開壁

勞軍靡有不公以律則藏在和而克時惟太師有嚴有翼乃敷仁澤乃布條職時惟太師有功有德三公二府是奬是陟襚印易名以尊以飾材官介士鹵薄悽惻大隧窮原終(二本作中)南之北萬邦作憲末代是式追琢馨香與唐無極

故宣武軍節度副大使知節度事管内支度營田汴宋亳潁等州觀察處置等使金紫光祿大夫檢校尚書左僕射同中書門下平章事西郡開國公贈太傅董公神道碑銘　前人

漢興五代孝武思理膠西相陳天人之際王道之端昌言大對統紀條貫純嘏積厚遠而寖明帝唐九葉順考古道隴西公兼(集作都)將相之重承尉衛之崇啓心宣力作率慶

事陜恪宗工能積其烈公諱晉字混成河東虞鄉人廉忠溫厚絜矩通理秉義以立故不爲利疚知動之微故每與告（集作吉）會朸肅宗受端命以合兵車思欲去元元於湯火致王度於金玉以文告威讓遠猷密命之爲重也故公觧巾披荊校文視草凡三徙官被以采章代宗御天下乃清吏職以爲文憲彌綸陪貳事任百辟交脩則理道洽故公再入御史府三爲尚書郎歷祕書丘長府奉常武侯之亞今上建皇都以纂鴻業思代天工俾寧方內故公出入屯夷昭明有融中居大僚以至柄用貞元五年春三月拜門下侍郎同中書門下平章事居五年除禮部尚書用耆碩俊德轉遷兵部分正弘化以本官畢命爲東都留守東都

畿汝州都防禦使安危注意以左揆持相印充宣武軍節度汴宋亳潁等州觀察處置等使十五年二月丁丑薨于位享年七十六罷朝三日追命大傅有司易其名曰恭惠職喪法賻皆倍蓰等所以視其踐履而加優之也朸公以祠部郎爲出疆從事北方之強驕蹇杏貿伐功怙力徼我厚弊使臣指顧公攝其詞詞達氣直虜皆震伏殫威命於尊對輝光華於外區仁者之勇沛然餘力其爲太府未浹日而理乃珥貂蟬貫兼憲丞含章以承顧問秉直以司紀（集作紀）律脩起故事京師肅然其爲華州徼赴行內以祭酒亞相使于北河其往也劚門不出關東多壘習俗故態且相附離公則破其從約使循軌道其還也蒲坂旣阻王宮未清婁婁二逆恣睢相合公則折其宄謀因以鬱没憑軾有勞邑蹕而旋益用尊禮大其職業司徼循也五校嚴備持重而不苛處網轄也六職遵脩舉直而不紊典禮樂也百神咸秩薦信而不黷其爲相也上載元聖下熙百工柔惠小物協寧大政推明常古之制章叙理平之業粹和而不耀敬讓而不居言陳於前不可悉數拜章八上然後得請其撫封也尤爲難理先是在宥推恩条授兵柄至有恃凶器以邀好爵者氣醶不還風波相沿是邦再亂人用恫恐上以爲陳留天下之郊也非素重臣不可以率先賦政公旣受命與一二從事記室儒服而前不待裹言不恃悍衛寬信夷易闇然風行長城大蔡蘊在靈府悍將伏罪賫

人樂業四鄰諸侯折中於公居四年政成力疾累求入覲因條陳利病請制於未然上難其繼以致没代噫夫一邦之人得公而理失公而亂刲介夫殺大吏猶原燎川潰於不可遏嚮公之嘉猷密疏如前知焉其明智歟董氏在春秋時書法不隱在戰國時賛明命聞於諸侯自膠西而下淳耀溢大在魏有司徒昭在蜀有尚書令允扶義納忠以幹機衡其族舊矣公曾祖仁瓌皇州博士祖大禮贈右散騎常侍考伯良開州新浦主簿贈尚書左僕射三代有令德而無貴任蕃祉所鍾繇爲追崇宜哉有子四人秘書省著作郎全道秘書郎溪大理評事全素太常寺太祝澥等其承學也專其就列也敬斬焉而孤㷀然以哀日於先遠

象數協吉以其(集作其)年十月丁酉奉理命家決薄葬公于河南縣萬安山之原以前夫人南陽張氏繼夫人京兆韋氏祔焉從周禮也惟公自筮仕至捐舘四十五年無伐善無遺德歷官三十六皆以理効聞自建中以還居中分閫再調掛實一人而已范文子所謂厚德者能享多福惟公有之全道等循懼懿鑠之不耒于後與陵谷之有遷也以德輿奉行公之命書者三宜金石刻故跡其誄謚而爲之銘其詞曰

后王財成雋乂昭明以建皇極甫申居內方邵理外周邦是式於惟隴西求福不回文武宣力調和公餗整訓長轂柔惠且直膠西華章道可佐王屈相下國紼代儲慶至公

[illegible]盛位實配德子孑干旟昔作浚都俗旣紓息翻翻素旗今旋洛師人用悽惻惟是壞樹資於四布萬安之側德煇在茲末代有詞于以篆刻

文苑英華卷第八百八十六

文苑英華卷第八百八十七　碑四十四　神道五

將相五

齊成公神道碑一首　左僕射賈耽神道碑一首

故中書侍郎同中書門下平章事太子賓客贈戶部尚書齊成公神道碑　權德輿

有唐文學政事之君子曰相國齊成公諱抗字遐舉清方粹溫絜矩秉懿明誠盡性切磨(集作劘)化育之道精義入神旁魄天人之際以忠事君以病乞身乃去台宰乃儕商皓然後徹琴瑟啓手足殁齒無遺德以從先大夫於九原易名曰成不亦宜乎公定州義豐人自太公表東海桓公匡天下爲國爲家或哲或仁烈祖贈太師府君諱澣歷給事

中中書舍人吏部侍郎止於平陽太守出入陟降中行山立至今言開元名臣者稱公有遺直遺愛焉實生先公贈國子祭酒府君諱翃發道貞厲仕至左龍武軍倉曹積厚於上流光於下其位不克故大受於公公旣亂而孤哀過成人屬幽陵橫潰中夏如燬奉太夫人安輿違難於越得子州支伯之故地而偕隱焉誅草茅以順居息悅山水以資仁智方茂天爵用觀靈龜嘉招重問奔走以卬至虛已弘道從容而翔集吳郡張相君鎰方以仁義理濠上得君爲榮及進律于成師于岐累爲命介若縣有覉建中中戎王諆大和會以休寧西方右林風綿亘汧隴地當匯肬且有成命正其經界公實佐中權叅壇蒞盟得其情數與之

約結克就休棠之會用銷邊鄙之警旨觧巾三遷至殿中
侍御史俄屬涇旅竊發群兇挺災天兵伐義於甸内王公
死難於理所百舍奔問至于行宫拜侍御史有詔以蕭黄
門復布愷澤于東夏命公爲工部員外郎以贊焉復命轉
倉部郎中李懷公阻命于蒲連兵未觧關中飢旱經費不
足轉粟餽軍濟時之艱患求才急病命使以轉達遷兵部
郎中兼御史中丞以董其任俄拜諫議大夫當軸者不相
容坐婚親細故出爲處州刺史先是山越寇攘蕩覆城寺
公乃卜勢勝之爽塏因習俗之便安三時不害百堵皆作
朝典陟明拜蘇州刺史吳實劇部大田多稼浮淫冐没吏
禁或弛占著名數戶版不均公乃閱其生齒書其比要強

家大猾不得蓋藏公特單騎與之紓息已日乃孚厥猷茂
焉遷潭州刺史御史中丞湖南觀察使以嚮時二郡之理
而弘大之其仁可知也左曹理本徵爲給事中𠛬郊寄重
擢爲河南尹盜有宋瞿曇者白晝椎剽爲郡偷嚢橐三川
病之幾三十年公法令嚴具網絡張設名(文粹作潛)捕甿宿使
無遺類指顧之閒擒擿如神乃作秘書章明文雅脩舊以
起廢乃作太常統和神人節事以辨志便蕃大僚其道乃
光德宗皇帝方以堯舜氏聰明之道馭天下用賢人克相
位拜中書侍郎同中書門下平章事熙九功之歌質百官
之成損益文獻化裁形器精微以折衷寬靜而不伐或事
隱於造膝或言行於沃心矜天官氏每歲表他曹郎二人

閱多士試言第其甲乙春官氏俾考功郎(文粹中字)有選考秀
之親故者而進退之公以冢宰少宗伯爲官人取士之本
蓋天子有司之重(一有寄字)至於避小嫌亂舊章適滋岐旁孰
謂局鑰蹇蹇坦坦之道豈如是耶然後闢康莊付(文粹作)衡
尺遵公是之路去自便之私天下之人謂之理道尋有詔
脩國史昔孔父無位以空文爲一王法公當盛聖之代用
宰司惣直筆其於褒貶勸懼明焉勤慮盡瘁積成寢恙累
章乞告改太子賓客遭罹不淑贈戶部尚書時貞元甲申
歲夏四月春秋六十有五夫人河南獨孤氏某官某之女
賢明蚤夭繼夫人蘭陵蕭氏某官某之女仁順有禮法嗣
子諫銜恤毀瘠侍公喪帷以某月日祔于東都某原喪祭

哀敬君子以爲有後惟公深而通肅而寬出處動靜必以
中正敬用五事暢於四支資性儼恪尤長鑒裁在岐也薦
齊忠公映佐蕭也薦盧恭公邁皆至丞相其他推轂下士
爲朝廷臣成天下重名碩望者不可勝書凡所論者皆研
幾析理弘雅夷遠洪州文宣王廟碑張蕭盧三相國碑誌
本聖人教化之蹟推大政謩明之道固其性術講貫而發
舒乎斯文文集二十卷中倫體要盡在是矣公薨五年鍊
調爲洛陽尉求惟先烈未刻豐碑以德輿夙承湖海之舊
中忝掖垣之屬他日舉代雕形話言獲於遺編實見陰德
顧兹無似有玷知人濡涕含毫以表幽宅銘曰
昔在營丘大風泱泱有倬平陽令聲章章不賤宰政貽慶

子姓含曹含光大學追命厥生中書秉悊集作哲通刑居政集作正鵬起扶搖鸞翔慶霄乃登紫微以瑞清朝吉凶紀纏寒暑結轄其生有涯其用無極壽堂宜寞冢樹森植揭兹馨香終古是式

左僕射賈耽神道碑　　鄭餘慶

公諱耽字敦詩其先長樂人也七代祖元楷因葛榮之亂避地始徙家於浮陽隋開皇中改浮陽爲清池今爲清池人也烈祖遠則皇德州長河尉祖知義皇沁州沁源主簿贈揚州大都督考琰之唐宰相世系表作元琰贈尚書左僕射皆才光道濫器位非偶積善有遂鍾于魏公公天寶十載明經高第乾元中授貝州臨清尉州縣之職與公非宜兵戈甫

興時不韜才公詣闕獻書授絳州太平尉太原節度王思禮察公器重識高涵泳萬頃署度支判官轉試左驍衛兵曹試大理司直監察殿中侍御史職並如故遂遷檢校膳部員外郎兼太原少尹侍御史北都副留守仍賜金章紫綬就加檢校禮部郎中凡歷數使賓待益重奇才愈茂弘器日彰天下士君子推公爲棟梁遷汾州刺史在郡七年愷怛之愛忠利之教序四器導五常百姓日用而不知熙然致於仁壽烏足語其瑣細歟徵拜鴻臚卿兼左右威遠營使通夷狄之情序賓客之位其有素矣是歲拜梁州刺史兼御史中丞山南西道節度觀察度支營田等使加朝議大夫封廣州男時守臣梁崇義恃漢水峒山之險負固倔強公受詔領麾下公江東討降均州屯穀城所向皆捷以功加銀青光祿大夫上以慎理軍旅以信夷夏邊封謐清而百姓晏安是時故山南西道節度使相國鄭公震洎邠寧節度使張僕射獻甫或爲部刺史或爲都將皆雄毅宏達常流不及忌能飛語危疑是懼軍帥之例罕有全度公前推信誠中發坦蕩咸以事曉加之慰薦竟垂忠勳兼佩將相引張推轂受脤微公之恢朗洞識二人曷能臻歟在鎮三年遷檢校工部尚書襄州刺史御史大夫山南東道節度觀察使會李希烈亂常朝廷致誅詔公爲司徒梁公勉招討副使以公懿德懷姿不宜爲副寇難未平徵拜工部尚書職崇喉舌望允台鼎俄以本官兼御史大夫東

都留守判東都尚書省事充東都畿汝州都防禦使又加東都畿唐汝鄧州都防禦觀察使舊例居守不出王城公以射藝絕倫氣横秋霜德宗知公信在言前優詔特許薄狩郊甸允所謂珪璋特達之德也遷檢校尚書右僕射充義成軍節度鄭滑等州觀察處置等使屬有鄰帥戍兵護邊魚服鵝冠興軍三千公弛柝罷警門闥洞開慮其未安重延廊廡坦易信誠挺出今古海渟山峙茫茫屹屹培塿畎澮安得不服其洪濤峻嶠歟凡更四鎮踐履如一尋以風疾懇形封章御札名方與千金之醫馳賜不允陳讓俄而護瘳貞元九年入覲拜尚書右僕射同中書門下平章事朝廷爲之寶巖廊爲之重天下以之信向蠻夷以之懷

來加金紫光禄大夫轉左僕射依前平章事遷檢校司空依前左僕射平章事遂嬰風疾四表陳讓不俞朝旨御醫盈門中使填路嗚呼有盛衰也有晝夜也聚散之理常也死生之變大也愚智同塵賢不肖共轍孰能究之哉公爲御史先府君追贈太子中允先夫人鞠氏贈東萊縣太君歸本郡遷葬鄉邦榮之先府君累贈尚書左僕射鞠太君贈齊國太夫人祖贈楊州大都督祖妣崔氏累贈博陵郡太夫人廟貌覯德豐碑紀烈奉君親而載劬啓手足而免夫始卒之道侯具薨而以永貞元年十月一日薨于長安光福里之私第享年七十六輟朝四日再贈太傅詔鴻臚卿渾鍊持節備禮賻絹一千匹米粟一千石詔葬長安高

陽原夫人贈扶風郡夫人武功蘇氏駕部郎中守忠之孫處士珣之女先公二十五年而歿至是而合葬焉秉周禮也長子疇太常寺協律郎凋於青春次子疄太子議郎少子曝京兆府參軍公好古在汾州時於戒行尼寺家童院得晉西河王分司馬斌碑太康中尚郎索靖八分書翳蒼蕪藏之下字可辨者猶存太半有割太原四縣以爲邦邑之語公再建於寺殿之前爲尚書時懷魏鄭汴軍聲未輯詔公宣遏而兩家之難觧抑推君命且曰服寬信也公既習經籍老而不倦九流百氏靡不該覽遍夷裔之風俗盡山川之險易歷代沿革之自百王廢置之由關塞通塞之因牧圉盛衰之異道程疎密之準要荒享獻之數聚米畫

地成於指掌矧夫丹青神化纖緗纂述數十年來西戎陷我河湟其圖籍志録泯絶散落非公強力精專睬矚貫穿靡書不探雖賤必訪則自汧隴而西傳疑唱謬紛紛不已已化爲奇昧天意若曰降公之聰達精博拯厥將墜一作墮歟興元元年詔公撰國圖貞元十四年先獻關中隴右及山南九州等圖又撰別録六卷吐蕃黄河録共四卷優詔褒異賜馬一匹銀器數事綿綵三百疋十四年冬撰海內華夷圖成并撰古今郡國縣道四夷述四十卷貞元十道録四卷賜馬兩匹銀器數事綿綵五百疋又內出銀榼二蓋殊渥也於戲渤海左湧洪河前激決漭其地氣必將有以孕育哲賢謨明盛時爲紀爲綱爲棟爲樑體貳爲一作如

仁萬夫之望豈特河海地理云乎哉亦將上動昭回下降星精爲忠爲孝爲聰爲明爲君子爲弘器公有大度容物也浩無津涯而恪慎兢畏不有怠也有明哲保身也執云肯綮而端方肅祗未嘗離也公奉親以孝事主以忠待天下以信傳識以強力燕閒以砥礪居台座十三年秉戎律四鎮垂十五年産不過中人日給有不暇之意非夫脫落塵機翱翔青冥孰能然哉夫郄縠之閱禮樂敦詩書蔡遵雖在軍旅不忘俎豆邴吉之不過汙丞相車茵劉寬之無爛汝手叔度之涯涘元陽之不伐衛玠之理遣情恕公咸顓頊恢博得其兼備者已公考求六藝張弓挾矢允謂殊倫連璧冥冥之羽雙貫五釆之翬殪積豕之獸圖畫歌詠

噫嘻君子多乎哉文章之製博達而清約盛矣著述有未就者殁有遺(一作餘)恨痛嶙等知公歟(疑作與)餘慶有忘年之眷見託紀徽烈俾鴻代芬芳不歇表唐得賢臣之目焉銘曰

圓方既明渾淪粹精𠬝耀騰溢降爲賢英郁郁魏公薰然淑清脫落瑣細胷吞長鯨(其一)天寶之季前塵荐起懷策上謁言塵可止少年下位事不行矣命官絳臺渥澤伊始(其二)車騎開府司空晉陽萃賢揚幕優游抑揚惟公銷然落落堂堂群議乃曰允膺巖廊(其三)剖竹西河衆蘇情結風俗丕變戢欣(一作昏)載悅六鈞服猛雙鴻一發式是威武洸洸烈烈(其四)入掌九賓羽儀清都四夷荒職貢畫地圖帝曰漢中實惟爾區廷授龍節雙旌碩儒(其五)惟轂漢南乃司冬官保釐成周白馬登壇更踐數鎮撫人以寬或三四年遂成勝殘(其六)徽弼中樞朝廷爲實謀不外揚功宣造膝與物宥過意工言質天下日用易由寤室(其七)知命兮死生齊松楸列兮塋域成蹊海胷兮渾渾浩浩一指兮和天倪謏知言之重顧銘藥石兮悽悽萬物或幾乎息矣惟公德兮竟隮(其八)

文苑英華卷第八百八十七

文苑英華卷第八百八十八　碑四十五神道六

將相六

故丞相尚書左僕射贈太尉王公神道碑一首

故丞相太子少師贈太尉牛公神道碑一首

故丞相尚書左僕射太尉王公神道碑　李宗閔

上即位五年正月丞相左僕射太原王公以癸巳(一作未)發疾其明日遂薨於位天子震悼憗惻遽命內謁者詣其室索其所以飲食寢作之端既詳其無他狀遂贈(一作賻)布帛菽粟率用峻等既又不塞痛軫之意加內府之絹千疋以賜之爲之罷朝三日命兵部侍郎一人持節駕駟馬(一無馬字)簫鼓出自正殿直抵柩前冊公爲太尉塟有日官給秘器及就塗遣王人亟臨視之命羽葆旂常輅車之飾皆及墓候其返虞鼓聲四節於里第而還示不與常制等也其子鎮以宗閔晚陪公於相位之末稍窺公之行請銘其烈以垂其後且不宜拒遂鋪其犖犖所能言者於金石云於公諱播字明敭太原人周靈王太子晉之後以歷世爲王因而受氏高祖藺汾州長史生大璡嘉州司馬給事中司馬生昪(一作昪非)咸陽縣令太子少師少師生恕楊州倉曹參軍尚書左僕射公僕射元子也忠敬而本仁寬明而有制內顯而斂外肅而和貞元十年舉進士第是歲策賢良以直言校書於集賢殿其言平戎經國之術粲然可舉調尉盩厔斷獄首出御史中丞李汶愛之奏爲監察御史按雲陽

丞源咸季以贓免用疑文不宜調而調因謁於臺遂捕劾
之追奸胥窮律旨奏流咸季刑曹郎（一作卿）罷所居官給事
中以省詔非是奪俸緣而坐罪者甚衆自是風聲不可遏
矣為侍（一無侍字）御史時京兆李實文皇寵（一作所）委能禍福卿
士凡其榮衰繫所附背舉朝迎避其鋒公在途而實來揖
公移文詆之其詞可羞實遂奏公為三原令求其不足於
禮以持之公至尹署洎群吏之舘還其邑敬府之禮無不
具實既出其筭亥加畏為縣之編於戶者多中貴人前令
率不能自為其政施（一作馳）張韋之公悉召所謂貴人入坐
堂中（一當作其）拜曰敬桑梓宜如是也邑人大駭從其所指為
長安令朝廷方恩于頔而以帝女嫁其子民有與于氏蒼

頭同盜人馬者前令捕民而縱其蒼頭公始至縣即立取
其奴與民均其法知御史雜事京師饑穀起價京西諸侯
相率閉粟公移之簡書徵秦晉泛舟之說西鎮惴惴收去
條令粟流于秦元和四年為御史中丞歲中知京兆尹六
年為刑部侍郎充鹽鐵轉運使上言流人會赦而歸獨豊
（一作配）囚為鬻遂無還者請率以七歲為竟至今用之尋加
福部尚書益以御史大夫又以戶部尚書節度西蜀長慶
初覲穆宗言中外之事遂留為刑部尚書復幹鹽鐵冬拜
中書侍郎平章事仍其職匡維激發始以進賢為急上方
有意河朔以財賦始出於下（一作方）十一二年公用相印為
淮南節度使以其職隨之四年言事者謂鹽運之設宜留

京師用制方上加檢校司空去其使未幾上念公成法又
以使屬公加司徒令上踐祚急詔徵公至即拜左僕射同
中書門下平章事仍其使尋兼太清宮使累進爵至太原
郡開國公食邑二千戶進階至金紫光禄大夫年七十二
而薨公入官三十二政逮事六帝出統楚蜀之師入極台
宰之尊前後三總鹽鐵既出（一作去）又復幾二十年天之所
覆地之所載宰有獨私於公耶必有以當其然也一署吏
苟不犯無能奪其任者歲時奏課至於榮太史胥次遷亦
如之故人用安其為善莫有欺公者雖遠至海裔若物戀
笞撫窮年不死一吏貶一職而群務自濟凡朝廷平准取
鄆齊汴下滄景干戈不息者十五六年饋餉資費隨其緩

急而立辦沛然若神給其間潚琵琶導頴河以漕輕舟師
人坐受其飽䟽三門挽沉石以濟巨艫關中遂亡其饑薦
皇甫鎛之強敏而鎛反短公於上公循不知上謂其長者
論景忠信矯制釋（一無此字）逗撓之將期必抵於罪時服其敢
深涉徐境導齟齬而為忠槃人曰真宰相器也權征之外
有雜緡率貢內帑號為羨進貞元中歲不過十二萬緡及
公歲貢百萬緡凡國有大征伐不慮其費之有無洎丞相
晉公專征討之事兵食悉出於公公方（一無方字）從容以贊其
成及滄景平公有叶力之助自御中丞京兆尹物賦秉政
未嘗書笏為記善於啓奏天子不能自守其喜怒公以專
志持務家匡於上行已寡從不喜代露由是數帝任遇多

被恩澤權利去晋如在諸巳人多意公能詭合於時及公再持相印與晋國洎一二公同輔於上趨嚮甚直雅符於道苟所舉公是公必扶之即非是公遂嘿嘿不和由是上知公厚重而同列亦聳待之乃見公之所爲與嚮之不知者期公蓋甚戾也公旣屈於名而伸於富貴豈非盛德君子神明之所祐耶故夫人清河崔氏給事中鋭之女嗣子鎮（一作式）前（一無前字）秘書丞砥服名教不以丞相子自居其身次曰冰始叅（一作授）京兆府叅軍事其器甚遠（一作宏器度遠）公之仲弟曰炎季弟曰起與公三人俱用文學奮於江左西遊長安七中甲乙時議偉之公向（一無向字）歿不幾日而起以户部尚書司國之計門闥之士交（一作咸）來哭賀群吏之執籍

繁夥一如公之時其亦於世難求也其從事故相國程公异今荆州相國叚公文昌其他分居中外羅于（一作諸）臺閣者不啻三十人銘曰在歲太和惟帝聖神圖任舊台（一作臣）乃相太原維是太原福禄其奔再持化權樞揆聯聯兩統劇藩楚淮蜀坤始自元和公秉貨泉歷憲穆敬（一作憲穆敬文）洎（一作頃）兹聖君四帝財征去公孰親惟煑惟鑄惟範惟聚（或作惟聚惟輓）東掃北殄上之所怒帶甲百萬唯（一作䭾）食唯巨俾公尸之不勞而具變通以時物無滯遺（一作阻）綱條一施莫越其規御衆以仁中控其機信行恩馳罔有詐欺公之惟揚漕務其將公之留庭職與公并首尾貫聯已二十年相府使符隨其與殂公之敏智顯爵自至不紛其外姑真（一作直）其裹始承其風畏公之遂及與之同沐公之義（一作易）仁人之跡殁而乃熾揭於兹碑不仆不倚

故丞相太子少師贈太尉牛公神道碑　李珏

天球河圖有國之大寶麒麟鳳凰王者之嘉瑞方於賢彥即又次焉天佑我唐才傑間出輔時典化代有其人公諱僧孺字思黯隴西狄道人本子姓漢有牛崇爲隴西主簿因家焉代爲西州豪族八代祖弘仕隋爲吏部尚書封奇章公佐佑文帝有重名於時高祖鳳及（一無及字）中宗時爲春官侍郎掌國史曾祖休克集州刺史贈給事中祖父紹太常博士贈太尉父幼聞華州鄭縣尉贈太保公七歲而孤依倚外族周氏嶽嶽卓卓有老成之風以喪禮自處未嘗

戲弄年十五知先奇章公城南有隋室賜田數頃書千卷乃辭親肄習孜孜矻矻不捨蚤夜洎（一作自）四五年業成舉進士軒然有聲時常崖州作相網羅賢雋知公名願與交公袖文往謁一見如舊由是公卿籍甚名動京師得上第聯以賢良方正舉又冠甲科策中盛言時事無有隱避持權者深忌之出爲伊闕尉名府賢侯羔鴈繼至封章屢薦每爲中執事所阻皆不滿秩從潞帥郗士美簡授管記三奏不得請竟除河南尉會有次對太寮因言事辭於上前遷監察御史丁太夫人憂服闋除本官轉殿中公以文高氣直累歲堙屈問望所屬推美於臺閣間入省拜禮部員外郎時孟尚書簡有重望以地官貳卿兼領綱憲薦公知

雜轉都官員外兼侍御史充憲職授考功員外郎集賢學士穆宗即位宰相稱其能遷庫部郎中掌書命召對與語上德之面賜五品服未幾遷中丞每對延英必移時蓋言天下事有武將直臣爲宿州刺史豪奪聚斂以貨數百萬厚結權貴公按之爲有力者排幾不免竟以詞堅理直上意廻直臣乃得罪由是上以清直知又面賜金紫拜户部侍郎時望允一作允塞中書令韓弘以財投分公拒而不受上因他事得一作知之愈賢公遂作相持重顧大體不言細事嘗謂同列諸相曰致理之本流品爲先彝倫攸敘蓋謂此也每惜名器力與同列争方鎮以不廡聞一作問者輙奏貶以賄賂求進者必阻之先是李司徒逢吉與杜循州元

頴同作相穆宗寢疾議建儲貳與公不協後元頴出鎮井絡逢吉銜之愳有釋憾於政事堂謂公曰西川前有廢丘謀上熟知之來日延英發其事公不知慎勿沮議公曰王導有言吾雖不殺伯仁伯仁由我而死正近此耳又安得不言哉逢吉喑嗚而止敬宗年少嗣位公雅善敷奏每言一事必本末陳之上甚倚愛同列挾中助力赫赫妬公之賢公亦思避其鋒三上疏求外任上以武昌善地建節幢兼相印以授之既至問人所病害咸言鄂土疎薄歲一脩城役工誅茅人用咨怨公黙許心計埏泥範塼未及三年盡換舊制崇墉堅壁人到于今賴之文宗嗣位二年公入覲詔復相位上雅知公名一見恨得之晚會宋相申錫以廡介聞巨姦鄭注挾北軍勢下射取財貨富侔於國忌宋之直陰畫詭計誣與藩邸通因内臣而上其變造作似是衆皆符會上驚聞激怒下法吏議其罪諫官伏閤争不得公入侍密啓上意乃寬止於郡佐公實有力今李崖州鎮劍南西川上言西蕃別屯以維州降帶甲之士甚鋭其地要害得之足以壯邊部徐圖河湟此其漸也上疑不決下南宫議百執事皆是西川奏公獨曰國家近與昆夷歃血四鎮晏然今君自虧大信犬戎恃衆見詰渝盟彼直我曲未可量也上曰丞相之言是詔還維州初德裕承籍地勢自負機術公介特素不與之交及是大不平遂成宿憾公與李尚書宗閔同輔政出入殿省進退有度上偏目公曰

卿才類霍光異日可屬大事公懼蒲辭位再陳封章寵加端察出鎮淮海不改相印再登將壇揚州當江淮之衝習愉薄之俗公清淨簡易化人易風俾及五年臻於一作于至理倉廩實禮義行刑措政成脫屣歸洛優詔屢降雅志不回拜檢校司空東都留守文宗將有大制置大除授必降中使假於他方入皇城宣密旨獻可替否如在君前其信重也如此俄以左僕射徵王人就賜官告特明異禮公感恩雖厚退身愈堅一對而歸不詣相第亦有中阻未諧人情又加相印出爲漢南節度使制出上悔之欲追成命公固辭上曰且不與卿周歲別出都門特賜清廟器六事皆範金飾玉如古時制宣曰以卿精忠用以覠別寵待之禮

當時無儔公到襄州均井稅薄地征人用胥悅咸歌來蘇武宗初纘極聽信未一行險者乘時而起凶德參會倒置天下事清賢名被斥逐惟公位高德重最難搖撼磥䂵齟齬幾至二年屬大水壞居人廬舍公以實上聞俛冢得以逞志舉兩漢故事生災異策免降授太子少師時議不平又遷檢校司徒兼太子太保俄又改太傅再臨東郊劉從諫死劉禎自擅以招義軍阻命天兵誅討五年方尅上喜甚素忌公者媒孽鍛鍊誣公與從諫交上怒下詔旬日三貶公至循州長史鑿空指虛四海之士咸冤之公推運達命恬然如得好官時踰嶺越險二年在海上無所苦今上即位大明善惡三遷至少保轉少師牽復高位分司東洛

池臺琴酒逍遙自娛賢士大夫尚其軌躅未半歲遘疾薨于東都城南之別墅自嬰疾至于捐館譚笑語言寔居自若口占理命纖悉無遺上聞爲之軫悼輟日不視政公卿相弔正人霑涕冊贈太尉遣大僚弔祭公端明商重忠厚誠愨平居私室如見（一作對）大賓不喜釋老唯宗儒教早與韓吏部皇甫郎中爲文章友其名相上下晚與白少傅劉尚書爲詩酒侶其韻無高卑前後作鎮皆佩相印辟署多名難其（一作於）進而勇於退儉必中禮貴而不奢知命達理保和居易三領大鎮接護軍以禮貌不至交歡存入中書待樞（一本有客字）使以公平不容請托有恩必報有讎不校常崖州於公恩也嫁二女歸名士薦長子登用行李崖州於

公讎也恤竄謫之窮途厚供待於逆旅其厚德歟亦難能也夫人同郡辛氏贈僕射秘之女賢明懿淑稱於族姻有子五人曰叢曰蔚能嗣其業皆擢進士第蔚監察御史叢使府協律曰奉倩洛陽尉二人未知名公以大中戊辰歲十二月二十九日薨以大中己巳歲五月十九日葬小子不佞早棲門墻考選第叨殊等之科開賓筵忝入幕之吏國士相遇筆札見知周旋欸眷垂三十載刊石表墓（一作德）分也難辭公歷官三十一政作相一十九年逮事六宗光輔四帝承主恩必由直道鮮相印實無罪名自少及長不失色於人佐時理家無悖入之貨持身斤斤（一作不撓）履道甚夷嘗病在高位者不知止足終日抗論尅期拜章竟不及

年俾孤美志銘曰

公之生兮稟星辰公之道兮侔古人（一無此句）公之才兮渾而真公之性兮威且仁公之文兮斑馬隣公之藝兮游夏均公之儉兮自我身公之簡兮無雜賓公之貞兮肅人倫公之慎兮質鬼神公之相兮平如均公爲邦兮政如春公不幸兮罹數屯公無辜兮介于循天開日明兮堯舜爲君舉直措枉兮幽冤必伸牽復高資兮言旋洛濱逍遙琴筑兮無異隱淪屈指懸車兮歎（一作憔）然十旬數懷未遂兮美疹來臻悲纏冕旒兮哀慟縉紳寵贈加等兮冠于台臣有司職喪兮歸葬咸秦觀者歎息兮國人酸辛衰安餘慶兮令嗣兟兟陳寔道廣兮門生振振乃纘徽猷兮刻于貞珉碑

生金字兮名德長新

文苑英華卷第八百八十八

文苑英華卷第八百八十九　碑四十六神道七

将相七 贈官

御史大夫贈右丞相程行諶神道碑

贈右僕射王光謙神道碑

贈太師崔倕神道碑

御史大夫贈右丞相程行諶神道碑　蘇頲

御史大夫維綱之副尚書丞相粤官之長若庭堅是勑山甫為式凝績之以一作懋追榮末未一作極可也聖皇執象增天報功元老恊斯捧日疇貴將詔頌其美稱用命伯嬰與之佐佑存趙立孤可也廣平之傑出者公名則字行諶世以字行始終不易源彼二烈泉乎百代門閭當華嶽之峯

碑闕倚桃林之塞遷自吾祖定成我居作鄭人矣曾祖諱慶隋長子令祖諱德淹隋太康令考諱藥王皇秋浦令子男樹聲太崇於官閥令長傳業夙振於台揆況一變從道三稱靡風乎公神靈特應金火殊發合照灼而更幽蓄堅剛而轉鋭常謂處山者猛不採藜藿成蹊者芳不言桃李静安獨行汎覽群書以管晏之謀迪訓貽典用申韓之法徵奇撮要高深廣大盡在是矣志大好學首中甲科初補潞城尉轉趙之平棘攝眞鄉主簿任非待賢居是適用婴酷而罷居喪幾滅率由於至性每不勝哀禮闋入為鄠尉時呉郡顧琮秉銓調銖致公家啓授萬年尉尋遷左肅政臺監察御史裹行歷二尉尉字一作殿字左右肅政丞侍御史迴

後雙拜周旋五人悉心果乎發尾奚懼償豕既制拉二竪於威弧之張神羊既立挫三思於止戈之武固亦鞱驅隼勁露落鵰權豈避憸言俄招毀議出爲幽州司馬都督薛訥以元帥綜戎仗權公爲在端寮設文備甲兵繕食一作倉廩績絕漠以奔嚴城洞啓遷定州長史未詣職入除金部郎中景龍六年鳴牝肆孽分宰京邑先屠戚黨吏部人相廸獄市皆紛徵拜公長安令丕弊不辜大安所屬無何除將作少匠少府少監飾懲疵疑二字愛費閉奢曾不無益而成有悉登加七命食千戶俾侯於廣平國轉刑部侍郎兼檢校送王府長史司寇持平以議罪君王好直而請由是用刑不頗爲善最樂也明年王正月我后時邁翠華順動

蒼駕巡遊幸朔方而經周漢陟河東而觀舜禹命公爲蒲州刺史本道按察偉儲峙之饒悅服肱之壯期至人於道路寔君子於雲天然後搏擊守宰澄清中理上因聽政顧侍臣曰江淮之間風氣果銳吏諸尤者朕已得之又遷楊州大都督府長史公刈作姦鉏撓法萬商利於舟檝三吳貞於鼓鑄皇念勤矣徵拜鴻臚卿即殿中監國開賓館威慄柔服之序王列御府備物致用之殷則九卿不如六尚書也公力主財巨細錙銖定豐省翹天地之蘇疑三字來自西極濫水衡之貫獻于北宮擢拜御史大夫朝之紀也夫端以憲職流爲法家含弘則弊於僶俛竦躍則嫌於激許狂徒一作徙任失得且觀一作闕興替公之度盖不然森貌寡詞

彼憚嚴而惴察俱疑幽二字一作微藏客我易躁而安動庶物和矣群司晏如加戶益榮金紫宣命賚予璽竹冊青尹政嗚呼方恒位事欲謝期順享年八十有三以開元十四載春之孟庚寅統日薨於洛陽之審政里第宸極悼焉行必馳組請不釋服咼云多矣一作也一尚德二尚學三尚齒四尚舊以華而問遺中使者鴻寶金相一作醫望自闕逮凶則撫贈左一作右丞相衾常疑布帛盡萃其家喪禮塋數邁超夷等伊我公蹈規懸解臨事默識至初疑爲心至公陳力薄驕奢之行畢乃崇高重明哲之謀尊而壽考匪有倫有要知至知終何以符契於君臣寵靈於存歿古未之効也以貞爲謚然與其年暮春壬寅十朋啓塋雙表昭遂歸厝

于鄭之少華原禮也一子鎮之幼爲尚舍直長稟義方之誨成幹䄂之能以杖扶後起柴毀孤立凡厥所嗟上之所隕直清而美者則御史彭城劉彥回同郡宋詢並謂旁人祇服盡承報國聞薦府庭朝夕棟宇遇甚恩結悲盈涕濡相與開陳詔命甄用詞藻爰備刊勒宜存妙好額秩重黎之司曰其正兮禮者其不佞乎粗言銘曰

程伯休父膺厥命兮我公之貞保氏姓兮我公之德宣歌詠兮至于天官翊明聖兮登以碩老資忠敬兮壽必待終名轉盛兮卜而獲兆典實令兮嗚呼太史秉直少華南映望陪我京還即于鄭

贈右僕射王光謙神道碑

權德輿

天球白珩産於崇山扣之而清越格人莊士生於積德用
之而弘大其或含光而耀藏器不發乃熾而昌是滋百祥
藴而爲義方飾而爲徽章故太原王公四葉仕而領通邑
五追崇而登端右循政茂於官下湛恩集於身後有繇然
也公諱光謙字某自東漢鴈門太守澤五代至晉中書令
長社穆侯慧龍五代至隋秘書少監邵以勳華文學復大
其門秘書生隋楊州戶曹參軍來（宰相世系表作楊州司馬孝京）戶曹生
皇青州司戶參軍子奇司戶生美原丞贈太常卿慶賢三
代沉晦邁其風訓公即太常府君之長子也幼而岐嶷長
而淳懿絜矩愼獨抱仁戴義閎深博辯之學稽古禮文之

事炳然含章靡不通貫至若文舒之清脩蕭實處仲之剖
析玄微安期之弘恕懷祖之沉靜合是家法而躬行之始
以門蔭受署凡四徙官曰幽州三水潞州潞城二主簿絳
州萬泉縣丞楚州淮陰縣令所至之邦二千石必加禮慰
薦而公牢讓勇退卑不可踰及爲縣令也務清淨之理而
去其煩苛推明誠之本而教以蕪隅一同熙熙生殖阜滋
楚風丕變幾至齊魯因喟然曰彼天爵美祿者在仁義與
樽酒而已太丘彭澤豈多秩耶於是放懷於外畜神於内
沉研象繫之表盤礴天人之際其致知格物不可詳已以
開元二十九年春正月捐館舍于淮陰年六十九其明年
返塟于河南府偃師縣北山之陽夫人博陵崔氏贈博陵

太夫人繼夫人隴西李氏後夫人同郡武氏贈彭城郡太
夫人飾終三加子貴故也公之才子五人長曰翊以博（一作文）
雅典憲亮直方貞（集作直方貞厲）歷御史中丞在散騎常侍刑
部吏部二侍郎御史大夫贈戶部尚書謚曰忠惠次曰翔
吏理詳明官河南府翟陽縣尉（集作丞）次曰栩循良愷悌勳
德茂盛歷辰朗容三州刺史容管經畧使兼御史中丞河
中少尹朔方節度留後汾州刺史單于副都護鎭武軍使
徵拜京兆尹尋兼御史大夫再居大理寺卿爲福建觀察
使入爲太子賓客貞元十二年檢校禮部尚書東都留守
踐履藩垣逾四十年階至特進爵封本郡次曰向士行清
脩爲秦州上邽縣尉幼曰翽文敏有幹抬歷監察御史三

原縣令著作郎太子僕翱向皆不幸蚤夭翽亦命屈其志
而忠惠公太原公惣集休祉爲宗工蓋臣初忠惠公與肅
宗代宗從容言天下事甚衆且曰文致太平在正名百職
危言悃愊痛詆權倖條疏理道坦然章明沃心前席倚以
爲相者數矣雖位竟不致而其遺風直聲昺乎天下太原
公剖符賦政累刻金石痬夷越劘賊開地靖人倅蒲也以
沉幾銷急變護單于也以尺書柔獷俗中外官師淑聲流
聞保釐尹正式是東夏安危注意未始有極言代德者以
公之保（集無保字）道未光而慶下鍾惟其有之是以佀之之故
也初以忠惠公扈鑾輅於岷峨其勤匪懈贈公隴州刺史
又以持節印冊命專對於北方間關忠力再贈公秘書監

後以太原公南服嘉庸三贈公爲工部尚書以轂下肅清四贈公爲太子少保以閫方報政五贈公爲尚書右僕射噫嘻賢人教忠之業令嗣揚名之孝大君追遠之澤是三者可爲至矣十七年太原公貞于龜筮得二月壬寅吉於是備八旒七章鷩冕佩玉之飾傅陵彭城二郡太夫人以象服祔焉詔給鹵簿官司喪事慶靈集於一門光耀被於九原君子然後知積德豐報之不誣矣至若忠惠之子爲守臣太原之壻居台司諸孫昌阜冠映圭組則列諸碑陰以備代家斲兹琬琰銘公德美（集作善）其詞曰

有匪（集作匪人）君子兮德行醇備蟬聯烜（集作咺）赫兮峻閥弘義觀我靈龜兮懼腊毒之厚味樹風百里兮馳蒲密之極摯慈和安靖兮閭境如春仲叔容儀兮與古爲倫全才不耀兮流慶後昆忠惠既沒兮太原顯尊五加追命兮賁兹玄壤隼旟龍劍兮以至師長澤流根葉兮恩及漏泉壽堂拱木兮以（集無此字）横蒼煙隨武可作兮臧孫有後崇岡樂石兮昭晰攸久吁嗟王公斯爲不朽

故朝散大夫檢校尚書吏部郎中兼御史中丞賜紫金魚袋清河縣開國男贈太師崔倕（宰相世系表作陲）神道碑

太師名倕字某清河東武城人太公望既封于營丘子伋嗣侯伋之孫曰穆伯食邑于崔遂以爲氏後十四世至秦末東萊侯意如東萊侯之子伯基始居清河又十五葉生琰爲魏名臣又九葉生休仕後魏爲七兵尚書七兵之弟曰寅爲樂安太守公即樂安八代孫始以門子補鄭州參軍力行好學於子道以孝聞處伯仲間以友聞讀易至編絶以精義聞至德中戎羯猾夏王師出征公少有奇志思因時以自奮乃作伐鯨鯢賦上獻既聞（集有矣二字）果器之會第五丞相以善言利得幸盡付利權始有鹽鐵使之目愼選僚屬表公爲介轉臨晋縣丞處繁應卒鋒刃不（集作無）頓府罷再遷至太子司議郎韓晋公時爲戶部侍郎掌邦賦急於用材薦公爲監察御史主河東租庸之務尋轉侍御史充京東平糴使建中初德宗始親萬機備精治本有漢宣與我共治（集作理）之歎謂大臣求可當良二千石者遂以

公帶本官權知袁州刺史朞月有成詔書顯揚就加真秩益以金紫居無何韓晋公爲丞相制國用思公前績乃傳召之抵京師授檢校戶部郎中兼侍御史幹池鹽于蒲脩牢盆謹衡石煎和既精餡散乃盈商通而溶至吏懼而循法民不絓網而國用益饒歲抄會其所入羸羨什百詔下褒其能轉吏部正郎兼御史中丞具加五等之爵方倚以重任天富其材而不遐其福享齡六十有五貞元七年某月某日遘疾終于治所上聞悼之因降愍冊贈鄭州刺史賚錢三百萬以備飾終之禮明年某月某日還葬于成周之偃師從世墓也累贈至太師夫人隴西李氏汾州司倉參軍咸一之女生才子六人長曰邠及公終（集作卒）時已爲

左拾遺後至太常卿次曰鄷後至太府卿次曰鄖至外臺尚書次曰郇今爲廷尉次曰鄯至執金吾季曰鄆今爲太常卿同中書門下平章事惟夫人姑藏冠族以蘋蘩組紃輔佐君子爲令妻積三十餘年以慈儉忠厚訓誡諸子爲賢母二十有三年當永貞初順宗踐祚澤流自葉長子邠時爲詞臣草冊書以文當進階遂上疏乞移榮於親優詔允之特封清河郡太君士林聳慕皆自痛其不及邠爲太常鄷爲大農咸白髮貴綬以奉膳羞諸季各以簪裾給事左右愉愉然先意無違言世榮者舉無與比以子貴累封贈至涼國太夫人元和八年三（集作二）月十六日捐館舍壽七十有九是歲某月某日合祔惟太常及尚書既今相國

皆有中書舍人爲禮部侍郎凡五貢賢能得士百四十有八人言兄弟者許爲人瑞崔氏之門六人皆入文昌宮其間三人歷八侍郎統而論之三代卿兩連率二翰林學士一執金吾言冠冕者許爲世雄與姑臧李范陽盧世爲婚媾入于姻黨無第二流言閥門者許爲時表太常二子亦以才能同入尚書璜爲吏部郎璀爲司勳郎其他支孫未登金閨籍者詵詵然魚貫而進文采（集作業）甚似而孝謹不衰猗歟君子之澤其所從來遠而有光乎開成己未歲七月甲辰相君受詔於明庭始操國柄仲冬奉常事于家禮成起慕悄然永懷曰古者卿大夫廟有碑墓有碑皆銘之以紀先德也今備位宰相敢不敭前人之耿光乃俾家老條白事功咨於學古（集注作士）者徵其詞尚信也又命宗祝卜祟日告于廟盡誠也儀甚（集作其非）備而敬有餘斯所謂達禮之君子遂刊勒如式揭于道周銘曰

奕奕四姓崔爲之冠瞻其門墻倬若雲漢善積家肥子孫多才如彼椽楝必生徂徠太公之後彌二千祀炯如貫珠焯見圖史顗允太師丕承德基構于其堂亦旣壁茨生逢艱虞戎夏交師猷賦伐叛忠存乎詞兵興事叢飛輓四馳歷踐劇職視屯如夷乃主平糴乃分行使治粟爲邦其道一致蒲實近地鹽爲利泓使車來思刻弊立程吏廉商通歲倍其贏奏課連最德音褒明就加執法好爵兼榮天賦之才不與壽并生樹德本發揚淑聲上聞軫悼侑樂爲停

贈檖之禮侔于公卿萬石貽訓根於孝友太丘種德乃稔身後家有令子妻爲壽母二十餘年人倫之首六子來侍如龍如虎衆婦來饋維筐及筥佩玉鳴環交饗庭户申申秩秩歡不踰矩昔爲甲族今爲興門天爵人爵蔚然兩尊（集作存）先德蔭之黮（集作黯）如重雲孕和含（集作合）粹濯潤本根景亳之源圖書之川陽陵帝壇磅礴廻環世安其神世嗣其賢聆德風者拜于碑前

文苑英華卷第八百八十九

文苑英華卷第八百九十　碑四十七神道

王爵一（此下三卷英華所編失作者先後今正之）

周上柱國齊王憲碑一首

唐義陽王李琮碑一首

周上柱國齊王憲神道碑　庾信

昔者軒皇受姓十有四人周室先封十有五國自爾承基纂冑保姓受氏雖復千年一聖終是百世同宗故知昔之東京既稱大（一作炎）漢弃受命之周曆即是鄗都中興公諱憲字毗賀突恒州武川人也晉太康之世（一作始）據有黃龍魏孝昌之初奄荒玄菟太祖以百二諸侯三分天下函谷先登鴻溝大定功業如此人臣以終公含章天挺命世誕

生降太一之神下文昌之宿珠角擅奇山庭表德儀範清泠風神軒舉聳動廊廟光華城闕未逾齠齔已議論天下事人或曰是謂弱木一枝（十二字一作天下衣裘叢先能問曰是問謂若木一枝）旁蔭數國長河一直自然千里風飈欲遠光景將昇後魏二年封涪城縣開國公時年五歲也虹蜺滿野是靡當途之高鸑鷟鳴岐實始維新之命國家光宅受圖欽明秉曆大風初卷長沙始封周元年進爵安城郡公食邑二千户仍授使持節驃騎大將軍開府儀同三司開府同於馬駿秩擬六卿驃騎等於劉蒼位高三事宗子維城彼多慙色武城二年授使持節大將軍都督益壽寧（周書作益寧巴瀘）等二十四州諸軍事益州刺史改封齊國公食邑萬户公時年十

有六王武子以上將開府未滿立年荀中郎爲十州都督才踰弱冠方之於公已爲老矣加復營丘負海齊桓公受脤之城岷山導江漢武帝求仙之地自非名陵孤竹聲振沉黎豈得南至穆陵西登積石幸無白虎之患寧待黃龍之盟卬筰畏威徼盧仰德生爲立廟刻石頌功成都有文翁之祀非謂生前漢陽有諸葛之碑止論身後比之今日豈可同年而語哉保定四年與大司馬蜀國公圍金墉城御臨洛浦則廣武營奔兵上邙山則河橋路斷八川風偃五方名利鐵市銅街風飛塵起天和元年徵還行雍牧公以日月之明威神其政滌沮既從荆岐即乂少陽用事路不喘牛仲秋以殷民無驚水二年拜大司馬仍理（一作壓）小

冢宰營室殿軍器太監天官以邦國爲基是司六典夏官以兵戈爲主專謀七德是以器械填委旣包吳漢之功宮殿崢嶸彌狀蕭何之法時以白露涼風務閑農隙督兵三萬出自宜陽拔伏龍之城平姚萇之壘馬陵削樹魏將路窮平陰聽烏齊師其遁天子冢弟禮絕群公仁義所往事資道德建德元年進爵爲王仍拜大冢宰姬旦封於曲阜不廢居中劉交國於彭陽無妨常從豈直周召二南並居師傅晉鄭兩國俱爲卿士而已哉匈奴突於武川爟火通於灞上公述職巡御治兵朔方馬邑星飛（一作廻）龍城月動撓鬶犂（出漢書匈奴傳一作滿挑非）之酒經略不前失爗支之山下馬而去東隣逆命反道敗德囚箕子於寒庫罵文王於王門

天子將有孟津之師召公獨議公報以誕應天命克成厥
勳昔者秦昭起師於蜀直問張儀晉武用兵於吳惟謀羊
祜於是中軍無帥僉曰有歸五年拜上柱國元戎東討給
王鐵騎二萬先襲太原（一作并州）斗建麾兵天離轉戰虎嘯風
騰雲飛電掩林胡棗栗詎得充饑晉陽荻蒿何能拒防又
加王精兵六萬長圍晉州然後六軍星陳萬騎雷動中權
始及前茅已戰自爾即爲前鋒橫行入鄴觀彼車結槐本
馬驚旋滹積甲高昆陽之城尸封塞富平之水莫不如彼
建瓴同斯破竹一朝指揮六合大定是用光昭下武翼亮
中都足以攄祖宗之宿憤解生民之怨黷（疑作戀）方當待彼
石閭部斯玉鼓經緯天地光華日月旣而赤烏夾日黃熊

入寢實沉無杞桑林不祭宣政元年六月二十八日薨春
秋三十有四季友之亡魯可知矣齊喪子雅姜其危哉公
器（一作牆）宇淹曠風神透遠璣鏡照林山河容納置罇待酌
懸鍾聽扣聲動天下光照四鄰武皇帝以介弟懿親特垂
愛友而密謀奇策加禮敬焉常謂左右曰孔子云自吾有
回門人日親其齊王之謂也用之作宰則萬方協和用之
撫軍則四表懾伏豈直皐繇爲士國無不仁隨會爲卿民
無群盜愛翫書籍敦崇禮樂（一作典）管絃入耳則溪谷俱調
文雅沿心則煙霞並韻養由百發落鴈吟猨應奉五行縱
緗縹帙雍容舉止抑揚談論當世以爲楷模搢紳以爲軌
範則少有壯志頗校兵書玄水降靈轂城授策飛風長榔

月角星眉莫不吟誦在心撰成於手所著兵法凡有五卷
六韜九法（一作地）不用吳起舊書三令五申無勞孫武先誠
可謂有忠孝爲有壯武焉不自驕矜兼（疑作謙）光下物宋人
獻玉不貪爲寶百成子高守仁爲富不謂以信致欺爲善
非樂天年不享嗚呼哀哉以其年月日葬于石安縣洪瀆
川之里原隰悽愴埋於盛德幾年丘陵摧落蘊於才良永
矣乃爲銘曰
悠哉朔方邈矣窮陰山連鳥道（一作羽）地盡龜林重黎業大
伯翳功深胄其積德必有君臨大祖撥亂喪君有君（一作有功）
（實君功非）廻地軸策動天文猶臨赤水尚復黃雲諸侯八百天
下三分公之挺生寔惟天假睪微臣（疑作神）降文昌星下照

于四國充于兩社（左傳作周于兩社）舟檝江河棟梁華夏水涵詞
鋒風飛文雅純深之性地（一作義）極天經忠貞之道事感百
靈君親惟一臣子惟宰忠泉出井孝筍生庭乃宰天官爲
國之輔是居上將爲天之柱乃聖乃神惟文惟武策高開
闢威移雲雨九宮神略三術謨明天離轉陣月德廻兵黎
陽水駭官渡山驚冀州旣載東原底平濱波欲運弱木將
危中峯岳斷半海鵬垂鳳沉卅穴龍亡黑陂臨淄麋市東
武山移千齡萬古英聲在斯

唐贈陳州刺史義陽王神道碑　張說

昔高祖之起唐侯華隋命太宗之威四海正萬邦作藩帝
家用建王國二十一族堯之昭也十有一宗文之穆也王

諱琮字其文帝之孫紀王之子龍種異品鳳毛秀色仁義天啓德威日就學無不探藝無不究故齊王之亂以爵推恩周公之子以才分政惣角封義陽郡王弱冠拜歸州刺史又守擅州又撫沂州若教之舊荆人是懲單于之衛胡馬自遠淮沂其乂邦國不空遭王運中微投於南海書稱大去惘失土之諸侯禮不逆誅議無辜之王子其年月日遘六道酷吏薨于桂林之野春秋五十神龍之初興廢繼絶追贈陳州刺史王生不得志殁受遺榮信乎才之短長不如命之豐約德之輕重不如藝之厚薄古（集作有）矣季子豫州刺史行休髫齓羈旅（集作孤）託身炎厲藐是餘慶巋然獨存泣血上請迎喪遠裔開元四年二月至桂州王同氣

三人佯偕遇禍殯殮無主封樹鈌如歲月茫茫盡爲野草問鄰毋而失處訪樵童而莫識議者以爲不可復得宜招蒐而改塟行休拊心蒼昊誓不徙還乃掃亭館設地席潔齋懇惻覬乎幽報遂頻夜髣髴（集作象）曲示其端夢𥈤（唐書無此字）王乘舟舟分爲兩既而適野見東洲中斷因忽悟焉陰隱微明率此類也又靈堂鎖塋一夕自屈管上有三指凹迹一奇二並其旁鐵生文理布列成卦衆駭其異使善易者張法著之曰屈者於文爲尸出指者於義爲指縱一奇二並三殯近闕（集作關）若引渦上（集作山）揆之可以察先王之心矣考夢協卜定處刻辰以某月二十八日於桂城東洲發見神樞舉體咸備而一節闕焉行休甚痛惋若身（集作自）毁裂其夜又夢王告在南洛州（唐書洛州作南洲）厥明直舊殯而南十有九步沙洲痕下掘而得之安合如故他日北郭之外又（集無又字）併妝二叔父焉於是乎驗著之有徵也子子三桃連軸歸飛遥遥百越經途瞻歎零桂人士（集無士字）以爲羡談夫至孝潛通精魄昭應虚無之見推步而有窈冥之體尋求而致雖前誌所詳未有幽感反覆若斯之昭晰矣以某年月日陪塟於昭陵栢城妃汝南周氏祔焉禮也妃考曰駙馬都尉梁郡襄公妣曰臨川大長公主宗周玄冑大君自出左右圖史循環法度邦有好逑室無（集作先非）偕老以王之故薨于掖宮初永昌之難王下河南獄妃録司農寺唯有崔（集作方）氏女（集無女字）扉屨布衣往來供饋徒行頓色傷動

人倫中外咨嗟目爲勤孝王之（集無之字）二子配在巂州及六道使之用刑也長曰行遠以冠就戮次曰行芳以童當捨芳啼號抱行遠乞代兄命既不見聽固求同盡西南傷之稱爲死悌君子謂勤孝者仁之厚也死悌者友之難也感神者誠之至也此三者有以見義陽之義方賢妃之内訓繼體之崇德夫如是淳美上歸乎本朝盛烈延耀乎邦族安可闕而不飾碑版無文而已哉銘曰

高丘白雲維堯大理函谷紫氣維周柱史百代福流千齡運起冨有海内貴爲天子聖帝才子於穆紀王賢王祚胤倬哉義陽慎徽九德九德有常允釐三郡三郡以康明東于飛卌崖之下梁木其壞桂林之野不識阡陌無存松櫝

于以求之人莫知者哀哀孝子眷眷靈夢語妙常闇文徵甄仲南洛占從東洲億中舊穸移偏新楕攺贈既克返奠亦附山陵卜去其吉神心允憑人非地是迹謝名稱青青松栢不顛不承

文苑英華卷第八百九十終

文苑英華卷第八百九十一　碑四十八神道九

王爵二

撥川郡王碑一首　定襄王郭英乂碑一首

常山郡王田緒碑一首

撥川郡王神道碑　張説

珠王無遠而登輦輅之飾寶也松栝無幽而入殿堂之構材也物貴其用人亦如之撥川王論弓仁者源出於疋末城吐蕃贊普之王族也曾祖贊祖尊父陵代相蕃國號爲東贊戎言謂宰曰論因而氏焉公有由余之深識日磾之先見陋偏荒之韋毳慕上國之衣冠聖曆二年以所統吐渾七千帳歸於我是歲吐蕃大下公勤兵境上縱諜招之

其吐渾以論家世恩又曰仁人東矣從之者七千人朝家大勲授左王鈐衛將軍封酒泉郡開國公食邑工千戸國（集作周）語曰犬戎樹敦（國語作惇）守終純固今其俗獷而輕死其法折而不撓故前代無降人中國（集作土）無童僕自公之（集無之字）拔身向化首變華風澤潞之間如（集作始）見我州矣若夫河南胡苑坰牧所利每歲氷合虜騎是廣中軍必謀於元老亞將固選於時傑神龍三年以爲朔方軍前鋒遊奕使景雲（集作龍）二年換右驍衛將軍開元五年兼歸德州都督使皆如故八年遷本衛大將軍改朔方節度副大使公之理兵也堅三甲（集作華）利五刃偶拳勇齊足力信賞罰分甘苦六轡如手千夫一心接獯獫猶蚊蚋臥沙塞猶（集作如）袵

席猶(疑作蓆 集作荐)居露食垂二十年雨畢而成師氷泮而休卒寒氣入於肌骨夜霜入於鬢鬚人不堪其勤公不改其節韓公之建三城也公洗兵諾眞之水刷馬草心之山以爲外斥而叛徒安堵鄭卿之和默啜也公授館李陵之臺致褒光祿之塞以爲內侯而賓至如歸九姓之亂單于也公四月度磧過白檉林收火拔部帳納多眞種落彌川蔽野懷惠忘亡漠南諸軍疑其計也降戶之叛河曲也公千騎奮擊萬虜奔走戡剪畧定師旅方旋而延陁趺跌(唐書作跌跌)復相嘯聚上軍敗於青岡(岡字集作剛嶺)元帥没於赤柳澗公越自新堡奔命寇場贏糧之徒不滿五百兇醜四合衆寡萬倍公殺牛爲壘戢虜爲餉決命再宿衝潰重固(集作圍)連兵

躡踵千里轉戰全薛公(集作合薛訥)於河外反知運於寇手朔方諸軍壯其戰矣研磨之奔也邀于(集作於)黑山口獲其精銳布思(集作市惠)之背也追至紅桃帳掩其輜重乳泊之會剿蘭池之狂胡木盤之役繆方渠之逋寇凡前後大戰數十小戰數百筭無遺策兵有全聲(集作勝)是以六狄逃遁三垂乂寧聲暴露於天下業光華於世(集作代)載信皇威之所加亦武臣之力也故錦衣寶王允答戎功甲第良田丕承王命(集作丕承錫命)帝錫(二字集作語)其智効累其(集作未甚)優寵黃頭黑齒比價齊名積戰多瘡累勞生疹恩命尚藥馳往診之晉豎已深秦醫無及十一年四月十五日(集作四月五日)薨于(集作於)位享年六十有六(集無此二字)制贈爲撥川王稱故國本其志也

(集作志其本也)太常議謚曰忠由舊典昭其行也長子雲忠(二字集作盧)襲官封繼事業次子舊久特拜郎將十二年四月詔葬於京城之南懷遠人也太常鼓吹介士能旂虎帳貂(集作貙)裘封彝殉馬吉凶之義舉夷夏之物備長安令揔徒以護事鴻臚卿士(集無士字)序賓以觀禮哀榮之道著(集作極字)矣君臣之義厚矣有命國史立碑表墓吾嘗同寮敢陳(集作昧)遺烈銘曰黄河接天青海殊壤舉世安裕(集作袼)拔俗誰敢倬哉論侯利有攸往奮飛橫絕搏空直上以衆款塞因敵立勳吐渾(集作蕃)萬戶吟嘯成群精感天地氣合風雲旣封酒泉乃爲(集作位)將軍朔方陰塞直秉(集作彼)傈虜帝命先鋒闢爲虓虎上北尸寵(集作山北加寵)漢南擊鼓數年之間(集作十數年間)耀國

威武我有師旅將軍鞠之我有邊甿將軍育之柳澗亡師一劒復之蘭池叛胡三戰覆之武節方壯朝霧(集作露)不待王爵送終宿恩未改時來世往(集作去)人亡物在(集作人物如在)銘勳謚忠以告四海

故定襄王郭英乂神道碑　元載

維永泰元年十有二月甲子開府儀同三司尚書左(一作右)僕射兼御史大夫劒南節度度支營田觀察使成都尹定襄王薨於靈池兵故也夫懿文德者非謂禮君臣正上下其謂經綸大難乎鑠武功者非謂鞠師旅威戎夷其謂翼中興乎公名英乂字元武贈伊州刺史玕公之烈祖也隴右節度攝御史中丞贈太子太傅知運公之皇考也產雲

赤亭樹勳青海世傳良將載在國史公河岳之粹將相之器學劒輕短後綬纓讀書重金版玉匱天寶二載方筮仕轅門累授左武衛大將軍節度京國公見之曰代吾節制者必此子也其後十年累代京公爲節度矣祿山之亂中原也二聖偽遊三秦賊據汧岐重鎮非公不可制授公秦州都督兼御史中丞隴右採訪使未幾賊將高嵩長驅幽燕深入汧隴公外申郊勞内設庭宴饗未屬厭兵已合圍賊黨數千應時剪戮繇是虜鏑不鳴於隴外皇輿始都於雍上至德二年詔公爲鳳翔太守轉西平太守加隴右節度兼御史大夫吐蕃之逼西河也諸寇以堅甲乘城我以偏師遇敵勝在於不（一作）戰利當用奇選驍騎以襲虛張疑

兵以應銳前衛未及於龍島後勁已覆於梟巢遂捷書至虜圍夜潰進封西河郡公思明之陷成周也南入陳蔡詔公兼御史大夫統淮南節鉞東捍陝虢詔公兼陝州刺史主闕外旌（一作遊）麾寶應之歲上乘龍躍之運龍虎臣之績進戶部尚書加開府儀同三司仍捴戎（一作督）職朝義之走河北也公雷電勇畧風搏勁騎驅熊虎（一作羆）之師開龍虵之陣一戰而穀水破再戰而邙山拔十年逋寇（一作誅）萬里如掃朝廷壯之詔領東京留守又兼河南尹俄拜尚書右僕射封定襄王加實封三百戶永泰元年兼集賢待制夏五月天子以劒門巨鎮推擇攸難歷選朝廷惟公是授即日加成都尹東西兩川節度兼御史大夫僕射如故是時

也入承日月之光出擁風雲之氣以孫吳爲老生以韓彭爲兒戲千里爲之震動百蠻爲之慴畏秋七月西蕃犯境公戎馬驟捷軍人擅還裨將懼誅乘間謀叛公擐甲擊鼓單車入深引西山之數騎望東川之外救短兵未接追寇橫及鋒刃以通中而氣猶激射彊吏乘遽聞乎京師上投袂而驚仍（一作彌）加悼惜有以見聖主之深仁重武臣之壯節不問輿尸之過彖旌折首之功以大曆三年正月二十七日詔葬于武功之先塋夫人鄭國夫人龎氏禮歸敬仲誠及伯宗生則六珈受寵歿則九原同祔嗣子將作少監嘉珍憤積嘗膽哀纏泣血飾櫬蜀門歸魂秦隴（一作甸）力樹祁連之冢思崇峴上之碣以載職在史臣業專文律琢石

旌美俾奮大猷其辭曰　否蕩天地運鍾雲雷嶭嶭定襄與時而來躬赴兵難志清國災推轂隴西士卒雲屯擁旄陝東群寇雷奔五開幕府七鑿凶門以寡擊衆以亡易存六踐栢臺南憲是張再登八座右揆有光同盟錫土異姓封王勳崇業大位重名揚召對蓬萊作鎮梁益秋霜發令春雨流澤望在股肱變生肘腋南圍既合短兵未進單騎驟奔群兇競振血殷朱輪首碎白刃魂歸萬里悲慟三軍踈松蔽日孤冢參雲身歿寃氣名高戰勳

常山郡王田緒神道碑　丘降

維天以五星辯經紀維人以五常垂教化奉天者皇王牧民者侯伯故五星失次舍而天綱乖五常悖倫理而人紀

壞非夫人神厭禍天地合德俾降英傑以靜邦家則無以正綱紀成教化矣皇唐九葉今上馭曆之五載得佐命戡難之臣曰田公諱緒字某北平盧龍人也系自唐虞盛德載世祚于全齊醇仁酬和袁周鼎遷暴嬴璧返劉項角逐正者得之則齊王橫去國隕身與義終始議郎疇立功逃賞與讓淳澆十數世家于北邊議郎即公之十五代祖也至皇鄭州別駕璟生公大王父安東副都護贈戶部尚書有遮虜護塞之勳而生不登貴位加之以齊王之秉節（一作義）議郎之遺縈濬源茂本故尚書克生太尉承嗣歷檢校戶部尚書兼御史大夫魏博貝相滄德州節度度之（一作支度）營田觀察處置等使尚書左僕射司空同中書門下平章

事兼魏州大都督府長史封鴈門郡王歿贈太保累贈太傅復魏州大都督公太傅第六子也秉愽厚之慶得堅剛之氣君臣之大節理亂之形兆寔天賦不言而知侯王之姿見于童孺太傅朗識異而器焉以諸侯之嫡拜京兆府叅軍兼五領騎士深得將略鳴弓上馬雄稜挺然無何太尉寢疾以或措置故事不歸於公聖朝載懷輯綏永顧勳績爰命從子俾侯于蕃既履四封乃遷六官（一有休字）付畀于天威惠在已主恩寵章赫赫煌煌孝未昭而忠藎正不悟而邪及志惟悖德動則無名是以河朔塵飛隴右霧塞青兗既叶幽冀未（一作）同見多壘於魏郊發天兵於隴坻曠日持久連年不平履危者若安處禍者皆樂囂然相視孰

辯其非公斷天下之疑達天下之務以爲君親可報也世德不可墜也犯是二者生將何爲於是欷歔涕流冀其感寤靡有虛日而無正言及京師變生翠華順動人望愈惑堅不可離星（辰）辰之間戎帥覺謝師人將士退迫公理軍公清望威名衆所欣載且曰吾先公太傅之冢子也仁而能斷嚴不至殘當去禍就福化危使安敢以死請期乎息肩公雖懇辭人實誠奉於是三軍之裨將（一作師）列城之守宰及士吏卒伍大和會于旌門之外而聽命焉公乃陳其逆順曉其利病西嚮稽顙如對天顏萬人歡呼式抃且舞受公相誓如履夷途（一作塗）曾不崇朝而獻狀行在于時黃屋南巡于邑濮元兇僭盜于鎬京握兵者鱗差失節者踵

武公挺身禍敗拔跡危難掃氛祲之未開定危疑於已變乃分遣寮屬結約諸侯廻成德向闕之心合昭義勤王之志雖漁陽之勁悍比虜之猖狂公精誠籲天銳氣蟠地能走馬實於魏壤覆朱滔於貝丘希烈勢孤賊泚湲絕訖于收復經略自公巍巍碩勳孰與公比由是捷書上聞未幾而降優詔拜魏博節度營內支度營田觀察處置等使銀青光祿大夫魏州大都督長史兼御史大夫君臣之契運昭泰之玄符千載一時燭見茲日及六龍駕還九有風清然後議刑賞頒慶賜則公之茂績結于宸衷即日加工部尚書節度等使如故上復以麾幢之任賢賢也腹心是託親親也親賢之選簡于帝心賜公姻戚尚嘉誠長公主公

主肅宗文明武德皇帝之孫代宗睿文孝武皇帝之子今
上之妹玉潤貞質蘭芳粹容德配元臣道光卿族降自九
天歸于列藩獎納忠之誠重(匡)戴之績由此見公之寵昇
群后也昔漢張敖曹窋皆因緣戚屬稱榮主第若公之分
茅胙土樹牙推轂上自振古迄于聖朝一人而已尋遷尚
書右(一作左)僕射特封常山郡王食邑三千户明德也改封
鴈門眞食五百户襃慶也公恵訓封圻按部師律恢皇威
以勉群師敷渥澤以潤蒸人禮讓興行廩積斯實修整人
絕統和天常夷難戴君每爲巳任朝廷褒是休烈爰咨邠
諸以本官就拜同中書門下平章事公既參廟謀又統兵
柄方將刳禍胎之未兆措理本於永貞張三光之明調六

氣之府致君堯舜身作夔益豈獨鎖結燕趙連衡齊魯嘉
言有聞而遽嬰寢疾以貞元十有二年四月十日薨於戎
府享年六十有三天子震悼不臨朝者三日列辟相吊邦
人大慘郎日詔遣尚書職方員外郎房挺申賻襚之恩備
君臣之分追是勳伐冊贈司空詔書褒寵禮加常典不踰
時而命公令子節度副使兼都知兵馬朝散大夫試光祿
少卿兼御史大夫季安纂厥戎政式光茂烈雖哀過乎禮
而義貴從權寧息魏人藩翰王國稟君之命移孝則忠生
而顯榮歿有遺祉薰灼今昔在公一門越以某年十月四
日葬我公魏州貴鄉縣金堤鄉吳河原遵先太傅之塋禮
也嗚呼公精彩朗徹志氣雄厲性通事表心達化權二十

總戎三十作相伊魏博爲順本功以之高奉家國於正初
孝以之大忠孝斯立福壽攸歸向蒼生失望國棟斯折今
古之恨何勝言哉公有子三人長曰孝和朝散大夫使持
節澶州諸軍事澶州刺史兼御史中丞充本州防禦使少
曰季直朝議郎殿中侍御史內供奉銀青光祿大夫檢校
工部尚書兼魏州大都督府長史御史大夫充魏博相貝
澶衛等六州節度管內支度營田觀察處置等使季安公
之次子也十五授鉞爲唐名臣固河山奕葉之封奉貴主
慈嚴之訓光闡前烈其不朽歟公左右王家底靜藩閫功
勳(一作豐功)大畧書于淳史若乃垂休聲於開國之地申罔極
於元侯之恩刊勒豐碑光顯舊壤門人之事也追慕感恩

(一有類字)直而不文其辭曰三光昏霾兩儀否閉爰資英傑用
賛開濟天人合符斯人命世(其一)塞直盧龍山橫紫蒙元精
委輸慶發于公其勲惟茂其德惟崇(其二)建中季年兩河難
作淮圻怙亂燕趙濟惡洶洶鯨奔狺狺獸搏(其三)舉華順動
關右塵飛戎輅載駕苞茅不歸且懷疑顧孰就是非(其四)時
惟我公拔跡艱阻率彼叛徒悉爲王旅白日精貫丹誠自
許(其五)棼棼燕寇畜禍稱兵動揺夏東應援咸京旌旗蔽野
獲虜連營(其六)公仗天威修鄰叶志忠見于時泰生于否十
萬姦凶一敗塗地(其七)帝嘉殊績乃授藩維輯寧有土惠訓
成師威令自肅仁風載馳(其八)乃作宮師(一作六官)眞食茅土窮
寵極貴封王尚主恩光顯融獨映今古(其九)既司右揆爰陟

上台皇猷允穆俗阜受來人望匡弼天胡降災（其十）冊贈同
空念深宸展道則致君人而知子帝命元侯傳封四履（其十一）
一高墳峩峩先壟之旁河埽迴氣沙麓連岡殁而可作公
其不亡（其十二）

文苑英華卷第八百九十一

文苑英華卷第八百九十二　碑四十九神道十

王爵三

故四鎮北庭行軍兼涇原等州節度支度營田等使開府儀同三司檢校尚書右僕射使持節涇原諸軍事涇州刺史兼御史大夫上柱國南川郡王贈司空劉公神道碑　權德輿

惟南川郡王諱昌字公明貞師于安定十六歲歲直鶉火夏五月甲子寢疾病考終命制詔褒以司空印綬而弔祠法贈（集作賻）稱焉於是內子諸孤宗姻家老盡誠信於內從事大吏倫侯亞旅展備匍匐於外叶志會事拂龜露蓍象數皆得以條陳纖微必蒙於可報以冬十月丁酉還真宅於京師其原禮也公之先彭城人楚元王交之後襲國公弘基之族孫也大王父全慶皇汴州別駕王父達徐州長史父庭王試太常卿贈徐州刺史三代醇靜不躋豐祿故天爵覆露發祥於公公角犀鶩領魁岸碩大思慕泉深盛氣陽（禮記作揚註讀為陽）休清明以虛受莊重而強立禀於端誠之謂義發於忠憲之謂仁（集有顯字）揚天聲之謂武節修方任之謂文事再居陪卿三佐列藩以宮尹中執法以騎省亞丞相冬官宗伯比践六職再受鉞而一撫封列王爵而食真賦

終於端右餙以論道其初守商丘授彭城下濮陽壁寧陵釋陳圍復梁地(集作野)皆急病肆力威功自著起沮傷以奮擊化匡駭爲休寧其守不可拔其功不可遏投難而智勇俱殖酣戰而奇正合發兵法曰有必勝之將書曰存亡在所用其信然乎始從河南(集作東非)節度張介然東討林胡殺畧居多次從宋州刺史李岑扞城半歲劇賊遁去又從臨淮王光弼汧國公勉每用上効揚于軍鋒洎劉司徒玄佐始擁節旄錫宣武之號以族屬勳力賈餘勇無前凡希烈之自寧陵走汴走蔡以至于死皆公之爲貞元三年以偏師八千承詔護塞亦既旋旆俾營甸圻有尤遠者連斬以狥天子壯其忠繫未幾徵還沃心前席饗醴命宥建行師

之節制自稟新書分上相之賦輿留屯便地明年正月進律作藩彤弓玄甲物釆備厚因六郡之氣俗用十連之教理入覲宣室請城平凉屹爲巨防乃拓故地而又險走集以禦寇徙邑居以便人夷墝埆而制井疆斬荊棘以列逵市貨力具舉農戰交修邊闢棄地宴然富殖長幼養老沛然生聚隣有墜師者濟之棄甲者納之凡涇人之所未習者皆優爲之涇土之所未產者皆茂遂之昆夷攝(一作懾)讐燿火訖息彼西土軌道繄吾謀實然理命不忘於信實遺章備見其忠悃年止於六十五未極壽寵皇帝之所以恤然加等良有以焉夫人吳國夫人陸氏柔嘉綢直婦道明備長子殿中侍御史贈潁州刺史均教忠能仕不幸蚤夭

嗣子右威衛騎曹參軍士涇愨善有馴行與支子右衛率府兵曹參軍士倚洎士良及士和等以德輿嘗受面命類涇人聲詩馨香始終其傳信也熟將篆樂石載徵菲詞中郎二碑竊善頌於無愧春秋五例冀終義於後經銘曰

亹亹南川得時經武大君有命式是西土西土濯征衆心成城壽甲琱戈涇師以貞隼旗鷲晃涇俗以寧肆厥忠力秉茲義程凡在五符至於白徒制爲田廬亦有賈區寔墉寔畝交贊令圖嘉生油油比屋愉愉昔誓偏師士皆致果如使臂指可蹈水火孰云危事決勝在我狂猘內訌惡氛濛濛濁河而南或守或攻陳壁既捷夷門乃通時惟南川實冠群公乃分兵符乃鏤彝器服物昭爵天休茲至勞勤

心力弘大功利師則嚴終公惟盡瘁智氣寘寘發揚昭明下平水土上助神靈輅葆參差丘封崢嶸立此堅石於昭厥聲

武陵郡王馬公神道碑　熊執易

大唐將軍能扶贊神武斬艾不王者曰太尉扶風王薨二十二年而長子蔚州牧御史大夫武陵王鋮自朔易歸葬于萬年銅人原貞元戊寅歲五月六日克定焉禮也嗚呼自代宗末洎今上貞元(二字一作第三元)二紀之間所求乎高明昌盛之家伯仲肯構之力而能保勳烈於上繼事業於下包前憂以滋大食舊德而日新者蔚州有焉公諱某字某其先茂陵人在堯舜揖讓之盛則庭堅作士而五刑五流

克明伯益作虞而草木鳥獸咸若在殷周質文之極則造父啓風（疑作封）而秦始大宣孟作忠而晉番衍此其泉源之奥馬泊炎靈反動伏波爲漢室天柱文教中興南郡爲孔門（一作聖）木鐸此其祖宗之表焉在皇朝松安巂鄯四府都督隴右節度加鄜鄜三州刺史右武左武二衛大將軍扶風公食邑千戶贈光祿卿府君諱正會公之曾祖也左司禦率府兵曹參軍贈太子少保府君諱晟公之皇父也四鎮北庭涇原鄭潁等節度使開封儀同三司尚書左僕射知省事兼御史大夫扶風郡王贈司徒太尉府君諱璘公之烈考也於戲在玄宗時太尉仗劒萬里建績二府實獵邊陲振揚公閫七戎六狄莫不內侮盖神貺靈慶公生伊西寔忠精是感也在肅宗時太尉乃唱大義以踰絕域提一旅以應王師既清西夏乃定有洛功盖郡帥勳在二京公與母弟績戀于大荒來寧上國覩玆盛業寔勳烈有嗣也在代宗時太尉乃總大兵居上將載雲旗控朔陲旄頭銷于昇穀蟻聚遁于虎落業揮而載氣讋戎旃火烈其威金聲方華邅遲不敢邇邊者十年公實耳目旌門手足閫壼萬鍾之賦自我以財威七校之雄多予以暢遂寔父蠱裕而天寵浹內行積而公議歸也故公自初命四遷至太子左賛善大夫歷光祿少卿左饒衛將軍從祖司徒節制太原奏統中軍兵馬拜左衛將軍武陵王尋加御史丞丁內艱起復右衛將軍兼雲州刺史大同軍使遷代州刺史

石嶺鎮北兵馬使代北軍使爲本道所請復將中軍兼御史大夫遷蔚州刺史横野軍使代北都知兵馬使嗚呼公之致身也以言乎天性則挺奇表於勁俗叶嘉慶於神州徇國可以彰忠克家可以明孝以言乎朝容則階貴胄以統環衛著通籍以履周行仍朱戶可稱赫翼宸居是謂嚴重以言乎邦正則本慈惠以撫三郡導滋殖以厚萬人乘塞寢柝智也告終罷市仁也以言乎戎律則盡瘁以被乎戰陣戮力以承其師帥書功在代郊（一作書功代從教）可不曰勇哉啓手足歸全可不曰果哉總衆美而可覆恤乎昔其故（一作妣）在方（一作謂）有茂實諗無媿辭夫人南陽郡樊氏故侍御史衢州別駕晁之女之死之歎毋天莫移嗣子前汾州平遥尉澹次泳湘漸汭深免喪之哀心目皆瞿長女歸濮陽吳曾次服沙門之教次歸汝南周邕泊幼女三人婉穉年以室處公之令弟皓右神武軍將兼御史中丞稟天策以鬱紫垣統禁旅而環黃屋貞忠一德向力帝家存没永違茹哀天壤次驊前太常寺奉禮郎次驊前揚州參軍並耀弘文館明經盛矣夫光祿之威憺西陲少保之道高齊俗太尉之神扶聖祚君侯之惠敷朔郊將軍之忠衛宸極君子曰田宗三王彼可全矣石氏萬石我何謝焉嗚呼非夫人明柔慈愛孰撫吾室非愛弟仁厚忠肅孰昌吾族而諸孤能承佐先軌懼隕厥問周爰叔父之仁旨載王景行之遺烈敢稽代緒以表道周銘曰　將星有耀燭天煌煌

武庫多材我宗最良在昔光禄登壇保疆乃擁節旄以扼河湟左袛畏慕右地焚張降及司徒其道大彰遭德孔艱致命一匡既復區夏乃執豺狼彤弓專征元戎啓行實倡九牧以定四方賢哉長嗣居焉廟堂庸勳是承父子皆王再秉龍韜中軍以揚出援魚符北地周康古人有言過逸前光令子罔愆繼序不忘精騰魄復天望地藏高墳揭然豐碑在旁雨露既濡松栢蒼蒼獨有代功著于纖緗

南平郡王高崇文神道碑　韋貫之

唯聖奉天刑奮神武振起隆平之運者非得臣無以成其業唯賢抱英略任艱難垂鴻不朽之績者非偶聖無以展其材故欲理之主興則佐命之臣出天人之際厥有明之

（一作祗）應期感發若合符契皇唐十一葉明天子受位將懲禍于四方天錫以忠武之臣登翊鈞衡贊揚威烈此聖賢相遇者以其天人合發之運歟侯誰膺之則南平王其人也公諱崇文其先齊太公之胄自敬仲得姓而望於渤海及容止（齊高止字子容）奔燕或家於范陽今則爲幽潞人也奕世以禮義傳家法至公七葉無分居異財化行於鄉黨開元降制使存慰及旌表門閭者咸至於再曾祖藝朝散大夫試汴州長史祖奭試梁州司馬贈梁州都督考行暉正議大夫試懷州別駕贈戶部尚書咸晦名垂裕慶不在其身公鍾天之靈發地之秀膺時之傑起聖之期幼覩儒書不屑章句雅尚義節制存功名遂學兵鈐習騎射術窮秘要藝擅國能天寶末胡寇之難因投筆硯事平盧軍偏裨隨鎮淮右寶應中代宗避狄陝服公從戎師父赴難行營亳蹕還京策勳居最其後智光之稱亂陰晉靈曜之傲擾大梁崇義之負固襄漢常卒（一作率）別部爲前鋒功冠諸軍累官執金吾太常貞元初始授陳許節度都侯及領所部隨韓全義鎮長武城神策淮南陳許浙右四軍同戍公總其侯奄之任臨下簡肅士衆悅而歸之尋加開府儀同三司始受蒲璧啓封渤海五年敗犬戎於寧州軍師書勳授節制之號公亦遷職而進封爲王及全義還朝委以留務四遷至御史中丞十四年遂爲長武大使卒伍貫于素隸紀律明於先令劃壤爲寨風塵不驚徹田爲糧榛荒盡闢訖

五六載昆夷不敢東顧邊城晏閉二十一年就遷御史大夫自至德已還天下多壘擁旄守土者至五十餘鎮每主帥就世將吏有得其柄者多假衆怙力以求代襲朝廷每不得已因而命之是歲也西蜀戎師相國韋公其佐劉闢將踵武前事乃拒詔命逼協使臣圍逼梓潼爭據劒門之險今上深惟宿弊將一戎衣以正四方謀於廟堂宰臣杜公黃裳贊定其策因薦公可任大事元年正月拜工部尚書右神策行營節度總護諸將便道南征公之在鎮繕甲兵勵士卒常如待敵及奉詔而至即日進路三華五刃無不完具前軍剋劒閣遂解重圍危城載邑失地全復即授東川節制轉兵部尚書左丞奮師敗衄之餘當芟夷焚爇

之後附巡創痍懷輯逋離敷愷悌之仁起常傷之氣義勇
爭奮羸餓者來蘇賊衆退保鹿頭我師進至羅江縣相拒
半舍自五月至於仲秋小戰則小利大戰則大利奪其險
要挫其銳氣賊乃堅壁不敢爭鋒然而憑高阻深綿亘十
里我攻彼守衆寡相懸候便宜曠歲月則傷財留費稽我
靈誅乃表請濟師以圖大舉及軍繼至則分命勇銳入其
心腹絕其餽糧介於連壘之中而軍焉且俾申輪前詔開
約降之路其大將仇良輔等執送闢子方叔及婿蘇強率
（一作衆）四萬餘人束手候（一作俟）命公乃俘二孽以獻釋將卒
之縛復授以兵俾還龍壘無彼我之虞軍吏咸有獻疑謂
非受降之道公曰彼逆以迫兇威父母妻子爲其刼質令

旣窮歸貫死夫何懼哉遂使降衆先驅連營旅進闢率餘
黨奔於西山公遣大將高霞寓酈定進以輕騎追捕及位
（嶷）于陽（二唐書作羊）灌田闢弃馬投江二將倒戰而出之遂擒
以至械送闕下行獻告之禮而戮焉公入成都申嚴禁令
無敢侵掠市不改肆農不易畝百姓感悅如霽重陰而熙
愛日也又以天子恩澤布于一方脅從詿誤者咸宥其罪
斬賊將邢泚以徇曰莫如此僞劾誠欵陰持兩端三軍接
餘如振塵埃而濯江漢也粵以十月遷檢校司空領全蜀
十有三州外達諸蠻戎泉安武（一作撫）賜實封三百段（本傳作戶）
封南平王侍從之臣紀功篆石建碑于鹿頭之下盖令相
國裴公之詞斯爲不朽矣是役也師人貨費皆仰給有司

量估儥直歸于幕府凡計緡百四十餘萬其用未半而寇
難平王者請私羸公曰有土實可以奉軍國財非所宜隱
盡命列上歸之縣官時蜀之府藏竭無以賞功佐吏請重
稅編戶公曰恩未及而遽徵斂人將不堪但命閱簿書籍
逋責得以備用眥不益賦吏無敢欺公常欲斥西戎復京
隴自居盐部亟以急病爲請願守邊陲天子壯其忠且將
附以一面之寄乃授相印仗鉞於邠京西諸軍都受統制
邊城動洽威惠故以不約而信不令而嚴居三歲戎政允
理將朝於京旣而有疾猶扶強首路則以展軨劾駕而大
病至焉以元和四年九月二十有五日薨于官享齡六十
有四軍府哀慟如喪親戚皇情震悼不聽朝者三冊贈司

徒賵以米粟布帛有加常等禮官考行謚曰威武明年正
月二十日葬我司徒南平王於萬年縣設奠於國門之外
百官成位弔哭以送君臣之義厚矣哀榮之禮備矣夫人
董姓汝州長史同彌（一作珍）之女正位中闈佐佑仁賢翟茀
未榮鵲巢空在春秋三十有一以大曆十有四年五月一
日終元和三年追封郇國洎茲啓殯淮右從公于居嗣子
金紫光祿大夫行思王傅上柱國上谷郡開國公食邑二
千戶士政次子檢校秘書監兼御史中丞士榮季子左衞
率府胄曹參軍士明漸漬義方事由忠孝保持門戶克纘
家聲君子知南平之業爲不忘矣惟公氣勇烈行易直內
器劒距外不矯飾其治戎也持重有節制信賞以勸之明

罰以齊之嚴不近苛苛必合一作含正每臨敵制變勵如猛獸一作贊迅如風雨務行助雷霆之威斷後保阿山之阻故攻無不剋守無不固其牧人也使之蠶而衣稼而食不奪其時不竭其力載其清淨一與休息故不能覩舉而潛飲其得蜀川隆富首冠藩服我以功而居有之是宜保尊榮安暇豫矣然而不屑寵利徇國損躬振高風激時弊子文逃祿去病辭第訂之於我彼何瑣細四紀軍軍旅百戰成勳庸遭逢盛明升受鼎鉞有賢人可大之業張聖后神武之威獨立一時我無憖德自迴餙南藩作扞西鄙朝廷以之倚仗四國以之瞻仰貪亂稔禍者竊視惕息徹其邪謀嗚呼天不憖遺奪我何速公之冢嫡以貫之常學斯文謬

掌書命授以不刋俾傳信詞採遺烈於世家無慙實錄奉孝思之誠託有愧當仁式表新阡永昭神道銘曰 幽朔之都浸遼鎮碣氣象盤鬱英靈峻發克生南平挺爲人傑幼秉忠壯蹈茲武節韜畧懸解藝能貫疑作冠絶天寶季歲胡夷猖獗爰執干櫓遂從征伐屢僨豺牙頻探虎穴勲名克樹爵祿有列惟天因人惟人奉天惟賢俙聖惟聖資賢靈命陰隲有開必先自昔多難方隅擅權操兵襲位四紀之年光爍我后雅斷精堅將致武訓俾夫頑遷蠢爾庸蜀負險專地帝謂南平總戎爲帥式遏亂畧輔成吾志南平秉鉞如火烈烈取彼兇孽獻于天闕式其怙亂必寘夷滅萬邦震驚九截荒札樂土全蜀任雄一方南平涖止匪居匪康我懷急病整守西疆帝膺嘉信于亦斯鎮受委戎統登榮相印鼎餗方飪干戈未衅任重道遠時行運窮舟移巨壑日下高春摧藏壯氣惻愴遺忠縟禮歸厚明恩有融哀哀令嗣克孝惟終纂記樂石昭明世功奮乎千載式是英風

文苑英華卷第八百九十二

文苑英華卷第八百九十三　碑五十神道十一

職官一

北省一

齊黃門侍郎盧思道碑一首

唐紫微侍郎贈黃門監李乂碑一首

右散騎常侍徐堅碑一首

齊黃門侍郎盧思道碑　張說

有齊黃門侍郎范陽盧公諱思道字子行涿州人也其先姜姓世胙東海別爲盧氏家于北燕自漢世中郎將植至侍中陽烏徵君之子稟天靈傑承家令軌清明虛乂磊落標奇亡不詭隨行不苟合遊必英俊門無塵雜至於求已勵學深道覩奧思若泉涌文若春華精微入虛無變化含(集作合)飛動斯固非學徒竭才仰鑽之所逮也事齊歷散騎侍郎以翰林直中書中廢復進至給事黃門侍郎待詔文林館武平末天子總兵禦寇太子監國于晉陽公留綜官朝燕典樞密及皇輿敗績於外而百寮蕩析於內公節義獨存侍從趣鄴告至行賞授儀同三司入周除御正上士定省歸郡郡人祖英伯作難公脅在其旅幽都既平王石將燎賴元帥宇文公舉以舊有令聞引謁因命草露板立就駭其麗異其敏釋於齊斧之下楫于郡士之上除掌教上士隋高祖爲丞相也遷武陽太守以母老乞解職優詔許之後復徵爲散騎侍郎奏內史郎事隋開皇六年春秋五十有二終於長安反葬故里凡更臣三代易官十七再降一免二去職八平除擢遷者四而已公處屯安貞賦詩頹飲視得失蔑如也臨難無懾在黜無慍危不去主仕不違親休明有賓禮之盛顛覆無淪胥之禍其大雅者歟夫禮義損益公能言之故與熊安生詳定齊禮三墳五典公能讀之故與薛道衡侍學諸后公國華人望光照鄰邦故所居之朝應對賓客脩辭抗議允執其中故青瑣黃綈二代咸掌大名之下豈誣也哉昔仲尼之後世載文學曾有游夏楚有屈宋漢興有賈馬王楊後漢有班張崔蔡魏有曹王徐陳應劉晉有潘陸張左孫郭宋齊有顏謝江鮑梁陳有任王何劉沈謝徐庾而化齊有溫邢盧薛皆歷代(集作應世)翰林之秀者也吟咏情性紀述事業潤色王道發揮聖門天下之人謂之文伯於戲國有校家有塾祿位以勸風雅猶存然千數百年群心相尚竟稱者若斯之鮮矣才難不其然乎然則飛黃虛騁百轡遺路鷦(一作鶻)鵬天運萬翼無階文士擅名當時垂聲後代亦云乎才力之絕衆故爾開皇以來百三十餘載天贊唐德生此多士公之玄孫曰藏用濟美文館重祿黃門永惟衣冠子孫邑里多改先人封樹歲久將平乃假詞菲才刊石表隧庶乎涉齊地者不薪柳惠之隴過邢山者無或子產之墓至矣乎盧氏之子其用心也遠矣銘曰

彧彧黃門實天生德才蓋一世榮聞四國文王既沒文在

人弘公爲宗匠當朝與能龍躍春霄風鳴朝昇或頌或變或雅或承理以神合聲以妙徵高視雕渙與君代興人之云亡十有一紀斯文未喪施于孫子新作豐碑德音不巳

唐紫微侍郎贈黄門監李乂神道碑　蘇頲

世稱李公德爲範言爲師行爲則事爲程於戲彼之四者吾以一貫及值緝熙之運懷廣大之業天下謂之登相國踐台司竟而此位不躋亦公之謇一作勁也若季孫何訪不對者宣尼季子可法以書者文仲夫如是故聞其風志其道尊未量巳公諱乂字尚真趙房子人也伯人侯曇裔孫侍書勁十一世孫自咎繇虞臣老聃周史純嘏之烈清華其冠曾祖彥博振威將軍光州固始令祖惠明弋陽西曹

掾熊州司倉書佐父大智閬州新政令公貴達追贈濟州刺史以昭孝焉北臨代有恒岳東注彭有泫水漢地理志趙泫氏縣有泫水豈恒之實泫之精矣何奇士之不乏而我公誕生歟公幼而閔凶矜不好弄十一從學極與研幾十二屬詞含商咀徵中書令薛元超謂人曰此子必負海內盛名十九郡舉茂才策第考功郎劉思立一見又如之調補潞州壹關婺州武義尉鶱雲逸而在泥蟠也秩滿請選吏部侍郎蘇味道偉藏器而嗟韞櫝也特受藍田尉又策高第累遷乾封萬年尉雍州長一作刺史薛季昶視事咨謀推誠悅服主畫諾而班詔書也擢爲監察御史歷殿中侍御平而不頗諫而則一作不漏與御史令黄門監漁陽公承旨鞫僞發姦除惡刑以矯末禮以教中有若决癕潰癰焚符破璽景龍中華靜能謟諛媚妬權勢傾人自謂金鼎可期羽衣而立功刻奏其僻中宗原而宥之不肖者懼不仁者遠無何加朝散大夫遷尚書司勳左司二員外右司郎中中書舍人立義起草司言揮翰蓋閑練而芳蔚也遂兼長一本作長兼按歐陽修書南齊海陵王墓銘題長兼中書侍郎謝朓撰南北史多有此名蓋當時兼官之稱昭文館學士雲龍侍問天馬成歌群士躍鱗緊公稱旨太子上即位檢校吏部郎中正關鍵端也持刀尺審也建是無撓翕然有譽二歲遷黄門侍郎加銀青光祿大夫進爵中山郡開國公食邑二千戶四歲轉紫微侍郎掌制數月兼刑部尚書明年正除檢校尚書校郡國考績凡二歲古之邁迹垂

憲選賢與能多矣抑揚者或齟齬爲心塞默者或籧篨爲貌介無不執執則嫌於偏柔無不通通無惡於善士君子患也公刻近臣居常伯則不然秉懿德徽乘一作垂理錯綜平枉梧按倫省忠而公信而順謀始而作慮先而動明可照肝膽精可折毫芒議必當而刑不放也故邦釋令典公敷大猷粗舉凡矣聖人迪謨訓書簡冊惟文乎公掌司綍握鈴槧典可常而史不隱也聖人鞠師旅繕甲兵惟武乎公賦其車蒐以器居有禮而用有神也聖人訊法約疇事省惟清乎公削煩苛節更筭著諸令而便於宜也聖人核藏否甄黜陟惟明乎公差九牧區五等措諸枉而舉於直也夫文武以序清明以成斯事體大與時偕行之我公

則無遺矣嗚呼我公何不壽矣明靈罔恤闇忽而殂享年六十開元丙辰歲仲春癸酉薨於京師宣陽里第旒冕震悼衣冠痛惜秦里奚鄭子產烏足擬哉制贈公黃門監絹布三百疋米粟三百石以賻之太常考行曰貞宜矣公每誡其子師於薄葬有子寧等五人並喪過乎感奉遵先旨不敢憖廢韋賢業儒竟遷魯國杜預知禮自表邢山故寧等以其夏丙申卜葬長安細柳原東北望帝京二十有五里償其志也柩既引戶部尚書東平畢構少府監吳郡陸餘慶散騎常侍扶風馬懷素黃門侍郎清河崔泰之洎紫微侍郎武功蘇頲祖於延年門外舉觴言曰不還故鄉達也別於此路窮也孰云中山寧厥后土非此公之爲慟吾

誰慟乎服馬悲鳴而不前行人涕泣而相向僉以頲者公稱知我我謂之甥固嘗揮斤見期必使刊石爲事頲則不佞偈於是重相泣謂曰我輩見中山弗寘寘隨行弗察察從政弗執利邀寵弗夸毗燿榮無躁求無苟得結友朋義也誨子弟仁也薦賢長其知聞善若已出急於病讓於吏輕於財重於施迺中山之度矣所著文集成六十卷五言之妙一變乎時流便清婉經綸密緻猶樂之簫韶工之黼黻也至於心疑風味神嬉景華奕碁不孤絃酌相伴樂然有地貴豈在人奈何則亡不可復見因更爲長慟俾愚叙之黃門監漁陽公盧公居世有閑散之任與公有范張之密強學偉詞盖撰其實也遂作頌云

龍德周史龜文漢相鼎鼐遞襲簪纓相望常山之英泫水之精代稱不乏人惟持生（其一）鯉趨成訓敦詩閱史鴻漸于磐陟遐自邇暫勞州郡俄拾青紫王佐之才一日千里（其二）高遊省門近侍軒墀守位以正行已無私無私伊何惟忠是効以正伊何臨事不撓（其三）八座爰踐三階未陟如何不臧景命云極中夜嬰痾崇朝孔亟縱壑摧鱗摩霄墜翼（其四）如水之清如玉之貞如衡之平如鏡之明應享年以介壽何短晷之先傾晋喪名臣兮羊公見哀於武帝鄭有遺愛兮尼父掩泣於僑卿（其五）歸無途兮往不返歲將晏兮逝水遠（一作邇遠）南山南河徃不返可奈何日運星廻天長地久旌芳宣懿無非舊友（其六）

故光禄大夫右散騎常侍集賢院學士贈太子少保東海徐文公神道碑

張九齡

夫物之所宗也莫善乎德行道之以明也莫先乎文學人倫以具體爲（一作者）難世業以齊美爲貴有能兼之者其（一有在字）東海公乎公諱堅字元固其先東海郯人永嘉之後仕業南國因家吳興焉隋氏平（一作縣）陳徙族（一作楚族）入雍今爲馮翊人也原其伯翳平水土實佐文命偃王行仁義大啓徐方因國保姓克昌厥後逮乎漢魏間出仁賢十二代祖晋江州刺史順德簡侯寧至五代祖梁直閤將軍慈源侯整整生陳始安太守綜綜生隋延州臨真令方貴方貴生唐果州刺史孝德孝德生唐四臺舍人贈禮部尚書齊聃

出入六朝載祀數百文武冠冕存殁光靈訓子克家謀孫必復賢風儒行世有其人公即尚書府君之元子也生而濬（一作峻）發默識經藝粤自童齓則善文言時先府君爲沛王侍讀公之岐嶷聲振平臺王聞而延佇與之談議授簡能賦博奕惟賢門客府寮深所厭服奄遭不造十四而孤祖母金城郡君姜太夫人念其聰異誨以志學公遂刻勉詣心精微磅礴九流激昂三變景倩幼露實賴慈孫令伯大成抑由祖母上元中遭姜太夫人喪哀幾滅性制則從禮有感斯絶無聲常淚服闋州辟秀才其年登科解巾補汾州參軍事部送邊糈至于定襄軍使王本立素重公才署爲管記書奏謀筭悉以咨之坐耀鋒芒未嘗肯槩尋而

換雲陽尉萬年主簿親累出爲楊府功曹振鱗將搏載躍京轂垂（一作乘）翼遠逝有聲東南俄遷太子文學時秘閣群籍大抵訛謬有勑召學士詳定公實在焉爲之刋緝卷盈二萬時輩絶倒伏其博遠尋與李嶠等撰三教珠英書成奏御拜司封員外尋加朝散大夫即拜郎中稍遷給事中以公代及文史詞不失舊錐居鑽闞尚比纆（一作墨）牽遂除中書舍人君子曰舜之官人也二年勑公修則天聖后實録及文集等絶筆中宗嘉之璽書敦蔚賜爵慈源縣子賚物五百段旌良史也遷刑部侍郎（一作郎中）加秩銀青光禄大夫轉禮部侍郎兼判户部（一有侍郎二字）公久践朝廷累登省閣舊章必練即事無疑雅不煩文深得大體雲臺高識以此

歸之進封縣伯食邑五百户兼昭文館學士受詔與天竺僧菩提流至（一作志）譯寶積經及柳冲等同脩姓氏系録三教寳眞萬族有倫亟見成矣太平公主内秉國權駙馬武攸暨外收人望命公至第拒而不行惡夫佞也景雲初令上夷亂主邑東朝宫相四員時難其選二以宰臣兼領一則天子故人任良兩宫（一作物官）實在公矣遂除右庶子兼崇文館學士修史如故進爵東海郡公食邑二千户遷右散騎常侍以本官兼黄門侍郎尋而即真禄賜同三品爵崇五等道茂兩宫利君謀身舉代皆譽又以删定格令承恩進爵二等公請回授叔父齊莊帝用懷之遂封莊爲長城縣子天下義士莫不激昂（一作節）焉侍中岑羲公之姻婭與

其職事深自危懼求典閑司以遠祇悔遂改太子詹事迨義禍敗地絶嫌疑先是不交定王及此不昵岑氏見炎莫附思患預防信達人也復以親累出爲絳州歷永蘄棣衢四郡山川公位（一作立）楚夏異齊（一作同）公政不易宜教以因俗德化歸厚人共由之開元中會同京師遷秘書監無何轉國子祭酒皇帝乩（古籀字）古崇訓開堂集儒以公才學元長命登首席遂令集賢殿修撰又除右常侍以公爲學士副丞相燕公知院事綢繆顧問日月獻納渥恩尤及少有其比上將柴于岱宗詔公草其儀注定禋（一作礼）祀之位廣配類之儀博文約禮或設或華言出而人伏事立而天從時義遠矣及禮畢承恩特加光禄大夫時置十銓公在分

學程不愆素且無遺才公旣贊相謨猶從容諷議大鍾必諫（一作鍊）溫樹不言啓沃盡規（一作知）實致君於堯舜死生有命空比德於老彭享年若干以開元十七年龍集己巳五月丁酉薨于長安敎政里之私第聖人震悼君子稱嗟翼日有詔褒贈太子少保贈物若干段粟若干石特遣（一作降）中使內侍伊鳳祥弔祭而別賜布帛若干端疋俾鴻臚少卿元（一作源）復監護葬事官給鼓吹儀仗太常考行曰文君子曰仁而愛人敏而好學家有榮業紹其方冶國有大事脩其典章謚之曰文不亦宜乎以其（一作某）年終甲子與夫人故南陽郡夫人合葬于萬年縣之少陵原之先塋禮也公寬裕有禮溫良能斷智出于象（一作事）外樞得其環中德

之積也厚名之立也大故起自黃綬累踐赤墀五省（一作府）推高連州得最事將特並位（一作名）與才偕莫之夭閼也至於升堂入室探微覩奧動有禮樂之運言有雅頌之聲是惟無作作則萬物（一作其）和而八音備矣蓋嘗注史記修晉書續文選大隱傳及有文集三十卷皆咨於故實博於遺訓古今通變河漢共（一作其）高或藏名山或升天府亹亹然各得其所嗚呼文仲沒而其言立子產終而遺愛存公則備焉宜受戩穀保乂厥後代代守之有子曰峻嶠崐等才以雅著孝以特聞學茂交會之科旨詞雄祖考之風格備曆清貫皆立能名三賢德聲方賈氏無愧累葉儒訓與班門孰多咸瞿瞿如皇皇如昊天不追終身積痛永舊撰實勒諸墳道僕從述者之後敬而伸之乃爲銘曰

舜命益虞疇功帝俞偃王文教代集（一作及）通儒光華鼎閥（一作伐）出入秦吳門多長者君其最乎（其一）曾是好學果行洵美日就（一作龍）鱗成風積鵬起黃綬覆簣朱門方軌宦籍正人朝稱良史（其二）三入承明五遷外郡道有出處心齊喜愠帝思啓沃國尚師訓屢獻箴規偏承顧問（其三）居常有異博而無惑綿蕝孫通詮衡叔則爲龜爲鏡立言立德故不慭遺左右王國（其四）悼興旒冕哀結衣簪官供羽仗士惜人琴已矣終古平生德音松枝挂劒碑字生金（其五）

此篇一作皆英華元文今以集本爲正

文苑英華卷第八百九十三

文苑英華卷第八百九十四　碑五十一神道十二

職官二（北省二　翰林附）

故太子右庶子集賢院學士贈左散騎常侍王公神道碑　權德輿

興元元年春二月太子右庶子王公艱貞歸全于京師新昌里夏五月王師震耀祲沴銷散天子以公忠義風節可以聳勵人臣追命左散騎常侍且詔有司護葬如（集作如）禮

冬十一月寧神于咸陽縣肺浮原先公之兆域既葬十二歲其孤仲周以德輿昔在羈丱獲見於公無容之敬嘗拜子（集作于字）牀下乃泣狀代德俾表識于神道云公諱定字鎮卿京兆人其先魏信陵君無忌之後秦滅魏謂之王家周太尉尚書令羆以勳勞閥閱爲藩衛威重從太尉三代至（集作之）隋司金邢孟（集作上士）洛相等七州刺史明進明進生（五字集作明生進進生）同州河西縣令喜（二十四字唐宰相世系表作周司西上士明遠生隋州都七職主簿壽生河西令喆）喜生蒲州長史贈禮部郎中（集作尚書）慶慶生吏部侍郎楊州大都督府長史贈禮部尚書楊州大都督易從積是德善叢滋彰大公即尚書第若干子弱冠游太學舉進士甲科補太子校書以文雅盛德（集作德器）名聲四暢屬

執事者用喜怒爲刑賞上蔽天明婚親坐累徽文肅詆歷湘潭藍山雲夢鹽城四邑之屬天寶末違難家食於淮湖間四征五府聘問御至某年元尚書載（集作中書元載）薦問九江表公爲介授右（集作左）驍衛兵曹參軍以疾乞告不屑就焉（集無此字）無何元拜小司徒執憲秉軸實顓徽（集作徵字）令復表公爲大理評事奉詔踵門詞禮皆切不得已而從之恥鶩功利每稽中正酌輕重之法適方圓之宜叩難應於春容技寧拔於肯綮纔逾旬朔復以疾辭時薦紳先生多遊寓於江南盍簪清議以天爵爲貴（集作富）退然絜矩名動京師宰相得君且務樹善俄除監察御史不樂拘屑換太守司議郎公望寖盛徵書累下不就朝論以九遷是望大僚之七

發相繼拜起居舍人尋加理匭使歷禮部吏部二員外於是昭法誠廣聰明裁百辟之章疏治（集作助）九流之刀尺私回屛伏公是與行遷考功郎中每歲覈群吏之能否書其上下之籍有司職祿此焉質正吏詐議以常巧法靡容而不勝公乃大爲之防盡去其弊於是（集作是歲）選部以稱職聞或賀之者舉手曰此考功之力也豈敢攘善尋以本官知制誥歲中遷諫議大夫掌誥如故且加命服凡贊書告命必輔以精誠其旨在於搴菁華而去枝葉故簡實體要不爲蔓辭明年宰臣伏法移太子洗馬今上嗣續東宋吏師授隰州刺史以南京歸重尋拜吏部郎中再授方面命循行方國初自淮淝至于汝南後自上黨亘于山東辯逆節

以致諸宣王澤以弘化德立刑行時公之功遷太子右庶子集賢院學士或歎以才全位散非公所宜者公整然曰此予仲父叔之職官也竊懼不稱豈必使如濡（集作濡翼）腊毒然後爲得耶明年冬上思避狄之仁（集作亂）王乎西狩公聞（集作間）挈二子奔扈行宮在途發集爲兇黨所得不敢加害劫送京師元惡惜公素名汙以右職絷友日至盜言孔甘不時赴就期以大戮公瞋目噤口其心確然私謂所親曰忘君恩以苟生非忠蹈賊刃以誅死非孝於是藥攻五臟文（集作大非）灼四肢耗其形神終啓手足任重道遠君子以爲難前此理命其子曰吾嘗被冕服近天子之光不能酬恩刷恥而遣罹執劫得正而斃猶生之年但慮竊國泉以賻

我義無所受勿使僞命汙吾之行口占遺表然後（集作言終）而絕禮盛服充追崇具（集作身）後君君臣臣其至矣哉故尚書吏部郎趙郡李公洎公皆德輿先大夫之執也李公嘗稱公交道之深評議之正天下之人以爲知言前夫人京兆韋氏刑部尚書贈太子賓客堅之女繼夫人隴西李氏右金吾衛將軍資（集作安）州刺史延業之女龍旂麟趾之慶重於淑哲皆叶公之至而先公之歿長子逢以進士宏詞甲科歷咸陽萬年尉監察御史殿中侍御史佐制河東之書才名休茂不幸蚤代幼子仲周亦以進士甲科使車交辟以廷尉評攝監察御史佐元侯外任實商功利用敏職（集作識）文明脩行（集作文明脩行）論撰先烈炳然詳實故採獲始終用成斯文銘曰

大王孚尹慶胥絪縕有悼王公清方直溫考績中臺吏理有倫密侍右掖化成人文時或屈伸道無緇磷別殿清近東朝顯尊盜泉滔天猛獸狺狺不虧其全不害其人凜凜風節崇諸（集作崇追）厚恩王（集作寮）印金貂襚于墓門家法馮慶崇于後昆（集作家法憑厚慶崇厚昆）纂叙德輝敬而不謖罔連夏屋木拱秦原傳信頁珍令聲無垠

故鄜州伏陸縣令贈左散騎常侍王府君神道碑

前人

國家以孝理天下褒有功之臣寄崇元侯澤及先子印綬名器賁于冥冥繇是王公三受追命有金貂附蟬之飾公

諱崇術字敬方其先太原晉陽人晉司徒渾之後也中以閥閱徙於帝丘今以名數籍于轂下曾王父皇集州司倉參軍玄素生朝散大夫滑州衛南縣令瓌瓌生蔚州司法參軍弘劭皆用儒行自牧故纓轂未華仕不過郡椽史縣大夫而休問四暢公即司倉府君之子方嚴密靜忠厚溫克覽六籍三畧如見古人之心開元中舉孝廉仍歲爲有司所詘因罷卷慨息慕班超傅介子之爲人遂從河南節度杜尚書暹撫綏相合一命昭武校尉蘭州金城府（集作縣非）別將再命鄜州修武府左果毅都尉代謀決勝多以咨之屈戲不數歲因喟然曰務功代而違敬養豈吾之心耶陟岵倚門慈變交感乃嘉仲由而罪吾起去危事以承歡顏

既至郡按察使表其義行可移於教化有詔試守鄭州伏陛令爲之三年禮裕休和入有怡聲出有修（集作循）政熙熙然千室以仁遂焉雖宓不齊之理單父庚桑楚之居畏壘不是過也察廉薦延者方因公以俟上賞俄丁太夫人憂衰制斬焉閔而循毀又喟然曰嚮所以不擇祿者備膳羞耳今則求志豈蘄畜於樊中耶於是善閑以葆其身教忠以大其門語仁義於燕閒集寵嘉於後昆以天寶八年春正月考終命於濮陽縣享年七十二嘉耦北平田氏夏州司馬藝之息女淑慎柔正宜于家室後七歲沒于徐州有子三人長曰奇哲倜黨沉勇與河內尚衡扶義于河南積功勞至恆州刺史蹈難以沒不害於仁次曰栖榮亦以忠

力策謀至左威衛將軍幼曰栖曜寬明博大有文武畧左右征師炳著威功掃蕩蠆毒於姑胥靜詆讙於東門興元元年以太子詹事加御史大夫縣太原縣侯進封瑯琊郡王貞元三年從晉國韓公來朝京師拜輔國大將軍左龍武軍將軍明年又以御史大夫爲鄜坊丹延等州節度觀察等使十二年就加禮部尚書納忠服勞考禮修職克稟風訓爲時翰垣旋觀賦政之府乃公筮仕之地感霜露於怵惕展蒸嘗於吉蠲盖貽慶考祥必有所自不然何同復弘大於是邦耶初大曆十年朝廷以尚書偏師策勳贈公開州刺史貞元九年又以撫封（集作劒）宣力贈公宋州刺史是歲天子以一純二精大饗報本莫明年贈公左散騎常侍

夫人始贈北平郡太君再封北平郡太夫人至是三加爲燕國太夫人十年十月追錫之車服器用改葬之禮精合祔于濮陽洛城鄉全義里之西原先是尚書既得吉卜如始居喪之感累章請乞親壤樹上以戎閫委重俾其子正元往襄事焉噫嘻追養繼志有哀有敬義方啓迪之遠纂服裕蠱之盛蕃衍昌阜襲（集作業）千子姓宜哉斲石舊封以攄德善其銘曰

仕不必貴難乎其備抑抑王公修仁踐義戎昭再命弘厥武事美化一同炳然文吏燕居就養消息恬智從（集作縱）心之年亦已過二沒代流慶寵章下賁北追劇藩乃進常侍婉彼燕國柔嘉樂易光協閨門克昌後嗣蟬冠象服同穴

茲地金石繫辭式昭遺懿

西臺舍人贈泗州刺史徐府君碑　張說

叙曰經天地揭日月文之義也掌邦籍出王命位之崇也本乎言行君子之樞機成乎易簡賢人之德業則徐公其人也昔公奮明哲之姿當高宗之盛天保大定後乂用彰而光曜天臺雲飛綸閣文敏以暢機務稽古以析嫌疑禮樂政刑擇三代之令典典謨訓誥有唐虞之遺風較然於庶績者可得而聞也其嘉猷讜言沃心造膝滋液內潤精微外密混成於元象者不可得而聞也公諱齊聃字將道姓徐氏東海郯人也遠祖偃王基仁義於上代嚴考孝德濟弘美於近世公始以弘文生通五經大義發跡曹王府

參軍右千牛兵曹潞王府文學崇文館學士兼侍皇太子講又芳林門修書于時中朝碩老下國英雋皆忘年請交不遠來謁望其路者若晨風之赴北林得其門者如衆山之仰東岱公不樂趨競雅尚退讓深以椒房之家聲名太甚求爲外職出宰桃林未下車勑改沛王椽終歲選擬司績員外司議郎並不就乞補雲陽令到官累日詔除司城員外郎乃遷西臺舍人其爲政也如台示（一作始云）爾初公幼而殊異八歲工文太宗聞其聰明召試詞賦錫以佩刀金鞘稱曰神童及中年高宗嘉乃道優悉命皇子受業討謨帝采許以國鈞故公備更潞沛豫諸王侍讀士之在周邸也公嘗來誨詩焉夫然集虎觀之書承龍樓之問二宗之

代矯首辭林四王之門從容經席非有海山之藝温良之德儀刑以孚柔嘉維則其孰能發揮聖智啓迪天人者乎咸亨元年出爲蘄州司馬二年坐事徙於欽州夫君子大守道而小守位汙隆隨時屈伸以義去（集作云）令尹而不慍失司寇而遂行蕙蘭敗不爲不芳日月蝕不爲不明姑（集作古字）務忠信阿陋蠻越優游欽江歲餘而没春秋四十有三惜乎不登宰衡以平天下夭夭是椽（集作豦非）命也歟既而慶隆嗣子還公孫之柩德施後王拜先師之爵上元三年某月歸葬於少陵原中興神龍元年贈泗州刺史褒賢追遠念道尊師聖人之禮也議者以功考果州府君高學才華香名省闥武帝賢妃姊也大帝婕妤妹也公既高步掖垣

子又踐脩舊職同生標藻於鸞殿重世含章於鳳池自班姬父兄文雄漢室左思女弟詞蔚晉宫悠哉二族徐氏三矣才難不其然乎凡是好文之君賞音之士公之逝也豈不慨然閱青簡而存凌雲之志撫朱絃而想流水之屬哉厥子曰堅景龍中加金章紫綬行禮部侍郎得以命卿之禄奉蠲絜之祀無忝烈考樹之家風迺刊石立頌將以識往行攄無窮使本支百代不忘先人之（一有不字）隕其名也其詞曰

王言惟令中禁是司帝嘉文父曰汝宜之終温且惠習禮明詩長裾入侍（集作道傳）大筆脩辭鴻業潤色玄黻緝熙昊天大戾君子明夷蒼梧啓手湼而不緇中興受命逝者無追

靈符泗水崇贈先師髣象精魄否承聖期教近（一作延）子貴榮躋父慈學嗣三業（一作業）才俱一時春秋孝思霜露深思後之視昔斯在兹

故中書舍人吳郡朱府君神道碑　李紓

極以象爲文三辰章焉地以植爲文百嘉昌焉辟以誥爲文萬宇揚焉故三才之文人文爲至三代之文周文爲備秦漢承式簡而未弘魏晉繼軌則而方麗在河朔也其流靡清至江介也其細巳甚以逮於亡隋焉國朝鏟邇代之弊振中古之業掌文命官發華歸本出入二百載上下十數公爍爍然與漢魏同風矣而曠士之制慱而通豪士之制英而辯道流之制精而容君子之制直而温吳郡朱君

其君子歟諱巨川字德源嘉興人也此邦之人不學則農苟爲（爲字疑作違）二業必自他邑故王父舉茂才先子舉孝廉皆在上第君以文承祖以經傳代行中規身中度陽休於氣和積於中而藻之以文章也年二十明經擢第嘗著四皓碑磅礴君臣之際表章出處之跡正或蒙難顯黜於晦柔能麗明語賢於黙道弘藏衍義與定傾識者已知其有易諒佐檢之風矣其後北戎病燕華夏爭土率先心計綀（一作詠非）競力刑潛不隱鱗飛不藏羽而君深居里巷鮮越戶庭靡矜靡親不以絜羞膳不蠶不績不以獻溫清行之有餘重志于學考經義之箋訓撰策書之贊敘每立新評必度常均將欲含堅超長鍼肓起疾矣又著睢陽守城論一

篇以爲義者忠之徒危者節之本苟忘義以自重是臨節而可移固以探二公之心垂萬古之訓使違難者銷聲以結舌苟生者寄愧而終身斯深於春秋而不義者遠矣御史大夫李季卿實舉賢能授左衛率府兵曹叅軍戶部尚書劉晏精求文吏改睦州録事叅軍豪州獨孤及懸託文契舉授鍾離縣令兼大理評事沔鄂聯師獨孤問俗欣慕士程表爲從事授監察殿中等御史數公皆人之望也士趣於門猶恐不及君辟其府未嘗有容至於幹（一作翰）固守成平端吏職所至蒙其福利所奉由其重輕人皆誦之君以爲恥本州牧御史大夫李涵推善里仁拜章特徵薦左補闕內供奉行以直聞文以正舉皆君之素也況官以諫

爲名乎傳納從容休問昭晰由是擢起居舍人知制誥換司勳員外郎掌誥如初拜中書舍人錫以章綬凡載書之傳信者贊書之加命者詔策之封崇者愍策之襃厚者其詞必溫其道必直洪而不放纖而不繁實根作者之心無愧前人之色前後時宰僉稱任職其小成也猶嘗秉考秀之刀尺掌條流之衡度而焦明頡頏於層旻飛黃頓於局潞此人情所以爲慟天問之所宜賦也以建中四年三月九日遘疾終于上都勝業里私第春秋五十有九（一作七）以其年七月七日歸窆於本縣西上蔡原舊塋禮也詔以侍御從之贈華州刺史俾所在州縣續食以過喪詔恩之崇終始加等朱氏之先出自顓頊吳回後也建國曰邾有儀父

勤王之義去邑為朱有平原佐漢之績博以忠輔顯雲以義烈聞從吳爲世家在晉爲冠族以至于曾祖伯道皇朝襄州司馬祖貞鈞皇朝鈞州豐利縣令父循贈洗馬君即洗馬府君之元子嗚呼嘉禾之偏宰樹焉依崇丘即高大寢重潤元精之發回復其中故君生受英華之氣歿歸隱厚之窆宜其騰振洪徽延垂慶嗣也祖宿纂祖之武得君之文甫逮弱齡擢登秀士與其弟端靖定等遐護歸輤進拜先友哀託斯銘徃旌不朽銘曰

猗朱君秉國文星回漢鼎歊汾冊素絢雅鄭分音扣王氣飄雲才日新行日聞騁夷道夭中身霈洪私贈朱輪勾吳邑靈海竇降精英積氤氳地貞吉宅還眞門脩夜非我春

聳孤石垂後人

翰林學士李白墓碑　　裴敬（附見李白集）

李翰林名白字太白以詩著名召入翰林世稱才名占得翰林他人不復爭先其後以脅從得罪既免遂放浪江南死宣城葬當塗青山下李陽氷序詩集粗具行止敬甞遊江表過其墓下愛其才壯其氣味其嗜酒知其取適作碑於墓且曰先生得天地秀氣耶不然何異於常之人耶或曰太白之精下降故字太白故賀監號爲謫仙不其然乎故爲詩格高旨遠若在天上物外神仙會集雲行鶴駕想見飄然之狀視塵中屑屑米粒蟲睫紛擾菌蠢羈絆蹂躪之比又甞有知鑒客并州識郭汾陽於行伍間爲免脫其

刑責而奬重之後汾陽以功成官爵請贖翰林上許之因免誅其報也又甞心許劒舞裴將軍予曾叔祖也甞投書曰如白願出將軍門下其文高其氣雄世稱其本懼失其傳故傳叙之太和初文宗皇帝命翰林學士爲三絶贊公之詩歌與裴（集無此字）將軍劒舞洎張旭長史草書於三絶夫天付上才必同靈氣賢傑相投龍虎兩合可爲知者言非常人所知也夫古以明德稱占其官謚者甚希前以詩稱者若謝吏部何水部陶彭澤鮑參軍之類唐朝以詩稱若王江寧若宋考功韋蘇州王右丞杜員外之類以文稱者若陳拾遺蘇司業元容州蕭功曹韓吏部之類以德行稱者元魯山陽道州以直稱者魏文貞狄梁公以忠烈稱者顏魯公段太尉以武稱者李魏公英公以學行文翰稱者虞秘監唐之得人於斯爲盛翰林其以詩稱之一也予甞過當塗訪翰林舊宅又於浮屠寺化城之僧得翰林自寫訪賀監不遇詩云東山無賀老却棹酒船迴味之不足重之爲寶用獻知者又於歷陽郡得翰林與劉尊師書一紙思高筆逸又甞遊上元瀞山寺見翰林讚誌公云水中之月了不可取刀齊尺量扇迷陳語文簡事備誠爲作者附於此云會昌三年二月中敬自渭水草堂南遊江左過公墓下四過青山兩發塗口徘徊不忍去與前濮州鄄城縣尉李郃同以公服拜其墓問其墓左人畢元宥實備灑掃留絹綿（集作帛）具酒饌祭公知公無孫有孫女二人一嫁（集作娶下）

（同）劉勸一嫁陳雲皆農夫也且曰二孫女不拜墓已五六年矣因告邑宰李君都傑請免畢元宥力役俾專灑掃事嗟享名甚高後事何薄謝公舊井新墓角落青山白雲共爲蕭索巨竹拱墓如公卓犖天長地久其名不朽此爲祭文寫授元宥又爲碑曰

貴盡皆然名存則難故子（集作予）重名不重官作李翰林碑十五字而已

文苑英華卷第八百九十四

文苑英華卷第八百九十五　碑五十二神道十三

職官三　南省

尚書右僕射姚貞公碑一首
贈左僕射裴倩碑一首
吏部尚書蕭灌碑一首
戶部尚書楊執一碑一首

故中散大夫守尚書右僕射上柱國賜紫金魚袋
贈太子太保姚公神道碑　權德輿

公諱南仲字某吳興武康人姚墟嬀水根柢峻茂後漢青州刺史恢始違難東徙周華州刺史北絳郡公僧坦以行義道術聞生二才子曰察曰最最仕隋爲蜀王友六葉至

公曾王父績仕絳州曲沃縣令王父玄宋州宋城縣令烈考發天寶中舉秀才十上不合慨然自奮從西平王哥舒翰于隴上積功勞至右領軍衛將軍他日以公之勤贈國子祭酒公抗行厲操清方謙儉以規爲軫（集作填出國語）以禮爲輿以多文（集作學）爲富以不貪爲寶潔如大圭鏗若黃鍾弘毅以任重溫良而能斷自射策筮仕至于綏吉祿啓手足繇是道也其初應制條對理道授太子校書內史吏部表其才能凡三結黃綬至萬年尉前後考課爲府中最擢拜右拾遺久次歷右補闕發文石封皁囊諷議十年彌縫百度大曆中中宮閟冊既卜壽原陳古義以上達疏近郊之非便即日詔可下其章於宰司特超五階被以命服執事內詔以上賀近臣脩職而競覩服薦紳者誦之執簡記者書之辱以本官充理匭使今皇帝嗣位之初慮化不下究以通邑長人導利之源出於蘇州海鹽縣令諱晉公混時總方任延於幕庭改殿中侍御史興元歲大路（集作輅）省方深燭理本東求峻人徵詣行所洎清宮旋蹕拜左司員外郎紀綱品式練達明備轉兵部員外郎時武師告成祲沴肅清四征群帥條上功級材官勇爵差次賞典受命顯達疇庸式叙遷本司郎中凶旱之後被邊薦食近關蒲晉十余城之地因其徵令悅以平悅乃董使車羸量息人拜御史中丞歲中換給事中正色匪躬清公不苛大朝以肅右（集作左）曹亦理明年授同州刺史三載考績復以御史中丞

領陝府長史陝虢觀察使居五年就加右散騎常侍左輔有離宮公田之劇焉陝服居函關砥柱之衝焉於二千石元侯之選斯近而重賦政廉平馨香流聞以脩班制以厚風俗上以靈昌居兩河之郊鄭爲支郡是皆要害且今勁兵處也自丞相魏國公政成入弼厥後守臣冊物故而魏公之澤寖遠思得寬明忠智之長以輯柔之進公左散騎常侍御史大夫爲滑州刺史鄭滑節度使於是渥兵符乘單車惠然簡易入布條職恤鰥寡用仁制強禦用明居常以柔克臨事以貞勝士吏悅勸夫家寬息阜俗成師納忠閑邪衆情皆懷而公益厲十六年介圭來朝牢讓師師繇是詔魏公以左僕射居相府命爲右僕射公既得請命其

軍司盧群以代焉爲仁由已是稱方國之表知臣者君乃膺師長之任詔太常具儀法以涖中臺禮官贊引宰政爲客諸曹羅拜於堂下郎吏捧牘於階序禮成遲縛秉直者榮之虔奉朝請恪居官次慥慥然守業修職未嘗以耆碩尊禮自處山甫之匪懈考甫之益恭古人與稽華髮彌固十九年秋七月乙亥感疾薨于宣平里第享年七十五天子廢朝悼歎俾中貴人弔祠追命爲太子太保恩之所加可勝言哉惟功粹和而能貞厲恬淡而有儀矩履方持重垣垣光大詩曰愷悌君子求福不回言樂易而不違於道也又曰靖恭爾位好是正直言遭明君其道行也斯二者君子謂公得之夫人河南縣君元氏魏景穆帝之裔宣州

録事參軍光宣（集作宗）之息女也和易淑柔以肥家道先公而没十八年矣嗣子太僕寺主簿充潔清好古誠信得禮與其弟亮茹毒問卜以閏十月己酉奉公之喪與夫人之殯合祔之（集作于）少陵原黄渠里以儉襄事率循家法雖宗姻四布皆泣而辭之且曰理命也猶懼先人懿實寢而不章刻兹穹石以永終古銘曰

黄目鬱罍禮神所貴佩玉金龜君子是衛（集作宜）秩秩姚公其心秉彝抱義載仁造次無違公之所履中立不倚廉車淑旂所嚮風靡正（集作政）無吐茹道若砥矢事君愛人斯謂至矣中臺崇崇端右宗公皇明嘉獎陟是師長卓爾道行倏然化徃少陵鮮原美檟新阡龜筮告繇（集作猶）塗芻儼然白驥蕭蕭黄渠潺潺姚公之德兮揭此貞堅

尚書度支郎中贈尚書左僕射正平節公裴公神道碑　　前人

王者奉三無私以勞天下則崇德報功加恩飾終與覆載照臨相爲用一也惟正平節公以愷悌文敏爲二千石尚書郎人浮於食位不配德纂積後之緒業貽克家之燕翼流光裕蠱爲世（集作代）師式乃（集作及）元和二年夏五月追命告贈爲尚書左僕射孝本乎忠榮生乎哀用攄罔極以刻金石云公諱倩字容卿河東聞喜人其先嬴秦同姓因封受氏魏晉已還號爲多材八賢方駕百族歸重自魏冀州刺史徽五代至中軍將軍雙虎中軍五代至隋左光禄大

夫皇朝贈元州都督忠公仁基忠公生皇銀青光禄大夫禮部尚書定襄金牙兩道節度行軍大總管贈太尉聞喜憲公行儉公之曾祖也憲公生皇光禄大夫侍中兼吏部尚書弘文館大學士贈太師正平忠獻公光庭公之王父也忠獻公生皇尚書祠部員外郎贈太子賓客禎公之烈考也公天姿弘裕虚受通理臧氏之有後於魯管氏之世（集作代）祀於齊遠至之器發於岐嶷年十一以相庭推恩授家令寺丞薦歲選部銓第甲乙補太常寺主簿居先府君喪水漿不入于口孺慕殆於滅性宗門憂其死於孝禮文俯就衣服外除歷華陰馮翊二郡司戶參軍轉秘書郎俄丁内艱毁瘠如初禮達難江介就拜洪州司馬改太子司

議郎徵爲殿中（集有丞字）侍御史拜度支駕部二員外遷司勳郎中秘書少監歷信饒二州刺史復徵爲度支郎中其佐鍾陵也領留府之重居議郎也贊討司之職暨登中臺亞中秘皆兼拄下方書之任自淮而南涉江而西荆衡漢沔湘中夏口半天下輿壤爲都府者千數公四頒使車連佩數印督課郡國調其盈虛吏禄兵食之仰給輸將（一作轉般）漕之回遠法錢牢盆之制田租口賦之差權其輕重商其功利察下人之疾苦廉長吏之善否車不輟軼有勞於時其始受命也寇劇横厲三川如燬陰方出師慕義助順代宗焦勞念慮命德宗以雍邸總戎賦輿所會征繕不給有詔輟東方軍市之租移用於中都屬受鉞之臣矜功觖望

師老專利使文自營公慨然牒書譏切備至嚮之廢格悉用平鍇義夫（一作士）以之感激王旅以之震躍其理信州也用寬惠誠厚輯柔所部穡事滿野嘉禾（集作生）同潁年以順成人斯洽和復其庸調（四字集作復其庸亡五千室）闢其農畊二萬畝交代之日不書于簿（集作籍）且曰吾以恤隱豈當沽美不伐之善欲蓋而彰方帥表理行第一增秩至正議大夫加金印紫綬其爲饒州屬所（集作數）代者非其人因緣權幸貪猾無狀公以廉平頒詔條以慘怛撫瘡傷四封愛戴如熱斯濯其後徵拜也朝廷誅内臣修百度彌綸經費委重有司公以郎吏代故相第五琦專判度支事方冀裁成九賦超贊六職以美利利斯人今望日大天胡不惠以大歷七年

秋七月考終命於長安光德里第春秋若干以某年月日歸全于萬年縣神禾原之大墓禮官博士以公處難不謀其身牧人不私（一作知）其功能固所守以行制度易嘉名以旌往行禮也惟公直而温簡而文才裕於物器用於用静若蓍龜動如干鏌秉是貞厲終焉節適著文集十卷湓城集五卷比興屬和聲律鏗然引拔參佐皆一時名士風味（集作采）資材邁絶郡倫齒位未極爲薦紳所痛夫人京兆韋氏扶風太守恒之長女以大宗之家人（集作冢婦）諸侯之内子矜肇承訓籩豆助祭當室以敬睦親以仁姿操卓淑音徽弘大盛德著於母義惠心通于佛乘五蘊不入六姻是憲始封咸寧郡君後三追錫至邠國太夫人有子曰均以御

史大夫工部尚書尹正荆門節制上遊就加吏部尚書右僕射元和三年抗章入覲真拜右僕射判度支加秩金紫光禄大夫由河東郡公進封郇國歲中進左僕射同中書門下平章事撫征漢南臨長諸侯惟郇公直清弘重有文武楨幹得時大行爲王室輔慮善以動官脩其方賦政以惠南國宣威以靖西蜀師長百工阜成中邦兵符將印焜燿章灼樹善程能之績勤身體遠之用居則有猶動則有功率循風訓以復（集作猶）尊大君子曰憲公忠獻公之休烈丕矩再世盛德屈於郎位必復之慶其在是乎初郇公之授律也孝文追贈公絳州刺史其進律也順宗贈公禮部尚書今皇帝永懷義方於是有左掖之命公之積慶郇公

之孝思可謂至矣郇以三代論譔皆上台雄文猥以通舊志其卑鄙辭則不腆庶傳信之無愧焉銘曰

河汾之東慶祉所鍾公相葳蕤德耀昭融矯矯節公體仁修（集作循）性乃貽後昆實禀先正太尉經武太師翼聖施于儲寶執德之柄公用循良惠于二邦公有德澤宣于四方急病尚仁犧險秉剛化被煩苦斯焉樂康吉禄方摯壽堂已閟藹此家聲揚于令嗣恩崇冉敍績茂師帥中外服勞安危注意便蕃屬任弘大名器孝理是覃義方所自九原之中禮盛服充王三錫命鏦飾宗工連岡崢嶸介原穹崇陵谷有變令聲無窮

贈吏尚書蕭公神道碑　張説

仁以度心施物義以由道利貞孝以養志安親慈以教忠有後舉四行之尤善成百代之餘慶蓋得之於蕭府君矣公諱灌字玄茂蘭陵人帝高辛之苗裔也玄鳥受命敬敷五德白雲入旁網開三面微子封宋樂叔君（集作居）蕭氏族之始也相國下秦大夫師漢門閥之宗也大齊之（集作以）蕭竹應期踐皇帝之位大梁以刃木（集作木刃）興運張天地之圖傳寶祚於一家易鴻名於兩漢青蓋入洛重南國之衣冠白馬朝周盛西雍之賓客公即梁宣皇帝之曾玄孫明皇帝之孫大父南海王珣入隋封梁國公纂德乾坤承靈曆哲舊邦雖改見夏鼎之時輕新社乃封知晉圭之必大考鈞中書舍人率更令弘文崇賢兩館學士學窮秘牘文標

宗匠廣博幽深契神無迹温良恭儉與道爲徒是謂啓迪後昆而焜燿前烈者也公總山河之粹氣注日月之末光心根孝友器包禮樂動躡思後故口無擇言照在機前故身無擇行加以啓蓬山之塞路入藏室之玄關四科得游夏之門六藝取鍾陽之雋年十八明經高弟補代王功曹王昇儲改通事舍人又換内直監曳裾西苑擅文士之場東帶東朝首正人之列尋以家艱去職王戎死孝時論優之閔子免喪哀心未盡乃不就祥縞不徹几筵者久之或曰懷其寶迷其國行其志約其親可乎哉公曰吾過矣不得已而外除不擇官而禄仕拜國子監丞以婚姻之故出爲并州司馬徙集嵐三州司馬轉渝州長史其從政也及身以惠下雅誠以敬上老吾老以施教幼吾幼以字（集作子）人執是心也何徃不濟故歷佐之郡必辟陋知方戎蠻變俗狼戾馴執貪饕寡欲迎新者望風而歌來慕送故者計日而戀不足詩云淑人君子正是國人能長人之謂也太夫人在堂有羸老之疾公因吏（集作使）入計得扶侍還京下巫峽之波上當陽之坂展轉在側殷憂歷時夜（集作席）不安枕衣不解帶及板輿長稅扶杖不起子春視疾加損徒勤石建執喪悲哀自絶永淳元年八月寓居懷（集作穰）縣終於苦蓋春秋五十有九（集作七）先君之服也三年有終公過時不釋聖善之喪也五十不毀公戀親滅性君子曰禮也夫可謂至也（集無也字）矣夫人京兆韋氏祖雲起兵部尚書父師

實泰州都督公卿令族蘭杜齊芬鳳凰飛鳴始正家道珠玉秀色終高毋儀年五十有四長壽元年十月逝於京師布政李舆以二年二月辛卯合葬於少陵原之先塋禮也其孤嵩克戴聖君以宰天下大福再成於身後湛恩廣運於泉路開元十七年仲冬癸丑詔曰中書令嵩父某毓粹沖和降靈辰（集作神）象言入精微之奥迹登賢聖之軌位不克量道足庇人松檟雖幽音徽未（集作不）沫宜成追遠之慶俾崇冢宰之榮可贈吏部尚書同日詔曰嵩毋韋氏門傳一經行包四德才淑冠乎邦族言範光乎毋師誕玆寶臣作乎良弼封其石窌俾承土宇之榮表以金章永閟珩璜之飾可贈魏郡夫人於是建宗廟脩禮物榮君後命告我前人遠哉心乎一思（集作恩）一敬之感會也如是垂裕立訓克家揚名遺愛至矣慎終備矣東武公之子孫共連塋闕南城侯之夫婦同刻碑銘詞曰

維蕭係宗出宋之子天命齊歷河圖汞紀累帝重王雍容文史是生邦俊世濟其美仁義孝慈忠和庸祗文章鳴鳳禮樂元龜揭館枚馬儲闈潘賈人望國華風流儒雅歷佐列郡政成休問行立時法言垂後訓沒而益榮進位冢卿哀感有情事傳無聲墓門松平碑自金生不知千古誰遊九京

贈戶部尚書河東公楊君神道碑　前人

君夫孝在揚名忠歸令德事因感激氣慨生焉時逢迍難勳業成焉桃李灼灼不自言於蹊逕松栢青青不受令於霜雪窮獨善而無撓達兼濟而弗矜子曰君子哉若人吾斯河東公之謂也公諱執一字某弘農華陰人也司徒（集作司空按本傳贈司徒）觀王雄之曾孫鄭州弘農公續之孫潞州胡城公（唐宰相世系表作潞州刺史胡城縣男）思止之子戶部尚書相國執柔之弟覲公侍中恭仁公之伯父也安德公尚書令師道公之叔父也在隋則二代五公在唐則一門三相公台輔積慶稟清明之識河嶽會靈資磊落之氣體剛毅深於城府緼規畧長於襟帶戲爲軍陣敵國之勢幼成請學兵書長城之望早集年甫十六先君捐館七日絶飲三年泣血縞綅（見禮記）有制儒家歎其從禮柴棘加等議者憂其死孝清門（集作明）祖德貴（集作勢）胄能貧太夫人在堂有致力之養非躬藝黍稷不以供甘旨非手樹桑麻不以薦絺纊年逾一紀勤不知勞既極安親之心方展事君之節乃濯纓璜渚獻策金門于當代之聖君論天下之成敗秦皇覽奏屏左右而與謀漢帝聞言膝前席而不覺一見拔王鈐倉曹再見取尚食直長三見寘典設郎驟進直詞深觸權嬖爲易之兄弟所嫉左授伊川府果毅又上封章帝用嘉納加游擊將軍右衛郎將歷左清道率換右衛中郎押千騎使總統貔虎（集作武）便繁肘腋故得叶心五王（集作朝）勘勤二豎奮飛北洛推戴中宗嗣唐配天不失舊物以匡復勳拜雲麾將軍右膺揚將軍封弘農縣公賞未充庸且有後命贈冠軍

大將軍右威衛將軍進河東郡公邑二千戶賦四百室俾之鐵券恕其十死又錫天馬端錦珠盤瑤爵文綾（集作絲文）五百縑素三千分將士以上腴（集作三之上腴）土處五等之高列珮戈紫綬環衛於鈎陳玉瓚黃流侍祠於清廟豈知釁結梁魯政回（集作出）豔哲里克納惠而爲戮萇弘（集作叔）成（集作城）周而見咎彼五績之摧頹此三黜之迯躓出爲常州刺史以太夫人年（集作羸）老乞避卑濕特降中旨轉牧晉州駙馬都尉瑯琊王同皎親賢地切休戚國深安劉之策未遂鍾室之災先及吏扇分（集作紛）獄公陷闗通貶徙沁州刺史不知事仍長在夜魂九逝非北首而無歸晝戶重扃異南冠而同縶果能推分榮辱忘懷生死人不堪其憂公不改其操

久之盡削官封放還侍母梁山雨雪不隔曾（集作曹）氏之恩王織風景來就潘園之養尋而大勳不廢天道復反歸既奪之井邑起故特之將軍擢衛尉卿復初封爵巖巖劒閣（集作山）蜀之險要數數飛鳯人未安居饑渴仁明輯綏凋弊又授公劒州刺史蔚彼黍苗樂我膏澤內憂遠訃殞絶經（集作逾）特於是搏膺星奔徒跣求路雨不接乘（集作夜）夜（集作身）不解纕因心通禮朝流欽德（集作歎）有命奪情除汾州刺史知圍結兵馬哀訴不允金革無違中國簡稽而有備單于遁逃而遠迹詔徵爲凉州都督兼左衛將軍河西諸軍州節度督察元（集作伯）姓赤水軍等大使公富以農政和以師律彰信蕃部赫怒軍容斷匈奴之臂積路安而不警張漢

家之掖雪山開而無冠遂攝御史中丞璽書勞俫縟賞稠疊又轉（集無此字）牧原州未發復授凉州都督攻右衛將軍使悉如故尋移許州刺史未到以單于欵闗授右衛將軍檢校勝州都督兼處置降戶使懷柔以德種落宜之徵還本官又兼原州都督方（集作旋）屬降戶翻叛河朔假擾邊城聳威諸將無功強脩連率夏州按察闗內羽書日夜俾還郡牧公按甲待敵確乎不動虜騎畏威竟無來掠向使迴避行於一步則攘竊啓於萬端十將耗五（集作五耗）數年未復既而強公追媿（集作愧）朝端延賞徵拜右威衛大將軍進檢校右金吾大將軍尋而即直禁衛肅然異於他日也皇上哀庶戮之不辜念群胡之自擘大軍之後荊棘生焉乃命公

攝御史大夫爲朔方元帥公剛腸嫉惡擒姦擿非（集作罪）纍將之所彌縫宿吏之所乾（集作干）沒匿贓散廪一徵百萬矯枉過正衆口囂然攻右衛大將軍無何復右金吾大將軍金刀更新靶（集作鞄）鞘仍舊嚴廊益峻徼道增清又（集無又字）攻金紫光禄大夫鄜州刺史人寬吏急猶前政也享年六十有五開元十四年正月一日薨于官舍闔境發喪列城望祭古之遺愛何以加焉天子傷之下詔曰故官其夙負名義早著勳庸居內外之職備文武之任忠勤匪懈誠節無渝奄焉徂歿情深悲悼可贈戶部尚書歸賵成賁（集作喪）有加恒數維公以孝敷聞以忠特達以幹述職以能典兵凡領郡十四將軍十二再杖節鉞三執金吾一至九卿二兼

獨坐儼有直色（集作道）侃無媚辭銀艾復乎舊德珪爵傳乎
祚胥（集作胤）全志節於夷險與福祿而終始謚曰忠公朝之
令典也夫人新城郡夫人獨孤氏左威衛大將軍贈益州
都督卿雲之女也婦德母儀中外師範開元四載先公即
穸以今十五年六月合葬於咸陽之洪瀆川禮也其孤濯
汪等銜恤靡訴託詞嚀識感稱代之垂文哀劬勞之罔極
銘曰
堂堂楊公神容氣雄苦身難（集作難）孝正國危忠落彼校童
樹此帝功昔稱關西今也河東覲王之裔珠華玉麗重葉
尚主三朝嬪帝韡韡七德詵詵（集作侁侁）六藝公之允宗鬱爲
世濟京鎮西偶朔（集作邦）臨北胡天子授斧（集作鉞）將軍剖符

青蛇入筍白獸銜珠去持玉節來執金吾轉余士風（集作瓜士）
守于鄜時明察號神仁恩名于武都右折文昌星死素蓋
歸飛黄泉已矣卜葬卷阿哀榮孔多尚書鼓吹太守虞歌
碑流雨迹松引風過獨傳（集作封）茅土長誓山河

文苑英華卷第八百九十五

文苑英華卷第八百九十六

職官四　南省二

贈禮部尚書褚公神道碑　蘇頲

昔軒轅至孔丘師止十一名之聖者今天下尊皇帝學踰
三五教之神者旣學且師考今循昔蹈道從事伊褚公爲
公諱無量字弘度其先邑河南之陽翟十一代祖盛後漢
海鹽長子孫因居遂爲吴郡海鹽人也（二唐書作杭州鹽官人未詳）五
代祖陽齊民部尚書駙馬都尉嗣錢唐侯高祖遼民梁鄱

王國常侍曾祖仁弘陳始興王法曹叅軍暨陽令祖範隋
豫章郡丞父義宗皇贈使持節和州刺史自微子封宋以
迄于恭恭裔食褚因而得姓迺侯迺戚或史或儒粤不可
量已豈岳鎮天峻是先人之郡國將湖清世平當天子之
門館靈其效矣公實休哉上哲鍾懿元和育粹忠乎孝乎
盡至於至寛得衆易有親晦而明微而闡其並行也絲白
不染不成黼黻砥黄不礪不就純鈞寢思盖居待問功可
倍論可博其立言也始吴興沈子山吴郡曹福授以經次
吴郡張嘉會授之史演至賾平抵晤研至精起廢疾貫心
則中達華其餘師乃厭服爾爲宗匠逮攝齊膠庠揚袂河
洛罔不企獨立以先赴聆遠音而響從循彫材之有楩柟

縡翼之有鵷鳳下制家（一作嘉）碑用超倫等即拜成均直講轉右曹掾倉曹參軍直講如故稍遷成均助教累至國子博士朝散大夫國子司業崇文館學士常二仲齊祀會一時髦彥主賓難折群疑應不敢奉官閱單不能耀旗鼓太夫人在東也庭闈是思鍾釜不逮遂罷而就養我聖皇居震也司過惟吏聽聰則書復徵以侍讀及回金輅問辟雍搖柄前席有丞有祝聲群奔以坻頹辯連屬而河瀉是日中賜章綬并特服雜繒就拜銀青光祿大夫以昭其業上正位遷鄭王傅國子祭酒轉左散騎常侍特封舒國公實食二百公雖傳天人司國子然而載啓載沃百氏之言滿中禁日尊日事五更之禮存上庠故珥貂寵而刑馬誓也

尋與中令范陽張說侍郎武功蘇頲黃門郎趙郡李文等開講序於掖垣悉上其昌言嘉謩可體要經遠者京都之政起有軒墀齊魯之風成於寓縣公以遭盛明而華皓不息洒作帝師懷喜懼而斑斕未旋孰爲人子灑零獻懇于再于三重論思而久駐修切至而方遣臨軒贈詩盈篚將意華晨省而偉晝遊焉居無何太夫人即世公禮不當毀號而殆滅遂於塋兆之側伏苫塊時松楸鹿常犯之公祝乃止應物也通神也有如是乎喪既除驛徵至仍舊左常侍兼侍讀登朝則老臣布武自屏不趨侍講則宦者平肩必輿而進皆別旨之非常也上復以舊章散落群籍湮墜張曉令捃逸文補其缺刪其謬勑公於都（即東都）乾元殿京（即西京）麗正殿總而成之上帝之辟一作先王之府委墳素流筆墨可滌玄覽而照清光耶日者皇太子志於學齒于胄演經則太師憑几納誨則元良降席諭夫錯中刑外一物三善者禮如前粵開元庚申歲正月哉生魄景命不造遘疾薨於長安崇仁里之賜第春秋七十有五王輟朝不視旅次而哭遣中使潺湲以恤故聆近臣歔欷以追往乃贈禮部尚書賻物四百段米粟四百石小宗伯陳祭儀亞京尹護喪事歸則本州刺史帥屬厚加焉僉謂公進以秉德動而率禮自石渠延首金華造膝時屬升賢良杜讒佞雖明慮天斷匪獨開陳亦讜辭日聞寧虛聽受若藏咎者諗無藝出衆者思有惠使輕華也之說傲嬰也之譏又安能是

果良圖中比則隱之微章之末所撰儲君翼善二十篇帝王要覽二十二卷帝王紀錄二卷心鏡三十篇刪正論語孝經疏各一部每條上則留中錫之孔殷盈不可數大抵以義約以文見俾興文有兆消長無傾規乎諷乎類乎指乎行之則是聞足自戒不然何以皇賚之聖叶之至於斯也化盐淳儒盐信則郊廟有典賓軍有容發揮牲王斟酌犧象必咨焉度焉此又衆之難公之易薨後群學士於書殿中得講史記至言十二卷即日聞之上悼甚重賜其家絹五百疋試爲我著常奏新篇從取其書竟賫遺草悲夫粵某年仲冬甲子歸祔於錢塘臨平山之舊域容軒止塗喪服會葬者數百顧而歎曰公何學也何師也則我副君

惟君是登皇極天子之子是作孟侯皆受於公矣董則五朝典學無同道之用桓則三世各師有殊特之美曾不可援(疑作收)以事舉諸凡卓哉使後之人泛微波攀絶迹者我公也太常易名曰文宜也長子河南澠池主簿庭詢次左拾遺庭誨次京兆渭南縣尉庭賓三子之戚二連所善居家嗣徽繼世承烈則仲兮之有元及季伯起之傳(疑作傳)秉及賜故遠邇加之吳江漫兮將海合吳岫重兮與天沓公是屬兮公是安仁則返兮儉乃完異樹行兮生也志他石篆兮子也刊噫不慭歟寄之銘曰

昭昭府君生代叶期儒有斯文帝王者師探幽典墳贊道雍熙其德彌芬其暮益祇訓由老成榮以恩屢資孝是悅

資忠是務禹嘗獻著光不言樹專儲之學啓書之賦六經兮兮七命章戴頻頻兮服煌煌無還齡兮有去光未飾(疑)杖兮歘擁(疑作推)梁宸極棲兮門人暮悲風起兮轅馬顧背西畤兮即東路路阻修兮日悠悠旌旐思兮空山秋吾見業可久而名不朽者猗那褚侯猗那褚侯

刑部尚書韋抗神道碑　前人

天下膏腴之土莫若雍州雍州紱冕之多莫若韋氏粤自殷伯傳于漢相昌而世濟美慶不乏賢高矣乎猶泰塞出華岳西連於嶓冢大矣乎猶濁河納清渭東至於溟渤言之者可備也故周隋創曆後又(疑作入)當朝惟我二君迭爲二祖道公其首郎也其仲處有山林之節糠粃俗塵出爲廊廟之器丹青世道郎之子太僕少卿陵州刺史武陽公諱津是生銀青光祿大夫太子詹事贈泰州都督謚曰貞諱瑎(唐宰相世系表作琨)是生司農丞贈金州刺史諱暢皆素風清範百代一時公諱抗字抗　金州府君第二子也八歲精易十五讀春秋深入奥義試論臣主及貴(疑有闕字)便成誦具辭理微義中初以明經射策補魏州參軍立於調人端若一鶚復常調就太子典膳丞丞換岐州司倉雍州司戶右轄要劇上京浩穰九年致豐兩訟舉直升左臺殿中侍御史轉尚書主客吏部二員外吏部郎中侍中執憲者雖譙郡桓彥範廣平宋璟太選持衡者京兆韋嗣立河內司馬鍾並遠識高量領賢進善齊白簡共青纁者范陽盧懷慎

子從愿趙國李乂吳郡陸象先隴西李朝隱武功蘇頲爲四公特賞推數子之器公益文墨自持準繩不雜拜洛陽令役人好惠務約刑清刻石而傳鳴桴自止遷(一有右字)御史中丞兼禮部尚書法明象魏禮達邦家外守其則內脩其度遷兵部尚書戎政孔殷夏司多僻作姦犯科者莫忌援利乘便者皆是公凡易四年濯(一作濯)然一變發其狙詐成我鷹揚別加銀青光祿大夫除太子左庶子開以珍攝德以調護而巴蜀方隅西南斗絶戎常犯軼蠻或離叛討則勝不補亡猷造端之口綏則靜而作乂翹致理之心命公爲益州大都督長史持節巡按公至華乎弊順乎美暑往寒來人不知用風雨時順(一作春風時雨)物果遂宜入拜黃門侍

郎東宮黃門右（一作左）嚴青闥半股肱之委總脩飾之裕上
間燕顧近臣言韋抗朕素知之何適不允大鴻臚令典賓
客之事古稱行人之職俾令即存期以不濫抗宜兼授登
叶睿圖遷御史大夫持節朔方軍大總管擇副宰御（一作徽）
元帥廷諍已決廟謀先假挫貪人於敗類追禁虜於奔亡
公之績也會涼州都督楊敬述羽林將軍郭知運失律搖
憲喪師倚攉公確乎不拔條奏其罪公之正也以郡縣吏
坐贓發覺貶安州都督尋與之蒲雲（疑作雷）澤之厲河濱之
阜聲淪澳沭（左傳作休）頌被和樂未幾拜為大理檢校刑部尚
書欽若刑柄繫於人命士師之望平寇之成（一作士師之平司寇之成）
安以手足所措慎以毫釐之失繫顛公勿喜斯得不寃而

待粹則推其巧（一作功）粉飾則杜其效上將登封岱山留睠
洛邑延企遲居徘徊往俞因謂公曰朕思乂之罔出卿者
迺仗公作鎮還贈武陽伯兼使部銓斥浮動甄貞實妍媸
露求當之途勢利塞（一作窒）容非之鏡復盧從愿暨頲受恩
聯召崇朝交贊至信相欵他日攜手微疾應問豈期搖落
素秋窅冥玄夜開元十四年八月某日薨於洛之永義里
第享年六十嗚呼人之望公以宗伯（四字一作士之宗凡百姓）肆公陟
台階佐王道始則夷路翹首終而亨衢鎩翮吁嗟全德孤
我具膽而勝氣標準（一作魯標）色莊辭定舉不忤物行不由徑
獨而不黨三者無惑聞義於卜商起予立誠於鮑叔知我
撫遺恤寡常所空匱以奮藻揮（一作彈）毫轉為速速故大課

典舊必咨於公是亦施政何遽薨也旒扆深撫牀之痛纓
緌惜和鼎之實蓋如鄭國僑虞之奇楚子文魯公儀不其
偉矣詔贈太子太傅護葬及窆備物加等太常考行曰貞
粤以某年某月日卜葬於京城東南少陵原禮也笳鐸晨
送烟霜曉發葬者藏也儉則自完素車出日（一作祖）縞服來
至吉先兆於蓍蔡哀更傷於松栢光昭之事克恭懿之道
存此曷為然其不捐者三子長京兆士曹叅軍曰載次昭
文生曰翹幼某公侯必復美秀而文可以崇京兆之阡屬
扶陽之館公之季左司郎中萬年令澤州長宋曰某松栢
之林也公最友歟（疑）毒天倫之孔艱思我兄之不及嚋云
撰勒其寄雕刊以頲爰在弱齡獲知君子牙琴不賞慟哭

玆晨樂弩仍懸沉羸歲晚銜悽固托撫疾何成愧不得絕
妙好辭披文而相質爾銘曰
國大司寇家大彭氏亡世疇貴府君鍾美衣冠禮樂盡在
是矣講信脩睦自求諸己命之以官其直如矢秉之以憲
其清若水遽登金華終列瑶祀威震蠻貊信夫邊鄙曰刑
曰政載敭載理公輔未升官人作紀奈何遠韻忽頓高軌
跡滿清時事昭緹史微言遂絕令問不已巖綠南望樓丹
北時或向城闉或臨松梓盛烈孤邁群悲四起

工部尚書鮑防碑

有唐尚書東海宣公姓鮑春秋六十有九公從三十六載
致政二（一作三）年歷官二十五凡居達官之長十二領四嶽

十三州牧之寄三貞元六年秋八月景申薨于洛陽私第冬十月旬有七日從先公于北邙南原（一作郊）詔贈太子少保給鹵簿鼓吹旌其卒葬後三年嗣祖宗由惟中古封樹之制且曰立隴與年代相推幾何而平松栢與霜露相薄幾何而盡將令百代之後游九原者徘徊不朽之烈歎息可作之美其惟金石刻乎是用建碑表墓以揚先懿公諱防字子慎河南洛陽人其先蓋夏禹之苗裔春秋時杞公有仕齊者食菜於鮑因以命氏曾祖標（一作謹）皇隴州汧陽令祖仁奭雅州飛越尉贈眉州刺史父思温彭州唐昌丞贈工部尚書皆盛德下位發祥於公天寶中天下尚文其曰聞（疑作文）人則重倖有德貴齒高位公賦感遇十七章以

古之政（一作名）法剌譏時病麗而有則屬詩者宗而誦之舉進士高第調太子正字中州兵興全德違難辭永王去來瑱爲李光弼所致光弼上將薛蕪訓授專征之命于泉越輟公介之始蕪訓之奉光弼也以順命爲忠不及於義公知光弼之不終也諭而絕焉東越仍師旅饑饉之後三分其人兵盜半之公之　蕪訓也令必公口事必公手兵蕪于農盜復于人是時中原多故賢士大夫以三江五湖爲家登會稽者如鱗介之集淵藪以公故也徵拜尚書郎優游公卿間執政者以代言之司見屬無何薛蕪訓寢疾太原上以北門寄重軫念於薛思所以貳而代之者莫與公比召對勞賜寵而遣之公之至也人不知其帥之疾帥不

自知其疾及其代也由亞尹中丞洎居守專征之倅各遷其任（一作各還其長）兵自勇厲至于輯睦人自安業至于移風政自無闕至于有典代宗嘉歎之不足圖寫公形列于别殿蓋麟閣名臣之次也三載朝覲屬今上嗣位惟新大政授公紀律俾作典刑拜御史大夫旋以文武之柄方鎮爲大南國萬里俾之師長統閩越轉江西公之撫人也以家勤之以子愛之利用用之厚生生之詔加銀青光禄大夫右散騎常侍紀成績也真拜右常侍扈從巡狩轉禮部侍郎上還鎬京展謝郊廟公預太常折無文之禮進封東海公詔徵賢良求其讜言時薦（一作貢）仲兄不敢違詔承詔（絶句）實蒼生利之宰臣病之與公並命考第者以爲異日故事言

或有犯投之不疑焉公曰使吾聞所未聞聖朝之瑞也捌居甲科每歲貢士充于王庭心爲靈龜事絶請托京師仍歲蝗旱務殷人耗拜京兆尹詔下風行令宣政舉威華難理惠周無告旣而痿痺生疾陳乞遂閑上置上將軍員以待功臣先用文儒耆耋以寵其選拜右武衛上將軍厥疾加劇優詔授工部尚書致仕徙家東周富天禄貴天（一作人）爵樂天命順天和以終夫天年嗚呼賢哉公德本於孝才歸于周從王牧人即戎臨事大畧以忠肅慈惠沉毅莊敏爲稱喜善怒惡不必爲已論交任人必惟其忠入爲羽儀出作藩翰夔夔然以家人嚴君之義屬于長兄盖什卿之禄千乘之賦一以奉之四時賓客之事車服器用之費一

以稟之公與夫人視諸孤群從唯所按公不敢以禮秩異
夫人不敢以居有私而敬恭和樂之道於是乎又御史中
丞武威賈全公之甥也少長於我登朝典門教切義方慈
均天性故全之報也稱天下甥舅加禮焉（三字一作加焉受焉）鄭滑
節度使隴西李融公之吏也推以腹心齊厥憂寵歷佐三
道其間如一故融之報也類天下賓主加歡焉於全也見
公之內於融也見公之外然則公之行己與人可知矣夫
人蘭陵郡夫人蕭氏始佐公賢終成公貴及公既歿清風
如同二孤前左衛兵曹參軍殿中省進馬宗參以文學世
公之業孝友繼公之志猶曰不足以抒夫罔極於是乎發
揚垂裕之義作爲銘曰

穆穆宣公爲王藎臣終始明哲優游寵勛在昔理平逢時
尚文高唱寡和長才不群星河麗天卉木榮春羽翰方睦
風雲（一作雲雷疑作雷雲）構屯乃佐戎帥名屈道伸乃登天朝感美
惟新茫茫南國赫赫北門股肱王室父母生人執憲成式
尹京作則春官主文宗常（一作伯）尚德出捍牧圉入趨宸極
望實攸并謀猷允塞賢宜翊聖道厄于命方叔元未（一作老）
冉耕所病明明天子禮優致政曳履散金順真保性艮辰
何遽厚夜何長歸全故丘華即（一作洛）之陽貞石是勒德音
孔章於戲宣公百世不亡

文苑英華卷第八百九十六

文苑英華卷第八百九十七　碑五十四神道十五

職官五

兵部尚書王紹碑一首
贈禮部尚書王端碑一首
贈吏部尚書武就碑一首

兵部尚書王紹神道碑　李絳

元和九年冬十一月贈銀青光祿大夫兵部尚書判戶部
事上柱國太原郡公食邑二千戶王公歿于位君失所重
人懷其舊大事在戎以寧禍亂公實君兵部聚人曰財以
遷有無公實領地官天子以兵賦之柄俾于公公以忠勞
之力事于上垂王佩累金印錫珪錫紱書社開國鬱積公

望綢繆主恩出入三朝始終二紀非重而何非舊而何公
諱紹字德素其先秦將翦之後翦孫離楚漢之際以秦圍
趙死于師子孫家于太原世爲令族曾祖威衡州耒陽令
祖思獻襄州襄陽令父端工部員外郎及公貴累贈禮部
尚書咸以盛時沉於下位積有惇德宜生達人公尚書第
三子也少以厚實爲士友所重太師顏魯公守吳興特器
之表授武康尉相國蕭徐公察守鴻翊並隨府授檄丁繼
太夫人憂服除累授殿中侍御史江西觀察推官遂踐臺
閣自倉部員外郎遷戶部兵部郎中專判戶部事未半歲
超拜戶部侍郎寵賜金紫復加朝散大夫即舊官判度支
特遷戶部尚書所領仍舊順宗諒闇姦豎竊柄拜工部尚

書以錢穀自　俾去異己誠私計也上即位天下文明彛倫攸叙檢校吏部尚書東都留守判都省事兼御史大夫充東都畿汝州都防禦使保釐東郊鎮衛舊都風令既行姦盜出奔遷檢校尚書右僕射徐州刺史兼御史大夫充武寧軍節度支度營田兼徐泗宿濠等州觀察處置等使君鎮六年復徵拜兵部尚書明年春詔兼判户部事在位三歲享齡七十有二徹席于長安永樂里之私第優詔追贈尚書右僕射長子前門下省典儀玄泰次子劒南東川節度掌書記大理評事攝監察御史玄質幼子前右威衛倉曹參軍玄弼等克禀詩禮備著文行以十年秋八月四日奉窆于萬年縣之洪固鄉以夫人贈西河郡夫人相

李氏祔焉夫人故河南少尹知府事贈工部侍郎造之長女茂于懿範歸于令人先公而歿距茲十九年矣異時同穴周公之制也夫君子之行已事上也必執心而端其始立事而保其中蹈道而要其終當建中末盜起轂下乘輿南狩巴梁阸區膂藏空虛武旅氣下德宗色動公時爲御史大夫包佶水陸運鹽鐵判官懷章表披荆棘懸東車馬陵踐山谷達本府之誠懇策書獻當使金絲繐帛爛若波濤積如丘陵上於是敷大號以布天地之施士由是濡厚澤以奮雷霆之用將加寵授以奬忠勞公方以國難疾疑作疚懷求以詔書復命致遠之度當時所稱豈不曰有其始乎貞元中公以材智任職忠懃注意不疑可以進退海内

之士可以綰攝天下之柄人心所傾台位如寄公理財以義下不厭其取處權以道上不惡其專内守持盈之誠外弘推美之度及門而進與公同升布于顯列由乎陰陟誠無二事績著一心豈不曰有其中乎元和初徐方喪師帥人怙亂樂于禍以幸其利鼓其變以成其私氛沴已凝氣燄方作公授鉞以出投袂而馳倍道而乘其未備輕騎而出其不意先迷得主大衆歸心於是安進達以三百騎救於河城械繫而行乎軍令唇重靖以一千人奔於桶橋撽召而收其武力散私積以勞賞發義徒以袪弊推以誠信滌其疵瑕頑固革心彊内如春武經戎畧存爲故事豈不曰有其終乎是三者忠存于國政在於人遺績未映美化

猶新況乎顯持世權陰行相事造膝承顧沃心獻議注百辟之耳目奔九流之車騎入司國賦之重出膺邦閫之寄考終厥命歸全于位非夫貞固幹事明哲保身曷以臻於是乎然則篆琬琰表陵谷庶乎實德宜無愧辭其洪纖之跡顯晦之用應機之速奮才以光赫其位得君以薰灼于時備用于隴西之狀精覈於弘農之誌今所書大者遠者而已文有詳畧蓋春秋之義焉銘曰

天賦才兮遇有期臣擇君兮審厥時公之達兮世所資道之行兮人罕窺竟國權兮家以肥庭邦賦兮物不欺人意傾兮主念隨陰德及兮顯命施龍上空兮盜乘機位陽尊兮姦用奇聖運啓兮大人造王氣蕩兮英風掃用邦鎮兮

徐方道洛邑思兮彭城禱順者化兮叛者討肅如霜兮偃如草中外便兮恩寵殊遷司馬兮領司徒趨丹墀兮伏青蒲杜私門兮闢公塗期方遠兮帝命俞運何否兮吾道孤松楸列兮龜筮符琬琰琢兮陵谷虞徂矣已焉兮噫嚱嗚呼

故尚書工部員外郎贈禮部尚書王公神道碑

權德輿

今皇帝始初清明永貞紀號追命故工部員外郎王公爲華州刺史改元元和之明年再命爲禮部尚書裕蠱之風訓漏泉之慶澤父所以教忠於子臣所以移孝於君人道之極盡於是矣公諱端字某太原人曾祖景肅皇澧州刺

史祖威德州司馬父思獻襄陽令公方嚴有志尚沉粹絜清不流於俗舉進士宏詞連中甲科授崇文館校書郎累遷監察御史殿中侍御史工部員外郎其於奉朝請之外或介隴坻或晋洛邑以疾乞告遇安禄山反書聞南浮集作遊江湖自適其適乾元己亥奄至大病悲集作戚夫自開元天寶間萬方砥平仕進者以文講業無他蹊徑集作遂薦紳之倫望二臺如登青天公與河南元德秀天水閻仲輿同歲中正鵠其後冠惠文趨建禮憲章奏議與名聲俱當時士君子猶以未克量爲歎其文峻清不汩於波流者還一齋記惠上人碣銘極妙虛空深入無際嘗與故太師顔魯公暨柳郎中芳陸員外據殷永寧寅爲莫逆之交陸嘗言王之莊柳之辯殷之介皆希代鴻寶知言者以爲實録有三子集作有子三人長曰綽入道精修爲桑門上士次曰紓以文行薦實歷官集作右補闕起居郎右司員外郎庫部郎中次曰紹本名犯皇帝諱而更焉忠厚宏裕爲德宗所器歷仕户部侍郎兵部二尚書咨俞關决過於宰府大政密議須其一言持平以有守樹善而不伐天下之人謂之長者睿聖繼明以檢校吏部尚書爲東都留守東都畿内防禦使以檢校右僕射爲徐州刺史武寧軍節度使元和七年入覲復爲兵部尚書俄判户部事四征六職烜赫尊大故公再有追賜集作錫之命夫人亦累贈隴西郡太夫人龍泉魚軒賁餙乎冥冥之下名教德器有哀有榮孝理之感人深

矣初公之捐館也行次信州瘞于玉山前此夫人歿于洛師奕于頡踼僕射竭其試信日月有時矣不幸甍落理命其三子嗣事焉孫是僕射之孫曰門下省典儀玄泰試大理評事攝監察御史玄質右威衛倉曹叅軍玄弼等窮毒在疚護王父母之轜車間關跋履泣問著蔡以八月某甲子祔於萬年縣鳳棲原克纂先志禮無違者而又哀請父黨纂茲祖德永揭神道用無愧辭集作愧無用辭銘曰

懿懿王君黄中有文清時發身師集作帥冀卿雲執憲平明含香馥集作馝紛慶靈下鍾復大其門追錫儀曹徽卓顯尊鳳棲古原龜策不譏泣祔雙魂禮成孝孫刻銘斯碑君子之墳

故中散大夫殿中侍御史潤州司馬贈吏部尚書沛國武公神道碑　前人

種德考祥賢人積厚之業尊仁安義君子揚名之孝其敬養也諭之於道其貽慶也教之以忠弘保乂於元臣集寵靈於追命見之於尚書武公矣公諱就字廣成沛國人周室之興本於忠厚趙王之裔厥有勳賢元魏步兵（唐宰相世系表作五兵）尚書鴈門朔方雲中馬邑四郡太守洽啓封晉陽田祿盍大生國子祭酒受陽公諱神龜受陽四葉至太原王諱華太原生鄭國節公諱士逸節公生河澗郡王諱仁範河澗生潁川武烈王諱載德代以文武上才爲將軍二千石識芒碭之氣贊皇圖承沙麓之祥公封戚里潁州生

考功員外郎修文直（集作殿）學士諱甄字平一以字行於時未弱冠有重名閱覽博學（集作閱覽博古）爲人之（集作文）龜玉在天后朝累徵不起以公族好爵爲懼常晦其明與桑門大士修無生法中宗復辟甫踐周行載筆論思特盛淵雲之選賦詩感激必以昌霍爲誡雖位有陟降而道無磷淄叢滋後昆纂服遺烈公即考功府君第三子也肅而清簡而惠忠方伉直信（集作絕）厚強固博洽文誼周通憲法始以方聞之士對詔策佐宮衛李梁公峴之守右扶風也表爲兵曹掾宣皇在岐供侍有勞改永樂（一作業）令歷河中府戶曹轂下求吏轉萬年丞建陵復土推擇充奉拜醴泉令朝廷嘉其才擢爲殿中侍御史修起居注（集作矩度）堅明不回時朝廷

（集無此二字）戎車方駕泉貨力屈皇華載馳董荆衡漢沔之賦以嚴見憚爲吏議所侵貶郴縣尉句容丞二地有南嶽三茅靈仙遺跡於是浩然自得以道爲從方解纓紱以暢天理且曰窮與通在吾靈龜耳外物其如予何本道觀察使挹其風聲薦授秘書郎潤州團練使入爲京兆尹（集作法）曹加中散大夫忽忽不樂求爲潤州司馬蒲歲徙家嵩洛愈尚夷曠中朝名卿大夫四方賢俊通人多與公爲道義之交賈太傅魏公用清靜理東郡以傾蓋（集作蓋公）待公亦既戾止俄然化性時貞元六年冬十一月享年七十八（集三字作八十）理命終制視道門儀法以明月之晦降體魄于邙山北原有靈鶴百數徊翔嘹唳其休徵歟其玄契歟惟公以（集無以字）

文學政事溢官十二次冠神羊駕四牡剛腸正詞臨事風生君子之方有迕有合或忌公之直或愛公之才行藏牽乎時而道不屈得喪宜乎已而神益王嘗與張禮部謂元容州結歌詩唱和著文集五卷自有途中之適興乎澤畔之詞前夫人隴西李氏生長子譚而歿譚爲金壇令士行清修官屈其志繼夫人汝南縣君周氏中書舍人思鈞之孫舉父令瑛之女專柔淑慎以正家道有子曰元衡文行弘懿靜深周密遵道而行有儀可象代天工以熙帝載賦明命以贊皇極元和三年春正月由戶部侍郎拜門下侍郎（集無此五字）同中書平章事秋八月兼領戶部侍郎事冬十月又以門下侍郎檢校吏部尚書成都尹劍南西川節度

觀察西川八國瀘南安撫等使自文水縣男徙封至臨淮郡公上以井絡之下新去湯火亦既震耀是圖生殖於是轂台宰之重爲慈惠之師黃樞金鉉鏚鉞秬鬯旬歲間三錫命烜赫嘉會綢繆樞極信嚮禮賜毬于郡倫豈非公之道阨不申而昌大於後抑義方家法固有類乎公捐館四年而夫人殁其明年臨淮公乃舉公之穴（集作窆）與夫人之喪改葬緱氏潁川王之兆從先封以叙昭穆禮也初臨淮公至監察御史而孤其後再爲中執法朝典覃思贈公杭州刺史其司大政也再贈公吏部尚書夫人始追封文水縣太君㼝封汝陰郡太夫人顧復罔極之報哀榮歸厚之禮成於德器名教稱之臨淮公考功府君之諸孫于兴也

與德輿王考府君有倚札之歎油素斯在青徽未泯德輿獲與相君文代爲地官小司徒陪外廷之末議承宰府之寬政有命論譔忘其菲薄刻茲樂石以表鮮原銘曰

君子之道剛方絜矩或消或長或黙或語於惟尚書執憲天朝寀侍殿內肅清郡寮鋒鋩肯綮湖海飄颻以恬養智無落吾事澹合虚玄脫遺聲利劒題告第寵靈斯備玄袞介圭流光所自煌煌台司天子是毗麽麻岷峨灑濯厲疵視（集作顧）此忠力無非孝思緱氏峻原（集作維原峻原）兮幽宅悠乆崔嵬介石兮夭嶠嶙岣首鏤嘉聞兮以示厥後

文苑英華卷第八百九十七

文苑英華卷第八百九十八　碑五十五神道十六

職官六

故吏部侍郎元希聲碑一首

吏部侍郎奚陟碑一首

贈工部侍郎張誠碑一首

贈戶部侍郎崔浮碑一首

故吏部侍郎元公碑　崔氏序　張說銘

良玉吐曜非媢荊人之斲幽蘭懷芳豈珍楚客之奏若夫克抱厥德不揭其明四海順風以弘道萬乘渴日而致用見於元公矣公諱希聲字某河南洛陽人也蓋顓頊之裔十三代祖魏昭成帝勳格皇天惠孚庶物駿啓靈命大昌

于後故我贈大父隋尚書左丞弘尊賢愛人開物成務我大父隋南郡司法義恭禮樂是蹈詩書是好我皇考黃州剌史孝節政以禮成名以德舉奕（集作並）代集禮以洎于公公含貞蘊靈幼有成量承頻善對實譚（集作覃）實訏毋氏鞫育備于典訓三歲便善草隸書客有聞而謬之者公援毫立就動有楷則故當時目曰神童馬七歲屬文邈有高致十四通五經大旨百家之言先儒未論一覽氷釋四方儒墨之士由是嚮風矣雅尚（一作合）冲漠脫落人事鼎鍾黼黻罔汨其志妙於皷琴尢工幽居綠水之操常抵（集作祗）傲縱恣不求聞達凡通理以其聲華太高論其從事不得已舉進士授相州內黃主簿臨下以簡人用宜之黃州府君薨

浹旬不怠朞而不憮至性之酷異類同傷於是昆弟胥命纍棘互勉負畚荷鍤躬自成墳故族稱九氏之孝服闋調補校書郎轉右今吾兵曹萬年主簿公之始至萬年也河洛肇基於天邑崤函分守於懿親郇國公武攸望（按唐書攸望封鄴國公攸宜封息國公）地在維翰寄深鎮撫以公又吏之美僉爲判官凡有牋疏皆自公出朝廷嘉焉徵拜司禮博士則天大聖皇后萬幾之餘屬想經籍思欲撮群書之要成一家之美廣集文儒以筆以削目爲三教珠英蓋一千二百卷公首膺嘉命議者榮之書成克厭帝旨遷太子文學主客考功二員外賞勤也皇帝纘膺大業擢中書舍人是時天地初復中外多務章奏交馳文誥疊委公操斧則伐懸衡不

欺至於獻納多所施用然而不樂處煩屢乞外補上優而不許轉太常少卿無何吏部缺公雖虬蟠不奮欲固其節而鶴鳴有聞終迫其用乃拜吏部侍郎實能考才施以諡所立振幽滯以器所用簡而能通清而不介輪桷畢舉衆論休之天錫不永清羸遘疾春秋四十有六景龍元年某月終于某天子悼焉賻以粟帛唅襚之事郎以景龍三年某月歸葬于某禮也懿交雎友平生詞賦之客聚泣而評曰公事寡嫂撫孤姪以義聞居閨門接昆弟以禮著黃州之酷昭其行也郇國之徵表其才也太常之舉見其高也吏部之僉彰其用也况乎體道之要心無疵瑕包身之防口絕臧否非夫全德具美自天離祉曷能臻此君子患道之不立不患壽之不永公道行矣奚其多傷而已哉有文集三十卷行於世嗣子寄童亂之子嬰兒之慕夫人李氏故亳州刺史某之女今主客郎中顯之從父妹也華首喪天帷堂哭晝藐視孤孩哀感草木託詞于我故人庶以紀百代之盛余與公一遇相得二紀同遊聯光粉闈接袂華禁容範之好歿猶在（集作存）目宴謔之言未忘於耳追慨疇曩援毫涕集公執交兵部侍郎南陽張說吏部侍郎范陽盧藏用當代英秀文華冠時而盧兼有臨池之妙故張述銘盧篆石天下稱是碑有二美焉其（集無此字）詞曰

英英白雲瑞彼君軺佻佻公子嘉我王度魏后遺德作華矢朝臨氣應變直心遙遙麟閣書仙鳳池墨妙太常國禮

少宰邦教公之處之有倫有要玉折其貞金斷其清沒而不朽仁乎令名

故朝義郎守尚書吏部侍郎上柱國賜紫金魚袋贈司空奚公神道碑

劉禹錫

嗚呼有唐清臣尚書吏部侍郎奚公貞元十五年十月甲子薨于位詔贈禮部尚書太常考行謚曰某是歲臈月丁酉葬于萬年（文粹作安）縣之某原後三十有四年子爲諸侯爲大夫門戶有煒於是門下生琢石紀德揭于新（集作我）阡云公諱陟字殷衡（唐書作殷卿）其先在夏爲車正以功封于薛下古以降爲譙郡人或因仕適楚復之秦今爲京兆人隋唐之際再世以明經爲博士家有賜書曾祖簡亦以文學爲

太子司議郎大父乾繹仕至光州刺史烈考諱某有道而尚晦終徐州司功參軍贈和州刺史由子貴也天以大運生萬物而以正氣鍾賢人至和來宅其德乃具公實有焉幼而擢陵苕之秀長而成清廟之器群倫月旦咸以第一流處之(文粹無處之二字)及從鄉賦洎昇名太常果居上第明年詔郡國徵賢良設四科以盡材公居文詞清麗之目授弘文館校書郎時德宗新即位聲恒(文粹作烜)虜庭西戎畏威底貢內附詔諫議大夫崔河圖持節即虜帳以報之使臣欲盛其賓寮以自大遂嘿表公爲介授(集作換)大理評事除書到門公方爲人子不敢辭(文粹作許集作訴)以遠稱病弗果行歸寧壽春養志盡歡丞相楊炎勇於用才擢公爲左拾遺奉

安輿而西未幾再集茶蓼居從(集無此字)後喪將闋是歲建中四年京師急變黃屋順動狩于巴梁公徒行間道以歸王所旣中月而詔授起居郎充翰林學士劇鉅愈遲病不拜職改太子司議郎從大駕廻入尚書爲司金元士且參權筦之務有頃持慜冊宣恩于薊門將行錫銀朱於(文粹作于)青蒲上復命稱旨轉吏部員外郎是曹在南宮爲眉目在選士爲司命公執直筆閱簿書紛拏盤錯一瞬而剖時文昌鈌左右丞都曹差重遂轉左司郎中尋遷中書舍人執事者繫公識精以斟酌大政非獨用文飾也會江淮間民被水禍上慜焉特命公宣撫之許以便宜及物赤車所至如東風變枯條其利病後奏咸可轉刑部侍郎時主計臣延

齡以險刻貴倖而與京兆尹(集作充)相惡以危事中之尹(集作充)坐譴已又逮繫其吏峻繩之事下司筮主奏議者欲文致而甘心焉公侃然持平挫彼獄獄君子聞之善其知道不思刑曹旣清以餘刃兼領選事居一年授權知吏部侍郎又一年即眞是秩言能審官者本朝有裴馬盧李四君子物論以公媲焉時得病發癰有國醫方直禁中上促遣如第且餚之曰某賢臣也悉術以治之及有司以不起聞上震悼加等公娶瑯琊王氏石泉公之曾孫友壻皆一時彥士長子某蚤不祿第二子敬則歷太僕少卿今爲濮州刺史兼侍御史中丞錫金紫以連(集作課)最就加貴秩俾視九卿第三子敬玄以詞藝似續登文科歷左補闕今爲尚

書刑部郎中第四子炅舉進士最小子某咸砥礪纂修宜爲名公家子其邁德垂裕之光也乎公少以名器自任及顯達急於推賢視其所舉則在西省薦權丞相由右拔(集作史)掌訓辭在中銓表揚僕射由地曹(集作郎字)綜吏部二公後爲天下偉人凡執文章權衡以揣量多士一入中禁考策詞三在天官第章句披沙剖璞由我而顯者落落然居多推是風鑒移于太冶則鎔範之內無非祥金嗟呼天不遐其福而孤民望使由庚之什不作於貞元中惜也初公旣(集作齊字)終詔贈太宗伯後以第三子在郎位被霈澤再褒至司空故昔之葬儀用常伯而今之碑制用三公云銘曰

仁能知麟爲瑞一辰末若君子瑞于人倫惟唐德宗道類

漢宣責實（文粹作督責）綰下風稜言言公丁斯時籍在雋賢從難表節執鷸而還帝曰汝器黃流瑟然可爲大僚左右化源乃飭王度乃馳輶軒既執刑柄亦撡吏（集作利）權陽和熙熙貯在顏間守法持正凝如秋山火不侵玉倖臣畏伏鳳鳴祥煙梟噪低跬帝方倚用天不假年公𥹁無籍其名愈遠門人達者赤舄玄衮公居甚卑其德愈尊兩（集作爾）子朝服駢驅朱輪佳城何在胄貴之里螭首龜趺德輝是紀嗚呼後人下拜于此

嶺南觀察推官贈尚書工部侍郎吳郡張公神道碑銘　白居易

有唐嶺南觀察推官試大理評事吳郡張公大曆三年十一月八日終于伊川別墅五年八月七日葬于伊闕縣中李原春秋五十五元和十三年詔贈主客員外郎明年贈大常少卿又明年贈尚書工部侍郎夫人吳郡陸氏貞元三（集作二）年某日終于某所春秋六十六追封嘉興縣太君又封吳郡太夫人嗣子通議大夫守尚書戶部侍郎判度支上柱國賜紫金魚袋平叔以長慶二年某月某日立神道碑太原白居易文其碑云公諱誠（一作諴）字老萊吳郡人父諱無擇和州刺史祖諱孝績袁州司馬由高曾而上世德世祿載在和州府君碑內此不書公年十八以通經中第及調判入高等授蘇州長州尉秩滿丁先府君憂既禫又丁先太夫人憂泣血六年哀毀過禮（集作制）以方寸再亂始（一作殆）無宦情既除喪退居不調者累年而親友以大義敦責不得已而復起選授左武衛將軍（集作騎曹）參軍分司東都屬安祿山陷覆洛京以僞職滛刑脅劫士庶公與同官范陽盧巽潛遁于陸渾山食木實飲泉水者三（集作二）年迄不爲逆命所汙及肅宗嗣位詔河南尹薛伯連搜訪不仕賊庭隱藏山谷者伯連得六人以應詔而公與巽在焉繇是名節聞于朝野君子以爲知道優詔褒美特授密縣主簿未周歲遷宋州碭山縣令時睢陽當大兵後野無草里無人公撫之一年襁負至二年汙萊闢三年衣食足及解印去縣民相率泣而餞之君子以爲知政嶺南節度觀察使李勉偉人也既高公陸渾之節又美碭山之政欲以名職禮命起而大之遂奏授試大理評事充觀察推官及除書簡牒到門即公捐館舍之明日也才如是命如是嗚呼哀哉公常自負其才不後於人自疑其命不偶於世及將去碭山而反伊川也頓駕搦管沉嘆久之因賦詠懷詩云論成方辯命賦罷即歸田竟如其（集作是）言終于衡茅之下君子以爲知命公有三子曰平仲平叔平季夫人陸氏即國子司業集賢殿學士善經之女賢明有法度初公既沒諸子尚幼夫人勤求衣食親執詩書誨（集作諷）而道之咸爲令子又嘗以公遺志擇其子而付之故平叔卒能振才業致名位追爵命揭碑表繼父志揚祖德此誠孝子順孫之道也亦由夫人慈善教誘之德浸漬而成就之不其然乎

君易常辱與戶部遊而知其家事治見託譔述庶傳信焉

銘曰

猗嗟碭山以文行保家聲以義節振時名以惠政撫縣民而職不登諸侯卿秩不及廷尉評悲哉猗嗟碭山前有和州名德如彼後有戶部才位若此才子之父名父之子賢者兼之可謂具美休哉

故湖州長城縣令贈戶部侍郎博陵崔府君神道碑　前人

公諱孚字某古太嶽胤也今博陵人也唐虞之際因生爲姜姓暨周封齊分類曰崔氏長源遠派大族清門珪組賢俊準繩（一作繩繩）濟美斯崔氏所以綿千祀而甲百族也隋散

騎常侍諱洽公六代祖也唐冀州武強令諱紹曾祖也監察御史諱頊王父也常州江陰令諱育皇考也公幼以門蔭（集作字）子補太廟齋郎初調授汝州葉縣尉再調攺宋州單父尉時天寶末盜起燕薊毒流梁宋屠城殺吏如火燎原單父之民將墜塗炭公感激奮發伏順與兵挫敗賊徒保全鄉原拳勇之女歸之如雲方欲糾合貔虎殲誅虵豕京觀群盜金湯一方本道節度使奇之將議上聞會有同事者爭功陰相傾奪公超然脫屣遂以族行東遊江淮安時俟命屬吳王出閤領鎮求才撫人常聞公名試以吏事遂表請爲宋城尉事畢（集作舉）移假漣水令賞緋魚袋縣政脩轉常州錄事參軍糾察課成浙東採訪使聞之奏授越州餘姚令吏畏人悅歲未滿浙西採訪使知之奏攺湖州長城令長城之理又加於前二邑焉政成秩滿解印罷去優游自得獨善其身興元元年疾歿于宋太和五年遷葬于洛陽享年若干詔贈尚書戶部侍郎夫人隴西李氏追封鼓國太（集無此字）夫人皆從子貴也公爲人儀表魁梧氣槩倜儻負不羈之才慕非常之功始發軔於單父志立而功不就終稅駕於長城道行而位不達善慶所積實生司空諱弘禮公之幼子也以學發身以文飾吏以幹蠱克家以忠壯許國典十郡領三鎮冊鼇東土追命上功雖天與之才國與之位亦由公義方之訓輔而成焉大丈夫將蓄才術樹置功利鎡基富貴焯燿家邦不當其身而得於後父析

子荷相去幾何嗚呼崔公何不足之有按國典五品已上墓廟得立碑又按喪葬令凡諸贈官得同正官之制其孫彥防彥佐等奉父命述祖德揭石于墓勒銘于碑銘曰

天無全功賢無全福旣享天爵難兼世祿矯矯崔公道積厥躬大志長畧卷于懷中黃綬過宼思奮奇功銅印字人躬行古風才高位下步濶塗窮竟戢羽翮不展心　天道有知善積慶鍾昭哉報施其在司空

文苑英華卷第八百九十八

文苑英華卷第八百九十九　碑五十六神道十七

職官七

故睢陽太守贈秘監李公神道碑　獨孤及

漢家之建侯親親也以荆燕吴楚爲首封而後嗣多材世濟厥美碑強路叔更生子駿比肩而首（集無首字）出慶鍾故也唐有天下肺腑是依有若江夏淮安河澗東平以明畧茂勳左右大業其休德粹氣降爲百祥公子公孫或哲或仁勤勞王家焜燿國諜從東平三葉後生睢陽言春秋者謂

公族多士與炎漢侔矣公諱少康字某太祖高皇帝五代孫也太祖生雍王繪繪（繪字集作雍王）生東平王紹紹（紹字集作東平王）生高平王道立道立（二字集作高平王）生畢公景淑初畢公娶于太常京兆韋萬石女有才子三人伯曰孟康仲敬直溫讜光不耀官至太子左贊善大夫仲曰仲康弘毅容重文敏貞諒由尚書主客郎中剖符楚州楚人到于今由其教而思其躅公楚州之母弟也纂二昭二穆爲修（二字集作槇、）身之烈允（集無允字）迪元方季方裕蠱之範家貽其謀天終其休故畜爲和氣播爲盛德年始孩而畢公捐館七歲受孝經至喪親章捧書孺慕哀哽不食鄰里（集作伍）長幼爲之涕泗既冠遭太夫人棄敬（集作孝）養毀（集作甚）貌茹毒泣血無聲者三

年自是孝稱親（集作鄉）黨名冠宗室會垂拱永昌巳後天下有鷟豕（集作豕非）之譖（集作誣）七廟支庶不絕若綫公正志蒙難危行全德貞厲二十年以俟道長中興後乃筮仕由朝邑縣尉凡七徙官至尚書祠部郎中以大府司（集作上）佐授潞州司馬用（集作因）考績彰聞拔爲青州刺史于時海岱貢篚衣履天下俗尚奓侈吏務豪奢（集作奪）公以德禮示法度以誅賞禁淫怠宣明教化飭行導師（集作飭行帥先）使刺繡倚市者悉反耕織於是貪者廉善者勸海濱之俗變至鄒魯按察使户部郎中宋遥以狀聞璽書褒異遷公于（集作於）常州賜一子出身常之吏民望公風聲其苛詭（集集奇衺）僭濫者解印綬自去比及下車無爲而人和復以高第擢拜徐州刺史

先是歲比大旱（集作歎）人流者什五六公條奏補逃之名削去其版然後節用務本薄征緩刑以來之歲則大穰人不患寡浮墮（集作游）自占者至數千萬優詔嘉美（集作歎）賜帛二百疋玄宗天寶（二字集作後）元年改宋州爲睢陽郡命公爲太守淮湖漕輓刀布輻輳萬商射利姦之所由聚也公謂非勝之艱安之惟艱故峻其侵漁之令弘其拜容之仁吏或不廉不恪不惠不迪糾之詰之必誠必信誠信不欺故獄市不擾獄市不擾故（集無此五字）閭里（集作井）輯睦由是歆公純固之德者如餒者得哺寒者得纊有司方將計課以聞天不惠於宋乃祟降厲疾三年春賜告歸洛陽是歲十二月丙午薨春秋六十有四宗室悽欷士友共悲（集作失圖）宋人徐

之轊春相言明年某月遷宅兆于京兆見子原先塋禮也公雅善屬辭有集二十卷晚節好(集作往)禪味眈道論嘗傳道德上下經五千言爲之訓解以究微旨其爲政貞方廉靜明達端懿嚴不殘直不訐清不矯時善不徇名交友推誠好惡中節博見強志親仁愛士居儉(集作險)用晦遭時利往行藏之機與道屈伸未始以去就寵辱繫于懷(三字集作潰其山處)而壽位未極其量也故休祐復集於後昆夫人某縣太君廣平程氏先元子曰涵以忠文孝讓儀刑王室天子謂可內司九法外鎮百城大曆七年夏五月由尚書兵部侍郎爲御史大夫蘇州刺史巡省江左邁德貽訓之所及也夫人沛國武氏以繼室生仲子汧季子(集作汧弟)濃皆卿(集作公)

材而不幸早亡(集作世)某年月日朝廷建推恩之令追贈公秘書監大夫之孝達於祖禰也及嘗忝禮官之屬知王族(集作侯)之廟祧昭穆與公列德善故受命于(集作於)大夫酌而爲志著之樂石以代烝夷云

敦叙九族聖風所始公生德門運叶麟趾王曰叔父高陽才子纘乃祖服以(集作似)續介祉底績三署舊章孔修赤烏彤襘牧彼四州明照姦訛仁覆隱憂神罔時怨民斯緝(集作輯)柔民之不幸公壽不永王曰彼天匪憖俾屏仁浹鰥寡道在彝鼎臧孫有後遺烈煥炳

殿中監張公神道碑

公諱九皐其先范陽人也昔軒轅少子以弦孤受氏別封於張晋侯以五代相韓安世以七葉榮漢特生間氣鍾美大賢餘慶遺芳襲于令嗣矣晋末以永嘉南渡遷于江表皇朝以因官樂土家于曲江高祖守禮隋鍾離郡塗山令(唐宰相世系表作丞)曾祖君政皇朝韶州別駕祖胄皇朝越州剡縣令烈考弘愈皇朝太常卿廣州都督皆世濟明德不隕令名公特稟中和誕生淳懿恭惟色養孝自因辛卯歲丁太常府君憂孺慕銜哀欒棘無恬毀能達禮志若成人及日月外除而顧復就養思致逮親之祿方求筮仕之階嬴今不珍琢玉成器殖學以明道修身以踐言弱冠孝廉登科始鴻漸也嶺南按察尚書裴伷先幕府求賢軺車問俗以公後進之秀籍以從車表授海豐郡司戶水變貪泉珠還

合浦時所稱也其後五溪阻兵郡蠻聚畧帝命按察使裴伷先討焉以公有罇俎之謀韜鈐之用奏授南康郡贛縣令於是坐其帷幄置以戎車公武能宣威文可化俗軍興倚辦供億無留前宣慰使梁勛奏公清白有聞後宣慰使竹承構奏公戶口增益其稱尤異褒進上聞特加朝散大夫遷巴陵郡別駕初丞相曲江公則公之元昆自始安郡太守兼五府按察使以爲越井殊方廣江剽俗懷柔之寄實在腹心奏公俱行可爲內舉遂授南康郡別駕季弟九章亦爲桂陽郡長史太夫人在堂賜告歸寧承歡伏獵白華共展於晨夕衣錦時入於鄉閭棣萼美於詩人德晨聚於陳氏代所稀也無何丁於內艱柴毀縈縈勺飲不納至

性聞於州里孝感達於神明白雀馴狎於倚廬黃犬號隨於行哭表其意也服闋除殿中丞又遷尚書職方郎中起草含香停車待漏位高玄象職在彌綸及曲江公翊贊廟謨鹽梅鼎實講德論道求賢審官以職量通明與聞其議故能致君堯舜克濟忠貞公之佐也及元昆出牧荆鎮公亦隨貶外臺遂歷安康淮安彭城睢陽四郡守所蒞之邦必聞其政作人父母為國循良於是瑞鵲成巢嘉禾合穎祥鳥素翟而狎至焉考績議能詔書褒異遂遷襄陽郡太守兼山南東道採訪處置使以聯率之權授以澄清之任化行江漢惠及黎民進封南康縣開國男賞有功也屬南夷不襲西蜀騷動掎角之勢連于嶺隅以公有經畧之才

委公以干城之任乃除南海太守兼五府節度經畧採訪處置等使攝御史中丞賜紫金魚袋天書盈篋廄馬在庭恩華寵光旁午道路公召募敢勇繕治樓船綏懷遠人安輯獷俗或指匑山之路或出銅柱之鄉以迴舶運糧省汎舟之役以于一作子來授甲寬土著之人寄重務殷用省功倍天子嘉之特賜銀青光祿大夫兼手詔益封開國伯食邑七百戶旌其能也且五府之人一都之會地包山洞境濶海壖異域殊鄉徃來輻湊金貝帷錯齒革實繁雖言語不通而贄幣交致公禁其豪奪招彼貿遷遠人如歸歆其信矣秩滿遷殿中監皇輿盡餙王食惟精六尚委能一心主辯服御器用必信必誠勤勞不遑積憂成痗以天寶十四載四月二十日疾亟薨于西京常樂里之私第春秋六十有六嗚呼哀哉哲人其萎邦國殄矣皇上哀悼賵贈盈門給遞還鄉首丘歸本遂贈廣陵郡大都督府長史禮儀哀制延素握髮謂餙終以明年葬于始興郡洪義里武陵原夫人弘農潭氏襄陽郡夫人國子博士知幾之子克訓母儀用光閫則粵以永泰三年薨南康郡次以大曆四年合祔焉禮也嗣子十一人長曰捷唐宰相世系表作擏前端州刺史次曰權世系表作攉前右金吾衛兵曹叅軍次曰撝試大理司直康州刺史次曰祝世系表作抗檢校戶部郎中兼御史中丞賜紫金魚袋朔方邠寧節度行軍司馬次曰捍世系表作㨾前弘文生皆王之藎臣國之多士令德之後必大其門公嘗

與季弟同泛滄溟舳艫綵艎凡數百葦忽驚飈震發駭浪山連當呷之時謂汨沒同盡為猿為鶴曷可保焉而中宵還風漂泊孤嶼遲明相視各在津亭同役之人僅有存者則知商丘蹈信入之而不傷呂梁履忠游之而莫惴愷悌君子福履綏之宜其克享永年亦既逢吉且公之立身可謂盡美居喪致哀稱其孝也入幕決勝稱其才也列在藩翰則德化之政聞授之斧鉞則式遏之功著佐元昆則色潤王業睦諸季則致美閨門至於推挽忠良揄揚俊乂力行不怠特義高之夫死生有涯古今同盡歿而不朽君子韙之昕忝跡儒林嘗讀舊史覽賢人之事業知盛德之在馬敢楊休聲以誌貞石銘曰

軒轅錫羨百代蕃昌弦狐得姓受邑于張五代相韓七貂居漢平子數術茂先翊贊誕鍾餘慶克享大名爰至我公天姿挺生率禮立身依仁從政學該百氏官踰三命甫登幕府四列藩條威行節制化洽謳謡作牧襄陽受兵南越江漢底定要荒胥悅死生有命修短靡長禮贈殊秩䰟歸故鄉松檟成列丘陵無改夏日冬夜精靈斯在

少府監胡公神道碑　韓愈

少府監胡公者諱珦字潤博年七十九以官卒明年八(集作七)月十四日(集無此三字)葬京兆奉先(一有縣字)夫人天水趙氏祔焉其子湜迺巡遇述遷造與公婿廣文博士吳郡張籍以公之族出(集有處文二字)行治歷官壽年爲書使人自京師南走

八千里至閩南兩越之界上請爲公銘刻之墓碑於潮州刺史韓愈曰胡姓本出安定後徙清河(集疊清河二字)於今爲宗城屬貝州大父諱秀武后時以文材徵爲麟臺正字父宰臣用進士卒官平陽冀氏令贈潭州大都督公早孤能自勸(蜀本作勤)學岸節槩非其身力不以衣食凡一試進士二即史部選皆以文章占上第出(集作樂注作所)爲儉勤自刻削不干人以矯時弊及爲富平尉一府稱其斷決建中四年侍郎趙贊爲度支使薦公爲監察御史主餽給渭橋以東軍洗手奉職不以一錢假人贓平有司覈考郡吏多坐(集有貶字)死獨公以清苦能檢飭無漏失遷河南倉曹(蜀本作督)魏公賈耽以節鎮鄭滑以公佐觀察事檢校尚書工部員外郎以剛

直齟齬不阿忤權貴蒢獻陵令居陵下七年市置田宅務種樹爲業(集有以字)自給教授子弟貞元十一年史部大選以公考選人藝學以勞遷奉先令以治辦(集作辯)遷尚書膳部郎中改坊州刺史州經亂無孔子廟公至則命築宮造祭器率博士生(集作徒字)講讀以時如法以祠人吏聚觀歎息遷舒州刺史州歲大熟麥一莖數穗閭里歌舞之考功以聞遷尚書駕部郎中教以公事犯尚書李巽巽時主鹽鐵事富驕恃勢以語丞(集作宰)相由是退公爲鳳翔少尹巽死遷少大理(集注一有自少大理四字)元和十二年朝廷爲(集作以)公年老能自祇力事職不懈可嘉拜少府監兼知內中尚明年以(集作病字)卒公始以進士孤身旅長安致官九卿爲大家七子皆

有學守女嫁名人年幾八十堅悍不衰事可傳載可謂成德銘曰

竭竭胡公既果以(集訛作而)方挾藝射科每發如望人求於人我已爲之自始訖終不降色辭因官立事隨有可載發跡餽軍(集作運)遭讒府界去居陵下爲吏爲隱坊舒之政于兹有嘆(抗本作歎)守官駕部名昇以屈躋予少府甚宜秩物不配其有君子恥之少府古卿公優止之刻文碑石以顯公行維公(集作後)後人無怠嗣慶

司農卿劉公神道碑　蘇頲

君子之質則有文也君子之備則有武也蓋其材而正直是與行其道而剛柔迭用經(一作門立)德所以不回稱詩爲之

立禮（一作孔碩）碩大之教（四字一作故能）聞於四海（一作國）人爵之美奮於百代受天之和（疑作祐）不其然歟公諱某字某彭城人也皇矣漢祖出自唐堯（一作帝）始則豢龍為事終而斷蛇著符非卯金而勿王書之甲令有盤石而命第布在方冊於昭慶靈誕發休緒有隋之接統也我曾祖諱某仕至晉州刺史左衛大將軍普安郡公我大父諱某仕至蔚州刺史襲普安郡公皇運之纂圖也我先君諱某仕至江王友上柱國襲普安公追贈陳州刺史者制連五之數以乂其邦攬韜鈴之英以和其衆從師友之訓以崇其術復公侯之業以載其名匪我先人保之孰能後嗣達者公即陳之（集作州）府君之元子也純潔浩素直專靜密外象威儀內含光耀

弗誦於非聖弗言於非法雖迹繫燕室而心遊坦塗始有遠大之譽矣弱冠修文明經高第解褐趙王文學金門之賓就以強學璘席之士來而好問遷荊州司戶參軍轉汾州孝義益州晉元（二唐書地理誌作原）之二令養能於椽吏大機未發從政於宰君中孚是用三人為師之地更成乎魏美四子講德之鄉孟變乎夷俗以殊績遷左（一作右）衛長史佐其戎昭欽若軍令屬永淳之歲元元黔稔命公泛舟之役窮於恒（一作海）岱委公開倉之利濟於幽燕是寧邦本繫賴家給還擢拜朝散大夫遷原州都督府司馬仍統郡牧事西至崆峒之隅北經都盧之峽其人好武賡歌作詠彼乘有駜雅頌成章豫博之連謀也雖七國之勝（一作福）兵鋒憚於

甚銳而九州之雄地勢當其懸隔拜公為齊州長史以鎮之難平轉沂鄜二州諸軍事二州刺史令以條察風以化遷願冠者載穆其容羸鋤者罔矜其色連課第一遷將作監（監字一作少匠）尋加銀青光祿大夫司僕卿惟匠有鄉考百工之最惟僕有正稱六官之長蓋任能之選矣大聖天后崇清廟而尊祖建明堂而配帝作城洫而量土圭圖山川而鑄金鼎縮板以載之置蓬以度之三旬以成之百物以備之獨任於公不愆厥旨非博而稽其禮省而精其事則曷能臻於此乎戎羯之縱暴也易之梯衝頗亡其樓堞魏之桑梓尤固於藩籬令公馳傳檢校魏州刺史以威之寇平召之循領本職復加將作大匠長安東幸洛陽拜公為右

衛將軍司農卿轉右金吾太將軍副京師留守出綜金革比上台之禮者四入司帑藏分洪範之政者一轉嗚呼（三字疑）以盛其義通儆以清其緒由是採鄭侯之典因營宮室奏齊人之言即迴輿駕至則兼領右（一作左）羽林軍節愍之舉兵也說臣構東朝之隙上將膺北門之重難無苟免謀無苟合君則有命若將援（一作授）於鼓旗士咸有約不可犯其介胄已而特授鎮軍太將軍封舒國公食邑三千戶實封三百戶賜以金帶衣物重拜司農卿賞厥誠也公以休咎由人動者悔之始盛衰自我息者機之先故在物害盈謙而受福及引年辭事老而得禮於是乞骸骨抗章疏者至于再三（一作于再于三）朝廷嘉而遂之矣（四字一作之）門列行馬室

懸安車遠寓於汜右（一作石）近持於越實開心用晦物有自
親啓足歸全神無所檮享年七十有七以景龍三年太歲
癸酉十二月十五日薨於長安光德里之私第天子輟朝
以咨悼都人罷肆以傷惻齊之喪嬰鄭之亡產無以過也
乃追贈持節都督兗州諸軍事兗州刺史降使吊祭賜錦
衾襚服官給喪事京官六品一人監護太常考行謚曰貞
夫忠者期於盡命孝者貴於立身義者厚於利物信者多
於庇人猶五材行而不可闕五味足而不可廢則安夷險
保明哲太社於是乎錫其風太常於是乎旌其事練識而
言罔毁譽避榮而交非諂黷以溫良恭儉之德知進退存
亡之機然後指青門之路羨賢於畹廣登洪波之臺長立

（一作泣）於周舍於公得之矣粤某年月日葬于某所禮也美
哉漢宮弘敞承明在其北秦嶺連屬太白拒其南思上都
之冠蓋望先塋之碑表此又臣子之不忘也其孤衛尉少
卿曰茂道群紀為儔荀何（句疑）是則二世之業代仍其位三
年之制喪過乎哀以爲有初有終疇庸之道斯遠匪雕匪
刻補（一作稱是）代之圖盖寡荒惟授椸非也披文乃作銘曰
炎漢之靈兮纂堯之德粤若介第受封南國爲侯爲王休
有其光四牡弈弈赤茀金舄降爾遐福兮邦之仁人昭爾
懿行兮朝之藎臣我有忠烈兮以爲之寶我有榮華兮何
適非道躬清明兮翔廖廓佩金紫兮富圭爵日冉冉兮亟
迴薄歲崢嶸兮其搖落吾將追於祖䟽兮噫何爲而葬霍
龍山趾兮鳳城端青靄深兮白露溥混群物以共盡兮揖
之豊碑之是刊

故朝議大夫申王府司馬上柱國贈太常卿韋公神
道碑　獨孤及

楚元王傳後五世長孺相漢始自魯國徙家杜陵其後十
六世孫景略仕魏爲青州刺史青州生隋倉部侍郎南皮
公瓚南皮公（集無公字）生三子皆才同時爲郎長曰季武實居
主爵次曰叔諧典司庫部季曰叔謙歷吏部考功特人號
爲三列宿考功生而知人以司庫員外郎爲職方郎中自
長孺至青州二丞相一侍中十一二千石自南皮至職方
二葉五尚書郎（集有爲字）世言官婚（集作婚官）者謂之郎官帝家梗

稱瑤琨非崇山濬源不生故公侯卿大夫實鍾德門事業
名聲輿冠蓋俱四牡龍旂之慶百代彌熾盛矣哉公諱績
字某職方之仲子也忠廉無邪溫直好禮用誠明惇厚柢
若祖考之訓雖顛沛不遺仁非得之不苟求言足以成事
濟衆行足以居易愼獨鄉舉經行吏部登賢能科（集作校）授
秘書省檢書郎親累免（集作從）官再遷至亳州臨渙縣令寬
信愷悌之政行乎千室朞年而頌聲興遷薛王府文學轉
秘書郎王宮圖諜天祿典籍公皆以儒服參焉藝文修而
彝章叙歷佐濮徐仙三州清恪如一入爲申王府司馬以
達才居陪臣之列弘道以奉職安義以直已諫從政肅緊
忠亮是賴掌邦典者謂王門之治可移於公卿方議登之

三府會寢疾終于位是歲開元十二年歲在甲子冬十月二十二日春秋若干夫人河南元氏益州唐安縣主簿知柔之女承先祖供祭祀之謂職懃(集作閔)勤劳勸以義之謂德莊敬恭順婉娩柔惠(集作聽從)之謂禮顧復劳瘁均養善訓之謂慈夫人兼有焉某年月春秋若干卒某年月日合葬于某原嗚呼才宜貴人宜壽世禄宜富三者公夫人皆居其地不極(集作臻)其分鄉黨宗族以命不可詰相弔焉唯明德必有後之言也信有若孟子幼成傅見利器堅若金石(集作鑠若金錫)天寶十年自尚書兵部出守漢中兼山南西道採訪處置使移典河内入至于今頌之仲子幼卿洛陽尉(尉字集作縣丞)叔子幼奇宋州楚丘縣令季子幼章有貞幹密識恭

儉而明前後八执憲而再起草自武(集作兵)部郎中持節其泗楚二州錫金印紫綬洛以屯田入(集無入字)贍軍食如漢嘗平侯故事以言以立皆公之教訓也實應二年春三月以子爲大夫故詔追贈公太常卿君子謂公之義方慶及其身而楚州之孝誠格於宗祐禮也猶以爲與物(集作化)俱者人事不我期者兵隴雖大宗小宗可詳諸姓氏之譜命官日時各存乎其(集無其字)屋壁之誌若遺直與故事非金石刻則無以示後世也繇是楚州稽首于廟見託譔德垂懿萬億孝思罔極其詞(集作銘)曰

肅肅乃祖翼商屏周摠郡(集作羣)邦兮退傳聞生(疑)扶陽重侯德功(集作乃)降兮龜組虎符黼衣彤兮世相付兮百代純嘏鍾仁於公德乃(集作斯)懋兮爲邦三年足民知方政之臧兮校文石渠觀書魯堂志自強兮三佐列郡曳裾遊梁道未光兮已矣介福不充景行于嗟命兮一經之遺垂裕果盛哀榮並兮子子孫孫丕承忠敬荷餘慶兮

文苑英華卷第八百九十九

文苑英華卷第九百

職官八 東宮官一　　碑五十七神道十八

周太子太保步陸碑一首　　庾信

公諱逞字季明本姓陸吳郡一有吳字人也君子至止既紹虞賓鳳凰于飛實興齊國南越使者解漢帝之衣西陵將軍還吳王之蓋曾祖載爲宋王司馬留鎮關中赫連之亂伏劒魏室黃河𥧔陵或亡追路烏江艤船更無歸迹今爲河南洛陽人也高祖冠軍將軍榮州刺史吳人有降附者悉

領爲別軍自是官師擁鐸更爲吳越之兵君子胥流別有樓船之陣父政驃騎大將軍儀同三司恒州刺史中都獻公太祖扶危濟傾經綸夷阻報君之恥遠襲平原以高平霸業所基委命留事關中餽食非直榮陽之師河内供軍豈但淇園之竹公秉照晉之靈降明神之德猛虎振檻七年不驚羝羊觸藩九齡能對諸兄以公先君愛子稱之曰仁推而襲封雖復季末大成之心守節闕疑有誤既遭燻穴翻從壓紐太祖初封咸谷始合諸侯以公詞令參謀機密故得戎政克宣師言無濫賜姓步陸孤氏委鹿輅而論都入鴻門而舞劒方之吹律綽有餘榮出身羽林監輕車將軍除尚書右丞官聯會計務殷平準水衡貫朽常平粟紅授使持節車騎大將軍儀同三司增邑千戶尋遷駕部中大夫領兵部中大夫領蕃部疑誤東京鼎實先加鄧隲之勲西晉官人多用山濤之啓豈若五王登朝必司賓主之禮六龍御辔取定鸞和之節御正以官觸父名不拜會稽有王會之名其子不爲太守博陵有王沈之封其兒不爲刺史遷驃騎大將軍開府入掌納言治司宗伯又爲軍司馬職居常伯勤問於南宮位晉王言連官於北斗豈止郊天祀地龍門嶰谷之聲賛鼓頒旗白露凉風之月闇夜有人餉羅數十匹公閉門不受行人干觸具以聞奏朝野稱之大尉楊震高直疑作推故吏之金凉州張奐高揖故人之馬清畏人知我無慚德齊國通和封人受使以公有出境之才

見命張壇之禮既珠盤歃血定楚國之連名匕首登壇反齊人之侵地是謂使乎國稱光國久疑輔公侯五陵鍾鼎桐街郴市塵起風飛乃授京兆尹增邑通前一千六百戶餘官如故上林兵息蘭池盜靜不學王陽平生鑄金之術未同張敞終日章臺之遊家僮暮行還得遺錢於道并白絁十匹公訪得其主即以還之見金於路指以示人得錢於道留持樹樹方之今日異代同風俄遷司會治小司馬重總六軍再操八柄考績入於歲成論功書之年表尋授宜州諸軍事宜州刺史露冕觀風停車待雨百城解印慴朱穆之威千里相迎受王基之德曾未朞月被勑追還眷眷吏民不無河內之請依依故老實念黎陽之別少陽養

德前星守器尊師讓齒必俟賢能乃授太子太保方之劉寔道高於大邦(疑作邦)譬以山濤榮深於小輦本有消渇之疾常餌金石自理舊疾微增奄捐館舍茂陵之下不留封禪之書校尉之營惟餘服食之器嗚呼哀哉春秋四十有七建德二年五月十一日也天子以大臣之喪躬輟聰訟東朝以師傅之尊親臨攢祭詔贈其官(本傳作大將軍)贈謚某公禮也以今三年正月十日葬於京兆之高陽原夫人郁久閭西遇王姬受敬肅恭言客令淑有聞箴羹無廢絃綖爰在盛年先從大夜今節婦開墳松栢已拱季孫成寢丘陵始同兒復圖畫賢妃(一作媚)方在茸泉之室瘗埋才子即用高陽之原公儀表外明風神內照器量深沉諧基不測事

君惟忠事親惟孝言爲世範行爲士則晉連墳素悒悵文詞霜府録於尚書天官總於司會出入匡贊常帶數職身具六龜腰佰四綬陳平密謀既非天子所見荀彧上策又非諸侯所聞其爲郡也惟取赤土封書其爲州也唯以青鹽損粟晉家則千樹無貲遺子則一經而已嫡子操至性過禮純孝不遺墳前之樹染淚者先枯庭際之禽聞悲者則下銘曰

山連日觀水枕滇機富春沙起開陽柱飛大夫凪節將軍振威南越受吏西陵䑓圍昔我烈祖垂翅秦中白馬無路爲江不通笛吟鄉里琴哀土風營州恒州擁旄世載壯節旃矜人雄關塞直河穿趙平雲臨代生謂立功沒爲晉愛

降茲岳瀆誕此貞明祥符雲氣慶合星精宮惟定策殿柱書名忠泉暗涌孝笋寒生世屬殷周時逢楚漢天下三分鴻溝一半以我明略來參匡贊日乃再中天成兩旦遷參三事歷副六鄉天師(一作司)光宅地載謨明春官定禮夏官治兵識言默識温樹無名謙恭周密言行無乖忠公兕殪陰德虵埋軍國紛總部領塡堦(一作偕)馬不入廐金不入懷具瞻惟德高山惟仰甲觀初登龍樓初上東國桓榮西京疎廣年齡俄頃風雹相推銘旌兩沒池郷雙迴梵梵衛子御(一作御)夜衔哀身彰野火心懼天雷月日其除榮終哀始馬歸司隸書還太史歷對天星墳連地市山勢接飛松形蓋起德音無絕平原忽矣

唐贈太子少保劉知柔神道碑　李邕

邕聞古之常銓今之大實或籍地因勢或經德自身或經(疑)樂國工或詞學時秀或貴盛終吉或等祀老成或廣孝聞家或納忠刑國有一於是則百斯慶書于牘大其聞矧乃摠集高曾備致昆弟悉数以周稱同原而合流息女擇於賢夫衛子訓於良冶首止光寵出入寰耀君此表裏者矣府君姓劉氏諱知柔字某彭城人也其先府君母弟銀青光禄大夫左常侍崇文館學士修國史子玄按史諜推之楚孝王囂之後粵君伯豫談經景裔志學令言頴邁王喬名理迴仁之撫接內使之節義是以嗣前人食舊德鼓簣史傳柱石邦家其來遠矣高祖魏驃大將軍北州刺史

榱府君諡曰懿曾祖齊散騎常侍文林舘學士岷府君祖朝散大夫陳晋縣長玄邃（唐宰相世系作隋晋縣長務本）府君考宋州司馬贈徐州刺史藏器府君莫不都長忠方簡質貞亮業行優絶政理殊尤府君稚節一成立年傅達典學爲海懿文爲林鎮重爲山幽静爲谷清淡事約言遺理深謙常後身儉不逼下至君儀刑碩偉風神散逸立若尸祭坐君肅賓認金不争闕馬引罪公庭絶於私議虚室造於玄門遠遺之觀（一作都）物則（一作得）名顔子之問一知十無以過也嘗以爲權略多疊皦察不詳和令乃私静勝而言（一作立）立（一作言）莫神怨行莫人誅固能陳無兵火無爇變奪物姓延集福根然後至精啓純全德居厚崇化務俗樹德垂聲可也識

者以爲張華茂才荀或遠略雖曰王佐則無天年今府君二者兼之一言得矣觀藝知巧覩葉知秋吉禄大來壽考休佑吾無間然矣逮討考甲料薄遊異迹宅憂殆臧有命從師辭爵廬墳受錫表闕黨錮光復佐職難（疑作艱）貞歷荆府司馬史氏詳矣自皇運啓聖清途授德典國胄司人曹拜司業兼侍讀漸也府君雅伏忠公固拒權寵耻或趋貴哲不易方出荆府長史復戸部徙同宋二州楊益二府一淮南廉察丹山東巡撫加銀青光禄太夫進爵彭城侯大府有四公居其三要轄有三公提其兩家鄉有九公自屬國二年尚書有六公以司空十載分爵有五公當侯伯之崇居守有一公兼宗祏之寄巡使有十公兼東土之俗疑

輔有三公首儲宮之傳至於仁以養之義以行之慎憲以恤人闢土以祈穀制曰黄覇之奉法循理錫以高車郭賀之惠化仁明加其冕服至於發貯賑施書板賦財已（一作以字）擊單于且平水土制曰出膺賢守則郡國循良入侯名臣則衣冠準的俾遷崇於北斗宜作範於南宮夫如是有足以論道經邦助天開化增河海之渥澤近日月之景光府君止足發衷辭蕭得地終讓八座還忌三旌聖上録德序功養老懷舊就成顧攝（一作妾）晋連間曠制曰乃建儲貳聿求賓客允兹懋官惟爾崇德府君固乞骸骨退守田園息（疑作恩一作思）命如第尚給全禄嗚呼日有晷感有除澤藏山風振海知伊人也知伊人也春秋七十有五以開元十一年

六月十五日遇疾薨於東都康俗里之私第皇情震悼追褒䘵及制曰替纓舊德楨幹通才清以立身儉而率下出入三署綢繆兩宮曾不憖遺奄然衺逝言念遺老惻悼于懷宜寵贈章式旌泉壤可贈太子少保物二百叚米粟各二百石葬日官供幔幕手力等太常考行諡曰文以某年月日葬于河南府緱氏縣景文山原禮也府君昔在平日深戒厚葬祖載服用子壻黄門侍郎宗子嵩所營奉祠子某官某等追惟先志臨穴長號謹以焚之殆無遺者尚曰史冊者楊乎名碑版者紀于迹今頤杼哀敬郄樵蘇發頌聲彰末嗣邕曰唯唯敢不十一千百焉其詞曰

漢起沛楚封徐代（一作氏）則九慶實餘惟英秀閱（一作粤）卓犖

惣文史張禮樂諫而尊道而勝策百禄延周爵貴自取榮
可榮第紫綬瑨黃門始孝思後忠烈歷中外備名節歲彌
長聲更揚隱禺國老文昌懷遠圖忌太盛謝人爵委天命
月有虧日有昃皇恩動物情惻循孝子奉惟疑作遺訓服用
薄哀榮順布史簡繼碑石名教開幽明激

唐贈太子太師崔公神道碑　李華

禮之中庸曰父爲士子為大夫葬以士祭以大夫是禮也
於國爲恩於人爲孝朝廷贈趙公之先人故晉州司法參
軍贈淸河太守三至太子少師褒少師之德揚趙公之孝
國之恩也書之洪範曰是訓是行以近天子之光趙公奉
君少師之訓爲國股肱翊大君之明可謂忠矣傳曰有明

德者必昌於後世後必有達人故叔梁紇有子曰文宣王
陳仲弓有孫曰司空群積德於身以垂厥後猶洪河廣大
於湑流太山峻極於丘陵蘊百行惟少師宣六德惟趙公
父慈子孝移孝於忠盛矣哉維烈山氏以稼穡代畋漁伯
夷以秩禮諧神人太公以大勲平禍亂李子以讓德辭社
稷崔氏其後也有魏名臣琰降至宋度支郎中贈冀州刺
史元孫隕身成名與起百代生魏吏部尚書左僕射貞烈
公亮六爲吏部郎三爲吏部尚書再爲大中正連部二千
石一爲大將軍歷寺中太常光禄大夫男爲部官女爲九
嬪與伯父之子僕射休首出群姓爲海內甲門孫曰肇師
以令望爲中書侍郎以才辯爲聘梁使中書孫諱道滌北

齊安州惣管椽生少師之祖諱方騫皇朝萬年主簿臨洺
子臨洺子生少師烈考諱貞固皇朝武功主簿贈吏部尚
書娶趙郡李氏新定之子高都之姪中外之甲光標士林
少師諱景晊淸河東武城人也三歲丁太夫人憂十二居
武功艱號哭無時隣里輟相終制讀書歲不賤閾一覽數
紙終身不忘年十七與親兄晙一舉明經同年擢第二十
三一作三十二調補梁州南鄭縣尉以能政聞轉蜀州晉原縣
尉以清白器幹爲按察使倪若水表薦大理評事以親累
貶利州葭萌丞歷梓州郪縣丞晉州司法參軍公風度詳
雅器宇方深有道者悅之而不厭不仁者憚之而遷善遠
瑗在衞衞多君子子賤居魯魯有賢人若至聽詞必察臨

事能斷吏不忍欺人不敢犯刺史齊景胄泊州長舉公清
明中正差充支使畢構代齊假爲判官開元三年終於官
舍春秋四十權厝於邙山玄元廟西北原公之逝也宗族
嘆曰孝可以動神祇而不壽僚友歎曰仁可以師天下而
不貴聞者歎曰清可以激貪俗而不昌命矣天乎盛德不
疑作必興宜其疑作有後也夫人榮陽鄭氏皇朝兵部郎中衛
州刺史玄昇之子吏部侍郎平章事惜之女弟以德範儀
少師以才明訓趙公天寶十二年享齡六十九終於京兆
崇賢里殯於長安南杜陵原有一子二女神龍中申明舊
詔著之甲令以五姓婚媾冠冕天下物恶大盛禁相爲姻
隴西李寶之六子太原王瓊之四子榮陽鄭溫之三子范

陽盧子遷之四子盧輔之六子公之八代祖元孫之二子博陵崔懿之八子趙郡李楷之四子士望四十四人之後同降明詔斯可謂美宗族人物而表冠冕矣在周則邵單為公族媯嬴為上國西京實傳之貴東漢袁楊之盛魏一作晉以荀陳為德門南朝以王謝為高望方之於公川谷江海也嗣子圖以文學早知名射策上第官歷臺省尋拜蜀郡長史兼御史中丞加節度使時安祿山起幽朔連陷潼關賫表腰金懇迎玄宗省表垂泣召宰相謂曰世亂識忠良今見之矣除中書侍郎益州長史節度等如故及乘輿至蜀朝廷羽儀如京之制終古難之肅宗幸彭原將復天下以劍南無事不假此人詔赴行在咨以締構寵從還宫

日月並照玄宗獲中聖慈肅宗獲中聖孝鄭侯功大傅陵賞尊一作高詔曰一匡天下大庇生人遷特進中書令集賢殿大學士修國史封趙國公昔成王以曲阜命周公王曰叔父親親也以營立命太公王曰叔舅賢賢也惟肅宗亦以趙國錫崔公今上以少師贈先公三代之極敎也後轉太子少師兼御史大夫東京留守尋為工部尚書楊州長史浙江東西二道觀察使吏部尚書知省事餘如故又轉尚書右僕射四年某月日龜筮叶吉奉少師滎陽夫人之喪合祔於東京河南邙山之某原禮也世傳清白子孝臣忠山東士夫夫以五姓婚姻為第一朝廷衣冠以尚書端揆為貴士惟公兼之清河崔氏至趙公三代僕射可謂盡善矣太山羊衜世傳清德北海茫鯱皃無常親揔比二者為公家法華學放史氏敢播風烈焉昔孔悝銘鼎備舉前代史克頌魯獨美僖公用以誕敷先人照示後代枉禮然也今兹作頌書國家之孝理列聖君之得人崔氏之世緒少師之懿範趙公之孝思士正祖德末一作末是為不朽崔氏之門為不朽矣若終疑者華安得不頌之其文曰

周之上公讓為大夫秦之司徒家於冀都伯從清河德緒繁多仕至楊州出將封侯惟德惟器魏之中尉降及元魏郡從並貴才如尚書德如評事古之廷評伏念惟刑我聞德聲繼佐葭萌安道和俗化行三蜀波汾之曲片言折獄清風人穆升聞輦轂帟幙蒲帷公行不歸哲人其萎後賢

用徽滎陽夫人柔明佐君嫁有嘉聞首代馨芬高陽才子唐虞多士克先趙公大雅爰起有子如是可謂孝矣崇原既平伊洛攸清未安厥靈萬有斯年子孫以寧

文苑英華卷第九百

文苑英華卷第九百一　碑五十八（神道十九）

職官九（東宮官二）

太子少傅竇希瑊碑一首
贈太子太保伊愼碑一首
太子少保常君碑一首

太子少傅竇希瑊神道碑　李堪然

君夫懸象著明保傅繫三台之位厚德載物公侯分五嶽
之尊環耀魄而布陰陽佐林蒸而平水土斯所以寅亮天
地寧濟寰區自匪氣稟英靈藝兼文武發揮成務之本模
楷具寮之德則何以弼諧邦教調護元良粤惟纂懿前修
追蹤上哲揔淳粹以秀出偶會昌而誕生贊厎載彰寵光

崇貴者其在我司空豳國公乎公諱希瑊字羨玉扶風平
陵人也昭成皇太后之介弟開元神武皇帝之元舅即隋
工部侍郎左右武侯大將軍納言司空上柱國陳國公抗
之曾孫皇朝駙馬都尉工部禮部二尚書右領軍大將軍
殿中光祿大夫上柱國莘國公誕之孫太常卿潤州刺史
贈太尉荊州大都督上柱國豳國公孝諶之元子也而自
祥生石紐祚啓金刀盛葉與釡山北崇長發將觀津方永
文昭武穆帝載矢之於典謨累將重侯后族布在於方冊
故得國華人傑躡振古以騰芳服冕乘軒迄昌辰而益茂
莫不歌鍾繼響喧喧連北里之音邸館相望藹藹並東都
之盛歷代之所推挹豈可一二談哉公鼎佃標華公門孕
秀（一作祉）仰庇軒星之曜傍通間氣之英天生仁智之姿日
用溫恭之性弱齡志尚卓爾多奇既瑀之朗朗無雙黃憲
之汪汪不測豈可同年而語也年十有五補修文館學生
誠篋上庠橫經太學中年考檢僉我大成屬穹昊降災高
宗厭代白雲方馭攀鳳駕而無追素幘爲郎翊龍輴而暫
往既調授潞州參軍尋遷常州司兵參軍事上黨關山毗
陵郡邑既承君子之命又參從事之班夫惟濫觴蓋茲而
始秩滿入拜安國相王府功曹參軍久之遷爲膳時睿宗
之藩潛龍德在田徯皦尚啓累接曳裾之侶屢陪飛蓋之
遊樂备載歡承恩莫二唐景雲元年睿宗登極加朝散大
夫除殿中尚食奉御黃金無錫朱綬增榮調九沸於宸羞

薦八珍於帝膳景龍元年又遷爲太府少卿兼知尚食事
司帑藏之珍賚奉雲天之宴樂幾承恩獎增峻寵章二年
加銀青光祿大夫殿中監乘輿服物御府斯殷纂愼日宣
爪牙尤寄曾未踰朔又拜左右千牛衛將軍而帝謂公曰
朕昔在藩嘗居此職而其宿衛親近今故授卿其承寵私
有若是也衛鈎陳於北極應上將於南蕃榮冠等夷地兼
勳戚雖古之位踰九卿班同三府者亦無以方焉先天元
年遷金紫光祿大夫右散騎常侍兼檢校光祿卿無何又
正除光祿侍中同掌印珥（一作珥）貂蟬郎中改名攸司殿掖
豈有高堂擅青龍之踪張湛推白馬之名兼而有之不其
榮矣開元二年遷太子少傅襲爵豳國公加賜食實封二

百戸以六行之姿翼千鈞之務琢磨光乎玉裕輔導整於銅樓有華廙之清簡富匡衡之法義焘常儀刑八（一作帝）座通籍二宮福履有綏降年惟永而過隙之影背閶闔以言旋但閱川之波辭少海而無返開元五年歲在丁巳冬十月丁巳朔十六日甲戌暴薨於東都章善里之私第春秋五十有四嗚呼哀哉慟感宸旒有切渭陽之念哀纏士庶逾深鄭國之悲粤翌日聖上舉哀於洛城南門輟朝三日贈司空荊州大都督賻八百段米粟八百石及東園祕器凶事葬事官給務令優厚仍令將作大匠常奏充使監護河南少尹秦守一爲副鴻臚少卿李顒持節齎璽書弔祭儀仗送至墓所并爲立碑發引之日令工部尚書劉知柔

祖祭有司考行謚曰某禮也渥命優洽事越彝典惟公降靈純嘏禀秀中原風範自高衣冠甚偉雖地稱金穴外家之寵克崇位翊璉山儲輔之尊斯在而謙以約己德以潤身九列重其章明百寮仰其忠儉夫所謂貴而不驕志明而晦者無廼踰於公乎名命雖臨濛暉莫駐佳城鬱鬱遽開京兆之阡詔葬紛紛即赴畢原（一作鄣）之路旌旐飛飜而笳鼓噎恩容衞動而行路悲嗣子朝散大夫行太子典設郎鍊次子太子內直郎鋼等銜恤哀毁退（一作進）而不及粤以開元六年夏四月九日癸酉歸塟於京兆咸陽縣洪瀆川之北原八水分流五陵交對星辰照爛於東井烟景密邇於西岳龜言筮告此地攸安萬古千春德音何託惟彼

文輿相質恪奉絲綸與地久而天長永昭徽範下才不敏敢述銘曰

昭昭茂族赫赫崇庸石紐疏系金刀建封軒星代禀閒氣時鍾鳴陰必嗣嘯谷相從越洎我公秉心貞吉肇遊庠序歷代天秩東郡勞人西都賦質龍飛偶運鵬圖匪日絲綸驟委章綬增榮既典六尚俄昇九卿鈎陳任切武衞資英左右惟允於斯作程獻替嘉猷載司光祿琢磨儲範方調鼎餗憯矣神心宜哉（一作載非）倚伏曾不遐壽奄焉薨覆帝念元舅情深渭陽輟朝興慟詔葬哀傷亟峻典禮逾崇寵章鼎門南出畢陌西長旐引輤軒笳隨魂輅容衞哀咽山川廻互秦塞從指漢原巳暮紀盛烈於豐碑族有旌於武庫

故光祿大夫檢校尚書右僕射兼右衞將軍南充郡王賜太子太保伊公神道碑　權德輿

昔伊尹相湯伊陟相大戊咸有一德格于上帝其後伊籍以敏辯仕蜀爲將軍伊馥以勇力佐魏爲司空曠遼（集作僚）綿代復纘休緒者曰南充郡王諱慎字寡悔剛毅勇悍鷹揚鷙立勞勤四朝終始一心涉覽春秋戰國策太史天官五行之書用善射中正（集無正字）鵠補廣州綏南府折衝都尉丁太夫人之（集無此字）憂以毁瘠聞初公之孤也幼不知先子之殯將祔二尊日號于天寃交神遘肸蠁誠感壤而樹之率禮無違大曆中嶺南裨將哥舒晃盜殺其帥呂崇（集作嵩）賁以亂竊據府中南方蕭然江西連師路嗣恭承詔出師

命將孟瑶暨公討之(集作以討)公以水陸士徒分道鼓行晃之
謀主蘇涣騎將王明悅鵶張蟻聚皆據阸害公曰寇不可
翫勝無幸焉毒之酒(集作酋)腊盡在是矣疾力作(集作交)捽必
亟吾中乃舂其喉而潰其腹斬首三千級下韶州其明年
戰于把江口水道湍悍戈船赴趄公浮筏寘薪迎風縱熖
寇之燋没於水火者終夕有聲又明年軍于瀧(集作渭)口于
端州戰(集無戰字)于潮陽次于交廣(集作廣州)冬十月斬晃涣于泔
溪揭其首以徇幕府上功拜連州長史授撫慰江三州别
駕建中初德宗訓齊萬方端正百度以梁崇義負阻江漢
未嘗會朝詔東諸侯分道問罪公實領江西偏師歸(集無此字)
而統于希烈希烈以牒書署公漢南漢北兵馬使公明置

文苑英華　一〇九百一卷　五

(集作智)牢讓獨率所部兵大破翟輝於鑾水俘徒三萬以至
于蘄崇義平江漢厥功居多希烈愛公愈深而公懼之愈
切一旦夬與數騎遁歸既而希烈以急上(集無此字)變聞且賂
公以堅甲善馬為之反間密詔嗣曹王即訊因俾論公如
法公方握兵符在境上微聞有命歛手就召曹王挹公名
義偉公姿材取酒為壽交歡感泣手疏上列辯其冤誣委
之先偏激以自效乃略黄梅次長平遏劇賊韓霜露引蒲
中股弊於萬衆之前其徒相蹂蹈死者十七八投蔡山(集作
州非)取蘄州降山寇李良領蘄州刺史剖符為王加御史中
丞與元巡狩之歲使臣底貢次于蘄口時希烈已屠陷大
梁遣其腹心杜少誠引勁兵絶江流公行師七千烈樹三

栅破之於黄崗少誠遁走斬騎(集無此字)將許少華封其戶為
萬人冢進圖安州希烈遣其甥劉介靈(二唐書作介監)來援迎(集無
近字)擊於應山生得介靈與郭嵩李廷玉降七千人收戶一
萬四千人夫婦男女耕桑安堵乃督安州加御史大夫真
食百戶(集作室)二年五月引兵攻叚(集無此字)隨走康叔於厲鄉
獲馬牛輜重以益軍實表僞署刺史李惠登為之刺史終
以理行聞十二年用文次就加右散騎常侍後三歲天子
以公積功勞使中貴人持命書金印即授公節度觀察使
且裂齊安為之(集無之字)支郡尋詔公兼統荆洪潭三道之兵
討叛於蔡敗之於三州港營於義陽戰于申斬級千數有
詔班師就加刑部尚書進右僕射今天子嗣位拜章入覲

文苑英華　一〇九百一卷　六

真授右僕射俄檢校左僕射兼右金吾衛上將軍坐細故
退為右衛將軍明年復檢校右僕射兼右衛上將軍元和
六年十二月晦寢疾薨于光福里不及懸車者二歲追賜
(集作錫)太子太保同盟諸侯皆使其命介來弔祠視喪事明
年夏五月庚申葬于萬年縣某原鹵薄騎吹加(集作如)褒禮
初公之曾王父皇太子通事舍人澄生左衛長史悅悅生
贈太子太保衛公之祖禰也積善餘裕追崇以大惟公以
武毅通文理硯席餘(集餘字作楷隸)師心自得感槩出倫談辭如
雲起南方裨校屢(集作屡)陷軍陣發若猛鷙不辭劇易急病
而益裕其才屢危而不怵於邪悃愊忠直為中興名將以
至於授英蕩題龍泉有功烈勳勞於天下朓劒薦紳從容

漢廷儆循師長文武二品啓體歸全追榮宮師豈徒然哉公之息男十六人其冢嗣曰宥左領軍衛將軍押右神策軍牙門之職能率義順(集作訓)以揚家聲初公來朝也詔有以侍御史領安州刺史繇二千石入筦南北軍教忠移孝情禮盡在宥以鄙夫與太保居同里閈具以理命遺緘屖徵其(集作斯)文表諸神道不敢誣也銘曰

在殷保衡負鼎而相惟唐南充推轂爲將洱溪之刑嶺表乃平蠻氷之捷漢南以清蔡兇滔天曹卹誠行公率武旅迅如風霆蘄春安陸連下鄖城(集作地)專地(集作城)建牙弘大名器交修威惠較著功利秉(集作介)圭會朝脫躧師帥南宮端右武侯緹騎沐浴休明保完富貴歲降婁兮月大呂一氣散兮無覓所龜甲車兮馬驤封九原夕兮閟音容揭此介石厥聲無窮

故太子少保贈尚書左僕射京兆常府君神道碑

呂温

山之大者匿峯巒含氣象積高無倪而不見其險孕粹有物如(集作而)不知其神此其所以爲大也德之全者毁圭方黜(集作點)皎厲靈機密運如(集作而)智不驚愚遐摽特立而迹無變俗此其所以爲全也然則太山高而可陟全德近而難知我求其倫見之於少師公矣公諱某字某京兆杜陵人其先帝堯光宅讓德儲慶建國命氏列于夏商相冑酇族繁于漢魏代濟不殞煥焉(集作爲)盛門大王父諱某皇朝主客郎中萊濟商三州刺史王父諱某倉部郎中太原少尹贈秘書監列考諱某檢校都官郎中嶺南節度行軍司馬贈同州刺史或以瑚璉之器緫施郡政或以巖廊之姿僅及戎佐與時俱息從道而汚屈不試於當年啓莫京於身後公生而岐嶷弱而老成渾粹不散清明虛映朱絃遺音而宮商自韻大圭不琢而符彩溢發邈矣(集作是)天爵爛乎人文鼖鍾之聲日遠鄉典之譽來遹釋褐太子正字與仲弟正卿以賢良偕徵策入異等其鴻(集作鴻其)雙舉當代榮之授高陵主簿遷監察御史改殿中內供奉東都留守判官即拜東臺殿中(集作此二字)侍御史參畫惟允持繩不回河洛之間風聲尚在德宗躬決庶政本於尚書責成曹郎綜練材實荐出方伯時超貳鄉二十年間斯爲極選(集作選是)公由是前後遷刑部吏部員外郎吏部郎中奏議推美彌綸成績南宮之故事存焉于時戡後日近勲勤者衆都市情涔盡垂金組邦畿豪奪半賜冊書輕貪逸於踈網悍馬駭於柔轡上思懲抑必假(集作挾)良能公由是前後歷奉天長安二縣令仁護鰥惸智鈐豪右與人之道(集作遺)詠在焉望由實濟任以望重選曹未幾遷給事中既居駁正之司不撓當官之論屬東南歲歉俾乂惟難出爲常州刺史天寶之後中原釋耒輦越而衣曹吳而食一隅重困五紀于茲公臨之清貞結以忠恕固存(集作固給)惠寡務嗇勤分一法以去其侵漁多方以備其災患以逸道而使繕完允濟以與

道而取賦入先期聲聞天朝考績連最轉蘇州刺史二境之間百里而近靈源自出殊派共清膏澤所霑異壤同潤下車朞月報政如初加秩賜金借留累歲無何彭沛喪師兵驕地偪安危所繫朝論(集作議)難之乃以公檢校秘書監兼御史中丞賜紫金魚袋充徐泗節度行軍司馬重其威望將委旄鉞而未命程伯徐方之軌既同不見賈生宣室之徵遽至擢吏部侍郎倫品甄明通簡節適勢有探湯之熱我以靜濯衆有鼓簧之喧我以心聽馴致其美闇然日彰不求無失職之人人自以爲不失職矣輟拜京兆尹德刑交修寬猛相濟匪設鈎距物無遁情匪曜鋒鋩機無滯斷浩穰之理不肅而成不求無不欺之吏吏自以爲不能

欺矣俄改太子賓客辭劇就閑圖南之勢一息選德求舊居東之命惟重遷檢校工部尚書兼御史大夫充東都留守東都畿汝州都防禦使自盜起幽陵兵屯諸夏涉淮而北軍國興容分陝以東古今殊寄公講信修睦外張保釐之政完備訓戎內寓折衝之令干戟不露德耀藹然遐邇頓首以承風強暴革心而知懼今上嗣統就加檢校吏部尚書方入諧僉屬毗贊大化不幸嬰疾表求退顧(集作歸)優詔除太子少保與其休復將有後命神祇竟昧藥禱無真(集作降)以元和元年三月十二日薨於東都履信里之私第享年六十有四寵贈尚書左僕射輤車西歸制使賻弔太常褒議謚曰某公哀榮備矣夫人河東裴氏侍中耀卿之

孫給事中阜之女德門(一作行非)鍾美淑問(集作聞)充塞蕣華(集作榮)早落蓍兆叶期即以是年五月二十一日合葬于萬年縣高平鄉少陵原禮也公孝悌天至行有餘力仁義性德匪俟服膺不飾表以近明(集作名是)每(集作恒)縱心如(集作而)中矩清虛簡淡而應物不倦通曠夷易而及門無雜不尚意氣而然諾篤志不好臧否而鑒識超倫與故相國齊江西映穆宣州賛賛弟侍御史員爲文章道義之友可以視其所親矣今吏部郎中扶風竇羣杭迹毗陵退身進道公三揖郡榻之上一振天埤之下不數歲間蔚爲重器可以視其所與(集作舉)矣分正東郊開府辟土則有今右司郎中燉煌段平仲倉部員外郎安定皇甫鏄禮部員外郎清河張賈

泊(集作此字)京兆尹常詞(集作嗣)隴西李景儉中山衛中行平陽路隨皆羣彥之秀出一時之高選可以觀其所任矣加以志尚幽遠宜搜好古所居第必有松石之致退公暇日常以圖籍自娛一字愜心金玉不顧片言同趣布褐無間亹亹然若見道之所存陶陶然不知歲之云晏於戲策名從事四十餘年朋友罕聞得喪之言家人莫見喜慍之色恒慄以處推分而行無怨(集作恩)於人人亦無怨(集作無不)無猜於物物亦無(集作不)猜復信順以優游保福祿而終始其名教之大雅者歟有九子長曰元質前常州義興縣尉次曰轂前邠州司倉次曰璋鄉貢進士能修詞立誠克家致美茂揚風訓休有令問(集作聞)其次某某等皆殊資異識登於童

齡（集作齒）慶善之餘也以其獲窺墻仞見託篆述究賢人之
業信而無媿申孝子之志直而不文其詞曰利建于商介
圭作寶爰立于漢緇衣改造克昌厥胤奕世載考亞尹擅
名郎中懷道莫躋貴仕莫享難老蘊靈儲休以啓少保丕
顯（一作不）少保其德愔愔有綽（集作悼）遐姿曠哉靈襟顯仁山
立藏用淵沉煦如冬陽藹若春陰白圭三復克保明心黄
鍾九變莫匪和音靜專動直讜進忌克宜踐公輔以禎王
國促路頓軌中天墜翼少陵右（集作古是）原拱樹寒色窮壤可
弊唯名不失金石垂之以慰罔極

文苑英華卷第九百一

文苑英華卷第九百二　碑五十八（神道十九）

職官十（東宮官三）

太子賓客贈太子太師竇希球神道碑　裴耀卿

聖上本玄元之化以身而觀國酌堯舜之道睦親而逮疎
羽儀成而正體尊肺腑寧而元首豫生人之始内教權輿
文明在運外戚先理膺上仁而踐元舅享多福而執讜光
者其惟冀靖公乎公諱希球字國珎扶風平陵人昭成皇
后之弟也昔漢文恭儉垂統於西京我族有内輔之功政

清而刑偃漢章長者楊休於東國我君有少宗之佐累洽
而重熙貞觀創業也吾姑本周南之化時維太姜開元立
極也吾姊合塗山之德時維文母吕化皆在乎明主景運
必當乎太平千載相望重光四后豈比夫魏晉中朝之俠
隘陰郭微時之屬籍或悠悠於戍申緬邈於褒紀（一作姒）非不
同年而語矣五代祖諱善平北將軍散騎常侍驃騎大將
軍開府儀同三司侍中使持節都督北華州刺史永富公
載於周書高祖諱榮定平東將軍驃騎大將軍開府儀同
三司洛鄭滎懷汴廣和覇泰等成唐渭一十三州刺史秦
州行軍使左右武衛大將陳國懿公著於隋史曾祖諱抗
唐梁岐冀定幽易燕擅八州刺史遼東朔州二總管光禄

大夫開府儀同三司左武侯大將軍納言贈司空陳國容
公祖諱誕駙馬都尉殿中國子祭酒并州揔管鎮北將軍
太常卿刑部尚書右光禄大夫贈工部尚書荆州大都督
華國安公見大宗實録考孝諶太常卿潤州刺史并州大
都督贈太保幽國公或道濟舟檝或功垂劒履青史之三
朝相次彤弓之四代畢封此又衣冠之上腴人門之絶等
者也公降靈辰象育粹淳源稟淵懿之姿體敦龐之度退
讓致美不忘於先疇虚玄爲心（一作學）得之於家訓起家太
子宮門丞朝散大夫尚乘奉御換尚舍奉御開元初累遷
都水使者光禄少卿特借金紫光禄大夫將作少卿封冀
國又加銀青光禄大夫太子左諭德宗正（一作匠非）少卿剡王

傳又遷太子賓客春秋七十有一以開元二十一年正月
十九日遇疾薨于長安布政里之賜第天子輟朝變禮事
優恒數乃下制曰申伯元舅禮實重於緣情堯典睦親義
兼在於追遠故銀青光禄大夫守太子賓客上柱國冀國
公竇希球名高懿戚位重周行在貴不驕每執謙而守約
與物無兢常隱耀而含華以是全真方期永命徂遷奄及
震悼良深生而寵光已榮觀津之族殁有褒飾仍申渭陽
之贈可贈太子太師賻物二百段米粟二百石應緣喪葬
量事官供仍令京兆少尹田賓庭充使監護以某年十月
二十六日歸祔於咸陽舊原禮也嗚呼善始令終者爲侯
家之貴安時處順者爲達士之師目牛乎邀福之源忘我

乎持盈之地非慤解深識焉能及此昔之后族干政外家
操權穰侯之負乘王鳳之專擅苟欲憑寵不知退身時主
之芒刺生乎上國人之怨讟作乎下千載義士爲之寒心
公則懲於斯誡於斯雖望重凡百恩稱（一作稱尊）莫二承孝理
之深化當寵光之盛時而乃閉關偃息循墻俯僂無徙羨
於當路每蕭條於執鈞清宴之間外言不入退食之暇時
人不交其巽讓也如此昔之姻黨不法舅氏過制成都之
矜侈曲陽之僭奢既青瑣而赤墀亦秦鍾（疑作歌）而鄭舞蔀
家[illegible]於易道騁欲遺於老經天下之人爲之騰口公又懲
於斯誡於斯雖師資藩邸羽翼龍樓富逾於百乘之家貴
極於諸侯之爵而乃居簡行儉寡欲少思出無弋釣之娱

入無羅紈之費絲竹宴衎視若塵埃池臺雕斵未嘗營起
其素約也如此昔之倚勢爲暴恃地作威武安之驕盈梁
氏之凶蠢以豪諏而誣善以睚眦而殺人主意之盍用不
平謗書之紛然屢起四海之内爲之嚚嚚公又懲於斯誡
於斯雖南陵周親北闕元老室家之皇枝帝戚猶子之尚
主嬪王而乃謙不可逾卑以自牧忘大壯於榮貴思同人
於醜夷公私遊聚小大無忤賓御出入閭閻不知其溫良
也如此合是庶美歸于一貫謚之爲靖不亦宜哉皇上軫
敦叙之恩流平分之施自近推於及遠經邦始於正家不
侮於邊夷之客而况於懿戚乎不遺於小國之人而况於
純臣乎是故悲臨於渭陽感動於陟屺陪邑於先原建封

於貴里所以敎天下之爲子車通憾門加兵會同不錄班讌見不呼名所以敎天下之爲甥觀乎聖慈曲被皇明深視舅氏榮寵折衷於人言外宗法度儀刑於士禮當此時也以伯舅護儲兩以肆舅儀台司以大宗率譜屬以小宗通賵饋則官政條而家事理矣故五侯之第四姓之宗罕與（一作輿）誦於遵人無纖羅於廷尉存則壽考沒則哀榮君臣交泰若茲之美開府儀同三司畢國公希瓛（一作璥非）公之弟三弟也親賢並茂德位齊優公嗣子無祿不及終事畢公執喪哀次義切天倫親率宗姻躬侍輴紼威儀則序禮物其容詔葬紛紜傾城縱觀台臣白首陟崇崗而北臨宰樹青松瞻舊城而西靡有以知冀公之令名不殞盛德歸

全畢公之至行惟殷孔懷纏慕廼俾夫其臣惟舊直筆無華者書其實錄盖取信於金石不欺於聞見云爾叙其詞曰

沔彼嬀水福祥伊始坤道元亨后族清理靖公樹德含童濟美溫良淑人（疑脫四字）退讓維何溫良則那就閑遠劇受少辭多金玉（疑作人用金人三緘其口事）三緘羔羊五紽國人無忤宗親以和北闕元舅東閤上客吾邑百乘吾門萬石深保純素退藏虛白儀刑衣冠光我墳籍輔仁徒歎過隙難追朝野增慕哀榮在斯賻以國饞尊爲子師與言渭陽何痛如之兆啓酆畢行臨秦鎬樹拱行楸根陳宿草歎息遺事湮沉故老勒銘豐珉敢告神道

贈太子詹事王公神道碑　遜逖

洪範五福一曰壽三曰追好德全生養形者爲壽而已非有德而不彰穫仁蹈義者爲德而已非有後而不昌天生大賢神降元吉倚福祿而登祚胤者在宿預公焉公諱同晊字某琅邪臨沂人也其先有太子晉以啓其祊諜有將軍翦以固其玄胄有中尉吉以大其儒門有丞相導以番（疑作蕃）其鄉族自導至公十有一代禮樂增業衣冠濟美天下之人謂之著姓曾祖寬陳侍中祖誨之皇朝秘書郎父知無祿早世皆先達之良也公夙遭閔凶不禀嚴訓聖善所育孩提有成體恬淡之性資醇醲之德學無常主言不爲華踐行而隱其轍跡襲明而晦其光耀湛然以靜淵然

以默故談者無得而名焉儀鳳調露之間太夫人春秋高矣顧及親以筮仕豈要君而擇祿鯀是解褐鄧州南陽丞六安不樂吾聞其語公則喜焉孝子之致養也秩滿授濟州司法參軍埀拱中究獄起州將薛顗伏法以公坐是失職十有餘載十年不調人以爲難公即坦然仁者之處約也乂之選授吉州司法參軍以丁內憂哀毀過於禮幾至不全喪服既除哀聲未盡遂不茹葷血於身矣神龍初調補司農寺主簿時從父弟同皎選尚公主拜駙馬都尉公以國親封宿預縣開國男食邑三百戶得而勿喜知來者之不可却也尋坐駙馬所累調建州司倉參軍失而無慍知去者之不可止也洎睿宗受命亡辜開釋授公申王府

主簿尋又增秩朝散大夫於是乎見倚伏之回穴矣居歲餘制攝安州都督府司馬除太子舍人轉太子中舍人歷太子家令拜宗正少卿遷左庶子東封之歲表請歸閑制授亳州刺史致仕凡官歷二紀將（疑作時）更五君險阻則遇屯和平則之泰康強則陳力羸老則向晦命非吾有委運推移身非吾有與時消息動斯可效靜斯可則古之至人謂是全德春秋八十有四開元十六年七月十二日遘疾終於京兆安興里之私第皇上以公春華秋實之稱著于兩宮故贈以太子詹事飾終之禮厚莫重焉有司以公天經地義之德冠乎百行故謚之曰孝易名之典善莫大焉公束帶於朝端然齊肅目不迕視體無懈容其從官也常

避右職其御下也務存大旨不矯舉以求是不憂務以近名所謂建陵之長者也公雅好釋典尤邃禪門爰有別業使營精舍懸車之後隱几于茲不出戶庭彌入真寂斯所謂維摩之梵行也公身居顯位子至大官萬石集門伯禽拜後而能謙約自退忠儉有恒占田必先於窮僻卜宅不更於爽塏所謂公綽之不欲也公屬之內開魯館者二人六姻之中降虞嬪者再世而能進不求寵退不失親遠而不攜進而不偪斯所謂山甫之保身也詩曰瑟彼柞棫民所燎矣豈弟君子神所勞矣宜王公之受茲茀祿式是繁祉享高年以有終保令聞而不已者也初父（疑作公）娶於安定皇甫氏即太子舍人德彝之孫洛陽縣丞寡過之女溫惠成性徽柔作則降年不永先公即冥安厝之日公爲郡掾雖班秩有等丘封尚卑而精靈所寧歲月滋久而公之克葬禮用上卿同於舊穴是廢王命祔於新塋未達神理卜夢遍感子孫是依魂無不之合乃非古以開元十六年十月七日葬我孝公於偃師縣首陽山之南原夫人舊塋之東禮也嗣子太子賓客丘懿文執時清行動俗爲國大器作人元龜不有教忠孰興于嗣不有移孝孰榮其親豈石未琢行楸已拱敷求作者枉逮門人昇闕里之堂實難論賦表太丘之墓多媿題銘銘曰

泱泱淮水世祚王氏於穆孝公是爲端士動合元化靜符真理以道觀身以忠教子北帝（疑）卭阜南瞻洛川還依舊

究更表新阡從古之制非今則然峩峩雙壠松栢生烟

太子右庶子王公神道碑　前人

昔萬石君建陵侯（二字一作慶非）皆以訥言敏行前史稱爲長者然必式路馬未免於無文常盛賜劍且疑於任職大鈞所冶粹美爲難秉純德而苞儒量吾見之王公矣公諱敬從字某京兆人也其本曰魏公子信陵君之後秦人滅魏其裔者爲王氏氏族之世著于關輔焉漢有河南尹尊啓鴻軌於前載周有尚書令羆建休勳於近代羆生明遠隋司金上士遠生壽隋州都七職主簿壽生喆皇朝同州河西縣令喆生慶皇朝冀州棗強主簿武氏革命之後實秉楚龔之節杜門自絕沒齒丘園公棗強府君之次子也元精

之所稟和高行之所貽訓德義之所府聚文儒之所膏潤宜其炳秀騰實蘭薰而王振者也曩者大定中舉文擅詞場景雲歲碎茂才異等開元初徵文藻宏麗公三對策詔皆爲甲科明試必可高明益著爾其用之吏事則岐州陳倉主簿京兆府武功縣尉長安縣尉能理煩也施之儒術則秘書省校書郎太常博士著作佐郎能辨惑也繇是三入華省再登禁闥歷尚書禮部司勳員外考功郎中給事中拜中書舍人是時也張曲江李晉公更踐中樞公與徐安貞常陟孫逖繼揮宸一作振翰每至密命先發詔書即舍人草創之二相討論之王言式臧天監允洽訓誥之地斯焉得人逖於諸大夫無能爲也居數歲命公御史中丞又

攺太子右庶子所以穆清彝憲翼亮元儲咸事正人疇與爲言若夫軍旅之事公能兼之故信安王禕張忠敬引以咨度清白之業公能守之故源乾曜常抗皆有褒人之疾苦公能惠恤故宣撫江淮克諭中旨國之軌度公能筆削故刊定格式允叶斟材於位詢於事若斯之餙備也而能褒光用晦體道安貞言寡尤行無悶一作中立寡尤獨無悶勇於爲善而不好立名直以全誠而未嘗忤物括囊君子之德胸合至人之心以此持身全身保性之術也以此刑國鎮俗安人之具也而年不登於下壽位不極於宗公未之或知自昔然矣春秋六十有二以開元二十八年五月二十八日終于西京靜恭里之私第其年八月十八日葬于咸陽洪瀆原禮也公兄曰昜從故吏部侍郎第曰擇從今京兆府士曹咸以文學齊名當代公始以對策高第則昜從同科迨乎典校一作興校秘文而擇從亦作其後歷青瑣掌黃繖兄既先登公能繼美蕚跗之韡凡今莫如則難兄難弟之喻也公夫人弘農縣君揚氏一子曰寮左驍衛録事叅軍參揚有敬姜之德寮有曾參之行號天哭晝寧戚過毀公克葬之日雷雨頓歇於通衢反虞之際靈芝或生於靈寢神明昭假姻族嗟稱此又孝妻孝子之誠感也兄弟妻子生榮死哀士則嬪儀盡在於是嗚呼昔人所重同官爲僚默而無述豈爲心盡況承兄友之深託復感其孤之至言宿草之墓雖云絕哭他山之石可以題銘用標京兆之阡

願北延陵之劒其詞曰

昔與兄友雙遊鳳池平生景行非我誰知政事文學唯所設施溫良恭儉不忘謙卑雅道無悔高年未極逝者如斯人焉取則墓門何有蒼蒼荊棘天道寧論空傳令德

文苑英華卷第九百二

文苑英華卷第九百三　　碑六十　神道二十二

職官十一 王府官

郃王府長史陰府君碑一首

慶王府司馬徐堅碑一首

滕王府諮議杜寬碑一首

郃王府長史陰府君碑　　張説 集無

公諱某字某武威姑臧人也昔恭王之裔别封于管有夷吾者能覇桓公則平周辯上卿之禮適楚踐大夫之職以地命氏授于陰城新野之凉皆爲著族貴則重族二后榮則一門四侯道則山紀神仙行則理題忠義建名崇德世有其人公高祖湘東内史鏗梁州之子屬詞比事天下宗

之曾祖江州刺史通道館學士顥祖朝請大夫國子博士弘道考某官景明貽範清白纂烈文史累善所徵及公而盛公承禮樂之峻胄禀清明之異姿天生粹靈氣合直素下帷專思重席擅業至人藏用有道德之鄉君子爲儒無榮辱之境尚東郭以自逸與南容之不廢調補陳州司倉一作馬徵其志也以爲非足利時不俟終秩遂優游初服述祖移年嘿志玄言洞心清律常手操經籍耳練宫商澹有怡神坦無嬰慮是可忘機造化豈徒屑意公卿而已哉故德充以外形才全以内濟委懷從運與道無名尋拜命宜城王府記室參軍退一隅而無悶進三府以交辟署宰長河曲資而往曰惠人無小吾所從之其至也去惡如救焚

急賢如濟渴遇物風偃推心理裕平其志而異物不遷一其誠而萬情咸括清猷美績克存餘詠飛狐之地戎馬生郊俾公爲蔚州别駕則惠化所存勇且知方肇建天人懋官靈器入爲慶王友轉太子中允又拜國子司業郃王府長史或舉德以進或尚閑而退不失其正達識推高某年月日寢疾東都終於永豐第春秋七十有五惟公率心經於義德一作德義檢口絶於臧否秉禮樂而視正直蘊文藻而含清真可不謂才全而蹈道者歟位不兼濟惜也夫人范陽縣君張氏丞相燕公之妹玄思妙德嬪風女師梁氏義輕於前志曹門克貽於後範府君之喪紀纊將縞晝哭成疾恐流年之易除慟累月而云逝殁而不朽者非禮節絶

倫之謂一作道乎春秋若干以某年月日合葬於龍門南陵原禮也公無子有二女咸以淑行著於通門成一作喪葬克家感戚行路子婿吏部郎中吴興張珦度支員外郎隴西李愷永懷清水緬託貞石庶乎時遷陵谷猶徵少女之詞道在宗親不昧諸姑之德大人爲頌俾小子序焉

問哉陰侯孝友仁信符彩外發清直内鎮史門文宗國子儒術克家踵武金聲玉振結髮筮仕利用勸心雉馴風化鹿賦文章函杖禮樂雷門紀綱微言教胄直道匡王年惟大耋克茂精爽疾不彌留怡然長往世比過隙生猶絶嚮疑契均范張會阻天壤通家自昔永懷厥初昏姻之故言就我居富同鼎食窮共園蔬動心規戒言成著書奪我良

友天其喪余南望龍門東都九原萬籟酸骨千霜斷魂琴瑟都盡垍麓半存葬收子婿碑傳外孫人生到此天道何言

慶王府司馬徐府君碑　李華

君諱堅字某（唐宰相世系表作名倫字堅）名與宗人同故以字稱東海剡人也象德所自如山積高佐人施澤如水鍾下三代以降仁賢不絕至宋齊間位望益尊三公令僕常伯卿將追贈亥司降嬪帝女南朝衣冠宗正國子博士東莞男諱文遠有盛名於國朝東莞生王屋令士安柝城以東人受其賜王屋生大理卿贈越州都督諱有功社稷之衛也高宗棄萬國太后臨朝宗室元臣以猜受釁𩕳雷（一作虎非）阿指扇

成大獄海內懍懍不保其生凶殘朋黨噬牙頓翼起于上國延及諸夏不止於此將圖我國家三分烝人其一為血宗社垂靈而生大理俾幹刑典扞敝（疑作蔽）本朝元惡憚其義烈人鬼衛（疑作御）其愷悌惟身與族隨正而行爭性命於豺狼之口觧威怒於雷霆之下大者完州郡小者活門閭累為郡兇所排阽（一作沾非）於破滅神佐貞獨終以真合昔咎繇事唐虞釋之定國當盛漢赫赫大理而丁此時功倍古人聲動百代是之謂也君即大理之元子直溫秉肅深於德行祖考之訓叢乎厥躬以蔭宿衛調臨郎（疑）主簿親累故也歷懷州叅軍邵王府戶曹陝州司法清方知名朝廷以先父之勞超拜大理司直聞者皆垂泣而喜平端讞議果振家風皇舅大尉希臧以先大理嘗拔家冤表讓官於君以申蓼莪罔極之感拜恭陵令除陳州別駕改陝州入為岐王府司馬轉慶王府階朝議大夫襲封東莞侯開元十六年四月二十九日終于洛陽南郊居春秋六十八不登期頤不至大官嗚呼惜哉天地之於物順也君子如之窮達之於人命也君子安之為（疑作惟）君德性與是相準執親之喪哀毀逾禮迨啓手足不貽憂於墳墓孝也守官肅平未嘗違道干譽奉長臨下小大悉心一夫得罪則為之損容色有可緩者忻忻然出之仁也恵文太子之在岐邸曆敏好學上最器念四時鍾（一作終非）渥澤賓客多詞人君每引道書滿盈之誡以扶俊德忠也仁孝與忠雖無位為貴

禮所謂以道得人而已況承前人之烈光被聖代之冕服乎夫人贊皇縣君趙郡李氏北州望族左司郎中公掩（一作淹）之孫杭州刺史自抱之女左司傳古杭州知人訓成懿淑光配有德後君六歲而終合祔于濟源之燕川南原龜從筮從兆因德叶嗣子光祿少卿穀前蜀郡兵曹叅軍殷句容尉穀出言舉足不墜孝慈穀行備忠厚辭無枝葉朗而不華直而容衆有古人之情君子之度為大理正負荷前猷歷宰三縣牧守一郡人感懷之刊石繼起再蒞京邑不求名聲推心而理盛德有後昌其崇高神道聰明豈曠人欲君從父弟惲御史中丞陳晉太守河南採訪清肅有威所向霽（一作震）肅大理殁而有中丞中丞殁而有光祿徐

氏之興將在左一作奇乎爰族幽兆與天地極是文也華無
媿詞銘曰
三命益恭慶祚猶鍾矧我大理金人門宗扞蔽皇家枝梧
群兇百族感慕大哉勳庸克生茂德山鎮泉塞卷以道風
舒爲士則如何喆人終始藩國在昔偃王仁義道興淤源
而下勳德相承或西討濟河或北義延陵又有逵者魯運
服膺綿綿世祀弈弈髦士晉宋齊梁名臣繼起薦躡公府
連嬪帝子東莞以降羽儀清朝美矣哉如金如玉如翰如
翹君子踐修德音孔昭抑抑仁人宜於進退合符黃老不
皦不昧推心無方我德用大建世何居松門已謌永言孝
思光祿有之式播芳烈爲將來師

故滕王府諮議杜公神道碑　孫逖

公諱義寬字某姓杜氏東都濮陽人也其先在周者爲侯
在漢者爲三公在魏者以許昌居守在晉者以荊州作鎮
則杜氏之世祿厥惟舊哉若乃其澤雷夏其州河濟顓頊
起焉昆吾理焉則濮陽風化所馮厚矣不有純嘏孰生大
賢公則魏陳留郡守亮之曾孫北齊膠州刺史竟陵縣開
國侯保唐系表作伽之孫隋本郡中正鴈門郡守伽世系表作保之
子承邁種之遺訓體清醇之上姿童而典學冠而好古於
是東涉汶泗北登鄒嶧講周公之德觀孔氏之藝則易之
變詩之風樂之和禮之節書之政春秋之理人一以貫之
達其本矣繇是大業九年以孝廉高第授河東郡法曹已
而隋氏弗綱世充竊命我太宗文武聖皇帝是以有陝東
之師公轉餉如役羸糧從徑軍無後爨士有餘勇鄭是以
殞唐是以興帝將策勳公乃辭賞既不獲命請從叙遷因
授虞州司倉參軍貞觀二年改授普州安康令稍遷合州
待疑中轉恒州別駕雍州高陵令拜朝散大夫饒州長史
遷蘇州司馬兼滕王府諮議凡宰二邑倣疑作佐六郡大小
必誠遠近如一其所在也使者昇聞其所去也邦人頌德
且有兼官之拜實因太宗之屏宜享三壽以諧百工天難
忱斯不可黷已春秋七十有二永徽六年某月日終於蘇
州某月日乃葬濮陽壘城之舊原禮也噫公之爲人應變
當理有慶鄉之善畫疑作晝徵考祥有董生之博覽威敵附

有穰苴之大略摧剛爲柔有季布之高義雖運逢版蕩而
才偶經綸而或出當騁奇干賞蹈利託風雲之會邀日月
之光則萬戶之封不足致也三旌之位曷云貴也而能卷
其舌塞其兌實居若疑作虛明若昧不貪驟雨之福以遠浮
炎之害斯大雅之保身亦君子之向晦也洎天衢開泰皇
運清明從官以養人而不爲祿謹身以報主而不近名回
翔郡邑三十余載出處之際優游自得其古之恬勢利者
歟初公之裔祖始宅帝丘時更太亂室無遺堵公因謂所
親曰吾之世業爲郡中正遺愛不泯陰德在人施于子孫
必有興者于公高門之事可不務乎用是改卜鮮原大起
層構垣墉既崇棟宇斯飛輪焉奐焉爰笑爰語及公之後

斯事果徵一世其昌旣開方國再世而大遂爲相門論者
以爲知言矣爾其鄉黨之行閨門之德孝乃天繼仁爲已
任蒸嘗盡敬宴喜無荒祿利必賙於外姻譙讓不行於私
屬故子弟趍教州里嚮風雖有嚴刑峻法不如公之潛道
也詩所謂行歸於周萬人所望有令名矣夫令德矣夫有
四子長曰儉早世次無忝終於朝散大夫梓州鹽亭令次
曰愼行終於益州長史建平縣開國男贈蜀州刺史次曰
惟志二在唐書承志終於吏部員外郎贈吏部咸以大名克紹前
烈豐碑未樹梁木先摧孝孫戶部尚書暹國之故相也儉
德爲輔正身立朝以伯夷之直清兼張仲之孝友是用祗
率理命奉揚祖風作頌稱代刊石表墓晉侯大父已傳班

固之書陳氏先生何愧蔡邕之述詞曰
昔公之先於周爲祖及公之胤於唐爲輔一德貽孫千齡
續祖身隔徂謝名存憲矩在濮之陽居河之滸昀昀原濕
濟濟榛楛別業年深先塋地古豊碑頌德式是東土

文苑英華卷第九百三

文苑英華卷第九百四　碑六十一 神道二十二

職官十二 諸將軍

周大將軍崔說神道碑一首

周大將軍司馬裔碑一首

周大將軍崔說周書作誽神道碑　庾信

公諱說字某傳陵郡安平縣人也昔者華陽之野降龍首
之神烈山之都啓龜文之錄匡周則盟津有會佐夏則龍
門始鑿西遊則起家秦相東入則載世齊卿備乎史籍可
得言矣祖辯中軍將軍魏書北史並作安南將軍定州刺史父楷鎭北
將軍司馬魏書周書北史並作驃騎將軍開府儀同三司烈侯並厲風霜俱張鋒
穎卽史疊迹官曹凜然是謂鮑佽都官百城振慴葛豐握

節京師歛手公特稟英靈偏鍾山岳雄姿俊茂眉目疎朗
觀虎於檻鬍髮不驚稱象於船勝衣能對至於拉虎羆作一
押熊摧班碎掌志歸繁弱落鴈吟猨故得氣蓋關中威申
河外解褐領軍府錄事轉諮議參軍時當塗失御政在權
門始論函谷之兵卽起韓陵之戰太師賀拔勝作牧西荊
公爲假節冠軍將軍防城都督夫疑作及南陽失守卷甲奔
梁樂毅羈旅猶思燕路陳軫愴悽終戀秦聲幸值和隣言
歸舊國授衛將軍都督封安昌縣開國子食邑三百户弘
農尅復沙苑揮鋒進爵爲侯增邑并前一千一百戶信珪
則更受司勳穀壁則還輸典瑞鐵馬有河橋之戰戈船有
汾水之兵除京兆太守移民下邑未學遷留走馬章臺不

同張畝遷師都督持節撫軍通直散騎常侍大都督尋遷使持節車騎大將軍儀同三司都官尚書定州大中正五曹奏事有朱穆之忠九品論人見楊喬之直改封安國縣侯益邑合前一千四百戶賜姓宇文改名爲說漢王改妻敬之族事重論都魏后變程昱之名恩深捧日遷車（周書北史作驃）騎大將軍開府儀同三司加侍中實憲運官單于之寶鼎可致張寬固位渭橋之流星可識司木七工既掌丘陵之賦司會六典乃均邦政之才居官得人於斯爲盛進爵爲公改封萬年縣通前二千四百戶除隴州刺史都督隴州諸軍事隴坻路遥秦川望遠鄧仲華之不去馬文淵之顧歸尋除涼州刺史總督河西甘瓜諸軍事地似伏龍城

如飛鳥燉煌實錄宛在胸襟玉門亭障無勞圖畫有馬如羊不以入厩有金如粟不以入懷柱國齊王今上之介弟龔行薄伐問罪河陽以公爲行軍長史參謀帷幄中軍之司既舉魏絳上鄉之佐實用荀林以公方之差無慙德（周書有軍還二字）除使持節大將軍大都督崇德安義建忠九曲安樂三泉伏流周張平泉固安鑾通谷凡十三防禦熊和中（周書如此按隋地理志陸渾曰和州新安置中恨今北史志後周時宜陽曰熊作能和中未詳英華作天和中非）三州黃蘆起谷王晏供超牽羊溫狐交河大嶺避雨木柵寺一十戍諸軍崇德防主宜陽上地更有秦兵熊耳山前還逢積伏用是連營函谷徵騎黎陽威振兩河名陵三晉改封安平縣公淮陰一國韓信之故人戶牖萬家陳平之鄉里公此衣錦足爲連類建德四年正月十日薨於長安之永貴里私第春秋六十有四詔贈敷（周書作鄜下同）延册綏栢（周書作長）五州諸軍事敷州刺史謚曰莊公禮也即以其年二月二十四日葬于京兆平原鄉之吉遷里北陵追遠大司馬有賜綬之恩西京贈行冠軍侯有詔葬之禮嗚呼哀哉世子儀同衍生事以禮死葬以禮愛親有王祥之孝同氣有姜肱之睦百行之本於斯備焉况復松櫝深沉既封青石之墓丘陵標榜須勒黃金之碑乃爲銘曰

華陽之神厲山之祖鳳野匡周龍門佐禹日浴溟池山浮海浦甫穆霸國營丘樂土亂斯宗邑承此壤王移封東武就君安陽中軍節目鎮北芒鋒商飈徵草電火驅霜公之

輪奐繼體貞幹儀表丘壚風神墻岸孝有至德忠能臣贊不廢橫琴無妨歌桑既班三事又貳六官衛青受詔韓信登壇長城馬窟廣武兵欄軍吏無犯營民不寒乃用六謀乃論三策城壘向背星辰主客斂起沉犀弓開伏石楚后讓盟秦君還璧百齡危脆千仞摧藏諸侯地裂邊將星亡輕車騎士玄甲黃腸杜如齊地廟似桐鄉銘功贊德碑闕相望

周大將軍司馬裔碑　前人

公諱裔字遵紭河內溫人也昔顓頊之命始則南正司天重黎之後又以羲和掌曆夏陽適晉得隨會而同奔東海避秦與毛公而俱隱其後金行受命玉笥南遷帝系極於

與圖中朝至于江表曾祖楚之晉太傳録尚書楊州牧會
稽文孝王之次子元顯之幼弟也元顯見害之後桓玄篡
逆之初爰自齠齔客身屠釣河内道左抱劍長號代郡城
前慟悲靈祭江淮志節之士汝潁風塵之客感激一言咸
多依附既而雲生伏龜星出鯨魚太白經天蚩尤映野公
乃收合餘燼泣血登碑臨武牢之關據成皐之坂擁衆萬
家歸于魏室魏明元皇帝遥授平南大將軍荊州刺史襲
封瑯瑘郡王尚河内公主命王承制從賓國之儀于時宋
兵憑陵旗鼓侵逼虎牢不封金墉無援魏太武皇帝授王
使持節侍中安南大將軍開府儀同三司給前後部鼓吹
兄城啓行志雪冤耻登壇慷慨三軍掩泣黄河漕粟已出

石門仕馬連旗將臨野坂既而雲中析起代郡烽燃又施
南轅途窮北略贈征西大將軍都督梁益秦寧荊兖青豫
郢洛十州諸軍事楊州牧司徒謚貞王祖金龍封瑯瑘鎮
西大將軍儀同三司吏部尚書贈司空謚康王父悦鎮南
將軍豫州刺史漁陽莊侯（周書北史並作子）以荊河刺舉時值亂
離釁起蕭墻遂終非命公遺腹載誕流離冠逆襁褓艱貧
深山擁樹程嬰之匿趙武從役家臣王成之藏李燮爲傭
酒市遭大夫人憂苦草壙塋以終哭燧形骸毁瘠逾於喪
禮年十有五始幹家事楹前鑿柱即取遺書石上開松仍
求故劍出身司徒府參軍除中堅將軍員外散騎常侍值
魏室多難所在蜂起孟津以北無復烽封畿嵩山已南即爲

鋒鏑公建議脩武立柵温城函谷西封河橋北斷長亭籍
馬並入武城百里祖車咸輸温縣太祖文帝締構關都經
綸夷阻招携以禮懐遠以德馬文淵之擇主去隴坻而歸
身竇周公之入朝在河西而奉詔大統七年蒙授平東將
軍北徐州刺史十年河内故義四千餘家願立忠誠須公
衣錦乃授使持節領河内太守加前將軍懐州拓境兩鎮
奔波柳泉轉戰三城授首十三（周書北史並作五）年太祖召山東
諸立義之將能率衆入關者有加重賞公率先而至領户
千室即以爲封固辭不受其菽粟之賜或以指囷馬牛之
賞將同量谷朝廷以華陽西極漢水東流歎孟達之奔兵
惟劉封之失策魏前元年移鎮漢中除白馬城主領華陽

郡守者昔稱導漢今聞上庸烟沉沐井雨歇雲門其年授
大都督加散騎常侍柱國蜀國公開今牛之道通牧馬之
關公卷甲北塞懸軍束馬遂得策預葭萌勲參綿竹封龍
門縣開國子蒲州刺史仍領新州尋授使持節車騎大將
軍儀同三司大中正隆周授圖天保大定以公才望仍爲
舊臣遂乃義深追遠恩隆繼絶即改封瑯瑘縣公邑五百
户仍遷驃騎大將軍開府儀同三司都督巴州諸軍事巴
州刺史武成二年被勅赴援信州魚復道阻屢却岑彭荊
門水急幾沉吴漢公乃月峽先登瞿唐直上天子以公操
履忠勤儀刑亮直乃徵爲大御伯尋轉大御正邑一千一
百户樞機近侍出納絲言所謂多識舊章殿中無雙者矣

四年大將軍東討公所領義衆先守枳關授都督懷州諸
軍事懷州刺史偃師張纂河陽牧馬雖接戰於富平已連
營於官渡五年詔追還拜始州刺史更封信州賊山彰尋
竇渝持險峽路五尺絙約綠通縣水三門橋飛濟渡既而
風行草偃谷靜山空前後平十一城獲九千餘口馬歸平
樂金輸人衛天保二年除信州刺史都督信州諸軍事朝
發白帝暮宿江陵氣振巴丘之兵威警建平之戍五年遷
潼州刺史益州柱國公降帝子之重鎮天井之星延閣擬
於叢臺岷山方於代郡公仰禀雄謨叅謀遠略故得身預
舞陽之功位極長平之寵六年授使持節大將軍大都督
西寧州諸軍事西寧州刺史方欲關沫若徼牂牁見夜郎

之候習昆彌之戰而飛鳶墮水馬援去而無歸金馬騁光
王褒行而不反嗚呼哀哉七年正月十日薨春秋六十有
五詔贈使持節大將軍懷邠汾晉四州諸軍事懷州刺史
夫人襄城公主魏獻帝之曾孫趙穆王季女王姬肅恭褕
翟禮典四教競（一作兢）莊三星令淑有光隆慮之賢足表平
陽之盛生則從夫以秩死則同穴以禮建德元年八月十
二日合葬於武公三時原大夫墓樹以栢諸侯墳高於雉
千嗟滕公來君此里詔謚定公禮也公資忠履孝蘊義懷
仁直幹千尋澄波萬頃逢蒙射法力牧兵書星辰高下之
占風雨逢迎之氣故得師出以律天幸將軍者也至如官
曹案牘未常煩壅戎馬交馳不妨餘裕足使四岳彌峻三

台更明在朝四十一年身經一百餘戰凡任四郡歷八州
未嘗以貨殖經懷去如始至潁南千畝之竹更懼盈蒲池
陽二頃之田常思止足身歿之日家無餘財素車白馬狹
室崎嶇黄腸玄甲皆庭仄陋有詔冬官爲營寢室朱邑登
酹無所漢后是以賜金陳表妻子露立吳王爲之開館嗚
呼哀哉世子侃孝家忠國揚忠顯親是以勒此豐碑懼從
陵谷殖之松栢不忍凋枯銘曰
欽若曆象平秩寅賓少昊奔華地入咸秦族夷與馬書窮
獲麟玉鏡云始金行乃構象浦通闢龍沙開候上參石起
河陽水鬭五馬南浮三星東宿大傳作牧奄有江沲司徒
避辭承制荊河南勞推轂猶思枕戈龍旗被野蒼兕凌波

莊侯季年禍機相接誕公遺嗣崎嶇懷挾山窮鼠趙武家藏
李燮伍員道阻燕冊路遥南奔楚塞北避秦橋水流登隴
寒風度遼有功都護則重嫖姚懷書上馬習禮從戎陣圖
六甲兵占八風藏松寶劍射栁彫弓推誠實復屈節撫公
八翼頻飛六循（疑作脩）亟秉勇此仁義行兹寬猛持印山開
沉黎盜靜取甲無丘均田不井懋功賜爵上將賞官軍中
受詔塞外登壇方屠叅合更纂皐蘭渝川毒水僰道灾氛
地亡都尉灘悲使君谷寒無日山空足雲北風吹旐秋霖
泣軍遣奠雙設銘旌兩布沙水同墳平陽合墓悲哀嗣子
攀號靡訴慟甚風枝悲深霜露自此何世從斯幾年麒麟
欲闘華表中燃地形樓起松心蓋圓茫茫丘壠代代英賢

文苑英華卷第九百四

文苑英華卷第九百五　碑六十二（神道二十三）

職官十三（諸將軍二）

周柱國大將軍拓拔儉碑一首

周柱國大將軍紇干弘碑一首

周柱國大將軍大都督同州刺史厙綿末碑一首

周柱國大將軍拓拔儉神道碑　庾信

蓋聞放勛立而羲和昇重華登而元凱用思皇多士旣成西伯之功俊德克明乃定南巢之伐是知惟賢非后弗食惟后非賢弗又若夫君臣一德啓心沃心見之昌寧文公矣公諱儉字慶明（周書北史並作儉本名慶名）恒州高陸人也比岳天孫之星燕河帝子之國故多奇節甚茂華風高闕圖南二

王齊軫長城拔本十族分源高祖大尉比平王光輔五君允釐百揆恒衛旣從淮沂其又祖豹龍驤將軍恒州刺史常山剌舉非無取代之符龍驤摠戎或似平吳之號父鹹（北史作鹹）年止弱冠榮終解印公以五常蘊智六氣資德秉天則策馬秉靈降神則牽狼應象直心於物水火恬然無負於天雷霆不懼富貴自取豈資唐華（疑作舉）之言聲名有聞無勞李膺之識年十八解褐員外散騎侍郎尋授輕車將軍羽林監太祖文皇帝駕馭天網苞羅英傑選公才德光佐中書諸葛亮之西歸王壘成三分之業管夷吾之入仕葵丘有一匡之功天水黠羌漁陽群盜乃遷秦州刺史長史防城大都督封信都縣開國伯三年滑州蟻聚保鄣沉

命靡旗亂轍乘冰渡河丞相大行臺授假節撫軍行滑州
刺史大統元年授持節東夏州刺史加散騎常侍郢支抱
馬如聞耿弇之戰單于頋識似畏王商之威五年遷使持
節鎮東將軍都督東北三夏州諸軍事西夏州刺史增邑
千户改伯爲公旣而江漢遼遠車書寂寞蜀主的顱未出
檀溪之水秦王飛雉猶向南陽之城六年以公爲使持節
都督三荆二襄南雍平信江隨郢浙一十二州諸軍事荆
州刺史東南道行臺僕射楚城隣境實有讓田吳人對營
無妨贈藥部内屬城爲人所訟公遂集文武肉袒自罰兄
弟不讓延壽責躬吏民有過翁歸引咎天子異之璽書勞
問贈賄加幣王人接踵大丞相書云此之美事耳目之所

未經歎尚無極故遺疑作遣專使公善於撫馭長於接引山
藪無棄苞苴不行示人赤心與人顏色盜不敢發民不忍
欺至是將校耆老於州城之南起清政之樓北史作清德樓勒賢
臣之頌杜鎮南之作牧當世樹碑竇車騎之臨戎生年刻
石方之今日彼獨何人于時户口日增荒萊畢墾華實紛
敷黔黎茂豫但恐衮職有闕待公而補鼎飪未和須公而
正是以漢民陰望荆南杞梓並皆上書詣闕連名乞留河
内之借寇恂更懸謁帝交州之請士燮還著上表九年授
車騎大將軍儀同三司十二年除大行臺尚書仍爲大丞
相司馬以公識度嚴明志節清儉遂改公名儉字慶明非
關書月詎待看碑幸坐千畝不同二山無廢十三年加開

府餘官如故十四年除尚書右僕射加侍中進驃騎大將
軍居上星執法在文昌之位以公才望兼而有之十五年
更除東南道行臺僕射都督十五州諸軍事行荆州事十
六年大丞相總十六軍苑清河洛公又中分麾不叅謀帷
幄高選覇僚公爲長史其年加都督南道三十六州諸軍
事餘官如故南陽文學更遇王基章華衮衣還迎郭賀昔
日伐蜀之謀張儀與秦昭計合平吳之利羊祜與晉武意
同大祖始定成都即有江陵之志公密獻其策懸符深旨
粮運久積揣衡立備一戰而舉鄢郢再戰而燒夷陵遂得
席卷三荆此又公之勳也詔賞奴婢三百口太祖與公書
云由公立計果何所謀公頃疑作頃公自鎮江陵以安蜀地後

魏二年改武川邑寧郡開國公歷陽居民非唯景冊之封
曲逆户口豈但陳平之國其年授大將軍太和之中曹真
於府内受冊元封之末衛青於軍中即拜公之此比綽有
餘榮詔曰吳人未復須助謀謨今使梁王兵馬受公節度
三年加都督東南道五十三州諸軍事增邑萬户維周華
命光宅欽明作貳大官允諧邦治元年授小冢宰保定二
年治蒲州刺史檢校六防諸軍事四年治襄州仍授柱國
大將軍餘官如故秩登四岳階平六府豈不功重昭陽名
高蔡賜控馭五十州風行數千里拔園葵而去織婦無三
惑而絶四知一室之中未免居臼日膳之資三杯而已詔
乃賜繒綵一千段粟麥二千斛天和元年陝州刺史都督

八州二十防諸軍事鮮荆州總管餘悉如故路出王宮城
臨河曲戍清陜右高視棠陰部領宴煩晦明爲疾天和四
年謝病故京甍于私第春秋七十有八鑾蹕降臨軒懸輟
樂九旒龍旂之錫三河騎士之送詔贈太保凉夏靈銀長
原河鄯丑瓜十州諸軍事凉州刺史謚曰文公狀貌丘墟
風神磊落玉山秀立喬松直上烟霞之涯際莫尋江海之
波瀾不測少遭荼苦在山服絰攀栢樹枯侵松獸死盡忠
事國竭力從政其門如市其心若水奇策密謀且條仰止
忠貞亮直明主敬焉至如風后陰陽之占力牧星辰之度
魏公子之兵書李將軍之射法莫不成誦在心取爲時用
居常服翫或以布被松林盤案之間不過桑杯石鼎遺令

山陵一無所用公私贈襚並不得受止依太祖陵側無忘
事君墩等兄弟並至性善居喪號墓墳埏奉遵遺訓是以
衞青之塚仍陪漢武之陵管仲之墳即接齊桓之墓天和
六年天子以四海未寧三方鼎峙有懷將帥之志言念封
疆之臣旣盡雲臺乃題麟閣更贈公爲鄶國公邑五千户
追崇列碑事極神魂再改銘旌恩隆封墓公在民留愛身
後見思吉日良辰勑祠野祭儀同趙迢等六百九十七人
表求立廟陳請象魏有詔許焉桂棟杏梁緑墀青瑣按歌
會舞鳳蓋霓裳南浦送而行雲東風飈而零雨是知漢陽
郡前非徒武侯之廟臨淄城下豈獨蘂公之杜嗚呼哀哉
乃爲銘曰

道鍾屯剥世屬雲雷地軸左轉天關北開客車周室繫馬
秦臺乃齊七政爰答三才烈祖爕諧九龔（二字疑）梁棟取才
逢徵求賢入夢臣贊官雲謀猷絶（疑作紀）鳳律定公族珪分
職貢乃惟嗣德寔秉英靈身圖斗宿面繞樞星青衿敬業
童子離經信陵虛右千木分庭忠孝純深樞機周密孔光
不言曹參勿失温席扇枕承顔悅膝凍浦魚驚寒林笋出
肅肅風政沉沉器局直似貞筠温如瑞玉清不置水明非
舉燭馬願如羊金須似粟上將克昇元戎旣序夏陽三捷
夷陵一舉憑軾下齊凌江入楚咼反歷室鍾歸大呂六鄉
咸事天官是司二南作伯棠陰實治清風有頌緑竹聞詩
贈行之冊超然帝師昔侍蘭苑今陪杏林死生契闊無違

一心風雲積慘山障連陰陵田野寂松逕寒深夏嬰之隴
橋玄之墓馬見千年車回三步左無長樂前非武庫直望
高碑增悲行路

周柱國大將軍紇干弘神道碑　前人

公諱弘字廣略原州長城縣人也本姓田氏虞賓在位基
於揖讓之風鳳凰于飛紹於親賢之國論其繼世之功則
狄城有廟序其移家之治則長陵有碑况復高廟上書小
車而對漢王聊城祭鳥長岳（疑）而驅燕將公以貽教之月
歲德在寅載誕之辰星精出昴是以月中生樹童子知言
水上浮瓜青衿不戲而受書黄石意在王者之圖揮劒白
猿心存霸國之用魏末安中任子都督豳原州城受隴西

王節度于時洛邑亂離當塗危逼禮樂征伐不出於天子舉賢誅暴實在於强臣太祖文皇帝始創覇功初勤王室秣馬蒐乘誓衆太原公伏劍轅門粗謀當世隨何遠至實釋漢帝之憂許攸一作孜非夜來即定曹王之業永熙中奉迎魏武帝入關封鶉陰縣開國子邑五百戸大祖以自着鐵甲賜公云天下若定還將此甲示寡人白水艮劔罷朝而贈陳寵青驪善馬軍廻而賜李忠竝經輿服足爲連類大統三年轉帥都督進爵爲公十四年授使持節都督原州諸軍事原州刺史仙人重返更入桂陽之城龍種復歸還尋白沙之路公此衣錦郷里榮之侍從太祖戰河橋復弘農解華山圖平沙苑陣必有元勳常蒙別賞太祖在同州

文武竝集號令云人人如紇干弘盡心天下豈不早定即授陣騎大將軍儀同三司前魏元年轉驃騎大將軍開府祈連循遠即受冠軍之沙幕未開元置長平之府梁信州刺史蕭詔寧州刺史譙淹等循夔未安稱兵漁陽二字疑公受命中軍流下瀨遂得朝發白帝暮宿江陵後嘯不驚鷄鳴即西平反羌本有漁陽之勇鳳州叛氐又習仇池之氣公推鋒直上白刃交前萬死一決凶徒多潰身被一百餘箭傷肉破骨者九瘡馬被十槊露布甲上朝廷壯焉糾糾葛嬰魏有去舊之歌零露瀼瀼周受惟新之命乃進爵封鴈門郡公食邑通前二千七百戸保定元年授使持節都督岷州諸軍事岷州刺史隴頭流水延望秦關川上峨眉

循通蜀道公不發私書不燃官燭獸則相負渡江蟲則相銜出境四年拜大將軍餘官如故衛青受詔未入玉門之關竇憲當官猶在燕山之下公之此授差無慙德渾王叛換梗我西疆巖羌首竄藩籬攜貳公受服於社偏師遠襲揚於龍涸繫馬廿松二十五王靡旗亂轍七十六柵鵠奔雉竄既蒙用命之賞乃奉旋師之樂天和二年被使南征帶甲百萬軸艫千里江源水起海若乘流舡官之城登巢懸甕吳兵習流長驅戰艦風灰箭火倏忽凌城公以白羽麾軍朱絲度水七十餘日始得解衣朝廷以晉公夏陽先通臧號之政秦関武遂始問吞韓之謀是以馳傳追公以爲仁壽城主乔将段孝先斛律明月出軍定隴以爲宜陽

之援公背洛水而面熊山陣中軍而疎行首乘機一戰宜陽銜璧增封五百戸進柱國大將軍司勳之册也建德元年拜大司空二年遷少保姬朝三列少保爲前疑炎正五官冬官爲北顓頊寵命是謂能賢三年授使持節都督襄郢昌豐唐蔡六州諸軍事襄州刺史江漢之間不驚鷄犬樊襄之下更多冠蓋既而三湘遼遠将遭鵬入五溪甲温戒見鳶飛舊疾増加薨于州鎮天子畫夌烟之閣言念舊臣出平樂之宮實思賢傳有詔贈某官禮也即以四年四月二十五日歸葬于原州高平之鎮山屬國玄甲輕車介士一依霍驃騎之禮衛將軍之葬嗚呼盛哉公入仕四十五年身經一百六戰通中將刃瘡甚曹參刮骨傳樂事多

闗羽而風神果勇儀表沉雄事親無隱無佨學不專經畧
觀書籍兵無師古自得縱横青烏甲乙之古白馬星辰之
變九宮推步三門伏起天弧射法太乙營圖並皆成誦在
心若指諸掌厲青犢之兵甚有秘計燒烏巢之米本無遺
策西零賊退屈指可知南郡兵廻插標而待常願執金鼓
而問吳王横琱戈而廵齊地有志不就忠貞死焉世子𣏌
等孝惟純深居喪過禮對其苫寢則梓樹寒生聞其悲泣
則巢禽夜下嗚呼哀哉乃爲銘曰
天齊水合日觀山連兵强東楚地遠開燕五卿咸正三王
並賢靈龍更起燧象還燃自天之德乃祖乃父維岳降神
生申及甫北門梁棟西州雲雨勇龍燕城名題漢柱公始

青衿風神世載徭歎不驚家禽能對剱學千門書觀六代
有竭忠貞無違敬愛乃數軍實乃握兵謀澆沙成壘聚石
成圖風雲順逆營陣孤虛靈雨鉦鳴爟火飛狐淮陰受冊
車騎登壇公爲上將有此同官下江燒楚上地吞韓推功
玉案定策珠盤天有三堦公承其命國有六卿公從其政
台曜偕輝槐庭重暎臣贊七德謨猷八柄腹蒲精神心開
明鏡伏波受賑樓船推轂東道未從南征不復飲冊有井
澆泉無菊功存椰林身在𣓀木移茜及葬提柩山行𧆸靈
隴水哀挽長城山如北邙樹似東平松門石起碑字金生
眇眇山河煢煢猻子泣血徒步奔波千里孝水先枯悲雲
即起世數存歿哀榮終始

周柱國大將軍大都督同州刺史尒綿（姓氏書後爲綿氏）

永神道碑

公諱永字永賓東燕遼東郡石城縣零泉里人也本姓段
昔者吕意陵居㓜分若水之姓其叔出奔始有京城之族
西河居士蕃魏而却秦北岳將軍威胡而奉晉其後居於
北代則先封遼水備乎史籍可畧而言祖授鎮西將軍馬
邑太守父儒平東將軍持節恒燕朔三州諸軍事恒州刺
史公年裁弱冠即值亂離驅馳關塞之間早有縱横之志
軍陣方圓無勞聚米山川形勢不待披圖魏正光五年入
仕解褐殿中將軍孝昌三年加龍驤將軍永安二年授平
東將軍都督中　建義勳謀是先蒙賞倉泉縣開國男食

邑一百戶其年淮淝侵軼南鄙徵公兵受賑偏師一月三
捷昔張遼奄至有關文
縣開國伯倉邑五百戶進爵爲侯永熙元年授使持節車
騎大將軍左光禄魏武帝特召入任閤内大都督馬武小
心侍蕭王於臥内典常忠壯陪魏后於宮中于時賊帥元
伯破掠城市西自潼函東綿鞏洛京畿大都督請馬七千
公曰此賊無他策尋自鳥散止請五百騎應手生擒朝廷
賞其謀策百姓喜其除害既而喪亂弘多生民版蕩葉輿
西幸宗社北遷公妙識玄象深知歷數乃與昆弟謀爲自
全斬西中城主（本傳作西郎將）送首關内蒙賞平昌（本傳作昌平）縣開
國子食邑三百戶大統元年授使持節都督北徐州刺史

平實軍(本傳作實泰)復弘農戰沙苑河橋公並預元(疑)城身當鋒首謨猷應變備在司勳增邑八百戶通前合二千戶進爵為沃陽縣開國公授南汾州諸軍事南汾州刺史十四年增邑三百戶轉大都督其年授車騎大將軍儀同三司加散騎常侍十六年授驃騎大將軍開府加侍中尋授恒州諸軍事恒州刺史又遷雲州刺史昔軒丘分族異姓者十四人鄭邑建侯宗盟者四十國太祖文帝席卷關河三分天下潁川從我並有鄉里之親新豐故人非無布衣之舊更立九十九姓還存十六國舊胄還姓尒綿增邑一千進爵為廣州城郡開國公尋授文州諸軍事文州刺史國家以玉門西拒久勞亭鄣陽關北牧多事風塵武城二年

有詔進公都督瓜州諸軍事瓜州刺史是以名馳梓嶺聲振榆關無雷畏威負霜懷惠保定二年還朝授工部大夫尋遷軍司馬夏官司武待白露而治兵冬官考工紀玄雲而授職四年增邑三百戶通前合三千九百戶其年授使持節大將軍都督治左八軍總管軍事落食朝登上將暮會小卒事涉交接覲豐而返天和二(本傳作四)年以本官領小司寇三度(疑)有星名天獄八卦有坎象刑書公繁不秋荼嚴無夏日民知約法未肯以獄吏為尊吏識刑名無敢以死灰相懼又任左廂第三軍總管仍被敕將兵馬北道救羽韓信入關郎中軍令陳農受詔仍校兵書豈若六郡良家五營騎士懸知正正之旗遙識亭亭之氣蒙犯霜露旗

鼓驅馳俄而遘疾疹至大漸五年六月十六日薨於賀葛城春秋六十有八將軍死綏三十行哭都護喪還緣邊追祭九月二十三日靈柩至于京師皇帝臨喪百寮赴弔詔遣使持節車騎大將軍儀同三司賀拔軌監護喪事又遣使持節車騎大將軍儀同三司紇豆陵亮冊贈使持節柱國大將軍同華宜敷冊五州諸軍事同州刺史謚曰基公其年十一月五日葬于京城南高陽原高司里夫人赫連氏兗州刺史悅之女年十四適尒綿氏冊拜魯城縣君遷濟陰郡君又遷廣城國夫人肅恭令淑儀範賢才四德有耀三星增輝三公夫人見於斯矣建德元年十二月亡春秋五十有八二年正月歸於高司之塋劉荊州之墓合葬

於襄水之陽衛將軍之陵同穴於廬山之下嗚呼哀哉世子岦及使持節儀同大將軍領兵部大夫純孝事親忠貞事國禮義自立聲名有焉銘曰

軒臺受氏若水降居西城仲亂北陸寘餘山川雄烈風俗扶疎昔我關塞沿襲干戈時遭拔本世值橫波北封代郡東據遼河地未平一天猶薦瘥我父(疑作公)重光繼文踵武總牧三蕃兼治六輔雅俗觀風都亭待兩不逢問吏無關桴鼓公以載世挺此令聞孝有三德忠惟一君馬陵釋患聊城解紛兵防滿月戰避迎雲長松都尉細柳將軍既牧淮海且蕃恒代高壁負關長亭穿塞壘鼓司盟吏不能欺兵無敢背玉關遺矩汾海留愛大將壇受冊公昇其壇六

鄖咸事公貳其官夷陵燒楚上黨分韓營軍參合校戰皐蘭年深厲起福禍災生上台裂岳次將星傾赤地悲淚白虎哀鳴懸弓靈幕繫馬塞埛煙凝不動泉凍無聲天子愴然追於贈謚禮官賜册陪陵受地印綬日策衣衾日襚玄交就列黃腸在位自此何世從斯幾春樹爲櫪（疑標見社作莊子）陵成谷神詎知雲閣名在功臣

文苑英華卷第九百五

文苑英華卷第九百六　碑六十三神道二十四

職官十四諸將軍三

周車騎大將軍賀婁慈碑一首

唐左將軍魏哲碑一首

後周明威將軍梁待賓碑一首

周車騎大將軍賀婁公神道碑　庾信

昔昔軒丘命氏初分兄弟之姓若水降居始建諸侯之國自是以官爲族因地爲宗水泒枝分其可知矣公諱慈字元達本姓張清河東武城人也仕於周張仲爲孝友謀於晉張彥爲賢臣韓有開地則五世強國趙有孟談則三卿不戰祖慶少習邊將憑伏智勇雖復五車行簡不取博士之名一卷兵書即以將軍自許角端在手必無齊魯之侵蓮花插腰甚得蛟龍之氣爲車騎大將軍儀同三司散騎常侍覇城開國伯贈河州刺史父璨公子公孫有鐵基於天下良弓良冶有世業於家風書則百家可知劍則千人可敵三槐以鼎象物知其神奸五等以栢珪施（疑）瑞守其宮室君以才望無而有之終於使持節車騎大將軍儀同三司散騎常侍武定縣開國公贈秉河州刺史燕山岳之靈受星辰之氣年在髫髪甫就勝衣竹馬來迎已知名於郭伋羊車在道即見賞於王澄豈直童子明經書生說卦而已至如禪河清論秋水高談故以辨折龜林聲馳鹿野國家官族君爲首姓起家車騎大將軍儀同三司襲爵

為公邑合一千六百戶弱冠登朝傳呼甚寵漢魏台鼎故
無此比中朝方伯罕有其年大冢宰任揔機衡是勤王畧
惜君忠壯委以爪牙鎮左廂親信出梁州防主華陽西極
漢水東流巴濮既寧沉黎即靜保定四年王師北伐以君
驍勇被召將兵師下宜陽身登函谷將燒白馬之城以覆
烏巢之壘即而中途甚雨未獲圍原軍師聞喪不成侵宋
柱國趙王今上之第九弟也文則河間上書武則任城罝
陣作鎮岷丘陽旍一作軨錦水白虎之俗難安黃龍之盟不
定以君智畧入佐中權天和元年授使持節大都督治柱
國揔府司錄仍轉司馬餘官封如故相如西喻鏤石於靈
山武侯南征浮舡於瀘水方之今日彼獨何人九品課工

為上之下四年入朝歸事宰旅即受載師大夫將命齊國
尋盟出境即用和隣入國聞喪仍從會葬之禮可使南面
此之謂乎尋以本官入治軍正至如渭水兵書存心為志
軒丘陣法聚石成圖既得師不疲勞兵無怨讟入陪中禁
更領儀同邸客城池門闌戶籍咸資廵警並用司存帝城
近臣公室密戚如逢司隷似畏都官既而孤城鄭嫗不相
其年巴水深翁不醫其疾春秋三十有三奄捐官舍呂子
明之疾甚歎軫吳王阮文瑜之長逝悲深魏主有詔贈其
官禮也以建德四年三月日歸葬於河州苑川郡之禁山
公六郡良家西河鼎族地壯金行人雄塞氣兵書七卷河
水浮來射法三篇天弧夜下鋒旗不息才斗恒驚猶待馬

上讀書軍中習禮太史子儀善於謀策諸葛公休長於撫
馭四代儀同三司七世河州刺史鍾鼎成烈冠蓋連陰謂
生為貴臣死為貴神者也但以遊魂攵客反葬途遠道阻
山長妻孤子幼哀聲滿野愁氣連雲況復松檟飄颻方臨
武威之戍丘陵迴遠直對臨兆之城馬援亡於武溪尸柩
返於魏里梁鴻死於會計妻子歸於平陵嗚呼哀哉嶇崎
遠矣昔者縈昌祠前即有黃金之碣德陽基下猶傳青石
之碑是謂勒功乃為銘曰
七葉佐漢五世相韓忠臣入仕孝友當官青城仙洞黃石
祠壇臺堪走馬書足迴鸞武定風飈霜城嚴肅並馳雙傳
俱分兩竹重世刺舉連鑣袞服草靡青丘風馳赤谷世不

之賢挺茲上嗣孝有三德忠無二志劒足身挺書堪面試
旍節既秉高蟬且珥龜轉印函蛇盤綬笥左右將軍前後
常侍纓踵五侯因循三事旍旆九坂艫舳雙流還驅木馬
更引金牛江波錦落火井星浮蹲酒望帝安歌蜀侯受服
河陽偏師洛浦置陣成皐連旗廣武朝兵減竈夜營多鼓
箭起六纛鋒摧九虎倏忽人世俄然今古崇發兩星鬢驚
二豎遊魂通夢吉返舊塋紫泥賜冊黃腸贈行途窆石紐
路入金城寒關樹直秋塞雲平劒埋合柱書藏鑿楹武侯
為廟欒公為社雲蓋低臨電裳紛下碑枕金龜松橫石馬
永矣身世留名華夏

唐右將軍魏哲神道碑　楊炯

天經地緯(集作經天緯地)之帝求(集作秋)制禮作樂之才撥亂反正
之君資拔山超海之力繼韶夏而崇號謚非無陣戰之風
披皇圖而稽文武(集作帝非)或(集作咸非)用干戈之道故能彌綸宗
廟弹壓山川苞四海以爲家一六合而光宅是以二十八
宿懸列將而察休徵三十五星聚天軍而赫符彩呂望垂
竿於渭涘道峻匡周張良授策(集作履)於圯橋功崇佐漢乃
有心如鐵石氣若風雲洛讖書名(集作名書)河圖秘象青聯(集作絲)
雷燭歷大塊以三休碧羽霜婁倚渾(一作蟬)天而一息岑
彭許以征南鎮北之名馮異王昌大樹中軍之號杜太行
而泥函谷猛氣無前㦸封豕而斬長鯨雄圖不測元戎十
乘驅衛霍於前矛甲士三千(集作千人)列孫吳於後殿秋風白

露執金鼓而齊六軍太山黃河折銅符而光百代建廟堂
之策爲杜稷之臣孰能與於此乎在我真將軍矣公諱哲
字知人鉅鹿曲陽人也七代祖靖非前秦征北大將軍鎮
北地上郡其後子孫因居(集作家)於寧州襄樂縣開國承家
之始誕姓命氏之源大名發於本支當途峻於(集作其)晉構
三辰辯辯天街分畢昴之都九野茫茫地險列(集作裂)山河
之境丞相以萬機論道匡大運以(集作而)震威嚴尚書以八
座當官賛金行而標領袖文昭武穆方駕齊驅公子王孫
朱輪華轂大鵬垂翰馭風伯而指南溟天馬騰姿偶(集作按)
雲師而集東道祖唐隋天水郡丞河陽都尉瑾林瓊(集作王)
樹擢標格以千尋圓折方流委波濤而萬頃雄飛有望豈

惟京兆之丞陰德不悠何直冊陽之尉父寶皇朝通議大
夫總管府司參軍事東家孔子至德生於上天南國中侯
明靈誕於中岳居(集作君)朝翊賛道先王之法言公府㢸諧
對上天之休命若夫聖人作而萬物覩元首明而庶事康
日月鬃其光華山川鬱其雲雨則有英靈間出冊陵諧白
獸之旌(集作祥)符瑞挺生黑帝感蒼龍之傑隋珠一寸魏后
揚眉和璧千金秦王動色顏生殆庶聞於竹馬之年楊子
參玄發自銅車之歲建情峯而直上疏筆海以橫流彫瓊
則百堵皆興峻宇則千門並列可大可久無忘簡易之途
爲子爲臣率由忠孝之境郭林宗之披霧豈敢名言孔文
舉之欽風每相推薦若乃五才(左傳作材)並用誰能去兵七德

戢施止戈爲武出師於九天之上暗合兵書取法(集作躁)於
十日之前懸衍射法固以文武之道揄揚滿於城中將相
之才籍甚聞於海內貞觀十五年起家補國子博士(集作學士)
裔(集作環)林掃日鷙白鳳於詞條璧水澄天駭彫龍於義壑
班超慷慨常懷萬里之心季路平生每負三軍之氣十六
年勅授左翊衛北門長上祿賜同京(集有官字)仍令爲飛騎等
講禮鄧司徒之舊事馬上讀(集作披)書祭征虜之前閫營中
習禮宮(集作杏)花如錦還臨拜將之壇槐棘成帷復對聞軍
之市自皇王眷命大帝應期運璣衡而制八方調玉燭而
臨四極玄菟白狼之野來奉衣簪蟠桃折木之鄉尚迷聲
教太宗文皇帝操斗極把鈎陳囙百姓之心問三韓之罪

勝殘去殺上馮宗廟之威禁暴戢兵一作姦下籍熊羆之用
公冊心白刃本自輕生六郡三河由來重氣烏江計逆剖
集作剖項籍於五侯涿集作鹿野懲奸磔蚩尤於四宰集作冢二
十年詔除游擊將軍右武侯信義府右集作左果毅都尉長
上如故顯慶二年以內憂解職痛深吳隱哀集作禮極顏丁
踣厚地以崩魂訴高天如泣血紫泥垂渙頻降璽書墨縗
集作綫臨戎遂從金華三年詔除左衛清宮府左果毅都尉
尋閴谷府折衝都尉並長上如故又以應詔舉對策甲科
遷左騎衛郎將于時長榆歷歷烽火猶驚高柳依依邊風
尚急關山夜月遂爲胡虜之秋西北浮雲翻作窮廬之景
集作氣四年詔公爲鐵勒道行軍揔管陳兵玉塞按節金微

學常山之蛇擬罷譙之鶴集作鸖鍾鼓嘈囋上聞於天旌旗
繽紛下蟠於地伏尸百萬因瀚海而藏舟闢地數千即燕
山而築觀武臣雄略氣懾西零神將宏圖威如北狄麟德
元年詔遷左驍騎中郎將尋檢校右監門左武衛將軍本
官如故昔者封禪陟雲亭之後七十二君圖書出河洛以
還三千餘歲振兵釋旅方崇薦帝之儀道洽功成必致禋
集作因天之禮粵以皇家闢統之五十年今上開基之十七
載登封告祫玉諜金繩建顯號而施尊名揚英聲而騰茂
實華夷輯睦皆承萬歲之恩朝野歡娛咸奉千年之慶乾
封元年詔加明威將軍本官如故大風遺孽叛換青丘小
水殘魂憑陵碧海率百官於文祖尚興彭蠡之師會萬國

於塗山猶有防風之戮是歲也詔公爲遼東道行軍揔管
營雄集作軍營對日兵氣橫集作浮天開玉堂而按部坐金城而
勒陣闢華之甲犀兕七重舲艎之舩舳艫千里駕黿梁於
聖海秦皇息鞭石之威泛鼇鉤於仙洲愚叟罷移集作按非山
之力然後風行電卷斬將屠城塞冊浦之遥源伐黑集作枝綠
林之奧本王孫公子集作何孫曰子名霑皂隸之臣深集作澤谷太
山境入樵漁之圍二年詔加上柱國仍檢校安東都護導
之以德齊之以刑威振六官風揚五部兵戈載戢無勞尉
候之虞枹鼓希聞寧有穿窬之盜仰太陽而晞湛露方預
四朝臨逝水而急寒風俄悲一去齊集作薛孟嘗之下淚高
榭曲池魯司寇之悲集作行歌頹山壞木長安杳杳集作眇眇還

符日近之言京兆悠悠理一作竟絕天高之問紫闈生入判
自無期繡服危集作晨還竟知何日總章二年三月十六日
遘疾薨於府第春秋五十有四嗚呼哀哉詔贈左監門將
軍禮也惟公被服忠孝周旋禮樂仁者見之謂有集作之仁
智者見之謂有集作之知研幾冊府金縢玉版之書索隱兵
鈐玄女黃公之法每建旟推轂三令五申躬擐甲冑親當
矢石軍井未建集作逹如臨盜水之源軍竈未炊似對嗟來
之食由是南馳北走東討西伐集作征擲集作運之無勞按之
無下載臣集作載笠漢書天文志作載筐宮東遥登將軍之壇集作階閣飛
星集作旗濕獨列集作踐中軍之位雖龍泉匿字冀歐光沉而
麟一作鳳閣飛名天長地久夫人扶風氏隋濠州刺史圓之

孫也五松春豔牽少女之祥風八桂秋雲降仙娥之寶魄
謝家之子歌柳絮而知慚劉氏之妻頌椒花而自恥三周
按禮無虧內則之風四德揚猷載闡中閨之訓宿盤(集作蟠)
龍於月境(集作鏡)早沒鸞床(集作林)矯飛翼於霞棲先沉鳳穴
珠星璧月終陪季子之階金鼎銀罇竟列齊侯之寢以貞
觀十五年五月五日終于某所越咸亨元年某月日祔於
某原長子瓜州司倉擇木次子右(集作左)衛親衛玄封等門
傳萬石庭列雙珠花蕚爭榮芝蘭竊秀(集作疊藹)天經地義欽
承避席之談日就月將虔奉趨庭之敎變槐檀而瀝膽木
石悲酸代露霜以崩心幽明感動葬之以禮登之以時生
民(集作人)之本盡矣死生之義備矣孝子之事親終矣於是

門生故吏共緝家聲才子文人思傳盛德庶使藺相如之
壯(集作生)氣歷千載而猶存隨季(集作武)子之餘風盡(集作登)九
原而可作其詞曰
文王受命畢公餘慶玉樹聯芳金枝疊映三分並列七雄
齊兢建國承家重熙累盛功宣蹈舞德流歌詠河洛垂文
山川吐(集作出)雲驪珠育聰虹玉呈文(集作氣)直立孤聳天然
不群棲遲膠塾悅懌(集作教閱)丘墳恥爲儒者自許將軍伊和
不懌軒轅討逆陣擁遼河岳鎮(集作屯)碣石班超投翰揚雄
執戟弓合三才刀長四尺受清尉候載澄疆場得人者昌
失人者亡皇恩俾乂帝曰明敭幽桂含馥滋蘭吐芳承天
待詔觀國賓王茂實(集作績)斯遠音聲(一作華)克彰鵬池淼漫

雞山禍亂出閫(集作門)辭家夷凶靜難金徵瓦解玉亭水泮
扈駕命旋(集作天門)陪祠日觀萬邦胥悅千齡啓旦斗骨危城
占蹟舉兵九山霧塞勃海波驚帝赫斯怒王師有征虔劉
北貌(疑作循集作類)截剪東明遵以文軌宣其德刑太微上將文
昌貴相非能非羆令問令望寵踰軍幕榮參武帳本謂來
朝何期返葬原野蕭瑟風烟悽愴天道如何吞恨者多松
風夜響薤露晨歌秋月如練春波(集作雲)似羅榮華減後寒
暑經過青烏丘壠白馬山河

後周明威將軍梁公神道碑　前人(集無)

蓋聞君爲元首臣作股肱或論道三槐或折衝千里至有
道存俎豆藝揔干戈高視翰墨之英猶布爪牙之旅究青

編於學府業有多聞受黃石於兵符筭無遺策故得九功
咸叙七德攸彰文武不墜公實兼美公諱待賓安定臨涇
人也竦以英才遠邁知州縣之徒勞鴻以杭節遐徑覽帝
京而有作由是五噫標興播金石而騰徽七貴承榮綰銀
黃(一作橫非)而豊茂貞規盛烈映史凝圖粗紀詠歌無佚詳確
高祖樂後魏駙馬都尉侍中少保金紫光祿大夫揚州總
管贈太尉謚昭公食邑二千戶銀牓增輝玉壺流渥位隆
三少化浹五晉旣而幽壠埋魂終降槐庭之贈高門納駟
式居茅社之封曾祖暦宇文周駙馬都尉鄜秦二州揔管
光祿大夫兵部尚書隋益州揔管蔣國公贈司空食邑三
千戶白水時清乳武之謡行息光祿武垂異扣馬之諫必

申加以主西子之群英名高八座遵文翁之遺訓學富三
巴茂先榮級忽光泉壤漠祖寵章永有帶礪祖演隋沙州
刺史上柱國公踐仲寧之餘蠲奸邪斂手簽（疑）孝仁之遠
蹤群胡革面連州跨郡邁陶氏之隆基開國承家掩張門
之累葉父賛隋左千牛備身驪山府上騎上柱國唐朝豊
王府諮議雲州司馬冀州長蔣國公襲良弓於簪笏榮侍
紫宮翼雕戟於巖廊肅趨冊地西園坐謙（疑作譏）侶明月而
飛文北土行康望浮雲而展足公漸潤膏腴發靈川嶽七
年可識抱杞梓而呈才千里見知負騏驥而騁駿靈臺遠
鑒與霜月而齊明智府弘深共烟波而等曠踐仁義於區
域臼璧已輕許然諾於樞機黃金豈重因心孝友宜於自

然率志謙冲得乎而（疑作所）性不脂常而求達不詭計而自
媒被玉軸之丈章三冬遷足窮金壇之祕訣百戰不孤譽
滿寰中聲盖天下而學優將仕允屬名家欲昇鴻漸之姿
終佇鶴鳴之問以唐朝麟德二年補左親衛從資例也屬
金甲出戰玉帳論兵從命文昌問罪遼碣公提戈赴海投
筆從燕智者有謀仁者必勇孤鋒直進九種於是克清疋
馬橫行三韓由其殄臧疇庸賞最我有力馬俯洽恩波泛
承勲級即綬上柱國公深漸位薄命舛数奇雖需勒石之
勲未展披堅之効嗟呼楊子雲之才藻空疲執戟馬相如
之文詞循勞武騎今古同貫夫復何言慨而從牒隨班牽
絲柢務起家拜朝議郎永淳元年正月三十日（一無此字）授伊

州伊吾縣丞非所好也路怗金河途連玉塞塵沙共起烽
火相驚秋草將腓胡笳動吹寒膠欲折虜騎騰雲公佐佑
多方掌司攸寄服叛懷遠擒奸擿伏於是寇敵不敢窺邊
歌頌因玆溢境曾未朞月正（疑作攻）令大行特簡帝心超居
不次永淳二年二月四日制授昭節校尉守右衛蒲州府
佐果毅仍令長上兼於上陽洛城等門供奉公洞曉戎章
妙詳兵律軍國是賴我幕允歸由是徽道長巡嚴裔每奉
朝求夕警不怠於風霜善技能防更申於閑阜其年十月
七日奉勑命於伏內祥麟廐檢校馬公識高東野職㕘西
極勵銜策而追風逐日加剪拂則絶電奔星駃騠將駙騄
齊銜驥騮共騶駼伏櫪於是龍媒間出麟友挺生伯樂多

謝於精微日磾有慙於秣養恩制褒奬又加崇秩文明元
年二月二十日遷游擊將軍仍依舊長上大周革命兩儀
開闢爰覃作解之恩式暢惟新之典勤勞夙著體望允歸
拜職遷榮寔符僉議天授元年九月十六日加威武將軍
守左玉鈐衛翊善府折衝都尉依舊長上封安定縣開國
男食邑三百户公柢奉王庭職司兵衛八屯由其增峻五
校於是克宣翼翼兢心積劬勞於歲月勤勤忠志懷跼蹐
於序時憂能傷人竟成沉疾以長壽二年正月六日終於
神都殖善里私第春秋五十惟公弱不好弄卓爾不群九
歲明詩七齡通易月初能對即習黃童目不相訓還慙夫
子經耳不忘歷口不遺性沉深有器度能倜儻無拘落九

重交友雅愛林泉月幌風襟每吟謳於歲絲花新葉早必
賞會於琴罇加以啼猿落鴈之音鸞驚鳳翥之妙瀉水懸
河之辨肯碑覆局之精標映前哲公實多敏至孝過人維
和絕俗事父母則造次不違友弟兄則溫恭必盡既風樹
興感霜露纏悲聿脩之德惟新欲報之恩罔極虔誠大象
弘誓小年（疑作乘）廣樹慈仁庶憑因果月抽官俸日減私財
並入薰脩咸資檀施故得雕檀之妙俯對禪龕記葉之文
式盈梵宇粤以大周長壽二年歲次癸巳二月辛酉朔二
十四日甲申遷窆於雍州藍田縣驪山原舊塋禮也葬事
之屬一皆官給鼓吹儀仗（一作事儀）送至墓所墳開白日終畱
恨於滕城禮被皇家忽霑榮於霍隧嗚呼哀哉嗣子左千

牛去疑哀纏泣栢思結飡荼仰庭禮而不追覩极書而增
慕恐玄穸倚杵碧海成桑敬勒貞堅乃爲銘曰
大哉龐國遠矣少梁與秦同祖今則夏陽爰暨伯翳胙土
惟良自茲厥後人物克昌逮乎漢朝令望不已三至連輝
七侯承祉或顯或晦有文有史寫奕珪璋芬芳蘭芷步保
名揚司空道泰惟祖惟禰蟬聯軒盖挺生令則在邦之最
卝歲騰芳髫年超靄君號神童晚稱英傑佩仁服義又明
且哲七步立成五行不輟家惟萬卷帝賞三絕詞高許下
學富淹中志惟謹絜心亦冲融溫淳植性朗潤在躬閨門
禮洽朋友財通思若雲飛辨同河瀉兼該小說邕容大雅
武檀孫吳文標董賈猶下帝後封中試馬且文且武執戟

登位海隅不賓命我偏師既陪勒石還從飲至輔翊百里
褒昇佐貳既摠兵權入司宮掖徼道宵警禁門曉闢式重
其駿載懷斯蹄我馬既良我軍既雄折衝千里趨奉九重
行承芝詔坐啓茅封恨深負米榮暨擊鍾爰持戒律思答
慈容將福有徵謂仁必壽如何淑德遭此凶咎孺慕崩心
惸嫠宿首泉扃一間（疑作閉）天長地久

文苑英華卷第九百六

文苑英華卷第九百七　碑六十四神道二十五
職官十五諸將軍四
冠軍大將軍郭知運碑一首
右羽林將軍王君㚟碑一首
右羽林將軍臧公碑一首
冠軍大將軍郭知運神道碑　張説
四序集作時平分清秋之氣勁五方異俗崆峒之人武故隴
上多豪山西出將其有雲龍感召星象特生金鼓登壇隱
如敵國麾幢指塞自比長城得之於太原公矣公諱知運
字逢時其先太原著姓今則晉昌人也本乎文武之緒是
爲虢叔虢或云郭因而氏焉自燕昭尊隗以築宮漢祖封

亭以列國其侯于陽曲宅彼太原舊矣亭之玄孫妟從太
原徙隴西昭帝分隴西置平郭氏又爲郡之右族妟之昆
孫武威太守憲憲之猶子散騎常侍芝其有名迹見於魏
晉則晉昌諸宗散騎之後也爾乃一門連譽時人號曰三
儒四海名齊天下謂之八顧光禄泒分於馮翊廷尉世茂
於潁川孝則天錫釜金忠則帝彰集作章冕服仁則猛獸不
害信則童兒不欺豈但介休見有道之碑畧集作洛陽聞立
德之傳而已曾祖欽瓜州大黄府統軍上柱國祖才朝議
郎瓜州常樂縣令上柱國父師朝散大夫上柱國贈伊州
刺史磧鹵之地戎馬生郊業戰鬭而取集作弘勲仕州縣而
爲達啓草京之縣福不在於其身積無窮集作聲之善慶必

流於後嗣公太白之精酉泉之靈膺家之禎爲國而生身
長七尺力能扛鼎猨臂虎口虬鬚鶚𥉶射穿九札劒敵萬
人子卿路逢逻識將軍之相唐舉一見足辨封侯之骨解
褐以善戰授昭武校尉秦州三度府左果毅以敗狄集作敵
北庭加游擊將軍沙州龍勒府折衝兼右金吾郎將瀚海
軍副使尋改朝散大夫伊州長史伊吾副使以軍累破虜
即授其州刺史進當軍經畧使朝廷以尗愜前除且有後
命遷左金吾三字集作本衛中郎將仍舊爲州軍使默啜之寇北
庭也公奔命解圍軍聲大振加雲麾將軍集無此字右府衛將
軍封介休縣開國公食邑三百集作三千户開元二年吐蕃入
隴右掠坰牧公兵以奇勝寇不復蹤積甲山齊而有餘牧

馬谷量而未盡歸功廟筭朝議多之授左集作拜右羽林將軍
持節隴西集作右諸州節度大使兼鄯州都督河源軍使鎮
西陲信國之藩屏坐北洛亦王之爪牙故入奉期門而出
寄分閫集作出分閫寄於是料敵無備間其師老潛軍一舉大俘
九曲鎻甲文劒棘爻馬犂牛旣獻戎捷遂須朝賜乃兼鴻臚
卿攝御史中丞改封太原郡開國公加前食邑三千户執
憲總軍典屬乘障增爵益邑遇厚恩深俄而六州群胡相
率大叛命公統隴右之騎濟河曲之兵集作師鋒鏑争先玉
石俱碎拜左武衛大將軍授一子官賜金銀器百事縑綵
千段旋軍集作班師臨洮遣兹疢嗟呼匈奴未滅宿志不申
生也有涯死而猶視開元九年十月二十三集作二日薨於

軍含春秋五十有五蕃夷邊鎮血面推心悲慘風雲號慟山谷豈非良將視人如子人亦視猶父乎皇帝閔焉詔贈京州都督米粟五百石錦帛五百段命都水使者張景洪(集作佚)備物護葬遵朝典也惟公氣猛而性和量寬而精銳沉謀可以掩著蔡雄斷可以奪鬼神故常糟粕韜鈐芻徇風角然其樹恩結信立威用武怛然(集作烜赫)如風濤震蕩如雷雨戰必勝(集作克)攻必取每有奏謁帝特稱嘆孝文之得魏尚廣不足憂大祖之見郭嘉知成吾事前後賜(集作錫)錦衣寶帶文馬素女櫚其盈門長鳴在厩感知己之主陳必死之力皇情西顧則九羌疊鼓詔書北伐則六狄焚旗上成聖君之玄鑒下効武臣之素節其意(集作竟)也如此夫爲

人子立廟致敬祖考來格不亦孝乎爲人臣恢疆禦侮以勞定國不亦忠乎若然者歸義方於先人揚令名於後代可也嗣子英傑起復定遠將軍左領軍衛翊府中郎將借紫服金章隴右經畧(集作河西節度)副大使英奇朝散大夫前尚輦奉御英協游擊將軍前京兆勵行府右果毅都尉英彥朝議郎行右(二字集作前左衛胄)曹參軍等咸善居喪而過哀哉從王事而奪禮則知辛賢父子繼位將軍祭彤兄弟並參戎律知本不忘(集作去本不變)達也而新是謀權也嘉此武功創其宅兆以十年七月葬我公太原夫人燉煌索氏祔焉禮也皇上念功以惜逝厚終以遇存有詔詞人爲其碑誌介士送葬即封征虜之墳單于入朝當祭度遼之墓銘曰

洸洸(集作訛訛)將軍雄畧冠郡平西征北震戎疊德亭障臥鼓屯田饋軍伏茲(集作此)白刃致彼青雲郭侯讌喜既多受祉玄社(集作壯)黼衣清廟蠲祀非食金奏炮鼈膾鯉即(集作既)來不庭有嚴天子流沙博望羽林飛騎(集作騎飛)河曲迴兵臨洮舊防手握金節魂沉玉帳千里送喪三軍悽愴詔葬禮崇樹碑恩豐(集作恩碑義豐)生爲神將死爲鬼雄身世一滅榮華萬空祁連之墓長旌武功

右羽林將軍王公神道碑　前人

維太唐開元十五年九月二十三日庚申右羽林大將軍持節河西隴右兩道節度營田九姓轉運十副大使兼赤水大使專知節度事攝御史中丞判涼州都督上柱國晉

昌公薨於葦茝(集作茇)亭故也夫事君効命之謂忠殺敵禁親謂之勇干星襲月之謂氣逐日拔山之謂力有一於此名猶蓋代矧兼其四人何間焉是晉昌所以錯落將星崢嶸山嶽者也公諱君㚟字威明瓜州常樂人也父壽因公建績致位九卿臨難守死褒贈特進審塞翁之倚伏達家叟(集作瞍非)曚之得休老而益壯殁而名位者矣公威聲發於雷泉武義標於峒嶺小頭銳上猿臂虬鬚(集作鬚髯)龍劍摧(集作)灌百勝之鋒虵矛得萬人之敵拔自行軍(集作陣)果有呂蒙之才拜於壇場不奕韓信之用始仕鎮戍歷班外府及郎將中郎至軍副率雖驟移官守而恒在疆場郭知運推轂河源握符隴外(集作古)公未登一命事主將之旌麾不出十

年代憁戎之餘鈹慷慨之士以爲美談於是自驍衛將軍
遷羽林大將軍旣督隴右兼統河西綰塞垣之十軍佩節
制之兩印大田多稼而屯廩百億蒐乘藉馬而鐵騎數萬
乃蹈赤山焚罽幕獵青鳥驅犛牛暗嗚則七戎避勇集作辟易
烜集作炟赫則千里震動亭候恃其長城廟堂賴其神將月
獻戎捷歲行軍賞王侯無種屠狗起於將軍戰伐有功爛
羊超於都尉前後翻飛幕下奮躍行間跨軍曲郡腰金冠
玉者數十百人矣每至入朝奏謁升殿論邊山川險易立
成於聚米攻守方畧一決於前籌遷詔置兵先合於漢光
之旨親書從事暗同於魏武之心故得延譽上騰風雲鬱
其氣色恩華下沓日月借集作供其光輝當斯時也躊躇攘

秩三垂可以氣壓百蠻可以力制即叙者先生之常談秬
親者堅儒之怯一作特計安足爲神武非常之主道哉誓請
先收大戎次擊蕉齋盡區域於西海闢郡縣於北荒燀皇
靈於天外圖壯節於雲閣其事如果曠古未儔惟君知臣
俾集作保斯言之可復何神與善負厥志而無成是年秋八
月吐蕃犯邊瓜州失守盜憎吳將執政集作致是其親公以爲
背父立威非孝也頓兵縱敵非忠也大義逼而忘家方寸
亂而供國其定計也成列而出討賊盡秋而退殺身忠在
孝先將之道也公馳駟要諜而迴紇內叛以八九之從人
當數百之强虜然猶攄敵擊射殺傷略半亭孤兵盡流矢
橫及所謂朴而餘威折而不撓矣嗟呼嘗膽之憤空結璬
肝之怨莫讐天子聞之黯然興歎人言以命許國夫豈忘
其言哉苟收必死之忠焉問不虞之過至矣集無此字蓋聖主
推恕心集作仁恕於天下懸大信於後人愛欲其生戀集作懋是晉
侯再克之喜惡傷其殁抱秦伯循用之誠婉獨見之端豈
常情所逮謀臣歆恩於望表猛將感德於事外然後任人
之固衆可知也乃下詔追贈特進荊州大都督禮命寵窆
加常二等死事之經也公之伉儷日武威郡夫人叒氏韓
毋築城之智孟光舉白之才拔棘辭圖三軍偏其健婦崩
城慟哭四海傷其孝妻此又代閒集作閒伐之一奇一家之兩
絕者也嗣子尚衣奉御承榮天獎賜蘭星群名寶禮義形
於橋梓哀感過於縗麻稟訓帷堂克持門户特奉恩旨收

其二蔭飾柩玉關歸魂上國以十六年十月詔塟於萬年
縣見子之原鹵簿齊列方相雙引京尹護喪史官頌石千
乘送葬觀驃騎之威儀十里開塋識龍驤之丘墓銘曰
合衆在仁正兵維義將爲天目國命所寄曲乃老師輕實
兒戲安我封畧才難不易赳赳將軍貔貅絕群超騰白地
騫翥青雲朝盛勇爵時稱集作家榮戰勳衆考飛舉集作衆聲飛譽帝
曰予聞予聞伊何甲兵繕肅屯積萬庾馬量百谷茸心犬
戎指掌僬蠻大軍集作畢是當跐單于可掬壯計先逵王師未
張城隳孤塞寇及高堂前忠後孝集作忠先孝後拒敵而忘外仇
易復內變難防克日將戰呼天不假岑彭詐客張飛帳下
流矢集作鏑何人交錢去馬蒼黃叐復哀哉命也美殮姑藏

龍歸芷（集作茝）陽東都門外南登路傍高墳纍纍列樹行行
父子同兆何殊改（集作故）是卿詔刻金石義形意氣隱善必書
殤魂不諱事棄忠在生輕節貴嗟爾明靈銜恩永慰

左羽林大将軍臧公神道碑　李邕

夫兵者天之威将者人之命非武功不足以遏亂非智勣不足以視師故四朝簡才三邊受畧百姓拉之如朽五變轉之若丸横大漠而左廻出高闕（一作門）而右去狄虜惟勣（一作懷柔）以納質匈奴辟易以破膽數騎深偵解鞍却敵入陣周迴搖扇坐謀列乃大誰羽林離衛宸極蓄志堅石誓心渥冊捧日廓於九霄戴天旋於四孟千年聖主幸而逢之一代勳臣鮮哉稀矣公諱某字時明東莞莒人也其先派

於后稷演於周公洎魯孝公臧因而為氏昔僖伯諫隱觀魚哀伯諫栢納鼎魯多君子視履考祥是以知其有後矣降自璋漢城陽王太傅暉蜀郡太守混晉東海内史曾祖滿府君隋銀青光禄大夫海州摠管東海公祖寵府君皇朝請大夫靈州長史襲東海公考德府君皇朝散大夫原州司馬贈銀州刺史上柱國莫不納忠詞光訓彝則大乃嗣種德在人子孫並於昌時龜組疊於榮問公濬發卓犖雄舉倜儻風雨之氣凜凜出徒金玉之聲鏘鏘激物問家以廣孝形國以盡忠朋執義之昆弟友之雖文忠老成而壯武特立自左衛勳應穿棄附枝舉登科授左玉鈴翊府長史始足下也尋以天驕送死勝府纓兵占幕出奇衝突包敵還鴻州長道府左果毅仍長上恩獎充平狄軍都虞候摠管轉左衛陜西州華望府左果毅長上屬雜虜侵別将掎角横戈棹戰匹馬飛行拜游擊将軍本府折衝都尉仍長上公自任邊事每讀兵書山川之形不勞聚米戰陣之勢有以成圖驟施交賢傳文求已習明已至用弘畧以壯猷故兵部尚書同中書門下三品平章事韓國公張府君年位不侔志業相許引之入幕辟以論兵杭禮肅庭握手客坐嘗謂人曰此子才經文武氣蓋華夷逸翮将摶巨鱗必縱雖趙有李牧漢有衛青練彼朔方勳于獯虜無以居其右也由是聲聞于天威震于朔凡欲追討皆籍率先洎單于紹親間道畧地絶沙漠氷河公乃連馬拽柴多旗

具火許示遊擊為出分軍虜以表裏驚疑沮衂奔散轉懷州南陽府折衝都尉仍長上朝議以元功未塞後命載加遷寧遠将軍左領軍衛懷州景福府折衝仍長上充大武軍游弈副使除定遠将軍大衛雍州通樂府折衝仍長上充大武軍慶加明威将軍本衛左郎仍充東受降城副使公以虜騎應來備預宜速出敵不意惟我有謀乃毒以井泉焚以草莽中休罔以秣馬夕炊罔以汲人虜歎曰可北而不可以南可望而不可以至公之謀也累加宣威将軍使仍舊載遷忠武将軍左郎将兼安北副都護匈奴以地闕援孤士寡粮絶蟻附城下雨射城中公乃偃旗靡匿金鼓懸門不發衿甲不陳匈奴且夕却軍遲明出塞以功遷

單于都護借紫金魚袋公以北鄙禦寇中道扼喉生門以携之死地以誘之覘其西也將驚其前察其東也將襲其後匈奴進退岐路迴旋二年議者以爲約之不以長繩固之不以陷穽非公用智全勝按甲養兵安能預於此恩制加銀青光祿大夫單于副大都護兼朔方軍副大揔管上蔡縣開國男公理兵戒嚴撫下勤至感恩挾纊攝威陷（疑作蹈）大匈奴不南牧職公之故也拜靈州都督兼安單經畧大使兼朔方軍大總管上蔡縣開國子匈奴利於馬牛指於靈夏嘗以三城分守上將專征議雖畫於河南身充潛於漠北轉鄯州都督兼河源軍經畧使營田大使上蔡縣開國伯公曰且耕且戰足食足兵古制也於是闢屯積穀

高壘止戈轉輪勸勞校卒加勸公之經也恩加雲麾將軍左武威衛將軍經畧營田大使隴西節度副大使上蔡縣開國侯吐蕃特衆無名嘗禍有素遠掠邏牧横掉我軍公乃下以單師張以厚陣惑之以聚散分之以從横左右夾攻首尾盡殪日公當西守虜蕃南侵獲其迹人審其陰計成以授鉞在將鮮控惟在（疑）復以本官兼勝都督東受降城大使營田大使兼朔方軍大總管上蔡縣開國公會六州九胡洊凶階亂倉卒起於懷袖雜沓混於賓主虜接塞聯馬肥弓勁其駭人也公分於二蕃制於散地持必攻之郡計必死之寃上奇兵以四征保危堞以内備雖諸軍合勢而殊効特高恩拜右武衛大將軍賜物三百段餘如故

自頃牧胡殘孽晋匿傍山或求食致攘或逃死嘯聚徂征三窟澶漫數州關隴震驚道路危阻復拜公朔川軍副大使節度河東道諸軍州兵馬圖是寇也公以教騎雙絶誠難必擒夷險五岳非使不尅乃傍山釋馬依林夫弓接之以鉦戈扼之以武依襲其所短連其所長凶逆鞠窮旬月底定以功最拜羽林衛大將軍復以本官兼安東大都護府都督攝御史中丞平盧軍節度使支度營田海運大使往者奚霫諸蕃之詭信也西屬匈奴南寇幽薊乘間侮鈔無虞亟和公以兵數實多籍用尤費輕舉則外患不鮮大舉則内攻更深是以傳陰符移間諜飛言以誤其使重賞以賁其隣飢代碩交且斷右臂所謂以武闢武以夷攻夷

雖賈誼計然晁錯策得無以尚也朝廷多之拜冠軍大將軍復本任東莞郡開國公及武神告天有成登岳展禮白羽日野朱旗霞山臨之以天儀列之以地陣公以驟奔走驅熊羆智勢促來風疾孔亟詔使累降御醫洊臻舊痾有瘞後命遄拜復起前任無何以本官致仕聖上以公節不可奪故信臣禁兵畧不可諜故臨遣武事入爲心膂出作爪牙非夫至公如貔如武馬可遠符夜拜雅杖邊秋萬里爲城四鎮爲岳澄北海之濤水掃西沙之風昏者哉及孚（疑作平）暮律田園庄座枕蓆壯心不已餘與未并宿昔覇陵意將軍之夜獵屏營細栁冀天子之幸臨去鶩悲鳴疲駿跼顧賓御太息覽對哀懷嗚呼日也者飄入於泉山者也

藏歸於澤人謂之遊神謂之遷其可若何以開元十七年八月二十二日薨於京師平康里之私第春秋六十有八主上感悼邊人揜泣羊祜罷市耿恭歿而見於此矣明年秋七月日瘞於白鹿原禮也長子敬薦定遠將軍前檢校左監門衛中郎將上柱國次子希庄中大夫前安北都護上柱國三子敬之前左金吾衛中候賜緋魚袋上柱國四子奉忠前左司禦率府長史賜緋魚袋上柱國五子敬泚前殿中省進馬上柱國並淳孝濟義昭武懿文檢崇讓以後身率周仁以集事光備慈訓追遠先塋雖史籍可傳而碑板尚闕顧予以舊執詢予以小才傳殷而札翰未宣體大而褒揚不際將竭虛薄曾深其詞云爾

惟至聖兮內外無憂任英武兮出入孔休拗戎幕兮囬紀羽林兮六周樹元勳兮特立隱敵國兮鮮儔杖河曲兮走朔方鮮遼海兮振漁陽一生一死兮鞍甲眇沙雪兮疆埸橫匹馬兮飛將起萬里兮邊防忠則極兮智亦苦年且高兮疾不愈事枕席兮忘家瞻日月兮戀主情遲遲兮怛化寬怳惚兮破膺志何深兮命何促時不與兮才不賾碑一代兮人英征九原兮鬼錄嘉孝忠兮題紀貽永載兮陵谷

文苑英華卷第九百七

文苑英華卷第九百八　　碑六十五 神道二十六

職官十六 諸將軍五

右武衛將軍柳嘉泰碑一首

左武衛將軍白道生碑一首

雲麾將軍郭千里碑一首

雲麾將軍李楷洛碑一首

右武衛將軍柳公神道碑　　郭訥

公諱嘉泰字元亨其先魯展氏自司空無駭至于展禽食邑柳下遂因釆錫姓魯爲楚滅遷於晉之解縣今爲河東解人也洎衛之莊漢之祉褒之講論六義琮之黄金一筒赫弈勳業代有其人夫乾之垂象也上將躔於五緯坤之

導河也中條控於一曲以毓粹應德岳以降神生賢賢可以爲王爪牙德可以爲國禦侮孰任其所事則公庶幾焉曾祖則隋左衛騎曹參軍皇贈蒲州長史堙厄卑位有才無時李業蕩而困於先號聖人作而光於後命祖奭皇中書令河東公厚德載度物苴心尹天下齊七政於璣衡致一人於仁壽雖子孺之周密方進之通明不是過也父爽皇贈朝散大夫鄜州司空遜而守中敏以承德故有臺之樂未寵於皇庭而斯皇之榮遂餙於泉壤三代繼業盛達公承累行之慶靈稟中和之粹氣學自羈貫迫乎成人蓋其堤防森是矛戟直節以成果勇溫德而著令儀其行巳也恭其親師也謹其從政也恪其取友也義奉長者之深

誘不越中庸讀夫子之徽言取其大畧公幼丁太夫人艱襁褓之內若有所失景雲元年先帝在藩以公女兄爲妃則申王之舊以外戚解褐授左金吾衛中候則知傳昭儀之淑德載誕恭王李夫人之麗容是榮協律公循道執一體正無貳不以怙寵而倨貴不以苟榮而屑禮無何丁鄜州府君艱一粥之食杖而能起無時之號泣以繼血先帝龍飛公猶在疾制令起復疑爲左領軍衛左郎將賜緋魚袋腰絰外除心喪內毀朝廷體之開元二年申王以伯舅重奏公爲本府左帳內典軍九年又遷右衛率前郎將十年又轉剡王府諮議十三年加游騎將軍守左衛中郎十八年定遠將軍守左清道率或叅桂巖之文雅或握蘭騎

之兵權肅宮道則荀理疑之清和翊周廬則衛綰之醇謹二十七年又加明威將軍守右武衛將軍上柱國賜紫金魚袋任同許褚職惟萬歲戎旅孔循禁衛斯整煥彼章綬崇其寵榮故一心事君凡遷徙官位不矯訐以沽譽不介獨以轢群所莅必聞所適必當來有其惠去有其恩無潘岳之二除兒子文之三黜縉紳之士以爲美談以其年七月遇疾彌留有加無間御醫驛路中使在門猶能正不涸邪故巫覡莫進殁必合度故手足全歸以八月四日終於長安開化里之私第春秋六十有一遺誡薄葬明主驚悼父之詔使就第賵物三百段粟一石葬者畢借手力縵幕威儀蕭鼓飾終之典斯爲盛矣以十二月二日歸窆於萬洪固之原禮也羽儀道路觀霍壟之紛紛龍虎罔原見勝城之欝欝公萬頃旁注千尋直上碩量瑰材敏識其節家人莫見其喜慍時輩但羡其風流其存也子罕之不貪其殁也國僑之遺愛故樂棘斬焉謂之善居也金華不避謂之從權也貴而不滿謂之鳴謙也仕而守節謂之公器也疾而得正謂之知禮也終而薄殮謂之達道也詩曰人之云亡邦國殄瘁其此之謂乎夫人王氏瑯琊郡君晝哭之外苑喪字孤嗣子祐良等遑遑焉過禮之孝也哀哉碑蒙盡假於余柔翰徒施實慙於墨妙貞石既刻有愧於色絲其詞曰

將軍本胄出自周後羽父諸族展禽食挪自兹保姓才與

時偶涉河居東賢哲代有鼎氣潛毓河精陰受降生將軍百夫之首明鑑思瑩洪鍾待扣三紀典兵一心事后賢妃之季名王之舅梁苑寵崇漢家恩厚朱軒繡軸金印紫綬渥洼籋雲清萍衝斗位綂上將年未中壽遇疾徹懸全歸啓手杜陵東栢秦原栢阜旌轉城隅烟凝谷口厲厲孤亂哀哀孀婦松檟淺深岡巒左右通溝刻石天長地久嗚呼將軍殁而不朽

左武衛將軍白公神道碑

于益

淳維之地上載斗極其氣勁悍其人驍雄間生將才倈我王畧其革去故俗鼎從新風建功惟忠戡難以武常祚戈華每襟邊陲服士連華重代襲祉啓迪後嗣光照前人可

得而言也公諱道生其先呼韓之宗谷蠡之胤代居南部早入中原漢興論封特命夛高之秩周臣赴會爰書潞子之班祖廣琛雲麾將軍左羽林大將軍心膂北軍爪牙中壘徼道以肅期門有嚴父崇禮忠武將軍左金吾衛翊府中郎將職副緹綺名雄鶡冠驚於誰何勤以夙夜公誕自朔漢習于干戈太公之符如巳神授孫子之要動皆暗合心傾奉國膽畧禦邊鎮在疆場統其蕃部尋爲寧朔州刺史兼部落主恩附衡俗威除冦攘軍門罷鬲虜騎遠遁開元中信安郡王禕以宗室之賢受登壇之寄每有討伐命公先鋒冦必能嘗險不避難馘黠虜之首繫林胡之俘仍授河湟大破戎醜數實過當議功居多一自捍邊三十餘

載終于左衛大將軍春秋六十夫積善疇慶嗣續不忘辛氏繼封耿門多將求之於代公實有焉其子朔方先鋒使同節度副使開府儀同三司試太子詹事左武衛大將軍上柱國南陽郡王元光乃勇絶倫而忠能力九伐之際當爲戰鋒勞旋策勳議績當最封開八國秩亞三司皇上寵乃茂功義崇追遠恩光照於幽窆厚澤降于豐泉贈公太子賓客夫人康氏爲越國太夫人喪事官供有加常等以永泰元年三月二十四日遷窆於萬年縣鳳棲原禮也雙旐同引千車會送更刊貞石式建豐碑同武庫之間樵蘇永禁比祁連之象丘壠長存銘曰

地在玄門代爲良將名重關西氣雄塞上繼秉金鉞載居玉帳戰必爲鋒居常保陣粤有令子時高茂勲援戈揮日杖劒决雲東平冦孼西掃袄氛志由忠立名以勇聞刻茲貞石以表孤墳

雲麾將軍郭公神道碑　楊炎

山之西出將地之右主兵故前有辛李之雄後稱周郭之盛四族者雞武其人風雲其氣出入千載戎狄憂之皇唐一宇宙之初數蠻夷之罪太白上而天兵利陰精盛而神將出於是郭氏之室世並五侯册華轂者三十人分采地者三千户劒騎鼎食氣蓋關山開閤而珠履成行宴享而山玄蒲座中興之俊鴻臚間出始以一劒而震清海一作漢侮年未三十名冠雲臺位爲國之長城身主人之大命銘旂

羽葆小觽侯之故事龍旃青社增召伯之舊封則祖宗之盛未始聞也鴻臚即世關隴不震天其永思戡定之代故盛業集于金吾金吾名千里即鴻臚之孫出於荆藍之中長於松栢之下虎頭騈脅曲踊雷聲後臂過挾輈之材鷹楊表下韝之志始以將門子徃還隴上開元中西討石國負羽先登特拜游擊將軍折衝都尉駕龍媒於殷路舞雙劒於前席二十六載詔公與中使劉玄復開葱嶺以功勝虜不能軍班師授左武衛將軍特賜衣甲一副超才也後五載有苑門之後走射鵰之群拜左衛將軍嶺巖人陣旣成列而破石城天險不待戰而降累遷左金吾衛大將軍驃騎玉門軍使未行而遇疾嗟呼病生刮骨志屈噉肝累

喉白刄之中垂翅青雲之上以天寶十一載二月薨于武威之第春秋若干夫人弘農郡君楊氏絳郡長史之孫臨洮軍使雲之女河華茂氣齊姜盛族知（疑作和）于鳴鳳而外姻致駕宜爾幹毋而君子好逑始於龍劍雙飛中而雲虹獨感春秋若干有子一人曰某果毅都尉山西將種塞下雄兒周郎之豪勇冠軍終子之精魂先返年二十一先公而夭郭氏本自周王之穆其在昔也漢有司徒司空魏有車騎驃騎或竹馬垂信或金玉（疑作穴）稱豪世后佐漢以補天賢王築館而爲道其在今也一門三戟六乘七侯伊吾亥昭於前鴻臚特坐於長河萬里敵國四方每賓祭往來蒐除大閱望帶裳者知宗廟之盛執金鼓者成父子之軍

世德後來公其濟美則勳配祀典中乏主祭之名哀亥路人內無朝哭之位此窈窕之數孰可問哉猶子子鸞善達禮以繼門族樂主辦以濟險艱荀令君爲不亡趙將軍其有子以十三載某月葬我公于武威東原非緩也實卜年龍蟠天井岡伏山形閟星象於玄宮起風烟於松闕將軍鼓吹迴過細柳之營天子輅車出祖茂陵之道銘曰

壯哉強魂凜然風雨一劍剸鯨空拳搏虎錫以翻鼓觼軜偉瑲騂騎佩組華彼莊姜揄狄珩璜言念君子乃心無忘精返太白魂歸故鄉雙墳巍然流水湯湯秦雲如牛磵石如羊二龍於此父子岡岡

雲麾將軍李府君神道碑　前人

斗極之下曰幽都其氣角立其風精悍常山之下曰涿野其鎮碑石其神蚩尤海岳迴抱府君出焉雲龍感召府君感焉惟天永保唐運故府君來朝克生保臣輔寧大業坐中台者二子銘鼎彝者六朝當國宣九合之勳昇堂有八元之族府君諱楷洛先族漢校尉之裔也世居其（疑）北遂食堅昆之地實主崆峒之人大爲王侯小爲侯伯其精薄日月其動破山川厥後東遷復爲鮮卑之右府君英明渟渾神踴天飛威嚴生介冑之容魁岸本山河之狀雙舞長劍左盤琱戈虎嘯千窮溟雲從於大澤有沉謀以忠（一作惠）中國有長技以服諸戎天子聞而思之密命奇士要之信誓君子曰井谷不可以遊龜龍蟻垤不可以栽松栢淮陰

去楚百里絕虞尚父從周樂生歸燕此必精合於王霸愧見於祥符宜乎萬方而趨一言而感矣是年冬府君與帳下騎士言曰吾乃祖本漢將辱於單于之庭而今千年大恥壯士當建功大國上駕真龍曷有遇風雨而泥蟠無卷舒以蜿變由是奮躍遼海翻飛上京其來也戎羯生憂其至也幽燕罷警上御前殿庭列千宮鍾石畢陳君臣相賀始問其姓因賜以家族特拜玉鈐衛將軍先賜以大弓文馬又拜左奉宸內供奉升玉堂飡沆瀣矣帝曰余欲成幽都殪死市乃命府君爲朔方討擊大總管於是雲麾鐵騎川動地踴左飲青海北登狼山帝曰余欲宅嵎夷破鴨綠擊靺鞨俘林胡乃命府君兼幽州經畧使於是開榆關橫

障塞三以奇伏五以勝歸帝曰余欲軍比方之野乃命府君爲清軍於是敵也無氣燄之作士也無踴躍之勞帝曰欲護垌牧使於是憑列走隊法掩亭院神螭水瑞孔阜允碩帝曰余欲書日月之常教熊羆之旅咨爾職典彼朔方復命府君爲節度副使於是鎮之以德宣之以威師和年豐罔或不若帝曰余欲配鈎陳之位養死事之孤乃命府君爲左羽林將軍於是蓬頭射聲上貫牛斗帝曰余欲屠石堡疇其代謀命曰府君乃命佐中權發大號於是玄黄灑血王石俱摧載初中兩蕃不庭有詔府君尋盟舊國单車從漢二憾來同戎狄變心懼我爲患乘主客之勢合豺狼之兇甲與于門車結其外府君復爲死地耳爲國羞仰

而騰駒若與神遇橫跳出於虎口伏念歎於龍顏的盧之師惡可喻也豈蕃之冦河源衝下憑美矢口交作府君以精騎一旅濟河之（一作而）南萬火燎于他山三軍出其間道驚冦四潰重圍自解加黿之奇孰云多也初府君將赴征西謂所親曰余往必尅敵殆不能歸及班師獻捷殁於中路明達人之委順君子之終鄧公之勇曷其智也至若秉季布之然諾法穰苴之政教動於軍誌舉合吏能奇謀絕於揣摩故事晉於風俗神對曆象精合晦明勤道不形進而人莫見也爲政以德寵而久彌尊也始自天后之末至於聖皇之朝前後錄功九二十四命食邑二千七百戶封薊郡開國公又加雲麾將軍參定國者兩軍拖侯服者四

紀會兵車者百勝出帳下者千人國有事未嘗不勤勞無秋可謂知禮故得大命三錫重侯累封轄車山玄藏于大室壯圖未極沉疾生勞臨合浦之秋伏波將老望河源之道征虜不歸其年某月日薨于靈州懷定縣之師次享年六十有七追贈營州都督賻物三百疋米粟三百石以明年某月日詔葬于富平縣檀山原禮也夫人某郡都鴻臚卿某之女異氣祥合高門辭興卜鄰也鍾鼎再懸受禄也夔龍在庿元子太尉臨淮郡王兼侍中光弼河圖鈎合上感神精磅礴于陰陽之和同符於元命之紀次子將作監光彥氣含精勁仁服孝慈列候于千石之家從事于四方之志少子太保光進命世忠義縱橫知畧天之辰象物之

粹靈乾元中大尉以東諸侯三會于河再以駛髩濟于淮海天子美齊桓之志系凡蔣之盟以府君炳德丕赫積流仁慶追考功績發于簡書謚曰忠累有襃贈號韓國夫人於是建廟堂命宗祝室有山龍之服饗有金石之和昭宣令圖煥然銘篆以炎掌史之官也奉命爲詞徘徊大名頌耿弇有終有慶慷慨觀德美張仲爲子爲臣銘曰茫茫上天下降狼星崆峒之野焜燿其形於赫巨唐風雨是經殂伊本邦曷不來庭煌煌府君爲國之翰從順于戎威讋勦亂陰剛萃靈敦碣精悍志不可訛綿綿塞草天地（疑）之下北拒狼山野無胡馬殊勲大績玉劒玄社天空武庫海折崑崙在昔遺慶魯之臧孫曰聖在天勤于至道旣命大尉

亦崇太保一門四龍三作元老赫赫元老氣合清貞白髮
垂冕高堂有親帝命韓國祚于夫人亦詔荊丘下寵明神
左鑿貞石垂于將來矧我洪勛上懸雲臺彼丘之類此澤
之堆攸悠今息萬古不同

文苑英華卷第九百八

文苑英華卷第九百九

職官十七諸將軍六　碑六十六神道二十七

忠武將軍茹公神道碑

張賁然

在昔帝軒之裔有控帶絕塞擁據群雄殆於斯萬年得茹茹之部謂名王盛族大人鴻胄聯華魏室接慶齊庭鍾鼎焜燿於數朝土田階敷於列辟自拓䟦宇文氏降爲著姓焉則公之先也公諱義忠本家鴈門今爲鴈門人矣祖恵隋定州深澤縣丞父簡皇澤州永固府左果毅都尉莫不果

行毓德脩身踐言以北方之強爲南金之寶英風雋列海內知名公特稟元和偏鍾間秀瓌貌傑出椎髻挺生幼則知書長遂多藝知人能事靡不盡善有識一見卽以遠大相期然而家傳崇業尚豪舉雖曰雅好傳物終恥循爲腐儒未嘗不一心殉邊百死許國與孫吳而暗合以驃衞爲已任開元中以良家子戰功居右補涇州四門府別將策勳之授也久之秩滿六鈞伎癢七札貫餘歷試紛闈長驅金埒措杯入妙曾不出正相圃擇賢觀者如堵以武部試甲科改授河南府王屋府果毅加游擊將軍用絕倫也累遷汝州魯陽府折衝尋改虢州金門府折衝驟增武功級敘忠武將軍夫其策名委質積行累功祿以實干職無越

請雖晉用之有次亦周行而未高至於慕有急賢司有渴理仁資規畫爭請於弘羊或藉詞華競晉於阮瑀豈直軍形鵬地勢聚米成圖抑亦國要時湏立談集事是亦爲政奚必褰帷之與綰墨歟但以公之德之才令問令望執先府君先夫人之喪也二連之孝聞與上交下交之契也三益之信著在師旅有不可犯之色於鄉黨則訥似不能言寬猛得其中卷舒合夫禮可謂古之文武不墜斌斌君子者矣擁旗旄享茅土亦術內之事耳性頗樂道情蕪慕閑每凝想於清高不致身於邊疏俛俛芳歲蹉跎後時未展卅心徒嗟白髮命之不偶李廣寧遂於封侯生也有涯賈誼終傷於嘆鵩天寶元年盖寢疾者浹日以六月十九日薨於京兆長安縣太和里之私第春秋八十嗚呼哀哉梁木壞乎將擅嘆矣罷市無喻輟舂如何有才子三伯曰元顥皇易州遂城府左果毅仲曰元晃左羽林大將軍季曰元曜則今之驃騎大將軍行左羽林大將軍知軍事上柱國鴈門郡王當斯時也靡不血泣無訴柴毀過人即以其七年七月十六日窆於京兆長安縣永平鄉阿房殿之墟禮也先是夫人陳晉郡君謝氏贈沂國太夫人語成圖史動合禮容德重陶親賢過孟毋然而當年往歇早歲蘭摧石窌之封徒高薤露之悲終積於戲大業之後景系之餘閒雖陵夷小不進用尋必福履大賢出焉故公以之陰騭於身善積於物河瀆爲之吐秀山岳爲之降靈挺然嶽然生夫驃騎矣皎若片玉粲如渾金明月照人千將立斷長才廣度茂績殊勳羽林應上天之星鴈門封塞下之地公侯必復斯之謂歟若不然者則湏（疑）以函豐次鍾伯早世克家紹構孑然一人而能叙終身之悲展罔極之痛二十年上有詔贈公爲汾州刺史拜冊于先塋斯亦可謂事親之禮終哀榮之道備矣且陵或變谷海有爲田滕榑未開防墓誰辯匪憑不朽之石肩傳無婉（疑作娓）之詞爰訪墨卿以述銘曰

秦殿南趾漢池東曲莽蒼開原蕭條古木于嗟鴈塞赫矣雄族昔也擬金茲焉理玉鏤鄧徒挂大屈終藏日色不幓風枝自傷萬事颯而烟盡片石歸而天長庶德祖之來思無慚黃絹幸仲宣之見背不墜餘芳

驃騎大將軍論公神道碑　呂元膺

公諱惟賢字惟賢其先西土人也高祖諱東贊作相于西戎因官立姓遂爲論氏貞觀中威懷四夷剪滅北虜蕃戎款附萬里獻琛慕嚮華風欲爲和親延頸企踵心馳闕下太宗皇帝覽其誠至遂許之公主特戎王遣相（一作祖）東贊爲使來迎不忒其儀不愆于素召見顧問進退合旨詔以瑯瑘公主外孫女妻之東贊自陳以本國有妻又以贊府未謁公主陪臣不敢先授（疑作受）殊寵太宗嘉之又奇其對撫以厚恩遂有歸化之心曾祖陵與祖躬仁同揔衆于東至高宗朝拔部落七千餘帳歸國拜特進左王鈴衞大將

軍封歸懷郡王褒忠奬誠寵錫珠厚子孫因家自銀州至於京兆祖䂓仁朔方副大總管雲麾將軍行左驍衛大將軍酒泉郡開國公贈撿川郡王謚曰忠自高至大父皆有勲烈著于當時父誠節朔方節度副大使開府儀同三司右金吾衛大將軍知階州準武威郡王賜太子太傅天寳季年安禄山作逆塵起山東皇上省方于巴蜀肅宗廵狩于朔陲危亂之時見其臣節帥子弟及家僮以牧馬千駟罄其財用以奉禁旅公少有志尚奮身轅門隨先父統其士馬與元帥哥舒翰掎角扞寇鋒刃旣接大小數十戰摧陷堅陣洎王師失御以智信保全所領之軍馳于靈武扈從肅宗與先父洎乎昆弟立勲成効不可備述至德中授

壽府典軍次授左衛郎將賜紫金魚袋俄轉左監門率又遷左領軍衛將軍又特進右領軍衛大將軍西平郡開國公食邑三千户元勲之胤受兹光寵先特代宗皇帝爲天下元帥求武勇之士公與兄懷義惟直同爲先鋒討擊使又領部落數千人鎮岐陽縣被堅執鋭一月三捷洎除寇清亂至上元二年授特進行大光禄兼右領軍衛大將軍充鳳翔節度副使馬軍兵馬使寳應中丁艱茹荼朝廷以金華從權由斯奪禮廣德二年授開府儀同三司殿中監充劍南節度副使大曆中受開府儀同三司大常卿上柱國進封成國食邑三千户旋受渭州節度都知兵馬使公以從戎歲久雖齒髮未衰而疾疢嬰作代宗寵其勲舊詔許還京仍全禄賜同大將軍俾其優閑建中末德宗遷幸巴梁公以所疾況綿不獲扈蹕逆臣朱泚迫以兇威不變其志雖積年之疾累日而瘳貞元十五年授驃騎大將軍行左武威衛將軍上柱國公斯實朝廷奬舊勲矣止足求退餓以本官致仕中使就閑寵秩有光元和四年七月十日寢疾終于静恭里之私第以其年十月一日塟于萬年縣洪固鄉之古原故夫人太原王氏祔焉詔給鹵簿鼓吹所以褒寵也嗣子輔鼎同州白水縣丞次曰倜常州江陰縣尉次曰儆右領軍衛騎曹參軍泣血茹荼存無改之義公之季躬帷明爲時英髦文武備用建中興元之際仗義討逆摧殄兇徒勲彰險艱謀著忠益（一作盖）貞元初以太常

伯執金吾授鉞渭北八座互相崇奬忠功元膺獲佐戎幕備閱忠義由是盡知公之世業勲德矣銘曰

大忠之胤本自西土奕也崇勲旣明且武在大宗時有道攸覩洎夫撥川緒業光輝天寳季年塵起幽燕自與其家殄寇功全乃拜公侯寵榮無替用表豐碑昭於東裔

鎮軍大將軍王榮神道碑　戴少年

天列鈎陳之象國維環衛之儀蒼旻立程圖謀斯載心膂之寄賢良是疇苟非副愼選曷以將軍累代而居其位焉將軍姓王氏諱榮字榮與本太原人也肇自軒后廷于周室自靈王喪道黜太子晉於河東時人號爲王家子孫因以命氏子晉生宗敬爲司徒至秦始皇大將軍翦曰賁子

曰離皆以武畧著名列于戰國策及漢昌邑中尉吉傳通
墳典形于書籍生二子長曰覇居太原次曰駿居瑯琊公
即覇之後矣自覇至魏九三十四代有規爲征南將軍後
遇西晉陵替子孫有過江者爲江東盛族其不徃者代有
賢豪史傳備彰此無縷載隋李喪亂龍蛇起陸爰有唐之
始祖舉義師于北京惟公之先宗嚮椎風于西土繇是弈
葉承緒因家上京曾祖玄皇越州長王父思猷唐元功臣
行右龍武庫大將軍父崇俊皇開封儀同三司行至龍武
軍大將軍事莒國公兼京功德使贈太子太保慶有所屬
世無乏賢衍緐將軍即太保之元子也高門有嗣美玉無
瑕識鑒精通知謀周達忠孝立志溫良餙躬摠角精乎兩

經弱冠窮于三畧文武不墜剛柔得中風姿逸郡果斷在
巳公門家子也肅宗皇帝美公先父有勤勞于國有訓導
于家爰自妙年授公左龍武軍司戈廣德初轉本軍中候
未幾遷同州伏龍府折衝賜紫金魚袋本軍衛宿衛皆特
降恩煦寵於勳賢代宗之初蕃戎豕突烽燧西舉鑾輿東
狩公之父子俱爲侍從翼載徃復公家是先特拜公陝府
元從游擊將軍守左龍軍焉翊府左郎將上柱國大原縣
開國伯食邑七百戸公以恪居韶淑之年志出雲霄之路
勤守職業色養無虧雖居長上以公代有勳績將施延賞
之恩特賜故右龍武軍將軍李敬照長女以其令淑有聞
日内而降（疑作烽）爲公之夫人也恩逾國戚寵過常倫服玩

禮義無非常賜渥澤霶霈未之前聞公謙冲有恬恭儉無
替並謂禍生不意家舋洊臻公柴骨棘心居苫枕塊左右
墳闕薦奠朝晡觀之者涕零聞之者惻怛可謂至孝之至
恭仁（疑）之數年後遷右神武軍翊府中郎將尋改右清率
府率建中末賊此勝奸乘其不虞禍起肘腋宫室蜂蠆車
駕郊畿公乃奔馳扶輪躬奉矢石出歿生死羽衛君王是
知仁者必有勇也上嘉其誠特封武威郡王食邑三千戸
實封五百逮于克復城闕載酬厥勳興元初拜奉天定難
功臣雲麾將軍守右監門衛率府率尋克左龍武軍南伏
使八年轉左内率府軍職如故公家之事知無不爲晝警
暮巡考課尤著者有詔補本軍通直將軍職其將遷望亦

增重松竹之操森然可觀貞元來特拜左龍武軍事居文
明之代翊舜禹之君嗣業既彰軍風載振昔弘農楊氏四
世三公太原王君三代三品於戲德宗皇帝奄忽昇遐順
宗欽明踐祚皇極公以册立之重拜御史中丞尋加鎮軍
大將軍賜一子正員八品改贈先父太子太保殊常之澤
併集公門雖承湛露之恩不易履氷之誠霜仗增肅天門
益雄規謀昭彰職事修舉前後倫類莫之與京於是書勞
躅於武經寫册青於麟閣俄乃紫微遷位皇室荐哀二帝
山陵六軍扈蹕羽儀爭勝公也推先煥采實歷新昇恩加
近侍遷本軍大將軍兼御史大夫佩玉腰金朱門絲戟昔
馬援有伏波之號班超揚定遠之名雖門望同途終華裔

別實豈若登壇荘國授鉞中朝晝列形庭暮嚴清禁渙汗之重孰云比肩至如君盡其臣忠子及於父位萬乃有一公其獲諸公之性也矜孤恤窮寛仁厚德不代其善無施其勞忠孝仁義全乎始終財帛洽於姻親粟祿霑于鄉黨享福君疑作居崇固其宜矣公嘗拜命之始將軍疑有事於南郊獻鋒銳者盈於九門執玉帛者來于萬國公爲六軍之首將持百代之名數陳盛儀逈出群格美望充於朝野嘉聲達於聖聰因賜二子出身用旌厥德公竭筋力釐干心神靡監自哀積勤致疾天醫繼路御餌盈庭雖上命以惜賢竟膏肓之罔救公累官十任歷事五朝諫猷克申威惠斯在猶以遺訓貽乎子孫身後之儀靡不詳告有始有

卒公其得之公嘗謂知巳日大丈夫誓當開拓疆境掃滌攙搶誅鋤奸宄廓清華夏致君堯舜之上榮名管葛之前豈可保位金門坐安天祿而巳何乃壽齡不永事與願違未盡所試奄辭明代嗚呼元和二年十月二十一日薨于道政里之私第享年五十有六萬乘眷勲勤之德徹食傷嗟三軍思撫育之情攀轅慟泣意夫卞氏之玉絶跡於良時隋侯之珠韜光於幽壤翩翩盛德足繼前脩亹亹餘風揚乎後代亦可謂殁而不忘者也來年十一月二十四日冊旐既舉青烏告期有司土聞錫塋殊等出天厨以饗奠俾中貴以臨喪鹵簿溢于郊衢笳簫震于阡陌寵光存殁澤被幽明棲神于鳳城東南龍首原先靈之左禮之至也

夫人隴西郡夫人李氏婦德柔明母儀貞順視孤惸以灑泣撫靈襯以銷魂追思飾終罄竭家產嗣子朝散郎前行左内率府録事參軍太原縣開國公諒及王女等或婉淑冲和或貞剛厲節各稟家訓脩于令聞絶漿豈獨於曹參負米猶思於子路終天罔極叩地何追慮嘉躅之遺聞請脩文以記德予以素承交契見託臨終辭之不俞聊載貞石銘曰

顒顒聖君兮諤諤良臣惟德是輔兮皇天匪親國有環衛兮天有鈎陳心膂之寄兮疇咨哲人將軍之孫兮將軍之子開國承家兮提綱振紀君臣浹洽兮未畫終始形圖彩閣兮名列青史彼蒼者天兮殲我中賢皇王軫悼兮士旅

潛然于以展思兮式薦莫進于以飾終兮鹵簿旌旃龍首之原兮鳳城之前蕭蕭白楊兮窅窅黃泉立石刻名兮紀勲紀德揚名播美兮千年

文苑英華卷第九百九

文苑英華卷第九百十　碑六十七神道二十八

職官十八諸將軍七 將校付

唐左羽林軍大將軍史公神道碑　奚敬玄

將軍諱用誠字君諒河南人也曾王父諱惟靜開府儀同三司檢校太子賓客兼侍御史河南節度先鋒兵馬使大父勤銀青光祿大夫試太常卿兼侍御史河南節度兵馬

使烈考播銀青光祿大夫檢校國子祭酒河東節度兵馬使兼御史中丞普寧郡王三代爲將克昌惟武垂慶後世傳芳于公公即中丞第四子義感得一時之俊沉謀有周身之防貞元初藝成絕倫縱遊郡國名藩重鎮爭致邀迓乃不屑就其道益光襄陽節度樊公澤虛心好才與能樂善聞公有縱橫之畧剛决之姿由褥禮以接之選右職以署之而能恪勤厥位練習武經繇是樊公益所委重累遷至馬軍兵馬使會吳少陽卒其子元濟席凶器以稱揚淮蔡詔命唐隨節使李公愬揔齊軍士以討伐之命公爲遊奕兵馬使指顧麾下號令前驅率先啓行深入賊境遇敵必戰所向無遺會賊將領徒千人草創營壘旗號曰興橋柵而公伺其軍食無儲是刈是獲備其乾餱鴟張蟻聚控扼要害公度其孤居可以攻取以少擊衆如其前堂堂之勢若然中斷殺傷奔潰靡有孑遺生擒賊將衆皆請殺而公不聽以客禮待之曰吾不能殺義士從其歸死於天子乃送其人于闕繼而陳章疏懇請全活憲宗皇帝英明聽斷詔下許之還賜軍前驅使俾領先鋒將與公偕行遵其銳卒沍寒之夜凌犯雪霜擊破賊城官軍登入先擒元濟以檻車獻於宗廟得正刑典由公之生致賊將化爲忠臣覆其妖巢以功補過朝廷推賞累寵旌節授公銀青光祿大夫檢校太子賓客兼御史中丞仍賜上柱國詔曰素抱將才能通武訓策名戎旅委質藩方敷七德以招懷推一

心而無納遂使戴天之大節因事斯彰奉國之名謀逢時乃合奮其勇士潰彼兇徒堅壁洞開罪人斯得永言實效無忘籍恩其圖爾勞是與朝典旋以東平不庭將議征討詔命李愬爲徐泗節度俾行天誅愬以公沉勇夙彰思同王氏列名表請委以親兵充行營都虞候公恪勤無私戰陣有勇破賊柵者有六收縣邑者有三教令必嚴刑戮不濫仁而有法其若是歟賊平遷檢校國子祭酒詔曰平齊之役諸軍指期衆校合戰名奮毅勇同樹勲勤永思積日之勞頗愧踰時之賞故於將授有所超遷特屬遏事重難非公莫可詔統麾下鎮防朔方居三年朝議以頻建茂功位未克量趣徵赴闕除左羽林將軍詔曰沉勇英决挺直

將才制勝出奇合於兵法風厲勤王之節聿從伐叛之師赫然殊功於是累振諸侯方岳多有薦揚北路親軍寄雄心膂統率貔貅之衆申明羽衛之嚴宜奬壯猷且燕峻秩敬宗皇帝以張韶作亂禍生不測環衛嚴整往賊誅夷拜兼御史大夫歲月滋深竭誠盡瘁遷大將軍知軍事寵封列爵褒寵勳賢勞績既彰優榮斯及封武昌縣開國子食邑五百戶上方倚注信臣錫宴別殿論功校藝公實居多方委爪牙之雄未兼鐵鉞之寄竟以積勞成疾憂國忘身大和四年歲在庚戌冬十一月乙未薨于昇平里之私第享齡五十九皇帝軫悼廢朝賻禮加等粤辛亥二月十五日甲午葬于京兆府萬年縣長樂鄉宋侯之西原後三月

詔贈工部尚書表勳臣也夫人李氏從夫之貴封趙郡夫人淑慎明賢明能正婦道即哀盡哭動合禮經長子宗簡福王府參軍次子宗授一子出身幼子福郎小女平娘孩啼孺慕絕及旋懷抱以敬玄昔因朝奏相遇諸途語及戰伐之事備聞功業之本其子以理命見託固徵斯文而表諸道蓋不虛矣其詞曰

惟天生人必以類分定亂以武克生武臣洸洸史公振輝群倫正直不回剛决無隣沐若膏雨煦然陽春濟以寬猛施之威仁三代爲將道家所忌爲將四世彌彰勇毅制勝料敵善利全活擒生度材任知寒天雪夜萬里齊轡攻討賊城致之死地干戈將戢弓矢載櫜懋功既立爰議賞勞謙勤愈彰寵錫彌高貴婚華憲輝映賢豪王者之師勝殘去殺由不得已在懲桀黠惟公訓齊確然不拔令亦寬簡政不苛察羽林震衛克壯其猷推心誠膂練習貔貅忘身奉君勞積生憂運促潛奪名無建侯追榮八座寵錫咸武瘞于九原軫悼明主勳名獨在骨肉歸土表行豐碑垂休萬古

周右衛郎將集作宣威將軍楊公碑　張說

公諱令一字令一太州仙掌人也隋司徒觀王之玄孫周孝明高后之歸孫今司衛卿之元子維有隋接三統建萬國我高祖以同姓爲王維皇周敦九族叙百官我諸楊以外戚而貴公體玄黃之純粹承河山之丕緒孝乎內炳忠焉外灼集作均性與天和道合仁愛收恤孤老分產踈屬泰於周施約於妻子加以樂善而好學降尊而容衆能辨樂和思宗酒德容止可度溫溫如也文章可觀彬彬或作粲粲如也淵英皎穆當世碩士與之遊焉而曰君子若夫漢魏鼠族有恩澤之封公卿門子有良家之傳集作儕公浮雲世祿匪石儒風究乎王道之紀綱明乎人事之終始年十九舉進士高第授潞州參軍轉千牛胄曹遷洛陽尉從班次也居無何拜朝散大夫行通事舍人俄而加太中大夫檢校天官員外郎夫行人之在周禮方國是接公脩其政令帝曰予嘉郎官之著漢儀列宿是應公司其典故特稱邦則國家左賢右戚一武一文以公地望羽儀寄深虎旅除宣

威將軍行右衛翊府郎將偶俔從事非其好也初公時爲郎也遼戎悖霅作患幽冀皇上爂體下人故我有神兵之役選達權靡監之吏佐猛毅維城之師乃下制以公爲兵曹焉貨有咨贊軍政獨飛長策豈云卒乘輯穆戎機式序若此而旣哉俾雷霆颷動勳匿殷邦威玄兎懷黃龍馬未汗而狄盡人不疲而兵戢者公與有力也及班師振旅冊勳踰時帝用咨有司之遺古念有功之未録將遷德命霈多勤有日矣方當翼大化增三光之明熙天秋垂九德之聲昊天不惠癘氣流行如何斯人胡不眉壽年四十一聖歷元年夏六月辛丑遘疾而卒嗚呼哀哉梁木惟施尋道不究呱呱稚嗣仰號蒼穹哀哀嚴親惴臨淵谷遐邇寮舊

旣乎欽風未識之徒罔不盡一虫作盟朋悲而冀一作增欲矣天子憫焉弔之以玉冊贈之以錦衾群公傷焉誄德於素旆圖像集作體於青史粵乙卯假塟於合宮縣平樂鄉之北阜郭門十里邙山西岡巒萬古之阡都邑九重集作原之地隧寄新壠魂懷故域藐是諸孤未遑歸葬平生志事孰已焉哉厥弟五人比才連譽曰踐一獻一循一惟一尚一等因心則友世稱萬石之閨門死喪之戚吾見伯淮之兄弟僉曰我圖後事日月除乎哉龜云此地陵谷居乎哉乃布哀友生託詞懷舊迹德表墓示之來昆其銘曰

洪河南注少華西峙嶽氳靈會生此君子生此君子惟國之紀宜慈惠和禮樂文史敦錫宗類汲揚徽丕勤能然集作

濟物若不由巳克明從政集作訓誕膺集作數厥美脩辭北闕潤色東里揮翰文昌列星順晷交戟禁衛爲王瓜士允武允文翁歸是比疇曰禦寇諗軍北鄙攘狄黃龍濟師蒼兕將王玄默緊公是侍帝懿乃勳將圖膴仕仇仇執罴不我力以役後大勞未受多祉景命無祿洪基中圯父兮蘖鬢孤兮稚齒孔懷靡及凡伯斯止陟彼邙山丘墟歲磥荒壠集作章無際群哀所起于嗟楊侯託居此矣沕濟綿曼德音不巳乂容思鄉永懷桑梓

唐元城府左果毅贈郎將葛公碑　前人

公諱威德字某曰葛氏京兆涇陽人也其先嬴姓咎繇之後夏有葛伯氏族與焉寧陵之傍尚傳侯國綏山之下獨

有仙祠嬰則威服五城襲則績稱二縣鴻臚秀於吴會散騎崇於晉京集作景在其子孫是宜繁羨公生而開朗長而英拔非因馬鄭之學動合禮經不待孫吴之書暗同兵法有拳勇尚氣槩顧盼稜華風神都爽五馭善於東野六射勁於西宿少以嫖姚之才入光供奉之選御橋驂駕祀清蹕而不驚輦道啼烏應鳴弓而自落便蕃左右星歲重深贈上柱國拜元城府左果毅天下大定李廣之用無施雲中荐賢馮唐之言已老春秋六十有五神功二年某月終於落師藥殯邙阜夫人太原郡王氏夫人郭氏實生大將軍福順一見聖主再紐乾綱重位冠乎北軍茂功藏乎南史故象服臨祭魚軒以朝天子深嘉嘆馮勤之母群公列

拜賀虞潭之親享年七十有五薨於京兆之三真里公愛敬奉親執則可（集作可字）移於後代義方訓子福禄（集作禄字）來及於先人葬有日矣乃下制曰禮著飾終情惟悼往詢前列抑有舊章前左羽林軍大將軍葛福順亡父某字某譙素弘此藝能未展才術奄從凋殞而嗣子克家式昭勳業既念功以追遠亦自葉而流根宜申奬贈俾慰泉壤可贈游擊將軍守左驍衛翊府郎將開元九年二月九日葬我郎將君單前夫人王氏後夫人郭氏祔焉禮也葦茀以遂輅旗在列廟食備其牲牢法𦵔陳其簫鼓孝慈之道著矣哀榮之禮備矣尋彼平生之事忽如絶光繫乎碑版之才未存遺烈銘曰

硜硜都尉角立傑堅神鋭玉斂氣雄金鼓六藝爰設射馭爲武百行雖多（集作名）忠信爲主時不兼命位不充才善流慶答身謝榮來太原棣棣寔惟嘉偶羽林桓桓克大其後

唐上騎都尉高君神道碑　楊炯

南方火德陽精赫雷電之威西陸金行秋令毒風霜之氣達其變聖人所以定天下之文象其宜聖人所以觀天下之變或衣裳六合舞千歲而歸虔劉或鍾鼓八絃用甲兵而誅暴亂若夫皇天失紀彗孛飛流后土不絶（集作綱是）山河崩竭蚩尤食石交（集作災）害於生人項羽拔山憑陵於上國天子聞鼓鼙之響思將帥以冀行將軍屬甲胄之容攬英雄而决勝則風雲潛感豪傑挺生得七星之武曲破軍受五運之金多木少四時繁弱射連尹於嵆山萬辟太阿殺顔良於官渡然後達人知足徒興（集作從）白髮之歌烈士徇名不受黄金之賞與夫棄其筆墨漢家封萬里之侯稱爾戈矛（集作干戈）周王命百夫之長豈可同年而語哉君諱則字弘規其先勃海人也後代因官遂家于涇州之定安（唐書作安定）縣神房阿閣太山横日觀之峰金闕銀臺滄海蔽天蓋之崖風土形勝關河表裏三分六州之大業師尚父賛其經綸一匡九合之元勳齊桓公拓其疆場高柴至德籍東魯之聲名高鳳沉研盛西堂之學校英才磊落而秀發人物蟬聯而間起三光不墜察萬星於太紫之宫八柱無疆奠高嶽於中黄之域曾祖冲北齊鷹揚郎將周右屯衛清

宫府别將成軍夜火教戰秋風九天揚後一之兵六合擁前三之陣張生（集作良）入漢行觀滅楚之徵微子奔周坐見亡殷之兆祖赦周襄郡南和縣長陶元亮攝官於彭澤道契羲皇陳仲弓歷職於太丘德符星緯飄風驟雨不入（集作遇）灌壇之鄉恭武蒼鷹潛出（集作變）瑕丘之境考才朝議郎上開府孫子荆之天骨亮拔不群王夷甫之道心神鋒太峻議郎清秩懸符處士之星開府崇班上接台階之位君雄心獨斷猛氣無前用兵書六甲於自然知射法三篇於性道早圖星象管公明懷察變之心幼識旌旗（集作旛）陶恭祖有行師之略屬隋人按蕩天下崩離朱陽夾飛鳥之雲紫極現（集作燃）雄雞之象陳兵爭戰窺玉策於中州姚石壇

塲竊金符於寓縣我高祖黃雲大帝白水真人風雷海嶽之純精天地陰陽之正氣媯皇受命殺黑龍而定水災漢祖乘(集作寘)機斬白蛇而開火運君夜觀乾象晝察人情審熒惑之謌謚驗(集作考)嵩山之讖記關中王氣不勞并德之言沛國真星無待殷馗之說賊薛舉豺狼梟獍檮杌窮奇守幽(燹作幽集作幽)隴以行災負關河而作尊天王按劒出軍於玉帳之前猛將分麾受律於金壇之下以義寧二年王師薄伐趙國公長孫無忌精兵若獸利器如霜問君以帷幄之謀待君以心腹之寄營當月暈因八門之死生陣法天星秉五將之關格蔭華蓋歷明堂以我和而制其離以我直而摧其曲敗楚師於栢舉未足權衡執秦將於崤陵無

階等級此賞君之功也其年詔授朝散大夫賜物三百段排患而釋滯功成而不居北踈傳而辭榮追留侯以高蹈三靈革故君子於焉待時四海清平謀臣以之歸第自太王基命成康隆玉版之圖高帝受終文武盛金刀之業家給人足天成地平猶勞水旱之餘尚想京坻之積咸亨三年春奉勑於河陽檢校水運使(集無使字)搜粟都尉河堤使者銅梡鐵軸蒼鷹白鶴之舡竹箭桃花貝闕龍堂之水引紅粟於淮海汎鷁舟於秦晉遂使齊臣獻納先陳不減(集作涸)之名漢后絲綸即有常平之號望千石之氣可以療飢開萬箱之儲自然知禮此又君之功也其年詔賜上騎都尉嗟夫河流曲直天道盈虛鬼神莫之要聖賢莫能預高臺

下泣孟嘗君之惻愴可知梁木興謌孔宣父之平生已矣上元三年春三月日終于樂邑里之私第享年七十六惟君魁梧動俗符彩驚人忠孝天資温良日用一門兄弟盡同鍾毓之車千里賓朋時命嵇康之駕每至白雲生海素月流天未嘗不顧眄山河栁楊琴酒馮異(異字集作公孫)之大樹對諸將而無言(集有僉字)子夏之名山謝時人以不語(集作而長往)四林遊乃八水忘筌能祛有漏之因早得無生之法雖十年俱盡陸士衡之長嘆(集作數遊)有徵而千載猶生藺相如之壯心恒在即以冬十月丁酉窆於定安東南二十里之平原禮也陶公相宅郭璞占墳面冊鳳而背玄龜兆青烏而徵白馬三百篇之後卜筮何從二千石之榮子孫無替日長

男仁叡中男仁楷少男上護仁昉等或體窮三變潘陸不足以昇堂或力敵萬夫關張不足以扶轂有元方季方之長幼傳學詩學禮之門風金友玉昆忠臣孝子窮號積於心髓創鉅纏於肌骨星辰已變昊天無報德之期霜露潛移君子有終身之感惌之以禮垂制度於三王思之以時別蒸嘗於四季然後按耆賢之舊德叙潘岳之家風載述銘北海之文張昶刻西山之石若使鄧將軍之一見自得嘉名魏太祖之來觀懸知絶唱其詞曰

金闕千仞銀宮百常發揮雷雨震動陰陽山水形勝人神會昌九州覇業賜(集作四)履勤王樂只君子邦家之光驚雷氣候大鼎徵祥運屬飛海時逢吸霜中原逐鹿西嶽亡羊

漢起高帝周興太王乃披荊棘耶奉壇場國步猶阻黎元未康將軍不拜使者相望陣合星斗兵符玉璜殲夷叛逆剗滌遐荒化穆三代時清九皇猶思禮節尚試堯湯漕通淮海水泛舟航蒼鷹鷁舳紫貝龍堂功立身退航懸車杖鄉百年俄頃萬緒悲涼昔時華屋今日玄房平天慘慘半月蒼蒼地謂西郭山言北邙曲池無處松櫝成行

唐昭武校尉曹君神道碑　前人

君諱通字某其先沛國譙人也近代因官遂居于瓜州之常樂縣故今爲縣人焉顓頊高陽之子孫曹叔振鐸之苗裔山河白馬漢丞相開一代之基譙沛黄龍魏武帝定三分之業承家（集作苗）衈胤岳峙星羅居雍州（集作之字）西境斷匈

奴（集有之字）石贇門容駟馬旌旗玉塞之雄坐列三貂人物金行之秀祖某隱居不仕父顯盪寇將軍河庭寶玉廣都鸞鳳或閭閻之內禮敬於諸侯或抱鈹之間威振於千里功則可大以官族而爲官德亦不孤惟將門而有將君天才卓越權略縱橫陶譙性好於幡旗王濬志在於長戟東方諫議口誦孫吳諸葛武侯坐吟梁甫屬有隋之末四海分崩皇運之初三光草昧五星同聚田横猶在於草（集作每）中九代飛榮隗囂尚屯於隴右賀拔盛操符誓衆斬木稱兵以辦（集作披）髮左衽之餘負犢抗窮奇之號遂欲驅馳我塞北撓亂我河西天子不懌於廟堂赫其雷電使者相望於道路中其弔伐武德元年乃詔侍中楊仁恭出使先之以

德義陳之以兵甲七旬干羽不籍有苗之師萬國侯王坐見防風之戮君深知逆順獨斷胸懷去危即安轉禍爲福非如馬援遨（集作來）遊二帝之都不學竇融自保三分之重勑授昭武校尉鮮甲醜類慕容殘孽遷於大棘之城止於小蘭之界雖謂其群下願聞禮於上宗（集作京）而拜於將軍遂誇大於諸國貞觀八年詔特進代國公李靖爲行軍大總管登壇拜將授鉞行師開太一之三門閉陰符之六甲決勝於俎豆然後折衝萬里信賢如腹心故能匡正八極君當仁不讓聞義則行從王粲之戎旅棄班超之筆硯係單于之頸有類長沙斬樓蘭之王更加平縣（集作樂）詔除上騎都尉車師舊國俯桃（集作挑）前庭戊巳遺墟斜連後壁員

天山而版蕩擁蒲海而虔劉聖人之德非欲窮兵黷武王者之師蓋爲夷凶靜亂十四年詔兵部尚書侯君集爲行軍大揔管軍營王帳武畧珠韜旌旗蔽於日月金鈹聞於天地安人保大實憑帷幄之謀斬將搴旗成籍武夫之力君緬懷高義思報國恩從來六郡之子是惟（集作爲）萬人之敵梯衝所及攻靡堅城矛戟（一作弟伐匪）所臨野無橫陣一舉而清海外再戰而滌河源飲至策勳抑惟恒授詔除上柱國君備嘗艱阻頻有戰功天子聞之累加徵辟慕田疇之節羞賣盧龍之塞高魯連之義請從滄海之遊遂乃散髮鄉亭拂衣丘壑爲趙魏之老在羲皇之上（集作年）關內諸公深知郭解洛陽人物高談劇孟家僮有禮皆使拜賓門客

多才咸能市義南宮養老坐聞鳩杖之榮東岳遊魂俄見鶴書之召以龍翔元年某月某日終于里第嗚呼哀哉夫人某官之女也流湘降祉河洛騰休符玉石之堅貞貫風霜之慘烈鏡飛天上窺祥鳳（集作鸞鳴）死於銀臺劒動星文秘蛟龍於玉匣以某年某月日終越某年月日合葬於某原君孝實因心忠爲令德鮮花匝苑（集作樹）晝兄弟之歡娛好鳥鳴林展交遊之宴喜太初朗月俯照金鞍叔夜清風來生寶劒故能戰必勝攻必取西零種族逕憚武臣北漢酋豪見稱飛將雖死之日猶生之年園令獨慕於相如漢帝長懷於李牧長子游擊將軍和政府右果毅都尉上柱國求雄次子朝散郎行西州柳中縣主簿上騎都尉知君等

三餘廣學百戰雄才就養之方燕申愛敬慎終之道不忘哀戚雖雨崩防墓無孔子之格言而鼠齧前松（集作末禾）有文王之故事即以某年月日改葬於木城之平原長婦某氏即求雄之妻也某官之女柔風淑譽習禮聞詩上奉舅姑旁睦娣姒溫家之婦方歡白玉之臺盧氏之妻空對黃金之椀先以永淳元年某月日終至是即倍窆于塋内右堋銜弘軌兵圖日用劒術天知六郡許其良家三川養其聲利思弘祖德願叙家風託無媿之銘跋涉載勞於千仞訪他山之石東西向踰於萬里烟効官昌運負譴明時始以東宮學士出爲梓州司法傾蓋相逢當仁不讓庶使見曹娥之碣楊修歎其好詞讀元壽之文高祖稱其佳作其詞曰

大矣丞相天地冀（集作寅）亮烝哉王侯子孫蕃昌條分葉散源濬流長金城北見（集作峙）玉關西侯山澤騈羅冠車（集作衣冠）輻湊降神生德輿賢誕秀曰有人英材摽國楨髫年學劒卝（集作弱）歲論兵以身許國東討西征皇家啓聖撥亂反正逆賊遊魂不恭王命亦旣授首河西大定蕞爾湟中車書未同帝赫斯怒攢其英雄風行電（集作地）轉谷靜山空二庭遺孽交河路絕天子聞鼙元戎案節王師無戰海外有截歸我田廬功成不居歲云秋矣日月其除壽非金石命也如何孝乎兄弟葬之以禮蓼蓼者莪人生若多言猶在耳眇邈（集作邈邈）若山河

文苑英華卷第九百十

文苑英華卷第九百十一　碑六十八　神道二十九

職官十九　都督一

周河州都督普屯威碑一首

唐弁州都督尉遲恭碑一首

周上柱國宿國公河州都督普屯威神道碑銘（并序）

庾信

公諱威字某河南洛陽人也舊姓辛隴西人基若水之源纂商丘之胄邑于大亳實定其居封于小辛乃成其姓是以山川被髪辛有得見事之幾八封占父辛廖有知人之鑒佐治以東都上將魏帝解衣武賢以西國功臣漢王推轂祖大汗武川太守考生河州四面總管大都督隴右貴

臣河西酋族公侯踵武岳牧連鑣並得聲振長榆名雄高柳公秉靈山岳誕載星辰結髪嶷然齠年成德澄波萬頃建標千仞鋒穎既高光芒已遠青衿學劍既爲人主所稱童子論兵即在中軍之策永熙元年入仕掌授直盪都督太祖文皇帝雪舊君之恥連西伯之功始裂鴻溝初登函谷公攬衣沐髪杖劍轅門撤洗足而相迎下賓堦而顧問自此即居帳內仍爲直寢授寧遠將軍羽林監白土縣開國伯邑五百户大統元年從迎大駕進爵爲侯增邑三百户加冠軍將軍散騎常侍轉大都督公善於用兵長於撫御自功洛陽定弘農戰河橋平沙苑冒刃衝鋒前無橫陣況以弦木六鈞函犀七屬門多懸冑箭必中鞍山無積器械谷量牛馬軍吏計功司勳賞策授使持節銀青光祿大夫進爵爲公增邑八百户昔若受律赤符韓信當千里治兵白帝張飛擬萬人皆此於今日公之謂也五年授使持節都督揚州諸軍事揚州刺史浮於（一作于）江海達于淮泗篠簜既敷瑶琨即序十三年授車騎大將軍儀同三司尋遷驃大將軍開府仍賜姓普屯即爲宮族入陪武帳出總戎韜置府於陽闗張旟於瀚海故得上書於漢即用同宗爭長於周還無異姓十六年授鄜州諸軍事鄜州刺史公顯煩兩牧風政神明虎去西河梟移東郡河渭瑞氣特表廉平鄜祀神光徧明正直及乎魏終天祿周受惟新明命已遷彝倫或革周元年改授大將軍抱罕郡開國公增邑一

千户軍中受詔非論北伐之功大將登壇無待東歸之策置陣太平開陰晉之道連兵廣武納榮陽之城校戰丹山移營白壁莫不勇冠三軍名凌五將保定四年授寧州總管掌其北門既爲鄭國所委捍其西鄙無懼秦亭之逼是以築平綱之城衛人拱手戍榮波之澤梁氏寒心朝廷與公有內外之親令公從戚里之貴乃以魏文帝女爲公夫人遂得長門之左別開公主之園濯龍之傍便有王姬之館五年被徵入京拜少（本傳作小）司馬期於司武以公爲魏絳佐於中軍以公爲荀首豈直謂之鶉火稱之縉雲而已哉其年被使領兵出西京州奉迎突厥皇后紀制（疑衍）裂繻來卿爲君逆稱族而行尊君命也天和元年授柱國拜大司

冦楚之柱國方之南火軒之司冦譬以西雲總授於公能
官人也建德二年授少傅四年授河州總管都督七州諸
軍事即爲河州太中正公之桑梓本于此地再爲連率頻
仍衣錦襄城龍種更及池臺桂陽仙人還歸鄉里故老親
賓酣歌相慶安車駟馬天下榮之宣政元年授上柱國更
加少傅配于上相即陪玄扈之圖居于京師實有圯橋之
策改封宿國公食邑并前五千五百户射鴻舊圃舞鶴餘
城既浮酸棗之河聊對淇園之竹來朝建章則天子降席
出遊戚里則群公下堦是以行蒲天地名聞四海方當光
輔五軍叅謀七政天厲弗戒甍于所居春秋六十有九桺
莊告殯傾社稷之臣鄭僑云亡得諸侯之禮詔贈某官謚

某公禮也以今開皇元年七月某日反葬於河州金城郡
之苑川鄉山行隴底地入塞原埊積石以緣河臨崆峒而
下坂玄甲黄腸崎嶇亭郭及云莫徹方勞揄沈若夫尌反
壤也封夏屋焉終須潁川之碑乃見華陰之碣世子儀同
承逵孝性有聞居喪得禮嗟海變而田成懼山飛而地絶
勒石墓田仍銘云爾
火典之孫玄王之子貫於月金承於水降及於周公侯復
始風俗氣候山川表裏河連積石山帶崆峒秦亭北上漢
使西通金行氣壯地勢人雄稜稜高節凛凛疎風祖考藩
屛濁河清渭陋地謨明雙流光貫水無別色雲無異氣爲
吏爲民惟懷惟畏公之嗣世實東英靈降神中嶽迴文列

星鸞翔鳳顧珠角山庭臣深義本子極天經洛城戰陣河
橋旗鼓箭飲石梁劒燃銅柱並麗六纛俱抽雙虎王門開
群陽闢置府再爲上台兩爲少傅模範帝師經綸國步允
襲峻德欽明審諭不吝車茵誰言溫樹天道茫昧年齡倏
忽上將星開功臣毋没九原陵阜三河甲卒地險龜林營
危馬窟西州求別北闕長辭山張虚蓋野祭空帷陵原地
迥松路風悲銘于碣石勒以貞龜

唐并州都督鄂國公尉遲恭碑　許敬宗

蓋聞嶽靈昭貺協其神者申甫纔象騰斌含其精者伊傅
用調芳玉鉉增耀金符譬八柱之承天猶四溟之載地是
以邠郊創曆宜契非羆一作熊之兆沛野開基欝會攀鱗之

傑莫不凝徽簡策篆勳戈鼎此裂一無此字河西而濟美期礪
嶽以疇庸若乃經啓靡圖彌綸聖業扈兵師於丹水夷餌
石之袄渠振文策於烏江掃拔山之巨稷抑揚七佐鎔鑄
五臣致我后於勛華軼前修於樊灌名高絶代其在忠武
公乎公諱恭字敬德河南洛人唐書作朔州善陽人也原夫玉派靈
長控昌源於弱水璵基峻遠峙層構於軒臺叶粹氣以擒
賊威横朔野奄崆峒而擅武跡跨中原亦猶江馬南浮圖
基巨麗溟鯤北運激勢扶搖是故軒冕傳華半神州而交
蔚忠良秀美嬖帝里而馳芬與夫由余去危斥翦敦而作
覇日磾受顧光珥貂而累華考諸聲實固不同年而語也
曾祖本貞後魏中郎將冠軍將軍漁陽郡開國公贈中外

六州諸軍事（一作使）諡曰懋道粹黄中寄伴丹化襲徽章於
珪瑞飛茂績於鍾鏞大父益都北齊左兵郎中遷金紫光
祿大夫入周濟州諸軍事濟州刺史雕鋟杞梓黼藻人倫
用匪齊鈞函深徹會之寄僨符趙璧愈擅入秦之美考伽
隋授儀同三司衞王記室皇朝追封常寧安公贈汾州刺
史幽州都督材締三端揚鑣武庫位階一命頓轡文房下
調悲於季葉餘壤昭於昌運故知壯氣猶生貫千秋其尚
想名臣不作瞻九原而增悼再縟部符之贈式冠封墳之
典公鄧林抽顥崑嶠疏源非假七齡早髀凌霜之幹爰滋
九潤先孕聯雲之寶瞻言廣術企列戟於髫杓屬相傾義
俯廻戈於度內雄姿岐嶷覆簣裁規沉勇潛貞涌泉韞量

餘躬由禮檢性依仁匪衞捘於齊挑豕麴誠於孟荀言泉
河瀉應千里而無遠俠氣飈騰輕百金而有裕加以鈐符
玄秘韜術精微偃月疏營右澤左陵之勢浮雲鴈陣鵝張
鶴列之奇莫不夙契靈臺暗窮神奧由是譽光日下聲蓋
秦中而翠虬驤霧必先階於尺木紫鷟追風初發蹤於步
武爰膺執戟之選以効棄觚之節嘗授元帥都督拜朝散
大夫轉議正大夫加銀青光祿大夫大業十二年也末屬
雄飛載矚下列何意乎九苞呈瑞儷彩司晨一角効祥儔
蹤警夜俄而運鍾旒冕（疑）政弛永（疑）衣大浸襄陵長虹貫
日公延行吟梁父希晉晏以思齊砥跡淮陰侯蕭張而佐
命皇家補傾極振頹綱挺劒風驅援旗電掃劉武周不稽

天氣寔暗人謀怒窮轍以抗威臨焦原而自逸公見察昏
僞迫以驅馳取譬辛毗甫依袁而免戾同夫馬援恥寄隗
以偷全尚鞠醜徒據其危堞太宗俯離鳳邸親御龍韜軍
次介休將屠僞邑早欽英畧深嘉義勇飛箭以述皇威投
金以申同德公鑒窮無象識照先機虛（一作雪）西楚之如狼
陋張角之吠犬遽歸眞主期乎定人擢授秦府統軍于時
帝道維新王途多故端難之野式靜雲雷獻蠆之川來均
霜露葳爾凶狡乆肆回邪載動神兵龔行天罰救焚妙筭
雖獨運於冲襟授律宏規固思憑於猛將乃以公爲行軍
總管遵彼前矛（一作旌旄）追奔若順海乘茲破竹潰敵如決河
積甲齊山中嶽由其咸定封屍築觀王城於是乂安飲至

鎬京策勳居冣所賜金帛蓋以千箱其後六統偏師五爲
總管北殲猾夏南廓滔天殄鯨鯢於洙泗溺驂驔於漳滏
所向風靡賞鉞爰班時外難初康內釁方兆春坊階亂構
禍深於犬園李屏窮凶爲蠹尤於傲象公早參帷幕思固
宗祧驟起聖懷累明大義九年六月二凶伏辜雖天道禍
淫蓋賴君之筭也擢拜左衛大將軍兼太子左衛率貞觀
元年授右武大將軍屯兵數萬咸令統領職歷二官兼司
七校龍飛靜拆摠禁旅於瑶山馬珥臨戎肅嚴兵於鈎禁
於是威馳銀牓寵峻金吾拜上柱國吳國公食邑三千户
實封一千三百户若遷（疑）黜曰（疑）疏峰奄衛巫而廓鎮雷
導風馭（一作驅功）區遏瀉江漢以咸池餘礫涵輝明珠韜媚是

稱奥壤獨擅雄州佇寄惟良以敷景化連帥之重僉曰爾諧貞觀四年授襄均鄧淅唐五州都督襄州刺史班朝警俗載屏冊帷虛行遷遠寧因黼服布中和而驛化浹旁潤以馳威惠澤潛通吐浪由其絶渚仁風普暢嘯谷所以浮江弛風牘於東臯歲儲京庾契成麟於西亭家知禮讓道彼湘沅俗均鄒魯里稱冠蓋旣洽甿謡地接股肱佇求人瘼八年授兄禄大夫行同州刺史封建功臣改封鄂國公冊拜宣州刺史昔炎周裂壤榮陽茂十邑之庸有晉疇榮壯武峻重封之典校其優劣詎可扶輪累遷靈鄜夏三州都督懋兹宏德亟牧大藩控十角於星街信單玄塞揔百城於天塹義偃朱方端委之風褫危冠而變俗鼉表之長

棄鳴鏑以歸仁乎紫封流溼朱輪徒傳莫不情深借寇戀切留黄可謂柔遠以德人稱遺愛者矣旣而俯鑒忘筌景文成之茂躅深惟蕭器躡大傳之高蹤漏促銅儀循良夜之不怠體安玉杖諒坦路之難追奏擬青規辭榮絳闕特廻天眷賜（一作肆）其誠請於是冊拜開府儀同三司禮秩加等已而從容廊廟怡暢丘園架𪗋圖蓮疏池瀉箭後堂歌吹通逸響於南鄰別業林泉接芳陰於西第加以陶風元穆勳冑之里遂高陽門承通德故能聯姻瑤腑結慶璿枝榮亞元吉寵班右戚清樓聳構逕通婺女之津黄閣凝扉近接天孫之舘長筵綺合帛珠與謝玉交輝廣廡雲浮霧共擬金遞奏庭鳥効祉樊雉槐端隙駿流年俄潜郄次

嗟乎巨川旣濟奄遷舟於夜壑高臺遽傾倏摧梁於夢奠粤以顯慶三年十一月二十六日遘疾薨於長安之私第春秋七十有四皇上情切宗臣痛深國老輿哀別次罷朝者累辰昔平仲云亡趨輪軫慟宣尼告逝述誄申哀未足方此撤懸輸斯輟祭追贈司徒詞曰飾終之典實屬於勳賢追遠之恩光歸於令望故開府儀同三司上柱國鄂國公敬德志局標舉基宇沉奥忠義之節歷夷險而不渝仁勇之風雖造次而必踐廼誠申於伯府茂績展於行陣西漢元勳韓彭非重東京名將吳鄧爲輕著恭肅於輕陛馳聲猷於藩岳方隆朝寄之榮便追止足之分闈雄林而華濟植高操而孤往道映千古舉光百辟與善俄裛殲良奄

洎永言遺烈震動于心宜崇禮命式旌幽壤可賜（一作贈）司徒使持節都督并蔚嵐代等四州諸軍事并州刺史餘官封並如故所司備禮冊命給班劍四十人及羽葆鼓吹賵絹一千五百段米粟一千五百石陪葬昭陵葬事所須並宜官給并賜東園祕器儀仗鼓吹送至墓所仍送還宅并爲立碑仍令鴻臚卿琅邪郡開國公蕭嗣業監護光禄少卿殷令名爲副使務從優厚稱朕意焉又下謚詔曰名以實稱事光於前典謚爲表禮縟厚於尊言故傳聞強立必傳擅文成之美行剛服遠冠軍膺景植之賜故開府儀同三司上柱國鄂國公贈司徒并州都督敬德襟宇宏邵機神祕遠氣茂英果情馳義烈闡雄圖而贊業標峻節以凝

功道叶宗臣望隆時宰爰升九命之寵宜享三尊之位福
謙從說悼徃增酸奉上危身誠許國之貞操安人和衆亦
經邦之懿範祥式茲典錫以大名可謚忠武仍遣使持節
備禮告柩以顯慶四年歲次己未四月丁未朔十四日庚
申陪葬于昭陵禮也惟公資和清粹禀銳雷霆勇冠六軍
不失獨夫之色志澄四海期於萬里之外登范車而縪慮
撫陳室以栖情蒼璧內融負青冥其非遠白珪外潜體黃
裳而愈固藝或微而咸綜枝雖末而旁該象弈籾攣先穿
卧石魚文且擊遂引飛泉擅扛冉而推雄掩蒙輪而効捷
覩其事親孝事君忠居身節與士信識通其變遠鑒窮於
未形智括其神臨事期乎不測非外物之攸奬咸冝體以

文苑英華　一〈九百十卷〉　九　周声

自然運屬艱虞披荊而扶帝業功宣草昧借著以沃神襟
載庖升冊爰衆誓牧掩孫吳而高視轥韓白以長驅是以
捨代偃齊似青丘之吞夢澤推堅劒銳猶黃間之穿魯縞
祥符捧日亮堯景而增輝道契從風變虞薰而演化故能
冊書誓策青社疏榮位兆衛諸疑資五申而統律寄深錫
壤按十部以宣風年暨抽簪禮優執酳懸輿勝躅昭茂寵
於安車納駟高門峻朝章於行馬斯所謂道烈可紀令終
有俶者歟有子右領軍將軍寶琳鳳羽擒姿龍媒騁逸丞
相之子道懋傳經王公之孫望高倒屣掩八屯而効職副
九列以騰芳覆孝揚名克隆華閥顯親穆譽爰樹豐碑紀
德盧山載表茂陵之域題貞畢陌式分京兆之阡庶令過

客披文立名可則故懷斯惠望拜知歸其銘曰
商周龍躍尹望鷹揚風雲冝感鱗翮曾驤於赫皇祚禔禎
會昌錫茲元弼勳烈推光茂德礿誕英徽早暢狼宿摛精
龜文協兆棄繻關下受符圯上祕策金韜騰猷玉帳貞心
孤邵猛氣橫飛長戈叁捷雄戟雙揮蛟分承影鴈落忘歸
韜奇佇睿屈跡乘機鼻起射天妖疑闢日明一光啓半千
秀出道契披捧功宣授律冀北先馳圖南載逸受脤揚威
專征糴武馬陵削樹鳶方鑄柱雲卷鳴桐風謳嘯雨静祲
破竹銷氛玉弩戎衣式定河帶同盟望高四履寵峻千兵
裂壤扮邑分麾抑營網羅方邵躡跡良平出建隼旟入衆
鳳輦名班贄玉貢光儀鉉朱户吟笳青門樹冕金裝甫散

文苑英華　一〈九百十一卷〉　十　周声

璇霜遽踐昔恭冊褒載奉薰琴今陪玄檖空悲穀林紛紛
禮褥杳杳光沉閫桐朿閟宰樹方深信瞻言史策遠振徽
音

文苑英華卷第九百十一

文苑英華卷第九百十二　碑六十九　神道三十

職官二十（都督二）

瀘州都督王湛碑一首

潭州都督楊志本碑一首

瀘州都督王湛（集作諶下同）神道碑　楊炯

惟漢高祖應天順人祭蚩尤於沛庭斬大虵於豐澤則豐沛之豪傑乘於（集作慶）雲矣惟漢光武龍飛鳳翔舉新市之八千破王尋之百萬則南陽之佐命動於（一作于）天矣我高祖神堯皇帝以唐侯而建國從晉陽以（集作而）起兵協和萬邦光宅天下則太原之衣冠有大勳烈矣公諱湛字懷元太原晉陽人也十一代祖卓晉給事中毋常山公主河東有

湯沐邑因家焉葬於長壽原故鄉有太原之號皇業伊始公以中涓從事（集無事字）賜田鄠杜間今爲雍州人也昔武王定於下人太子賓於上帝基（一作因）鄗鎬而開國籍神仙以（一作而）命氏霸則司徒所讓位天子所不臣祖則孝弟於閨門務學於師友豈直橫江斬將南登建業（集作鄴）之臺土食金溝北徙邙山之宅自茲厥後數百年間國移三統周人共推其代祿家徙五陵漢朝不易其冠冕祖宗邁後魏中書侍郎彭城王府司馬周春官大夫都督晉陽侯祖亮本州主簿司木上士隋贈信州刺史大名華於東魏天命集於西周宗伯所以辨其儀林衡所以平其守父緯秦孝王府掾仁壽宮監離石郡通守晉陽侯皇朝石州刺史逆賊

劉武周攻陷郡城因而害遇贈代州總管謚曰烈侯禮也天造草昧王業艱難周師纔至於太原胡兵遂入於離石負戶而汲不能定西戎之禍折骸而爨不能解南楚之圍仁者殺身以成名事（集作君子）有死而無貳公承聖賢之末代（一作出）屬喪亂之弘多天子乘輿方清秣陵之氣諸侯斧鉞莫救驪山之烽國有命而何言邦無道而斯隱大業之季本州察孝廉非其好也高祖乃操斗極拜圖書丹駕臨於孟津五星合於東井公解衣而濟策杖而行酈食其之長者逢漢祖而長揖袁耀卿之茂才見曹公而不拜從平霍邑授紫金光祿大夫入長安加左光祿大夫歷丞相相國二府典籤參軍事高祖受禪擢爲通事舍人通直散騎侍

郎封金水縣侯食邑七百戶稍遷虞部郎中丁烈侯艱去職尋起爲隴西別駕（七字集作尋起爲西韜泗州治中轉隆龍二州別駕）商鄜二州刺史上柱國荊州大都督府司馬冀州刺史定其封邑誓以河山（一作山河）蕭相立功於萬代留侯決策於千里願持一郡洛陽之任耿純兼攝八州江東之拜陶侃龍朔三年遷使持節都督瀘榮溱珍四州諸軍事瀘州刺史江陽縣地（一作郡縣）瀘水提封參伐下而爲益州岐山上而爲井絡尺兵寸戢黃邑兩日之歌槃木斯來景伯三年之化功成露冕歲及懸車歎疏廣之知足慕祁奚之請老乾封二年上書乞骸骨詔公祿賜同京官仍朝朔望天子歷吉日協露辰郊上玄祀清廟詔公行太尉事國之大事攝在有司蒼璧

黃琮六玉以昭天地路鼔陰竹九變而祠祖考名遂身退居常待終山川則群望並走星象則中台夜拆春秋九十有三以咸亨三年（集作永淳二年）七月十七日薨於京師來崇里謚曰敏（集有侯字）喪事官給賜物三百段粟三百石葬日車服往還有司監護公纫鍾偏罰毁瘠過人八歲讀書至無毋何恃廢書慟哭歐血數升逮事繼親孝聞州黨恩深毋子比王元之事親蓼感天婁（集作夫妻）等行（集作衛）卿之至孝年纔一紀有若成人吏部薛公見而稱歎潁川之司馬德操早知劉廙譙國之夏侯泰初深歎（集作明）樂毅兵次霍邑力戰有功高祖㡯之賜良馬一疋進圍京城爲伏弩所中高祖臨視賜物三百段流血及屨未絶鼔音左輪朱殷豈敢言

病武德之始奉使嶺南馮盎等稽首稱臣獻琛奉（集作執）贄舍人薛卓遇害北庭詔公責問單于謝罪賜黃金五十斤雜綵二百段南踰漲海北度陰山太中大夫去尉佗之黃屋高車使者作内奴之鐵券離石之難也桃千而寢見星而行號泣不絶聲者千里水漿不入口者數日同武陵之任襲入構諸羌典河内之張武空持遺劔兵遠由其得銘王裒以之攀栢冀州境内舊多淫祀寨帷按部申明法禁詔書遷秩百姓舉車立廟生祠樹碑頌德亦猶欒巴典郡山鬼潛移張禹牧州江濤不起公出身六十載遺愛二十（集作十二）州遂罷方岳之官仍居上台之位始於撥亂伊尹之輔成湯終於太平軒轅之得風后然後拂衣高蹈躬覽載籍者遺誡十八章盛行於代法文王周易之變象孔父孝經之篇窮性命之理盡天人之際莊周著論生也若浮死佚立言没而不朽越文明元年二月十七日陪葬於獻陵禮也長子朝散大夫行扶風令遐觀等生芻一束泣血三年不踰聖人之禮能行大夫之孝京兆載開其新阡昆吾用昭其舊德百年宮室宛在章臺之東五校軍營依然茂陵之下其銘曰

昔在湯武阿衡尚父下及高光蕭何鄧禹皇天眷命赫矣高祖惟岳降神克生元輔攻城野戰張飛關羽奇策密謀荀彧（集作攸）賈詡始陪營衛仍叅幕府旌節龍沙軒旗象浦出臨方岳入調風雨其生也榮池臺鍾鼔其死也哀陳兵

衛土孝乎惟孝無父何怙刊石勒銘永傳終古

潭州都督楊志本碑　嚴識玄

惟天子主萬邦家六合内有八揆四岳外有州牧侯長所以奉若天道綏厥兆人潤餙宏業光發徽頌昔漢宣帝憫歎息之聲晋武皇緝垂拱之化以爲統世御俗政平訟理與我共此者其惟良二千石乎於戲楊公德邁其職振文翁黃霸之風粹迪郭賀賈琮之道精底慎財賦而行其禮典肅恭明神而敬事耆耋旌别淑慝甲（疑）克畏慕可謂其庶乎博施於人而能濟衆者公諱志本字文範弘農華陰人也其先出自周姬有伯僑者享封于晉食邑於楊命氏立宗權輿自此矣夫泓源濬泉則派流括地盤基竊麓則

峯岑入天是以德富者其胄露繁英多者其族雲蔓故朱輪渥彩通侯震於十人白環深慶太尉傳於四葉天才雄逸自得曹植相推地望增華恥與王珣爲比曾祖晉陳內使舍人臨海王府長史開逢將遂交愛等九州刺史武康節公隋贈上開府儀同三司青冀等五州刺史有集行於代有詩入文會集精詞儁賦詭艷瑰音偶鄒陽之曳門代徐邈之居省剖珪符於比景異俗知歸聞鼓吹於中霄累朝加贈大父林甫陳貞威將軍廣州都督隋上開府儀同三司渠芳等五州刺史上郡北平等五郡太守皇朝營州總管絳州刺史上柱國宜春郡公邑五千户自吳飛楚聲軼湛盧從趙入秦價先和氏江南舊國季崇章於大樹關

右新君延茂秩於開府既而隋綱就弛唐讖行徵公坐聽蚍分暗（一作蛤）期龍躍同荀彧之去紹來儀深根等馬援之辭囂歸陳聚米高祖神堯皇帝深多決勝寔念疇庸冊命且隆法（一作降）三光而折壤循良是屬寄千里之專城烈考琮皇朝秦王府庫直太宗文宗文武聖皇帝贈感舊賦一道詩三篇歷茂梓二州長史沔綏二州刺史上柱國叶贊經綸預參康濟耿純自結早申獻帛之誠吳質舊遊時蒙枉騎之眷幡旗長戟門卷紛紛芝蘭玉樹階庭韡韡公咸太和之英液稟高明之淑氣松骨始萌早抱凌霜之操璀精在璞更爍成虹之彩岐嶷自深惟友（一作孝友）惟孝蒸蒸然純至日茂豈待乎浸潤之功而後滋也年甫六稔即丁內

艱號不輟聲泣下成血絕漿絕粒毀瘠成人大連少連曷云克邁自是名韻激射藝實汪洋希風者刮聽而彌仰挹道者洗矚而欣契杜安登學貴戚咸遺其書王粲在門中郎遽倒其屐格不期峻而且（一作在）高標不期深自有天琛水惟施之於夏屋則可以灑桶編櫨排之於大川則可以衝濤截波矣年三十以右親衛調補石州司法參軍鵬圖未騁鴻漸初升惟敬五行以成三德督于公之待封憲陳氏之特寬樓煩之南咸知審克離石之境自以無寃轉桂州都督府法曹參軍清棘犴察梧囚明愼用法而不留獄都督周道務以公水襟同潔石性渾堅庇惡木而深恥飲貪泉而不易奏充嶺南市闕口珠玉使侁侁五嶠

皇皇百越路窮南服境淑西屠握水衡之錢權御府之產歷剖蚌泣鮫之巨漲窺結綠珊瑚之怪宄自異時魁傑之士以事而臨其地罕有聲背於贖節全其貞將軍北旋循見猜於薏苡大夫南使亦受遺於金裝而公散國財市蠻寶混之不濁涅而不緇易生人之所難凜然有伯夷之風矣以外憂去職百里而趨三年無改長輿哀（一作良）苦國主念以增憂次翁服竟郡守逼而方釋服闋授始州司法參軍公九章惟精故三政吞理小大必察洽于人心紫蒙軍大使駙馬周道務奏充當田判官考菑畬相貲衍申李悝盡力之教行商鞅急耕之賞候禾落花動深曳棘故軍賴滋殖人無阻饑轉楊州高郵縣令加朝散大夫遷雍州吳

原令道德齊禮風移俗易野翟依馴災蝗折去鑠庫兵以爲器彈鳴琴以坐堂淮海之邦衆斯悅矣奏雍州司士邑人斯附矣遷邛州司馬兼庫平軍靈關道支度運糧使一作侯非七巻九兵一作丘時間暴梗徵師鍊卒式張威防密徃通蜀窮關抵䟽歷嚴道之邛崍緣漢嘉之折坂滑壤沮塗一作坦寧且疑泉覆淫涸不開莫殊天漏公審搖中筭廣蓄邊儲率擔夫竦餽卒膺賺堕一有虧字腹脛危魚頡鳥頑轀轤不絶軍戎以濟豈慙流馬之功才幹方申循兼展驥之任轉始州長史限以劍閣阻以石門張載勒銘之所范雎通棧之地邑户遷逃鄽里踈寂版籍徒紀征賦鈌如公綏之斯懷集之斯至墳無輟享之鬼家有戀本之夫邦國不空旣賴

王祥之績吾無憂矣寔唯蔣濟之能制公檢校棣州刺史俄而東胡叛換北狄猖狂鷙鈌虎飛海感雲沸殘破城邑殺略吏人激傷血於燕冀鋪割觜於恒碣兩河之土崩矣百姓之心搖矣則天皇后有命分麾宣慷撲燎班告群后時惟念哉公拜書雨泣杖節雷殿中書郊圻愼固封守威以震敵惠以保甿故得境内無拆聲野外無塵影猶祭彤之有勇虜不敢窺若李廣之能飛寇恒警避賊平授使持節鄭州刺史蘄州蕪廻楚風輕亟機連黃石之山江帶青林之浦公敷國典灑朝恩斟化源撰猷懿鎮動以德闔郡知方息競以義衆事攸敎貪殘盡去自使乳虎浮江災疫不生即有牽牛入界尋除都督潭衡等七州諸軍事潭州

刺史建麾涉境先求異行停輿央訟應變如神興廢唯降其一書得失每詢於三老且青陽舊城白鷺通浦控引江嶺括集山谿交貿所競冠蓋斯維示之以無欲盜子悅化以歸農激之以至淳浮客感携而請賦故年景未及於周次風化穆著於衡湘矣公以老浸生危官疲神耗深惟退身之誠頻奏乞骸之表制曰潭州都督楊志本歷官歲久懸車禮及宜遂請老之誠以就歸閑之美可聽致仕於是高謝方鎮卷懷條察傲圖輕舸特一作将去江潭言念安車展游田里而災禽集舍息馬歸山長沙指壽昊天不弔維長安四年秋八月十七日薨于州館享年七十有七號黎沸境慟哭蔓庭莫不若喪慈親顧行哀經雖倉慈旣殁激

深慕於圖形郭伋云亡注隤思於配杜亦茂茲尚矣惟公姿範端凝精符朗秀器含經濟而縞以斯文才抱圓通而幹以洵直弘虛受以廣納資用晦以沖謙遊其域則童幼警其卑野賤忘其寠泳其波則驕代以酌損剛戾以克柔瑰節霜明偉尚烟竦橫德輝以爍邦族鏘嘉聞而藹區縣學成淵海陽風雨而恒觀辨若奔濤鑄鍵機而不發常慕汲黯寧爲管仲維迹在公匪懷私已率誠任道深祈利物位愈高而魂益厲績既凝而心更勤食不貳味居不重席俸禄必散於孤親車馬共敝於同友寔漢元以來未有不若斯人也夫人昌寧郡君河東長孫氏周尚書左僕射鄶國公侯之孫也體備柔閑道鍾清懿言而可式動必由禮

纖累不挂於心浮僞豈廻其首肅侍巾櫛勉執紘綖邈邈
承姑獲蘋蘭而必獻拳拳訓子見爼豆而斯寧義滋旁周
仁光下逮允釐中事載穆其序端儀麗軌抑不可選歟悲
夫朝露未晞雲無處所同窆同徒之室初得賜封在季武
子之階然聞許合以大定元年卒於蘄州官舍春秋六十
九粤神龍元年八月二十五日合祔於咸陽舊塋禮也田
疏畢陌樹鬱平陵立石前傾依然哭鳥之象對墳旁野別
爲埋鹿之標有子前永州司功景前左勳衞鉉（一作鎭）等鳳
毛齊整（一作摺）麟角早成孝思既深觀行無缺勤萁叔度逕
迎蜀漢之喪絜比濬冲不受源州之贈封樹畢矣晨昏已
矣永言報之誠罔極矣將憲乎銘鼎景鐘之迹茲所以昭

德紀功之義廼庚集洪懿俾勒于翠石敢旌不朽焉其詞
曰
龜文爍電龍交先風三軍可指千里易窮疇克光配洪惟
我公侯宗磊落襄系豐融世有象賢門傳清白牧守連起
釆章重赫義叶奉圖寵深同席德邁不匱慶流斯積昭哉
嗣服穆穆厥聲恪慎克孝資忠以貞回涯江淮朗節霜橫
儒林直秀吏道旁精爰視決曹志清叢棘人有哀淚形無
愠色肅傳皇皇飲冰翼翼屢酌貪水寧罹譖慝典農燕塞
轉食邛郵稔應銅雀卭來木牛自此康海旋移蔣州人安
儒化虜懾雄謀昔離蘄服去思猶詠今鎭湘潭來歌轉盛
府吏歸殖江神斷娉辭衆今行恩愈謝病如何迅息不享

期頤鷹隨牽旐虎送還輀短矣清室孤魂久婺既詢鄒母
雙棺合茲薺昧眞宅穹崇丘冢客土新封行楸舊拱惟哲
嗣兮精孝泣昊天兮思量仰構代兮昆吾琢貞石兮岑竦

文苑英華卷第九百十二

文苑英華卷第九百十三　碑七十　神道二十二

職官二十一　都督三

夏州都督太原王公神道碑　張說

良玉禮神用之西序之器拾之南山之璞冏然不有其珍也君子安命進之扞城之雄退之去國之老隤然不失其正也語夫杖運以行道屬辭以比德亦何代無其人哉公

諱方翼字仲翔太原祁人王周之後也王子以敗狄受姓徵召以遁世爲名司徒之濟艱難義形漢室太尉之圖舉甲心盡魏朝聞將濟所言則知尚書志力兄弟繼美覽周書所載則見潁州忠烈子姓（集作姪）皆封臣節會揚於百代家聲藉甚於四海大王父司徒定公秉隋氏之崇也王父駙馬開府文公裕先朝之懿也考特進愼公仁表皇室之甥也公門揔四岳之靈帝子分五潢之氣是生時傑蔚爲人紀公雄姿沉毅凛難犯之色虛懷信厚坦招納之量識畧精斷達應變之權神守密靜堅不奪之節孝友內兆於免懷忠敬外灼於既冠加以思參造化誠合鬼神文其詩書武其韜畧推此才也以從政焉求無遺矣（集作無匱）夙遭家

難褁過柴瘁京師號曰孝童王母同安長公主引貴遊之誡示作（集作其）苦之端俞（俞字集作令太）夫人徙居鄠墅儲無斗粟庇無尺椽公躬率傭保肆勤給養鑿山出田燎松鬻墨一年而良疇千畝二年而厦屋百間日擧壽觴猷珍膳矣處約能久不亦仁乎在困能亨不亦智乎末徵初始宰安定誅豪桀以育人察奸宄以申寃興政三擧清風一變除潮海都督（集作護）府司馬以毋疾辭職爲姜恪秉使逐徙朔州尚德府果毅歲餘王本立上書理公國之惇孝不宜擯抑有詔徵還而親不待心與哀絶氣屬禮存詔御醫孟默朝夕診視免喪逾年僅堪蔵立樂成公東討新羅薦爲將師詔公持節雞林道總管軍停不行授沙州刺史未至改拜

肅州以爲慢防啓寇非重閑也乃大築雉堞嚴備櫓械人知有恃戎亦來威儀鳳歲河西盡蝗獨不入州境隣郡奏稔提挈如雲公傾私泉以資乏引激水以立碓擧火百奁日哺（集作餔）千人遂有芝草叢生豐年屢降人之詠德刊石存焉裴吏部名立波斯實取遮匐偉公威厲飛書薦請詔公爲波斯軍副使兼安西都護上柱國以安西都護懷寶爲庭州刺史大城碎葉街郭迴互夷夏縱觀莫究端倪三十六蕃承風謁賀洎干（二字集作自洎汗）海東肅如也無何詔公爲庭州刺史以波斯使領金山都護前使杜懷寶更統安西鎭守碎葉朝廷始以鎭不寧蕃故授公代寶又以未（集作求）不失鎭復命寶代公夫然有以見諸蕃之心挻矣於是

車薄發首唱寇兵群蕃響應蝟毛而豎公任磧西獻捷無虛歲歷車薄於芍月陷怬㚇(唐書同一作剡非)於熱海剿叛徒三千於麾下走烏鶻十萬於城(集作域)外皆以少覆衆以誠動天葛水暴長祭撇而三軍涉渡葉河無舟兵叩而七月氷合由是士卒益勇戎狄益懼璽書下問皇靈遠爍遷夏州都督徵詣奉天宮熱海之役流矢貫臂陳血染袖事等般輪帝顧而知之視瘡歔欷曰爲國致身乃吾親也妖賊白鐵余據城平以叉奉詔與程務挺討擒之善公有發石懷城之計叉風焚柵之感封太原郡公元珍寇邊受命討擊公以無甲乃發思造六片木排袴闟匆解合畫爲虎文北至闕先(集作開光)與虜合戰若驅猛獸蒙皐比莫之敵也胡馬

奔駭獲其二啜桑乾舍利兩部來降初公善書與魏叔琬相輩王射與趙持滿齊名帝每臨之賜比鳴鞭賞深懸帳晝獨行夜入有雁人長丈直求趣逼射而仆焉乃朽木也太宗壯之授石千牛及持滿伏法暴骸公哀而收葬爲金吾奏劾高宗義之釋而不罪履道坦坦多如此類適將任帝夔龍爲國方虎天下咨潤群生雲雨惜哉不展悄焉遘侮嗣聖之際天后臨朝有凶人誣奏公廢后從兄常懷怏怏司刑御史侮文矯制不名等法遷於崖州路至衡山寢疾捐館春秋六十三垂拱三年閏正月二十九日薨於咸陽原君子曰斯才也斯望也難乎免於斯之代矣周公聖而謗毀平賢而放賈誼才而謫李廣勞而喪彼天命之糾紛此人情之惆悵神龍中興以陷酷吏例復官爵孝爲人極忠爲令德神之聽之始枉終直信矣有子故光祿少卿璵今秘書監珣皆篤行純孝慎終思遠說少也嘗會女升堂今老矣豈能旌墓遷司漢籍感激論都尉之書邕叙彪情追美樹楊公之碣銘曰

上德惟公氣秀才傑孝弘世美忠廣前烈日月必(集作心)照江河思決難地必通猜機先徹卓犖文藝崢嶸武節勤(集作數是)由宰邑借恂臨郡海女避途山虵可問師律三摠軍聲六振銳氣入營長雲出陣嚴肅將威烜(集作恒)赫天外玉弩方擎(集作擊)雲旗卷旆天道茫茫自古多傷功存西域身棄南荒易簀中路懸棺叉藏寶刀生衣玉映無光後有才子

先賢不亡

贈太尉益州大都督王公神道碑　前人

維天命帝子萬邦維坤配乾毋萬物以親九族后父之屬尊以叙百官開封之班最執謙德而光重地者則祁國公其人也公諱仁皎字鳴鶴太原祁人王子賓天啓靈仙之族司徒衞漢大忠義之門盛德之後仁賢繼出曾祖景孝隋屯田侍郎祖詮欽縣男贈汾州刺史考文洎贈右僕射纘戎烈(集作前列)考啓迪後人公之生也膺汾霍之禎體敦龐之度禮樂狃於世(集作代)襲忠孝萌於自然克寬克恭不激不傲鑒窮未兆而養之以業智周無際而處之以默故實(集作質)勝於文行過於譽其隱德也三年不鳴其會芧也一

日千里礿以翊衛調同州叅軍換晉州司馬應將帥舉授井泉府果毅遷左衛中郎將上昇春宮右正妃壼擢將作大匠事特（集作符非）工練八材孔修轉大僕正卿騶訓車攻六飛如舞先天內禪引伸外戚懷柔畏滿厭劇思閑公既深辭以職事上亦優之以散秩迺加特進禮異群公迺拜開府儀同三司策上柱國封祁國公邑户三千實賦三百公於是寓情宴喜簡跡朝行入告嘉猷密而人莫窺也陰薦多士晦而人莫知也不自異於當路每同塵於流衆常語所親曰明明天子擇賢共理瑣瑣姻婭則無膴仕不識不知樂我而已善矣夫人臣位極遇莫大焉王曰外舅厚莫重焉而能明道若昧進道若退事不事而懸觧爲不爲而

理會一以無目牛之全一以無亢龍之悔所謂言合古行中權歟後之人愼終始而保福禄者固將沿通波而蹈高軌享年六十有九開元七年四月戊申薨於京師皇上悼焉設次大臨輟朝累日榮之以華衮寵之以飾終追贈太尉益州大都督賜東園祕器哈隧贈賜率加常禮乃命尚書彭城侯劉知柔攝大鴻臚俾之監護京兆少尹崔琬介焉中命詹事南安侯龐承宗持節吊祭左庶子自知愼倅焉公卿命士吏弔迭喻溢巷塡街爲之縞素粤以十月初吉葬我昭宣公郡官執紼祖奠國門如前會夫天作聖合必起大邦故軒妃美於西陵周婦表於東海公繁衍之慶祚衚二十或哲或謀或肅或艾永錫之類也如是元女祥

發揚雲業叅鍊石內被螽斯之德外偃關雎之化門風之至也如彼長子惟力戴君畢心禦侮奉雲雷之會懸日月之功庭訓之致也如此高陽有才子八族我盈其二武王有理臣十人家出其兩稽諸舊史罕或前聞若乃積三盛事而重之以絶德篆于金石垂于億祀（集作萬）宜哉其文字光華撰錄旨要則皇帝所爲也臣奉詔作之銘曰於穆祁公誕靈信厚有偉其慶天子外舅高以卑牧盈將中守忠焉孝乎没而不朽人之忠孝其德不回天界純嘏大福來時貴踰九列榮並三台祚之玄社帝曰欽哉祁公之德柔嘉維則令儀令色小心翼如如何昊天喪此邦式休聞其永豐石是刻我思肥泉孝心罔極

廣州都督甄公碑　前人

君諱亶字道一中山無極人也昔胡公紹舜奄有大邦楚子縣陳逃威樂土當烈王之世（集作王）也有陳通奔周王以爲忠將美其族言舜居陶甄之職命爲甄氏錫姓因生如聖之讀形聲轉注以眞爲音處則稱劉（一作留非）明歸晉者以異變而爲郭蓋承號者有嬀通之裔邯仕漢爲太保大司馬承陽侯邯十六代而生鸞仕齊爲常（集作太）山太守司隸校尉無極縣伯撰笑道論行於代鸞生隋汾州刺史族族生隋沁州刺史紹紹生隋新市令協協生羿于大都護府錄事叅軍贈宋州刺史封惟祖惟會在商在夏世濟其美永觀厥成君即宋州府君之第四子也博綜經史脫畧流

俗情之所遺對咫尺於千里氣之所重輕百金於一諾曰
與曰比階應劉之閭奧或草或真藏鍾張之筋骨鬱蒲鄉
曲聲聞厥庭天后臨朝再加辟命皆辭以親老不赴逮疾
華易簀骨立廬墓復有制徵爲刺史獨孤莊率府寮敦諭
起於墳左乃授左金吾中候生盡其養豈遠親許人沒盡
其哀方委身徇國或用或捨有以見大君之仁時止時行
有以觀大孝之節君臣之際其遠矣哉尋除左千牛長史
檢校武候集作始軍長史攝右臺侍御史兼靈武道行軍長
史攝右屯衛郎將副臨洮軍使轉右驍衛左集作右郎將爲
臨洮大使拜蘭州刺史兼榆林臨洮等軍大使除夏州都
督兼鹽州防禦使徵授幽州都督衣之以紫攝御史中丞
爲河北軍州節度大使君政成周月惠則在人患是綏風
表以去職未幾復除夏州都督屬山戎矯虔傲擾王略兵
落天上思回行以出奇虜墜集作隳計中守便宜而未進時
以爲逗留貶撫州刺史朝廷明此舉也未到官遷廣州都
督兼嶺南按察五府經略討擊故春秋五十有七開元五
年七月二十六日集作八終於官舍以某年月日歸葬於恒
陽之王公南山原不忘本也君三承辟命再攝憲曹八典
戎旗五司藩翰事之去就所歸必執其中職之高卑爲政
各當其適集作選觀夫果於事喻於義下學而上達强兵以
知類畏克厥愛道無常師有闕也之才有求也之藝習禮
必本飾之以菁華積行必崇茂之以枝葉以此探賾則投

乃皆虛矣以此効官則操刀必割矣是故群士之所軟掌
而君之所綽約常情之所戚戚而君之所蕩蕩由是言之
搶榆之輿海運鳴琴之輿星入從可知也惜其志懷慷慨
雅多大略授桴作氣有七縱之能孤劍無前當萬人之敵
竟不得橫絶漠騁雄筭刮狼星集作望之祲鏡乎太清卷澣
海之波静而可掃駿駿之足受羈騏驥之途堂堂之貌必
盡麒麟之閣彼哉有遺恨矣其孤某等望之不至求兮不
得求懷揚名廣慰罔極銘曰
有緜在下陶復河瀕元女作合相攸于陳楚爲不道祚以
末淪周寵忠節氏以初因丕惟承陽致君論道施及無極
建家戴考集作逮家載考彼汾彼沁伊時之寶宰兮牧兮亦孔之
好積慶潛演俊乂挺生標格磊落氣志清明八司戎事厥
謀有成五刺方伯厥政有聲山有杞梓工思其度國有孫
吳君思其畧棄德珠浦遺氛沙漠惜哉不當今也可作恒
岳臨北滹沲注東仁不忘本孝亦令終壽堂盤薄牧子支
窮勒美松隧穆如清風

贈廣州大都督馮府君神道碑　前人

夫積德垂裕之謂仁遠追揚名之謂孝仁則慶鍾厥後孝
則榮及其親嘗三復於斯言今於馮府君見之矣府君諱
衡集作君衡一作象衡其先長樂人也釋趙歸秦本家上黨分燕徙
越又據高良白遠祖榮懷化侯業集疊業字以至于大父贈荆
州都督益先考高州使君智戣咸以勳績建旟本郡甲兵

雄於一方政化杳於千里君藴含弘光大之德守冲默安貞之志秉難進易退之操詣(一作臻)希聲若納之道爲而不有故物舉難得以稱靜以居常故世榮無因而及以聖曆之歲終于本州(集作城)子幼家艱喪禮蓋闕夫人麥氏備女(集作母)師之六行履先姑之四德處順思柔以成婦道及衞亡共伯而魯重敬姜誓以泛舟之詩遵其閫門之禮季子今冠軍大將軍右監門衞大將軍上柱國渤海郡開國公力士始髫齔來儀上京旣違徙宅之歡爰從倍年之訓感三州之深義易百代之因生捨馮亭之本枝從高傒之令族千秋仕漢遂去田宗隨會在秦别爲劉氏遇風雲之感會承日月之光耀(一作輝光)茅土答其勳牖貂璫寵其忠信太

夫人踰越嶺嶠就養高堂孝子展白華之勤慈母欣綵衣之貴精誠所感振古難儔噫歟資孝爲忠隱心後動引桑霍之深誠慕金張之周密敬以衞主愛以安親而善不彰惠不遠(集作百不遂)者未之有也由斯言之則哀樂存乎心不以至音攺禍福惟所召不以偏覆及詩云魯侯燕喜令妻壽母明神勞善人而壽其母也夫人以開元十七年亨年八十有七五月十二日壽終于京城(集作兆)之來庭里舍天子悼先賢(一作賢母)之晦德嘉侍臣之克孝思明遂之朱崇創窀穸之將及於是詔贈先府君潘州刺史備禮飾終招魂合塟是歲也大亨宗廟遍謁園陵錫類之恩施于鄉士重贈府君使持節都督廣韶循康等一十六州諸軍事廣州大都督夫人受邑舊邦啓號南海從言加贈攺封越國夫人哀榮被乎(集作于)始終寵光洽乎(集作于)中外爲子之道何以加焉於是與兄右(集作左)衞中侯元璡左領軍衞郎將元珪等惟舊業之難名感新恩之荐及思建碑表以永芬芳夫毓至德以庇後嗣仁之厚者也揚令名以崇祖考孝之大者也仁爲五常之先孝實百行之首貫經敎而莫比標人倫而獨出冝其鏤美金石式旌墳隧無忘清徽昭示來葉何必會稽江上獨有紀孝之碑安陵廟前空傳尚德之頌其詞曰

明珠紫貝產於南國代所珍兮允矣君子不耀其德克全眞兮慶流我後高驤上(集作廻)翥中貴臣兮朱幡象服寵及

泉路榮其親兮孝道不隕勒銘表墓留芳塵兮

贈安州都督王仁忠神道碑　李邕

觀厥君子大司莫盛於禮樂時事大寶莫及於寵榮非夫周於財厚於行外無鬼怨內無人非將何以享而福之兼而有之寅亮邦家武衞帝室者也府君諱仁孝(題目作仁字)字揖太原祁人也其先系於有周氏於子晉文武不墜子孫其昌掌兵霸秦爲相寧漢累葉交映兩朝相輝梁之孤鳴司徒匡復於將亂周之龍躍開府扶翼於巴興曾祖景孝府君隋屯田侍郎祖詮府君皇朝明威將軍欽縣開國男汾州刺史考文濟府君侍郎御史吏部員外朝散大夫東臺舍人並典學歟文衷道全德高舉時秀丕承國工府君

至和有純上德膺茂軌度恬簡品鑒朗拔篤誠傅達英邁奇偉詩書異等容貌出徒飄然清風藹然顥氣安步名教詠謌典墳虛心以遊不思而得至於緝熙遠畧繩準嘉言寶匣干將玉臺明鏡未云此也解褐濮州司法叅軍要囚有倫亂獄不作泣下丹筆情深赭衣俄轉湖州司兵叅軍郵亭利權豪富僦市脂膏不踐玉帛何階湏開元皇帝之潛春闈也以府君后之季父時之正人吳札識音周瑜能聽遷太常主簿尋以地近姻戚望出衣冠仍加朝散大夫試本寺丞屬國家有事上玄張皇大禮洽華舊典節制新儀超上柱國而即眞焉及皇上御極元妃昇后遷太子僕六馬肅若其傢仰止未被皇皇鳴珮載遷鴻臚少卿四極

稀航萬菑匍匐且和戎狄未繫單于轉太常少卿九樂備陳三禮大舉觀諸侯之會知天子之尊除左千牛衛將軍晝巡蓋常夜拜是功上謂府君曰昔太上皇嘗居此職時相委任是屬親賢府君兢懼滿盈誠懇辭避鴻私屢抑嘉願莫從霧露不宣腠理成疹詔使旁午御醫崩奔嗚呼杲日或虧良歲多謝命莫能續天將謂何春秋六十有一以開元十年三月癸酉朔捐館宇於京兆興寧里之私第皇帝震悼椒宮感惻制贈安州都督賜物二百段米粟二百石喪葬官供加玄纁束帛勑萬年縣令常令監護即以其年八月壬寅朔安厝左翊太原舊塋禮也長子右衛長史嶷次子尚衣奉御嵩司農主簿崑京兆府叅軍崇岩另粤

鉴等並昭奐光訓憲矩令猷文翰發於國華禮則隱於人紀追惟廣孝未言孔亟推心陵谷泣血松楸是用合諜有成作為不朽直書盛德曲訪小才錫類每深注情彌極文章莫及覽對何言其詞曰

千年流慶百代象賢山豆藏澤海水成田文武震耀冠蓋蟬聯業楊史竹名雄鼎鉉其一施及時英駿發后族體大志弘氣和德儆秀舉清流高標雅俗地位雙昇才名兩復其二太常禮樂儲宮調護屬國風偃司戎山固先帝昔宮聖恩今諭匪親曷保惟貞是附其三三旌未涉六疾爰臻擁福何崇轉禍無神喪葬公備哀榮禮陳寵加黃壤贈及朱輪其四松栢舊塋玄纁令餙詔使頻繁儆宮慘惻河山動容風雲

變色茲焉永懷古之遺直其五光有亂子克荷良弓臣孝家節文章代工推心匍匐泣血無窮托碑板以題述庶哀敬而永終其六

文苑英華卷第九百十三

文苑英華卷第九百十四　碑七十一　神道三十二

職官二十二　節度一

太原節度常衮碑一首

河中節度李國貞碑一首

魏博節度田布碑一首

唐太原節度使常衮神道碑

君子之事上也進思盡忠退思補過所以慎其初也不爲幾牧不爲利遷所以成其忠也有始有卒徃哲所難彭城文公常府君庶斯道矣君諱衮字彦宗京兆杜陵人也翊商命族佐漢傳封龍旂承祀盛業百世曾祖諱瓚隋倉部侍郎司農少卿尚書右丞南皮縣伯開皇中受詔監河漕

之運以實關中利國濟人名書隋史祖諱叔諸皇朝薄州刺史員外郎散騎常侍庫部郎中貞觀初奉使招夷越之酋以清嶺外息兵般土事具實録父諱玄福（舊唐書上作玄世系表名福宗玄福）永徽中爲城門郎爲外姻所累貶授桂州長史贈潤州刺史清風克紹盛德難名育道儲祉以貽後嗣君承積善之休烈光膺太和之純粹文學政事懷適時之異材孝友忠貞稟過人之至行永淳元年解褐授婺州司兵參軍致遠之漸發於初筮延載元年授資州司兵參軍廉察使房桓覩君剖斷之跡歎曰鸞鳳棲於枳棘豈惟有司之過亦使車之所急也於是狀其殊績上表聞薦俄拜揚州法曹參軍繩愆糾慝正色無私志在澄清豈避强禦長史青河清漕悉以郡事委焉大定元年授上方監丞尋加朝散大夫轉相王府屬兼通事舍人時夏官尚書姚公兼王府長史嘗稱曰常屬識見弘遠文彩優詳恨相知之晩也長安三年遷職方員外郎神龍元年轉兵部員外郎歷職方司郎中長安令遷將作少匠仍兼通事舍人景龍二年轉司農少卿三年除貝州刺史其草奏也必因事而作程其敷納也抑有儀而作表周行之譽久而愈芳旣副象河之榮遂光分行之寄景雲元年復入爲鴻臚少卿仍加銀青光禄大夫二年轉太府少卿兼通事舍人節愍太子之追謚也君謂有死不校太子之道苟弄兵而不誅雖銜命而難宥申生以遇譏自刋考行爲恭衛據以擅命出奔易名

爲戾以今方古斯爲甚焉於是抗疏論奏明言至理仍於軒墀之下對仗自讀睿宗瞿然悚聽仗下後引君入閤賜坐再三詢乃令與執致議其可否僉以爲恩命也行難於返汗惜遂事於已往知讜言之在斯所謂有犯無隱臨大節而不可奪也初神龍之末恩踰賞僭氛祲旣淸府庫猶竭時議興造寺觀土木競起役人不時上書切諫疏奏未報昌言固爭上悟其忠竟用嘉納乃詔有司量事節減息人省費動盈萬億君前後所論郊廟大議及時政所急凡數十上多見録用或編於甲令或載在策書仁人之言其利溥矣先天中又歷陝汝二州刺史陝服汝墳境壤相接惠先道路二郡以安開元二年遷岐州刺史屬鑾輿順豫

大蒐岐下君徭賦均平儲峙簡約牲餼烹餁不徼賞於珍華菲穰資糧不取悅於餘羨閭境無擾人到于今稱之四年遷將作大匠六年充東都留守八年遷右衛大將軍上謂君曰皇家故事諸衛大將軍共尚書交互爲之近日漸貴文物乃輕此職卿聲實俱美故暫用卿以光此官勿辭也九年正月遷河南尹累封彭城郡公十人以厲官（時洛陽主簿犯贓）有犯出爲杭（唐作作曹）州刺史十一年轉汾州刺史其年又遷太原尹仍充太原以北節度大使北都留守河東道支度營田大使幷檢校北都軍器監操節鉞之寄愼守禦之方師徒無勤邉鄙不聳雖李牧之馳名塞下魏尚之善守雲中無以過也上懿其績手詔勞勉錫以時服恩貺屢

降及遘疾詔遣尚藥奉御宗處馳傳診療粤以其年十二月九日薨于太原之官舍春秋六十有五詔書故太原尹幕奏體識沉正宇量淹通立德可師弘風自遠累居中外克著聲績而大耋不永昊離俄謝興言感惻用軫于懷宜洽寵光俾申榮贈可使持節都督幽州諸軍事幽州刺史物一百疋米粟各一百石給靈轝遞還葬日借幔幕手力太常諡曰文禮也議者以君忠肅恭懿寬仁信義物慮書之九德并孔門之五美而不翼亮百揆光昭三事蓋以滿盈爲忌謙讓辭避不然豈才不適時而命不至道不行而時不利也先夫人范陽盧氏刑部尚書從愿之妹也輔德正家克循法度載誕元嗣無祿早終繼夫人隴西李氏長安令縮之女也能繼徽音以享偕老矜尚書盧公以親懿之故式瞻景行將有刊述以紀嘉休旣而鎭撫汾澮澄清梁益軒車載轄是則未暇及入護儲闈而辭疾歸老事竟蹉跌斯文不就天寶八載府君之嗣子尚書右丞見素痛霜露之滋深懼英華之易遠於是徵宪史諒（疑作代謀）詢謀宗黨託詞瓊瑤以敘事實伯喈之頌叙長源於厥初考甫之銘垂儉德於來裔其詞曰

粤我初諒（疑作謀）以德受氏黻冕軒裳世濟厥美辰象吐秀山川叶祉實生文公克纂先祀入孝出悌抱質懷文雅操有素清標不群志惟詩禮業在丘墳如玉之潔如蘭之芬發跡州郡飾躬以進旣登省闥體聲益振守以恪恭不忘

畏懼有犯無隱詞直而順象河是副功宣亞卿建旟受委遂典專城政存簡要德著仁明是則之美時惟尹京揔戎軍政彼汾之典卒乘輯睦戎夷悅服未享惟（疑作難）老受茲戩穀天不憖遺遽終百祿哀榮式備詔葬言旋宅兆斯吉光陰屢遷巖巖終阜泱泱渭川刊石紀德於惟億年

故通議大夫守戶部尚書兼御史大夫持節朔方鎭西北庭興平陳鄭等州行營兵馬及河中節度都統處置使兼管內觀察使權知絳州刺史賜紫金魚袋贈楊大都督府李公神道碑

權德輿

周道親親夾輔王室分唐叔以懷姓九宗職官五正故其

後文侯受秬鬯之命文公受大輅之錫祿勲推恩敦叙昌
大理道之所繇也國家憲章文武蹔建明德元功侯籍延
耀本枝初祖景皇帝之支曰鄭王亮實生淮安王神通用
親賢功德左右休運淄川郡王孝同淮安之昭也左（集作右）
衛將軍燧淄川之穆也鄜州長史贈太僕少卿廣業承祖
稱積厚之慶而生尚書尹（一有正字）三王都揔六師八師四屨
投艱難服勤勞（集作投難服勞）有猷有守以至歿代禮貢於追命
澤流於代官有由然也尚書諱國貞字南華天資風采爲
宗室儀矩冽如寒泉嶷若崇山脩身筮仕動有休裕開元
十三年明皇帝肆覲東后柴于岱宗以公族侍祠調補綿
州叅軍事暴雨忽至江流泛（集作羨）溢公自下位能禦其災

既堅舊防仍復故道累遷岐州錄事叅軍太師苗公太尉
房公繼爲二千石皆所引重御史大夫張倚採訪關中表
爲支使天寶末林胡覆三川犯秦關詔除殿中侍御史爲
襄陽郡司馬且分（集作介）戎政公以待板輿辭華車換房陵
太守表課尤異徵拜長安縣令風政肅清改秦州刺史成
命中止復爲長安令尋遷汴州刺史未及行復輟爲京兆
少尹天子以公積有誠効可居大官累命爲河南京兆成
都尹劒南西川節度使其撫周郊徼衛方熾公與太尉臨
淮王議曰河洛爲天下衝且無車賦比屋安堵寇將其心
焉不若虛其邑居挈以駿（集作駿非）邁羸糧善地可俟師期錄
是太尉伯河陽公次于陝伐謀銷患君子推其智其在京

轂兵火之餘人命將泛（方勇切集作沉非）物力亦屈而百役煩苦
出於傷痍公曰元元愁歎受命惠養儻不能曠然丕變豈
副明天子鬱悼之心耶刻上蠲除悉蒙可報凡調於人者
去其十九清靜（集作净）愷悌百姓稱之其（集作其二）鎮岷峨裔人
樂禍殺嘉榮二州刺史以開邊隙公命將疾攻舉無遺類
明年昆戎圍我三城分遣銳師據便城壁戒嚴持重徼其
極而擊之賈余無前酣戰盡殪悉獻虜獲軍無私焉隣壤
不靖偏師叛換將盜兵符已據城寺出車壓境指顧而平
凡三整武經而已蜀軌道拊循安置四封畏其威柄用者
沮公勲猷徵爲殿中監命書既下不俟駕行囊被單車無
道里費取倍稱之息五萬甫達京師上嘉而賜之俾折其

券冠有叚子章者恣睢就戮方帥以吉語聞詔公宴見前
席嘉獎且曰利兵積穀皆卿之素也其無駭李父之謂乎
朝野嘉其首公而服其絜已臨淮王移鎮海岱長轂在郊
西邊北朔合淮陽圻父五諸侯之旅主盟中權盡護諸將
於是拜戶部尚書同中節度都統使乂以職顓戎重則風
俗不阜加管內觀察使權知絳州刺史公外揔方畧內脩
班制當強弩之末無半菽之糧不忍加賦飛章木下猶以
憲度爲已任推剽者斃之（集作不）行師諸校譸張觖望至是
夜暮變起或以䟦驅諭公公曰吾之不敏當死節安下官
敢貳偷以煩刑吏（集作史）亂之劇（集作劉是）也公竟及焉議者尚
其絜矩而哀其不淑時上元三年建卯月春秋四十八是

歲改元寶應至夏五月寧神于三原縣之北原詔以楊州
大都督府府字集作印綬告第憫其勞也公本諱若幽上元中
天子以特立之操爲宗工表率錫嘉名以吏焉公忠儉誠
厚方嚴密靜用儒行憲令修明事功大王不劌楚金必割
凡歷官二十四自解巾至握節勤職十七其以內庭持書
中執法亞丞相佩兩印以雄外服者又七命焉刺房陵之
後五六年間車不輟軼賦職任功名聲章明及公以司徒
摠輿師令弟若水以內府司賛謁而大夫福履所介日陳
壽觴懷黃佩玉左右溫清極魯侯之燕喜邁張仲之孝友
宜錫壽龍爲人倫龜龍魯未中身遭罹凶害前史稱霍去
病亦有天幸然則命之所賦有幸焉有不幸焉斯不可問

也夫人扶風郡君竇氏鴻臚丞光之女楊府長史御史大
夫覦之妹姨集作也淑明柔順克叶公志家肥族睦抑有助
焉公薨若干年而夫人歿有子四人長曰錡材器碩茂絜
廉忠貞集作肅遵脩訓則復大其門入作卿士爲侯伯貞元
十五年以御史中丞剖符潤州宣風以弘禮俗成賦以殖
財用大績茂焉中邦賴焉明年就加御史大夫十八年進
禮部尚書撫封題敘如公渥命次曰鐳蘄州刺史次曰豐
士鄠縣令幼曰豐器長安縣尉皆有幹裕而屈於年位今
尚書永惟先公丕矩未刻金石以德興當叨史職久掌替
書知王族大僚之事業見託論譔欲不敢沒其美亦不敢
溢其言銘曰

堯華九族漢封同姓烈烈淮安秉時佐命淄川而下三葉
儲慶乃生我公紹續先正時惟宗英忠智廉清所至風行
所居理平山玄朱組旣靖蜀京鉞鉞珥戈乃主夏盟交脩
藩衞纂服弘大陟降集作陟左右勤勞翼戴隱微之間乃與
禍會戎途始半白晝中晦桓楹羽葆久閟鮮原煌煌密章
肅肅綵言盛德復祉蘂玆後昆列郡是式介人維藩大江
南服考禮修職五曹十聯克嗣先德董是經費陳之藝極
本於教忠懋此宣力伊昔祭器食銘烝彝禮則有變魂遊
在玆連岡陂陀宰樹參差悠悠終古永揭斯碑

魏博節度使田布碑　庾承宣

於戲節義立則人倫之風厚忠孝彰則君親之恩大罔極
之報非死不盡臣子之志非盡不明決去就於至誠擇利
害而無撓其生也挺身爲萬夫之特其終也成名於泰山
之重凌視千古高居上游斯人伊何魏博節度使田公布
子敦禮之謂也初公烈考曰引正輔佐憲宗掃除寇逆爲
侍中魏博節度使今上嗣位鎮州軍吏以節度使王承宗
死上聞詔弘正除中書令代焉居一歲兵亂遇禍公時爲
涇原節度詔追至京聞喪公卿獻議以爲討鎮莫若用魏
魏强而近又公恩德積洽於魏以鉞賜其子布布復有能
則魏之士欣戴而効死焉詔從之公泣血號天而辭不能
者再詔不許乃曰報君恩復父讐在此舉也如不濟則無
其生以謝之別兄弟妻子屛門之內辭賓客朋友於西階

之下喪輿遂北至魏則徒跣行號以見將士將士者艾者
父兄事之齒類者骨肉親之毀家以結人心辭祿而贍公
用明求報之道竭勵士之方冀其協心以副私志異哉魏
之風俗久悖聲教魏之將士素染很戾懷安自固忽感激
之勇節積驕成惰無戰鬬之剛腸初猶哀公之誠悅公之
賞雖未心化蹔忘舊風無何奉詔出師抵冀之南宮縣爾
賊而振威也時討幽鎭諸軍廢事草赦討司荒畧供饋大
虧公乃以本部六州之租入權以自濟氷雪方盛飛輓阻
艱衆相與言曰頃常出頼朝廷供給優贍軍府因以完濟
令者𤺋巳肥國尚書無乃太公忠乎旋以滄景喪敗王師
不振諸軍顧望莫有鬬志賊使間諜騰肆飛語以不固之

志加懷怨之心望風聽聲將欲謀亂咸集作或有見者宜圖
其休全身保軍以俟後舉公仰而號曰天子徵兵以討叛
亂吾特授旌鉞俾其家寃將軍雖死國典斯在豈蓄縮完
守爲不忠孝之臣乎衆知公不可迫因師行而遂潰中軍
不同其謀奉公達于魏城衆又言曰魏土不知朝化久矣
刑賞禮樂皆自巳出近以保富貴遠以貽子孫茍能從衆
之謀則捧戴如舊公知其不可以道化又難以力服時太
尉之靈座在魏之官署公陽以入臨人不以虞慟哭伏劒
衆驚至而絶矣春秋三十八贈相國李公愬先公師魏衆
以貪亂李不能制閉域以自固重幣以貸死及公初至悖
氣尚存邀賞撓法一唱萬和況鎭之軍於魏舊有救敗德

兩軍相觀如親戚焉寧有一人之忠義化六萬之肝膽三
月之將帥移六十年之舊風強其陸梁討其相覩同駭愚
蔽知其不可從其李石有言曰重耳教訓三歲而後敗楚
勾踐生聚二十年而後滅吳以中古之慈信晉越之馴伏
尚且遲之況今魏乎聞者信之及公終也賊衆感義而退
守王師聞風而憤激達于朝廷天子壯其節而哀其死爲
之廢朝公卿泊百執事咨嗟悽惘久而不絶及喪至則弔
周愍恤禮備而恩加焉贈尚書右僕射以長慶二年八月
二十六日葬于萬年縣白鹿原公之大王父曰廷輝安東
都護司馬贈右僕射王父曰珎相州刺史烈考中書令贈
太尉而勳高位崇至公而名重節立蓋以茂德爲濬源大

忠爲厚阯克生賢哲焯燿邦國初自魏之裨將以謹幹至
大將自侍御史以討叛勞至大夫掌平蔡功爲金吾將軍
以長材鎭要衝爲河北節度以多畧靜邊陲爲涇源節度
在裨將則辦寃囚大尉無淫刑矣領征軍則備賊之驚突
諸軍因之立功矣爲金吾抑同列而不遏諫官聖朝有容
直之美矣帥河陽也則省將而多戰卒滅賊而守詔條於
是乎兵實而人安矣鎭涇源則觀其力穡教其騎射於是
乎糴賤而人能矣其大材敏識有名臣之體要深謀善計
得良將之精華善而不伐高則思降無豪貴之厚一作侈欲
慕廉讓之高風惜乎壯年有志不立豈天意用斯人以激
其怠惰警其奸宄者哉仗劒之辰手操遺表陳宄逆之根

本明將帥之儀矩聖君因得辦邪正可謂始終之善者也
其遺孤及門吏知余夙奉周旋感激名義謂揚盛烈於萬
斯年銘曰具體皆人能恥者誰輕死重義謂之有思豺狼
貪婪力不能支部下將貳誠無所施上虧國恩中寃父私
兩志莫遂顧生奚爲明者獨斷勇夫不疑忍恥偷安犬彘
等夷靦顏自寵彼何人斯誠貫心膂竟遠我期一作誠實心膂竟而
我獸利刃貫胸血殷喪帷軍士喧駭逆黨忸怩義風激揚征
車不衰自居所重賢人得之地察天明稱爲神祇雅有節
鉞流聞邊陲青史長存聲香葳蕤

文苑英華卷第九百十四

文苑英華卷第九百十五　碑七十二　神道三十三

職官二十三節度二

魏博節度使田公神道碑　裴抗

理天地者陰陽統邦國者文武才得其位政由其理則元
后作聖九有以寧其或紐斁解而復維運偶否而終泰是
以周十世而生方叔唐八葉而傳太傅保乂藩服昭宣王
度嘉言大猷鬱爲國楨太傅諱承嗣其先有嬀之後自敬
仲奔齊五代而昌因釆田而氏焉異才茂德繼踵而至其

後議郎疇哭劉盧基讓盧龍勳義聲洋洋焯於古今公則
議郎之裔今爲北平人也曾祖堪隨州從事祖景皇鄭州
別駕烈考守義皇安東副都護贈戶部尚書皆恭肅明哲
純懿貞良篤邁德之仁傳有後之慶公則尚書之第六子
也元和間生其德直方剛毅中正根於天常鍾海岳之靈
抱清淳之氣幼尚擊劍長而事邊度山川之險易計戎狄
之勇怯沉機潛運藏用待時開元中林胡犯邊公始以兵
術聞節將急而求公乃假公平盧先鋒使即日以偏師敵
之公大破夷落斬首萬計朔漠之人恃公爲椎戎帥以捷
聞特拜公左武衛郎將策殊勳也仍前平盧先鋒使擒俘
斬首一月三捷戎陬氣懾邊徼塵清改左武衛中郎將遷

左清道率拜左武衛將軍昭武功也天寶季年逆帥安祿
山竊幽陵之中以叛驅劫忠良易其守心跖犬吠主大肆
兇逆料天下敵巳唯公一人遂乃臨以刃鋸邀其質任爰
授兵要置之腹心公迫以兇威計無從出竊謂所知曰昔
龔勝閉口君房殺身無補於時自擠溝壑乃呼天飲泣忍
死從權將圖不朽之勳以顯大忠之節時寇陷洛陽遐邇
震駭大縱虜奪以弭兇徒唯公禁戢屬兵託以戒嚴他盜
時大雪滿營間無徑術逆帥巡行諸部躬自勞寒至公之
營疑其無人公乃介胄韔門出卒羅拜閱數伍籍不缺一
人逆亂之徒尤加敬憚爰及刑獄取決於公寇逆亂常法
令苛慘織亂詆告每陷忠良皆以阿旨入法為巳誠祭理

辨情為携二公將謀知免且欲雪冤每至議讞必歸情實
至於免冉鑊脫桎梏者不可勝數冀其遠忤稍見疎遠而
逆帥以為平允得當仁德歸厚信重獎助又倍於常其後
賊亂鋒起互相吞戮祿山流肓安慶緒兇思明陷歹朝義
傳首梟涅既平日月貞明公雲龍交感霖雨將作誓爾有
衆同歸聖朝誠意克從大節斯立時代宗在宥天下降衷
於人載覽歸欵特加誠順即日除戶部尚書御史大夫莫
州刺史復以莫州地褊不足安衆特遷魏州刺史貝博滄
瀛等州防禦使公榮懼感泣潸然涕流荷天之休誓答玄
造（一作聖主）中以狀聞上收其忠錫以旌鉞眞拜魏博等州節
度觀察處置等使物懷恩之討朝義也深結歸命之師陰

有（一作害）將叛之心及恃功不虔逆節方兆虎據汾晉寇於
太原乃分使河朔連扇群帥邀我同惡示以師期群帥獻
欵決計於公公曰吾儕所以脩睦僕固者將欲藩翰王室
懷寧遠邇竭股肱之力報亭育之恩乃翫兵左道自任姦
慝有死而巳吾蔑從之供精練成師以順王命臣子之職
也由是群帥感悟率德相從械繫行人顯與之絶蹔聲問
達于四境千紀之師索然氣奪是以懷恩喪子於榆次棄
甲於西河北走胡庭埋魂絶域抑有由也蹈危而正可謂
文武三傑精剛百練者也惟帝念忠拜公尚書左僕射賞
有功也遷大司空旌有德也物公之臨長魏邠也屬大軍
之後民人離落閭閻之內十室九空公體達化源精縶理

道弘簡易剗煩苛一年流庸歸二年田萊闢不十年間旣
庶且富敎義興行魏自六雄升為五府拜公為魏州大都
督府長史仍加實封一千戶以䟦明也而緇黃耋耆詣闕
陳乞請頌德褒政列於金石帝曰俞以命先臣門下侍郎
王縉譔紀功烈錫魏人以碑之其明年請立生祠而尸祝
之公執謙冲抑而勿許茂厥丕績秩遷大尉疇咨補職爰
立作相公拜賜荷寵若墜泉谷誓將率先啓行斬伐不臣
彼昆夷復我河湟然後挂冠都門告老歸第嗚呼有志不
就昔人所痛致君之道未展大夜之期俄及大曆十三年
春二月遘天倫之戚茹痛而疾秋九月甲午薨于戎府享
年七十有五天子悼舟檝之沉覆邦人號榱棟之崩摧罷

輟市朝哀慟中外諫議大夫將鎮冊贈太保臨吊賻禮有
加等夫人富春孫氏齊莊之德備矣開越國之封列魚軒
之貴降年不永先公即世其年十二月十四日得吉兆於
魏州貴鄉縣金隄鄉吳河里之源遷夫人之殯歸同穴之
期而祔焉禮也公孝敬忠信慈仁睦友造次顛沛一以貫
之在家如嚴君撫人如慈父遠其子而進猶子逾十起之
愛傳八命之榮則宋穆不獨賢伯魚有慚德積載餘慶並
時而昌亂子十一人長子維皇魏州刺史次子朝左神武
將軍知軍事檢校右散騎常侍兼御史大夫三子華皇太
常少卿駙馬都尉尚永樂長公主永樂薨復尚新都長公
主贈工部尚書四子繹皇試大理評事五子綸皇監察御

史裏行七子繪八子純不幸早世九子紛皇河南參軍十
子紳殿中侍御史內供奉十一子縉殿中侍御史內供奉
皆文武奕世忠孝傳家或至大官或階清級誕生檢校尚
書右僕射同中書門下平章事駙馬都尉鴈門郡王襲實
封五百戶贈司空緒則公之第六子也纂承鴻勳不忝前
烈開戚里之貴繼茅土之封繡轂朱輪光輝日新聖朝覃
孝里之恩軫閨華之念復追贈公太傅復贈魏州大都督
相國烝烝孝思霜露增感復以生祠故事具表上聞天子
彰善崇德乃許追立爰命詞臣禮部侍郎呂渭徵譔休烈
厥功茂焉相國生工部尚書兼魏州大都督府長史御史
大夫充魏博相貝澶衛等州節度營內度支營田觀使處

置等使季安繼踵象賢克荷丕構玉立氷絜孤高不群駿
駿逸足長途萬里勳賢接武今古罕倫嗚呼開國承家之
義顯矣翼子謀孫之道光矣沒而不朽非公而誰抗宣事
戎麾出入三世日覩芳躅耳聆嘉聲不愧之詞誠非諂上
敢刊樂石傳於無窮詞曰
維岳維氣鍾于崆峒委和孕靈降生我公於惟我公其德
崇崇處晦不昧在明則通一其運屬昌時功居顯位天子命
我祚于東飛榮傳戟寵拜端揆乃領司空俄登太尉二其
爰立作相俾屏我王訓節制師威不庭方爲國之紀爲人
之綱敦義聿修德音孔揚三其上天降災奪我元老邦國殄
瘁謳云壽考梁木其壞嘉言是寶隴月阡松荒烟蔓草四其

墮淚碑在生祠廟存澤流福子慶被孝孫日下甘棠風清
德門刻此金石傳芳後昆五其

嶺南節度使韋公神道碑　　蕭鄴

韋氏之世系尚矣陶唐氏之後有國豕韋者實爲商伯周
衰遷于楚之彭城故漢興韋孟爲楚元王傅孫孟五世至
丞相賢韋氏遂顯大賢封扶陽後徙平陵及子玄成別徙
杜陵子孫家焉遂爲京兆人云玄成生寬寬生育育生後
漢尚書令浚浚生梓潼太守豹豹生東海相著著孫胄仕
魏爲詹事胄少子曰穆後著號爲東眷八世至隋郇城莊
公諱元禮距四岳入唐有爲陝州刺史者諱岳子於公爲
曾祖是生京兆少尹河北採訪使府君諱恒爲王父少尹

生贈刑部侍郎衢州別駕府君諱平奉天之難冦兵圍逼時鳳翔巳害其師張鎰且應賊矣公與從父弟皐能扞朱泚于隴州斬其使者乃折其勢公乃間行西走奉天夜縋城下蠟凡發表具獻功狀德宗把手喜泣曰富貴惟卿所欲口授御史中丞公辭以素卑無貲願從州縣禄竟遂其志改萬年尉從上至興元道苦風疾廢居優游散地既撫當世其後宜有達人聚彭城劉爲麟女而生公諱正貫字公理幼而神靈（一作玲瓏）長而聰異目所擊覧不忘於心耳剽音聲洞識節奏季父太尉公皐特見器屬且必能大其家門故名之曰臧孫年十有五先君歿於衡陽奉喪歸北裴僕均在江陵故少公爲表弟欲擅有外家吉凶之事且致

贈焉公泣曰不專於孤有諸父在如將聽命恐傷叔父之義不敢拜賜之辱蜀使俄至他日又告太尉深德異之既除喪調補單父尉太尉有大功于國家德勢甚盛韋氏子姓可以坐掇朱青公深自懲刻遂博極群書自三代巳降損益制度無不稽其典要相國韋公處厚及韋湖南詞皆以學識相高每與公論權當世之務咸服其深切事情雖賈生不能過也長慶初遂棄官改名對賢良極諫策登乙卯科授太子校書敬宗朝又以華原縣尉升登詳閑吏理科遷萬年主簿考京兆進士能第上下頗得一時之俊尋授監察御史裏行爲北都留守推官入臺爲眞監察避同僚素嫌辭不與齒除河南府司録旋爲天平軍節度判官

得改員外郎所奉之主即故相國令狐公也丁内艱服闋故李相國紳請爲浙東團練副使賜緋魚袋後辭職居洛授檢校主客郎中知鹽鐵福先院非其好也擢萬年令澤州刺史又改太原行軍司馬兼御史中丞加金紫從狄僕射之幕徵爲太府少卿改泗州刺史歷光禄卿晉州刺史入拜司農卿時内尚食供億縣官有闕爲其奏累貶均州刺史陞壽州團練使公當官剸劇率有良筭雖繁劇之來千變萬態一以成機應之故日用公事珪稜歲校能有餘裕所謂循良高妙無跡可尋者耶今上初即位以理行徵拜京兆尹京師稱難治者日有生事隨時抵巇間不容髮未易以繩墨一面律也闊狹少失其機則見立敗雖有神

明之用（一作明）無及巳公能勺藥其間妥（一作安）然無一事如弄小方州云奉南郊備赦令上下百役抑揚豪弱無不得其平居二年乞退除同州刺史長春宮使加左散騎常侍兼御史大夫百粤之地其俗剽輕獵浮淫之利民罕著本又遠天子之法稅調寬急一舞於吏手故細胥假校益豪民用是困從公至鋤侵牟之窟削冒名之吏盡反爲民煩促頓舒流庸盡復先是海外蕃賈鸁象犀貝珠而至者帥與監舶使必摟其僑異而以比弊抑賞之至者見欺來者殆絕公悉變故態一無取求問其所安交易其物海客大至越人尚鬼事有寘冥者不質於醫而交於神寢以成風公醜其邪命撤屋塗扉禁絕紛紛之禱或曰將不利於公

不聽他日秋水大溢將浸民居訛言毀神而致公謨服登
城向水酬酒而聲曰苟如云云長史身存無嫁下人俄而
歛退卒無害焉鍼育及正皆此類也政成亟上疏請覲優
詔留之越三歲寢疾薨于位實大中五年七月二十三日
享年六十有八天子爲之不視朝一日贈工部尚書明年
二月庚申祔葬少陵原之世墓比薨醫問相屬比葬弔贈
之使交逢凡在嶺之南軍吏與民及部屬鰥寡士子魋髻
之族聞公之喪皆哭失市與宴公篤孝睦親群昆弟之貧
與子姓之孤者收接如婦婚配慰薦惟恐不得其所居弟
誨之喪傷哭變白惻動君子與朋友盡誠信於然諾踐報
之道不怠如辯名人儒士多與深善樂後雋特露精誠比

比得之力仁誼徽華修下席（一作疾）之日家無池舘疏屬出
涕平生行事可知已娶監御史傅陵崔昇女先公而歿二
子長曰參文太子校書次曰温文華州參軍一女始歲方
大病囑其後曰無厚葬無用鼓吹無煩謚于有司志我墓
者無如故人媿君檜焉若夫碑則俾我外姪蕭鄴爲之銘
㢘乎實而詳也其敢以辭遂爲銘曰
雄操京兆奄宅大州太尉之後唯公得俟儒衣極摯公慔
人僾業術茲然及親勇誼善植牧全始卒無媿融鴻清洋
式彌乃嗣茲圖石刻以永厥懿商伯以遷汪洋其源至漢
始著聿爲盛門徙居杜陵承繼遂蕃用儒持家世世顯尊
歷隋入唐或軒或庳起家誠難省隆匪易尚書之生寔屬

（音燭）太尉之後（此句疑誤）有庸有基可席而位公獨後之才矛自
致追念顯考訟于其身如不我力曷顏于人由卑至鉅能
以才振小大之治有眷有倫

昭義軍節度使辛公神道碑　牛僧孺

辛氏於隴西爲望家其後因官徙帝或雍或洛源濬派洪
將微復張以及于僕射皇考璿璿益以儒業自喜優游高
放不樂取求制科高第乞官山水朝廷除處州遂昌令嗜
不念歸再移仍南及亡累贈至左散騎常侍僕射諱秘字
藏之即常侍府君第四子也以能通五經開元禮三命至
華原主簿書判入等爲長安尉太常卿故丞相渤海高郢
以唐制盡將禮樂委博士奏乞用公朝廷與之不能得去

詭六年再爲祠部兵部員外博士猶如故朝有禮天地奉
山園之使既謝上必奏曰臣唯乞得辛某自副幾不以禮
樂累陛下上高之連可故公再爲禮儀使判官雖當時着
年鴻生語及禮即唯曰辛某在若不敢出口元和皇帝初
元年高選刺史公出爲湖州時觀察使李錡不奉詔舉江
南六州兵護京口窺採石渡臨江索流因命心腹將率壯
士高職重賄鈎其膽凡約曰若等當以其日同起取五刺
史欲斬以號令在錡鎮實多年交有素故刺史不得隸兵
馬及難作頗防用李雲驅市人舉常一戰敗走李素受縛
於蘇項釘舡艎唯公以儒雅賊未急迫公乃夜起撫左右
曰使若等有父母妻子成其家皆天子恩也若能隨李錡

為賊乎左右皆泣曰惟公命乃開羅城門收湖下子弟得
人數百公親以衣衣之以食食之烝里掩出劘壘始呼大
戰州東斬將屠營囷且悉先殲登城號令中外恬然於是
時武功冠江南錡爲之失勢就縛天子親命使以金印紫
綬賞公急詔徵爲河東軍司馬兼御史中丞其實將以大
將節與公以故未畢就拜爲左司郎中吏京兆汝州刺史
本州防禦諫議大夫出爲常州刺史治職檢身專疑問昭
升取河南尹時天子大舉伐趙既釋復征司空度率五諸
侯取蔡連戰四年伊瀍之郊磡刻百役公撫困應須怛怛
寧寧上大喜出以府節以豹竿戟纛驛走就授先一日立
百辟於朝讀白紙詔命公以昭義軍節度使潞州大都督

府長史檢校工部尚書兼御史大夫公褒衣儒冠帶劒持
節潞自盧從史不稟不供急歛自守人已大罷及栢鄉連
營三歲決死公之至止開城入府量倉數藏醆寒護落公
私之具盡可哀痛左右前後計於公請乞救於上公曰天
子以兵定殘賊空內府賞死士於今數年矣吾不能如卜
式輩以家助獻詎敢復以請求苦上耶於是約出入嗇用
度俸不入家聘不賚金宴不術樂食不兼豆更四年詔徵
府有貫十七萬食倉有斛七十萬及銛函堅熾赤幕青十
五年冬行於洛及關以疾不任朝覲天子命中貴人郊勞
歸第以十二月巳卯薨享年六十四上憫惜震悼罷朝贈
尚書左僕射賵賻有加公於得入仕以業儒書於得著名

以典禮樂於得勳賞以立武功於善終始以謙退勤儉於
中外親既有名而貴於屬且近者餉給無所加疎而賤雖
千百里曠不相面須與無所加疑大官十五年居不易宅
死亡之日家不歲計公之於孔門可謂成人矣子男八人
少穆少逸少恭長順仲邕行質仲和行檢或儒或文仕遍
侯國夫人河東裴氏先公而卒將葬而公歎曰人之居無
常而墳墓因焉吾家之兆及於四代三十矣且使吾死有
吾豈止墓而守者焉吾死無吾於地固無擇而已矣他日
吾死於此亦遂葬而無用遷焉遂定乎萬年縣洪原鄉少
陵原及將亡前爲文自誌其墓又重前說歿有書一通緘
置几上既開之即送往飾終之制具盡於此既儉而周於

禮不違時之名人無不多其能終而達其不撓耳諸孤恭
命無敢墜失既一作暨葬會謀曰先人德行官業宜刻於石
以聞不朽隴西牛僧孺時號專業文陳郡殷台書迹絕妙
且其人吾家之婿且練吾先人行事敢不告求僧孺實紀
錄而台實書既序而銘曰禮災秦漢於綿絕存晉單胡僭
俎豆腥膻慕古惟唐求野據經公嘗博士綴緝搜羅三代
之儀濟濟復興秪職六年區別嚴競儒道克施亦志武事
憑江錡叉公實郡吏掉棘張空以出不妨萬鳥周網血赫
湖塘江南之功焯出有光鄒魯諸生因公張皇憂恭慎法
奉守王度入郎出牧尹洛將潞茹剛撫弱銷剔人蠹居不
易第服不易初財分先族以儉遺孤恬於將終執筆自誌

男良女淑既壽而貴謂之爲人易此而何詩以備傳不刻
不磨

文苑英華卷第九百十五

文苑英華卷第九百十六　碑七十三　神道三十四

職官二十四 節度三

邠寧慶等州節度史孝章碑一首

義昌軍節度使渾侃碑一首

邠寧慶等州節度觀察處置使朝散大夫檢校戶部尚書兼御史大夫賜紫金魚袋贈右僕射史公神道碑　　劉禹錫

僕射名孝章字得仁本北方之强世雄朔野其後因仕中國遂爲靈武建康人曾祖道德贈右散騎常侍封懷澤郡王祖周洛銀青光祿大夫檢校太常卿兼御史中丞北海郡贈太子太保考憲誠早以武勇絕人積功至魏博節度

使終于河中晉絳慈隰等州節度觀察使檢校司徒兼侍中河中尹贈太保其懿也大臣中書令晉國公裴氏爲之碑其名盛顯公即侍中之元子母曰冀國夫人李氏幼而聰悟父母賢而加愛焉及長好學遷善秀出儕輩鄴下諸兒號爲書生元和中大尉愬爲魏帥下令掄材於轅門取大將家魁秀者爲子弟軍列于諸校之上公獨昌言願效文職太尉深奇之遂假魏州大都督府叅軍長慶二（集作叅非）年常山衆叛害其師沂國公田司徒於帳下沂公發迹于魏人猶懷之詔命其子布以尚書授鉞統魏兵問罪于此（集作比）疆且報家禍布既啓行士氣不振渙然內潰獨與冗從之族偃旗而歸百償攻中卒自引決先侍中時爲中軍

都知兵馬使兼御史中丞全師在野閒然推戴之請爲假
侯以鎭定中貴人飛驛上聞穆宗夜召翰林學士草詔書
以眞侯命之實有魏士從衆而合權也是歲公自攝官轉
本府士曹參軍兼監察御史賜朱衣銀印推恩以及子也
一旦跪於父母前進苦言曰臣功惟大河之北地雄兵精
而天下賢士心侮之目河朔閒視猶夷狄何也蓋有土者
多乘兵機際會非以義取今臣家父侯母封化爲貴門君
恩至矣非痛折節礪行彰信於朝廷無以弭識者之譏竊
明君之意節著於外福延於家乘時蹈機必不旋踵言訖
泣下數行父俞母贊天性交感三心旣叶萬衆潛化天子
聞而嘉之曰彼眞孝集作有子乃授檢校太子左諭德兼侍

御史充節度副使累遷至散騎常侍兼御史大夫賜金印
紫綬旣貳軍政事如命卿弛張損益得以參決潛革故態
人知嚮方太和二年滄景節度使李全畧卒其子同捷竊
據故地詔下以文誥弗華遂用大刑先侍中表請率先諸
侯使元子以督戰制曰可公承君父之命乃捐其軀一舉
而下平原壓滄壘由是加工部尚書及王師凱旋上表願
一識承明廬允之遂赴北闕下得覲於便殿上曰嚮吾始
征滄州議者皆曰彼魏之姻也虜陰爲寇謀吾發使數輩
以偵之其還也僉曰爾父瀝欵於賓筵爾母抗詞于簾下
願絶姻以立効其經始咨發出於爾心今滄海砥平策勳
之日宜賁爾三族命爾父爲侍中遷鎭于近地加爾禮部

尚書相衞澶三州爲鎭以君之俾爾一門大榮以誇天下
公拜稽首謝父遷讓已爵禮無遺者翼日詔下于明庭人
咸曰史氏之寵光古無有也牙旗碧幢方指東道侍中以
帳下生變聞泰極而否當歌而哭迎柩于路仰天長號因
葬于洛陽之北邙山冀國夫人祔焉寢苫枕塊以所仇同
天爲大酷未幾詔舉金革之義起爲右金吾將軍累表陳
乞有司以遺命督之輿疾即路間歲擢授鄜坊丹延等州
節度觀察處置等使居四年遷鎭于滑一歲入爲右領軍
衞大將軍旋改右金吾大將軍又授鉞于邠土孟秋至治
所首冬遘疾拜章入覲不克展和鑾偉華之儀薨于靖恭
里之私第享齡三十有九當開成三年十月二十日上聞

而悼之不視朝一日贈尚書右僕射明年二月歸葬于洛
都夫人瑯琊王氏祔焉繼室深澤縣君博陵崔氏有一子
曰煥生七年而孤僕射之喪自復魄至窆當門戶備祭祀
建碑表皆縣君之能且命其家且事功來請曰婺不恤家
而憂幼嗣不知其先人之官業乞詞以傳于後也君子以
爲知禮謹書之銘曰

斗極之下崆峒播氣鍾于侍中孔武且貴奉上致命宜昌
後嗣僕射承之良弓不墜耳煩鉦鼓心悅文字虎穴之中
生此騏驥太和紀元滄景不虔子弄父兵跳踉海壖有隣
陰交蝟起雞連詔下溥伐艮隅騷然時惟侍中實統魏師
蓄銳未發衆心危疑僕射爲子陳謀盡詞興言涕零有感

尊慈絶姻劾節精貫神祇波滄底寧王命褒之乃遷元侯來鎮近畿乃胙元子别建旌麾一門四節焜燿當時倏忽變生魏郊紛披喬木雖大育風不知于雲之臺列鈇棼之哀哀孝嗣丁此大酷迎護幃輤㚇于東洛訴天觸地血染纕服禮有金華詔書敦促不遂伉戈驟膺推轂雕陰白馬長色日中而萎有妻名家有子稚齒行號執禮歸窆嵩里暨于邠谷雖榮三鎮不荷百禄綺紈之間珪組纍纍如彼洛水之陽脩(集作循)邙之趾尊穆敬恭(集作尊卑穆敬)幽顯同理舊松新松(集作栢)亦象喬(集作橋)梓刻石紀功垂千萬祀

義昌軍節度使渾公神道碑　路巖

叙曰天業光昭寶臣間出雲臺重沓旂常紛綸吾巨唐乎鎮寧社稷纘揚忠烈勳居第一代代不絶其渾氏乎能遵祖法不失家聲立朝守土所居可紀其康公乎公諱佋字復貴其先姜姓之後漢郡渾邪王之裔始居于嵱比後遷于河南今爲代人爲山西右族七代祖渾仕隋王鈐衞大将軍生廻貴以兵從我高祖神堯皇帝佐平暴亂拜豹韜衞大將軍(唐宰相世系表有靈丘伯三字)生元慶爲右王鈐將軍(表作鎮國大將軍)靈丘伯(表無此三字)生大壽爲太子僕(表作僕丞)大贈廣府大都督生釋之爲開府儀同三司太常卿寧朔郡王廣德中拒扞西戎身殁王事贈司空公大父諱瑊朔方副元帥河中節度檢校司空中書令咸寧王贈太師有大勳績其秩禄封賞埒汾陽西平皇家中興此三人力也父諱鎬義武軍節度易定觀察使檢校工部尚書贈太子少保取隴西李氏女實生公公爲兒時則柔敬敦厚篤志於學九歲由弘文王擢孝廉第釋褐叅同州軍事既冠益以通敏密靜稱於人(一無此三字)因從先少師于藩方不忍去庭闈諸侯有以幣以馬取者一無所就元和十二年先少師奉詔以中山兵代救而卒與寇遇以數千當數萬力戰而歸坐黜循州公憂慼内結晨夜在側從容道否泰之理以觧發於至誠少師爲之洒然少師甍屏勺飲瘵容貌幾不全者數矣嚴護踰大江長號動神明親友見者莫不悽惻憂其困絶徃徃罷吊既而外除大戚不衰遂退不肯仕居處飲食若執喪者是時朝廷循(疑作脩)勲臣後或言曰咸寧功累代不可

及其子身當聖朝以譴終未復無以示天下執政立言之天子感其事趣詔盡還少師爵土由是勳閥之家皆喜長慶中又有言公之材行不宜在閭巷者上亦以追顯咸寧功德未足遂授公右龍武軍倉曹叅軍歷太常寺主簿太府寺丞由是以吏事自喜明習文法咸寧王服賍王室卑體下士召置幕府得一時之人少師仕官早成不廢法度有譽於士大夫間公又脩絜謙遜辭禮閑雅由是仁人與之遊長者訪其廬矣稱述日甚聞於庭中擢爲左贊善大夫轉太子僕能勤其官改太府少卿始用利器貨泉事聚不頓鋒鋩益爲試可一日昭獻皇帝讀國史至咸寧王卒嘆渾氏時無大官者欲用公未有緣即日以銀魚朱裕賜

之俄拜金吾衞將軍寵以金紫公愈益小心俯僂不暇武宗時至太僕卿以謹良選宣宗即位改少府監以繕理稱又拜左金吾衞大將軍肅環衞明年遷司農卿練經制每以廢逸樂悖勤勞非忠也求出補吏不憚劇郡久之壽陽歲數饑有盜賊上選能理者丞相舉公可用公至則猛糾綏化曉告慰養先是有貨茶盜鬬變難制至是皆解散走匿又勺陂之水溉田數百頃爲力勢者幸其肥美決去其流以耕公隄防約束水復盛溢沃野之利歲歲增多徵爲殿中監服用如法頃之爲昭王傅多稱惜之再爲少府監遷檢校工部尚書金吾大將軍日在彤庭宣宗器其能遂賜高牙暢轂鎮于回中公門有將帥風習知四夷事以故

綏邊之績不日而成西戎別種王業數爲邊害公曰胡夷剽刼亦常事不煩兵鏖可以信取諭以咫尺之書果相率遁去居無何又遣其舍人董英粲歸誠且貢錦繡物公必其畜意乃許互市竟不敢負約叉覆初有戍卒子爲族長所掠奴畜之至是董英粲輙購而歸之曰用報德關城無毉草開晏閉矣邊兵之衣輦自京師吏緣爲奸繒帛悉濫公始周察變法祀必收按至乎聚給親往觀之舊調軍食倉廩庾回戶內夊遠不克往取率爲空名又度其途以便之自是寒無皸瘃戍益伉健既衣又食之撫士至矣萃戰馬凡五百二十匹牛騾稱是脩金革器五萬具備丁壯卒三千人聚新粟五萬斛邊備完富戎心震悚天子使使者賚

詔郎軍中加公檢校刑部尚書以報之居歲餘復召爲大金吾升三品階三領緹騎日益親貴今天子即位謀滄海帥視公曰無以易爾咸通二年遂授義昌軍節度使其理如在經始至則表蠲水旱逋甚衆先是井爲海漱人不可飲遂闢河以汲舟行則坎決又輙塞公視而計之泒鑿稿蓄舟來不留綆垂不息厥功亟就于今賴之有田十頃游惰者不顧公乃勸闢悉爲膏腴既飲之又食之養人至矣窮民有鬻子者爲之贖歸故校有孤女者時其配偶衣不辨葬骨暴於野皆爲調棺柩具粟帛郵亭相遠道里患苦作室其間以庇來往歲比不稔給軍未贍峙糧十六萬石以爲儲蓄大抵能推誠於下辛苦率先民愁未解公費未

足孜孜離人之求去已疾謀致家温不如也以故感神貺來瑞鷲百姓文武吏謳歌借留護戎者奏其狀天子嘉焉詔曰幸卒教化之許留旬歲五年秋受代朝廷方圖其功會其冬以疾聞明年三月二日薨于大寧里私第享年六十九其年十二月某日葬于京兆府萬年縣洪固鄉胄貴里於戲豹韜以義兵顯寧朔以邀忠死咸寧以殊烈一作勳著少師以威名用洎公以材能選陳力無曠癈渾氏之風類是自穆宗後天下少事由是公未嘗有關戰功始則以至行好學恂恂若儒者中則以精力辨疑爲循吏終則以和衆靜邊名之良帥不矜輿馬之飾不嗜粱肉之味家產稍贍則以振昆弟賓客士有賢者雖貧賤必與之均敵名

以脩飭光位以功效進自緋褐數十年歷九卿爲二千石
繼父位臨方面榮富代焉保身守道一無塗汙於戲渾氏
陰德代封之慶則大於于公虞詡戰勳忘家之跡則優於
平陽去病子孫支屬之榮則高於萬石耿氏然若公之材
未大施設不繼乎台鼎不邇於期頤斯慊慊於五福也薨
之日天子軫悼不朝贈大司馬葬之日給太常儀仗博士
定謚曰康斯可以自見於後代矣長子曰術詹事府司直
早終次子徵特徵晉卓皆幼父病篤召從父弟右威武上
將軍佶泣告曰先少師以後事託吾季父爾必繼之佶涕
泗遵用禮儀備具他日特故吏行狀託余斯文是以叙而
名之曰

命氏自姜有後于唐咸寧達人實護玉璜功德愈甚其緒
乃昌少師宜之龍節煌煌尚書有繼卓然卯歲執喪之日
厥生幾逝渾氏有子天子下制擢爲大官如翼尚文常前
謹恭俾牧于東盜走年豐後爲元戎筆煙息波兩有顯庸
厥庸惟富施之無窮宜乂𤄃樂神報何薄厥德有本頌之
靡涸實銘于斯不銷不落

文苑英華卷第九百十六

文苑英華卷第九百十七　碑七十四　神道三十五

職官分二十五 節察團防使副

福州團練薛謇碑一首

宣歙池等州團練王質碑一首

河西節度副大使安忠敬碑一首

四鎮節度副使楊和碑一首

故福建等州都團練觀察處置使福州刺史御史
中丞贈左散騎常侍薛公神道碑　劉禹錫

薛左三代爲侯國分于郯邳間傳世三十有一爲齊所并
其公子彝楚錫土田于沛漢末避仇之成都曹魏平蜀徙
家汾陰遂爲河東臨晉人自奚仲爲夏車服大夫距今數

千年乘軒服冕烏奕冠世言氏族者畧爲關內甲姓天意
若曰始有功於車錫爾子孫世世有之仁一作公諱謇字共
曾祖寶胤以名家子且有學行歷尚書郎雍州司馬邠州
刺史王父會繪集作有雋材剌三郡金紫綿苫以治聞累績
至銀青光祿大夫封龍門侯烈考承矩以文亡害仕至大
理丞公幼承前人之覆露術崇文生歲滿調主簿昔于亳
之醮苦二邑又尉于東畿之河清貞元中上方與丞相調
兵食思得通吏治而習邊事者計相以分爲對乃授監察
御史裏行充京兆水運使尙居鴈門主穀糴具舟檝募勇
壯且便弓矢者爲榜夫千有餘人隸尺籍伍符制如舟師
詔以中貴人護之聲震塞上每歲粟泝河北行涉戊落以

饋緣邊諸軍及乘障者雖河塞迥遠必赴期如合符一歲
中省費萬計累加侍御史內供奉賜緋魚袋有司條白其
勞入拜殿中內史未幾淮海節將以戎倅缺聞專下丞相
御史擇可者僉曰公政事已試遂授檢校戶部員外郎兼
御史淮南軍司馬尋轉駕部郎中錫以金紫遇府遷申命
貳相趙國公帶中書侍郎代之公主行臺留務趙公文茵
及境視置郵供帳及郊視將迎部伍下車視廩幣器備乃
曰信奇才也此不足以展驥朝廷知之擢爲泗濱守既報
政就加御史中丞俄遷福建都團練觀察使閩有負海之
饒其民悍而俗鬼居洞砦家桴筏者與華言不通公兼戎
索以治之五州民咸悅元和十年某日薨于位年六十七

贈右散騎常侍夫人趙郡李氏無兒早世繼夫人隴西李
氏檢校禮部尚書河東節度使說之女子疑爲嗣李子茂
弘以諸侯禮議返葬故里蛾眉原從周也後二十有三年
元日開成疑爲平盧從事謹按甲令龕碑石來乞辭以垂
於集作于悠久初公治粟于朔陲愚方冠惠文冠察行馬外
事聆風相厚謂可妻也以元女歸之明年愚入尚書爲郎
職隸計司因白計相公召來會府行有日矣遇內禪惟新
愚以緣坐左貶間關外役竟不克面然而公之爲德善灌
注心耳孝悌爲根柢誠明枝葉之一作爲枝葉直方爲天質禮
讓緣飾之所至藹然繇此道也公初下世故人丞相李太
師誌其墓畧曰弘深莊重幹敏絕人此與游者傳信之詞
也豈誣也哉故作銘曰

河汾裔淪鼎氣蔵雲散爲昌光疑爲賢人常侍之生其宗
孔碩從祖昆弟詵詵三百文館入仕幽龍未光尺木爲階
俄集作秋然欲翔司會知材續宣朔方邊師萬喉俟我羸糧
泝于黃河路出戎疆募乃勇士皂衣挽航臂索脟弧穹廬
在旁虜聞公名憚不敢覷安北巴南列城相望率有儲峙
皆成金湯入居殿中分巡輦下淮海軍大往爲司馬軍中
之治可移諸民乃牧于泗乃廉于閩閩悍而嚚夷風脆急
恩信綏之委然如蟄閩方不淑于天集其福公薨于寢玄
頳以復天王廢朝贈之金貂莓莓晉原鬱鬱中條大墓昔
阡松楸蕭蕭銘哉以歸德音孔昭

故宣歙池等州都團練觀察處置使宣州刺史兼
御史中丞贈左散騎常侍王公神道碑 前人

常侍諱質字華卿始得姓自周靈王太子晉賓天而僊時
人曰王子因去姬爲王氏自秦漢以還世多顯名由今而
上十有一代名傑仕元魏爲并州刺史子孫因家遂爲太
原祁人并州六代孫名通字仲淹在隋朝諸儒唯通能明
王道隱居白牛谿游其門皆天下儁傑著書行於世既歿
謚曰文中子文中生福祚爲蔡州上蔡主簿上蔡生勉舉
進士試賢良皆上第仕至河中府寶鼎令寶鼎即公之曾
祖也祖諱恬渝州司戶參軍考諱潜楊州天長縣丞贈尚
書吏部郎中公其季子也始文中先生有重名於隋末其

第勳亦以有道顯于國初自號東皋子文章高逸傳在（集作存）人間識者謂兄以大中立言弟遊方外遂性三百年間君子稱之雖四夷亦聞其名字公性有遠志常自忖度我大名之後不宜無見焉遂力學厚自淬琢於春秋得之（集作其）公是於禮得之約僑居泗水上躬督穡事菑積於已而淮楚間群彥多與之遊公慊然自少無進取意與游者激之曰卿文儒家子篤志如是盍求發聞（去聲）俾家聲不頹今夫以文字芒洋當世者誰如華卿庸自棄耶入謀于閨門咸以外言爲是因決策而西上在貢士籍天和內充不以時尚昏意角逐攻取初無此心如楩柟生于深林未始自貴而度材者一盼歆然在懷故以不爭而速售既登第東

諸侯交辟之從至者記室于嶺南授正字參謀于淮右進協律郎其後佐許下暨梓橦南梁率爲上介官至兼監察御史司憲聞其賢徵入南臺轉殿內歷侍御史改尚書戶部員外復爲知已所薦遷秩授（集作檢校）司勳郎中攝御史中丞紫衣金章充山南西道節度副使入爲尚書戶部郎中以方雅特立除諫議大夫會宋丞相坐狷直爲飛語所陷抱不測之罪大僚進言無益公率諫官數輩日晏伏閤上爲不時開便殿公於族進中獨感激雪涕居多由是上怒稍解得從輕比公終以言責爲憂求爲虢州刺史宰相行去又重違誠請增之以兼御史中丞用示異於人也大抵（集作凡）以智謀而進者有時而衰以朴厚而知者無跡而固

公雅爲今楊州牧贊皇公所知人不見其迹方在虢畧贊皇入相擢爲左曹給事中凡有大官缺必寵薦居數月遷河南尹又未幾鎮宛陵是三者中外所注意不旬歲而周歷之時論不以爲黨河南帝之別京其治尚體度風采而別白區處之宜城國之奧壤其治在柬吏惠下蘇疲羸蠹剽輕而勞徠澄汰之公兩得其道不由一揆率身以儉而素風存任人以誠而群務舉遇中貴以禮而故能革內袭其志下盡其忠外無以撓其（集作於）理三者具求政之有粃蔫由哉在鎮三載開成化元年十二月八日薨于位享年六十三監軍使上言有詔軫悼不視朝贈左散騎常侍明年八月十一日葬於河南府永寧縣洛川鄉史原從舊阡

也初公娶于滎陽鄭氏生三女而歿今蓋祔焉一子曰慶存方齔矣猶子前太原府參軍扶執宗長書來請曰扶也早孤蒙（集作荐）世父常侍之覆露今其嗣幼未任克家姑封琴書司管籥以俟其長穉攫世父之德音不敭思有以垂於後者以誠告于從叔大司農復命曰愈謹礱貞石以乞辭無忽余昔爲郎與常侍同列已熟其行實及讀墓誌即今丞相益州牧趙郡李公之文自稱爲忘形友其在宣州李公再入相議以第一官處之牢讓不敢恙應所禮則河東裴夷直天水趙哲隴西李行方吳郡陸紹梁國劉貴（集作賁）博陵崔珣人咸曰得士夫楊州少與也而見器益州寡合也而見親六從事材不一也而樂用是足以覩德庸可

勿紀焉銘曰

隋有文中詔敭徵言當時偉人咸出其門粹氣紆餘鍾于後昆常侍恂恂文中來孫發源高麓中沫後大蘭芽茁然秀出蔡蓄善不近名其聲日彰行勇於退其道愈光哲者知之宜於集作于周行以正持憲以文爲郎以和佐戎以惠臨邦以直司諫以公駮政守于三川頑民底定乃鎮于宣先馳淑聲邑中婆娑贍我旆旌問誰詢謀濟濟君子問誰出納潔潔廉士道本乎心暢于四支治本乎正形于百爲黠吏斂手齊民楊眉江清集作淮藪空夜祈弗施公卧于齋邦民恓恓集作悽悽公衣墜屋邦民行哭牙璋斯來梆棗言旋棠樹未老周人慕焉熊耳之陽泱泱洛川佳城在兹既固且安松楸颼然石馬矯然過者必敬宛陵之阡

河西節度副大使鄯州都督安神道碑

張說

公諱忠敬字某武威人也軒轅帝孫降君集作君弱水安息王子以國爲姓世高之違漢季自河南而適遼東高陽之受魏封由陰山而宅京土高陽王岡集作同生尚書左僕射河澗公原珸其集作與河澗生建節將軍西平公纈徒集作從正西平生龍驤將軍黄門侍郎廣宗侯薛珸徵累業勳華載於魏史高祖何藏器廣宗之子也周開府儀同三司寧遠將軍肅州刺史張掖郡公曾祖羅方大隋開府儀同三司皇朝贈石州刺史貴鄉公祖與貴右武侯大將軍涼州刺史徙封榮京歸三國公考文生不仕涼公皇運經綸首平李軌大衆河湟之地遂通城郭之國龍錫蕃庶冠絶等夷水出濩注之神文馬者二千來山得崆峒之曳朱輪者四十人公育榮盛之門鬱豪爽之氣孝友天至清華玉立幼聚童兒以爲軍陣之戲長交英俊唯談韜畧之書始以良家子僕射常公待價引於帳下安息將建奇績解褐授游擊將軍臨洮府右果毅復以善部統御史大夫唐休璟虜之前鋒洪源谷立異效遷右威衛翊府右郎將兼新泉軍使進本衛中郎將赤水軍副使兼赤水新泉兩軍監牧改會州刺史營田使換松州都督防禦使遷左司禦率兼河西節度副大使臨洮軍使轉鄯州都督使如故其在軍

州傾心下士視人如子無約而親不言而條理其在農牧大田多稼如茨如梁思馬斯牸有騎有皇輪力四朝歷官三紀名參禁衛身任疆塲以静惣繁以逸待寇我無亡鏃之費敵有不戰之屈兹所謂一方之干城者也享年六十有六開元十四年十一月二十八日寢疾終於位知與不知莫不隕涕十五年某月葬於烏城之南志公鄉附先塋也公寛以御衆卑以自牧直而無訐廉而無劌朋友不聞臧否之言家人不見喜愠之色加以心净三業躬勤八戒推是而行何往不濟初甘州有舍利涉集作沙多禪師道塲之四果也嘗云檀越德充於内神護於外雖冒鋒鏑未無害也及百戰之後啓手歸全西州士人聞之激勵有子

仲璋如璋季璋金璋重璋庭襲芝蘭袞過欒棘敬奉窀穸備禮儀於文武撰述家風刻功勳於金石詞曰

玉關氣奕金波秋徹凉野蕭條寒山積雪授靈產義精勁才傑孝固純深忠惟剛烈負羽從軍奮飛青雲麾幢按部惠流時雨惣軍扶郡入文出武三十年間式遏戎虜疆埸務靜非公莫鎮金鼓氣雄非公莫震神山與鋏龍池取駿霹靂陷營衝風入陣勇將知時仁兵善持反耕去戰王者之師牧馬如雲屯瘦如坻西軍方壯東首長辭振古同嗟沒而不死所謂明德未傳神理鍾鼎題門珠玉名子信言豐石令聞不已

四鎮節度副使右金吾大將軍楊公神道碑

楊炎

昔我乃祖世族關西左華右河前號後晉食唐虞之地首韓魏之封大輅擊琀彤弓之錫此之謂保姓在帝高辛氏在周爲司徒在秦爲上卿在漢爲太尉此之謂世祿太尉之道齊宣父大夫之文似相如此之謂世德內史之採金虎赤泉之斷江龍袞州佐命於齊驃騎重侯于晉建公能官其業此之謂武功公名和字惟忝河東人也爲高祖驃騎之曾孫大父諱言隋朝散大夫國士經術之奧高論上庠泊河海風塵吳興敗露出補棣州蒲臺令考諱楷河州大夏縣令以神明之化出縮桐鄉驥蹈千輮地蟠于沼公賢明本乎祖德精勁因乎地氣好兵有秦韓之俗受學得孫吳之書發跡洮隴成功西極伇劍出萬人單車入絕域則群羌下拜室胡隳則漢地空所以利建侯成乾之賞凡三破石國再征蘇祿開勃者三誅達奚者一始自弱水府別將至執金吾十五攻常冠軍鋒大小百餘戰竟終牖下初開元中群胡方盛南寇于闐公以中軍副鼓行而前雲火照于王庭雷霆起於帳下故龐師破竹後騎建瓴灌夫之勇也二十七年有詔四鎮諸軍大出漢南壘問罪蘇祿洗兵滇河旌甲數萬人城池五十國公以麾下爲前四罪之名有百牢之饋酈生之奇也後五載有累姓之後來朝京師金甲善馬織文大貝告于廟之室蔟於大庫之庭公覽傳常遺風烏孫故事井泉可數談笑成功上壯之賜弓

甲一副廐馬二疋伏波之美也明年元帥封常清署公行軍司馬都虞侯西討石國觀兵海隅歷沙車臨大夏見條支之卵飲郅支之頭烜兮赫兮雲捲萬里傅望之畧也自武衛將軍四鎮經畧副使加雲麾將軍兼于闐軍大使其他兵甲之富寶玉之林公鎮以清靜同其習俗如鼓簫琴政用大康又遷金吾大將軍四鎮節度副使金紫之貴欒纓羽旄雄風凜然壯圖未極方將戴衣冠於地表會風雲於天庭憂厲成災明淫生疢以十四載五月薨于鎮西之官舍春秋若干夫人晉陽賈氏被美孟姜顏如桃李靈劔始合泛于碧海之潯鴛鴦漸中坐于金蓮之界嗣子碩有霸王之畧好倜儻之奇初以右 武衛郎將見于行在 天子

美其談説問以中興遂西聚鐵關之兵北稅堅昆之馬起日城開天郎特拜左衛將軍兼瓜州都督關西兵馬使又遷伊西北庭都護策茂勲也誅門人以息群盗設勇爵以酬諸戎鍾鼓再考騂旄旣備可以荅明君告宗廟揚于祖考有銘篆之功問於蓍龜無松檟之舊以月日輿次于某葬我公于某所禮也烏戲昔齊方草昧而兗州降隋室始創而驍騎興當今受命而武作豈公侯之美必復將輔佐之跡有歸歟中丞以炎聽于親宗服於祖業捧持簡牘見託斯文丘陵蒼蒼歸于萬世地連汾水之舊其疑均望虛鄉之古祠遠荅龍松寒石馬晋人墮淚如看峴首之碑漢將焚舟遥識祁連之冢銘曰

偉哉忠壯萬夫之冠熊視三軍鷹揚霄漢星殞月窟魄沉海畔寥落英風功名相半我有令子王之寳臣勛參十亂名書麒麟光華王帳出入朱輪祠于上蔡奉我先人亥葬何鄉言歸晋土蒲坂之北汾陰東㳺雲雨千峰山河萬古蟠青虵兮負騰虎埋金劍兮何時覩

文苑英華卷第九百十七

文苑英華卷第九百十八　碑七十五　神道三十六

職官二十六晋守　少尹附

東都留守常虛心神道碑　孫逖

夫作春秋者必見於行事論將帥者蓋知其爲人余爲郎時南皮公實掌小司馬之職接武官次亟聞話言故思其人詢其事可知而見之矣公諱虛心字某京兆杜陵人也甄六氣之純粹協九疇之正直沉靜端慤仁慈隱厚忠之屬也清貞本於至公孝之終也毁瘠過於寧戚斯所以行

成於内名揚於世者已越在童冠升于膠庠介然獨立異於諸生國子博士范頵嘗與均禮然疑考功員外郎李迥秀擢以高第及夫岐下參卿河東主吏能於細謀其長御史賈虚舟康以勤中丞侯令德與從常辨習于學也如彼材諸位也若此欲無顯得乎明明天法廷尉攸序命公作大理司直大理丞以至于卿肅肅王度憲臺是式命公作侍御史以至于中丞長人之官以視百姓命公作歙曹二州刺史荆潞揚三州長史以至于太原尹司會之府允釐庶績命公作倉部左司二員外戶部兵部右司三郎中左右丞兵部侍郎以至于工部尚書其餘掌吏部選採訪處置使東都留守皆丈疑作大任也又能兼之清風暢於臺寺

陰雨膏於郡國所居致理所去懷德德以處事事以度功功成而義不愆事正而名不悖故今之任職者祖南皮焉初景龍中西域羌胡弍謀背誕天威逮捕吏義（疑作議）咸劉公理其獄旬時伏念以爲刑者所以明除害也誅其桀黠可以除害捨其脅從可以明德繇是全活者千有餘人洎皇帝二十四年鑾駕還長安之月（一作日）有坐殊死在繇繫者時迫季冬將寘嚴法公爲之請曰攸徂之慶方喜來蘇好生之德宜加在宥上可其奏咸許從流此則蘇公之繇獄釋之之聽理也襄者寶懷貞奸佞之尤欲行私惠劉幽求勳庸既茂將復私讎各有愛憎公嘗按驗皆舉直以明枉不詭隨而曲從秉心惟一蹈尾無懼其後荆有大賈利

合權門揚有貪吏婚連相國公亦既條察先訐奸家或命出其罪給郵置於三合或捷記其過啓刑書於五宅此郎山甫之不吐石奢之無避也爾其富人興利導俗閑邪於壽春則引芍波以溉田於廬江則縣舒城以止盜茨牧之地實稻粱萑蒲之澤遂均廬井此即信臣之方略少卿之理化也若乃擇賢親仁度材委政謂唐林璟盧從愿先達之宗也故輯寧關右嘗與偕行謂趙良器劉琯後來之選也故廉問淮濆舉以爲介此則樂武之從善趙宣之使也疇若予工實諧命往上方倚相適會云亡享年七十以開元二十九年某月日遘疾薨於東都寧仁里之私第皇帝悼焉楊州大都督府印綬贈物一百五十疋米粟一百五

十石賜謚曰貞明年某月日葬貞公於京兆之高陽原祔先塋禮也昔者豕韋作伯扶陽仍相實德于後莫之與京公曾祖叔謙事大宗爲考功郎中與兄叔諧季武同在郎署時人謂三列宿大父曰知人事高祖歷司庫員外郎贈職方郎中公烈考曰繼事睿宗歷户部郎中終于左庶子贈絳州刺史季弟曰虛舟事皇帝歷户部司勳郎中今移左司唐興已來歷華省析薪齊美棠棣同升述職爲奉先在嘗僚爲克友人物之盛凡今莫儔先是庶子府君之爲户部郎署天庭之内首種行栁公及令弟能業其官曾是封殖益以蕃廡比行年而不朽將樹德之偕滋僊臺譽之棠歌勿翦君子有以知韋氏之昌阜未可量也貞公之軌

度所可遠也有美如是可無述焉肆其孤有方增永世之業先人之志俾余論綴故作是銘曰

龍旂翼商勳績惟光祚胤其昌簪紱斯皇東郊處守北里居方時清任大運促人亡貞公之德柔和諒直始終不忒存殁爲則高墳有平豐石有勒芳名可久永永無極

東都留守顔公神道碑

杜黄裳（常夏卿撰銘）

昔康王以成周之衆命畢公保釐東郊承二后之業周禮以天官卿爲冢宰漢以大司馬爲將相國朝以尚書僕射師長百揆此四者人臣之極公盡更之有不至追而命之公之德盛矣公諱少連字夷仲吳郡人也夏后少康以禹葬會稽次子爲越王以主祀漢封裔孫其爲顔侯纘禹之

緒厥後蕤蔓世居河南中原戰爭復徙吳會自晉司空和
洎梁給事中耀至公十三代矣衣冠禮樂爲江左著族曾
王父諱君卿晉朝郴（一作柳）州司馬大父諱克忠縉雲郡司
倉叅軍贈邠州刺史烈考諱望贈祕書監祕書府君恭梁
伯鸞於陵仲子安貞履道不辱其身該通六經旁貫百氏
究天人之際盡性命之端公蘊山岳粹靈承祖考休慶環
姿偉度識達行方志存遠大道契先覺每躬率耕稼厲精
墳典齒列上庠升堂覩奥時小宗伯薛公邕深所歎異以
爲東南之美盡在廊廟之器不孤擢進士甲科猶謝詩人
錯薪之義丁祕書府君憂居喪柴毁殆至滅性既祥而哀
未忘也久之以書判高第典校祕文秩滿授登封主簿時

議以皇居在鎬砥名之士登近甸者俗不爲東纖殊不知
樂嵩少之遊奮鴻鵠之翼先是邑有暴虎公以爲天道（一作
神祇）可以誠感猛鷙可以仁服乃堙塞陷穽移檄靈岳於是
人安其居獸不爲害其通理遂性也如是及休告東洛居
守鄭公叔則辟爲從事非其所好終以疾辭其明年書判
超絶登第亞相于公頎推義行詔拜監察御史京師內亂
鑾輅時巡公節見艱危步至行在陳少康臧滂之計墨翟
設拒之宜帝納其忠拜水部員外郎翰林學士隨難南梁
還禮部郎中加朱紱銀綬學士如故贊絲綸之密命叅帷
幄之謀猷屢獻嘉言克昌天業乘輿反正疇勞計功退保
冲謙口不言禄以東吳楢懋叶於方望表求還奉辭志哀

懇德宗以公職在近署重違其請乃命長男主喪中使監
護水陸縣道飲餞之饒悉令仰給葬于偃師縣高邑鄉卭
山之趾澤漏泉壤哀榮莫儔尋以本官知制誥賜紫（疑衍）金
印紫綬遷中書舍人公在翰林僅將一紀富平以周密自
著萬石以謹審見稱故造辟而言詭辭而出讜言碩畫人
莫得聞帝深嘉之方將大任以文昌理本歷試其能凡三
踐列曹再登八座一爲散騎常侍一爲左丞雖分職各殊
領者數矣公之在地官也辨土地之名物稽夫家之衆寡
四人不瀆五教允敷斂施以時貴賤有節所以法通制而
濟經費也公在秩宗明典禮以正威儀變樂府而和上下
錯綜經術辨論俊造黜浮僞而尚敦素所以覯人文而化

天下也公在天官綜六典以佐邦理糾八柄以馭群司登
降庸勳權衡流品抑貪冒而進賢能所以代天工而立人
極也珥貂騎省以直方備顧問以謇諤處明倂時有權臣
怙寵人多附麗公面折其短數而絶之群臣爲危正色不
撓旋持左轄旁惣機衡之事凡三典賓貢三掌銓衡藻鑒
表於知人情通播於令問萬邦輻輳五都浩穰命公尹京
兆以爲設鈞距塗耕衣前人（一作使）之所爲不足以爲四海
式於是布和平尚簡易始務仁人之惠無取赫赫之名政
弘大體去有餘恭遷吏部尚書復行大宰之職轉兵部尚
書兼御史大夫東都留守處納言之位儀亞相之府行二
南之化申九伐之威以洛苑閑田女墳曠土乞田積粟務

穡勸分貞我師律載清東夏孟元陽有濲水之功爲當時所捧公密薦于先帝言雖不情（一作成）識者美之嗚呼昭假其功馨香其德宜升玉鉉而底太階天不憖遺梁木斯壞以貞元癸未年（一作歲）十月四日薨于洛陽讓里之私第春秋六十三都人罷市而洒泣皇上廢朝以興悼乃命有司葬日給鹵簿蕭鼓追贈尚書右僕射飾終之義備矣太常考行謚曰敬夫人同郡陸氏常川司馬綺之女也蘊中饋內則之美女儀之德宜配君子光我閨門石窌未封先公而謝有子曰師閔克家光烈早歲繼明以拔萃甲科歷咸陽尉次曰師安太常寺大祝次曰宗彧宗憲志文好學不墜先業凱風之思有感人聲（一作聽）師閔等考卜先遠以明

年二月十五日奉公洎夫人之裳帷合葬于亳邑附先塋禮也以黃裳陪南宮之班列接西掖之周行忝於史官頗知系錄叙事詢於故老銘德孝（一作疑存）於碩儒追琢豐碑（一作碑）永播徽烈其詞曰

洪惟哲人含道研幾大方不器正得（一作疑德）思惟磅礴山立危昂鳳姿眈眈廣厦浩浩澄陂元化及物聖主爲時嘉猷式賛密誥是司十餘年間造膝詭詞顯仁藏用孰得而知天地有公輔相其宜綜綱清轄褐禮高闈貂蟬峨峨親侍玉墀帝思其人則曰汝爲乃齊九賦乃張四維清濁是分集於靈龜祈祈名（一作多）士天（一作在）下觀順正直摧剛誠明滅私孰云弘烈（一作強禦）禦（一作視）若嬰兒量人氣折觸角用龐

因智圖難尹正邦圻無念鯀勞克宣明夷（一作威）尼父有言栽者培之無赫斗樞迭爲官師重光疊耀近古攸希分政于東弘訓保釐方俟元宰華萊膺斯（一作斯）嗚呼不淑棟幹其萎神昧於仁胡可度思寵贈端右恩覃澤垂玄宇深邃龍光逶迤德音孔昭視我豐碑

河南少尹贊府君碑　張九齡

叙曰正其本（集作身）君子所以慎德敏於行吉人所以寡辭或道之或處之是亦正命之將行利有攸往則將不家至而人勸言不而命而事濟不爲跡而實以阜蕃不務（集作沽）名而聲以遠駿夫如是者存乎其人故河南少尹贊公蓋有之矣公諱某扶風平陵人自後魏大將軍侍中永富公

至烈考瀛州刺史贈刑部尚書莘國公六葉矣皆贈華卿族見重公朝四國于藩四方于宣龍旂承祀六轡耳耳公所謂盛德必祀承簡子之始大積善餘慶是信伯之有後故生則靈和（一作知）長而純固既白而受采亦黃以通中天假不器之性人服自然之理而況於文雅緣飾志業孔脩引伸足以長人動用足以利物既學從政其歸易簡形有萬殊道以一貫人致一意而已我乃萬目盡張故其始也以明經上第授彭州參軍事詢謀郡將器異甚厚所遇深（一作森）然其言固矣（一作已）如山之爲始於蕢賁如江之導終以方舟於是累遷至于薛王友贊善大夫燕王築館以待士漢儲立苑以招賓當其無澤莫非賢俊議者惟允而公

在焉然猶韞匵隨和十城空其價跲蹻驥騄千里未之騁
及其用也再入尚書郎遂爲洛陽令三臺雅望一時精選
舊章資以彌綸利器豈於盤錯出宰百里實惟（集作）三河
其賦政則必反於其身亦既誠信被之於物是爲惠懷故
雞二州餘弊儉巧而難理五都（集作郡）木劇權顧而多姧莫
不可使由之令自求之善處中於下䌷能合于遊及至於
釐革風俗之謬裁正人倫之經務勸衣食之原調均徭賦
之事本爲己任無間人言故視事踰四年通而不倦遺德
在百姓久而益彰非夫明允宜和優柔博約自我之不忒
爲人之攸暨亦曷由臻玆厥有洛陽所謂賢令者則周紆
王渙孔翊祝良公實續之誰其似之屬天子建中都營新

邑咨爾亞尹俾其董司朝選其人公首斯舉以故稍選河
中少尹且有後命䕶府而徙遷河南焉以公之歸從人之
望官則改次政無易方以佐理王都以表則天地而年不
克祚位不光寵遇暴疾而卒悲夫是歲有唐開元之九載
春秋五十六公以孝友爲體一變而迪忠信以明恕爲用
再變而至循良故所行無擇所事無巧有恒其德終且溫
溫不伐其功昭然赫赫所以遺愛固結必在何武之去稱
誦思深惟孔子產之死已而神道斯而不福物情喪其所
賴人之不幸今也云亡及喪之西歸則人吏致哀道路相
屬得人心如此其旨可知（集無此句）冬十一月葬于北原後之
人或者遊於斯歎於斯彼其奭歸我乃不朽矣其子八人
長曰某次曰某家有太丘之德里以高陽之名夙遭閔凶
能哀傷以殆滅匪躬莘其道懼功代之不傳俾予爲文以
敘孝子之志銘曰
綿綿瓜瓞少康遺烈靈則長兮莫莫葛藟王孫承祀世其
昌兮而我實續如金如玉載錫光兮咨亞尹之德柔嘉維
則惟（一作揚）令問兮惟別駕之功邦國不空昨胥詠兮不競
不絿不剛不柔以成政兮德之攸好神之所勞實降祥兮
有美無度曷不徧祚今則亡兮我著名節俾無秕滅惠無
疆兮

文苑英華卷第九百十八

文苑英華卷第九百十九　碑七十六　神道三十七

職官二十七刺史一

周柱國楚國公岐州刺史慕容寧碑一首

周兗州刺史廣饒公宇文常碑一首（兗州當作商兗州下同）

唐恒州刺史建昌公王義童碑一首

周柱國楚國公岐州刺史慕容公神道碑

庾信

昔在殷書懋賞周禮議勳諸侯計功大夫稱伐惟師尚父昆吾載寶鼎之銘王命尸臣栒邑傳琱戈之賜故知太上立德明試以功存有顯爵之榮歿有大名之貴昊天不弔其惟楚國公乎可以旌德景鍾勒勳彝器式昭盛美載揚

洪烈者焉公諱寧字永安昌黎徒河（周書作何）人也都尉摠六縣之卿名山稱五岳之佐燕太祖文皇帝慕容皝以當世英雄奄有河朔趙之南境且建王城冀之北土仍爲興國公旣皝之苗裔家世燕陲高祖侍中使持節都督中外諸軍事太保録尚書北地王慕容超之世蕃屏王室詳之燕録可得稱焉曾祖尚書府君因魏室之難改姓豆盧仍爲官族祖仕魏文成皇帝考早亡朝廷以庸勳依屬恩深追遠保定三年有詔贈柱國將軍火師涪陵郡開國公食邑二千户公禀氣中和降祥川岳岐嶷表羈貫之年通禮稱綺紈之歲夙著奇節幼表大成兄弟分果備知推讓賓客觧鈴曾無恡色永安元年太宰元天穆魏室蒲（疑）輔握兵淮右抗權江南公時任別將便從征伐自是長城硤石必先行陣秦南隴西每當矢石權（疑）降乘勝莫不前驅策勳行賞常居第一永熙元年補子都督并加鼓節軍儀除桑乾太守轉補都督其年以魏皇西幸奉迎大駕賜封河陽縣開國伯增邑三百户俄遷大中大夫改伯爲侯增邑合九百户仍授使持節都督顯州諸軍事顯州刺史四年遷鎮東將軍金紫光禄大夫其年秋河橋之役先登破陣遷爲車騎大將軍儀同三司五年沙苑之功加封合前二千户俄授敷州刺史加散騎常侍外深推轂內侍集書十五年授右衞將軍十六年授大將軍後魏元年重授敷州刺史公以先經刺舉固辭不就三年改封武陽郡開國公

除尚書僕射職惟賛奏任居封掌分左右之傳兼典舉之選屬以江南阻兵渚宮邉敵軍機警急鋒鏑縱横公奉命星言元戎啓路摠秦人之鋭士兼荆户之廣卒水龍競雙刀之勢步奇陳四分之威夷陵旣燒黔中方定旋軍反斾觧甲休兵其後鳳州內判成都外絶公又摠督衆軍蒐乘即道兵不血刃並皆擒獲遷其酋豪納其降附皇朝受終文祖革命神宗選賢與能改絃創制爰降冊書授公柱國增邑四千户二年授同州刺史衿帶關輔吞函秦晉編户殷積邸閣儲峙藩籬是任親賢勿居公建集旗作牧褰行部惟六條斯舉百城咸勸三年授公大司寇又以公勳庸特著冊封楚國公食邑一萬户葢因破侯方仁等於荆陝

卽其地而封焉遂糾王慝弛張刑政式遏寇虐於是御之以寬猛柔遠能邇然後平之以中和舜任咎陶不仁者遠晉舉隨會群盗皆奔保定四年授岐州諸軍事岐州刺史沉痼彌留保定五年三月四日薨于私第春秋六十有二詔贈某官謚某公禮也十月庚申葬于洪瀆之川馳綍毁宗客軍專道玄甲被屬國之兵介士陳輕車之騎克善令終生榮死感嗚呼哀哉經德秉哲體道居貞覆貴思沖居盈一作滿念損澄波千畝不能變其清濁高墻百仞無以測其汙隆立身行已居安如墜忘躬殉義視嶮若夷至於將畧應變出奇設伏太一風角之占常從星辰之候艨船戰陣之録強弩馳射之書莫不動會機神發符雷電梯衝所

向地靡百樓之城長戟所臨野闢三門之陣是以斬將搴旗四十三戰尊官厚禄三十七年武彰七德之義詞誦九功之業迹紀庸器之文行昭易名之典昔臧文旣歿穆叔稱其立言鄭僑云亡宣尼泣其遺愛德陽青石之墓千年未平板江白虎之碑百代無毁敢因斯義乃作銘曰

遼水之東冀州之北旣曰都尉兼稱屬國歛氣餘勇雄邊遺則孝實天經忠爲令德冠冕世禄羽儀祚胤俗被燕册風漸英藺劬勞役行辛苦行陣勇過溺駿氣踰氐震王國克生思皇多士温温恭人謙謙君子擁旄仗節出蕃入仕五朝建旟千里時逢改特疑名載策勳淮陰召拜昭陽破軍職司刑政獄愼深文沈羊不飲萑盗無聞巴庸薄代江漢專征軍惣六校兵兼七營運長擊短後實先聲增壘威敵臧寵潛兵鍾鳴夜漏晞露朝陽邑里蕭索宅帷荒凉豐碑下柩題奏遷喪宮臨樗里臺傾孟嘗卜兆戒期遠辰告筮德遺身後名昭歿世館舍長捐泉扃永閉晏嬰悼齊栁莊悲衛風秋北原日沒川逝葬田舊頃客土新封淚墮片石劍挂孤松淸徽令範千載餘蹤

周兖州刺史廣饒公宇文公神道碑　前人

唐朝以元凱竝進十有六人周室以昭穆先封十有五國發源纂胄葉派枝分開國承家珠聯璧合是用克明俊德思皇多士盛德有後公其裕哉公諱常字子元豫州滎陽人也周宣中興然後樹贇建威鄭武有國然後保姓受氏

荆衛之賦千乘莫敢加兵虢會之封十城翻爲獻邑况復郊門致騎先迎内史之賔南宮旦朝獨識尚書之履祖思慶建威將軍山陽太守建威取曹仁之號可以定名山陽有王暢之賢足觀風俗考項銀青金紫方於温羡傳祗鎮南征東北於劉弘荀顗報功之册則槐路是儀贈行之典則荆河帷牧公弱齡早惠幼志夙成立必正方言無勦說青衿智勇郎埋雲夢之蛇童子仁心巳愛中牟之雉始遊庠塾不無儒者之榮或見兵書遂有風雲之志出忠入孝事盡於心脩身立名理窮於性大統三年起義華陽先登廣武浮潛逾汚入渭亂河掌授永安縣開國男輔國將軍自爾長從太祖入爲帳内都督河橋接戰秋水則三月不

流洛城揮鋒金墉則一月路斷西京不賓羌戎侵軼城如飛鳥地有伏龍公以金僕𦈁袖璽鉦䩗舉蜂目巳奔狼心遂革遷平東將軍帥都督十五年襲父封魏昌縣開國伯傳大都督魏後三年授使持節車騎大將軍儀同三司黄權受詔嘉共入魏之功竇憲當官賞其平戎之策公之此授勳庸著矣進爵廣饒縣開國公邑五百户保定三年授都羅州諸軍事羅州刺史仍領金州兵馬應接上庸公於文谷路溪澗崢嶸巖崖谽谺山窮水斷馬束橋飛中埒既開雙城卽欵往者中息盡掩江黄無援涔陽極浦亟犯風塵夏首西浮頻遣鋒鏑公以伏波受脤樓船誓衆入横江之陣進下瀨之兵越客文身湛盧終去吳人長鬣艅艎遂

遂建德四年授使持節開府儀同大將軍公孫敖下光祿之塞諸葛誕勤九都之山公之處焉差無慙德四方雜俗天下殊風以君廉能使乎觀察馳傳擁節揚旍持斧既乘驄馬仍被繡衣群盜累足貴戚歛手鄉亭留宿萃無歸思之疑公車奏事寧有反支之日是使陽球司隸無所申威鮑恢都官因人成事高祖武皇帝以仲春誓衆甲子濟河公仗劒六軍披圖八陣譬彼張遼前鋒而報魏主方之耿弇先戰而待蕭王及乎九州廸同四隩既宅遂得功參勇爵名入司勳授上開府增邑五百户加以舉功行賞推恩分邑兼乘而反光乎譙郡之城載寶而歸照於臨漳之水卽日賜姓宇文與國同族妻敬上書於鹿輅項伯舞劒於

鴻門公之此榮足爲連類以公績著屯險誠貫風霜其年授使持節督東徐州諸軍士事徐州刺史宣政元年授都督南兗州諸軍事南兗州刺史作牧濟河風行於雷澤建旟海岱化被於淮沂襜帷入境貪殘者觧印晃旒從政仁義者郊迎豈直白石開渠青鹽換粟祥雲入境行雨隨軒而巳哉在任遘疾薨于方鎮百里嵩監御斯牧賢能刺史荀中郎連率此則中興方伯英聲茂實公之有焉詔贈某官謚某公禮也以大象二年十一月十日歸葬于滎陽之某山舊塋九原悽愴趙文子其何言駟馬悲鳴滕成公其已遠若夫勒鼎刊碑銘功頌德陳其令範必在生前嗟乎此之樹碑異乎洙泗之水此之勒石異乎燕然之山嗚呼

哀哉乃爲銘曰

高陽之子少典之孫蒼林遠遘若水遥源公侯復始鍾鼎逾繁承基纂胄建國開藩我壯我武既公既侯緇衣出鄭卿七歸周魚陵北上滎澤東流河移酸棗雨粟陳留祖守南邦考鎮東部兩龜廻印雙虵結綬日察陰風星占長柳是曰世載其名不朽事親之道孝以立身事君之道忠以立仁今君嗣德一此君親如松之茂如竹之筠功參荆棘職主兵戈北臨青嶺南通白波直雲横塞長星渡河陳開沙斷師移竈多舉功行賞封疆受位宮室鏤珪山河分地決勝千里謀深計祕建武功成名連星次建旟濟潔擁節龜蒙既襲衮上實撫梧桐野無異器河無別風吳亭楚壁

莫敢彎弓條忽身世俄然松檟路轉銅魚山廻石馬武侯之廟缺公之社望此高碑悽然淚下

唐恒州刺史建昌公王公神道碑　楊炯

王氏之先代爲佐命秦之覇也則王離滅楚國而三將連衡漢之興也則王陵誅項籍而五侯同拜南陽定命（集作宛定）應圖讖而作司空西晉聿興合謌謠而濟天下昔者伊尹伊陟但保乂於商朝太公桓公唯夾輔於周室蕭何之後居食禄而無聞鄧禹之孫在當塗而不嗣未有夏殷三統金木五遷冊命重光軒裳（集作裳）代襲則我瑯琊之郡有冠蓋之里乎建昌之縣有公侯之子乎公諱義童字元稚其先瑯琊臨沂人也永嘉之末徙于（集作於）江外皇運之始遷

于（集作於）五陵今爲雍州萬年人也祖僧興齊會稽令梁安郡守南安縣開國侯禄位千石珪符五等營室廻於羽儀山河入於盟誓父方賒梁正閣主簿伏波將軍梁安郡守隋上儀同三司以惠和之性（集作德）有文武之才伏波將軍從征等於馬援儀同三司開府均於鄧騭家餘積慶郡不乏賢代臨本州則元賓之父喜形於色繼爲本守則張翕之子送（集作迎）者如雲自齊國遜位於梁庭及隋人內禪於皇室夏禹之鼎寶命集於周朝御龍之家世（集作代）禄歸於范氏公合階茂緒泉宿精靈五百歲之賢才一千里之皇佐忠規武節（集作略）學府詞林元方閨門敬其有德少游鄉里稱其善人實惟清廟之器是曰皇居（集作家）之實韻諧金

石奏虞庭之八音德合珪璋列塗山之萬國黃河一曲之水莫測其源赤城千丈之巖未階其峻群童忽聚綴帛而引旛旗父老相呼授餐而傳兵法隋授左勳衛率非其好也漢東離析海內風塵天子溺於膠船諸侯問於金鼎能扶天下之危者必據天下之安能除天下之憂者必享天下之樂我高祖神堯皇帝就之如日望之如雲發三河之雷電（集作霆）平四海（集作時）之曆象武王之仗黃鉞一月臨於孟津高帝之執朱旗五星會（集作聚）於東井公瞻烏于屋射隼于（集作於）墉陳平則間行而去楚酈生則長揖而歸漢奉符繫組觀軹道之降王偃武脩文見山陽之散馬初拜車騎將軍稍遷右屯衛將軍録有功也考於周典崇德報功

稽於春秋策勳含爵車騎萬隊備凉土之羌戎衛軍千兵掌京師之屯禁于時天下（集作保）初定邊方未輯二十八舍尚有吳越之妖氛一十三州猶積東南之殺（集作叐）氣武德四年詔公爲江南道招慰使鼓琴而送受命而行乘使者之輶車掌行人之旌節陸賈至於南海先責尉佗隨何入於九江卽徵黥布詔除泉州都督封建昌縣男食邑三百戶斗牛星象舜禹精靈境接東甌地隣南越言其寶利則瑇瑁珠璣叙其風俗則丹雞白犬公門容駟馬位列三刀防意苡之譏嫌絕簡書之流謗豈知（集作直）廣州清節酌貪泉（集作水）於石門合浦神君返明珠於張海貞觀三年詔還（集作除）散騎常侍行果州刺史授期天帝肇跡人皇南充國

之舊都西巖渠之古邑岡巒紛糾天彭雙闕而作門珠貝浮沉（集作沉浮）巴水三迴而成字公入參師友出居方伯金蟬右貂朱旗曲蓋纔臨蜀郡即聞來暮之謌枚踐益州已聽中和之樂七年詔遷銀青光祿大夫行恒州刺史西街畢昴北岳恒山天開太一之宫地列并州之鎮境分靈壽魏將樂羊之所封邑對行唐趙王惠文之所築公政成朞月風行萬里鄒是一郡漢帝稱為主人李廣數年匈奴號為飛（集作其）將行當計日郭伋不負於童兒郡異中平王觀無私於任子既導德而齊禮亦勝殘而去殺三禾在殿將拜鄭弘兩鵬（集作鷹）隨車坐悲虞國享年若干以十五年冬十一月二十五日薨於洛陽之清化里公家（集作門）傳將相世

（集作代）有忠貞屬離（集作褻）亂之弘多值風（集作雲）雷之草昧河宗兩日貿貝拆而謁成湯渭水七年垂釣而逢西伯將軍再命刺史三遷仲高欒巴牧人之良翰（集作幹）龐參虞詡將帥之宏規立事於當年揚名於後代兄國印穀州刺史（二字集作同牧下）弟國稀仁州刺史荊枝擢秀棣萼生光何止平輿之二龍是為賈家之三虎唐虞之際四岳分居趙魏之間八男為郡公雖勳參締構位總班條金友玉昆良田廣宅而能吐食（集作養）下士倒屣迎賓無笑客之美人有拜賓之童隸策名委質善始令終生當封侯克成丈夫之志死而可作無忘事君之道越十六年二月二日葬于（集作於）伊闕縣之萬安山詔賜雜物百段給儀仗往還禮也亭連長樂城

枕高都守關塞者汝寬適伊川者辛有北瞻洛汭尚想元亮（集作凱是）之境東望邢山依然國僑之墓夫人楊翟縣君河南褚氏即太常卿楊翟康侯亮之女中書令河南郡公遂良之妹也宋公子之流派（集作派別）褚先生之苗裔弘夫人之禮傳淑女之詩有文在手歸於魯國有鳳和鳴適於陳氏邑之石窌縣以封丘夫尊於朝妻貴於室仙人暫別初悲寡鶴之聲寶劒纔分終合雙龍之氣以某年月日薨於某所越某年月日祔（集作於）建昌公之舊兆長子師本太務神皇后挽襲郎建昌公歷韓王府祭酒岐州司士參軍定州安喜縣令譽聞州里學富丘山以卿子而為郎以象賢而開國朝遊楚澤暮宿燕宮東臨石柱雍為積高之地右會

長星唐是中山之邑出遊齊國不以陪臣見朝上謁邦君不以屬官相待洛陽朝覲適見雙鳧東都墓田行悲駟馬以年月日終於某所越某年月日即陪葬於先兆次子師表左千牛備身遷尚輦直長歷許州臨潁博州堂邑滄州樂陵綠（集作錦）州萬安果州西充五縣令能傳祖業克嗣家聲有言偃之文章兼仲由之政事晨陪紫極繞鉤陳之六星旦奉黃麾屯玉車之千乘至若繁昌土宇魏文帝之墠壇堂邑隄封漢陳嬰之侯國河分九道渤海東臨江派五津崑崙北指莫不愛人以禮為政以德鍾離意之禁暴不用尺刀（集作五兵）公孫述之有神能持五縣次子師玄嶲州都督府臺徵縣丞次子師楚夔州都督府雲安縣令芝蘭有

秀羔鳫成行滇比數十尹莫大卬都之縣邑東七百里雌
有巫山之峽言其縣職黄（一作燓）龍入於闕門叙其宰人（集作
邑）鑾鳥翔於學舍咸能生盡其孝（集作養）喪（集作沒）盡其哀積
粟萬鍾思負米而何（集作可）得櫬題三尺泣吾親而不見卜
其宅兆麟鳳匝其岡巒陳其簠簋春秋變其霜露思傳舊
德式建豐碑藏安道作頌於鄭玄蔡伯喈披文於郭泰魏
武王讀而稱妙非所望焉夏侯湛見而陋之固其宜也銘
曰
厥初兮后稷導生人兮知（集無此字）稼穡降及文王精翼日兮
衣青光平東遷兮鄭鄠晉上賓兮帝鄉秦三將兮繼代漢
五侯兮克昌比狼（集作琅是）山兮峻極等淮水（集作海）兮靈長惟

祖考兮昪盛佩金璋兮疊映彼山川兮降靈生玉樹兮青
青成張良兮昂宿乘傳説兮箕（集作尾）星出忠兮入孝武締
兮文經陳蕃謨兮制千里摛藻思兮掞天庭有隋兮喪亂
土崩兮瓦散皇運兮權輿人神兮攸賛值笙鏞兮變響屬
天地兮貞觀河兩日兮事殷井五星兮歸漢帶長劔兮曄
曄擁幡旗（集作旟）兮照爛周命兮惟新雲雷兮尚屯控東南
兮荒景負江海兮未賓陳禮樂兮命使動輶車兮轔轔用
虵符兮澤國頒武節兮山人專一方兮華面重九譯兮稱
臣天垂兮星紀地連兮交趾山草樹兮潜移蜃樓臺兮欝
起遷合浦兮太守為廣州兮刺史臨漲海兮明珠飲石門
兮貪水偘冲天兮八翼代出身兮萬里全蜀兮奥區枕卬

筰兮倚巴渝有靈臺兮古跡有充國兮舊都豐貂兮左珥
介士兮前驅濬三刀兮持節昌兩日兮剖符降鳴鵠兮大
夏騁神馬兮長衢畢昴兮分野蘭堂兮四下漢皇帝兮國
都耿將軍兮壇社若恒山兮詔鄧循朔方兮命賈李北平
兮漢飛郭并州兮竹馬瞻太階兮坐躡惜天年兮不假伊
天姓兮潁川有美人兮嬋媛桂生兮因地女嫁兮因（集作移）
天見乘龍兮奕奕覩飛鳳兮翩翩知蘧瑗兮有禮笑虞丘
兮未賢始銜悲兮晝哭終共盡兮千年卜龜謀（集作龜謀應）兮
習吉陳吉酒兮嘉粟車徒儼兮在門旌旆紛兮竟術循洛
橋兮南渡從國門兮右出樹蕭蕭兮有風雲慘慘兮無日
指丘陵兮一閉與天地兮相畢悲孝子兮純深孰憂思兮

可任訴高天兮泣血蹐厚地兮崩心樹碑兮神道無媿兮
詞林歷陽之都兮水沒圓嶠之海兮山沉俾外孫兮幼婦
生白玉兮黄金

文苑英華卷第九百十九

文苑英華卷第九百二十　碑七十七　神道三十八

職官二十八　刺史二

後周青州刺史齊貞公宇文公神道碑

楊炯

惟皇帝大電之精以太清而張樂惟高辛招搖之象以人事而紀官於是乎生我司徒敬敷五教翼贊虞帝而咸熙庶績惟殷湯受天明命以統九有之師惟微子崇德象賢

以為萬邦之式於是乎生我丞相約法三章光輔漢室而威加四海大齊宣皇帝商周之日號西伯以稱臣太祖高皇帝堯舜之朝避南河而華故司空臨川獻王懿親明德論道經邦中庶子平樂侯開國承家丹書白馬於是乎生我齊貞公惟魏之寶惟周之幹開上帝而格天地（集作皇天）變陰陽而平水土詳求典載歷選台衡或大澤而康帝圖或高丘而濟王業諸侯五百伊尹出於庖廚甲士三千太公起於居釣未有上從軒后下及今（集作全）齊聖士明君三居域中之大帝師王佐累極人臣之重古所謂歿而不朽者抑斯之謂與（集作乎）公諱虙字明俊蘭陵人也即宣帝之玄孫高帝（集作皇）之曾孫臨川王之孫平樂（集作陵非）侯之子稟神河岳藉慶王侯攀兩曜之末光秉（集作得）五行之秀氣溫厚廉（集作恭厚）讓當時以為達人宣慈惠和天下謂之才子屬三方鼎立九土星分祿去公朝失諸侯之盟會政由梁國建天子之旌旗士女同歎於商墟鬼神共謀於曹社公杜門屏跡心不自安與門生故吏數百人歸於後魏宣武皇帝以客禮待之詔除給事中假龍驤將軍正光五年兼彭城府長史假節則將軍比於王濬長史兼於杜襲龍驤可畏晉后任之於（集作以）渡江騏驥不（集作所非）乘魏氏（集作皇）託之於（集作以）留府六年除通直郎散騎常侍中書侍郎永安三年帝北巡遷撫軍將軍銀青光祿大夫散騎常侍散騎通直起於天興之元中書侍郎始自黃初（一作延和非）之代宣王撫

軍之號僕射光祿之名奇才惣於文武重任歸於將相徐方叛逆以公為行軍長史兼統別部仍加鼓節彭城宋邑海岳徐州嶧陽孤桐羽畎夏翟昔稱都會今實邊陲魯伯禽始得專征周穆王遂行天討公手執旗鼓坐謀（集作入侍）帷幄以陶侃部分之明當阮孚戎旅之重有如荀羨獨召逸群之才不學江逌空有運雞之稱（集作籥）徐州平遷黃門侍郎揚州大中正黃旝藹藹（集作）青瑣沉沉有若張公之萬戶千門博觀圖籍太湖為侯會稽為山昔有荀勖之十郡一州詮藻人物累遷大司農奉稱內史漢曰司農管夷吾陳不凋之名耿壽昌立常平之議時播百穀后稷讓於虞（集作唐）書皋成兆民（集作人）列卿拜於周典晉泰元年遷車騎

將軍加右光祿大夫永熙二年出爲潁川太守人（集作地）稱汝潁俗尚申韓有鄭伯（集作國）之別都有周公之朝邑教之德化無囚歷於八年（集作三年）任於（集作以）賢能旁潤踰（集作餘）於九里于時齊武王居中作相實有遷鼎之謀周太祖在外持兵深懷事君之道昭公失位由季氏之執權襄王出居成晉文之覇業三年秋八月武帝幸長安以義兵從順大統元年授開府儀同三司封靈縣開國子邑三百户金堤石印清濟濁河爰賜土田以爲藩屏漢之宰相始開封邑周之列辟（集作侯）實兼卿士二年拜車騎大將軍九年遷五兵尚書十年遷中書監領驃騎大將軍加開府儀同三司進爵爲公增邑一千户天子有詔不入軍門匈奴未滅不

營私第蔡謨兼五兵之署（集作省）鄧騭比三台之儀掌中書之綸翰加上公之冕服十六年遷侍中驃騎大將軍以下並如故昔惟常伯今則侍中切問近對拾遺補闕冕旒無象先問領和王佩（集作佩玉）不存印徽王爍廢帝後二年公不賀出爲使持節華州刺史侍中並如故桃（集作成）林國邑太荔城隍三秦六輔之奧區五岳四瀆之襟帶倪寬之爲內史唯事溉田薛宣之守馮翊但知拱默（集作垂拱）尋加特進餘如故官品第一朝廷（集作當朝）所敬辟吏如五府之間班列在三公之後唐虞之繼文德也稷契謨明於兩朝魏晉之順大名也裴王建功於二代周武成三年進封青州齊郡公邑二千户賜號東岳先生詔曰堯有四岳朕惟公一人賜雜彩二千段甲第一區雍州良田百頃其優禮如此堯命羲仲星鳥嵎夷之官周賜姜牙穆陵無棣之境三王不襲同盟固於泰山百代相因舊國傳於四海惟保定四年公薨於長安私第天子罷朝群臣赴弔喪用官給嗚呼哀哉五年贈少保使持節楊光桂三州諸軍事楊軍事揚州刺史謚曰貞公禮也公小丁外艱州黨稱其孝齊武皇帝見而歎曰可謂吾家曾閔外祖太尉公王儉謂其子侍中騫曰成汝宅相者在此孫乎公之北歸也後魏宣武帝勅曰昔微子去殷項伯歸漢卿又得之於今公泣涕橫流跪而對曰臣家國不造鼎祚淪亡進不能匡正退不能死節今復（集作彼）託身有道何敢比德古人帝因此重之及周太祖

作相西朝王侯之下皆望塵而拜公與之抗禮太祖左相敬待屢有諮詢（集作問）嘗從容曰國家之子房也公體淳和之至性肖廊廟之大才孝通神明忠定社稷馬伏波來遊二帝晏平仲能事百君在魏則曹謝荀彼在周則太顛閎夭惟司徒克慎厥始惟丞相克和厥中惟公載德克成厥終三后同其政道子孫訓其成式煇光助於日月德積廣於宇宙以某年月日葬於少陵原國遷三代年移十紀杜當陽之碑石沉漢水而無聞仲山甫之鼎銘入匈奴而不出曾孫皇朝右金吾將軍同州刺史得照宏才大節玉振金聲入當天子之右軍出臨帝京之左輔承積善之餘慶襲太宗之不遷纘述家風思傳祖德是用勒銘刻石（一作勒刊）

豐石相質披文載於景鍾大夫稱伐之義書於太常諸侯計功之道追題尾胥鄭康成北海之門重刻碑陰張平子南陽之墓其詞曰黃帝攝政勤勞耳目舉于阪泉（集作軒轅）戰于涿鹿咸陽黜夏登壇受福表正萬邦纘禹舊服（其一）逮乎微子周之國賓降及蕭叔宋之懿親高祖丞相王迹是因宣皇御史社稷之臣（其二）太陰所立皇齊誕聖旣創元基仍集大命謀孫翼子重熙累盛天祿永終南風不競（其三）惟公載誕克嗣家聲千丈多節三年一鳴待時而動以族而行才歸晉國璧入秦庭（其四）符堅拜首降天之使陶豫策名勤王之事任隆起草榮高近侍赫奕禁門雍容貂珥（其五）日暮青瑣夕郎之職法駕畢陳黃門次直帝王之盛成（集作在）

晨殖如京如坻我黍我稷（其六）吳王舊國採山鑄錢公爲中正佩以帬紱夏禹遺跡今來潁川公爲太守示以蒲鞭（其七）齊稱東帝周稱西伯諸侯謀王天子下席公子忠義如彼松柏（其八）發自新邑歸于陸海魏德雖衰天命未改功成晉鄭爲而不宰寵茂山河於是乎在（其九）亞夫眞將去病元勳持兵對揖絕漠行軍尚書武庫抑有前聞待中重席曾何足云（其十）當途遜位有周經野三（集作二）光國唐虞（集作衢非）兩朝裴賈出守馮翊人無訟者受封于齊實匡天下（其十一）晨占赤烏（集作鳥）夜辨黃熊曾參易簀期於今終子囊城郢沒有遺忠明君（集作主）輟祭郡臣會同（其十二）黃屋左纛輕車介士朝發桐鄉暮歸蒿里積善餘慶由來尚矣公侯（集作之）子孫必履其始（其十三）

唐贈荊州刺史成公神道碑　前人

成氏之先有周之後姬文受命三十八王郕伯象賢二十一代漢之少府國家維城晉之廣楊王室藩屏公諱知禮其先上谷人也子孫避地徙于曾祖休寧後魏汾州刺史齊持進左右衞大將軍宇文朝江州刺史隋成陽郡公諡曰武勳格皇天澤充區域該備寵榮兼包命賜祖少遐北齊民曹郎中宇文朝地官上士襄城陽公建國之屬以訓五品以親百姓君父綽隋金紫光祿大夫唐深州刺史上柱國天子大夫金章紫綬天王使者皂蓋朱輪公誕保靈和受茲介福講之以學合之以和純粹以積其中文明以

宣其外出於口者必是先王之言萌於心者莫非君子之德戒愼乎其所不覩恐懼乎其所不聞豈特止時行左宮右徵在朝濟濟在家雍雍祗服弘業克丕堂構襄城陽公歷箕州平城洛州邯鄲二縣令武鄉里閈榆社隄封公宰平城日宣三德悲歌相聚祛服成群分宰邯鄲雷震百里儀刑嘉誨範乎人倫令問廣譽塞乎天壤將蹈九列平三階豈意（一作都生成作茂遂並非）大和交薄而天道難諶降年不永春秋若干以某年月日終於某所夫人宜城縣主聖神皇帝之堂姊王姬外館之長女夫人道峻於閨房名輝於邦國我大周敘洪範作武成大賚而萬姓悅垂拱而天下理法號惟舊制贈荊州刺史生則唐堯不用沒則周武追封爲

龍爲光有始有卒立名於後以顯其親反葬於周不忘其
本以某年月日歸葬於碣石恒山燕南趙北禮儀光被宗
族相臨大夫弔桓子之喪天子歸惠公之賵蘧瑗之葬不
害良田孔丘之塋不生荆棘長子司衛少卿兼檢校魏州
刺史太辨中子左鷹揚將軍太方少子朝議大夫行司漢
主簿太琬等門承四代德盛三賢有終身之憂盡生人之
本璽冊褒贈宜宣無窮景鍾勒銘若古有訓嗚呼哀哉其
銘曰神岳之英大川之精如山之峻如流之清行之斯立
言之斯成登車發耀在邦有聲傳於舊國舊國惟平宰于
二縣二縣惟寧余聞舊說天鑒孔明誰謂靈誕喪落淑貞
永錫不匱克揚其名冊書光寵没有餘榮系曰列星垂象

兮炳天光白露爲霜兮沾人裳彼蒼天兮殲我良列星垂
象兮昞天暉白露爲霜兮沾人衣九原可作兮吾與歸

唐維州刺史安侯神道碑　李至遠

天招搖東指寰區識天下之春溟漲北臨川谷有朝宗之
地况乎皇明發而萬物覩天衢亨而四隩宅故以驟險浮
深同文協軌者也若乃壤隣驕子家號名王握葱野之瑰
奇漱蒲源之粹液井蛙自許既累蝸於越子風鴻且遇仍
嗣美於徙侯則大將軍安侯其人矣侯諱附國其先出自
安息以國爲姓有隋失馭中原無何突厥乘時籍雄沙漠
侯祖烏喚爲頡利吐發番中官品稱爲第二王庭雖蹋方
冠射鵰之勇帝鄉何遠空鬱衝牛之氣父朏汗望日月於
中衢奮羽毛於邊服勢同鵲起功隨豹變貞觀初率所部
五千餘人朝詔置維州即以朏汗爲刺史拜左武衛將軍
累授左衛右監門衛二大將軍封定襄郡公寄等連城榮
超合璺析圭胙土時議稱之侯運偶千年才標一日服太
阿而善斷覽介石以知機有領鵠籠實懷先覺匪心鳳衮
奚歎後尋於是拔跡泥沙翻飛霄漢亦以貞觀四年與父
俱詣闕下時年一十有八太宗見而異之即擢爲左領軍
府左郎將尋令與鴻臚丞趙德楷諭旨於吐谷渾虜安鷃
鷃之巢敢恃螳螂之斧旅拒成命逼迫行人遇困加威脅
舉步逢艱阻侯以命有所繫靜以體之節不可失貞以守
之雖弦矢屢移而鐵石無改旣而加兵一盪凶氛四徹竟

獲全歸僉以爲蘇武鄭衆不獨高於前代矣璽書歎述遷
本府中郎將賚布帛五百段又加秩爲忠武將軍行本職
十九年太宗揚鑾發撫清海俗於三韓駐蹕聊靡駭天聲
於六漢侯公叅末將績預深消一作元戎詔論功授上柱國封
騶虞縣開國男食邑三百户永徽元年拜右領軍將軍餘
如故荷元天之廣運承湛露以晞陽蒲璧開南面之尊蘭
錡盛北軍之寵門驅駟馬匣紐雙龜薄暮歸來輝光不獨
於三子辨色而入前後方叅於五侯疊蓋流軒徽枝炎業
足以震輝都鄙謳謡泯㾜尋丁定襄公憂執喪無替於少
連讓爵自先於季札及其字人按部和風布政使幼艾不
懷酋渠不驚非樹其長莫諳其俗以此高乎兼本官復拜

爲使持節維州諸軍事維州刺史，朝咨良牧之能，物喜吾君之子，入虔戎政，縟共宿於星廬，出變夷歌，翕重暉於日域。龍朔中，隨府易名，政（疑作改）爲左戎衛將軍，總章年進爲右戎衛大將軍、刺史，勲封並如故。日觀崇巖，雲封峻霄，三五之聲已邈，八九之跡難追。天子絜壇場，疏圭璧，報功崇德，騰茂實於石閭。侯亦勵能羆，從金鼓，前清後衛，罄忠勤於玉帳。咸亨初，追討斯閟，仍本封進爵爲子，加邑四百戶。方當降錫上鐏，行昇右地，肅洪崖而自狎，揖浮丘以曾舉。而殷相肇夢，晉寢成妖，古謝今形，仙禽致是非之難；寒凝著退，大椿屬搖落之期。哀哉奄以調露二年二月十八日寢疾，終於神都，春秋八十有三。永隆二年二月二十三日

葬于雍州長安縣孝悌鄉之原，禮也。惟侯緒茂膏粱，基循鼎胄，絳河潛潤，每孕傾都之寶；卅野成章，必矯冠群之翼。弱便英邁，長實弘遠，劍連三術，道家史（一作吏），是以前驅德包五善，揖楚臣於下席；從吾所好，方盡銳於戈矛。在物或遺，故無資於筆硯；加以動合規楷，性非因習，流畫象於離宮，眞資孝敬；感飛泉於異域，雅蹈忠誠。利以義通，功以濟物，故能夙攀閶闔，函奉鈎鈐，効心膂於中年，享高明於暮景。左右深率從之奇，始終無纖芥之際。行師則訓兵以律，受任則執禮無違，非才優體二、道恭感一，惟微惟熙，至公至平，若疇能與於此哉！悲夫，琴心輟奏，去高堂而不留；筮氏觀龜，創幽窆而期兆。蔽秋風於古樹，誰識將軍；思白日於

荒隣，空懷中散。賓御瞀兮寒野暮，池館靜兮浮雲陰。可作無待，與歸何想。長子故右玉鈐衛將軍北平縣公思祗（一作斌），藻身淑愼，流聲奕葉，繁霜遽委，危露先飄。次子嵩州刺史思恭等，趨表闕以擗心，涉禮庭而收泗，薦蘭之誠徒切，集蓼之哀未萃，思所以髣髴（一作心詠）形容，揄揚清懿，託問詞於廣陌，播雄名於大隧，乃爲銘曰：

閶風透迥，河氣靈長。於昭化毓，實延英芳。稜飛玉塞，勢軼沙場。家承有土，祚歷無疆。分源何從，揚飀南入（一作急）。削衽荒庭，殺凶大邑。孝乎何取，忠焉是襲。花綬逶迤，雲冠岌岌。敷命河首，逢羈海裔。雲天變色，鄉關無際。虎噬徒交，壯心益勵。卒延褎謙，豈嗟拘滯。作固蘭陛，仍分竹符。盟申帶礪，

禮盛傳呼。巖廊夕警，祕宇晨趨。還便後殿，出必前驅。本枝隱蔽，宜條未殞。惠起人謠，清惟主諾。野乃聞勞，門非藉惡。是聽夏聲，諳知戎落。旋增厚秩，亦追崇封。逸豫斯扈（一作邑），車服以肅。庭紛舞籥，室韻歌鍾。寧悲旻景，遽落高峯。梁木（一作李）應悲，井田俄殞。廣川去楫，脩途廢軫。倏兮已喪，蕭兮而盡。神乎不測，天乎何忍。永背青皐，既安玄夜。泉臺構壤，山門反駕。野吹方噎，榮輝不借。德雖隆於九原，神豈奄於萬化。

唐河州刺史冉府君神道碑　張說

昔者堯舜既沒，文武將墜，天縱孔聖，誕敷皇極，於是乎㤪六藝而正王道，舉十哲而闡微言。雍也爲德行之目，求也

為政事之首吾見乎龍翰鳳音（集作雛）百代而共貫虎符犀
節重世而增華明德之後知其必大公諱寔字茂實其先
魯國鄒人也古天子有相氏宅于相土實曰冉姓蓋氏族
之興舊矣不常厥所今為河南人焉五代祖睢陽公諱道
周尚齊南康公主位平南將軍散騎常侍荆州刺史信州
都督高祖諱軫仕梁太子左內率荆州刺史齊梁之閒荆
巫重鎮世善其職江漢宜之曾大父義城公諱黎在梁雲
麾將軍湖州刺史入周拜驃騎開府儀同至隋開皇中為
旭州刺史大父黃國莊公諱安昌隋恪平城柞之穀璧唐
分蜀國瑞以桓珪其後改封於黃授信州刺史歷潭州總
管贈夔州都督烈考天水郡果公諱仁才秩金紫光祿大

夫婚皇室漢南縣主涇浦（疑作蒲）澧表江（集有陵字）末凡六州刺
史備矣哉承家善慶歷代名臣風流載於史官勳業藏於
王府公即果公季子天王自出內稟胎教混成之姿外被
門風式瞻之訓從容合度次造皆法生而知之孝悌也學
而知之禮樂也德義如山文章如泉縉紳之士仰焉宗焉
弱冠太學生進士擢第遭家不造府君捐館五日絕漿三
年泣血雖麻葛就禮而欒棘加人服闋調并州大都督府
叅軍事丁太夫人憂過哀終喪有如前制應八科舉策問
高第授綿州司戶叅軍轉揚州大都督府倉曹叅軍又舉
四科敦言簡帝除益州導江縣令鴻漸二鎮翰飛三蜀府
中之孫子荆郡內之岑　公孝用能據淮距海我庾如坻岷

山導江入境先歎加朝散大夫除鄜州長史仍加關內道
支度使去青城之洞府來白帝之鄜祠命服有輝使車何
重除婺州司馬入謝于武城殿主上以邊庭有事喜聞陳
湯宣室清言思逢賈誼（公集作名）上對醞籍謀慮深長眷甚
前席恩加後命因改恒州長史于時四鎮未復三（集作二）蕃
循梗屯田遶塞戎馬生郊代郡藏符臨冀北而誠重漢家
張掖北西河而還輕乃徙拜涼州都督府長史仍知赤水
軍兵馬河西諸軍支度使地壯伏龍城雄飛鳥位居半刺
史惣全邊公仍利溝洫懋藨蓘庤茭藁積糗糧均轉輸程
力役寬御悅使授方任能人胥忘其久勞兵不遠其長戍
（集作道）雖金方氣候（集作吹）風雨（集作雨雪）不交之地磧路沙霾草

木不植之所莫不豐滯穗於堈牧肰井瓜於戍時朝廷賴
之遷使持節河州諸軍事河州刺史仍知營田使崆峒連
五郡之壤積石控九河之源公夙奉皇華政聞行路（集作露）
高車未至闔境相歡既見君子溫其如玉率性仁愛由衷
易簡推是心也物感斯應靚肅恭而無競見禮義而興行
不言而庶事熙非教而群下順故得大田多稼人知歲豐
餉軍廩師處勤餘裕計偕入朝侍宴於長壽殿上謂公曰
河州軍鎮要衝屯田最多卿以足食為心朕無西顧之憂
矣侑以綵幣錫以文袍（集作衮）及公還州也璽書勞勉王人
相繼國家經（集作徑）流沙梁弱水收西域護南庭連百里之
兵以濟事於外不一日而乏者則公之力也無駭入極可

謂費矜父勝之杜預平吾蓋知羊叔子功爾宜登元老作
二天朝止于邀服賓孤人望享年七十有一證聖元年二
月十日寢疾終官舍天子悼焉凶費喪歸悉命官給是日
河湟耆老山谷羌夷及首務面號泝州邑雖國亡子産吏
哭祭遵豈能集作云過也愷悌之化人之父毋及其沒也哀
亦如之信矣夫夫人金城郡君隴西李氏江夏王道宗之
女也宜此象服㵎其盈門嗣先姑之徽音立庶姬之範則
舜華前落蘂瘞城隅以證聖二年正月合葬於河南之定
鼎原禮也天使馬悲啓滕公之室人看鶴舞閉玉女集作王母
之墳松栢接於邙山丘陵對於伊闕石麟將闕華表何年
有子曰祖雍景龍初擢給事中兼侍御史内供奉追惟皇

考孝于奉親忠于事君恭於立身惠於臨人懋是四行旁
通具美貽厥孫謀以燕翼子故老之口既絶竹帛之文又
缺揚名兮柰何刊石兮來裔詞曰
偉哉冉氏世有仲弓鐵冠繡服給事於中克昭遺懿樹之
家風於皇嚴孝高明有融德罔不遵藝何不涉嗣武先正
思文載叶建旟千里逮君六葉龜顧印房虵盤綬篋官以
勤積業因時峻宰號神明掾稱親信驥足既展軒集作亦郎
軔邦國海康京師河潤出車西域我君謨集作謀之屯田北
假我君稷之六軍有饋其誰度之一人無憂其誰樂之猛
獸避德均遷所蒞靈鳥依仁霸昇執事以今視古名齊績
類天不憖遺山頹此位隴首回望秦川斷腸吏人攀綍哀

鴈隨喪虛靈奠野行臨帷堂廟立邊郡魂歸故鄉王姬祔
葬禮之終也水合蛟龍墳同石馬地積霜露烟攢松檟千
載九原高碑淚下

文苑英華卷第九百二十

文苑英華卷第九百二十一　碑七十八神道三十九

職官二十九刺史三

贈丹州刺史先府君碑一首
括州刺史贈工部尚書馮昭泰碑一首
豫州刺史魏叔瑜碑一首
常州刺史平貞眘碑一首

贈丹州刺史先府君神道碑　張說

府君諱騭字成騭范陽方城人也張子曰揮帝軒之胤肇勲弦木賜集作錫姓上矣詩有卿士孝友史有留侯世家八葉至東漢司空皓公子宇北平太守始居范陽四葉至西晉司空華公子韙一作褘散騎常侍乃僑江左昆孫太常復

歸洛河故河東有司空砦洛陽有散騎里後司空至府君十二代不失仁義矣王公諱弋周通道館學士考諱格集作恪恪無祿早世府君縈生遺育四代單緒家世尚儒不及伯魚之訓外祖爲理遂讀咎繇之書以明法歷饒長子二尉介休主簿洪洞丞以所願乎下事乎上以所願乎上交乎下反身與人何往不順臺選貞白覆囚山南人謂是行有典刑矣昊天不吊年五十二調露元年十二月乙卯捐背於縣廨夫人長樂縣太君馮氏父威藍田丞敬循法度踐涉圖史顧復幼孤將就成立家道不殞夫人是賴享年七十有二傾背於東都康俗里第光珽說不天夙遭閔凶又集茶蓼先生制禮不敢從臧以景龍二年七月巳卯安厝於萬安山陽樹從周禮也惟先君不祿俸不奉親不機杼不資身僚舊無鷄黍之接況非其類乎族姻無魚菽之受況其人吏乎是全其高而善其獨也過四十始閱六籍觀詩得之厚觀書得之恒觀禮得之別觀樂得之和觀春秋得之正觀易得之元曰君子多乎哉事斯一言而已矣每誦道記三復三寳曰至人之心有以垂世又聞之太夫人云吾有子五十載非其疾無一日之憂太夫人亦云吾事夫子三十年耳無忤聲目無慕色先君子之遠世也其憂戀者尊堂在殯歟聖善在堂歟我諸孤無日敢忘及王母終養二祖封崇亦尚克家成遺志集作訓矣若夫安親孝也宜家義也翼子慈也執迹隱乎含光故當代罕耀馨香發

乎潛德故明神終勞先大夫父而益榮歿而不朽蓋此景雲二年天子嘉侍臣之匪躬念前人之蘊德二月乙巳詔曰故官某毓德高邁藏器下僚代載儒雅家傳清白河東佐邑長不欺之風山南覆囚溢無寃之聽徂謝未久丘墳不飾啓玆令備貞事先朝宜崇追遠之恩以表揚名之志可贈使持節丹州刺史王澤漏乎泉壤國禮崇乎宗廟漢帝論士恨不見李牧之爲人曾子思親泣無逮楚王之厚祿道存運往痛矣餘悲緬尋前哲之所以聞無聲於四海視不見於百代者匪銘頌歟栢麟蔡邕其則不遠嗚呼霜露交積松檟滋深兄弟衰相顧將老胡伯虎豈敢掩大人之情陳季方何足知家君之德小人銜恤非曰能文莫

假辭於他者務傳信於我也銘曰

猗嚴考用玄妙體太和竭高志貞夫一戒其多孝于親正于家刑于訓清厥心晦厥迹畏厥聞（集無聞字）實如何其讓儉孝（集無孝字）慈皇哉寔德永世有詞

故括州刺史贈工部尚書馮公神道碑

金之爲寶百練而惟精玉之稱德久幽而不昧聖人美焉君子比焉可鑠也不可奪其剛可毀也不可汚其潔偉哉馮公秉斯操矣公諱昭泰字遇聖長樂人也說學於故史豈不聞舅氏之厥初乎畢公建德乎周畢萬大名乎（集作子）魏別封之裔遂氏馮城秦則丞相並時漢則將軍重世積仁鍾慶王者鬱興閒晋南浮因燕北號家變成國爲天下

推動拳競五覇之先子孫齊二王之後公即昭成皇帝之十代孫也高祖大將軍隨州刺史長山公諱以寇恂之才翊戴周武曾祖兵部尚書左僕射魏國公世基以曹參之力經濟隋文大父尚書右（集作左）丞檢校御史大夫少府監揚州刺（集作長）史安昌公命長命以佳吏之名勤勞皇室考仁高亮無祿子道不究故公幼而襲安昌公焉清明激激標格峻堅夏翟耿介無矯飾於常弦寒松青宜不受令於霜雪專經覩奧習法精理起家左奉格（集作裕是）政讓賢府果毅換文州司馬爲酷吏所陷罷官人之調榮州長史屬城侵法按而繩之入計會府讎家橫訟明敕杖其愬者遷公宋州司馬朝廷翕然知有王法復假左臺侍御史江南道

廉察使類會高等加朝散大夫進潞州長史堆岸受湍獨醒見嫉轉湖州長史公東濕不田聚蚊交訕（集作訟）貶爲饒州司馬未行降使詳覆拜鄂州刺史制曰公志氣剛勁操履貞潔歷佐藩條咸有聲稱詰奸繆不避強禦背節清威若凌霜雪頃因讒毀遂有貶降使者按問皎然明白俾從優獎特加寵命其在江夏其政風行入爲太子家令兼知內外鑄錢事國泉是殷盜鎔乃絕河朔淫雨帝思作乂俾公檢校邢州刺史散有賙無人忘歎歲帝乃璽書勞焉其言曰卿忠於事君簡以臨下忘私狥公之美歌謡所載擒奸摘伏之奇吏人攸仰雖陳朔之貶黜邪慝王紘之斥除貪殘無以加也一郡清靜副朕意焉其後以感思（疑作恩集無此）

字累移睦州刺史復爲郡小所譖左授泉州司馬未之任又貶榮州司馬公砥節荒服天高聽卑旋除溫州長史俄復舊階拜括州刺史水國瀸洳告疾言歸景龍三年六月十三日終於蘇州之逆旅春秋六十有五正人歎息舊吏（集作灌）傷感公清白傳家信義高世門有奇士室無長物夫其善於鉤距長於衿帶法嚴令峻人寬吏急當官而行不畏（集作避）讒慝之口除惡務本不求愷悌之譽出入從官十有六職以謗獲貶者五洗謗特遷者四不曰忠乎將無悔於九死不曰直乎焉往而不三黜故人謝而名益著迹遠而風可懷也皇上志其持法不撓贈大理卿本其坐樹無言謚之曰節窀穸之事一以官供哀榮之禮被於存歿是

時天子嚴謁山陵訓人追孝推心庶物馮澤幽泉公長子少府監紹正次子給事中紹烈並構層堂仰延榮贈乃贈公工部尚書君子曰孝必錫類忠則不墜臧孫達其有後乎鄭公業爲不忘矣夫人瑯琊君右（集作左）相邪公及善之女垂拱二年三十六而夭後夫人彭城君鴻臚卿善因之孫女景龍三年五十有五而逝所謂齊姜昭前邦媛輝後碧樹光落悲同孫楚之妻紅蘭漸苞貴在馮勤之母以開元十八年十月壬寅葬我節公於長安縣高陽原夫人王氏劉氏祔焉禮也長子紹正少府監第四子紹忠未仕第五子紹烈御史中丞孝乎二連之心思崇三絕之美魏主來顧賞幼婦之碑秦師不侵尊死士之壟揚名稱代道遠

乎哉銘曰
古之志士忠不遠（集作爲）難偉哉馮公矯此雲翰罡罡（集作囂囂）群小彼何足筭屢困忠直天下改觀經用百年窮達相半貽慶二子雙承天渙嚴嚴大理人命是懸聖明表贈王道無偏六卿冬官百工攸序韓稜雖沒龍泉可許丘陵鼓舞兮改谷移山（集作桑改墊移）歲月崩波兮有去不還唯德音與頌石傳不朽於人間也（集無也字）

豫州刺史魏叔瑜神道碑　　前人

公諱叔瑜字思瑾曰魏氏鉅鹿曲陽人也考太師鄭文貞公致君皇極配神清廟故祖德胄系叙於太宗之先碑矣公生育慶緒天然炳胎教之姿少長德門日用成躬率之化性盤於孝友習狃於禮樂俛仰中則從容蹈道加以專精好古旁通多藝聖人之所志聞一而反三君子之所能舉十而知九與同生璘瑰知名當代始以門資補左千牛轉洛州司兵司議郎職方郎中太子洗馬出爲懷州長史歷慶慈儀豫四州刺史春華韡於兩宮時雨零於四郡觀風之使所在聲聞變雅之老到今遺詠其年春秋五十有一終於豫州葬於（集作于）舊城大人原王氏祔焉禮也議者以公不避強禦有昭子之政事不爲皎厲有康子之隱德虛已尚賢有文侯之樂善重諾分急有信陵之高義人鮮有一況兼四乎公賦入封君妹歸帝子車馬無戚里之盛衣服有儒者之節儉而得禮富而無驕蓋奉先人（集作此字）之

素履也公善於草隸妙絕時人以筆意傳次子華及甥河東薛稷世稱前有虞褚後有薛魏此又貽訓之餘美也嗟夫公學埒向歆操齊固燮若夫假三壽朝登六事則鄭之栢武可尋漢之常平一揆而年近知命位止方州落鵬翼於半霄負天之力莫展頓龍媒於局路追風之勢斯畢九原不作誰將與歸二子獻華追完先德俾余作頌以慰罔極銘曰
昂昂豫州毓粹含道欽若古訓思文烈考於穆烈考維國之師公承丕構思皇纘之發軫臺閣風流榮問建麾千里澤霑四郡位未充德命不遂才彼蒼孤善謂之何哉子孫必復丘封永乂穆如清風振芳（集作芬）厥後

常州刺史平貞眘神道碑　前人

公諱貞眘字密一字闇從燕國薊人也蓋晉之公族有韓
國者列於世家韓之餘子食平邑者因爲氏姓有漢丞相
政造繡衣在魏薊侯宅兹玄社故瓜瓞綿于三輔枝葉盛
乎兩燕魏齊之閒世濟其美公即北齊司空公鑒之曾孫
秘書郎子敬之季孫故偃師令直容之叔子鍾積慶之洪
胤包太和之粹靈敦厖沉静直方簡易仁義根心政理
性度以禮義文以詩書户部尚書清河崔知悌朝望人倫
公之文友深賞延譽遠近宗焉始以司成館進士補盧州
愼縣尉刺史盧寶胤舉器藏下寮轉冀州大都督府　縣
尉換晉州洪洞縣主簿北平陽道斯氣尚標舉河東裴知

禮鑒裁精技陽推以孝友資身裴亦薦以經邦與化徙雍
州新豐縣尉盧少儒引爲檢點判官差卒選校小大推允
休議登聞擢監御史裏行奉使黔中監選有牂牁謝鳳節
仁奏罷漢官專任首領公上其挾姦樹黨俶擾藩落天子
悟焉再使置吏遠夷騷而旋定舊貫改而復完又駉牧在
野攘竊是繁耗以歲月莫之禁禦公軺車上隴群慝畢露
表監官斛斯果之輩奪職者九人没藏者萬計牧圉知禁
思無邪矣開耀間吐蕃侵境師旅不給乃購運酬勳募耕
入選利之所聚許亦居焉公與大理正王守一於河蘭鄯
廓四州推覆僦糴王希古盧種王誕其徒二千餘人正處
其罪爰德集作得我直授監察御史内難去職居喪過毁死

孝貽憂光宅初肇延西臺分曲六百郡服闋授右臺監察御
史廵察河南澄清郡邑昇賢奬罪能執其中類功最加兩
階拜右肅政殿中侍御史郎官法天古難其選固美斯在
再拜司勳員外郎永昌中遭凶黨網羅爲周興所奏貶溫
州固安令州特舉清白改鴻州櫟陽令邑多猾人屢宰敗
駕公威簡有素誠結無欺一作敗率是而行人用不擾獄行
自靜狠戾互懲詔書嘉譽加朝散大夫又攉密徙貝錦爲
河内所鞫貶括州員外司倉尋而事白進吉州司馬神龍
中興官反舊政窮鱗沛而縱壑墜羽冀而順風拜司門郎
中兼衞王司馬無何正除衞王司馬拜太子左庶子以節
愍之禍出爲涪州刺史未往又轉盧州刺史致仕久之景

龍中復起左諭德兼崇文館學士詔曰公縉紳者彦操履
清淳令譽播于始終嘉績宣於中外儲闈諭論雅望尤高
宜申朝典俾加徽服可銀青光禄大夫又攝詹事東都留
守拜常州刺史居歲優詔致仕享年八十若干先天元年
仲冬薨於河南之正平里第遺令近地便葬斂以終服開
元二年冬卜葬於伊闕之西夫人河東縣君柳氏祔焉禮
也公出入四朝歷官二十其進也皆釋疑作擇能録勤惟德
是與其退也必含垢受毁在涅不緇子文之量從可知九
撰純孝友悌傳各一篇以匡儲后撰先君親友傳十卷以
篤故舊撰家譜家誌各十卷以明系本撰河南巡察記十
卷以辨風俗非通理傳物立誠錫類者其孰能見志以着

書因事以設誠若斯之盛也有文集十卷行於代初公侍祠清廟有庬士之宜而先考偃師贈蒲州長史自祖考三葉塋無碑記公咨諸通儒而追建銘碣幽趙之士以爲美談夫爲子則須德以尊祖餙終以榮親孝之大也爲臣則不枉毫髮以顧私不避豺貎以撓法忠之至也絜志則利不涉口欲不萌心清之源也履道則不俛眉以悅勢不丞色以苟容正之方也詩曰仲山甫舉之公有其德傳曰左丘明耻之公有其直總是四善遂齊二賢於是芬苾令問優游眉壽惠風激于勝流丕績敷于哲后然以忤彼權貴保茲介特不登三階以正四國貞白之似慨焉太息其孤總授充窮泣血靡所寘懷俾余作頌布哀豐石恭惟先人

之寮友常奉長者之話言公雅珍確實不尚華靡敬順風規直紀行事崇廣詞徧萬無髣髴少子授八分之妙獨善當時公平日惠愛故存之刊刻詞曰峩峩淑德克生休命履孝蹈忠含清體正如玉之絜如金之鏡高明徇（疑作洵）美學以潤之官方正事静以鎮之嚴嚴憲府公三峻之赫赫儲宮公三訓之道有行廢時有否泰三入三黜無愠無喜韍舍而歌懸車致仕全歸瑩僉允也君子西山幽幽東川悠悠雲過墳闕風薄松楸人亡道存榮徃哀留貽世作則行歸於周

文苑英華卷第九百二十一

文苑英華卷第九百二十二　碑七十九神道四十

職官三十四　刺史

贈涇州刺史牛意碑一首

贈隴州刺史王行果碑一首

贈汾州刺史常鈞碑　壽州刺史郭敬之碑一首

贈涇州刺史牛公神道碑　張九齡

夫志道莫先於無欲福善莫大於有後始而晦跡終不近名非道德之合歟生我勞臣立而（集作子）遠績非善慶所致歟所謂伊人其在牛公者矣公諱意字某其先子姓實始啟後有牛父者則宋之大夫胤裔蕃衍人物更盛耶爲護羌校尉崇爲隴西主簿遂家隴上是稱冠族其後因官安

定爰處鶉觚今爲郡人亦旣重代矣公之族祖有奇章公者隋室宗臣風流篤厚典章損益百代可知天下稱之地靈斯在太父通秉志高尚守道不携當特交辟辭疾不起父會弱齡早代有才無禄公夙遘閔凶煢鮮兄弟性具純至孝思罔極幼以子立志不違邦與道爲徒求仁自我不胥軒冕考槃丘園雖云屢空晏如也六郡自古五方雜錯負力恬利上氣好武人庻相放風俗不純及公中和其返真樸外以義行格物内以默致順神不餙智以驚愚不棄同而即異有恒其德無斁于（集作放）人隣落爲之變風很戾以之率化公旣浮雲不義介石惟一或勸之仕但笑而不言飛鳴寘宜胡可量也開元六年隨子西征以就色養春

秋高矣道茂年衰魂氣廿六歸賢德共盡越五月寢疾終於伏羌之官舍時年七十有六冬十一月歸葬于北原夫人同郡王氏不享偕老先是卽代毋儀婦德宋子齊姜自歸于我宜而爾集作家室不有配德肴生此子有子仙客爲國之良用商君耕戰之圖脩充國羌胡之具出言可復所計而然邊捍長城主恩前席且以子貴之義有加父存之禮玄澤下逮素風激揚陰德所流大福斯至十八年有詔贈涇州長史二十二年冬且有後命贈使持節涇州諸軍事涇州刺史夫人追封太原郡夫人於戲存有累仁没有餘烈福自昭於互體道非營於異時及其影響同符寵光如荅雖松楸已拱而章綬集作緩載華死有可作無異會稽之

節生苟爲耻安用爲門之肉貴與不貴可不然乎嗣子銀青光祿大夫太僕卿判涼州持節河西節度兼隴西郡牧都使支度營田使隴右採訪處置使攝御史大夫隴西縣開國子仙客叩心追遠矣集作號天莫逮以爲先美盍闕後嗣有愧且澤瀰幽壤得不銘思名典本州豈徒錫羨而已

銘曰

隴上多豪山西好武使君貞獨幼不斯取惟道爲徒與代爲矩善有餘慶風亦變古不學而知不行而至跡有相混名有自異出入百年終始一意福流于後神明其事行止於身用存互體厥子嘉績中朝縟禮邱廻壟隧門車旌槃逸人之墓今同郡邸

長安縣尉贈隴州刺史王府君神道碑　李邕

邕聞才不必用度疑作變有必鍾盡滯或幸於時首正終會於古故志氣也不謀於食而謀於道生祿也不在其身卽在其子始終備致後起追褒謀翼孔彰前循邁種互體相發他日同時哀榮大來幽明通感長河一曲所以端其濬源高山四成所以極其層阜奧未可測已府君諱行果字某太原晉陽人也其先抵于譽稷幹于季文枝于翦離條于古驗代關絕疑史朝弗曠官自古及今令名不去六代祖叡後魏尚書令封中山王贈大宰謚曰宣五代祖龍吏部尚書嗣中山王謚曰惠高祖忻散騎常侍北肆州刺史謚曰穆曾祖子景徐州別駕北豫州司馬祖元季府君屬

隋政分崩賢人伏匿誓言避地執心葆光迫以族弟本州遠屬物義辭大中正開府儀同三司考有方府君皇朝岷州刺史皆寵義從禮尊仁依信增業以行道兼濟以守官府君間氣茂靈上德純粹風度簡曠神清秀按衣冠禮樂超等出徒溥達聰明舉衆敵國無成足乎多藝不器非其一名讀聖人之書閱上將之畧每及忠公大節孝友至情太息尸庭垂涕枕席撫然有開物致君之意立德顯親之心皇士目之通才許之好人一作仁從田蘇之遊求巳慕藺生之義至於手畫耳聽口誦目數駢碑背局荅難詩賦公每厝爲人所服者弱冠以方聞授潤州司兵參軍事自頃上官養求同家侵欲或專苔儉舊或懷其安荒一覲禮容

載敷先訓不佚憲矩若對神明信斯誼正刺邪德形物至
於此也未幾宅岷州府君憂七日絶漿水三年廬墓泣變青
栢祥蔡素烏野老明徵邦牧表異府君泣面而視瀝肝而
言曰所不死者恐貽慈母痛悼豈顧君卑外買聲名叩頭
止之外除宋州司户參軍日者甫疑無水虎唐諱土為凶年
奸吏舞文詭隨畢賦詩誅求八聚作爲賙恤者習為常焉
府君位其農郊什其居室正之以法糾之以詞勿言寬征
足葦舊祟議者以為平宰社肉武習宮人一荒知秋百為
有典矣總章歲駒麗負海欺天國家汎舟討罰御急宣之
明命濟懸軍之見粮董其轉輸舉于幹職是役也緊八公遷
長安尉無何丁太夫人艱禮異於經毁甚於昔且二尊孝

等倫罰事殊往顧慈親今極真性臨穴號叫仰天殞絶嗚
呼孝歟春秋三十有七夫經德而夭代人所悲執喪而滅
錫類所痛有一於此則可以東名教感人倫兇兼而極乎
夫人中山甄氏父雍州豊崇府左别將黄陂縣開國男食
邑三百户行府君之息女嬪有令言毋有彝則從夫德貴
訓子業崇力遷於山祔同於宂㝈以景龍三年歲次己酉
十一月庚寅朔十三日壬寅合埜于洛陽清風鄉之原禮
也長子峻慷慨英達激揚忠孝誦習文忠照宣幹一作諮畧
元宰經國上將臨師中適明之俦才竭寅亮之誠節其志
如石其心如册五間三連少籍多得空始一作細疑無所逞其
計合散無所用其錄李牧十年武侯七縱盡立聲一作勢於

河外揚主威於海濱三十列其多備九原備其光寵開元
十一年九月八日制曰存樹其名沒而不朽緬惟褒飾弘
是典章兵部尚書同中書門下三品上柱國行果粹靈誕
和敏德成器高節夙著盛名有歸雅志未伸促齡求謝象
賢之美不展於亨衢而積善之徵克崇於後嗣歲紀方邈
徽猷自遠宜申寵贈使持節隴州諸軍事隴州刺史勳如
故坎子嗽故邠州末壽宰神和體正經明行脩有角無齒
惟天之道與才不壽匪身之辜兄也孔懷緬然增感願述
光德克贊豊碑高燥有以壯孝心樵蘇有以敬賢墓其詞
曰德不孤慶有績迹時晦賢必復名實才尊匪禄傳枝藝
窮簡竹耳暫聞心以蓄手未止目猶逐碑可背弈能覆坐

嘯委行道昴孝深至滅太感奬教義揚雅俗位當卑齡雖
促推仁信致戢穀鍾令子發華族振武族廣文囿經廟堂
掃邊服昭皇考贈册較臣義著子道足哀且柴幽既觸考
周巳性相屬碑乃建神所福

贈邠州刺史韋公神道碑　　韓休

夫賢者所以稱至業也居賢而德故有尊位者所以叙才
用也有才而位不必貴緬覩志則代有其人焉公諱鈞字
季和京兆杜陵人也昔大彭授征伐之任㧾齊群后立為
商伯扶陽擅儒雅之道儀刑列辟起為漢相由是邁種厥
德光昭盛門軒裳奕葉以濟美靈庭肸蠁而相屬故夫重
暉洪業啓彼玄緒滈汀德介祉歸諸後昆者焉曾祖滔皇朝

國子祭酒儒門肇業國庠貽訓祖慶植皇朝舒密二州刺史政成師長化洽黎元父瑤皇朝駕部員外郎譽重國禎道高人望光膺三署之拜克彰九德之美公淳輝秉靈鳴芬錫祉合英秀發揚光炯曜其少也則珪璜自然克有成器其長也則禮樂攸在光其大名式是古訓洽于前列懷利器而待割含虛明而獨照學無不綜窺先王之書府言必有則得夫子之文章挹其道則虛徃而實歸論其德則敬容而貴允所謂樂只君子邦家之暉者也觧褐以常調授綿州魏城丞矯曾翰凌絶塹立茲政聲弘彼邦教以尤異擢授雍州長安尉未幾遷雍州司士參軍起于肇劇佐此神京既位以才遷亦高由政舉無何轉洛州陸渾令京

皐底績河縣爲桒銅墨載美絃歌用譽以覲累出爲晏州嵯峨縣丞尋改授雅州司功參軍遷雍州三原縣令又改授邠州三水令又改岐州扶風令窮通在命喜愠在我當運而寵辱不驚養空而逝止恒適用能因事立訓自公臧私雖得喪繫乎其時亦風軌存乎所涖者矣嗚呼物不可終否道不可以遂衰夷然順之艱以禎之俾夫人亨則自天而祐之矣景龍二年聖人登明制褒有功授太子司議郎內供奉尋正除乃遷尚輦奉御恭承嘉惠肅奉彝則膺美選於禮門拜殊桒於御府又以覲累授果州司馬尋改授漢州司馬公道直而正德卣而脩雖行必恒存而運無常泰善不遺巳固無負於神明累則因人豈又從於貶降

且人有厚於德而薄於命行其道而屈其身者歟栖遲下列竟以卒歲以開元十一年十二月十九日遺疾終於漢州之官舍春秋六十有四惟公含弘光大洵秀中雅澹然而靜滲乎以清神崖自高海量孰測韞隨和以增美將蓰蘭而共芬而天爵斯茂朝宗莫及盛名空一作斯在昌運不晋可爲長歎息者也以開元十二年七月二十五日遷窆於萬年縣洪固鄉陪先塋禮也公之第四女蘭晼生秀金閨植德以良家之選參帝子之桒克彰慶善之餘允協徽章之命開元二十年正月四日乃下制贈公邠州刺史贈先夫人薛氏晋國人夫制曰代桒簪組才稱楨幹方居參佐奄謝中年朝選良家既聞餘慶義崇恩禮爰在飾終且分

符節之桒無忝笳簫之哀可贈使持節邠州刺史并贈夫人爲晋國夫人非夫弘風勵俗明察在人豈能褒崇光茲訓翼者也君子曰管氏之世祀不亦宜乎其斯之謂歟有子尚舍直長悅然等晋之明用幹蠱而克承惟孝思訓我淳則爰播美於穹壤用圖芳於篆刻乃爲銘曰

緬彼大彭兮佐於有商自我楚傳兮慶流扶陽逮茲後昆兮奕世以昌誕此明德兮與時而光良玉不斷兮幽蘭自芳爲邦之彥兮爲人之綱明德之脩兮而命之不臧既道桒而位薄亦身沒而名揚嗚呼積其善也聞季女之寵章崇其構也稱鄭公之不亡勒貞石旌高堂德音昭昭以孔彰俾夫墮泱之美者豈獨峴山之陽

壽州刺史郭公神道碑　苗晉卿

公諱敬之字敬之昔王季之列乎周虢叔之胤或謂郭建國命氏百代可知則有燕昭築臺尊賢師隗漢祖分邑行賞封亭曾祖廣意光禄大夫生孟儒爲馮翊之表也鷄犬之聲相聞公先祖後徙宅於華山之下今爲華州鄭縣人也烈祖履球金州司倉大父昶涼州司法并丕緒齊美不殞其名端操履正有恒其德故鄉黨交友以爲法度嘗論人曰吾居閑而不悶其寂寞而不貴其厚有道則仕豈牽乎禄則居之所以從好利貞亦其自然所以不至大官大邑也各尚其志夫復何言皇考通美厚主簿器大孤特識兼精照明究群書英聲誇邁於遠近矣初履畿甸縉紳

歸高將昇臺閣雲霄自遠惜乎才卻餘地命嗟促齡公受天正性承家高範一作轍致用成於私室可試進於公門望刑而高深莫窺聽言而是非不惑所涖造適不可得其詳也凡歷州掾至別駕者三轉府寮遷郎將者五兼國練監牧使各一除吉渭綏壽刺史共四州累勳上柱國進階中大夫其牧守之理皆政聞一方化行千里變俗思義一作施恩酌物一作斟酌從宜而節費尚儉用簡鎮靜清可率下寬能安衆舉事皆當察情必盡所謂愷悌君子人之父母何異乎仁風甘雨被於萬物也故天子璽書慰勉以彰分憂休蹟之聞焉未盡百禄可延三壽享年七十八以天寶三年正月十日遘疾終于京師常樂里之私第聞者永懷咨嗟揮涕夫人平原郡君河内向氏配哲生才大賢子令德高佐美慈加訓深鳴呼哀哉慶可延而靈不祐先窮泉而別華堂天寶十三載四月二十日合祔於京兆少陵原禮也頃羯虜佖順王師討逆公之子子儀任朔方元戎誓清大盜常山擒敵之後靈武翊聖之初成我六軍前驅效死於是掃秦里之寇復開秦天繫陝郊之俘更收洛邑加以蒲坂之下淇水之上摧暴廓地二城無虞況師不遷延功皆戰伐豈敢言病必先啓行此由許國捐軀輸忠奮勇或謂公曰書勳疇賞莫與爲二公曰我國家將去否復必反正伏聖威而誰敢不雄奉睿謀而舉無遺策非爲己力所謂天功帝曰朕嘉爾竭誠禀命平凶除惡遂自御史大夫拜兵部

尚書同中書門下平章事俄而改司空換僕射又除司徒兼中書令列爵代國實賦千户蓋武定聲儒若茲巍巍者也他日又追贈公亡祖兵部尚書亡考太保亡妣魏國夫人弟姪子孫亦皆進禄位紆金紫此又殊常之恩也太保公禮畢封樹悲深歲月今慶延身後仰雨露而無涯德發生前比金石而不朽永言淑懿實在貽宜無窮之聞光乎刊刻銘曰

北州望崇左輔源同代無違疑德慶延我公仁能濟衆信必由衷邑疑衷交替禀禀清風知周才美君子不器掾州佐藩戎秩軍使砥礪直道筆遺流事騏驥長途可遣百轡四郡循良政一人康道之軌度終然允臧於惟聖善輔訓

義方何怙何恃痛極悲長少陵原上盡爲幽宅何代丘隴
誰家栢松司徒所天太保追策哀榮超冠千秋聖澤行由
已全名自人傳勒兹銘記表于墓田繼代者未知先德行
路者過想遺賢紀實昭懿俾奮億年

文苑英華卷第九百二十二

文苑英華卷第九百二十三

職官三十一　刺史五

安州刺史杜公神道碑　楊炎

受正性者德之元纂重侯者業之盛君子體仁以合德積
厚以感通著于神明光于祚胤者其惟杜公乎公諱鵬舉
字某其先京兆人也七代祖諱模後魏爲濮陽守衞人宜
之子孫世居東郡故今爲濮陽人夏有豢龍之官周封唐
杜之國世載侯伯勳藏晉曾周公錫命玄旗火龍拯三代

之衰參五霸之業斯保姓之始也漢有建平侯策定中興
晉有當陽侯克并南夏其食鄷鄗盛西郊之虢晃其分荊
濮祚東國之山河斯不朽之宗也濮陽生陳晉太守諱亮
陳晉生高祖北齊膠州刺史竟陵公諱加竟陵生曾祖隋
鴈門太守諱保鴈門生大父唐蘇州司馬諱義寬蘇州生
皇建平侯荊益二州大都督府長史諱慎行洎貞孝公秉
哲以輔先朝今黃門載天以成大業自魏七代以方岳登
聞在唐兩朝以台衡致理斯邁種之仁也公貞孝之兄黃
門之考天脩其爵地富（一作學賦）其才神抱虛廓智藏著蔡口
目河海儀刑嵩華學可以掌邦教詞可以宣國風少與范
陽盧藏用隱於白鹿山以太夫人有疾與清河崔沔同授

醫於蘭陵蕭亮聲色之徵以誠達疵癘之祥以氣變屬先
府君作鎮荆楚有詔門子親侍禁闈起家脩武縣尉歲滿
以書判超等授濟源尉以正議登朝拜右拾遺昇玉堂以
謁聖君陳格言以利天下黃門侍郎張廷珪國之髦碩洛
州長史皇甫知常人之標準美公志行嘗與請交公精義
入神洞究奧賾初睿宗践祚冥感祥符覩玄期於化元啓
成命於幽教人所以佇非常之運天所以歸億兆之心玄
宗時在東宮表公所言請編史冊時應令賦詩御札批云
畢公之任諒一作亮籍伊人思入風雅靈通神鬼後以親累
出爲岐州司倉轉同州司士開元初上以中都稍食省何
漕之徭大農器用賦晉山之鐵牧馬于歸獸之野考室于

迎春之宮闕中始置疎决塩鐵長春宮三使詔以公爲判
官明年天子東行河隄陜格獸之場開濯龍之沼停鑾上
死晉宴天泉酒酣樂過公獻賦以諷於是有采章之錫遷
者作佐郎太子左賛善大夫都水使者邠王府司馬豊王
府長史中散大夫安州刺史公爲政在上位畏于上貞一
以守之齋莊以涖之其始也居右正詞王侯聾慕其終也
疎通簡易禮化興行方將坐周召之堂陳歌訓之典法象
魏登天庭而明德壽於中年壯圖悲於下國命矣以某年
月日終於官舍明年二月葬於壽安之南原遵遺命也夫
人河南郡君尉遲鄂國之孫邛州刺史壞之女也抱含一
之德友于君子受降神之祥克生元輔天寶四載終于山

陽別業其終祔焉從周禮也長子靈爽陳州大康主簿紹
家祚而命奪其禄次子奉遥有異學而天喪其文苟陳同
德顏閔齊化季子山南劒南道副元帥特進黃門侍郎同
中書門下平章事衞國公鳴漸身負蒼旻氣和鼎餁以符
合斯運以道佐唐虞文繫訓謨化齊混象大勲格于皇極
厚寵揚于祖考某府君先贈大常再榮師保夫人舊封宜
陽增號某郡三錫揯公之命是尊孟母之賢惟公主忠孝
根仁義事親有極致之道執喪有寧戚之哀威廢鞭笞愠
忘誚讓其立身也寔觀天理合含幽鑒強志通於衆藝敏
行求於古人考聲教觀厤象動合靈祇之賛居順陰陽之
和其達誠也憂喜極中權利交喪歷官十二遠悔吝之形

春秋七十抱純精之氣其保終也君子謂探命居誠也專
藥膳孝也補衮職仲山之志也頌王風吉甫之才也濟美
纂武之德也有後臧孫之慶也宜乎正訓百代垂鳴千古
存被先公之冕服沒爲天子之元老勒鍾鼎建廟堂金石
以頌聲丘陵以表隧乃假詞末學觀德將來銘曰
於赫大師德音孔遐道之氣象物之精華文學鄒魯羽儀
邦家選于帝庭帝廷有儀閑于宮府宮府允釐明晦光耀
際含天機識真紫極建旟青蒲熊負金印虵蟠朱組時哉
功名海変今古精魂歸復宜陽之下我有家嗣爲王寶臣
德一作寵延沒世功被生人岸谷磅礴丘陵故新蒼蒼頌石
萬世遺塵

泗州刺史李君神道碑　李翰

夫崇孝悌者必竭力以事親厚忠貞者亦盡心以奉上故
聖人廣而教之以勸遐裔至若馬遷續太史之紀安國傳
夫子之書潘氏家風謝公別傳內足以貽厥後昆外足以
錫祉爾類小子不敏仰希前哲竊述類本用表流光君諱
孟犨字公悅其先乃太上玄元之系五代祖景皇帝始封
于唐高祖諱亮至德初追冊鄭王諡曰孝曾祖諱神通武
德初以佐命元勳封淮安郡王開府儀同三司尚書左僕
射謚曰靖烈祖諱孝義武德初封永安郡王貞觀中改封
膠西郡公銀青光祿大夫司農卿上柱國襲膠西郡公至
德初追贈平陽太守皆𠔥藻至德琢磨令範仁經義緯敦

教易俗理化勳熙庸備詳史諜君純懿靈粹得之自天先府
君貶南州也以正在忤物為邪醜正（一有辛字）巳告終于官舍
君未弱冠號天踴地漿勺不入禮過成人寮吏賵贈一無
所受扶護艱險泣血萬里提携幼稚盡室獲全以某月日
遷塋配廟禮物無闕由是以純孝聞服闋調補梁州參軍
轉右衞録事參軍相王府户曹以清幹稱恩詔特加朝散
大夫出宰郃陽猗氏三原德風洽聞香聲遠茂君之臨猗
氏也萊田數十里上蔽荊榛下鬪為鹵逋逃夜（一作眠）聚財
狼虓嘷公曰穀不足者地有遺利食不足者人有遺功長
其荊棘孰若樹其禾稼聚其豺狼孰若利其貧窶乃尋𠔥
於洪木疏鑿於涑州化草莽為畎塘變磽确為墳壤人民

胥悅工亦子來雖史起史公漳鄭國白亦何加也人何其
德邑茂其功建頌立碑迄今斯在後中司撫循廉按嘉公
不績薦為鄧州司馬兼陡門堰稻田使君迺谿白水之口
壅樊陽之陂築塴雲屯疊石山積樹建立則截流施鬲制
畜洩之門為水府之權分血脉之經緯為農夫之司命條
流百道浸潤七邑疆畦縱錯稌穱龍鱗田疇之歌何獨子
産宗司舉以郎署擢授禮部員外屬東封扈蹕轉虞部員
外郎出牧泗州清明簡肅治行第一而地接吳楚氣候卑
濕因之疚癘辭以疾歸開元十九年十一月十九日終于
大梁旅館享年五十有五權厝大行山至德初累贈宋鄭
二州刺史李子曩自衛鄂轉運使兼漢南租庸從事委適

上國分途啓扈奔赴吉辰以大曆元年十一月十四日遷
窆於京兆萬年縣之畢原先夫人崔氏稱祔焉禮也今夫
人清河人也父諱惟明累遷海沂等州司馬兄鋭邈隱居
太行累辟不起躬國輔秀才擢第制舉登科歷補闕起居
禮部員外郎夫人冲和備體柔順居中出起仰茂先之箴
閨門遵大家之誡自府君捐世屏務親臨存孤撫稚有妨
禪寂足以通大乘頓悟門挹沆瀣餌花香而又覩舉止之
異者有二凡於宴坐口吐舍利香骨自生如佛螺髻驚聞
中外得未曾有曩等以額珠外見意實內明釋氏前言今
為見世遂感涕捧戴歸於故園因起塔瞻奉莫之測也及大
寶末隨子權赴陝郡司馬屬狂賊犯闕中原鼎沸權負板

與自弘農藍田值潼關失守朝野震驚扶長携幼潛避山
谷重塹固陰深林酷冷因之遘裕至於彌留以其年九月
二十九日薨於終南山一作所居享年七十有三有子六人
長曰権故金州刺史次曰衡故洛州清漳尉次曰樞故撿
校虞部員外兼侍御史次曰軫歙州別駕次曰旁故渭南
令季曰翼陝府長史兼侍御史丞陝府都防禦觀察陝虢
等使惟軫與翼永號孤苦松楸斯拱銘碣未彰感奉遺範
懼深失墜敬尊典故不慙以文其詞曰
於赫大祖蟬聯我王夢蘭異感剪葉殊許擇賢建德立社
封疆肇分枝族貽厥其昌淮安忠黨英靈倜儻率衆關西
濟師江上膠西酷似文武不墜運屬休明化流撫字烈考

謫官遭罹艱時酷吏深文天下共悲君之岐嶷生知敏識
磨礱節行韜晦仁德鍾罰蠻貊膺填氣塞天之輔護日茂
嘉聲叅卿發跡語掾馳名宰邑佐都事明理貞爲郎起草
後範規程出守泗濱明德惟馨繼踵躡陛脩身知止福亮
未極塋冊旋從猗那夫人性合天真心遊志道跡棄喧塵
嘉偶君子敬待如賓衣冠之族禮樂之門詞林翰苑金交
玉昆埀芳後葉流慶無垠令聞不朽貞石斯存

御史中丞晉州刺史高公神道碑　盧虔

大曆七年冬十有二月辛酉御史中丞前晉州刺史高公
薨嗚呼天柱折地維缺豈止梁木其壞大山其頹乎中書
令汾陽王聞之衣及于寢門之外至哀不哭仰天久之曰
天喪余俾余曷所依律奇在斂公之化食公之德莫不叩
心絶氣行號巷哭其月乙亥天王使中使来歸我公之賵
贈潞州大都督詔曰狐裘濯冠勤固無歇閑閤晉牘盡瘁
有終謂公有古人之風故旣公以古人之節傳曰知臣莫
若於君豈匿也哉公諱武光字淑貞其先渤海人也曾祖
正初隋左金吾衛中郎將祖翰皇中散大夫常州長史皇
考莊皇左驍衛將軍代濟忠貞保乂王室累膺熊羆不二
之心佐盛德之後必有達者惟公生焉公則將軍之嗣子
也在厥初生自貽哲命弱而幹父長乃克家耻雕蟲而不
爲專從龍而或躍故能事親克諧於純孝謫主必着其大
忠忠孝並全社稷之衛也以申警之勤有職洛交郡安昌

府別將略忠信也由是公忠壯自篤勤勞日宣爲國爪牙
在帝左右美爾攸績於嘉乃勳累遷至忠武將軍守左清
道率洎天寶末會幽燕階禍公密奏辨疑襲履霜之漸叩
血流地上濺御衣雖涉　之諫不從而竭忠之誠克見帝
嘉乃節拜右羽林將軍知軍事及亂作公待罪闕下曰臣
始知之不能糜碎身首啓沃聖聰俾賊猖狂藥而不瞑眩
誰之咎也敢忘其死帝遽錫公雜綵二百段瓶盤副焉曰
予言無隱朕甚嘉焉言而不從朕之過也惟今之謀言姑
將以爲親其年公陷賊覺爲賊所得賊議焚太廟與清渠
之役中使孫知古遇賊若爲釁鼓之事公節由義感忠以
力成危言勃如賊爾咸若是歲國廟不焚中使復命公之

力也其有金鏃淫夷南詸繫俘咸賴迋續以末其命者可
勝言哉其時賊議公本我唐之藎公也不可以握兵之要
恐逼內外之言賊遂黜公出典故絳絳人聞公之至也公
來其蘇公之牧絳也我竊則閔雖外困賊命而內綏我人
億兆協心和樂且孺卒使苞茅之貢日臻乎行在及王師
大來公志克遂墜城歸命乃享無疆之休易曰女子貞不
字十年乃字其是之謂乎入朝肅宗詔復位羽林是歲年
穀不登長安餓死相屬公飈言于上請出禁衛之米以敝
餓者上多之乃俾公司出納之恡翌日餓隸復蘇人賴家
給時謂之公致君嵩於尭舜不然何博施之道廣耶越月
除奉先是邑也有不腆之賦户人逋其邑三千公奏止未

幾户人復歸如初屬虜難未巳時奴剌拔我鳳州皇上頪
能俾公康乂公於是乎始有剖符之寄公之始至克黜戍
難靖安西入（疑作人）踰月政成封内大理俾其裀（疑）之蓋及
躬于仁壽之域矣其年秋有詔遷梁州刺史充山南道觀
察初商人吏那延西人之子也㭊遷員來遇疾而卒遂殯
所得之資備送終之禮明日死徒數百人咸造公庭曰今
有以見死者之幸我如此不如此無其如字人之恤飲水
之槩不書可知也君子曰高公荷天之百禄末中無斁由
是汾陽王美公之政無度寶應初以今上之命命公救濯
于絳加銀青光禄大夫絳人喜公其來如見父母戎首師
乾光皇甫大冲率徒數千君郡之南山食人馬牛奪人妻

妾渴日爲悪不彌處劉洎公之下車旬特克浸仁風率復
淳化封域之内盗如也雖晉用隨會郡道出奔舜舉咎繇
不仁者遠昜（集作何）以爲比俄而汾晉阻兵關東澌弊脇榷
相臧鮮克胥匡以公獨固大節侒大順初誘之以高位不
從又逼以白刃不從身幾見危節終不奪可謂風雨如晦
鷄鳴不巳上徐聞其忠狀也加特進守左金吾衛大將軍
又轉開府儀同三司試大常卿封渤海縣開國公食邑一
千五百户加一（疑衍）朝散大夫閒歲遇汾陽王論晉倒懸之
急若涉水之不濟由是上將公爲舟檝克濟其難公自是
以利往爲晉康侯加御史中丞夫晉陶唐之舊也介二大
都之間達四康衢之要賊臣之所鬮斂王師之所蹂踐室

盡閒爾由其荒兮其有彼積之苗美哉之奐則爲武臣所
有其秋與履亂之役行比屋之積撫弱惸獨不畏強禦晉
人沐公之惠如慶雲也一年逋逃復二年田疇闢三年之
外中和之詠甘棠之頌洋洋乎盈耳哉三年秋汾陽王復
以公勤績克聞于上上俾公以尹河府浹辰之内揚然有
聲晉人思公遺愛銘頌貞石經始有典不日成之覩而思
仁墮淚于下汾陽王聞之復聞于上上詔公再造其晉加
樂安郡開國公公之至也大耋皷腹而歌群黎杸杖而拜
武人惚戈以馳突樂正交皷而和羅公旣喜迓如雲人亦
沐公如雨風生草偃政簡人和陶然日遂其性矣以明年
冬汾陽王以秦隴不關籍公以籌其策公能候于晉克揚

西土之烈無何遘癘霿疾遂歸休于宣平私第病日臻旣彌留銀青光祿大夫兼絳州別駕趙公廉公之愛婿也素知其爲人名節淸峻氣宇冲邈臨終之日托以後事而誓言于公曰嗚呼余不天余之性也克艱難昔徂蹇之際不克抗臣節以死王事繫老母之故賴皇鑒之明以汾陽王靈不汝疵瑕獲保首領以免今死喪存至逃遁無所汾陽王生成之恩不得而答大夫人罔極之德何階而報天乎天乎誰察余之心乎言終歔欷而歿享年六十有五夫人隴西李氏柔克宜家坤儀訓內享年不永先公而逝大曆八年正月五日詔贈郡夫人夫人以其月乙酉合祔于萬年縣鳳棲北原禮也公六典大郡三掌禁兵淸儉以立身

貞而獲歿誰謂高氏無君子斯焉取斯太夫人隴西李氏殂已斷之傷就終焉之禮夫人天水趙氏誓同穴之志爲未亡之人嗣子長曰昪次曰昱咸在童丱集蓼茹荼哭不絕聲盡而繼之以血也扆忝吏末曾工爲文受命于愛壻趙公俾光昭公之令德逖聽遺愛搦札而書不覺涕之沱若踠而銘曰

天贊皇明而公克生欽若王事有終于成乾乾惕厲蹇蹇忠貞二主禁兵六牧專城於穆性情疑洋洋頌聲九有作程惟皇之禎胡不終吉今天降疾禍昪福黜幽啓明室隹城鬱鬱備物秩秩送終于畢不忍其出隴月霄吊郊雲曙寥吁嗟高公千秋此室

卷終

文苑英華卷第九百二十四

碑八十一　神道四十二

職官三十二　六刺史

黔州刺史薛舒神道碑　常建

名位所以寵賢爵祿所以馭貴德盛者慶遠源深者流長垂裕後昆啓迪前烈今見其人矣薛氏之先奚仲爲夏車正仲虺爲湯左相與滕爭長薛實先封佐漢登台因而胙土河東冠族代不乏賢五代祖道衡隋吏部侍郎內史侍郎隋文帝創造覇圖務揮綸翰變當時之文體高祖收皇朝行臺金部員外天策府學士我大祖之經綸王業專掌

詔檄撰經國之詞宗凡所事業著於史傳曾祖原超皇朝戶部尚書中書令汾陽縣開國男冊青景化金王王度訏謨載於盟府故事晉於臺閣祖毅皇朝鄜州洛交縣令太子舍人父儒童皇朝京兆府醴泉縣丞贈梁州都督潛德養蒙晦明藏用位不克量道屈安卑武子之德在人大丘之德益茂府君諱舒字仲和醴泉府君之長子也元和誕靈純粹時秀覃訏有典敏惠夙成聞詩禮之義方深仁明之正性讀書知王覇大體覽史纂名臣高節脫略細務經濟遠圖銓衡賞擢年十九授華州司士參軍從累士也轉相州司法參軍又遷岐州司功參軍鄭郡舊都扶風左輔掾曹之選必先才地以儒學飾吏以明察涖官筮仕之初

有令名再命而偃不忘循墻之恭三語故稱則聞趨府之
譽堆案之下析滯無廢天寶初宸宇晏平典刑攸叙旁求
端士以授法官拜大理寺丞敬爾蹊獄有郡吏抵犯議合
惟輕台臣作威俾令從重伏念累日至於旬時苟有動搖
必將頗類彰書厥狀實曰非辜初秉直而不移終忤權搖
獲罪貶青州司户參軍君子曰守法不回正也移官無慍
達也道不可屈身屈何傷無何授金州司馬遷夷州刺史
舉淹滯擇薦平也至德初遷渝州刺史西通楚道北控漢
中山鎮縉雲峽通明月歌來慕於巴俗頗借晉於梁境界
課最矣君理行第一所居必聞冉季膺政事之科龔黃獲
循良之首累遷巫溪二刺史兼少府監殿中侍御史溪洞

雜類蠻夷徼外綏有素服小有底寧言語之所不通撫柔
之化風靡寶應初皇上以四郊多壘五谿未安乃拜黔州
刺史黔中經畧招討官觀察處置鹽鐵選補等大理卿兼
御史中丞黔中者禹貢荆州之域秦開武陵郡其啟土也
大其貨殖也殷有廩君之土舟擅寡婦之丹宂惠化所感
無思不服昆明夷者西絕域開池習戰漢所未通遠聞德
政翻然琛賮尤物來獻於重譯紫泥寶書屢榮於手詔尋
加金紫光禄大夫御史大夫河東郡開國伯賞茂勳也十
郡士氣百域異俗輕剽哄宼姦宄矯虔示之以威信興之
以禮讓華風變於夷裔膏雨浹於殊壤方將作鎮藩翰永
為長城天不慭遺人將安仰以大曆十年四月二十五日

薨於溪州之公館春秋六十有八勤王事也魏闕將朝來
展韓侯之覲荆州罷市深懷叔子之仁百蠻感慟三軍雨
泣惟君子儁之性始於閨門忠義之誠聞於邦國少有大
量纫而考成結綬勤王敬恭朝夕精識可以應務明斷可
以折疑每推是心以接於物魏其廡下金盡散人汜毓室
中衣無常主而雅好文酒醉循温克陶然忘機傲然自得
徽來軒冕曾不在懷此則山簡之疎曠莊周之造道也而
不驕謙遜每推於寮友寬而能恕喜慍不見於家人信大
雅之保身中庸之蹈道允乎負才器以身許國剖郡符簡
易之風政行於南國者二紀領藩鎮者十年凡所條奏上
簡聖心汝實專征嘗受元戎之鉞我惟共理兼榮副相之

印克國之功宜右地伏波之式是南邦遺愛去思古今一
揆君外祖故中書令逍遥公常嗣立先朝碩德叔父故陳
晉郡太守河南採訪使江童當代者名暨季弟前吏部侍
郎今宣州刺史宣歙等州觀察使邕朝之俊茂既（疑）隋朝
至今掌綸翰者四華夫實之後膺方面者三人中外相門
弈代文學閥閱之大莫之與京夫人京兆韋氏故工部尚
書東都留守虚心之次女琬（疑作婉）淑之德早映圖史柔明
之姿動成師範方保榮於韓樂奄追悼於潘詩以永泰二
年三月殂逝巫州官舍追贈扶風郡夫人從夫貴也長子
長卿貢明經安親次子左金吾衛兵曹安國早成訓導皆
成器業才行之美孝友彰聞爻志不時相次淪夭三子永

王府叅軍安郡督稚之歲執親之喪致毀而終人踰（疑）所痛卜云其吉列兆先塋不忘孝也第二女故梓州射洪縣令杜滔妻至孝純深提携孤幼江山險阻扶護言歸誠孝所通龜筮協吉喪事不敢不勉備物必誠必信聖恩震悼贈禮部尚書賻物三百疋仍令中使監護吊祭儀伏禮優常等飾終之典廼日月於佳城詔葬之儀濡雨露於泉隧以大曆十一年七月二十日合祔於萬年縣棲鳳原禮也季子大常寺奉禮郎遵誠協律郎遵誨太祝（一作常非）遵訓等七人童丱而孤孺慕罔極松楸已拱地邇先君棣蕚前剛塋連愛子封之若斧尚行夫子之規坎不及泉自合延陵之禮余忝內弟早荷周旋傳盛德而備詳叙高行而無愧

詞曰汾水源長條山連岡縣氣發祥大族其昌車正仕夏鈞衡佐湯贛君法令內史文章德厚慶遠才優道彰中書政本綸合傳芳時稱茂緒代濟業祉學小申韓藝通墳史邦有良翰朝推端士拆滯列曹申冤大理三黜無慍九遷茲始州縣楚勞雲霄則邇西南重鎮實倚長城夷落風變蠻陬化行駐車決遺攬轡澄清赤舄命服朱綸錯衡霜飛憲簡露溫戎旌絕域輸（一作納）款殊方獻誠牙璋既備介圭方覲仁則宜壽天胡不慭迢遞江山悲涼旅櫬震悼宸衷哀痛藩鎮詔使護喪同盟執引哀哀孝子煢煢徧銘德叙功庶乎傳信

常州刺史獨孤及神碑　崔祐甫

昔劉向稱賈誼言三代與秦亂之意其論甚美達於國體雖古之尹管（文粹作呂）未能遠過又稱董仲舒有王佐之才雖伊呂亡以加管晏之屬殆不及也烏（文粹作於）戲二君以儁才嘗盛漢之崇而位止於下國二千石祐甫聞於先君僕射曰主恩非臣下之所國天命豈生人之所制有唐碩量深識之士曰獨孤常州諱及字至之河南洛朝人皇朝左千牛元慶之曾孫蔡州刺史思睞之孫殿中侍御史贈秘書監通理之第四子仕而遭時鵲立於朝建旟東夏三著嘉績嗚呼痛乎奄忽捐館其時也大曆十二年夏四月二十九日其地也常州之路寢其壽也五十三年夏四名公素見知者後進之士聞義嚮風者洎濠舒常三州之百姓莫

不堪（集作填）痛流皆不宴不相浹辰彌月厚而惜之者徃徃失聲出涕沱若公有子朗郁等年未齔厥兄檢校水部員外郎兼侍御史汜方佐潮河（集無此字）東帥聞喪來奔半旬而至慌毒之甚情（一本作如）不欲生既受吏人賓客之吊乃忍死（集作哀）謀事以六月六日引使君之柩去常州歸洛陽其年歲次丁巳十月朔七日葬我使君于河南府壽安縣其原先秘監之塋以夫人博陵縣君崔氏祔焉禮也水部曰天之降災害（二字集作割）于我家仲叔季盡矣吾將老矣吾弟常州之子未立今不刻石表墓則常州之令名何以傳於後乃託我故人叙而銘之常州稟元和以生幼有成人之量秘監府君親授以孝經常州一覽成誦秘監問曰汝志於

何句對曰立身行道揚明於後世是何尚(二字文粹作志)也自是徧覽五經觀其大義不爲章句學成童丁祕監憂勺飲不入口者累日先夫人同郡長孫氏諭以不可滅性之義由是微進饘粥扶而後起免喪加於人一等鄉族稱其孝焉長孫夫人高行明識訓導甚至至常州漸教成器卓然有立著廷陵論君子謂其評議之精在古人右天寶末以洞曉玄經對策上第超拜華陰縣尉著古函　闕仙掌二銘格高理精當代詞人無不畏服俄屬中原兵亂避地于越丁太夫人憂毀瘠過禮既外除江淮都督使戶部尚書李奏爲掌書記授左金吾衞兵曹參軍旅之事非其所好未幾返初服今即上位下詔收俊茂舉滯淹政之大者以

公爲左拾遺凡所諫諍直而不許究而不撓削藁詭詞(文粹作焚藁訓詞)不傳于外遷大常博士時新平大長公主之子裴仿尚永清公主初以太子少傅裴遵慶爲婚主將行五禮公實相焉中使口宣詔旨易之大長主後夫姜慶初常州曰婚姻之禮王化之階以異姓之人主之不可甚矣其不奉詔中書令汾陽王時爲五禮使從焉又百官薨卒定謚之際綜覈名實皆居其當與嚴河南郢訓荅呂荆州諲謚議傳而正當時韙之遷尚書禮部員外郎受詔考第吏部選人詞翰旌別淑慝朝野稱正上方大𥂝黎庶精選牧守以公爲濠州刺史平其徭賦恤其惸弱課績聞上加朝散大夫遷舒州刺史野(集有之字)境瀕江傍山群盜所聚或蟠結林藪或趦趄城市公惠以柔之武以讋之釋矛服來盡爲良俗其他如在濠之政居一年璽書勞問就加尚書司封郎中錫以金章紫綬屬江南旱歉比境之人流移甚衆公忠(集作悉)心以撫舒獨完安天子聞而休之擢拜常州刺史常州當全吳之中據名域沃土兵興之後中華剪覆吳中州府此爲稱大故朝之選牧恒屬意焉公宜中和平易之教務振人毓德之體百姓蒙化遷善不知所以安而安吏不忍欺路不拾遺餘糧棲畝膏露降之(集作庭)公平生開人之善必揄揚之氣盡與之不啻若身得之後進有才而業未就者教誨誘掖之惟日不足公之文章大抵以立憲誡世褒賢遏惡爲用故論議最長其或列于碑頌(文粹作碣)流于

詠歌峻如嵩華盛如江河清如秋風過物邈不可逮公有集二十卷行於代若夫贊堯舜禹湯之命爲誥爲典爲謨爲訓人皆許之而不吾試論道之位(集作任)宜而不涉前是公之仲兄季弟伯姊三年之間繼歿執天倫之喪如柰如蓼竟以無祿天何不仁然則賈與董名位不盡其才吾先君之歎主恩天命斯見矣其銘曰

常州之德(二本無此字)孝行爲大烝烝翼翼以敬以愛友于兄弟如棣如戴常州之義篤于朋(二本無此字)友用之有恒行之可久(集作故之曰如一恒之曰可久)扶危拯溺爾身我手常州之才施于有(二本無此字)政扶柔三部讜以爲柄冀遂國僑千古迭映常州之文究其元(二本無元字)本質取其深(文粹作[illegible])艷從其損在星

之綿在衣之哀常州之年止于（二本無千字）身深去昭昭之盛世與萬鬼而爲隣白馬江上青鳥洛濱鶺鴒在原嗟爾元昆繚經（二本作在）露血長號訴究纂述遺美謂余不讓我見（二本作覵）之子將二十年相投藥石胡疹不瘗譬我於池子爲之泉譬我於桐子爲之絃榮不獨遂難不隻全如何淑明摧馥碎堅斂衣楚挽徘徊墓田望之不見甚之無緣俚首班如女手拳拳如天如天泣涕漣漣（二本作俚首班如女手拳如天如天如泣涕漣如）

房州刺史杜府君神道碑　劉大貞

茂天爵者薄人秩韜真機者庇世道是有草萊纓組塵埃羶利位始階而身退名始存而跡遠者見之府君矣府君

杜氏諱元徹字金剛京兆人也宗啓周封業光魯史曆源演派疊萼餘英以地則因人斯大以世則令郡望族至若驟諫興王飛謀戰國埀康漢之緒著平吳之功咸寵冠徃賢爵華前載斯粗舉而未能也曾祖良杞府君銀青光禄大夫國子祭酒贈左僕射祖士倫府君太中大夫左衛大將軍考玄隱府君游擊將軍商州洵水府折衝上柱國或遵揚儒風或宣肆武烈方傳學省勲在戎府俾昌而裕毓我今人府君貞量居體中和成性孝慈根於素風明敏彰於羈貫惟道素是味唯還冊是慕浮碧落而雲高立秋江而鶴遠既而宗族喻良弓之業親朋示傅帶之義事感于中勉而筮仕解巾署部戎校金吾左翊府尋授左監門衛

長史晁錯才識始從掌固揚雄詞賦仍聞執戟滯修鱗於汗瀆棲逸翮於榆枌摩重霄躍洪瀾將有日矣然而雅好翰墨尤工弧失援毫露埀含接星落修倒薤以偕極捲穿揚而稱妙造次於是專精無怠兄素以歸智於是隳身徇物則儒墨兩忘也匪江湖而閑匪仁義不修則朝野一致也是用齊榮賤混淹速歲星逾所名秩乃徙人不堪其望我則莫之屑其練性存神遠希彭美猶初志也府君之從父昆弟有懸王官宿債者簡書煙交司空星至悉責薄產殆將不給且家人嗷嗷泉壤貽懼府君憂攢于貌事甚在已遂鬻所居之業而代償焉卜遷于西郊之別墅又有至自西州者官遊既久田屋斯變陶園蕪松菊已荒江宅與

桑田俱盡府君復推別墅以居之其仁愛之厚多此類也屬虜起幽都兵交中原二京弛禁六龍徧幸府君心壯血憤志圖家國乃激勸親族糾率子弟弦木礪金有車一乘督責遣之曰吾聞救時者無儉易赴難者無遠邇況文武繼代食君之禄者乎吾夙有林棲之契又齒髮將暮不有屬者誰保家屬汝曹行乎吾欲兼濟遂提老攜幼集于終南時勲武爭搏齊人大擾戰血敷野傷魂嘯林丁壯濟師婦姑行餉府君深居事外適與靜合身絕聾角目無鋒刃天下鼎沸雲卧恬然伊昔漢臣擇日而不去秦客緣源以志逐屯徃泰還我無凝滯由是故放蕩形役徜徉家林州閭歸仁殭理息訟儒書仙録開卷自得鶴侶鳴儔風期相

許實清冥上人也以乾元二年夏四月十八日遘疾終于長安居德里私第春秋六十有四夫人渤海郡太夫人高氏媛懿淑茂柔貞惠和含真樂道合府君之志以貞元四年秋九月庚午合葬于咸陽之洪瀆原禮也長子前河北招討都統領兵馬使銀青光祿大夫檢校太子詹事兼御史中丞上柱國建安郡王食實封一百五十戶季兆宣茂績於邦家施湛恩於祖考忠誠好謀深毅能斷當禁衛之心膂總兵符於掌握皇威揚於外臣節固於中勳爵大來爵位斯集朝廷以府君重（疑作奎）裕道至貽謀慶深下詔褒寵用光幽穸贈房州刺史次子冠軍大將軍兼試太常少卿季璘操履兵謀妙通韜術致身環列亦著殊名惟伯與仲孝心罔極莫不切追遠之情循聿修之旨爰托圖篆式昭令德其詞曰

休祉錫美元淳毓靈是曰哲人惟道之英風質簡遠音詞淑清優游下秩想象高冥謀能啚國射足觀德藥龜霜玄書池水墨義自情感仁非教植豐業推居宗親翼翼當夷亂華高蹈雲崖子弟從師策勳王家艱難既平吐納元和王覲雖全促齡如何訛訛今嗣忠武濟世位崇銀章權總興衛是降褒贈載光幽窆攢（疑）詞揚休昭示來裔

故朝議郎使節溫州諸軍事溫州刺史充靜海軍使賜緋魚袋河東裴府君神道碑　權德輿

春秋時賢卿大夫皆叙其代功舊德章明以續（集作績）蓋黃流玉瓚之寶產於深山青廟夏屋之材秀於中林其或爲圻爲珮爲節爲棁無非禮神用備崇構洪河之東裴氏在焉自魏晉迨今忠賢輩出士林以爲領袖史臣披於簡策而又奕代降休且公侯上嬪王姬領方州者可得而言以刻金石曰君諱希先字某四代祖懷節皇給事中工部侍郎荊揚二州（集無二字）大都督府長史洛州刺史謚曰定曾祖昭歷司門度支二郎中衛尉太府二守卿祖確歷左右衛左右金吾衛四大將軍太府卿太子詹事平陽郡開國公謚曰貞自定公至貞公皆銀青光祿大夫以至烈考悱仕至鄜（集作鄜非）州刺史太子僕贈絳州刺史凡四代貴仕左曹二千石四衛九列副冬官尹東朝（集作明非）禮及易名恩深追遠代修其業鍾美於君君寬裕惇厚恭儉莊誠資性端直詞氣閑雅於經書泛爲疏達而不窮章句於吏道通於理述而不求聞問自解巾而至於捐館凡歷十一官無疵政無遺德祇守家法奉以周旋仕於宮殿始爲僕寺進洗馬中允再爲家令仕於國王歷濟陳蜀三府初爲騎曹掾次爲長史次爲傳其初又爲壽安丞後牧臨邛乃遷永嘉班宣六條撫柔二郡惠和所被夷越嚮方其在朝也以鼂錯之智王陽之道而滯於散地括於久次其宜符也仁如愛利而必易（集作不苟）簡奉法循理亦不細苛居三年以疾受代貞觀六年冬十一月沒于鍾陵（集作林非）之私第享年若干明年八月返葬于長安少陵原之舊塋以夫人朱年郡主祔

爲禮也惟郡主玄宗之孫今皇帝之從祖姑也儲是慶靈生而洵淑窕窈德象婉娩聽從儒柔嘉之行成肅雍之道初天寶十三年詔選資地才令以府君有安仁武子之美而下嫁焉齊莊以主中饋和樂以宜姻之作配君子禮同家人嚴祭祀服幹濯者三十六年而沒春秋五十八歲貞元五年也鍾陵之守臣以聞上不視朝率禮有加嗚呼以公之率履永年之仁淑宜其繁祉壽考子孫繩繩而生不極其道歿無主其後此伯道之痛碩人之詩所由作也遺命以兄之子（某）爲副乃列其祖代官代請刻豐碑辭之不獲乃繫詞曰

河東右族蕃衍紹績代功世祿昌而熾兮乃生永嘉剖符承家實而不華諭於義兮二邦靜謐禮之善物朱轓赤茀亦爲貴兮有齊永年作儷仁賢佩王鏘然四德備兮天漢之尊平王之孫爛其盈門蒸祀事兮返彼玄壤少陵之上終古悽愴金石識兮

文苑英華卷第九百二十四

文苑英華卷第九百二十五　碑八十二神道四十三

職官三十三（一長史）

周隴右總管長史贈太子少保豆盧永恩一首

唐同州長史宇文琁碑一首

唐齊州長史裴府君碑一首

周隴右總管長史贈太子少保（本傳及碑中止云贈少保）豆盧公神道碑一　庾信

君諱永恩字某昌黎徒何人本姓慕容燕文明帝䟦之後也朝鮮微子之封孤竹伯夷之國漢有四城秦爲一侯其先保姓受氏初在㭬城之功開國承家始靜遼陽之亂自天市星妖連津兵覆尚書府君攺姓豆盧嗞仕於魏祖代

左右將軍魏文皇帝直寢父長少以雄畧知名不幸早世周朝以公兄弟佐命義存追遠保定二年有詔贈柱國大將渾涪陵郡公是知春雨潤木自葉流根西伯行而（疑作）推存及歿公以山岳精靈星辰秀異氣侔鍾鼎聲感風雲覩於秦兵尚稱童子對於楚戰猶在青衿太祖文皇帝乘時撥亂奄有霸業潁州（一作昌）從我舊愛無望春陵故人相知惟有普泰二年關西建義授殄寇將軍奉迎大駕賜封新興縣伯邑五百户開新安之郡還移揚僕之關觧弘農之圍更入劉昆之郡援桴併彎並預前驅大統三年有沙苑之戰四年河橋之役介胄蟣虱戎馬生郊公應（一作靈）變（一作兪）長風飈更勇隱若敵國強人意授龍驤將軍中散大夫八

年授直寢右親信都督尋轉大都督加通直騎散常侍十六年授使持節車騎大將軍儀同三司魏元年授驃騎大將軍開府儀同三司鄧騭以漢朝親戚始授中台黄權以魏國功臣初登上將公頻煩寵授朝野爲榮三（周書作二）年都督成州諸軍事成州刺史尋加侍中外惣連帥振威百城内參常伯榮高八舍于時隴坻黠羌時穿上谷榆中郡賊或聚漁陽公卷甲星馳長驅千騎廻洛克徒望風靡瓜州豪傑束手歸軍後魏元年改封龍支（乃抱罕郡也周書作來）縣侯三年朝廷使大將安政公隨突厥（一有天子二字）吐蕃（一作谷）渾歸國河鄯二州屬當路首公領騎八千以爲戎防南通冊粟西望白蘭関塞無虞公之勳也周元年授都督鄯州諸軍

事鄯州刺史其年改封沃野縣公增邑千戶二年授隴右總管府長史武成元年都督利涉汶三州諸軍事利州刺史五千兵破文州陽陣蛮仍平澧水以保定元年（一有遣）將兵破巴州恒復獠虔瀘五月葛亮有深入之兵長坂九廻王尊有忠臣之路霜雹不驚水草無乏天幸將軍斯之謂矣其年授司會八法斯掌九賦是均事總歲成功參日要三年還授隴右總管府長史公褰礪英蕃頻相大府北海入朝仰以對問東平謁帝因而定禮遂使馬首懷燕不無樂教蕃臣擬漢或多因（疑作田）叔兄楚國公以衆和挹讓莊賛樂推建國開都奄荒南服求以先封武陽郡三千戶益公沃野之封朝廷以兄弟相讓不無前史推恩分邑有詔許焉增邑幷前合四千七（周書作五）百户旣而六氣相祀五聲相觸靈壽不終遊䰟且變薨於官舍春秋五十八（周書作四十八）詔贈少保幽翼定相等五州諸軍事幽州刺史謚曰敬公禮也天和元（一作六）年二月六日葬於咸陽洪瀆州大夫墓樹以栢諸侯墳高於雉嗚呼哀哉公資忠履孝蘊義懷仁直幹百尋澄波千頃晋心職事愛玩圖籍官曹案牘未嘗煩委（一推擁）戎馬交馳不妨餘裕兄弟公侯國朝親戚宜春有湯沐之盛濯龍無流水之機渭南千畝之行尚懼盈滿咸（一作池）陽二頃之田常思止足立身則十世可有遺子則一經而已刺史賈逵之碑旣生金粟將軍衛青之墓方留石麟乃爲銘云

朝鮮建國孤竹爲君地稱高柳山名密雲遼陽趙烈武遂秦分寶珪世胄雕戈舊勳名稱賓實言謂身文棲此含璋降茲岐嶽有祀無隱王道正直唯愛唯敬永成悅色梳籍禮闈晋連學植（左傳作殖）策參帷帳功披荊棘韓陣揮戈齊城憑軾豹第乃建龍韜同咨校戰岐陽申威隴坻城壘畫地山林聚米上馬論書臨戎習禮賈復開營廉公砥禮從容傳會占對造請用此庶平終茲寬猛緑林兵息潢池盜靜名振赤山威高青嶺玄猷淨河飛鎮出境災氣出隴毒水侵涇朝傾地鎮夜洛台星石壇承祀豊碑頌靈渭城前栢昌陵下蕿須知地市爲讀山銘

唐同州長史宇文公神道碑　楊烱

諸侯計功其銘曰仲山甫誠（集作誠）于百辟大夫稱伐其銘
曰正考甫恭于（集作於）三命所以揚其先祖所以示其子孫
上古之初刋於禮樂之言中年以降述於宗廟之祖（集作碑）
文質既殊條流遂廣山河未配金石長存或旌原氏之阡
或表滕公之墓觀百林之字者孝肅之舊業於是乎不愆
不忘讀黃鳥之詞者文範之餘風於是乎可久可大公諱
珽字敕珉河南洛陽人也宇文歸之遠泒宇文翰之餘秩
龍火（集作燭龍）晝夜於鍾山（集作東山）鵬雲南北於溟海自中州圮
坼上國崩離魏氏揚（集作忘）其寶圖齊人弄其神器則天有
成命周雖舊邦文王以業重三分昭事上帝武王以功成
八百陰隲下人車書混一於域中子弟星羅於海內方於

劉澤乃（集作即）天漢之懿親疋以曹洪即當途之近屬及其
（集無此字）隨室遷鼎重運握符固亦壇社仍存山河不替曾祖
顯和後魏將（集作冠）軍（本傳作冠軍將軍）朱衣直閤東夏州刺史車
騎將軍散騎常侍長廣郡（本傳作縣）公周贈使持節開府儀同
三司延册綏三州諸軍事延州刺史周書有傳對揚天命
保乂王家霍去病初封冠軍周亜夫始爲車騎剖符之重
任在於六條建國之榮禮高於五等祖神舉使持節驃騎
將軍開府儀同三司京兆尹柱國大將軍并潞肆（隋地理志屬鴈
門部）石四州十二鎮諸軍并州總管東平郡公贈少保周書
有傳材優輔弼業賛雲雷晉則羊祐儀同楚則若（集作共）敖
柱國王章之拜京兆天子聞其直言郭伋之蒞并州諸童

符其恩信考誼隋文皇帝授即皇朝益州青城瀛州清苑
二縣令鉤深致遠直道正詞不汲汲於富貴每乾乾於日
夕廣都將公琰非無社稷之能太丘陳仲弓自有閨門之
德公慶成弧矢氣襲芝蘭夠則赤山之精照牽牛於北列
（集作斗）昂則黃雲之寶入天駟於東方資大孝而立身蘊中
和以（集作而）成德詞參變化揩百之闕文學富圖書閱三冬
之舊史司徒袁粲許之以栝栢豫章處士禰衡目之以椅
桐梓漆初任國子生擢第授道王府參軍轉鄭州參軍事
橫經太學射策王庭高陽才子宜慈惠和之譽武公新邑
濟河洛頡之間兼攝務發參卿位重王徽之任達國士升
車劉簡之傳聞中即寓直秩滿授遂州司户參軍事天關

并洛地總江源財（集作才）雄倉會於外區棟宇相望於近甸
尹子（集作興）爲政知陸續於賦人黃讜臨官識包咸於數子
尋遷絳州翼城令大梁星野少澤封圻城故絳以深其宫
都新田以流其惡實惟繁劇載佇循良魯國有司無擅徵
之事南陽郡吏罷休沐之娛州府狀聞鄉亭頌德亦由禮
讓之化綿竹於是乎作歌風俗之夷浚儀於是乎刋石稍
遷符璽郎尋奉勑檢校鳴臚本官如故環濟要略掌天子
之符璽劉熙釋名表京師之心腹是分麾節式賛王侯國
信不差郊迎有序遷尚書職方員外郎夏書禹貢辦其川
澤周禮職方明其物土清晨伏奏幾承題社之恩閒夜潔
齋惟有張燈之宿詔除朝散大夫晉州司馬尋遷長史平

陽舊縣姑射靈山玉印仍存壁城未改習鑿齒之逢宣武三命而踐侍中晉公明之謁冀州四見而登別駕詔遷同州長史河西輻輳渭北膏腴秦地之下邦漢京之左輔使君何以為政端右宜其得人江統知賢直言則陳晉阮宣子唐彬（集作林）薦善通理則汝南王叔度王祥糾合屈公輔之宏材荀羨逸群杜冲天之勁翮享年六十有五以永淳元年六月二十一日終于華州之別業嗚呼哀哉公元亨利貞文行忠信禮樂之君子儒林之丈夫當在顏冉中求自是風塵外物友于之義伯淮與季江同寢朋從之道鮑叔與管仲推財優游大學之中籍甚平臺之下輜車就烈（疑）化洽於二同油軾當官政成於半刺道尊德貴而大位

不躋有志無時而天年不永即以其年十月遷窆於鄭縣安樂鄉之西原嗣子某官等詩禮預聞箕裘早學生則盡其養劉殷積粟於七年歿則致其哀唐頌絕漿於九日占白鶴相青鳥鄭伯所封有咸林之采地晉侯所略有河外之城邑其川渭水而玉璜其鎮華山而金石皆習（集作習習）旟旐紛紜（集作紛紛）野田范巨卿則素車來哭韓元良（集作長）則緦麻設位大夫受梁鴻之命終陪烈士之壙妻子從田豫之言竟托神人之墓（集作家）嗚呼哀哉銘曰

國自東（集作有）部承家（集作家承）北平遂荒中縣奄有神京時逢日薄運改天正二王之後三代之英（其一）惟宗惟祖有典有則大魏將軍隆周柱國於穆顯考其儀不忒禮樂宜風闡門表德（其二）五才鍾秀百福興賢蜀都（集作郡）曾子漢代顏淵公之廣學其積如山公之大辨其流如川（其三）親則郇霍地居周鄭人物會同歌謠盛設官外職天子有命束髮登朝參卿軍政（集作改）政（其四）江漢之流（集作表）河汾之都禮優懸榻任重前樞（集作驅）六璽為貴皇天降符九州為廣益地開圖（其五）平陽土守下部風俗秦晉閭閻山河軌躅緹油之化海沂之典始聽鷄晨行復驥足（其六）龜長筮短吉往凶來賓朋永訣徒御相哀華館無家（集作象）玄堂不開青龍水曲白馬車迴（其七）漠漠古墓郭門之路槭槭寒桐平林之東天光少日地氣多風凡生物而必死唯君令始而善（集作令）終（其八）

唐齊州長史裴府君神道碑　李迥秀

蓋聞仲弓之德太丘播其英聲休徵之道瑯琊闡其茂績是知利之所傳非待殖林而貴名之所遵無假列爵而重若乃地兼崇祿門擅清華邁揭氏之五公冠張侯之七葉森森棟幹聞謝樹之生庭落落瓌奇見常珠之照乘其於裴府君具之矣公諱希惇字虔實河東聞喜人也有若顓頊遵昌源於長流有若大費啓洪基於敷土后子保河汾之邑非子擁汧渭之封千乘由其克昌三牢（疑）所以能霸至如司空領袖吏部清通勢壓八王名高百秩家風祖德亦何代無其人哉曾祖靜慮（世系表作澄字靜慮）後魏著作郎諫議大夫散騎常侍金紫光祿大夫汾州刺史謚曰文儀刑雅淡籍甚當時業茂烝嘗功標彝器祖尼後魏給事中奉車

都尉通直散騎常侍贈輔國將軍隨州刺史道著嚴郁譽
光朝野屬詞磻於騎省追旌彼(疑作被)於外臺父之隱(按世系表
希淳乃之爽之子隱乃之爽之兄)隨侍御史上儀同三司駕憲二部侍郎
扶風河南二郡贊治皇大僕司農二少卿武安郡太守始
州刺史通直散騎常侍益州長史會稽縣開國男謚曰安
望重縉紳榮兼出內寄隆咨岳任切象河八命遵其衮裳
五等列於蒲穀公承積慶之繁祉稟中和之正性清光初
廸照金玉於靈臺雅量甫成欝松筠於識宇遠慕先王之
道繼通賢哲之德弘止水以待物仰高山以立身涯涘莫
窺宮墻罕測談諧諷席業優學肆然則幽林之芳必薦於
三閣井里之寶自運於十城解褐授普安郡丞轉蓬州別

駕君山該博屈伏六安之丞仲舉峻清來從譽州之辟方
義比德千載一時除冀州南宮縣令兩河舊殊常之地中
冀爲絶北之野民俗昌阜政化大行肥野燕問而識賢孔
位及庭而稱善徙瀛州樂壽縣瀛壖之境風壤所接人民
知方不言自理稍遷雍州鄠縣令王畿之地帝京是屬子
羽捨困於櫟陽無伯祈星於緱氏薦能之化後如在昔拜
齊州長史歷下咽喉華泉襟帶州將所其四見王化合於
萬里公銓藻品第股肱拜國百姓乂安一變鄒魯奏課連
最巳申考功之名奉計京師遽有來萌之拜既留郡邸遘
疾彌留上藥難逢莫觸(疑作瀾)二豎之害中使罕遇不睹十
全之術以永徽元年三月四日終於長安春秋六十三逮

景龍年中纘戎帝籙禮穆王姬以公嫡孫遷尚主之故乃
下制追贈使持節商州諸軍事商州刺史魏后悅平叔之
才晉皇貪司空之族寵成外館榮被宗祊惟分豪適不群
風韻彌邵澄清內英華外發辨瀉言泉豁光於若納之旨
學該書圃梅跡於惟疑之地總六藝之隅奧括百行之樞
機質負珪璋門維軒蓋祖孫流譽聚潁川之德星鄉邑稱
高載平輿之月旦威儀棣棣聲望雅雅猶鄧林之徙植若
咸池之既泒公之宰樂壽也既去之後吏人追思美政遂
爲立碣不其頌歌無間於刊勒榆次紀石止事於身後歷
職著聞皆此類焉夫人京兆韋氏贈扶陽郡夫人祖恭故
上大將軍隨州刺史建安公父仁基故綿州別駕龍州刺

史殷伯兆其綿構楚傳開其茂緒朱紱隆可(疑)及之暉黄
金著經藝之績夫人笄纚式典遵寢門之雅訓匜盥有行
叶宜家之繇禮言容孔備國史聿修董萱是奉蘋藻無匱
加以深悟空寂大闡迦維究隨順理開决擇分六姻景行
九族式瞻有婦德焉有母儀焉以乾封二年十一月二日
終岐州司士官第春秋六十七粤以景龍三年十月二十
六日合塋於咸陽之北原禮也嘉耦是合未窮絳縣之壽
同穴終变遽開京兆之阡勅萬年縣令盧齊卿監護塋事
并給帳幕手力羽儀鼓吹仍送至墓所贈盥投制葬(疑)率禮
加於兹日輕車介士威儀方於昔年有子六人長曰思進
位隨縣令贈蒲州長史太僕卿次曰思約終萊州威遠縣

令次曰思禮位宋州穀熟縣令次曰思政太學生次曰譽
王位太子僕少曰思温太學生荀氏八龍且知慙德東萊
千里不足方駕懷仁服義海内所推曳組簪纓朝中歸羨
並父從運惟未及卜宅風烟銷歇霜露霑濡嫡孫選鴻臚
卿駙馬都尉上柱國魏郡開國公行極天經才爲世出門
題金榜家振玉簫雕軒秀轂結轍於平陽之第青巾紫綬
交錯於沁水之園當年之盛如此永慕之心如彼夫計功
稱伐里蒴於舊聞勒銘刋頌義炳乎來裔豈可使恂櫟靡
述衛鼎無聲爰訪世親俾叙鴻烈其詞云
惟霍之鎮積王含章彼汾之水神鼎韍光豈獨靈畀亦誕
賢良培風直上簫影高驤家聲祖德川流岳峙家聲伊何

載於國史祖德伊何冠乎人紀翕習交映芬芳不已公之
生也克壯其猷勝衣志立弱歲名道華如琬琰絶代莫儔
郁若蘭蕙亦孔之休如登之堂月將日就詞高文苑理窮
辨囿研味風騷掎摭科簡一日千里一年三秀筮仕之班
應務賅歷爲邑畢諫列郡成績忘其枝求晦兹矯敵令聞
令望知柔知錫疑作如金如錫藏舟易失傳新不停未聞九轉俄
憎百齡功著口實德範明經安仁頌誄子玉思銘黒水西
流黄山東出季武成寢滕公見日烟隧蒼茫風相蕭瑟人
世雖謝德音可述

文苑英華卷第九百二十五

文苑英華卷第九百二十六　碑八十三神道四十四

職官三十四二長史司馬

楊州長史王公碑一首　果州刺史李公碑一首
桂府長史程府君碑一首
梓州司馬楊公碑一首　淄州司馬鄭公碑一首
隴州司馬楊志誠碑一首

楊州大都督長史王公神道碑　蘇頲

生甫及申思皇多士必計謨以亮采惟聆鑾幽贊者不曰
才乎君安其才居其業奉册霄之下濟詞白日之中辰者
不曰命乎霸城王府君諱某字某爰事英主皇皇我神武
金𥁕期寶臣籍我公輔及揮綸翰秉刀尺宜其尹天下登

宰衡雖克揚其休而不踐厥位何也府君之始魏安僖王
弟信陵君之績秦滅魏謂之王家者遂命氏焉其後世居
霸城族著京兆故得魏藩公子錫胤稱宗是猶齊國夫人
因昌保姓況神皐之表裹刑盛俊城之相承綾冕固以倜
儻卓犖爲龍光五代祖羆西魏尚書令贈大尉相州刺史
扶風公紀于周史高祖明遠隋雍州大中正弘化郡守司
金上士銀青光禄大夫書大旂勒大鼎銜那成績繁衍重
世曾祖壽隋州都七職主簿隋氏淪胥煬皇板蕩竟全孤
竹之操不敗幽蘭之芳祖吉唐世系表作喆皇朝晋州司倉參軍
同州河西縣丞父慶趙州房子冀州棗強二縣主簿文秀
儒雅韜光鏟跡雄雌之歎則聞鸞鳳之栖未遠公八歲工

詞賦十五請典墳十八歷涉代史十九初遊太學二十升
甲科三傾五城一日千里詣選部冊天門出九流之先當
萬夫之特授亳州城父尉且未光也無何東強府君不祿
毀將形骨扶杖於家者三載哀不絕聲倚廬於墓者六祀
古曾子死事之中今老萊生事之極思奉檄以盡養顧瞥
疑栖而足址庭闈何適有南山之隱路譽墍不倦有北海
之儒門教子弟學成志立蓋云十數而府君雲卧林栖傲
然肥遁迫於從父之命就以賢人之碎授華州華陰縣尉
復冊甲科轉京兆府美原縣尉換華原丞廉問之舉屈爲
之佐殊尤之薦用冠於首擢拜左臺監察御史王憲斯執
國刑不紛一歲遭內艱如在先考之戚禫闋制復舊倅臣

左補闕何輝圖怙勢作奸頗盈罪惡府君直言正色莫避
權寵簡墨條奏當朝允之遷殿中侍御史無何拜尚書户
部員外郎轉祠部主爵考功三郎中邦有教謂之安國有
祀謂之事則人祇之政罔弗格邦有等謂之爵國有功謂
之課則賞罰之旨罔弗齊自非貞退應物敏於成務疇能
振景拔萃州淳岳立主上旒冕而思一以寰宇腹心特重
其掖垣故近密委於侍臣緝諧運乎小相拜給事中轉中
書舍人剸犀兕者其議可以斷割賦鷫鸘者其言可以遠
大況天詞往復行於中青人望扈侍期以上台姑試之劇
備觀周美遷兵部侍郎回翔要津拂拭夷路消長容其正
忠邪順其直戎昭者有畢力之師褒序者無曠負之人以

東南封圻淮海殷雜雖陸攝水標填于委輸而風果氣銳
憝以剽輕巨鎮何有繄公則賴乃出爲楊州大都督府長
史暘秋信風雨若不競不絿有倫有要化之爲最理念于
茲嗚呼景命不融流年孰返以年月日遘疾終於府之官
舍享年六十府庭颷恋閭巷聚哭攀舟檝以咨嗷越江關
之重復名流常化雅俗追嗟嗚呼以爲當代所歸禮謝於
陳在豈謂逢時共許愛深於產卒夫靈龜明鏡可以決疑
駟馬拱璧不如進道牽於彼則疑已釋存乎我則道已用
府君是以寘毛髮之慾徹膏肓之疾加以傳聞好古精義
入神有夫子之文章得吾家之書籍馬或繕每富山藏當
工篆體間以琴德不輝頡而好事者珍每成聲而知音者

嘗疑作賞身殁之日所纂集二十卷自彈琴几數張俾後代
美其華旨其實垂芳塵之菴藹揉嘉頌之洋溢其高致歟
粤開元十五年龍集於卯仲春日最卜塟於京兆咸陽洪
瀆原禮也周之董原漢之槐里冊碑已刻青櫝成行子八
人長曰有次曰寔並行齊曾閔聲軼元季徵昔有八子之
名喪有二連之善府君之仲著作佐郎敬從者季太廟丞
擇從者敬也瑚璉之器擇也金玉其相稱之真披文之實
記吾人早遊學序曾比義於青襟晩哭寢門匪致能於黄
絹辭所不獲強爲之銘曰
高惟雍兮大曰京遷王氏兮着霸城或公或侯散佩垂纓
子子孫孫府君挺生一其德有必綜才無不括勝情風翔儁

量河潤帝曰俾乂求賢如渇公其㯳然藏器以達（其二）三才
最清憲清憲攸歎四趨明光明光孔彰並躋雙掖雙掖忠
盈皆掌二柄二柄方正（其三）爰廻藻司廼涖揚都政既成矣
公嘗邁乎輔我皇極奮于天衢柰何不藏遠世而殂（其四）世
閱人之不息兮人遠世之逐即獨四塞之山川兮盡千年
之封域噫古之不朽詩載是力撰懿圖芬兮清深廣直（其五）

故果州長史李公神道碑　張九齡

公諱仁瞻字某趙郡房子人其先自段干木至栢仁侯皆
以醇德茂公奮于上世始於藩魏終而將趙其名不隕遠
（集作遂）濟于今五代祖後魏中書侍郎始豐（唐世系表同此集作對非不同）
懿公粲粲生徐州刺史始豐愼公元茂元茂生趙郡太守

府君諱鳳昇（表作子之字鳳昇）生駙馬都尉直閤將軍府君諱道
宗道宗生齊尚書兵部郎中府君諱山壽公即郎中府君
之子仍世致美在邦攸宜故我公稟靈中和履道元吉以
學則探其奥言見聖人之心以行則踐其嘉言合君子之
度以故動爲人譽名乃日宣義府孔修德輿云遠故未可
量也隋大業中舉孝廉洎唐興調棣州司户參軍滋相二
州總管府户曹參軍莫不事人以直反身於誠處卑能安
敬長則順故光輔郡將周爰我咨自州徂州或嘯或諾既
而遷金鄉晉陵二縣令敏（集作精）識以亢事善教以長人四
封用孚三英以粲彼蒲與密獨何有焉以課最遷歸州治
中郢州司馬加朝散大夫行果州刺史盤桓參佐未復公

侯道非吾行德不（集作無）必貴遂以没代豈命也夫其某年月
卒于官舍享年若干及喪至自蜀而塋不歸趙乃卜宅於
許封樹汝墳子孫遂家亦既重世至開元中公之孫曰察
以古諸侯之禄奉先大夫之祀晝遊本郡輝光前烈非清
白以遺善慶之餘保艾爾後人亦何以臻此於是履霜爲
感恭惟春秋之事刻石是圖俾揚祖宗之業斯善繼者也
敘而志之銘曰
長史英英作爲世程動合雅度休有令名以之入官從事
而昇（集作名）以之佐郡爲政孔明悠悠上天曷不貴德終于
參佐孰云邦國孝孫其昌餘慶乃彰宰（集作家）樹蒼蒼徽音
不忘

桂州長史程府君神道碑　李邕

覩厥品目異等業尚獻臣天與才名神福壽考而中畱官
序小往代艱位不極乎多能績未宜其利用戢駿翩韜良
工悲聲虺於絶絃泣涕形於抱玉自傷楚老豈獨公明而
已哉公諱某字某廣宗新安人也其先出自顓頊重黎之
後周之休父入爲司馬漢之不識擢居衛尉至若昱輔魏
主嬰立趙孤奉日以納忠殺身以明節精誠發於寤寐義
烈冠於人倫宜其貽謀克家寵光形圖業與時並名與功
諧者也五代祖響府君陳襲重安侯隋蕭縣宰四代祖育
府君隋車騎將軍曾祖皆府君隋涿郡主簿大父弘府君
皇明安陽令考大辨府君泗水六合二縣宰撰東征記兩

卷藏之秘省英不託宿元德從事老成典學積於蓬山能賦秀於詞苑府君令始家則光有國庠博通全經悉數賢行孝曰曾子文似相如下筆不休造言無擇陳平長者把臂每多田蘇好仁引繩相重解褐徐城尉始足下也旋應五臣非第遷宋城轉櫟城簿王畿政重帝告事先握札雲飛聽訟風靡載擢來庭長安二赤縣尉樽銜御黜夙駕承天驚皆若神應封猶響籍聽擢左臺監察御史仁克寬仁無害恥爲許刻雅欲優閑朝廷許之轉詹事府司直歷城直歷城門郎長杜武進朝邑曲沃好疇雲陽辛六縣皆代工開化順時布和慎簡里胥周省條簿其清水鑑其坦砥平從心術以外形隨手妙以旁發人樂新政俗勸古風載

遷魏州司馬靜守憲矩審喻衆寮官師有章人吏不黷一作黷屬石族黜免徹嗣姻連奏引諫書醜詆宰輔選其頗正其奸贓志士寒心明家質首左遷府君饒州焉謫子昕崖州舍城尉俄轉府君桂府泊島夷干誅天師問罪憑險毒送死阻兵昕乃不俟檄徵自促鋭陣挺身而當矢石救面而覆筬轆馬旋泥中人走岩下憤氣雖作救兵莫臨劍交於胷戈達於腋其命則殞其目不瞑嗚呼争首謂忠供養謂勇舍卒歸盡零落無成有感路人愍悼慈父沉悲生疾積痛傷年詎堪斷腸烏可銜木人非命也天何問焉以開元十六年十月五日奄徂化於官舍以其年月日反葬於其原舊塋禮也夫人廣宗潘氏　封某縣君即銀州刺史寶勣之息女柔茲孔嘉貞淑丕訓是佐君子宜偕永年桃李早零柏松同柎子皓曜曦等並才彥惟有名教克開優游翰墨之場造次仁義之域宅憂殆滅追孝有望甸匐昭覲哀遂紀石邑以披顏友道列坐詞人談笑未終存殁相訣情也有慟溺之無從雖不工於文將達其義詞曰

曾源積兮流彌長高閎慶兮齡亦壽命不泰兮時未將何寵祿之中否從政理之孔臧坐睞屬之嬰累重愛子之飛章遭一門兮二謫備周歲兮兩喪寄永懷兮身後唯沒代兮揚名

梓州司馬楊君神道碑　　陳子昂

君諱越字復珪弘農仙掌人也其先帝高辛氏之裔周有

天下晉受其封至宣公伯喬早基揚國君乃彤弓玈矢玄鬯赤茀則禮命之樂歌之崇天王之寵光保元侯之福一作休祉其後十六世一作代有楊寶者天賜黃鳥授以白環若曰令君子孫世登三公迨震秉彪賜四代五公烈光照于漢室盛德充於海內金圭銘冕至今爲弘農世家也高祖椿魏尚書右僕射開府儀同三司司徒公進位太保加侍中給後部鼓吹致仕歸邑賜安車駟馬傳制三一作二人可謂國之元老帝之師臣功成名遂社稷之寶曾祖思善齊通直散騎侍郎贈中書侍郎祖敬通鎮遠將軍鄭州治中邛州別駕父君同隋蒲州芮城縣令皆國書舊史列于名節公即芮城縣君之第二子也少而冲嶷苦節真素家無

王帛室有琴書聞少連之風而愜心之庶乎身中權行中清
上以際乎天下以敦乎物不應州郡之命有金玉之心常
嘆曰以明珠彈千仞雀吾不能也是觀寶龜之象心搣朶
頤探金虎之爻志在幽履遂去家適于嵩山經十餘年丹
仙白雲之志恥然矣屬太宗文武聖皇帝初臨天下物色
幽人初山傍道網羅遺逸君子若曰天下有道可以見矣
於是始以角巾應命褐衣謁闕陳大道之閎蓍論至言之
闕奧（四字一作公於天下）帝曰俞爾言乃可底行若歲大旱用汝作
霖雨令南山近塞北漢連胡石州邊烽皇化未謐汝往欽
哉輯乃人禦乃敵以息匈奴之患始解褐授石州方山縣
令樽俎在堂干旄在階布大信於德戎示折衝於袵席威

名震耀乃升聞也有詔（一作勑）徵授憲臺監察御史綉衣始
拜珥筆升朝臺閣以之生風豪貴由其斂手又勑授中書
侍御（一作侍制）未幾又遷秘書郎直中省如故遊鳳凰之池觀
蓬萊之府是天下之榮盛也又轉　宗正寺丞居歲餘帝
思南史之才將崇東觀之美又遷起居郎如騎都尉龍朔
中天子將觀兵於東夷以復先帝之業凡居中者多出守
旁郡是歲授公朝散大夫除冀州司馬同知州事于時天
下雌韓而雄魏將壯武帝（疑衍）而柔文公始厭承明出臨外
郡探九罡而犯禁崇奸欲嘗朱傅之能以親（疑作覩）龔遂之
政公深鉤潛徃英機立斷短服褚袴於是乎理麟德中兼
授梓州長史蓋在華之南區彭之北鄙豪俗侈靡政削公

緣（一作緩）撫六國之謡旺雜三巴之中壤公下車問道觀風
立政先之禮讓教以詩書抑浮祀禁冗食堂叩鐘磬家擅
山川莫不爲之節制行其典禮來暮之頌復起於斯時高
宗大帝方接千載之統升中太山玉帛雲趨朝者萬國預
陪金蹕拜侍瑄壇白雲既封皇慶斯洽加朝議大夫餘如
故太上旋命御駕來歸般楹夢奠遇病薨於官舍時年六
十四嗚呼哀哉遺令薄塟不藏珠珍孝經一卷堯典一篇
昭示後嗣不忘聖道即以其年月日塟於西嶽胥仙鄉登
仙里西麓遵遺令也嗣子嘉賓等哀號哭血柴骨戀心緬
惟罔極之恩思榮未錫之道以爲君丘于役無功宜因季
由之嘆空勤負米於是考群聖之典擇衆妙之門求所以

昭報幽局賛祉冥籍則云金仙茲救實手來迎若徳崇於
此則功濟於彼是用歸誠真諦祈祐能仁箱鐵圍而寫容
描（一作貌）金蓮而得象於登仙麓之塋則造阿彌陀像一區
座高二丈并衆變菩薩天人畢備全金湧出象寶裝嚴雲
仙鬼神周羅上界珠幢羽蓋圍遶中天盖所以丕顯尊靈
光昭惠業達人之事畢矣孝子之事親終矣銘曰
巖巖太嶽皃皃長河散雲濟霧涵靈貯和陽侯之國究其
中阿子孫瓜瓞軒蓋駢羅四代五公自子伯起蟬聯彪懿
令問不已二千户侯二十刺史世濟其榮至我君子哉我
君子皎有令光不寵我組而括其囊洗心岩遁抗迹雲翔
冥鳴來遂白駒在場斯我薜蘿綰我墨職邉朔多虞徬徨

孔棘之子之徙名威名得千旌　在階烽火罷色行行驄馬
繡衣之光烈烈董狐司史之良而我君子總其徽章出同
嚴助政穆王祥雄魏既康鄭蜀無徭役攬轡言邁題輿載理
尺兵不戰亂繩俄靡天子登封拜服玉壯大禮既畢西歸
遲遲歲亦秩止天不憖遺呼呼吒吏號泣漣洏曷其徃矣
來慕歌思縈縈孤子棘心哀哀永號昊天泚泣冥祐蓮花
之國金池玉靈崇此香緣生彼荷秀全金既湧衆寶斯裝
考增其後叔瑩其旁香花園遶松栢成行千秋萬歲祚祉
無疆

中散大夫行淄州司馬鄭府君神道碑　張說

五岳可涉唯德也謂之崇高萬物皆化唯名也謂之不朽

君夫行欲盖而德彰道無求而名立嘗聞其語今見其人
公諱某滎陽人也華州刺史褒成公儒之曾孫蒲陽太守
太濟之孫荊州刺史乾符（集作黎）之子在昔周王敦序九族
封（集作邦）懿親於鄭維時鄭伯敬敷五教賦善職於周其後
蕃衍儒門光華士族盛行西域名震京師入則天子授經
出則單于抗禮公揭日月表山川體二氣之清淳納百代
之靈慶越在岐嶷異於常童既以冠帶遊皆長者初以門
子宿衛解褐涼州參軍轉嘉州司士又宰鍾離嘗陽二縣
皆秩滿裴攝江陵恭月政不改俗官不易方群盜出奔遠
人來附其所處也入境聞愷悌之風（集作聲）其所去也扶路
有贊陶之思非夫忠信以結之法令以濟之易簡以業之

仁義以肥之孰能順人此如其理者乎　皇王冊授天金
壇拜洛蛃網而鶴書下闢門而群龍至公侍制公車詔義
宣室自以奇士承一顧之恩許其正人參四率之屬乃墨
制除太子右清道長史尋加中散大夫行淄州司馬負壯
元之才於是拜職遇丘明之疾從茲挂冠洛汭閑居漳濱
沉痾優游卒歲福應愆期豈惟朋友之哭將見神仙之吊
享年七十有九神龍二年夏六月十五日終於洛陽之私
第冬十一月（集作十月）一日歸葬於滎陽之舊（集無此字）原成先志
也公執親之喪三年泣血以聞州里不亦孝乎先人餘業
一物不有以讓兄弟不亦悌乎加以賑窮紓急陽（集作隱）德
陰施惠人由已反身待物是用氣類益親聲談載路善繫

劒奸楊壹畫五射之妙巧宪六書之體勢此盖行有餘力
則以參能位不充量天之命也有子曰博古曰博雅曰嘉
慶（集作徵）曰嘉徵（集作慶）曰嘉重生極其養沒過乎戚忝惟皇
考安宅靈丘盛德備乎（集作于）卑位家風缺乎國史伐石他
山寄哀詞客子產遺愛得無叔譽之言公業不亡實有荀
救之嘆式撰鴻烈垂之後昆銘曰
大君有命桓公封鄭世執王政其後不兢爲韓所并以國
成性沉水截河溢爲滎波荊山之阿勝氣實多高門峩峩
衮服委佗猗嗟君子世（一作代）濟其美動如義市居成仁里
鳳集文忠猿啼弧矢善政當官惟人所安救危拯越芳而
不伐大運奄忽芳晉形泯公高壠既封深泉文重徑無人蹤

蒼苔歲濃哀哀丘隴啼鳥淚青松

隴州司馬楊公神道碑　前人

公諱忠（集作志）誠字某弘農華陰人也厥初生人爲姬伯之祖因邑命氏有楊侯之胤其後東凌奮而開國西漢盛而移關門廬隱隱亘連桃塞之上碑闕巖巖蔽蒲華山之下明德之後世有人焉大王父隋直閤將軍岷尉撫豪道五州刺史邢國公諱貴大父故左衛副率慈汾二州刺史靜公諱譽考故常州刺史工部侍郎鴻臚卿金紫光祿大夫散騎常侍太子少師賜開國（集無此二字）儀同三司上柱國鄭國懿公諱宗敬若夫家聲代業累德積仁故以克隆前統光啓來葉矣公禀純嘏之粹靈漸軌物之名教端操以正

巳崇讓以與人厲精以探道善問以毓德學無不達藝無不周成童有傾矚之望既冠爲宗匠之表年十三調太宗（集作常）捝郎尋補潞王典籤大夫門子執紼橋山王國詞人曳裾睢苑皆一時之選也明慶中詔郡國舉賢良公對策天朝無能出其右者遷太子通事舍人再舉高第徙國子監丞坊監清流才地擇東朝束帶銀牓增華西序彰纓環林益潤高宗接千載之統嗣百王之業封岱岳禪云亭稽于舊章俟茲通儒乃除公禮部員外郎祠（集作祀）事克明大典欣叙建邦分職得人者昌吏曹居六官之首求郎盡一時（集作臺）之妙又轉公吏部員外郎準的文昌羽儀冊地王太夫人憂去職公至行純篤幾於滅性雖杖經外除而柴

曆加等門人記其喪禮天子憂其死孝服畢授豳州三水今曳尚方之鳥鳴單父之琴志道不矜其大才勤政無陋其小邑善聲流於豳籥惠化在（集作市）於周原又應文擅詞揚舉策試天下第一敷陳聖謨啓沃明主究天人之際建皇道之極如有用我者其爲東周乎朝廷納賈生之言排汲直於外乃拜公隴州司馬未及赴官遘疾卒於長安之私第春秋若干王祥未施於邦政陳寔近（疑）終（集作止）於邑長位不允德其如命何神龍初中宗克復丕業格于文祖迺睠從臣緬懷先正以公二子在章綬之列遂追贈公使持節太州諸軍事太州刺史非夫立言不朽陰德陽報安有邈諸孤而崇（集作隆）家既沒世而榮號哉夫人天水趙氏

殿中監武權公某之子（集作女）也受訓公宮作合君子言容實於國史德行循於法度六姻之內宗焉始有輔佐之力卒延門戶之寄初公之捐館也九子呱呱哀縗喪位穎夫人是顧是復日就月將徙宅依仁闔門成訓三十年內八子登朝庭交虎綬之華門接魚軒之軫某年月日封梁國太夫人景龍二年五月七日終於長安之延壽里閭者遺家遷播几筵靡托而今家國昭洗情禮獲申以先天元年十月二十五日合葬於少陵原禮也第二第三子夫人在堂而沒長（疑）子第八子夫人在殯而亡今並列於塋兆用嘉魂魄長子故兵部郎中子前衛將軍此永懷徽烈思勤銘頌郎中昔嘗緒言意感延州之許將軍今復哀託情深

舊館之悲高跡難名短詞草創謙採諸故老恭存梗槩云集無云字其詞曰
昂昂揚君秉心泉懿大河靈岳含光毓粹學必研精文遒
逸思行爲時範言爲故事有蘊令德沒揚盛位慶善充家
哀榮乃備嗣姑稱媺敬妻曰葉後有母儀千載一致貞壙
土壠同封此地芳烈悠哉金生碑字

文苑英華卷第九百二十六

文苑英華卷第九百二十七　碑八十四神道四十五

職官三十五別駕判官附

高平別駕權㓕明碑一首
曹州別駕張無擇碑一首
嶺南節度判官宗義仲碑一首

故朝議大夫高平郡別駕權公神道碑　獨孤及

開元天寶之際玄宗始以八柄付三公由是台司得專其廢置其中或因寵憑位集作憑寵固位懼天下有異巳者諸附離之者皆出入三臺君公才令名以望見忤則稍稍優其俸而黜其職故天水權公㓕明由新安令爲絳郡司馬高平郡別駕而沒同於道者皆竊歎之是歲天寶六載秋八月

也沒後二十有二載歲次己未春二月返窆洛陽故塋夫人新鄭縣君滎陽鄭氏祔焉縣君某官某之孫某官某之子集作某縣某官某之孫某之子以仁儉好禮輔佐懿德宗明之風訓於閨門壽六十五大曆二年十月某日終于丹陽初公娶于博陵崔氏生子曰騂而終新鄭以繼室生四子曰駛集作軼下同曰申曰器曰舒不幸短命騂駛申器悉忠信好學善屬文位未顯而令名歸之慶之垂訓之流也至是既卜宅兆騂等懼日月逝集作逾遠後裔不知先人之德善謂及忝聲華集作鄉舉之舊故使錄而銘之云公諱㓕集作徹字㓕明壠西天水人也權氏之先出于顓頊其遠祖殷武丁之少集作小子生而有文在其手曰權因以權受封且受集作命氏焉至

周爲楚武王所滅國除其後有仕隴西者遂家于天水歷漢魏晉宋問子孫世爲都尉郡守至裔孫翼與王景略同佐符堅官至僕射翼生（二字集作後僕射數世至）景宣景宣生士玢並知名於時士玢生萬春歷華州刺史封千金縣公華州生（集作嗣）右領將軍曰文獎領軍生（集作嗣）永興令曰懷育公永興之嗣也奕葉之明德粹氣叢乎其躬故融而爲仁行播而爲文學童子時舅氏崔湜奇其文嘗謂有何無忌之似其鄉舉也考功郎中蘇頲拔諸郡萃之間連尉湖城汾陽新繁渭南河南五縣開元二十三年拜監察御史會監祭太廟先時同（集有會字）事者約相與偕赴及將赴祭約者有故不至遽不暇告公曰人約我矣豈可先已而後信乎遂不

赴坐是降爲河南府法曹君子義之初選部舊制每歲孟冬以書判選多士至開元八年乃擇公蔫無私工於文者考校甲乙丙丁科以辨論其品是歲公受詔與徐安貞王敬從吳鞏裴朏李宙張烜（集作垣）等十學士參焉究其升獎皆當時才彥考判之日由此始也于時天下無兵二十餘載縉紳之徒用文章爲耕耘登高不能賦者童子大笑公攘臂其間以仁義爲己任片字隻字動爲學者所法時輩榮之而君家清方惟德禮是飲潤身飭吏不過經術不矯持操以媚貴游（二字集作貴游媚倖）行威作福者忌之由是官徙而階不遷從法曹數歲而後有新安之拜及至歷降郡安平任愈疎遠安貞守中（一作中正）未嘗易方虛舟其心與位升降

春秋六十四而終蓋道之行止與時不并論者以漢梁叔敬桓君山爲比公所著文二十卷其立言之宗趙郡李華嘗（集無此字）編而叙之矣（集無此字）若世系事業則書諸文其文曰

咺兮權公有德有言忠恕蔫清道直而温行有餘力足言斯文居高釐績勤約是守與明與信寧默無（集作不）苟跡屈志申義彰身後冉政游學左詩潘詠風流遺烈足以遺子九原與歸末由也已

曹州別駕張公神道碑（集作故通議大夫和州刺史吳興郡張公神道碑）

白居易

張之爲著姓尚矣自漢大傅良侍郎肱晉司空華丞相嘉以降勲賢軒冕歷代不乏肱避地渡江始居于吳故其子

孫稱吳郡人嘉以孝悌聞於郡故其所居號孝張里嘉之曾孫裕在宋爲司徒郎公五代祖也司徒之孫儁在趙（集作隋是）爲吳郡都督即公曾王父也台州臨海令諱鵾即父大（集作王）父也袁州司馬諱季（集作孝）績即皇考也或以人物著或以婚（集作閥）閱稱迄今爲江南右族公諱無擇字無擇未冠丁袁州府君憂廬于墓晝號而夜泣者三年矣有靈芝醴泉出焉既冠好學能屬文從鄉賦登明經第應制舉中精通經史科補弘文館校書郎調左金吾録事換（一作授）杭州録事參軍在杭州前後詰僞制吏者三十八人駁假年侍老者三千人舉而正之人伏其明會劉幽求來爲刺史舉課上聞詔授絳州録事參軍絳之郡丞有主婿者估寵

侮法豪奪人利公數其罪露章奏之章下丞相府丞相姚元崇寄之致書褒美尋改太原府功曹參軍給事中張廷珪爲江淮安撫使表公正直奏署郡(一作部)從事吏部尚書陸象先爲河東按察司使狀公清白奏授懷州獲嘉令在獲嘉以不茹柔得人心以不吐剛得罪繇是左遷鄂州司馬移深州司馬轉虢州長史時上方思理詔求二千石之良者時宰以公塞詔擢拜和州刺史公在郡奉詔條卹人隱而已不知其他無河水潦害農公請蠲谷籍之捐者十七八時李知柔爲本道採訪使素不快公之剛直密疏誣奏以附下爲名遂貶蘇州別駕幼艾攀泣(集作老幼)而遮道者數百人宿信方得去移曹州別駕歲餘謝病歸老于家天寶

十二年正月二十八日終于東都利仁里私第十二載(集作某年)二月十二日窆于河南府伊闕縣中里原享年八十三噫公生天地間八十有三年可謂壽矣其間當明皇帝馭天下四十有五年可謂時矣有其才得其壽逢其時然職不過陪臣秩僅至郡守凡所貯蓄鬱而不舒嗚呼其命也夫公之文學嘗爲賀知章賈彥璿許之公之諒直常爲李邕張廷珪稱之公之政事又爲劉姚張陸推之夫以八君子之力援之而不足以一知柔之功推之而有餘厄窮不振以至沒齒嗚呼其命也夫古人云道不虛行又云其後必有起(集作達)者故公之子大理評事誠以節行聞于時公之孫户部侍郎平叔以才位光于國報施之道信昭昭矣

不在其身即在子孫相去幾何哉長慶二年某月某日平叔奉祖德揭而碑之(四字集作碣之)居易按撮家狀序而銘之其詞曰

有木有木碩大而長破爲桷棧(疑作伐)不作棟樑有驥有驥規行矩步等在短轅不駕大輅嗚呼噫嘻公亦如之將時不遇我而我不遇時勿謂已矣天錫多祉既賢其子以濟其美又才其孫以大其門苟無先德孰啓後昆

嶺南節度判官宗公神道碑　　豆盧詵

夫工文者或懦於勇烈善武者或昧於政理徐則失於斷疾則寡於謀至若文而有勇武而有政徐而能斷疾而能謀者公有之矣公諱義仲字義仲其先南陽人也高祖出

宰榆次因家太原昔宋襄公之母弟敖仕于晉至伯宗爲三郤所害州黎奔楚其子家于南陽以王父字爲氏公其後也遠祖均東漢爲九江太守累遷司徒六條分而千里雲行五教敷而四方風動厥有成績罔或不臧自東漢迄于聖代英賢間發吏謀詳焉曾祖隋雍州牧郃陽將軍諱義國之選也烈考皇靈州録事參軍諱良獻人之望也皆纘成前緒垂祐後昆秉德不回世濟其美公則靈州府君之仲子也允武允文惟忠惟孝丱歲失趨庭之訓絶漿有類於參乎弱齡丧倚門之慈泣血不殊於柴也曾未弱冠克自激昂不安顔子之貧遂投班生之筆乃慷慨而言曰文武不墜在人弘之遂從安思順破魚海敗五城授上柱

國又從哥舒翰破吐蕃收九曲前後討伐稠疊勳庸累遷
游擊將軍左武衛中郎將暨乾元中秦州防禦使都督楊
公公之懿親邦之碩德也懷郭有道之深識行祁大夫之
内舉以公才兼文武德備剛柔表爲司議叅軍尚賢也至
上元初揚公爲同州刺史又表公兼韓城令當縣團練使
任能也攙搶未攘僉允孔棘既因之以師旅又加之以饑
饉寇盜蟻聚於我疆黔黎鳥散於他境城壁頹圮鄽户閉
㴱嗷嗷彼方望公如歲公於是完城郭脩器械均賦斂峙
糗糧城郭之完也則矗長雲以倚天器械之脩也則騰勁
霜以撲地均乃賦則流人不召而來峙乃糧則軍士不戒
而備農秈於野商復于肆去其煩苛敷其簡易曾不期月

而人知所庇解印未幾朝廷多之遷澄城令無何揚公拜
御史中丞嶺南節度乃諮叅公謀授以叅軍時宦官吕太
一怙恃寵靈夌雲神主前節度張休爲之棄甲公於是稽
韜畧演遁法筭之以孤虚考之以風角潛軍間道克復舊
藩甲士不勤而兇黨殲矣所謂不戰而勝者也乃太貢方
賄不叙庶績朝議嘉焉授大理少卿且監察御史仍充節
度判官懋賞也棘署亞卿表其赤心而刺外栢臺柱史俾
其白簡以正邪方將振翼南溟竭城北闕曜威靈於象郡
布渥澤於龍川豈上天不惠降此大災閱水去而不留藏
舟淹其長逝以永泰三年四月六日寢疾捐舘於上京務
本里第春秋四十有二以其年五月十八日塟畢陌原禮

也公之元昆曰夷仲早世而殞公之季弟曰昌仲爲光禄
寺丞撫孤追往號慟靡及惟公禮以檢身忠以奉國其事
上也敬其臨下也簡御衆以寬撫孤以義率性而仁愛及
物因心而孝友過人從官之禄利散霑於踈屬承家之資
産悉付於同生宗族之所嗟稱寮友之所景慕者也夫人
昌黎郡君豆盧氏太原交城令元儒之孫寧州真寧尉廣
洽之女也調諧琴瑟志厲氷霜施衿結縭作嬪君子婉嫕
淑慎宜其家人伯道無兒豈獨悲於晉史共姜誓死寧專
美於衛詩痛失冀於夌虚思招福而遺有終願削髮禪寂
納衣空門愍幼女之未嫁抑深心而少止歲月逾邁陵谷
有遷願播芳猷紀之貞石詵也不佞知其爲人哀彼譚公

念兹歸祔乃爲銘曰
於穆君子問望不已文武並茂忠孝兼美德所立兮奕奕
韓邑嗷嗷疲人命公爲宰厥政維新化所及兮小臣不帥
肆雲荒裔師徒不勤渠魁自殪貲兮謀兮聖朝懋賞俾崇
乃秩卿月照庭堂霜輝貲沐鴻休兮天地不仁殲我邦彦
百身莫贖孰不興怨行之積兮嫠妻孤女魂斷骨驚爰紀
貞石永播芳名美無斁兮

文苑英華卷第九百二十七

文苑英華卷第九百二十八　碑八十五神道四十六

職官三十六州官

趙州録事參軍贈齊州司馬陸公神道碑

張說

公諱孝斌，字順，姓陸，河南洛陽人也。其先帝嬀啓姓，陳胡立族，敬仲之孫，有齊國宣王之弟封陸鄉，蓋命氏之所由興也。秦并諸國，陸分氏適燕，呉在燕者，魏文成帝時東平成王俟，生平原簡王麗，重世游美，爲國之華。公即簡公七

世孫也。曾孫彦昇，北齊以文藝高選，仕秘書郎，以至德表所居，號終孝里。祖玄亮，隋鷹揚郎將。父淳，感盤桓利貞，弓招莫進，同志誄行，謚爲惠康。自成簡至惠康（集無此六字）孝第仁義，世不殞矣。公誕靈冲和，禀識高朗，簡而中禮，易而違節，篤學勵行，著實飛聲。文史者宗其淵府，德行者仰其墻仞。舉國子明經，選絳州參軍，始州司法（一作德安府法曹），其在官也，示人親其親、長其長，不苛察而小無廢，不皎異而大有成。知識曰：明常㦖如也。喪親過哀，因中風廢，卧疾累年，不赴楚邸，肇封大羅，雲逸雖沉，痾未瘳，而僉望允（集作光）歸，授楚王府兵曹參軍。實有躬降師資之禮，目繫儀刑之訓。府罷，換趙州録事參軍，以病去職。聖曆元年，匈奴入趙，公危邦不處，盡室以行，望河南而將濟，至黎陽而疾甚，年六十有二，十月丁未，終於姚村之逆旅，歸殯於滏陽之郭北。光天二年，皇帝踐祚，以故吏贈齊州司馬。惜哉！用公之道，行公之志，上可以存三光，下可以平九土，存則位不充其德，没則榮不逮其身，命矣夫！夫人范陽郡太君盧氏，故岐山丞元㻞之女，恭僉之德，備貞信之教，與妻道，母儀自家刑國，享年七十有六。開元六年十一月丁未，終於洛陽之宣教里。八年五月丙子，合葬於漳北之神崗，禮也。初，咸亨中王師征遼，公參是軍事。友人太原王守義遇喪於海東，路艱寇阻，兵危勢急，公獨顛沛，致喪歸其井邑。其在安州，朝廷以公精達法理，乃命覆囚劍南，梁岐冤繫，動盈千百，册

筆所詳，十全八九。其捨生徇義，返已施仁，皆此類也。禮莫重乎飾終，於是見其不朽矣；善莫大乎餘慶，於是知其有後矣。四子伯王、仲容、叔獻、季良，泣血銜恤，視天若墜，俾予作頌，式昭遺懿。銘曰：

曠哉陸公，覩奥臻妙，文雅外炳，清明内照。從政本仁，資忠移孝，不言而理，正身作教。才何富之，命何負之，居喪柴毁，遭疾棲遲。垂彼雲翼，落此盛時，殁後榮進，終延贈寵。德之休明，位匪爲重，嗟嗟千載，賢士之壠。

玄州司户參軍贈慶王友東平吕府碑　張九齡

夫官雖序賢，志道者不常有位；才雖屈命，福善者未必無後。子夏文學之達，以爲富貴在天；于公决曹之平，則云子

孫由我蓋不享當代生數猶奇流慶後人平體乃用亨之會也則蓋有無(集作原)焉公諱處真字處求(集作永)東平人曾祖北齊幽州長史府諱贊祖隋貫州中正府君諱伽考滄州清池令府君諱師昔伯夷在唐實典三禮四嶽佐禹用平九州虞夏以功而逮(集作見)封申呂因邑而命氏惟特厥後奕代丕承公正性之有自來直道之不克詘嘉勇退之爲(集作惟)德避近名之未善(集作然)越在弱齡棲遲事外用光本於藏耀履行期於滅迹不遠於仁行之斯至不苟於義方之自正(集作止)佐一郡而即安居九夷而匪陋始不然者公何掾於東裔哉起家授玄州司户參軍晏如也言旋初服遂從所好外物之累不雜於風塵遠乎之言唯聞於詩

禮所謂溫良淑慎無兢伊人者歟天冊二年夏四月遇疾終于家春秋五十有二開元四年冬十一月塟於邑城西南四里原夫人北地傅氏祔焉夫果於立誠靜以俟命力不足者則不疚運不至者則不憂物情之難及我而易是以名利衆之所欲也則澹泊之德義人之所鮮也亦克蹈藉之如此而神不勞福不流未之有也有四子長曰玄知今左威衛司戈次曰玄悟中散大夫使持節鄜州諸軍事守(集無此六字)鄜州刺史次曰玄智左威衛執戟次曰玄奭左衛長上惟玄悟至大官此其教忠有舊服義無斁好爵是輿(集作與)餘慶所貽入爲王門之長出爲邦伯之列屬恩推子貴名彰身後事有光於冥漠德乃發於馨香三命爲大夫百代稱先子孝理所賜邦族爲榮開元十七年有制贈公慶王友夫人贈河間郡君系仁(一作人)之符至是所驗惟神之鑒謂之不欺公之女孫曰東平郡夫人冠軍大將軍右監門衛大將軍渤海高公之夫人鄜州刺史之女也冰玉相暉椒蘭同馥由福履於君子與吉(集作嘉)會於善人齊姜于歸魚軒韡以昭路鄜壽之徃熊軾殷其若雷有車服而始大履霜露而追遠於戲食于舊德無念(集作忝)爾之奉先樹之休聲有以見其歸美銘曰

赫赫我祖　惟師尚父　泱泱大風　悠悠終古　施于胤裔　憲是文武　我美其濟　我則斯取　雖匪高位　亦惟碩德　我王之友　彼夫之特　既貞且亮　宜語而默　投足皆安　終身不忒　哉哉

積善以福後人　盻饗家慶　煒煌宗婣　瞻彼松櫝　光(集作錫)之絲綸　今也追飾　實爲先臣　先臣伊何　宜其有後　志之所尚　義無所苟　身雖既沒　名豈虛受　立德于茲　亦云不朽

故瀛州司户參軍李府君碑　前人

君諱某字某趙郡務子人祖山壽齊尚書右丞兵部郎中父仁贍朝散大夫果州長史世德所載見于先碑公懿烈無忝雅有風度(集作度量)體和而韻繹之以絲性婉而文受之以采故好學不倦而墳典必精慮善以動而規矩皆中悉心存乎道義餘力見乎文章人以善談日聞休譽弱冠舉進士調補同州參軍換瀛州司户參軍以素所履以施有政居獲乎上往得其中無不嚴祗長史之所嘉歎無不崇

讓同官一作年之所歎服宜爾戩穀光昭令圖如顏子之不
幸豈卜商之云命其年卒於官舍春秋若干公家世尚儉
子孫是式物先大夫之喪也清白以遺而果無私積高燥
是榮燥一作慓而庶有慶餘豈所謂不戀本達也無懷土以重
遷不傷生仁也無因財以遺集作之非夫然趙之北際何必
故鄉許之東偏亦云樂國故喪之歸也遂窆于斯及嗣子
祭受教養方能纂德紫服事華髮絜身清朝天子方差擇
其良惠恤于下由是觧印火府剖符大集作本州衣綉而歸
雖榮之在晝重茵以立而悲不逮親結諸心形諸色孝子
之志國人所稱於是乎歸美以揚先諝德以示後蓋烝美
之義也得無述焉銘曰

倬李侯世載德行特範言士則三英粲集作發非百夫特肥而
家華而國美無度命不融足云集作方駿逵斯窮子餘慶孚
次嵩我不馴藹遺風

文苑英華卷第九百二十八

文苑英華卷第九百二十九　碑八十六神道四十七

職官三十七　縣令

益州温江縣令任晃碑一首

原州百泉縣令李楚才碑一首

益州温江縣令任君神道碑　楊烱

漢丞相之尊官大位秉車集作輪湍於十人齊景公之利用
厚生有馬盈於千駟羽旄冠劍捉金鳴玉疊其前苑囿池
臺清歌妙舞喧其後崇高在於寵禄大欲存於食貨義然
後取横玉帶以當仁道不虛行坐鹽梅而自得若乃時之
不與數之不通貴賤任於天窮通由於命左太冲之詠史
下寮實英俊之揚稽叔夜之著書賤職爲老莊之地雖復

勢力以高下相懸尊卑以商周不敵孔宣父中都之小宰
幽厲多謝於陪臣陳仲弓太丘之一官公卿有慙於縣長
是以德成者上道在斯尊陶潛則安枕北窓言偃則鳴絃
東武柳楊足以儀四海顧盼足以破三軍代有人爲於斯
爲盛集作斯爲盛矣公集作君諱晃樂安博昌人也其後因官遂家
湔州之永樂天子令德軒皇爲誕姓之源諸侯討功薛國
在宗盟之後西京執法則有御史大夫東漢循良則有會
稽都尉任光鄉里之忠厚任隗朝臣之綆直益州按華陽志任文
公智士仕益州英華作淮陽非從事術數知名臨海真人清貞克己況乎
東西海岱強齊九合之都表裏山河全晉三分之國車馬
雷駭衣冠雲盛盟書百代可謂功臣遷徙丘陵實惟豪族

曾祖顯祖熙考憬並策名天爵獨步人師懷素履之幽貞保黃裳之元吉張家碑碣荊州有七代孝廉荀氏鄉亭潁川有八人才子君外資剛健內育文明合千載聖賢之間鍾五行金木之秀王恭濯濯春柳懷風和嶠森森寒松列(集作例)景有曾孫之孝有史魚之直有子夏之文有冉求之藝先王德行固名言而在茲大聖溫良亦顛沛而於是當朝一見許其王佐之才行路相逢知(集作加)其美人之贈解褐爲家令寺主簿天王太子之位赫赫前星天地長男之宮嚴嚴(集作岩岩)左闕出身事主元良永固於萬邦束髮登朝匕鬯不驚於百里秩蒲授將作監主簿千門萬户張華窮壯麗之圖東主西賓班固致(集作盡)謳謠之實(一作致集作職實)

掌宮觀是名將作大司馬桓溫之府績用在於元琳大將軍賓憲之曹文章寄於亭伯累遷右衛長史南京左掖上將陪藩北落師門天軍倒衛東觀漢記梁統有清白之名中興晉書薛兼有恪勤之譽詔遷朝散大夫行益州溫江縣令華陽西極漢水東流背面通秦越之鄉左右夾巴涼之地風煙可接懸車東馬之山雲物潛通織女牽牛之象神仙所宅則有二十四居途路所經則有五千餘里金城石郭遠聞上代之風國富人安時聽中和之樂於是乎龍泉獨斷龜旐旁求品命千名封疆萬户暫過云亭乘軒之望可知且詰中軍理劇之才有屬莅孝悌勤農桑省徭役存鰥寡所以一縣稱平所以百城尤最蕭育是杜陵男子

不入後曹黃浮非鄉里所知不寬同嵗洛陽行馬門士無心齊國池魚權家絕望鄭文公邵陵之縣但稱男子之名師尚父灌壇之鄉唯有神人之哭實謂樞機八座上下三階豈惟縛柱鞭絲操刀製錦巫馬期之任力弊起(集作因)乘星鍾離意之悅人災生解士享年五十有九以鳳儀二年六月二十五日卒於官第夫人姚氏徵士神人之女也壽丘僊葉嬀水靈苗定姚信之機衡審姚光之術藝明星歘歘不臨太丘之前暮雨沉沉不散巫山之曲婦人謂嫁曰歸(集無此二字)女子有行織紝組紃棗脩榛栗南斗千齡之匣忽愴沉江北方三代之儀終悲共穴先以咸亨三年七月二日終西京翊善里之私第越儀鳳三年冬十一月一日

(集有作字)歸祔於末樂縣歷山之平原卜虞芮之閑田帶關河之設險居人致祭(漢書作同)鄉有朱邑之祠惟力成墳棄縣有王喬之墓君燕趙奇士神仙中人容貌魁梧衣冠甚偉楊子雲之窮巷好事來遊段干木之閭居通使展敬自陳力就列居家可移妾本絕於織蒲馬無聞於食粟原子思之厚秩偏給鄉人孔文舉之中罇延留坐客加以徧(集作備)覩國史尤精釋教夢幻泡電知一切之皆空園林貨財見三陽(集作揚)之已浄遭時(集作時命)屯坎浮生蹇剝佳人不再荀奉倩之傷神赤子無期潘安仁之慘慟天乎到此命也如何及其瞑目少城歸懷舊壤平原古樹唯餘孺子之墳春露秋霜非復阜鄉之祀於是鄉隣作主朋友加麻撰德銘

之於素表(集作常)披文刻之於翠石魯哀公作仲尼之誄天不憖遺蔡伯喈爲有道之碑人無媿色其銘曰

軒帝之族漢朝之臣西州智士東海真人豪傑天縮衣冠日新實生其德必有其隣道在爲貴知機則神氣衡南斗價直西秦大蒙(集作象非)之信太平之仁辨窮非馬學究成麟孝友爲政觀光利賓重朋比德山海爲春宮室之象南斗(集作端)北辰甲兵之衛閶闔鈎陳山控金馬江廻玉輪天文井絡地紀梁岷庭前置水甑內生塵園蠶有繭(集作續)野雉來馴時命屯蹇生涯苦辛實叙虚(集作靈)贈王樹長淪厚(集作輔)德無輔清(集作親)仁不親百年夭枉(集作性)一旦歸真雷鳴之下長河之濱旌旆委鬱徒御逡巡悲風泊起血下霑巾

死而可續人百其身

原州百泉縣令李君神道碑　前人

金城裂地之災玉弩驚天之禍蹴崑崙以西倒蹋泰山而東覆三微歷數盡薰歇以聲(一作星非)沉萬國衣裳咸土崩而瓦散是故殷憂啓聖聖人騰海岳之符草昧興王王者受風雷之趾(集作祉)則有思窮啚讖潛觀赤伏之萌識洞機祥暗察黃星之兆天懸兩日詢去就於河宗地震三州考興亡於柱史危邦不入亂邦不居剪荊棘而叩天門臨壇場而對休命及其玄黃再造日月重輪功成而不居名遂而身退南華吾師也親居賤職東方達人也安乎卑位然後武城絃唱優游禮樂之中彭澤琴罇散誕羲皇之表雖杜

當陽之文武蘭菊猶(集作恒)存而薛孟嘗之泥臺風煙遂歇悲夫死生命也貴賤時也用之則行舍之則藏出處者君子之恒務左右之攸宜吾聞其語矣今見其人也

君諱斐才衛州衛縣人也昔繞樞神電軒轅氏之馭百靈貫月祥星顓頊氏之臨四海金科作範商丘有帝系之雲玉扎披啚幽谷有真人之氣由是公侯纂命歷千載而彌昌鐘鼎歡娛經百王而不替豈直將軍列位孫吳暗合之兵協律當官天地冥符之樂若斯而已矣曾祖裕後魏東宮舍人太子洗馬使持節徐州諸軍事徐州刺史燉煌郡開國公贈兗豫二州刺史真城西望高闕東臨非無置驛之歡實有前軍之寵瑯玕負海八門都督之榮王彰頴河

百代封侯之貴大父昌北齊彭城王府中兵參軍事隋濟陰郡成襲封燉煌公文場筆海炤爛等於星辰班固談叢鏗鏘叶於風雅九千里之冊鳳始践王門七十日之黃龍初階郡職考孝友隋晉州岳陽縣令頫回稱太平王佐(一作佐王)月角殊姿仲由稱禮義覇臣星(一作奇)衛詭狀唐都晉野有恒山太嶽之風墨綬銅章有錯節盤根之化若夫于公之宅駟馬争驅辛氏之門五龍齊駕英靈不已還當命代之期將有後徵(集作物相有徵)克保承家之業東郊競日探祕跡於機衡四蜀談玄測靈心於造化椎才壯思首九奏而和八音殫(一作廣)見洽聞披五車而接(集作誦)三篋加以典居禮樂出入孝忠簡於一人備於萬物兮旌疊奏始命賢良幣

帛交馳載徹巖穴從微至著濫觴萌括地之波積小成高覆簣漸排雲之構隋大業十二年補謁靈（集作者）臺散從員外郎非其好也屬千三否運百六災年諸侯窺王鼎之尊天子厭金陵之氣蚩尤則命風召雨桀黠於中州共工則折柱傾維崩騰於海縣能扶天下之危者必據天下之安能除天下之憂者必享天下之樂我高祖神堯皇帝所以從人望宅靈心鎮（集作振）天關廻地軸鼓聲雷駭親張霹靂之威旗羽星懸手握招搖之柄君沖情索隱妙筭知來候東井而考前聞裂西河而尊故事抉三畧之奇謀蘊六韜之祕訣（集作上畧中畧奏山石之奇謀文韜武韜奉川璜之祕訣）義寧二年授車騎將軍累加開府武德五年遷右衛二十四府右車騎將軍仍

於卭（集作弘）州鎮守皇階甫闢猶勞尉候之虛（集作靈）天步初夷尚有風塵之驚示之以文德陳之以武功所以夜（集作外）户不扃所以重門罷析六年轉仲山府左列南州（集作巴）舊俗遷其白獸之祠西棘餘吡背我黃龍之約王師直進陵鉞棧以長驅廟路遐宣指銅丘而決勝七年詔君討襲楓天東地金門玉帳之營方卦圓蓍刻木弦弓之射以此衆戰誰能敵之以此攻城何城不克雷出而星曜龍騰而鳳飛一鼓而擒四姓三戰而平百濮大夫耆老非唯二十七人柘土開疆豈直五千餘里返行飲至捨爵策勳焉禮也其年加上大將軍賞口十六人并良馬一疋而俄以爭功得罪游俠從君（集作居）特降王綸遐遷騰府通塞有命潘安

仁之緒言富貴在天卜子夏之餘論無諧（集作階）封禪空歎息於周南絕望夏（集作靈）臺竟棲遲於漢北太宗文武聖皇帝承聖皇之大寶奉天帝之休期雷雨八瀛光華四極旌賢赦過惟新之命屢覃念功簡勞惟舊之恩累洽貞觀元年授長樂監仍命（集作令）於北門供奉宜春禁苑太液神池浸石菌而揚波擢金莖而挹露南經丹徼恒陪萬乘之遊北統（集作流）黃山再奉三驅之禮當是時也穆穆焉煌煌焉濟濟焉鏘鏘焉一陰一陽而有序自南自北而無外猶復中宵不寐殷勤多士之林昃景忘疲渙汗非常之辟十四年應詔四科舉射策登甲第明於國家之大體達於人事之始終可謂宰相之業（集作朝宰之業）可謂皇居之寶漢朝（集作洛陽）

才子承宣室之談魯國儒士行踐中都之邑尋授靈州鳴沙縣令累遷原州百泉縣令科通紫微却召黃州京秋九月寒沙四面平雲匝隴蕭處而秋（集作愁）陰圓魄低開蒼蒼而夜色君乘輜演教佩綬臨人德被三城風移五縣抽琴命操還臨單父之堂繫石飛鳴（集作聲）即對李泉之學明以御下將水鏡而通輝清以立身共氷壺而合照神行有感方登王鉉之階靈化無方獨歎夔棺之墓春秋七十有一以顯慶元年十二月八日終于官舍君年十一丁　艱朋友相哀家人不識昔稱曾閔今日荀何近古以來未之有也隋郡東曹椽江溢見而歎曰此真可謂保家繡化嗟尚者久之大業末年皇綱漸紊不掃一室自懷包括之心獨

守太玄且忘名利之境于時魏特進房僕射杜相州等並以江海相期烟霞相許付同心之雅會託刎頸之良遊或閉户讀書累月不出或登山涉水經日忘歸斯賢達之素交蓋千年之而集作一遇泊塵埋丘岳海沒三山辭殷而奉周背楚而歸漢深謀遠慮即良平無以加也行軍用兵則韓彭不能尚也數奇命蹇舛一作遂無望於高門日徃月來竟消聲於下邑情均寵辱則萬象同歸跡混彭殤則百齡俱盡浮生若寄大漸彌留遺誨子孫庶幾薄葬等梁鴻之宅兆覲矣佗鄉符祭仲之高居依然新鄭唯仁與達君其有焉存榮殁哀此之謂也即以某年月日葬於某原夫人廣平宋氏齊尚書左丞士順之曾孫隋建安郡司法長文

之季女霜凄月皎菊艷若華淑問秀於閨房柔風洽於詩禮琴前鏡裡孤鸞別鶴之哀竹死城崩杞婦孀娥之泣集作湘妃之怨長子金河府校尉上柱國輔仁等十輪方駕萬石騈衡窺上帝之兵鈐入先王之冊府指蒼天而永訴血不霑襟對白日以長號悲來填臆於是緦麻執友素蓋賓朋傳祖德於高陽考豐碑於太學庶使城隍一變猶知鄧文之名陵谷三遷尚識鍾繇之字其銘詞集作曰

玉斗之英瑤光之精廵河并洛握紀提衡杜史論道將軍用兵陸離簪紱奕葉公卿嶽牧騰譽弦歌有聲階蘭疊影巖桂增榮山澤通氣風雲表靈凝脂點漆月角珠庭白玉無玷黃金满籯忠爲令德孝實天經朋友千里烟霞百靈琴罇野尚松竹山情數屬羣海時逢闕星黃龍電震白騎雷驚赫矣高祖元亨利貞聖人有作天下文明自北提劍因茲間行攀鱗北海附翼南濱水火之陣狐壺之營左提右挈東討西征巨猾斯斬元兇載清功符衞霍思若良平自滿知人集作損居中忌盈蕭條異縣坎壈浮生降以中旨賓于上京陳書詣闕對問揚庭山連鴈塞野接龍堆春月而已三年有成波瀾不息箭刻無停梁木其壞高臺已傾關雲斷絕隴鴈飛鳴頓雙鳧於華縣駐四馬於騰城

文苑英華卷第九百二十九

文苑英華卷第九百三十　碑八十七神道四十八

職官三十八縣令二丞尉附

蜀州青城縣令達奚思敬碑一首
并州太原縣令路太一碑一首
瀛州河間縣丞崔濟碑一首
故洛陽尉贈朝散大夫馬府君碑一首

蜀州青城縣令達奚君神道碑　員半千

粤以煌煌冊草非濟物之用而冊府書之粲粲白石豈葢國之器而史官紀之况乃六義基身四維成性風調百里雨潤一方動植俟之以滋榮人倫資之以和樂使仰之者若日月敬之者若神明畏之者若雷霆愛之者若父母而

可謂盛德湮滅無聞於後哉君諱思敬字安儼河南洛陽人也若乃二星分北掩龍泌以居宗六月圖南擅鵬溟以爲大實（一作實非）天命昌意啓我幽都帝（一作宗）封始均天（一作代）雄弱水積六十七葉九九十九姓豫鄰之代分爲諸國兄第七人各統一部天倫之盛達奚居上高祖遷洛有志諸華思變其風多改舊族故達奚於後使姓奚焉周氏沿革復姓達奚氏矣自兹厥後可畧而言曾祖諱武字文朝爲玉壁大將軍東道大行臺十二將軍同華二州刺史雍州牧太師太傅太保鄭國公謚曰桓于時齊氏跋扈於并鄴有遷鼎之宏志周人經綸於關輔當運斗之有功（一作几政）兩界交争三運遞及攻守之術應變若神戰勝之方倉卒得妙由是天臺八柱分作宰牧之尊帝座三台合爲師保之貴大父叡太子左千牛尚輦直長時高臺漸傾曲池向平金玉湍堂化爲道德瑚璉入廟直接明神早露先霜不登爵秩昭考諱孝茂皇朝滑州司兵叅軍易州易縣令郄負鷹龍之塞漢（疑作魚）陽之突騎成風前欸飛弧之門耶戰之俠客交亂君水火相濟文武兼施巨闕之前訟端自袞常山之下符採生輝君則驪泉夜光虹巖朝彩龍雲卑月之韻必由於尺蘖遵江及海之浪亦經於寸源叙用有階莫或不踐總章中以仁勇校尉守左衛率府翊衛秩滿以文藝優長簡入吏部後解褐承奉郎行幽州新平縣尉雖將以爲美心非所好故𨁽步之間無因騁馬也秩滿停家積

年授徵展驥足未超（一作起）前路辭滿之後遂以丘壑爲心垂拱之初天命已改則天皇帝攝行君政心逾區中採芳草於蘭澤省山苗於松澗迺留神陸沉隨方擢善二年授高陵縣主簿以舊德起也屬西蕃不靜北方多難被奏充牙道行軍司兵事不獲以遂即戎焉君設策請技碎葉疎勒于闐安西四鎮皆知所計謀存於我功在諸人授之加朝議郎行蒲州司法叅軍事既表裏山河股肱要壤用之惟器選擬爲難君盤根錯節等庖人之遊刃發伏摘姦同郢匠之揮斷紫宸迴顧赤縣瞻風長安二年調補乾封丞矣（疑）蜀岷山井絡之分帝以會昌梁州輿鬼之躔人爲繁維相如之宅無復德音文翁之堂空餘陳跡人不見德年

代以深舊𥡴難理斯焉是賴四年授蜀州青城縣令以人
望遷之君下車布政惟誠待物舉義壯忠屛惡除盜或謂
曰不廼瀾乎君謂之曰前史有之舉有義者所以救貪汙
無耻也舉有行者所以救廢亂失道也舉廉讓者所以救
分爭也舉遜順者所以救橫逆也舉質朴者所以救離獘
也舉惇厚者所以救殘賊也今君此皆有吾何已焉吾薄
劣實荷榮獎既承澆競之餘復當巧詐之盛若不憲章古
道祖述前修貞彼傾轍不遷其軌必也政成何望朞月遂
爲明科例自形諸已以上奢而包荒用中而禁暴曾不晦
朔闔境肅清剽狡潛散謠頌攸遠聲震錦城雙流爲之變
色德克（集作重）錦里八郡以之易心屬七廟靈長三光復道

則天推位應天緝明以加朝散大夫承國慶也將謂魯恭
才識坐入司空卓茂賢明行昇太傅豈馳波易遠過隙難
留遽沈連石之轝遂徃懸碑之路神龍二年八月二十七
日終於長安之義寧坊私第也惟春秋五十有九惟君少
懷忠義以信分爲冠冕長好急難以然諾爲爵邑天姿孝
友率性沖和蓋仲寧學高德傳而蒸嘗無主劉休涓帝室
王門而湮祀不繼太夫人隴西李氏將軍該之女有行業
每以此歎之君夫人義興縣君蔣氏則尚藥奉御豈之曾
孫太子門郎義安之女琴瑟友之同詠河州之什蛟龍合
矣共赴延平之津景龍二年十月十六日終于義寧里春
秋五十有一以景龍三年三月十日合葬于咸陽之畢陌

京禮也有第二女道光柔順德備幽閑雖裁柳絮之篇未
獻椒花之頌適太原郭氏左衛武亭府別將長上如王之
妻墻宇端肅風神爽邁溫良日用忠孝生知束髮祈榮彈
冠入仕敢當仁於潘掾荷昔眷於戴侯爰託青烏方榮白
鶴南瞻渭水燕見儀天之橋北望荆山長標鎮地之固其
詞曰
龍司北溟鵬翻南海地鬱靈氣天降神宰奄有諸華遂荒
章亥抑推高祖正朔斯在兄弟之國七族攸昌親賢胙土
四姓斯光奚于陸穆衣冠紀綱西魏將末北齊竊號太祖
經綸玉壁是犄匪禁小賊用虞大盜累加埀（疑作重）秩每贈
優旁守禦功多鄭國是報昏明遞運陵谷成災直長埀翼

有美且偲青松藹藹白雲皚皚施于易縣尉有楚才（一作惟楚才）
有欽若惟君歷游華渚整翮理翰嘯倚命侶風光融融靈
青滑滑道以濟俗德以禦侮龍飛中興明鶩上騰立方星
聚六合雲蒸朝興斯炳大夫如陵翼搏風而上征倚天衢
而元亨風叩京兆之郡日薄長安之域白鶴崇隴青烏相
塋琬琰斯勒存沒爲榮

并州太原縣令路公神道碑　獨孤良弼

夫作德儲祉垂裕錫羨玄運之符也以爵聚貴顯親昭孝
國令之勸也然則道先於物者靈徵速功備於人者恩典
異參厥命數考其慶端至哉太原茂業斯在矣公諱太一
陽平臨清人也其先帝嚳高辛氏孫曰玄元有功於唐堯

封路中侯建德賜氏公即其後襄興圖紀才不虛世迫於
隋也曾祖褒位至上儀同三司大長秋令文皇之建極大
父文昇仕至左光禄大夫秦州刺史中宗之紹復烈考元
哲官至并州榆次縣令惇忠淑亮異代同節公淵凝有志
度合尋表心順性命體形格訓至道可憐疑浮運可端造
融理極得天地之全者也始年八歲丁尊夫人艱自然崩
毀異日不食既孤無疑睦幼弟溫慈誘最息更氣時務於
勸誡者每推於教本舉以誨人年十五讀老氏春秋精用
所得不爲虛學以先蔭補太廟齋郎歷衛光益齊三州司功
參軍思其官會其要雖決恒務有弘大猷所去之邦服其
理尋擢授并州太原縣令故相國河東公張嘉貞時典此

郡以公諫納令古風韻瓌郎嘗謂密所親曰雅通不隕令
復見於斯　由是有要託始不隔公禮之分矣其實爲邑
之政絜其性源與氣齊和土壤可信出處語默無非教焉
及秩滿送歸之日老幼畢至瞻望嗟涕如去其親嗚呼運
及世期靈歸化本春秋五十七於歸途逆旅遺疾而終時
開元年五年八月十三日也夫人滎陽鄭氏始州臨津縣
令方喬之女禮部侍郎溫琦之妹清顯喬考明閨訓經理
于內上則是宜故得叶議純賢誕昭後慶後公十載而殁
以開元二十三年合祔於京兆府萬年縣少陵原從先塋
禮也有子四人長曰典之撫州司法參軍次曰丞客蘇州
海鹽縣令次曰羽客鄭州別駕咸該蘊器藝祖命下位季

子兵部尚書冀國公贈尚書右僕射嗣恭啓應前休挺傑
弘表苞合文武爲朝碩臣城朔方清嶺表乾綱立西北之
柱坤位正東南之極夙敷惠術實德于人六專尚書再仗
旄鉞於是建國命爵崇廟饗靈寶應初始贈公同州刺史
夫人滎陽郡太夫人今聖践祈遷贈左散騎常侍幽祿之
恩照融上徹貴寵之位歷乎兩朝弘密之行光宣二詔且
夫體仁居貞含德自保大道之宗也福流來胤克昌大業
積善之應也貂冠具服位光近列揚名之義也籩豆有序
饗獻以時罔極之尊也備茲懿典其可已焉建中三年夏
五月孝孫前秘書省著作郎應泊令弟懷州刺史恕前秘
書省校書郎憑天釁崩心血哀過性楚蔡匍匐旌樹先塋

式遵無念用彰不朽以良弼冀公幕府之舊見託書詞敢
存實録之紀以成尊祖之業其詞曰
於祖太原貞表峩峩含爲淵鑑發爲中和大道有本至聖
匪磨雖求其約竟獲其多亂歲執喪自然知毀友慈幼弟
已外之已作則三語爲天百里雅器虛融時髦所爲名全
上德壽闕下寮後裔斯顯天監孔昭湛恩被壤宜運登朝
一命五馬再榮八貂東南之原歷世封爻疑重罔轉伏對
闕蒼聳山色靡移松陰不動烈祖之碑孝孫所奉

瀛州河間縣丞崔君神道碑　張說

蛟龍蟠乎沼無雲雨而不翔君子志乎道無運命而不彰
然則變化者是神靈之末富貴者非德行之本守其真樂

其分不其至矣世有人焉君諱濟字某傳陵安平人在唐爲姜姓炎帝之孫也在周爲崔氏齊侯之胤也遥源長發洪河之水接于天曆盤列秀太行之山拒于海東觀所以美其文宗北州所以貴其清族魏冀州刺史簡公諱纂君之高祖也齊散騎常侍諱猷君之曾祖也隋大理少卿諱世立君之大父也故和陽令諱抗君之皇考也承百代之隆慶總五德之清淳孝友忠肅宣慈恭儉好古博雅隣幾亞聖盈而若虛漠而無象非夫入周公之廟升孔子之堂則憲章禮樂鮮得其門而覩矣弱冠以門曹入國學舉進士毋弟汲以明經同年擢第大理卿張公文瓘人倫之表也目君曰昔兩劉並舉以爲騁二龍焉今兩崔齊飛可爲

儀夔鳳矣縉紳景慕憧憧往來從宅就君投刺成市若衆流之赴壑也及親而往盤桓利貞鮮褐澤州晋城尉除爲光州安樂尉換鄭州黄梅縣尉轉河間丞凡更三尉佐四邑體公綽之不欲勵伯夷之高操臨事以簡禦人以寬維爲小政必有可觀故八使廻風再薦清白河上遺老江濆舊使吟詠餘聲祖述前事人到于今稱之若夫碧樹烟靄於江潭紅荷藻耀於澤畔寶貝烟光於空浦美玉明潤於斷岸不爲金（集作珍）輿瑶輦之飾前殿後池之玩誠自得焉必將有賞心之所歎也况乎殿邦光國之寶罇俎柱石之器道爲帝王師言爲天下利已而税遠駕於窮轍頓高才於下位亦無惜焉固將有知音之所欷也垂拱元年奉使

上都遘疾終於時邑里之旅館享年六十有二夫人河東裴氏湖州治中慄儉之孫滁州司馬昉之女也禀訓華室作合高門嗣徽先姑克和娣婦德容之盛圖傳罕有喪親過毁葬華朝落儀鳳中卒於鄭春秋二十有八長安三年春二月合葬於金谷鄉邙山之陽禮也北據高崗連瀧南面大道禁臨上國皇州川原指掌仙門宰樹碑闕相望玄靈嘉之是安（集無此二字）是宅嗣子曰用景龍中爵安平縣子職兵部侍郎夙遭閔凶不承誨誘愼終追遠克家用譽蒙聖主投奇賞異絶等超倫三顧赤墀之下三舉青雲之上禄廩所資吉蠲致美實先（集作光非）人宥十世降百（集無百字）祥之所及也未唯官不達者身不登乎明堂行不夸者名不書

乎史冊則韜光隱慝之緒俾後代將何述焉夫銘景鍾稱茂代彼大夫之事篆豊石揚令名此孝子之志詞曰

維嶽建國厥生炎帝維師尚父諒彼武王古人言曰必齊之姜齊之丁公後有崔子因邑命族世齊其美黄鵠倚歌雕龍擅史倬哉嗣武含章挺生以養蒙正用晦而明混之不濁人莫能名學以崇道文以慰士（集作志）垂其雲翼坦然卑位禄建吾親榮非我仕於皇（集作皇皇）上帝建官惟賢有人在下胡寧捨旃執云輔德曾不永年展矣邦媛宜其家室友如樂諧皎如月出重壤既兆終天偕畢北陵墳丘松檟千秋金碑石樓秖令人愁東都城郭通同（集作澗）纏絡飛橋連閣金管迭送人世之轉然兮山川之宛然兮德音之緬

然兮

故洛陽尉贈朝散大夫馬府君神道碑　前人

君諱某字某扶風人也其先伯益賛禹中衍御殷（集作殷非）在周曰嬴在晉曰趙上卿以人歸政將軍以馬服為姓緝熙乎平理重合焜燿乎伏波中水我高祖汾州刺史諱歸歡我大父鷹揚郎將諱士幹嚴考獲嘉令諱果濟美惟舊其德于君君幼而瓌奇長有規操樂道稽古昇堂覩奥伯父匡武撫之曰亢宗保家吾有望爾悉以光人家諜圖傳付之入太學舉明經補巴西尉内憂去職君四歳而孤重集于蓼因心儒慕名教同傷歸次葭萌江隘毀道攀轜號慟濤為之却蚕人哀之葺棧而濟釋服調襄陽尉主進魚家

絶鱻食州將魯王俾盤二白（集作百）魚時其亡也遺之夫人以辭君還拜受使復王曰非唯是夫又亦賢婦吾嘗其一得其二善焉長史盧幼孫悅是奬也舉君清幹有聞授清城尉未往且有後命為河西營田判官物土穡人藁谷洋羨皇揆其懋考績登焉程務挺之軍靈夏也咨君運籌乘逝入幕獲虜數百欲勦鳌之君諫曰王者之師將德是以討叛惟武携遠在寛搏牛之蝱不可破蝨未擒伏念何逞纍因止師歸策勳上柱國改温縣尉丞末淳阻饑廣提中外絶丱分火約已周人既喪好速室無嬖御夫人張氏詹事丞師寂之女也敬事皇姑能佐君子娠有胎教宗如樂諧前誌之美多所闕載絳都夫人王氏則天聖后姑之女子而夫人之母也嘗曰婦則女訓吾女有焉享年不永玄髪徂落先時君之伯姊婦宗夫人推居厮寢事之而躬處下室及亡設几筵於正寢惟明靈以女公之故憑巫通夢屢寢為辭舉家懇啓久而後定嗜生則盡禮死而知讓殆其神不昧乎温秩滿轉洛陽尉當周之興也版都社澤郊廟脩紛嶽儀明堂京轂囬囬日不暇給又勑君專惣徒匠凡三百有餘旬藴勞成疾聃憂損壽永昌元年孟夏辛卯卒官春秋五十有七帝用悼之贈朝散大夫旌淑紀庸禮焉龜玉在山泉而為國寶以其靈與瑞君子居下位而上達以其名與義夫是之寵有由也哉葭萌之戚昭其孝也陽（集作揚）侯息浪異其類脊感襄陽之饋識其絜也德形於外

聲聞於外塞垣之讜植其仁也衆俘賴全將不為暴重務之役底其勤也没而益榮朝不棄力有一於此猶為令德况備舉乎豈其身將施其後厥子搆擄擇皆國之良也為有後之其在是乎徹搆職太子僕景龍初宰長安也永惟考襲朱紱已佩葱珩毋氏早逝而榮不及乃讓賜階乞封先妣天子憐之制贈夫人清河縣太君人謂長安能報恩矣詩云欲報之德昊天罔極此之謂也馬氏之墓世在扶風清河之喪也卜宅於洛陽北（集無此字）邙南（集無此字）麓後君捐館因窆其所夫人穴於兆之甲大夫竁於域之庚今龍集戊申將迓塋故國君執友禮部侍郎嚴善思諗之曰夫子之逝一紀八辰精氣其存親壤石矣吾嘗相二土（集作上）從

新其愈乎且不戀本達不合禮古神尚休無咎變有夢先
君者與其言叶於是祇率嘉話即安成規壍雙墳溝四塹
傍建祠宇前勒豐碑茫茫天地汞懷長畢誰居後之人匪
唯是四時蒸薦之事所以觀百代祖宗之烈其祠曰
昂昂大夫有邈其致洽聞膺敏瞯窮錫類行貫廻川清能
改位佐邑惟五安人則四多稼穰邊邑言皂帥比義后稷
勤官沒地戚欷天朝毳衣以襚我有令德追啓清河宜家
族操主祭神和親戚光貴歛蓋金歌相從先後樂此山河

文苑英華卷第九百三十

文苑英華卷第九百三十一　碑八十八 神道四十九

宦官上

內侍高君神道碑　張說

孝足動天義堪變地河中見三州之姓炳彼精誠南亭聞
再逢之母彰兹奇事不有陰德曠代誰鄰內侍高延福者
將軍力士之兹父也粤自西雲干呂東明銜璧以亡王之
族處巷伯之官而將軍本系馮亭代家南越未知父母來

奉宮闈老而無子曰悲幼而失親曰苦調之悲者笙磬異
器而同音貌之苦者秦胡別狀而共色從此斷金合要投
漆相授承順無違日嚴生乎本性仁慈匪飾天屬由乎自
我父子之名旣定姓氏之目遂（集作因）移大將軍之家去鄭
而取衛平原侯之室變國而從甄亦猶是也旣而內侍以
鴻漸登朝苒蒻（集作蒻蒻）朱紱將軍以龍樓得主艶耀金章其
訓子也溫室之樹無言車中之馬數對其事親也三牲有
養志之樂百行無匪疾之憂至矣哉高氏之子也以思親
之願而展親以欲報之誠而報德神明翕而哀懇荒裔竦
而慕義乃有傍求聖善提挈炎州二紀積離萬里遥至音
容莫識涕對茫然驗七星於子心認雙環於母臂而後深

傷頓感若墜谷而騰（集作登）天蘊怨都除類愈矇而覩日於是盡歡兩媪無㪍三人均養之恩咸不寐於十起反哺之志齊色難於一堂群公賀虞潭之親天子歎馮勤之母此復然矣內侍事主四朝歷官七政專良恭肅著美綸言溫（集作中）謙儉讓得名朝列享年六十有四開元十二年終於來庭里明年五月葬于（集作於）長樂原繼子力士喪孺慕而加等塋罄誠而備物義方之經爵爲稱首孝德之傳今見其人永惟先恩追綴餘烈若夫慈爵族之稚童仁也約詩禮之尊教義也貴不居而要避權禮也生推心而死有託信也仁爲德本義爲行先禮爲身宅信爲意田故仁之報也壽義之報也禮樂之報也安信之報也順履順居安乘

樂享壽此四者生人之偉事目牛之深致者矣於戲領（集作領）賜冠馳寵勢偃蹇俗上煜爚君傍者豈不思景行高山愼視前轍如或少選亡禮蘋沛遺仁贍言四報咫尺千里揚芳樹淑其不務乎余固春秋之徒也懲不濫而勸不僭義重天綱孝崇仁紀樂諄諄之誠訓善哀哀之克子不著倚相之書將受丘明之恥九原之上（集無之字）千固（集作月）深覽俾攀傷知音有以見古史之心也銘曰

高堂樂未散重壤哀已擗寶帳吹靈衣金尊照塵席若長夜之易泯怨寸景之難惜列（集作刻）義聲與孝心萬古千齡傳此石

內給事諫議大夫甯公神道碑　于肅

衡嶽之峻極于天作鎮五嶺炎海之包括于地委輸百川以崇山之靈漲溟海之闊孕毓粹氣實生英才厥有甯府君則其人也自豕常開國積德累業西漢丞相父子繼爲醇儒衣冠相襲傳慶不絕得其妙者見重於時可謂源深派長本大枝茂者矣公諱某京兆人也祖某不仕父楚皇任朝散大夫內給事中武德使判宮闈令事皆奕世載德繼美承家公幼有奇操形神爽邁器宇沉正識者異之髫齓之年忝內侍省出入門闔情志專良開元十年解褐授內府局丞典御府之藏列內官之秩慤愿愼密肅恭矜莊洵美可觀碩大且儼事因績著官以課遷壽充市舶使至于廣府賝責納貢寶貝委積上甚嘉之每宣諭諸道曾無

寧歲敷馭詔旨人皆說服天寶初拜朝議郎判官闈令知本局事至五年加朝散大夫內謁者監皇唐六葉道泰時康朝野歡娛禮物備具公以才藝敏悟頻操員職垂青組之榮綰銀艾之寵受宣紹命侍衛軒墀顧盼增輝時望歸美尋加朝議大夫拜內給事中判本官事眷遇愈深品秩優異上方垂衣致理端冕穆清或侍獵長揚扈遊閒館隨雕輦而稱警接瓊筵而獻壽排金地登玉堂請奏密命承傳天憲公之德形於外可得而言公之美暢於中不可得而知也懿夫近臣之職其來尚矣位著天象官分周制蓋以萬乘崇嚴九重深邃出納綸旨陪奉寢居宜有司存委任親重或導從輿輦或典司禁署凡一百千數不可殫論若

非理識端詳幹略稱最者則不得揮翰內省分曹局司以公之才雅有令問嗚呼蘭孫方茂秋風敗之以乾元元年七月二十八日終于私第春秋六十有六皇情軫悼僚執零涕悲夫公歷事兩朝效官三紀其奉上也敬其與人也忠其莅職也勤其立身也信雖伯子好善史游納忠方之於公彼有慙色夫人宋氏德行溫厚姿容婉娩從夫之貴尋封廣平縣君以至德二年先公而逝乾元二年五月七日合祔於長安縣龍首原禮也嗣子中散大夫守內侍省上柱國賜紫金魚袋守宗次子內侍省內侍伯守堅次子內侍省宮教博士守幹皆克紹前脩佩服嚴訓未慕蓼義之痛長懷創鉅之悲揚名顯親頌德褒美昊天罔極孝莫

大焉敬述徽猷書于樂石銘曰

英英常公山岳粹氣植性敏達存誠忠懿應物之材制鍾之利践言履信依仁守義五登秩亭三掌職司使繁省闥客勿軒墀進退容止周旋羽儀壯圖未展遷壑纓悲鳳城之側龍首之陽墳生宿草魂閟連岡逝川分茫茫隴樹兮蒼蒼勒銘兮貞石千古兮傳芳

內侍陳忠盛神道碑　裴士淹

夫北辰垂象南面居尊紫禁（一作殿）崇嚴彤庭奧密靜言近侍允屬能賢其誰見稱則有我陳府君矣公諱忠盛字懷泰潁川許昌人也其先出自帝舜至遏父爲周陶正受封于陳子孫因以爲氏粵若尚書孝德頒賜聞乎題劍太守高義禮賢爲之下榻代襲賢貞門承軒冕因從官京邑今遂家于長安曾祖　正議大夫內給事祖守節正議大夫內常侍父文叔銀青光祿大夫內常侍或肅或乂克寬克仁好古而探墳籍懋官而紆青紫公幼懷端慤夙著嘉聞飾（一作肅）躬以筮仕服勤以成業先天歲解褐補內侍省掖庭局監尋轉內僕丞內僕令秩滿遷內侍伯內謁者監加朝散大夫恪居官次夙夜惟寅爰被冊賚之澤載延朱紱之慶典新樂之絲桐名與公偕勤亦至矣騁高衢而方遠何景命而不融以天寶十三年五月二日遘疾薨于輔興里之私第春秋六十有五惟公黃中多可素履居貞宅心知訓執事有恪至若怡神以全道體命以適時義以拯

物禮以從政故能奉綵言而無失馳驛騎而有光俄拜內給事內常侍尋除朝議大夫守內侍秩序斯崇恩華轉茂位益高而心益下德逾邁而氣逾和且以幹能尤膺任寄前後奉使者十有三焉至乃夢三清於太極之府是脩功德志五樂於無何之鄉式瞻神異崇茲真廟獲彼靈符適候甸而訪仙經歷名山而隨羽客然後稽少陽之必舉懷令圖而允臧豈惟藝足侍書材優叅乘巷伯刺讒之什史游忠益之規固可謂無競伊人溫恭淑慎者已以其年閏十一月九日葬于長安縣承平鄉之原夫人上谷縣君成氏四德無斁三從罔徒（一作失）先天十四年正月二十九日後君而亡以乾元三年五月七日合葬于舊阡（一作塋）禮也

長子仙鶴昭武校尉左衛豐浩府折衝次子仙鳳振威校尉行右金吾衛左中侯仙甫才惟轉達職在春宮令上御極釋褐特賜銀章朱紱拜内謁者監仙賢仙管等太丘父子荀氏弟兄事國以忠奉先惟孝感寒泉而增慕卜幽宅而罔斁懼遷陵谷式揚碑版銘曰

帝舜洪胄胡公令名三恪惟甫八代至成本仁祖義國史家聲椒聊之實莫我與京其一懿範彌昌宏材益振果行育德儼信思順執心有恒改過不恡政符省括理必遊刃其二陟遐自邇休有烈光翻飛省闥翊侍嚴廊導宣國命輝耀銀璫册誠每竭朱紱斯皇其三乘遷周流奚徃非適瑞徵桃塞藥獻枲益新廟真容名山靈跡爰典樂正奚稽市籍其四

昊窮不憖殲我惟賢四星猶列一德空傳慘風雲於故里樹松檟於新仟載刋乎貞石永賁於幽泉其五

内侍省内常侍孫常楷神道碑　于邵

易之繫云君子之道或出或處其出也爲國藎臣銘勳彝鼎其處也保家燕居谷神齊物蓋卷舒在我不遠其正而已今得之於孫常侍歟公姓孫氏諱常楷京兆涇陽人也有魁岸之姿有沉毅之略年甫羈貫而筮仕馬委質四朝咸著聲績在玄宗朝拔乎群萃之中始受賞九層之構兆於此矣在肅宗朝特見寵遇其時襄陽易帥滑臺命將屬安羯史盜作亂之後兩軍未戢王命或壅以公有奉使專對之才俾受節鉞將我詔旨襄峴嚮風河滑朝宗皆公之力也在代宗朝僕固懷恩擁衆汾上仍以姦子作亂外邑北窺大鹵之地南侵蒲坂之封蟻聚鴟張闗輔震駭公以单車之使杖節直進誕敷威德陰携黨與元惡奔潰狡童折首猶以餘衆嘯聚朔陲公乃通和傳戎俾發義師與郭汾陽等諸軍犄角姦宄敗績萬國底寧斯又公之勞也前此急宣藩維會計大務必能盡瘁以奉挍艱明明三后稱嘆多矣事今上也每侍帷幄且曰求舊嘉謀讜詞入陳出秘扈避狄也著奔問之勤從省方也有執羇之効建法駕還宫特加褒奬斯又公之忠也其後晦明生疾屢在長告是能閉朱門蔽華屋不屑塵事隱几順神維清凈爲師維友愛是篤物我俱喪不知老之將至云爾本其族姓則春

秋時在衛世卿三國時有吴稱帝晉魏而下代生明哲至大父孝廉擢第烈考庭玉右金吾衛中候贈兗州刺史或高上不仕或大用雄藩第其揚歷則四進散官正迁近職釋褐内侍伯迁文林郎内謁者監賜緋魚袋轉朝議郎内給事上柱國特加朝散大夫更名常楷擢授内常侍脩功德夫積善之家其後必大故長兄嘉賓黄州別駕贈大理少卿仲兄知古故開府儀同三司魏國公公與開府宣力王家首冠貂璫腰垂銀艾便繁禁闥炳燿聯華四紀于兹亦云盛矣貞元五年七月二十三日卒于廣化里之私第享年六十一明年十二月五日葬于涇陽縣高平原先塋之側次亡兄之兆蓋不遠親而得從塋之制也夫人魏郡

邵氏祔焉用周公之典也初開府當肅宗朝以直諫忤旨配流費州及代宗踐祚公屢建熟代宻勿之際陳懇友于即日詔追仍復官爵既至矣特上封章請割衣食之費闕於涇陽縣卜爽塏之地建立伽藍上報皇慈覆燾之恩次展天屬怙恃之功優詔嘉許錫名曰寶應衆善計費維憶繄公定是職君子曰開府創之公能就之豈非忠於國孝於家嗚呼吾見夫二公報主之心昭矣顯親之道終矣異時歲或大侵人有菜色公常設粥以食餓殍斯不曰仁乎公植性慈惠尤深象教靡茹葷血務施緇徒斯不曰善乎故歸全之日恍如先知乃召群子載授理命尸坐自若奄然而終談者以爲報施明徵矣有子良斌朝議郎前行原

王府錄事參軍上柱國賜緋魚袋克奉前脩雅有令問進可事國退可幹家先公而亡矣猶子正議大夫行彭王府諮議系朝議大夫内侍省内給事上柱國充慶州監軍榮義朝議郎行内典引上柱國僧法律等奉引進之恩深泣血之感宅穸哀送必處必信以邵嘗備史官見託銘述盖春秋褒善之義敢不承之銘曰

兵諫雖忠不可以訓賦詩對心而一作亦奚足徇猗哉孫公不緇不磷以道而退以禮而進撥實去華礭剛能順策名四后克昭忠藎宣諭反側以安觀釁悖叛是殘殄和倹犹殄復天倫忠爲孝焉家邦必覩移病歸體從吾所尚道心中接塵世祿積喪之歸真不嬰無妄高平之原于以卜葬後人與歸觀銘是諒

内侍省内侍焦希望神道碑　呉通微

春秋以立功於時謂之不朽釋氏以不住於相至乎無生善時者勳業存離相者往來一以是居世其至人之蘊耶維夫事上以忠脩身以道竭節於盛明之代遺情於寵祿之間通乎大觀與物始終建先脩之所爲順理之期光昭前聞有若左神威軍中護軍焦公兼柱國公名希望字舊史稱周武王尅殷紂封神農之後於焦至武王孫康王生子曰文手中有畫如焦字之數又以封焉爰初啓土實居峽服梟國入于焦因從平陽遂命爲氏其間允文允武或哲或謀代不乏賢可得而略厥後成以官族寓籍于京兆

府之涇陽公之系緒今縣人也曾祖諱躍太宗撥亂常從征遼拜絳州鳳庭府果毅都尉祖諱法㵾克踐儒行累遷至朝散大夫絳州司馬皇考諱孝憬佩服仁義不交世祿積德之慶鍾美於公公凝靈純粹秉志剛實耿介不群風標自遠清襟朗察萬象無所隱其情見性圓明衆辨不得礙其正以言則窮其奧得聖人之心以行則用其中合君子之度年及弱冠選侍彤闈貞松之姿既呈於徑寸層臺之峻亦資於覆簣守内府局同正丞以陝府元從授承務郎敬恭朝夕恪守官次忠信以奉上之道禮義以周身之防莊而能和敏而有勇故可以恭武可以佐文方圓適器無入而不自得今皇帝之在春宮每加信任洎正宸極爰

奬真純於是朱紱斯皇銀章有煒公夙荷榮渥茂兹寵光
便繁左右密勿軒陛事君不二志守職惟一心口無擇言
身無悔行見義能勇盡力忘勞其衛主也有匪躬之節鑾
輿既復上懿其誠除給事同正賜金印紫綬益見親重乃
命監射生軍事貞元五年詔以射生軍爲神威軍加內侍
常同正兼謁者監賜上柱國餘如故公訓整戎務練達武
經舉傑儁懋勳實贍財用協師徒我車既堅我馬斯服至
若郊廟之事文衛之儀材官彀騎林植鱗次若離若合者
固足以耀皇威而振國容矣十二年制加中護軍累遷內
侍省內侍同正兼內常侍公受委愈重執心愈恭守直無
隱盡忠在公理軍如家正身率下上所甚信咸感悅之爰

廣舊軍肇建新宇叶比衆志允成厥列布之以署爰峻壁
周講藝有館公食有堂既庶既繁兮樂且康爲輪爲奐兮
耀華章廻六龍之日馭降萬乘之天光以末代垂則威宣
上方者也至乃公離諸見性符道源以明誠弘大覺之因
以清靜脩有爲之事動靜無閡喧寂一如不牽外緣不滯
禪想以之則真固幹時仁者悅其仁義者服其義嘗事上
則忠信行已以蒞職謂無上法寶諸佛之心自達磨東來
實爲教祖公了見真性玄契度門乃於軍士建立精合上
以奉國下以利人皇上御大明以燭幽發惠日以垂照廣
一乘之妙旨輔萬物之自然及公上奏乃賜額曰真元達
磨傳法之院表正知也每從容而嘆曰性無生滅物有始

終本乎天者爲昭明親乎地者爲委順是以遺生死外形
骸感冬夜之詩歸於其室備歲時之制允叶前經信所謂
知命不憂達生之情者矣乃建先脩塔於涇陽之縣東南
焦劉渡之西公之故夫人李氏浮圖域中龜謀協從鷹集作
鴈影連屬支提聳起像法恒存吾將老焉可以無累經言
諸相常寂公之志歟嗣子朝榮等克稟趨庭之訓無斁立
身之道以是有後人咸曰休哉惟公之內誠既率乎天至
公之玄達載光乎法器宜乎承膺睠協師貞紀嘉績茂休
聲保黃中之元吉惕塵外之高情既得瑕丘之地先開張
禹之塋仁之報兮壽未極櫝可材兮躬所植表全美於真
珉俾後生而作則銘曰

萬物芸芸孰見其真修心踐言實惟哲人徛歟護軍與道
爲隣率性居正資忠事君澄心止水勵節貞筠行有枝葉
道無緇磷其動以直克廣厥勳及新營宇載肅鉤陳衆服
其誠上嘉其勤朝章允集睿睠逾殷處貴尚謙秉志惟純
清虛應物恬曠怡神法本無生有非吾身靜觀其復視喪
猶塵委順于何涇川之津鴈塔先啓區中了人爰植爰脩
以躬以親洪流不竭法壽長春表石垂芳千年日新

文苑英華卷第九百三十一

文苑英華卷第九百三十二　碑八十九 神道五十

官官下

內侍彭獻忠碑一首

內侍仇士良碑一首

內侍護軍中尉彭獻忠神道碑　張仲素

弘璧之在御府也韞連城之價所以爲寶景雲之見慶霄也麗捧日之彩所以爲瑞大臣之居崇列也處近君之任所以爲貴況復侍軒墀之密地護禁衛之雄軍昭彰茂功回復介祉終始一德末垂清名者哉侯誰能之見於彭公矣公諱獻忠字琦夫彭爲商諸侯以國表姓至漢大司馬宣有遠績盛烈書於班史至孫業避漢末之亂寓居隴西

襄武縣因地方望傳諸歷代隍中隴上推爲右族泒緒綿遠冠蓋蟬聯貴任漸繁乃祔咸鎬今爲京兆三原人也烈考諱令俊皇朝儀即行內侍省內謁者監保安福履弘闡義訓鍾慶濟美傳於藎臣公善下寬中蹈方守直竹箭有筠而可比城府無迹而自深以處肅恭懿承大君以仁孝清儉纘前烈建中三年入侍宮殿德宗皇帝嘉其敏厚器任異等便蕃於帷扆之內承奉於指顧之間言必有章動皆由禮貞元三年授內府局丞四年授內謁者監七年授朝散大夫清階命服所以馭貴白珪無玷赤紱斯皇自天之渥澤方深漸陸之羽儀始就十一年授朝請大夫周旋密勿獻納端亮孔光問樹而不對石慶數馬而後言以公

方之今古何遠十六年特加金紫所以懋其勤而昭其美也二十年加正議大夫內侍省內侍仍賜上柱國充教坊使位愈高而接物愈敬恩益厚而處躬益卑故能行與福隨動將吉會當德宗仙馭上升順宗宅憂諒闇公以貞固服勞之節宣承衛翊戴之忠嘉猷悃誠可書竹帛皇上御極拱侍穆清疇其功庸疏以爵土元和元年封襄武縣開國男食邑三百戶充飛龍使二年加忠武將軍右武衛將軍三年授左神策軍副使加雲麾將軍馭衆之才著于倅一作粹理賜棨戟戸耀其高門所以旌其勳表其貴也其年奉詔充淄青道宣慰使六年遷知內侍省事充弓箭庫使六年充惠昭太子監護使祗事既畢加冠軍火將軍至十

月遷左領軍衛大將軍知內侍省事充左神策軍護軍中即將兼左街坊德使十二年春以勤瘁遘疾上章請告宸睠屬賴令卧護陳讓懇切累至再三動于天心方始得謝二月乙巳薨于翊善里之私第享年五十二聖皇軫悼輟膳興歎追念勳舊賻襚加等贈開府儀同三司左武衛上將軍所以錄其勞而飾其終也官司職喪僚吏襄事卜窀穸圖其永安以十月十四日葬于萬年縣鳳棲原稍從先域之松檟禮也惟公爰自弱冠暨于知命奉職三朝殫竭一心掌繁領重樹勳宣力操擢仁義發揮心靈斯所謂奉上之心閨門就養承順著聞及丁艱棘勺飲不進毀瘠過禮宗族感傷斯所謂因心之孝踐歷禁省榮耀貂璫冠

軍護戎在帝左右欽氷持操鑒水潔身修恭是懲燻灼自息寘與道契儉而全貞生不務於家爲歿仍規其薄塟斯所謂立志之本探賾精微講貫學藝周勃引強之能有而不恃孫武用奇之術知而罕論斯所謂遊藝之方綜事呈才仰奉睿旨允釐樂府韶夏是司演嶰谷之正聲絶齊竽之濫吹辭署增煥絲桐載和去而借留上叶宸聽既臨馬政一日必修用奚官訓一作馴騶之法整穆王八駿馬阜及董武庫程範庶工弦木砥金罔不犀利斯所謂莅官之敬嘗馳星軺撫慰兖海鄆岱之域風宣露濡戎臣列校蹈舞感抃斯所謂御命之功萬旅雲屯屹爲親衛加拜中尉統玆六年夜護蘇垣曉趨丹陛陰助神武制外自中奬善任

材動必詢衆廣修廩庾贍食熊羆狩伍有倫禮樂是閱咸使夫既勇且毅並務於移孝爲忠至於別部支兵邊陲縣内拊循訓整不佖秋毫聞公之歿如喪親戚斯所謂護軍之畧宜其享之遐福錫以耒年蒼蒼難諶不至者壽夫人長樂郡君馮氏端懿柔明慈和婉孌一作孌母儀婦德淑慎是彰自晝哭之罹凶乃明心而習静落髮壞服從哀節空元和十二年三月十五日出家受戒特勑正度仍錫法名正智賜居義陽寺所以遂弘誓而資幽福也嗣子希倩次子給事郎行内侍省奚官局丞員外置同正員希昭次子正議大夫行内侍省員外置同正員上柱國賜紫金魚袋希貞次子正議大夫内侍省内侍員外置同正員上柱國賜紫金魚袋希晟次子希冕次子希慶芝蘭滿庭組綬相映荼蓼茹戚纏麻儼然哭泣之哀慕深先逵蒸嘗之紀思烈僖勳縈縈貴臣匍匐上請詞臣奉詔傳信揚芳焯叙德善表垂琬琰銘曰帝在法宮下臨八荒外倚輔弼内憑忠良奕奕彭公藴義含章左右軒陛言端行方夙夜孔勤貔貅是職丹霄侍從黄道引翼深承寵渥克茂勳力寒玉倅清朱絲表直厚德多恕明誠不回決雲利器構廈長材北落謝疾東榮報哀恩加法賻官贈儀台祖載之辰清川曉淡淒鏘笳挽搖曳旌旻新阡舊城龜從筮協原即鳳棲封如馬鬣紹續之馨子貴家榮繼孝嗣恪宣功保名纂纂金石琢磨堅貞用播徽烈將來作程

内侍省監楚國公仇士良神道碑　鄭薰

運巨壑者必資帆檝之便以鼓其波濤築廣厦者必堅柱石之材以完其結構一作棟宇是故明王聖帝立國保家莫不求竭忠宣力之臣配帆檝柱石之用懋崇基業弘濟艱難百代通規千載相遇孰稱全德其故開府儀同三司内侍監致仕楚國仇公乎公諱士良字匡美海豊興寧人也宋大夫牧以忠烈正直書於春秋公實其裔焉其後香以文雅仕於東漢儒以議論貴乎北燕蟬聯珪冕暉映簡册代著奇節率多令人史編家譜一二詳焉顯公之曾考皇朝正議大夫内給事賜緋魚袋諱上客府君忠昭事任績茂聲猷躬行正途克嗣先業烈祖皇朝議大夫内常侍賜紫

金魚袋諱奉詮府君名以才彰功由道著王氏教讓義之巳行于公高門定國方大皇考諱文晟府君精持貞廉高挹塵俗位以命屈慶因善餘厥惟楚公克振勳德追贈持進左監門衞將軍賜紫金魚袋申公之誠孝也公年未弱冠入仕東朝是時憲宗皇帝主器承華體元儲兩親奉再飯共歡九齡叻叠少海之瀾更闡前星之耀末貞十年授掖庭局宮教博士賜緋魚袋元和初以舊恩本固新渥彌隆旣頒侍從之勤首舉寵迁之命加宣徽供奉官賜紫金魚袋檢身極敬奉輦施勞勵自牧於撝謙表無私於應對閏六月轉朝散大夫內侍省內給事宣徽供奉官如故材力彰於省局周旋美於禁闈驟議甄升更加命秩冬十月

拜內侍常餘如故未周星紀三歷顯途旣洽寵誕且明恩澤彼虞卿再見爲趙上卿荀爽九旬登漢三事允膺時議彼或多懟三年以本官充內外五坊使尋或(疑衍)遷宣徽供奉官發彼五豝輔騶虞之仁化殪此大兕詠吉日於春蒐外撫(一作按)之㤙橫自稍中綏(一作野)之井閭知感十年加大中大夫內侍省內常侍尋以本官充平盧軍監軍使全齊舊壤繼代邀恩甲兵甚充貢賦不入公聞其叛換諭以忠貞爰羣非心幾至效順明年詔徵又以內侍依前宣徽供奉官吳寇擄淮天兵在野逗遛不進沮敗爲憂揀求使臣往諭中旨遂命公以本官及職充淮西行營宣慰使至則大布皇澤益勵軍威四遠瞻風萬夫振氣而又盡得機要

旣還奏聞竟至成功斯爲顯效十五年迁雲麾將軍右監門衞將軍充內外五坊使仍賜上柱國又進封南安縣開國男食邑三百戶驅獸而無害五穀充庖而有事三田蕙圃蘭塘落飛駐走叻開二面之網勤施一目之羅鄙長揚之大誇胡人笑上林之務矜楚使條令旣肅巡遊盡歡其冬復加冠軍大將軍長慶初罷五坊使以本縣進封開國子尋進侯爵食邑一千戶宣徽供奉官皆如故二年除鳳翔監軍使又進封開國公食邑一千五百戶亶父舊疆繆公遺政郡邑則武安留守扶風則馬譟擅名雜於㡬屋之刎號爲難治之俗公攬轡即路下車撫戎三軍畏威百姓懷惠寶歷二年徵(一無此字)復爲宣徽供奉官以本爵進封郡

公食邑二千戶尋除鄂岳監軍使傍連荆楚南接湖湘閭閻皆土著之安貨貝有山積之富兵不堅利人皆惰游公深贊訓齊同爲勗勉知方有勇自我而能鼓(疑)大和元年入爲宣徽供奉官轉內坊典內侍省秩清事簡優逸自娛莫展長才獨于群論俄拜右神策軍副使公於是端肅以貳戎政廉讓以播軍聲屛衞益嚴暴悍知禁二年擢爲右領軍衞將軍內外五坊使講事一時農不易隴選徒百隊人不告勞鮮扁而布青林行事而無遺衮(一無此十三字)軀穫古法蒐獮新規指顧之間莫非盡善六年真拜內侍知省事餘如故明年轉大盈庫領染坊依前知省事恩澤浹於褭瀛寵賜周於藩服綺羅萬段錦繡千筐每極珍華曾無濫

悉又玄黃朱紫雜彩文章靡不精鮮悉中程度以賞能陟
于飛龍使本官並仍舊御閑二六天驥三千異骨峯生深
溝洫溢覲習盡馳驅之妙群分多騏駿之奇駉秣尨精藁
秥常羡九年五月拜左神策軍中尉兼左街功德使將軍
知省事如故練達戎機揔親護禁典理爪牙之衛左右心
膂之師寬不喪威簡不曠務氣勵熊羆之勇手持虎豹之
韜恩由忠深士以誠感張儒驗乘孝宣乃安趙熹宿衛顯
宗加厚轉左驍衛將軍餘如故既而鄭注挺妖李訓附會
列奏僞瑞固邀釁輿圖害腹心漸逞姦毒公先機立斷禁
旅遷齊坐遏兇渠保護帝輦指名魁首俄頃追擒其餘躁
競進取之徒枝連葉著之黨或志諧往計罔自正身或跡

比頑童居然就禍莫不盡苞恢網同抵國章由是宗社乂
寧中外協睦非夫忠謀天假廣業神通其孰能如此乎及
於廟堂議功公在第一優詔特進本衛上將軍中尉知省
事如故位輕於德賞不配勳難許冲讓終昇峻級尋遷驃
騎大將軍開成五年加開府儀同三司左衛上將軍封楚
國公食邑三千户食實封三千户頒恩常例非私受也會
昌元年又加食實封二百户尋擢爲觀軍容使兼統左右
三軍獎舊常議昭異渥也公每念禍伏福中祿爲身累將
持盈滿莫過退休三年夏以寒暑内侵針藥罕效因求散
秩用遂素懷乃除内侍監將軍知省事如故尋又連表陳
讓固辭恩榮優詔以本官致仕其年六月二十三日薨于

廣化里之私第享年六十有三嗚呼身隨運往名寄勳留
一代推雄九原表傑天子悼之罷朝兩日贈揚州大都督
公弱冠以辨智取位强仕以幹蠱居官及蒞大政以機畧
致勳勞臻于貴壽以恬退保終始事在簡冊爵極天人出
入七朝顯揚三紀秩以功藝進道由忠直彰擊鞠廣場則
馳先百馬彎弧迥野則飛落雙雕故得侍娛遊則三領五
坊承顧問則八加供奉元和中盧從史倚上黨兵勁陰結
叛臣憲宗皇帝命護軍中尉吐突公統戎專征密勿神筭
誘至幕下縛送闕庭是時公適在軍助成丕績其或揚鑣
宣命電掃雷驚每播深恩覩當横陣兩河平殄頗預其功
雖不（一作非是）自矜實傳衆口而多才多藝强記博聞舉策畫

若應神明閱簿書無逃心目而又精鑒冠絶當時門館賓
僚薦延功行必求明德用輔聖朝則有秉忠正之心荷匡
贊之任才表王佐出爲國禎康濟群生輝華四海者矣然
後知衛將軍七擊匈奴封侯九國霍驃騎六征絶塞列將
八人特美高勳豈膺賢嗣以今方古我德爲優以四年正
（一作六）月二十三日歸葬于萬年縣寧安鄉鳳棲原社季村
夫人安定胡氏祔焉禮也夫人故開府儀同三司檢校太
子賓客兼御史大夫贈户部尚書承恩之女性得天才儀
標冠族叶組紃之懿範彰圖史之貞規法度所以正家柔
閑所以遵道洎祥開鳳兆德協鵲巢芳徽溢於閨闈則洽
於姻族以公勳位俊重累封至魯國夫人壬戌歲先公而

歿有男五人長宣徽使銀青光祿大夫行內侍省內給事
賜紫金魚袋曰從廣次光祿大夫檢校散騎常侍持節曹
州諸軍事守曹州刺史兼御史中丞上柱國南安縣開國
公食邑一千五百户曰元宗次閤門使朝散大夫行內侍
省內府局丞賜緋魚袋曰從源次邠寧監軍使中散大夫
行內侍省內侍局丞賜緋魚袋曰從渭幼曰從瀷皆稟訓
過庭早通詩禮承恩入仕共効忠勤為明庭之羽翰作秘
室之符瑞不忘素業自致青雲宜乎懿德有後信不誣矣
大中紀號五年克平四裔東南欽化西北開疆三耀舒光
八紘無事皇帝念功軫慮録舊申恩惟楚公未真時祖宮
有翼載之勞元和時宣徽有委遇之渥今則已悲封樹未

刻公銘乃命舉其殊庸勒在貞石用傳不朽昭示將來特
詔詞臣俾其選述臣薰恐惶直敘不敢虛美謹為銘曰
仇氏之先本宋大夫就義輕死昭于冊書厥後聞人漢香
燕孺乃生楚公前修不渝其一焯焯楚公俊乂邁德克抱才
器必循典則天資忠孝神助正直高揭勳名幾摧姦慝其二
從史負力潛通鎮郊上將授詔縛歸天朝楚公佐成衆不
敢搖東國大定塵氛自消其三蔡寇不庭誅行原野群校傷
敗師無進者楚公銜命汗血波瀉貔貅鼓氣城壘連下其四
注訓勃戾妖凌北宮和鑾在御徃椳來衡楚公奮臂甲士
趨風克殲巨孽乃建殊庸其五五坊三居公畋有節宣徽八
入咨議攸竭再監戎閫將校感悅一牧郊坰驊騮息絕其六

佐佑帝室手提禁師士伍胥附皇心勿疑持滿先誡居高
不危懸車告謝彭薛肩隨其七駭起截飈哀纏逝水空留洪
烈未載青史精爽何之壯猷已矣京兆開阡壽堂在比其八
仕承泰運發偶昌期徽音不泯令嗣銜悲聖念既勤爰斵
豐碑事功難究有靦色絲其九川常不移松楸已列玄室雖
閉清風靡歇作皇代之英臣期終吉兮無絕其十

文苑英華卷第九百三十二

文苑英華卷第九百三十三　　碑九十二神道五十二

婦人上

高安長公主碑一首　　涼國長公主碑一首

章懷太子良娣張氏碑一首

鄎國長公主碑一首　　昭容上官氏碑一首

延州豆盧使君萬泉縣主薛氏碑一首

高安長公主神道碑　　蘇頲

維開元二年龍集攝提格夏五月哉生明高安長公主薨於長安永平里第享年六十有六嗚呼哀哉景申上發哀于暉政門設次舉聲揔朝加等遣大鴻臚彭城侯劉和柔持節齎書赴弔京兆尹攝大鴻臚鄧國公張暐司農少卿

李琇有司帥屬護喪文武五品已上會哭書不云敦族至于九以昭于百姓禮不云叙親居其一以統於萬人此所以追有虞而化天下感配陳而慟宸極復以爲素祈誄行彤管區風司常罕留執史多紊乃制銀青光祿大夫行紫微侍郎兼知制誥上柱國許國公蘇頲爲銘刻石臣頲不敏颺言拜命云長公主諱某字某隴西狄道人高祖神堯皇帝之曾孫太宗文武聖皇帝之孫高宗天皇大帝之第二女中宗孝和皇帝之姑疑作妹也太上皇之妹開元神武皇帝之姑也昔軒后修德高陽任而豫之虞姬邁德伯陽冲而用之故先王會昌而王者興前聖受命而聖人作自風偃三代刑清百年揚耿光於祖宗紹期運於神武上以比崇於黃軒至其道次以宗極於玄老施其教慶漸綿瓞恩周行蕭重庶而累盛皇哉而唐哉公主承娣月之華分女皇之耀閑和美度婉娩令德有循其禮無擇於言鑒圖取則聞詩服義故可以賦絲縉而闢湯沐者也於是曳紅綬賜青圭香蒲玉鑪絲捉金縷允所謂帝乙歸妹以祉元吉魯侯主婚是稱同姓始封宣城公主下嫁乎王氏駙馬都尉故潁州刺史贈右監門將軍太原王府君諱勗字遂古右監門將軍平舒公之孫歙州司馬之子自周儲洛濱之契秦將頻陽之業門昌帝緒家累天姻徵平叔之才貌得孟孫之閥閱亦既覯止展也令儀成其肅雍率由俊彩至盥潄櫛縰笄總衣紳箴管刀礪線纊鞶褒若此者敬而

持之動必於是則其餘可重也天授中聖后從權革命駙馬非罪嬰酷公主復歸于後庭凡九十甲子口不入辛味耳不聆曼音體逾尚柔言靡敵怨運觀心之智察摩頂之神豈寂以幽通將虛而信受有菩薩現前者數四居每奇之中宗禹物不改漢儀初復乃命宗正卿李珍冊拜宣城長公主食實封一千戶并置府僚比侯王之封齊令丞之秩太皇御極又增五百戶改封於高安且重永康之冊允符長廣之拜今上握圖又通前加至二千戶尚於德先於親也公主頃歲奉嘗覩高宗畫像雖光靈在天而見似目瞿感咽于地遂成心疾至使名醫萃止御藥相望孝焉而終仁則何輔嗚呼哀哉富貴乃驕奢之資不期而至吉凶

乃盛衰之象不召而成况泰忘約吝生動寵怙權邪醜正知得而不知喪知存而不知亡嘗歷觀之熟矣由是黃金象牙明珠翠羽之飾積於外雕文刻鏤衣紈履絲之巧充於內然後堅車良馬漿酒藿肉吹笙竽學歌舞於其間者殊不知以相強而結禍因自恣而招危魯元所以好過度竇太所以縱踰禮鄂邑所以斃抵罪湖陽所以匿犯法館陶所以求不獲昭平所以免河上（二字疑）埒開卭阜嵡子孰聞田在漢京權臣所奪吁可長嘆息者矣我長公主則不然避榮守靜退藏於密端操正色進寡其亂為皇女焉為皇妹焉為皇姑焉非不貴也能戒盈忌滿智崇礼卑儉德之恭讓德之益主無攸遂不專也勤無告勞不匱也宜於

秋牘以助宗人率彼春蠶以從王后則未嘗忽諸循深悟色空大依禪惠觀我生之進退究人事之終始蓋泡夢之為喻也乃散以擅那离於染着景雲歲請罷賦邑蠲鬻官遂沉宜從省曠書上而制為之嗚呼身後意餘道之微者古有女儀嬪則焉或孟母之勸學敬姜之知禮仲妻之辟相惠婦之光夫然出於素族書之緹史未有居高蓋下託体至尊如長主之儔矣故能九師讓能三子聞教自我之出與時偕行知微知彰不諂不黷長曰幯銀青光祿大夫大僕少卿仲曰暉朝請大夫衛尉少卿季曰暕尚舍奉御並欲報罔極棄貌棘心哀以送之龜從筮吉粤其年八月朔十七日塟于咸陽之北原禮也落月過半秋陽浸微清

笳凝兮朔風斷冊旐列兮秋雲飛望槐里而西馳去茯園而北顧視牽牛兮像設過歆龍兮經度闔閭穿竁遠嬴女之樓臺松栢陰烟近漢皇之陵墓其詞曰

赫赫上帝臨于巨唐卜年萬倍誕膺興王何彼穠矣休其有元亦既從夫車服不繫亦云主婦蘋蘩以祭在貴能約終溫且惠樂只君子曾不永年未亡之人歸於九天心以理遺身以義全光于累聖受于明命伯娣延暉皇姑龔慶監以損益辭其滿盛我有空言宗于釋門不生不滅茲道存存允之降靈西反其魂詠清淺兮天之際憶瀟湘兮日已逝登寒山兮見超忽生秋草兮坐蕪沒金為字兮琬為碑永貞芳兮實在斯

凉國長公主神道碑　前人

乾坤既分彖象攸配變則成女終於歸妹惟長公主諱某字某我興家邦天錫宗社昌運及五聖真享鴻名聖期至六神武膺駿命絪縕構極倬彼雲漢的瀝垂春華如桃李順顏承志約禮知節得繭館從蠶之儀採公宮習史之藝載嚋湯沐爰賦井田其創也與多於仙源其徙也稱長於凉國故丞相虞公太源溫彥博曾孫曦台揆門閥風流儒雅僉諧是圖歷選伊尚君子至止碩人其頎協時之吉備典之實雜珮明璫褧衣錦裳熒熒煌煌（未詳）有芳居迴暎以虹倚動群超而翠翔媛成肅雍候守祿位貴則能降降而不驕芳而在勤勤則不匱未嘗有也皇嘉之而謂曰台知

以樂變乎風櫸五絃之，盡美觀萬物之從令欲同聽乃親
故特（持一作）傳汝公主清揚神潔妙指心閑循白雪之詞寘
通則應類青谿之曲多領悟皆賞初荣賜以得後誠盈而
散恩過魯元王豈上邑寵逾竇太常（疑）豈臨山每絶館陶
之祈自無昭平之贖粹温而斂静好而詳以北渚之愁苦
何西方之聖如是大脩圓果深入至空竟而瑶草淪霜桂
枝辭月開元十二載八月辛巳遇疾薨於京邸永嘉里第
享年三十八嗚呼哀哉上徹懸夂悼臨次增涕京尹護喪
群司藏事其年仲冬壬午陪塟于橋陵生資敬愛歿效充
奉蕭史樓中鳳音何望軒轅臺下龍得仍攀子西華等扶
杖而立茹荼以泣赴賓憫默觀者慘容翰林酸嘶又昭乎

遺風雖著纖簡垂厥後代諒憑刊刻豊碑詔立睿札親紆
捧戴則奔馳四靈光華則廻薄七耀明山可轉況連於銳
鋈玄團惟積重錯於琅玕俾銅鏤之湮沉由寶書而飛動
礼臣不佞敢作銘曰
天其有章銀漢玉潢我則有祥霄明燭光柔祇不忒芳問
允塞何彼穠矣其儀是則鳳凰于飛公子同歸琴瑟在御
德音莫遠何沉寥之素秋兮獨杳杳之玄夜何闇忽之誰
忍兮痛明靈之不借清霜晶月楚挽將發流吹結雲春聲
不聞惟聖皇兮固金石噫長主兮森松栢禜以悼之兮長
不斁

章懷太子良娣張氏神道碑　前人

維蘭有香惟玉有璋可，言其夢可勞（榮一作）其弄故稟離成
女祥歸太子之家有震爲男業盛天人之邸因以貴者德
其全與我唐章懷太子有良娣曰南陽張氏之子也外王
守礼之母也初章懷封於雍良娣選以入後章懷謫于邑
良娣隨而邁外王錫玄社建黄扉良娣坐華茵驅香轂雖
逶迤失於偕老而契闊存乎與成始十四奉吾夫逮笄年
而轉茂終六十四違吾子當卦數而同極非婉娩淑貞之
則含章尚柔之令孰臻於此矣若乃晝堂清兮羅幕薫靈
照曜兮結氛氲杲杲之日英英之雲蓋良娣之才之美是
效是則潔素罔損於篋熔彤益照於管嫥顏不兢徽範自
持處獨藹如顧儔芬若施于積善覯從梁駟馬之藩貽厥

累仁傳相漢七貂之緒隋上儀同卄泉府别將嚴之曾孫
侍御史睦州刺史詳（祥一作）之孫朝議郎行貴州都督府始
安縣令明之女也曾構欝起昌瀾遠激去迁南國僾西鄂
之豊碑來應東朝署西京之戚里不然何謂鼇爾女士從
以孫子（疑）袂之良乎及毋儀可宗臣軌伊勵師以儉約戚
於盈蕩洛濱無祓除之事涇上無粲美之物衣錦褧裳寧
吾所好擊鍾鼎食唯爾之競俾吾王忠肅恭懿既明且哲
志於道者本於教也粤景龍二載孟夏之月遘疾棄養於
京延康第之寢泊景雲光華春兩自葉瘞於我則先受九
族慈於王則每滌十起永其錫類衆悅以人礼物朝遣使
臣廷命金紫光禄大夫行鴻臚卿攝承恩銀青光禄大夫

尚書左丞元暕持節冊贈曰章懷皇太子良娣祔于陵邑礼也嗚呼山疑鶴駕地即烏號太子賓帝之餘高宗在天之所衣冠道德密近屬於皓乘光表闕塋殊遠爈於好內又典地司空邠王守礼幼承法度長被暉光九仞之堂咸（疑）曾氏而逾鑿萬家之域小韓王之不綱所以傍彫搴琰代奏冊墀天子孝理之風已周於品物孝思之德況及於兄弟乃勑禮部尚書蘇頲採詢為言由是稽舊聞討前訓位不之易祿不之重而莫顧者鄭勝（疑）之足称也信不負之心義不虛事而竟死者越嬪之可徵也或彰君之隱過或徇已之微直曷如有始有卒知柔知剛鄭虞則持操服勤富貴則竭誠循礼夫詮一行者尚紀圖書懼（疑）三從者

豈遺刊刻其銘曰

天祚有唐於昭烈光兮土分五色作我藩國兮雷震百里惟皇元子元子伊何匪淑不娣厥娣伊何終溫且惠挂宮甲觀之聲迹竹苑平臺之往昔車已折兮我未召（疑）昇其新兮子為王子既王兮我為太般聖造兮沐嘉會歲不與兮時迅奔華榱壞兮託寢園闉闍崇於上京松栢被於長原子哀哀兮篆碑於是親永永兮歿代如存

鄎國長公主神道碑　張說

臣聞堯有娥英承九族之敦叙舜有胥燭動百里之光耀大聖之後天必繼之積善之家神所慶矣豈惟上帝之女雲漢為璽平王之孫肅雍其德延華前志代有其人皇唐鄎國長公主者睿宗之第七女也母曰崔貴（集作國）妃楷累聖而成門合濟羙而為室蘊乾坤之純粹演日月之清明神媛誕靈常言所絕免懷之歲大奪聖善不食三日哀比成人文母流胎教之慈曾子得生知之孝由是宮闈延矚郕國遠聞及乎玉笄耀首油軿（疑作輧）在馭錫之美地邑以荊山求之令族嬪于薛氏爾其居玩圖史動循（集作修）法度服其浣濯恭儉之教典哉其琴瑟礼（集作敬）讓之風被其行已也安親惠下之謂仁敬宗好合之謂義降貴接卑之謂礼恕情周物之謂智推心而行罔不該備其礼家也視膳饔餗之均和主饋醴酏之品齊絲竹七音之徽靡篡組九華之檮麗經目所涉罔不精研（集作莫不精詣）每至三元上賀三

日中參進對詳華折旋舒婉故以式瞻貴里儀範通門如千花之泛惠風百卉之涵膏露窈窕之儀克奉繁衍之福大來有男子四女子五瑶碧生階芝蘭滿室也習礼明詩日漸閨庭（集作庭闈）之訓銀章艾綬地連恩澤之候自先朝徹寢之辰迄公主成笄之日外除過制內疾（集作疢）餘哀手寫金字梵經三部躬綉絲線佛象二鋪貝葉真偈現心相於銀鉤蓮花妙容呈意生於玉指孝思惟則道遠乎哉開元繼明恩由已進封鄎國長公主食邑一千二百户田賦廣而弥儉礼秩尊而益恭其後君子晨歌夫人晝哀（集作哭）未亡為稱生意盡矣撫視遺孤將守栢舟之誓志祈剃落求從禁苑之遊朝制斷恩改降鄭氏陵谷可易（集作移）隨和之

德不昧寒暑有遷松竹(集作筠)之性如一均養七子麻𦙶二宗汾陰之室志亡滎陽之黨相慶既而善福虛應寢疾弥留盡國之伎遠方畢至供御府之樂中使相望命之必至不可支也堂邑山林忽焉瘁色平陽歌舞適足愁人開元十三年二月庚午薨于河南縣之修業里春秋三十有七震悼紫庭哀傷朱邸傾家若墜舉國同悲有詔光禄卿孟溫禮監護喪葬京兆尹能延休副焉窀穸之礼一如京國長公主故事夏四月恩旨陪葬于橋陵不祔不從古之道也皇上念同氣之致美感閱川之永謝恨棣華之半缺悲瑶草之先化乃命國史昭銘懿迹降恩礼於雲露寫哀詞於金石水非湘渚還起帝子之詞山是洛陽即封天妹之

塚銘曰帝系白雲仙源紫氣漲家成國承天作貴赫赫聖祖曰文曰武皇皇睿宗一变萬邦挺生淑媛慈和孝恭清矑如神娥眉無雙邸第立官湯沐建封年(集作笄)及笄總礼施環珮鳴鳳獻祥乘龍擇對帝唐降女天乙歸妹珠玉過庭蘋蘩正內蛟門早閒龍湖忽上無地何載無天何仰金殿書經華絲綉像欲報之德昊天罔極孰是言歸良人永違銀鑪烟斷羅幕霜飛懇願毀形託身壞衣不諒人只攺嬪他士稟命曰從從夫(集作人)曰順息嬀繩楚懷嬴霜晉反經合權與道同韻煥休二室均歡等潤四海謐清九族和平萬物向榮衆鵷未成心戀盛明形隨落英祖載縣城歸窆(集作窆)咸京挽歌歇聲圖簿凶行哀哀聖情惻惻同生橋山片石千秋令名

昭容上官氏碑銘　前人齊公叙不録

天降時雨山川出雲乃生靈媛祚我聖君精微其道煥炳其文三光錯行昭容綱紀百揆繁會昭容條理外圖邦正內諗天子憂在進賢思皇(集作求)多士忠孝必(集作心)感天焉報之吉凶有數丘焉禱之如彼九日羿焉𣪠之如彼三良秦焉悼之漢宮選材班氏其特楚史書覇樊妹之力或穆齊公叙明其德嗟爾彤管是鑒是則

延州豆盧使君萬泉縣主薛氏神道碑　前人

或稱達性命者齊生死之域遣憂怖者一脩短之數斯蓋無心之倫耳焉足與議於精哉何則雲虹械彩(集作影)辭人

於是詠謠華秀從風君子為之歎息豈不以對仙麗之景懷变化而遺恋在昭萘(集作藥)之節悼零落而徧憤吾見豆盧氏之子於其伉儷有焉縣主諱字姓薛氏河東汾陰人大父駙馬都尉奉宸將軍諱譙(集作瓘)尚城陽公主考駙馬都尉散騎常侍諱紹尚鎮國太平公主其在昔也夏有車正先封周有薛侯事長其在今也五宗姻於帝室(集作里)重葉毋於王姬河水經天上積星辰之氣霍山鎮地下多珠玉之林縣主幼而敏惠長而洵淑貞孝義烈之傳吉凶賓祭之儀一聞成誦紘綖紃組之制湆芼醓羞之品一見懸解至乃鶴翅清泛蠶聚崩雲月韻玫(集作玖)砧花穠絲樹婦人能事咸臻妙焉大聖天后鍊石補天有王母之神器分

茅列地啓弄瓦之美邑封田(集作猶)有禮義引而親天授三年四月内封萬泉縣主天愛下流百新(集作親)上簡乘龍之舉和鳳爲雛絡八紘以選門奄千官而求俊夫以龍圖帝賓祈歩揺之華源虎戟侯門襲燕京(集作京燕)之雄胄人之信美帝用嘉焉以萬歲登封元年仲春旣望歸於豆盧氏六宮送行百寮供車迓以鑾輅遺以翟車環珮晃旒璆然在馭黼藻朱黛爛其盈門詔昏之禮於斯爲盛爾乃移其愛敬以事舅姑伸其友恭以諧公妹舉宗洽比如鼓琴瑟每至婚姻會同少長咸集珩璜節歩金翠耀首有婉嫕之心無驕矜之色睎眄睞者若遲日之泛漣漪瞻詞氣者猶光風之轉蘅薄(集作蕙)加以引納懷和饋分周賑踈屬自附窮

歸志寋故蘭行彰信於閨門而蕙風滿盈於邦國諒惟琬琰之性自美掬亦劬勞之訓致焉中宗孝和皇帝雲廻南土龍見東京二儀更闢九族還叙望我兄芍公主賛陶鈞之力曰吾甥也縣主開井邑之賦神龍元年春加實封三百户縣主旣通濟門闌奉御又尚司殿省天子巡遊宮觀觴樂池臺我有周親無時不從主家外幸比齊后而聯恩子壻中叅輿趙王而均禮或醉飽踰度寒燠未平何嘗不御藥在門王人接路當時厚澤莫之尚也景龍四年二月以奉御出爲册延二州刺史保傅下堂隨朱輪(集作轓)而同去輜軿入郡與皁蓋而齊飛辭宮闕兮(集作而)歲闌戀庭闈兮(集作而)日遠肥泉永歎邪氣攻裹莛祝招而不來秦醫來不及景雲元年八月二十一日傾逝於延州之廨舍春秋二十有四美玉標顏明珠晦色平陽舊宇遂無望于歸寧懷縣新文空流漣于永逝有子三人西華南容東里等或亂或岐呱呱而泣天何以罰神其忍之冬十有二月五日歸窆於長安之洪瀆原窀穸營護有命加等器服祖遣率由舊章生之也榮葬之也禮若夫桼加好治善之元也肅雍降貴謙之道也山河其德容潤廣也能羆其祥祚衞大也揔衆美於修嫭落(集作嬿)驕韡於小年此所以哀中之又哀也昔袁亡馬氏蔡筆斯奮鄭喪曹姬潘文亦作矧茲内範事華無愧砥望夫之石以表靈丘緝幼婦之辭將傳終古銘曰

薛之皇祖胄軒國禹相隆侯周氏其土宇英英白雲爵彼河汾公門蕃衍銘鼎氛氳則仁則義則戚則勳餘慶介祉誕靈女士中宗之甥鎮國之子皎若(集作如)霜雪華如桃李舜族爰叙堯封咸秩萬泉開賦三百其室(集作)守盛以儉居滿(集作冲)不溢亦旣鳴鴈宜爾家人謙恭下下撫納親親傾財致客對饍如賓我有邛第前臨黃道我有池塘却望青草漢輦停暮秦簫拂早歲月易忘歡娛難保良人出守將命比徂與子偕徃飲别東都望毋腸絶辭家淚枯露萎莖草霜酸衆雛魂兮何歸京師(集作兆)之野窆於何處杜陵之下巖巖雙闕列列行檟勒是徽音永(集作以)觀來者

文苑英華卷第九百三十三

文苑英華卷第九百三十四　碑九十一（神道五十二）

婦人下

鄭國夫人碑一首　潁川郡太夫人陳氏碑一首

汾陽王妻霍國夫人王氏碑一首

谷夫人碑一首

鄭國夫人神道碑　張說

鄭國夫人者弘農楊氏之女也開元神武皇帝惠妃之母也曾祖譴諶以禮樂習文爲越州司馬祖衍以折衝學武爲游擊將軍父宏以門才入仕爲雍縣丞而早卒初則天之代夫人言歸武氏曰恒安郡王生惠妃及家令忠僕（疑）大子僕信開元十年三月終於通化里其四月卜宅于少

陵原哀子銜血號旻仰訴怨報德之不待託思齊以（集作於）永慕皇帝挹鑾殿之内憂悵鶴池之外惨惕淑聲而金石刻揭高行而天地感國史司文命爲鄭志若清明下濟岳瀆上升祥惠德門慶育邦媛神授孝德（集作理）之性天啓聰達之心加以潤澤詩書游玩圖傳伯宗好直預誡（集作識）將亡重耳羇遊先稱必霸豈知漢廷章奏假借仲長之才周官禮儀資稟宣父（集作文是）之學昌言嘉論有如此者螓首蛾領修眉横波既工顰嘆易爲容止肅恭而不踞舒和而不倨商周華命遇屯有怡懌之顔桑藿儆如在貴無驕矜之色端容一貌有如此者紘綖祭服闕翟朝衣纂組入神剪制鷩國雕葫之飯露葵之羹五齊六清三糯七醢咸一見

而潤理或不習而知和女工中饋有如此者惠妃載誕皇子在者四人驪泉多龍册穴多鳳克岐克嶷預見元凱之才實單實許早聞宵燭之懿亦閑陰德之潛襲胎教之寄傳乎又名子以義成家以禮忠者以令德爲忠信者以不欺爲信傳云去食存信信而有徵經云移孝爲忠孝則不匱周宗咸服（集作復是）紀季獨存至德深畐有如此者辟司徒之妻邑其合禮南城侯之婦封其舊功况夫人（集無人字）慎徽四德四德咸舉經綸二儀二儀克從匽武叔繼趙之勳產姚承配夏之慶吹凱風於椒掖外王母於梧宮威德大業窮光極寵（集作榮）啓國西鄭不亦宜乎十數年間二子榮立每至四時令節六參嘉會魚軒照門龜艾（一作艾綬）交室爲壽

則珠貝山積侑幣則錦綺霞舒（集作聚）白玉滿堂聚姻親而同有黄金作穴散憐里而無餘君子欽其市（集作布）義聖人嘉其實儉故寢疾則飲食天厨湯藥御府匪日伊夕上官駱驛於閨庭迷終則威儀傾都車騎暗日自宮徂野中使相望於道路哀榮之盛書記罕聞猗歟所謂小君之遺美聖善之高烈者也如使後代考南史議西陵披簡牘而嘆息臨山原而茫昧旌賁之道不期闕而然則外甥之碑武檐之石非明淑之蘊其何所設焉辭成進御帝稱曰善顧謂尚札我其書之於是西翰黄纖縷字青琬雲横波蹙神變艷爛於山門鶴倚鸞翔生氣宛延於松路禮尊事絕恩崇迹遠斯文玄術感動天幽誠迥冂之奇致也誰昔（見毛詩）未

覩名言莫逮銘曰代有毋德厥氏楊兮祖考爲士夫爲王兮聖后中葉物悤萬方兮天命未改復歸唐兮賢淑啓祊繼絶亡兮宗周雖瘱神女昌兮建號西鄭榮舊鄉兮魚軒翟茀盛寵光兮二子雙飛華綬章兮朱輪魚廷熚煌兮（集作出入魚輪庭熚煌兮是）去此昭昭即茫茫兮何處詔葬少陵阜兮貴妃慈親侯王舅兮寒暑流易山川攵兮古墳坡陁老樹朽兮壽宮靈百代守兮頌石光華千載後兮

潁川郡太夫人陳氏神道碑　前人

潁川郡太夫人者諱某字某雷州大首領陳玄之女羅州大首領楊曆之妻驃騎大將軍兼左驍騎大將軍虢國公思最之母也陳氏家富甲兵世莫嶠外夫人誕靈豪右淑

問幽閑六行天至不因師氏之學四德生知無待公宮之教原夫陳本嬀水楊承赤泉九貞爲郡良吏（集作史）出守（集作乎）中國五馬浮江僑人占守（集作呼）南海兩州接縣（集作畛）二門齊望卜妻鳴鳳擇對乘龍楊翁（集作公）有聘玉之祥應姫獲探金之慶虢翁弱冠昇仕鞠躬禁闈正性本乎胎教剛腸形乎義色神龍三年七（集作六）月五日北軍作難西華大（集作失）守騎入宮壺丘纓御樓公孤劍凌鋒群凶奪氣倉卒之際安危是屬既立殊常之勳遂蒙超次之命受銀青光祿大夫上（集作無上字）柱國弘農縣公行内常侍其後改拜將軍太夫人是加爵邑堂高九仞祿重萬鍾朝廷羡其揚名州黨尊其遠聽夫人富而好儉貴而能勤身卻錦綉手親紡績公每昏定晨省夫人必誠之忠孝勤學文武常謂汝口稱思最當心念其義父母名之欲汝三思而最勵也故虢公便習干戈漁獵書史致命伐罪擒叛獠於百越寫誠誓衆破狂蠻於五溪鬭子弟如使手足請風雷若應期契聖朝答高秩於驃騎酬大封於虢略豈非以辭弟之懇忠誠斷織之明訓臣節立矣君恩厚矣子孝成矣母慈著矣備此四者善孰加焉抑神道祐心而人倫與行詩曰毋氏聖善又曰宜爾子孫斯實潁川大君之有也享年若干開元九年四月八日薨于長安之翊善里先公早世丘墳故域古無合葬有禮（一有其文二字）從宜夫以体歸下地萬里豈殊乎黃壤魂何不之雙棺幸同乎玄宅（集作室）以其年十一月

十六日招魂附葬于萬年縣龍首鄉神鹿里申孝子不忍隔親之情也恩勅賜錢十萬絹布皆百段日磾忠厚漢武知其母教馮勤寵貴世祖稱其母德克軫天情頗爲連類虢公生盡其禮沒盡其哀嗟閲水之日逝懼藏山之夜徙追鏤碑版遠貼圖傳烝烝至意有足感人悾悾信言故無愧色銘曰

陳公舜後楊侯周裔去國何人南遷幾世鄲淥嶂表朱崖海際兩族相高材（集作財）雄兵銳徇輿邦媛儷茲國士友善（集作若）琴瑟華如桃李心契法度容和愠喜資敬從夫移忠訓子嘉此令子南滇北歸于天鶴唳拔（集作支）澗鴻飛朱宮退散銅柱來威國家安寵魚軒翟衣子封虢略（集作國）五公

前宇毋邑潁川三君舊土感激榮慶跼蹐今古高堂夜空吊客朝聚龍首山前前臨灞川招魂五嶺合塋三泉山山丘墓樹樹風烟孝碑不滅茲墳永傳

汾陽王妻霍國夫人王氏神道碑　楊綰

鵲巢配德合好之義深象服建封寵光之至極況動循法度射事蘋蘩揭四德而表儀高門秉一心而輔佐君子則有夫人王氏有唐元輔汾陽王之伉儷本其盛族著於太原高祖長諧皇左武衛大將軍秦州都督平原郡公贈荆州大都督陪塋獻陵曾祖德玄銀青光祿大夫唐州刺史祖士會河南府陸渾縣令父守一寧王府掾贈兖州大都督或勳閥可稱或理行尤異積仁儲慶奕葉聯華夫人即

兖州府君之長女敏晤生知孝慈天性誕含柔範光起韶儀親執組紃備詳函史女宗之美爍然有光年既及笄禮從納幣言告師氏歸于汾陽汾陽時寵祿未崇威業猶晦夫人循節儉之行服澣濯之衣祗事舅姑恪恭朝夕視庖主饋未嘗假人下氣怡聲率由至性生既極其養歿又過乎戚慎徽衆善敦叙六宗睦娣姒以仁接中表以義由是閨門以穆婦道有聞天寶中汾陽分鎮河中策勳王府夫人從夫之義封聊聊縣君尋又進封太原郡君其後寇盜橫厲風雲玄感汾陽乃首啓戎行宣力王室出則統一師旅入則燮贊台階元勳既崇殊賞斯至內訓之功其子或位列通侯或室嬪貴主姻連右戚榮冠中朝門通河漢之津地成冠蓋之里每令令節嘉賞長筵高會青紫照庭環珮盈室薰灼人代莫之與京然約己尚柔從夫體順服仁不倦率禮無爲愬是具美允應多福亦嘗排鳳闕謁龍顏及承制曰汾陽郡主妻太原郡君王氏婉娩淑德齋莊令容稟訓姆師友于琴瑟作賓君子宜爾室家克著艱難之勳實由輔助之力可封霍國夫人初汾陽受命東征長驅河朔夫人處於西土三徙其居導諸子以義方規衆女以典則用能聿尊禮度伊加等之顧問奉殊常之寵錫容止合度威儀可觀帝嘉其賢尤所稱重宜其阜昌威業蕃衍華緒荷恩渥於上天保榮耀於當代而夫人蘊高世之度抱出塵之節以爲致盈必損理有固然誓棄浮華願歸正覺

於是損其服玩斥其愛染思契理於勝因將息心於了義乃捨京城西別業奏置法雄寺又於法雲寺寫藏經條塔院置經行之室立禪誦之堂景福所憑斯焉茫昧遐齡未及奄爾薨殂享年七十三以大曆拾貳年正月辛未終於平康里之私第皇慈興歎中使臨弔汾陽以睽偕老之期深遺挂之恨撫襟長慟悼亡何及即以其年陸月貳日卜塋於萬年縣鳳栖之原恩詔贈賻率加常典哀榮之盛今昔罕儔有子陸人長曰銀青光祿大夫子詹事上柱國大原郡開國公曜次曰開府儀同三司行左散騎常侍趙國公晞次曰開府儀同三司行尚書吏部司封郎中上柱國樂平郡開國公晤次曰銀青光祿大夫試殿中監駙馬都

尉曖次曰銀青光祿大夫守殿中少監曙幼曰朝散大夫守秘書省著作佐郎暎有女八人長女適成都縣令盧讓金次女適鄂州觀察使吳仲孺次女適衛尉卿張涉次女適殿中少監李洞清次女適司門郎中鄭渾次女適邠州別駕張邕次適和州刺史趙縱幼女適太常寺丞王宰並銜恤在疚是宗宦叟帝女降天人之貴從主婦之儀手制衣衾親臨祖載自宮徂野徒行號擗此又感德所感明靈未慰者也汾陽屬當出鎮瞻望不及思刻金石以紀徽猷縮頟無讚美之能虛承叙德之命式揚茂實以副永懷銘曰赫赫崇勳欝爲元臣峩峩淑德奄有方國夫貴妻尊恩深寵極聿脩閫政以懋嬪則妥自中年嘉聲克宣魚軒昭

曜翟一作秋同茀婢媠嬪從如雲歌鍾沸天永言浮世載悟貞筌玄夜何速青鳥斯卜惻蒼茄簫蒼茫陵谷惟貞石之不朽蔑斯言之可復

故義武軍節度支度營田易定等州觀察處置等使檢校司空同中書門下平章事贈太傅上谷郡王張公夫人鄧國夫人谷氏神道碑　權德輿

皇帝以文明御方夏以德禮序人倫貞元十二年秋九月詔侍臣德輿以故義武節度檢校司空同中書門下平章事贈太傅上谷郡王張孝忠夫人谷氏之淑行內則俾刻金石臣聞風有采蘋采蘩易曰中饋貞吉所以表柔明於內子昭節信於元侯宣力獻功抑有其助夫人之先魏郡樂昌縣人也在漢元成之代衛司馬吉以勳勞致命於絕域大司農永以文學盡規於本朝前史書之以勵臣節四代祖那律皇朝諫議大夫弘文館學士正直之道播于清時曾祖輔袞左羽林軍長史祖倚相秘書省正字仍代藏器晦而不耀考崇義天寶末有行師北鄙之勞累書勳伐至左金吾衛大將軍兼殿中監贈特進夫人即特進府君之第八女也禀是門風鍾于女士淑閑之度中外宜之初太傅始自軍校建功河朔克彰婦順敬贊宗事正位于內尚柔有儀洎太傅自易部領常山遂分節旄以至公相上略兼資于明智中壼載揚其惠和二姓有輝六姻是憲盡褕翟之飾動珩璜之聲建中元年封魏郡夫人三年進封

鄧國夫人旌淑哲也鵲巢之均一家人之悔勵邁亙敬齋之色琴瑟靜好之儀夫人備有焉帷堂晝哭良兮繼志上慈下厚就養無方此又令嗣之能致其敬也貞元十一年冬以門承勳績之崇恩有選尚之貴方築外館聿來上京十二年二月丁卯以疾終於萬年縣安仁里私第年四十九遺章上陳敬而得禮皇情憫惻恩贈集作賻有加嗣子茂昭義武軍節度易定等州觀察處置等使趙復左金吾衛上將軍檢校工部尚書定州刺史兼御史大夫延德郡王博陵上谷之師以續休緒戎車委重優詔抑情次曰茂弘雅王府司馬茂宣舒王府長史嗣雍杞王府諮議參軍嗣慶試將作少監兼御史丞幼曰茂宗銀青光祿大夫行光

禄少卿員外置同正員駙馬都尉皆以純孝裕蠱居喪執禮以其年冬十月甲戌奉夫人之輤車窆于京師少陵原不祔舊封式遵古道恩延戚里有命從之初夫人之兄從政實傳戎韜之訓以中執法剖符定州有妹四人所天皆貴異姓之社從夫以尊公官之教率性而中象服交映魚軒並馳其後婚親一作姻無非勳德故太尉中書令西平王令太尉中書令鄆王夫人之姻也納徵佐餕焜燿于一時此又閨門之盛而積善有類也柔正之風本於王化愷悌之澤洽于幽泉此臣之所以拜受德音銘諸樂石也銘曰

在漢子雲偘然中正昌言獻可遠緒傳慶降及特進策勳

斯盛乃生夫人如玉之温婉彼淑質宜乎盛門金紘石窌所從益尊亦既晝哭道彰訓育中權之貴克繼藩服下嫁之榮方承湯沐生也有涯壽胡不遐奄然冥莫喪此柔嘉遽還黄壤空悲白華秦原隱嶙卌旐徐引此焉幽宅自昔同盡追琢徽音終古不泯

文苑英華卷第九百三十四

文苑英華卷九百三十五　誌一

皇親

鄭國公墓誌一首　楊炯

永昌元年春二月甲申朔鄭公薨公諱柔字懷順弘農人也縣犯大原王廟諱改爲仙掌焉公即隋煬帝之玄孫元德太子之曾孫恭帝之孫鄭國公行基之子粤若稽古崇德象賢統承先王脩其禮物惟丞相保寧西漢惟太尉亮

翊東朝功書王家澤流後嗣亦猶司徒之敬敷五教殷德日新后稷之播時百穀周有大賚隋高祖昧旦丕顯齊聖廣淵皇天眷佑誕受顧命恭皇帝遜位明敭能讓天下作賓皇室與國咸休承百代之宗國稱二王之後公山河積氣清白餘基孝友著於閨門信義行於邦國縱心妙用不出户庭覃思典墳不窺園圃及其上公傳位命服居前有怵惕之心無驕矜之色漢之平帝猶敬劉歆（集作循封魯侯）魯之戴公尚聞商頌大唐貴爲辰極富有寰瀛用三王之禮以同天地奏八代之樂以答神祇郊上玄定泰時金繩玉匣日觀登封左介西偏明堂布政未嘗不虞賓在列周客來庭禮秩尊於百寮贊拜絶於群彦（集作后）循能小心畏懼恪

愼肅恭上帝時歆下人祇協以爲藩屛以訓子孫稟命不融享年五十有五嗚呼哀哉越某月瘞于某原嗣子某官生盡其孝（集作養）死（集作沒）盡其哀學不替於爲喪禮有踰於鑽燧卜其宅兆俾無後艱述其家風謂之不朽其銘曰

有客有客乘殷之馬建于上公尹兹東夏有客有客乘殷之輅作賓王家率由典故天之蒼蒼人之云亡栢櫝成行寃歸故鄉

故開府儀同三司上柱國贈太傅信王墓誌　常袞

昔周以仁厚之化睦于宗戚而武王之弟有國者三無官者五漢家雖皇子畢王而循各守疆土不在京師我唐以

孝理萬國周親並建至玄宗儀制益重寵以晋邸罷其歸藩大第連乎北宮高臺接乎雙闕令舊典不易特恩有加所以廣親親之道洽骨肉之愛也王諱珵字某玄宗至道大聖大明孝皇帝第某子也母曰盧賢妃性與其貞氣合於純君親之際止於孝伯仲之間止於弟重以師傅之教資其賢淑之能實大雅之明哲高陽之恭懿也在開元時則帝子之寵紫殿温清（一作靖）彤庭趨拜鳳姿秀發麟趾光華祚于海邦藩我王室在至德時則皇弟之貴駟馬之迎深於友愛三雍之獻益用親禮故詩有行葦勿踐所以昭忠厚也我皇既受命則叔父之尊安平望高淮南屬長其朝會也不在贊拜之列其宴私也特加壽觴之敬故書有

分王展親所以美敦叙也至如緑池朱閣素月清風兄弟俱來子孫列侍偃蹇叢桂淹留芳草內饔分膳賜藥在庭杳然蓬瀛之外自適天人之樂斯非聖君尊寵之所尚賢王福履之所宜也以大曆九年十月庚午寢疾薨于上京春秋五十皇帝設位哀慟輟朝三日乃命中貴人襄事於內邸宗室屬籍哭于外次既殯又詔司儀備物典策追謚命大傳光禄勲持節弔祭京兆尹監護喪事以其年十一月庚申塟于細柳原妃范陽盧氏祔焉禮也嗣子某郡王某官某乙等孝極其至喪如不勝故事藩王墓銘别詔論譔微臣惶恐謹而誌之詞曰

王讃黄流文祖受命金璽緑受賢王分慶惟此賢王令德孝恭尊事天子翼翼邕邕天子敬異優其賜與大輅之旂玄袞及黼如何不弔誰察誰補塟我叔父于渭之傍曉下蘭坂夕臨芷陽百官會送五校啓行鼓吹悽咽郊原蒼凉御津門外集作上御津門遠睇連岡懷德增慟廻與更傷

信王第七子贈太常卿鄴國公墓誌　前人

維永泰元年歲在乙巳四月壬戌朔十一日壬申有唐信王第七子傳終于西京之內邸春秋一十有八嗚呼哀哉詔贈太常卿粤翌日追封鄴國公以其年五月三十日塟于細柳原禮也公系承霄極慶襲藩維忠肅立身孝恭成性早聯華於武穆能有裕於文孫令範韶閑良才美秀敦以友悌絶其交遊器適四科術通六藝弘此素尚暢於黄中宜其壽昌胡不秀實方固盤石遽凋本枝皇上義切友于情深悼往睦親軫念懷德增悲寵贈太常卿特優恒數仍錫苴茅之命用追棣蕚之榮日月有時卜云其吉送終灞岸載慟津門爰命侍臣碑刊貞石銘曰

玄宗之孫信王之子性與聰悟天姿韶美始能趨拜即異幼冲觀書魯壁習樂雍宮韞此器能方期光大一朝短折萬事冥昧皇恩寵贈友愛惟深幽扃永閉長夜沉沉

奉天皇帝長子新平郡王墓誌　前人

維永泰元年歲次乙巳二月十七日新平郡王薨于西京之內邸春秋四十一粤以其年五月七日遷窆于萬年縣龜川鄉細柳原禮也王諱儼字伯莊肅宗之曾孫玄宗之

孫奉天皇帝之長子也幼而温良夙乃碩茂動皆執禮言必稱詩皇孫之中德行推美周邦右戚漢典開封代繼讓王之尊親承太伯之嗣先朝友愛奕葉追崇常佳南楚之風每翫西園之月仁者不壽遘疾而終皇上軫棠棣之悲懷鴈行之慘輟朝震悼義切天倫鸞遂云封龜占從吉俄辭舊邸言向佳城近灞陵之高原當細柳之吉地冊旐將引玄甲啓行器備飾終禮有異等嗣子年在童幼執喪而哀詔塟之儀悲深先遠禮豊碑之窆疑詞在刋銘銘曰文昭武穆天孫帝子好古推賢樂善歸美親承太伯業繼賢王漢屏斯重周卿有光人閱於水夜遷於壑長坂蘭摧小山桂容細柳之地灞陵之川泉扃一閉幽遂千年

睦王墓誌銘　　梁肅

王諱某有唐代宗睿文孝武皇帝之第幾子今皇帝之愛弟也某年封睦王春秋若干以貞元七年某月日薨於京師皇上震悼命有司筮宅兆選吉日以明年二月某辰葬王某縣某鄉其原禮也惟天祐序于皇家惟王承慶于祖宗方於（集作之）有周康叔實文王之子擬諸炎漢河間稱武帝之弟天鍾秀氣幼挺全德清明在中淳耀（集作輝）發外稟先聖之嚴訓則樂善不倦奉吾王之深愛則敬順日躋至乃因心之孝率性之道（集作義）溫良惠和敏肅端懿學無不探（集作深）藝無不至固以邈焉殊倫焯（集作綽）於生知者已洎夫備物典策啓土建封桓珪之重盤石之宗守以清凈行

以謙冲不然者何名之茂何寵之豐方將明上（集作明三）壽以用五福胡乃天不慭而命不融此聖人所以深津門之慟凡伯所以惜東平之終臣肅奉詔銘石寘玄壤之中所以紀茲墳之永固以表王德於無窮者也銘曰

聖帝介弟於維睦王令問令望于邦有光惟王之賢懿德日宣受福于天胡不永年東門之路西靡之樹萬有千古賢王之墓

會王墓誌銘　　白居易

唐元和五年冬十一月四日會王寢疾薨于内邸大小殮之日上皆不舉樂不坐朝愍也越十二月十八日詔京兆尹王播就監視葬事窆于萬年縣崇道鄉西趙原禮也是日又詔翰林學士白居易爲之銘誌故事也王諱纁字某德宗之孫順宗之子陛下之弟幼有仁（集作令）德早承寵章未冠而王受封于會夫以祖考積（集作定是）德之慶父兄日之貴作（集作胙）土列藩之寵好德樂善之賢宜乎壽考福延爲王室輔嗚呼降年不永二十一而薨（集作終）哀哉皇帝厚敦（集作惇）睦之恩深友悌之愛故王之薨也軫悼之念有加於常情王之葬也追尊之儀有加於常數哀榮兼備斯其謂乎銘曰歲在寅月窮紀萬年縣崇道里會王薨葬於此

特進贈袞州都督駙馬都尉觀國公楊公墓誌銘

張九齡

公諱某字某弘農華陰人也其先食采於楊因邑爲氏始

大於兩漢更盛於周隋司空觀德王我之高祖也台階論道盟府書勳利建維城澤流後嗣洎右衛將軍贈兵部尚書府君諱某累葉炳靈六轡承祀而皆千里一舉逸翰所推五族（集作侯）同拜貴戚莫比公即尚書之子也誕保中和克紹前烈幼以美秀蕙太叔之文長而嘉聞增季友之業孝悌忠信蘊乎生知禮樂詩書成於時習弱冠以門子調補晉州參軍中宗之在春宮也妙簡才地將降天孫兼之實難而公惟允以選尚長寧郡主加朝散大夫拜通事舍人累遷左（集作右）衛郎將神龍元祀中興在運預聞大策克樹休勳而貴主宜家既增湯沐列侯傳國復錫山川至是始襲觀國公拜駙馬都尉左千牛衛將軍加上柱國累遷

秘書監兼太子賓客增秩金紫光禄大夫又特進右散騎常侍左千牛將軍陜王傳坐事左出巴州刺史入爲光禄卿復出爲亳襄陳鄧四州刺史左轉鄜亳許絳四州別駕公性明敏有器韻不求虛譽而百行允脩不矜小喜而九能咸事至於入官從政東文西武才旣兩可事亦百中且不恃貴而（集作以）傷義不怙寵而驕公奉以周旋加之撝挹雖在降出無乇悔悋此亦公之善自爲謀以道終始者也開元十二年四月癸卯遘疾薨於絳郡之官舍春秋五十天子悼焉有制贈使持節都尉兖州諸軍事兖州刺史仍遣使弔問令還葬京師率禮有加哀榮具數其年秋玖月甲申葬于北原其孤曰某等煢煢在疚願圖遺後之人亦

知范宣之世禄豈獨臧孫之立言銘曰

巖巖大華作鎮西土祚我諸楊降生厥祖四代而立爲漢元輔爰及徽裔克復光（集作先）古猗嗟觀公不忝前人荷天休寵爲國嘉姻王孫作儷帝子來賓瓊敷玉潤暉映紛綸乃登王朝乃尊爵秩禄盈萬鍾賦食千室亦克畏滿亦以戒逸物更盛衰時有得失稟命不融斯人則亡天歸京兆地還連岡于嗟此室徽音不忘

銀青光禄大夫檢校左散騎常侍兼宮苑閑廐使駙馬都尉郭公墓誌銘　沈亞之

府君諱某其先關西鄭人也大父汾陽王始以武（集作戎）勳著績爲朔方軍副使天寶末玄宗西巡巴蜀肅宗勞兵于靈武乃率其義虜順夷合兵逐叛得爲朔方軍節度旣而二駕還都拜爲中書令統兵於外初廣德（集作代宗初）犬戎飲馬昆明至于御溝天子在陜又以擊逐之功益拜尚書令封汾陽王尊稱尚父乃詔子暧尚昇平公主都尉主客皆賢故長安中名人文士自李端司空曙之徒咸遊其門賦詩席酒更日而主生子三人女二人長今爲皇太后府君即其少子初憲宗居邸時親臨主家納迎如禮及今上即位皇太后昆弟皆寵錫尊官而府君最少益蒙隆念自汾州刺史入爲殿中監尚西河公主歲餘改宮苑閑廐使府君寬柔和易不守剛決長慶三（集作二）年七月五日暴疾卒于主家享年三十七太后聞之驚悼悲哀使者自中宮出

按問發疾之狀月餘乃觧以其年十二月十九日葬于京兆某原之上初西河主前降吳興沈氏生子男一人及郭氏之喪無後而以沈氏之嗣爲之主辦卜葬有期主喪者使其家吏牽馬操幣至于櫟陽即尉家曰尉之文記事有聞矣願得爲之銘以誌其壙於與叙勳典之事表于壚中云銘曰河椎崑崙命源惟長跂于神葉其來決決影響邁會披華吐章靈姻氣交彭而與祥陶以精神涵爲濃光保我國步乃生汾陽在户作扃橫天爲梁息災破難以藥痍瘡帝子入室固如繼綱孫爲國母沙麓以昌少舅（集作爲姻）臣謙寬汪汪禄而不壽念（集作哀）彼中霜惟其流慶與唐無疆

卷終

文苑英華卷第九百三十六　誌二

宰相一

文昌左丞陸公墓誌序　　張説（集無）

公諱元方字希仲蘇州吴縣人也帝典惟二虞盡美於南風強國有七齊莫大於東海元候制食因爲宗丞相冊勲開吴佐命威德之後瑶琨代襲故冊青奕世三君之望並高金玉聯華五常之目齊重公即陳給事黄門侍郎琛之

曾孫唐荆州當陽縣丞山仁之孫司儀郎東之之姪豫章尉玄之之子體玄黄之純粹峻清白之隆甚鵬翼載軒騏鳴自遠始以司成明經業優擢第補三水扶風渭南三縣尉授東行監察殿中三御史遷鳳閣舍人兼太子中舍又判鳳閣又守秋官行鸞臺三字侍郎同鳳閣鸞臺平章事坐公事降爲綏州刺史居無何檢校春官又試天官二侍郎兼司衛卿復徐鸞臺侍郎同鳳閣鸞臺平章事轉右庶子轉文昌左丞前後掌選及知考各二歲九流銓總代天理物公執其衡鏡而野無遺賢三載考績惟王舊典公秩其黜陟（一作）幽明而庶官咸事斯並憲章臺閣籍甚人倫至於經濟大道彌綸庶務嘉猷削於隱德弘益晦於推美蓋不得而聞也古人有言進退在△卿忠信在人一出持州再入涖政汲長孺之方直畤守外其至胡伯始之詳明亟司中禁抑有由焉嗚呼人之淑斯宜享難老昊天降戾曾不慭遺大定元年二月七日寢疾而終春秋六十有三歷事两宫三十餘載奉上惟敬臨下惟誠客勿两終靜而調理心尚坦率不遠名教之地迹列軒裳不雜風塵之伍施與忘倦郷黨穆焉夷險若一朋友義焉所謂終温且惠行同歸於大雅克已復禮身不離於令名及東首歸全西階撤奠無食粟之馬無衣帛之妾知與不知莫不嘉歎粤三月十四日假殯之國門之南費村求刊昭烈垂之幽礎其銘（元本不載）

此篇元在九百四十卷職官門今移于此

中書令逍遥公墓誌銘　　張説

唐故中書令逍遥公常氏諱嗣立字延構京兆杜陵人也受渾元之正性挺生人之秀傑門爲孝悌之府世處台衡之地蓋士林之高標宗臣之首出者也生於泰之清水長于鄭之成皋聰明先覺博古兼覧究蓬山之百氏綜闕里之六藝文而不華實而不滯原夫志在於易行在於禮守橐籥之冲虛播朱絃之愷悌事有則而言有度神無方而用無體其與人也温良善誘仁恕多容俾夫頑蔽開拆慢鷙擾從君子進道小人革慝聞者頤來見者忘去若膏澤之浸陽和之感萬物不知其化矣及夫履箕登朝濫觴宰邑聖朝知其周慎忠肅簡易循良是以綢繆两禁重疊千

里迄踐宰衡終厥有成凡化二邑理七郡三入中書再統兵部選吏部集本文粹作兵部各兩典樞密共五載光弼四主歷政三十有餘其間累有謗集作傍及官因左退日月蝕而更明隨和幽而不昧爾其爲邦設教尊德閑邪身勤心苦誠感物化禮讓興於私室刑罰廢於公家衡鏡高懸文武矯首才無我失善若已有風流明教作法垂後訏謨皇極功格天地茫茫蠢蠢既生既遂四夷來王五靈皆至然而外榮中素迹遯心遐杳然朱石二本作户之若喪耦二本作邈若赤松之可接西宴驪山之谷東息龍池之野擇逍遙而建號裂土宇而西社明主封帝丘之謀表高臣之志也公考侍中爲國元輔公兄承慶當代齊名咸以令德繼和金鼎扶陽

二相陳氏三君復追美名二本侯侍中前夫人崔氏生黃門而即世後夫人王氏生公而偏愛公克諧以孝因心則友悌均養之德成無間之言天下之人比之祥覽惟公德行言語文學政事四者實惣而兼之事親養志而能爭居喪過哀而顧禮此又善中之善者也善人天之經也國之寶也道將興廢木鐸之用有時命或推移蒼天二本之作生之望恒在春秋六十有六遘疾陳郡還醫洛師開元七年九月二日薨于歸德里有詔贈兵部尚書謚曰孝禮也明年某月葬于某地有子孚恒濟夬儷然在疚靡所寘哀以某忝縉雲之舊寮沐清風之餘論入難名之閫域窺妙德之形容見託銘志庶傳精爽至於歷官次序平居事業當見郡府遺愛之碑國史銘臣之傳故不存焉銘曰

峩峩仁公抱孝含忠文獻則足高明有融翻飛王佐穆我清風道濟明時心樂幽地薜衣華袞坦然一致逍遙啓封帶礪傳嗣二本作祀生涯共盡振古其常人秉三德天歸百祥臧孫有後公業不亡

開府儀同三司行尚書左丞相燕國公贈太師張公墓誌銘　張九齡

大唐有天下一百一十三年開元十有八載龍集庚午冬十二集作一月戊申開府儀同三司行尚書左丞相燕國公薨于位享年六十四嗚呼哀哉皇帝悼焉素服舉哀廢朝三日乃下制贈太師盖師傅之舊恩禮有加也詔塋先遠

塋事有日又特賜御詞表章琬琰公義有忘身之勇忠爲社稷之衛文武可憲之政公侯作捍之勳皆已昭昭於天文雖日月爭光可矣公諱說字道濟或字說之見唐書范陽方城人晉司空壯武公之裔孫周通舘學士諱弋府君之曾孫贈慶州都督諱恪府君之孫贈冊州刺史刑部尚書諱隲府君之季子自上世積慶及公而祥發神明所祐集作府道德爲樞生以寧濟幼而聰悟集作體祥鷹揚虎視英儁磊落越在諸生之中已有絶雲霓之望矣初天后稱制舉郡國賢良公時大知名拔乎其萃者也起家太子校書迄于左丞相官政四十有一而人臣之位極矣尚書國之理本公悉更之中書朝之樞密公亟掌之休聲與偕升降數四守正

而見逐者一遇坎而左遷者二其餘悠戎于外爲國作藩所平除者唯幽并秉節鉞而已至若三登左右丞相三作中書令唐興以來朝佐莫比聖賢之運有會師臣之道欲行人雖求多我每餘地馨香之發數聞自乂宜其翊戴聖后師範百寮功烈過於如神德聲出於咸一此固與版築崛起屠釣作合之類亦云異也公志玄遠而性高亮未嘗自異會節乃有立何所不可體道以爲宗旣定國於一言亦保身於大雅其於經理世務雜以軍國決事如流應物如響紛綸輻輳其循指掌及夫先聖微言稽古未傳缺文必補墜禮咸甄與經籍爲笙簧於朝廷爲粉澤固不可詳而載也始公之從事實以懿文而風雅陵夷已數百年矣

時多吏議擯落文人庸引雕蟲沮我勝氣立明有恥子雲不爲乃未知宗臣所作王霸盡在及公大用激昂後來天將以公爲木鐸矣斯文豈喪而今也則亡嗚呼克生以輔時而臣道不究致用以利物而人將安仰上撫床以念往下輟相而哀至復見之於公焉大常議謚曰文貞二十年秋八月甲申遷窆於萬安山之陽燕國夫人元氏祔焉夫人故尚書右（集作左）丞相武靈公懷景之女也動爲柔範皆可師訓及公之貴連姻帝室雖勳榮盛若非在已內執謙下外睦親疎古之賢明未始兼有開元十九年三月壬戌薨于東都康俗里私第享年六十四長子均中書舍人次曰垍駙馬都尉衛尉卿季曰埱符寶郎泣血在疚皆我之有後也嗚呼玄堂永閟何事春秋幽篆斯在亦云不朽而已銘曰

天有寄命滋液百寶芬無大賢誰與明道我公允叶我德孔昭翰飛戾天羽儀清朝功遂身謝名由實美言而有立古無不死南山之下詔塋于茲後之輿歸惟我大師

相國崔公墓誌銘　穆員

皇唐相國博陵公姓崔氏諱渙字某佐玄宗扶正厄運保維宸極戴肅宗紹復大業底綏生人事代宗朝羽儀百辟歷官二十三享年六十二以大曆三年冬十有二月二日薨于道州刺史之寢明年歸祔于洛北陽邙山令上六年追贈尚書左僕射夫人滎陽鄭氏華陰郡太夫人以子貴

也公娶前夫人生冢子常山公公之清德重望洎天官亞相之位事後夫人滎陽鄭氏恭公之理命以無遺爲大而黽俛拘忌出入銜恤推周公合祔之事允龜從事逆者數嗚呼天不以西漢常平之美惠于吾君使常山下世永懷不集故有沒代之慵著遺令焉貞元元年秋九月季子京兆府三原丞楊孫前渭南尉元方哀奉常山之志逮乎在殯是月壬午啓博陵公之墜明月丁酉以華陰郡太夫人洎繼夫人隴西李氏之喪歸禮也公大父諱玄偉（唐書作暐）中書令博陵王於皇唐有再造勳事具國史考璩禮部侍郎襲博陵王與魏元忠趙貞固爲友出處齊名公則禮部之第二子也天寶中歷屯田左司二員外郎出爲歙州刺史

換綿州錫金印紫綬大駕南廵以至誠大義感悟聖主中興之業見於言下擢拜門下侍郎平章事靈武即位與上宰房公琯奉冊書國璽唯新景命是時也中原有羿浞之亂東南有吳濞之釁乃三分天下之一以八柄付公俾公仗節督護河南山南江南淮南之地凡受賑專征者由公以律二千石已降唯所遷置公於是度用均賦息人繕兵外攘四封内叙多士望高寄重怙寵者排之降左常侍領杭州刺史俄轉常州徵拜秘書監太子賓客大理卿坐失繫囚移信王府傅轉尚書左右丞吏部侍郎御史大夫大曆中元載顓政中外附之公對敭内廷數其不赦之罪上含之未諭公抗詞焉寺人屬垣漏言于載未幾有道州之

役遑憾故也公標鑒遐明姿度弘粹松茂玉潔風清雨潤文以經邦爲用學以爲己爲宗承祖禰以付子孫者清白孝友其哲人哉夫人磁州刺史曾之孫潁川太守長裕之女年若干歸公之館子曰縱實常山公繼夫人舒州刺史紹之孫左羽林録事參軍晃之女年若干遺公之禄子曰璉（世系表作槤）仕萬年尉不幸早夭二夫人地清天和夫賢子孝四者均有之清之發祥和之應壽賢之用貴孝之報榮四者皆遺之哀哉孝孫元方痛先人存沒不伸之志其號天也與吉凶俱咎于叔父揚曰先志未從不敢以見先祖是日也奉二夫人合于此室既定而常山祔焉員常山門吏見託銘石其詞曰於穆元輔歸全故丘列樹已拱清風悠悠邈矣夫人同瘞渭上春配忠生孝翊聖懷民賴及於國慶達其身五父雙啓九泉同閉遺厥嘉祥及爾昆裔

文苑英華卷第九百三十六

文苑英華卷第九百三十七　誌三

宰相二

相國義陽郡王李抱真墓誌一首

相國武昌節度元稹墓誌一首

相國義陽郡王李公墓誌銘　穆員

皇唐九葉天啓元聖運夰中否蓋有苗不恭舜德於是乎盛儉狁孔熾周道於是乎興而我相國太保義陽王文武命代經綸應期柱石將傾舟楫未濟腹心王畧爪牙天罰䒿夷大憝覆冐生人公諱抱真字太真本姓安氏世爲凉州盛族高祖修仁佐太宗征伐益大其家寵位本州啓封申國曾祖典(表作禾達)開府儀同三司左驍衛大將軍祖恪(表作懷恪)陳州司馬贈兵部尚書考濟管贈太子太保或才光(一作克)于時或道屈于命從父兄司徒凉國公抱玉事肅宗代宗勲著王室錫以天姓代宗之初僕固懷恩怙兵犯順公時爲命汾州別駕隨州陥焉懷恩雅竒公才而懼公之不同所以待公與衛公者偕切公竟以勇智自脫挺身京師上方以懷恩爲憂不啻於禄山思明之難遣公進討公曰郭子儀領朔方之衆人多思之懷恩因人之心以邀其勢紿其衆曰子儀爲魚朝恩所戮刼而用之今若復子儀之位可不戰而克上嘉而納之其後懷恩父子皆敗朔方有衆洎西北兩蕃望子儀而頓伏皆如公策拜殿中少監擢綏清列澤盛當時卿大夫賢者從之遊朝論羙價於斯爲重大駕幸陜欲遂都洛陽公入陳婁敬子房之說且曰臣見犬戎今已遁去翌日長安告至如公之言代宗器公之才將試其用詔兼御史中丞充陳鄭澤潞節度留後公以所奉之主則從父兄司徒公乃深惟大雅明哲之義懇請晋府願効列郡優詔從之拜澤州換單懷二邦之人得公失公皆如父母未幾復統晋府之政累加御史中丞左散騎常侍并領磁邢二州增秩加邑國之報也今上即位用聰明神武照臨不庭命方叔召虎鎮衛四國是用授以黄鉞俾以專征而方命之徒畏威先舉田悅以暴兵五萬寇我東鄙却邢州圍臨洺守將乗城如山不拔忿恚且恥既悉索境内且乞師于隣掘地于雲壕壘數合上絶飛鳥下及黄泉公躬執鉦鼓屢挫其銳詔命太原節度使今侍中馬公與公合縱且曰盡敵非(疑)是摧堅陣於雙岡釋重圍於二城殲逆徒於洹水凡三戰三北退伏于魏窘如囚拘逆將朱滔誘今司徒王公合范陽恒山之衆來爲悅援公與馬公洎郡帥屯于魏橋相持卒歲無何京師有朱泚之亂鑾輿外次郡帥失圖蒼黄還師唯恐在後公徐統士馬退次洺州旋奉詔書俾勤所職于時將卒倦戍久矣及其還也如川壅而潰勢不可遏公以至誠大義發爲號令俾四郊激勤王之志三軍忘思歸之心進師漳河獨壓强寇先是與公戮力太原朔方盟津洎神策四帥十萬之旅一朝雨散孤軍特立天下危之公忠貫天地機先鬼神動如

雷霆峙若山岳銷難於未朕成功於無戰氛祲四廓貔貙坐馴上在奉天躬禹湯勃興之德曰萬方有罪罪予一人發號改元與人更始公奉揚天澤浹于四隣增日月之明廣雷雨之施由公而復爵位者今司徒王公洎魏博青齊三帥凡三道數十州百萬旅歸于聖理公之功也朱滔以幽燕勁卒傔虜驍騎將欲橫行咸洛崛強中原輔其兄泚窺伺神器公以竒謀正義間說成德成德與滔契重婚姻事同艱阻與公交鋒對壘積爲敵讐乃爲國爲公忿滔如讎將欲自竭先誠於公投我以可疑報之以必信公與王公之相見也王公旌旆車騎亘如長雲晦日蔽天風驅而至公以數騎徑造其前王公叱去左右躍鞍而下交臂號

譁聲聞昊天即日兩軍億萬之師悉如兄弟公遂入其壘授之以畫明日合勢大破滔軍于涇城之西滔鼠竄舊巢至死不振逆泚析臂群兇奪魄諸將聞風益壯踵武獻功既而妖彗㓕星纏復鯨鯢戮（九字一作妖慧滅光星纏復覩恐非）海水清而振耀靈威興復昌運自我而始其天啓敷公使將如臂使卒如指決勝于千里之外者則河中拔淮夷殄分彼成功什三四焉初臨洺之觧遷工部尚書洹水之勝轉兵部魏橋之勤加右僕射漳濱之固轉左僕射同中書門下平章事朱滔之敗遷司空食實封五百戶貞元初上有事于上帝列祖公得請會朝宣室受釐明堂布政對揚丕顯錫命蕃庶方寄肱股而藩屏是切方屬周召而桓文是賴數月

受命還鎮公之鎮於濟也垂三十年撫五郡四封之人作之醫作之師生戍之富庶之耆老詣闕願刊金石詔俾時宰揚其頌聲廼者大梁東平二帥交惡僉使上介質正於公公以天道助順神明與直裁而辨之司徒王公以不二心合公一德資禀明畧有如元龜議者謂上黨之俗地狹而力氣寒堅水蓋戰國武卒之餘也故長於步冀之地土馬之所生故長於騎而公與王公天下之傑也各因其俗之所長以伯諸侯嗚呼使公將步王公將騎以征四方以奬王室亂臣賊子誰敢萌心上天爲何而降公疾願守謙損固辭崇高請罷三公拜章七還天子重違宗臣之請又迫蒼生之望退授僕射而安危注意之任猶以煩之十年

六月一日薨于位春秋六十有二皇上震悼輟朝三日所以贈䘏之品禮極數殫中貴護喪達于洛涓冬十月九日葬於澠池祔先君太保之塋禮也公自生勲門幼被儒術長覧太史公班孟堅書服從衞之言至於兵法尤其天性而體乾之剛利坤之貞煦春之仁厲秋之義蹈禮之節包樂之和是以文昭扶翊武著戡靖行備九德政成百度忠與勲偕業與時倂兵符相印與身終始開國傳家與國無窮盛矣哉公再娶于鄭華宗令德其偶而一前夫人滎陽郡夫人皇洛陽令汲之子也不幸早世後夫人沂國夫人皇洛州壺關令肇之子也昔以賢輔貴今以哀報榮既大公門且肥公室初公之棄三軍也嗣子前殿中侍御史緘

爲墮淚所迫俾嗣公位緘曰爲先人之嗣者苟生非忠冐死非孝深惟自免之計既而忠孝全焉次子幼成季子幼清次女適清河崔弘雅有幹父裕母之美長女幼女並從西方之教各得其旨緘等以公成功盛德列于史策流于歌頌傳于故老之口巍巍乎其不朽矣若丘壑遷化歲序超忽則貞石是賴不可以不識焉爰假菲詞俾鏞玄壤銘

曰

陰陽成歲百物以生聖賢撫運天下以平神武嗣統朝陽啓明照臨萬邦震曜不庭蠢彼昏迷爲國（未詳）乃命徂征風行王化雷動天聲靡守不固何攻不傾信信（一作咆哮）材武率馴忠真茫茫氛祲於變廓清入覲于王惟周（熒作國）之禎帝

念藩翰復我長城宜錫難老以主夏盟柰何旻穹夭秝（一作謝）壯齡善積存沒報窮哀榮勒勳王府遺業生靈歸我真宅封山表塋永閉泉戶與天壤并

此篇元在九百三十八卷職官門今移于此

右僕射河南元公墓誌銘　白居易

相國武昌君節度觀察處置等使正議大夫檢校戶部尚書鄂州刺史兼御史大夫賜紫金魚袋贈尚書

公諱稹字微之河南人六代祖巖隋兵部尚書封平昌（文粹如此是英華作武平集作昌平並非）公五代祖弘隋北平太守高祖義端魏刺史曾祖延景岐州參軍祖悱南頓縣丞贈兵部員外郎考諱寬比部郎中舒王府長史贈尚書左（集本文粹作右）僕射妣

滎陽鄭氏追封陳留郡太夫人公即僕射府君第四子後魏昭成皇帝十九代孫也公授天地粹靈生而岐然孩而嶷然九歲能屬文十五明經及第二十四調判入四等署祕書省校書郎二十八應制策入三等拜左拾遺即日獻教本書數月間上封事六七憲宗召對言及時政執政者疑忌出公爲河南尉丁陳留太夫人憂哀毀過禮杖不（文粹作）而能起服除之明年授監察御史使於蜀按任敬仲獄得情又劾奏東川帥違詔條過籍稅又奏平塗三輔等八十八家冤事名動三川三川人慕之其後多以公姓字名其子朝廷疾（二本作病）東諸侯不奉法東御史府不治事命公分臺而董之時有河南尉離局從軍職尹不能止監察御史

死其柩乘傳入郡（二本無此二字）入郵郵吏不敢詰內園司械繫人踰年臺府不得知飛龍使匿趙氏亡命奴爲養子主不敢言浙右帥（一作使）封杖杖（一作結夬）吉安令至死子不敢愬凡此者數十事或奏或劾或移歲餘皆舉正之內外權寵臣無柰何咸不快意會河南尹有不如法事公引故事奏而攝之甚急先是不快者乘其便相噪嗾坐公專達作威黜爲江陵士曹掾居四年徙通州司馬又四年移虢州長史長慶初穆宗皇帝（二本無此二字）嗣位舊聞公名以膳部員外郎微用既至轉祠部郎中賜緋魚袋知制誥制誥王言也近代相沿多失於巧俗自公下車俗一變至於雅雅（一二本一字作二三）變至於典謨時謂得人上嘉之數召與語知有輔弼之

才（二本作知其有輔弼才）擢受中書舍人賜紫金魚袋翰林學士承旨尋拜工部侍郎旋守本官同中書門下平章事公既得位方將行已志吾君知無何有憸人以飛語構同位詔下案驗無狀上知其誣全大體與同位兩罷之出爲同州刺史始至急吏緩民省事節用歲收羨財千萬以補亡戶逋租其餘因弊制事贍上利下者甚多二年改御史大夫浙東觀察使將去同同之耆幼鰥獨泣戀如別慈父母遮道不可遏送詔使道（集作導）呵麾鞭有見血者路闢而後得行先是明州歲進海物其淡蚶非禮之味尤速壞課其程日馳數百里公至越未下車輙奏罷自越抵京師郵夫獲息肩者萬計道路歌舞之明年辨沃瘠察冨貧審（二本作均）勞逸

以定稅籍越人便之無流庸無逋賦又明年命吏課七郡人冬築陂塘春貯雨水夏溉旱苗農人賴之無凶年（二本無此三字）無餓殍在越八載政成課高上知之就加禮部尚書降璽書慰諭以示旌寵又以尚書左丞徵還旋改戶部尚書鄂州（二本作岳）節度使在鄂三載其政如越太和五年七月二十二日遇暴疾一日薨于位春秋五十三上聞之軫悼不視朝贈尚書左（二本作右）僕射加贈賻（二本作賻贈）焉前夫人京兆韋氏懿淑有聞無祿早世生一女曰保子適校書郎韋絢今夫人河東裴氏賢明知禮有輔佐君子之勞封河東郡君生三女曰小迎未笄道衛道扶齠齔一子曰道護三歲仲足司農少卿程（二本作積）姪御史臺主簿某等銜哀襄事裴夫人韋氏長女聚諸孤等號護靈轝以六年七月十二日祔葬於咸陽縣奉賢鄉洪瀆原從先宅兆也公著文一百卷題爲元氏長慶集又集古今刑政之書三百卷名類集並行於代公凡爲文無不臻極尤工詩在翰林時穆宗前後索詩數百篇命左右諷詠宮中呼爲元才子自六宮兩都八方至南蠻東夷國皆寫傳之每一章一句出無脛而走疾於珠玉又觀其述作編纂之旨豈止於文章刀筆哉實有心在於安人治（集作活）國致君堯舜致身伊皐耳抑天不與耶將人不幸耶予嘗悲公始以直躬律人行而勤之則坎壈而不偶謫瘴鄉凡十年髮班白而來歸次以權道濟世變而通之又齟齬而不安居相位僅三月席不煖而

罷去通介進退卒不獲心是以法理之用止於脩（二本作舉）一職不布於庶官仁義之澤止於惠一方不周於四海故公之心不足也逢時與不逢時同得位與不得位同冨貴與浮雲同何者時行而道不行身遇而心不遇也執友居易獨知其心以泣濡翰書銘於（二字作于）墓曰

嗚呼微之年過知命不謂之夭位兼將相不謂之少然未康吾民未盡吾道在公之心則爲不了嗟乎哉（二字文粹作惜或惜）哉道廣而俗隘時矣夫心長而運短命矣夫嗚呼微之巳矣夫

文苑英華卷第九百三十七

文苑英華卷第九百三十八

宰相三

丞相太子少保牛僧孺墓誌一首

東川節度使周墀墓誌一首

丞相太子少師奇章郡開國公贈太尉牛公墓誌

銘　杜牧

唐佐四帝十九年宰相牛公諱僧孺字思黯八代祖弘以德行儒學相隋氏封奇章郡公贈謚（集作）文安侯文安後四世集州刺史贈給事諱休克於公爲曾祖集州生太常博士贈太尉諱紹太尉生華州鄭縣尉贈太保諱幼聞太保生孤始七歲長安南下杜樊鄉東文安有隋氏賜田數頃

書千卷尚存公年十五依以爲學不出一室數年業就名聲八都中故丞相韋公執誼以聰明氣勢急於褒拔如柳宗元劉禹錫輩以文學秀少皆在門下韋公亟命柳於樊御訪公曰願得一相見公乘驢至門韋公曰是矣東京李元禮爲後進師隋奇章公仁德祿位二者包而有之盎進士上第元和四年應賢良直諫制數強臣不奉法憂天子熾於武功詔下第一授伊闕尉以直被毀周歲凡十府奉取不下伊闕蒲歲郄公士美以昭義軍書記辟凡三上請詔除河南尉拜監察御史丁毋夫人憂制終復拜監察御史知雜事改考功員外郎集賢殿直學士庫部郎中知制誥賜五品命服半歲遷御史中丞宿州刺史李直臣以贓

數萬敗穆宗聽（二本集德）偏詞於中稱直臣完且言有才宰相言格不用公以直臣獄奏上曰直臣有才可惜公曰彼不才者無飽食以足妻子安足慮本設法令所以縛束有才者祿山朱泚是才過人而亂天下上因可其奏曰善賜章服金紫遷戶部侍郎掌財賦事上益親重欲相之會中書令韓弘男公武謀曰大人守大梁二十年齊蔡誅後始來朝今不以財援中外設有飛一詞者誰以（二本作與）保白公武齎弘書獻公錢千萬公笑曰此何名爲公亟持去明年弘公武繼卒主藏奴與吏訟於御史府上憐弘大臣父子併死稚孫將家事走中使至第盡取財簿自閱視凡中外主權多納弘貨獨朱勾細字曰某年月日送戶部牛侍郎錢

千萬不納上大喜以指曆簿遍視旁側曰果然吾不謬知人殿上皆再拜呼萬歲尋以本官平章事明年正位中書侍郎加銀青三品兼集賢殿大學士監脩國史敬宗即位與武士畋宴無時徵天下道士言長生事公亟諫曰陛下不讀玄元黃帝五千言以清淨養生彼道士皆庸人徒誇欺虛荒豈足師法未一歲請退不許連四月日間以疾辭乃以鄂岳六州建節號武昌軍命公爲禮部尚書平章事爲節度使公始至問民疾（二本作衣）苦皆曰城土棘惡歲輸葦竹爲苦具姦吏旁緣主爲侵取費與稅等歲久前後政欲晝計策訖無所施公即除去冗長用公私錢陶塼成城敷（作甓）凡五年乃就明年文宗即位就加吏部尚書明年急徵

拜兵部尚書平章事再(二本作重)拜中書侍郎弘文舘大學士鄭注怨宋丞相申錫造言挾漳王爲大逆狀跡牢宻上怒必殺公曰入臣不過爲宰相令申錫已爲宰相假使如所謀豈復欲過宰相有他圖乎臣爲中丞愛申錫忠良奏爲御史申錫之心臣敢以死保之上意攺由是宋不死大和六年西戎再遣大臣摯(二本作贄)寶玉來朝禮倍前時盡罷東鄙守兵用明臣附李太尉德裕時殿劒南西川上言維州降令若寇(文粹作史)生羌三千人燒十三橋擣戎腹心可洗久恥是常畢二十年至死恨不能致事下尚書省百官聚議皆如劒南奏公獨曰西戎四面各萬里來責曰何事失信養馬茹蔚川(在平凉部西)上平凉坂萬騎綴回中怒氣直詞不

三日至咸陽橋西南逺數千里雖得(二本作百)維州此時安可用棄誠信有利無害匹夫不忍爲况天子以誠信見責於夷狄且有大患上曰然遂罷維州議太和六年檢校僕射平章事淮南節度使經六年至開成二年連上章請休官詔盐不許公曰臣唯退罷可以行志夏五月以兵付監軍使拜疏訖就道除檢校司空留守東都明年拜右(二本作左)僕射上恐公不起詔曰朕比有疾良已思一面敘公不得已至闕下一拜謝閉門不出明年檢校司空平章事襄州節度使出都門賜黄尋蹲龍杓凡六器名出周禮詔曰精金古器用以比况君子非無意也襄州七年假饒軍人入賦不一公至據地造籍免貧弱四千萬均入豪強皆曰芉心

不出一怨言明年武宗即位就加司徒會昌元年秋七月漢水溢堤入郭自漢陽王張柬之一百五十載(二本作歲)後水爲再大李太尉德裕挾維州事曰脩利不至罷爲太子少保(二本師)未幾檢校司徒兼太子太(集作少)保明年以檢校官兼太子太傅晋守東都劉稹以上黨叛誅死時李太尉專柄五年多逐賢士天下恨怨以公德全畏之言於武宗曰上黨桅(二本作軏)左京控山東劉從諫父死擅之十年後來朝加宰相縱去不即(二本無此字)留之至積叛竭天下力乃能取此皆公與李宗閔宰相時事從諫以大和六年十二月十七日拜闕下公實以其月十九日節度使淮南明年正月從諫以宰相東還河南少尹呂述公惡其爲人述與太尉

書言植破報至公出聲歎恨上見述書復聞前縱諫去壘二怒不一条校自十月至十二月公凡三貶至循州員外長史天下人爲公授手咤罵公走萬里瘴海上二年恬泰若一無事今天子即位移衡州汝州刺(二本作長)史遷太子少保少師凡四年復位大中二年十月二十七日薨于東都城南別墅年六十九天子惆傷不朝兩日再(集作册)贈大師(二本作尉)天下善人執手相弔哭公忠厚仁恕莊重敬慎未嘗不以此八者自勉而終身益篤爲宰相急於銓品凡名清官不忍持一資以假非其人以道德謨於天子每指古義爲擴有言機利克追必鈲(音華)剳(力功)各使之摧破三大邦去苛碎條約除民(二本無此字)大患其輕巧吏欲賦公愛惡希嚮

所爲渾然終不能見故所至必大治衣冠單窮出俸錢嫁其子女月與食歲與衣資送其死喪凡數百家李太尉志必殺公後南謫過汝州公厚供具哀其窮爲辯說海上與中州少異以勉安之不出一言及前事鎮武昌時軍容使仇士良爲監軍使公律以禮敬暑甚大合軍宴拱手至暮一不揮扇亦自儉克平居非公事不出内屛周三歲語言舉止率有常度仇軍容開成末首議立武宗權力震天下每言至公必合手加額（二本作顙）曰清德可伏（二本作服）人但過愫官財與人無一毫恩力（二本作分）耳不肯引譽不敢怨毀淡居其中公始自河南薦鄉貢士爲郎官考吏部科目選三開幕府中丞相外凡取六十餘人上至將相次布臺閣皆當

時名士毋暇日譏語寮吏必言古人修身行事旁誘曲指微警教之不以已所長人所不及裁量高下以生重輕後進歸之承望聲光行一言許可必自矜重夫人辛氏以公封張液郡贈僕射秘之長女士林稱爲婦師凡二十年前公八年歿五男六女長曰蔚監察御史次曰叢浙東（諸本並作）南府協律郎皆以文行登進士第不籍公勢次曰奉倩河南府洛陽尉二人皆稚齒長女嫁户部郎中上黨苗愔次女嫁河中節度使檢校郎中范陽張洙次女嫁河南府集賢校理常山張希復次女嫁前進士鄧淑次女朱笄一人始數歲以某年月日塟少陵南某鄉某里銘曰

道既訖衰必有以扶厥公之生以隆其汚（二本作洿）幽以燭明暵以雨濡以教其徒以佐天子烕絶覇駮如有樞梶標揭（文粹作謂）峙倚巍乎二紀臣宗德老鉅傑魁礨孰爲忌畏譖去南海不校不辨旋（文粹作奉）復顯大百行渾圓隣於及年以歸其全

東川節度使檢校右僕射兼御史大夫贈司徒周公墓誌銘

前人

周平王次子烈封汝墳侯秦以汝墳爲汝南郡侯之孫因家焉遂姓周氏自烈十八世至西漢周仁繼烈封侯其後逃西晋亂南去黄岡靈起仕梁爲桂州刺史生炅在陳爲車騎將軍炅生法明年十二月命巴州刺史陳臧臣隋爲趙之真定令隋亂歸黄岡起兵取蘄安沔黄武德中籍四

州地請命授總管蘄安十六州軍事光禄大夫封國於道太宗命虞世南銘書墓碑相國爲六代孫曾祖惲汝州梁縣令祖沛左拾遺王（一作皇）考廼右驍衛兵曹參軍贈禮部侍郎公少孤奉養母夫人以孝聞舉進士登第始試秘書正字湖南團練廵官母夫人亡哭泣無時里人過公廬曰無驚周孝子後自留守府監察真拜御史集賢殿學士李公宗閔以宰相鎮漢中辟公爲殿中侍御史行軍司馬後一年復以殿中書職徵歸時太和末注訓用事夏六月始逐丞相宗閔立朋黨語鈎挂名人凡百日逐朝士三十三輩天下悼慴以目受意附凫者屢以公爲言注訓曰如去周殷中恐人益驚竟不敢意注訓取公爲起居舍人文宗

復二史故事濡筆立石螭下丞相退必召語旁側竊帝每數十顧遷公員外郎帝曰周某不可不見宜兼前官數月以考功掌言事帝曰試翰林公辭讓堅懇帝正色以手三麾之遂兼學士遷職方郎中中書舍人政事細大必被顧問公終身不言事故不傳武宗即位以疾辭出爲工部侍郎華州刺史八禁軍二十四内司居華下諸(集作者)藉洨等百姓不敢妄出一詞李太尉德裕伺公纖失四年不得知愈治不可蓋抑遷公江西觀察使兼御史大夫公既得八州施展教令申明約束發虔守陳弁賍坐弁以法死吏手膠拳竊御遠井如公在旁縛出洞蔻劉太朴徒數百人斷發根脉無有遺失彭蠡東口戍五百人上下千里無一

賊跡遷禮部尚書鄭滑節度使老將某項領不如教約公鞭背降爲下卒聲北入魏皆曰周尚書文儒能治百姓仁愛兵士而復敢爾是豈可一(集作十)字犯九(一作恭)歲入拜兵部侍郎節度支兼户部東(集作吏)曹事積邊糧谷九十萬石今天子即位二年五月以本官平章事後一月正位中書侍郎監脩國史就加刑部尚書因河湟事議不合旨以檢校刑部尚書出爲劍南東川節度使明日入謝面加檢校右僕射公自舉進士第非其人不交一(集無一字)言旁覷後進鑴心鏤志及爲將相進取遠挠悉置于位李太尉德裕會昌中以恩撰元和朝實錄四十篇益美其父吉甫爲相事公上言曰人君猶不改(一作觀)史人臣可改乎元和實錄皆當

時多士自書事實今而不信信德裕後三十年自名父功衆所不知者而書之此若垂後誰信史竟廢新本并帥王宰劉所部財貨承事貴倖自請来朝聲言我取平章事鎮大梁公上言曰宰破大原取汴州不知天下治所凡幾得如太原汴之大者可飽宰欲乞宰還鎮自補其殘後二日還宰詔下駙馬都尉常諫求爲京兆尹公言曰尹坐堂上階下拜二赤縣令屬官將百人悉可笞辱非有德者京兆不可爲豈止取吏事讓議竟寢自此非道求進者鼠遁自屏及鎮東蜀一歲欲歸閑洛師徽得風恙公曰我今去是以疾去疾愈去非晚大中五年歲在丁未二月十七日薨于位享年五十九訃至廢朝三日冊贈司徒命諫議大夫

盧懿弔恤其家公信於朋友公於爲官事親出去告還面家事不敢自專同曾祖兄弟入門呵笞奴婢衣服飲食無二等免相位西去送公還者雖武將散秩嘆惜咨嗟曰周相公無私我惜其去(六字一作存日無我惜私其去)豈有私乎夫人義興蔣氏先公某年終生二男一女長曰寬饒崇文校書次曰咸喜京兆參軍皆孝謹有文學女嫁起居舍人薛蒙大中六年歲次壬申二月十二日歸窆先塋河南府河南縣穀陽鄉立行里銘曰姬之支封國自爲姓以周爲氏入唐不盛烈後幾世厥生賢孫當唐中興爲唐相臣文思天子謗古爲治提起玉道以公爲倚迒(音剛)蹊巢窔出者鳥鴃誰塞誰棘勞分碎指三屏大邦駿壯武事哺撫稚耋(集作老)父母

赤子曰將曰相公其愧幾指古爲比公其無愧以公遺（去声）
唐而後公死不錫壽者誰其辨之

此篇元在九百三十九卷職官門今移于此

文苑英華卷第九百三十八

文苑英華卷第九百三十九　誌五

職官一

安南副使都護畢公墓誌一首　張九齡

公諱某字某東平人四世祖義雲北齊度支郎中青州刺史曾祖琰真觀初并州白馬府右果毅都尉（集作右）左衛郎將祖父蒲州河東令坐事左轉桂州歸義縣丞因家于始安（集作寧）父誠舉孝廉高尚不仕公即孝廉府君之子禀靈純茂姿性開朗亦旣志學休有令聞雖在諸生之中已有萬人之望矣夫忠有世善有元仁於其親友于兄弟豈尚行所致其因心而然公之植身根萌素厚操本制末何適非宜故爲政之方所從來遠矣其年初有御史將命黜陟幽明公時盤桓居貞未有攸往而使者承式固才是求褐衣見召直繩斯委乃表公授梧州録事參軍非其好也先是剽刼在境行李所病綱佐無機逋盜肅然歲滿換廣州湞陽令事必簡舉人用安（集作穩）便莫不咨嗟末始見也尋轉韶州司馬其政如初秩滿丁母（集作內）憂公有至性幾於

毀滅廬墓展哀泣血扶病有加一等不唯三年嶺南按察使廣州都督兼御史大夫蕭璿彼孝悌之士也以錫類之故有嘉德音於是版一作拔補按察判官義行相成終始如一尤加欽重持以表文勅授新州刺史屬恩州酋帥日尋干戈將有式遏寔資明允後按察使廣平郡公宋璟以公爲五府總管以甲卒戍焉雖臨之集無之字下同以兵威而開之以恩信俾忿鷙很戾化梟爲人廣平公深以爲能奏假恩州刺史俄又真受夷落大寧尋加朝散大夫遷端州刺史居必致理莫匪嘉績并護之寄朝選以歸於是加秩中散大夫拜安南副都護致官未幾間忽遷殂時年六十某年月日庚子歸葬於某山之原公内行無玷外物不干文非

務華學皆爲己所蒞數郡遺愛在人全已而歸可謂厚矣有子曰某銜恤終天想哀遠日永惟稱代存乎幽篆銘曰

猗歟畢侯濬源長流愛民于畢爰自有周彼美世載實惟孫謀賢哲繼軌斯其遠猶嗟彼懿宗是生孝友和實内積行非外誘家邦必聞人倫歸厚徵此令德夫豈善守亦既從政厥問載榮邑能訟息郡用禮成蠻夷慕教鴟梟變聲九真副領萬里楊旌護彼絶域義忘險艱提律未改再旋而還存歿之際忠孝之間徽音無泯篆德兹山

福建觀察使鄭公墓誌銘　穆員

唐貞元八年四月十六日福建團練觀察使福州刺史兼御史大夫鄭公薨于位明年孟夏己酉朔歸葬于東都萬安山之南原龜吉筮吉即于人謀且曰前望先君俾公之體魄列侍于後與兹山乂還顧洛邑俾爾子孫盈如市朝生沒於斯公諱叔則字某滎陽人自元魏中書令周小司空金卿文公穆凡五葉至皇朝遂州刺史老萊代以婚姻德義俱爲家法相授公則遂州之冢子也未冠以明經擢第凡五命至御史府又再遷歷尚書省以屯田員外郎介吏部侍郎李卿觀風之命議者韙之李公出納稱職且多貢嚴藪幽滯充于王庭繄公是賴轉庫部相國王縉受居東之寄又資公以畫拜檢校吏部員外郎使罷而真凡吏部分天下之疑折無文之中王肇曰廢置清九流之路坦多士之門曰南曹公酌其會通流守以貞固七考二觽日新

厥聞于繼母艱免服拜刑部郎中皇上即位思與四方萬姓垂家至而日見之制臨遣八使必朝之良公爲首冠清選分命于西江閩越之地所至蠲疾所去遺利並命者取而法焉兩河不開命帥梁汴所求郤穀之比爲其中軍授檢校祕書少監兼御史中丞克平軍節度副使之官拜御史中丞廉問東夏俄領東都留守兼河南尹就加户部侍郎仍再位副相之寵持憲以清明律下牧人以禮讓和俗保釐以威重懷遠寇不敢犯吏不忍欺扶危以安制動以静罷鎮歸省轉尚書左丞未幾兼御史大夫撫淮夷反側之俗四牡涖止萬人革心如風之清如雨之滌復命遷太常卿國有大事主辦多儀加銀青光祿大夫轉京兆尹理

行三載惟遺權臣搆愍貶永州長史謫去之日京師鄽空巷隘車不得前怨咨之聲雷動天聽旋以非罪拜信州刺史居數月又有四嶽十二牧之撫六方以和風清德移蠻貊之風何斯人之幸與上天之祐轂彼炎瘴而不勝焉夫人范陽盧氏著作郎侑之女也望中北州德成公家不幸早世事具前誌生一子曰約河南府洛陽縣主簿後夫人范陽郡夫人盧氏華宗美行與前人如一加繁祉餘慶續公之榮生二男一女納前弘文生紳右千牛衛備身女未笄是日約（前已日一子約）奉范陽夫人命舉前夫人柩會公之喪禮也公之爲德也温純深潤高厚愽達文以禮樂本於中和祀不違仁愠不傷善滔然如川澤無不容之者及其秉操

厲俗好是正直不畏非畏不疑可疑酷惡春秋之左（一作右）巫疾陰陽之拘忌巋然如斷山絶巘不可以邪徑造乎嗚呼使公之得志也天下之人非法言不言非大道不蹈此可以爲天子大臣未絶邉數其餘哉是以壽七十有一歷官二十有八政朝仰故事人懷遺德門列朱戟家垂清風而遊公藩者猶以不期順爲嘆問神明焉約等以爲哀報揚名莫如紀述謂員昔備吏末嘗司斯文將期餙終何敢廢職銘曰

嗟哉公居此室猗夫人會琴瑟萬安南山瑞氣浮洛陽北闕家聲流憂千祀兮白悠悠

陝虢觀察使盧公墓誌銘　前人

唐貞元年四年夏六月陝虢都防禦觀察轉運等使陝州長史兼御史中丞范陽盧公壽六十中疾于位優詔得謝家東都履信里秋七月甲戌終于其寢冬十月乙酉歸于此堂禮也萬安之麓因山而封嵩丘伊流還帶捧抱龜筮叶吉神宅是宜府君諱岳字周翰其先齊太公之後公子高奚食菜於盧因以命氏及自東漢中郎植乃元魏秘書監陽烏第四子都官尚書道虔凡十葉代代得禄其兄子思道所著家譜詳之道虔生齊左四子昌衡昌衡生隋澤州内部長寶素寶素生皇朝綿州長史安壽安壽生汝州司馬正紀正紀生絳州聞喜令杭惟是婚姻其類爲義方相襲禮樂冠蓋侔其盛焉府君聞喜之第二子也發地之

祥鍾天之和處爲孝而友悌從之出爲忠而貞諒從之施於事物爲聰明純粹而寵位從之天寶末擢明經調宋州襄邑主簿歷婺州夔州二録事叅軍以大理評事兼監察御史始佐湖南觀察之政前帥帯之晉倚之以清後帥卒京杲籍之以立既真拜又稍遷殿中侍御史京杲入覲咨以留府時有驕將數人京杲實父子兄弟之其蹈罪姦令率以爲順府君告之以刑辟明之以無赦而郡帥如故乃盡戮之由是軍政理而庶政舉初朝廷之任京杲也以恩舊用不責之以龔黄之績至是還之不可易之不能留之京師以晝府君之美若是者五歲累錫銀印朱綬金章紫綬加侍御史建中初今上嗣位有自屬部端官入爲相者

謂公才膺方鎮受容府經略招討等使就加御史中丞南越獷俗井稅之入鮮具其布帛之幅通流之貨悉興中上府君以美利利之王制制之又每歲有西原之警府君布政群盜爲人元年季春賦入貞元三年未朝拜少府監上以陝郊之守藩垣二京冠冕諸夏非沃心之臣勿授前此元臣授之是爲郡伯今相國李公自中書侍郎徵拜思嗣其事重難其選府君於是乎有由衷之拜惟事小不敢不戒大不敢不懲日嚴祗恪惟新厥舊由是軍服其嚴明而報之以肅吏從其簡易而報之以理惜乎其自下車及遘癘不十月焉嗚呼有其才無其時之嘆不甚於有其時而無其命今之方鎮蓋唐虞四嶽十二牧之職而周漢肱股爪牙之任府君

承堯之咨庸舜之俞累分共理之憂方咨薦代之効凌風拂翼徘徊於寘寘之間何天奪上心而命孤人望是可以爲嘆歟府君前娶隴西李氏實姬姜之偶先春早落今也力不及遠未遑合祔繼室以同宗同德而年位異之三子載戣戡一作晋長齒未童幼哀及禮洎兄子嘉猶禀伯父永州司馬嶠之命泣血襄事見託於銘詞曰世重五姓冠于百族倬彼山川來宗嶽瀆帝慈烝黎命分司牧慎選良臣俾之戩穀猗歟府君受天之禄未見其止如何不淑丘隴何所邠原重復瑞氣嘉祥於是乎育前川爲陵北地爲谷世系德代於是乎獨

金紫光禄大夫檢校禮部尚持節度都督廣州諸軍事兼廣州刺史御史大夫充嶺南節度度支營田觀察處置本管經畧等使東海郡開國公贈太子少保徐公墓誌銘　　權德輿

公諱申字維降東海郯人五代祖周宣州刺史瓌瓌生隋江州司馬宴宴生吉州太和丞仁澈仁澈生皇吏部郎中諫議大夫玄之玄之生公烈考汾州司户參軍贈信州刺史用仁義世其家諫議之文行信州之廉退及公始大求泰礿嘗疑着作賈常侍至操柄儀曹搴士林之菁華舉進士上第調補秘書正字四征翹車相屬於途望公舉趾以爲重九江而西服嶺而南與朔塞被邊之地聯爲命介歷大理評事司直監察御史太子司議郎殿中侍御史錫以

章綬冀國路公之誅哥舒晃也公以從事主謀居多嗣曹王之守鍾陵而誅李希烈也公以長史行刺史調州師以護饟道厥勞茂焉江漢既清拜韶州刺史先是長史不任職官曹弛廢刺史寓於理下邑之令丞與編人雜處比屋逋亡公田爲蕪公乃假之耕牛賦與種食人人自占視其力而爲之制歲乃善熟積爲倉箱於是計徒庸程日力作爲城寺大治垣屋廐置市列道橋器用皆備焉罷去之日夫家名數倍差於始至而不書于籍邑子張棣等五百人獻其理狀得請於觀察府以函奏書請立碑詞公瞿然止之曰此刺史職且一旦上聞與沾伐者何異所不忍爲也府不能奪改合州刺史以先濮陽郡太夫人兆域未祔表

求攺塋緦麻既除以御史中丞領景州刺史自兵興四十年山東諸侯率強大驕蹇郡二千石多自命於轅門蓋縣官息人含垢而因緣漸漬然也至是朝廷以滄州負海勁兵攸處乃建節將幕庭裂屬城以置支郡會其帥亦請歎守於朝朝論難之二府比推擇未稱因召公入見而面命馬錫命服文馬緡錢五百（集作十）萬尋加節度副使中朝之條職憲令始被于景人是歲節度使來朝既從父兄爲代表公以本官爲軍司馬陳情去職徵還京師復以御史中丞出蒞邕州領經畧之任開南蠻徼道宣明威信種人黃氏納質請命化條風行獷俗以清明年中貴人持兵符詔書至部以御史大夫督南海二十一州軍事而節制焉前

此守臣物故軍吏秉變竊發印符易置部校拔用惡少年百輩軍中幾亂相率亡命公既至捕誅首惡悉原諸詿誤者夷越負險阻白晝攻剽芟夷根秣使無遺類然後布以寬大人安作業溟漲之外巨商萬艦通犀南金充物袦至天子之恩澤賜予聲明物釆皆待焉上應急宣以馳疾傳下無強賈用絶姦利和輯招徠外區懷之則四封之内其理可知也朝典疇庸進階至銀青光祿大夫時庸蜀未靖公密疏請發卒徒五千循伏波故道抵岷峨以會師期誅不恪詔可其奏就加禮部尚書秩正三品疏封東海命書未及至奄捐館舍遂以太子少保印授弔祠稱焉是歲攺元元和公之生七十年矣嗚呼以文發身以智經物惠和直溫忠恪廉清佐賢侯長轂皆有理效在韶也興事功在景也脩班制朗寧察風俗南海整師律以八命居六官攸好德考終命其蹈履之全乎夫人渤海高氏早歿繼夫人扶風郡夫人竇氏柔明有賢行嗣子右衛倉曹元彌似續文敏號咷毀慕以某月日寧神于東都偃師縣之某原乃刻堅石以傳永久銘曰

噫徐公有質有文有義有仁名聲章明邁群倫兮噫徐公不忮不求不縮不磷贊佐四征暢嘉聞兮公之牧人于韶于景于邕于廣朱轓照路利攸往兮公之愛人以清以靜以惠以養流庸集附如景響兮如何不慭奄忽鞠凶著龜之同天地之中吁嗟乎徐公

中散大夫檢校國子祭酒兼安南都護御史中丞克安南本管經畧招討處置等使上柱國武城縣開國男食邑三百户張公墓誌銘　柳宗元

漢光中興馬援雄絶域之志晉武一統陶璜布殊俗之恩理隨德成功與時並今皇帝載新景命丕冒海隅時惟長公祗復厥績交趾之理繼（蜀本作續）于前人公諱某字某某郡人也曾祖彥師朝散大夫尚書駕部郎中祖瑾懷州武德縣令考清朝議郎試大理寺丞贈右贊善大夫咸有懿美積爲餘慶公以忠肅循其中以文術昭于外推經旨以飭吏事本法理以平人心始命蘄州蘄春主簿勾會斂給厥聲顯揚仍以左領軍衛兵曹爲安南經畧巡官申固扞衛

有閶彰徽轉金吾衛判官二歷御史績用弘大揚于天庭加檢校尚書禮部員外郎換山南東節度判官復轉郎中爲安南副都護賜金紫魚袋充經畧副使遷檢校太子右庶子兼安南都護御史中丞充本管經畧招討處置等使公自爲吏習於海邦凡其比較勤勞利澤長乂去之則夷獠稱亂復至而冠攘順化及受命再任(集作專征)得陳嘉謩誓拔禍本約(集作納)於夷執乃命一其貢奉平其歛施收人盡區處之方制國倫刑體之法道阻而通百貨地偏而具五人儲峙委積師旅無庚癸之呼繕完板幹控帶兼戊巳之位文單環王怙力背義公於是陸聯長轂海合艨艟兩(集作再)舉而克殄其徒廓地數圻以歸于我理烏蠻首(集作酋)帥

負險蔑德公於是外申皇威旁達明信一動而悉朝其長取州三(集作二)十以被於華風易皮卉以冠帶化姦宄爲誠敬皆用周禮率由漢儀公患浮海之役可濟可覆而無所恃乃刳連爲以闢坦途鬼工來并人力罕用沃日之大束成通溝摩霄之阻碧(一作析非)爲高崖而終古蒙利公患疆場之制一彼一此而不可常乃復銅柱爲正制鼓鑄既施積(集作精)堅是立固圉之下若白黑易野之守險逾丘陵而萬世無虞奇琛良貨溢於王府殊俗異類盈于槀街優詔累旌其忠能(集作良)良(集作太)史嗣書其功烈就加國子祭酒封武城男食邑三百户凡再策勳至上柱國三增秩至中散大夫某年月薨于位年若干天子震悼傷辭有加明年其

孤其官與宗仁(集作人)號奉裳惟率其家老咨于叔父延唐令其卜宅于澤(集作)州某月某日人謀皆從龜兆襲吉乃刻茲石著公之閟以至(集作志是)于丘壟以告于幽明銘曰周限荆衡泰開百粵交州之治炎劉是設德大來服道消自絕伏波南征漢威載烈宛陵北府(集作附是)晉政爰發我唐流澤光于有截皇帝中興武城授鉞肅肅武城惟夫之哲更歷眦贊顯揚彰徽既受休命秉茲峻節度其謀猷守以廉潔厚農薄征匪貊匪桀通商物平(集作平貨)有來胥悅踐山跨海堅其鶴列制器足兵潰茲蟻結烏蠻屈服文單剪滅柔遠開疆會朝天闕銅柱乃復環山以哲(一作折)海無遘逆毖罔踰越琛賷之獻周于窮髮帝嘉成德載旌茂閥增秩策

勳土封斯裂位厄元侯年爵大耋邦人號呼夷裔悽咽卜塋長沙連岡啓兆書銘爲辭德音罔鈌

宣州觀察使御史大夫韋公墓誌銘　杜牧

韋公會昌五年五月頭始生瘡召子婿張復魯曰三稚女得良婿死以是託墓宜以池州刺吏杜牧爲誌復魯曰公去歲兩瘡生頭今始一尚微何言之深公曰吾年二十九官校祕(二字作校)書郎時嘗夢涉滻水既流中有二人若舉符召我者其一人曰墳墓至大萬日始成今未也今萬日矣天已告我我其可逃乎謝醫不問以其月十四日年五十八薨于位公從父弟某盡公功行以公命來命牧牧位哭序且銘之公諱溫字弘育韋氏自殷周秦漢丘明馬遷班

固革争書廿六人以光其所爲書至後周逍遥公（名夐）出世家富貴（集作富貴）中隱身行道當其時及後代論者以蜀嚴谷口不能爲比逍遥公五世生潞州上黨尉贈諫議大夫希元上黨生吏部侍郎贈太尉肇吏部生右補闕翰林學士右散騎常侍致仕贈司空綬常侍生公於逍遥公爲九代孫年十一以明經取第爲大常寺奉禮部祕書省校書郎選判入等咸陽尉監察御史公曰是官豈奉養所宜耶上疏乞免改著作佐郎當貞元中常侍公事德宗爲翰林學士帝深於文學明察人間細微事事有密切多委之歳久憂畏病心帝曰某之心我其盡之以致仕官屏居西（集作四）郊公蚤夜侍側温凊飲食迎情致意一經心手積二十餘年

丁常侍喪自毁不欲生後相國李公逢吉以相印鎮武昌皆慮上職書卑辭至門公起赴武昌命（集無命字）未至府拜監察御史遷左補闕事文宗皇帝時宰相百吏願條帝功德譔號上獻公獨再疏曰今蜀之東川川溢殺萬家京師雪積五尺老幼（集作稚）多餓死豈崇虚名報上帝時耶帝乃止遂訖十五年不答尊號事改侍御史尚書禮部考功員外郎當太和九年文宗思拔用德行超出者以警（集作儆音新義亦傸同）天下故公自考功不數月拜諫議大夫召爲翰林學士遂欲相之公立銀臺外門下拜送疏入且（集無且字）天具道先常侍遺誡子孫不令任密職言懇志决因命掌言舍人閤下公復堅讓不半歳轉太常少卿一歳遷給事中皇太

子侍讀公復陳先誡以侍讀辭旨宰相下皆曰帝以一子請敎於先是宜避耶公不聽凡拜送三章帝終不能奪靈武節度使王晏平罷靈武以戰馬四百疋兵器數萬事去罪成貶康州司户不旬日改撫州司馬仙韶院樂官尉遲璋以樂官授光州長史晏平以財賂貴倖璋大有寵於上公皆封詔書上還上比論之公持益急竟以康州還晏平璋免長史莊恪太子得罪上召東西省御史中丞郎官於内殿悉疏莊恪過惡欲立廢之曰是宜爲天子乎群公低首唯公獨進曰陛下唯一子不敎陷之至是太子豈獨過乎上意稍平不數日遷尚書右丞朱衣魚章遷兵部侍郎函請丞相願爲治人官出爲陜州防禦觀察（集無此二字）使兼

御史大夫服章金紫田鵲窺邊劉稹繼以上黨叛東徵天下兵西出禁兵陜當其衝公撫民供事兢不兩告苦入爲吏部侍郎典一冬選老吏無所責復以御史大夫出爲宣歙池等州觀察使賦多口衆最於江南公急惡寛窮益自儉苦刑律其俗凡周一歳無所更改自至大治公幼不戲弄冠爲老成人解褐得官超出群衆中人不敢旁發戲嫚及爲公卿在朝廷省閤中大臣見公若臨絶壑先忖度語言舉止然後出發其所執持不可者筆一落紙言一出口雖天子宰相知不能奪俯委遂之不以德行尚人人自畏敬不施要結於人人自親慕後進凡持節業自許者獲公一言矜奮刻削益自晝重官卑家貧時主將家事在私閫

内高曾兄弟鐫琢集作教誘嫁娶衣食無有二等疾甚將終悉召親屬賓吏稱先常侍詩句云在室愧屋漏因曰今知殁身不負斯誡遂澌下不禁當夫子世得七十子國小俗儉復有聖人爲之師使生於今與公相後先必有能品之者夫人隴西李氏贊善大夫慫之女先公四歲終生集作生字四男長曰確前國子監四門助教次曰瘳前明經次曰環次未免乳女子集無子字四人長嫁南陽張復魯復得進士第有名於時爲試太常寺協律郎鄂岳觀察支使其下皆稚齒相次銘曰

德則至矣位其充乎如其充兮可大厥功以施生人天先告之萬日之期天實爲之

文苑英華卷第九百三十九

職官二

右左集作庶子贈幽州都督元府君墓誌銘　張說

維開元十年正月己未右庶子武陵公河南元公薨於東京留守之内館公諱懷景集作懔字某魏武陵王惟之曾孫右衛大將軍胄之孫贈麟集作鄜州刺史仁惠之季子昔天

啓水行君臨寰海椎圖長發本枝碩茂濟美象賢流慶不臧集作餘慶不殄公受茲介祉誕膺淑靈幼有純至之節長立公直之操學綜群藝詞擅精微夫其結言以信導物以德清儉足以軌俗貞厲足以矯邪故美暢於中名揚於外弱齡集作冠以國子進士高第補相王府典籤藩邸擇賢妙盡時選尋以内憂去職重補相王府參軍及明兩升儲作貞萬國以宮臣除太子通事舍人後歷官至右司員外太子舍人此無此十二字天授中以親累除名向逾一紀後除直羅温縣二令雖大位未享通林必大集作又初自太府主簿累入副卿河南掾曹克升亞尹握蘭右轄綱紀南宮秉茲憲簡肅彼專席再侍儲華卒踐宮相公執心好直履法斷恩觸雷

霆而除惡不避也枉絲髮而干譽不爲也升降兩宮出入三代克慎其始終厥有成君子以爲難允哉其難矣及啓手歸全遺言薄塟家無長物士伏其清年過懸輿人傷其夭嗚呼哀哉制贈都督幽州諸軍事幽州刺史賻悼之節優於恒數明年二月歸塟于咸陽之舊塋夫人常氏祔焉禮也夫人即逍遥公敬遠之玄孫左常侍希仲之叔姊集作婦淑行無微華年早世其孤彦冲等克遵遺訓靡所寘哀說情睠外姻懷深國士旣闕西階之奠遠投東武之詞銘曰卓彼英運慶靈旣長貽訓夫子體微知章在藝斯博於欲則少徒文其中莫飾其表惟靜惟默不激不矯時經三代官成兩宮化若風偃德如澤融邦稱其直朝表其忠禮

祔周兆墳瞻漢宮哀哀純孝長訴昊穹

太僕卿上柱國華容縣男王府君墓誌　張九齡

公諱某字某瑯琊臨沂人蓋王氏所由遠矣然其自漢至今上下千載海沂爲頌始壯厥猷淮水作禎克昌其後繼跡台衮聯華牧伯君子韙其立言史官襄其行事則已世無違德人以嘉聞圖牒粲然宜爲范族乃祖某梁侍中尚書左右僕射安東亭侯高祖某陳度支尚書曾祖太子中書舍人祖某皇朝吏部郎贈潤州刺史父某官至洪州都督公踐脩軌範集作業雅有名器性開敏而達於從事才果斷而長於御下至於學以知古義以隨時虛己存誠離經合道異焉而不伍於物同焉而不害於正咸自得之務其大者儀鳳中初以門子選爲孝敬皇帝挽郎解巾相王府叅軍換豫王府叅軍歷太子通事舍人蒲州司法叅軍丁洪州府君憂去職哀與於戚行過於禮時其在疚哀能感鄰服闋授相州鄴縣令施於政也揮干鏌之鋒截無不斷展騏騮之足行無不至以故言出有孚豈止於百里教行無類俄浹於四封邑人是宜輿頌乃作御史中丞張仁愿表公尤異帝用嘉焉遷洛州睦渾縣令加朝散大夫寵其能也冉有仲由之善益聞考父之恭薄理我畿有加於鄴識者觀政許其以後圖時輩推賢多驗之於晚節稍遷蒲州司馬洛州長史蒲州長史三爲郡佐一以貫之執心有恒厥聲有茂雖巴祇之體素顧和之理識異代同官齊名

比義固無愧也俄遷隨州刺史趙簡始大列於諸侯張敞有名擢爲刺史賢明獨斷政教弘宣始爲集作子漢東之美繼以巴中之異郡歷數四課常第一再遷集作領遂綿二州刺史先是俗苦刓集作多便弊人畫流庸公亦來思撫之如子彼得攸暨歸之如市行有餘力用不盡才驟遷大都督乃拜相州刺史先是景雲歲我唐雖舊儀制惟新置連帥之官贈監督之秩於是歷選列辟專謀用賢且有後命而公爲稱首遂作越州都督同京官正三品連率統察杭婺衢睦溫括集作撫非台閩八州長史集作吏已上率由部案事雖竟寢議者終榮仍守越州都督加銀青光祿大夫公素有行業集作盛明無之寵數聞望而草風必偃至止而逢麻自直與

夫任賢坐肅勞心行部彼有因而致此我無爲而已然政之行焉有若神者徵拜雍州司馬頃之又正名爲京兆少尹京兆者本公之樂土君已重世買臣還郡無矜於出綬張既本州是榮於衣繡公維作貳我亦爲光開元二年始封華容縣男昭有德也其明年有制以公檢校太僕卿訓以六騶正于君(疑)僕日加數馬之慎歳有展軨之勤無何即真可謂貴矣然公思報所受逾勵所行神明未衰志業不究春秋六十有一開元六年秋八月乙亥寢疾薨於洛陽之陶化里第嗚呼哀哉朝廷傷焉賻贈以禮夫人范陽盧氏不享偕老先時在殯其年冬十一月乙酉合窆于偃師之某原却倚首陽前瞻洛汭豈伊瑕丘之樂並取邢山

之兆有子曰昊次曰旻泣血苫塊哀纏於遠日勒銘金石義協於當時假以斯文爲之實録其詞曰有周之裔居海之沂緒業惟永德音罔遠貽厥謀翼俾其翰飛宜哉世祀亦曰家肥(其一)洎我華容而今濟美四科冉季九能曾(集作魯非)史學匪爲人義如在已施於有政轡之柔矣(其二)雉馴宰邑鷹揚佐郡五爲刺史在邦必訓再践太僕厥庸廼舊今也則亡天不可問(其三)神欺永年禮先遠日合如防墓開比滕室鶴弔人悲龜言地吉篆石泉戶與山捐畢(其四)

太子少傅李公墓誌銘　孫逖

唐之宗盟有若武都公者諱暠(涼武昭王亦名暠天寶間方追崇)字某大原景皇之穆也淮安靖王之胤也姓族本系存乎帝籍王之子曰虢州刺史諱某虢州之子曰鄭州生公世載明德實維邦翰昔我高祖之造區夏也則淮安王擐甲冑誅暴強以佐經綸之業洎我皇帝之垂衣裳也則武都公秉衡石傳儲貳以弘邕熙之化允武允文同心同德本枝百世不亦宜哉公應大賢之期含正氣之秀弱而孤藐克自激揚六射五書包禮樂之群藝九流三變探古今之至賾生八年而當天授革命之事宗室懼禍至乃不全艱貞保身以免於難久視之後密網少寬公以太夫人在堂無底禄之養顧辱身以報德豈養高而循名解褐授荆州枝江縣丞維此之故也薦賈尚幼薛宣有能深爲州牧張漢陽所器重嘗謂所親曰唐宗一日(二字一作室)千里吾見其人國未

可量也神龍興復拜通事舍人其後歷尚書工部司勳員外屯田郎中太僕衛尉太常三少卿汝汴二州刺史兵部黄門二侍郎太原尹太常卿工部尚書東都留守兵部吏部尚書太子少傅自枝江至于少傅凡十有九遷人臣寵秩備更之矣先是國朝舊制不以宗親任權開元以來内舉無避唯善所親擢拜右職公爲首也公體正心直色莊言厲明而可畏寛而能服故所蒞之職必姦邪衰止禮義興行國人宜之有由然也曩膺列宿迫亞象河當官而行既立名跡及夫典汝墳之國爲夏卿之貳天下歸最朝廷讓能寵光大來公望首出矣黄門君之樞也公執事舉直以替其否太原邦之扞也公滅私寬賦克壯其猷六官之

長是爲人樞三命益公遂掌邦理綜覈流品終始七年凡所作法皆成故事其賞能拔異眞彼周行者可勝旣乎上難其人公是以久而深煩職事累請歸閑留侯有疾猶傳太子尼父不憗終萎哲人以開元二十八年五月十日薨于位春秋五十有八壽不配德皇慈震悼追贈益州大都督親親尊賢焉禮也其年十二月七日塟於河南縣九嶺山之南原惟公以文學政事之才贍祇肅孝友之德揚親有立身之顯何止能養執喪有過人之戚匪惟率禮公兄曰昇弟曰暈兄愛弟敬夫和妻柔閨門之間内外以正均養猶子不殊所生豈引而進之乃因心則至公爲居守也暈寢疾私第沉痼彌年公損膳絶葷消形瘁色及病革之

際冐禁而歸終以爲職守管籥不敢久留次長號撫櫬雨泣還臺至性傷人酸感行路昇之喪公也哀亦如之死喪孔懷其在是矣所謂曾閔王生九宗之地邢茅爲萬石之門蓋本乎國風而爲世範者嗣子造等八人無政於道聿脩厥德未爲罔極靡所寘懷以逖嘗忝使臣之戒且爲冡卿屬久承話言猥託銘誌文仲事君之教何曰一作日敢忘鮑叔知我之恩曷其能報徒竭心於斯事終有恨於斯文其詞曰高陽之族才子克生禮樂爲憲親賢是程六官左重祈父天卿二柄皆執理均政平没歯多病留侯強起尚傳重明俄驚閱水泣盡遺愛感深知己銘德下泉庶通神理

太子舍人王公墓誌銘　前人

公諱無競字仲烈其先琅琊人也因官遂居東萊自宋太尉弘至棣州司馬偘十一世世濟其美不隕其名公即棣州府君之次子也克廣前烈於昭令聞翩翩海瀕焜燿京國夫乂用三德正直居首子有四教文行爲先公蔚其文高其行據於直歸而正生而知之實稟其性弱冠以應制擢第觧褐授趙州欒城縣尉歷麟臺正字轉右衛倉曹洛陽縣尉監察御史殿中侍御史太子舍人神人初坐以嘗詆權幸貶於嶺外終於廣州春秋五十四工文則學必從之故登麟臺侍龍樓也好直則威必濟之故吏京邑秉天憲也行高則衆必庇之故陷非罪謫殊方也噫良工能爲

順君子能爲道而不能爲容士師黜宣尼困屈原逐賈生憤公其近之矣初天冊中公與故人魏州牧獨孤莊書忿林胡之猖狂哀冀方之阢隉誠以軍志示之死所客有鷹其書者則天見而異之有制召見驟膺寵渥相如之賦感人主未云速也廼者恩澤侯張昌宗位極太官寵震群后公著書東觀與之聯事曾是貽籍未嘗矚就色莊見憚象恭益深長孺之抗禮將軍曷足議也公嘗執簡中禁司察位班時三事大夫有族談錯立者公進而言曰朝有著定所以道威儀邦之具瞻所以昭軌物不遵不恭不敬不從其可是耶則肅然就列次矣公之舉劾大臣庸可異也嗚呼人各有能且猶不朽公則具舉其誰與京公生於齊長

於魏不忘吾黨常操土風嗣子其處卜遠日奉成先志以
開元十六年某月某日徙殯於舘陶歸塟於東萊之舊塋
書順也夫夫范陽盧氏祔焉從周也窀穸之事可無記乎
詞曰
萬靈秀百夫特萬卷精多才克詩可與筆餘力人之望邦
之直何不仁俾大棘厄炎厲哀明德卜佳城于舊國銘景
行永無極

太子少師崔公墓誌銘　李華

聖唐祖宗重光丕變萬國玄宗肅宗今上三后繼明格于
上下其輔弼之臣曰趙公奉先少師之訓有大功於王室
少師諱璟字某清河東武城人也惟成於姜水氏曰有

吕德莫厚乎粒烝人大庭之烈也勳莫盛乎除暴虎尚父
之明也讓莫大乎推社稷季子之高也丁公之元子曰季
克讓乞歸老於崔氏宜乎其盛也八代祖元孫宋度支郎
中以忠順烈見危致命夫人携二子亮敬默依夫人之黨
挺志覊孤之中安親危窘之際亮即公七代祖也八爲尚
書一爲僕射孫肇官至中書侍郎元子北齊安州惣管府
掾諱道淹公之曾祖也生萬年主簿臨洺令諱方騫公之
大父也生武功主簿贈吏部尚書諱貞固公之考也即中
珣王侍僕射利主公中書之名望安州之道德臨洺之愛
人武功之體道荀淑以盛德及子陳寔以素風及孫誠哉
吾聞其語矣今見其人也公孫抱太夫人終童幼武功府

君逝根於至性毀過乎哀鄉黨憐之皆曰純孝既除喪外
從禮訓內積憂慕啜菽飲水厲志讀書誦無遺文釋無遁
義皆一覽也年十七與親兄晪同舉明經調補梁州南鄭
尉轉蜀州晉原尉前後使臣表公第一遷大理評事親累
貶利州葭萌丞歷梓州鹽亭丞樂天知命貞獨自晦君子
哉改晉州司法參軍政尤一道刺史按察使皆以上聞克
河東支使畢尚書搆爲連帥也假公判官仁者悅不仁者
惧讒屬終於官舍春秋四十權厝於山邛玄元廟西北原
識與不識罔不相弔時人之安放後人之不幸滎陽夫人
鄭氏皇朝兵部郎中衛州長史玄昇之女吏部侍郎平章
事愔之妹終京兆崇賢里權殯於長安東南杜陵原夫人

鞶佩紛燧（禮記內則婦事舅姑佩紛帨金燧）以寧顔色澄冪酒以奉烝嘗
輔佐君子黔婁之室也撫導賢徹孟軻之母也內訓傾謝
婦儀無師嗚呼哀哉大曆四年龜筮從吉嗣子圓尚書右
僕射趙國公哀奉先少師夫人之裳帷合祔於河南北邛
山某原禮也趙公初爲益州刺史屬逆羯內向天下兵起
至尊出長安避狄未有岐下之都因奉表上迎保寧聖德
遷爲中書令翼大明復天下肅宗申養玄宗申慈趙公之
宣力也事今上鎮揚州爲吏部尚書左僕射崔氏之門公
盡善哉洪河在北清洛在南二室之下邛原高起是地也
是宜君子幽宅寧於斯永保子孫昌於斯其文曰翼翼孝
嗣銜哀不言祗感永斯常誌討論齊爲霸國鄭甸姬姜協

德貽慶後昆在昔貞烈爰有魏嶼播遷建都公將南轅造舟人便開漕利源宜有令徹中書玉振安州榮道臨洺體順尚書葆光公以德鎮既輸典刑亦清維晉天不我遺時將幬師夫人之德柔善有則鼓鍾于宮聞于四國從夫訓子天下是式不及劬勞趙公罔極克誕趙公蓼莪孝思奉若先訓其貴如斯今日之禄先人之慈保寧幽宅天地無期（此是宰相崔圓之父贈太子少師元誤入宰相門今移於此）

文苑英華卷第九百四十終

文苑英華卷第九百四十一　誌七

職官三（此下六卷英華所編失作者先後今正之）

秘書監贈禮部尚書姚公墓誌　獨孤及

有唐秘書監永安縣侯姚公諱子彦字伯英其先馮翊蓮勺人也至高祖僧洪徙家河東祖思聰秘書少監父坦汝州梁縣丞贈秘書監忠諒孝愛寬仁愿恭質方氣冲天所授也而力行博學溫故知新錯綜六藝公（集作同）詞賦初舉進士又舉詞藻皆升甲科尉清遠（集作姑）獲嘉永寧三縣開元二十九年詔立黄老學親問奥義對策者五百餘人與今相國河南元公載及廣平宋少貞等十人以條奏精辯才冠等列授右拾遺内供奉歷左補闕當是（二字集作于）時天下無金革之虞選多士命百官先文行而後吏事（集作名法）而柱下方書南宮章奏主張綸翰典司禮樂（集作文）尤精其選非盛名莫居繇是遷公殿中侍御史禮部員外郎禮部郎中知制誥中書舍人太常少卿天寶十四年奉詔宣慰江東淮南覽觀風俗無何二京陷覆太夫人捐館公外罹憂患内傴悴疾（集作内經悴疾）銜憤泣血毀瘠（集作右瘠）滅性秉輿反正公過（集作適）外除拜太子左（集作右）庶子于時逃難始康百揆

草創官復其職人亦求舊俄又授公中書舍人禮部侍郎
光祿卿左散騎常侍加銀青光祿大夫復知制誥廣德二
年授祕書監策名事君二十有七年文學一紀羽儀三朝
凡六踐瑣闈三掌訓誥四居禮官一典祕書其遺塵餘跡
周遍臺閣言行事業著於天下（自策名天下五十一字集作以儒行懿德策名三朝遺跡故事周遍臺閣）資忠體和惟道是居正身奉上中立不倚恐懼
戒慎形于隱微故遭值傾否出入夷險而未嘗有悔名與
身偕中庸（集作德善）是依明哲以保故也享壽七十有八大曆
二年四月某日薨于位五月某日詔贈禮部尚書知者以
爲壽富康寧攸好德考終命洪範謂之嚮用五福而公居
四焉以清儉貽厥子孫故所不至者富焉爾非明德介祉

何以享茲有子曰驍曰曠曰騄曰駟曰（集作四）曰驌號呼（集作于）
昊天痛欲報之罔極也銜恤問禮歠血褱事十月丁酉
卜兆北原惟盛德與公器若東川（集作川流）之無還垂芳如之
何刻石（集作名）墓門其詞曰（集作云）恂恂祕書蘊粹含和服膺
孔門行登（集作躋）四科遭時之康天下未臣（集作光）出奮羽翰
翾翾慶雲晚遇中興貴德尚齒公秉懿範入作卿士逮事
三后出入二紀典禮司書媚于天子居貞保儉與祿終始
鬱鬱佳城光烈遺美（集作烈烈餘美）日月有逝令聞不已（不集作無）

銀青光祿大夫太子左庶子嚴公墓誌　前人

皇唐太子左庶子河內縣子馮翊嚴公諱損之故都督洮
州諸軍事洮州刺史協之孫縣太常少卿方約季子中書
侍郎挺之愛（集作無）弟家之慶天之休鍾于公躬故其德備
少壯（集作仕是）昌世遇權臣惡直故官不登三臺晚值多難安
貞不競故位不過郡守宮尹前後羽（集作左）兩衛叅四府領
二縣典七州再入石渠三登（集作升）龍樓凡屢任十八享年
七十六未嘗以利苟合違道從欲用之則行見幾不俟忠
信是履（集作動靜）勞謙有光廣德二年六月二十五日終于襄
州（集作湯）是歲八月權窆楚山西原冢子曰式官至江陵少
尹不幸道夭仲子曰士元由殿中侍御史爲尚書虞部員
外（集作此二字）郎少子曰士良秘書省（集作領祕書）著作郎悉能幹
父蠱懿文德取公器他日獨立訓所至也大曆三年歲次
（集作王）戊申五月二十九日反葬洛陽先塋禮之至也宗人

故太常卿向嘗狀公往行貽諸有司謂公外寬內剛蕪正
篤敬溫而不厲直而不輕（集作許）學究源本行有枝葉故其
適道求友莅職任事覈其實不居其華初公宰汜水也以
莊明慈惠爲政汜水之（集無此字）人不敢欺而户口增培獄訟
衰止御史中丞蕭隱之以狀聞公是以有著作郎之拜其
後歷太原上谷弋陽餘杭丹陽雖風俗殊異治效如一不
曰才乎公在清池會安祿山與當國者交惡公曰難將本
矣遂移疾請告姦黨惡之是以有弋陽之貶貶之明年河
北爲戎不曰智乎洊艱患不辱身踐祿位不徇名居義處
順動罔違吉不曰貞乎嗚呼榮問素業與時皆逝可稱也
而不可追也今採其實錄刻石示後蓋欲報罔極者之志

爾（集作云）其詞曰君子之道容民和畜（集作衆）公宰二邑二邑無訟與國共理惟二千石公七剖符七著成績乃師國子司成望苑考藝校德以鄉三善中和其心正直是踐道亞羽翼名掩春華忠以事君孝施于（集作於）家粲粲令子鮮偉晨葩若何不弔盛德既喪音徽永沫士友孤望千載九原遊者悽愴

大理少卿兼侍御史河南獨孤府君墓誌　前人

府君諱嶼河南洛陽人也漢世祖光武帝第二子沛獻王輔之昭也齊臨川郡王河南道行臺僕射洛川刺史永業府君五代孫國朝明威將軍文慧（集作惠）府君第二子越州都督浙江東道觀察處置使（集無此四字）兼御史中丞右（集作左）

金吾大將軍峻府君之季弟也聰明仁恕專直寬信擾而毅溫而厲弱冠筮仕以藝即戎藏器安卑非其志也天寶十四年安樂山反朝廷以淮服（集作泗）海沂三吳咽喉宜擇良佐以貳藩鎮命府君爲泗州長史無何換徐（集作除）濠二州倅戎備叅吏職忠毅（集作敏）肅給所畜緊賴御史中丞崔公昭之尹河南也盛選僚佐表府君爲大常丞兼殿中侍御史營田判官使罷轉湖州別駕大曆五年崔公受詔持節牧宣歙池三州君復爲從事以太子右諭德兼殿中侍御史遷大理少卿兼侍御史方謂宜民宜人祿與壽俱遭命不淑春秋五十九（集作五）而殁升歲大曆九年三月二十四日也夫人隴西李氏以栢舟之誓提携諸孤某等奉府

君之喪言歸洛陽某月日還（集作此字）窆于某原禮也府君少孤奉事兄嫂以友悌稱在家在邦言信行果居官祗事強志能力及其冠法冠佐大府君上以勤恪（一作勳略或作勳業）周爰成務下以勞謙明誠應物和禮正家敦睦姻族自踈及親必慈必愛而命不我與年未下壽天夭（集作夭其祿）是祿嗚呼哀哉初府君之金吾伯兄擁旄江（集作浙）東也授崔公於郡吏人之中升爲軍司馬推誠委政之分猶晉得韓厥宋得子罕及中丞之開府辟掾府君爲首既而府君之喪也中丞哭之慟贈賻給加於人二等由是稚子孀妻得奉喪而西三月而葬禮無違者尃布之餘足備祭器君子謂金吾之明哲貽厥兄弟宣州之交情見於死生知己之道斯其

行者鮮矣及敢不直詞書仲父之美於墓石其詞曰叔父懿德承家令儀慧伯（集作惠迪）哲兄踐脩靡違私治於官發跡淮沂及佐皇華亦繡其衣天子命我昇叅軍機駱馬驛驛（集作單）所從其誰顯允崔公爲諸侯師府君委質咨諏載馳式壯其猷耄未及之陰陽爲寇子鵬（一作鵩）語（集作洽）非期昔也陟岡哀哀永思今也還真匪公曷依伯兮叔兮今乎已而他年九原公誰與歸

尚書比部郎中蕭府君墓誌銘　元載

嗚呼蘭陵蕭君蘊賢人之業藏佐世之器大君未盡其力生人未享其福鍾厲遐痾殞靈休時哀哉君諱存字成性梁武帝季子（一作弟子）鄱陽王恢之裔五世祖唐刑部尚書生

雅州都督左衛長史、元泰長史生峉州莒縣主簿旻主簿生楊州府功曹頡士　頡士字茂挺特達聰明叢于上才以詩書禮樂皇帝王霸之術爲已任開元中進士擢第靈鳳神龍煥乎文章高價風馳撼動八荒是時顒顒昂昂賢雋之士揖涯岸趨門望如百川之委溟海群山之仰嵩岱君即功曹之子也稟乾坤清粹之氣聚而爲德義散而爲制度行可以輔教才可以拯時大抵根儒術尚名理言喜人之善勦人之惡其餘九流百氏質文沿革雖千古曼絕如以眸子視左右掌也大曆初與昌黎韓愈天水趙贊博陵崔造素友善齊名李大夫栖筠領浙西揔華刈楚遂奏授蘇州常熟主簿顏太師真卿典吳興纂文編韻延納以脩

術疑之任宰相劉公晏司轉運與能咨書奏授左金吾衛兵曹參軍明年遷廷尉評建中包諫議佶掌鹽鐵聆風欽舊奏授監察御史明年轉殿中侍御史初御史大夫張滂董戎天子俾君留務于上國主計者張權侵官交關有司君不阿撓庭辯可否哆南箕燭光芒繇是愁憤乞守外職竟罷歸潯陽君有草堂在廬山下紫霄峰睨節學長生得蟬蛻之味每天氣寥朗神有所詣輙駕紫騮携酒壺學業同紫府之客恣遊其下弄泉坐一作攺石不記早暮無幾何登黃石巖之絕巔谷飈飈丁毒脪藏右體麻痺不仁雖藥膳交席疑岐和疊跡不得施其力焉春秋六十二十五年冬十月五日遘疾十六年冬十月五日卒于潯陽湓城之

私第遂以是年十一月十二日權窆于承仙之西岡未克塟于臨汝故也嗟纓緌一作冕之沉淪痛璟壁之破碎悲豫章之摧拔莫不驚惋惜怛嚮風悽欷焉夫人河東裴氏王父璡越州倉曹參軍皇考光輔蘇州吳縣丞資淑和之氣承禮義之訓陰範內則璨然有光有子四人曰𦣻曰東曰奐曰愿咸端素溫良克荷家聲吞茹荼蓼若絕生理今相國齊公杭河南尹張式給事許孟容鄭郢州正則兵部楊郎中馮馮弟吏部郎中凝盧補闕景亮陸殿中禮投分許與期於莫逆衆君子振鱗奮翼日薄霄漢君未中壽獨歸泉壤匣有豪曹歷有飛黃不發不馳埋骨摧鋩可哀也哉相國於君有死生之交情至於塟舊鄉撫稽紹蓋餘力也

足以慰其精靈焉載後學小子日遊於藩故遺芳盛烈備得詳悉見託誌録銜酸爲銘銘曰

崇山鬱鬱連西岡青龍白虎爲壽堂靈其必安樂且康施頭不明歸舊鄉

尚書司門員外郎仲居墓誌　權德輿

君諱子陵字某其先魯獻公仲子曰山甫入輔於周食菜于樊其後魯有季路衛有叔圉用儒行政事代爲家法曾祖晉始自彭城徙于蜀都祖襲博究六藝州閭推重考遠清靜寡欲理老嚴之言三代曠僚純白不耀君丱歲好古學與同門生肄業於峨眉山下採摭前載可以爲文章樞要者紬繹區別凡數十萬言大曆十三年舉進士甲科調

補祕書省校書郎歷同官醴泉二縣尉貞元十年舉賢良方正拜大常博士轉主客司門二員外郎十八年六月乙巳疾寢歿於靖恭里第享年五十有九君脩身慤固爲學精力其初典校有詔百執事詳定冕服炳然上奏得禮之中再仕甸内皆叅奉常論譔之務后𦒿二代曲臺石渠之論率疑難正者咸折中焉有司請正太祖東嚮之位而祧獻懿二主議者云云君議畧曰九聖在天二祖在祧國家卜代及年未始有極宜立定制爲萬代程請遷二主於德明興聖廟詞甚切正後以異論紛紛又著通難一篇引經據古諸儒不能屈雖留中未下而知禮者直之爲郎三歲受詔典黜中選補賦禄清平南人悅焉皇皇者華道於故

里里中人以爲榮覲復命踰年稍進郎位循性請理恬於聲榮隤然放懷以馮唐顔駟自況脩詞甚博推本六經賦詩類事往往有卓異不羈之韻遂於禮服上下古今儀制著五服圖十卷自爲一家之言起廝蜀諸生以文義自達至禮官元士三登於朝講議洽聞不疚不跲與夫憑覆露秉地貲而至大僚豊禄者難易殊矣子雲耆老相如多病内外掃之日圖書罇酒而已升東榮而復者假他人之室可悲也夫其婺嗣郢王之藻女宗室公宮稱其賢淑生一子頗幼學而孤卜七月甲申窆於萬年縣之某原某里命也德興常集作嘗忝知君用深但化道孤哀請因直其詞銘曰

噫仲君玄而文心秉愛學軼群冨宋議暢嘉聞中止水外浮雲理冥冥化沄沄刻圖石識幽墳

朝議郎行尚書倉部員外郎集賢院待制權府君墓誌　前人

公諱自挹字某天水人其先殷王戊丁之支世系表權氏武丁之裔孫因封命氏楚遷於那褭秦徙于汧隴緜代多才繼有勲力四代祖䂂慶周開府儀同三司相定冀青殷五州諸軍事冀州刺史齊郡公曾祖武隋開府儀同三司浙豫柱三州刺史潭州摠管始平郡太守右武衛屯衛二大將軍天水縣開國伯考無悔奉朝請大夫晉州趙城縣令公年十四太學明經上第因喟然曰學不足以究古今之變而干禄

者非吾志也遂家巻於終南紫閣之下窮覽載籍號爲醇儒非其道不合非其人不自歷南和寶鼎三縣尉天寶中河湟之間踐更以禦寇平糴以饋軍皆以御史董之聯辟從事既而幽陵兵興二京震蕩縉紳之士多在刼剠中公艱貞終吉盜不能汚逮復之歲制授醴泉尉尋攝監察御史充河西隴右宣尉使崔中丞伯陽判官軺車所履人謳其惠歲中崔復命遷左馮翊表爲祠曹且佐州師朝廷以公文而無害特拜監察御史謙以自牧換大理寺丞學該今古加集賢院待制識通理典遷尚書倉部員外郎大歷五年春感風疾請告十有二月終于布政里私第享年七十惟公得大易之含章中庸之居易知前古之善敗稽六

學之義類，靈龜恬然，天爵自貴。夫如是，則通籍書殿，起草中臺，於諸生不爲不達，而充公之量，則未也。與故王右丞維、今歸尚書從敬爲文雅道素之友，其餘或不踐其域，故知我者希。夫人太原王氏，監察御史造之孫也，鄠縣令侑之女，淑行明德，輔于公志，叢是福履，近于期頤。公之喪既除二十三年，而夫人殁，壽九十三，時貞元十年十有二月也。嗣子某某官、次子某某官等，皆以舊德蕃祉，參居吏員，盡厥誠信，貞於龜筮，以十二年十月祔塋于咸陽縣洪瀆原，禮也。以德與諸孫之列，習于舊史剡子之學，誠慙古人，滕公之室，敢識幽壤。銘曰：

周隋之間，受封於齊。代有武功，抑抑倉部。德音不回，藹然儒風。考正圖書，彌綸憲章。其道昭融，黃裳之吉。大雅方直，位則未充。惟此令德，與彼內則。委蛇而終，咸陽古原。祔窆雙蒐，淑聲無窮。

金紫光祿大夫司農卿邵州長史李公墓誌銘　前人

公諱鉊，字某，不書州里，尊宗室也。初景皇之支啓封于蔡，繼別爲宗，厥後多材。皇襲濟北郡公孚，公之曾祖也；隴西郡公津，咨公之王公也。濟北仕至國子司業，贈太僕卿；隴西仕至慈、衛、汝、邢、青五州刺史，終永王傅。以至烈考憺，歷監察御史、殿中侍御史、尚書倉部員外郎，累贈職方郎中、虢州刺史。公即虢州府君之第若干子也。憑是積厚，叢生福祉，火以門子入官，聯調兩官環列之佐，次補伊闕丞，是歲天寶十四載也。虢州捐館，幽陵兵起，茹毒遘難，南浮江淮。既除喪，宣州觀察使鄭炅之表爲廣德令。時劉展阻命，東方愁擾，閭里制於萑蒲，守臣化爲寓（集作寓非）公，而公之縣鄙連亘山洞，盜有陳莊、陳五奪者，是焉囊橐，攻剽相因。尺之跳在尋陽，牒書密至，署爲上介，俾輯輿師，靖綏攘遏，人用寧舒。後歷楊州、太原二紀綱掾府，之損益皆所關決。執法殿中，佐戎北門，會罷，使至京師，獻狀居最，拜奉天令。有命成城，績用居多，未踰年，遷侍御史，充宣武軍節度行軍司馬。時師帥以睢陽及譙進律開府，韓厥之任，朝選爲難，蓋以彌縫左右，非公莫可。最凡三爲尚書郎，四兼御史中丞，以銀印青授，歷官相常伯之重，府遷大梁，職尊統師（集作帥），公皆以師武從之，蓄資力以崇威望，宣忠勞以弘班制。居則持重，戰則有功，無細無大，緊公謀是賴。雖羊舌職之聰敏肅給，鐸遏寇之恭敬信強，無以過也。貞元二年，真拜右（集作左）庶子。三年，復以本官兼御史中丞，充入蕃使，尋兼御史大夫。行次回中，察其陰詐，奏（集作察）疏累陳不可莅盟之狀，特朝議已行，謀塞不用。既而戎人裏申急變，上聞，乘車東轅，獨以智免。以久次遷衛尉卿，秩至（集作以）金紫，乃命大司（集作司字）農，爲國之泉首。公脩職惟直是視，無所阿附，終用蔽傷，左遷郡州長史。以十三年十一月寢疾，終於（集作于）所莅之官舍，春秋若干。唯公開敏毅直，信兼仁勇，有政事方畧長於理煩遠而不泥文而無害始以通邑行師振其名聲交辟元僚翶飛清朝腰金鳴玉法象河海議者謂潘垣京轂公宜居之終以當官有守寧絀不茍不爲利疚於回鬱堙下國以至大病斯可嘆已夫人范陽郡夫人盧氏某官某之孫新安丞某之女華宗淑問光輔閨門無詒離（集作雉）無攸遂內姻外戚仰其徽風先于（集作於）公二年而歿長子元亮以武畧至御史中丞不幸早亡次子元道以吏才爲大理司直兼監察御史叅陳許軍事次曰元規進士及第盩厔縣尉次曰元會前右金吾衛兵曹叅軍元簡江陵府叅軍元舉太原府叅軍元衛元弼（集作元弼元衛）元輔等皆幹蠱知方儼然在疚考於象數先遠得吉以十四年某月

日奉公夫人之喪祔窆於伊闕縣萬安南原先公之兆域禮也德輿王公族之出也先人於公爲中表昆弟覊貫獲見始四十年元道等泣以墓石見託雖文之鄙朴而不敢辭也銘曰

抑抑司農系于蔡兮三珪再踐直方大兮心廣體胖道將泰兮中立不回官左退兮登書罔鵰禍所會兮撰日焞龜紛祖載兮萬安鮮原風雨晦兮毀此貞岷遂之內兮

文苑英華卷第九百四十一

文苑英華卷第九百四十二

職官四

李少卿條墓誌一首　張監察衆甫墓誌一首
王大夫珙墓誌一首　盧賓客正巳墓誌一首
李贊善墓誌一首　常員外墓誌一首

朝散大夫守司農少卿賜紫金魚袋隴西縣開國男李公墓誌銘

權德輿

公諱條字堅後以字爲諱淮安靖王贈司空神通之玄孫也鹽州刺史孝銳司空之昭也弘農太原守璟鹽州之穆也太子太傅贈司徒齊物公之禰也尚書左僕射贈司空復公之兄也代以忠厚而膺爵命勳藉吏部皆冠宗室公

秉是慶祉生而朗邁弘毅疏達方廉孝悌學以遜志文而無害始以門廕叅調三命官至廷尉平（集作評）明清閱實適其輕重改宣城令蒲歲受代縣人以理狀乞留廉車上聞詔可其奏且加大理司直從人欲也縣鄙之南水泉委匯每暑雨流潦（集作淹）輒傷大田公乃峻爲之防恍使其衆人就安利稼皆登成大歷中鄜坊節度使表爲上介遷監察御史殿中侍御史權筴畫一以咨之成師足食邊備益固使罷除昭陵臺令貴強胥貪奸冐法禁公職在充奉露章以聞巳（集作巳非）爲巧言所中坐貶建安尉在途累疏訶理劇切上覽而直之罪人就誅方議率復屬太夫人棄敬養貞元初移蘄州長史尋徵還京師執事者銳意引重公亦啓

心獻納會一人有漢宣共理之歎拜泉州刺史泉人宜之入爲宗正丞時鄉長與其貳不相能告訐之書紛然交倅(集作訢)詔公平之皆得其中自後屬籍疑讞頗其聽斷兩造以明九族以和九年授果州刺史先是理下無廨署官司無令書節用量(集有度字)功經構講聚百堵乃興九章粲然政用樂易人皆輯附居部明年有女道士謝氏白晝上昇優詔嘉異州閭咏嘆十一年以課最陟爲司農少卿國泉邦用精力區處利病陳聞靡不纖悉十四年宸心憫雨比屋艱食出其陳陳以活元元又百吏之禄廪以粟易幣則輕重相準而便於人皆自公發之也公稽覽故志通練程品嘗獻軍國便宜五章推理道以及人事其他奏議皆附經

術有蹇蹇(周易周)匪躬之操焉渥澤日加方厚其屬任而才命相戾末如之何十五年三月乙巳以疾終于勝業里私第享年五十九夫人滎陽鄭氏某官某之孫某官某之女姿操柔明先于公若干年而歿乃者以公之勤追封滎陽縣君其孤曰昌舉進士甲科淑行至性公族稱其有後以其年五月甲寅龜筮襲吉血涕奉喪祔塋于萬年縣某原先公之兆域以德與獲詳踐履俾篆斯文其銘曰昔有靖王愍策司空至公父兄亦命三公公族家代車服以庸允矣司農直方懿恭行惟遜悌仕乃羸忠利及劇鍾輕翰翔風時方大來命則不融栁車遲遲棘人充充如覆夏屋歸全舊封圓石篆銘永識于中

監察御史清河張府君墓誌銘　前人

君諱衆甫字子初清河人曾祖尚皇海州司馬祖弘藝皇兖州曲阜縣令考隱皇淄州司戸參軍早爲諸生能以學行自力寬廉而温朴厚而文易居向晦固窮不變故年過耳順而方脱章甫冠惠文示不苟也初爲轉運司所辟解巾太常寺太祝轉河南府壽安縣尉罷秩歷年僑居雲陽時以緑情比興疏導心術志之所之輙詣絶境間以羈旅游京師卿大夫聆其風者方以聲韻厲和不暇會淮寧軍帥之始至也脅揀僚佐求仕於朝朝賢多以君爲才辟書荐至俄拜監察御史且爲從事讜言幕畫舉無遺者徵軍實於廣陵因涉江省家道病沉痼不克復命以建中三年

三月日至家而終享年六十八夫人汝南周氏先於君歿其孤曰實曰宇年並孩亂未勝縗絰嵗以某月日權祔焉嗚呼貴仕眉壽或與令德不并此昔賢所以爲歎姑以景行茂實貴于皇泉銘曰

洪範之義享用五福展如之人宜荷百禄嘉言婉婉則罔攸伏旣纖其冠亦朱其服浮休沄沄歸全還真喬木荒墳于嗟乎張君

御史大夫王公墓誌　常袞

尊主直人則醜正者售禍權倖才忌則害能者構忤況位抗三府勢傾一時天下之事懸在掌握而剛腸立朝鷙鶚橫秋(一作騎)匡拂摩切(女效)邪是懲至使陰謀協比承間竊發

瞍昧摧辱加於大臣公諱鉷太原祁人也昔在玄宗之盛外攘獯戎內立制度混一天下圖萬世安至于軍旅征代府庫賜予聲明羽儀禮文憲則莫不懿鑠震曜厖鴻精備國用荐費闕於經入國宜有卓立大才統集其事公當此時以御史大夫領京兆尹佩帶使印十數焉黜幽陟明考察風俗地征國賦均輸一作衡平準天子六閑上林三官皆總制之未央前殿離宮下苑亦護作焉公以典訓經之文法締之明察綱之廉平紀之其運也合變陰陽有以鼓其動其啓也至精鬼神不能窺其隙銜策害郡之黠鈐鍵多門之蠹裁兆物計億事沛有餘力矣動一節搖百支無所竄情矣故威檢轂下風清關右紅粟氷綻露積朽腐星精

雲騈外廐填溢廣靈囿之百里奉祈年之萬春漢家水衡火府錢四十萬至是而過之俾我巍巍之朝四海雄富丕變於太公之力焉入則轉移大謀出則平決群議天子垂拱於旒扆宰臣高枕於廟堂時佐輔陳希烈忌公有宰相器憂在移奪又楊國忠與公權勢相傾事不兩立會有兇人邢宰唐書作縡陰聚姦黨於長安里舍中公以京輔都尉之卒逮捕悉擒詔公與廷尉雜理而希烈洎國忠使法吏以牘背喻風指於兇首引公愛弟銲連坐公具表其狀請自拘於司敗上以罪不相及猶遣使慰厚之而沉猜罔上者啓白而下其書舊制大臣不對理陳宪天寶十一年四月十三日奉鼇纓盤水北面拜跪而自裁妻子移隸宅于荒

服嗚呼歷觀夏國愛君之臣忠信未達而左右所鞫按成其無狀之罪豈勝言也則王章晁錯納忠漢朝衣冠僇於都一作東市家屬徙於合浦古人有言曰刑罰出於身實難自他及之又何害也知我者其天乎公始以茂才異行首於策詔凡四佐王官之邑七領憲府之命一至殿省再遷臺郎大司空大司徒各一官族德政燕國公張說已叙於烈祖之碑夫人河東郡夫人薛氏存與其榮歿與其辱南北萬里流離十年飲恨餘生以存宗祀以大曆三年五月終于某所嗣子稱以不天之釁承覆巢之餘遷逐炎海幽寃霜露家未悔禍慈親亟歸生人之難無稱之比求惟先君及難塋故有闕泣血忍死獲終哀誠以大曆五年三月

二十一日合祔於中書皇考真宅之次相國許昌公嘗感府辟緬然懷舊改贈移寢周於尤丧有以見京兆知人之明許昌報德之厚衮追叙遺烈亦門生表墓之禮銘曰

知者謀始不能知終明者察微昧於數窮任我以事效我以功吉凶悔吝生乎其中無象無端茫茫蒙蒙伏恨黃壚孰問蒼穹小君從祔松栢來同

太子賓客盧君墓誌銘　前人

上於大臣存歿優禮若忠厚篤敬勤勞有勳則錫以追命之冊延耀耿烈使之昭也大曆五年七月癸酉制故太子賓客盧正己可贈太子少保昔唐虞之際龍作納言咎繇弼刑其在周漢中伯于藩南邦召公宅師東郊四皓輔翼

太子公嘗拜蜀郡長史成都尹劍南節度採訪等使大理卿刑部侍郎工部尚書東郡留守太子賓客悉更乎明哲道德有馨香於前世之臣所任也才雖不其然歟公之作鎮也玄宗自省方復雍以千官六宮南北軍之從留蜀殆二年矣而元元給輸費苦以公往典通義唐安二郡以理平遷通州刺史七州採訪禦使課最遂止輦草詔而命之翼勤則黜幽化源以清則群服廉尹執事之人不欺矣紀逖則攝懷亂畧以寧則蠻夷君長異姓侯王從乂矣匡困則資無繇賦既平則鰥寡孤獨廢疾者知所養矣旌德訓農禮讓大行則三老孝悌鄉嗇夫知所勸矣公之議刑也先帝以天下初定禁網疎闊朝廷郡國廢華舊章於是草

具科條制刑録三卷以成後代法程無爽悔無佚罰矣公之居守也自胡馬入洛三川大殘長樂衛尉悉無官守中臺文書盡成灰燼而白晝大都之中剽吏奪金殺人横道河南尹不能禁公以明恕清汙俗以淳和消沴氣禮新序舊士廢欣欣勤懋郎吏增嚴屯校日引月長四方人大和會翼翼之頌復覩于京師矣公之調護也儲后方建妣簡首僚以孝友閑傳通明道術而保奉之夫大賢濟時而不獨善大才當事而不辭難凡所任遇皆以國之艱急帝所親信而在厥服也始以經明四佐大邑三歷京掾五遷藩鎮三践臺郎一處右轄再蕪中憲以至于九卿元戎師賓居守小司寇冬官卿公字子寬本諱元裕（元裕改名世系正巳宰相

表乃以為兄第二人恐罪）以聲協上之尊編特方大用優詔改錫焉曾祖君胄虢州叅軍王父貞慶（表作貞松）高尚不仕烈考履冰歷左補闕皆純古（尚書作純佑）秉哲本經輔行德類賢續以之長世公含精於天性之道用晦於先物之智洞於學炳于文慈惠而厚汪汪洵洵未嘗簡彛不校其祀禄及疎遠家無長物在貴居陋樂而不更春秋之饗僅致君胙賓客之位適容宴豆漿藿未猒于家食稂莠不充於馬㕒及賜告得謝安車東歸天子老臣優游惠養早達玄理迨茲逾深追贈之年二月既望疾甚不弛冠帶安坐超然越二十一日甲申薨于東都循善理之私第壽七十有九夫人滎陽郡鄭氏禮義風教鄉族宗焉澹忘物遷靜與真會公一其好

尚偕其貴壽亦古人之所難并也公薨之前祀八月七日終年六十有五權厝于新安縣龍澗原近先塋也將祔而定壙有伏泉改卜靳塢北里重岡之陽吉六年二月巳酉乃塟是以綫嗣子前秘書郎兼監察御史翰一身主祀泣盡形遺覩友所憂言之感涕永惟先公夫人嘗有升堂之拜纂揚風烈非小子而誰銘曰

五侯九伯太公征之大輅龍旂桓公受之子子孫孫勿替引之前人光明我公昭之天子作師我公師之懿德顯猷永世則之

贊善大夫李君墓誌銘　前人

太上立德我咎繇謨之太極至道我老氏明之施于子孫

令聞長世盛衣冠於鄉族傳帶礪于侯社西凉有武昭之謚後魏有姑臧之封祚于我唐親則同姓門閥清顯冠於人倫婚姻所仰齊其大也朝惠所推勝其長也君諱某字某其先隴西成紀人也曾祖玄道皇朝秦王府十八學士給事中銀青光禄大夫常州刺史祖正基皇太子舍人父𢈔肅宗廟諱皇膳部郎中淄州刺史文章侍從給事黄門官品第三使符至五軍坊司其啓奏殿柱題其名氏並以博學儒才歷位中外藹然聲問揚于家邦公體元精之和得大雅之正入出孝悌而烝烝如也恭儉寡過學如不及起詩禮之廢疾通古今之訓注以五經高第冠名大學而四方諸儒多所質疑是時也玄宗在上天下大同分王宗

枝以崇藩屏高選僚友必極時俊非阮渾純粹鄭袤鑒識徐幹之恬淡寡欲匡衡之射策甲科則何以處畏慎之地當敬愛之禮故命公參陝王忠王義王棣王四府藩佐雖天人帝子不出於清禁而井賦田租必總於朱邸公守以廉介謹一有于字均節用用或有差終不奉教春秋匪懈夙夜在公行之惟艱不易其操何止攀小山之桂虚望神仙對西園之月空疲讌賞而已開元中御史大夫李尚隱按察東都大明黜陟表公清白尤異特拜朝散大夫尋除右衛率府左郎將遷太子右賛善賛三善之德周禮其難將四率之府晋朝所重風流名士文武兼才輝映崇賢肅清屯騎素懷止足亟請歸閑至于暮年終不得謝嗚呼道不可

㞬身㞬何傷以天寶十四載五月十七日終于東京崇政里之私第享年若干永泰元年二月皇帝以肅宗藩僚清節明著家臣秋賽在先志而不忘中尉夜拜歎流年之已逝又以子烈憲臣光我多士詔贈曹州刺史旌有德也夫人滎陽鄭氏明粹柔閑配于君子孝敬感於冬鯉勤儉彰于夜螢先公而終其引蓋殯有子二人長曰榮終潤州司功次曰挺前監察御史繼夫人滎陽縣鄭氏輔佐之道宜其家人均養之德愛猶己出一作子有男曰慶前越州參軍從夫啓南城之邑隨子迷東征之賦江海悠然徂歌來哭以大曆三年五月日𦵏我濟陰守于偃師縣東姑臧公之塋次蓋二夫人祔焉挺慶等性與純孝幼承訓奬蒸蒸孺

慕合𦵏于防海變山飛銘石不泯詞曰

我之始祖自高丘兮繼有賢王霸凉州兮晃綏班然一作晃然交班乃公侯兮周之姬姓漢之劉兮卓哉濟陰廣前脩兮懷文抱質能剛柔兮羽陵遺簡誦如流兮介幘單衣從梁遊兮儲宫端士侍銅樓兮長水校尉鳴鋒騶兮方期告賜得歸休兮誰謂生涯忽若浮兮先朝宫臣聖眷留兮追命藩守詔書優兮穀也嗣子難也叔兮合祔黄腸千萬秋兮

叔公故禮部員外郎墓誌銘　前人

魯有先大夫其言立於世春秋謂之不朽儒有今世行之後世以成楷則君子之道不患時之不逢患其道之不顯故賢哲所以啓正宗教蓋風於人倫埀之無窮者矣賓客

諱無字名某河內溫人也曾祖渠州咸安令諱緒王父杞
王司馬諱毅皇考慶王文學諱楚珪咸以清明粹知高爽
顯融經術可以致公卿道德可以居師傅所不至者時之
未會歟府君即文學之第三子也伯仲叔季嗣世清德鴻
藻振古休聲動時每至徵賢良舉秀才一門擅科半於天
下既冠進士擢第其年拔萃登科補益州新都尉開元十
年舉文藻宏麗遂上陳皇王之盛下借周漢之論稽以洪
範九疇天人之統災變之異高言體大久而可驗如賈生
之論漢也與孫逖同入第二等擢鄠縣尉文融寵幸用事
總領計簿地有不書登下之數者按而籍之乃明割利言
辭義激切聞列於二府竟還其令忘已忤權風節獨立秩

蒲判入等三等自周隋已來選部率以書判取士海內之
所稱服者二百年間數人而已又居其最焉復以常資授
萬年尉戢鸞之資搏鷙之用得不夭其性而喪其真歟然
亦筆無凝牘庭絕留訟昊天之荐禍于我家也廬于外壤
負墳封樹哀過而陽和變慘感達而猛獸一作獸來馴常伯
卿尹四方高士麻吊于郊者匪朝夕而閒焉莫不竦嘆而
希慕也及禮既外除稱疾而不起朝廷方待以議郎博士
辭而求邑除潞州上黨令恬澹推誠薰然化矣故老歌詠
洋洋至今入拜起居舍人搜遺求實典冊大備撰開元注
記三十卷藏在太史除屯田員外郎未幾轉禮部時天寶
改元符瑞紛委郡國所獻月有千計公卿稱賀日奏數章

總裁實難濬發皆麗玄宗每賞異因命女史傳寫時省覽
焉方將擢居紫垣專統大誥斯文既喪成命中止以天寶
三年十二月二十日薨於西京宣賜里之私第享五十有
六故事中書舍人非寵終之職上以心許久矣特贈此官
朝之殊典也以明年正月權厝于少陵之東至上元廣德
之間以長子官在清近加贈工部侍郎太子賓客夫人博
陵崔氏徽閑有德明順合禮逮事舅姑嘗佐明祀歸我不
求方春即冥開元十七年終于京師年二十五穸于見子
陵生長子侍郎御史著不幸早世繼夫人弘農縣太君楊
氏大曆九年三月乙卯棄背于所封之邑其年七月已酉
安厝于細柳原自廟見至于終堂三十九載宜家之懿範

教子之明訓睦親之令德並載于已酉之銘生次子弘農
縣令曾叔子大理評事普季子渭南縣尉魯求惟累世來
遷僅二百年封域連岡昭穆相對禮不忘本時又協吉以
大曆十年十月庚午遷祔于弘農太君之塋博陵夫人同
合焉夫敵已則不厭以子則咸貴君家嗣既殘於中年元
室不歸於先寢豈成兄之志也所以同異均愛前後相從
亦承家之順也孝禮則然詢義惟允君子韙之諸孤不天
幼奪嚴訓志以苦立學以慈成克自脩絜所承罔墜亦既
成人重集大釁思養于下不欲具生血盡而形遺者頓禮
而終事也於戲天德于我叔父以扶濟儒玄之道元精委
其和太古今其淳德之厚也知至至之可與幾知終終之

可與存恬然而虛寂然而通識之達也五禮之宗六樂之
興致廣大而盡精微極高明而道中庸儒之傳也包括群
有陶融象外燭日月之光華連星漢昭回之文之難也君
因親立愛則忠友過乎儕引進極乎慈奉先追孝則怵惕
于時感齊明於夙興靖于位而不以善矜儉于家而不以
菲廢先哲之休風遐烈未嘗不蹈其域而冥其會也君處
之於舜代則有八元以論道升之於孔門則道四科而隮
聖而位止于上士教淪于衰俗豈非蒼生之不幸耶玄風
之始絕耶哀積煢火孤恭承憫覆躬誨無倦常至夜分性
愚難移循期日就外傳不得專也諸子不得視也獲漸庚
幾實賴慈獎恩未上報禍已先鍾遠慕何申有懷靡及所

踐之職昔所彌綸顧瞻廷除出入哀擢微微小子夙夜上
懃遷神甫臨省護擢絕哀以傳實不敢假詞銘曰
厥初茫茫輔軒致皇至我義信即官于常開國長羅惟右
將軍奄受高陽惟光祿勳印印天水謚曰貞道赫赫黃黃
魏之元老乃生司徒啓佑周邦踐華卻齊建麾幢戲上賜
田自溫而遷迨茲十葉松柏芊芊穆處其後昭列其前哀
詞具石永世不騫

文苑英華卷第九百四十二

文苑英華卷第九百四十三

職官五

刑部郎中李府君墓誌　穆員

有唐趙郡李府君春秋四十三歷官十有二政以尚書郎
柱下史分王命于江淮上元元年秋八月十三日遘疾終
揚州官舍之次夫人范陽盧氏先府君三年而歿六歲至
德二年九月乙亥捐於吳興郡長史之館屬以國難家窶
靡遑還葬乃各於次而卜宅焉然其引也蓋殯貞元三年
嗣子騰世先人之文行仕歷中侍御史惟周公合祔之事

得請于龜冬十有一月奉府君夫人之喪至自吳楚粵明
月五日遷窆于某原禮也府君諱澥字堅本京源宗派冠
蓋功代史氏志其大家牒詳其細曾祖行敷皇朝曹州離
狐縣主簿祖懷一左千牛并州晉陽縣尉父雍問虢州湖
城縣令代有令聞而無遠德府君生而博厚長而敏達超
特簡厲中和直清著書屬詞居處執事非中道不蹈非聖
言不聞天寶中擢進士調太子校書當特海內無事縉紳
之徒以能賦爲賢及門爲貴其望登朝也如天之不可階
而升而言語侍從主文典憲之列尤其選者必第一流府
君以通書舍人轉左補闕監察御史玄宗季年逆帥兆亂
亂成於寵上莫得聞府君奉使朔陲復而蹊奏其後以直

道不可得而親疎爲誅其不附已者所中配流盧溪郡至德歲起家宰江陰歷佐晉陵吳興弋陽三郡或叅將府張公鎬軍事其佐郡也廉使輒移真守以避府君大率以古良二千石之理爲之其佐戎也王師賴焉明年克復二京博求多士徵拜金部員外郎稍遷刑部郎中言達於上而惠及於下者非一上元中帝念宗室大臣揔東南節制時危任重咨忠賢以貳之詔加府君御史賜銀印朱紱轂爲其介府君方勤王侯伯之事咨其所奉道之將行也未如命何夫人皇朝刑部郎中瀛汝二州刺史弘懌之孫吏部員外郎汝州刺史僎之子年若干歸于我孝友禮樂得之性命越自齠齓聞於家人率是道也移於夫族而夫族之

長幼内外受其厚者報亦如之惟府君才中公卿而位止下大夫爵宜難老而年夭強仕夫人懸善之積作賢之合天與之偶命與之違命也雙歛相從萬里同穴始者鳳凰之兆豈吉凶類乎員辱命長條託誌卒塋而已銘曰

仁壽才貴天之所大如何李公不鄉不艾宛宛内子福孤具美德豐柭蘭年夭桃李似續惟賢永懷奉先成週還塋於年萬斯

河南少尹裴公墓誌銘　前人

唐貞元八年冬十月二十有八日前河南少尹裴公諱濟字莊時春秋五十卒于京師靖安里之旅舍明年夏四月朔塟于絳州聞喜縣之故原從先公兆禮也高祖懷節皇朝洛州刺史生太府少卿昭昭生蔡州刺史剛剛生扶風郡雍縣令擬公則雍縣府君之長子也生而頴秀長而博辯質如瓊枝文如春林尤長記誦之學酷重許與之契耳目一歷輒在心口意氣相合坐遺形骸天寶末學優藝全方登俊造之貢俄屬國難家敓嶇崎險難以喪往事居之孝稱於所至服闋襄陽節度使來瑱表襄州叅軍事屬有勢勝而理負與人爭官者州府畏之公時攝功曹掾守文與直不爲之撓瑱嘉其所執幷之實介有疑焉一作爲輒以咨之他日瑱自相位獲譴已而伏誅凡百門吏逃難解散公與陳郡殷亮始冒危於保衛終毀家於塋喪君子難之故司徒李公勉聆公之節辟以爲屬自江西入尹京兆洎

節制廣滑汴三府以公明可折獄利可㩀繁權可贍給清可澄察而武可臨戎官歷金吾掾萬年尉三御史二尚書郎以至于御史中丞職更推官泊支度觀察二判官以至於行軍司馬公之奉李公也若體從心李公之任公也若素受彩李公制用公爲利器李公翺翔公爲羽翼厥後李公罷鎮遷河南少尹故孜孜勵精貳前後之政與我同志者必以吳公李膺之名歸之其有所執賴于周人者非一貞元五年受代來朝上京燕息衡門詠歌卒歲以俟道長末如命何初公之在滑也方屬兩河之驚不敢以非疾之憂貽於高堂堅請退閑亦既終養其在汴也有二千石結根貴幸怙寵傲慢收小惠於下隳上入計於上公數其不供

之咎請以去之言而未行拂衣自免未幾彼果顛覆李公於是厚禮還公且有中軍中憲之授公盖進退終始不遠於道多此類也毋弟滋檢校膳部郎中潤大理司直涇前潁州刺史少失先府君之教入學入仕爲郎爲邦皆公之訓誘也夫人隴西縣君李氏故太子賓客翼之子有淑媛之美成公之家事公姑之孝聞焉奉叔公之友聞焉其輔佐之力由中及外者出處聞焉今也髽首泣血自雍及絳一號千里行者悲之子曰鋋弱而有立毀過成人謂員平生交親見託爲誌其文曰

猗歟裴公昭朗直清哭來發跡和李騰聲處則全養出能保貞蒸蒸穆穆爲子爲孫夭閼退志摧頹壯齡衰哉哲婦爲代之程

監察御史裴府君墓誌銘　前人

嗚呼有唐君子河東府君之墓公諱某字某先伯益之苗裔分秦封晋史諜詳之元魏河北太守萬虎兄弟三人時稱三虎並仕於魏魏都河洛在天地之中故裴氏始有中眷之號公則萬虎八代孫也曾祖某冀州都督府長史祖某温州樂城縣令父某蔡州司田叅軍初命左領軍衛倉曹叅軍倅商州刺史李佐戎事遷同官縣丞李侯移鎮桂林統師南服表公爲監察御史介滋察之政至今二府思李公之美緊公是賴使罷閑于洛陽不幸遇疾以貞元六年秋八月庚申終于立德里之第享年四十有五明年辛卯葬于首陽山之陽龜筮與人三者習吉有子四人男曰緯曰約長一作次方亂幼能言女子孟少緯季少約毋弟佐洪州南昌縣尉充本道薦使從事訃之未及河南夫人穆氏秘書監新安公之季女惟是一日二日洎踰月之事實弱妻主之吾聞之生也全其道没也全其素是之謂君子公性充天醇氣與道宜行本忠恕文以禮樂可不謂全其道乎遘癘彌年待變彌月疾能銷公之體而不能滅公之和命能夭公之生而不能汨公之正可不謂全其素乎表之以君子言之者無愧銘曰

壽不與仁相會貴不與才相期福不與善相報命不與事相隨何四者之乖剌而不并集於斯巳矣乎非夫人之爲慟而誰爲

秘書監致仕穆玄堂誌　前人

唐貞元十年十一月二十一日公棄養于東都歸義里私第適寢明年四月嗣子贊洎質員賞奉遷靈座祔曾王父母于偃師首陽山之北原贊等惟刻石識墓非周孔之訓宋齊以來有之所以藏馨香俟陵谷不可闕也太夫人河東郡太夫人命曰禮經三月之事所以必誠必信勿之有悔焉者盖孝子自盡之細明然則自盡之大莫大於紀述平素貽簡幽明假詞他人不足以猒自盡之義公諱寧字某十一代祖崇元魏宜都王其後孝文自代遷洛陽遂爲洛陽人奕葉王公與魏終五代祖伽皇朝殷州安陽令贈刺

史大常卿高祖弘遠水部員外郎曾祖固禮祕書郎祖思恭稷州録事參軍贈光禄少卿考元休相州安陽令贈同州刺史自宜都至殷州以淳粹之氣相遺自殷州至同州以清白之風相授傳洪範九疇究天人之際皇王得之不出戸庭而天下治學者得之爲王者師公則同州君之元子鍾天元和發地禎祥性得於孝友忠烈生齊於聰明正直淵深峻極溥博閎厚用先王之禮樂節而文之是以外富直道中積至行始厲高節終全盛德宣尼稱道之將行命也將廢命也命也者似繫一人之謂小子則曰公之道將行時也將廢時也使我公之得志也天下至公立大道行風教厚人倫正天之未俾當時臻乎此也豈繫公之命乎蓋天能使公道可奮乎百代而不洽乎當年才可周乎萬物而不極於莅所天之不全歟時之不合歟天寶中一命景城郡鹽山尉在官五年凡七宰旁邑三紀郡政二介使臣禄山作亂以郡有煑海之富屬城之乘（一作衆）使其黨曰劉道玄以假守之公乃糾合同志首唱大義梟道玄以絶禄山而郡佐畏懦多與公駮史思明統衆來寇郡俾公保東光縣拒之思明駭公之才使騎將持書通好公立斬其使以徇于邑且封其書于郡郡佐逾恐且虞思明之見讎也趣公罷攝公嘗佐黜陟使分巡列郡與平原守顔公真卿陰圖禄山當亂所以禦之之畫至是密遣家僮以手疏詣顔公書無他辭曰夫子爲衛君乎六字而已顔公執書感泣即日以軍師之禮致公公之許顔公也以長子屬于母弟曰唯所往苟不絶先人之祀吾無累也既而從顔公登埤誓衆以必死與之俱生援絶孤城公志愈厲顔公麾下有非公所制者伺公請沐中夜迫顔公跳比及於河公方自拔他日顔公詣行在所自訟有立者公之力無成者已之咎肅宗嗟嘆以璽書徵公且謂顔公曰由廷尉評以諫議大夫待之既至會顔公以言事忤旨其議遂寢上元乾元之間累官史府尚書省分王命于河南征鎮之軍僅十餘帥憑勲怙寵乘國艱危自以不叛爲文靡顧文法公以至誠格之大順激之清明律之由公徵令者相率如響元帥李光弼將貳於上屢奸於公公守正不遷積與之隙日宣不令之言欲公畏之公自泗抵徐馳驛輙至理折其口義勝其心泄其温於包藏奪其謀於將發代宗聞焉爲一二宰臣話之至於歎息于時周鄭路塞東南貢賦之有入漕漢江轉商山招擇文武全才以守夏口我于是有專城連率之寄金印紫綬之寵詔書下日百城肅然清風先翔井雨隨灑荆越吴蜀之富朞月傾之俄封長江與淮西對境厥帥董秦多俾僁心爲其津戍拉商旅斷中流畏公明威拱手如梏舟檝上下如行其家萬里來臻若赴于市部有酷吏姻連勲臣敢爲貪狠靡所畏忌公糺發贓罪暴之于朝且以鞭朴懲其悔慢我於是有拜黜之咎勲臣故也居五稔有詔徵入牽復臺省大曆七年淮南旱和州

以師旅後瘡痍深慎選良牧用膺明命視人如子理事如醫居一閭人忘其傷又一閭人忘其化無何受代代者昌以天寶季年版籍之額泊即日所授數上聞是時兵興二十年矣異曰版籍百無一存代宗震驚以爲亡失在我故有泉州之貶初公屬以徵發之弊杭於剌舉之司既而代至則不知代者之指斐然歟將有爲歟賛守闕訟冤三歲聞徹降而御史即州訊問則公初年季年户增數培使者還報會今上龍興拜太子右諭德詔曰令子申父之冤憲臣授舊唐書本傳作奉君之命楚劍不衝於牛斗秦臺自洗於埃塵其明如此宮坊養德優遊卒歲每台輔易位宜以舉直措枉或曰公卿缺員僉議所屬則中外之望必集于公而

前後宰政率以不附離之見憚故久滯於次公嘗自卜進退以深識爲元龜且時不我容我不時狥則非吾之進也在於退乎默默然有浩歸之志凡謝病垂蒲十旬而時議迫監公望充塞不得已而起者三泚之亂公方杜門請急出無車馬假乘于故人太子少師帚公倫棄家逃汙出城信宿方審乎所在而奔焉轉秘書少監右庶子録奉天興元之勤也大駕還宮百官復位公曰可以行吾志矣移疾罷免東歸吾土陵疑後五年就加秘書監致仕遂公之志也考槃于瀍洛之上卜勝于北山之陽良辰暇日盡四時之賞以仁自富以道自貴以孝慈爲稼穡以友愛爲塤篪十年春喟然手疏述麟德中高宗天皇大帝詔問張公藝

九代同居故事撰爲家令賜諸子諸婦人各一通賛等暨諸婦拜泣受賜公曰吾之理命也是年秋遺裕冬棄背壽七十九公伯姊元夫人與公同稟至性有高世之德公率大夫人所以敬養之道達於神明公之教育成人者高祖曾祖兄弟洎孤甥姪與賛等所以威以勸之慈以撫之壹之乎天性之至外姻僮僕不知所以別焉性嗜讀書無學不綜經窮入室之奧史精歷代之博非聖人之教道則知而不言每語及三代損益以逮於國朝典故莫匪成誦聞者退徵於卷則文字甲子靡差毫釐或爲卿大夫話其世代蓋剡子范子自言其祖不之逮也仕四朝更三紀歷官二十五政德義政事無非殊効且未嘗有如分之報而三

黜一免由之善與人交始不以謟瀆合終不以生死異嘗從王事歷佐權臣入於朋家之門雖同鄭交惡田嘗奪移彼不我疑我不彼貳嘗宴居誨群子曰吾聞君子之事親也養志爲大吾之志也直道而已爾事君事人或枉其道曰以三牲五鼎充吾庖非養也苟繼吾志或承患難則義重於生宜從其重焉賛等祗荷嚴訓仕於天朝賛以御史中丞質以右補闕皆以守職不避強禦並罹讒逐員以侍御史佐東都留守不敢陷所事殺無辜賞以監察御史叶帝閽辭兄難迭逢困厄公申誡曰先王之道泊爾友朋之議及吾異日之訓爾無虧焉愛子者教之以義方不聞以謟爾其勉之賛等永惟古人有欲養不待之痛公高尚不

事侍巷十年而賛等官薄命奇不自殛於不才不孝之分内乏擊鮮之献外貽非疾之憂是以上天明神罰以不得自死之苦夫不死之道有不敢不能賛等伏念爲公之嗣且太夫人在堂是則不敢爲不肖不逮於義务不能死荒不及文哀舉大端永閟幽宅

文苑英華巻第九百四十三

文苑英華巻第九百四十四　誌十

職官六

京兆少尹李公墓誌　穆員

有唐故京兆少尹隴西李府君諱佐字公輔年未克其志位未半其才君知其賢天不躋其用親待其養命不借其筭貞元六年年六十有一三月丁巳終於長安興仁里閏四月丁未夫人范陽縣君盧氏奉公之喪達於洛汭月日

壬午祔前監察御史侻承公之喪于告成從先公居且曰理命初公以疾得謝沉痾累載三事群公僉謂公仁可長人武可訓戎正可持刑權可調賦其忠肅明敏尤宜尹京前後執事當趙張三王吳公李膺之選輒遲遲其授以俟公之起而公未聞然及時賢聞此凶訃嗟嘆之聲浹于上下詔贈同州刺史賻以布帛故事公卿薨位有以震悼于上心者則及追贈其或加等申之以賵公以貳尹去職禮優飾終有以見才接乎華恩超于時若假之永年以極其遇詎可涯也嗚呼惜哉五代祖禮成隋禮部尚書絳郡公祖元恭皇大理少卿知吏部選事父誦高名下位陳州宛丘縣公十歲而孤居喪有過成人之感太夫人榮陽鄭氏

抑之然後復於禮弱冠擢明經調婺州武義縣尉以清白苦節聞故相彭城公辟以從事凡三遷至監察御史領江西之賦又遷中州刺史戎師作亂移公隨州其後僭逆以公先奉太夫人在外疑焉折簡趙公公以自脫之計未售辭疾者再元兇使其徒來刼公語以疾愈自詆赴者與逆徒偕先是熟與舅氏克鈞期於境上克鈞日涕泣於襄陽節度使賈公公感而義之爲出敢死之士克鈞亦毀家行賂以買勇奇兵如約公以輕騎脫焉表公爲倅者荆南江西鄂岳三府上以鄂岳請命先至除檢校戶部郎中兼侍御史充都團練使鑾駕還京公奉章朝奏是時梁汴圮隔漕運不至逆將跋扈屯于近郊關輔困於兵蝗帑藏索於

錫與上以貢賦之入必由江漢擇全才領商於之地以闢南門於是有刺史防禦中丞之命公心周庶政手集庶物明如理身勤如理家俾天收其災地盡其利峻嶺重負至如川流詔加朝議大夫賜金印紫綬封太夫人榮陽太君賜一子官其事刻之金石實吏部侍郎李公爲之誌無何授桂管觀察經畧使部内不及朝貢之羈縻州者十八舊例首領賚於官署爲刺史一州所貢悉以奉之其或魚肉斯人之甚有來訟者率以遐遠阻險非文法所及置之公於是易之以中土温良之吏越人之男女不爲所鬻資產不爲所奪悅而載之相與稟令其移風俗如此者非一累以親老陳乞故有亞尹之拜是則假道無如命何初宛丘

之人吏感府君之明惠而矜公之孤藐相與竭於賵予所以送死養生之具蕪焉太君曰昔吾夫之所以爲生也今以沒而受賵則是死吾夫也畢以辭之公由是奉先公之貽訓太君之清德常恐失墜三爲郡一爲帥從公（一作仕）者二十六年退居無具藥之資沒代無護終之直室有孀姊挈孤甥者數房孀與孤者亡無怙之邮一女煢然俛以其弟二子彥主公之後焉嗚呼爲富不仁爲仁不富信矣積善餘慶何其不信哉不然公之所豐者仁義所不絕者遺愛故事風流於後豈物莫兩大而使然耶俛以員兄弟偏公之遇辱命爲誌悲而不文銘曰

君之生業成官達尊親揚名天錫純孝古之遺清君之沒

背高堂去白日恨榮養之不終吐遺言於將絕祔君於先嗣君於後賢哉悌弟之心有以復君之友

國子司業嚴公墓誌　前人

公諱某字某馮翊臨晉人其先有漢太子太傅彭祖爲左馮翊子孫家焉十二代祖翰林東漢末復守本郡後四葉至元魏平南將軍郤陽侯稚玉又四葉至皇朝洮州都督君協協生魏州司功參軍贈太常少卿方約方約公之祖也方約生銀青光祿大夫左庶子贈宋州刺史損之公之禰也自平南至洮世以侯國相襲事名聲稱之府君廸奕葉之祥鍾生知之美用爲孝悌用爲忠貞用爲循良用爲道藝出處終始小大由之天寶中以門子經行擢弘文生調參

江陵府軍事時所奉之主永王璘陰有異濞東南之亂致公賓友之禮公迨其將兆而未發也以智勇免之受命南國洎晉王賦者或咨公以畫或倚公以辦三遷至大理司直賜銀印赤綬慎選京邑從容臺署歷京兆府戶曹掾殿中侍御史虞部員外郎河洛思其理理行發聞拜河南令刑部郎中雅素儒學選國子司業建中宰政怙威朋家構閡公以親累貶潮州司戶時泰道長公議與能推連州刺史換郴州累加朝議大夫封馮翊縣男旌異政也公母弟士良並襲黃之寄蓋不勝形影分離之憂及聞士良罷歸公亦陳乞自免願言相視而終老焉既至京師復拜國子司業無何士良出牧公悼別加等忽忽不樂燕居如失貞元八年某月某日歸全于長安新昌里之私第春秋六十有五初公自郴之歸也有從祖姑世父母身沒嗣絕旅殯越公卿匍匐發護毀家襄事各遷祔于先塋服仁義者歸心焉夫人彭城劉氏右僕射彭城公之女生子男三人先公而沒祔先姑于龍門山之北原事具前誌嗣子纂次子筠季子篆皆感過于纕毀疑於臧冬十一月二十有一日奉公歸夫人之室且從先君銘曰

巖氏阡北原上先賢後賢如相望我歸曷歸歸此（一作北）室

我友俟我以琴瑟杳長夜兮無白日

侍御史攝御史中丞贈尚書戶部侍郎李公墓誌

梁肅

公諱史魚字某趙郡平棘人也隨下邑令大經玄孫皇朝襄州録事參軍玄暉曾孫澠池丞藻之孫青州司法參軍贈和州刺史萬愍之子其先干木藩魏武安覇趙司隸盛於東京特書別爲（集作於）西祖載在紀諜千家有光自下邑至於（集無于字）和州四世無遺克生俊德公天姿俊（集作淳）邁負英氣清明儁厚虛受特達行本於孝友業成於文章開元中以多才應詔解褐授祕書省正字時海內和平士有不由文學而進談者所耻公以盛名冠甲科群華仰之如鴻鵠軒（三字集作鶴鳴軒）在霄際矣秩滿調補河南參軍長安尉監察御史時宰相李林甫當國怙權稍鋤去異己者公外不附離內不懾憚竟爲所陰中貶耒陽丞累移至朝邑令下車周月而頌聲作上方銳意武功寵厚邊將拜公殿中侍御史參安祿山范陽軍事河北首亂公脅在圍中危冠正詞誚（集作譙）讓元惡勢迫難奪望重見容朝廷雅知公忠遷侍御史充封常清幽州行軍司馬隔于寇盜詔不下達公與張休獨孤問俗密結壯俠志圖博浪之舉間遣表章請固河潼之守帝用深嘆吾謀未行會虜將能人姓元浩擁師河上（集作南）公詭請勞撫因以大義諭之能亦知復黜然向順裂賊左臂緊公之力是歲至德一年也相國張平原鎬以狀聞復授侍御史攝御史中丞充河南節度參謀河北招諭使中朝方倚公以重任戎鎮又咨公以成務公謂委身蹈難非節遺亂歸政非公叨恩受祿非義俛俛從

政吾何以安假公事來至江淮以上元二年七月二十六日遇疾終于揚州官舍春秋五十六稾塟于禪智佛寺之側貞元元年嗣子竦以谷口邑從之勲朝廷推恩追贈公尚書戶部侍郎五年歲次丁巳某月日始歸窆於某鄉某原上距捐館凡二十有九年不得吉卜且難是以緩夫人河東郡君裴氏河州刺史某之女吏部尚書寬之姪以禮佐君子降年不永春秋若干天寶二載終于洛陽至是祔焉傳稱有明德若不當世其後必有達人惟公含章挺生好是正直蹈難全德終然允臧蓋道與其仁神輔其志宜乎其有後也竦以文藝吏事歷中書舍人戶部侍郎天子以爲才任方鎮加左散騎常侍知鄂州軍州事領都團練

觀察使長才厚位而壽不至士友痛之竦弟竑長安尉亦早卒最少曰竢純懿（集作孝）而文克奉家業咨于從祖父殿中侍御史臯魚爰卜兆域以寧神宅臯魚于公（集無公字）天倫之間有知己之道泣敘美行俾予誌之其文曰

時之晏卿雲爛鸞鳳于飛上清漢吾道行年路方半時之昏沴氣縈鯨鯢蕩海橫中原側身西望不敢言忠莫渝兮計獨存奮辭感激牧東藩雷雨作鮮草木蕃一隨逝水空遊蒐播清徽（集作音）與茂烈永延輝兮（集作耀）垂後昆

給事中劉公墓誌　前人

公姓劉氏諱迴彭城人楚元王交之後也當漢與諸侯王子孫唯楚爲盛世爲儒宗光耀史諜（集作冊）以至公大父皇朝尚書比部郎中贈徐州刺史府君諱藏器徐州生烈考右散騎常侍贈工部尚書居巢文公諱子玄初文公儒爲天下表有才子六人曰貺曰餗繼文公典司國史時議比子長孟堅曰秩曰迅以述作之盛德行之美追縱孔門曰彙與公用剛直明毅焯於當時故言卿（集作鄉）族者舉盛業以明其家公好學善屬文天寶中進士登科解褐拜江都尉轉左金吾兵曹介江南西道採訪使歷大理評事監察御史入爲殿中侍御史出爲永州刺史未行改戶部員外郎尋佐江淮轉運使授著作郎加檢校戶部郎中國子司業三領是御史當是時中夏初定而兵未戢故公所受任以傀運才賦爲先而公亦飾躬莅職所到無不均不安之

患大曆初詔擇二千石遂授公吉州刺史三載績成徵拜諫議大夫遷給事中移疾請醫于洛陽享年若干以建中元年七月某日終于某里私第嗣子某泣血孺慕以某月日奉公之喪權窆于某原惟公貞方端肅居敬行簡和而不同直而不倨傳聞（集作見）強志樂善下人在諫司陳古今以通諷諭言發而王度潛潤事行而天下莫聞及夫給事黃門釐舉典要壺遂之才未展士安之病已深吾道豈窮大運斯止嗚呼始公祭酒秩功曹迅並與故相國房公琯厚善其終也趙郡李公華志焉洎公在廬陵治行尤異則故國崔公祐甫頌焉蓋伯仲德美煥乎金石試爲斯文銘曰

惟尭之緒在漢開楚導長源兮比部蘊仁文公允文集作新闕儒門兮重世掌史遷固懋美立斯言兮惟公才明剛中志行直道發兮累佐使臣一麾牧人遺愛結兮給事于中遭集作遺匪命不融神理忽兮丘有夷淵有實舟斯失劍斯沒石不滅兮

右補闕翰林學士梁君墓誌　　崔元翰

唐右補闕翰林學士皇太子諸王侍讀史館脩撰梁君諱肅字寛中其先安定人繇漢魏已降至于隋氏世有爵位家貴門盛刑部尚書耶鄲公曰毗君之五代祖以至於唐散大夫右臺侍御史趙王行臺記室宜春公曰敬實公之高祖朝散大夫右臺侍御史曰愕君之曾祖祖昱終于莫

州任丘令父逵止于司禦率府兵曹參軍事安卑于燕薊避亂于吳越故其世火衰焉君嘗爲司禦府君靈表以表其墓自叙其世系甚備公建中初以文詞清麗應制授太子校書請告還吳相國蘭陵蕭公薦之擢授右拾遺脩史以太夫人羸老有沉痼之疾辭不應召其後淮南節度使吏部尚書京兆杜公表爲殿中侍御史内供奉管書記之任貞元五年以監察御史徵還臺非其所好於是備諫諍而佐於大君傅經術而授於儲后典文章於近署垂勸戒於東觀授赤紱銀印之錫聞者榮之九年冬十有一月旬有六日寢疾于萬年之來樂里享年四十有一詔贈禮部郎中賻以布帛十年春正月二十八日葬于京師之南小趙春之原子徽之弘之俱未冠嘗學文矣幼子未名小字振振夫人京兆韋氏袍之以纕從其輤車哀感行旅嗚呼君之寓于江南十六而先府君歿事祖母以至孝聞在羈旅之中當離亂之際貞固而未嘗忘於道應讓而未嘗虧於義年十八趙郡李遐叔河南獨孤至之始見其文稱其美由是大名彰于海内四方之諸侯洎使者之至郡吏遭招辟而賓禮之其升於朝無激訐以直己無透迤以曲從不爭逐以務進不比周以爲黨退則澹然而居於一室傲遺乎萬物貫極乎六籍旁羅乎百氏考太史公之實録又考老莊道家之言皆覩其奥而觀其妙立德玩詞以爲文其所論載諷詠發于春秋協于謨訓大雅之疏達而信頌

之寛靜形焉博約而深厚優游而廣大其三古之遺有文集三十卷爲學者之師式嘗著釋氏止觀統例幾乎易之繫辭矣前後五歲職必更於清顯擢必首於俊造歿之日位未及於褒贈之典然而天子愴怛悼痛恩有加焉假之以壽則將有器使之寄柄用之重是直屈於短夭而無命非不遇也孰友博陵崔元翰哀之乃爲銘于墓門識其丘隴銘曰

懿文德垂典則以藻身又華國命之短哀何極

叔父殿中侍御史府君墓版文　柳完元

柳氏之先自皇帝歷周魯其著者無駭以字爲展氏禽屬字有氏以食采爲柳姓厥後昌大世家河東嗚呼公諱某字

某曾王父朝請大夫徐州長史諱子夏遺貞白之藻表儀宗門王父朝散（集作請）大夫滄州清池令諱從裕垂博俗之道啓佐（集作佑）後胤皇考湖州德清令諱察躬行孝悌之德振揚家聲惟公端莊無謟徽柔有裕峻而能容介而能群其在閨門也動合大和皆由順正愷悌雍睦莫有間言故宗黨歌之其在公門也釋回措枉造次秉直事不失當舉無粃政故官府誦之用中退徑盡之志以弘正友道信稱於外焉用柔和博愛之道以視遇孤弱仁著於內焉此公脩己之大經也自進士登高第調受河南府文學秩蒲滑北節度使論惟明辟爲從事受太常寺協律郎元戎即世罷職家食無何朔方節度使張獻甫辟署參謀授大理評

事賜緋魚袋改度支判官轉大理司直遷殿中侍御史加度支營田副使此公從政之大畧也既佐戎事實司中府匪頒有制會計明白嗚呼分閫委政繫公而成務朝右虛位待公而周事宗門期公而光大姻黨仰公而振耀貞元十二年歲在甲子正月九日壬寅遇暴疾終于私館享年五十痛矣夫人吳郡陸氏洎仲弟綜季弟續家姪某等抱孤即位牽率備禮祗奉裳帷歸于京師以某年月日庚寅安厝于萬年縣之少陵原禮也公有男一人始六年矣在髫知孝呱呱涕洟凡我宗戚撫視增慟嗚呼哀哉初公元兄以純深之行端直之德名聞於天下官至侍御史持斧登朝憲章肅清常以先公之神未克遷祔不正席不茸味及撰日定期而昊天不弔志奪禮廢公實敬承遺志行有日矣而閔凶荐及不克終事則我宗族之痛恨其有既乎惟公盡敬孝養致毀於居憂表正宗姓觀示他族故家（集作宗）人咸曰孝如方輿公（公諱僧習以孝德聞）脩詞以藻德振文而遵志以爲理化之始莫尊乎堯作堯祠頌以爲述德之道不忘始祖作始祖碑以爲紀廣大之意敘正直之節不嫵於親作元兄侍御史府君墓誌其餘諷詠比興皆合於古故宗人咸曰文如吳興守（吳興守諱惲以文章顯）當官貞固確乎不拔持議端方直而不苟故宗人咸曰正如衛太史（太史諱莊）率性蕭介懷貞抱潔嗣家風之清白紹遺訓於儒素故宗人咸曰清如魯士師（士師諱禽）兼備四德具體而微公之謂矣卜子

常以無兄弟移其睦於朋友少孤移其孝於叔父天將窮我而奪其志故罔極之痛仍集焉朴魯甚騃不能文字敢用書宗人之辭以致其直故質而俚輟哭紀事哀不能文故敘而終焉

尚書户部郎中魏府君墓誌　前人

魏氏世墓于某縣原唐興有聞士諱之遹者與子及孫咸舉進士嗣爲儒家綿州涪城尉諱全琁魏州臨黃主簿諱欽慈太常主簿諱緄尚書繕部員外郎兼江陵少尹諱萬成凡五代名高而不浮於行才具而不得其祿江陵府君益之以閎達之量經綸之謀故豪士賢大夫痛慕加厚生郎中府君諱弘簡字曰裕之以文行知名既冠而德禮聞

於鄉黨既仕而法制立於官政温柔發乎外見而人莫不親直方存乎内久而人莫不敬由進士策賢良連居科首授太子校書歷桂管江西福建宣歙四府爲判官副使累授協律郎大理評事三爲御史賜緋魚袋在州六年而人樂之廉使崔衍曰吾敢專天下之士獨惠茲人乎遂獻天子拜度支員外郎轉户部郎中邦賦克舉人望愈重年四十七貞元二十年九月三十日不疾而歿震悼之聲遐邇一辭集注作同且曰斯人也而不得爲善之利中人其怠乎君嘗三娶而卒無主婦庭無倚廬堂無抱孤有令兄弟以主其喪有孝女以守其祀故哭於客位弔于殯東者咸加哀焉凡爲部從事府丧而當其位者三州缺而居其守者二

皆得其理君之先再世貧不得葬故以禄仕遊於諸侯薄衣食損車馬凡十有餘事卒獲于厥心其族屬之無主後者皆位其墓姊姪之無歸從者咸會于家由是匱約以終其世既歛家宰庀其政視廪唯釜鍾視藏惟束帛無餘積焉十有一月遣車歸于洛師某日祔于墓監察御史鄉宗元聞其道而翫其文也久居又同閈故哀而銘之其辭曰郎中之道惟直是保淳泊坦厚温恭孝友郎中之文惟孝是宣溥暢周流炳蔚紛綸爲周賢能爲漢賢良始仕讐校篇籍有光仍授使檄討謨用揚二居郎位征賦以理休聲載起顯命伊始生而不壽孰知其止歿而不嗣孰濟其美有翩其旗旻舉裳帷行道遲遲望墓而歸象物是宜卜筮孔特里人作銘不愧于辭

文苑英華卷第九百四十四

文苑英華卷第九百四十五　　誌十一

職官七

李翰林白墓誌一首　　皇甫湜保鏞墓誌一首

張祕監仲方墓誌一首　　白居易自撰墓誌一首

贈左拾遺翰林供奉李白墓誌　　范傳正（附見李白集）

騏驥筋力成意在萬里外厥塊一蹶斃於空谷唯餘駿骨價重千金大鵬羽翼張勢欲摩穹昊天風不來海波不起楊翼（集作翅）別島空留大名人亦有之卽（集作即）故左拾遺翰林學士李公之謂矣公名白字太白其先隴西成紀人絶嗣之家難求譜諜公之孫女搜於箱篋中得公之亡子伯禽手疏十數行紙壞字缺不能詳備約而計之京武昭王九代孫也隋末多難一房被竄于碎葉流離散落隱易名姓故自國朝已來漏（集作編）於屬籍神龍初潛還廣漢因僑爲郡人父客以遹（集作遹）其邑遂以客爲名高卧雲林不求祿仕公之生也先府君指天枝以復姓先夫人夢長庚而告祥名之與字咸取所（集作所取）象受五行之剛氣叔夜文（集作心）高挺三蜀之雄才相如思（集作文）逸瓌奇宏廓拔俗無類以俠自任而門多長者車常欲一鳴驚人一飛中天彼漸陸遷喬皆不能也由是慷慨自負不拘常調器度弘大聲聞于天天寶初召見於金鑾殿玄宗明皇帝降輦步迎如見園綺論當世務草和（集作答）蕃書辯如懸河筆不停綴玄宗嘉之以寶裝（集作粧）方丈賜食於前御手和羮德音相褒将（二字集作褒美）褐衣恩遇前無比儔遂直翰林專掌密命將處司言之任多陪侍從之遊他日泛白蓮池公不在宴皇歡既洽召公作序時公已被酒於翰苑中仍命高大（集作大字）將軍扶以登舟優寵如是布衣之遇前所未聞公自量疎遠之懷難久於密侍候間上疏請還舊山玄宗甚愛其才或慮乘醉出入省中不能不言温室樹恐掇後患惜而遂之公以爲千鈞之弩一發不中則當摧撞折牙而永息機用安能効碌碌者蘇而復上哉脫屣軒冕釋羈韁鏁因肆情性大放於宇宙間飮酒非嗜其酣樂取其昏以自富作詩非事於文律取其吟以自適好神仙非慕其輕舉將以不可求之事求之其意欲耗壯心遣餘年也在長安時祕書監賀知章號公爲謫仙人吟公烏栖曲云此詩可以哭鬼神矣時人又以公及賀監汝陽王崔宗之裴周南等八人爲酒中八仙朝列賦謫仙歌百餘首俄屬戎馬生郊遠身海上徃來於斗牛之分優游没身偶乘扁舟一日千里或遇勝境終年不移則（集作時）長江遠山一泉一石無徃而不自得也晚歲度牛渚磯至姑孰悦謝家青山有終焉之志盤桓利居竟卒於此其生也聖朝之高士其死（集作徃）也當塗之旅人代宗之初搜羅俊逸拜公左拾遺制下於彤庭禮降於玄壤生不及祿歿而稱官嗚呼命歟傳正共（集無共字）生唐代甲子相懸常於先大夫文集（集作字）中見與公有潯陽夜宴詩則知與公有通家之舊早於人間得公之（集無

（之字）遺篇逸句吟詠在口無何叨蒙恩獎廉問宣池按圖得
公之墳墓在當塗屬（集作爲字）邑因令禁樵採備洒掃訪公之
子孫（集作故）將申慰薦凡三四年乃獲孫女二人一則（集作爲）
陳雲之室一乃劉勸之妻皆編户甿（集無甿字）甿也因召至郡
庭相見與語衣服村落形容朴野而進退閑雅應對詳諦
且祖德如在儒風宛然問其所以則曰父伯禽以貞元八
年不禄而卒有兄一人出遊一十二年不知所在父存無
官父歿爲民有兄不相保爲天下之窮人無桑以自蠶非
不知機杼無田以自力非不知稼穡况婦人不任布裙糲
食何所仰給儷於農夫救死而已久不敢聞于（集作於）縣官
懼辱祖考鄉閭逼迫忍恥來告言訖泫下余亦對之泫然

因云先祖志在青山遺言宅兆頊屬多故殯於龍山東麓
地近而非本意墳高三尺日巳（集作益）摧圮力所不及知如
之何聞其所言（集作聞之憫然）將遂其請因當塗令諸葛縱會計
在州得諭其事縱亦好事者學爲歌詩樂聞其請（集作語）便
道還縣躬相地形卜新宅于青山之陽以元和十二年正
月二十三日遷神於（集作于）此遂公之志也西去舊墳六十
（集作此字）里南抵驛路三百步北倚謝公山即青山也天寶十
二載勑改名焉因告二女將改適於士族皆曰夫妻之道
命也亦分也在孤窮既失身於下俚仗威力乃求援於他
門生縱偷安死何面目見大父於地下欲求（集作敗）其類所
不忍聞余亦嘉之不奪其志復井稅免徭役而已今士大

夫之葬必誌于（集作於）墓有勳庸道德之家兼豎（集作樹）碑于
道余才術貧虛不能兩致今作新墓名輒刊二石一寘于
泉扃一表於道路（集作通路）亦峴首漢川之義也庶芳聲之不
泯（集有馬字）文集二十卷或得之於時之文士或得之於公之
宗族編緝斷簡以行于（集作於）代云其銘曰
嵩嶽降神是生輔臣蓬萊謫真斯爲逸人晋有七賢唐稱
八仙應彼星象惟公一焉晦以麴糵暢于（集作於）文篇萬象
奔走乎筆端萬慮泯滅乎罇前卧必酒甕行惟酒船吟風
詠月席地幕天但貴其適所以適（集作但貴乎適其所適）不知夫所
以然而然至今尚疑醉在千日寧審乎壽終百年謝家山
今公之墓異代詩流同此路舊墳卑痺風雨侵新宅爽塏

松栢林故鄉萬里且無嗣二女從民永於此荷歟琢石爲
二碑一臨幽壤（集作一藏幽隧）一臨岐岸深谷高變化時一存一
毀名不虧

銀青光禄大夫太子少保安定皇甫公墓誌

白居易

公姓皇甫諱鏞字鍁卿始封祖微子也周克殷封于宋九
世至載公載公之子曰皇父因字命族爲皇父氏至于（集無于字）
秦徙茂陵改父爲甫及漢遷安定朝那其後爲朝那人
五代祖珍義貲建二州刺史曾祖文房高陵令祖隣幾贈
汝州刺史考愉累贈尚書左僕射太子太保妣洛陽賈氏
贈姑臧郡太夫人公由進士出身補夏陽主簿試左武衛

兵曹兗宣歙觀察推官轉大理評事詔徵授監察御史改秘書郎殿中侍御史內供奉始賜朱紱銀印充鳳翔節度判官營田副使旋又徵還直拜殿中改比部員外郎河南令都官郎中河南少尹歷太子左右庶子並分司東都俄又徵拜國子祭酒未幾謝疾改太子賓客轉秘書監分司又就拜檢校左散騎常侍兼太子賓客轉秘書監分司始加命服正三品又遷太子少保分司封安定縣開國男食邑三百戶始立家廟享三世公先娶傳陵崔氏後娶范陽盧氏二夫人皆有淑德先公而歿有二子曰璥曰珧一女適太原王譔以開成元年七月十日寢疾薨於東都宣教里第享年七十七皇帝廢朝一日是歲十月三日用大塋

之禮歸全于（集作於）河陰縣廣武原從太保府君先塋以盧夫人合祔焉公自將仕郎累階至銀青光祿大夫自武騎尉累勳至上柱國自布衣而佩服金紫自旅食而廟享祖考封爵被乎身褒贈及乎先官品蔭乎後大其門肥其家儒者之榮無闕焉皆求已稽古之力自致耳公爲人器宇甚弘衣冠甚偉寡言正色人望而敬之至於宴遊觴詠之間則其貌溫然如春其心油然如雲也初元和中公始因郎官分司東洛由是得伊嵩趣懷吏隱心故前後歷宮八九九二十有五年優游洛中無西（集作洒）笑意忘懷（集作來）窮達與道始終澹然不動其心以至于考終命聞者景（集無景字）泰之謂爲達人當憲宗朝公之仲弟居相位操利權也從而附離者有之公獨超然雖貴介之勢不能及仲之失寵得罪也而緣坐者有之公獨皦然雖骨肉之親不能累識者心伏號爲備人公好學善屬文尤工五言七言詩有集十八卷又著性箴（集作言）十四（集作四十）篇居易辱與公遊迨二紀矣自左右庶子歷賓客訖于少保傅皆同官東朝公務東周在寮友間聞知最熟故得以實錄誌之而銘曰

賢哉少保令問令儀金璧其操鸞鳳其姿德如斯壽如斯位如斯嗚呼人爵天爵實兼有之廣武之原大河之湄龜告筮從吉土良時封于茲銘（集作[illegible]）于茲嗚呼少保之墓百代可知

銀青光祿大夫秘書監曲江縣開國伯贈禮部尚書范陽張公墓誌　前人

公諱仲方字靖之其先范陽人也（集無也字）晉司空茂先之後永嘉南遷始徙居于韶之曲江縣後嗣因家焉唐朝贈太常卿諱弘愈公之曾祖也嶺南節度使廣州刺史殿中監諱九皐公之王父也贈尚書右僕射諱杭（集作抗）公之皇考也贈潁州郡太夫人陳氏公之皇妣也都昌令仲端以下四人公之兄也監察御史仲孚以下二人公之弟也傅陵郡夫人崔氏公之夫人也右清道率府胄曹景宣進士茂玄明經智周公之子也監察御史裹行揚瀚校書郎陸賓虞公之婿也公即僕射府君第五子貞元中進士舉及第博學選登科初補集賢殿校書郎丁內憂從除復補正字

選授咸陽縣尉鄜坊節度使辟爲判官奏授監察御史裏行俄而徵拜歷殿中轉侍御史倉部員外郎金州刺史度支郎中駁宰相謚議出爲遂州司馬移復州司士(集作馬)俄拜(集作遷)刺史遷(集作改)曹州刺史河南少尹鄭州刺史入爲諫議大夫福建觀察使兼御史中丞徵還爲太子賓客再爲左散騎常侍京兆尹華州刺史兼御史大夫祕書監勳賜(集作至)上柱國階兼銀青光禄大夫封至曲江縣開國伯食邑七百户開成二年四月某日薨于上郡(集作都)新里昌第詔贈禮部尚書以某年八月某日歸葬于河南府某縣某鄉某原祔僕射府君之封域焉公幼好學長善屬文俯取科第如拾地芥著文集三十卷藏於家纂制詔一百卷

行於代尤工五言章句詩家流稱之嘗撰先僕射府君神道碑及丞相文獻始興公廟碑由文得理秉筆者許之文獻始興公九齡卽公之伯祖開元中以儒學詩賦獨步一時及輔弼明皇帝號爲賢相餘慶濟美宜在於公公濟其業襲其文而不嗣其位惜哉矧公爲人温良冲淡恬然有君子德立朝直清貞諒肅然有正人風在官寬重易簡緯然有長吏體爲子弟孝敬爲伯父慈和與朋友信寵辱不驚其心喜温不形於色入仕三(集作四)十載歷官二十五享年七十二才如是禄如是壽如是宜哉居易與公少同官老同遊交心(集作結交)慕德久而彌篤故景宣等以論譔先德見託爲文式序且銘勒于墓石銘曰

有(集作在)唐張氏世爲儒宗文獻旣没鬱生我公我公渢渢學奥詞椎緣情體物有文獻風慶襲于家道積厥躬駿足逸翮天驥冥鴻始自筮仕訖(集作迄)于達官六剌藩部再珥貂蟬大諫選重尹京才難賓于望苑寵在蓬山凡所踐歷皆有可觀終然允臧巳矣歸全嗚呼洛郊北阡邙阜西原佳城一閉陵谷推遷所不泯者令名藹然

自撰墓誌　前人

先生姓白名居易字樂天其先太原人也秦將武安君起之後高祖諱志善尚衣奉御曾祖諱温檢校都官郎中王父諱鍠侍御史河南府鞏縣令先大夫諱季庚(集作庚)朝奉大夫襄州别駕大理少卿累贈刑部尚書右僕射先太夫

人陳氏贈潁川郡太夫人妻楊氏弘農郡君兄幼文皇浮梁縣主簿弟行簡皇尚書膳部郎中一女適監察御史談弘謩三姪長曰味道廬州巢縣丞次曰景回淄州司兵參軍次曰晦之舉進士樂天無子以姪孫阿新爲之後樂天幼好學長工文累登進士拔萃制策三科始自校書郎終以少傅致仕前後歷官二十任食禄四十年外以儒行脩其身中以釋教治其心旁以山水風月歌詩琴酒樂其志前後著文集七十卷合三千七百三十首傳於家又著事類集要三十部合一千一百三十門時人目爲白氏六帖行於世凡平生所慕所感所長所得所經所遇(集作過)所通一事一物巳上布在文集中間卷盡可知也故不備書大

曆六年正月二十日生於鄭州新鄭縣東郭宅以會昌六
年月日終於東都履道里私第春秋七十有五以其年月
日葬于華州下邽縣臨津里北原祔侍御史僕射二先塋
也啓手足之夕語其妻與姪曰吾之幸也壽過一作登七十
官至二品有名於世無恙於人褒優之禮宜自貶損我殁
當斂以衣一襲送以車一乘無用鹵簿葬無以血食祭無
請太常謚無建神道碑但於墓前立一石刻吾醉吟先生
傳一本可矣語訖命筆自銘其墓云銘曰
樂天樂天生天地中七十有五年其生也浮雲然其死也
委蛻然來何因去何緣吾性不動吾形屢遷已焉已焉吾
安往而不可又何足厭戀乎其間

文苑英華卷第九百四十五

文苑英華卷第九百四十六

職官八附京官

自撰墓誌銘

牧自牧之曾祖某河西隴右節度使祖祐司徒平章事岐
國公贈太師考從郁駕部員外郎累贈禮部尚書牧進士
及第制策登科弘文館校書郎試武衛兵曹參軍江西團
練巡官轉監察御史裏行御史淮南節度掌書記拜真監

察御史以弟病棄集作去官授宣州團練判官殿中侍御史
内供奉遷左補闕史館脩撰轉膳部比部員外皆兼史職
出守黄池睦三州遷司勳員外郎史館脩撰轉吏部員外
郎以弟病乞守湖州入拜考功郎中知制誥周歲拜中書
舍人牧平生好讀書爲文亦不出人曹公曰吾讀兵書戰
策多矣孫武深矣因注其書十三篇可集作乃曰上窮天時
下極人事無以加矣後當有知之者去歲七月十日在吳
興夢人告曰爾當作小行郎復問其次曰禮部考功爲小
行也禮部集無此二字言其終由集作典耳今歲九月十九日歸
夜微集無此字困亥初就枕寢得被勢久酣而不夢有人郎告
曰爾改名畢十月二日奴順來言炊將熟甑裂予曰皆不

祥也十一月十日憂書片紙皎　皎白駒在彼空谷旁有人曰空谷非也過隙也予生於角昴畢於角爲第八宮曰病厄宮亦曰八殺宮土星在焉火星繼木星工楊曦曰木在張於角爲第十一福德宮木爲福德大君子救於其旁無虞也予曰自湖守不周歲遷舍人木還福於角足矣土火還死於角宜哉復自視其形視流而疾鼻折山根年五十斯壽矣某月某日終于安仁里妻河東裴氏朗州刺史偃之女先歿若干將卒長男曰曹師年十六次曰祝柅年十二別生二男曰蘭曰興一女曰貞皆以某月日塟于少陵司馬村先塋銘曰

後魏太尉顯封安平公及予九世皆塟少陵嗟爾小子亦克厥終安于爾宮

秘書少監史館脩撰馬墓誌　李翺

公諱某字蘆符宣州刺史玄慶集作度之曾孫著作郎贈少府監恬之子公九歲貫涉經史魯山令元德秀行高一時公往師焉魯山令奇之號公爲馬孺子爲之著神聰贊由是名聞中書令郭公子儀奏爲懷州參軍充四鎮伊西庭節度巡官從事河陽三城河東三二集作是府累轉試大府丞因得太原府倉黜陟使裴伯言謂公堪爲諫官薦之於朝并殿中御史充昭義軍節度參謀召爲太子左贊善大夫遷主客員外郎使於集作于海東復命授興元少尹入爲將作少監改國子司業遷祕書少監又加史館脩撰元和十三年十一月己酉寢疾卒公博覽多藝弈碁居第三品家貧未嘗問生業袛以纂録自樂爲事撰歷代紀録類史鳳池録纂寶折桂録新羅紀行將相別傳及所集無所字爲文總四百八十八卷年登八十官貳祕書職領太史雖不極於富貴亦儒者之難及也夫人頴川陳氏贈頴川郡君先公終三十年餘矣有子七人曰文則由進士補錢塘尉第二第四子文範並早卒曰文同曰文約讀書著文有名於進士塲曰文輿曰溪郎皆恭守家法女五人其存者三人未笄文同等奉公之喪以明年二月祔塟于偃師從先塋謂翺嘗從於史氏之列來請爲誌

倉部栢郎中墓誌銘　羅衮

近代科學之家有栢氏倉部府君諱宗回字幾聖祖士良忠州司馬父暠毛詩博士贈國子司業君踵父學開元禮咸通中考官第之尚書落之不勝壓屈因罷取家蔭出身選爲州縣官歷數任從軍幕爲判官皆有聞相國文昭公甚重之授著作郎于蜀行朝上即位數年承亥正之後將脩太廟時見饗九廟十二室而實七代議者以爲天子七廟六經無九廟文又欲以穆宗宣宗爲二廟僖宗爲一廟出敬宗文宗武宗爲別廟文武百官參議不能定或薦君於相國徐君遂擢授太常博士及進議請脩奉九廟十四室於是援引經籍研校今古發出九廟九代之議追祔代宗德宗二廟穆宗宣宗通爲一廟以僖宗添爲一室敬宗

文武德懿宗爲一廟親不可出其推次代室分崟昭穆爲哲然矣又下百官赴尚書省參詳咸以爲允奏請行之天子嘉奬敬依其議然其徵援乃尚書正文而不用鄭玄之說其法制乃殷周遠事而不取漢魏已下故時人多疑之遂與數家爭論雖未行其議而亟加寵秩始遷虞部員外郎賜緋魚袋歲中轉虞部郎中明年遷倉部郎中加朝散大夫年六十一以光化二年二月二日卒官京師某月日歸葬先人之塋于郊州夫人清河張氏子廷徽開元禮登科廷鸞尚幼君撰王公家廟錄五卷奏議論難宗廟之書萬有餘言銘曰

幾聖之道子實親之幾聖之言子固聞之宗廟之事一何

專奇（一作乎非）討摘奧冥不由於師乃鄙鄭玄乃悅湯伊今世之人安得不疑賜服㷀㷀省行憂征兀覩哀（一作影褒）華雖死不瞑親見夫子其勢不行夫子既沒庶幾乎明苟如斯言遺恨可平尚或有知時觀吾銘

四門助教尹先生墓誌銘　張元

先生諱守貞（一作真）天水冀人蓋好學博古者也本乎官族爾爲尹氏昔有尹佚司周太史旣乃吉甫勤於宣王格言大勳布在詩傳遠祖綜魏僕射曾祖欣隋開府大父珍唐棣州蒲臺令父文唐通州三岡令先生積德餘慶天錫純嘏愿而克恭情與理合七歲誦爾（集作三）雅能通書契訓詁（集作詁）之義識草木禽獸之名十五誦三禮明乎君臣父子之道定郊廟吉凶之制二十誦春秋尚書能精五行九疇之別（集作數）斷褒貶會盟之節二十五誦詩書及易能辯政教雅頌之始極變化生生之至又能誦古史百家之書文章草隸之則恥夫流俗背實嚮聲飾華褰末故每外和內厲元元本本學者如斯不舍晝夜垂拱四年以明經高第遂授大成自延載之後條限賓薦長安之初大開貢舉考功是歲千五百餘人召先生課覈淑慝特稱無滯矣天子聞其進通經術乃下制曰成均大成尹守貞業隆時習功宣日新（集作就）旣有厲於分陰俾參榮於杖席可四門助教詵詵青襟有所仰矣長安二年六月十日晝寢忽夢麟臺兩局爭召脩行文覺而嘆曰十二日稷吾當往矣因命親

族序訣至日安枕俟期俄然而卒春秋四十可謂古之達化知命者嗚呼天與之德而不永其年天與之才而不大其位何乎粤七月十七日塟于高陽原先君子之舊塋銘曰

尹氏之子其殆庶幾爲仁由己三月不違譙成德柄學也身基辟雍洋洋可以療饑環林之下可以棲遲我實道貴人言位微脩文地下前哲同歸子之知命將殁先期朝衣東首精魂高飛人之云亡胡不悽而高陽之原有匪（集作悱）其側郭門直視松栢一色丘壠累累阡陌誰識浮焉休焉我心惻惻（集作爲我心則）

房正字墓銘　梁肅

河南房君諱凜字敬叔若唐長安令思晦之孫殷城令齊

金之子相國贈太尉清河公琯之族子也興元元年十月終于監官縣之族（集作旅）淚旋窆于楚州寶應之某原孟子云雖有鎡基不如逢（集作待）時楊椎亦稱李仲元不詘其志不累其身時無仲尼惡乎聞若敬叔以五常爲師六學爲友行年五十八而動不一合艱屯羇危沒於道路噫孟軻楊雲（集作雄）其知言者歟（集作如）敬叔十歲好學十五年能屬文二十餘值陸渾爲戎遯于東南劉僕射以賢良薦授秘書省正字常黃門崔中書繼持國柄方待以儒者之職屬二相甍免其他時政（集作當路）君又不能附離乃卷道退歸每言五經之首其道大備而去聖窮遠義類繁滋慱而寡要學者罕究乃撮其異同各（集作名）以彙聚凡三百餘篇草藁

未就遘疾（集作厲）而殁冉耕廢疾申公胥靡世道下衰仁人隨之然歟通人趙郡李遐叔常云我思古之人房行古之道房哉房哉（集本此下又有哀哉哀哉四字）嗣子某泣序遺烈請予爲誌文曰儒爲德本德實教源不有達學孰纂群言恂恂房君行直而溫一匡六藝獨立巔門宜登師席啓迪蒙昏今也則亡來者何云荊棘滋茂芝蘭燒焚命（集作今）不可問于嗟房君

祕書省校書郎獨孤君墓誌（集作碣）　柳宗元

嗚呼有唐仁人獨孤君子（集無子字）之墓祔於其父太子舍人諱助之基之後自其祖贈太子少保諱問俗而上其墓皆在覇水左今王后（集作父）營陵於其側故异世在此嗚呼獨孤君之道和而純其用端而明內之爲孝外之爲仁默而智言而信其窮也不憂其樂也不淫讀書推孔子之道必求諸其中其爲文深而厚尤慕古雅善賦頌其要咸至（集作歸）于道昔孔子之世有顏回者能得于孔子後之仰其望者（集作賢）辟之如日月而莫有議者焉嗚呼獨君之明且仁而（集作如）遭孔子是有兩顏氏也今之世有知其然者乎知之者其信於天下乎使夫人也夭而不嗣世之惑者猶曰尚有天道嘻乎甚耶君諱申叔字子重年二十二舉進士又二年用博學宏詞爲校書郎又三年居父喪未練而沒蓋元十八年四月五日也其（集作是）年七月七（集作十）日而葬鄉曰某鄉原曰某原嗚呼君短命行道之日未久故其道

信於其交而未信於天下今記其知君者于墓諱泰安平南陽人李行諶元固其躬行敏中明趙郡贊皇人柳宗元河東解人崔廣畧清河人諱愈退之昌黎人王涯廣津大原人呂溫和叔東平人崔群敦詩清河人劉禹錫夢得中山人李景儉致用隴西人嚴休復玄錫馮翊人常詞致用京兆牲陵人

太子校書李元賓墓誌銘　韓愈

李觀字元賓其先隴西人也（文粹集作本並無也字）始來自江之東（二本有貢大學之祿五字）年二十四舉進士三年登上第又舉博學宏詞得太子校書又一年二十九客死于（石本作于）京師既斂之（無之）三日其友人博陵崔弘禮買地以瘞之于（六字集作賣馬瘞于文粹）

之于（上作埜）國東門之外七里鄉曰鹿義鄉原曰嵩原昌黎韓愈其友人也（集作友人昌黎韓愈）書石以誌之其銘（集作辭）曰

已乎元賓壽也者吾不知其所恭夭也者吾不知其所惡生而不淑孰爲（石本謂作）其（石本作之）壽死而不朽孰爲其大已乎元賓文高乎當世行過（石本作出）乎古人已乎元賓（集無此四字）竟（郡伯溫次子博字公濟續父書號聞見後録謂實本作意爲妙方崧卿亦正信之大抵前輩文字多自改於刻石之後而實本真贋尚未可知况邵氏父子所録差誤非一端不可盡信以理觀之竟亦勝意）何爲哉竟何爲哉

文苑英華卷第九百四十六

文苑英華卷第九百四十七　誌十三

職官九

周大將軍襄城公鄭偉墓誌銘　唐信

公諱偉字子直（上闕）陽開封人也周宣母弟就封于鄭河洛之地即有氏人（上闕）鄶之君非無郡邑其後蛇鬬於門龜

於鼎鼐侵負黍（上闕）滅陽城其祀忽諸以國爲氏祖徹撫軍（周書北史並作祖思明直閤將軍）贈濟州刺史父先護驃騎大將軍儀同三司襄城郡公青州刺史永安中洛城晝掩黃河凌合翟泉盟會之地蒼烏忽飛武庫兵欄之中鱗魚遂上三帥北𢇛五馬南浮梁武（上闕）大造中原樹君伊洛公之憑軾棧車言歸舊壤起爲通直散騎侍郎天厭魏德政在強臣公耻入亂階乃於陳留起義太祖封函谷而待諸侯坐鄴宮而朝群后感懷是接（上闕）卷西飛大統三年入朝蒙授武陽縣開國伯食邑六百户尋除龍驤將軍北徐州刺史開河橋之陳解玉璧之圍張旟（作旂）於富平被練於伊闕探虎穴而揮戈上魚門而縣冑故以秉名司勳功高含爵魏將侯

景很顧荊河天子命我偏師赴接重餌虎口中途背盟事
獲交綏公之力也除中軍將軍散騎常侍大都督襄城
郡公食邑二千户仍除使持節車騎大將軍儀同三司餘
如故遷驃騎大將軍開府加侍郎常伯位重霍去病之登
朝上將官尊公孫敖之出塞以今方昔異代同榮魏後二
年授大將軍事江陵防主都督十五州諸軍事吴兵教士
艫舳習流島嶼憑陵波瀾衝激公斃臨江界已悉南越之
兵裁沉樓船即善昆彌之戰遂得安歌澧浦弭節涔陽留
魯侯而宴章臺對齊人而畋雲夢周保定元年授使持節
都督宜州諸軍事宜州刺史天和六年授都督華州刺史
餘如故崤函重嶮汧渭分流陽陵之盜既奔華陰之學還

聚而消渴連年本有相如之患至于大漸遂如范增之疾
桐君對藥分關神明李杜侍醫更無方便以天和六年四
月十七日薨年五十七詔贈本官加少傅都督司豫洛相
冀五州諸軍事司州刺史謚曰肅公禮也天子輟朝彌深
大臣之議群公會葬咸符同盟之禮夫人李氏頓丘貴姓
卿相之門賢才之室霜露先侵策封郟次以其年十一月
六日合葬于咸陽之長安縣某原合葬非古既異三王之
前死則同穴還同六載之始雖復銜珠雨鶴同歸紫蓋之
松出匣雙龍共沒延平之水嗚呼哀哉乃薦銘曰國有巖
邑朝多君子武以莊公于王卿士溫麥盟枋田廢祀騄
乘停輿來朝識[illegible]惟祖惟考既侯既公掌機周密出納清

通治煩政簡處亂心雄濟河遺惠（德一作）海岱餘風世濟其
美載誕其器忠無不爲孝則不匱幽冀紛梗關河鼎沸自
北自南聲聞梁魏揚旌汝潁威震三川擁旄江漢席卷樓
船成皋塵起廣武烽燃麇興鹿箭鴈落驚弦總衛蘭錡申
威河外山類鼓樓樹如車蓋都護兩道將軍獨拜梧桐茂
苑楊柳倡家千金回雪百日流霞凋零倏忽悽愴榮華河
陽古樹金谷殘花隴昏雲暝山深路晚風氣總高松聲即
遠疇昔親友懽愉交結不爲平生應爲此別

周驃騎大將軍開府侯莫陳道生墓誌銘　前人

君諱道生字某朔州武川人也本系陰山出自國族降及
于魏在秦作劉父火興武川鎮將山河抗拒關塞彼邊早

檀威聲咸多椎烈君子讀書馬上清談劍端獨運六奇專
精三畧雖復身居末將而勇冠旌門位在支軍而謀參幕
府魏正光五年任統軍顯天柱爾朱榮征北海王永安三
年隨太師賀拔勝入關尋轉別將滑源卷甲關城束馬並
皆尅捷君有力馬永熙三年補都督太祖文皇帝奄有關
河令行天下以君幹畧委之爪牙名洽中涓功參上造兵
臨河曲前登白馬之津冠發蒲城先戰黃沙之苑臨晉横
船既禽趙將（韓信臨晉陳船虜魏王豹其擒趙將自楚拔幟事在豹後未詳）馬陵削樹
復下齊兵班瑞司勳熙拔圖疏爵授驃騎大將軍金紫光祿
大夫鄠縣開國公食邑五百戶儼之爲驃騎正駕單軍張
堪之拜光祿長乘白馬以斯比類朝野榮之大統九年更

姓侯莫陳氏隨大將軍拓跋遠經始陽二水長闘三川無
市擐甲搆病死於轅門春秋五十一贈持節都督朔州刺
史君在武川文皇帝同鄉里霸功既立王業克成不忘捨
講循論償傳令嗣德惟新功臣追遠東都馬鳴不無見日
之歎北陵車過終憶平生之言有詔更贈使持節驃騎大
將軍開府儀同三司都督宜敷絳三州諸軍事敷州刺史
諡某公禮也夫人拓跋氏安邑郡夫人庭有鍾鼓家承箴
誡教容教德言告以歸天和五年六月薨即以其年十月
同塋于京兆某縣洪源鄉武子成寢請西階而合塋平縣
下嫁即廬山衛青與平陽主合塋起家象廬山而共墳銘曰凝陰遠寂廣
漠平寒沙窮瀚海地盡皋蘭塞鳴秋去胡桑夏乾風土壯

氣山河凜然師一作兵旅上谷威稚武川君則繼踵代不乏
賢匪有忠斂庭流孝泉魏冝多故餘風未殄天保讓德當
塗廢典上將指蹤中消力展洛城夜捷河梁朝剪鐵斂金
龜榮追玉鉉身冑漢祚門承魏緒並擅華宗俱稱當路伉
儷云匹年齡並故趙瑟秦聲同為丘墓小陵石槨洪原卿
墓匆靈兩引池柳雙前隊路仍合松城即連霜隨柳白月
逐墳圓芝蘭幾代陵谷何年

周車騎大將軍贈小司空宇文顯墓誌銘

公諱顯周書北史並作顯和字某上黨武鄉人也自大霧浮河長虹
映渚承源於若一作弱水纂系於蒼林上黨居諸之西常山
在趙之北因地為氏可畧而言焉祖求南衛將軍冀州刺
史父金殿征南將軍定州刺史並控鶴兵俱張戎樂聲榮
之盛繼踵當年公禀山嶽之靈擅風雲之氣容止矜莊聲
名籍甚彎弧挽強左右馳射故得名高上谷威振樓煩襲
爵安吉縣侯食邑五百戶永興三年幽并叛換有無君之
心帝顧謂公曰天下洶洶將君之何公曰擇善而從之乃
誦詩云彼美人兮西方之人兮帝曰是吾心也乃定入關
之策以公毋老家大令預計公曰今日之事忠孝不並君
不容則失臣臣不容則失身帝愴然改容曰卿是我王陵
遷朱衣直閤閣内大都督改封長廣縣公邑一千五百戶
武帝初至潼關太祖親迎溱水太祖素知公名而未之識
也目於衆疑而不問直云令此人射水傍小鳥應手即著

太祖喜云我知卿名周書北史並作工矣即用為帳内都督滄州
諸軍事滄州刺史增邑并前二千五百戶黃公衛之央王
魏后是以推心藩承明之忠壯吳王為之降禮異代同榮
見之今日東夏邊隅地連荒服井陘寒道飛狐路斷乃以
公為使持節衛將軍都督東夏州諸軍事東夏州刺史白
波青犢之兵銅馬金繩之亂莫不交臂屈膝牽羊抱馬在
州遘疾解任還朝小馬留廐餘狀掛社吏人攀戀刊石陘
山雖非漢陽之城還似扶風之路授使持節車騎大將軍
儀同三司加散騎常侍以魏後元年疾甚亡于同州春秋
五十七天子輟樂群公會喪太祖親臨弔祭哀慟左右于
時兵革交侵普斷贈謚即以本官印綬權塋于同州之北

山今建德二年二月二十三日遷葬於咸陽長安縣之洪瀆原時逢禮樂之遷代屬謳歌之變國雖異政人足追榮乃贈使持節驃騎大將軍開府儀同三司小司空册延綏三州諸軍事延州刺史謚某公禮也夫人高氏渤海人也柔條晉政拒曹爽之異謀起在漢庭共王陵而俱對況乎箴訓有儀言容以德肅恭中興賢才內則豈直不聽雜樂以變齊國之風不食鮮禽以斷荆王之獵昔之命葬季武子之兩寢今之同穴長平侯之北陵世子神舉兄弟至性純孝善居喪禮有終有始於身無改是以宦成名立孝顯忠存銘曰

北岳二名恕河兩本其峻惟極其源惟遠俗禀山川人資

台衮義烈桓桓才雄烟烟乃祖乃父繼踵威雄拔金北陸鳴玉南宮隱若吳漢賢哉竇融負霜依德無雷向風挺此含章生茲秉德孝實天性忠爲人則暢轂鑣膺燕南趙北若一作弱水將通九部疑作九都可勒帷幄參謀宮闈典職善擇忠言能防變色縶弱已勁淇園乃直戟中小支禽穿左翼建旟赤谷揮戈武州長城萬里河水雙流潁川多恙淮水未瘳義重穿璧恩深置郵于谷之口于渭之丘陽山零落碑闕低昂草銜秋火樹抱春霜書劍俱没人琴並亡哀哀嗣子純心靡託孝水未枯悲松先落室進巢鷰門通弔鶴功臣身殞會圖麒閣

周大將軍琅瑘壯公司馬裔墓誌　前人

公諱裔字遵胤河內溫人也南正司天北正司地是謂西河之官即嗣重黎之政卬之歸楚與章邯而並封豫之避秦共毛公而俱去祖龍北史仝龍仍居選部水鏡三臺父悅再牧荆河威風千里而身遭禍機遂爲季布所哭獲存遺嗣實賴程嬰之忠國家追念功臣更撫叔敖之子言思官族還求女齊之胤公始應辟爲河內功曹除員外郎常侍汲郡治兵黃河浮馬雄疑作推鋒軹關之捷逐北長城之陳授平東將軍北徐州刺史郴泉風塵三城席卷棠陰鋒鏑千室入關遷車騎大將軍儀同三司開國龍門縣伯仍除巴州刺史雖復巴水三廻夷歌數曲徒逢白竹之弩已濟青衣之功朝廷以漢之功臣須開上將之府晉之代胄宜紹

瑯瑘之國遷驃騎大將軍開府改封瑯瑘公食邑一千五百户宫闈近密寔俟忠貞詔爲大御伯仍除大御正職司常伯任惣夔龍王道既平絲言惟允尋除始州刺史都督始州諸軍事蠻夷持險很頟鴟張高山尋雲深谷無景九地縱横三門起伏峰危馬束水險橋飛遂得谷靜山空氷消霧散仍爲信州刺史都督信州諸軍事精兵守於白帝足懼巴丘之城船柂下於荆州彌動西陵之戍即授使持節大將軍都督西寧州諸軍事西陵州刺史將啓北户之人向通雲南之國闈寵若驚奄從深夜天和六年正月十八日亡春秋六十五詔贈本官加懷邵汾晉泗州刺史謚壯周書北史並作定公禮也以建德元年七月十三日葬于武功

之郡三疇原公愛敬純深有隱無犯忠貞亮直知無不爲
在戎四十二年身經六十九戰至於多竈唱籌並得成功
飛汝擁石未嘗乖律恂恂教義吳起西河之風閑閑鼓旗
李牧長平之政身死之日家無餘財山（一作出）木所資一由
詔葬有始有卒生榮死哀銘曰
祝融是命重黎克舉公族乃建天官即（一作代）序避世於秦承
家於楚金行失馭玉鏡淪輝我之烈祖識變乘機黃旗東
没青盖西飛落星置道長州出園及我皇父荆河弁撫世
屬喪亂身沉猾堅嗟我遺嗣崎嶇趙武寒覆鳥翼饑吞獸
乳獲歸河内更襲郷邪年方小馬怨結長蛇藏兵九地置
劍千家雪山埋馬氷河陷車既乃班政超然榮守朱鷺頻

飛金龜轉紐築塞長榆營軍高栁玉案推食河橋勸酒石
門氷釋金堤電散盧水門關茅津成（一作茂）覩馭風逸翮脩
途始半建武功臣先悲吳漢沉寥摇落潸拂浸微金城路
斷郡塢人稀風松盖雲白水山衣賢已星殞人没蘭表哀

周大將軍懷德公吳明徹墓誌　前人

公諱明徹字通昭（一作紹）兖州（陳書作南州）秦郡人也西都列國
長以王功被山河東京貴臣大司馬名高西漢豈直西河
有守智足抗秦建平有城威能動晉而已也祖尚南譙太
守父標（南史作樹）右軍將軍抗拒淮沂平夷濟漆代爲名將見
於斯矣公志氣縱横風情倜儻圯橋取履早見兵書竹林
逢猨偏知劔術故得勇爵登朝材官人選起家東宫直後

除左軍葛瞻始嗣兵戈仍遭蜀滅陸機綜論功業即值吳
亡公　梁末爲達也自梁受終齊卿得政禮樂征伐咸
歸舜後是以威加四海德教諸侯蕭索煙雲光華日月公
以明略佐時椎圖贊務鱗翼更張風飇遂遠冠軍侯之用
兵未必師古武安君之養士能得人心擬於其倫公之謂
矣爲左衛將軍尋遷鎮軍冊陽尹北軍中候物政六師河
南京尹冠冕百郡文武是寄公無愧焉蕭湘之役憑陵島
嶼風船火艦周瑜有赤壁之兵盖舳艪艫魏齊有横江之
戰仍爲平南將軍開府儀同三司都督湘衡桂武四州刺
史遂得左廣廻槁轔車反暢長沙楚鐵更入兵欄洞浦藏
犀還輸甲庫雖復戎歌屢凱軍幕猶張淮南望廷尉之囚

合淝稱將軍之冤莫不失穴驚巢沉水陷火爲使持節侍
中司空車騎大將軍都督南北兖青譙五州諸軍事南兖
州刺史南平郡開國分食邑入千户鼓吹一部中台在玄
武之宫上將列文昌之宿高蟬臨鬢吟鷲陪軒平陽之邑
萬家臨菑之馬千駟坐則玉案推食行則中分麾下生平
君此功業是焉既而金精氣壯師出有名石鼓聲高兵交
可遠故得艫舳所臨盖于淮泗旌旗所襲奄有龜蒙魏將
巳奔猶書馬陵之樹齊師其遁空望平陰之鳥俄而南仲
出車方叔涖止暢轂文茵鉤膺鞗革遂以天道在此南風
不競昔者裨將失律衞將軍於是待罪中軍爭濟荀桓子
於焉受戮心之憂矣故（疑作胡）以事君宣政元年屆於東都

之亭有詔釋其鸞鑣躅其舋社始弘就館之禮即受登壇之策拜持節大將軍懷德郡開國公邑二千户歸平津之館時聞櫪馬之嘶舍廣城之傳裁見諸侯之客廉頗眷戀寧聞更用之期李廣盤桓無復前驅之望霸陵醉尉侵辱可知東陵故侯生平已矣大象二年七月二十八日氣疾增暴奄然賓館春秋七（陳書本傳作六）十七即以其年八月十九日寄瘞于京兆萬年之縣東郊詔贈某官謚某禮也江東八千子弟從項籍而不歸海島五百軍人爲田横而俱死焉嗚呼哀哉毛脩之埋於塞表流落不存陸平原敗於河橋死生慙恨亙公孫之柩方且未期歸連尹之尸竟知何日遊魂羈旅足傷温序之心玄夜思歸終有蘇昭之夢遂

使廣平之里永滯冤魂汝南之亭長聞夜哭嗚呼哀哉乃爲銘曰九河宅土三江貢職彼美中邦君之封殖負才矜智乘危恃力浮磬戢鱗孤桐垂翼五兵早竭一鼓前衰移營藏竈空幕禽飛羊皮詎贖畫馬何追苟璧永去隨會無歸存没俄頃光陰愴悽岳裂中台星空上將眷言妻子悠然亭障冤或可招魂何可望壯志沉淪椎圖埋没西隴足抵黄塵碎骨何處池臺誰家風月墳隧羈遠營魂流寓霸岸無封平陵不樹壯士之壟將軍之墓何代何年還成武庫

周大將軍上開府廣饒公鄭常墓誌銘（墓誌作鄭常而九百十九卷神道碑作宇文常蓋其役賜也）　前人

公諱常字某滎陽人也周宣王之弟初封其國鄭穆之孫始成其姓祖思慶建威將軍山陽太守考項儀同三司豫州刺史南陽坐嘯值此邦君西河建隼逢斯刺舉公侯繼踵冠冕連鑣可得而言傳於史籍公髫齔知禮早年馳譽就經黌舍畧見書堂習武兵欄偏知劍術雖復年猶小學已爲儒者所稱位在偏裨即入將軍之賞大統三年起義華陽授本縣開國男文皇帝霸迹初基英雄輻輳公援劍轅門潁川從我洛城逆戰壯於白馬之兵河橋解圍勇於烏林之策授平東將軍帥都督襲父封魏後二年授持節車騎大將軍儀同三司車騎用郭淮之勳儀同取王沉之貴公之此授僉曰得人進爵廣饒縣公邑千户保定三年

授使持節都督遷州諸軍事遷州（九百十九卷宇文常神道碑作羅州刺史今常墓誌作遷州按隋地理志西魏時於竹山縣置羅州宇文後周於房陵郡置遷州至隋并號房州）刺史即總領金州兵馬開拓北戎高山尋雲深谷無景梯繩乃上浮竹裁通闔越影嚮勾吳聲勢公出戰短兵並皆奔北瓦解氷碎山空谷靜授持節開府儀同大將軍栢梁高宴有大將軍之詩幕府初開有平陵侯之國比之今日豈可同年而語哉自是使車被之繡服風謡是察刑政是觀公露節東驅風奔群盜埋輪當路威振中原武皇帝有盟津之師以公爲中權之勁外從決勝内侍軍謀及文軌既同旂旌已偃司勳行賞軍吏舉功乃授使持節上開府增邑五百户賜姓宇文與國同乘之榮周之宗盟非復異姓之後

蕃屏是寄隆寵所歸公室無跡此之謂矣九州都督須得其才千里諸侯實侯共政乃爲使持節都督東徐州諸軍事徐州刺史尋遷南兖州諸軍事南兖州刺史公頻牧六條再勞十部俗變風移人懷吏畏滯穗遺秉有利疲人山桑野蠶足充貢賦化被殊俗威行隣境奏事京師四方第一謂貞刺史其在斯乎春秋未高奄然遘疾以大象元年薨于州鎮時年六十三嗚呼哀哉吏人攀慕飛走變色河濟輟舂淮沂罷市以今年歸葬于滎陽之山詔贈某官禮也嗟陵谷之貿遷懼徽猷之未遠地久天長敢鐫貞石銘曰

荆河惟豫洛食之本水遶滎波山斜陸渾德星猶照祥風

未遠代不乏賢又無闕衰公之生也實降英靈忠爲德本孝禀天經觀書虎館學劍龍亭雕弓偃月行馬流星置陣黎陽麾兵官渡平陰聽烏馬陵書樹氣視迴津星占飛步火斷羌營汾崩賊路及驅犀節乃牧雄州吏不驚犬人無喘牛西蠶得歲東作逢秋草爛欲户星低市樓五將星亡三台岳折哀哉天道遂當明哲棟梁崩壞風雲寂滅北郭長悲東都永別幽深此地宅兆斯憑山廻虎圈路上魚陵悲風夜烈苦露晨凝蘭芬菊茂終古相成

文苑英華卷第九百四十七

文苑英華卷第九百四十八　誌十四

職官十

周大將軍聞嘉公郲遐墓誌　庾信

君諱遐周書作遐字子昇河東解縣人也秦始征晉之地漢開平越之鄉律中夷則星居鶉首兕復莊謀於衞既爲社稷之臣喜對於齊無廢諸侯之職祖叔珍宋員外散騎常侍義陽内使有徐邈之應對居於散騎之省有汲黯之正直

理於淮陽之郡父季遠臨川王諮議參軍宜都太守蘭臺石室是所洽聞白馬飛狐逾高詞氣西都吴英一作融擅名江表言談相會宛如舊焉君膺令德之靈禀中天之氣齠齓髫髮夙智早成愛敬自天虔恭得性含仁抱義履信居貞世父儀同忠惠公特加器異乃謂公曰吾昔逮事伯父太尉公見語云我昨夢汝登一高樓樓盡峻麗吾以坐席乞汝汝或富貴恨吾不及見耳吾向聊復晝寢又夢將昔時坐席還復賜汝汝位當復見及王祥佩刀世爲卿族鮑永驄馬家傳司隸以此連類差無慙德輕車西昌侯作藩襄漢君時年十二以民禮脩謁進止端詳神情雅正侯目送之不輟試道左右踐君衣裾欲視舉動君徐步稍前

曾無顧眄魏侯之見劉廙不覺歛容漢主之觀田鳳遂令
題柱比之今日曾何足云驃騎廬江（周書作陵）王帝子出藩懸
衡高選以君華望召爲主簿張坦直諫既稱荀令之香鄒
湛知言彌見羊公之德諮議府君於都薨背君奔赴六日
即至京師形骸毀瘠不復可識靈柩沂江中川薄晩亂流
乘選廻風反帆舟中之人相視失色抱棺號慟誓不求生
俄爾之間風波即靜咸以君精誠所致成都孝子自赴江
流桂陽先賢身彰野火並存靈柩咸可傷嗟太夫人乳間
發瘡醫云惟得人吮癰血或望可差君方寸已亂應聲即
吮旬日之間遂得痊復君子事親可謂至矣從兄右衛擁
旌嶺表若（疑作苦）相携致昔馬遊志氣爲馬援所知班嗣才

學爲班彪見賞復聞於今日矣乃除永化縣令靜尋歌棠
或吟長岑之遠乍撫鳴琴不以河陽爲陋日南金柱合浦
珠泉莫肯（一作曾莫）經懷未嘗留目觧巾平西郡陵王法曹參
軍仍轉尚書工部侍郎始入禮闈既登蘭閣尚書僕射陳
郡謝舉人望國華引君言論謂同位坐曰江漢英靈見於
此矣西中郎岳陽王以緑車之重臨西河之牧敕用君爲
本州治中尋遷別駕王叔理以品物流名陳仲舉以題軒
馳譽君之展驥兼而有之及乎大盜移國王室騷然月動
星揺雲平虹直岳陽王承制硤左當璧漢南天綱所頓英
賢必集授君散騎侍郎吏部員外郎散騎常侍兼太子侍
講監儲甲觀事重中入冊侍講莊宮名高張禹俄遷車騎大

將軍侍中開府儀同三司餘　如故方之縣乘霍去病爲侍
中譬彼將兵公孫敖爲驃騎足以照曜六府謨明九德豈
直允諧上將匡贊中軍而已哉既而言從梁國服政鄀都
管仲有詞即受下卿之禮臧孫見德還奉嘉賓之宴有詔
授使持節驃騎大將軍開府儀同三司霍州諸軍事霍州
刺史犀節去關袞衣馳傳迎郊則文學前驅賓衛則邦君
負弩直以五溪遼遠馬伏波之思歸三湘卑濕賈長沙之
不願是以宜城刺史直會鹿門白沙故地仍留龍種天屬
弗戒奄然終極天和某年歸窆於襄陽白沙之舊塋君器
宇詳正風鑒弘敏澡身浴德游藝依仁汝南令望扶風長
者不言財利王夷甫之爲德不談人物阮嗣宗之爲人從

容亂離之機保此令德舒卷風雲之際無妨貴仕張衡渾
儀之後即賦歸田杜預沉碑已來遂停鄉里王仲宣有讀
書之樓諸葛亮有彈琴之宅實欲因此謝病閑居終焉鳴
琴在膝或對故人寶劍自隨時遇稚子百年俄頃嗚呼哀
哉遂使君子之陵止埋銅劍賢臣之墓唯銘石函銘曰
有莊有惠居魯居衛義是隨時才堪濟世北部尚書東京
司隷必復其始侯君相繼華盖一岳文昌一星青衿辯志
童子離經義勗非典書勒映螢往年靈柩漂泊江淹以君
哀慟川后停波揚名北海馳譽西河誰登九折不入朝歌
蔚炳胥變攀陪遂　遠白塵隨軒冊暈附冕位參上將榮兼
本選蛇盤綬結龜　廻印轉來朝平樂歸政咸陽蕃維即啓

軍幕仍張起茲禮數峻此戎章長離宛宛刑羽陵江世急奔流年催鶩隼歲沒頹巒扶桑摧軫智士石折賢人星殞西鄂芝枯南陽菊盡愴焉稽首疑作手生榮終極相杵輟春鳴機罷織哭哭孺子視陰餘息霜露履之哀哉欒棘龍巢北望鳳闕前觀松長風遠地厚泉寒書埋簡落琴覆絃寬贈行之冊書而納棺

故周大將軍義興公蕭公墓銘　前人

昔司徒之敷五教當堯讓之初丞相之揔萬機值秦亡之後若殷人受氏乃承微子之封梁運膺圖實啓延陵之國公諱太周書南史並作泰周太祖諱改作太字世怡蘭陵人也太祖文皇帝之孫鄱陽忠烈王之子派別天潢支分若木直幹自高

澄源已遠茂親明德是稱毛畢之功宗子維城乃建邢茅之國大同元年年十六封豊城縣開國食邑五百户山臨鶴塞非無陶侃之賓氣連斗牛即有張華之劍解褐給事中仍太子洗馬公子出身非郎官而同品中朝洗馬異式道而前驅以丘疑居之誠爲高選大同元年入直殿省其年轉太子中書舍人周書作太子中舍人南史止作中書舍人疑並歷二官南宮宿衛職司簡錡北闕從班榮參顧問通籍兩宮得賢斯在大同三年授持節仁威將軍譙州刺史褰帷祥氣之境刺舉消憂之地南陽風俗文學更多美稷相迎童兒逾遠既而亂離瘼矣王室騷然大夫有行役之悲君子有無期之怨背關懷楚扁舟而行江漢秦丁當璧之君張華歸中興之主

承聖元年拜侍中無雙對問實踵武於丁鴻多識舊章足齊衡於王粲二年除持節平西將軍臨川内史仍轉平南將軍桂陽内史尚方鑄劔玉符轉金龜御史分符雙封銅虎豈直鄧攸清白見稱五鼓之歌劉寵廉能名爲一錢之郡遂以天保未定王途多梗還迷吳不可歸蜀無路臨淄負海驟然改途竄身清漳壅趨渤海蒙授車騎大將軍散騎常侍仍爲持節都督永州刺史又而秦亭壓境郱析聞城鼓角地鳴將軍天落雖復瓶缶聽聲無防於地道冠繩柴疑結不却於雲梯請命受降翻歸都護周朝以楚材晉用不停於平草趙璧秦求無論於嵩駟遠以保定五年降使持節驃騎大將軍開府儀同三司義興郡開國公食邑一千三百

户天和二年授使持節都督蔡州諸軍事蔡州刺史楚頃襄之愛子既布衣而戍谷魏安釐之母弟亦羇旅於邯鄲憂既傷人降年不永春秋五十有一薨於蔡州之鎭送故入關空餘衮服歸軒在道還更垂帷嗚呼哀哉有詔贈官周書作贈本官加并洛衣三州刺史謚禮也五年十一月葬於長安北原攜里子之墳正臨武庫太史公之墓直對阜門銘曰

玄鳥遠烈相土宏謨東封宋社西歙秦圖人承佐漢國紹開吳有美令德茂親藩邸建國皇支承家帝弟率由冥會亮直天啓輗固聞詩層都習禮傅望之遠金華之宮文林講德武帳參戎名書柱上策蒲帷中託身淄右莅政淮東秦降西逼楚澤南窮時驚獵火或懼秋風爲期遠畧逢茲

應變陣攅十里兵圍一面月暈孤城塵驚虛擾春箭非糧秋蒿無箭垂翅卧虎夷矜鍛戰時值懷來恩加始賞王爵愈峻戎章更上朱鷺才飛虞歌即響泣予留恨藏書長往炎涼迭運（一作送）零落山丘霜芬幕月松氣陵秋嗟南國之王子成東陵之故侯

周故大將軍趙公墓銘　前人

公諱廣字乾歸邵惠公之元孫幽孝公之長子若木拂日長虵委天龍圖幕河之光神鼎連雲之氣六辯掛字五運徵祥是以維嶽降神自天生德疑脂點漆日角珠庭爲子則名高五都爲臣則光照千里華盖中天之峰未階其峻虞淵浴日之水不盡其源歲在堈車年方竹馬月中桂樹切問能訓石上木生懸恩即悟年十一孝公薨煢煢在疚孺慕過禮梟鸞孝水竹動寒林三行克宣八翼斯舉大周建國宗子維城設壇封人分司典命開國天水郡公食邑二千户元年授使持節驃騎大將軍開府儀同三司其年四月授都督秦州刺史李公父牧汧隴遺愛在人今見撫我君之子豈獨司隷之臺餉宜累葉丞相之府常賢重代二年拜大將軍方衛青之張幕冊重元勳譬韓信之登壇策高獨拜武成元年遷都督與梁等十九州諸軍事梁州刺史嶓冢導漾乃瀁漢之東流蔡蒙旅平實華陽之西極其年九月改封蔡國公食邑萬户地接韓城關鄰楚郢户封八縣恩深寇恂之功邑隣萬家事極曹參之賞保定元

年授少司寇衎户皆生圖關籥動載酒爲軍幸無究氣觀因軍府或聽鳴琴二年轉（一作物）守蒲城都督潼關等六防諸軍事其年閏月遷都督秦渭等十二州諸軍事秦州刺史公亟牧冀城頻藩隴坻豪桀歛手貪殘觧印加以上谷（一作國）精兵漁陽喿鼓北臨高柳南望長榆匈奴下馬之山貴相藏酒之谷莫不遠慕威聲遥承風化二年奉詔向并州迎皇后有文書手仲子之歸紀裂繻來卿爲君逆自非名高絶國威被和隣豈得稱族而行尊君之命四年授柱國大將軍昭陽以功高見用項梁以名將當官以今方之彼有慙德天和三年授都督陜虞等八州并防諸軍事陜州刺史岳產垂棘既有㓕虢之兵王官羈馬非無絶秦之路公以正正鼓旗閑閑車軌服叛威邊筭無遺策但以中外乂勞積斯災疾山川則並走群望賓客則諸侯在門是以請謁承明言歸湯沐方詢旻郊之祀或辯桑林之祟更除秦州刺史仍襲父爵幽國公分流之嶺未登晩塞之城空望大夫人以公羸瘠悲泣相守胃氣交衝奄捐館舍公頓伏苦寢水漿不入雖王人勸奪瘠鉅愈增毋死於子子死於親慈孝之道一朝惣集大漸之辰春秋二十有九四關罷市三軍行哭言尋聽訟猶見寒棠還顧空營唯餘衰栁諡贈某官禮也六年六月歸葬於秦州之某原玄甲塔路追於（一作於）驃騎之功龍旂贈行深悼東平之遠公亮直惟忠溫恭惟孝居之仁義飾以禮樂風神機警聰敏精明

有仍於宫牆無形於嘉愠金版玉策之記枕籍志疲蘭葉芝花之圖膏映必舉碣石秋雲昭陽落月思風含聽言泉流吻翩翩書記則阮瑀陳琳荏荏風流則王蒙謝朓語其百發弓絶於猿吟論其百中劍深於鴈陣枚乘之望梁苑不憚棄官樂毅之求燕路無辭千里至如應變將略雷電立成帷帳謀猷孫吳閒合有品藻人理之志有清平天下之心鵬路忽摧龍津遂蹇嗚呼哀哉大宰早茂三荆長辭萬始撫養遺孤連枝同氣馬援之誠兄子義存謹飭王兕之事世叔情深愛敬同德此義此之謂乎乃爲銘曰

御乾從紀秉離作聖白環讓德玄珪受命平一地紐增輝天鏡傍麽數國前臨七政地屬先塋（一作平陰）時逢下武玉璜

撥亂金縢光輔刊晋承家邢茅祚土波分建木泒流玄瀧景命寅亮徽猷淵塞忠有令圖孝爲全德山節藻政桓珪守國瀚海將臨燕山行勒平樂高宴金華說（一作經）論儒壁水親禮明庭相風待賦承露須銘乘舟向日策馬隨星德舉克明能賢允淑上將授脤元戎推轂趙失東漁胡亡南牧箭下遼城泥封函谷衮衣頻露卅檐丞卷約法情推繁辭理遣盜烏懸察疑蛇立辯人共官園家同野蘭籍雲推轉風落仍星裂中台山傾左鎮夏楹含爵殷階啓殯縿幕蹤行明旂庭引秦川直望隴水分飛山河蒲目容衛靈歸陵圖石馬車畫衮衣小山摇落長林變衰隻喻原隰荒涼宅兆樹客人稀山多路小十里松城千年華表夜臺方寂

窮泉無曉

唐故邢國公李密墓誌銘　魏徵

觀夫天造草昧之初有聖經綸之始原鹿逐而猶走瞻烏飛而未定必有異人閒出命世挺生負問（一作扛）鼎之雄圖鬱拔山之壯氣控御英傑鞭撻區寓志逸風飈勢傾海岳或一九請封函谷或八千以割鴻溝夏殷資以興亡楚漢由其輕重懋功隳乎既立奇策敗於垂成仰龍門以摧鱗望天池而墜翼求之前載豈代有其人者哉公諱密字玄邃隴西成紀人自種德降祉弘道垂風導碧海之長瀾疎閬峰之遥構家傳餘慶明哲繼軌諭文德則弼諧舜禹語武功則經綸秦漢其餘令望且公且侯垂翠綾拖鳴玉者

蓋亦耆舊未得盡傳良史莫能詳載矣曾祖弼周太師八柱國衛公祖曜周太保魏公父寬隋上柱國大將軍凉州總管蒲山郡公並匡周之美呂望愧其嘉謀平吳之功杜預慙其遠略公渥洼龍種丹穴鳳鶵降列象之玄精禀成形之秀氣雲生五色一日千里起家左親衛府東宫千牛備身趨馳武帳暉映廊廡出入龍樓光生道路隋文帝精華已竭義不斷恩始開凌長之源將致覆宗之禍公見機而作謝病言歸優游經史晦明藏用風塵靡雜賓友簡通交必一時之俊談必覇王之畧尚書令景武公楊素崖岸峻峙天資宏亮壁立千仞直上萬尋嗣關西之孔子追陜東之姬旦深謀遠鑒獨步當時公年甫弱冠時人未許景

武一見風神穪其傑出乃命諸子從而友焉並結以始終之期申以死生之分暨有隋二世肆虐黔首三象霧塞五岳塵飛妖災所臻匪唯血落星隕怨讟所動寧止石言鬼哭轍迹遍于天下徭戍窮于海外宄寇塞宇宙白骨蔽原野墳壟發掘城郭丘墟萬里蕭條人煙斷絶公與楚公叶契共極橫流未息溟海之波幾及昆岡之火亡自道中竄身草澤奮臂大呼群雄嚮起豹變梁楚鳳翔鞏洛據敖庾而塞轘轅登太行而臨白馬九服諸侯四方豪傑或跨州連郡或穪帝圖王合從締交爭亡秦族者莫不驅茲青犢背彼黑山擊長轂以雷奔望高旗而電集不期而會者以百千數遂大開幕府肇啓霸（一作雄）圖敷七德以宣威掩八

紘而取俊鱗羽畢萃草澤無遺於是發人文以化之播仁義以乘之應時機以鼓之總群策以决之九野風馳六合雷駭彈壓趙燕振驚江漢世充甚昆陽之敗煬帝同望夷之禍化及師殲於黎陽建德稽顙於河朔七國之地四爲我有五都之所三在域中胡騎千群長戰百萬飲馬則河洛可竭作氣則嵩華自飛近無不懷遠無不肅聲溢寰宇威懾華夷屬人神之主以天下爲己任荒裔佇來蘇之望遺離（疑作黎）有息肩之所雖寔下民伊賴然非上帝所臨壯志展於人謀椎圖啓於天命始先鳴於大樹終垂翅於群孽乃眷西顧舉茲東夏載驅周道來謁承明帝曰念功降茲休命上柱國邢國公拜光禄卿公雖威未振主自爲謀

盖當世舊部先附多出其右故吏後來或居其上懷漁陽之憤憤耻從吳耿後列同淮陰之怏怏羞與絳灌爲伍負其智勇頗不自安俄屬元帥秦王經營瀍洛亦親承祕策率卒先行既出雞鳴之關方次休牛之塞詔命施號更盡嘉謀公想雲夢之僞遊慮青衣之詐反心辭魏闕之下志在江湖之上慕范蠡之高蹈追赤松之遠遊熊耳峰危羊腸徑險降吳不可歸蜀無路短兵既接脩途已窮陰陵失道詎展拔山之力騅馬不逝徒切虞兮之歌臨陣喪元時年三十有七故吏上柱國黎陽總管曹國公徐世勣等表請收葬有詔許焉體質貞明機神警悟五行一覽半面十年雅善書劔尤精文史輕字一夫之勇學萬人之敵至于

三令五申之法七縱七擒之功出天入地之奇拔幟擁沙之策莫不動如神化應變無窮負縱横之才遇風雲之會望紫氣以驤首凌扶搖而振翮竄不召之衆問獨夫之罪從我如流三分將二遂有囊括四海之志併吞六合之心既而神器有歸朝宗天闕率以從義之旅爲勤王之師更名（作望）重自疑功高是懼將遠遊以逃難艱途窮而及禍惜乎高鳥未盡良弓遽折敵國猶梗謀臣已喪天子過細柳以興嗟聞鼓鼙而軫慮雅重事人之節方申詔葬之禮粤以武德二年某月日葬於黎陽山西南五里之平原禮也故吏徐世勣等或同嬰世網共涉難艱感意氣於一言託風雲於千載所恨並發唐代不列元凱之功俱爲漢臣獨

滽山河之誓是以慟深欒布悲其向雄歷陵谷之推移勒斯銘於泉户庶使神遊楚國無慙項羽之臣魂往齊都不愧田横之冢乃爲銘曰

如馬唐臣猶龍周史弘道百世邁德千祀帶地深(一作長)源極天峻峙玉種逾(一作俞)潤蘭芳不已成形騰氣成象降精餘慶鍾美惟公挺生少表奇智早擅英聲符采發越志略縱横隋道方衰始開凌長覩茲兆亂緬然長想閉關晦跡招弓莫往盤桓利居不嬰世網運居道消時逢改卜朱旗爰止素靈巳哭野戰群龍馳走原鹿競窺周鼎爭亡秦族時遭蠖屈運偶鳳翔劬勞百戰經營四方振蕩六合牢籠八荒始聞楚霸終基漢皇群雄並起莫恢王度聖人既作皇

天乃顧爰自東夏言遵西路來擬竇融寵逾英布爵窮五等位登九棘帷幄參謀高衢騁力海運方遠圖南未極縱壑摧鱗摩天墜翼熊耳失路新安殞身長男喪楚少女留秦驚魂靡託反葬何因列樹松檟唯餘故人

文苑英華卷第九百四十八

文苑英華卷第九百四十九　誌十五

職官十一

葛郎將威德墓誌一首　臧羽林墓誌一首
劉驃騎海賓墓誌一首　梁冠軍慎初墓誌一首
闞金吾用之墓誌一首　馬將軍實墓誌一首

贈郎將葛君墓誌　張說

公諱威德字某曰(集無此字)葛氏本梁國寧陵人也因遷徙今居京兆涇陽縣父寶未仕早世公室無陶白之資朝無金張之援不承過庭之訓不漸鼓篋之術而能奮飛喬木獨拔深濟富忠孝而由巳善射馭而聞天早以武藝妙選供奉每扈遊別館侍蹕禁林何嘗不左發五豝傍連雙兎歲

久拜元城府左果毅都尉尋加上柱國入陪内仗恩馬期才出典外軍握兵之要所謂白珪(集作桂非)特達青雲自致者也其用未展其生有涯神功二年某月日終於東都私第殯於北邙山之原夫人太原郡太夫人郭氏從夫有禮以子而貴開元八年十一月薨於京師之脩真里有子福順克家用孝開國推(集作惟)忠泣風樹之無追痛榮祿之不逮哀戚之情上感飾終之澤下流窀穸有期祖奠將設有詔贈右驍騎(集作衛)郎將開元九年二月七日合葬於長安縣龍首鄉禮也鬱鬱宰樹蒼蒼墓田恐佳城之見日秘銘石於重泉詞曰

都尉武達夫人禮封令德高行譽偶榮(集作名)雙自古迄今

仁賢同盡唯傳忠者（集作孝）餘慶不泯

羽林大將軍臧公墓誌銘　李邕

夫纏兵者寓內所苦用武者朔漠所懸粵若董戎三軍司帥萬里未易爲也是以累戰必勝所謂興國每守必固所謂扞邊英雄歟忠公歟不然曷以分命山河書勳竹帛者也公諱某字某莒人也其先周公之祚徹自僖伯哀伯正詞魯史太傅太守理迹漢朝克揚厥休不泯千代所從來遠矣公即隋銀青光祿大夫海州揔管上柱國東海公府君之曾孫皇朝請大夫靈州長史上柱國襲東海公寵府君之孫皇朝散大夫原州司馬贈銀州刺史上柱國德府君之子少而習書長而事武特禀間氣雅伏（一作特）大名暗

合孫吳自比管樂移家共用乃出孝首公用仁只以子人崇義足以開物弱冠應穿葉附枝舉擢第授長上再遷果毅都尉三除郎將加銀青光祿大夫莅歷單于安北靈勝洮鄯安東七州都督護擁旄疊安河源莫門朔方朔州平虜六軍經畧節度營田大使三入羽林大將軍加冠軍大將軍上蔡縣開國公至若設奇兵勦勍敵智出人境事暢天聲經之三邊倏忽四紀舉無遺策動有成功雖李牧十年武侯五月罔足以議及乎此禁旅直嚴更遏周墻之禍明增鐵障之安國又何加焉自頃卧疾時扶力強飯嘗以匈奴未滅家國所讎長吟朔風太息秋序嗚呼陵谷者地之險有時而遷日月者天之光有時而異况於人乎風瘵

彌留以開元十七年八月二十二日薨于平康里之私第時春秋六十有八親友揮淚朝廷歎息逝川歸海長城復隳悲夫以明年七月卜地於白鹿原禮也嗣子定遠將軍前左驍衛翊府左郎將燕檢校左監門衛中郎將上柱國敬廉次子中大夫前安北都尉上柱國希莊三子前左金吾衛中侯賜紫金魚袋上柱國公四子前左司禦率府長史賜紫金魚袋內供奉上柱國奉忠五子前殿中省進馬上柱國敬沘等並棘風茹荼殲露泣栢號天自毒負土空完用紀石銘將符竹簡自承訪舊遠託馳誠事梗槩於豐碑情辛勤於絕筆其詞曰

周公錫徹魯國因名矢魚興諫納呂飛聲家傳禮樂代有

賢英才子間出武功特與提兵北壘救敗西鄙保界七州彌曠四紀無堅不陷無強不却三邊風清萬里雲廓謀慮縱橫威名昭灼物莫能人運何以長邊也不幸人之云亡風沙未息松柏已行哀衣孝思冥冥泉壤高山或遷其詞爰（疑作爰）仰庚石銘之可以託或萬里之無爽

驃騎大將軍劉公墓銘　穆員

公諱海賓彭城人也祖滔皇朝散大夫徐州別駕父玄銀青光祿大夫澤州刺史公以義俠聞于汧隴之間洎天下兵興以身許國累功百戰全生萬死歷官十七政至于開府儀同三司御史中丞榮平郡王食實封五千户充涇原節度兵馬使建中初逆將劉文喜竊涇州叛皇上以神武

肅毅齊一四海欲使亂臣賊子作誡于涇六月興戎群帥
奔命前事之日公挈長子光國度文喜將叛而不支也始
以奏請造于帝庭敷露姦慝陳獻忠款期以父子爲其膏
肓上撫而還之嗚呼天地啓公之謀果有雷電之誅假于
光國之手梟磔文喜獻其元于蠻夷之邸城池師旅與功
全爲天子御正殿朝百辟引公父子同日封拜公拜驃騎
大將軍左驍衛大將軍依前兼御史中丞又賜實封一百
五十户封光國五原郡王是時軒陛之下龍驤虎賁之士
相賀且勸不旬時而名布天下宿衛中禁爲王爪牙後二
年長安有朱泚之亂公與故大尉段秀實約曰公爲曹沫
我爲荆卿期以一劒而復大駕故公先機而發有害其成

段公與公是日并命君子謂二公之死千古如生（一作萬古如今）
時建中四年十月十日享年六十有二明年鑾輅還宮於
公有未及下車之詔追贈太子太保又賜實封五百户所
以賵襚之品禮極數殫而宸褒群望猶未之塞先是淮夷
叛命光國東征厥後王事龜筮差池未叶蓋不遑五月同
盟之會者七年于兹矣貞元七（一作六）年六月四日夫人鴈
門郡太夫人田氏壽若于棄養于東都安國光國銜恤卜
兆得北邙山之南原西遠國門三十許里乃以日月有時
之事請于居守吏部尚書杜公公列狀以聞而飾終之典
如初禮十月乙卯太保公之喪至自京師十月己巳啓太
夫人之殯壬申遷而合祔馬夫人承夫以禮訓子以義享
其豐報鍾慶於身然而太保有命代之勳寵位未半光國
有日躋之孝色養遽遣各從其策不極其分悲夫光國以
太子詹事兼御史中丞襲樂平郡王充東都防禦左廂兵
馬次子某試太常卿清國太子通事舍人潤國未仕皆大
夫之特也光禄繼忠襲貴終以哀報願奉不朽銘之墓門
其詞曰
赫赫太保自天降忠見危致命有終有始佐戎于涇涇帥
不龔父心子手震踣元兇皇家中否大盜遘逆偉哉段公
與我同德將殲妖彗載清宸極天之方稔運奪其力悠悠
青史異代悽惻抑抑夫人率禮無違夫忠子孝寵禄由之
九原何許雙劒同歸鼓吹晨發霜清風咽生榮死哀加等

備物于嗟後人無忘忠烈

冠軍大將軍檢校左衛將軍開國男安定梁公墓誌銘

公姓梁氏諱愼初字智周其先安定烏氏人高祖曰（集無此字）
宜春郡公諱某當隋末喪亂豪傑並興（集作王）其宗人師都
雄據朔方自號梁王置百官以宜春爲宗正有唐貞觀初
梁亡梁（集無此字）宜春首謀率其黨來降拜金紫光禄大夫右
金吾大將軍衛贈宗（集作梁）州牧梁州生左千牛衛（集無此字）諱
叔裕千牛生太子司議郎諱穆之議郎生頓丘令名犯肅
宗廟諱頓丘生公少孤家貧落魄不得就經學既冠有勇
力以弧矢爲事性嚴簡直方不苟合於時博物（集無此字）涉史

書一（集無一字）覽歷代成就山川地形攻守奇正之術已而天寶末函夏寇亂西平王哥舒翰之守潼關也公上書論兵勢且勸深壁不戰以挫賊鋒西平畏之命居戲（集作越）下表授左武衛冑曹四遷至左衛郎將時賊臣當國而與幕府不協公曰難將至矣遂間行而南無何西平潰敗公嘗善祁（二唐書作岐）國公魯炅炅方守襄鄧乃徙從之表遷右羽林中郎將屢以果銳（一作敢）爲軍前鋒而搴旗陷堅者四五數奏岐下帝甚嘉之錄前後功超拜左衛軍加號冠軍封鵲觚縣開國公既拜命而告人曰徒以蠢爾村力遭亂乘勢以獲爵位傳曰無德而祿殃也吾懼及焉遂移疾請告解印綬退耕于野春秋若干以寶應二年秋八月寢疾于河

內薨于（五字集作終于河間）私館沒顧命胤子賁曰始愛夫太行山之陽將營而老焉又常懼蹈白刃不獲墓墳今幸以天年終宜從吾志薄葬于此縱汝不忍爲玄晏故事當斂以時服有棺而無槨可也是歲卜筮不吉至大曆九年冬十二月賁始奉先公之裳帷以安宅（宅字集作窆）焉夫陳力就列之謂忠見幾不仕之謂智名遂身退之謂達全而歸之之謂孝夫如是宜刻（一作刊）貞石遺（集作告）于後嗣是吾宗也實能言之銘曰

肅肅鵲觚敬義直方屢柔屢後剛出處行藏與時弛張弧矢之利以從王事乃行其志以焯厥位帝命將軍受茲蒲璧脩華金靴乃蔚乃赫人鮮克終爲守謙沖（集作公獨守沖）繒繳不及冥冥高鳴于嗟鵲觚生也有涯令聞無窮

右金吾衛將軍閻公墓誌銘　獨孤及

公諱用之遠祖曰文周昭王瑕之後（集作昭）也昭（集無此字）生而手有文曰閻康王奇之命封閻城王主（二字集作文是）四十五代孫蒲仕後魏太祖爲諸曹大夫自馬邑家河南其裔孫慶在隋爲少司空慶生毗毗生立本立德唐永徽中立本爲中書令立德爲工部尚書立德生玄邃以司空尚書之餘裕也官至澤州刺史邃生巨源嘗宰射洪有仁政射洪人詠歌之射洪第二子也溫毅遜直廉恪寬信讀論語老子周易被服其教初仕彭州叅軍嘗攝督郵一日糾按本州嘗謬不法數十事大守徐知人以爲材後有詔擇舍人以

公魁偉爽悟（集作晤）有醞籍乃登其選會戎師（集無此字）侵我天子方愛人息戰將以辭讓屈之詔公使西戎（集作域）以王命喻禍福戎人頓首請罪介馬不汗戈鋋不用而虜軍却還右衛郎將知引駕伏金吾將軍李質上殿不解佩刀公呵下殿陛請按以法左右皆振（集作震）悚自是環衛加肅先是有司以三衛執扇登殿引蹕公奏曰三衛皆趫悍有材力不當升階陛邇御座請以官者代上曰可遂爲故事天寶三年冊拜公長女爲皇子義王玭（唐書作玼）妃加公左驍衛將軍遷義（集作榮）王傅初玄宗懲諸侯王之國任事或（集或率）多驕蹇不奉法度而受其害故開元之後皇子皇孫雖荷封建之命未嘗離阿保之手悉無出宮闕（集作閤）任卿大夫者

公以爲王居深宮則傳相職廢上疏陳古義謁諸侯王（四字集作請諸侯王）申輔導之禮議雖廢格上以爲忠公以（集無此字）巳自首位爲將軍諸侯傅太夫人尚無恙以銀印赤紱侍朝夕膳色難無違時人榮之太夫人捐館舍禮五十不毀公泣血三年（集作死孝）既免喪天子復因以宮端事（五字集作目以端士）俾傳壽王加朝散大夫上在（集作幸）温泉經時未還宮京師人望屬車咸惟（集作懷）怨思公獻四十言二（四字集作四言詩十二章）諷諫優詔褒歎後遷左金吾將軍天寶十五載二京覆没公爲虜所獲明年戎陳（集作師）奔然後以初秋（集作服）歸主（主字集作至德）後二年十二月終于京師春秋五十九夫人雍州司倉參軍博陵崔脊言之女專靜中懿慈惠而明用從（集作德）禮以佐

君子有古風烈亦天終其仁不遠其筭年若干月日没於私第殁六載而公薨俱權厝（集作窆）火陵原有四子定彙（二字集止作信寧世系表止作定）宋宰宣以家之不造然改（二字集作世）故之無定（集作寧）歲也銜恤茹血不克襄事者九載廣德中宋以監察御史領高陵令明年辭縣職始卜筮（集作塋）於故原吉乃歲在丙午十一月日遷兆合祔焉嗚呼惟音形事業悉知（集作知）化徃獨陳迹可知（二字集與）丘墓存焉非金石則無以示久遠故表而銘之孝子之志也其辭曰

郁郁金吾洵美且静（集作温）事君之忠賢（集作資）於愛敬（集作親）以德資身其祉宜繁彼美輔佐儀刑閨門禮樂是恱孝慈是敦百歲之後令（集作合）德九原獨以令範（集作軌）垂諸後昆

輔國大將軍兼左驍衛將軍御史中丞馬公墓誌銘

歐陽詹

墓有誌誌有銘誌記也銘名也名之記墓廣高岸爲谷幽懷或呈情當掩者有所歸認斯馬公之墓也公諱實（集作寔）字某其先扶風人生於幽州高祖某某官祖某某官父某某官若干子皆以雄謀果斷稱公則第三人長八尺有羡鵰姿鶚靈霜嚴壁峻樂而後笑時而後言孝悌忠信分義節槩覩容可見好史學歷代英豪得失皆覈其有不正不直辦論慷慨若加諸己明陰符善司馬法起家爲范陽軍要籍本軍疑政畫多自出遷千夫長萬夫長三軍兵馬使莫州近邊戎數爲害本軍元帥請統鎮之戎遠逃遁莫人

大乂拜御史中丞莫州刺史俄蘇州之患如莫州移鎮（集無此字）薊州薊人繼康攝州刺史貞元初本軍之事有大者合議於天子自宮内二千石已下擇賢能以公當其選天子異其議奇其詞決所議荅於本軍而留近侍拜左驍衛將軍宿衛十一年長松在林利錐處囊森踈頴脫鋒幹獨見天子儲而將用未有所當貞元十四年寢疾其年七月十一日終于京師常樂里之私第出身從事若干年署職蒞官若干政春秋五十一當時俊傑懷材抱器者無不驚呼歎息嗚呼騏驥有騰千騁萬之足伏乎櫪于將有劘犀截象之銛閉乎匣將用不用一朝變化爲骨燕市入泉延平爲知人之痛惜公其此歟夫人鴈門田氏鴈門郡王某之

女哭泣之墓痛而終集作中 禮子六人男五人一人先公卒
四人在曰緩曰縝曰某曰某緩年三十八縝年十六集作五
其餘幼稚不言可知女二人一人先公卒一人在四歲皆
集作此字 至性攀號感動飛走以某年十一月一日葬于京兆
府萬年縣洪固鄉延信里司馬村之少陵原禮也其承眷
長沙歐陽某執紼及墓就誌而銘曰
骨肉歸土賢愚共門英英馬公亦封此原大節大誠一作成
平生所志貞心壯氣松孤壁峙掄擇雖致材成則未岑崟
蒼翠俄摧忽墜脩短無涯傷如之何

文苑英華卷第九百四十九

文苑英華卷第九百五十　誌十六

職官十二 此下五卷英華所編失作者先後今正文

楊常州德裔墓誌一首　杜袁州墓誌一首
李懷州沖寂墓誌一首　馮潘州衡墓誌一首
陸岐州伯玉墓誌一首

常州刺史楊公集作伯父東平楊公墓誌銘　楊炯

楊氏之先其來尚矣在皇爲皇軒在帝爲帝嚳在王爲武
王集作周武 在鄷爲晉文此之謂不朽西京爲丞相東漢爲司
徒魏室爲九卿晉朝爲八座此之謂代禄公諱德裔字德
裔弘農華陰人也即常州刺史華山公之元孫左衛將軍
武安公之長子生而岐嶷代不乏賢事親以孝聞在鄉黨

恂恂如也始以父集作父字文 任爲太子左千牛備身轉秀容
華亭福昌雒四縣令制集作詔 封東平公策勳上柱國是時
也天子仄席求賢勵精爲化以公臨小縣焉用牛刀處
治中別駕之任方展其驥足耳擢拜潁州幽州二司馬寬
以濟猛嚴而不殘每行縣録囚徙其所平反者十八九制
集作詔 徵尚書郎御史中丞謇謇諒集作亮 直有王臣之節尋
以公事去官復拜饒州括州越州都督府三州長史在會
稽引陂水溉田數千頃人獲其利于今稱之焉遷棣曹恒
常四州刺史歷政清白爲當時所重於是覽先賢之言知
止足之分罷歸初服告老私庭乃率群從子第營别業於
宜城集無此字 神鄉之望仙里其制宅也宗廟爲先廄庫爲次

居室爲後喟然而言曰古人所謂歌於斯哭於斯聚國族
於斯者吾知之矣維文明元年夏四月某日薨於正寢春
秋八十有五嗚呼哀哉公簡貴不交流俗非禮不動非禮
不行望之儼然聽其言也厲博觀史籍不學書生尋章摘
句而已至於臺閣舊事法令科條莫不成誦在心若指諸
掌最（集作九）爲六（集無此字）尚書郎二年御史中丞蒲歲宰人者
四縣上佐及專城者九州盛德形容被於歌詠門生故吏
遍於天下永淳二年輿駕幸東都召公見於金城頻訪以
得失公採摭（集作博采）群言悉心以對高宗嗟嘆者良久賜几
杖粟帛鄉里榮之一子令珍早亡朝夕溫清者四女公慨
然有喪明之痛因不豫彌（集作遂）留遺命以弟之子神毅爲

後越垂拱元年春二月某日與夫人隴西李氏合葬於（集作于）
其原禮也遠近會葬千餘人操筆而爲誄者以百數嗚
呼哀哉其（其字集作乃爲）銘曰
巖巖華山峻極于天上侵（集作寖）神氣下固窮泉夫惟積德
生我大賢（其一）滔滔河水中國之紀派別九都經營萬里夫
惟積潤生我君子（其二）惟栁（疑作忻按誌文爲秀容令卽忻州忻治）之城惟華
之亭宜陽之地盃部之星公爲其宰不殞其名（其三）汝陰之
國蘄門之北陂水朝黃燕雲夜黑公爲其佐日宣其德（其四）
入踐郎官含香握蘭來居白室直繩明筆潘子一除士師
三黜（其五）邑號鄱陽山名括蒼東南之美吳會（集作會稽）之鄉展
其驥足直（集作實）賴王拱（其六）四州之大是稱都會千里之榮

卽分麾蓋言旋舊國保茲耆艾（其七）生爲貴臣死（集作殁）爲貴
神陰堂是夜古木非春鄒攸無子天道何親（其八）

杜袁州墓誌銘　　前人

公諱某字某京兆杜陵人也高辛之撫教萬人（一作方）堯帝
之平章百姓傳稱聖人之後易曰積善之家在夏爲御龍
在周爲唐杜三王已降百代可知車服出於南陽衣冠集
（集作襲）於京兆曾祖榮華（集作業）後衛秦州別駕祖良字文朝
復州長史父舉唐易州司兵叅軍州事端發道掾史安貞
厚於天爵薄於人位闕里之庭學夫詩禮太丘之門執其
羔鴈公孝慈而敬威莊而安狎貫義方周覽典籍服其服
則文之以君子之容遂其辭則實之以君子之德起於（集作

家）左翊衛選授貝州府倉叅軍事出自中禁在於（集作于）外
臺謹其蓋藏實其倉庾尋遷蓬州咸安許州長杜相州洛
陽三縣令地方百里官歷三城言非法度不出於口行非
公道不萌於心令不肅而威宣教不舒而德洽轉虢州司
馬制授朝散大夫婺州司馬又遷蘇州長史加中散大夫
鸞鳳不棲於枳棘鷰雀不集於梧桐宜得其材非公莫可
我大周誕受萬國寵綏四方建官惟賢垂拱而理乃命公
爲朝議大夫使持節袁州諸軍事守袁州刺史天王之使
列國之君發其德音而勸不用賞正其顏色而禁不用刑
德成而位尊名遂而身退乞骸告老謝病言歸以某年月
日終于淮水（集作海）之館春秋七十有七嗚呼哀哉夫人太

原王氏魏驃騎大將軍新昌公平之曾孫唐蜀王府典軍上柱國志隆之女也纂承洪烈嗣纘（集作揚）徽音中外柔加小大懷睦夫人之化國風美於鵲巢寶劔之沉夜（集作祚）氣衡於牛斗亨年四十八嗚呼咸亨二年某月日終長杜之官第維天授三年春二月合祔於杜陵之平原禮也王人弔祭儀仗官給長子某官等毀形於骨痛貫於心父母哀哀昊天莫報佳城鬱鬱白日何年頹述餘風式銘幽壤其銘曰

鳳凰鳴矣于彼高崗顯允君子邦家之光猗歟令德秀於閨房歲云暮矣池樹荒凉死則同穴如何彼蒼

李懷州墓誌銘　前人

公諱沖寂字廣德隴西狄道人也左衛大將軍西平王之孫荊州大都督漢陽王之子今上之族兄也原大帝堯之緒運期授於天漢顓頊之冑大命集於皇家光耀則若木十枝波瀾則長河九泒或中軍按部金鼓所以節其聲或刺史班條冕旒所以彰其德信可謂玉林多寶天族多奇以御家邦以藩王室者也公山河誕慶辰昴發祥金多木少孔文舉之天骨王絜冰清華子全之神彩南陽李恭儁懸識宰臣沛國趙元儒竊知公望編漢皇之兄弟列周室之邢茅天下稱其八才吾家號爲千里初任尚舍直長稍遷城門郎仍奉敕於弘文館讀書掌舍諸宮城門列校制詔東觀有黄香之博聞勑其制書有班游之廣學尋授駕部員外郎轉金部郎中又勑公爲戎州道支度軍糧使天府充牣軍儲委積振南宮之綬冕譽表三臺歷西蜀之江山榮高駟馬遷太府鴻臚二少卿丁難去職揚播之登太府初聞累遷之命鄭默之拜鴻臚遽見終喪之禮孔宣尼既祥五日彈不成聲孟獻子加人一等懸而不樂服闋歷青德齊徐四州刺史東臨巨海西至長原或全齊歷下之軍或大禹徐方之地任隆刑（疑）部陶侃八州寄重尋陽桓伊十部（本傳作郎）遷宣州刺史吳王舊邑楚國先封江廻鵲尾之城山枕海根之治蜀郡無此計吏則惟薦張堪潁川尤多制書則但稱黄霸巡察使以尤異聞遷陝州刺史觀其井邑號仲上陽之故墟度其川原周公分陝之遺跡晉崤

通其列國咽喉壯其天險善人爲政無待於百年童子行謠先符於兩日于斯時也天以順動帝以會昌脩封禪於岱嶽作明堂於汶上望山川而遍群神執玉帛而朝萬國制公檢校司理常伯文昌之省遥接大階建禮之門旁連複道萬機匡贊八座謀猷既陪軒帝之巡乃覲漢家之事爲河縣南走憑斗骨而爲城居衛蒲東亡界朝鮮而爲役屬乘輿乃誅後至討不庭申命六事之人以問三韓之罪制曰師出遼左鄰可爲北道主人檢校營州都督石門山險銅岇河流天文則營室辨方地象則神臺鎮野供其行李鄭國有東消之名爲我主人常山當北州之寄遼東平以功遷蒲州刺史堯都蒲坂舜耕歷山昭襄玉始作河橋

穆天子至於雷首汝南朕之心腹遂拜韓崇河東吾之股肱時徵李布遷少府監忠信爲主揚阜齊衛清白在官常林比德又除蒲州刺史諸董之逢迎郭伋再牧并州百姓之願得耿純復臨東郡孝敬皇帝國之儲嗣乾之長男四極奏於重光二年賓於上帝崇其謚號用黃屋於羽儀卜其園塋象玄宮之制度山陵之建也以公檢校將作大匠游衣漢寢之外抱劍橋山之下百工畢力陳琳於是乎躬親諸吏懷恩魏霸於是乎無謫遷銀青光祿大夫行少府監若夫叶時月乘天正秦人往事遊別館而祈年漢宮舊儀下明庭而避暑上幸九成宮以公檢校右領軍將軍本官如故董司戎政以戒不虞七校陳其甲兵五營按其車

服領軍之職用文武於紀瞻右軍之官叙勤勞於常惠尋以公事免左授歸州司馬楚州舊也始得子男之田夔之先也哉爲附庸之國人同賈傅路似長岑伯騫有聲於鄉里仲任見知於筆札制遷中大夫行袞州都督府長史大庭之庫少昊之墟上真降妻金精吐宿旁瞻日觀木德題山別乘初迎將宣萬邦之化佩刀終奕徒見三公之服以永淳元年某月日行次唐州方城縣遇疾薨朝廷聞而傷之贈懷州刺史公嚴而有禮直而能和行孝立身移忠事主生知者上重之以八索九丘道在尊加之以文昭武穆故能入登常伯出踐方州爲六卿之儀表發三軍之號令引長戟於門前羅曲旃於堂下子孫朝夕玉樹相輝賓客

遠迎珉簪交映悲夫展禽三黜安仁再免奚辭棘署俯集桐華慘舒則不繫陰陽喜溫則不形顏色何嗟及矣竟遊東岱之山無所不知旋閉南陽之墓二年夏五月日葬於萬年縣龜川鄉之平原長子某官某次子某官某箕裘必復花萼生光隣人泣其悲慟明主憂其毀瘠觀其弔客不無雙鶴之徵祭其成墳自有百鳥之感森森隴樹漠漠郊烟右玄灞而浩蕩左驪山而起伏杜陵萬家之邑非復城池滕公駟馬之銘不知年代其銘曰

高陽積德武昭餘慶宅鎬開基封唐啓聖叶和萬國平章百姓天叙諸侯禮陳宗正其一周之曲阜漢之平陸地則葭莩祥惟嶽瀆鄉黨稱善閨庭雍穆始拜城門即遊天祿其二

大微之位盐部之星卿則有六四至冊青州則有九八牧專城既踐臺閣仍司甲兵其三倚伏無兆遭隨有運賈誼從王栢譚佐郡自忘寵辱曾無喜慍人去何歸天高不問其四東都門外長樂宮邊白馬旒旒青烏墓田揪析夾路碑石書年百代之後南陽之阡其五

贈潘州刺史馮君墓誌銘　張說

公諱集有君字衛字正平廣管高州人也昔畢萬苗裔邑于馮城因以爲氏其適越者則表宏過江錄所載長樂馮祖思之後也遠居僻地代爲右族帶甲千人擬四豪之公子田洞百里齊萬戶之封君祖盎持節總管高州都督耿國公薨贈左驍衛大將軍荊州大都督恩命分府爲三州授君

之三子子知璣(唐書作智載)高州刺史子智玳(唐書作智彧)恩州刺史循子子猷潘州刺史公荆州之孫恩州之子量包山海氣逸風雲陰德以濟物力行以遊道散岸從心乘化而沒斯實一方超邁全貞之士也夫人南海郡太夫人麥氏誕嫣勳門作嬪傑室初執箕妻之禮終抗梁冥之行即大將軍宿國猛公鐵杖之曾孫女也夫人有三子一女同歸上京長子元璡左衛中候次子元珪左領軍衛郎將少子力士右監門衛大將軍以將軍少養於高氏故舉家從其姓焉夫德厚者福長先否者終泰天之報應其盧也哉大將軍所以雲漢奮飛忠孝之感迎聖善於炎海展三牲之色養崧友于於荒徼會四鳥之嚶鳴縉紳羨談簪紱傾慕是

知敬仲羇旅將育于齊孟軻儒藝成名此毋信瑰才之特達亦餘慶之助成乎夫人享年八十有七開元十七年五月十二日薨于西京來庭里粤八月二十六日(集作二)安厝於長樂原之新城(集作域)惻將軍之純至嘉先士之晦名恩詔追贈潘州刺史招魂而合葬焉蓋殊常之禮若夫慈以遺後孝以揚親忠能合聖惠足昭仁嗟乎馮氏之子具此四美(集作德)鏤石垂文爲不朽矣銘曰

潘州遠世臧跡沉彩詔贈本邦光爍南海其孤永慕昊天不待夫人夙順奄背榮僞悲離兩鄉魂合雙櫬孝心可贈百身(集作年)匪恡天日蒼蒼丘壠茫茫地名長樂人樂無長郭門之外愁生白楊

岐州刺史平泉(志中作原)男陸君墓誌銘　張說

開元十三年十一月六日故岐州刺史平原男陸公卒于京師十四年冬十一月塟于鄭西之先塋公諱伯玉字某河南人識真之士也夫人譽其克家光乎觀國篤慈惠以宰邑弘雅量以執憲擅華妙於禮闈敷文敏於禁掖推直方以獨坐率易簡以專城(集作)所居而美風振所蒞而德聲溢非德充於內而美形於外者焉若是夫孝盡愛敬之義悌包友順之節仁叶返身之恕義適成物之和四者禮之善物歟吾友會(集作曾)從事於斯矣然而舉禮之綱持心之柄靜則樂先生之道動則濟賢人之業位不盈年無登壽之才也命也復焉可而言哉銘曰

陸侯泉妙體曠心古龍章炳文麟角蘊武橐籥中用詩書義府移孝則忠安親合土迺建侯社迺牧王畿有嚴有翼有長有威汲直謝病秦和不醫乙言未老啓手全歸石皷東臨銅臺西望別業宛在舊塋增創弱子攀車孀妻送葬風景飄忽山川惆悵令德可傳浮生匪重神去一息形遺萬種露徃草陳霜來樹拱一仁兮一義長蕪沒於丘壟

文苑英華卷第九百五十(終)

文苑英華卷第九百五十一　誌十七

職官十三

滄州刺史鄭公墓誌銘　孫逖

有唐之德讓君子曰原武男鄭公諱孝本字某滎陽開封人也父曰荆州松滋令乾瓚松滋之父曰大志秘書秘書之父曰華州刺史襄城公諱某世有令德特稱華胄藩衍六姻阜昌百禄非夫緇衣之慶羔裘之仁平惠之勳厲宣之親則孰能光宗保族若斯之盛也公秉彝中和服義先訓孝惟不匱友則因心敦詩以言習禮以立用此道也行於國施於政善氣潛暢清風高翔何嚮不可所居則化矣始以明經高第解褐潤州參軍厥初奮庸克勤小物吏曹以文敏於從事也故與之縣授泗州虹縣令魯人稱之璽降焉衛人賴之碑頌立焉先大夫張文瓘人之望也典掌台衡督課郡國以公謀（課疑作）爲第一且曰雖居下邑聲（一無此字）聞上累（疑）蹤天下長吏樂以爲式若占疑於龜筮如觀法於象魏矣特敕授蒲州虞鄉縣令理如故迹帝是用臧乃詔公爲隴右道廉察使堪其事也又爲本道使杜求仁特表薦以賢舉也制授朝散大夫雍州鄠縣令已而末淳大饑關輔尤甚能布其德而恤災人不離散下無捐瘠乃耕乃畝嗣歲以登時皇儲監國多公善政特賜考詞褒異睿文光被列郡榮之改懷州司馬歷夏州長史以母老乞罷官優詔換瀛州長史東表不寧也命公爲平州刺史兼充使知營府度支營田刺郡實邊能成二事中上之作也命公爲洛陽令又轉洛州司馬理煩佐劇爲則四方尋以丁內艱去職欒欒骨立人倫傷慟既練有制起復又除洛陽司馬公泣血固讓不獲已強拜禮從恩奪而瘠由哀甚忝君之命有以知奉上之心執親之喪有以見過人之戚臣子之道仁遠乎哉尋除具州刺史轉安西都護以疾不堪詣部改授滄州刺史公自重拜洛師再臨河朔曾是蘧閔常多移病隱几而敬讓興行閉閤而奸邪銷釋德敷于下具仞多請禱之人功格于上滄海有卧理之詔老氏云鎮之以無名之樸其在是矣聖曆元年九月以致仕終於東郡之敦行里春秋六十有七凡束帶在位三十餘祀理京師訓郊甸惠華夏清朔漠九變復貫百度惟貞其養人也寬而栗其行己也儉而一撫孤無隔於外姻博施不崇於內實蓋德行之具美而政事之首出壼遂深中未登漢皇之相國僑遺愛遽感鄭人之泣公娶於王氏夫人曰瑯耶君公正（疑二字）員外令思之孫司刑大夫名壽之女稟

訓齊大作嬪嬙樂淑慎威儀循守典禮雖貴膺展狄而躬事組紃有鷄鳴之賢有螽斯之盛自嬰晝哭遂契明因忘心味禪悟理根審捴斯純懿貽厥高門宜錫難老何祇淨德以開元十八年五月終於東都懷仁里享年八十有四明年正月某日合葬於某所從先塋也嗣子尚舍奉御暉之兵部郎中倩之洛陽令偘之皆保世之主也克荷三徙之訓俱登五命之服養極其樂喪盡乎哀閔騫之人無間言石建之門傳孝道復見茲矣詩曰釐爾女士從以孫子原武有焉銘之下泉表是真宅銘曰原欠

華州刺史李公墓誌銘　常袞

天垂將星著在三象國有武柄寧于四方授鉞其難止戈斯重定封豕長虵之孽致攀龍附鳳之功朱戟在門黃金橫帶命掌師旅化成公侯時有汧國公其人也公諱懷讓字某蓋漢將軍陵之後自五將失道家留隴山千年于茲因引貴族戎帳之下華風在焉奕葉相乘久雄朔北本枝必復終茂隴西公則成紀人也曾祖廣壯武將軍右武衛將軍祖忠雲麾將軍左金吾大將軍贈銀青光祿大夫太僕卿父俱定遠將軍右驍衛將軍贈銀青光祿大夫秦府都督積其勳望休有令名上將虎符延于三代列卿犀節一作象榮及九原後嗣其昌吾門益大公生於陝右少以勇聞重懸弧四方之事有長劒三軍之志去病籌畧不學兵書賈逵兒童即陳部伍人許封侯之相時歸拜將之望安危成已任取富貴於掌上一日千里豈徒然哉以良家子選羽林郎騎射絶倫材官入侍射熊舊館戲馬前臺百步應弦兩驂如舞便繁左右趨奉階闥姹疑作紽侯嘉漢市屬皇室艱難王師巡狩侍執羈靮扈陪鑾輿節時見危捧六龍於岐下口陳天命從五馬於囲中披荆榛而執殳冒風雨而持蓋中原行在實掌禁戎領護鉤陳典司環列出入警蹕肅清扞掫羽衛甚嚴軍容益振夜合擔壘曉開旌門

擁佳氣於月營橫大風于天仗始自靈武至于扶風險阻屯蒙未嘗離上削平休泰終契興王從收京師首列勳舊於是出鎮左輔建牙近關扼天下之樞走山東之盜三秦巨防萬里長城闢屯田於斥鹵強士馬於撫幹仁以理軍不聞半菽知能料敵豈在前茅兼牧人御衆之才得憂國奉公之禮竹符兼剖鈴閣長閑百城歌之政有經矣公始自一命驟更秩舉其大若不可備書歷臨彰府折衝射生供奉後以佐命功特授鎮國大將軍左羽林軍大將軍知左神武軍事加特進兼鴻臚卿左神武軍大將軍封汧國公又加開府儀同三司充潼關鎮國軍使同華等州節度使華州刺史使又兼御史中丞試殿中丞尋拜御史大夫檢

校工部尚書並并一作兼某務雲從龍風從虎以雄毅之畧
遇聖明之主事與特並名與功偕位極文武權分中外勳
書甲令象列雲臺大丈夫特達有如此者不知者壽謂之
何哉廣德元年九月三日薨于華州軍府春秋若干天子
聞之輟朝興嘆特優命數寵贈司空詔發輤車即日迎柩
列辟卿士咸會喪焉賵賻襚含有加故事京兆尹監護內
謁者致以詞即以其年十月四日陪葬建陵旌勳臣也將
軍鹵簿司空法駕鉦車介士前後鼓吹觀者稱榮懦夫增
氣百官臨弔畢集孔光之門五校送喪直至鄧弘之墓君
臣之義厚莫重焉有子四人前光祿少卿林光等孝因天
性哀過禮經克紹臧孫之後咸稱文氏之子史臣奉詔謹

而誌之銘曰
有唐上將佐命通侯降神太白稟氣清秋弓落飛鴈劍衝
斗牛少年戴鶡上陌鳴騶綉衣朱襮越戟吳鉤入隨夜警
出從春蒐運屬艱難謀忝締構善行無迹大勇不鬪三輔
功名五原恩舊家榮鼎食廟列金奏翠羽在庭紫騮填厩
寵私之盛誰出其右命所不與人之云亡萬乘震悼三軍
悲凉謁者歸賵群公會喪特陪玄闕末祔黃腸禮優同等
恩茂舊章碑題螭篆用紀龍驤

明州刺史李公墓誌銘　梁肅

大曆七年冬十月甲子前明州刺史李公寢疾終于晉陵
之無錫私館嗚呼公諱長字某隴西狄道人其先自涼武
昭王玄盛七葉至皇朝工部侍郎岐州刺史義琛生吏部
郎中縉縉生蔡州長史贈宋州刺史某某生公公生而聰
明治左氏春秋舉孝廉初任貝州參軍三遷至國子主簿
御史中丞盧弈司察甸服辟爲從事天寶十五年集作載大
盜覆東周弈死節公遁脫而南會永王璘都督江左諸軍
雅知公材將署于幕以畫公告不能無何璘果敗君子以
公爲知幾時肅宗在岐集有政字非朝廷擢良吏以慰郡縣不
限官次多即授印綬丞相韋見素表公可用牧民詔攝安
州刺史考績既成真拜均州治中遷鄧州康允之叛南土
大擾公會諸將以王命討不臣尺兵不喪凶黨大壞宛節
之間民到于今受其賜上方勤恤下民重二千石之任不

暇登公於朝由是歷隨曹婺三州三州輯寧徵傳蘄王王
德既宣出爲梓州又換明州時越初靜瘡痍未復公務穡
勸分人安懷之及其去也如奪乳育嗚呼公凡歷官一十
有四其剖符分憂者八享年七十其爲人也剛毅寬明惠
和而清所至之邦先以禮後以刑使人遷善遠罪而不知
其止君子曰古之良史也初公無亂子命兄子某爲後八
年十月某奉公之喪及葬於河南萬安山之陽夫人博陵
崔氏秦州掾孝之女既笄而歸于我以宣慈恭順享年五
十先公而歿公爲明州之二年以夫人之喪又葬萬安至
是祔焉禮也夫惟天地之道可久若陵谷則無不遷也遂
銘曰

於惟公先寔曰庭堅作舜五臣爲唐八元周道不行伯陽西遷晉失其政宗興勤爲武昭之孫宋州之子如珪如璧如松如梓集作杞 爰在下位令聞亹亹帝曰休哉命牧南鄙在鄙有亂惟我行師寇戎既夷剖符于隨曹無罷人婺有去思或傳或藩受命咸宜爰自東南薄言旋歸謂天聰明胡不憖遺節彼萬安松栢允允猗歟齊姜同穴其間橫峙惟崧旁流洛川銘勒金石永昭億年

處州刺史李公墓誌銘　前人

公姓李氏諱某隴西城紀人也字曰公受其先在晉霸西涼在魏侯姑臧長發有光乃盛集無此字 熾而昌五代集作世 生秦王府戶曹贈太子舍人某以恭德垂裕實公之大父木

部郎中眉州刺史某以宏材廣化實公之烈考禮部尚書襄陽席豫以大名諡文實公之外祖公生而聰邁十六以黃老學一舉登第十八典校弘文二十餘以金吾掾假汯冠爲孟侯偉湖南從事給事中賀若察宣慰南方請公爲察佐其後宰東陽宣城二縣辟宣歙浙東二府府主崔侯昭咨以小大之政由監察轉殿中侍御史建中初朝廷釐飭百度高選尚書諸曹郎拜公金部員外郎選吏部張鎬集作鎰非 節制大梁請公爲介授檢校吏部郎中兼侍御史使轄遂退耕瀍洛之間起家除陝州刺史換處州刺史累階至朝散集作議 大夫爵隴西縣男既授代家于鄱陽享年四十有八以某年月日遘疾捐館夫人武城縣君清河崔氏生一女未亂公毋第曰冊有季方之賢茹哀問卜以某年月日奉輤車歸葬于洛陽某鄉原禮也嗚呼當漢道之盛賈誼董生桓譚馮衍皆以高才鉅名或位淪下國或廢落田里夫豈不遭明時不識明主哉蓋運有通蹟事有離合不可以一經集無此字 理言也惟公有孝友仁謙集作謙 之德文學政事之美卓立不羈之才竟委遲半塗僻典荒服且乏鄰做之嗣而終管轄之年時歟命歟可爲慟哭者已始公之孤喪過乎哀丁內艱也東陽之人飲集作歛 公惠憫公恭壽行流覩集作助 祭既除而止奉歸宗之姑惟敬與愛原闕

饒州刺史趙郡李府君墓誌銘　顧況

粵攷春秋叙事之實趙郡東祖源流甚長衛州刺史嘉祚曾孫滎州刺史璿孫贈尚書郎銛子諱端字公表官由臺省與元少尹少府監出泉饒二州刺史叅佐不書略也貞元八年秋七月終于郡署年六十一明年八月庚申窆於鳳山之東原嗚呼神明無質君子能通其意以爲教本仲尼闡教微言七十子揚大義去聖雖遠其七十子之季孟乎至於饒禮將驅俗經以道俗饒之人始有講睦之聲上負不弔纖疑作殲 我渠喆昔桐鄉嗇夫猶葬桐鄉桐鄉之人

皆桐之今饒之葬如此嗚呼列章載云精神天之又骸骨地之又此言骸骨滅其精神不滅者何從心上變起而生展促常讀衆聖之書上於釋典如川及海之無斷流遶蘆（一作爐）久處奮迅泥滓宜諸精爽黜陟幽明亦由是也夫人贊皇郡清河崔氏從其子拭盡力哀敬記石陵谷未質天壤銘曰

蘭桂有叢以薰其風邯鄲舊氏厥祖惟東吁嗟府君其命不融精神本天不在乎地舊國飛魂新塋掩隧逝不可止哀何不既

賀州刺史武府君墓誌銘　符載

武氏之得姓遠矣府君之世家貴矣左右僕射司徒太尉

尚書令楚僖王士讓之玄孫九江王弘度之曾孫納言司徒同中書門下平章事定王攸暨之孫尚書膳部員外郎徐州刺史勝之子外祖母爲玄宗皇帝之姑皇妣爲肅宗之姨豫章之根大天津之流廣穠華靈潤鍾于府君焉府君諱充字虛受墻岸魁峙操履堅峻蘊之文武辯有口才（一作蘊文武盛材辯有口）喜立名跡以排難拯時爲事業始以高蔭補兩館生解褐授洪州南昌尉操利及也次授潤州江寧尉驥騄足也自廣州司士掾轉陳州錄事參軍甲子歲蔡賊希烈叛猛用兇器逆師至于襄城遣裨將鄭貴以精卒一萬來逼我城焉刺史薛寶任公如臂指憑公如金湯顧盼成丘陵呼嘯爲矛戟寇用懾息不得攻取井邑完固我之力焉俄而大梁陷茲地孤險實慮吞奪遂馳謁劉宣武不免介冑而說之換兵鬬騎動如響答保安究竟我功（一作公）緈焉劉司徒嘉其威毅咨其策畫延致幕府以爲賓榮是時希烈赫然東平勢椎或相寵亂以膏濟火公復驅皇華之車投之以心膂論之以逆順張之以禍福示之以機宜祕謀飛辯得走丸反掌之勢由是淄青致寧陵之師解陳州之圍合匡君之力摧兇邪之氣破堅陣擒宿將平姦隙結歡好誅逆將在茲一舉得不謂三寸之舌賢於百萬之師乎司徒表其勳績亟聞乎闕下累遷尚書虞部員外郎報功也無幾何丞相府除退歸鄭郊五六年間居易食貧雖四方禮辟日至其戶不苟其所從也適值有土（一作士）者

慙其不答或用陰訕遂有臨賀之拜焉至郡教民以慈愛易俗以禮讓達其志意通其嗜欲曾未朞歲大用治理嗚呼南方氣炎春秋稍高冀遷元土養護餘齡居任凡六霜竟困于足痺年六十九以貞元十八年夏五月丙戌卒于官舍遺孤扶護以十九年秋七月戊子葬于榮澤之廣武原禮也嗚呼才與命二者難并今古其猶病諸上帝實司之爲之柰何以公之行業誠信宏才敏識宜躋上位利及庶物而纔止尚書郎二千石牢落遠地竟至于殂纓綏之士愁憤慨息可勝道哉夫人隴西李氏朝散大夫祕書丞和光之女母儀陰教輝華士族先公數歲而歿至是而合祔焉嗣子曰異曰典溫厚謹良奉承家風茹荼毀瘠動中

子禮從子況貳其窀穸之事以余爲舅之友也見託爲銘
曰
悠哉悠哉位不勝才一郡褊小六年徘徊逸翮徒張高風
不來炎徼隕落縉紳悲哀舊櫝新墳滎澤之隈冥冥鸞鳳
同棲夜臺

文苑英華卷第九百五十一

文苑英華卷第九百五十二　　誌十八

職官十四

朝散大夫容州刺史戴公墓誌銘　權德輿

維貞元五年夏四月容州刺史經畧使侍御史譙縣男戴公至部之三月以疾受代回車陑駱六月甲申次于清遠峽而薨春秋五十八明年正月庚申迁葬於金壇王京原之舊封宜叙世德以識幽穸云公諱叔倫字幼公本譙國人其先在宋爲公族於漢爲儒宗東漢則司徒涉西晉則

有司農逯（集作逵非下同）逯後南渡始居卅徒八葉至宋臨湘侯明寳明寳曾孫梁左丞暠暠玄孫皇德州司士好問公之曾王父也王父脩（集作循）譽父眘用皆自縻天爵不顧軺車傳次君之禮文盡通奧旨師安道之晦德尤惡知名故世風純慶及公而發公早以詞藝振嘉聞中以材術商功利終以理行敷教化師（集作率）履素王之訓周旋君子之儒淑聲休問苾芬四暢枌榆衣於蘭陵蕭茂挺以文學政事見稱蕭門文本菁華而長於比興粲爲（集作焉）采章（集作焉）鏘如珩璫（集作璜是）鼓鍾于宮累辟大府分命於計相也則爲湖南河南晋後自秘書正字三遷至監察御史曳裾於賢王也則爲湖南江西上介由大理司直轉至尚書祠部郎中其

阜人成化也則東陽一同之人沐旬歲之治撫人飲（集作飫）三年之惠容人被踰月之教獎人聞詔而歡承訃而哀不及蒙其澤歷官十一而雲安不書所至之邦必刻金石始在轉運府也量則（集作董賦）於南荆會蜀將楊琳擁徒阻命詔書告諭初（集作無）華至志胥引銳卒劫脅使臣曰歸我金幣可以紓死公山立不撓勇生於仁端其詞氣強於師旅暴叛知感乞盟於公黎明率其徒西嚮拜泣指京師臣列狀（六字集作揩期詣闕家臣列狀）天子召對而推功於府不伐其勞時談翕然勇讓具舉其在臨川也清明仁恕多省費方畧蜀郡崇儒之化南陽均水之法精力區處民以便安田壤耕闢獄犴清淨居一年璽書褒異就加金紫未幾而有容州之拜

且都督（集作督字）府所治列城十三訓戎撫俗之任招徠式遏之寄非通方明畧無以威懷蓋皇慈所軫先於柔遠方將布愷悌於夷落致風俗於休嘉議者以九伯二南可跂而至天則不弔未如之何君直清篤厚博物通理有大學之明誠大雅之疏達靜如淵泉動如鏌干不緇不磷與令問終始起布衣儒服位視方隅歸全之日繞具祭器去國見麾幢之盛返葬備䘵精之儀列松檟於舊封展牲牢於新薦哀榮之禮鄉黨稱焉初公娶京兆常氏宋州長史釆之女繼室以博陵崔氏殿中侍御史殷之女皆淑明柔嘉不幸早世胤子曰郢曰加年甫及亂哀如成人公仲兄新城長伯倫以予夙忝公歡且有遺託既不獲讓是用直書銘曰

信都九江文禮章章百代彌光司徒佐漢司農匡晉乃熾而昌世無遺德時有通塞或行或藏克生容州貴為諸侯其道直方政成中和播為頌歌化被二邦列爵疏土粲爛龜組鸞聲鏘鏘宜享繁祉以媚天子今也則亡還葬故里遷（集作僊）山之趾德音不忘

朝散大夫使持節饒州諸軍事守饒州刺史上柱國崔君墓誌銘　　前人

博陵崔氏為東山右族以政事方直稱者曰饒州刺史諱適字某貞元十四年某月甲子寢疾終于所部之廨舍春秋若干君仁厚信實方嚴清厲詞無枝葉而顧言必踐交

不謟瀆而與人必誠深於士行精於吏職蓋其天性然也一命為懷州參軍累遷至大理評事司直監察御史好畤武功二縣令常絳二州司馬乃理富平遂佐興元貞元十一年春以西諸侯之師轉粟調食特拜倉部郎中兼御史中丞以董其事其年冬徵拜衛尉少卿明年改鄧州刺史麾蓋將行文換鄱陽歷官十五竟未克畢其為御史也賈常侍至以才名尹轂下實所慰薦為之賓介蔣常侍沇以公廉幹河運交辟將事弘助居多其宰封畿也縣鄙之地直于西郊禁衛之師勒于左次事為之節官修其方軍輿人安闔境謡誦其佐晉陵也晉國韓公當撫封之重署為推官輶傳所至平反審克假守新定之人宜之薄於進取

未數月引去其領陵邑也克奉肅敬里閭均安（集作定）黠吏
強家望風累息相率屏匿者十八九其分憂爲邦約已惠
人樂易而知禁清明而不擾此皆歷職必聞之效也至若
章章尤著爲士君子之所景行者則奉使西土鄙能言之
縣官以乘塞宿兵旌旄相望饋饟之重非君莫可就（集作既）
而經費出納制於中臺尅伐之人順非言利大率以布帛
之不中於度不讐於市者積以窳濫備其名物移用於軍
增三倍之價平糴於人無一時之蓄掠是根本命爲奇贏
既衰邊備實蔽理道特有覆視誨其相蒙徒列簿書之文
不登釜鍾之量因緣繆巧（集作功非）觸類而起君受命不苟臨
事風生條其積弊盡達聰耳（集作聽）雖狺狺之吠營營之飛

置於度外不直不已連章上愬詞旨深切群情惴駭處之
恬然謝病乞告終無所屈皇明嘉納入亞九卿特縉紳之
士多以憑暴爲戒怵迫附離而不能自固者多矣如君之
特立剛毅不更其守古之儒行何以加之（集作嘉焉）此德輿所
以受其孤之哀請而不敢辭也君之曾祖玄基皇朝散大
夫會州長史祖紹先皇楊州揚子縣尉父炅皇大理司直
兼河南府河陰縣令代名士行裕是遺烈初君娶于某氏
某官某之女生子曰包而歿繼室以某氏某官某之女皆
有淑行如君之志以十四年某月日叶用吉卜附窆於河
中某縣鄉原之舊封禮也初包以德輿朴而好直且嘗奉
行君之命書者四乃列其官簿次第俾識于墓石既而包

毀瘠滅性夭於倚廬之中諾其請矣故銘之曰
崔君之直兮不枉尺兮崔君之正兮不由徑兮展如之人
宜錫蕃祉兮天實奈何一麾遄已兮襜襜帷裳來自鄱之
陽兮峩峩丘封葬于河之東兮刻此貞珉識清風兮

使持節歙州諸軍事守歙州刺史賜緋魚袋陸君
墓誌銘　前人
君諱參字公佐吳郡人曾祖某某官考某某官君蚤孤與
兄隱居于越有佳山水率子弟耕汲於其中因（集作日）修桑
門之法擯落人事貞元初兄既歿始爲宗姻士友所強慨
然有應知己之心繇試佐環衛歷大理評事攝監察御史
裏行佐黔中又以殿中侍御史內供奉佐浙東凡四居憲

職介二方伯皆有直聲休利邦人宜之十二年所從既罷
繼之者再至率以重禮禮君終不能屈非所樂而不苟合
故也朝廷宗公賢大夫多悅其風十六年徵拜祠部員外
郎居二年執事者上言其才請爲劇曹會東方守臣表二
千石之缺天子方加恩元元循責吏理面命執事曰誠如
是姑使爲郡須其報政（集作以加）好爵遂拜歙州刺史在
途發瘍夏四月二十日（三字集作景字）卒於洛師享年五十五夫
人河東柳氏殿中侍御史并之息女才淑有賢行長子某
年在羈貫嗣子某未離褓抱夫人既得吉卜具（集作且）以孤
藐之詞請表墓於父友故鄙夫泣書於寢門之外而不讓
云君峻而通直而和群而不黨去於流俗之齷齪細人之

姑息胥胥汲汲之態不萌於胷中器度夷遠英華發外居
常無怵迫臨事有風節同心定交造次以之評議鑒裁精
明不惑從善親仁發於肺肝文章弘朗有作者風格學不
爲人與古爲徒嚮使登其年充其量束帶公朝其骨鯁魁
壘之士與嘗與故虔州刺史隴西李公受故右補闕安定
梁寬中今禮部郎中京兆韋德符右補闕廣平劉茂弘祕
書郎趙郡李叔翰方外士右諭德博陵崔公頡暨予交善
戲夫相視莫逆行二十年洪範之攸好德儒行之遠相致
今則已矣可勝慟耶時貞元十八年（集作歲）歲直鶉首秋七
月甲子鏤堅石而銘曰
皦皦陸生中和粹清直如朱絃絜如白珩或默或語不將

不迎如何斯人晻忽冥冥蚩蚩下輩戩穀或丁膊膊芳蘭
嚴霜飄（集作風）零命不可問死不可作（集作死不作兮）嗚呼陸生

使持節郴州諸軍事權知郴州刺史賜緋魚袋李
公墓誌銘　前人

君諱伯康字士豐隴西成紀人自凉武昭王玄孫文穆公
冲爲元魏僕射司空與兄穆侯恭侯惠侯莊公中秉樞揆
外顯方國文穆公二子長曰廷實次曰休纂論道追命皆
至司徒蟬聯茂盛冠於百族君即叔氏司徒之後也曾祖
仲進皇宣州司馬祖僑皇河南府澠池縣令父惜皇朝議
大夫宗正丞贈濮州刺史三葉用晦仕不過郡佐縣令夫
典司宗籍而天爵崇茂士林嚮仰君以才實克家清方入
官始爲知己者所薦授閬州司倉掾轉下邽福昌奉先三
縣尉皆有能名建中三年調補御史臺主簿成奉未下以
太夫人寢疾歸侍藥膳明年丁內難（集作艱）衣裳外除迫嚴
君子之命復調爲長安尉時王師清宮鑾輅初復武人于
吏理轂下爲多事邑之細大必決於君每歲考績爲府中
最貞元五年再集荼蓼終喪猶毀不交人事屏居池陽以
耕植自業九年春西鄙不靖詔城五原以備邊鄜坊節將
選重賢佐以厚禮辟君實董塞門之役不愆于素抑有勞
焉拜監察御史轉殿中丞賜以章綬尋遷侍御史加檢校
工部員外郎九十四年徙官爲鄜上介伐謀而鄜之師以
律拆獄而鄜之人不冤十八年從守臣來朝行次中部所

從復於左轂護其輜棪以至京師厎具會事稱情中禮十
九年秋七月拜郴州刺史精力惠養蠲除煩苛導利省嗇
而人不擾廉平信厚而吏知方今相國左丞鄭君頃移佐
茲郡知君也熟洎入總綱轄盛推理行再莞宰政方圖陟
明斯言未復奄忽彫落時永貞元年十月某日甲子春秋
六十三悲夫君天資器幹機用強敏夷易疏通不移名聲
學尚周給（集作洽）而緣情甚（集作其）麗業優端脩而睦姻尤甚
時人多知君吏理過於文行唯故相太傅盧恭公今相國
左丞鄭君梟鄙人實知之而棲遲下國迫阨委化斯可歎
已夫人范陽盧氏宣城縣令炅之女華緒令儀執笲佐餕
先於君歿二十年矣嗣子盧氏縣尉操次子前明經掖支

子某等皆以孝謹而承訓義君(集作君)令弟長安主簿少安請急喪(集作襄)事崩波勤遠自荆抵洛泣奉輀車以元和元年某甲子葬于某縣某原之舊封君子曰於長安之兄之喪有以見同氣之痛德輿以中外伯仲周知所履刻石紀事朴而不誣銘曰

柳之政兮理平君之行兮廉清剡有深知兮秉國之成亟言於朝兮將陟其明窘然符守兮奄忽冥冥胥臆約結兮未攄平生道途自遠兮廣椰舄靈風雨所交兮卜洛佳城元龜是貞厚載是寧吁嗟乎內兄

房州刺史崔公墓誌銘　前人

公諱述字元明傳陵安平人自東漢長岑長濟北相代擅雕龍之美濟北五代至晉大司農弘司農八代至北齊右僕射昂僕射三代至公曾祖皇朝散大夫冀州武邑縣令諱紹大父同州白水縣尉諱頊烈考晉州汾西縣令贈定州刺史諱昇之代有文行懿德爲北州冠族公夷雅溫粹安舒廉靜於座右銘得含元之妙於政論得理道之奧以之修身以之莅官蓋家法積厚而公能踐之之故也始自宮衛試守未溺冠而爲藍田尉已有嘉聞尋轉婺州浦陽令楊州兵曹參軍皆以吏理著稱故辟書交委命書隨之歷監察御史再爲侍御史(五字集作殿中侍御史再爲侍御史)實佐壽潭洪三邦車賦之重拊循輯睦繄上介是賴府遷于荆薦言于朝拜著作郎虞部員外郎論著奏議率循憲矩不毀方以

求合不游徑以取捷貞元十二年出爲房州刺史承長帥剛嚴之理當興師饋鑲之殷暴征繼起煩言狎至而能推情廣身以裕勞人惻隱所被四封嘉靖十七年秋九月辛酉感疾捐館舍春秋五十七夫人京兆韋氏承公官之訓爲女士之表凡合姓二紀柔而正勸以義之道備焉其孤文伯武伯等學通禮籍姿性循至斬焉相視泣奉棠帷以冬十一月甲子祔葬于東都某原禮也祔公仲兄左庶子安平公有重名於時安平所與游者公皆從而游焉故常與賢士大夫推(集作權)古今世道博約論辯攄之於詞凡數千言因曰勝質之文吾所甚懼彼奔(集作舛)馳塞路者既不可遏又惡用斐然之爲耶遂輒削去其用晦如此行義醇備慈仁任恤安平既即世伯兄繼歿猶子之鮮巾結褵先於己子故不舉火之日男未仕女未行其於疾則十起衣無常主雖伯魚稚春不能如(集作嘗)焉群從族姻均祿直以賙其乏不結黨友不趍聲利常(集作加)欲脩性息跡考一丘之樂而未克齒與位皆負其實奄然不淑爲知者所歎建中初德輿遇公于九江之西其後辱安平戴公(集作侯是)之知於公獲南容之眷刻石志美不敢曼辭而實錄焉銘曰

齊稱大風漢有文宗雋賢葳蕤以續昭融坦坦房陵勞謙孝恭優游祿仕惟道之從素履不華黃裳在中乃儀列星乃飾伏熊居易處厚有物有終魂氣杳冥諸孤哀恫圓著大蔡先遠攸同刻茲貞珉永賁丘封

文苑英華卷第九百五十二

文苑英華卷第九百五十三　誌十九

職官十五

陳汝州利貞墓誌一首　鄭舒州甫墓誌一首
崔求州敏墓誌一首　鄧貴州墓誌一首
婁和州準墓誌一首　柳柳州宗元墓誌一首

汝州刺史陳公墓誌銘　穆員

唐貞元五年秋七月，汝州防禦使汝州刺史兼御史大夫東都畿汝州都防禦左軍兵馬靜戎郡王陳公疽發首，巳酉命牙門將鮮于侍進奉書告辭元戎尚書安平公，以受恩忘死非其死爲恨，又命嘗同百戰之將王進達等十數人以忠盡王事爲別，又命嗣子少英以孝敬繼夫人爲誡。

庚戌歸于私第，辛亥薨。八月，孤少英與家老故吏及龜筮謀，得宅兆于州東石樓山之陽，辛酉葬。公諱利貞，范陽人。祿山之亂，始自平盧越海歸國，累建戎効。從太尉臨淮王光弼軍于河南，寇攻睢陽，垂陷，太尉常遣心腹爪牙之師郝廷玉合諸侯之衆趨之。公輒以輕騎赴如林之旅，入其腹，出其背，如飈如星。廷玉奇公之才，謂巳不逮，援於行間，以其子妻之。繩于臨淮，列爲重將。其後廷玉入備宿衞，出鎮河隴，公實從之，凡十遷大將軍、太常卿、太子賓客，特進，開府靜戎郡王，至御史中丞、隴右都知兵馬使。其所置者皆如釋宋之事。希烈之亂，詔以哥舒曜爲汝洛節制，俾公之前隊佐之事軍（疑作）。坎汝墳不終日〔缺〕城援又以坎褎郟寇軍大至公以馬步五百當強寇萬人立爲奇兵橫擊其右兇黨退却（一作卻）數月不前衰下城守拒有備由此効也希烈自統（二字一作空又作自會）豺狼之衆至而圍合矢石雨下晝夜不息外築埇道與城相屬公登陴捍敵身均士卒勞則先之逸則後之凡不櫛不沐非以我事當見戎帥不下城者七十餘日戎帥蒼黃自拔亂不能遏叛將庭芝謀害之者數四陰爲之制使不得發俄而朱泚以關中僭逆凡幽薊河隴之卒嘗隸於泚千里之外應之公與庭芝所統皆泚之舊也庭芝果以其衆作亂公之麾下亦帶甲而從之中宵難作公仗劍當轅門而立呼曰如有過此門者當殺我而後過由是其衆定而庭芝逸故有專城之拜其爲州也

奉上以不違撫下以不擾是以廉使盡其政疲人安其理春秋五十有八前後歷官二十二封爵四從戎許國垂四十年不須史忘忠敬之心不一日蹈汙染之跡起鼓鞞之下登諸侯亞相與茂勳寵祿相與終始可不謂之大丈夫之致乎安平公出涕之外餘有復慟（疑作後有餘慟）將吏等遑遑相弔徃徃如在前夫人早夭後夫人隴西辛氏實大原節度相國金城王之女髽首頳血以庀喪具長子少英纫子壬癸求懷陵谷見託爲銘其詞曰

蒼蒼平原鬱鬱高墳下有泉户永閉虎臣豈伊虎臣亦曰賢守勤銘貞石示千古後

舒州刺史鄭公墓誌銘　前人

有唐循吏故舒州刺史滎陽鄭府君諱甫字某享年五十有四歷官一十有二以貞元六年冬十月辛丑卒于東都崇讓里第十一月諸孤冢老得請於元龜奉府君之喪歸祔于祖實鄭州滎澤縣廣武原庚寅下其先吏足徵也十代祖韡元魏建威將軍南陽公魏氏定五姓冠百族韡以官婚人物甲子特選厥後歷周隋洎皇朝凡六葉至於曾祖仁愷密亳二州刺史祖慈明銀青光祿大夫濠州刺史考令璡銀青光祿大夫國子祭酒重名貴仕照燭相續府君少以門資奉俎豆于太廟調習書判編等擢祕書省校書郎歷京兆府藍田尉大理評事二宗山陵詔求多士以集大務攝京兆府户曹參軍畢事改授大理司直遷監察

御史實佐時宰充營田使判官轉殿中侍御史罷授尚書祠部員外郎兼侍御史充宣歙青苗稅户使朝于京師拜和州刺史廉使令居守公奏課第一錫命屢降凡兩加特階一賜金印紫綬且以借留之典副之後遷舒州刺史而歷陽之積（疑作績）累載之美布於下車之初乃至訟不煩於聽令不費於言賦調事理吏勸人逸祫祭酒府君殞於鎬惟王事世故洎龜筮之不叶未遑還葬至是累疏陳乞優詔曰俞解印遄歸遘癘于道哀哉夫人清河崔氏故中書令趙國公圓之子也以地之貴天之淑致善乎府君之家不幸早世殯于所次俟夫異日遷而合焉有子九人長男曰適左衛率府倉曹參軍次曰奉方志于學未亂有女二

曰𡯁　長適范陽盧士深妻未笄者四其執喪致毀長過於禮幼如成人兄子前鄉貢進士權導諸孫之請見訪爲誌嗚呼今方夏之内靡攻伐之患丞嘗所置在於富而教之府君之生蓋明主歎息之所求也其殁也豈獨鄙人和人之相弔歟迹其二府已然之理可使太史公班孟堅之徒從而紀之以及於後今也遺愛故事結于人之深者止於轂春墮淚日月至而逝焉然則銘之於墓亦其次也銘曰

生貴行道道貴及物苟有可稱其誰不没猗歟府君政及生人自我晌肯二邦如春不知者命盍至孔殛託體山河與之終極

朝散大夫衣州刺史崔公墓誌銘　柳宗元

維元和五年九月十五日壬子衣州刺史崔公薨于位享年六十八巳未殯于路寢庚寅遷神于舟以某年某月日歸葬于某縣某原祔于祖考吏部侍郎贈户部尚書府君之墓尚書諱猗玄宗南巡内禪聖嗣府君以謀畫定命起一旅以復天下厥功載焉尚書之先曰貴鄉丞贈太常少卿府君諱子美太常之先曰楊州江陽（集作鄴）丞府君諱道禎行高位卑華冠士族公諱敏字某承世德之清源浚之以蠲絜以端其志采群言之枝葉植之以茂實以脩（集作循）其能始由右千牛備身佐環衛吏盩厔三原藍田尉仍有大故三從（集作徙）同位繼受許州臨潁汝州龍興令推以直道二邑齊風哥鋅曜尹河南縣（集作鯨）兔猾驚黎人播越表公爲河南尉糗糧芻茭戎備畢給版圖田洫民事時又遷楊州録事參軍實吳越（集作楚）之大都會也政令煩拏責奉叢沓一日不葺鑴譙四至公爲之優游有裕長史司徒杜公與之揖讓夷（集作異）於賓僚入爲太子司議郎拜歸州刺史嵓險湍悍人類鳥獸古號難理公克有聲遷衣州刺史朝散大夫惟是南楚風浮俗鬼户爲胥徒家有禨梗大者雈鰥孤以盗邦賦毆愚蒙以神訛言悖于政經莫有禁禦公於是脩整部吏黜侵凌牟漁者數百人以付信于下而征貢用集擒戮妖師毁焄蒿淫昏者千餘室以舉正群枉而田閭克和寬以容物直以率下邦人方安其理縉紳犢

嚮其壑體魄遽降哀何有窮嗚呼公前夫人徐州參軍榮陽鄭鉅女有子曰義和早夭後夫人萬年尉范陽盧彤女嘉淑之德繼聞宗族有子曰貽哲貽儉克承于家洎公之兄子曰勵曰禮誠願誌于墓無忘公之德銘曰

孰爲德門清河濬源垂芳著慶（集作遠哉泫泫又作其流泫泫）自葉流根世有顯懿楊其清芬炳焕（集作焕炳）增華昭于後昆惟魴與鯉舊史孰（集作是）尊孰爲茂功尚書清風藹其有融勳焉而興披草從龍布令諸夏敷和六戎赫矣太陽克昇于中孰爲惠政公嗣餘慶形于謡詠小程其功大遂其性黜吏是省妖風以正于邦于家（集作于邑于邦又作施于邑邦）克揚休命孰爲遺愛公去邦代邦人斯痗始焉是賴今也何載（集作戴）孰葬我公

于洛之會何以銘之徽音不昧

試大理司直兼貴州刺史鄧君墓誌銘　前人

君諱某字某南陽人漢司徒禹之世也曾祖倚皇建州浦城（集作連州普城非）令祖少立皇滄州司馬考邕皇右（集作左）武衛兵曹參軍惟君敏給以御下廉忠以承上幹蠱之稱洽於諸侯謹言之跡彰于所涖故自始仕以至沒世未嘗無聞焉初以試大常寺奉禮郎吏職於歛南湖南江西前後連帥咸器其能以柄於事於歛南則停擬閱實以循（蜀本作脩）官刑盡哀敬之情致淑問之頌寬猛之適克合於中於湖南則外按屬城內專平準涖卝（音礦）人錫石之地參皃氏鼓鑄之功溢山告祥國用益贍吏無並緣以巧法人無怨讟以

苦役人（集作凡）處斯職莫能加焉於江西則旁輯傳置下絕支郡俾無有異政以一於詔條財賦之重待君而理無何邕州經畧使路公恕奏署試大理評事兼貴州刺史參帷幕之任董龜虎之威夷俗敬愛華面受事朝廷將以武定南服命安南大校御史中丞趙良金爲邕州復以君兼招討判官録其異能奏加司直兼招討副使兼統橫蛮（疑作蛮集作廉）貴三州事龍茸之下直道有立獷得之內義威必行賦增而不擾法一而無憾然以憂慄間於多虞卒成耳目之塞道致齒牙之猾元和五年五月二十一日疾卒於公館年五十五明年某月日返葬於潭州某原夫人隴西李氏大理評事練之女年三十三貞元十六年終于郴州有子

四人曰贇曰某贇十三年矣哀禮具焉京兆尹弘農公始由湖南爲江西弄以君爲從事知之最厚痛君之能不施於劇任惜君之志見啚於群疑且以誌授宗元使備其闕古者觀其所使而知在上之德今也覩其所使（集註作以）而知在下之誠嗚呼可無辭乎銘曰

鼻姓之裔司徒隆漢惟君是承有植有（集作其）幹始爲奉常出參藩翰議讞西蜀平其徭役巡視南楚總茲條貫貿遷化居貨殖攸贊改煎鎔範貢輸增筭既飭財賦亦專傳館去牧荒陬肅其聽斷敛穀以息暴戾斯道行非選事進不避難始賴其寧終聞見悼疾與憂積忠（集作志）是隨魄散年極中身葬茲高岸才耶命耶君子興歎

和州刺史（四字集作連州員外司馬）凌君權厝誌　前人

年月日尚書都官員外郎和州刺史連州司馬富春凌君諱準卒于桂陽佛寺先是六月告于州刺史博陵崔君曰余嘗學黃帝書切脉視病今余肝伏以濇臂浮以代將不朧而死審矣凡余之學孔氏爲忠孝禮信而事固（蜀本作故）大謬卒不能有示乎世者命也臣道無以明乎國子道無以成乎家下之得罪于人以謫從（集作徙）醜地上之得罰于天以降被罪疾余無以禦也敢以鬼事爲累又告爲老氏者某曰余生於辰今之遇（集作寓）戊辰戊衝也吾命與脉叶其死矣乎吾罪大懼不克歸柩於吾鄉是州之南有大岡不食吾甚樂焉子其以是葬及是咸如其言云孤夷仲求仲

以其先人之善余也勸以誌爲請嗚呼君字宗一以孝弟聞于其鄉杭州刺史常召君以訓于下讀書爲文章著漢後春秋二十餘萬言又著六經解圍人文集未就有謀畧尚節氣賙人之急出貨力猶棄粃粺年二十以書干丞相丞相以聞試其文日萬言擢爲崇文館校書郎又以金吾兵曹爲邠寧節度掌書記涇之亂以謀畫佐元戎常有大功累加大理評事御史賜緋魚袋換節度判官轉殿中丞（集作此字）侍御史府喪罷職後遷侍御史爲浙東廉訪使判官撫循罷人按驗汙吏吏人敬愛厥績以懋粹然而光聲聞于上召以爲翰林學士德宗崩邇臣議祕三日乃下遺詔君獨抗危詞以語同列王伾畫其不可者十六七乃以旦

日發喪六師萬姓安其分遂入尚書乃以文章侍從由本官叅度支調發出納姦利衰止以連累出和州降連州居母喪不得歸而二弟繼死不食哭泣遂喪其明以沒蓋君之行事如此其報應如此夫人高氏在越孤四人南仲殷仲在夫人所未至執友河東柳宗元哀君有道而不白於天下離憝逢尤夭其生且又同過故哭以爲誌其詞哀焉

銘曰

噫夌君生不淑學孔氏楊蔡（集作芬）郁好謨謀富天禄讎禁書賛推轂觀靈龜獲貞卜從（集作徒）東越翊明牧罷人蘇汙吏覆升侍從躬啓沃匡危已殛與大福吏尚書徙隸肅佐經邦才用足道之顛身則辱白向江垂九疑麓仍禍凶遘兹酷能知命無怨毒罪不伋死猶僇何以葬南嶺曲魂有靈故鄉復封兹壤歸骨肉爲之銘志陵谷

柳州刺史柳君墓誌銘　韓愈

子厚諱宗元七世祖慶爲拓拔魏侍中封濟陰公曽伯且奭爲唐宰相與褚遂良韓瑗俱得罪武后死高（集注作中非）宗朝（文粹作時）皇考諱鎮以事母棄太常博士求爲縣令江南其後以不能媚權貴失御史權貴人死乃復拜侍御史號爲剛直所游皆當世名人子厚少精敏無不通達逮其父時雖少年已自成人能取進士第嶄然見頭角衆謂柳氏有子矣其後以博學宏詞授集賢殿正字（集作授校書郎藍田尉）俊傑廉悍議論證據今古出入經史（文粹作旨）百子踔厲風發率常

屈其座人名聲大振一時皆慕與之交諸公要人爭欲令出我門下交口薦譽之貞元十九年由藍田尉拜監察御史順宗即位拜禮部員外郎遇用事者得罪（集作文粹作十九年拜監察御史王叔文韋執誼用事拜尚書禮部員外郎且將大用遇叔文等敗）例出爲刺史未至又例貶（文粹有永字）州司馬居閑益自刻苦務記覽爲詞章氾濫停蓄爲深博無涯涘而自肆於山水（文粹有之字）間元和中嘗例召至京師又偕出爲刺史而子厚得柳州既至嘆曰是豈不足爲政耶因其土俗爲設教禁州人順賴其俗以男女質錢約不時贖子本相侔則（集注作許）沒爲奴婢子厚與設方計悉令贖歸其尤貧力不能者令書其傭足相當則使歸其質觀察使下其法於他州比一歲免而歸者且千人

衡湘以南為進士者皆以子厚為師其經承子厚口講指畫為文詞者悉有法度可觀其召至京師而復為刺史也中山劉夢得禹錫亦以（集無此字）在遣（文粹作譴）中當詣播州子厚泣曰播州非人所居而夢得親在堂吾不忍夢得之窮無辭以白其大人且萬無母子俱往理請於朝將拜疏願以柳易播雖重得死罪不恨遇有以夢得事白上者夢得於是改刺（文粹無此字）連州嗚呼士窮乃見節義今夫平居里巷相慕悅酒食游戲相徵（文粹作逭）逐詡詡強笑語以相取下握手出肺肝相示指天日涕泣誓生死不相背負真若可信一旦臨小利害僅如毛髮比反眼若不相識落陷穽不一引手救而（集無此字）反擠之又下石焉者皆是也此宜禽獸夷

狄所不忍為而其人自視以為得計聞子厚之風亦可以少媿矣子厚前時少年勇於為人不自貴重顧藉謂功業可立就故坐廢既退又無相知有氣力得位者（集有推挽字）故卒死（集作屍）於窮裔才不為世用而（集粹無而字）道不行於時也使子厚在臺省時（文粹有亦字）自持其身已能如司馬刺史時亦自不斥斥時有人力能（文粹作舉）舉之且必復用不窮然子厚斥不久窮不極雖有出於人其文學詞意（集作章）必不能自力以致必傳於後（文粹作不能自以力傳於後）如今無疑也雖使子厚得所願為將相於一時以彼易此孰得孰失必有能辨之者子厚以元和十四年十一月八日（集粹作十月五日）卒年四十七以十五年七月十日歸葬（集作[illegible]）萬年縣先人墓側子

厚有子男二人長曰周六始四歲季曰周七子厚卒乃生女（集有子字）二人皆幼其得歸葬也費（集作資）皆出於（文粹無此字）觀察使河東裴君行立行立有節槩重然諾與子厚結交子厚亦為之盡竟賴其力葬子厚於萬年之墓者舅弟盧遵遵涿（文粹作可）人性謹順學問不厭自子厚之斥遵從而家焉逮其死不去既往葬子厚又將經紀其家庶幾有始終者

銘曰

是惟子厚之室既固既安以利其嗣人

文苑英華卷第九百五十三

文苑英華卷第九百五十四

職官十六　誌二十

崔虢州玄亮墓誌一首　鄭滁州卽墓誌一首
邢歙州羣墓誌一首　李處州方玄墓誌一首

虢州刺史贈禮部尚書崔公墓誌銘　白居易

唐有通四科達三教者曰惟崔公公諱玄亮字晦叔其先出於炎帝至秦裔孫穆伯受封於崔因而命氏漢初始分爲清河博陵二祖故其後稱博陵人曾祖悅洛州司戶參軍贈太子少保祖光廸贈贊善大夫考杭楊州司馬兼通事舍人贈太子少保(集作師)妣太原王氏贈晉陽郡太夫人公卽少師季子解褐補秘書省校書郎從事宣越二府奏授

協律郎大理評事朝廷知其才徵授監察轉殿中歷侍御史膳部駕部員外郎洛陽令密州刺史公(集有師)至密密民之凍餒者賑恤之疾瘵者救療之骴體(集作骼)未殯者命藏瘞(集作瘞藏)之男女過時者爲嬪(集作娶嫁)娶之三月而政立二年而化行密人悅之發於謠詠換歙州刺史其政如密先是歙州(集無此字)民畜牛馬而生駒犢者官書其數吏緣爲姦公旣下車盡焚其籍孳息貿易一無所問先是歙民居其(集無此字)山險而輸稅米者擔負跋涉勤苦不支公許其計斛納緡賤入貴出官且獲利人皆忘勞農人便之歸如流水朝廷聞其政徵拜刑部郎中謝病不就俄改湖州刺史政如密歙加之以聚羨財而代逋租則人不困謹茶法以防黠

吏則人不苦脩堤塘以備旱歲則人不饑罷民(集作氓)賴之如依父母入爲秘書少監改曹州刺史兼御史中丞謝病不就拜太常少卿遷諫議大夫屢上封章言行職舉上召對加金紫以獎之假貂蟬以寵之未幾朝有大獄人心惴駭勢連中外衆以爲冤百辟在庭無敢言者公獨進及霤危言觸鱗天威赫然連叱不去公遂置笏伏陛極言是非血淚盈襟詞竟不屈上意稍悟容而聽之卒使罪疑從(集作惟)輕實公之力旣而眞拜用(集作四)旌忠臣由是正氣直聲震耀朝右縉紳者相賀曰(集作賀皆曰)國有人焉國有人焉公以爲名不可多取退不必待年決就長告徑遵歸路朝廷不得已在途拜太子賓客分司東都公濟源有田洛下有

宅勤誨子弟邀招賓朋以山水琴酒自娛有終焉之志無何又除虢州刺史蓋執政者惜其去將欲馴致而後用之大和七年七月十一日遇疾薨于虢州廨舍天子廢朝一日贈禮部尚書周行士林聞者相吊宗族交友靡不出涕遺直遺愛公兼有焉嗚呼公之將終也遺誡諸子其書大畧云吾年六十六不爲無壽官至三品不爲不達死生定分何足過哀自天寶以還山東士人皆改兩京利於便近惟吾一族至今不遷我沒宜歸全于滏陽先塋正丘首義也送終之禮(集作事)務從儉薄保家之道無忘孝悌吾玉磬琴留別樂天請爲墓誌云爾夫人范陽盧氏先公而歿有子九人長曰熅通事舍人次曰芻言四十言舉進士次曰綬

（集作殺）中牟尉某下皆幼稚熅等哀毀孝敬號護轜翣以九年四月二十八日用大葬之禮歸窆于磁州招義縣磁邑鄉北原遷盧夫人而合祔焉遵理命也公之丁少師憂也退居高郵其地卑濕泣血卧苦者三載因痼（集作病）痺其兩股焉逮于終身（集有竟字）不能趨拜從弟仁亮竄謫巴南殁而無後公先命長男熅護喪歸葬後命幼子聽繼絶承祧自宗族及朋執間有死無所歸孤無所依者公或祭之葬之或衣之食之或婚之嫁之侯齊二家之類是也故閨門稱其孝群從仰其仁交遊服其義不可謂德行乎公幼嗜學長能（集作善）屬文以詞賦舉進士登甲科以書判調天官入上等前後著文集凡若干卷尤工五言七言詩警策之篇

多在人口其餘製述作者許之可不謂文學乎公之典密歙湖也理化如此（集作彼）可不謂政事乎居大諫騎省也忠讜又（集無又字）如此可不謂言語乎公夙慕黃老之道（集作術）齋心受籙服氣鍊形暑不流汗冬不挾纊膚體顏色氷清玉溫未識者望之疑神仙中人也在湖三載（集作歲）歲修三元道齋每（集無此字）輒有綵雲靈鶴回翔壇上久而去之（集作久之而去）前後置齋七八而鶴來儀者凡三百六十其内脩外感也又（集無又字）如此可不謂通於大道乎公之晚年又師六祖以無相爲心地以不二爲法門每遇僧徒輒論真諦雖耆年宿德（集作學）皆心伏之及易簀之夕大怖將至如入三昧恬然自安仍於遺疏之末手筆題云暫是榮蹔是悴敲石火即空即色眼生花許時爲客今歸去大曆元年是我家其解空得證也又如此可不謂達於佛性乎揔而言之故曰通四科達三教者也居易不佞辱與公遊者三十餘年年老分深定爲執友兒奉遺札託爲斯文且慙鄙陋不敢辭讓銘曰滏水之陽鼓山之下卜日吉土載封載樹嗚呼傅陵崔君之墓

滁州刺史鄭公墓誌銘　前人

周宣王封母弟桓公于鄭厥後因封命氏爲滎陽人鄭自桓公而下平簡公而上世家婚嗣咸載（集作詳）于史諜故不書公諱朗字某五代祖諱某北齊尚書令是（集作謚）爲平簡公曾祖某下邳（集作卸）郡太守王父諱某衛州刺史皇考諱

某祕書郎贈鄭州刺史公即祕書第三子好學工詞賦舉進士中第判入高等始授鄄城尉無何本郡守移地部州民有暴悍者相率遮道麾呵不去公忿其犯上立斃六七人採訪使奇之奏署支使改浚儀主簿轉大理評事兼佐漕務（集作豫非）彭果領五府奏公爲節度判官會果坐贓連累僚佐貶光化尉移向城尉歷北海尉時安禄山始亂傳檄郡邑邑人孫俊鄧羅伽毆市人劫廩藏以應公時已去秩因奮呼率寮吏子弟急擊之殺俊羅伽盡殲其黨由是一邑用寧朝廷嘉（集作美）之擢授登州司馬尋轉長史累加朝散大夫入爲太子左贊善大夫尚書屯田員外郎太子中允出攝淄州刺史俄改（集作換）萊州連有善最詔授檢校司

勲郎中兼侍御史充青萊登海密五州租庸使太尉李公
光弼鎮徐州奏公爲節度判官改太子左諭德屬海州沂
州饑盜賊起詔除沂州刺史充海密沂三州招討使加正
議大夫賜紫金魚袋公恵威舊著比至部而蒼山賊帥李
浩與其徒五千來降由是三郡底定復入爲衛尉少卿相
國王公縉統河南奏公爲副元帥判官未幾除祕書少監
兼滁州刺史本州團練使居八載政績大成大歷十三一作
二年二月十五日薨于楊州權窆于某所享年七十有八
公凡七佐軍四領郡俸不積滯衣食無常主常嘆曰以飽
煖活孀幼以清白貽子孫是吾心也逮啓手足卒如其志
先是太夫人嘗寢疾公衣不解帶髪不櫛者彌年侍疾執

喪憂毁過禮公尤善五言詩與王昌齡王渙之崔輔國輩
聯唱迭和名動一時迄一作逮今著樂府詞播人口者非一
晩賦思舊遊詩百三十篇亦傳於代前夫人清河崔氏贈
清河郡太君後夫人博陵崔氏贈博陵郡君生子七人長
子雲逵有才名至刑部侍郎京兆尹公由京兆累贈官至
散騎常侍刑部尚書次子徵終潤州司馬次子公逵一作逵
有至行初以公年高不就仕及居憂廬墓泣血三年淮南
節度使本道黜陟使洎朝賢袁高恭等累以孝弟稱薦嚮
名教者慕之今爲侍御史上柱國滄景節度參謀次子方
逵衡州司士參軍次子震陽二字集作農當塗集作當陽縣丞次子
震弼集作文弼幽州叅軍公自捐館殆逾二紀家國多故未克

及葬至元和五年移集作始遷于鄭州新鄉縣某原祔先祕
書塋二夫人從焉時京兆已即世諸弟在下位獨侍御史
銜恤考集作襄事考備終始見託追譔銘于墓石銘曰
世禄德門斯之謂可久懿文茂績斯之謂不朽二千石之
禄七十八之年斯之謂貴壽内史之顯揚柱史之孝行斯
之謂有後嗚呼鄭公榮如是哀如是又何不足之有

歙州刺史邢君墓誌銘　杜牧

亡友邢涣思諱群牧大和初舉進士第於東都一面涣思
私自約曰邢君可友後六年牧於宣州事吏部沈公涣思
於京口事王并州俱爲幕府吏二府相去三百里日夕聞
涣思攸助并州鉅細合宜後一年牧奉沈公命北渡楊州

聘丞相牛公往來留京口并州峭重入幕多賢士京口繁
要游客所聚楊生議議并州行事有不合理言者不入涣
思必能奪之同舍以爲智不以爲頗并州以爲賢不以爲
僭侵游客賢不肖不能私論議集作識以一詞公事宴懽涣
思口未言足未至缺若不圓牧曰往年私約邢君可友今
真可友也盧丞相商鎮京口涣思復以大理評事應府命
今吏部侍郎孔温業自中書舍人以重名爲御史中丞牧
以補闕爲賀客孔吏部曰中丞得以御史爲重輕補闕宜
以所知相告牧以涣思言中丞曰我不素知顗聞其爲人
牧具以京口所見對後旬日詔以爲監察御史會昌五年
涣思由户部員外郎出爲處州特牧守黄州歲滿轉池州

與京師人事離濶四五年矣聞渙思出大喜曰渙思果不容於會昌中不辱吾御史舉矣渙思罷處州授歙州牧自池轉陸歙州相去直西東二百里間來人曰邢君何以爲治曰急於束縛縣吏冗事弊政不以久遠必務盡根本牧曰邢君去縉雲日稚老泣送於路用此術也復問閑日何爲曰時飲酒高歌極歡牧曰邢君不喜酒今時飲酒且歌是以不用繫(集作繄)慮而不快於守郡也復問曰日飲幾何曰嗜彘肉日再食牧凡三致專書曰本草言是肉能閉血脉弱筋骨壯風氣嗜之者必病風數月渙思正握管兩手反去背仆于地竟日乃識人果以風疾發舟東下次于睦兩扶相見言溢不能拜語及家事曰爲官俸錢事骨肉親

友緣(集作隨)手皆盡蓋壯未期病病未期死今病必死未死得生至洛卒矣妻兒不能知矣君進士及第歷官九歷職八始太子校書郎協律郎大理評事監察御史京兆府司録殿中侍御史户部員外郎處州刺史歙州刺史職爲浙西團練巡官觀察推官度支巡官再爲浙西觀察推官轉支使爲户部員外郎判度支案代劉稹爲制使使鎮魏科(集作料)軍食賜緋服銀章初副李丞相回再副高尚書銖撫安上黨三面征帥大中三年六月八日卒於東都思恭里年五十邢氏周公次子靖淵封爲邢侯國滅因以爲氏西漢宇爲太尉子綏爲司空曾孫也世宗光武時爲驃騎將軍世宗玄孫顒因居河間當曹魏時參大祖丞相事終於大常邢有河間南陽君實河間人大常後也後至晉魏已降皆有官禄唐麟臺郎中(集作仲)與於君爲曾祖麟臺生奉天令待封奉天生緱氏丞至和君卽緱氏子兩娶前夫人隴西李氏忠州刺史佐次女今夫人南陽張氏壽州刺史植女四男曰懌悟(集作惜)温郎壽郎用某年某月某日葬于偃師縣某鄉某里某原葬有月日其孤立使者哭告于柩來京師請銘銘曰

十五知書二十有文三十登進士五十登刺史才能温良并包與之而止於斯七政在天一廻一旋差以毫數能窮如(集作知)賢賢者多夭不肖壽考誰爲聖人孔不能究無可柰何付之以命曰如命何

處州刺史李君墓誌銘　前人

君諱方玄字景業刑部尚書贈司空貞公長子也貞公事憲宗皇帝兄弟受寄西(集作四)鎮在漢南時戰淮西未利監軍使崔談峻讒言中入爲太子賓客後淮西平李光顔移鄭滑陳許無帥帝閑讌獨言曰勁兵三千(集作萬)誰可付者談峻侍則曰有大臣家不三十口俸錢委庫不取小僮跣足市薪此可乎帝曰誰爲者談峻進則(集作卽)以貞公言帝卽日起貞公爲陳許帥其儉德服人如此景業少有文學年二十四一貢進士舉以上第异名解褐裴晉公奏以秘書省校書郎校集賢殿秘書聰明才敏老成人爭與之交後以協律郎爲江西觀察支使裴誼觀察判官有殺人獄

法曹官煆（集作斷）成當死者十二人景業訊覆數日内活十
二人究人（集無人字）尚書以上下考奏裴公移宣城授大理評
事團練判官後尚書馮公宿自兵部侍郎節鎭東川以監
察御史（集無此二字）裏行爲觀察判官不以爲御史府取爲真
御史分察塩池左藏吏盜隱官錢數十（二字集作千）萬獄竟遷
左補闕遇事必言不知其他丞相固言以門下侍郎出鎭
西蜀奏景業以檢校禮部員外郎參節度軍謀事仍賜緋
魚袋徵拜起居郎出爲池州刺史始至剏造籍簿民被徭
役者科品高下鱗次比比一在我手至當役役之其未及
者吏不得弄景業賞（集作嘗）歎曰沈約身年八十手寫簿書
蓋爲此也使天下知造籍役民民庶少活復定户稅得與

豪猾沉浮者凡七千户衮入貧弱不加其賦堤州南五里
以涉爲衢凡裁減蠹民者十餘事城東南隅樹九峯樓見
數千里鑿齊山北面得洞穴怪石不可名狀刋石於嵓下
自紀其事九四年政之利病無不爲而去之罷去上道老
民攀哭景業季父刑部侍郎建與貞公以德行文學俱高
一時時之秀雋半歸李氏門下景業復聰明少鋭儉苦温
謹早與長者游備知天下之所治嘗慷慨有意於經綸少
在諸侯府入爲朝官出爲刺史蚤夜勤苦爲學不已屈指
計量必伸已志雖時之名士亦以此許之罷池廉使常公
温館于宣城會昌四（集作五）年四月某日卒于宣城客舍年
四十七（集作三）七代祖遠後周柱國大將軍都督雄（集作熊）陝

十六州陽平郡公曾王父琛王綿州昌明令昌明生震（集作
此字）雅州別駕贈左（集作右）僕射生貞公遜先夫人滎陽鄭氏
贈本縣太君後夫人范陽盧氏男若干女若干人銘曰
顯莫識其端幽莫見其緒已乎景業何付與之多而奪之
何遽夭顏病冉孔子不知其故於景業兮杳欲何語嗚呼
哀哉

文苑英華卷第九百五十四

文苑英華卷第九百五十五　誌二十一

職官十七（此下六卷英華所編失作者先後今正之）

王司馬墓誌一首　張長史承休墓誌一首
呂司户虔墓誌一首　趙長史墓誌一首
孫司馬嘉之墓誌一首　李司馬墓誌一首

申州司馬王府君墓誌　陳子昂

君諱某字某先太原人也昔周文王有聖人之德甲子受圖至我靈王誕膺不顯太子晉得鳳凰之瑞恭揖群后上爲帝賓綿綿生人作我王氏迨秦有賁翦并吞諸侯晉有渾祥功格帝室至魏（集作魏至）慧龍爲貴種矣十二代祖卓晉常山公主子也始公主湯沐邑在汾陰永嘉淪夷不及南

渡因樹松（集作杉）櫃而結廬焉卒葬于長壽原至今鄉有太原之號也曾祖亮周開府儀同上大將軍隋信州刺史樽俎之師（集作師）也祖儉隋離石郡守唐石州刺史贈代（集作岱）州摠管廣武烈侯社稷之器也父諶唐虞部郎中荆州大都督府司馬商壁鄜許冀五州刺史加銀青光祿大夫濬州都督金水敏侯上柱國廊廟之才也敏侯有功於國始賜土田白茅苴之在鄠之曲因食釆今爲雄州人君即敏侯之元子炳靈珍粹輝釆幽靄慜而能以（集作以）恭寛而以栗青衿聞道已光大矣天子立太學所以養賢公子齒上庠所以觀國君之休烈泉（集作淵）塞志業雲翔年若干爲國子生某年（集作中）射策甲科解褐補吳王府叅軍事時吳王帝

之愛子國選英僚君三德允彰六行既穆典其郡劉孝孫首先（集作光）此舉誦詩三百和淑其仁而醴酒不恭楚筵亦廢坐除滑州録事叅軍又轉隴州録事叅軍時樂成公劉仁軌以宰相之貴持節此州睽然惟中主諾責下軍機（集作提）綱未幾群轄載孚劉公坐嘯以爲能也舉遷汾州平遥縣令其地有埜台（左傳作駘）之怪蟋蟀之人君黃鼎介中鳴琴不下鍾皷既考風俗允和帝曰良哉而格我政加朝散大夫遷岐州扶風縣令若尹翁歸以文武之幹緝熙此邦黃圖雖寧赤丸未乂君以先（集無先字）庚斷甲設距投鉤赭裙始繩埾面咸革丁我敏侯艱遂茹哀苫廬衘恤終紀是歳申國不理元寮佇才制加朝散大夫授申州司馬屬太夫人

有羸老之疾棄（集作去）官不之白華增勤綵衣是慕至於朝晡（集作晝）夕膳候色承歡夔夔齋粟烝烝不匱有若楚太子（集作老萊）爲之嬰兒也嗚呼昊天不弔降此鞠凶太夫人以眉壽薨時君年已七十二矣禮以飲酒而君絕漿虛以降哀而君泣血煢煢在疚欒欒棘心（集作欒棘其心）新穀未升脠莪已殖以某年青龍癸巳薨于某里第之正寢孝之終也嗚呼哀哉昔聖人五十而慕先子謂之至德今君七十二而盡其哀非敦篤允元深仁淑德者疇能離此哉夫人弘農楊氏隋内史侍郎冊川公演之女孫也幼有淑德而美令儀釆蘩昭華穠荷比秀至於内嚴閨訓外匡君子麟趾以穆雞鳴有章誠可道耿公宫事宣彤管晚年以儒困（集作因）未

兗冥業唯深遂揭無生之筌將遣以有漏之屣顧絜道行受
蓮華經理極翻三心滅不二形亡又緣盡歸真化冥歲在丁
酉處順而徃始我府君以懸車之歲從負米之勤夫人亦
能肅恭晨昏嚴祗左右夫至行莫大於孝崇義莫顯乎忠
君克勤于家盡力於國形（集作刑）于妻子至於朝廷夫矜而
不與物或有遠廣而無適義所以比君好謙達禮研機成
務舉其法器無不馴從其政事無不理夫用我者而豈徒
哉嗟乎矜而能廣（集作廉）利而不兇百行允備三事不偕臧
文仲其竊位歟柳下惠其直道歟有子四人長曰某官至
武連縣令先公而卒次子某等肅奉嚴訓景行高山達于
家邦光乎（集作于）禮樂末號罔極泣血昊天始府君臨終遺

令薄葬墨龜未食青烏不封權殯于某所需吉兆也龍集
巳亥律躔應鍾金鷄鳴玉狗吠黄腸啓册旐徐飛始遷
神於某原之陽禮也青龍在左朱鳳居前雙衾共封二室
同穴珠玉不瘞丘隴誰傳刻此金石以旌後賢

恒州長史張府君墓誌銘　張說

君諱承休字某吳郡吳人也留侯興漢播美西京長沙涉（集作徙）吳蔽蔓東土曾祖冲在陳爲文帝師入隋爲漢王學士祖後胤授經太宗尊之以爲（集無此字）祭酒既封新野又贈以宗伯考少師位不克畢止於朱陽宰班固稱世名忠孝魏武謂積善之家昌門一絲彈我諸族君受天戩穀傳家業藝希言敦行去華崇實非法不由非禮不動精於理物敏於政事初以南郊齋郎補兗州兵曹丁太夫人憂廬墓三年加人一等再任始州司倉應八科舉改鄭州錄事參軍又舉賢良方正選楊府（集作州）司錄參軍移蘇州常熟令歷政皆有能名加朝散大夫入爲司農丞實掌錢穀姦僞息望使覆囚嶺南是司獄訟聽折惟允乃授濟源令風行畿甸河潤洛師加朝議大夫上柱國拜絳（集作隆）州司馬轉恒州長史簡而有孚權而（集作有）中道嬰風患（集作恙）去職就醫還京春秋六十有二終于潁政里夫人成紀郡君天水秦氏盧陵郡公行師之孫嗣公游福之女敬事君子誠訓諸孤當代之孟母者（集無此字）也年六十二終於許州開元元（集作九）年十月某日合葬於武功之禮讓原禮也夫道大難

合仕屯而不進德高者（集作有）後身没而福流君同生八人半服銀艾祚胤五子率爲珪璋比迹於燉煌六龍南鄭千室德門濟美信有徵乎懼陵谷或遷乃勒銘沈石銘曰
思文留侯時惟皇祖長沙南守分幹東土家有道書門傳學府嵬峩重世通經二主誕靈上喆克廣斯文造次仁義優游典墳孝乎事親忠乎事君倚那叔父亦足有云

玄州司户吕君墓誌銘　前人

君諱虔字某其先東平人也堯之太岳始封吕侯周之太師實表齊國河西則覇王繼氏（集作代）關東則丞相聯華近徙河間是稱右族大父賛隋幽州都督府長史考師滄州清池令並振羽儀馳聲郡（集作都）邑公孝弟天至禮樂混成

千里聞騏驥之才五都重琅玕之價壯士行去樹勳於塞垣君子居之何陋於蕃郡以上柱國爲玄州司戶參軍積善襲於家風餘慶流於身後享年若干而卒夫人清河太君傅氏四德爰爲六行聿脩始則賓於冀妻終乃訓成孟母春秋若干而終開元十四年某月合葬於州城西南里之平原禮也我有令子職司馬於小山我有淑孫偶乘龍於大樹榮哀之事于茲畢矣銘曰

堂堂呂公休有令德穆穆傅母順成内則兩譽齊振雙儀不慝（集作忒）景行山東風流河北有生必謝誰能獨存神寧故里合葬中（集作平）原劔暗泉室松寒墓門勒銘沱礎萬古何言

許州長史趙公墓誌銘　張九齡

公諱某字某天水隴西人其先受賜于周所食者趙下逮襄子大爲諸侯至（集作貽）于謀孫克用保國有功有伐無代無之曾祖某隋尚書左右僕射淮安（集作寧）郡公祖某金紫光祿大夫殿中監贈工部尚書武強公父某符璽（集作寶）郎皆發聞馨香世祚蕃衍不高位者則人望焉公惇師舊業允廸恭（集作淵）懿包君子大雅之量有古人獲心之實修詞以達其道則質文相半履行以顧其言則剛柔並克弱冠以門子調補湖州參軍轉相州司兵參軍學以入官思不出位格言清論始誦今行爲太上皇養德在藩擇賢爲吏公首其舉王曰爾諧於是引爲相王府戶曹參軍轉法曹

參軍及龍德既亨鶴鳴有應往而利見察以好爵乃授朝散大夫雍州錄事參軍綱領諸曹罔有不率秩滿除洛州伊闕令事舉其中斂從其薄惠小鎮大徇公滅私政之在人今而遺愛俄遷徐州司馬未幾轉陝州司馬許州長史千里將聘六轡斯柔得之自心動而中節故其四參州事再入府寮一宰畿邑三爲郡佐莫不所居而績宣其用所去而頌因其跡豈伊苟然厥繇尚矣開元八年春二月疾革乙丑終于官舍春秋若干某年冬十有一月庚午歸葬夫人崔氏祔焉公自然淡泊不胥勢利守道貞固與命推遷故歷年多所移官數四不過參佐而已豈亦直道之云乎然而卑以自牧約而能濟推厚居薄内安其仁急病讓

夷外多其義不曰君子其能爾乎有子曰令言次曰令則泣血加人抑情就禮哀䘏窀穸之事恭惟先君之德驗之所履附之斯文以傳無窮以慰罔極銘曰

猗嗟令德寬仁合道景行行之風流肆好名取公器爲身善寶（集作善爲身寶）志所以立政所以宣入官惟允涖事其然是儀是式不忘不愆今也終古後之克祚子孫禋祀春秋霜露茫茫九原斯焉求墓

宋州司馬先府君墓誌銘　孫逖

府君諱嘉之字某魏郡武水人也故爲安樂蓋齊大夫書之後至晉長秋卿道恭有子曰顗避地河朔後世居焉顗五世孫魏光祿大夫某悉尉爲本朝大儒自時厥後不隕其

業公即光祿玄孫也曾祖孝敏隋大業中并州晉陽縣令所居之聚聊設衡關至疑為晉陽里祖仲將皇朝鄆州壽張縣丞父希莊皇朝韓王府典籤自晉陽至府君四世而傳一子故五服之內無近屬焉府君四歲而孤無所怙恃外祖劉士傑因官居于潞之涉縣府君自幼及長外族焉依克自激昂允廸前烈弱冠以文章著稱因此遊太原涉西河以觀陶唐之風河汾之間有盛名矣垂拱載初之際始詣洛陽獻書闕下極論時政言多抵忤所如不合遂投跡太學託名常調天冊中以進士擢第與崔日用蘇晉俱為考功郎中李迥秀特所標賞又視初預拔萃與邵炅齊斡同昇甲科解褐蜀州新津縣主簿又補河南府緱氏縣

尉改王屋縣主簿府君少好攝生之術自王屋授訣於司馬先生便欲罷官學道而官微祿薄曰疑門無儲宗黨孤耿無所仰給繇是願效六百石長吏馬歷洛州曲周宋州襄邑二縣令秩滿之後遂絕跡人世屏居園林怡神太和以適初願居數歲秩疑長子某拜中書舍人實掌絲綸皇上以府君有義方之訓特授朝散大夫宋州司馬仍聽致仕手詔褒美親族榮之享年八十三以開元二十七年四月二十四日棄背於東都集賢里之私第府君性聰明而志高邈學該百氏而不為章句文窮三變而尤工氣質早有大名晚從卑位於是知命之不偶道之不行隨時委運澹然無營而疇昔輩列平生雅故當軸處中者多矣蓋未

嘗跬足而近之恬於勢利乃如此也然所涖之職必悉心為政不以小而易之人到于今遺愛矣爾其閨門之教子孫之謀猷之必遠誨則無倦萬石不假於誚讓太丘惟聞於遵疑誘保乂於後無慙古人夫人廣平宋氏蒲州安邑縣令斌之孫滑州司士參軍郁之女淑德賢行深慈至柔有子四人皆著名於詞學有女六人俱涉跡於圖史非獨府君之善訓亦有夫人之內則焉享年六十以開元十年十一月二十三日先棄背於河陽別業逖適遘迨等遭天不憖遺降此鞠凶創鉅以深荼蓼又集永惟宅兆未立精靈未安猶力疢瘵尚存餘喘即以府君違世之年八月十二日遷厝于邙山陶村之西原合祔焉禮也北據岡阜南

瞻城闕一以託州原之勝勢一以近庭闈之故居諸孤等亦願朝奠几筵暮掃松栢往來密邇以寘哀懷伏惟尊靈安此真宅小子痛極豈復能文泣血書事言多失緒其詞曰

惟先府君不隕厥問克惟厥訓惟先夫人慈範是經柔德是程昊天罔極曷其報德敢述舊聞言豈為飾

楊州司馬李公墓誌銘　李華

公諱某字某趙郡高邑人也在昔咎繇謨明玄元道德武安之功秦人息甲廣武之畧淮陰東西疑作面魏則中書為臣齊則常侍參佐命丞動隣邦明喆于周隋水部才冠時倫訓紬于忠孝國朝則蒲州之仁政趙州之懿德趙州生

晉陽尉諱某道崇位卑鍾慶身後官婚人物爲山東上族五百餘年矣公少孤以經明行脩登第直崇文館授雍丘尉屬國家幷中泰山縣當馳道徵責萬計臨事無遺居至卑而不拆當大務而不撓外兄許公蘇尚書頲特親重之秩滿考六經覽群書手抄二百卷觀其大（一作仁）義歷交城尉無何丁內艱柴毀終禮授榆次尉裴尚書伷先爲太原尹廉察河東引公在幕賢者知勸不仁者懼既而從調朝廷詔有司精求令長公以崇璧之咨鍾彝之重屈爲蕭令邑臨古汴之衝每歲爲害公因租之集兩稅一石置於水濱治之爲防水不敗稼蕭人賴之徐方歌之則政之利人餘可知也選授太原府法曹參軍事大都草殷囂訟填積

公鏡其詐實皆叶身中太原王之北門枕扼夷夏屬狂胡首亂悉衆來攻公撫弦登陴左右軍師完城池潰凶醜有力焉詔加朝散大夫遷太子洗馬拜右諭德進階正議大夫東宮圖書亡逸有司命公留北部蒐訪焉淮南節度故相崔尚書圓表公爲楊州右司馬將任以州政方祖道遘厲而終享年六十六廣德二年六月十三日也長子規前刑部員外郎兼侍御史次子覯故沂州沂水縣丞次子覿故太原府榆次縣尉次子峴前汾州平遥縣丞幼子覲前左監門衛率府兵曹參軍事泣血茹悲哀號萬里求仁者之助於江湖奉迎裳帷於太原歸安洛汭禮罔不備某年月日窆於某原（闕）禮也規有（闕）公遺（闕）國之才臣嘗爲晉州吏

職中外宣力王室（闕）於天下公其不亡矣公有文有武簡而能肅不伐其勞（闕）其美於人神明質高嶷如山孤味道於老莊還性於禪惠每涉危必免阽患無傷冥然禮順疑若靈助蓋德之所至者也嗚呼位不尊壽不遐時耶命耶華於公諸從鴈行爲公所知感規之孝祗述盛烈以慰諸孤之心其銘曰

貴爲侯伯來日赫赫百夫之特所稱者德神錫純嘏道無遺者淮南鎮楊爲右司馬嘗涖蕭人蕭人以淳嘗掾太原功宣北藩艾綬銀章大夫之尊春秋匪懈榮於寢門宜其永世天胡降戾仁而有子哀號萬里維嵩之隅維汾之涘我卜我筮壽宮脩止與天無期寧極於斯子孫百代拜手

於斯

文苑英華卷第九百五十五

文苑英華卷第九百五十六　誌二十二

職官十八

劒南節度判官崔君墓誌銘　常衮

故人清河崔汪字巨源舉秀才校文尋佐戎衛遷廷尉評辟荆襄益三府春秋若干大歷四年月日遇疾終于成都官舍以己酉歲律中南吕庚辰之辰返葬於棲鳳原龜從也惟先德世勳焯叙前志祖仁堅父綱位不配才佐郡貳

邑而已公志經炳文義精格峻敦孝本義篤近周親定交後求忠告善道達則兼濟否則艱貞天寶之難覩萌晦跡族行導漾儉德全身陶融太和不嬰物累而辟書狎至傳駟旁午不暇棲伏俛而受命竟友於諸侯咨以書奏籌畫之事抗詞中病動不求合老將嚘啙大豪雄張正色檢御華心畏憚從容儒服以静邊荒夷險終始坦然一致初郭英乂鎮蜀政暴及禍公以嘗所辟用雖言之不行終全節守義遂與妻子居巖石之下不復欽袂於是府矣及相國衛公式是南邦旌禮賢士待以坐幄咨訪戎政議者謂翰飛紫霄邈其遠矣志士方展國華中零哀哉蓋君子耻食浮於人不患無位故曰孔門不稱其官閥頴川尚慙於鄉

長公始以文顯中以道勝終以義全斯亦成名矣何必乘軒服冕方謂之達歟然以有王霸之畧通質文之變不得與公卿大夫高議明庭鬱湮重泉知者悼惜旅櫬南下浮江阻冦夫人河東薛氏故水部郎中據之女也公之死明誓崩戚感動潛舟夜風反柩湍險神明所護川后息波出于萬死之中克此九原之葬可謂貞烈孝婦軌儀壼範嗣子師周十一歲而孤危身過毁以余先君之舊見託銘述詞曰

元和内融懿鑠孔純學滔泉源文鬱春雲儉德處難超然世氛即戎雅歌偃息中軍叅以天時合於兵機道行則安言廢則危終保風節蜀人高之英靈沉埋旅櫬流離哀哀

孝婦上訴蒼昊金柩巴江歸魂蜀道田横舊曲季布餘鄉一閉泉扃千秋蔓草

范陽郡倉曹叅軍京兆韋公墓誌銘　獨孤及

永泰二年五月七日有唐故衢州刺史會縣子京兆韋璩第三子范陽郡倉曹叅軍諱元誠葬于少陵原先塋夫人范陽盧氏祔焉從周禮也公少時爲坊州叅軍歷襄州司法試守棗陽縣令真授蒙城令凡五遷至范陽倉曹初安禄山以范陽叛刼脅元元以殺盩衆士之因官因居而困窘顛躓墮圉中者數千計兇威所及不死則汙公掾吏也在僞署伍中溷跡徉狂巽以病免盜憎之乃加害焉春秋若干夫陽九戹會天地鞠凶燎火炎炎玉石何訴是歲天

寶十五年也嗚呼人皆筮仕必以應平公幹稱於州里人誰無死死則名不朽志不奪不䗶盜哺以易其生生且不苟其事君事親之禮不待史氏而自明矣在官必聞則居家正身與朋友臨財之節可知矣有子曰彤龍鍾崎嶇於阻險之中十年不克返葬哀有何極歲在乙巳冬某月始跋涉大行恒山之路以公之喪葬自某原（集作至自某郡是）公李弟吏部郎中元魯既得吉卜痛天倫之歡莫之追也願以君之忠於君恪於官友於家之德之美以播後嗣庶幾陵岸遷而德音不磨謬以及爲習於禮者故使爲誌其辭云

天地橫隤三象霧（集作霾非）兮梟獍擇肉鬱鶩懼兮明夷于飛羅其故兮美玉寧拆質不汚兮子子孫孫荷餘裕兮

越州長史李公墓誌銘　梁肅

大曆己未八月癸丑故尚書比部郎中（集作員外）渤海李公卒享年六十十月某日權窆于某鄉原嗚呼公諱鋒字公穎脩人也其先自後魏幽州刺史高城公雄四世至皇朝太常博士善信善信之孫曰文素以之章知名舉秀才曆伊闕尉文素生勝尉于馮翊之白水盖公之父也鳳閣侍郎平章事武功公蘇味道其外祖也公器宇魁異（集作梧）英風（集作風神）明邁中立不回旁通多可初不以禄仕為意用朋酒自娛游江湖間交必一時之選言必可大之業相國張平原鎬之鎮江西也聞而器之表爲協律郎兼上饒令公用仁愛恤惸獨剛明肅家右不及一年上饒之人如熱遇濯亦既報政彭城公劉尚書晏以狀聞詔遷晉陵令爲治加上饒一等郡守李公栖筠尤重之待以賓禮時公以豫劘之器連宰（集作尹）二邑征鎮者聆其休風方昭（集作招是）佇不暇陳宣州少遊表言其能授監察御史參宣歙軍事事無苛慝遷殿中侍御史換工部郎中從事部無闕政因條奏至京師當國者偉公之材將寘于朝公辭未復命遂以侍御史旋介本使東遷于會稽與公俱東亦泰末妖賊殺郡將以叛其帥敗亡賊（集作餘）黨詐服公以單騎往安其民一旦收隱慝（集作匿字）三十人殺之以徇三衢之人道路相慶人到于今稱之無何有比部之拜乃兼越州長史既罷歸休于無錫私第道有所不通公淡然自居其志愈厲加以率性

孝悌睦親接士財必分人衣無常主和樂扇於閨門信讓達于家邦其進也致身以從政其退也卷懷以自牧其亡也知與不知皆爲歎息嚮非懿識全才其風可懷則曷以臻此予忝從公遊也久故錄其實以紀之因用表墓誌銘曰

才宜處貴德宜受福夗矣比部曷其不淑融融和風（集作氣）綽綽曠度疎通且仁柔惠有裕登車持斧厥績方茂力命暫乖陰陽已寇閱川不駐廣厦推構夜臺陰陰何日復晝

鄜坊節度推官大理評事唐君墓誌銘　權德輿

君諱欵字嘉言北海人曾祖貞休皇比部郎中河南少尹祖詡太子洗馬考試河南府士曹參軍代有懿行遠承華

構君清方敏厚切有立志與伯氏文編講藝脩詞知名於
士友間其文華洽而長於比興其義行潔脩而篤於友
悌貞元初舉進士甲科鮮巾補宮衛紀綱掾右輔守臣撫
封辟士表爲支使轉左領軍倉曹明年復調爲左金吾胄
曹因喟然曰吾三命不越於環列其道蹇歟滿歲宴居吟
咏情性而已會故人彭城劉景通受天子推轂之重鎮于
洛郊（集作郡）辟書既至命書繼下以廷尉評事理軍訟未幾
請急省兄于盛山又東南至于雲安間關巴峽嬰冒霧露
俄而景通入覲爲冬官司空方欲盛薦君於獻納侍從之
列景通既沒（集作列非）左右曹中執法多所引重而枕疾不起
悲夫時二十年秋八月壬子其年四十有九昔崔駰管輅

官不過長岑令少府丞而當時之翕然扇巧言進取蒲志
者可勝道哉夭閼紛綸從古所歎初娶馮翊嚴氏興元長
帥相國太保公之女不幸早亡繼娶天水權氏華州司士
叅軍集之女予之從祖妹也有明敏（集作識）淑行爲六姻儀
法結褵周月遭罹栢舟之痛遺鯍之始（集作方娠）可哀也哉予
與文編周旋於文章道義二十年矣故辱君之歡亦舊淮
湖睽阻京轂會合（集作姓地）怛化在句歲之中寢門脊涕
情何有極冬十月庚寅其孤輝既得吉卜窆于萬年縣義
善原且虞立夷谷變不可以不識遂爲銘曰
一氣沄沄浮休滑涽英華未伸奄忽歸根于嗟乎嘉言于
嗟乎九原刻此清芬

太原府司録事叅軍李府君墓誌銘　前人

君諱雍字某趙郡鄗人曾祖（集有為字非）萬安皇鄒平郡丞祖
頊贈鄭州刺史父日知皇銀青光禄大夫黄門侍郎侍中
户工刑三部尚書君承廕庥覆露而資性和厚有詞藻工
篆隸起家太子通事舍人轉太常寺主簿年甫成童卓然
有立志歷都水監丞長安丞轂下難理號爲稱職丁太夫
人韋氏憂免喪猶毁不交人事尋詔除太原府録事叅軍
已抱沈瘵以開元十有九年夏五月殁於長安昇道里享
年三十五（集作四十三）噫嘻以侍中公之寬明正直忠孝於君
親書在國籍爲景雲賢相宜其子孫昌阜有韋平之慶而
義方積善所及不過於丞吏都吏未强仕而夭斯命矣夫

人范陽盧氏殿中侍御史敷之女司勳郎中游之妹華宗
淑行先殁者二歲有子玄之仕至晉州洪洞縣令愷悌之
化行於鄉黨命屈其才亦不至大官洪洞之子曰鄧州新
野令彬萬年尉彤陳州太康主簿彩太公廟丞彭前明經
咸等以吏以文修（集作循）守家法君初嘗謂洪洞曰吾家代
壤樹在周鄭之郊延陵嬴博豈限故土苟吾啓手足必促
擇不食之地而歸全焉故君殁之歲秋八月權窆於萬年
縣龍首原厥後七十有七歲彬彤等君内憂忍哀襄事因
竭誠信脩（集作循）祖禰之志啓君之窀遷祔于京兆府奉先
縣漫泉（集作衆）鄉保章（集作章保）里從考（集作吉）卜也與洪洞君庚
申分兆昭穆列次聿修之義情禮無違而彤又狀其祖德

請刻墓石抑寺之重表塋也嘉其忠孝而銘之其詞曰
伊昔侍中實相肅宗以孝以忠穆然清風乃生良士博物（集作約）仁義坦坦居易鬱堙下位家有孝孫卜茲鮮原刻勒清芬藏于墓門

叔父故朝散郎華州司士參軍府君墓誌銘

前人

序曰洪範叙三德五福之道而德存（集作在）乎人福繫乎運時未光大則卷而懷之姑以清行厚德遺諸子孫而已公諱隼字子鷙天水洛陽人十二代祖安丘敬公諱翼爲前秦司徒代有勲德以至四代祖平凉公諱文偉（集作誕）歷開府儀同三司浩（集作洪）非常二州刺史曾祖滑州匡城縣令諱

崇本王父益州成都縣令（集作尉）諱無待烈考許州臨潁縣令諱伋初平凉之先三葉開國匡城以降世名文行公纘承茂緒祗服家法有大易之鳴謙中庸之慎獨慥慥其守孳孳其勤中立而不易方夷道而不由徑故克家無玷千祿有聲天寳末州里舉經明屬幽陵叛涣計偕中止解巾試守河西尉真拜鄠陵丞時東郊不開遑難逃祿艱貞絜白終出盩泉朝廷嘉之除楚州寳應丞是歲太夫人棄孝養刺血寫大乘微言毁瘠過禮既除喪爲親戚所勉調補宋州宋城縣丞孟尚書某方持郡節深相推重每歲考課居郡中最大曆中授福昌丞貞元初改華州司士嘗辟彭城劉公蕭國班公之府皆分事任實助經費所至之邦必聞其政所奉之主必加以禮而文學古不怠歌詩必類緣情而不流體要而無害故秘書包公謂公内外脩（集作循）理心正氣和君子以爲知言其道未伸天奪之筭嗚呼貞元九年四月辛亥終于富平從事之館享年六十一夫人陳郡殷氏皇曹州司法麗正殿學士踐猷之孫清河尉宣（集作寅）之女故給事中杭州刺史亮其兄也今侍御史郴州刺史承其弟也生德義之門襲猗那之慶自執笄（疑作笄）主饋逮四十年孝慈柔明六姻是仰學備箴誦言成禮法公之祿甚薄而家甚肥中外無間言諸孤猶已子閨門之内和樂薰如也既茹未亡之痛護奉輤車東旋洛都八月癸丑遘疾厲終于新安之别墅享年若干有男子五人長曰少

成仕至桐廬尉次曰少清以經術甲科次曰某曰某皆以文學裕蠱稟公之義方女子五人長適安福尉劉公範次適常州司倉齊暢其次未及笄皆稟夫人之明訓少成等曾未半歲再集荼蓼思養於下如不欲生銜恤忍哀竭其誠信以十月某日得吉卜於新安方山南龍淵原禮也小子齔歲而孤夙承善誘凡攫徽音行實之不傳于後與陵谷之有遷也謹用論譔哀而不文銘曰

惟叔父秉直清温而文誠而明六試吏揚令名于從事有淑聲猗夫人懿純德倬婦行為内則樂中中恭其巽女有家男述職天不備降鞠凶道未行禍已鍾刻金石識立封德不泯哀無窮

楊州兵曹參軍蕭府君墓誌銘　前人

君諱惟明字惟明南蘭陵人曾祖浚皇丹州刺史祖文遠皇睦州別駕考重暉皇金州別駕自丹州已降雖位不過守佐而皆以行義似續君即別駕府君之元子也天寶中舉秀才數以行過乎謙竟不得居甲乙科時稍未至雖巧力無所錯其用否不可久後累爲知巳所薦自明州參軍事至楊州兵曹掾凡四更（集作更四）官皆有理効多以名聞薦拜或參從事之列向非刃有餘而用無滯疇能及此晚歲病風家于丹陽葆真樂一（集作守）和樽酒自適輕財重義推誠於朋友之間不飾邊幅以曠達自任初君與令弟故司封郎中惟則同以儒服游京師賢士大夫締交益慕義者如響

郎中以通才歷職而君亦累爲名公所薦年位未至相次凋落嗚呼以建中十二年四月某日所疾沉痼終于丹陽私第享年若干以某月日權窆于某所從宜也夫人扶風竇氏婦道柔明子渢（集作潮）汝等年未志學藐然無怙煢挽時（集作將）行哀以求銘（集作誌）曰

南齊之後福祉蔣臻厥生兵曹洵美且仁如何中路翳梟荆榛刻石窮泉永志聲塵

文苑英華卷第九百五十六

文苑英華卷第九百五十七　誌二十三

職官十九

河南兵曹元公墓誌銘　穆員

公諱盛字某河南洛陽人魏昭成帝之十二代孫皇金紫光祿大夫司膳卿汝陽公善應之曾孫集州司馬崇敏之孫處士履清之季子生五十有五年官歷憲府法寺宰邑掾京者十政以貞元十一年六月十五日卒于東都綏福

里第十月四日孀妻孤女奉喪歸葬于偃師首陽山之北原嗚呼哀哉公忠竭於事上孝終于報親許與諾著于氣類其莅官也剛决堅利致用如今易人之所難敢人之所畏累佐戎府獨步神州肅肅羽儀方漸于陸何年官階半而不知者命迫焉初處士府君之逝也公二兄孟幼仲嬰公方孕太夫人則我伯姑來歸于我惟是內外同氣兄無常弟弟無常兄入學過庭厲行三紀旣而從官方始異門孟仲早落公終養焉嗚呼我伯姑深仁如天高行鄰古昔有三子今無一孫悠悠彼蒼與善焉在仁人之祀奄焉忽諸夫人河東柳氏從公致養奉公歸祔存沒成公之志賢乎哉女子藐爾未笄煢然主奠聞者悲之公方大漸以埏

墜之銘見託何以爲報衰而不文銘曰
歸全舊丘列侍先人有知當樂無知返眞

成都功曹蕭公墓誌銘　前人

公諱某字某其先事具梁史蓋宣武皇帝七代孫也曾祖憬（唐宰相世孫表名文憬）皇朝朝散大夫湖州司馬祖元祖（表作禮）相（表作湘）州刺史贈太子詹事父詮大理評事昭穆相遺者曰清白孝友人稱之君幼以明經登第洎天下多事投家遠迹而所至聞焉或吏或賓報之如一歷任曹州冤句杭州富陽二邑轉都水監主簿左金吾衛兵曹調大理評事地官司國計使臣督王賦迭咨公以分其重公受命事集而輿頌隨之劔南節度使表公成都功曹掾兼佐蜀州戎事

錫以章綬不幸遇疾退閑于荆楚之間貞元八年歸故國于洛汭秋九月十四日終于康裕里第春秋五十八其冬十月二日遷祔于某縣某鄉從先公居公之志也公之生也和其發也清其行也晦其用也明其文也餘力其學也存誠其從事也口不言祿其爲善也心不近名是故歷仕無報勞之寵終身無充量之榮汩沒下位摧頹壯齡傳曰天下有道貧且賤焉恥也若乃道富而家貧德貴而身賤才合（二字疑）而奇跡高位下恥在夫天焉如蕭公者處退而退求仁得仁焉恥焉既非所耻則又何怨夫人某郡暢氏故尚書左丞某之子昔佐公義今成公家生男四人三子早夭一子曰範方齠而嗣毁如成人姪纂遵世毋幼孤之請見託爲誌其詞曰
吁嗟古人不貴貴仕義猶重生德豈輕位猗歟蕭公其道不匱何以表墓唐之君子

銀青光祿大夫行平州別駕馬公墓誌銘　歐陽詹

嗚呼死也者君子曰終有唐興元二年六月二十四日銀青光祿大夫行平州別駕馬公終于京師國喪英才家亡令子國之（集作家國）不幸痛貫所（集作可）知公諱某字某其先京兆扶風人始實趙氏累葉繼將多摠戎塞下有以因居今爲燕之名流曾祖某某官祖某某官父某某官公則某官第某子也積奕世忠貞之慶得陰方嚴勁之氣天骨山峻

神姿玉耀（集作神悤玉輝）有孝有悌閨門以和有信有義州閭以附矛戟韞器風雲馳聲燕趙多奇士公其人也用正直奉籌畧擁旄仗節者尊以果斷行政令擐甲執兵者伏前後佐全師大幕不有暫寧方將張翼翔雲揚髻游溟大命不永大疾（集作病）遄及享年三十三秦氏醫遲顏生禍促哀哉夫人某處某氏子二人長曰縱次曰緒永念（集作思）之感至性過人以貞元十二年歲在某月某日大通卜宅于京兆某鄉某里某原禮也天長地久埋（集作堙）川塹阜于何不有乃爲銘德于誌以（集作而誌三字）告墓云
士以常第（集作士此常才）如瑜在理式燕趙多奇士（集無上字）公則其人業繼忠貞識資籌畧流器瑚璉羽族鵰鶚題輿大郡佐佑

雄師雖有極德（集作雖猶在德）亦臣孤時南抑（集作仰）搏鵬更期遐
揚（集作颺）東觀逝水忽茲永徃卜遠期（集作斯）及窆于此岡惟
安惟永地久天長（集作天長地久）

朝議郎行鄂州司倉叅軍楊公墓誌銘　前人

公諱某字某其先關右弘農人永嘉過江公自始遷之祖
若干代處於閩越曾祖某皇唐循州司馬祖某漳州長史
父某泉州南安縣丞公則南安第若干子長七尺骨目瑰
異温良節行所至自昭風神識度群居不掩六籍外偏好
穰苴管子之術永泰中以耕戰之法致（集作郊）梁宋軍晝用
有成大曆元年節度使右僕射田公薦授右（集作左）武衛率
府倉曹叅軍事在位以貞愼聞公以不仕則墜業躁求則

背道或出或處聖人爲中依吏部節文敬遵常調大曆八
年集授古州永新縣丞興元元年集授盧州司曹（集作田）叅
軍貞元三（集作二）年集（集無此字）授鄂州司倉叅軍累職貞愼如
率府倉曹時每罷官待集卜勝屛居宴（集作晏）如也鄂州秩
蒲愛其風土亦止焉（集作愛其江山宅心焉）貞元十二年冬又合集
春赴京師遇疾於途以二月四日終于汝州龍興縣之逆
旅時年六十七凡入仕三十一年歷官四政禄非豐儉以
足務雖劇通以簡上以中正（集作政非）重下以公平屬皆白圭
無玷朱紱有聲嗚呼公之材量如鐘含音如水待月（集作盛）
大小當應方圓必合公（集作我）則不衒人胡不求莫能全展
光耀以至殞歿悲夫夫保性居業時行則行時止則止道
也公昔於名宦之理是焉仕禄農耕猶生則營君死則已
亦道也公昨之（集作於是）岐路之役是焉公存以道始亡以道
終至人不遠道公與之同旋正矣乎善始終者也夫人隴
西彭氏戴天之感痛以禮成長子曰（集無曰字下同）晃次子曰暈
季子曰果伏凶（集作凶是）之號以至見血以某年二月日卜葬
于某郡（集作鄉）某原禮也佳城一閉他時古丘後之人孰知
丘中之德墓許有誌故爲墓誌銘庶覩今爲古者明斯地
泉下有君子焉銘曰

一種鱗物神則曰龍一種植物貞則曰松英英楊公於人
被物（集作楊公於人被貞役神）藝術潛弘温良内克名不稱實禄有負
德夭桃信美不能秋敷冬日可愛日（集作亦）用西徂大限（集作

此）斯來無賢無愚英英楊公與逝川俱卜宅（集作此）脩原有
形永圖（集作宅）東海之（集作西）山不易其盧（集作其盧罔易）

嶺南節度判官呂公墓誌銘　柳宗元

呂氏世居河東至延之始大以御史大夫爲浙東道節度
大使延之生渭爲中書舍人尚書禮部侍郎刺湖南七州
生四子温恭儉讓以温爲尚書郎再贈至右僕射恭字敬
叔他名曰宗禮或以爲字實惟呂氏宗子尚氣節有勇畧
不事小謹讀縱横書理陰符握機孫子之術曰我師尚父
胄也大父洎先人咸統兵今天下将理平蔡克冀幽洎戎
猶負命早夜呼憤以爲宜得任爪牙畢力通天子命作文
章咸道其志云又曰由吾兄而上三世世爲進士吾文爲

不墜教戒循（集作獨）武事未克續厥緒因棄去從山南西道節度府掌書記預謀畫不甚合以試守軍衛佐加協律郎入薦爲長安主簿徇以出以監察御史參江南西道都團練軍事府表進殿中侍御史爲桂管都防禦副使元和八年去桂州相國尚書鄭公遮留假嶺南道節度判官至廣州病瘮（集作瘵是）瘧加滯六月二十八日卒妻裴氏户部尚書延齡女有丈夫子三人曰奭曰壞曰特女三人曰環曰鸞曰倩皆幼行於道而倩又死遂以柩如洛陽祔葬如（集作於）大塋欽志呂氏世仕至大官皆有道宜興於世溫（集作泊字）恭名爲豪傑知者以爲是必立王功活生人不幸溫刺衡州年四十卒恭未及理人年四（集作三是）十七又卒也世固有有其

具而不及其用若溫恭者邪恭貌奇壯有大志信善容物宜壽考碩大而又不克呂氏之道惡乎興銘曰

渢渢之風乎不可追有志之大乎今安歸呂君去我死乎吾誰依

河南府司録參軍盧君墓誌銘　李翱

君諱士瓊字德卿范陽人家世爲甲姓祠部郎中灄（集作融）之長子明經及第歷寧陵華陽（集作陰）二縣主簿知泗州院事得協律郎鄭少師之留守東都奏爲推官得大理評事韓尚書代爲留守請君如初尚書節將陳許奏充觀察判官得監察御史府罷歲餘除河南府户曹以疾免河南尹重其能奏爲司録參軍八月癸丑發疾而卒年六十九君少好著文精曉吏事少游故丞相陽炎張延賞之門楊美其文辭張每歎其吏材過人常攝職同州當徵官稅錢時民競出粟易錢以歸官斗至十八九君白刺史言狀請倍估納粟下以澤民上可以與官取利刺史詰狀君辨其所以必然刺史行之民用得饒未一月果被有司牒和收官粟斗給六十後刺史到欲盡入其羨于官君既去職猶止之曰聖澤本以利民民户知之不可以獨享刺史乃懸牓曉民使請餘價因以絹布高給之民亦歡受州獲羨錢六百萬其爲户曹決斷精速曹不擁事及爲司録始就官承符吏請曰前例某等一十五人合錢二千（集無此二字）僦人與司録養馬敢請命因出狀君謂（集作呵）曰汝試我耶使捜之

將加抶承符吏衆進仰曰前司録皆然故敢請君告曰司録豈不自有手力錢耶用此贓何爲因叱出之召主饌吏約之曰司録判官文學參軍皆同官環處以食精麤宜當一不合別二（集無此字）無踵舊犯吾不恕及月終廚吏率其餘而分之文學參軍得司録居三之一君曉之曰俸錢職田手力數既別官品矣此飧錢之餘不當計位高下從此後自司録至參軍平分之舊事掾曹之下各請家僮一人食錢助本司府吏廚附食司録家僮或三人或四人就公堂餘食侵撓廚吏弊日益長君使請家僮二人食錢於司録府吏廚附食家僮終不食官廚召諸縣府堂吏告曰某居此歲久官吏清濁侵病人者每聞之司録職當舉非法往

各白汝長宜慎守廉靖以澠池令爲戒其所改易皆刻已便人堪爲故事及君卒士君子相弔哭咸以爲能高而位卑不副有子三人孺方嗣宗嗣業號慕祗守不失家法女二人前娶清河崔敏女無子後娶滎陽鄭虬之女有子故皆附葬于桐部塋東北孺方叩頭泣曰丈人先與先父(集作嘗與先子)同官而游宅居南北隣敢請紀石翺不得辭乃攄所見聞者鐫其實可推類以知凡所從事之贊銘曰

嗟盧君性直而用優約已以利人宜壽宜貴以拯時所難(集作艱)其緘而不伸以喪厥神豈奪惠于東民悲夫

信州司馬(集作檢校工部員外郎)任君墓誌銘　前人

君諱佶字叔正樂安人殿中侍御史玄植(集作恒)之孫靈府

功曹日新之子君少遭父喪養母以孝稱京兆尹崔光遠表試左清道率府兵曹參軍勑攝富平縣尉知縣事及克復京師以功授成都府犀浦縣丞又以優授涇陽縣尉吐蕃犯都代宗幸陝州君召募吏人保守佛寺寇不敢逼擢爲本縣令充渭南(集作北)十縣團練使及駕回京爲同列潛構功不得論僕射裴冕寃而奏之得長安縣尉轉本縣丞歷大府寺丞未幾遷監察御史京畿館驛使判官中書侍郎元載爲澤潞使請爲判官轉殿中侍御史又檢校工部員外郎兼侍御史判官如故元載得罪君左授建州建安縣(集無此字)尉及楊炎入相君以書戒之由是楊怒而不用又移處州司户再授信州司馬觀察使鮑防(集作斷非)以爲判官

權知饒(集作詔)州事遘疾歸卒于(集作於)信州權之於州西原有詩兩卷前娶宗正氏女生男冀爲邠州司法參軍三女各爲士妻後娶杜氏女子三人曰淑(集作叙下同)曰羨曰弁女五人長女嫁長洲尉源咸季次女權適權顗三女早卒少女二人未許嫁淑歷佐太府以吏能有聲爲度支振武營田使得試協律郎攝監察御史元和十四年杜氏卒淑乃自信州奉府君之喪合葬於萬年郲村從先人舊塋淑嘗與翺同事嶺南府翺知淑之賢(集作方)亟薦於時故淑來請誌銘曰

士生于時兮所貴者才有才無命兮古今所哀噫

歙州長史隴西李府君墓誌銘　前人

府君諱則字某涼武昭王十三世孫大父獻眉州別駕時宰相有請婚者力不可止因去官歸(集作居)家弟遇疾(集作病)上暴卒別駕燒一指以禱於神既而弟復生自說方就縶上帝有命以兄燒指宜復其生別駕生令一侍中源乾曜一子求婚府君拒之固以詞抵之貶黔州彭水尉遂以壽終府君始十餘歲先夫人以之從喪歸殯汝州由是依于舅族少好老子莊周之言與群童居(集作游)盡能記他童之始(集作所)習先夫人學左氏春秋傳該百家之書故府君以經史浸潤力田供養由是少不肯求仕善草隸畫弓矢博奕皆得其妙既冠得官濠州定遠縣(集無縣字)尉假領他縣令嚴而行吏急民寛富商豪弁貧民之產而不稅者盡以法治之貧

民用安罷職復還其物從事嶺南〻得試左〔蜀本作右〕武衛兵曹於福建得試太子通事舍人大理司直授歙州長史宣歙觀察使請爲判官奏未下以疾卒年七十四夫人河南元氏壽州刺史從之女年六十八先府君而終生子某子某皆未仕早卒女子五人長女壻禮部員外郎鄭鍚次女壻桂府觀察使杜式方次女壻京兆韋放次女壻滎陽鄭循禮小女壻密縣尉鄭公瑜幼子克恭少讀書學文以兄舉進士家事自飭弗克求名故年四十有六始奏授睦州司兵累遷試大理司直兼殿中侍御史充鹽鐵推官寶曆三年三月克恭奉府君夫人之喪歸葬于鄭州某縣岡原翺知克恭之材十三年矣故克恭以府君之葬來請且曰將

以六月庚申窆知克恭者君吾季叔又何〔何字集作安可〕以辭銘曰

德不稱禄鬼神之責材優以賤古人不戚非道不〔集作弗〕求
曷計人爵慶蘊而傳後必有積其葬爲誰孝子之卜蓍蔡
僉吉嘉原乃〔蜀乃作創〕擇合骨于茲終求其託何以識之有封
有栢

文苑英華卷第九百五十七〻終

文苑英華卷第九百五十八　誌二十四

職官二十

王倉曹墓誌一首　李巡官戡墓誌一首
杜支使顗墓誌一首　杜司馬詮墓誌一首
裴巡官希顏墓誌一首

楊州倉曹參軍王府君墓誌銘　白居易

公諱某字士寬其先出自周靈王太子晉凡二十一世〔集作代〕而生翦翦爲秦將軍又三世而生珣珣居太原故今爲太原人又一十九世〔集作代〕而生瓊瓊爲後魏僕射諡孝簡公又三世〔集作二代〕而生曾祖諱蒲官爲河南府王屋縣令王父諱大璉爲嘉州司馬父諱昇〔集作昪〕爲京兆府咸陽令河

南府伊闕令有文行學術應制舉對沈謀秘畧策登科詩入正聲集公則〔集作即〕伊闕第三子好學善屬文天寶中應明經舉及第選授婺州義烏縣尉以清幹稱刺史常之晋知之署本州防禦判官無何租庸轉運使元載又知之假本州司倉專掌運務歲終課績居多又〔集作遂〕奏聞眞受求泰中勑遷越府户曹屬邑有不理者公假領之所至必理大曆中本道觀察使薛兼訓以公清白尤甚表奏之有詔權知餘姚縣令時海寇初殄邑焚田荒及營邑居〔四字集作公乃營邑室〕創器用復流庸闢菑畬凡江南列邑之政公冠其首焉〔集無此字〕其制邑闢田增户之績則會稽之牒地官之籍載焉建中初授楊州倉曹參軍至四年七月二十六日疾殁

于楊州江都縣私第（集作歿于江都縣之私第）春秋六十有二夫人清河崔氏鳳閣舍人融之姪孫鄭州司户法（集作昂）之女婦順母儀（集作訓）爲中外師（集作中外師之）貞元二十年十一月十三日疾終于三原縣之官舍享年六十有三（集作二）有子曰播曰炎曰起咸以進士舉及第播應制舉對直言極諫策授集賢殿校書郎累遷監察殿中侍御史三原令炎旣第未仕起應博學宏詞科選授集賢殿校書郎昆季三人不十年而五登甲科時論者榮之一女適范陽盧仲通播等護號（集作號護）靈輿以永貞元年十月二十五日遷祔于京兆府富平縣淳化鄉之某原從吉兆也嗚呼夫懋言行畜事業俾道積于躬者在人也踐大官賁元化俾功加于民者由命

也有其人無其命雖聖與賢無可柰何惟公受天地之和積爲行發爲文宜爲用故在家以孝友聞在官（集作行已）以清廉聞從事以幹蠱聞如金玉在佩動而有聲其大者又常以經德秉哲致君濟人爲已任有識者心（集作深）知之宜乎作王者心膂耳目之官以經綸其邦家而才爲時生道爲命屈名雖聞於天子位不過於陪臣鬱然殞歿不展其用者（集作爵鬱然沒而不展其用者）命矣夫古人云有明德大智者若不當世其後必有餘慶今其將在後嗣乎不然者何乃德行政事文學具美叢於公之三子乎天其或者殆將肥王氏之家大王氏之門以甚明報施之道者也某不佞項對策於王庭也與播（集作炎）同升甫科焉祗命於憲府也與播連（集作聯）執其簡焉及其（集無此字）爲考文之官也又起在選中焉旣（集無此字）辱與公之二三子游而聆公之遺風甚熟故作斯文無隱情無愧辭焉銘曰

緜（一作淮非）山道光淮水靈長繩繩子孫代有賢良將軍輔秦武功抑揚孝簡翊魏文德闇彰降及於公實生于唐大智全才應用無方作掾于郡三語有章承乏於邑一同在康展如之人何用不臧直登大位俾紹前芳嗚呼百鍊之鋼（集作金）不鑄干將十圍之材不作棟梁公亦如之與世不當道不虛行後嗣其昌

平盧軍節度巡官李府君墓誌銘　杜牧

牧大和元年舉進士（集作及字）第貢於（集作鄉貢）上都有司試於東

都在二都群進士中往往有言前十五年有進士李飛自江西來貌古文高始就禮部試賦吏大呼其姓名熟視符驗然後入飛曰如是選賢耶卽求貢如是自以爲賢耶因袖手不出明日徑返江東牧曰誠有是人吾輩不可得與爲伍矣後二年事故吏部沈公於鍾陵宣城爲幕吏兩府凡五年間同舍生蘭陵蕭寘京兆韓乂博陵崔壽每品量人之等第必曰有道有學有文如李處士戡者寡矣是早進士不舉嘗名飛者牧益恨未面其人宜喜其人之在位也大和九年爲監察御史分司東都今諫議大夫李仲敏左拾遺常楚老前監察御史盧簡求咸言於牧曰御史法當檢謹子少年設有與游宜得長厚有學識者因訪求得

失資以爲官洛下莫若李處士戡牧謝曰素所恨未見者卽日造其廬遂旦夕往來開成元年春二月平盧軍節度使王公彥威聞君名挈卑詞於簡副以幣馬請爲節度延官明年春平盧府改君西歸病於路卒於洛陽友人王廣思恭里第享年若干君諱戡字定臣七代祖渤海王奉慈祖杠衢州盈川令父登婺州浦陽尉浦陽晚無子夫人吳興沈氏夢一人狀甚偉捧一嬰兒曰予爲孔丘以是與爾及其(集作期而)生君因名曰天授君幼孤旁無群從可以附託年十餘歲卽好學寒暑拾薪自炙夜無然膏默念所記年三十盡明六經書解決微隱蘇融雪釋鄭玄至于孔穎達輩凡所爲疏注皆能短長其得失一舉進士恥不肯試歸

晉陵陽羨里得山水居之始開百家書緣餙事業每有小功喪訖制不食肉飲酒語言行止皆有法度陽羨民有鬭諍不决不之官人必皆以詣君所著文數百篇外于仁義一不關筆常曰詩者可以謌可以流於竹鼓於絲婦人小兒皆欲諷誦國俗薄厚扇之於詩如風之疾速常(集作嘗)痛自元和以來有元白詩者纖艷不逞非莊士雅人多爲其所破壞流于民間疏于屏壁子父女母交口教授淫言媟語冬寒夏熱入人肌骨不可除去吾無位不得用法以治之欲使後代之有發憤者因集國朝已來類於古詩得若干首編爲三卷目爲唐詩爲序以道(集作導)其志居江南秀人張智實蕭寬韓人崔壽宋邧楊發王廣皆趨君交之後

皆得進士第有聲名(集作名聲)官職君尚爲布衣然於君不敢稍怠君在洛中困甚河南節度使蕭洪移鎮鄜州諫議大夫蕭俶以君言於洪洪素敬諫議卽欲謁君以請君曰人聞諱言洪盜籍外戚一窺其面能易吾死尚且不忍死況爲其黨乎居數月洪果敗娶弘農楊氏女早卒子二人長曰審之次曰鼎郎始五歲以某月日權葬于常州宜興縣某鄉里某於君爲晚交得君最厚因爲之銘曰

命如烟雲道比(集作宅)宮道煙雲飄揚莫知往來爲道不至無以偃息有道有命偶然相值命不在我不肖亦貴豈可指此與彼爲市嗚呼定臣曰德孔循(集作脩)曰學必聖餙(集作傷)我競競不一(集作一不)言命可傳其心以教後生嗚呼哀哉

淮南支使試大理評事兼監察御史杜君墓誌銘

前人

君諱顗字勝之曾祖京州節度使襄陽公贈左僕射希望大父司徒平章事太保致仕岐國公贈太師佑皇考駕部員外郎贈禮部尚書從郁君幼孤多疾目視昏近先夫人不令就學年十七讀尚書十三篇禮記七篇漢書至(集作止)賈誼傳不復執卷年二十四明年當舉進士始握筆草(集作葺)闕下獻書與裴丞相度指言時事成合(集作各)數千字不平歲遍傳天下進士崔岐有文學峭澀不許可人詣門贈君詩曰賈馬死來生杜顗中間寥落一千年二十五舉進士二十六一舉登上第時賈相國餗爲禮部之(集作二字)年朝

士以進士干賈公不獲有傑強毅朝者賈公曰我只以杜顗敵數百輩足矣始命試秘書正字匭使判官李丞相德裕出爲鎮海軍節度使辟君試恊律郎爲巡官後貶袁州語親善曰我聞杜巡官言晚十年故有此行太和九年夏君客楊州六月授咸陽尉直史館君曰訓注必亂可徐行俟之至汴二兇敗及洛以疾辭東下居揚之（集作州）龍興寺承相牛（集作奇章）公僧孺請君入幕府君謝曰李公在困未願副知巳開成二年春目益昏冬遂喪明李爲淮南節度使復請爲試評事兼監察御史支使兄牧自馮翊迎醫石生曰是伏（集作狀）腦脂下融名曰內障如蠟塞管蠟去管明俟脂凝可以抉去無不愈者後二年石曰可治治不効自馮

翊別迎墾醫曰嗟乎障有赤脉如木根横可牢不可斷是法名曰日脚內障生日脚者法不可治君因居淮南築室治生不復言治眼事聞於天下無不嗟嘆君安泰自如令人旁讀十三代史書一聞不遺客來與之議論證引聽者忘去年四十五大中五年二月二十五日卒男（集作一男）曰麟師年十歲女曰署（集作暑）兒始五歲六年二月八日歸葬先塋實萬年縣洪原鄉少陵西南二里牧今年五十假使更生十年爲六十人不夭矣與君別止三千六百日耳況早衰多病敢期六十人乎忍不抑哀以銘吾弟銘曰

古之達人以生爲寄爲夢以死爲歸爲覺（集作竟不同）不知生偶然乎其有裁受乎偶然即泯爲大空與不生同其有裁授（集作受）乎嗚呼勝之今既歸而覺矣其自知矣何爲其然乎嗚呼哀哉

復州司馬杜君墓誌銘　前人

公諱詮字謹夫河西隴右節度使襄陽公贈司空之曾孫司徒岐國公贈太師之孫司農少卿贈給事中之子公以岐公蔭調授楊州叅軍同州馮翊縣丞衛尉寺主簿鄂州江夏縣令復州司馬年六十某年月日終于漢上別業岐公外殿內輔凡四十年貴富繁大兒孫二十餘人（集作孫兒餘二十人）晨昏起居同堂環侍公爲之親不以進門內家事條治裁酌至於筐篋細碎悉歸於公稱謹而治自罷江夏令卜居於漢北泗水上烈日笠首自胥耕夫而一年食足二年

衣食兩餘三年而室居（集作屋）完新六畜肥繁器用皆具凡十五年起於墾荒不假人（集作之字）一毫之助至成富家翁常曰忍恥入仕不緣妻子衣食者舉世幾人彼忍恥我勞力等衣食耳顧我何如後授復州司馬半歲棄去終不復仕以某月某日歸葬于長安城南少陵原司馬村先塋牧爲從父弟泣而銘曰（集作泣涕而書銘曰）

公侯之家所業唯官薄官（集作官）業農墾荒室完入仕多恥以農力勞等衣食耳勞力者賢歸全故丘慶期子孫（集作孫子）

邕府巡官裴君墓誌銘　前人

君諱希顔字某裴氏於百氏中獨標其族曰眷三分之爲東西中君東眷裴在國朔名位最大曰晃艱難中定冊立

肅宗於靈武而相之繼相代宗僅十五年國史有傳晁於
君爲堂伯祖父王考某終朗州刺史娶宣州寧國令榮陽
鄭某女生四男君爲首生朗州爲盩厔河西令道朗二州
刺史公廉剛簡强於愛人凡關百姓一毫事與京兆尹節
度使爭論大聲於庭府閒前如無人然未嘗以杖責治家
家人有過失則諭之諭不變者出之爲良人終不忍牽鬻
於市將終鄭夫人泣請遺令曰吾之庇驟爲盩厔時役之
今踰十年聽其老死愼不可賣言訖而絕君生浸染仁父
之化溫良柔友窮居鄠(集作鄠)縣饑寒(集有餘字)二十年未嘗出
一言以慍不足司農卿裴及爲邕府經畧使辟君爲從事
得南方疾歸大中二年某月日卒于(集有其字)家享年若干不

娶無子牧娶裴氏實君之私其弟覺泣來請銘銘曰
淑其性生無位死無子孰識其端

文苑英華卷第九百五十八　終

文苑英華卷第九百五十九　誌二十五

職官二十一

隰川縣令李公墓誌銘　楊炯

公諱嘉字大善隴西成紀人也趙郡太守雍州大中正上
開府末康公之孫幽州都督鎭軍大將軍上柱國冊陽公
之子重華以文明允塞謨九德於皋陶仲尼以恭儉溫良
繙六經於柱史將軍李牧人主願其同時河尹李膺天下
思其執御況乎衣冠代美祖考(集有時績二字)家聲占於日月可

宗(集作謂)周之姻(集作姬)姓誓以山河則炎(集作大)漢之劉氏公
門承將相地積英靈望之儼然横斷山而欝起聽其言也
注懸河而不竭王則秦王所見天照白虹斂則殷帝所傳
星浮雲(集作紫是)氣假使蔡中郎之博學郭有道之人倫何嘗
不聞迎王粲而倒屣爲芧容而下拜起家爲太子左千衛
以調升也按河圖於王版震一索而爲長男考天象於銅
渾心前星而爲太子直城霞逺曲障雲平出入青牓之門
周旋黑衣之列稍遷越王府户曹叅軍越之建國也地居
南斗之躔王之受封也禮極東門之拜郎爵(集作鄗霍)所以隆
懿親恭和所以資明德一言而干楚后即從(集作牧)雲夢之
畋三見而說趙王仍襲上卿之印又遷隰川令川原爽[illegible]

風俗和平晉獻、公之徧夷吾是邑代恭王之子郢容爲侯漢書代恭王子義嗣其父爲王楚元王子郢容止爲侯令英華云代恭之子郢容爲侯未詳而烱集乃云楚代恭王之子郢非容爲侯尤不可曉陽泉依六壁之城孟津合三溪之水公以輜車就列墨綬當官有蠶績於郟人用牛刀於魯邑市鄽無競不假鞭絲學校方興唯聞擊石諸侯取其軌則四海瞻其儀表爲杜陵之男子誰繼集作詰後曹俊鄉里之小人願辭彭澤於是退歸矜服就養私門戲嬰兒於階下扶老生於井上尋丁外難集作艱哀毀踰制加人一等俯就三年服闋襲封冊陽公勲上騎都尉公以安車禮盛賜杖年高集作侵被服先王之道游優太平之化左琴右書謀孫翼子居常飽德不言何氏之萬錢直置當仁豈特于公之駟馬

清風可賞必有鸞鳳相期白雪時進多以神仙見屬義形於金石節貫於松筠西山五日之朝將化羽而生翼北海明年之一作大明而驗便展集作度辰而至巳以永淳元年八月二十一日終于京師道政里之私第享年七十二嗚呼哀哉長子隨州光化縣令守節等哀纏茅鶴痛結鄰人孝之始也則身體髮膚所以全其性孝之終也則衣裳棺槨所以成其禮天高八萬想京兆而可集作何從地闊三阡對佳城而有恨越弘道二年歲次甲申正月甲申朔二十六日巳酉陪葬於昭陵東南塋之平原烱愕櫟庸材瓶筲小集作淺器仰惟先友叨雅契於金環俯逮婚集作嘉姻荷深知於玉潤南容有道僅聞將聖之言東武建苹俄述安仁之賦集作誄嗚呼哀哉乃作銘曰

愛初帝子先之大理降及真人國之柱史衣冠百代慶靈千祀吉兆占熊嘉名贈鯉聿脩厥德必復其始大孝因心至仁由巳肅成門内章華宮裏父任爲郎學優則集作從仕陽山之曲蜀江之涘集作汜月旦乘凫田間狎雉其心若鏡其直如矢亟改炎凉罷歸桑梓象賢舊國安車暮齒忽愴池臺俄悲生死郭門一望郊煙四起夫復何言平生巳矣

滑州匡城縣令楊君墓誌銘　常袞

嘗讀東觀漢記至楊公四世大尉咸有清德泱泱乎鄒魯之風盡在丞相府矣百有餘年論道王室宜哉自後卿大夫洎二千石史不絕書以及于公公諱靈萴字靈萴弘農

華陰人也高祖兵部尚書高都公尚希尚希生宜州別駕冊川公壽昊壽昊生司農少卿徵徵生正議大夫漢州金堂縣令務道光昭先君之懿範其有後于關西乎公金堂第二子也幼以五經上第參卿博陵貳職鄢郢孫楚長揖桓譚不樂一録州事會稽稱之再領縣尹自范至匡化行衛濮公易直子諒之心根於始矣加以好學止于蓋棺德行孝悌温良博愛故宗族稱其仁朋友稱其信鄉黨稱其敬蓋君子之道歟及長從吏以寬服人官刑不行職事益辨及與之邑亦尅用乂和氣充塞於百里頌聲洋洋乎至今其良吏之政歟赤紱在服下大夫事知止足之分有終焉之志懸車告老飾巾待期浮雲身世脫屣軒冕追先生

於彭澤繼徵士於太丘斯達者之流歟天寶十四年十二
月十日寢疾于匡城縣歸休之私第春秋七十有三屬賊
臣以山東叛乃公歿之明日也且告車來甚衆徹子少殯
故有闕在邑南鄙於堂西序啓足牖下上周於身十年于
茲百戰之所折棟餘燼荒墳茂草柱下史能秀武公之嘉
客衮之姻友廣德元年夏四月本詣河外假道于匡訪鄰
公之舊邑歸戴侯於故里以其年十月一日合祔於少陵
原禮也夫人河東縣君薛氏婦道母儀六姻取則於我歸
處葛之覃兮及公而終木已拱矣子環在外不及主喪其
誰尸之曰有三女無天何戴無地何履誓合泉壤感通神
明終還營丘竟同防墓空悲蔡女之孝有媿潘郎之詞銘

曰
夫物云云老子作芸芸　各復其根事有必至理有固然少陵古
原京兆新阡匡城夫人河東小君同居此地豈恨重泉誌
于方石庸有賢人

犀浦縣令楊府君墓誌銘　符載

唐益州犀浦縣令弘農楊府君春秋三十九以大曆十四
年冬十月卒于郫縣之私第且迫多故權窆于是縣之近
郊有才子衡進士擢第官曰左金吾衛倉曹參軍爲桂陽
部從事以貞元十五年十月某日啓護于成都以十六年
春二月某日歸葬于鳳翔之陳倉某鄉某原從先塋也府
君諱鷗字叔儀漢大尉次子　後之裔羽林衛大將軍龔觀
國公之曾孫金吾衛大將軍漢潤夔濮等六州刺史令深
之孫朝請大夫絳州司馬昭獻之子發緒洪流丕承和粹
世嗣厥德休有光耀府君涵五氣之英華挺九流之上才
端睦孝慈勇義而文年甫弱冠儔朋推揖鄉里舉考士未
果銓試遭司馬捐館崩迫歸絳營丘三年服除承順遺命
拜射羿彀會大盜入國太上皇南廵以制科登第補修前
績怏怏有遺意也觧褐授隴州汧隴縣尉地衝賊要方急
完禦公以一尉之柄摧挩令長驅徒走吏摧沮横猾用張
我師天子聞而嘉之詔授大理評事參佐汾陽公幕府蓍
猷碩畫實詢我焉是時公年未三十聲華隱發青萍出匣
霜鍔照人人既心畏我之自負繇是有貝錦之詩焉遂除

成都府戶曹參軍事太夫人在堂公養志氣奉遺體動無
違顔唯疾之憂故州閭稱其孝也孤寡稚弱族居百口饘
粥齊一莫名我爾故朋友尚其義也有從祖父誤淪罪網
家爲奴隸宗屬顧視咄嗟而已公破竄田產露坐佛寺不
計旦夕悉以資贖世母與太夫人重聯娣姒之歡恥焉室
妹奮出泥滓嘉偶于吉士故鄉黨服其仁也於風流興詠
高標夐遠妻嫂姑姊妹群從子弟又雅爲文每良辰美景
指烟月聘琴酒未嘗不操觚拂硯搜拾奇麗不出庭戶瑑
如瓊瑶亦一門之盛永泰三載蜀將亂迫公不從之築塞
門戶視死不應相國杜公鴻漸景行操履奏授犀浦縣令
涵牛之鼎用烹小鮮一邑之理固不待歌頌而知矣時視

僚友杜員外甫岑郎中參郗舍人昇亦聞公風聲望公飛翔
謂青冥寥廓舉翼而至亦不幸殞落鄰乎短祚遠邇承風失
聲咨嗟與善降祥其安在哉夫人李氏趙郡之望族也祖
崇饒州司馬考譔成都府法曹大夫貞懿文淑風度明茂
奉上撫下閨門穆然天寶十四載春秋十七而歸于我在
蜀前公二歲而歿故至二是合祔焉倉曹少孤露始在齠
孺忝蓼辛鳌厚自砥礪攻文種學樹身須時克荷嘉聲君
子以爲孝嗣矣某與倉曹爲山林之友二十年矣迢遞萬
里見託爲誌故(一作爲非)得備采風烈銜恤爲銘刻于墓門之
石銘曰
寶鷄古地鬱穹崇兮高山大澤氣所鍾兮神歸卜宅安其

中兮延休發祉方未窮兮

再從叔故試大理評事兼徐州蘄縣令府君墓誌
銘　權德輿

府君諱有方字某天水略陽人(集有也字)曾祖崇本皇朝散大
夫滑州匡城縣令祖若訥皇右補闕起居郎桂歙梓三州
刺史考倣皇杭州紫溪縣令代以儒門四科爲家法故發
於文則菁華施於政則惠龢公承是休德餙躬踐行得詩
之無邪易之通理凡五授命皆以推擇曰左清道率府兵
曹參軍太子通事舍人陳州司法參軍亳州司士參軍以
(集有至字)大理評事兼徐州蘄縣令蒞歲南浮(集作游)遘疾于途
以貞元十六年夏五月歿于楚州之旅館春秋若干夫人
河間劉氏樂城公仁軌之玄孫也明智才淑有子曰長孺
弱冠舉進士甲科文行清修某某其容水漿不入以某(集作
其)年某月日得吉卜于某地其引也蓋殯也以輿師縶輿
未遑歸窆於東周之大塋姑刻圓石書其略云公夷通直
信睦姻任恤位卑而志弘居約而家肥有爲有守不疚(集作
疚是)不跲其初命再命宮衛贊謁雖未居真秩而四方之嘉
招徠至其後掾二邦奉六條受祿不誣實聞其政或攝領
通邑或分乘軺車皆有裕人之仁急病之義及理於蘄也
能遂物之宜不奪人之時嘉惠善利洽於千室循即墨桐
鄉之理無不及也又嘗饋師於田中從事於夷門皆有功
利稱於其府其去蘄也西方節將議委以謀循介撰之重

且謂弓旌之未稱也將以杜後惠文之冠招公章既上而
公大病斯可歎也(集作已)循子族子自朞及緦侍疾承訃崩
波塗潦又以見公夙訓慈仁之所逮也噫噫(集作噫嘻是)自匡
城至公四代而三爲縣大夫皆用循政聞且以兩漢郈曼
容陳仲弓爲準故不至豊祿加以梓州之懿文盛德排抑
於時道未光大終於郡節或者蕃祉必復其在後裔乎此
宗門所以有望於公之孤之昌大也既而緘公理命命以
論譔小子愀然涕洟而爲之銘曰
恭惟叔父信厚清厲有車翹翹將事匪懈掾吏二部文而
無害施化一同蘄人以乂易象視履謂者而艾奄然不淑
力命相盭楚挽虞殯夙烟晦昧厲詞貞珉寧此厚載

溧水縣令太原白府君墓誌銘　白居易

公諱季康字某太原人秦武安君起之裔冑北齊五兵尚
書建之五代孫也曾祖諱士通皇朝利州都督祖諱志善
尚衣(集作豎)奉御父諱鏻楊州録事參軍公即録事府君次
子歷華州下邽縣(集無縣字)尉懷府河內丞徐州彭城令江州
潯陽令泗(集作宿元和四年始析泗州之虹置宿州太和三年廢七年復置)州虹縣令宣
州溧水令某年月日終(集作殁)于溧水官舍明年某月日歸
葬于華州下邽縣某鄉某原享年若干嗚呼公為人溫恭
信厚為官貞白嚴重友于兄弟慈于子姪鄉黨推其行交
游讓其才自尉下邽至宰溧水皆以廉潔通濟見知於郡
守流譽於明察才不遇(集作偶)時道屈於位而徒勞於州縣

竟不致於青雲命矣夫哀哉公前夫人河東薛氏先公若
干年而殁生二子一女女號鑒虛未笄出家長子某杭州
於潛尉次子某睦州遂安尉後夫人高陽敬氏父諱某某
官生一子二女女皆早夭子曰敏中進士出身前試大理
評事歷河東鄭滑邠寧三府掌記夫人在室以孝敬奉親
為淑女既嫁以柔和從夫為順婦及主家以慈正訓子為
賢母故敏中遵其教飭其身升名甲科歷聘公府以文行
稱於衆以祿養榮於親雖自有資(集作兼)財然亦由夫人誨
道之所致也夫人以大和七年正月某日寢疾終于下邽
別墅享年若干以明年某月某日啓溧水府君薛夫人宅
兆而合祔焉禮也時諸子盡殁獨敏中號泣喪(集作襄)事託
從祖兄居易誌其(集作于)墓石銘曰
緊我叔父溧水府君治本於家事政施於尉(集作縣)民緊我
叔母高陽夫人德脩于家室慶積於閨門訓著趨庭善彰
卜隣故其嗣子休有令聞

文苑英華卷第九百五十九

文苑英華卷第九百六十　誌二十六

職官二十二

宣義郎騎都尉行曹州離狐縣丞高君墓誌銘

陳子昂

君諱某字某其先渤海蓨人也因仕居洛陽（集無此字）令爲陽翟人昔捨鞭乘運襲赤帝之宗蒼兕膺（集作應）期承太公之胤崇勳覇業光烈猶存曾祖某北齊太子中舍人贈冀州刺史青宮近侍光寵朝班皀蓋追榮恩崇國禮祖欽仁隋左親衛大都督檢校祕書郎帶七尺劒始遊天子之階提（集作持）三寸筆終入芸香之閣父相唐江州潯陽令舒州懐寧令絃歌之化身不下堂神明之威蝗猶避境君即懐寧府君之長子也黄河一直青松千萬（集作仭）性惟仁孝行實温恭文義必以潤身名節由其徇物唐龍朔元年應（集作有）制舉忠鯁君對策及第試汞州（三字集作試守泰州非）湘源縣尉位卑黄綬志在清規秩满以常調補鳳州黄花縣丞梁竦長懐尚勞州縣桓譚不樂空負琴書又轉易州遂城縣丞以管轄之才從趙典之任古人斯在君子居之大周革命任曹州離狐縣丞而春秋已高日月方出武盡美矣不侍（集作待）得夷齊之臣文武郁乎自循（集作邀）夏商之道於是因階秩蒲告老歸閑閑郊扉於南野習嚴居於東澗詩書琴酒以覿先達之風山木立園將爲遺老之賞天授二年歲在單閼七月二十二日考終厥命卒於陸渾縣明高之山莊時年七十有二嗚呼哀哉君雅尚清節素履元亨懐古人之遠圖慕先賢之遺烈以爲桓魋石槨非合（集作則）於禮經墨翟桐棺實宜於聖典遺令薄葬務取隨時即以其年十月日葬於北邙山平樂之原禮也嗣子思恭孝思罔極喪制過哀思封樹而緬懐恐東西而不志白楸爲槨爰遵古葬之儀冊滌題封即表永年之記銘曰

泱泱大風其太公兮穆穆君子紹厥宗兮中鯁寮廉仕漢宮兮才位高卑考永終兮哀哀孤子號蒼穹兮歸葬平陵松栢拱兮（集作栢松桐兮）

咸陽縣丞郭君墓誌銘

常袞

公諱某字某昔蔡邕叙有道之碑已詳姓氏司徒以薦直稱太守以仁明著祭酒之籌畫黄門之才理充作於曾祖驃騎將軍光禄卿仁最祖汝州司馬茂禕父濟州刺史崇禮咸以文武孝謹傳于子孫公即濟州府君之長子也高朗有識奉親孝事上敬睦于兄弟信于朋友好言王覇大略經術大義簡而無傲剛近於仁而能端本静末伏雅居

正年十二有老成之量季父崇默不以常兒見遇謂必大吾門伏波之言不敢失墜仲容之器居然宏達尋以明經擢第歷洛州平恩縣尉左金吾衛兵曹叅軍明恕貞恪清廉仁愛克施於政政有經矣故幕府三辟時稱得俊御史中丞李憲古侍御史崔希逸節度使張嵩爰以將命之務諮焉公之佐廉問也旌別淑慝樹立風聲進厥賢良不仁者遠率由簡易希下按章從容以和大變其俗公護戎事也善用文韜制其邊患本詩書之義府資德刑之戰器軍吏緩帶兵車稅鞅譚笑樽俎疆埸晏然凡所介貳皆有卓絕之稱每歸功於上豈代師受名而士君子多所推重方將萬里橫海一飛青雲三十有六年至于命夭開元十八

年四月十八日寢疾終于長安第里命薄葬布車一乘而已不忘平生之儉以示後昆之訓惟公博識強辨尤好理論至于縉紳風教得失之間處正其義不以錙毫假物善與人交不改柯葉一時之俊千里應言分宅字孤謂之己任而特相友善者時則有若呂向梁涉庫狄履溫終以儒才良器綢繆省闥每一拜命未嘗不相謂曰使君不歿吾輩豈先處顯地其精鑒雅望有如此若夫人安定梁氏執禮之坊有儀可則哀敬以事宗廟謙柔以和娣姒栢舟之誓年在幼沖諸孤始孩一生所寄送往過禮撫存以慈魚菽之祭以彰勤儉俎豆之訓不墜文儒時人謂之大家國史編於烈女徽音淑行雅有餘芳開元十九年十二月二

十四日終于雒陽私第玄寢異室三紀于茲壬寅歲詔贈府君大理丞追封夫人安定郡太君德盛流光禮徽優典永泰二年十一月日合祔于金城縣太平原禮也嗣子大理丞縱侍御史絳夙遭閔凶不及詩禮之誨尚賴慈獎幼彰令聞白簡持憲冊筆詳刑忠信孝友合於純性悲夫欲養而親不逮再仕而心不喜春秋窀穸痛結寒泉月日有時禮尊同穴蒸蒸之慕有感人倫以衮夙有通家之好俾敘先君之德銘曰

世載忠厚有倬其道尊顯府君光昭祖考達識宏量汪汪浩浩五經紛綸精義入神勞我州縣汨我風塵不屑其志與時屈伸乃佐軍政戎荒底定乃登輶軒郡邑從令交則

不黷久而益敬有才無年零落重泉遺孤攸隧合祔終焉

舒州望江縣丞盧公墓誌銘　梁肅

范陽盧君諱某字某漢侍中尚書植之裔孫北齊民部侍郎范陽伯士嬰之玄孫上蔡令彝倫之孫泌陽令某之季子其令德甲（集作官）族上矣君孝發于內不懈于外禮極于上不遺乎（集作其）下得太和之正性蘊明哲之茂器學以聚之問以辨之百行行之一以貫之干祿代耕非近榮也安卑從政非離群也弱冠舉孝廉授舒州望江縣丞夫道德繫乎已窮達繫乎時惟天生德於君而止諸下位卑道消乎當世（十字集作不畀之年不與之位）噫造物者不其惑歟享年四十有四天寶元年月日終于尉氏私館是歲權窆于潁川之許

昌里大曆七年月日胤子太常寺協律郎東美初奉嚴訓以公之喪後祔（二字集作從）先大夫于陽翟之某原禮也夫默而成之存乎德紀德音者存乎詞銘曰

顯允君子克廣德心邈乎其高淵乎其深雲藏于山風隱于林時雨下降不聞其音性含元化形隨逝水天何言哉命也已矣山川有變兮（集無兮字）令聞不已

洪州建昌縣丞崔君墓誌銘　權德輿

君諱邈字某博陵安平人也六代祖北齊右僕射昂以文學正直周歷諸曹禮樂刑政所損益者十七八生隋水部司門二郎中洽有風儀器尚以世其官司門生皇掖縣令雲首掖縣生武邑令昭（集作紹）武邑生台水尉頂頂生汾西

令贈定州刺史昪之自掖縣四世含德不耀君即定州府君之長子故相國右庶子安平公其介弟也恬淡愿懿不遷於時仁于鄉黨友于兄弟大歷中御史大夫贊皇李公之宣風于吳也聞其賢起家表薦（集無此字）爲常州武進縣尉跡聞（集作徇）知己心不近名俛視官曹非其好也建中初嗣曹王分閫綦部于九江之西又以名聞轉洪州建昌縣丞君喟然曰莊生於蒙子吾之師也惡用是哉終不肯就先是築室於毘陵疏清流蔭碧蘚樹藝偃仰有終焉之志貞元十年正月日寢病（集作疾）終於其家享年六十三夫人范陽盧氏華宗淑行動脩（集作循）禮法其孤景伯等年未及冠皆專經趣善藐然銜恤護奉精車以明年十月某日歸祔于河南東原之舊塋先遠故緩也季弟著作郎逵貞謀（集作諒是）悌稱於士林抱終鮮之痛主歸全之禮以德輿詳其素履俾爲墓銘銘曰

公綽之道澹無欲兮結（集作絜）身用晦言可復兮視履考祥宜戩穀兮乃如之人胡不淑兮周原舊封森拱木兮於以寧神識陵谷兮

潤州冊陽縣丞盧君墓誌銘　前人

君諱峴字某范陽人自（一有元字）魏已降宦婚人物爲天下清甲大略書于國史詳言在乎家諜今所書三葉自曾王父衢州司馬府君諱弘壽初貞晦不仕公車徵拜生冀州信都主簿府君諱友裕友裕生楊州高郵縣令府君諱相君

即高郵之第若干子奉前人之業講先師之訓以之克家以之從政直方謙厚卑不可踰筮仕三次不離州縣之職曰亳州蒙城縣主簿楚州寶應縣尉潤州冊陽縣丞寬敬涖事不希名譽故每當薦問薦延之目（集作日）使臣陟明之舉皆遷延晦避時議多之清行懿名竟用不振以大曆九年七月日寢疾終于官舍享年五十五其娶隴西李氏柔順有婦行嗣子某等訣于蓍蔡銜恤襄事以關河不靖未克歸祔遂以某月日權厝於縣之北原焉從宜也予僑居冊陽嘗與君游故粗書事實以備刻石銘曰

生死浤浤如環斯循于嗟盧君於此歸根

再從叔京兆府咸陽縣丞府君墓誌銘　前人

府君諱逵字某天水略陽人曾祖崇本皇朝散大夫滑州匡城縣令祖若納皇通議大夫桂歙梓三州刺史考僎皇深州安平縣令自十二代祖前秦安丘敬公至四代祖平涼公皆有勳力爲通侯大吏自匡城至安平以文采政事爲列城二千石家法休聲貽于後昆府君以士行吏理平端簡實大曆初調爲家令寺主簿歷同州馮翊縣尉河南府登封主簿京兆府咸陽縣丞居之必聞考績得之必由綜覈中外之姻或槪戚里都侈鄉未嘗巧從以去窮約且以枉道由徑食浮於人爲誠大率每十歲徙一官故歷三紀而四受禄勤官肅事不謗於長上循理蹈和不懾（集作攝）於徤羨其有常歟其難進歟貞元十九年歲在癸未秋七

月壬戌感風疾終於新昌里享年六十先是夫人南陽張氏明茂有禮法亦天奪其壽府君周緩既除三月而鞠凶及悲夫子塤等謀於族屬家老以明年春二月己酉祔真宅于萬年縣龍首原謹書官次以納幽窆銘曰

幽丘而下暐暐圭組宜昌鄗城仍（集作乃）代啓土平涼策勳梓州懿文家諜德風儀刑薦紳時惟叔父祗服丕矩始仕宮卿乃從左輔周旋二畿坦坦安卑遵道而行不競于時修短奄忽兮嗚呼涕漣兮崇岡美檟兮永識于兹

河南府洛陽縣主簿鄭君墓誌銘　穆員

鄭君諱約字某元魏中書令周小司空金鄉文公穆之七代孫皇朝東都留守京兆河南尹福建觀察使御史大夫懿公叔則之冢子擢明經調太原府參軍歷興平尉洛陽主簿娶范陽盧氏生二男未齔二女未笄春秋四十六貞元十年四月八日卒于東都尊賢里第十有一月某日從先君于萬安山陽哀哉君事先大夫以聞禮爲業奉繼太夫人以無違爲志孝也地貴門高羞群從外姻婦之者如市身爲冢嫡率以和氣煦其懽心行也不籍世資自求於古立也餘力學文會友藝也前者先大夫出入貴仕羽儀中朝君仲父季父皆以令名列於清貫赫奕高明之盛莫之與京既而季父陷于國難先大夫薨於遐裔仲氏繼歿于位二夫人次夭于家君與諸父兄弟斬焉相從藐爾相弔曰昊天之不我卹也逮三年矣柰何聲未絶口而君又

徃焉於戲積善餘慶之道信乎何其於始也信未及其終而欺繼之季弟納承明而文次追當室孔懷加等之外似有怨且懼焉謂員先公下賔仲季之執疏君景行俾勒泉扃銘曰

人生盛衰如朝夕可歎繁華與凋落高門冠蓋昔如雲一旦弔賔何寂寞盛德之後仁所歸嗟嗟之子何福遠我從先君終此山讓厥嘉祥貽後昆

長安主簿李君墓誌銘　權德輿

君諱少安字公和隴西成紀人自元魏僕射文穆公冲而下爲西州冠族或位不充者必以令德聞曾祖仲進皇宣州司馬祖僑河南府澠池縣令父惜朝議大夫宗正丞贈

濮州刺史君即濮州第三子也敏信寬綽篤於行義方舉孝廉偶爲所親者遷(遷字集作薦延)授某州阜城縣尉既非所好終不屑就王黔中礎之持節廉問也表爲推官轉支使歷左武衛士(集作曹)曹參軍大理評事用誠直贊佐夷落之人宜之府除至京師轉三元(集作原是)縣尉莞中書甲庫考績四俱(集作君)上第遷長安主簿二陵役土之重比歲會輦轂之下(集作會同輦轂下)儲峙(二字集作所湊儲峙)無遠典司甿置肅給安靜尹守以爲能方受(集作授)代而復表晉一歲御史府(集作司字)察視者數薦君自代君方勇於退故朝命未及焉元和三年三月乙酉感疾不起於長安興化里第享年五十君溫仁孝友喻義循理恢恢然有君子之度齒位皆屈而知者歎焉夫

人滎陽鄭氏太僕少卿叔規之女仁而不壽先是君元兄郴州刺史捐館舍請君襄事間關勤遠間一歲有嗒然之痛喪服甫除俄啓手足噫以積善之家而叢不淑如是糾纆之數其可問邪嗣子栻授等號奉輴車以夏五月景申祔於東都潁陽縣之某原禮也音徽未昧(集作沬)志義相倫情殷中外年同甲子濡溯操管銘于墓門銘曰

族之盛兮才之令兮繞知命兮俄大病兮葬者藏兮潁之陽兮誌丘荒兮杳茫茫兮

溫縣主簿韓君墓誌銘　柳宗元

有唐故溫縣主簿諱慎字某漢弓高侯其先也從(集作徙)于南陽傳世至今唐侍中瑗(集作瑷)克用貞亮奮于國難侍中兄子鄂州刺史諱某某先御史著作郎諱某某生尚書庫部郎中萬州刺史諱某嗣以文行大其家業君萬州長子也以父任爲建陵挽郎累調授王府參軍相州襄陽尉至于是邑貞元十六年又調于天官署河陽丞未拜十有一月暴疾卒于長安永崇里先人之廬又十有一日龜筮襲吉祔于咸陽洪瀆原先人之墓正(集作禮)也先三日外姻家老謀爲之志季弟泰(集作泰)哀不能文故託於友焉嗚呼生也以其弟之恭知君之爲友沒也以其弟之慼知君之爲愛惟友愛出于孝移于忠施于人事無往不達故予(集作余故)得受其辭以書于石(集作書于石曰)

友而愛愛而忠忠而孝宜之(十一字集止作友而愛而忠而孝之)貌稱其行

行稱其詞賤受(集作而)不壽爲善是悼祔于祖考初筮攸告季也之純寘哀無垠終宴且貧控于仁人備物稱家其儀式陳爰相其悲載刊(集作刻)茲珉

陸渾尉崔君墓誌銘　穆員

崔君名泳字君易清河東武城人皇朝刑部尚書贈太傅忠公隱甫之孫河南少尹徵(書世系表同一作徵非)之子進士擢第調同州參軍陸渾尉生四十有三年以貞元四年冬十月景子卒于洛陽毓德里之第丁酉從先尚書少尹于此丘禮也崔族著明洎忠公德如其謚焯乎代之間見其所憑者厚矣惟先王之樂實祖考之世及君子之所以爲構爲穫者加生知之力行之故其事親也以無間言無遠志無

失色無過行其執喪也視禮經有加等而惡用吾情之歎
異夫古焉其莅官也才無不器事至主一作以鋒致理者以
備群司陟明者以充首賦其會友也以晏平仲久敬子路
無宿諾植之爲本而游夏之藝文嚮使錫厥永年被之貴
仕俾自家刑國以及生人未始涯也嗚呼才長命短古有
之矣君之所以墮諸公之淚使有餘恨者方兄弟燕言之
次無分陰之疾如寐如息而不反焉夫人范陽盧氏令族
美行宜而一作爲君之伉儷四子男曰某女孟仲季未笄未
笄初河南府君梓踰月夫人范陽縣君遠養又梓踰月君
繼夭君長兄河南府君司録叅君流不勝其哀乃至謂其
身之存不若君之沒而無知也當無窮之若苦疑作如有知

也先人在焉託我友生銘其埏埏詞曰
有生有死彭殤同致德義爲宗崇高匪貴雲收於山肖爲
時雨嗟我哲人脩邙之上

鄭州新鄭縣尉安定皇甫君墓誌銘　梁肅

君諱某字某皇朝監察御史某之曾孫贈兵部侍郎某之
孫唐州長史某之第三子尚書左丞侁之愛弟歷葉聚祉
左丞又嗣以淳德義之門宜有仁人君生而冲茂聰悟孝
敬弱冠以明經登科始長安丞又轉新鄭尉性恬曠不甚
以禄仕爲意避亂至江南以墳籍自娛謂論語二十篇有
夫子微言故嘗翫其章句以導情性非至德要道未嘗經
懷老氏不居其華孟軻言必仁義君子之集作志也晚節多
病享年七十七以興元元年正月三日啓手足於嘉興縣
私第夫人博陵崔氏生一子曰攸號慕哀敬禮無違者左
丞嗣子兵部郎中政實營護喪事以前月二日權厝于某
鄉原不克及葬難故也郎中於予有鄉黨之舊泣書美行
見命誌之銘曰
温良恭儉德之柄兮居常待終天之命兮卜葬從權變之
正兮

恒州真定縣尉獨孤君墓誌銘　前人

君諱正河南洛陽人皇朝光禄大夫河集作洛後亦云洛南之裔南公
諱義順之玄孫故殿中侍御史潁川郡長史贈祕書監府
君集無此二字諱某之少子故常州刺史府君諱某之愛弟春

秋四十六大曆十一年某月日卒于晉陵郡明年某月日
歸葬于洛陽南先塋元兄水部員外郎兼侍御史汜銜天
倫之痛且懼陵谷之不可常也於是昭銘景行誌其墓曰
君之先出自劉氏漢世祖之裔有進伯者北征以師敗績
降匈奴因部易姓其後有永公羅辰臨川王永業魏齊二
代開國承家臨川生開府儀同三司武安公子佳洛南之
禰也歷代之崇業茂勳其餘祉於是有祕書之遺直常州
之厚茂集作德德美休裕叢滋于君君温恭集作良淑和孝友
慈仁居處進退非禮不動嘗謂學者義之府文者質之薄
故娛心典墳簡棄詞藝又謂干禄者躁之幾藏密者靜之
輿故反情樂道居易脩業少時解褐授真定尉非其所好

棄官不之晩節尚黄老慕禪宗豪籥心慓夢幻生死端居一室澹如也逮疾病集無病字或勸之藥君集作石曰命之不可奈何雖有藥石將焉所施言未絶口嗒焉順化未婚無子知者痛之嗚呼予嘗竊天人而考性命夭壽之數福極之源蓋昏默而不可究已以獨孤君蘊純粹之質蹈淵騫之行而生不躋艾服慶不植後嗣彼造物者以三壽百福與何人哉先是君李氏之姊捐館其明年四月常州府君薨反葬之日三喪俱引故親舊惋痛爲善者相弔水部之哀又其可旣乎蕭常辱常州之眷且與真定游文集無文字故備其實録刊于貞石銘曰

顯允君子德心廣兮與道爲徒以蒙養兮桑扈反真泊然

徃兮刻石九原畢天壤兮

文苑英華卷第九百六十

文苑英華卷第九百六十一　誌二十七

雜一

自撰墓誌　王勣集作績

王勣者有父母無朋友自爲之字曰無功焉或問之箕踞不對蓋以有道於己無功於時也不讀集作聽書自達理不知榮辱不計利害起家以禄位歷數職而一進階集作一階進才高位下免責而已矣集無此字天子不知公卿不識四十五

十而無聞焉於是退歸以酒德游於鄉里往往賣卜時時著集作看書行若無所之坐若無所據鄉人未有達其意也嘗耕東皐世集無世字號東皐子身死之日自爲銘焉曰

有唐逸人太原王勣若頑若愚似矯似激院止三逕堂唯四壁不知節制焉有親戚以生爲附贅懸疣以死爲決疣潰癰無思無慮何去何從壠集作龍頭刻石馬鬣裁封哀哀孝子集作子子空對長松

楊集作從弟去盈墓誌銘　楊炯

古者黄帝軒轅氏沒帝嚳高辛氏作幼而徇齊長而敦敏則天下之人用其教者百年忠肅恭懿宣慈惠和則天下之人謂之稱集作其才者八子黄鳥旗而白魚躍集作燎有周武

之興王彤弓一而旅矢千有晉文之啓覇雖隱（集作出）公遜位哀侯失國而文之昭也武之穆也司徒爲五教之官有社稷焉有黎人焉丞相臨萬機之職崤函帑盛赫奕於朱輪河洛台階昭彰於白玉積善餘慶信而有徵國子進士楊去盈字流謙弘農華陰人也曾祖諱初周大將軍隋宗正卿常州刺史順楊公皇朝左光禄大夫華山郡開國公食邑本鄉二千五百户唐虞之稷契魏晉之裴王晏嬰可以事百君臯繇爲之謩九德麾蓋兵馬人知牧伯之尊名山大川蘊（集作地）積公侯之氣王考諱安僞鄭王充逄（集作逼是）授二十八將封鄶國公尋謀歸順爲克所害皇朝贈大將軍旌忠烈也陶謙雅尚祖逖雄心會天子之蒙塵見諸侯

之釋位雖陳平去就潛懷杖劒之謀而石勒凶殘遂及推墻之禍父某潤州句容遂州長江二縣令朝散大夫行鄧州司馬文武兼備清明（集作白）在躬（一作體）人無間言位不充量四方取則孔宣父之踐中都百里非才龐士元之登別駕若夫庭生玉樹身帯金鏁有衛玠之風神有張良之容貌蔣琬之識盛元（集作允）責在司空陳蕃之對薛勤志清天下觀其昏定晨省立身楊名恠草蔚其休徵神魚會其冥感莊公獨歎聞潁叔之純深有道相推見茅容之盡禮則閨門雍穆以孝聞也輔仁會友合志同方晏平仲之善交鮑叔牙之知我張琪（集作堪）死日妻子唯托於朱暉劉惔生平風月每思於玄度則朋友之德若蘭芬（集作薫）也朱穆好

學中食忘飡譙周研精欣然獨笑張華四海之内若指諸掌班固百家之言無不窮究鈎深致遠悦丘墳也八音繁會五色章明動天地而感鬼神亭人倫而成孝敬陽臺並作楚襄王賜雲夢之田上林同時漢武帝給尚書之筆則瓊敷玉藻未足多（集作云）也自攝齊東序撰杖西膠唯（集作推）宰我之能言貴顔回之有德成如麟角道尊於壁水之前翼若鴻毛俯拾於金門之下方將咫尺宣室扈從明庭申賈誼之忠讜盡楊雄之規諫豫章七載擢修幹而聳長條有鳥三年搏積（集作高）風而運滄海豈期數有迍否天無皂白苗而不秀秀而不實者蓋有是夫古人有言歿而不朽者此之謂也春秋二十有六以上元三年五月二十二日

歿（集作終）于京師勝業里嗚呼哀哉至儀鳳四年十二月二日歸葬於華陰之某原不忘本也山河鬱鬱松栢蒼蒼骨肉閉兮歸后土魂魄遊兮思故鄉三荆摧落五都悲凉痛門户之無主悼人琴之兩忘嗚呼哀哉其（其字集作乃爲）銘曰

高集遠蹠濁涇（集作河）清渭天子諸侯司空太尉星辰皷舞山澤通氣道在者尊德成爲貴賈家五虎（後漢黨錮傳賈彪兄弟三人並有高明天下稱賈氏三虎五當作三）儒節最怒荀氏八龍慈明無雙劍光冲（集作侵）斗壁氣浮江據於道德依（集作闓）於邦家子之承親温席扇枕子之友悌同輿共寢朝歌不入盗泉不飲垂露崩雲繁絃縟錦明經太學射策鴻都揚名（集作對揚）天子高揖司徒鱗翩將運波濤不虞子之（集作奈何）丧也良可悲夫瞻望不

及佇立以泣唯見黃埃心傷以摧躑躅兮徘徊嗚呼兮哀哉長夜漫漫何時旦魂兮魂兮歸去來

楊（集作從弟）去溢墓誌銘　前人

處士弘農楊去溢年二十即華山公之曾孫大將軍之孫朝散大夫鄧州司馬之第四子也維嶽有五有華山之金石焉山阜相屬含（集作合）谿懷谷所以鎮其南也維瀆有四有河宗之玉璧焉波瀾（集作潮波）汩起洄洑萬里所以經其北也言其土地則巨靈之高掌遠蹠作西漢之城池敘其衣冠則太尉之四代五公爲東京之柱國然後積勳累德枝分葉散大君有命臨夏日之壇埸天子動容聽秋風之懿範（集作金鉞）是以熊羆入兆羔鴈成群黃憲之名聞於海內陳

蕃之志掃於天下群童忽聚逢若李而懸（集作先）知賓客相過問楊梅而即對善父母爲孝善兄弟爲友居家可移之道也利者義之和貞者事之幹元亨日新之德也若夫節陵遺策汲冢殘書倚相之八索九丘張華之千門萬戶莫不山藏海納學無所遺至如白雪迴光清風度曲崔亭伯真龍之氣楊子雲吐鳳之才莫不玉振金聲筆有餘力遠心天授高興生知盡江海之良圖得煙霞之秘算貞不絕俗從容於名教之場道由人弘坐臥於羲皇之代于時朝廷之上山林之下英儒瞻聞（集作文）之士洪筆麗藻之客希末光而影集聽餘聲而響和者猶藩籬之望天地鱗介之宗龜龍也嗟乎陰陽爲道大道無亭毒（集作育）之心禍福唯

人聖人有抑揚之教智焉而夭仁焉而終今也則亡歎顏回之短命死而可作冀隨會之同歸文不在茲乎天之將喪也以某年某月某日終於某所越儀鳳四年十月二日歸葬於華陰之某原林野彌望關山寥廓樵童牧豎孟嘗君之池臺一去千年丁令威之城郭悲纏於魯衛痛深於花萼姜肱沒齒無因共被之歡鍾毓生年非復同車之樂嗚呼哀哉乃爲銘曰

叔虞建國天錫之唐伯僑受氏食菜於（集作于）楊五侯簪紱四代軒裳有德有行如圭如璋乃生男子初（集作載）寢之牀從公小大辨日炎涼天下之寶邦家之光神鋒太俊旗鼓相當事親以禮左右無方交（集作友）朋以信芝蘭有芳文犀

健筆白鳳彤章鷫鸘齊致江湖兩忘謂天輔德則惟其常殲我吉士于何不傷關山搖落洲渚蒼茫黃塵匝地白露成（集作爲）霜左右刮骨親賓斷腸摧殘玉樹埋沒金鄉交交黃鳥爰集于桑命不可贖人之云亡

從甥梁鍏墓誌銘　前人

故右衛率府翊衛安定梁鍏年三（集作二）十有八以上元三年秋八月某日終于某所圖其景宿天有大梁之星辨其物土地有大梁之國考其衣冠人有大梁之姓綜乾坤而列位兼水木（集作土）而成文業耕織而樂琴書有梁鴻之雅尚生封侯而死廟食有梁竦之雄圖西山求白鹿之仙東海受黃蛇之寶曾祖某光祿大夫開府儀同三司驃騎將

軍清河太守右衛大將軍同州刺史上柱國郡守旁通於日(集作月)建儀同上法於太階光祿大夫下大夫之職驃騎將軍大將軍之比祖某河南澠池令鄭州司功參軍事冀州蒲州二府(集作州字)司馬朝散大夫紀王府司馬襄州同州二長史仲由宰邑蕭何主吏桓溫之徵謝奕暫爲司馬之官周景之禮陳蕃仍降題輿之命考某國子學生霍王府參軍并州大都督府兵曹楊州大都督府録事參軍仲尼閑居曰參不敏天子命我參卿軍事張常山之福應直保金鈎謝太傅之閨門唯生玉樹所以圓光折水真(集作直)氣銜天孩笑之時見之者知其孝友能言之際聽之者許其(集作以)聰明審清河管輅之天文對江夏黃童之日蝕揮其

勁翮則鳳凰飛鳴(集作鳴舞)於赤山整其蘭筋則駿馬騰驤於綠(集作陸)地若夫神龍負封瑞雀銜書安釐王汲冢之文穆天子羽陵之籍莫不因條報葉望表知裏鄭玄殫見覽萬卷之八千班固洽聞涉五經之四部至如琱弧夜月筋力(集作角)三才鐵劍秋霜煙雲五色莫不推之以智勇成之以(集作於)揖讓歷諸侯而說劒直之無前引司馬而操弓觀者如堵可謂多材天縱盛德日新晏倩不讓於詩書翁歸蕪(集作自)強於文武由是交通遂廣聲名益振朱家大俠滕公有然諾之言劇孟過人袁盎有逢迎之禮及其從微至著資父事君籍(集作策)册書之勳業參黑衣之行伍神(一作位)宮海外瞻鏤牓於明山太室雲端聽(集作奏)仙簧於洛水翊駕

馳道周廬甲觀方當奉詔出使萬里行封受命忘身三軍拜將豈期年歲朝露浮生過隙漢逸人之雅操命也如何魯司寇之知言苗而不秀嗚呼哀哉望吾子者空懷倚廢之歎嗟余弟者獨有忘琴之悲從日月於龜謀考圖書於馬鬣(集作老圖書於烏逝)越以儀鳳三年春二月某日甲子葬於某所悲夫吾見其進由來孔李之家吾謂之甥實曰何劉之族陽元既殁瞻舊宅而無成康伯不存對玄言而誰與其

銘曰

山河帶礪金木精靈磊磊(集作礨礨)千丈森森五兵駢驂面拔出入東明人壽無幾皇天不平碑晋郭泰挽送田橫終寂寥於相宅空嗟歎於佳城

陳明經(文粹作我府君有周君士文林郎陳公)墓誌文　陳子昂

公諱元敬字某其先陳國人也五世祖太樂梁大同中爲新城郡司馬生高祖方慶方慶好道得墨子五行秘書白虎七變法遂(集粹無此字)隱於郡武東山生曾祖湯湯爲郡主簿湯生祖通通早卒生皇考辯爲郡豪傑公河目海口領(集作鶯文粹作欽後漢周欽顧注欽或作頗立凡切)顧虎頭(文粹作顔)性英雄而志尚玄默群書秘術(集粹作學)無所不覽年弱冠早爲州閭所服耆老(文粹作長)童幼見之若大賓二十一鄉貢明經擢第拜文林郎屬憂艱不仕潛道育德穆其清風邦人馴致如衆鳥之從鳳也時有決訟不取州郡之命而信公之一言四方豪俊望風景附朝廷聞名或以君爲西南大豪而不知深慈恭

懿敬讓以爲德(二字文粹作得)也州將縣長時或爲(集作陳)議青龍癸未唐曆云微公乃山棲絕穀放息人事餌雲毋以怡其神居十八年玄圖(文粹作圓)大(集作天)象無所不達嘗宴(集有坐然字)謂其嗣子子昂曰吾幽覩大運賢聖生有萌芽特發天下乃茂(六字集粹作特發乃茂)不可以智力圖也氣同萬里而遇合不同造膝而悖古之合者百無一焉嗚呼昔堯與舜禹合天下得之四百餘年湯與伊尹合天下歸之五百年文王與太公合天下順之四百年幽厲版蕩天紀亂也(文粹無此字)聖賢不相逢(文粹有也字)老聃仲尼淪溺溷世不能自昌固有國者享年不永彌四百餘年戰國如磨(集粹作靡)于赤龍赤龍之興四百年天紀復亂胡夷(集作夷胡)奔突賢聖淪亡至于(文粹有今字)四百年矣天意其將復周乎於戲吾老矣汝其志之(集作太歲己亥享年七十有四七月七日己未隱化於私宮(集作舘)孤子子昂愚暗(集粹作昧)鞠然在疚不知所從乃祗馴聖人卜宅之義是歲十月己酉遂開拭舊塋奉寧神於此山石佛(文粹作山)谷之中岡也銘曰

賢者避地邈其如(集粹無此字)徃鳳兮鳳兮誰能象兮嗚呼我君懷寶不識(集粹作試)孰知其深廣兮悠悠白雲自怡養兮大運不齊聖賢同(同字集作罔象)兮南山四君不遭漢天子固亦商丘之遺壤兮(集有此十五字文粹英華並無)

高氏子(集作上殤高氏)墓誌銘　前人

維唐垂拱二年太歲景戌七月二十日殤子高氏卒焉(集無焉字)嗚呼哀哉含瓊敷而不玉實者有矣夫吾觀顥元機化出入夭壽之數榮落之原皆一受而不易者已悲夫古人之仁懿中庸不幸短折(集作命)今復見之於高子矣高子渤海蓨人也黃州府君之幼孫宛州府君之叔子天(集無此字)生而岐嶷實單實粹(集作華)越在襁褓神明滋茂童蒙淵敏光潤玉顏八歲始教方書受甲子已知孝悌之道詩禮之規宛丘府君鍾愛之他日嘗趨庭與諸兒戲神清涵泳綽然如鴻雛鵷子有青雲之意也府君美之曰能光我家者此兒十五通左氏春秋及尚書淵塞(集作騫非)之志日新宏大矣不幸享年十七遇暴(集無此字)疾而夭嗚呼哀哉宛丘府君感慟哀過於禮曰不恨爾壽之不長惜爾器之不彰天何苗育今也則亡嗚呼吾將老矣爾遠何哉其年七月殯於家園日月云徂六載于兹矣天授(集作鳳非)二年龍集辛卯府君方大崇元域以安先兆諸子之柩皆附焉其年二(集作一非)月癸卯朔十八日庚申啓殯歸瘞於大塋禮也銘曰

來不可遏去不可止唯死與生由生與(集作以)死於戲殤子噫何徃矣傷慈父之肝情獨冥冥而長已死而有知可也若其無知悲爾

陳(集作堂弟)孜墓誌銘　前人

君諱孜字無怠其先陳國人也五代祖太樂梁大同中爲本郡大司馬生高祖方慶屬梁亂始居新城郡武東山生大父湯爲郡主簿大父生曾祖通(集作迫非)早卒通生皇祖辯

少習儒學欻以英豪剛烈著聞是以名節爲州國所服皇祖生考元奭保食（集作植）先人茂德降生於君君幼孤天姿雄植英秀獨茂（集作邁）性嚴簡而尚倜儻之奇愛蘸貞而不拘介獨之操始通詩禮略覩史傳即懐執物之標希曠代之業故言不宿諾行不苟從率身克己服道崇德閨門睦（睦字集作穆穆）如也鄉黨徇（集疊恂字）如也至乃雄以濟義勇以存仁貞以立事毅以守節獨斷於心每若由己實爲時輩所高而莫敢與爭倫（二字集作倫也）以是鄉里長幼望風而靡邦國賢豪聞名而悅服方謂拂羽喬木緬昇高雲而遭命大過棟撓而殞嗚呼天咎予乎時年三十五是歲龍集癸巳有周天授三年（集作二年按唐書天授三年四月改元長壽是歲壬辰長壽二年乃是癸巳）秋七月

卜地（集作兆）不吉權殯於真諦寺之北園始以今甲午歲獻春一月乙酉朔二十五日己酉窆於石溪山之北岡陪考域（集作墳）也君家世墳壠在武東山昭穆崇封松栢成列（集作列戚）至若（集無此字）君考遺令獨愛石溪之岡故君從先志祔葬于此嗚呼哀哉始君伯父海內之文人也含紀綱（集作絶綱）之德有高代之行每見君歎曰吾家世雖儒術傳嗣然豪傑英雄季世不泯（集作豪英雄秀世濟不泯）常懼後來光烈不象先風每一見爾慰吾家道實謂君有逸群之骨拔俗之標超山越壑可以騁邁也豈其夭絶喪茲良圖嗚呼其元命歟遭命歟天不佑（集作忱）歟道固謬歟大圓蒼蒼大方茫茫賢聖同此之於爾（三字集作爾之）何傷古人有言珠玉瘞之（集作瘞）是縣骸

於中原況吾家道尚儉名訓未墜封樹之禮吾敢過焉是用錫爾瓦木之器塗芻之靈堯舜之典忠孝之經昭示後代以安爾形銘曰

我祖之葳蕤兮邈於陳緬遥裔兮此江濵（集作濆）五代崇光兮至夫君嶶烈英耀兮始氛氳（集作芬藴）何意嚴霜兮降青春玉樹吹落兮成黃塵南山無隟兮永幽淪悠悠昭代兮非卜（集作爾）辰吾慟感傷兮哭（集作號）蒼旻問之蓍策兮立茲墳乃言千歲（集作載）兮冦（集作冠非）來臻黃頭之子白眼（集作服）人嗚呼（集作嗟爾）黃頭兮勿傷神

文苑英華卷第九百六十一

文苑英華卷第九百六十二　誌二十八

雜二

處士張府君墓誌銘　張說

府君諱恪其先晉人晉有張老韓有開地漢有留侯侯八代孫皓爲司空司空子宇爲北平太守遭漢亂離家於范

陽至玄孫華復爲晉司空遇難子孫南渡其處者或寓於蒲坂周齊間有歸者因從（一有徙字）焉君晉司空十一代孫也曾祖徵君諱子佗祖河東郡從事諱畯（集作俊）父道通館學士諱弋德音遺範詳諸家諜君孤紹單門傍無兄弟苗而不秀未仕而卒道未融於邦國位未揚於王庭故老之口浸遠好事之書又闕是後生不得預聞焉哀哉嗣子晉州洪洞丞隲襁褓縗麻育於舅氏夫人隴西董氏常州長史椎之女也早年守義唯鞠一子嚴而有檢勤而善訓成先人之丕烈貽後嗣之積善微太夫人德則張氏幾將墜焉開耀元年十二月二十七日終于（集作於）鄜城縣世婦馮氏之別業春秋七十有二先君之遠世也太夫人在堂大門在殯日月逾邁有志未從是諸孫·猋馬若履淵谷以景龍三年歲次己酉冬十月二十六日克葬王父王母於蒲坂東司空之村成先志也銘曰

綿綿王父續我靈基幼而植德人莫知之烈烈王母克明克類教成鸞子光我族嗣中條之北大河之東丘陵桑梓鬱鬱崇崇千年啓室百歲來同永惟先志欽成厥終

徐氏子墓誌銘　前人

徐氏子者名巖字其司封員外郎堅之第四子也驥子晲雲風毛洗日孝友因性聰敏若神置在膝前已會星辰之氣戲于床下能記賓主之詞及總角成童精意好學門一知十升堂覩奧下筆成章而倫要發言爲論而卓詭識者

咸謂增世搆之崇蘊益源流之洪潤雖其茂之孫十二飛辯班彪之子九歲能文不尚之也天乎何辜顏淵無命年十有三歲大足元　九月遭疾而沒嗚呼哀哉玥月始生不見其盈瓊枝方秀不見其茂悲哉銘曰

生日何淺死路何深珠碎朓月花殘稚林哀哀父母孰慶其心

殤子常八墓誌　獨孤及

殤子河南獨孤氏小字常八以其蒻而未名也故以字稱北齊司空行臺尚書令臨川郡王之七代孫有虞安南郡長史府君之曾孫潁川郡長史府君之孫左驍衛兵曹參軍公之元子秘書省著作郎京兆偉（偉集字作常儧）之甥生有奇

表溫朗（集作明）聰秀覃訏於保姆傅婢之手嶷然異於凡童氣閑體和取與必時諸父諸母每謂興我家者必此兒也賓客之至者看玉人不暇儻（集無此字）以壽命則成器致位未易度也不幸多病大曆六年歲次辛亥（集作丑非）十二月二十二日夭於舒州壽至（集作止）五歲三（集作四非）十甲子長幼惋毒六姻悼惜嗚呼天將不昌吾後裔乎不然曷使此孩不至於（集作于）成歟大曆八年夏四月十六日以其喪歸葬洛陽祔于王父（集有母字）宅兆之側其仲父銜涕書其始終紀于墓云

此篇誤編在九百六十六卷婦人門今移於此

鄭處士墓誌　梁肅

歲在戊午六月戊子處士滎陽鄭君卒于常州福業寺庚寅權窆于某鄉原嗚呼處士之爲人也入則孝出則悌直而不佻柔而不懾好讀周易及太史公書嘗遊於（集無於字）南集作吊夏桀文其辭甚典（集作正一作工）足見其質嚮使天假之壽與之祿則其道可熾坎壈世故行年三十三（集作二）而夭哀哉處士諱稷故酸棗令某之孫令黃巖令季江之子故吏部侍郎贈左僕射齊公澣之外孫也合內外之休德成中和之茂行使夫生不得其辰沒不見其親託遺骸於他土顧稚子而未識痛矣夫斯命也於是書石以誌卒葬且懼年祀超忽故月而日之

李儋（集作隴西李君）墓誌　前人

君諱儋姓李氏隴西成紀人涼武昭王玄盛之後曾祖如順皇朝太子洗馬生大父元恭開元中以文學政事歷大理卿判尚書吏部侍郎侍郎生烈考訥官至太府寺丞君承家（集作夙承）休緒少有令聞孝敬仁順弘毅貞亮非禮不言見善必行行有餘力則覃思六經揭厲百氏是故淳秀之氣播爲文章發於事業難於進易於退道不苟行位不虛受常州刺史獨孤公及之臨舒城聞而悅之辟爲（集作如非）從事府遷於常州君亦至焉獨孤公文德爲天下望君入則從容討論出則勤慮政事議者以君建大名致厚位必自此始不幸短命享年若干以大曆十二（集無此字）年春三月甲子寢疾而沒焉（集無此字）嗚呼天與之才天（集無天字一本作又）與之器

不與之壽不與之位天何言哉君娶范陽盧詔女一子越在襁褓哭泣無主其仲兄武進尉迅銜天倫之哀謀及卜筮以是月既望抱其孤送君之喪權窆于正勤佛寺之北原時不利不克反葬（集作喪）故也友人安定梁肅紀其終始德善著于石俾來者有以知君子之墓云

殤子穆若愚墓誌　穆員

穆若愚唐秘書監新安公之孫前御史中丞公之第五子貌宜貴壽神宜才藝氣宜淑哲生七年而夭痛莫如之時諸父不夭方集荼蓼一慟之外且相諭曰老氏謂身爲大患然則人之生也適與患並男子既亂以往患於是始此子也生無有生之患沒有無患之樂（一作生無生之患莫無死之患）欻然

與大化潛契曠然與太古爲鄰齊彼彭聃爲歸坯土命也如何偃師首陽山之比原吾祖宗之所宅翌日遷祔於先府君之後又翌日窆焉貞元十一年六月二十五日叔父貞記

裴處士墓誌　前人

唐貞元四年春正月貞太夫人惟杜氏西階之事命長子貴咨於家君習於卜筮展孝思於罔極抒孔懷於同氣躬備如新之庶物洎一日二人之具授從父之弟奏浮舟于河啓殯于淇二月癸巳舅氏奉我外王父朝城府君王母豐縣君劉氏洎伯舅之喪至自衞先是卜兆于偃師首陽山之比原壬寅遷朝城豐君歸於貞宅伯舅祔焉伯舅諱

浩字某皇朝并州石艾縣丞文行曾孫絳縣令玄度孫魏州朝城令翔之第二子也孝弟篤實可移於事君肅恭信順可施于有政行成於進而名未之歸學優於用而禄未之及天寶末天下亂藏於衞州之別墅昏氛四塞豺虎信信行無所從退迫咥噬殷憂不壽發疾而終時至德三年二月二日春秋三十有五夫人京兆韋氏挈未童之孤孫是逃鋒刄保朝夕之不遑而踰月之禮盖闕乃於其所殯焉我慈親念羇魂之靡託者心不忘痛永言攺葬與大事俱世道多故坎壈未集嗣子佐餘力能學含章而文仕潤州參軍杭州司田越在東南計之靡及夫人後元年棄養於潤州官舍將謀同穴盖時趣道遠如佐之不至且俟佐爲然則夫人之家聲美行請讓於來者之誌銘曰

嗚呼沒而無知也盡我慈親之情成爾孝子之志而已矣如有知也父母與子相見泉隧其樂融融其樂洩洩彼美家室昔如琴瑟他年令嗣祔玄堂使我長夜覩白日

處士侯君墓誌　李翺

侯高字玄覽上谷人少爲道士學黃老練氣保形之術居廬山號華陽居士每激發則爲文達意其高處騷騷乎（集有有字）漢魏之風性剛勁懷救物之畧自儕周昌王陵所如固不合視貴善宦者如糞溲與平昌孟郊東野昌黎韓愈退之隴西李渤濬之河南獨孤朗用晦隴西李翺習之相往來汴州亂兵士殺留後陸長源東取劉逸淮乃作弔汴州

文投之大川以訴貞元十五年翺遇玄覽於蘇州出其詞以示翺翺謂孟東野曰（蜀本有我字）誠之至者必上通上帝聞之劉逸淮其將不久後數月而劉逸淮竟死其首章曰穹穹與厚厚兮爲憤予而不攄翺以爲與屈原宋玉景差相上下自東方朔嚴忌皆不及也達奚撫爲楚州起攝盱眙祭酒李公遜刺衢州請治信安其觀察浙東又宰于剡三縣皆有政不幸得心疾留其子徇兒於翺家而歸廬山不到卒於江西其子壻王適使傭吉勉求君所如（蜀本作知）值君卒吉勉以君喪殯於襄州之野而復於適適又死適之妻使吉勉來告於翺翺以徇兒歸適妻居二年適妻又死徇兒尚童翺慮吉勉之短長不可期則君之喪終不墳矣故

使吉勉徃奠之而識其墓以示徇兒

有唐君子鄭公墓誌銘　歐陽詹

貞元十一年歲在乙亥某月日清源郡晉江縣君子鄭公年若干終于其居州閭親識遠近漣洟重吉人也嗚呼杞梓植於深林雖人不知不妨其爲天下之材也珠玉碎於重泉雖人未玩不妨其喪天下之寶也公之生則深林之材公之沒則重泉之寶不知而有未玩而亡哀哉公諱晚字秀（集作季）實其先宅滎陽末嘉之遷遠祖自江上更徙于閩今爲清源晉江人曾祖某官祖某官父某官太夫人同郡潁川陳氏有者三男三女公則長男也自七八歲則明敏嚴絜無復童心洎十二三則溫良貞亮有成人之德既

冠儀表可觀孝悌惠和侔於前哲人望無間時譽皆歸鳳不近腥龍多自盤優遊仁里四十不試詹有若如（集無如字）人之妹獲配於公公太夫人早亡（集作世）妹不逮事則見公霜露之感蒸嘗之敬公尊府君近捐聑昔妹及同養則見公晨昏之愛纕靳之至奉公居閨門鄉黨者十有五年故（集作顧）詹於公善良內外兼得受命不求其如命何蘭芳（集作芬）蕙馨或亦中敗惜哉子二人皆幼公在日名之曰彥文彥章詹既在京師不遂撫慰來人有述實聘能號妻亦聞哀有過人禮不逾制定（集作窆）取遠日堂殯三年以貞元十三（集作二）年某月日求厝于郡城東偏閩儒里常熟湖之北原禮也妹有遠告咨余題誌既忝姻亂（集作貞）懿實舊知人江嶺則遐想像不昧取斯（集作思）芳茂爲寄銘墓誌云（集作以寄爲銘）銘曰

有斐秀（集作季）實君子之禎忠信溫良自幼而行少不改任長更推誠材植遠林寶産遐壤無知無玩自生自喪骨肉歸土用瘞斯原嗚呼斯原求棲君子之魂

駱處士墓誌　杜牧

灞陵駱處士名峻字肅之華州華陰人也當建中四年年二十遊京師值泚亂爲其黨源休拘委以軍（集無此字）事處士逸一日夕行二百里拜親於華陰因啓度賊終不能東出百里間鄉里不足憂願得一見天子於艱危中遂入奉天至漢中屢以兵食干執事者後長安李懷光踵叛關中公

私飢李馬渾兵十餘萬計日餉食有司因請授處士岳州巴陵尉繫職於饋運間後四遷至楊州（至作上）士曹參軍至元和初以母喪去職哀哭濱死終喪因曰汙（音烏）吾跡二十餘年食豐衣鮮以有養也今可以行吾志也乃於灞陵東坂（集作坡）下得求（集作水）樹以居之相國杜公黃裳在蒲津相國張公弘靖在并州大梁渾尚書鎬在易定潘侍郎孟陽在蜀之東川司徒薛公苹（集作革疑作苹）在鄭滑皆摯卑詞幣馬至門曰處士不能一起助我爲治乎皆以疾辭長慶初桂府觀察使杜公凡兩拜章乞爲梧州刺史詔因授之衆皆曰今黃家洞賊熾邕容兵連敗縮首不出循昪拚鱉耳交阯殺都護復旱亂相仍朝廷豈捐此三處不以公治之而反

置公爲梧守耶處士慘而讓祗以疾辭〻髀訖不言其他爾後人知其堅不可復動矣田三百畝果〻蔬占其一捽墾辛苦不受一人錢惠朝之名士多造其廬未嘗以栖退超脫之高露於言色溫敬畏下如勇於仕進者論及當代利病活人綏邊之策必亹亹盡吐冀達於在位者至於安危機鍵之語默不出口尤不信浮圖學有言者必約其條目引六經以窒之曰是乃其徒盜夫子之旨而爲其詞是安能自爲之善圖山水狀鑒者比之朱審王維之儔鄉里百家鬭訟（集作訴）吉凶一來決之凡三十六年無一日不自得也以會昌元年十一月某日卒年七十九以某年月日歸葬於華陰縣先人之墓處士常曰相國劉公晏不急征不橫

賦承喪亂（集作亂亡）之餘食數十萬兵者二十餘年斯過蕭何遠矣每長短校量今古富人強國之術我烈祖司徒岐國公丞相趙國公李公當貞元元和時儒學術業冠天下每與處士語未嘗不嗟嘆其才恨其尚壯不可屈以仕優禮接之嗚呼賢哉銘曰

不見可欲使心不亂古之作者𨈬栖自斷（作鍛）子伯子至王霸夕卧向栩相趙馬良車煥子夏高第心中交戰處士之居洛（集作落）青門畔文駟連騎繡軿（集作軒）交貫危冠自喜（音戲）前（集作首）縈後絆言訖揖去一如不見我齒未衰誰爲（集作知）已知岐公主師見必迎善語必移時論兵計食屈指無遺功名富貴不能鈞（集作鈎）之諸侯六辟南服一麾笑而不答亦無是非三百畝田百實滋繁（集作繁滋）三十六年食其衣完人（集作今）其去矣誰知其端嗚呼賢哉

范陽盧秀才墓誌　前人

秀才盧生名霈字子中自天寶後三世（集作代）或仕燕或仕趙兩地皆多良田畜馬生年二十未知古有人曰周公孔夫子者擊毬飲酒馬射走兔語言習尚無非攻守戰鬭之事鎮州有儒者黃建鎮人敬之呼爲先生建因語生以先王儒者之道因復曰自河而南有土地數萬里可以燕趙比者百數十處有西京東京西東（集作京是）有天子公卿士人畦居兩京間皆億萬家萬國皆持其土產出其珍異時節朝貢一取約束無禁限疑忌廣大寬易嬉遊終日但能爲

先王儒學之道可得其公卿之位顯榮富貴流及子孫至老不見戰爭殺戮生立悟其日即陰約母弟雲竊家駿馬日馳三百里夜抵襄國界捨馬走行徑入王屋山請諸道士觀道士儕之置之外門廡下席地而處始聞孝經（集作開孝）經論語布褐不襪捽草爲茹或竟日不得食如此凡十年年三十有文有學日閑習人事誠敬通達汝洛間士人稍稍知之開成三年來京師舉進士以（集作於是）群輩中莤莤然凡曰進士知名者多趨之願與之爲交生嘗曰夫夫一日得志天子召坐於前以笏畫地取山東一百二十城唯我知其甚易耳因言燕趙間山川夷險教令風俗人情之所短長三十年來王師攻擊利與不利其〻所來由明白如彩

畫一一可以目覩開成四年客遊代州南歸某月某日於晉州賔邑縣界晝日盜殺之京師名進士聞之多有哭者資其第雲至霍邑取生喪來長安以某年某月某日葬於城南某縣某鄉某里其所資費皆出於交游間曾祖昌嗣涿州刺史祖顒（集作顗）易州長史父勸鎮州石邑令某常以生之才節爲生列（集無列字）於公卿間聞之死哭之因誌其墓

進士龔軺墓誌　前人

會昌五年十二月牧自秋浦守桐廬路由錢塘龔軺袖詩以進士名來謁時刺史趙郡李播曰龔秀才詩人兼善鼓琴因令操流波弄清越可聽及飲酒頗工（集作攻）章程謹雅而和飲罷牧南去舟中閲其詩有山水閑淡之思後四年守吳興因與進士嚴惲言及鬼神事嚴生曰有進士龔軺去歲來此晝坐客舘中若有二人召軺者軺命馬甚速始跨鞍馬驚墮地折左脛旬日卒余始了然憶錢塘見軺時徐徐尋思如昨日事因知尚殯于野乃命軍吏徐良改葬于下山南去州城西北一十五里嚴生與軺善亦不知其鄉里源流故不得記嗚呼胡爲而來二鬼驚馬折脛而死哉大中五年辛未歲五月三（集作二）日記

文苑英華卷第九百六十二

文苑英華卷第九百六十三　誌二十九

婦人一

周譙國公夫人步陸孤氏墓誌銘　庾信

夫人諱字本姓陸吳郡人也天子拓境百越來庭丞相勒兵三江席卷高祖載爲劉義真長史留鎮關中既沒赫連因即仕魏臨終誡其子孫曰樂操土風不忘本也言念爾祖無遠此心祖政驃騎大將軍儀同三司恒州刺史父通柱國大將軍大司馬文安公匡贊經綸參謀揖讓名高廣武功重長平夫人七德含章四星連曜敬愛天情言容禮典九日登高作銘秋菊三元告始或誦春椒年十有四嬪于譙國友其琴瑟愈恭節儉之心伐其條枚實兼憂勤之德鄴地登高之錦自濯江波平陽採桑之津躬勞蠶月天

和元年冊拜譙國夫人東武亭之妻既稱有秩南城侯之婦還聞受封柱國殿下以名華分照增城峻土揚旌棘道問政卭都白狼之溪途艱黃牛之坂荔枝之山地險蒲萄之國夫人別離親戚闊河重阻夷歌一曲未足消憂猿鳴三聲沾衣無已（一作有感）是以天厲之疾遂成沉痼玉瀝難開金膏實遠建德元年七月九日薨于成都私第春秋二十有一即以其年十一月二十二日歸葬長安之北原詔贈譙國夫人禮也殿下傷神秋月掩淚長松周季直之留書更深寘漠潘安仁之詞藻徒增哀怨豈言西河女子獨見銀臺東海婦人先逢金闕銘曰

芰（疑）陵反旆椒山止戈金精攝嶺昌闔凌波西遊卿相東

裂山河華亭冠冕轂水絃歌霣維徙族燕垂從宦塞入飛狐關連鳴鴈策預登阜功參臨潤寶鼎留銘彤戈餘贊應圖淑令秉禮言歸魚軒馮軾澤雉文衣明月照鏡仙石支機行雲細起廻雪輕飛北降帝子南麾蜀守若水既開靈山已鏤月峽猿啼江神牛鬭星機北轉日轡西廻陽泉伏氣陰律沉灰鶴辭吳市鳳去秦臺神光離合燈影徘徊雙流反葬百兩廻旋少女離位夫人去城帷堂野設帳殿郊營山川奇事風月無情搖落丘隴荒涼封域樹樹秋聲山山寒色草短逾（一作愈）平松長轉直節墳方固園陵永植

周趙國公夫人紇豆陵氏墓誌銘　前人

夫人諱含生本姓竇扶風平陵人魏其朝議列侯則莫能抗禮安豐奉圖功臣則咸推上席外戚列傳既聞建武之書仲山古鼎或表單于之獻祖畧少保建昌郡公父織柱國大將軍大宗伯鄧國公孟津大誓常預同德之臣咸陽遠約克贊先登之主並得位入六府功參八柄夫人有文在手有象應圖榮曜夙彰徽華早茂肅恭以禮受教於公宮言容以德有聞於師氏及乎進賢君子內主邦鄭琴瑟在堂輜軿是服長久於節不無秋菊之銘嚴端於始或有椒花之頌豈止莊姬掩淚（一作笑）楚相知慙定姜問兆齊兵不入武城二年冊拜趙國公夫人漢王闡立義之婦邑以延鄉齊侯見有禮之妻封之石窌異代同榮差無慙德柱國殿下居若木之一枝在天漢之別派搊旌玉壘驅傳銅

陵南通向日之民東被無龍之國夫人從政月峽贊德雲門錦濯江波還臨織室山明石鏡即對粧樓既而玉律頻移金爐不變胡香四兩嗟西域之使稀靈草一枝（一作株）恨瓔田之路絕天和五年四月二十二日薨于成都之錦城春秋二十孫子荆之傷逝怨起秋風潘安仁之悼亡悲深長簟況復仙臺永別無復簫聲傳冊長歸唯留琴曲七年二月日歸葬於長安之洪瀆原詔贈趙國夫人禮也雲雨去來既留連於楚后光陰離合實惆悵於陳王銘曰

河西斗絕觀津孤起章武賢臣安豐賢仕木樓千仞金山萬里紹慶邢姨基昌朱子施衿趙北侍姆秦南紘綖禮數厭伙騑驂義超江汜仁流葛覃玉筐迎鷰金籠助蠶敬愛

純深端莊淑問有光國史無形喜愠舉案外恭停機下訓馨馥於蘭年華於舜風雨消散神靈離絶婺女還星姮娥歸月左楹夕奠高堂朝發空揚凌波更無廻雪下平曰隰高平曰原西臨水井北望塞門循垂雉服尚駕魚軒平原忽矣天道何言山廻地市路没滕城松悲鶴去草亂螢生新雲別起舊月孤明賢墳式節隴常貞

周安昌公夫人鄭氏墓誌銘　前人

夫人諱某滎陽陽武人也周宣王之母弟俾侯于鄭鄭莊公之重世卿士於周以國爲族自茲而始祖瓊太常恭侯父穆司空貞公西京賦詩奉常叅栢梁之宴東都言讖司空爲武衛（一作玄武後漢王梁傳赤伏符曰王梁主衞作玄武玄水神名司空水土官也）之官籍

連帝譜既同盤石門稱通德無廢儒林夫人禮義閨門端莊令淑采采芣苢萋萋葛覃及乎作配君子言事舅姑下氣怡聲承巾奉幕親戚惟禮閨闈以睦保定二年冊拜滎陽郡君序戚升滎從夫有秩豈惟立義（一作德）之婦邑以延鄉有禮之妻封之石窌大將軍沉犀二江夫人聞猿三峽明月靈關之阻秋風蜀道之難掩以瑶華先從春露天和十八年五月二十日薨于成都春秋三十六年詔贈安昌國夫人禮也即以其年十一月十六日歸葬于咸陽之白起原遂使山廻反壤先封節婦之陵日入虞淵實掩賢姬之墓嗚呼哀哉乃爲銘曰

天河開國分畿置政地有十城人居九命疇昔之邑今茲成姓識履傳風叅輿留慶三星在戶百兩言歸虔恭內政榮曜中闈承姑奉盥訓子停機桑園蚕績綿室鸞飛珩璜節步藻火文衣巴水幽咽猿鳴斷絶月落珠傷春枯桂折趙琴長辭秦簫永別貞姬掩隧節女封墳洛濵無月荆臺失雲鳥悲傷聽松聲愴聞千年遂古百代餘芬

周大將軍隴東郡公侯莫陳君夫人竇氏墓誌銘　前人

夫人諱某扶風平陵人也章武開國名高外戚之右安豊入朝位在功臣之上祖以孝昌之始主諾淮陽父以正光之初褰帷海岱夫人生於禮義之門宗於箴誡之德虔恭惟禮令淑惟儀及乎百兩言歸三星在戶箴盥（禮記作骨）始事

條枚是則有子從政循無逸豫之心有夫出征自識山陵之兆大統十六年冊授永安郡君婦以夫尊親由子貴朝章家慶（一作承家之慶）兼而有之保定二年改授隴國夫人車服禮數桂禕典則有美河魴足光彤史既而風霜所及（一作厲）灰琯遂侵與善何言至于大漸天和六年四月七日薨春秋六十有六即以其年十月十日遷葬於咸陽萬年（一作石安）（堂唐書地理志咸陽無石安縣而此卷元氏誌文云咸陽石安原）縣之杜原山形起伏既符白鶴之祥地勢風煙乃合青烏之氣銘曰

觀津世族平陵豪姓四侯登仕三君從政白狼建功冊蛇襲慶漢之廣矣先聞淑令君子朝端賢才家政簪珥以禮軒車以命讓果成亷推珠止競百年超忽千金莫恃室謝

賢夫庭辭貴子歸輦輟露采蘩廢祀室委眠蚕衣留晝雉
（一作元衣苗雉非）雲垂下澤日掩高春空帷舊舘虛幕新封山廻
廣柳路沒深松遊魂幾變大人何從

周冠軍公夫人烏石蘭氏墓誌銘　前人

夫人諱某樂陵人也晉司徒樂陵公苞後子孫就封因即
家馬扶風舊城猶存鉄市河南故墅尚餘金谷或寓燕隋
仍仕代郡祖行代郡尹父魏司空蘭陵郡公司空佐命魏
朝少傅丞疑周室並爲大族俱蒙賜姓秦晉匹也是曰通
家夫人年十七歸于宇文氏淑令端莊含章貞吉箴盥（禮記
作管）惟儀閨閫已正某年除金郡君某年改授冠軍國夫人
四德小君宜其家室三事内主翻辭贊務以保定五年四

月遘疾薨時年四十有四即以其年某月日歸葬於京兆
之某原人世風煙山川超忽陵波青麥儻逢貞女之墳隴
首白楊或表賢姬之墓乃爲銘曰
三星麗天五岳鎮地禮有其秩人居其位燕趙多奇山川
雄氣挺茲令淑惟此含章王生庭照蘭開室香邢姨聚服
宋子河魴百兩言歸九儀從聘褕狄七彩軒車六命㫺室
辭親槐庭贊政世爲閱水人成大夢廻帳山門移燈泉洞
金棗長含銀蠶未逊香填栢椰路閉松城悲鸞獨影雄劍
孤鳴留連趙琴悽愴秦笙

周大傅鄭國公夫人鄭氏墓誌銘　前人

夫人諱某滎陽開封縣遠里人也七子賦詩足光賓客三

卿從政實靜諸侯駱乘則晉后停輿來朝則漢君識履華
冑蟬聯無虛史籍祖邢泰州別駕父茂伯撫軍將軍凉州
刺史伯陽縣侯夫人令淑早聞芝蘭獨茂既容既德言告
言歸悌實温清恭惟箴盥（禮記作管）太傅齊諧周室股肱攸寄
夫人輔佐君子勤勞是司琴瑟既友條枚無伐故得用之
邦國成之孝敬某年月日封鄭國夫人褕狄既加紘綖是
務夫人（疑衍）有安世之貴躬服澣濯子有文伯之尊無忘機
杼表裏惟安閨閫且正醫門有疾藥對無徵天和三年三
月二十日薨葬于長安之石安原世子某兄弟並勗慈訓
咸遵毋儀霜露深悲寒泉增慟銘曰
居德圖田當官教府置騎賓來開黌學聚福履家室賢才

疃武棠棣之華螽斯之羽人倫七德風化二南采采芣苢
萋萋葛覃節行聲王副加（一作笄）珈篸（一作副珈珍加）椰園秉杼桑
津浴蠶春秋超忽悪落無（一作非）時家亡淑女國喪賢姬香
墳未逊舞鶴長辭山深月闇風急松悲千年開閉將驗靈
龜

後魏驃騎將軍荆州刺史賀拔夫人元氏墓誌銘

在河之洲聞君子之配德言采其蕨（一作薄言采蕨）見夫人之有
禮用之風化人倫厚焉夫人諱安字大羅河南洛陽人也
祖某京兆康（或改作尹非）王父昭驃騎大將軍開府儀同三司
錄尚書司州牧汝陽郡王䟎葛榸圖堦基覇迹公卿之室
將相維國維家夫人能脩法度無　思祀禮恭儉節用憂在

進賢大統五年封樂安公主歸于賀拔氏時年十三思事憂勤化成婦德彤管載暉棠棣早茂及乎謳歌有歸揄狄降等輔佐君子猶安其室周天和元年乃封章武郡君霜露不居風煙飄忽遘疾累旬奄捐館舍以周天和四年二月二十六日薨於長安萬年里春秋五十有二詔贈頓丘國夫人禮也即以其年三月二十日歸葬於咸陽之石安原旣異乘鸞翻然永去雖非舞鶴即掩泉門欲誌佳城乃爲銘曰

遂矣雄謀悠哉覇轍九服潛運三川中竭卿相連鑣賢才舞(疑)絶琬琰令淑施衿結褵方之棠棣譬以螽斯旣全婦德還稱母儀遊(疑作迹)水滔滔危途冉冉問藥無對求冊不

驗狄服空陳絃機虛掩郭門路轉哀挽途窮隴深結霧松高聚風春蘭秋菊唯始唯終

周大都督陽林伯長孫瑕夫人羅氏墓誌銘

夫人諱某恒州代郡太平縣人祖某父協周大將軍南陽郡公夫人資於事親躬奉訓誡教於宗室足聞詩禮及乎言歸肅恭如事蘋藻維敬紘綖是勤內位克諧中閨以睦年齡不競霜露先侵更延無壽(疑)之杯遂闕長生之桃以周天和四年二月八日薨於長安之洪固鄉時年二十有三其年某月日葬於萬年縣之壽里山非宋國翻爲節女之陵地異荆臺遂有賢妃之墓銘曰

畢狼建國靈武開都地接天柱山臨寶符人資義烈世襲雄圖蔦覃維蔓棠棣早盛旣安淑德爰從配命四教弘宣三星克正霜凋桂苑風落芝田三從闕性五福傷年歸安永絶言告長捐悽切郊野紆廻隰原風慘雲愁松悲露泣朗月空嗟傷神何及

周儀同松滋公拓跋兢夫人尉遲氏墓誌銘

夫人諱某河南洛陽人也祖父太師柱國公魏室喪亂經綸夷阻周朝建國匡翊揖讓圖諜帝系即有內外之親分裂山河仍爲舅甥之國夫人容範端莊儀形淑令六義觀德南風有夫人之詩八卦成形東方有少女之位外傳習言公宮教業箴盥(禮記作晉)線纊佩帨茝蘭年十有二出適儀同拓跋兢衣且翟服旣得宗婦之儀乘其魚軒還從列國

之禮標梅三實無闕其時夭桃九華能脩其政某年某月冊拜廻洛縣君毋金明公主魏文帝長女春則帝女採桑秋則王姬築館夫人出入主家遨遊戚里濯龍園苑長門宮殿旣而膏腴美疢(一作疾)華茂傷年沉痾牀帳蒸離寒暑三世之術無之(一作迨)於醫門百草之本途(疑)窮於藥性建德三年五月七日亡春秋三十昔西河女子值九節之菖蒲東海婦人得三山之芝草無由再遇悲矣如何即以其年十一月十五日葬於京兆之北陵原龜筮告辰丘陵啓奠西臨織女之廟南望湘妃之墳鳴呼哀哉乃爲銘曰

父曰帝師母曰王姬車服不繫江漢無思是生令淑觀禮敦詩聲超宋子德茂邢姨繼世戚德思賢克舉奠鴈迎門

儒（一作擩是）蘋賓俎奉盥如事移茵即序春水浴蠶秋機秉杼帝鄉近親帝城近臣濯龍親戚平陽主人金波迴月玉樹臨春弄玉鳳凰昌容紫草自此千年無人得道舜華榮曜飄零何早渭水北原平陵故園纔通谷口即望寒門吁嗟此地去矣歸魂孟冬十月長松九年親賓掩淚悽愴何言

周驃騎大將軍開府儀同三司冠軍伯柴烈李夫人墓誌銘

夫人諱某隴西狄道人也周有柱史夫子以之猶（一作龍見）漢有將軍宛城以之輸馬後有西入上書仍爲秦國之相東向開計即是韓王之師父宜使持節大將軍南北二華州刺史順陽郡公魏武皇帝之長男也穰侯魏冉居咸陽

之宮曲陽王根借明光之殿語其貴戚差足擬倫論其退讓彼多慚德夫人幼而聰敏早聞令淑形（一作箴）管有美賢才見稱弄其紙筆懼失諸兄之意翦其髫齡（二字疑）畏傷王母之心年十有一出適驃騎大將軍開府儀同柴烈烈以上將須朔（一作領胡）中台受任軍國忠勤規模繁揔夫人輔佐君子言容匡贊增曜三星欽明四德授巾沃盥有謹於事姑斷織停機無忘於訓于保定二年冊授大夏縣君既以夫尊又云子貴乃遷順陽攺郡君夫人之邑或用鄉名小君之號多從夫秩典冊光臨足稱榮寵本有風氣之疾頻年增動畧多枕卧飛龜之散遺疾無徵畫龍之符留年不驗以今建德四年三月日薨于館舍春秋四十九即以其年八月日葬於長安之洪瀆原神光離合尚在河湄雲氣徘徊猶歸樓下嗚呼哀哉乃爲銘曰

上書秦相立功漢將隴水分流秦川遥望秋陸俗勇金行地壯廣武軍中安平河上妻者齊也謂嫁曰歸三星夜照百兩朝飛榆狄有典容禮無違台庭等秩（一作列）侯（一作秩）服同衣子奉毋儀夫聞家政七族承和九閨連慶紛帨恭肅温凊孝敬杼秉秋成蠶隨春令年華未落電影先過徒飡日氣空飲天河星凋玉井月掩金波虞淵落日薤露哀歌寂寞虛墳荒凉象設幽隴龜封重泉蟻結秋色悽愴松聲斷絕百年何幾歸於此別

文苑英華卷第九百六十三

文苑英華卷第九百六十四　誌三十

婦人二

彭城公夫人爾朱氏墓誌銘

夫人爾朱氏河南洛陽人也若夫陰山表裏衡比斗之機

衡瀚海彌綸直西街之畢昴四時銜火燭龍開照地之光六月搏風大鵬運垂天之翼由是奄有京縣遂荒中土車書禮樂三王之損益可知將相公侯百代之山河不殞祖敞隋儀同三司金紫光祿大夫岐同金申信臨徐七州總管兵藩(集作部)尚書金邊(集作城)郡開國公天列尚書之星地標光祿之塞出身萬里知呂岱之元勳專命一方識劉弘之重寄父休寂隋左千牛備身朝散大夫齊王府司馬襲封爵金邊(集作城)公大夫稱代諸侯胙土淮仙致雨仍攀桂樹之山楚客臨風更入芙蓉之水夫人玉臺貞氣金河仙靈(集作液)蔡中郎之女子早聽色絲謝太傅之閨門先揚麗則彭城公發源殷伯承家漢相山川氣候彰白武於皐繇象緯休徵下蒼龍於曼倩三星照夜佇稽鳴鳫之期七日秉秋坐薦飛皇之兆夫人年甫十八遂歸於我巫山南眺逢暮雨於瑤姬華嶽西臨降明星於玉女動合詩禮言成軌則晨昏展敬事極於移天蘋藻摯誠義申於中饋女郎砧石響明月而思秋風織婦(集作女)機牀聽寒蛩而催絡緯用曹大家之明訓執宋伯姬之貞節如以心依八覺理會三空遊智刃於檀林泛仙舟於法海幾神獨照默言象而無施空有兼忘東筌蹄而不用人生天地壽非金石銀臺竊藥想奔月而何年金殿(一作玉釜 集作金釜)煎香思反魂而無日以某年月日終于平康(集作原)里之私第越上元三年十月二十日合葬于城南之畢原禮也齊侯寢側杜氏階前對

文王之畢原用周公之合葬偃松千古長無寡鶴之悲文梓百尋還見双鴛之集其銘曰

合葬非古周公所存死生千載棺槨雙魂野曠風急天寒日昏煙霾杳嶂霧失遥村紀黃絹之碑表對青松之墓門

伯母東平郡夫人李氏墓誌銘　前人

夫人姓李氏隴西狄道人也自涼武昭王以後一門三公爲四海著族國史家諜詳之矣祖玄頡後周大將軍洮州刺史沅江郡公考玄明皇朝上儀同　濟三州刺史成紀縣男出入三朝剖符分竹秦隴河濟之地人到于今稱之天下士大夫知與不知莫不想望其風采夫人生而純深幼而恭敬長而敦睦成而和惠年及初笄甫歸於我執箕

箒奉舅姑人不間於其娣姒妾媵之言閨門之內穆如也故宗黨推其令問鄉閭以爲美談東平公守清白之基逢太平之日辟命交至聲聞於天制（集作詔）徵尚書郎遷御史中丞出爲棣曹恒常四州刺史夫人輔佐君子聿修內政平旦纚笄則有君臣之嚴沃盥饋食則有父子之敬報反而行則有兄弟之道受期必誠則有朋友之信其婦德也如此歷職中外聲名籍甚和其琴瑟正其邦家者夫人與有力焉蓋常喟然而言曰古者卿之內子爲大帶命婦成祭服社而獻功可不勗哉可不勗哉由是服澣濯之衣躬紡績之事筐筥錡釜之器所以執其勞蘋蘩薀藻之菜所以明其德非夫傅文達禮貞婉聽從者孰能與於此乎及

公乞骸告老退歸初服夫人年踰耳順視聽不衰每獻歲發春日南長至群從子弟稱觴上壽者動至數十百（集無此字）未嘗不勸（一作歡）言善誘借以溫顏侃侃焉誾誾焉有孟母之風焉有敬姜之誨焉維永淳元年秋八月旁死魄寢疾彌留終於華陰之望仙里享年八十有一冬十一月一日景辰遷窆於永豐鄉之平原從先兆也東平公撫存懷舊用痛悼于厥心遠近咸集宗親畢會生榮死哀其此之謂矣是日也皇太子監守長安烱黍爲詹事司直不獲就展（集作展哀）喪次陪奉靈輀敢薦李顒之文庶同潘岳之誄嗚呼哀哉乃爲銘曰

高岳之上浮雲翔兮函谷之外真氣揚兮建功北狄討西羌兮受封南鄭家素昌兮於赫祖考爲龍光兮牧州典郡佩銀黃兮降生淑質秉禎祥兮苕華菊茂蘭若芳兮我有懿德如珪璋兮求之卜筮鳴鳳凰兮君子至止玉環鏘兮室家好合琴瑟張兮執其麻枲供衣裳兮羞其饋食澄酒漿兮諸姑伯姊穆溫良兮姨姒叔妹歡未央兮公之出門牧守四方兮夫人之化德洋洋兮公之告老迺維桑兮閨門之內道彌彰兮正月上日南至長兮子孫歡慶各稱觴兮宋公（集作云）孟母魯季姜兮匪怒伊教由舊章兮方期高舉登紫房兮誰謂不宜（集作宜默）掩玄堂兮肅肅松檟鬱成行兮沉沉厚夕（集作安）終不暘兮

袁州參軍李府君妻張氏墓誌銘　陳子昂

夫人諱某清河郡東武城人（集有也字）昔軒轅錫胤弧矢崇威畏其神者三百年得其姓者十四族金貂七葉漢天子之忠臣鼎足三公晉武皇之名相孤卿玉帛世有其庸曾祖某比齊太常卿徐兗二州刺史天人之禮位掌於秩宗侯伯之尊寵優於露冕祖某隋汾陰壽春陽城三縣令襲公侯之瑞圭銅墨之班士元非百里之才太丘有三台之望父某唐戶部侍郎復亳建三州刺史尚書北斗始賛於南宮方岳專城終榮於獨坐夫人即刺史（集作使君）之第若干女也禀柔成性蘊粹含章承禮訓於公宮（集作庭）習威儀於壼則夫其窈窕之秀燕婉（集作婉孌又作婉嫕）之姿貞節峻於寒松韶儀麗於溫玉鉛華不御飾環佩之容浣濯是衣勤黼黻之

彩自作嬪於君子主中饋於家人三千之禮不違九十之儀無愆至乃恭於奉上順於接下仁孝以承宗祀慈惠以睦閨門則雍雍蹌蹌必由其道矣嗚呼府君不造遘此閔凶中年不淑(集作畜)早世而殞青松摧折哀斷女蘿之心冊節(集作桂)孤高終守栢舟之誓而府君食先人之德無厚生之財夫人徇黔婁之貞闕冊臺之産孀居求日(一本作歲)蓬首終年處貧素而彌堅保幽芳而不昧始府君之逝有四子焉少遭罔極之哀未奉過庭之訓夫人保持名教終始禮經既勗之以義方又申之以遠大皆能率由慈訓克荷家(集作嘉)聲箕裘之業載隆燕翼之謀不賓非夫淑明賢德(集作懿)聖善温良崇婦道之深規弘母儀之至範孰能昭宣令

問若此(集作斯)之盛哉彼蒼不恍殲我眉壽春秋若干載初元年月日遘疾終于洛州某里之私第嗚呼哀哉夫人令儀有穆惠問無喧敦雅志于詩書婉娩(集作嫺)情于琴瑟若乃姆師酒食之儀女工纂組之繁莫不揔制清衷弘宣懿則茂蘋蘩之雅韻(集作訓)叶沼沚之芳猷雖古稱敬姜詩云淑女論容比德殆無以過穠華不居松扃永閟嗣子某等悲摧欒棘思結寒泉永惟同穴之儀仰遵歸祔之典以大周天授三(集作二)年二月日朔祔于(集作於)袁州府君之舊塋禮也合葬非古奉周公之儀墓而爲墳宗仲尼之訓嗚呼鴛鴦之樹耿泣於松楸鼓吹之山緬然於丘隴原陵何代銘誌無文有哀黄鳥之詩遂勒青鳥之兆銘曰

詩云淑女君子好逑(集作求非)懿哉令德嘉儀聿脩温容玉映峻節松楸妙心彤史絜志玄猷昭宣壼則惠穆蘋洲共伯早逝貞姜獨畱煢居蓬首哀深栢舟彼蒼不憖此夜長幽懷南風之吹棘相(集作想)北山以同丘青春兮白日獨昭昭以悠悠

館陶郭公姬薛氏墓誌銘　前人

姬人姓薛氏東明國王金氏之胤也昔金王有愛子别食於薛因爲姓焉世不(集無此字)與金氏爲姻其高曾皆金王貴臣大人也父承(集作末)冲有唐高宗時與金仁(冊本作仙)問歸國帝疇厥庸拜左武衛將軍姬人幼有玉色發於穠華若彩雲朝升微月宵映也故家人美之少號仙(集作人字)子聞嬴臺

有孔雀鳳凰之事瑶情悦之年十五大將軍薨遂剪髮出家將(川本無將字)學金仙之道而見寶手菩薩靚(集作靜)心六年青蓮不至乃謡曰化雲心兮思淑貞洞寂滅兮不見人瑤草芳兮思氛氲(集作芬葍)將奈何兮青春遂返初服而歸我郭公郭公豪蕩而好奇者也雜佩以迎之寶琴(集作瑟)以友之其相得如青鳥翡翠之婉孌矣華繁絶(集作艷)歡樂極哀(集作悲)來以長壽二年太歲癸巳二月十七日遇疾卒(三字集作遇暴疾而卒)於通泉縣之官舍嗚呼哀哉郭公怳然猶若未亡也寶珠以含之錦衾而舉之故園(集作國足)途進言歸未迨留殯於縣之惠普寺之南園不亡貞也銘曰

高丘之白雲兮頽一見之何期哀淑人之永逝滅(集作感)紺

園之春時頤作青鳥長比翼魂魄來兮（集作歸來）遊故國

陳州苑丘縣令高府君夫人河南宇文氏墓誌銘

前人

夫人諱某河南郡人也昔吾君夏后氏之子覇有幽都皇運北興幷國（硏本作圖）南起開寶符而帝天下撫璿璣而主中國則後周之受命武帝之雲孫夫人四代祖也曾祖某失周子之封亡山陽之國雖在（集作存）天子之胤已是（集作類）咸陽布衣植德早夭祖某隋朝官資至（集無此二字）澧州澧陽縣令父某龍州司法皆承家席寵世有令名夫人賁穠華襲繁祉崇徽蕙穆秀色茖榮自于幼年有令儀也十四適于高府君夫其溫慈惠和忠信肅穆（集作信肅修穆）行有法度動有

禮經嚴恪以理家人僩（集作嫺）瑟以和君子則以（集作已）含乎光大矣若乃宗廟哀敬仁孝也娣姒祗和謙順也蠲絜酒食婦儀也黼黻玄黃女工也弘此四德而務六親肇悅以文之雜佩以發之徇可以作範毋儀昭宣壼則矣至於訓子以睦教女以順愛下以慈與人以讓外以贊府君之德內以光中饋之政皆日聞其進不見其退也嗚呼仁而不壽生而（集作也）未終永淳元年某月遇疾終於（集作苑）苑丘縣之官舍時年二十七嗚呼哀哉高府君尋以公（集無此字）事罷職山塋未卜旌旐來歸府君思北海之魂留東園而殯日月遂往九歲于茲府君乃（集作方）崇樹先塋增封舊域以大（集無此字）周天授三（集作二）是年太歲辛卯二月癸卯啓殯于（集作於）東園遷祔於洛州某原禮也哀哉夫人雅有高行終而不忘以爲厚葬非禮也是以珠玉不餙塼瓦是藏高府君聿遵其志率以薄葬於戲非古之明德淑女金玉其光孰可（集無此字）以躋之吾忝門閭之賓覩其家道矣雍穆懿鑠實有清風故叙之而未充德也銘曰

夭夭桃李有花兮灼灼淑人宜家兮修睦婦道不諱兮窈窕嬪儀孔嘉兮何榮釆之方茂兮而云落兮吁嗟（集作而云亡兮洛嗟）

司屬主簿博陵崔訥妻劉氏墓誌銘　張說

夫人劉氏其先彭城人也隋毗陵郡通守字（集無此字）子將之曾孫唐滁州刺史德祖之孫汾陽（集作州）刺史延嗣之女子

（集作也）昔武子處秦厥初命（集作令）氏元王國楚是馬昌族盛德之門龍驤接彩世祿之胄龜虎聯華夫人璇室載蘭蕙林層秀喈喈黃鳥藍藍清月（集作明）明詩說禮（集作聞詩聞禮）籥比諸生茂行淵心實稱士毋（集作女是）及鳳飛落繇夫婦盡琴瑟之和鷄鳴咸纚舅姑移橋（集作喬）梓之敬友愛洽乎姒娣任恤周乎姻戚豈惟禮備澄冪工深機杼固以能循法度宜其室家矣年若干以大定元年七月某日寢寐（集作疾）而卒粵二十九日某辰假葬於某里夫國喪賢嬪家亡淑媛毋氏垂白殯（集作殯）奮所懷稚子始孩剪（集作翦）馬無恃（集作倚）嗚呼天道輔仁人道與順眷茲七德不遐三壽何哉報應之理豈神食所（集作其）言脩短之期將事歸於命外姻舉萃累

數不足夫人即吾姨也今薄譔素履未刊幽石圖史之外
有美存焉其銘曰
崔實齊胄劉亦漢宗崇其顯媾望乃偶（集作偶族）雙閶闔是穆
饋莫斯恭貞歌浮漢孝室涸（集作洞）江珪璋其節桃李其容
宜享偕老胡寧鞠凶朝槿飛陌春蘿墜松夫傷子慕去此
何從百歲之後魂兮合封

節愍太子妃楊氏墓誌　前人

開元十有七（集作五）年二月癸未中宗節愍太子妃楊氏薨
於京師太平里第之内寢越五月景申詔葬於新豐之細
栁原黄陵不從古之道也嗚呼哀哉妃氏之先代居河華
赤泉啓國清白傳家東都之公冑西晉之後族高祖士達

隋開府納言天授中以孝明高后（集作氏非）之父追封鄭王贈
大尉曾祖緘隋符璽郎抗節王充朝廷旌載（集作朝旌義聖）贈靈
州刺史祖全節左内率贈魏州刺史考知慶千牛豹韜二
將軍若夫軒冕王官同許史之繁漢婚姻帝室比姜姞之
宜周是故二華降靈五河飛譽拜玉冊於文廟儷金璽於
青宮入叅視膳之儀出友元真之樂禮陪璽館祭服始於
北郊詩賛鵲巢王化終於南國豈知言（集作諫）遣鬬水神往
邛（集作卭）山七日之望不歸千秋之言何及於是視身知若
幽探白馬之偈覺心等空坐證青蓮之葉久以橋（集作喬）木
無怙栢舟早誓棣華（集作萼）先落聖善相依閨門正家稱未
亡而全禮高堂終養不勝哀而遂絶此又禮外之禮孝中
之孝者也初上在東宮時妃有女弟選爲良媛生忠王上
者曰不宜養爰自襁褓命妃舉字（集作之）及開元正位良媛
爲嬪而卒妃之視忠王也隱傀之訓誨之竭從母之仁慈
倍循子之珍愛忠王之託妃也敬愛焉聽順焉生盡因心
之樂没過如母之慼且夫慈懋鞠育孝思顧復仁叶恩親
愛備恭睦成天下之百行致生人之五福斯蓋皇極之端
國風之首者矣湖陽王當小宗之祭（集無此二字非）元妃之喪故
喪挾兩（集作二）孤而祭般二國何必鼓吹山上逢傳慈母之
名石闕廟中獨立少姨之像史官承詔勒銘沉碧詞曰
太華北足長河東肘揔粹陰靈妃德儲后鳴美玉佩炯光
金鈕貴嬪長姨寵王從母末訣上賓死孝哀親顧懷孺子

忍別天人昔貞萬國今撫百神泉燧我夜宮樹他春陵（集作陸非）
麥秀兮漸漸隴月生兮纖纖霸岸（集作玄灞）去兮無還日青
門絶兮不（集作無）可瞻石獸澁（集作古）兮緑苔黏宿草殘兮白
露霑閨寢閉兮脂粉黴不知何人兮開鏡奩

文苑英華卷第九百六十四

文苑英華卷第九百六十五　誌三十一

婦人三

滎陽夫人鄭氏墓誌銘　張說

夫人諱某字某滎陽開封鄭氏之女也（集無也字）有唐銀青光祿大夫行少詹事傳陵侯（集作日傳陵）崔氏之妻中大夫中書舍人湜之母也高祖述祖（集無祖字）北齊吏部尚書太子太保

滎陽平（集無平字）簡公曾祖武叔北齊洛州刺史中牟公祖道援（集作授）隋宋城令父世基故吉陽令故左僕射安吉公杜淹太夫人之外王父也夫人家世德門母氏昪胄衣冠禮樂耳目所徵號之諸生實爲女士先夫人以崔出泰（集作太）岳之胤鄭祖周王之穆長源修麓北濬聯宗（集作崇）故夫人年十有七歸于我氏盡敬愛以安舅姑致友穆（集作睦通用）以諧娣姒（集作姒娣）性寬恕尚素雅文而不奢約而不陋故邑號光啓象服是宜傳陵侯更事兩朝多歷官序居必大理去有遺愛雖蠡衣善聽得非雞鳴之箴乎舍人及三弟長安尉泌藍田尉液左千牛滌咸有當代之名立（集作主）無過之地滋液德教（集作教訓）琢磨禮範雖趨庭善稟得非閨閫（集作閫是）門之誨乎夫樂得好逑關雎義也鞠成衆子鳲鳩仁也采蘋采藻脩禮度也如山如河有德容也婦禮既成內則用貞母儀乃行家道以寧於是春秋高矣雅好眞諦厭斁禪味棫撤珍華被服慈衣捐斥（集作棄）文綉揔斯群懿式是六姻故以嗣徽先姑垂裕來史詩所謂邦之媛也夫人有焉皇天難忱不享偕老年六十四神龍元年十一月九日遘疾終於洛陽之遵化里其明年二（集作三）月某日葬於富平縣之某原君侯傷神諸子銜恤寘銘幽竁用存終古其詞曰

東惟詹府西望綸閣吾夫鶚睇吾子鵷飛青綬赤芾魚軒翟衣橋梓灌墓堂堂榮輝如何不淑奄泉扉漠漠玄夜容容白日百歲之後同乎此室

右豹韜衛大將軍贈益州大都督汝陽公獨孤公

燕郡夫人李氏墓誌銘　前人

夫人諱某字某故代州東治府右果毅都尉幽州高士李感之女也本姓張居於清河郡大父玄哲（集作誓非）官至安東大都護長史與太宗有故賜姓李氏仕歷壇州司馬始家薊城是則帝寵舊臣乃命王族官平朔野因爲郡人偉哉孝友清白之仁基金鈎石印之靈慶（集作光）必將光大別族（集作業）繁衍淑女彩黛粉敷焜燿華曄若斯之盛也夫人幼而韶異長而婉穆金聲玉澤莽榮蘭茂傳賢莊姜詩美仲氏無以尚也初汝陽公夫人元氏生一男四女而卒繼室以夫人封諸燕郡王元生（集無生字）立及長孫楊氏二女秉彝

斯宜爾之德著鳲鳩均養之仁色無偏和心無殊厚閨庭之內邕邕如也雖邑中五服之家門下三年(集作千)之客莫能察其異焉求寧里先人之舊廬也有通渠轉池巨石嶔嵥噴險(集作陰)淙瀄洄潭沇沇殊聲異狀而爲形勝遊衍之處者十四五前夫人之孫蘇氏之婦蒻(集有冠字非)歲嬉而墮焉舉家環流憚莫能救夫人投身赴水或沉或浮久之提挈僅免其行已也實多此類府君吏郎將中郎將各一將軍大軍將凡四前後領左右羽林二軍禁營青海鴨綠二道總管天子元老白首兵欄腹心爪牙朝無與二外受琱戈文馬之賞(集作賚)內委金璣寶貝(集作玉)之餙將軍既頒於部曲夫人亦散於宗姻可謂貴而好禮富而能惠者已及

君子晨歌夫人晝哭喪有過戚(集作感慕)制無越禮其後法吏苛禮(集作濫)余子遠遷窮荒一訣倚閭(集作門)三歲炎山瘴海曷云其來施珍玩以奉佛徹滋味以奉道精意入冥明神輿直中興昌曆無廢舊勳先公茂乎餘終愛子榮乎起滯天步方泰家屯適夷宜享南山之壽奄頓西泉之駕神龍元年十二月二十二日寢疾終於洛陽之德懋里春秋若干國墜邦媛宗(集作家)傾母儀孤胤孝孫哀哀欒棘有詔旨曰獨孤某妻亡還京日宜給靈轝幷遞悼舊褒德(集作功)矜孤恤喪朝之大經者粤以明年十一月二十日卜葬於(集無於字)雍州之某原不從先塋古之道也夫計功伐勒鼎彝非婦人之事撰德行存國史亦孝子之志乃爲銘曰

猗嗟昌兮月出之光如葉莫莫如華皇皇宜啓燕郡作合汝陽尊之象服錦衣褧裳以慈行訓曰仁之綱以命易難日義之方婦有桑德亦惟其常女之士行于何是(集作不)臧彼天蒼蒼胡降百殃捨我媚子掯其高堂丘隴芒芒(集作茫茫)風生白楊象物皆盡德音不忘

上邽縣君李氏墓誌　前人(集無)

夫人太祖景皇帝之玄孫西平郡(一作原)王普定之女也賦靈陰德資性柔嘉事舅姑盡其敬與娣姒致其睦茂行充乎內則懿聲溢於外姻雖王家長自傳保而能謙光庶類降心細物手成朝祭之服躬操酒食之品凡婦人之所能事而夫人莫不備焉府君朱紱之歲也於是乎始受封邑

象服盈門魚軒在路姬氏王者之後夫人帝室之親夫貴婦榮於斯爲盛及帷堂而哭有敬姜之禮擇隣而處有孟母之教入閶侯信有諸婦之期出言成章有衆女之誠受命不淑以某年月日卒於同州之私第以神龍元年十一月二十日合葬於萬年縣白鹿之舊塋有子愻殿中侍御史檢身承家揚名爲孝思我母氏感秦伯之詩祈於府君取周公之禮髣髴心迹志之幽石其銘曰

茫茫萬姓朝宗于李婺星分極咸池派水后稷裔孫神貽女士動遵法度居覿圖史輔佐哲夫訓成賢子宜崇徽號以享介祉高堂奄空霜露方始儉用禮節葬非奢美鏡下娑臺衣緘泉笥壠煙不(一作長)散松風長起摘果人迷侵林

歎死永言惟孝事親終矣

鄧國夫人墓誌銘　　前人

詩美莊姜傳稱孟母庡姬緜邈千載時有荀嗟邦媛柔明亶原龜玉毀櫝膏蘭夭壽遠矣皇祖肇自宗伯靈基在晉華冑陵江尹茲西楚宅是南邦高蓋結轍圓冠比蹤魏館虛待周京長綏父對雄風母膺姉(集作姊)月珠浦濆(集作瀆)潤玉林清越昆弟三人羽儀雙闕家芳(集作芬)淑女國茂賢妃具瞻四德旁通八徽步幃馳辨連環定機調絃魚躍弄杼鴛飛媯后(集作氏)創業軒宮多事高行登聞大家入侍幽贊日月財成天地温室不傳平城盡祕大君命我變禮斷恩衞妻空誓息嫣(集作婦)無言均養七子劬勞二門始賦樛木

終歌采蘩多難啓聖群凶搆孽明(集作朋)家作仇脅權相臧臨禍不懼忘生蹈節彼何人斯碎此貞烈氣消日朗既安且平皇心震悼禮備哀榮啓國加等復士陳兵外姻來唁中使臨塋恭惟夫人宿精知(集作智)叉昭昭開士授之心印古無合葬遺言別墳欒欒孝子敢廢前聞服不珍繡盤無膩薰室暗泉火松殘隴(集作壠)雲神合大化誰爲小君

李氏張夫人墓誌　　前人

臨淄李伯魚妻者范陽張氏女諱德性孝悌柔婉能日誦數千言習禮明詩達音妙績(集作繼)德言容工蓋出人也伯魚天下善爲文擢校書郎出爲青州司功而卒夫人寡居無子以歸宗焉長安二年四十有八傾逝於康俗里殯於永通門外景龍三年家夜居貧季弟君(集作說)爵詞取給冬十月安厝伯姊於萬安山陽蒼梧不從古之制也比瑩先隴(集作壠)西接抹(集作妹是)丘明靈其嘉永安此室銜哀叙誌嗚呼孔懷銘曰

送送(集作送我)伯姊萬安之墳精靈何處爲雨爲雲彼臨淄兮千里望倐忽兮夫君

張氏女墓誌　　前人

女郎名琰姓張氏洪洞丞府君之少女也聰慧孝友蘇脩鬒皙(集作須眥)能讀史書善奏絲桐舉族稱(集無稱字)珍之未(集無未字)成人而夭命也聖曆中隨仲昆(集有之字)任殞拆(集無拆字)於慶州歸殯於藍田別業景龍年屬家艱季兄君(集作說)徵黃門侍

郎哀請不拜詔許終服家貧傭文以取資(集作給)冬十月獲改(集無改字)葬女弟於萬安山陽差池姊塋顧瞻尊闕不亡孝弟慰爾幽魂含酸屬銘投筆氣索辭(集作銘)曰

陟彼京兮痛同生兮柰何朝露在蕣榮兮共天地之大德焉早落而無成兮

凉王妃張氏墓誌銘　　常袞

古之賢妃四德六行則在女史彤管記言納聘入於天宮儀刑光於帝闈休有懿範殁而可稱凉王妃張氏族茂清河之原家承七葉之盛紱冕繼代勳華襲門曾祖守貞皇朝遊騎將軍左衞中郎將羅國公食實封三百户職雄戴鶡績茂分茅祖光庭皇朝中散大夫衞尉少(集無少字)卿位亞

八屯衆參九列父安仁皇朝正議大夫涇王府長史曳裾上邸託乘西園俱傳帶礪之封克承閥閱之後妃早習詩禮式遵教義令德令儀有要有倫既當八月之期允叶良家之選天寶八載納爲涼王妃懿範集作德徽音韶妍婉順恭勤朱邸儆恪冊宵友其琴瑟奉以家室瞻鳫池之閱水嗟駟隙之末光以廣德二年五月十三日終于上都之內邸春秋三十七旋以其年十月六日遷窆於某原禮也京王倚歎蘭臺傷神桂苑梧桐半落鸞鳳孤飛永逝不追咨然增欷詔葬備禮哀榮飾終笳簫在辰旐旆啓路嗣子保定郡王仕攀號孺慕惟切蓼莪誌于幽泉銘以貞石慮佳城之白日識隴樹之青松銘曰

清河之邑兮地惟古貝毓粹華宗兮賢妃誕載柔順內積言容外彰謀茲淑德輔佐賢王芳年忽馳大暮何速積善虛應兮時長運促空餘懿範兮刻在貞玉

贈婕妤董氏墓誌銘　前人

維唐至德元年歲在癸卯十二月二日美人河內董氏終于閿鄉縣之別館春秋一十有八嗚呼哀哉美人蘭質幽閑茗華婉麗出自漢皐之曲降於巫峽之楊柳絮題詩椒花獻頌德行日集作自成于天性藝能豈假於師資既彰絕代之姿雅叶良家之選瑶臺入集作日寵金屋流芳映月幌而方娥上星樓而比婺恩多不恃顧重無矜讓以同車恭而避寢紫庭著美彤管旌賢屬緣化巡遊花鈿侍從方執巾於上陌忽蒙被於離宮大道如何泉扃已矣聖上顧懷淑慎言念恩情悲遽夭於先春歎長歸於永夜追加班女之秩式慰衛兒之魂以某年月日葬於某原禮也乃命侍臣紀於貞石銘曰

二九之年麗容嫣然春風轉蕙秋水開蓮浣紗選貌納袂求賢承恩玉殿侍宴瓊筵光陰不借神道何偏掖房愛促蒿里悲纏婕妤寵贈女史芳傳冊鳳城外黑龍水邊嗚呼此地永閉神仙

文苑英華卷第九百六十五

文苑英華卷第九百六十六　誌三十二

婦人四

前左驍衛兵曹叅軍河南獨孤公故夫人京兆耑氏墓誌　獨孤及

夫人諱某字某楚王交傳孟裔孫唐許州司馬皎曾孫渭南縣主簿懃（唐世系表同本集作懿）之孫兖州金鄉縣尉商伯季女秘書省著作郎儻睦州刺史儹之妹（以世系表添正）其先自彭城郡徙京兆從丞相賢後九世至本州大中正穆始有東西眷之號二十五世至徵士勇居魏周二代出不降志處不適（集作隨）俗時人號爲逍遥公夫人之七世祖也逍遥公生民部尚書建安公世恭（表作權字世恭）建安生上大將軍宋州刺史仁（表作仁乃仁基之子仁基乃世恭之弟）將軍生給事中旟即爲許州之禰也夫以四言之遺直一經之餘烈丁徵之高風焯於今古宜其秉哲垂懿百代不殞地之華茲至之崇與春秋之唐杜范氏漢晉之袁楊王謝侔其熾大矣哉三（集作二非）十八葉之明德茂祉降衷于夫人故孝慈貞儉温惠淑慎文敏好禮三者皆天機生知不待師訓而至廣德二年夏六月歸于我衣服飲食躬自菲薄夙夜戒敬致孝于荇菜接娣姒以謙馭幼賤以敬敦善勸義恕不知而矜不能喜怒未嘗形（集作見）於容止也其德禮所化宗族以睦兒童知讓生一子四歲而夭大曆四年夏六月癸丑再孕不育乙卯歿于舒城春秋若干人至（集作仁厚）而不福德備而不壽是天不惠于我家也向使錫厥永年正家承筐宜爾子孫百福是享非夫人曷歸啓手足之日長幼號咷內外親姻（四字集作外姻內姻）

（親跡）皆行哭失聲也宜哉是歲九月甲申以輤綏裳帷遷于洛陽十一月丁巳（集作酉非）安宅兆於（集作于）舅姑先塋之西南隅恐時逝事遷景行不貽於後故刊石以志卒葬且謹而日之

著作郎贈秘書少監權公夫人李氏墓誌　梁肅

成紀李氏自京武昭王以後後裔熾大在元魏有若司空文穆公冲冲生司徒高陽公休績諸父兄各登三司崇勳盛烈載在前史夫人司空之後也曾祖允義皇朝慶州刺史大父仲進宣州司士叅軍考備冀州司倉夫懸（集作玄）圃崑山是生璵璠德懿盛族（集作德門懿族）宜有賢淑二椽儒行

不躋貴仕故儲慶發和鍾于夫人夫人幼而孝恭長而柔
明歸于他室克協休德所奉之主問著作郎天水權公其
人公大節大名達于家邦人倫仰爲師表夫人明識茂行
光于閨門姻族資其訓式有子德輿七歲而孤夫人茹未
亡之哀躬徙宅之教故德輿也十五文章知名二十典秘
書貞元二年以廷評尉攝監察御史爲江西從事夫人從
子南征寓于鍾陵其樂以道其養以祿一慈一孝宜壽宜
福天實不弔享年若干以四年秋七月某辰寢疾而終德
輿窮慕崩迫忍哀問卜號奉輤襚至于丹徒以來歲某月
日權合附于先君假葬之域嗚呼有行可尊有禮可法始
輔君子終垂母儀而不登上壽不介丕（集作繁）祉斯命也已

篆石紀德謂爲墓誌近古之禮也胡可闕諸其銘曰
武昭之胄立德立功且侯且公文移之後昭明有融繼別
爲宗抑抑夫人餘慶是蔡溫良在躬歸我秘書體仁協衷
（集作衆非）盛德攸同乃訓孟子擇乎中庸休有先（一作光）風豈命
有極豈天不傭降此鞠凶假窆何所惟栢（集作松）惟桐于江
之東棘人充充式號且恫哀思無窮

監察御史李君夫人蘭陵蕭氏墓誌銘　前人

夫人諱某字某南蘭陵人梁世宗明皇帝生南海王珣自
南海三葉至有唐太子太師某太師生中書侍郎某以文
武之勤左右帝室世祚徐國疊耀（集作揮）台階蓋夫人之大
伯父也父中書之弟駙馬都尉太僕卿諱衡踐脩舊德尚
某邑公主實生夫人玄宗其外大父也宣（集無宣字非）皇其舅
也天漢派流地靈騰茂縕爲和氣鍾我淑德既笄歸于公
族李氏曰錪錪官至監察御史以茂行聞於時上奉繼親
旁羅群族夫人內貞明而外柔順至於色養義充於輔佐
仁見於周睦至乃冠婚賓祭之式組紃黼黻之事莫不能
儀刑邦教律（集作法）度姻戚洎御史捐館夫人罷執笄（疑作荓）
之事訓道三女以禮自居二十年間母儀愈（集作益）光內則
愈彰知我者方紀美行貽諸彤史天不與善享年四十八
而終時建中元年九（集作四）月三日也初夫人無子晝哭之
後歸于其宗仲弟御史中丞復孝愛之德聞於天下出守
三州皆從而居焉是歲中丞由潭州遷左馮翊會夫人幼

女從夫有江華之貶亦將欲沿三湘展母子之歡途次于
晉陵遘疾而没俄兵興不克反葬馮翊次子某以來歲某
月日奉其姑之喪權窆于某鄉原嗚呼仁宜有壽善宜有
後以夫人之賢且先代之徽與王室之出而亦（集作其）事並
戾豈命也歟予（集作肅）忝遊馮翊之門也久見命爲誌其銘
曰
昔在帝祖承天命紀維皇歸妹光耀載起太師之孫魯元
之子誕受休氣實爲女士共伯既没敬姜道存訓成內則
耀（集作輝）動高門積德所因其禮宜蕃碩人無子天道寧論
将涉三湘奄歸九原生惟（集作涯）共盡有恨何言

鄭州原武縣丞崔君夫人源氏墓誌銘　前人

夫人諱某字某河南洛陽人也昔涼武王烏孤景王傉檀繼爲傑霸據河右景王生魏大尉隴西宣王賀賀生司徒惠王恭或以文武(集作文武或武)藩翰王室以拓拔同源因錫姓焉夫人其後也曾祖翁皇朝尚書比部郎中祖脩業涇州刺史父老(集作光)時濟陰太守夫人濟陰第幾女既笄歸于原武丞博陵崔君某以德敏貞儉宣慈惠和(集作溫恕)輔佐君子而成家風原武之伯父冲嘗爲刑部郎中每謂夫人淑哲之美可師表姻族洎原武疾病顧視諸子尚藐慮歸祔不獲以屬夫人夫人默而省焉晝哭之後躬覆草葬成反葬之禮禮無違者聞見(集作者)難之既免喪始游息道門受心法於大照禪師請益之際朗然懸解大照没又事弘正

禪師入定(集作文)性離天機獨得喜怒哀樂無自入焉宴坐之外以敬姜之風操班氏之詩禮貽訓親族閨門之內盛烈流美禪林高妙受用不極(二十字集作貽訓諸姑故親族目之曰閨門盛烈道流美之曰禪林高趣妙用不極)委和歸眞享年若干大曆甲辰歲十一月十三日寢疾捐館嗣子某乙等泣血裏事以來歲某月日權窆于某原仲子左(集作佐)車純孝而文懼聖善之德不著後嗣遂假我爲誌銘曰

烈烈雄閥降茲淑哲惟夫人兮郁郁母儀中外肅祗耀閨門兮以道自光我性則常奄歸貞兮孝乎維嗣其哀也至刻斯文兮

衢州司士叅軍李君夫人河南獨孤氏墓誌

前人

夫人姓獨孤氏六世祖永業北齊司徒臨川郡王自臨川五葉至贈秘書監府君諱某門風世德家諜詳矣夫人秘書之第某女生而純孝容範淑茂成于德門歸于公族李氏曰濤故楚州刺史仲康之子今御史大夫涵之從兄也少有敏才故秘書府君以夫人歸之恪勤婦禮以正家節門內之治緊衆明是賴乾元初李君叅掾信安遂終于位夫人罷助祭之事專以禮詩之學訓成諸孤議者以魯敬姜辛憲英爲比晚歲以禪自適謂般若之經空惠之筌侍(集作持)而爲師去諸結縛猶遺土也享年五十三大曆十一年某月日寢疾終于常州遂權窆于建安(集作元)精舍之側

明年某月日卜筮襲于吉始遷兆合祔于洛陽某之先塋嗣子前越州士曹叅軍居介南陵尉居佐譙縣尉居敬孝康居易等痛聖善之德不可追也俾肅爲誌其銘曰

溫溫夫人貞順而慈始爲婦儀終爲母師仰成法寶頓脫塵機身世兩遺乘化而歸合祔伊何周原舊域哀哀令嗣孝思罔極作銘片石以誌窀穸

杭州臨安縣令裴君夫人常山閻氏墓誌

前人

夫人姓閻氏皇朝考功郎懿道之孫銀青光祿大夫尚書刑部侍郎伯璵之女河東薛氏之出前廷尉評領臨安令裴深之室也春秋若干以大曆乙卯歲五月寢疾卒于晉

陵之私第來年月日窆于其原不獲吉卜（集作兆）未祔于皇姑禮從宜也先期臨安以夫人之德善俾予銘其墓故得而撰云夫人貞順惠和恭明孝慈自天受也樂善睦親儉而好禮承家訓也循（集作修）采蘋之度以助祭祀得婦道也四教行九族和秉內則也夫人有是淳懿故自致禮至于捐館小大無間言中外無異望郁郁詵詵一家與仁俟絕之際請辭其太夫人又辭其娣姒已而顧所生之四女曰母子之愛今也永絕夫中饋不可以無主吾已請而（集作爾）父娶繼室矣其來也汝謹事之無貽我神羞辭氣不惑言畢遂歿夫號毋慟諸女孺慕聞一哀者行路（集作人）出涕存歿之事其感人深矣哀哉乃爲銘曰

穠矣舜華茂蘊質兮配此良士如琴瑟兮嚴霜隕零曷其殀兮于嗟碩人歸此室兮

德州安得縣丞李君夫人梁氏墓誌　前人

夫人安定梁氏族高祖華陽襄公諱彥先（集作光）生周隋際歷上大將軍開府儀同三司使持節青冀華相等九州刺史貞惠文敏爲兩朝名臣生曾祖永安成公文讚在隋爲司隸刺史司隸生皇朝龍興令冀州長史晏晏生朝散大夫堯山令澄夫人堯山之第二女惠和（集作生知）孝慈幼有令儀長而溫良成而柔明年若干嫁趙郡李兼金生四子而兼金卒夫人內持正性外示德禮且以文行忠信貽訓諸子家道以和每言曰敬姜大家吾師也既晚歲修釋氏法

以禪誦爲事視身世榮枯與夢幻同因命第四子爲沙門勵以清淨行既而壽量極享年七十二歲在乙卯七月乙未終于常州建安佛寺（集作精舍）後五日窆于某原孝子詠等銜痛泣血哀過乎禮懼先夫人德善不聞將誌幽穸以肅外族之屬也俾爲斯文銘曰

伊夫人煥毋德道可尊禮不忒訓令子就儒釋沒（集作滅）而藏焉永無隙人欲我知視此石

嗣曹王故太妃鄭氏墓誌銘　穆員

大唐貞元景寅歲秋七月己酉荊南節度觀察使戶部尚書御史大夫江陵尹嗣曹王皋奉先太妃滎陽鄭氏之喪歸于先生贈尚書左僕射諱職之居實洛陽邙山之原先

是皇帝使中謁者詔東京有司備鹵薄鼓吹洎祖載儀衛之物且監視之事之前日嗣王有虞乎山壤（一作墳）泉隧不常陵穴絚以百世之後貽厥來者之義屬于小生太妃諱仲字正和恒州司兵文恪之孫郴州司戶休璲之子鄭之於百族也如群嶽之聳泉山焉溢于世間事不待紀太妃以禮之節爲質以樂之和爲性以詩之鵲巢采蘩小星殷雷易之坤蠱家人爲德小大由之且以其餘施之於外夫是以賢子是以貴以利于家邦年十有四歸於公族又十四歲而先嗣王即世王屋天壇之下有別墅焉太妃挈令之嗣王與女子子洎夫族之叔妹未冠笄者與本族凋喪之遺無告者合而家之居無生資勤儉自力仁以恤智以

圖使夫饑待我粒寒待我纊（一作纏）婚姻宦學蒸嘗之禮待我以特嗣王年甫及笄其所以導成慈訓者則以父嚴師教之道兼而濟之于時天下晏然而事有將亂之兆太妃念嗣王之壯必及經綸不患不貞患不更踐（一作賤）不患不聞先王之訓患不知下人之生卒以仲尼鄙事爲教及其長也見其爲龔黃見其爲方召享其孝敬勲榮祿位三者日躋之報焉嗚呼月望而虧天之道也以建中三年冬十月九日遘疾薨于潭州官舍之寢壽七十有二嗣王奉喪歸葬達于南荊國難方興天下否塞朝廷倚宗周維城之固加於郡帥一等乃用魯公伯禽有爲之變俾復其位且使卽其次而窆焉嗣王銜恤奉詔以戰克以攻拔統江西

援江陵其事葬也如生平之養其哀號也執干戈者悲之今玆龜筮叶謀優詔惟允議者或曰東南之鎮荊州爲大降冦僅臧多虞未忘遺羊杜之重徇曾閔之節越三千里執喪釋位謂安危何員以爲嗣王之於朝廷也罄竭之以忠朝廷之於嗣王也今遂之以孝君臣家國之際於是乎古無以踰況其奉先之志不可以奪臨下之政必可以保且用崇厥孝理始于本枝使爲子者悅事君者勸以感人心以順天下不然何卒葬宗贈天王之錫命視千同盟有加等焉初湖南部將有王國良者嘗危疑負固歷年不下嗣王爲師恭太妃之教以子召之國良捧檄如歸撫之以信其後入衛中禁錫名維新乃曰爾來之生今日之寵罔極之德也哀請赴葬上嘉而許之其執礼致慕視於苦山是以係之于篇銘曰

抑抑母儀稟訓德門來嬪王族慶集宗臣如彼崇山應時出雲霈然作雨澤潤生人裕我之蠱啓兹寵助匡載（疑作戴）中興爲唐晉文宜爾百祿享兹萬春運奪其養（一作運天短奈養）天胡匪仁清洛之陽脩邙之阜我歸我居我徒我友維邙與洛將安宅之相乂

殤子常八墓誌（此篇係男子已移入九百六十二卷今存其目）　獨孤及

文苑英華卷第九百六十六

婦人五

秘書監穆公夫人一作河東郡太夫人裴氏玄堂誌

穆員

員不天不死先公棄背迫先王制禮免喪五月太夫人河東郡太夫人以貞元十三年六月二十四日違養又不孝不滅以及龜筮遠期十月二十一日孤子贇洎質員賞奉遷靈座自東都歸義里私第正寢歸于偃師首陽山北原先公之居第三子員伏念常禀慈訓撰述前誌當時實聞不忍聞之命俾繼斯文不敢不茹血泣迷粗舉大畧裴氏自漢魏以還蓋爲天下著姓外族之於本宗也若泉有源山有峯披圖按牒可明徵矣五代祖諱鴻琳周易郡太守高祖諱客兒隋長平丞曾祖諱文行皇朝并州石艾縣丞祖諱玄度絳州絳縣令父諱翽魏州朝城縣令世以懿德令名清風和氣昭穆授受宜于家邦太夫人則朝城府君之季女也淳仁如天博厚如地精識如神中節如時少喪怙恃長於季母諸姑以孝友誠明俾見懿慈有天性之答所至家政輒聞我於未成人之年洎有行君子作配盛德移內則之美盡家人之義居上齊下視人以身主祭祀以心爲馨香事賓客以手集中饋先公厄於未濟困於屢空太夫人以樂道爲貴肥家爲富先公初仕河朔蹈難平原太夫人以勤儉成清白誠義佐名節先公出入崇貴間逢遷黜太夫人居常以天不假易自驚疑作警處否以泰道自安先公直道高義不容於時剝落當年優遊晚暮太夫人始則以不磷不緇何憂何懼爲韋弦焉中則以不容何病

然後見君子爲塤篪焉終則以施於有政是亦爲政爲琴瑟焉先公孝以立家仁以合族太夫人輔佐之德達於神明員伯姑元夫人高明純至不幸早孀太夫人就養于堂服勤以力視色先意主於無違伯姑嘗顧小子同氣曰自吾歸爾家安爾母也自忘孤寡自忘長老嘻嘻然如未笄之初承歡於父母之前夜夢吾先君則爲爾父夜夢吾先夫人則爲爾母豈爾父母乃吾宿世之父母乎不然何迷我心靈發於夢寐者二十年如此中外孤幼以先公之禄爲待哺待絮者其來如歸太夫人所以衣服飲食之蓋有竭無倦有不足無不均有孤惸老幼之先無親踈厚薄之別若乃甥姪群從之衆賢愚恭很之甚太夫人用不慍不

校不欺不伐積爲至德以嫗煦之不遠直心而曲順其理不越中制而各厚其宜是故寢我無私有常之化者歸我懷我如服天地豈無忮戾之性多言之口不忍以造次幽昧遷焉員三從叔寂感太夫人少長子愛之慈以爲生成罔極之重及壯納室則先請於女氏之介曰吾嫂吾母也苟能服事如姑則爲其妻不者則否女氏許諾然後贄幣行焉太夫人自痛早孤終鮮兄弟惟周公蓋祔仲尼合葬之尊咨於先公曰絳雖故鄉世乏喬木洛汭中土首陽家山今將奉先人於北原卜隣舅姑吾與公存没之志也命長子行之本族凋落慈嘗殆曠鞠孤兄子以涕泣教之使學古入官承家主祭乃至宗從之祀與廢繼絶緊太夫人

是賴者非一先公享懸車之榮太夫人受偕老之福河洛安宅京師就養板輿所至讌喜相從旬朔獻壽子孫成列歲時稱慶冠蓋盈門當時士族以爲榮羨晚年學道於聖善寺法凝大師所受方便平等則家政也忍辱慈悲則素行也眞如正覺則天性也皆異積舊習彼於德施盡大師之法吾無得焉賛等從事守官世道多故太夫人以爲苟不虧先王先公之訓則義在不辱是爲無忝未始見責而姑勉之禄俸供養不給于家之經費太夫人每顧念有一饑一寒者則爲之不飫不煖其遇窮獨無告不獲其所輙心體以之不康是以甘旨輕鮮之獻未嘗以尊高自異常有汲汲不足之患而不患焉初太夫人之從先公也公方褐衣家無數口太夫人以繁祉元福阜興德門男女爲人父母爲人大父母爲人師者七弟二女故安國寺尼嘗爲人師內外孫洎曾孫四十有三食先公洎諸子之禄者五十一政主家主祀者五十一年壽七十四封河東縣君先公故也河東郡太夫人賛故也列郡啓封爲妻爲母論者以兼命斯貴同時難之然天下公議稱先公位不稱德雅知賛者亦謂賛等命不偶時而太夫人五福百禄之徵蓋上有所不充下有所未極賛質貝賞皆自痛欲養欲報各孤其分號天訴天天不我聞伏念昔罹荼毒備承至誠以爲殺身無逮揚名有補忍死爲重徇情則輕煢獨一作煢煢苟至不敢自滅謹哀纂至德密行之可傳者勒之貞石以永厚地嗚呼蒼天

崔少尹夫人盧氏墓誌　前人

嗚呼有唐河南少尹清河崔府君諱微從先大夫于北邙山平樂原卜年惟三而泉户啓夫人歸歸而復閉閉而終此山矣禮也哀哉夫人諱某字某姓盧氏以府君爲大夫封范陽縣君其先自東漢中郎植十有三葉至於烈考皇朝大理司直孝孫代以禮樂婚姻相遺爲氏族冠冕縣君泉源發清峻極憑厚孕和蘊粹吐芳如春其在弱笄雅有君子之度諸姑從毋有若常太師見素裴尚書寬二夫人稱之曰吾見此女使人思齊不自知其所爲長開元季年先舅尚書忠公尊顯于代高明克家思配子之賢愼承我之重縣君以姬姜之盛繇聞之美誕集嘉命旣而有行先

姑隴西夫人才之傳之以政於是資顧復之報以孝舅姑推友于之愛以睦娣姒和琴瑟之樂以諧所從閱詩易之義以脩所職婦儀毋訓垂五十年不一日違仁不須史忘禮溫顏和氣物莫之侵朗識清機道與之接雅好黃老且精禪惠嘗謂要本無二教焉有三吾將貫之以一守之以一蓋生知免習而竊窺以之是以寢疾恬然臨然不亂謂生爲族舍殁爲歸次而我行邁之得息焉壽六十有一終於洛陽毓德里之私第時貞元二年五月二十九日二孤溉沭殿中侍御史陸渾尉恭合祔之禮卽命于蓍龜曰仲秋甲申吉先是溉沭執河南府君之喪一號三年旣踰月而縣君繼酷雅知溉者以今之宰政與中朝賢卿大夫多

溉之遊其顯有時其養可待何昊天壓之之甚而縣君棄之之早蓋以不可知者曰天與命相弔焉員則溉等潰一作末交之執也見託銘石其銘曰

北邙古原起新阡仁賢同穴閉下泉哀哀孝子不終養蒼蒼正色誰問天物之常久有貞石我以德音誌神宅千年丘隴不可期白日佳城俟來覿

崔太常長女墓誌銘　前人

崔氏長女名某先笄之某年不幸遘癘未幾丁烈考太常卿贈吏部尚書常山公難至哀乘之共迫正氣以貞元七年秋八月己酉夭於東郡冬十月乙巳兄元方哀奉尚書從先相國于北邙山以長女祔于尚書之側嗚呼女之生也秉高祖博陵之殊勳曾祖禮部府君之令望先相國之盛業先尚書之重德何四葉垂裕合爲禎祥與夫惡疾至性摧之不勝豈天所助不能移定命乎不然者烈祖顯考之德之一有惠也二字恐非純假以溢我我其收之宜施之有年移之他族宜乎起家而居有公卿之位雅人之所歌韓姑者疇離之哉夫內則之美不傳于外禮也辱命於其兄者誌卒葬焉銘曰

崔之九原實維邙阜孝女祔先與天地久

王妣夫人弘農楊氏祔葬墓誌銘　權德輿

王妣夫人姓楊氏弘農人祖敏皇太僕少卿交州都督金鄉縣公父晏湖州武康縣令夫人始笄歸于王考府君府

君名重而祿薄家肥而身約仕至左輔尉中兵紀綱掾所與游者皆天下雋人賢士大夫集作天人是無攸遂勸以養之道備焉天寶四年先太保貞孝公旣孤夫人慈仁訓育以文行紹續繇進士第授臨清尉劇縣尉安祿山之亂也以大節聞履險遠難崎嶇色養滅跡人事以扁舟爲家至德二年夫人棄孝養於杭州富陽縣之行次時四方兵交歲大疫江東尤劇未克歸祔此焉寧神先公號兆崩毀因中風濕痺痛集作痼外除拜御史著作郎皆以疾不祗命大曆丁未德輿丁荼蓼貞元戊辰再集艱棘餘生未泯積慶所鍾因緣踐履叨冒崇大以歲時之不易事物之多故久未遷神心焉若摧言陰陽者利在卯酉元和五年歲直庚寅

德輿忝太常卿以明年之吉襄事既卜其年猥參宰執（集作政）禮不克就乃建宗廟以嚴蒸嘗逮今十二歲在丁酉德輿以校檢吏部尚書理戎漢中拜章上請協用龜策啓先公先太君壽堂于冊徒啓夫人壽宮于富陽德（集作得字）七月壬寅祔王考府君兆域于東都伊闕縣慈水之陽吉自杭抵洛凡二千五百里水陸安靜誠信無遺天之佑也惟尊靈幽閟周一甲子罪在孱菲宜當誅殛而懿範遺訓流光孕休閨門受祉施于孫子霜露怵惕如惔如酲又德輿之生也後不獲逮事逖聽令聞靡詳萬一故合姓之紀歲棄代之享年皆闕焉刻茲介石以永終古銘曰

惟王母之令德淑明柔克閨門延耀以引以翼王父安卑

兮其道未光先公大節兮易名章章伊孤孫之蒙騃不獲逮事慶靈流澤兮積累名器澗河湯湯輴車帷裳伊水之陽祔于幽堂萬有千歲兮徽音不忘

獨孤氏亡女墓誌銘　前人

元和十年歲在乙未冬十月二十一日戊午故秘書少監贈絳州刺史獨孤郁妻天水權氏寢疾終于京師光福里嗚呼吾之女也故哭而識之惟吾門代有懿德至先君太保貞孝公以大節大行爲人倫師表故鍾慶于爾而又夭閼其成此吾所以不知夫天之所賦也初笄有行未嘗遠父母兄弟考室周里常如歸寧始絳州以褐衣納采其後爲侍臣史官吏掌中外詔誥皆再命或三命十數年間便蕃清近烜赫光大天下公議以宰政待之其後（集作於）閨門之佐君子供先祀嘻嘻申申有孝有仁乃者吾忝大任絳州居近侍而能婉約勞謙得六姻之和長信宮受冊命之歲與母於內朝序位環佩之聲相聞黨族榮之人情禮意纖微矩度言內則者以爲折中嚱夫絳州方強仕不淑爾又未練而歿年止三十一天之報施其何哉始稱未亡也懼貽吾憂每歛慼容而爲柔色然以沉哀攻中竟不能支悲夫初先舅憲公有重名于時絳州生而孤不得逮事儻冥冥有知將同穴而養于下耶抑智氣在上歸之於合（集作冥）莫耶吾不知也生子二人女一人長男前歲未成童而夭次曰晦生十年矣至性過人未期再丁荼蓼噭號罔極

晦世父右拾遺朗茹終鮮之痛撫之如不孤貞于龜策得明年六月六日壬寅祔葬于東都壽安縣之某原宜琢墓石以永于後吾老矣豈以文爲懼他人不知吾女之茂實故隱痛而銘曰

暘光未晝而湛晻兮植物方華以槁落兮懿吾女之淑令兮祔君子於冥漠已乎已乎吾不知夫神理之有無

相國右庶子崔公夫人河東縣君柳氏祔葬墓誌銘　前人

貞元十有一年歲在乙亥三月丁丑故相國安平公夫人河東縣君考終命于京師安仁里蓋春秋若干其孤曰懿伯號侍輴裧以十月庚午返祔於河南某原安平公之舊

封禮也夫人姓郴氏代爲河汾右族齊周之際中書孝公虯司會景公慶以匪躬厚行爲北朝名臣孝公生上戈後周洛州刺史洛州孫皇海州長史憬憬生皇伊陽縣丞璠夫人之祖禰也夫人憑積厚之祉體柔嘉之姿既笄歸于安平公公始以處士納采至于佩相印三十年間內則彰聞嘗以命婦宜家疏封於本郡又以中宮恤禮爲位於內朝齋明以助祭慈惠以厚下褕翟五采副笄六珈幽閑必聞於法度修汰不萌於心術盛德發於身而被於族姻不可詳已始用和樂安於隱約終以淑均居于（集作於）顯尊大君子之家肥道光其助弘矣既嬰未亡之痛深惟出世之法受微言於順禪師以蓮華普門爲方寸津筏宜其永錫眉壽而爲大家今則已矣尋一不知夫命也懿伯爲左千牛　身純孝好學居喪得禮長女適弘農楊弘微（集作徽）纔半歲有共姜栢舟之誓明識令行倫於古人幼女以衿褵來歸共承宗事故於夫人之道得周知之懿伯以陵谷之不可以不識哀請論撰大凡以乾元元年合姓貞元二年受封安平公薨八年而夫人捐館（集作歸）　其銘曰

於穆夫人徽柔淑溫儀于法（集作德）　門蹈履內則六姻是式藹然慈仁魚軒煌煌珮玉鏘鏘威儀申申居貧且樂處貴逾約其道可尊不享天（集作大）年奄歸下泉孰司陶鈞哀此孝嗣煢然無恃訴于（集作於）蒼旻杳東周故園宰樹鮮原裳帷翩翩祔于幽穸刻是貞石厥聲長存

義武軍節度使支度營田易定觀察處置等使檢校司空同中書門下平章事贈太傅上谷郡王張公夫人谷氏墓誌銘　前人

夫人姓谷氏魏郡昌樂人其先漢大司農永之後故義武軍節度檢校司空同中書門下平章事贈太傅上谷郡王張公之夫人也四代祖那律貞觀中仕至諫議大夫弘文館學士曾祖補衮左羽林軍長史祖倚相祕書省正字佐（集作佑）　蘭錡以嚴禁旅詳魯魚以考祕文猶未充其才則延耀於後考崇義天寶末以雄略氣敢從漁陽之師每建奇功亟擢北狄歷左武衛將軍左金吾衛大將軍累兼太僕殿中追贈特進懿是勳慶聚于夫人天資才明動合圖史早以衿鞶之誡宜于鍾鼎之門百兩以納采三月而助祭克洽中饋至于上公其於佐以純誠規以策畫超冠命婦之道叶贊守臣之勞者有焉建中元年疏附於魏郡三年徙封於鄧國徽音法度列在命書貞元七年太傅薨于（集作於）理所嗣子今義武軍節度易定等州觀察處置等使工部尚書易州刺史兼御史大夫延德郡王茂昭能業其勤載延其賞克家稟訓宣力撫封六官分職八命作牧虞潭榮養用厚人倫魯侯燕喜方期壽考伯仲有裕稱於北河曳裾於邸第者三持憲於牙門者一貞元十一年以幼子銀青光祿大夫光祿少卿附馬都尉茂宗旣承築館之恩來侯執笄之慶方榮著代俄痛終堂以十二年二月丁卯

寢疾歿于萬年縣安仁里享年四十九遺表以車服器用上獻王人就第弔賻絹三百疋布一百端此又恩禮之有加也尚書以其年冬十一月甲戌得吉卜於京師少陵原不祔于太傅行古之道也生極井賦沒有寵賻恩備終始以榮以哀申命司言之臣採其淑行用琢琬琰銘于墓門

銘曰

鵲巢之德夫人之職輔于上谷啓是鄧國淑慎溫惠徽柔令色克大閨門施于燕翼萬鍾雖及九原俄卽賦命有涯孝思罔極

衛國夫人李氏墓誌銘　前人

夫人姓李氏趙郡人前相國司空今戶部尚書燕國于公

之室也曾祖仲恩皇藍田縣尉祖琳河南府參軍考復司農丞三葉名器卑而婚親族類爲山東冠甲外曾王父裴丞相文獻公左右玄宗爲時才臣外王父吏部郎中贈刑部尚書綜以文行著於清名舅族多賢與軒冕俱大中外積厚而生夫人興元元年燕公以南宮郎冕而親迎其後歷二千石九卿觀風貞師焯（集作燀）燿弘大三公相印六職地征勤勞輔佐淑愼和樂鵲巢之均一樛木之逮下采蘋之能循法度螽斯之子孫衆多實備有焉晉令公侯夫人銀印青綬佩水蒼玉貞元三年夫人以外命婦封河內縣君十九年以元侯內子進衛國夫人廣大專靜尚柔含德不言而徽音自遠不耀而儀刑可象鍾郝之禮法爲而不有姬嬴之地望有而不恃於六姻之中薰然以仁煦然如春推心以及物各得其所欲故燕公琴瑟友之鍾鼓樂之克成婦順以賛家道元和十年冬十二月甲辰寢疾薨于安仁里第享年若干不求醫禱以順性命雖知道之君子所難能焉明年春二月庚申祔先姑之塋于興平縣之某原禮也嗣子前太子左賛善大夫正秘書丞方其官季友其官某等求惟免於水火以至冠婚列在朝序率由慈蔭自帷堂至于遣奠哀敬有加燕公以德輿於外族爲表甥於中臺爲同列嗒然之痛俾誌斯文公又命方等泣狀徃行始終詳實故如其論次繫之以銘銘曰

燕公之室弘是內則衛國攸宜淑明柔克環珮璆然蒸嘗

吉蠲家肥族睦二十二年如賓之敬循道之性不慝不圖奄忽大病茂陵蒼蒼宰樹陰堂幽宅於茲兮德耀不忘

前京兆府咸陽縣丞權公故夫人清河張氏墓誌銘　前人

夫人姓張氏南陽人曾祖鉉皇正議大夫恒州刺史祖重暉皇朝議大夫衡州刺史贈太常卿考伯禽皇銀青光祿大夫將作少監兼通事舍人奕代以大夫二千石班宣教化而先公賛謁在帝左右兄憑又以衞尉少卿簡王傅世其官故表儀風訓家法延耀夫人承是吉祿生而懿美大曆十二年旣笄歸于天水權公公時爲馮翊縣尉其後漸登封賛咸陽佪翔於周泰甸圻（集無此二字）間皆用功次得調

滿歲食貧則嘻嘻於衡華之下族屬和而家事理抑夫人是賴資性溫重閨門整峻每中外六姻有嘉會喪禮必羞必赴周旋法度女士憲焉而不得鳴珈佩玉弘大中饋命也貞元十八年夏四月暴嬰疾厲終于京師新昌里春秋若干秋九月窆于某縣某原從吉筮也支子某等充窮杖（集作拔）泣捧是圓石以不可不識命從祖兄子銘之其詞曰

在漢七貂族之盛兮常山衡陽休有慶兮父兄仍代賛名命兮展彼夫人來合姓兮徽柔靜專家道正兮生也有涯斯大病兮芻靈廣柳掩泉逕兮刻此貞珉彰淑令兮

文苑英華卷第九百六十七

文苑英華卷第九百六十八　誌三十四

婦人六

朝議大夫洋州刺史王君夫人博陵縣君崔氏祔葬墓誌銘　權德輿

夫人姓崔氏博陵安平人皇鳳閣侍郎平章事博陵郡玄暉（集作暐是）之曾孫禮部侍郎璩之孫侍御史賁之息女洋州刺史瑯琊王君澄之嘉偶崔氏自漢濟北長岑代爲文宗王氏自晉睢陵即立繼生元臣二族之茂范蔚宗沈休文推本言之矣重以毋后中宗之際石泉博陵二先正有經綸代命之材推戴格天之業延耀濟美爲祥爲祉爲君子爲女士合姓好逑與他族不侔夫人未笄累失恃怙旁無兄弟泣血襄事奉二尊棠幃間關道途自鍾陵抵洛邑哀敬與禮三者無遺神祐純孝爲宗姻所歎某年從父兄縱盛選卿才故王君納采焉王君以才器政事連辟公府歷

御史司直爲河南紀綱掾改陽翟令入爲尚書屯田郎出刺洋州柔嘉左右叶是休德初洋州同氣八人名居（集作位）焯於當時冢婦介婦必華宗淑喆夫人贊宗事供先祀鼓琴誦詩姿操閑（集作嫺）雅奉上以誠群居用和外言內言不越於閫朝服祭服必成於手洋州捐館二十年而夫人歿於櫟陽之別墅時貞元十九年秋七月某甲子蓋年五十一初洋州娶滎陽鄭氏生子曰造而夭夫人以繼室生子三人曰迺曰逵曰邁毋儀均養皆爲良士造仕至藍田尉迺脩詞與計偕逵邁咸以門資分佐環列哀號罔極泣問龜策二十年冬十月某甲子祔于洋州之舊封先是洋州循子與平尉源長受夫人之理命曰吾與爾二門積德奕

代銘表必咨時文先舅之碑吏部趙郡李公實爲之先君之誌從翁太傅文貞公實爲之且以德輿於夫人有通世之舊俍求論譔泣狀遺懿實而不華是用采獲以銘內則

銘曰

安平臨圻右族蕃滋仁賢是儀好合嘻嘻乃封故地象服斯貴諒無攸遂亦勸以義婦順彰聞毋儀可尊肅肅閨門四男晨昏吁嗟風樹奄閟泉路魯人之祔皇辟之墓鏤茲淑聲永識冥冥

湖州武康縣丞許君夫人京兆韋氏墓誌銘　前人

夫人姓（集無姓字）韋氏京兆杜陵人楚傅漢相之後分封競爽以至周鄖襄公孝寬爲宗門龜龍曾祖某某官祖某某官父楚器皇太子宮門郎其外族隴西李氏涼武昭王玄盛後魏司空文穆公沖隋絳郡公禮（集作李）成之世德輿之從母姊（集作妹）也中外華閥乃生淑喆幼失恃怙先太君保而養之猶女子子焉既笄歸于某郡許授授循里喻義調常州義興尉湖州武康丞蒲歲葺田廬於霅溪之上志懷進取夫人贊家道以供先祀誠伯宗而饁冀缺許君之動靜無悔抑有助焉所從之祿甚薄不及偕老從宅教子宜家佐餕閨門之禮有同嚴君才識所及過人遠甚雖內外之言不越於閫而人事物理皆能折中焉凡結褵二十五歲而稱未亡人又十五歲而不舉火時元和二年正月某甲

子春秋五十九其子士倫謹敏屬詩書未與計偕者不忍遠養故也泣訪著蔡得十月某甲子吉權祔于皇辟之封惟夫人有姿操徽範不得被魚軒翟茀之飾獨振內則而傳毋儀孝子冢婦居喪率禮無遠而哀有餘姻黨稱焉嗚呼孩提相長實均同氣今視士倫猶吾之出焉士倫緘哀詞治（集作理）命請刻圓石屑涕直書寄茲沉痛銘曰

士之積（集作贊）行未必豐祿有美夫人不登象服從夫也有德有儀訓子也恩斯勤斯勸以義兮道之慈養未及兮命奪之服在緦兮心若朞刻琬琰兮涕鉛洟（集作流涕洟）

洛陽尉何君夫人范陽盧氏墓誌銘　前人

夫人姓盧氏范陽人曾祖仁皇相州錄事參軍祖不勤皇

壽州霍山縣丞父隨皇太原府祁縣丞三世冲晦皆不至大官故夫人鍾其粹美生爲嬪則以旣笄之年歸廬江何君官至洛陽縣尉夫人有輔賛之美柔明之行誠順孝慈以内則爲師故得六姻之和而禮無遺者乾元中何君早世夫人訓字諸姑動必以方長子士程爲蘇州嘉興尉幼子士乂儒行修明或史集作吏或文克荷先構有女二人長適河東裴氏次適博陵崔氏皆奉母之訓宜其家室非導之教之之至其及此歟以興元元年三月日考終命于嘉興年六十一士程士乂等謀及龜筮以某月日權厝潤州未免返葬故也夫人即考功員外郎士幹之世母也尋嘗接考功遊獲聞行實故不敢辭二孤之請刻石以銘之銘

曰

婉彼夫人淑明柔克周旋動用率由四德不享蕃祉不躋壽域二連之哀哀何有極

潤州丹陽縣尉李公夫人范陽盧氏墓誌銘　前人

夫人姓盧氏范陽人北齊黄門侍郎思道之五代孫也曾祖悌皇高道不仕祖綱皇城門郎父侑皇太原縣尉雖仕皆數命以至淪謝而皆飾行懿文有當時之譽明德奕世誕生夫人旣笄嬪于李公李公爲烏程丹陽二縣尉夫人居貧守約動必由禮謙敬以睦内外吉蠲以奉蒸嘗其糯澡服澣濯中饋式叙和樂嘻嘻有嘉聞而無攸遂一紀于茲矣嘗聞善餘慶謙受益豈前志之謬歟將有必定之數歟旣而奄忽遘疾不旦日而大漸以大曆十一年月日歿于丹陽之私第享年若干某月日權厝于縣之五里原從宜也生子數人早歲夭落今之存者女子三人長者生纔六霜其次差以幼矣雖禮所未及而號不絶聲呱呱然行路爲之憯慼公以爲鼓盆傷神兩不中節而鍾情之哀可勝旣乎且虞陵谷之變也乃命權氏甥德輿爲之銘曰

去夏屋之渠渠兮即孤丘之峩峩往不可復兮沉痛如何薤露蒿里兮古有哀歌

睦州桐廬丞柳君故夫人天水權氏墓誌銘　前人

夫人姓權氏天水略陽人十二代祖翼前秦僕射安丘敬公其後至周隋間有佐命功代荷茅土者三葉以至曾王父滑州匡城縣令崇本王父益州成都縣尉無待集作侍烈考許州臨潁縣令伋成都以太學進士擢第臨潁判入甲科皆以文學著名粹行純氣有以鍾下夫人生而敏異姿性端明懿行全識發於天授而和敬以事長慈惠以袝下窈窕德象動成儀度機鑑精辨而深自晦默伯仲甥姪等每有疑理滯義多所咨訪夫人不得已而後言言必中倫誠順之道自中形外外内族姻之中瞻其儀形剛戾者順不仁者化以貞元二年三集作正月歸河東柳君君爲睦州桐廬丞方謂有魚軒象服之慶偕老宜家之壽不幸遘疾

癘以其年七月日終于桐廬之官舍享年若干自設帨至于屬纊九族無間言終食無違德宜乎綏福履而介眉壽備粢服以絲蠒館而迫阨終身莫申其道六姻安仰爲善者惑豈善慶昭報之言妄作耶將壽夭淹速之度固有所定耶柳君奉其喪以某月日權厝于冊陽縣其原竇氏伯姊之塋次從遺旨也從父兄子德輿一二群從銜茹永痛書實録于墓石銘曰

釆蘩釆蘋列于詩人恭惟淑明與古爲鄰嘉玉粹溫蕣英氛氳（集作芬蒀）凄風夜鍪銷鑠堙淪命不可問兮從古云云追琢淑德兮用識幽墳

戶部侍郎王公（集作君）先太夫人河間劉氏墓誌銘

柳宗元

夫人劉姓（集作姓劉）其先漢河間王王有明德世紹顯懿至于唐有文昭者爲綿州刺史良二千石其嗣愼言爲仙居令光州長史克荷于前人光州（一有君字）夫人之父也夫人既笄五年從于北海王府君諱某府君舉明經授任城尉佐金吾衛兵曹修經術以求聖人之道通古今以推一王之典會世多難不克如志卒以隱終夫人生二子長曰彝倫舉五經早夭少曰叔文堅明直亮有文武之用貞元中待詔禁中以道合于儲后凡十有八載獻可替否有匡弼調護之勤先帝棄萬姓嗣皇承大位公居禁中訏謨定命有扶翼經綸之績由蘇州司功參軍爲起居舍人翰林學士將明出納有彌綸變通（集作通變）之勞副經邦阜財之職加戶部侍郎賜紫金魚袋重輕開閉有和鈞肅給之効內贊謨畫不廢其位凡執事十四旬有六日利安之道將施于人而夫人終于堂盖貞元（集有文字）二十一年六月二十日也知道之士爲蒼生惜焉天子使中謁者臨問其家賻以布帛嗚呼夫人之在女氏也貞順以自處孝謹以有奉其在夫族也祗敬以承上嚴肅以涖下事良人四十有九年而勤勞不懈生戶部五十有三年而教戒無闕年七十有九而戶部之道聞于天下爲大僚垂紫綬以就奉養公卿侯王咸集（集作造）于門既壽而昌人（集作世）用羨慕然而天子有詔俾定封邑有司稽於論次終以不及時有痛焉是年八月某

日祔于兵曹府君之墓銘曰

夫人之德溫柔敬直承于陰教式是嬪則克生良子用揚懿美有文有武弘我化理天子是毗邦人是望金章（集作若若）紫綬榮于高堂惟昔孟氏號爲母師在漢稱賢有戒不疑懿懿（一作哉）夫人維其似之山北之里（集作中）神禾之原問于靈龜閟此顯魂勒石垂休永永萬年

亡姊前京兆府參軍裴君夫人墓誌　前人

柳氏至于唐其著者中書令諱奭中書之弟之子曰徐州府君諱子夏實有孝德世其家業清池府君諱從裕繼之以茂實德清府君諱察躬承之以善政以至于侍御史府君諱鎮用貞信勁正達于邦家克生賢女以女（集作配）于裴

氏裴氏至于唐其著者禮部尚書諱行儉禮部之子曰侍中諱光庭嗣用忠肅書于國史祠部府君諱貞業之以真直以至于金吾府君諱敬用紹紀懿端亮聞於天下實生良子以配夫人焉（集無焉字）嗚呼夫人與仁孝偕生以禮順皆長始於家純如也終於夫族穆如也其爲子道也孝以和恭以惠取與承順必稱所欲先公（集作君）與夫人恩遇尤厚故夫人侍側無威怒之教焉天禍弊族夙遭大故我諸孤奉太夫人之養不敢圖死至于復常夫人三歲無湯沐無盬酪頓踴叫號哀徹天地外除髮不勝笄體不勝帶太夫人泣而命之內（集作周）循不食朝夕諭誨僅而濟焉其爲妻道也貞順之宜恆服於身體疑忌之慮不萌於心衛忿懥之

色不兆於容貌同焉而合於禮婉焉而得其正其爲婦道也惟聽順謹敬睦姻任（集作仁）恤之行甚備常以不幸不及舅姑之養用爲大恨是故相春秋之事祗滌濯羞簠簋勞以待旦每怵惕之感至焉則又移其孝于兄公安公（集作裴之門）而以睦于冢婦介婦必敬必親上以不失其赤子之心姻族歸厚率由是也嗚呼我之大譴歟裴氏子之大不幸歟以夫人之德行宜貴壽宜康寧然而年始三十不克至于壽良人官爲參軍不及偕其貴骨髓之疾實鍾于身以貞元十六年三月十三日甲子終于光德里第痛矣夫始夫人之疾也夫人之族視之如己宗其家老長妾臧獲之微皆以其私奔謁於道路禱鬼神問卜筮者相及也既病

太夫人在側尚慮積憂傷于嵩等懷循持形立氣給以少間故二稚未亂良人在遠不及有緒言遺念以傳于（一作於）後則我呼天之痛宜有加焉嗚呼天胡厚是懿德而闕其報施獨何心（集作咎）歟余一（集無此字非）不知天之忍也既逾月良人至自洛師望門而哭曰無以立吾家成吾身矣凡生三子幼曰崔七先夫人八月而殞魂氣無不之也次曰崔六後夫人五旬而夭因祔焉今其存者曰崔五幸無恙託于乳媼似虞水火哀哉其年八月十八日甲子安厝于長安縣之神禾原從于先塋祔于皇姑宜也毋弟號哭而爲之志毒痛憑塞略不能具敢告無愧辭無溢美庶用正直克安神心嗚呼至親（集作哀）無文至敬不飾故無其辭

亡妻弘農楊氏墓誌　前人

亡妻弘農楊氏諱某高祖皇司勳郎中諱元政司勳生殿中侍御史諱志玄殿中生醴泉縣尉諱成名醴泉生今禮部郎中凝世（集作代）濟仁孝號爲德門郎中娶于隴西李氏生夫人夫人生三年而皇妣即世外王父兼居方伯連帥之任歷剌南部夫人自幼及笄依于外族所以撫愛視遇者殆過厚焉夫人小心敬順居寵益畏終始無驕盈之色親黨難之五歲屬先妣之忌飯僧於仁祠就問其故保傅以告遂號泣不食每及是日必遑遑涕慕抱終身之戚焉及許嫁于我柔日既卜乃歸于柳氏恭惟府君重崇友道於郎中最深髫稚好言始終於善謂雖間在他國終無異辭

凡十有三歲而二姓克合奉初言也夫人既歸事太夫人備敬養之道敦睦夫黨致肅雍之美主中饋佐蒸嘗怵惕之儀（集作義）表于宗門太夫人嘗曰自吾得新婦增一孝女况又通家愛之如己子崔氏裴氏二姊視之如兄弟故二族之好異于他門然以素被足疾不良能（集作能良）行未三歲孕而不育厥疾增甚明年以謁醫救藥之便來歸女氏求寧里之私第八月一日甲子至于大病（集作疾）年始二十有三嗚呼痛哉以夫人之柔順淑茂宜延于上壽端明惠和宜齒于貴位生知孝愛之本宜承于餘慶是三者皆虛其應天可問乎衰門多釁上天無佑故自辛未逮于茲歲累服齊斬繼縗哀酷其間冠衣純采朞月者三而已矣無乃

以是累夫人之壽歟悼慟之懷曷月而已（集有已矣）哀夫遂以九月五日庚午克葬于萬年縣栖鳳原從先塋禮也是歲唐貞元十五年龍集己卯爲之誌云

坤德柔順婦道肅雍惟若人兮婉婉淑姿鏘翔兮容委窮塵兮佳城欝欝閉白日兮之死同穴歸此室兮

文苑英華卷第九百六十八

文苑英華卷第九百六十九　誌三十五

婦人七

先太夫河東縣太君盧氏歸祔誌　柳宗元

先夫人姓盧氏諱某世家涿郡壽止六十有八元和元年歲次丙戌五月十五日棄代于永州零陵佛寺明年某月

日安祔于京兆萬年栖鳳原先侍御史府君之墓其孤有罪銜哀待刑不得歸奉喪事以盡其志姪泊夫人兄之子弘禮承事焉嗚呼天乎太夫人有子不令而陷于大僇徙播癘土醫巫藥膳之不具以速天禍非天降之酷將不幸而有惡子以及是也今又（集作又今）無適主以葬天地有窮此冤無窮既舉葬綱循以不孝（集作肖）之辭擬述先德且志其酷焉嘗逮事伯舅聞其稱太夫人之行以教曰汝宜知之七歲通毛詩及劉氏列女傳斟酌而行不墜其有（集作止）汝宗大家也既事舅姑周睦姻族柳氏之孝仁益聞歲惡少食不自足而飽孤幼是良難也又嘗侍先君有聞如舅氏之謂且曰吾所讀舊史及諸子書夫人聞而盡知之無遺

者某始四歲居京城西□田廬中先君在吳家無書太夫人教古賦十四首皆(集注作日)諷誦之以詩禮圖史及剪刺縫結(集作剪製縫結)授諸女及長皆爲名婦先君之仕也伯母叔母姑姊妹子姪雖遠在數千里之外必奉迎以來太夫人之承之也尊已者敬之如臣事君下已者慈之如母畜子敵已者友之如兄弟無不得志者也諸姑之有歸必廢寢食禮既備常有勞疾先君將改葬王父母太夫人泣以涖事既具而大故及焉不得成禮既得命於朝祗奉教曰汝忘大事乎吾冢婦也今也宜老而唯是則不敢暇抑將任焉苟有日吾其行也及命爲邵州又喜曰吾頭得矣竟不至官而及於罪是歲之初天子加恩群臣以宗元任御史尚書

郎封太夫人河東縣太君八月會冊太上皇后于興慶宮禮無遺者既至永州又奉教曰汝唯不恭憲度既獲戾矣今將大儆于后以盖前惡敬懼而已苟能若是吾何恨哉明者不悼往事吾未嘗有慼慼也而卒以無孝道不能有報焉喪主子宗婦七歲而不果娶竄窮徼人多疾殃災(集作炎)暑熇蒸其下卑濕非所以養也診視無所問藥石無所求禱祠無所實蒼黃叫呼遂遘大罰天乎神乎其忍是乎而獨生者誰也爲禍爲逆又頑狠而不得死逾月逾時以至于(集于字作於)靈車遠去而身獨止玄堂暫開而目不見孤因窮縶魄逝心懷(一作壞)蒼天蒼天有如斯耶有如是耶而猶言猶食者何如人耶已矣已矣窮天下之聲無以舒其哀矣盡天下之辭無以傳其酷矣刻之堅石措之幽陰終天而止矣

伯祖妣趙郡李夫人墓誌銘　前人

夫人姓李氏辯族姓者曰趙郡贊皇之東祖祖某爲某官父沖爲單父尉夫人生於良族嶷然殊異及笄德克於容行踐於言高朗而不傷其柔嚴恪而不害其和特善女紅剪製之事又能爲雅琴秦聲操縵之具婦道既備宜爲君子之配偶焉我伯祖臨邛令府君諱某受夫人於李氏之廟而歸于正室臨邛府君之先曰我曾王父清池府君諱從裕清池之先曰徐州府君諱子夏又其先曰常侍府君諱楷常侍之兄曰中書令諱奭自中書以(集作已)上爲宰相

四世噫我伯祖以宗胄碩大而濟其德厚夫人以族屬清顯而修其禮範合二姓以承先祖爲士者榮之故佐奉養承祭祀婦德用光家道甚宜無何伯祖終于臨邛而窆焉夫人從子而返于淮濟嗚呼我先府君每得仕未嘗不奉迎供養必誠必親男既立必使之有禄仕女必使之有家將嫁已子必先擇良士可以配諸姑者定然後議焉仲父殿中侍御史府君由是志也夫人生男一人諱某不幸終於宜州族德尉女三人皆得良婿隴西李伯和爲楊子丞病痺廢痼而沒大原王紓今爲右補闕潁川陳萇爲校書郎渭南尉知名貞元十六年王氏始定省扶持自楊州至于京師道路遇疾遂館于陳氏以諸婿之良諸女之養無

不得意焉享年八十一是歲六月二十九日終于平康里自小歛至于大歛比及葬則二婿實叅主之有孫二人長曰曹郎奉之以縗而至于位八月二十四日葬於萬年縣之少陵原實栖鳳原介于我先府君仲父二兆之間神心之所安也嗚呼嗣子早夭臨卭萬里以歲之不易未克合祔哀孰甚焉諸姑命（柳州本作合）宗元（崇本無此二字）以爲斯志以從人之道内夫家外父母且又葬于我志于我故叙柳氏爲備銘曰

謁其芳壽且康大梁鶉火沉幽光夙淪夫子嗣又喪（平聲）蒲（集作輔）帷不復岷之陽兆靈趾棲鳳里艮之山兗之水靈之車當迈此子孫百代承靈祉誰之言者青烏子

海州刺史裴君夫人李氏墓誌銘　白居易

夫人贊皇縣君李氏趙郡高邑人也六代祖素立安南都護五代祖休烈趙州刺史高祖諱志遠天官侍郎曾祖諱侖國子司業祖諱承工部尚書湖南觀察使考諱藩門下侍郎同平章事贈戶部尚書夫人諱娀相國長女也適河東裴君克諒諒今爲海州刺史一子曰鐬左衛騎曹叅軍一女適隴西李遂遂爲壽州刺史叅軍由此而上得於國史家諜云夫人爲相門之女邦君之妻不以華貴驕人能用恭儉克已撫下若子敬夫如賓衣食之餘旁給五服親族之饑寒者又有餘散活（集作沾）先代僕使之老病者又有餘分施佛寺僧徒之不足者斁衣菲食服勤禮法禮法之外諷釋典持直言棲心空門等觀生死故治家之日欣然自適捐館之夕恬然如歸齊曆三年三月一日疾終于海州官第其歲十一月十四日歸祔于某所先塋享年五十有四夫人之從裴君也歷官九任凡三十一年族睦家肥輔佐之力也由此而上得於裴君狀云夫源遠者流長根深者枝茂噫李氏之世禄也德有所從來矧相國端方蕭雅孝友忠肅自從事彭城登庸宰府不以夷儉而遷其道宜乎居極位享賢名也夫人敬恭勤儉柔順慈惠自女於室歸於家不以初終而息其行宜乎啓封邑光德門也裴君脩文達政潔已愛人自佐邑從軍連牧二郡不以寒暑而易其心宜乎荷百禄號良二千石也嗚呼非此父不生

其（集作此）女非是夫不稱是妻斯所謂類以相從合而具美者也論譔表誌其可闕乎銘曰

高邑之祥降於李氏相門之慶鍾于女子女子有行歸老（集作我）裴君君亦良士宜賢夫人夫人雖歿風躅具存勒銘泉户作範閨門

賢妃京兆韋氏墓誌銘　前人

德宗聖文神武皇帝元妃韋氏諱某字某京兆人也曾祖某某官祖某某官父某某官妃即某官府君第某女也母曰朿穆公主元和四年四月某日妃薨于某所以某年四月某日詔塟于萬年縣上好里洪平原上悼焉哀榮之禮有以加等（集作焉）嗚呼惟韋氏代德宦業族系昏戚有國史

家諜存焉今奉詔但書地及時與妃之所以曰賢之義而已貞元中沙麓（集作鹿）上仙長秋虛位凡六御（集作十六未詳）九御之政多聽於妃妃先以釆蘩之職（集作成）奉於上故能叻霜露之感薦于九廟次以樛木之德逮于下故能分雲雨之澤洽于六宮其餘坐論婦道行賛内理服用必中度故組紃有常訓言動必中節故環佩有常聲二十七（集作七十二作）年禮無違者冊命曰賢不亦宜哉永貞中（集作貞元中非）號奉宮車誓留園寢麻衣告朔蓬首致哀執匪懈之心侍（集作視）奠於靈座脩無上之道薦福于崇陵殆茲歿身不衰其志故塋之日掌文之臣白居易得以無愧之詞誌于墓而銘曰

京兆阡兮洪平原兮歲巳丑兮日丁酉兮惟土田兮與時日龜兮蓍兮偕言吉峩峩新墳兮瘞者誰德宗皇帝帝賢妃

河南元府君夫人鄭氏墓誌銘　前人

有唐元和元年九月十六日故朝（集本文粹並作中）散大夫尚書比部郎中舒王府長史河南元府君諱寬夫人榮陽縣太君榮陽（二本無此二字）鄭氏年六十寢疾歿于萬年縣靖安里私第越明年二月十五日權祔于咸陽縣奉賢里洪瀆源從先姑之塋也夫人曾祖諱遠思官至鄭州刺史贈太常卿王父諱臨朝散夫人易州司馬父諱濟睦州刺史夫人即睦州次女也其出范陽盧氏外祖諱平子京兆府涇陽縣令夫人有四子二女長曰泝（集作沂）蔡州汝陽縣尉次曰秬京兆府萬年縣尉次曰積同州韓（蜀本作常非）城縣尉次曰稹河南府河南縣尉長女適吳郡陸翰為監察御史次為比丘尼曰（二本作名）真一二女不幸皆先夫人歿府君之為比部也夫人始封榮陽縣君從夫之（二本無之字下同）貴也積之為拾遺也夫人進封榮陽縣太君從子之貴也天下有五甲姓榮陽鄭氏居其一鄭之勳德官爵有國史在鄭之原泒婚姻（二本作源流婚媾）有家諜在比部府君世祿官政文行有故京兆尹鄭雲逵之誌在今所敘者但書夫人之事而已初夫人為女時事父母以孝聞友兄姊睦弟妹以悌聞餘自生知不因師訓其淑性有如此者夫人為婦時元氏世食貧然以豐絜家祠（二本作祀）傳為治訓（二字二本作貽燕之訓）夫人每及

時祭則終夜不寢煎如滌濯必躬親之雖隆暑沍（蜀作祈）寒之時而服勤親饋面無勞色其誠敬有如此者元氏鄭氏（四字集作元鄭）皆大族合而為親（二本無此二字）姻表滋盛（二本作多）凡中外吉凶之禮有疑議者皆質於夫人夫人從而酌之靡不中禮其明達有如此者夫人為母時府君既沒積與稹方齔家貧無師以受業夫人親執詩書誨而不倦四五年間二子皆以通經入仕積即（二本作既）第判入等授祕書省校書郎屬今天子始踐祚策三科以拔天下賢俊中第者凡十八人而稹冠其首焉由校書郎拜右（二本作左）拾遺不數月讜言直聲動于朝廷以是出為河南尉長女既適陸氏陸氏有舅姑多姻族於是以順奉上以惠逮下二紀而歿婦道

不衰内外六姻仰爲儀範非夫人恂恂孜孜善誘所至則曷能使子違於邪女宜其家哉其教誨有如此者旣而諸子雖逮事（二本作決仕）禄秩（集作稍）甚薄每至日（二本作月）給食時給衣皆始自孤弱者次及疎賤者由是未無常主廚無異膳親者悅疎者來故傭保乳母之類有凍餒垂白不忍去元氏之門者而況臧獲輩乎其仁愛有如此者自夫人毋其家殆二十五年專用訓誡除去鞭朴常以正顏色訓諸女諸（集無此字）婦其心兢兢戰戰（四字二本作戰戰兢兢）如履于氷常以正辭氣誡諸子諸（集無此字）孫諸子諸（集無此字）孫其心愧耻若撻于市由是納下於少過致家於大和俾僕終歲不聞忿爭童孺成人不識檟楚關門之内熙熙然如古時人也其慈訓有

如此者噫昔漆室緹縈之徒烈女也及爲婦則無聞伯宗梁鴻之妻哲婦也及爲母則無聞文伯孟氏之親賢母也爲女爲婦時亦無聞今夫人女美如此婦德又如此母儀又如此三者具美可以冠古今矣嗚呼惟夫人之道移於他則何用不臧乎若引而伸之可以肥一國焉則關雎鵲巢之化斯不遠矣若推而廣之可以肥天下焉則姜源文母之道（集作風）斯不遠矣豈止於訓四子以聖善化一家於仁厚者哉居易不佞辱以（集本文粹作與）夫人之幼子稹爲執友故聆夫人之美最熟稹泣血孺慕哀慟他人託爲譔述書於墓石斯古孝子顯父母之志也嗚呼斯文之作豈直爲（二本作告）是而已哉亦使（文粹作欲）百代之下聞夫人之風過（文粹作覩）夫人之墓者使悍妻和嚚母慈不逮之女順云爾銘曰

元和歲丁亥春咸陽道渭水濱云誰之墓鄭夫人

岐陽公主墓誌銘　杜牧

憲宗皇帝即位八年出嫡女冊封岐陽公主下嫁于今工部尚書判度支杜公悰始憲宗時宰相權德輿有婿獨孤郁爲翰林學士帝愛其材因命宰相曰我有（集無此字）嫡女旣笄可嫁德輿得婿獨孤郁我豈不得耶可求其比後丞相吉甫進言曰前所奉詔臣謹搜其人因名我烈祖司徒岐公曰有孫兒悰年始弱冠有德行文學秀朗嚴整臣嘗爲司徒吏熟其家事官族世婚胄尚守治臣一皆忖量（集作度）疑悰可以奉詔帝即召尚書見與語大悅授殿中少監服

章金紫以元和八年某月日主下嫁于杜氏上御正殿禮畢由西朝堂出節幡鼓鐸儀物畢備引就昌化里賜第上御延喜樓駐止主輪尚書及賓侍酒食金帛奏内樂降嬪御送行賜第堂有四廡繢椽藻櫨冊白其壁泒龍首水爲沼主外族因請頭以尚父汾陽王大通里亭沼爲主別館當其時隆貴顯榮莫與爲比主實憲宗皇帝嫡女穆宗皇帝母妹敬宗皇帝今天子親姑尚父汾陽王子儀外曾孫太皇太后始以正妃事憲宗以太后太皇太后愛（一作受）養三朝凡四十年德厚慈恕化充六宮主以一女之愛降于杜氏逮事舅姑杜氏大族其他宜爲婦禮者不翅數十人主卑委怡順奉上撫下終日惕惕屏息拜起一用（集作同）家

人禮度二十餘年人未嘗以絲髮間指爲貴驕始與尚書合謀曰上所賜奴婢卒不肯窮屈奏請納之上嘉嘆許可因錫其直悉自市寒賤可制指者自是閉門落然不聞人聲尚書讀書考今古治亂主職婦事承奉夫族時歲獻饋吉凶賻助必親自經手池塞館傍（直爾亙）閣毬場種樹不數十年縉紳間雜然稱尚書爲賢主婦尚書旋出爲澧州刺史主後爲尚書行郡縣聞主且至殺牛羊大爲數百人供具主從（集從字作至後）不二十人六七婢乘驢闒茸約所至不得肉食驛吏立門外皆飫食以返不數日（集有間字）聞于京師衆譁說以爲異事尚書在澧州三年主始入後出中間不識刺史廳屏尚書治澧州考理行爲天下第一後爲大司農

（集作徒非）京兆尹鳳翔節度使朝廷屈指比數以爲凡有中外重難非尚書不可主賢益彰雖至宮闈貴號亦加尊敬姑涼國太夫人寢疾比喪及葬主奉養蚤夜不解帶親自嘗藥粥飯（集作飲）不經心手一不以進旣而哭泣哀號感動他人尚書後爲忠武軍節度使所治許州創爲節度府五十年南迫於蔡屋室庳陋主居無正堂處東戹屋恬然六年許軍強雄且撐劘寇自始多用武臣治各出已部曲家人疵政胣（代爾反集作弛）法習爲循常有司用此（集無此字）比邊障遠地擲置不問民亦甘心尚書再治之老民相率兩走闕下遮丞相馬叩頭乞留請樹生祠及詔追去攀緣携扶哭於道路尚書治外主治內尚書所至必稱崱崱（士力切）爲名公僃

人主實有內助焉穆宗以太（集無太字）皇太后故（集作敬）主尤爲親信俯首益卑車服侍使愈自貶抑覲謁溫凊外口不言他事訖穆宗朝人不以親貴稱當貞元時德宗行姑息之政王武俊王士真張孝忠子聯爲國婿憲宗初寵于頔來朝以其子配以長女皆挾恩佩勢聚少俠狗馬爲事日遮（集無此字）截馳道縱擊平人豪取民物官不敢問戚里相尚不以爲窮（四字集作不以爲窮弱）自主降于尚書壁絕外之初怒中笑後皆敬畏累聖亦指示主德以誡警之至于今日（集作以）主尚書顯重於中外戚里亦皆自檢斂隨長短爲善於是舊俗滅不復有尚書自許本急追詔主有疾小愈強不肯留曰去朝興敬（集作慶是）宮縱死於道吾無恨以開成二年十一

月某日薨於汝州長橋驛亭（集作享）年若干上廢朝三日某年十二月某日主喪至京師比及葬兩宮弔問相繼於道開成三年某月日上御正殿詔丞相嗣復攝中書令正衙宣冊謚曰莊淑大長公主某年月日祔葬于萬年縣洪源鄉少陵原尚書先塋禮也生男二人長曰輔九年十歲次曰楊十始二歲女二人某於尚書爲從父弟得以實銘銘

曰

章武皇帝唐中興主刑于正妃教及嫡女婉婉帝子下嫁時賢影逐響答隨順纏綿杜氏大族枝蔓蟬聯上有舅姑高堂儼然螭綬龜章玉佩金軒養色悅意侍後承前人不我貴敬不（集作我敬）我虔始終盡禮大小周旋餘二十年誰興

聞言貴不召驕富不期侈具集作是此四者倏相首尾自古名士或泥於此孰謂帝子超脫擺棄婦職是勤夫言是指池荒館陊屏外不履淑德柔風天下傾耳宜乎壽考婦女婚子不錫全祉孰提神紀幽石有誌顯筆有史流于千祀

文苑英華卷第九百六十九

文苑英華卷第九百七十　墓表一

墓表

河南府法曹參軍張公墓表　獨孤及

有唐逸士吳郡張師冲和純粹辯博閎達卓犖好古儻蕩逸群官不近名唯代耕是媒（集作謀）貞不絕俗以忘機爲心秀才高第起家臨濮縣尉歷馮翊伊闕二縣主簿貞元元年拜監察御史御史中丞鄭旻（集作昊）之擁旄濟江辟爲從

事轉河南府法曹參軍凡歷官五政享年五十八忘懷樂道終始以之擭臂於壽（集作爵）祿聲利得喪虧盈之間如浮雲無心野鶴獨立形全神全身與化俱上元二年八月辛卯終于吳郡私第其孤惟儉惟靜能稟慕訓蒻歲皆精左氏穀梁春秋藐爾在疚眾丁何怙季弟秘書省正字曰從申廼茹天倫之哀謀及卜筮以是歲九月二十八日權窆于虎丘山之西原禮也初公祖揖之隋大業中進士甲科位至御史尚書水部郎揖之生烈考法（集作法）以碩學麗藻名動京師亦舉進士自監察御史爲會稽令文雅之慶施於（集作于）後昆故擢秀才而衣繡衣者及公三葉君子以爲榮少好學（集無此字）黃老且脩禪慧晚節傳（集作持）六經微言以遺

三子三聖之學不墜於地君子以爲博恢諧不羈頡頏傲世視軒冕纓紱無非（二字集作如）塵埃必也臨事能斷義形於色推賢達善不進不止君子以爲達當伊川啓戎歷陽爲魚公力窘身陷者至於再涵泳沸咢厲揭橫流而跡無緇磷憂患不能及君子以爲智宜享黃髮而升青雲天乎降凶殲我仁人嗚呼先王往無返期談藪清風詞林逸韻墨池眞草三事永絕凡今友朋可勝慟（集作痛）乎恐後代丘壠將平川澤相失求遺跡者莫知德音之所始乃志之以石永爲靈表

朝散大夫潁川郡長史贈秘書監河南獨孤墓表　前人

公諱某其先劉氏出自漢世祖光武皇帝之裔世祖生沛獻王輔輔生釐釐生定定生節節生丐丐生長子廣嗣王位少（集作火）子廣仕漢爲洛陽令廣生穆穆生進伯爲度遼將軍擊匈奴兵少援不至戰敗爲單于所獲遷居獨孤山下生尸利單于加以谷蠡王之位號獨孤部尸利生烏和烏和生二子長曰去卑爲右賢王建安中獻帝自長安東歸有李傕郭汜之亂左賢王率其部衛車駕還洛陽（集無陽字）遂徙遷（集無遷字）許後（集作復）歸國卒次弟猛代立生富（集作副下同）論富論生路孤路孤生眷眷生羅辰從魏孝文帝遷都洛陽爲司州洛陽人始以獨孤（二字集作其）部爲氏氏用勳伐賜爵永安公位征東將軍定州刺史征東生萬齡官至廷尉

諡曰貞廷尉生稽字延平後魏左右射學窮金匱之奧魏世祖初從平滑臺以功授散騎常侍歷守冀定相三州時新定律令慎選廷尉徵公拜焉再世爲法官俱以無平不苛顯名當時榮之加鎮東將軍薨諡曰文鎮東生歸辯聰而才又爲鎮東薨贈太尉太尉生冀希顏以博學侍講東宮歷安南將軍定州刺史贈司徒司徒生永業以文武爲備佐齊王集作王入洛定鄴都督幽洛二州由行臺尚書令升司徒封臨川郡王語在齊史臨川王生子佳在齊爲勁武集作將將軍在周爲儀同三司在隋守懷朔集作清遠鎮握節死難贈并州刺史并州生義順武德中歷戶集作民部侍郎尚書左丞光祿大夫封洛南郡公生左千牛備身諱元慶公

之祖也千牛生朝散大夫定州長史諱思陳公之禰集作父也二十三葉之德善鍾其仁集作人於公公剛方無清貞信弘寬德充集作厚性和與四時氣侔非天下直道不行非先王之法言未嘗言當出處去就之間非抑與不苟求與朋友交非同道不苟合至若集無若字守王事臨大節非其正雖臨以大兵不懼恪德危行居易中立不可得而親不可得而踈讀書觀忠孝大略不探賾索隱五字集作不索隱賾屬詞止乎禮義不主集作止詠情性而已太極元年詔舉文可以經邦國者宣勞使源乾曜以公充賦時對策者數百人公與滎陽鄭少微特冠科首起家拜同州郃陽縣尉歲滿授好畤縣尉開元十四年玄宗初發封太山注意二千石令長以

煦嫗下民授公益州溫江令公治縣如治家明不至察威不至猛去煩苛徽纏之政施循心信禮刑以訓齊之溫江人歆公之風化逋者復疲者悅善者勸而不善者知耻益州刺史張敬忠以狀聞詔授監察御史轉殿中侍御史會權臣惡直斥去不附己者貶公盧州長史明年惡直者罷位公稍移武功令未到官病免二十三年除寧州司馬二十八年遷潁州郡長史初公爲御史嘗以直忤吏部侍郎李林甫至是林甫當國常欲騁憾於我而五府三署每有高選群公皆昌言稱公全才且各以臧文竊位自引由是咎然十年再選不離郡佐或勸公卑其道可以取容於世公曰可卑非道也屈伸天也非人也人如予何天寶元年

加朝散大夫二年二月七日寢疾終于位春秋五十七位不尊壽不遐志不行善不報與集作其直虛語守道者相弔以爲痛是歲八月殯于郡東至德二年歲次癸酉按通鑑目錄當作丁酉十月十四日權遷窆于洛陽龍門山西岡大曆四年五月十二日詔贈祕書監命卿之位錫於身後嗚呼哀哉夫人河南洛陽人也薛國長孫公覽之玄孫咸陽丞諱瑱集作頊府君之女右集作左金吾將軍諱子哲府君之妹稟天元和生知孝慈含德之厚與坤體合執笄助祭四十餘載人莫見夫人喜怒之容躬勤集作歎非順承動合集作叶禮經宗族以睦長幼以叙無言無爲化成于家公之加命服也夫人封雍集作封丘縣君氾等既孤夫人秉采蘋之度修釋氏

教授正觀法于長者比丘尼(六字集作於長老比丘)上方服勤一年得四念處三昧視去諸結猶棄涕唾至德二年隨予東征明年歲在甲戌(集作戊戌)七月二(集作此二)十四日終于會稽享年六十有四八月某日權殯于雷門之南泥巨及正等遵天不弔無怙無恃以世故坎壈不克遷祔者十一年矣歆報顧復天胡有極今年問宅兆于前都水使者張係係卜井泉東伊水西井泉鄉之原吉謹以歲次己酉秋七月壬午遷公夫人靈坐合安厝于此原猶懼人世陵谷(集作陵谷世人)之不我期也故不敢不志拔(集作收)血勒石以遺後嗣

著作郎贈祕書少監權君墓表　李華

君姓權氏諱皐字士繇天水人符秦尚書僕射之後世爲著姓祖某某官父某某官咸有令德君既冠進士及第試臨清尉時節將(三字浙本文粹作特節)燕本道使籍君高名表爲薊縣尉充判官無何主將以逆節露君乃詐死使(一作棣)親涉江既免禍累知幾其神先帝聞而歎之除評事御史方議大用屬太夫人病危將侍奉憂勞因中痼疾無何太夫人終君泣血三年厥疾用加外(一作假)除遷起居舍人著作郎大曆元年四月某日不幸逝于冊徙因殯焉享齡四十二嗚呼識者慟哭聞者痛心君有大節不可奪大名不可掩大才不可及大行不可名天與之仁不與之年哀哉自開元天寶以來高名下位華方疾不能備衆然所億者曰河南元君德秀元終十年而南陽張君有畧張沒二年而君

夭君(一作元是)之志如其道德張之行如其經術君之才如其聲望其人淪其瘁乎(六字一作人倫其瘁)公素與呂黎韓幼深京兆王鎮卿洎華友善韓評君曰可以爲宰輔王評君曰可以爲師保華評君曰可以分天下之善惡一人而已矣夫人隴西李氏仁賢有一子某生七年矣哀禮成人嗚呼有後哉朝廷贈君以祕書少監悼賢也華因病風扶曳(浙本文粹作曳杖)而往哭之嘗聞師乙之言溫良而能斷者宜歌齊權君可爲(一作謂)溫良而能斷者也故爲齊風表君之墓云忠於其(一作而)國孝於其(一作而)家潔而不滓瑜而不瑕仁胡不壽爲善者何君不幸耶時不幸耶

外王父贈祕書少監東平吳公神道表銘　梁肅

公之先出自姜姓太公之胤也唐虞之際佐治洪水有功以能爲禹股肱心膂命曰有呂氏洎太公誓蒼雉(集作矩)平商牧桓公責包茅匡周道傳國七百列于春秋漢興以勳戚在侯服者二十人臨泗侯之孫通封于東平其後國涂爲郡著族元魏末有汶陽公思禮者扶翼周文開霸關右歷行臺右丞兵部尚書時魏分爲西東中夏擁隔遂居于河東今爲蒲人也從尚書四葉生璉皇朝晉陽令贈郴州刺史郴州之嗣曰仁誨以文學稱以從父兄太一俱用射策科太一歷御史尚書郎中書舍人戶部侍郎右庶子仁誨由成王文學轉岐王府屬累遷右庶子金吾中郎將資州刺史除許州未拜而薨以(集無此二字)孝行聞仕至太僕丞

加朝散大夫太僕生公公諱某字某少淳茂有志行居太僕府君憂泣血三年鄉黨稱之制終治古文尚書左氏春秋二十舉孝廉補博昌主簿歷任營丘文安二丞宣勞使以清白薦試守洛水令公爲政務仁恕去苛察容化旁流邑中移風再歲正除加朝散大夫公性簡退不以善自名且不樂爲吏秩未滿移疾罷去居于濟源王屋山之陽常言君子之道不從俗不離群幼安抗跡而傲世慈明濡足以救民曷若中行以全吾真由是逍遥樂道以漆園鶡冠之言爲師時閱歷代史究興敗治亂之端參以立身行道之義著書十餘卷（集作篇）號續呂氏春秋草藁未就屬寢疾捐館享年若干時開光二十五年也永泰中嗣子某位朝散大夫右賛善兼陳州刺史尋遷檢校秘書少監兼徐州別駕因詣闕拜章乞廻所授賜命于先人詔追贈公太子中允謝恩之際又以公所著書上聞遂改贈秘書少監後十有三載歲在某辰某月日龜著襲吉始安宅于某鄉里之原江夏郡夫人黄氏祔焉夫人漢太尉琬之裔孫皇朝大將軍淮州都督虢國公君漢之孫沂王府長史虢國公承源之女洪州刺史京兆常同之甥有温仁孝愛之德勸義垂訓之美後公七歲而終公之追命于是有江夏之贈嗣子秘書痛先君先夫人厭世寖遠音徽將昧常欲立貞石傳德風蓄誠未申先是祖謝小子弃拜受命於太夫人且成伯男（集作陽）之志恭論外祖之烈以示後嗣楊惲傳太

史之書又慚庸陋藉康感中軍之愛空想生平道（道字集作遺）塵在茲乎（集作于）以表墓文曰

赫赫有呂肇縣于姜既協大禹亦亮武王營丘門地東平傳嗣書之勲册（集作尚書之勲）有焯名位中郎伯仲允迪斯（集作思）貴寔生秘書含道蘊粹仁爲己任孝亦天至論經（一作漸）八覽文參六義三邑之佐清恭廉貞鳴絃作宰休有清聲退謀於道爰晦其明體順（集作柔）保和遺榮（集作身）入賓春闈中允蓬山二職運往時來退榮隱德（集作守黑）振彼（集作德振）江夏光敷内則不及象服空垂燕翼太行之右清濟之北外孫紀辭以志兆域

殿中侍御史柳公墓表　柳宗元

唐貞元十二年十二月庚寅葬我殿中侍御史河東柳公於萬年縣之少陵原公諱某字某邑居於虞鄉曾王父某官王父某官皇考某官奕世餘慶蓄而未施濟德流祉其後宜大秀而不實爲善者惑嗚呼哀哉惟公敦柔峻清恪慎端莊進止威儀動有恒常（一作度）英風超倫孤厲貞方居室孝弟與人信讓當職強毅遊外立斷自少耽學頗工爲文既窮日力又繼以夜鄉里擇推敦迫上道乃與計偕來遊京師親（集作觀）藝靈臺貢文有司射策合程遂冠首科休有令問群士羡慕居數年授河南府文學教勵生徒選擇貢士儒黨相賀庶人觀禮秩滿渭北節度延爲參佐總齊軍政甚獲能稱加太常寺協律郎既喪主帥罷歸私室方

將朓遺紛埃退與道俱冲漠保神陵衆肆儒四方聞風交馳鵠書載筆乘軺乃作叅謀出入朔方陪佐戎車遷大理評事又加章綬朱裳銀印宗黨有榷權略客勿潛機理(集作理)照完彼亭堡時其講教實從我謀鄰國是做改度支判官轉大理寺司直出納府庫頒給軍食下無橫斂黔首休息月校歲會莫不如畫單(集作軍)豐財羨制成計得又遷殿中侍御史度支營田副使分閫之寄叅制其半柔以仁撫剛以義斷戎臣坐嘯公堂無事朝端延首方待以位既而祿不及伐氷政不獲專達以其年正月九日遇疾終于(集作於)私館享年五十嗚呼痛哉奔驥騁力中途蹶足高鴻輕舉在雲墜翼凡我所知哀痛無極本道節度尚書朔寧王

張公霞悼涕慕不任于懷賜遣牙將試殿中監李輔忠監備凶禮賵賻甚厚行軍司馬侍御史韋中規等匍匐救助事用無闕卅旐素車歸于上京撰期定宅莫有愆素故友諸生宗人外姻號慟會葬哀禮咸申克窆玄堂掩坎廣輪顧盻無依徘徊增戶廟勤休聲延垂後賢於是汝南月君(集作公)相巢等相與琢石書德用圖不朽文曰

抱元淳稟粹和既強毅又柔嘉登儀曹耀文章司學徒儒風揚自渭北來朔方戎政開黔首康冠惠文垂朱裳才不施天茫茫刋樂石篆遺芳(集作德)延休烈垂憲則於萬年長無極

弘農令柳府君墳前石表辭　前人

少陵原柳氏之大墓唐貞元十九年某月日孤某奉其先府君洎夫人之喪祔于其位由新墓而南若干步曰高祖王父蘭州府君諱某字某之墓又東若干步曰曾祖王父邠州府君諱某之墓西若干步曰祖王父司議郎府君諱某之墓咸異兆而相望祐穆之有位序壞樹之有豐殺皆如律令府君諱曰(集無曰字下同)某字曰某由父任爲太廟齋郎更許昌陽武伊闕華原尉王屋丞汝陰令爲弘農二年推其誠格于其人闢土生穀若有天相之道衣食給足故人不札夭教厲明其故倍不爭奪遂以洽于太和事理克彰刺史盧杞加禮褒旌考績絶尤推君之政風于下邑命爲吏部尚書郎庚河南授命黜陟狀君理績殊異宜升天朝

帝有歎焉方圖優异命用不長年五十五建中二年某月日卒于官以其素薦家之蓄不足以充凶事遂殯于是邑仍會危難至于今乃克返葬孤某常爲黔州錄事叅軍今無祿仕而(集有志字)不敢緩初君娶司農少卿京兆常山之子(集作孫)涇陽主簿廻智之女德容溫良大曆二年某月日卒于越而假葬焉孤某徒行自越舉天人之喪至於兆舉弘農君之喪咸至於墓窆焉既窆立石表於壙(集作墳)前示後之人以無忘孝敬嗚呼世有難仕于外而葬其族者希矣孝子之心有待駟馬五鼎而卒不至者爲若今之殺衣黜食寒妻子饑僕御終身由之而不忘盍不憐爲旅人徒跣萬里以厄困終事孝之難者歟五丁而慕者舜也祿三(集無此字)

千鍾而悲者曾子也聖　其賢難之君是今之人有由其道者待不立於世乎

給事中皇太子侍讀陸文通先生墓表　前人

孔子作春秋千五百年以名爲傳者五家今用其三焉秉觚牘焦思慮以爲論註疏說者百千人矣攻訐很怒以辭氣相擊排冐沒者其爲書處則充棟宇出則汗牛馬或合而隱或乖而顯後之學者窮老盡氣左視右顧莫得而本則專其所學以訾其所異黨枯竹護朽骨以至於父子反集作儁夷君臣詆悖者前世多有之甚矣聖人之難知也有吾郡人陸先生質與其師友天水啖助洎趙匡能知聖人之旨故春秋之言及是而光明使庸人小童皆可積學以

入聖人之道傳聖人之教是其德豈不侈大矣哉先生字其既讀書得制作之本而獲其師友於是合今古散同異聯之以言累之以文蓋講道者二十年書而志之者十餘年其事大備爲春秋集註十篇辯疑七篇微旨二篇明章大中發露公器其道以生人爲主以堯舜爲的苞羅旁魄膠轕下上而不出於正其法以文武爲首以周公爲翼揖讓升降好惡喜怒而不過乎物既成以授世之聰明之士使陳而明之故其書出焉而先生爲巨儒用是爲天子爭臣尚書郎國子博士給事中皇太子侍讀皆得其道剌二州守一本無此字人知仁一本作化未貞年侍東宮言其所學爲古君臣圖以獻而道達乎上是歲嗣天子踐祚而理尊優師

儒先生以疾聞臨問加禮某月日終于京師某月某日葬于某郡某里嗚呼先生道之存也以書不及施於政道之行也以言不及繩集作覩其理門人世儒是以增痛動將葬以先生爲能文聖人之書通于後世遂相與諡曰文通後先生集作先作後若干祀有學其書者過其墓哀其道之所由乃作石以表謁一本無謁字

文苑英華卷第九百七十　終

文苑英華卷第九百七十一　行狀一

行狀

中書令汾陰公薛振行狀一首
左武衛將軍成安子崔獻行狀一首
常州刺史平原郡開國公行狀一首

中書令汾陰公薛振行狀　楊炯

高祖德魏給事中黃門侍郎御史中尉散騎常侍直閤輔國二將軍齊州刺史贈車騎將軍儀同三司華州刺史謚曰簡懿曾祖孝通魏中書黃門二侍郎銀青光祿大夫散騎常侍關西道大行臺右丞常山太守汾陰侯贈車騎將軍儀同三司齊鄭二州刺史祖道衡齊中書黃門二侍郎

隋吏部內史二侍郎上開府儀同三司陵邛潘襄四州刺史襄州總管司隸大夫皇朝贈上開府臨河縣開國公父收皇朝上開府燕陝東道大行臺金部郎中天策上將軍府記室參軍文學館學士上柱國汾陰縣開國男贈定州刺史太常寺卿謚曰獻河東郡汾陰縣薛振年六十二字元超狀昔者唐堯之協和萬邦也有若四嶽之敬順昊天曆象日月虞舜之愼徽五典也有若八元之忠肅恭懿宣慈惠和夏禹之分別九州也有若咎繇之謨明弼諧允廸厥德殷湯之南征北怨也有若伊尹之格于皇天姬文之受命作周也有若虢叔之聞于上帝自唐虞而列考及秦漢而無譏元首必藉於股肱方隆太平之化賢者必待於

明主克致崇高之業若夫驂駕六龍驅馳七聖斟酌元氣財成天道者其惟聖人乎弘闡大猷發揮神化匡正八極阜成兆人其惟良宰乎我大唐之建國也粤若神堯明揚側陋文王叶于朕卜迎太公於渭水高宗求于朕夢得良弼於傅巖若歲大旱以爲霖雨若濟巨川以爲舟楫者也公含天地之間氣依日月之末光能備九德兼資百行探賾索隱極深研幾齠齡（集作髫齔）之際羞言霸道詞賦之間已成王佐年十六歲襲爵汾陰男十一太宗召見勑弘文舘讀書十六爲神堯皇帝挽郎十九尚和靜縣主高宗升（集作建）儲之日也勑公爲太子通事舍人二十二除太子舍人高宗踐位詔遷朝散大夫守給事中年二十六尋拜中書舍

人弘文舘學士三十二丁太夫人憂去職起爲黃門侍郎固辭不許脩東殿新書畢進爵爲侯公毀瘠過禮多不視事出爲饒州刺史上憂公微爲右成（集有武字）務四十後爲東臺侍郎是歲也

放李義府于邛笮舊制流人禁乘馬公爲之言左遷簡州刺史歲餘上官儀伏誅坐詞翰（集作翰墨）往來徙居越巂五十三赦還拜正諫大夫五十四遷中書侍郎尋同中書門下三品兼檢太子左庶子五十九遷中書令車駕幸洛陽詔公兼戶部尚書與皇太子居守俄以風疾不視事高宗崩興疾往神都抗表辭位至於再至於三詔加金紫光祿大夫仍聽致仕以光宅元年季冬旁死魄薨於洛陽豊財里

之私第嗚呼哀哉公地藉膏腴姻連戚里鼎湖長往拜卿
子而爲郎金牓洞開徵列（集作封）侯而尚主遂乃彈冠筮仕
策名委質叩天門於晝閼攀鳳翼於紫林（集作宸）凡升右轄
者一年居外臺（集作轄）者兩部（集作月）四遷門下三入中書用
能燮理我陰陽經緯我天地鹽梅我實鼎梁（一作樑）棟我宸
極理百官而察萬人平邦國而和上下借如風后天老左
右軒皇蕭何曹參謀猷漢室未有一心事主四十餘年參
兩宮而出入歷三臺而陟降合其道也大壑縱其鯤鵬遇
其時也名山出其雲雨功成輔弼德邁幾深星象不僭方
踐中台之位山川並走竟遊東岱之魂天不憖遺民將安
仰越翼日詔贈光禄大夫使持節都督秦成武渭四州諸

軍事秦州刺史餘如故賜物四百段米粟四百石東園祕
器凶事給儀仗至墓所往還司賓卿監護璽書弔祭別降
中使賜歛衣一襲雜物百段又詔陪葬乾陵依故事也公
襲封之年也受左傳於同郡韓文汪至天王狩河陽乃廢
書而歎曰周朝豈無良相何得以臣召君文汪異焉神堯
皇帝婕妤河東郡夫人公之姑也每侍高祖（集作宗）詞翰高
祖（集作宗）嘗顧曰不見婕妤經數日便謂社稷不安其見重
如此上幸温泉射猛獸公奏疏極諫上深納焉後因閑居
謂公曰我昔在春宮與卿俱少壯光陰倏忽已三十年往
日賢（集作忠）臣良將索然俱盡我與卿白首相見卿歷觀書
傳君臣共終白首者幾人我觀卿大憐我我亦記卿深公

感噎稽首謝曰先臣早參麾蓋文帝委之以心膂臣又多
幸天皇任之以股肱誓期殺身報國致一人於堯舜伏願
天皇遵黃老之術養生衛壽則天下幸甚賜金二百鎰公
有事君之節也不亦忠乎每讀孝子忠臣傳未嘗不慷慨
流涕以爲帝舜非孝子朱虛（集作雲）非忠臣客有識之者公
曰寧有揚君父之過而稱忠孝哉大夫人薨公每哭嘔血
杖而後起上見公柴毀泣曰朕遂不識卿卿事朕君父一
致遂至於滅性可謂孝乎中書省有一磐石隋內史府君
常踞而草詔及公揮翰躍鱗每見此石未嘗不泫然流涕
公有至性（集作立身）之道也不亦孝乎其年脩晉史筆削之美
爲當時最孝敬崩詔公爲哀冊上（集有行字）幸九成宮勑皇太

子赴行在所置酒別殿享王公以下時太子英王侍皇帝
酒酒酣（集英王皇帝作太子侍酒并是）公獻壽曰天皇合易象乾將三男
震坎艮今日是也上大悅百官舞蹈稱萬歲賜雜物百段
銀鏤鍾一枚吐蕃不庭詔英王爲元帥總戎西討公賦西
征詩一首上稱善嗟嘆者久之因代英王（集作公）屬和御筆
繕寫朝以爲榮公有屬詞之美也不亦文乎黃門侍郎上
疏薦高智周任希古郭正一王義方顧徹（集作滔）孟利貞等
後皆有重名歷登清貫及爲左庶子又表鄭祖玄沈伯儀
賀覬（集作嵗）鄧玄挺（集作晃）顏強學崔融等十人爲學士天下
服其知人公爲右成務獻封禪書及平夷策上深納焉或
有抵罪者同類數百經赦令獄官評經（集作連）年不決竟以

死論公上疏陳其濫詔百寮廷議獄官及諸宰臣未有所
決公酬對如響衆咸服焉上歎息曰幾令我殺無辜之人
百寮莫不震懼後集作又上疏陳請備塞垣未幾而匈奴背
誕公有神通之鑒也不亦明乎儀表魁傑鬢眉若畫身長
七尺四寸望之儼然喜慍不形於色雖至於近習左右胥
徒僕妾莫不待之以禮公有行已之方也不亦恭乎在集作
牧饒州六年以仁明馭下鄱陽北岡上忽生芝草一株郡
人以爲善政所感共起一舍號曰芝亭因立碑頌德公有
馭人之術也不亦惠乎在邛都十餘載沉研易象韋編三
絕賤詩縱酒以樂當年有醉後集三卷行於世集作代公有
安和集作徘之德也不亦康乎上初覽萬機公上疏論社稷

安危君臣得失上大驚即日召見不覺膝之前席歎曰覽
卿疏若暗室而照天光臨明鏡而覩萬象此後寵遇日隆
每軍國大事必參謀帷幄在中書獨掌機務者五年出納
帝命口占數百上曰使卿長在中書一夔足矣大駕東巡
詔公驂乘上曰朕之晉卿若去一目若斷一臂關西事重
一以委卿因賜物百段公有社稷之勳也不亦重集作盛乎
若夫有官功者賜其官族有大行者受其大名公叔列國
之陪臣猶安社稷黔婁匹夫之介節不忘仁義古今以爲
通訓書籍以爲美談況乎輔佐明主集作君寧濟天下生死
無二始終若一業高於六相道貫於五臣其生也榮同心
比於周邵其死也哀陪葬均於集作乎衛霍豈使易名之典

不及於會同賜謚之文不傳於終古門生故吏願述德音
博士禮官佇聞清議足則懸鍾之策降於皇魏之年王導
之疏寢於中興之日謹狀垂拱元年四月四日故中書令
汾陽公府功曹姓名謹狀二字集作上　文昌臺考功竊聞生爲
貴臣車服昭其令德死而不朽謚號光其大名今謹按故
府主中書令汾陰公贈秦州都督薛元超以王佐之才逢
太平之會集作運撫綏萬國康濟兆人力牧輔軒皇未爲盡
善皋陶佐大禹猶有慚德名遂身退生榮死哀羽父之請
魯君抑惟舊典衛侯之謚文子庶幾前列謹上

左武衛將軍成安子崔獻行狀　前人

祖弘壽隋襲嘉樂縣開國侯父萬善皇朝左監門將軍持

節隆州諸軍事守隆州刺史按唐世系表弘壽左監軍襲嘉男萬善閬州刺史上
護軍安縣開國男謚曰信郡縣鄉里崔獻獻字表作文　年六十
七矣推其天命南端上將之文考其地靈北極崆峒之武
厭次有東方曼倩卓集作早　達於孫吳瑯琊有諸葛孔明深
期於管樂貞觀九年起家太穆皇后挽郎十六年授營州
都督府參軍事燕齊遼遠所以分置營州天子命我以參
卿軍事太宗文武聖皇帝把金鉞動璇璣發四方集作西上之
人爰整其旅問東夷之罪恭行天罰公自家刑國資父事
君樂王粲之神武棄班超之筆硯一鼓作氣方輕肉食之
謀七旬舞干始受昌言之拜二十三年遷除王府西閣祭
酒梁王武者漢皇之少子廣東苑屬平臺則司馬相如所

以騁其詞賦陳思王植者魏國之天人遊西園擁飛盖則邯鄲子淑所以爲其賓友永徽六年授晉州司士龍朔三年遷岐州司户剪桐垂棘珪璧相輝紫鳳寶鷄休祥狎至從乾值巽之風土被山帶河之國邑邦君坐嘯方推太守之名鄰國從遊始屈陪臣之禮尋丁外憂三年泣血一慟能使禽獸莫觸其松栢神仙每留其玉石春秋忽變有君子之終身金華不辭達賢人之俯就麟德元年有詔起公爲左威衛脩仁府左果毅都尉仍命羽林軍長上乘輿歷日月步山川詳盐地之圖書聽干雲之律呂長城十角盡入隄封高闕三襲並爲州縣於是九姓抗表請築安北府城詔公馳驛許以便宜從事則榮奉中旨計日期還親降

鑾輿待於故都樓上雖復東西萬里張傳望之尋河裴千金陸大夫之使越猶未聞降星蹕廻帝車擬於陶侃扣天門之八襲方於魯陽晉白日於三舍若夫類上帝偏群神則孔宣父之所刊者五年一狩登泰山禪梁甫則管夷吾之所識者十有二君秦皇致風雨之迷魏后積貂羊之耻夫名山之所望非我后而誰哉是以馭蒼龍控玉集作輦鳳陰陽不測發揮於作樂之文天地無私揖讓於升中之禮公受陪祠汶上扈蹕梁陰列藩衛於環星受嘉名於捧日與夫茂陵之下獨留符命之書河洛之間不覩漢家之事豈同年而語也朝鮮舊壤歌集作歌箕子之風謠斗骨危城屬阿孫之背誕地惟孤竹不聞譙讓之名親則同株曾

無急難之意特進全唐書作泉男生以蕭墻構釁蔓草方滋欲去危而就安思轉禍而爲福請歸有道所向集作使者相望天皇慭一物之推清詔公於國城内迎接先之以造化之大示之以雷霆之威受其壁焚其櫬更徵侍子來朝京闕亦循酈生憑軾入齊國而下其城賈誼上書伏匈奴而答其背乾元元年詔遷遊騎將軍左威衛義陽府折衝都尉仍加上柱國右羽林軍長上如故是歲也太子太師英國公登壇以集作而拜鑾門而出紫泥明詔不入於三軍之中黄石奇兵自行於九天之外山林爲室不能有藩籬之險魚鼈成橋不能有逃亡之路詔公出使預參帷幄進奇策納嘉謀攘無臂而執無兵戰必勝而攻必取斬大風之翼霧

卷青丘卧長鯨之鱗煙銷碧海二年以平夷功詔除定遠將軍右武衛中郎將檢校左羽林軍總章二年詔遷宣威將軍守左武衛將軍校校右羽林集無此句襲封成安男咸亨二年進爵爲子尋奉別勅檢校右羽林軍餘如故太夫人以桑榆晚節霧露沉痾減年歲之扶危受皇天之集作星辰而賜藥屢陳表疏方請告歸頻降絲綸未蒙優許則知忠臣奉上多從孝子之門受命臨戎始見忘家之事潘安仁之豈弟始奉輕軒張景亂之純深終悲畫扇儀鳳三年以内憂解職尋降詔起復本官四年加雲麾將軍正除左武衛將軍檢校右羽林軍如故王人奪服縗閈趨燕之喪明主相憂獨訏何曾之毀且割哀而從禮將以義而斷恩受軍

麾命服之數，掌期門佽飛之職。以漢宮清署忽照邊烽，秦塞長城遂聞胡馬。匈奴未滅，霍去病是以（集作所）辭家；天子動容，周亞夫於焉不拜。調露元年，詔公龍門鎮守燕於莫州防捍。飲水受命，倍道兼行，鞍甲成勞，晦明為疾。璽書降下（集作問），即日追還。中使接跡於家庭，尚藥綢繆於錫賚。人生詎幾，神道何知，仰觀於天，值三軍之星落；俯察於地，逢五將之山崩。詔書來北斗之門，圖像在南宮之壁。以三年秋七月薨於紫桂宮右羽林軍之官第。詔賜御食并錦被一張，常服一襲，雜彩百五十段，贈物一百段，粟一百石。勅書弔贈，禮越常班；喪葬（集作用）所資，數優恒典。琳琅觸目，日月在懷。陶謙則戟引幡旗，賈逵則常陳部伍。閭門有德，歡

若友朋；事君無隱，心如鐵石。至如出車授鉞，東征西討，孤壘向背，則雖女子之衆，可以當於丈夫；前後折旋，則雖婦人之兵，可以陷於湯火。兔起而鳧舉，龍騰而鳳飛，無戰不平，無城不尅。有如馮異，羞言大樹之功；宛（集作或）似魯連，不受黃金之賞。太平之事業行矣，人主之恩榮備矣。山河之寵，乂預同盟；社稷之臣，俄悲輟祭。聖君興悼，憚列辟相趨。覩高屋而歡良弓，聞鼓鼙而思將帥。宏圖秘畧，實無得而稱焉。追遠飾終，請有揚其名者。謹狀。永隆二年正月十一日，故左武衞將軍成安子府功曹某上尚書省考功。名也者，功之表也；謚也者，行之跡也。公叔文子魯辱四隣之交，黔婁先生有餘天下之貴。謹按故府主左武衞將軍上柱

國成安子崔獻，誕靈辰昴，降德山河。漢陽閽忠，許有良平之策；潁川徐庶，知其管樂之才。生覩太平，仕逢明主。秋風金鼓，有司馬之論兵；吉日壇場，有將軍之拜職。任重而道遠，功成而退菴息。百夫之特，彼蒼者天；相如千載之人，猶有氣象（集作生氣是）。珠襦玉匣，禮備於喪終；筮短龜長，事（集作舊）從於先見（集作遠）。易名之道，蓋取之於舊儀；累德之文，敢（一作必）希（集作望）之於執事。謹狀。

常州刺史平原郡開國公行狀　王勃

某州縣洪飈未翔，靈鳳垂翼；景雲不燭，神龍宛頸。豈非時不可以苟遇，道不可以匿行。聖人作而萬物覩，神功資而百寶用（集作興）。是以山川倒徙，太階懷息亂之臣；天地搆華（疑譌 華）

元首佇康時之具，則有得其數者，於平原公見之矣。自星虹沓祉，開寶曆於軒圖；雷電窈冥，載休徵（疑作徵）於魯。識龍驤鳳起，霸公存玉壘之雲；紫蓋黃旌（疑作旗），王迹著金陵之野。故得卿才表秀，疊彩騈蹤；乾蓋朱幡，連州比郡。公侯必復，子孫承百代之基；餘慶不忘，仁義應千齡之運。公昌門疏照，穴岫翔輝，分嶽秀於樊侯，稟辰精於傅說。折旋儒館，以六藝為笙簧；軒翥翰林，用兩京為鼓吹。經邦化俗，涉游夏之門庭；臧竈庵兵，得孫吳之閫奧（一作域）。皇天眷命，聖武膺圖，覩物懷人，思功去罪。衆中有事，曹參希執帛之榮；閫外多虞，周緤企中軍（一作涓）之寵。見危授命，藏器及時，攀鳳羽於九霄，候龍顏（一作附鱗）於千里。蕭王內寢，頻獻雅誠

韓信齊壇屢遷傻秩武德三年授中郎將俄遷大將軍秦王統軍皇基肇闢天步猶難宸扆應上相之榮仙夢受中權之寄被廬講將實藉宏圖今日僉謀光應時望千時弄兵竊舉猶勤甲冑吞沙餌石尚阻河梁公制變以奇盪除以殺七擒三捷之略翁著轅門援旗穿札之能勲在盟府五年六月加上柱國臚班列也剪桐疏爵分茅建社下斷物土上格星躔唐虞著其升降周漢明其損益所以羽儀帝室蕃衛王畿懲惡勸善庸賢叙德高祖勳逾黜夏業擅戡黎置酒醴於南宮揚旌旆於東府建皇帝之號安不忘危覽微侯之籍榮而思報以公乃誠匪懈原始要終望嚴霜而識寒松觀疾風而知勁草九年封望都縣男貞觀元

年改封縣侯文貔禁旅實著趫雄清道啓行允茲多士自非譽高朝諷價重人謠仍爵博望之儀必亂鉤陳之選公早陪戎律夙簡帝心揚歷二宮當仁不讓授左衛中郎俄遷右虞侯率葱山秋壤一作種蒲海鑾飯信要服之外區乃匈奴之右地境隣虵澤乘勁席疑而鵬騰郡邇酒泉候胥塵而鶉視天子乃停旒側瞻疑貢宸晨驚振洪策於古今溢嚴勳於襃載將使八紘昭泰銀臺應蓋地之圖九縣平夷瑤水流尋仙之駕貞觀某年授高昌道行營揔管公道凝三略功標五才逸氣縱横椎精貫月象物而動皷鞞肅戰士之容推信而行歌舞表將軍之德畢粮坐甲輕死等於鴻毛投袂銜冠重義均於熊掌鏊空歸惠荒度來賓收

鄭吉之前蹤復張騫之故事廟堂頌德魏闕疇庸光賛六條非公莫可某年授某州刺史尋以江沲粵域衡霍名區楚情剽狡吳風澆競火耕水耨郡闕婺女之精竦劍危冠人尋鱄諸之獘分宣演化叶理切於宸襟易俗遷訛行吟佇於人望貞觀某年遷睦州刺史政刑不匿考績連最俄授使持節松州都督令上鈞基嗣歷鼎邑凝圖百城勞習武之心千里楊漢宣之詔璽書加秩縟禮請蕃綸煥增班事高恒典永徽中改泌州刺史屬鼇山亂德鴻水稽誅扶桑落日之濱妖朋蟻結孤竹尋雲之際孽黨蜂騰百濟遺黎託懸巢而斬氣三韓別種附危幕而遊魂王帳蒐兵佇責苞茅之貢金壇令律將收楛矢之琛龍朔年中授公熊

津道揔管公昔從幕府早厠戎行覽兵法於軒轅受陰陽於呂望三門五壘壘得破敵之奇謀大艦雲梯揔行軍之妙法故得戰無全陣野靡堅城縱金將躍馬暫臨銜璧輿牽羊相繼豈惟秋方息亂遂聞定遠之名春谷投心遐憑疑作想度遼之策若斯而已矣及三軍獻捷諸將論功余嘉乃勳作鎮炎野授公廣州都督改封平原公以途鄉北户地接南池珠崖魍魅之鄉桐柱貪殘之境累藩斯寄歷任稱難於是受以春風臨以夏日明冠婚於縣邑布庠塾於閭閻殲本誅強姦豪屏氣棠陰察獄惸獨申哀理冀遂之亂繩解虞卿之錯節黃霸得循良之譽績未銜於邊城陳湯有方面之勳位不登於剌舉兼方具美其式茲乎朝廷

以公屢參伯牧駿歷班條吏不忍欺人無胥怨伏情馭極晉連櫻野之童託義訓𠯧惆悵耶溪之老雖有黃槐紫棘無以易堯盛嶽名都猶聞借寇麟德元年改授金紫光祿大夫常州刺史既而天機忽爽大漸彌留王臼徒烈金黃難化（一作白玉徒前黃金難化）台階側席方膺雉晃之尊王女停機逢伐鵩衣之變以某年某月日春秋若干薨于公舍嗚呼哀哉惟公間氣星姿靈和叶慶鳳鳴千仞鵬搏萬里情關峻遠得意於衆妙之門性宇沉凝忘筌於毀譽之境因心以至孝悌表於鄉閭臨義而行祿賜均於宗族故得虬驟（一作醲）蠖屈服冕乘軒臨涕（一作漢）於締搆之辰游梁於駭亂之際章清霧闢曳鶡尾而晨趨甲舘煙開奉髦頭而夜警鳴鞶出塞進李牧之奇誠露冕巡方受蘇章之直筆方當獻納黃屋揖拜青墀入東寺而掌壼觚南臺而曳纕不謂藏舟夜渋負杖朝興丹丘之化求尋玄扃之痛俄及故怨深徹樂悲纏罷市者乎謹狀

文苑英華卷第九百七十一

文苑英華卷第九百七十二　　行狀二

行狀

兵部尚書國公贈少保郭公行狀　張說

公名震字元振本太原陽曲人也大父任相州湯陰令因居于魏公少倜儻廓落有大志儀冠雄傑身長七尺美鬚髯十六入大學與薛稷趙彦昭同業時有家僕至寄錢四百千以爲學糧忽有一人縗服叩門云五世未葬棺柩各在一方今欲齊舉大事苦乏資用聞君家信至頗能相濟否不問姓名以車載去一無所吝深爲趙薛所誚公怡然曰濟彼大事亦何誚焉十八擢進士第其年判入高等時輩皆以校書正字爲榮公獨請外官授梓州通泉尉至縣落拓不拘小節嘗鑄錢掠良人財以濟四方海內同聲合氣有至千萬者則天聞其名驛徵引見語至夜甚奇之問蜀川之跡對而不隱令錄舊文乃上古劍歌其詞曰君不見昆吾鐵冶飛炎煙紅光紫氣俱赫然良工鍛煉凡幾日（文粹壽作年）鑄得寶劍名龍泉龍泉顔色如霜雪良工咨嗟嘆奇絕琉璃玉匣吐蓮花錯鏤金環生明月正逢天下無風塵幸且（文粹作得）用防君子身精光黯黯青蛇色文章片片綠龜鱗非直結交遊俠子亦曾親近英雄人那知（文粹作何日）中

路遺棄捐零落漂淪古獄邊雖則(文粹作復)沉埋無所用猶能夜夜氣衝天則天覽而佳之令寫數十本遍賜學(一作勝)士李嶠閻朝隱等遂授右武衛冑曹右控鶴內供奉尋遷奉宸監丞屬吐蕃請和親令報命至境上與贊普相見宣國威命責其翻覆長揖不拜瞋目視之贊普曰漢使多矣無如公之誠信遠近疆界立談悉定因遺金數十斤而還公悉以進上奏言撝彼上下之情人倦其隸役久矣咸願早和大將論欽陵不爭四鎮獨不欲耳但國家每歲不絕其使而欽陵常不稟命自然彼落(唐書作蕃)之人怨欽陵日深望國恩日甚設欲廣舉兵徒難矣斯乃公間之微旨也必可使其上下俱懷猜阻矣則天甚然之無何吐蕃君臣果相

疑貳遂誅欽陵弟贊婆及其兄子莽布支並來降公聲名籍甚授御史加朝散大夫遷主客郎中吐蕃與突厥連和大入西河破數十城圍逼涼州節度出城戰歿蹂禾稼米斗萬錢則天方御洛城門酺宴涼州使至因輟樂拜公爲涼州都督兼隴右諸軍大使調秦中五萬人號二十萬以赴河西公至涼州吐蕃素聞威名相謂曰我替普猶懼吾輩何可敵乎相率而去公收合餘衆繕脩城壁施法令屯田一年而復公之功也公以涼州西拒吐蕃北有突厥久示其弱未揚天威因徵隴右兵馬一百二十萬號二百萬集于湟州營幕千里舉鋒號令時宗楚客爲相素與公不協令人告變則天惶懼計無所出狄仁傑魏元忠韋安石

李嶠宋璟姚崇趙彥昭韋嗣立張說二十五人抗表請保如公有興國並請身死籍沒則天由是稍安兵既大集人文知敎分兵十道齊進過青海幾至贊普牙帳贊普屈膝請和獻馬三千疋金三萬斤牛羊不可勝數公大張軍威受其蕃禮而還既伏西戎震威北狄突厥獻馬二千疋所獲涼州人士皆放歸塞上從此方鎮肅清蕃落畏慕令行禁止道不拾遺凡所規模制作率爲後法河西隴右十餘處置生祠堂立碑頌德閻立均等爲其文尋有詔許入朝公素無第宅寄居友人之舍候鼓入朝忽有人馬前送狀開緘前人已去狀中唯有物數而無姓名使於樹下獲騾馬二十餘疋帛三千疋公曰豈非大學請葬之士乎因以

買宅居止薛稷趙彥昭聞之皆嗟嘆良久景龍年中宗楚客韋處訥等潛結朋黨憎功害能授公驍騎大將軍兼安西大都護四鎮經畧使金山道大總管時烏質勒久恃衆倨傲不伏朝廷縱兵遠掠道路不通公以衆寡不敵難以力制因率麾下數十騎徑入部落烏質勒大出兵衛出迎望見公威容端毅風鬣若神不覺屈膝因而下拜公宣國威命抗辭與語自朝至暮雪深尺餘竟不移足質勒頻拜伏語畢歸帳相去二十餘里質勒久立雪中倉卒疾發是夜暴卒其嗣子娑葛集諸將曰漢使殺我君父今須復讐大舉兵衆將追殺公聞質勒死遲明素服來弔道路相逢兵圍數匝娑葛見公忽來未之敢逼但言衛護漢使公至

其帳下大哭流涕因撫定其嗣蕃人大喜留數十日勒其
葜事娑葛獻馬三千疋牛羊十餘萬移居千里西域無事
道路蕭清諸蕃聞之遣使歸降者十餘國時人語之曰郭
元振詭殺烏質勒知娑葛與闕啜有釁奏請移於瓜州制
從之會中書令宗楚客受金遂寢其事公具以狀聞楚客
恃勢囑請召公將脅之公不從又奏請斬楚客清蕃落時
韋庶人竊弄國權中宗竟不之省也初安西南有毒河源
遠在葱嶺西北河岸百步人畜踏之者輒死公威振西城
所向無不從者因驗圖經知其源率兵三萬人歷于闐康
居大食等十餘國所過之國令供資粮仍署其國王為左
右總管率兵前進北至葱嶺牙帳前十二國王兵百萬餘

其河源上有大樹高千餘尺垂陰數頃大軍至日有黃龍
繞樹以口吐毒氣而拒官軍三軍悉覩焉公手書操檄文
令左拾遺張宣抗聲讀之畢黃龍解樹而下公率諸軍誅
之數日方倒聚而焚焉河源且絕數十里內悉為良田在
安西十餘年四鎮寧靜韋庶人知政屢徵不至因下偽詔
令侍御史呂守素中丞馮家賓相繼延邀欲將害之未及
皆為娑葛等諸蕃刼殺之睿宗即位徵拜太僕卿敕至之
日舉家進發安西士庶諸蕃酋長號哭數百里或剺面截
耳抗表請留因給之而後即路其至玉門關也去涼州八
百里河西諸州百姓蕃部落聞公之至貧者携壺漿富者
設供帳聯綿七百里不絕公旌節下玉門關百姓望之宛

轉斗呼聲動巖谷自朝至暮傳呼至涼州涼州城中男女
在衢路並歌舞出城咸言我父至矣通夜城門不受禁制
都督司馬逸客聞之謂公近矣陳兵出迎會候騎至云始
入玉門關都督嗟嘆良久具狀聞至京同中書門下三品
加銀青光祿大夫遷兵（唐書作吏）部尚書封館陶縣男依舊知
政事尋轉吏部尚書知選舉囑請不行大收草澤睿宗屢
下詔褒美後默啜大寇邊拜刑部尚書充朔方道行軍大
總管築豐安定遠等城以拒賊路尋加金紫光祿大夫再
遷兵部尚書知政事仍舊元帥會太平公主竇懷貞潜結
凶黨謀廢皇帝睿宗猶豫不決諸相皆阿諛順旨惟公廷
爭不受詔及舉兵誅竇懷貞等宮城大亂睿宗步肅章門

觀變諸相皆竄外省公獨登承天門樓躬侍睿宗聞東宮
兵至將欲投于樓下公親扶聖躬敦勸乃止及上即位宿
中書十四日獨知政事因下詔曰太臣立事夷險不易良
相昇朝安危所繫兵部尚書同中書門下三品上柱國館
陶縣開國伯元振偉才生代宏量匡時經綸文武今之王
佐出入將相古之人傑夙侍宸（一作惟）扆疇咨廟堂思致堯
舜以朗管樂朕往在儲闈洎登寶位每觀其伏（制詞作問）義感
激願（詞作別）制凶邪立誠悚慨咨陳弘益爾其至矣朕實嘉
之頃者梟獍興謀阿干戈作釁太上皇帝恍命朕除討元振
又馳奉宸極始則賁予為弼終則寧朕問安可謂格于皇
天貫于白日元功既翦庶物惟新昌言是圖朕豈忘舊宜

開井邑永誓山河可進封代國公賜實封四百戶物一千
段子五品官尋兼御史大夫天下行軍大元帥是歲大徵
兵衆閱武驪山兵一一百萬號三（一作二萬號二）十百萬並奉公節
度是日三令之後上將親鼓公慮有大變因畧行禮上大
怒引坐纛下紫微令張說犯鱗而諫上乃曰元振有保護
大功宜捨軍法流新州未至屬開元元年册尊號赦曰元
振往立大功保護於朕頃因閱武頗失軍容貴情放逐將
收后效可饒州司馬未至卒於道時年五十八有集二十
二卷文章有逸氣爲世所重公少負氣縱橫遺意磊落作
尉巴蜀不脩名檢及登朝受任屢使遐方霜明烈心王立
貞節言行忠正居取儉約理體雜於皇王致君期於堯舜

公務之暇手不擇卷雖子弟家人未嘗見其喜怒前後上
事切諫得失十數道俱焚其藁草不以語人故朝廷莫知
也睿宗嘗曰元振正直齊於宋璟政理逾於姚崇其英謀
弘亮過之矣舊於宣陽里居二十餘年不至諸院馬廐每
朝廻對二親言笑歸室儼如也不問家事與狄仁傑宋璥
則魏元忠李嶠韋安石趙彥昭韋嗣立薛稷張說等爲忘
言之友事父母孝聞父受授濟州刺史後以爲相奏請解
職授銀青光祿大夫濟州刺史致仕公殁後二親猶在自
我唐授命宰臣有二親者唯公而已

尚書祠部員外贈陝州刺史裴公狀　獨孤及

曾祖仁基隋光祿大夫行左光祿大夫皇朝贈使持節都
督原州諸軍事原州刺史謚曰忠祖行儉皇朝銀青光祿
大夫守禮部尚書聞喜縣開國公贈太尉楊州大都督謚
曰獻父光庭皇朝光祿大夫侍中兼吏部尚書正平縣開
國公（集作男是）贈太師謚曰忠獻絳州聞喜縣崇唐（集作慶）鄉太
平里裴稹年若干行狀公天姿英拔德宇宏曠顒昂公器
磊砢高節武庫森戟王山照人起家以門調補千牛備身
歷太子通事舍人太常寺主簿是時萬邦方乂獻公當國
天子垂衣穆清以有天下而委職之關嚩咨之府公入則
竭力出則匪躬外詢輿人以補過庭之問陰薦多士用弘
審官之選既而濟濟俊乂爛盈東閣邦之得賢於斯爲盛
晝一之詩作而嘉魚之頌興公之裕蠱也轉京兆府司錄

事（集無此字）參軍韋穀之大綱轄之劇牒訴浩穰文墨填委公
投刃餘地而大郤斯批若網（集作綱是）在調而衆目不紊談笑
之際簿領肅如論者知逸倫（集作驥）之足方自此始開元二
十一年忠獻公捐館惸然在疚哀越乎禮會執事者醜正
作福怙寵讎怨乃因喪釆釁將逞憾于我言之如簧上亦
投杼公乃銜恤進牘叫閽抗憤危言自明至誠旁感由是
宗祏垂祉高天聽廻恩方照徹尋（集作神）亦悔禍卒令臧孫
有加葵（集作等）之禮（集作葵）公業有不亡之嘆公之克家也服
闋授起居郎載筆赤墀書法不隱開元二十四年三庶人
以罪廢事出宮闈變生飛語時壽王以母寵子愛議者頗
有奪宗之嫌道路憫然朝野疑懼公乃從容請問慷慨獻

風（集作諫）上迷新城之殷監下陳戾園之元龜謂興亡之由在廢立之地天子感悟改容以謝因命詔以給事中授公公曰陛下絶招諫之路爲日故矣今臣一言而荷殊寵則言者衆矣何以錫之上善其敏而多其讓乃止不讓尋除尚書祠部員外郎恪居禮闈休問惟穆弘濟之畧固爲已任于時搢紳高義方以青雲期公不弔昊天降此短曆開元二十九年某月日薨于私第春秋若干君子謂公貂蟬之葉瑚璉之器壽不及黄耇名不登明堂天其未亡孤趙之勳成宣之德也非昌其身必大於後果介繁祉有才子四人長曰倩尚書駕部員外郎兼殿中侍御史江西道租庸鹽鐵等使次曰儆尚書司勳員外郎兼殿中侍御史參

中軍元帥雍王軍事次曰倚殿中侍御史試守萬年縣令李白侑太原府榆次縣尉構厦環材切玉利器價敵三虎族横（集作疑是）八王朝廷褒之方倚以戎務元年春建辰月肆大眚因命有司録勳追舊於是詔贈公諫議大夫猶以禮未超倫位不充德秋八月詔曰贈諫議大夫裴某操履貞純器能温敏素推令（集作推）望嘗践清班志業歷於當時風猷悲於既往顧其胤嗣久在周行雖禮及前脩以申追遠而恩霑後命宜有贈榮俾高列岳之班更表重泉之飾可贈使持節陝州諸軍事陝州刺史禮也公天機超邁雅有大畧氣直而温性擾而毅貞乃（集作可）幹事善足救物外坦蕩豪舉朗然不羈内敦敏純固忠而能力至若輕死重義貴身賤名視鉞刀（集作帛）如糞土戲公卿若草芥其於覆危險臨大節則氣冠賁育勁倅風霜未嘗以得喪夷險介于胸臆詩云昭明有融高朗令終公實有焉謂宜荷天之休俾熾而大龍泉未試隙駟先徂天乎斯才而有斯壽今寵優八命澤及九原已沐（集作伸）追遠之恩請遵易名之典

寳應二年某月日故吏官某　謹狀

上

尚書省考功夫存以行觀其志殁以謚表其德則實（集作名）實不虧美（集作善）惡知勸謹按故尚書祠部員外郎贈使持節陝州諸軍事陝州刺史裴稹鼎鉉公族珪璋令名孝克負荷忠能匡諫宏圖方壯利涉未息舟壑遽遷音徽巳昧

（集作沐）命官褒德寵荷令章（集作合荷寵章）考行餙終敢徵前典謹

上

朝散大夫使持節常州諸軍事守常州刺史賜紫金魚袋獨孤公行狀　梁肅

仲尼述易道於坤曰君子敬以直内義以方外詩三百一言以蔽之曰思無邪公天生懿德外方内直氣茂才全發爲時文得大易之中詩人之正邈乎其不可及已七歲誦孝經先秘書異其聰敏問曰汝志如何句公曰立身行道揚名之義（集作於後）是所尚也後傳究五經舉其大畧而不爲章句學確然有可大之業知者益器之十五秘書捐舘公茹血（集作銜恤）在疚踰時而後杖由是鄉黨稱孝三（集作二是）十餘

以文章游梁宋間通人潁川陳兼長樂賈至渤海高適見公皆色授心服約子孫之契天寶十三年（集作載）應詔至京師時玄宗以道涖天下故黄老教列於學官公以洞曉玄經對策高第解褐拜華陰尉故（集有國字）相房琯方貳憲部請公相見公因論三代之質又問（集作此）六經之指歸王政之根源憲部大駭曰非常之才也趙郡李華扶風蘇源明並稱公爲詞宗由是翰林風動名振天下及函洛寇擾公違難于江南上元初授左金吾兵曹掌都統江淮節度書記非其好也未幾徵拜右（集作佐）拾遺因上疏陳便宜及方鎮有胃于貨賄舉直錯枉大者十餘事不行皆焚其槀時大盜之後百度草創而太常典故尤所壞缺公爲博士祇考

古道酌沿革之中凡有（集作無）損益莫不悉（悉集作字居其）當新平公主之子裴倣尚永清公主公實相禮初以裴僕射遵慶主婚中詔長主後夫姜慶代爲公奏曰婚姻人道之大使異姓主之非禮也且無以示天下臣不敢奉詔上從之又議定謚法公爲謚者蓋跡其事業邪正而褒貶之舉一字可使賢不肖皆勸故其議吕禋盧奕郭知運等謚皆參用典禮約夫子之旨其事覈其文高學者傳示以爲式時有上議謂景皇帝未升尊位不宜爲太祖詔下百寮公按禮經以爲王者禘其祖之所自出而以其祖配之故三代皆以受命始封君配昊天上帝唯漢氏崛起豐沛豐公太公皆無位無功德不可爲祖宗故以高帝爲太祖若景帝肇

啓王業建封于唐高宗因之遂以有天下之號天所命也宜百代不遷因具故事條奏從之於是郊廟之禮遂定踰月拜公尚書禮部員外郎遷吏部每歲以書判試多士而朝列有以文學稱者必參校辨論定其甲乙丙科至是公分其任求爲郡守以行其道除濠州刺史公下車以淮士輕剽承兵革之後率多不法長吏不能制遂先董之以威格之以政然後用愷弟寬厚漸清其俗三年而闔境大穰優詔褒美移拜舒州刺史又以行聞璽書就加朝散大夫檢校司封郎中賜金印紫綬其明年吳楚大旱餓夫聚於萑蒲者十七八唯舒安阜近者悅遠者來犬牙之境草竊不入上聞之詔曰斷獄歲減流庸日歸以人俗之豐給當

淮湖之災旱爾守之力也擢拜常州刺史本州都團練使常州爲江左大郡兵食之所資財賦之所出公家之所給歲以萬計公剸其煩苛均其衆寡物有制事有倫刑罰罕用頗類自息公又謂安人之道清而靜之則定爲而察之則擾故寬以居之仁以行之一變而百姓不知其理又一變知其理而不知理之所由比及三年吏不忍欺路不舉遺年穀屢熟（一作成）災害不作甲辰歲冬十月二十日甘露降於庭樹二十七夕乃止嗚呼公庇斯（一作方庇）人人方仰公彼天不惠降此大厲爲郡之四載大曆十二年四月壬寅晦暴疾薨于位行路慟哭罷市者相弔踰月又吁嗟之聲相聞自寮屬相吏下逮鄉老里尹皆率以備齋祭及葬之

日緦衰送喪者數千人唯公體黃老之清淨苞大雅之明
哲尊賢容衆而交不諂瀆本仁祖義而文以禮樂乃至（集作至乃）
溫良能斷應用不滯達識足以表微厚德足以載物善
而不伐光而不耀內不機巧外無緇磷隤然中立豁若虛
受其長人也先敎愛而後法禁不遷怒以臨下（集作拘）故威
而不猛不私己以欺人故易而無備其茂學博文不讀非
聖之書非法之言不出諸口非設敎垂訓（集作法）之事不行
於文字而達言發辭若山嶽之峻極江海之波瀾故天下
謂之文伯有集二十卷行於代若藝文之士遭公發揚（集作揮）
盛名比肩於朝廷則有故中書舍人吳郡朱巨川中書
舍人渤海高參今尚書左承天水趙璟職方員外郎知制

誥傳陵崔元翰考功員外郎潁川陳京禮部員外郎北海
唐次蘇州刺史高陽齊抗其章章者也其睦親與善自內
姻及朋友所知之家振窮分災恤孤哀喪須祿歸贈必加
於常人一等故啓手足之日室無餘財惟四布（集作賜有）然
後乃歛議者於是謂公有文子之清子產之仁史魚之直
平仲之與人賈生之行義（集作文學）文翁之政事叔子之遺愛
而不躋巖廊不享期頤闕致君論道之美以遺史冊故凢
百以爲痛在昔孔文子以敏而好學爲文公叔發（集有廩字恐非）
以恤衛國凶饑爲惠剡公功存於人言垂於代有文有質
不忝前烈若與易名之禮請從令（集作舊）典謹狀
尚書考功伏以褒德尚賢設敎之崇執加謚易名飾終之
令典謹按故朝散大夫使持節常州諸軍事守常州刺史
賜紫金魚袋獨孤某蘊黃裳之服協中庸之德正詞復禮
施化爲邦清風存乎省寺遺愛結於黎庶具美之道何以
尚玆窀穸既安音徽日遠請追公叔之謚式播臧孫之列
謹上

文苑英華卷第九百七十二

文苑英華卷第九百七十三

行狀三

行狀

左僕射韓滉行狀一首

國子祭酒韓洄行狀一首

太子賓客盧邁行狀一首

檢校尚書左僕射同中書門下平章事上柱國晉

國公贈太傅韓公行狀　顧況

曾祖符皇朝潭陽郡太守祖智皇朝河南府士曹參軍贈

吏部郎中父休皇朝銀青光祿大夫太子少保贈司空韓洄

滉第少保贈司徒二唐書作行狀太子少師贈太子太師謚文忠公京兆府萬年縣洪

固鄉胄貴里韓滉年六十五公繼代生賢左右王室鄭武

之賢韋平之美開元中解褐授右威衛騎曹參軍丁文忠憂

服闋授京兆府同官縣主簿又丁内憂孝貫神明外除授

太子通事舍人肅宗在靈武授監察御史兼北海郡司馬

充北海節度判官道阻未行除通州刺史尋充山南西道

採訪使判官時宰醜正除彭王府諮議詔授除殿中侍御

史累遷祠部考功吏部三員外郎判南曹尋遷吏部郎中

給事中兵部選事有盜殺富平令倚爲禁兵特詔釋之審

疏聞狀遂伏其罪遷尚書左丞知吏部選事有擁馬陳詞

造揩抗議曾不再煩主吏重閱簿書片言遣之莫不心服

拜戶部侍郎判官支管諸道青苗稅戶屬國計空耗上難

其人服勤九年出利百倍左藏之錢至七百萬貫太倉之

粟至數百萬斛其邊儲或五六萬或十餘萬有附大臣間

於先帝者引劉向羊頭山黍云權量久差公曰山之南北

地之肥瘠禾黍不同會内藏有隋朝銅㪷果不差異安邑

解二縣塩地比歲水漲甚於徃年有漫生紅塩之瑞詔諫

議大夫檢覆并致祭祠宇號寶應靈慶池宣付史館拜太

常卿出爲晉州刺史拜蘇州刺史充浙江東西都團練觀

察處置使尋加銀青光祿大夫改檢禮部尚書兼御史大

夫潤州刺史鎮海軍節度使依前充浙江東西觀察使令

行風動無敢犯者自信安洪光東楊捍很士僧惟曉等結

連數部熒惑愚甿破其巢窟伏戎自殪山越一清管郡十

五戶百萬里尹亭長書佐小史令丞牧守通數萬人自公

區處不朽之作乘輿播越畿甸路斷公日遣一使間道齎

帛表詣行在諸道未知行在營將士無不引還唯公所遣

兵鎮河南衝要堅守不退兵馬使董晏將三千人鎮徐州

部將沈清等頗違軍禁公遣一介齎牒轅門笞晏二十沈

清等六十八人悉按軍令徐方既定轉檢校吏部尚書加

紫金光祿大夫封昌黎公改封南陽天子幸梁川巴山道

命判官何士幹領健步七百負絞疑練十萬疋上獻天子

六軍從官跑踔千里時屬維夏未頒春衣表至行在衆情

大悅公又命從事裴樞李倫徵巡内兵甲麾下將士合三

萬人請翊衛鑾輿收復京邑上深嘉歎特加檢校尚書右

僕射李希烈衆軍東下志吞淮濟公即日遣兵馬使王栖

曜李長榮栢良器以勁卒萬人泝流千里倍程救援纔及
睢陽賊巳陷襄邑攻寧陵栖曜等突圍乘城矢中元惡兇
徒懾遁不敢東顧淮南初喪節度使大將王侶帶甲數千
夜犯城府或出權計者云江南兵至侶兵遂散殺戮甚多
士卒驕矜爭邀厚賞率居人商旅五十萬緡符牒巳行人
情恟恟公即日遣都虞候李栖華謂兵馬使張瑗等曰收
復上都六軍未賞節使甏殁豈名爲功賦歛擅興何人造
意諸將引過橫調立停及大駕還都進封郡公時希烈盡
銳攻陳州公命諸將與宣武軍合勢破賊數萬人關中初
復公以爲國無年儲何禦荒儉陳圍巳解汴路即通抗表
請獻軍糧二十萬斛從本道直至渭橋公命判官元友直

草創運務部勒趨程時河中阻兵堅城未拔關河蝗旱軍
食不足船至垣曲王師大振拜檢校尚書左（一作右）僕射同
中書門下平章事加本道度支營田充江淮轉運等使連
歲蝗災仰在轉運公自晨及暮立於江皐發四十七萬斛
舳艫所至近遠慰安貞元元年十一月十一日制曰江淮
轉運使某官某勵精勤職夙夜在公厥有成績可進封國
公初封鄭改封晉前後河南用兵觧寧陵睢陽之圍全彭
城要害之地朝廷議勳特賜一字六品正員官又其軍鎮
營宇舟船鞍馬甲伏旗皷羽葆丹漆牛羊六畜難乎校筭
應緣兩稅唯有一牓人爭及限吏不到門今江南繒帛勝
於樵宋二年冬十一月朝覲上深禮重委以大計加度支

諸道鹽鐵轉運等使行空巖冗方歸田里主恩彌深初願
遂違顧謂其族爲當避肝膽身塗草莽上荅乾坤時屬西
北用兵倉庫空竭公和糴五十萬斛無敢奪期米價遂賤
防秋士馬儲糗更無闕自公當漕運初年四十七萬二年
七十萬末年一百萬尚結贊者使六蕃抗言逆順之理夷
虜感動肝膽楚越張權者不敢惕息盜位者退而思過貞
元三年二月二十五日薨於昌化里私第春秋六十五皇
帝震悼輟朝三日制曰故某官某應運而生弼諧于我道
符兩曜德冠八元以武綏邊以文經國方期難老（一作續光）式
作（一作戌）宗臣孰謂不融盡瘁而没雖鄭亡子產衛失栁莊
憯悼之懷豈過於此過時謂（疑二字）撫床憯慟當扆興嗟厚

申往襚之思載榮優贈之禮可贈大傅前後賻贈布一千
疋米粟五百石錢四百萬喪事供官踐歷四朝歲逾五紀
炎不執扇晝不伏枕疾無杖寢居必矜莊自同官主簿制
一裘褐直爲宰相古人無食粟之馬衣帛之妾更爽之居
不足多矣以泌門一行得聖人之道特寫形仰影如宗師
癖在春秋精於繫象賦春秋七章著通例六卷并章奏詞
畧十餘萬言豁如恒星敦故舊重然諾好古博雅能書善
畫夫議大勳者則不書小善舉大德者則畧其細事故不
殫論矣公有子弟聞斯行諸不敢墜失况以賓客從事日
乂泣慕清塵謹狀
貞元三年閏五月十八日故金紫光禄大夫檢校尚書左

僕射同中書門下平章事晉國公韓公故吏將仕郎前大
理寺司直顧況謹上尚書考功伏以柱石元臣勳績光茂
者則先意承志忠則知無不爲武能禁暴文以經國翊贊
聖明懋建和平沃心造膝簡乎上長策橫疑作弦規振乎外
奄從流運恩軫睿慈今月日若馳松楸將樹易名之典請
舉舊章謹上

朝議大夫集作朝議郎守太子賓客上輕車都尉賜紫
金魚袋贈太子太傅盧公行狀　權德輿

曾祖勤嘉皇朝散大夫青州司馬隴城縣開國子祖克明
皇瀛州高陽縣令贈國子祭酒父沼皇陝州芮城縣尉累
贈慈州刺史祕書監河南府洛陽縣遵化鄉恭安里盧邁

字子玄年六十狀公以仁爲輕以義爲用窮四教之根本
探六籍之菁華其門風士行天下歸重以居室之和移諸
官署以率性之道弘於事業自艸巾試吏至於佩相印不
爲利疚不爲物遷介名豐禄與之終始推是道也年未志
學累丁齊斬純孝孺慕外除猶毀博貫儒書不耀其華特
爲叔舅太傅文貞公之所賞鑒經明筮仕補太子正字藍
田尉會府試言按乎其萃轉河南主簿尋有詔充集賢校
理建中初上方靖端百度脩起五諫拜右補闕俄換侍御
史興元元年遷刑部員外郎閒一日又以本官兼侍御史
介相國蕭公宣慰于江淮奉憂勤之旨宣豈弟之澤四牡
所及熙熙如春既復命轉吏部員外郎每歲赴調者雜而
多端廢置關決任於郎吏情僞之所伏姦利之所因攻堅
未導大窾從容折中優而集作而優爲之又以京師食貧諸孤
衣食爲念求出爲滁州刺史仁惻之政人到于今懷之朝
廷嘉其理行徵入爲司門郎中自時厥後比歲超拜歷諫
議大夫左曹右轄乃參大政皆用德進人無異詞閒一歲
遷中書侍郎平章事又一歲感風痺寢疾周月除太子賓
客貞元十四年六月某日薨於家追命太子太傅公寬舒
弘重有姿度風表而憲章品式故事成法經通緒密靡不
周貫居諫諍之官言必削稾自非成命頒行而人莫知若
又嘗以考課之法溢美相蒙革其已然當自二府時居左
垣固辭上第宰政歎其能讓因以從之庶官之濫者知懼

而百職脩矣燮和台階秉直閑邪率循中庸左右皇極德
輝陶然不見其際詩曰衣錦褧衣裳錦褧裳惡其文之著
也公誠有之不然豈移疾家居者旬歲上章乞告者七反
然後得請至於飾終追錫有加禮焉此固有以異於常而
得之也早歲以遊寓於集作于南譙與崔文貞公講學至穀
梁傳因附經義有以規者文貞慙歎爲之著重請銘且曰
吾以爾爲甥亦以爾爲友知免於大過矣其推重如此天
性篤於慈仁厚於情禮每居功緦之喪其於言而不議議
而不及樂率皆容稱其服而有加焉故事宰臣非上公承
攝之禮圜丘齋祠之敬則未嘗以騶騎導出國門者公從
父弟殁於蜀都輤車之來追奉赴洛出東門十數里以展

哀送度越常檢名數多之一其居部也叔父下邽令休沐至
止朋來憧憧侍食佐酒彌日通夕與群從之卝者冠者均
其指使章紱之外無以異焉昇娶無子或以嗣不可絕諭
之他求者則曰吾舅文貞嘗（集作常）言之矣兄弟之子猶子
也引而進之可以主後事（集無此字）故自成童至于捐館其所
晉於（集作于）聰明接於心術著中正之外無自入焉歷官俸
賜必振六姻之乏即遠裳帷唯資四布之賻季文之廉忠
張仲之孝友魏舒之弘粹孔光之愼密兼而具之日月有
時盍徵謚法用是傳信移諸有司謹狀
貞元十四年九月十四日故吏朝議郎守尚書司勳郎中
知制誥雲騎尉賜緋魚袋權德輿謹上

尚書考功有易名本於周道必視其行勸孰甚焉謹按故
朝議大夫守太子賓客贈太子太傅盧公德範顒昂如大
圭鬱器閨門風訓儀表人倫乃持國鈞以鎮雅俗絜矩居
易有初有終瞻彼九原旣先徵遠之卜節其一惠敢忘至
公之議謹上

太中大夫守國子祭酒潁川縣開國男賜紫金魚
袋贈戶部尚書韓公行狀　　前人

曾祖符皇澶陽郡太守祖大智皇河南府士曹參軍贈吏
部郎中父休皇太子少保贈司徒謚文忠公京兆府萬年
縣芙蓉鄉龍遊里韓洄年六十三狀公字幼深其先潁川
之人自同姓於周受封於韓逮獻子而爲正卿至景侯而
開列國司馬氏代家言之詳矣公大祖播徙居潁川人繼
有勳力代名忠孝以至文忠公用醇仁清德左右玄宗致
中和以爲國經躬愷悌以爲家法公纂成茂緒幼有令聞
直方簡重愽厚弘大該涉羣書尤治春秋詩禮之學必賭
其奧而踐乎中未弱冠以門蔭補弘文生蒲歲參調侍郎
達奚恂（唐書作珣）矯枉過正以地望降資署章懷太子陵令且
將察其詞氣以爲銓藻公恬然受署初無慍容當時識者
知其致遠天寶末盜陷西（集作兩）京兄姪七人遭離不淑茹
痛違難寓于江南布衣蔬食不聽聲樂者積六七年友弟
行義士林以爲難魏車辟書旁午而至累授漢中郡江陵
府二功曹大理司直兼漢中郡司馬蘇州司馬且皆有實

介之請所至之邦待公政成丼於粗（集作蘊）糲聚其祿廩辦
其治葬具歸于京師七衣袝窆禮無違者名數之士翕然
稱之洪州刺史張鎬以故相之重作鎮江西奏授本州長
史莫徭副使懷來夷落嚮方率教乾元中江淮凶饑相扇
嘯聚而新安郡負山洞之阻爲害特甚朝廷推其能名除
睦州別駕知州事俄拜監察御史又轉殿中侍御史賜緋
魚袋充江西都團練判官軍州庶政多所訪决歲餘張終
于位公主介領晉務時吳楚剽輕法禁未一每長史交代
人心輒搖公臨以威重撫以慈惠輯寧所（集作封）部以待守
臣李良公峴之充江淮選補使也引于判官多所弘益大
曆初轉運使晉尚書晏盛選從事分命四方而江淮上流

爲之樞會奏改屯田員外郎兼侍御史知揚子留後累歲寵（集作說）加司封郎中肅給而有守清明而中節有司之移用不匱上國之經費有倫六七年間號爲稱職名實益茂徵拜諫議大夫數與左輔闕李翰連上封章極言得失未幾以本官知制誥叅掌宥密式敷聲明炳然訓辭潤色王度時元載持衡深相器重公愈不自安每因災眚必疏古議（集作義）且以西漢賜上尊酒之比深儆（集作警）戒之元終不悟竟及於禍公以謗（集作旁）累貶邵州司戸今上踐位勵精理本徵爲淮西淮南等道黜陟使復拜諫議大夫攝衣登車以澄清風俗爲已任未及行拜權判戸部侍郎專判度支賜金印紫綬先是公兄太傅忠肅公實居其任受邦國

之比要制財用之均節物力不屈王府以充出牧也厥職寢（集作寑）廢公乃革煩政振舊綱既無暴征亦無遺利罷省胥吏冗食者二十餘人明年太府卿張獻恭廣廩庫以受歲秋量入之數又於長安萬年二縣界奏貯米穀數十萬石視年之豐耗而爲之發斂人無艱食歲無災荒雖元凱之智畧壽昌之功利不是過也上方待（集作倚）以大任爲執事者所抑出爲蜀州刺史蜀多火災自古所患俗以爲常無所懲禁公到部（集作郡）逾月令簡事時里胥不勞州兵多暇乃省經用之費給太半之庸俾其埏埴以易蓬葦翬飛鳥革相望如雲授之逾年乃償其直三歲在郡四封恬然闢田之汙萊三千餘頃復人之庸亡二千餘戸教之樹藝

俾之生植井絡之下至於今懷之朝廷陟明奏（集作表）課公實居最有詔徵還既至拜兵部侍郎在職數月遷京兆尹兼御史大夫三輔難理轂下尤甚賊泚之後旱蝗相乘連師十餘萬屯于蒲坂戎裴兵馬仰給京師內安罷甿外贍軍實師克濟而人不困公之力焉轉刑部侍郎刑罰者國之大典所以禁暴而衛善人也而或巧詆比况因緣爲奸公講求紀律明爲式例悉以條奏頒於四方吏無舞文人得從善矣遷祕書監乃奏置五經正本補羣書之缺蓬閣之中粲然如初復除兵部侍郎累歲改國子祭酒自兵興已來多趨末流而棄東道故學者不振而子衿之詩作焉公曰崇化勵賢本於六籍不學將落吾其憂乎乃表名儒

袁順韋渠牟列於學官講左氏春秋小戴禮樞衣皷篋之徒溢于國庠講誦之聲如在洙泗公所至必化其用無方方將荷介社以錫難老亮天工以纘舊服人望未塞以貞元十年二月九日寢疾終於昌化里之私第皇情軫悼追贈戸部尚書哀榮之禮於公備矣公有識度風鑒而慱愛容衆與朋友交死生以之明於吏職能斷大事疏達而有節粹和而不流約身以周急絜已而恕物先師四教克蹈其全中臺六職常居其半無忌之鎮靜安國之忠厚延壽之恩信惟公兼而有之允所謂邦之才臣終温且惠者也龜筮叶吉日月有期易其名者請徵舊典謹狀三月日故太中大夫守國子祭酒潁川縣開國男賜紫金魚袋贈戸

部尚書韓公故吏具官謹狀（集作上）尚書考功夫士之生也
稟五常以致用其殁也節一惠以尊名則善否有章賓實
不撓謹按故韓公嗣直方於舊德播功行於清朝通而有
守忠而能力樹善匪懈好謀而成課績中臺道光太學大
雅明哲惟公有之考行飾終古先令典謹譔録所履布諸
有司請徵叔發之謚以叶周公之法謹上

文苑英華卷第九百七十三

文苑英華卷第九百七十四　行狀四

行狀

司徒兼侍中北平郡王贈太傅馬燧行狀一首

贈絳州刺史馬府君彙行狀一首

司徒兼侍中上柱國北平郡王贈太傅馬公行狀

權德輿

曾祖君才皇右武候大將軍南陽郡公祖珉皇左右（集作鈐）衛倉曹叅將累贈尚書右僕射父季龍皇大同軍使嵐州刺史幽州經畧副使累贈司空汝州郟城縣臨汝鄉石臺里馬燧字珣（唐書作洵）美年七十太傅英朗特達剛方中正體苞五常致其用以賛皇極國有二柄壯其猷以合神武終

始盛烈爲唐宗公原夫代有勳德延耀儲祉王佐之業至公而光年十四從師講學因輟卷喟然曰大丈夫當建功立名以康濟天下豈能碌碌爲章句儒耶讀左氏春秋孫吳兵法與歷代君臣大本成敗大較忠賢功用奇正方畧會其歸趣如指諸掌十九丁内艱泣血三年以孝聞天寶末安禄山擁幽陵之師南向以光禄卿賈循爲留後公以書干循勸誅逆將向潤容牛庭玠等然後傳檄仗順可覆而取之循疑而不决竟及於禍踰月間行至恒山時河朔披（集作擾）攘物情恟懼方以褒衣長裾游談感激因其謀而扶義建節者衆矣寶應中陳鄭節度李抱玉移鎮上黨雅知公才表爲晉州趙城尉時王師既破史朝義乃復

河洛有廻鶻可汗之助因肆暴而歸以功自負其強難屈
節將使上介致餼皆懼不敢行公官方解巾急病不讓徑
詣其壘申明要約氣盛詞直虜皆擾集作優從可汗乃授以
旗幟委之供辦且曰有犯禁者公其董之於是蕃部肅然
莫不畏服後有酋長求賂於公者立斬十餘人可汗大駭
疾驅出境安人禁暴之略兆於斯矣河北副元帥僕固懷
恩居將相之重恃父子之勇可汗又其子壻也藉以爲援
將有異圖公密覘其情媾集作立請爲之備初僞范陽節度李
懷仙與相衛恒定等四帥相繼來降懷恩結爲黨助奏復
其職至是擁衆據汾上子瑒圍太原相衛餽餉以相犄角
至安陽說其帥曰懷恩憯刻以逞欲其子輕佻而好勝人

人自爲計坐待帳下之變耳深陳利病勸喻激切繇是感
公言至涕泣改圖因約懷仙等三人奉章獻款旣廻鶻北
歸懷恩與瑒繼死公之明識遠畧皆此類也本使尋奏改
左武衛兵曹參軍歷太子通事舍人著作郎以至祕書少
監兼殿中侍御史轉營田節度二判官永泰中拜鄭州刺
史兼侍御史至是領六條撫四方分憂於上施惠於下時
兵食方調杼軸其空乃闢其田畝均其戶版每歲一稅百
姓便之生齒益息庶物蕃阜大曆中改懷州刺史其夏大
旱公以救災沴莫若修敎化掩骼埋胔蠲苛恤隱使皆得
其欲而無窮人端居絜誠默以心禱至七月櫓木滿野庸
亡者襁負而至朝廷以汧陽被邊宜得人式之守拜隴州

刺史兼御史中丞公乃訓州師備器備郡城之西有路與
蕃境相直凡二百餘步上連峻峯公乃躬自行視塞其蹊
隧功堅力省疆埸以寧又置譙門於阨狹之地中制苛鐍
上施于櫓積歲之患旬日而安連帥偉公威望日盛羈晉
幕府因以受代家居京師者久之先皇帝召見奇其才授
商州刺史兼御史中丞未旬月屬河湯三城逐其帥擇可
以撫寧之者特拜左散騎常侍兼御史大夫充河陽三城
使是歲大曆十年也夏五月汴宋兵馬使李靈耀以濮陽
叛俄據浚郊國家始務靖人特屈常憲因以節度晉後授
之而又結魏師以畧東郡不利六月詔公與淮西節度李
忠臣夾攻之時寇鋒寖盛忠臣每合皆北將棄師以免者

數矣公嘗激以壯志或紿之吉憂忠臣旣慚且憤引師復
還先是請忠臣軍汴南公軍汴北每與虜确所向無前敗
之於滎澤又破之於西梁固至是靈耀以其勇悍者八千
人號爲餓狼營盡銳來拒公引戲下决戰遂勝入郛時魏
之救兵二萬距大梁三千里所許疑是公又合諸侯之師用
奇設伏以敢死士三千人鼓譟先登大敗之魏將單騎
遁去靈耀以其徒宵潰翌日餘黨以城內八千人降於公
公悉讓忠臣推而不處閉壘移疾退於坂橋其士吏鹵獲
悉以家財購而復之大梁之人至今知感履險則忠以盡
敵成功則讓以保身此又將帥之明哲也十二年三月詔
復魏博之地諸侯班師公乃歸鎮河陽秋雨暴至河流决

溢軍吏等具檝權請公登舟以避公曰城中凡數十萬戶吾實主之而苟以一家求安所不忍爲旣而人皆感泣水不爲患十四年閏五月皇帝旣位深燭理本以太原王業所起國之北門非勳德爛然者不能鎭定特拜工部尚書兼御史大夫太原尹北都留守充河東節度觀察等使於是脩班制正事典險其走集訓其輿師講車徒戰陣之法敎金鼓聲氣之節分晝之下變化如神自是烽候罷警匈奴不敢南向而牧矣建中二年夏六月來朝京師加兵部尚書封幽國公初魏博帥伯父之勢而得專地旣踰年與東平常山復爲從約七月魏以兵三萬國邢州攻臨洺昭義節度上請公爲援朝廷許之十月公會昭義之師與神

策行營兵馬使故太尉西平王於漳州先是魏以浚郊之敗讐公威望至是以節度之師專征伐之任兵刃完利部校訓齊軍聲大振士氣益勵魏人又分銳騎合恒定李惟岳之衆萬人（集作於）臨洺南雙岡下樹栅以自固公自晨至晡急擊大潰殺其將楊朝光時臨洺之圍濠（集作楊）壘四匝復與招義鼓行而（集作軍）前腹背受敵飈塵翳景士皆决死凡百餘合公自據西濠口扼其喉以襲鼓之亢徒斃踣亂相蹂蹈收其車重兵械各數十萬魏人棄（集作委）營而遁邢圍迎潰上嘉其功拜尚書右僕射先是公與軍吏約曰苟戮力成功者當竭產以賞至是悉索家錢與車服臧獲等莫其價之上下視其功之薄厚散於軍中約五十萬且曰

苟可以夷患難勉師人赤誠之外無非長物故盡其私積貫其餘勇士皆歔欷感激（集作勵）爭以效命報焉優詔褒異命史臣書之且詔有司以量入之賦如其數以復於公其毀家佐軍輕費（集作賞）厚下皆此類也三年正月魏人又乞師於東平恒山衆且四萬壁於洹水公曰不備不虞不可以師且以河陽三城常所訓定上請爲助有詔從之乃建三橋夾河爲壘乘變出奇如環無端初則銜枚以趨敵因乘其未備後則薙草以縱火使計不得用然後分銳士飈馳以犯之而後從之獲首給者殆半餘皆走林溺水僵戶相屬腥穢川陸公愀然曰是皆平原人也彼但暴服之耳亦旣就死（集作斃）忍其委骨肉如是耶使得以族屬收瘞旣

而聞者（聞作生）知感繇是洺博二州僞著刺史各以其地來降鄰魏之間以咫尺之書招下二十餘城朱滔誘其隣帥復來助寇四月公有魏城之捷五月詔同門下平章事仍封北平郡王時諸軍連捷師留且久或有（集作已）復其侵地則怠於攻取公具以上聞有詔朔方節度李懷光應援征討六月朱滔以漁陽之甲三萬至于誠下初諸侯有議班師者公曰彼三戰三北假息孤城且宿兵十萬聞援強而退縱敵生患何以復命於朝廷耶旣而郡師相勵皆百其勇七月加魏州大都督府長府仍充魏博澶相四州節度招討等使四年二月又敗之於成（集作城）安魏軍退于館陶深壁以自固以十月盜臣竊發鑾輅狩于近郊公忠憤逾

逼（集作追）寇圖方畧懷光統朔方之旅秉歸心以赴難公翳
脊伏泣以大節感動之特朱滔招連北虜邊鄙日聳公謂
諸將曰鳳駕整旅以扈屬車人臣之分也（集作爾）儻北都不
守即兩河三川搖矣豈行師捍患之義也耶乃還太原遣
行軍司馬王權統銳騎五千與監軍使者赴在所（集作行在）又
令男彙與大將等男各一人赴焉軍食祿賜器備服用一
以條奏獻於行宮公初旋師也以晉陽大鹵用武之地北
蕃東夏且有外虞而都城之東平坦受敵乃股引汾晉三
川漲爲平湖能順地泐以導水勢守陴者歲減其役濱河
者日厚其生而又廣堤濬池密樹如織金湯自固杈幹不
勤其明智善利之及人也如此公自出車累歲功捷相繼

而軍中衣食多出寇境河東之人皆調給饋餉之勞歲減
其賦封内相賀因中貴人以聞願刻金石詔從其請公避
名不伐懇疏方止其勞謙之詞邦人誦之此所以尊而光
晦而彰者也公常揣摩諸侯開導勸善能通其變以誘其
衷盡益友之直諒啓純臣之志畧因所以建大順立大勳
者有焉興元元年二月李懷光貪天祀上衛連逆泚脅其
人以河中叛公威聲素振攘地相接支郡屬城降者繼至
秋七月皇帝既平大盜乃清宮廟加河東保寧奉誠等軍
行營副元帥有詔許公與諸軍同討河中九月既望師及
于絳僞刺史王克同棄城而遁餘黨悉降分徇下縣進軍
寶鼎斬其將條（唐書作徐）伯文先是懷光之師勇於豨突至是

獲甲首千數兇徒奪氣矣貞元元年六月公以軍國大要
非表章所盡釋位來朝覲稟睿略乃屈指成筭請三旬剋
粟以平之秋七月與河中節度使令侍中咸寧王及同華
邠寧之師次于長春宮公以單騎傳于城下召大將徐廷
光西向受命且以君恩喻之曰兵興以來逾三十年而朔
方之師最爲忠力今乘時自效若建瓴水豈甘心畜禍終
汙鋒刃耶開陳逆順聲涕交感又曰跬步之内矢石所及
若決爲匪人亦在今日因披襟直前當之庭光頫伏拜泣
莫敢仰視抗詞未畢堅壁洞開公徑入撫安奉宣皇澤於
是城中周呼曰吾等復爲王人矣八月公與咸寧合軍而
東至于焦離堡降其將尉珪乃次河中陣于城下懷光傳

首其衆請命是舉也不勞師獻功如其平素（集作素焉）就加侍
中歸鎮北都三年二月來朝京師寇戎既清乞罷藩鎮六
年拜司徒兼侍中詔有司具儀法冊命禮賜備厚昭德報
功人臣榮之屯師河中也靈武節度杜希全獻體要八章
上因著君臣箴以賜之公奉表陳賀上又賜公宸扆台衡
銘各一首公令男暢詣闕謝恩並請揭而書之於起義堂
之側詔下優答其畧曰卿有訏謨濟代之誠保衛輔朕之
志情之所尚遂飾以詞比夫盤盂自銘亦冀輔佐同德遂
許刻石兼賜題額寵渥之盛冠耀當時五年九月嘗與故
太尉西平主同對於別殿上曰卿二人與朕休戚是同各
賜圖形麟閣并御製文命皇太子書于閣壁至於君使臣

臣事君選賢與能之盛盡忠作憲之績焕乎天文與日月
並明矣九年十月公以足疾久闕朝請因至中書奉表起
居召對拜舞手悞至地上驚遽自起以援之公懇惶踞踖
感甚以泣上曰元首股肱本爲同體卿之疾痛何異朕身
乃遣中使梁懷斡扶掖下殿十一年二月以年及懸車再
表讓侍中優詔敦獎終不得請八月十七日薨于安邑里
私第皇帝震悼不視朝四日先是詔宰臣詣宅問疾御醫
禁方旁午於途疾劇遺表指陳邊事純誠至公言不及私
薨之明日詔贈太傅又詔文武百寮就宅吊哭京兆尹護
喪萬年令爲副司農卿嗣吳王巘充吊祭使鴻臚少卿王
權爲副賻贈絹二千疋布五百端米粟二千石二十七日

命太常卿裴郁副使少府少監路恕備禮持節冊命上所
以待大臣之禮備矣惟公始以文史參佐至于牧守師集作
將帥公業見乎變德刑焯於時所以順天明從君命布皇
澤宣國威能竭忠力而爲藩衛理軍如家馭下以誠拊循
厚而士勵法禁明而衆整誓師鞠旅皆樂爲用料敵制勝
如在彀中此戰之所由克也凡再分兵符而三破劇賊開
相府十四年以上公居中者九年至於盡沃心之言當注
意之重密啓詭詞人莫得而知之昔舜之官人也禹作司
徒龍作納言惟公居之周之命將也方叔元老申伯于藩
惟公嗣之加以馮異之推功趙奢之饗士子囊之城郢文
子之不屬其子惟公備之故藏特爲鑄追遠盛公侯之禮

會朝鳴王拜後聯鄉士之榮公之展孝也公之效忠也凡
自府辟多爲國華登中朝以潤王度分外閫而貞師律公
之知人也公之舉善也洪範之乂用三德嚮用五福惜公
不踰期順其他則無不及也德與自右集作左補闕三歲而
爲右史掖垣之屬備承功烈褒獎之禮獲奉命書來今先
遠有期祖載將及易其名者敢告有司謹狀貞元十一年
十月十六日宣德郎守起居舍人制誥雲騎尉權德輿謹
上尚書考功夫建侯行師先王之所以懲不恪也考行尊
名先王之所以勸人臣也謹按故司徒兼侍中上柱國北
平郡王贈太傅馬公勤勞王家功德茂盛其謀猷合於君
其忠利加於人也用登公相以殿邦國今體魄則降日月

有特敢錄實行請徵謚法謹狀集作上

贈絳州刺史馬府君行狀　韓愈

君諱彙字某其先爲嬴姓當周之衰處晉爲趙氏晉亡而
趙氏爲諸侯其後益大與齊楚韓魏燕六國俱稱王其別
子趙奢當趙時破秦軍閼與有功號馬服君子孫由是以
馬爲氏梁有安州刺史侍中贈太尉岫岫生喬卿任襄州
主簿國亂去官不仕喬卿生君才隋末爲薊集作薊令燕王
藝師之以有幽都之衆武德初朝京師拜武侯大將軍封
南陽郡公卒葬大梁新里趙郡李華刻碑頌之君才生珉
爲王鈴衛倉曹參軍事贈尚書左僕射生季龍爲嵐州刺
史贈司空清河崔元翰銘其德於　碑在新里司空生燧爲

司徒侍中北平王贈太傅謚莊武武之勳勞在策書君其長子也少舉明經司徒公作藩太原授河南府參軍建中四年司徒公使將武人子弟才力之士三百人朝行在扞衛獻御服用物弓甲衮器幄幕奔走危難上嘉（集作喜非）其勤超拜太常丞賜章服遷少府少監太僕少卿司徒公之薨也刺臂出血書佛經千餘言期以報德廬墓側植松栢終喪又拜太僕少卿疾病一年貞元十八年七月（七蜀本作十）二十五日終于家凡年四十有五其弟少府監暢上印綬求追贈贈絳州刺史布帛百疋君在家行孝友待賓客朋友有信義其官守（集作官令）恭慎舉職其朝獻奉父命不避難其居喪有過人行初司徒公娶河南元氏封潁川郡夫人贈

許國夫人許國薨少府始孩顧託以其姪爲繼室是爲陳國夫人陳國（集作大人）無子愛君與少府如已生其薨也君與少府喪之猶實生已親負土封其墓夫人滎陽鄭氏王屋縣令況之女有賢行侍君疾逾年不下堂食菜飲水藥物必自擇將進輙先嘗方書本草恒置左右男二人赦前左衛倉曹參軍敫右清道率府胄曹參軍女子二人在室雖皆幼侍疾居喪加成人愈既世通家詳聞其世系事業今葬有期日從少府請撥其大者爲行狀託立言之君子而圖其不朽焉

文苑英華卷第九百七十四

文苑英華卷第九百七十五　行狀五

行狀

秘書少監陳公行狀　柳宗元

五代祖叔明陳宜都王曾祖某皇會稽郡司馬某皇晉陵郡司功參軍父兼右補闕翰林學士贈秘書少監某州某縣某鄉某里陳京年若干狀公姓陳氏自潁川來隸京兆萬年胄貴里諱京既冠字曰慶復舉進士爲太子正字咸陽尉太常博士左補闕尚書膳部考功員外郎司封郎中

給事中秘書少監自考功已（集作以）來凡四命爲集賢學士德宗登遐公病痾輿曳就位備哀敬之節由是滋甚遂以所居官致仕貞元二十一年四月二十五日終于安邑里妻黨之室無子伯兄前監察御史璿仲兄前大理評事長以公文行之大者告于嘗吏于公者使辭而陳之大曆中公始來京師中書常舍人袞楊舍人炎讀其文驚以相視曰子雲之徒也常以兄之子妻公由是名聞遊太原太原尹喜曰重客至矣授館致餼厚以泉布獻焉公曰非是爲也某嘗爲北都賦未就願即而就焉其宮室城郭之大河山之富關閈之壯與其土疆之所出風俗之所安王業之所由興苟得聞而覩之足矣若曰受大利是以利來非（字集）

蓋興前志也吾不能敢辭遂逆大河踰北山彷徉而歸賦成
果傳天下爲咸陽尉晉府廷主文章次大事得其道爲博
士舉疵禮脩墜典合于大中者衆焉涇人作難公徒行以
出奔問官守段忠烈之死上議罷朝七日宰相曰不可方
居行宮無以安天下公進曰是非宰相之言天子褒大節
袞大臣天下所以安也況其特異者乎上用之其勞勤侍
從謀議可否時之所賴者大廵狩告任集作所至上行罷已之
道焉曰凡我執事之臣無所任罪予惟不謹於理而有是
也將復前之爲相者公曰天下加惠羣臣而引慝焉德之
厚也而爲相者復無以大警于後且示天下率其黨乎之
上變於色在列者咸恂而退公大呼曰趙需等勿退遂進

而盡其辭焉不果復上迎訪太后聞集作問數歲外頗息其
禮公容疏發之天子感悅焉初禮部試士有與親戚者則
附于考功莫不陰授其旨意而爲進退者及公則否卓然
有有司之道不可犯也太廟闕東向之禮且久矣公自爲
博士補闕尚書郎給事中凡二十年動集作勤以爲請殷祭
之不墜繄公之忠懇是賴故有有赤紱銀魚之報焉昭陵
山峻而高寢宮在其上內官憖其上下之勤輓汲之難也
謁于上請更之上下其議宰相承而諷之召官屬使如其
請公曰斯太宗之志也其儉足以爲法其嚴足以有奉吾
敢顧其私容而賛集作替之也奏議不可上又下其議凡是
公者六七人其餘皆曰更之便上獨斷焉曰京議得矣從

之在集賢奏祕書官六員隷殿內而刊校益理納資爲胥
而仕者罷之求遺書凡增繕者乃作藝文新志制爲之名
曰貞元御府羣書新録始御府有食本錢月權其羸以爲
膳有餘則學士與校理官頒分之學士常受三倍由公而
殺其二書史之始至入禮幣錢六十緡亦皆分爲公悉致
之官以理府署作書閣廣羣官之堂不取於將作少府而
用大足居門下簡武官議典禮上以爲能益器之與信臣
議且致相位遇公有感疾使視之疾甚不能知人遂不用
鄭吏部高太常爲相而以祕書命公所以示優之也公有
文草集作章若干卷深茂古老慕司馬相如楊雄之詞而其
詁訓多尚書爾雅之說紀事朴實不苟悅於人世得以傳

藁其學自聖人之書以至百家諸子之言推黄炎之事涉
歷代洎國朝之故實鉤引貫穿舉大苞小若太倉之蓄崇
山之載浩浩乎不可知也豈楊子所謂仲尼駕說者耶夫
其忠烈之衷也相府之有誡也太廟之東向也昭陵之不
更其故也官守之不奪也立言之不可誣也利之不苟就
也害之不苟去也其忠類朱雲其孝類潁考叔其廉類公
儀休而又文學以輔之五文字集作以之學以輔之而天子以爲之知
既得其道又得其時而不爲公卿者病也故議者咸惜其
始而哀其終焉公之喪凡五十四日而夫人又殁毀也夫
人之父曰偕司農卿祖曰某贈太子太保宗元故集賢史
也得公之遺事於其家書而授公之友以誌公之墓謹狀

貞元八年(集作永貞元年是)八月五日尚書禮部員外郎柳宗元狀

段大尉逸事狀　前人

太尉始爲涇州刺史時汾陽王以副元帥居蒲王子晞爲尚書領行營節度使寓軍汾州縱士卒無賴邠人偷嗜暴惡者卒以貨竄名軍伍中則肆志吏不得問日羣行丐取於市不嗛輒奮擊折人手足椎釜鬲甕盎盈(集作棄)道上袒(集作把)臂徐去至撞殺孕婦人邠寧節度使白孝德以王故戚不敢言太尉自州以狀白府願計事至則曰天子以生人分(集作付)公理公見人被暴害因恬然且大亂若何孝德曰願奉教太尉曰某爲涇州甚適少事今不忍人無暴寇

(集作冦暴)死以亂天子邊事公誠以都虞候命某者能爲公已亂使公之人不得害孝德曰幸甚如大尉請既署一月晞軍士十七人入市取酒以刃刺酒翁壞釀器酒流(集作晉)溝中大尉列卒取十七人皆斷頭注槊上植市門外晞一營大譟盡甲孝德震恐召大尉曰將奈何大尉曰無傷也請辭於軍孝德使數十人從大尉大尉盡辭去解佩刀選老躄者一人持馬至晞門下甲者出大尉笑且入焉曰殺一老卒何甲也吾戴吾頭來矣甲者愕因諭曰尚書固負若屬耶元帥固負若屬耶奈何欲以亂敗郭氏爲白尚書出聽我言晞出見大尉大尉曰副元帥勳塞天地當務(一有爲字)始終今尚書恣卒爲暴且亂亂天子邊欲誰歸罪罪且及副元帥今邠人惡子弟以貨竄名軍籍中殺害人如是不止幾日不大亂大亂由尚書出人皆曰尚書倚副元帥不戢士然則郭氏功名其與存者幾何言未畢晞再拜曰公幸教晞以道恩甚大願衆(集作奉)軍以從顧叱左右曰皆解甲散還火伍中敢譁者死大尉曰吾未晡食請假設草具既食曰吾疾作願留宿門下命持馬者去旦日來遂卧軍中晞不解衣戒候擊柝衛大尉旦俱至孝德所謝不能請改過邠州由是無禍先是大尉在涇州爲營田官涇大將焦令諶取人田自占數十頃給與農田且熟歸我半是歲大旱野無草農以告諶諶曰我知入數而已不知旱也督責益急農且飢死無以償即告大尉太尉判狀辭甚巽使

人來(集作求)諭諶諶盛怒召農者曰我畏段某耶何敢言我判鋪背上以大杖擊二十垂死輿來庭中大尉大泣曰乃我困汝即自取水洗去血裂裳衣瘡手注善藥旦夕自哺農者然後食取騎馬賣市穀代償使勿知淮西寓軍帥尹少榮剛直士也入見諶大罵曰汝誠人耶涇州野如赭人且飢死而不得穀又用杖擊無罪者段公仁言大人也而汝不知敬今段公惟一馬賤賣市穀入汝汝又取不恥凡爲人傲天災犯大人擊無罪者又取仁者穀使主人出無馬汝將何以視天地尚不愧奴隸耶諶雖暴抗然聞言則大愧流汗不能食曰吾終不可以見段公一昔(集作夕川)自恨死及太尉自涇州以司農徵戒其族過岐朱泚幸致貨幣

慎勿納及過洮固致大綾三百兩（集作疋）太尉堦韋晤堅拒
不得命至都太尉怒曰果不用吾言晤謝曰處賤無以拒
也太尉曰然終不以在吾第以如司農治事堂棲之梁木
上洮反太尉終吏以告洮洮取視之其故封識具存

段太尉逸事如右

元和九年某月日守永州司馬員外置同正員柳宗元謹
上史館今之稱太尉大節者（集作出入二字）以爲武人一時奮不
慮死以取名天下不知太尉之所立如是宗元嘗出入岐
周邠斄間過真定北上馬嶺歷亭鄣堡戍竊好問老校退
卒能言其事太尉爲人㖩㖩（集作姁姁）常低首拱手促（集作行）步
言氣卑弱未嘗以色待物人視之儒者也遇不可必達志

决非偶然者會州刺史崔公來言行信（集作信行）直備太尉遺
事覆校無疑或恐上逸墜未集太史氏敢以狀私於執事
謹狀

故銀青光祿大夫右散騎常侍輕車都尉宜城縣
開國伯柳公行狀　前人

曾祖善才皇荊王侍讀祖尚素皇潤州曲河縣令父慶休
皇渤海郡渤海縣丞贈蔡州刺史工部尚書汝州梁縣梁
城鄉思義里柳渾年七十四狀公字惟深其先河東人晉
永嘉年有濟南太守卓者去其土代仕江左公實後之柳
氏自黃帝后稷降於周魯以字命族因地受氏載在左氏
內外傳及太史公書自卓至公十有一代爲士林盛族著
于南朝　代史及柳氏家諜惟公質貌魁傑度量宏大弘
和傳達而遇節必立俶儻放弛而應機能斷其居室奉養
撫字之誠儀于宗戚而內行著其蒞政柔仁端直之德洽
于府寺而外美彰焉凡爲學略章句之煩亂採摭奧旨以
知道爲宗凡爲文去藻飾之華靡汪洋自肆以適己爲用
自始學至於大成兢嗜文集注意鑽礪傍不知遊息威不
待檟楚儒言經（蜀本作雅）音夙有聞知年十餘歲有稱神巫來
告曰若相法當夭且賤幸而爲釋可以緩而死耳位祿非
若事也公諸父素加撫愛尤所信異遽命奪去其業從巫
之言也公不然之（二字集作可）且曰夫性命之理聖人所罕言
搢紳者（集有所字）不道巫何爲而能言之耶（集作盡之也）且令從之

而生去聖人之教而爲異術不若速死之愈也於是爲學
甚篤其在童幼固不惑於譎怪（集作怪譎）矣開元中舉汝州進
士計偕百數公爲之冠禮侍郎韋陟異而目之一舉上第
調授宋州　父尉操斷舉措通乎細大絜廉檢守形於造
次加雲騎尉秩滿江南西道連帥聞其名辟至公府以信
州都邑人罹凶害靡弊殘耗假守永豐令公於是用重典
以臧奸暴鋪人和以惠鰥嫠毆除物害消去人隱吏無招
權乾沒之患政無犯令龍戎（集作葺）之蠹宰制聽斷漸於無
訟（集作訟息）耕夫復於疆封（集作封疆）商旅交於闤市既庶而富廉
耻興焉既富而教庠塾列焉里閈大變克有能稱遂表爲
洪州豐城令到職如永豐之政而仁厚加焉授衢州司馬

夫器宏者恥効以圭撮之任足逸者難苟以尋常之地公遂戚跡藏用遁隱于武寧山羣公交書諸侯走幣皆謝絶不就方將究賢人之業窮君子之儒味道腴以代膏粱動德耀（集作德燿）而輕紱冕遺榮養素恬淡如也朝右籍甚有聲徵拜御史公曰君命也安敢逃乎即日裝束上道公常好大體不爲細故家之迫速（集作束）非其志也以疾辭授右補闕不隱忠以固位不形直以干（集作千）名除殿中侍御史賜緋魚袋赴江西與租庸使議復榷鐵及常平倉便宜制置得以專任（蜀本作征）和鈞關石之緒出納平準之宜國利人逸得其要術（集作速）遷侍御史充江南西道都團練判官時屬支郡不知連帥之職公請出廵蓋征之地大詰姦謬所至

風動其有非常之政裕于人者必舉其課績歸之使府而（集無而字）又以文采殷懃歌詠之俾其風謠誦聲聞于他部達于京師而後已政祠部員外郎轉司勳郎中餘如故就拜袁州刺史公於是酌古良牧之政宜於今者宗而奉之考諸理國之說稱于人者承而守之均利器用以致其富昭明物則以敎之禮示優裕之德以周惠利緩九賦推廣厚之心以固和慈保萬人明其制量臨長羣吏示之決禁考中備敗無不得其極理行高第朝廷休之召拜諫議大夫充浙江東西道黜陟使將舉其能政端于外邦也公則脩虞書之考績舉漢代之課第處事詳諦無依違故縱之敗奉法端審無隱忌峭刻之文特分部所繫於公尤重陵江

並海竟吳越之域皆所莅焉復命稱職加朝散大夫又拜左庶子集賢殿學士奉翊儲后脩其宮政統理文籍紀于祕府尚書左丞直而多容簡而有制去苛削之文而吏皆率法務弘大之道而政不失中加銀青光祿大夫遷爲右散騎常侍涇卒之亂公以變起卒遽盡室奔匿于終南山賊徒訪公所在追以相印旣及公而問焉公變名氏以紿之捐家屬以委之賊遂執公愛子榜箠訊問折其右胑而公不之顧即步入窮谷披草徑踰蓁（集作秦）嶺由褒駱朝于行宮上嘉其誠節不時召見公頓首流涕累陳討盡賊平策勳賜輕車都尉封宜城縣開國伯拜尚書兵部侍郎初公名載字元輿至是奏請改命以滌僞署之汙是歲益攄

淮濟方議討叛宰相以大理評事李元平者有名以爲才堪攘寇拜爲汝州羣臣望聲徇利者皆曰德舉公獨慷慨言於朝曰是夫喋喋衒玉而賈名者也王衍誤天下殷浩敗中軍華而不實異代同德徃且見獲何寇之攘時人不之信也未幾盜襲汝州以元平歸凡百莫不嗟服焉俄以本官同中書門下平章事登庸翊聖（集作登翊聖皇）匡弼大政造膝盡規諫之志當事無矜大之容援下情于上以酌天心順嘉謩于外用彰君德故（一有致字）績用茂著而人罕知之然其彰布于外敷聞在下者十有一二焉貞元初上以甸服長人天下理本於是覩擇郎吏分宰於京師外部未幾而人謠大和肇壤之頌歸於帝力上召丞相告之左僕射平

章(蜀本有重字)事張延賞忭蹈稱慶公俯伏不賀且曰甸服之政固宜慎重然則此胥胥者特京兆尹之職耳陛下當擇臣輩以輔聖德臣當選京兆以承大化京兆當求令長以親細事夫然後宜捨此而致理可謂愛人矣然非王政之大倫也不知所賀上深然之漢惠悰哲參之絳侯懃曲逆之對考之前志我無負焉既而西戎乘間入邑詐以請盟侍中北平王璲建議許之自公卿已(集作以)下莫有異慮公獨陳謀獻畫言戎之詐固不可許竟晋中不下而前議遂行於是冊命上將蒞盟諸戎果縱兵逼好大毆掠而去上召對前殿嘉嘆者久之時諫臣有廷爭陷於訕上者上未之善也公從容候間陳古以諷所以示寬裕之德招讜正

之言詞旨切直意氣懃懇動合聖謨卒見納用無何工人有以埋乘輿服器得罪于左右者有司以盜易御物請論如法制初可之公不奉詔因抗疏曰跡其罪狀未甚指明方春殺人懼(集作恐)傷和氣上覽之大悅即原其罪刑官慎恤之事正於邦典

聖君含育之德彰于天下論者難之時上相與光祿卿裴腆不恊侯公休沐以御酒或闕陰請貶之制命既行公堅執不下請訊支計之吏校其供入之實原本定罪窮理辯刑而腆覔獲宥克復本職白志貞有羈靮之勤獻利(集作謀)釁中上嘉其功効特寵異之方議大用公以爲胥徒雜類出自微賤負乘致寇盜之招也累疏以聞而止公竭誠盡

忠憂勞庶務有耄志之疾(狠恐)逼(集作迫)陳讓除右散騎常侍罷知政事貞元五年二月五日薨於昌化里終於散地故褒贈不及惟公致君之志孜孜焉不有息也立誠之節侃侃焉無所屈也故虛心積慮博蹇之道表于朝端弼違釋回朴忠之誠沃於帝念內有敢言之勇進當不諱之明用能直道自達而無罪悔者也公累更重任祿秩之厚布于宗姻無一廛之土以處其子孫無一畝之宮以聚其疾屬待祿而飽傭室而安終身坦蕩而細故不入其達生知足落落如此夫其孝恭慈仁義行也(集作子恭父慈善行也)拊循至理能政也直廉絜靜儉德也拒疑獨斷明識也　肖危以扞敵固大節也犯顏以陳訐謨至忠也有一于此尚宜旌褒

矧茲備體烏(集作焉)可以已固當飾以榮號章示後來而故吏遺孤淪寓遐壤乂稽尋典罪在宗屬敢用評隲舊行敷贊遺風若乃揚孔氏褒貶之文舉周公懲勸之法徵於誅謚則有司存謹狀

貞元十五年三(集作正)月日故銀青光祿大夫右散騎常侍輕車都尉宜城縣開國伯郴公孫將仕郎守集賢殿正字元謹上(後有尚書考功狀英華元編在八百四十一卷謚議門)

文苑英華卷第九百七十五

文苑英華卷第九百七十六

行狀六

行狀

金紫光祿大夫檢校尚書左僕射同中書門下平章事兼汴州刺史充宣武節度副大使知節度事管內度支營田汴宋亳潁等州觀察處置等使上

柱國隴西郡開國公贈太傅董公晉行狀

曾祖仁琬皇任梁州博士祖大禮皇贈右散騎常侍父伯良皇贈尚書左僕射公諱晉字混成河中虞鄉萬歲里人少以明經上第宣皇帝居原州公在原州宰相以公善為文任翰林之選（集有既以二字）聞召見拜祕書省校書郎入翰林為學士三年出入左右天子以為謹愿賜緋魚袋累昇為衛尉寺丞出翰林以疾辭拜汾州司馬崔圓為揚州詔以公為圓節度判官攝殿中侍御史以軍事如京師天子識之拜殿中侍御史內供奉由殿中為侍御史入尚書省為主客員外郎由主客為祠部郎中先皇帝時兵部侍郎李涵如迴紇立可敦詔兼侍御史賜紫金魚袋為涵判官迴紇之人來曰唐之復土疆假（集作取）迴紇之力焉約我為市馬既入而歸我賄不足我於使人乎取之涵懼不敢對視公公與之言曰我之復土疆爾信有力焉吾非無馬而與爾為市為爾賜不既多乎爾之馬歲五至（集有吾字）數皮而歸資邊吏請致詰也天子念爾有勞（集有故字）下詔禁侵犯諸戎畏我大國之爾與也莫敢校焉爾之父子寧而畜馬蕃者非我誰使之於是其衆皆環公拜既又相率南面序拜皆兩舉手曰不敢復有意於大國自迴紇歸拜司勳郎中未嘗言迴紇之事遷祕書少監歷太府太常二寺亞卿為左金吾衛將軍今上即位以大行皇帝山陵出財賦拜太府卿由太府為左散騎常侍兼御史中丞知臺事三司使

選擢才俊有威風始公為金吾始（集作末）盡一月拜太府由太府（集無此三字）九日又為中丞朝夕入議事於是宰相請以公為華州刺史潼關防禦鎮國軍使朱泚之亂加御史大夫詔至于上所又拜國子監祭酒兼御史大夫宣慰恒州於是朱滔自范陽以迴紇之師助亂人（集作心字）大恐公既出至恒州即日奉詔出兵與滔戰大破走之還至河中李懷光反上如梁州懷光所率皆朔方兵公知其謀與朱泚合也患之造懷光言曰公之功天下無與敵公之過未有聞於人某至上所言公之情上寬明將無不赦宥焉乃能為朱泚之臣乎彼為臣而背其君苟能（集作得）志於公何有且公既為太尉矣彼雖寵公何以加此彼不能事君能以臣

事公乎公能事彼而有不能事君乎彼知天下之怒朝夕戮死者也故求其同罪而與之比公何所利焉公之敵彼有餘力不如明告之絶而起兵襲取之清宫而迎天子庶人服而請罪有司雖有大過猶將掩焉如公則雖敢議語巳懷光拜曰天賜公活懷光之命喜且泣公亦泣則又語於其將卒如語懷光者將卒呼曰天賜公活吾三軍之命拜且泣公亦泣故懷光卒不與朱泚當是時懷光幾不反公氣仁語若不能出口及當事乃更疎亮捷給其詞忠其容貌温然故有言於人無不信（集作之字）明年上復京師拜左金吾衛大將軍由大金吾爲尚書左丞又爲太常卿由太常拜門下侍郎平章事在宰相位凡五年所奏於上前者

皆二帝三王之道由秦漢已降未嘗言退歸未嘗言所言於上者於人子弟有私問者公曰宰相所職繫天下天下安危宰相之能與否可見欲知宰相之能與否如此視之其可凡所謀議於上前者不足道也故其事卒不聞以疾病辭於上前者不記（集作已）退以表辭者八方許之拜禮部尚書制曰事上盡大臣之節又曰一心奉公於是天下知公之有言於上也初公爲宰相時五月朔會朝天子在位公卿百執事在庭侍中贊百寮賀中書侍郎平章事實參攝中書令當傳詔詞疾作不能事凡將大臣朝會當事者既受命皆先日習儀于時未有詔公卿相顧公逡巡進北面言曰攝中書令臣某病不能事臣請代某事於是南面

宣致詔詞已復位進退甚詳爲禮部四年拜兵部尚書入謝遷上語問（問字集住移時）日晏復有入謝者上喜曰董某入疾且損矣出語人曰董公且復相既二日拜東都留守判東都尚書省事充東都畿汝（蜀本有州字）都防禦使兼御史大夫仍爲兵部尚書由留守未盡五月拜檢校尚書左僕射同中書門下平章事汴州刺史宣武軍節度副大使知節度事管内度支營田汴宋亳潁等州觀察處置等使汴州自大曆來多兵事劉玄佐益其師至十萬人（表本無一人）玄佐死子士寧代之畋遊無度其將李萬榮乘其畋也逐之萬榮爲節度一年其將韓惟清張彦林作亂求殺萬榮不克三年萬榮病風昏不知事其子廼復欲爲士寧之故監軍使

俱文珍與其將鄧惟恭執之歸京師而萬榮死詔未至惟恭權軍事公既受命遂行劉宗經韋弘景韓愈實從不以兵衛及鄭州逆者不至鄭州人爲公懼或勸公止以待有自汴州出者言於公曰不可入公不對遂行宿圃田明日食中矣逆者至宿八角明日惟恭與（文表作及）諸將至遂逆以入及郛三軍緣道讙聲庶人壯者呼老者泣婦人啼遂入以居初玄佐死吴湊代之及華聞亂歸仕寧萬榮皆自爲之而後命軍士將以爲常故惟恭亦有志以公之速也不及謀遂出逆既而私其人覸公之所爲以告曰公無爲惟恭喜知公之無害已也委心焉進見公者退皆曰公仁人也聞公言者皆曰公仁人也環以相告故大和（蜀本有初字）玄

佐遇軍士厚士寧懼不復加厚焉至萬榮如士寧志及韓張亂又加厚以懷之至于惟恭每加厚焉故士（集有卒字）卒驕不能禦則置腹心之士幕於公庭廡下挾弓執劍以須日出而入前者去日入而出後者至寒暑時至則加勞賜酒肉公至之時（時字集作明日）皆罷之貞元十二年七月也八月上命汝州刺史陸長源爲御史大夫行軍司馬楊凝自左司郎中爲檢校吏部郎中觀察判官杜倫自前殿中侍御史爲檢校工部員外郎節度判官孟叔度自殿中侍御史爲檢校金部員外郎支度營田判官職事修人變（蜀本作俗表本作民）化嘉木生白鵲集蒼鳥（集作烏）來巢嘉瓜同蔕聯實四方至者歸以告其帥小大威懷有所疑輒使來問有交惡者公

與平之累請朝不許及有疾又請之且曰人心易動軍旅多虞及臣之生計不先定至於（集作于）他日事或難期猶不許十五年二月三日薨於位上三日罷朝贈太傅使吏部員外郎楊於陵來祭弔其子賵布帛米有加公之將薨也命其子三日斂既斂而行於行之四日汴州亂（表本有故字）君子以公爲知人公之薨也汴州人歌之曰濁流洋洋有闕其郛閬道讙呼公來之初今公之歸公在喪車又歌曰公既來止東人以定今公殁矣人（集作其）誰與安始公爲華州亦有惠愛人思之公居處恭無妾媵不飲酒不諂笑好惡無所偏與人交泊如也未嘗言有問者曰吾志於教化享年七十六階累升爲金紫光禄大夫勳累升爲上柱國爵累升爲隴西郡開國公娶南陽張氏夫人後娶京兆韋氏夫人皆先公終公四子全道溆（唐書作溪下同）全素灄（按表本蜀本作全道全溪系表及韓愈作董溪墓誌溪全素全灄下同按唐世系並無全字蓋全道文素出於賜名也）全道全素皆上所賜名全道爲秘書著作溆爲秘書省秘書郎全素爲大理評事灄爲大常寺大祝皆善士有學行謹具歷官行事狀伏請牒考功并牒大常議所謚牒史館請垂編録謹狀（集作伏上）

貞元十五年五月十八日故吏前汴亳潁等州觀察推官將仕郎試秘書省校書郎韓愈狀

金紫光禄大夫檢校禮部尚書使持節都督廣州諸軍兼廣州刺史兼御史大夫充嶺南節度營田

觀察制置本管經畧等使東海郡開國公食邑二千户徐公行狀

李翱

曾祖仁徹隋吉州太和縣丞祖玄之皇考功員外郎贈吏部郎中諫議大夫考又皇汾州司户参軍贈信州刺史京兆府萬年縣青盖鄉交原里東海徐公年七十公諱申字維降東海郯人永泰元年寄籍京兆府舉進士得秘書省正字初辟巡官于江西又掌書記于嶺南行營哥舒氏之亂平奏授大理評事轉司直兼監察御史賜緋魚袋又充節度判官于朔方改授大子司議郎兼殿中侍御史選授洪州都督府長史時刺史嗣曹王臯江西兵討李希烈故以長史行刺史事任職有成曹王薦之遷韶州刺史四十

餘年刺史相循居于縣城州城與公田三百頃皆爲墟縣令丞尉雜處人（集作民）屋公乃募百姓能以力耕公田假之牛犂粟種（集作與字）食所收以其半與之不假牛犂者三分與其（集無此字）二田久不理草根腐地增肥又連遇宜歲得粟比餘田畝盈若干凡積粟三萬斛將復築室于州故城令百工之技以其藝來者與粟有差刺史臨視給與吏無所行其私以故人皆使信應募者數千人陶人不知墁而塗有餘圬人不板築而墻有餘築人不操斤斧而工有餘陶者圬者築者工者各以其所能相易未十旬而城郭室屋建立如初刺史以官屬遷于新城縣令之下各返其室創六驛新大市二道四館器用皆具曲江縣五百人以狀詣觀

察使請作碑立生祠公自陳所爲不足述假令如百姓言乃刺史職宜如此何足多者不願以小事市（蜀本作干）名觀察使嘉其讓咨以狀聞遷合州刺史其始來也詔之（集有人字）戶僅七千凡六年遷合州及其去也倍其初之數又盈四千戶焉初先夫人殁於江西遭賊難未克返葬寓于西原公不赴合州表請奉喪歸祔于河南府偃師縣旣滄景觀察使奏請景州刺史河北之俗刺史闕其帥輒以寮屬將校自爲之不請者有年矣宰相累進刺史名皆不出及召公入言合上旨遂下詔遷朝散郎使持節景州諸軍事景州刺史充本州團練使兼御史中丞賜紫金魚袋尋加節度副使其明年滄景節度使始朝其二年又朝遂晉詔以其

從父兄代之奏公充行軍司馬公遂以信州府君塋近灃河表求改葬於重山詔許之旣徵入京師遷朝散大夫使持節都督邕州諸軍事守邕州刺史本管經畧招討使御史中丞賜紫如故是歲貞元十七年也詰俚盜除其暴掠良衆攻禁下（集作不）如令通蠻夷道責土貢大首領黃氏帥其屬納質共賦黃氏周氏葦氏儂氏皆羣盜也黃氏之族最強盤亘十數州周儂（集作葦）氏之不附之也率羣黃之兵以攻之而逐諸海黃氏旣至羣盜皆服於是十三部二十九州之蠻寧息無寇害其明年制遷使持節都督廣州諸軍事守廣州刺史兼御史大夫充嶺南節度觀察本管經畧等使散官賜（集作此字）如故前節度使殁掌印吏盜授人職

百數謀夜發兵爲亂事覺奔走公至陰以術得首惡殺之不問其餘軍中以安蠻夷俗相攻刼羣聚緣道發輒捕斬無復犯者蕃國歲來互市奇珠瑇瑁異香文犀皆浮海舶以來賞貢是供不敢有加舶人安焉商賈以饒二十一年進階銀青光祿大夫元和元年詔加金紫光祿大夫檢校禮部尚書封東海郡開國公食邑二千戶餘如故詔書未至有疾薨于位三佐藩屏之臣五爲刺史一爲經畧使一爲節度觀察使階累升爲金紫光祿大夫爵超進爲開國公官亟遷爲禮部尚書其事業皆足以傳示後嗣爲子孫法享年七十雖不極（集作登）於上壽儒者榮之前夫人渤海高氏子皆早夭後夫人扶風竇氏封國夫人有子元弼前

右衛倉曹參軍以讀書屬文爲業謹具歷官行事如前伏請牒太常編録謹狀

正議大夫行尚書吏部侍郎上柱國賜紫金魚袋

贈禮部尚書韓公行狀　前人

曾祖泰皇任曹州司馬祖濬素皇任桂州長史父仲卿皇任祕書郎贈尚書左（蜀本作在）僕射公諱愈字退之昌黎某人生三歲父殁養於兄會舍及長讀書盡能記他生之所習年二十五上進士第汴州亂詔以舊相東都留守董晉爲平章事宣武軍節度使以平汴州晉辟公以行遂入汴州得試祕書省校書郎爲觀察推官晉卒公從晉喪以出四日而汴州亂凡從事之居者皆殺死武寧軍節度使張建

封奏爲節度推官得試太常寺協律郎選授四門博士遷監察御史爲幸臣所惡出守連州陽山縣令政有惠於（集作）于下及公去百姓多以公之姓名（集作命）其子改江陵府法曹參軍入爲權知國子博士宰相有愛公者將以文學職處公有爭先者構公語以飛之公恐及難遂求分司東都權知三年改真博士入省爲分司都官員外郎改河南縣令日以職分辨於留守及尹故軍士莫敢犯禁入爲職方員外郎華州刺史奏華陽縣令柳澗有罪遂將貶之公上疏請發御史辨曲直方可處以罪則下不受屈旣柳澗有犯公由是復爲國子博士改比部郎中史館修撰轉考功郎中修撰如故數月以考功知制誥上將平蔡州先命御史中丞裴公度使諸軍以視兵及還奏兵可用賊勢可以滅頗與宰相意忤旣數月盜殺宰相又害中丞不克中丞微傷馬逸以免遂爲宰相以主東兵自安禄山起范陽陷兩京河南北六七鎭節度使身死則立其子作軍士表以請朝廷因而與之及貞元季年雖順地節將死多即軍中取行軍副使將校以授之節習以成故矣朝廷之賢恬然於所安以苟不用兵爲貴議多與裴度相異惟公以爲盜殺宰相而遂息兵其爲恥（集作懦）甚大兵不可以息以天下力取三州尚何不可與裴丞相議合故兵遂用而宰相有不便之者月滿遷中書舍人賜緋魚袋後竟以他事改太子右庶子元和十二年秋以兵老久屯未滅上命裴丞相

爲淮西節度使以招討之丞相請公以行於是以公因本官（集作此三字）兼御史中丞賜三品服及魚（三字集作衣魚）爲行軍司馬從丞相居於郾城公知蔡州精卒聚界上以拒官軍守城者率老弱且不過千人亟白丞相請以兵三千人間道以入必擒吳元濟丞相未及行而李愬自唐州文城壘提其卒以夜入蔡州果得元濟蔡州旣平布衣柏耆以計謁公公與語奇之遂白丞相曰淮西滅王承宗膽破可不勞用衆宜使辨士奉相公書明禍福以招之彼必服丞相然之公令柏耆口占爲丞相書（集有明禍福使四字）柏耆袖之以至鎭州王承宗果大恐上表請割德棣二州以獻丞相歸京師公遷刑部侍郎歲餘佛骨自鳳翔至傳京師諸寺（集作時字）百姓

有燒指與頂以祈福者公奏疏言自伏羲至周文武時皆未有佛而年多至百歲有過之者自佛法入中國帝王事之壽不得(集作能)長梁武帝事之最謹而國大亂請燒棄佛骨疏入貶潮州刺史移袁州刺史百姓有以男女爲人隸者公計傭以償其直而出歸之入遷國子祭酒有直講能說禮而陋於容學官多豪族子擯之不得共食公命吏曰召直講來與祭酒共食學官由此不能賤直講奏儒生爲學官日使會講生徒奔走聽問皆相喜曰韓公來爲祭酒國子監不寂寞矣攻兵部侍郎鎮州亂殺其帥田弘正征之不克遂以王庭(集作庭下同)湊爲節度使詔公往宣撫既行衆皆危之元稹奏曰韓愈可惜穆宗亦悔有詔令至境觀

事勢無必於入公曰安有受君命而滯留自顧遂疾驅入庭湊嚴兵拔刃弦弓矢以逆及館甲士羅於庭公與庭湊監軍使三人就位既坐庭湊言曰所以紛紛者乃此士卒所爲本非庭湊心公大聲曰天子以爲尚書有將帥材故賜之以節實不知公共健兒語未得乃(二字集作及)大錯甲士前奮言曰先太史爲國打朱滔滔遂敗奔(集無此字)走血衣皆在此軍何負朝廷乃以爲賊乎公告曰兒郎等且勿語聽愈言愈時爲兒郎已不記先太史之功與忠矣若猶記得乃大好且爲逆與順利與病(二字集作害)不能遠引古事但以天寶來禍福爲兒郎等明之安祿山史思明李希烈梁崇義朱滔朱泚吳元濟李師道復有若子若孫在乎亦有居

官者乎衆皆曰無又曰田令公以魏博六州歸朝廷爲節度使後至中書令父子皆授旄(集作旗)節子與孫雖在童幼(集作幼童)者以爲好官窮富極貴寵榮耀天下劉悟李祐皆居大鎮王承元年始十七亦仗節皆三軍耳所聞也衆乃曰田弘正刻此軍故軍不安公曰然汝三軍亦害田令公身又殘其家矣復何道衆乃讙(集作譁)曰侍郎語是侍郎語是(集本不用疊此句)庭湊恐衆心動遽麾衆散出因泣謂公曰侍郎來欲令庭湊何所爲公曰神策六軍之將如牛元翼比者不少但朝廷顧大體不可以棄之耳而尚書久圍之何也庭湊曰即出之公曰若真則無事矣因與之宴而歸之牛元翼果出及還於上前盡奏與庭湊及三軍語上大悅曰

卿直向伊如此道由是有意欲大用之王武俊贈太師呼太史者燕趙人語也轉吏部侍郎凡令史皆不鎖聽出入或問公公曰人所以畏鬼者以其不能見也鬼如可見則人不畏之矣選人不得見令史故令史勢重聽其出入則勢輕改京兆尹兼御史大夫特詔不就御史臺謁後不得引爲例六軍將士皆不敢犯私相告曰是尚欲燒佛骨者安可忤故盜賊止遇旱米價不敢上李紳爲御史中丞械囚送府使以尹杖杖之公曰安有此使歸其囚是時紳方幸宰相欲去之故以臺與府不協爲請出紳爲江西觀察使以公爲兵部侍郎紳既復畱公入謝上曰卿與李紳爭何事公因自辨數日復爲吏部侍郎長慶四年得病滿百

日罷既罷以十二月二日卒於靖安里第公氣厚性通論議多大體與人交始終不易凡嫁內外及交友之女無主者十人幼孤養於嫂鄭氏及嫂歿爲之服朞（集作朞服）以服之深於文章每以爲自揚雄之後作者不生（集作出）其所爲文未嘗放（集作效）前人之言而固與之並自貞元末以至於茲後進之士其有志於古文者莫不視公以爲法有集二十卷（集作四）小集十卷及病遂請告以罷每與交友言既終以處妻子之語且曰某伯兄德行高曉方藥食必視本草年止於四十二某疎愚食不擇禁忌五（集作位）爲侍郎年出伯兄十五歲矣如又不足於何而足且獲終牖下幸不至失大節以下見先人可謂榮矣享年五十七贈禮部尚書謹

具任官事跡如前請牒考功下太常定謚并牒史館謹狀

故鞏縣令白府君行（集作事）狀　白居易

白氏芈姓楚公族也楚熊居太子建奔鄭建之子勝居于吳楚間號白公因氏焉楚殺白公其子奔秦代爲名將乙丙已降是也裔孫白起有大功於秦封武安君後非其罪賜死杜郵秦氏憐之立祠廟於（集作于）咸陽至今存焉及始皇思武安之功封其子仲于大原子孫因家焉故今爲太原人自武安已下凡二十七代至府君高祖諱建北齊五兵尚書贈司空曾祖諱士通皇朝利州都督祖諱志善朝散大夫尚衣奉御父諱溫朝請大夫檢校都官郎中公諱鍠字上鍾都官郎中第六子幼好學善屬文尤工五言詩有集十卷年十七明經及第解褐授鹿邑縣尉歷晉陵縣尉汜水縣尉（集無此八字）洛陽主簿酸棗縣令酸棗有善政本道節度使令狐章知而重之秋蒲奏授殿中侍御史內供奉賜緋金魚袋充滑臺（集作毫）節度參謀軍府之要多咨度焉居歲餘公常規章之失章不聽公因晉書移章不辭而去明年遷授河南府鞏縣令在任三考自鹿邑至鞏縣皆以清貞靜理聞於一時公爲人沉厚和易寡言多可至於涉是非關邪正者辯而守之則確乎不可拔也大曆八年五月三日遇疾歿於長安春秋六十有八其年權殯（集作曆）於下（集無下字非）邽縣下邑里夫人河東薛氏薛氏（集作夫人）之父諱儆河南縣尉大曆十二年六月十九日歿於新鄭縣之

私第享年七十以其年權窆於新鄭縣臨洧里公有子五人長子諱季庚（庾世系表同集作庚不同）襄州別駕事具後狀次諱季殷徐州沛縣令次諱季軫許州許昌縣令次諱季寧河南府參軍次諱季平鄉貢進士元和六年十月八日孫居易等始發護靈櫬遷窆於下邽縣（集有此字）義津鄉北原而合祔焉謹狀

襄州別駕白府君事狀　前人

公諱季庚字子申鞏縣府君之長子天寶末明經出身解褐授蕭山縣尉歷左武衛兵曹參軍宋州司戶參軍建中元年授彭城縣令時徐州爲東平所管屬本道節度使反反之狀先以勝兵屯埇口絕汴河運路然後謀東窺江淮

朝廷憂虞計夫有出公與本州刺史李洧潛謀以徐州及有口城歸國及拒東平東平令（集作遣）驍將信都崇敬石隱金等率勁卒二萬攻徐州徐州無兵公合吏民得千餘人與李洧堅守城池親當矢石晝夜攻拒凡四十二日而諸道救兵方至既而賊徒潰運路通首挫逆謀不敢東顧繇是徐州一郡七邑及埇口等三城到于今訖不隸東平者實李洧與公之力也德宗嘉之命公自朝散郎超授朝散大夫自彭城令擢拜本州別駕賜緋魚袋仍充徐泗觀察判官故其制云今徐州（集無州二字）將忠謀翻然仗（集作順）叶其誠羨共贊國（集作良）圖我懸爵賞俟茲而授宜加佐郡之命仍寵殊階之序貞元初朝廷念公前功加檢校大理少

卿依前徐州別駕當道團練判官仍知州事故其制云常等彭城挈而歸國舊勳若此新寵蔑如（集有或字）不延厚於忠臣將何勸於義上宜從亞列再貳徐方秩蒲又除檢校大理少卿兼衢州別駕秩蒲本道觀察使皇甫政以公政績聞薦又除檢校大理少卿兼襄州別駕貞元五（集作十是）年十（集作五）月二十八日終於襄陽官舍享年六十有六某年權窆於襄陽縣東津鄉南原至元和六年十八日嗣子居易等遷於下邽縣義津鄉北原從鞏縣府君宅兆而合祔焉夫人潁川陳氏陳宜都之后祖諱璋利州刺史考諱潤坊鄜城縣令妣太原白氏陳氏（集作夫人）無兄弟姊妹八歲丁鄜城府君之憂居喪致哀主祭盡敬其情理有過成人者中

外姻族咸稱異之十五歲事舅姑服勤婦道夙夜九年迨于奉蒸嘗睦娣姒待賓客撫家人又三（集作二是）十三年禮無違者故中外凡為家（集凡）婦者皆景慕而儀刑焉及別駕府君即世諸孤（集作晝字）尚幼未就師學陳氏（集作夫人）親執詩書威（集作晝）夜教導恂恂善誘未嘗以一呵一扑加之十年之（集作餘字）間諸子皆以文學仕進官至清近實夫人慈訓所致也為女孝如是為婦順如是為母慈如是舉三者百行可知矣建中初以府君彭城之功封潁川縣君元和六年四月三日歿于長安宣平里第享年五十有七其年十月八日從先府君祔于皇姑焉有子四人長曰幼文前饒州浮梁縣主簿次曰居易前京兆府曹參軍翰林學士次曰行

簡前秘書省校書郎幼子金剛奴無祿早世初高祖贈司空有功於北齊詔賜莊宅各一區在同州同城縣至今存焉故自司空而下都官郎中而上皆葬於同城今以卜歸不便遂改卜鞏縣府君及襄州別駕府君兩塋於下邽縣義津鄉北原其兩塋同兆域而異封樹蓋從時宜且叶吉也謹狀

文苑英華卷第九百七十六

文苑英華卷第九百七十七　行狀七

行狀

銀青光祿大夫守工部尚書致仕上柱國中山郡開國公食邑二千戶贈陝西大都督博陵崔公行狀　呂温

曾祖諱承福皇朝太中大夫廣越二府都督祖諱先意皇朝朝議大夫鄭州刺史父諱巘皇朝朝議大夫鄭州長史贈左散騎常侍狀斧藻天理立爲人極敬終端本彼所以將誠明褒歿勸存此所以砥礪名教然而以道行已晦而彌光大君子之行也以法考行直而無黨賢有司之職也凡曰獻狀則唯所知公清莊而和博厚而敏岐嶷而夙茂羈貫(集作非)而老成性約情充靜專動直出入孝悌周旋忠信始以經明上第調佐夏陽次以詞麗甲科超尉王屋事迫於官而擧言迫於事而揚欲藏智而蒙滯來求不近名而聲華見逼故相左僕射張公時尹洛京首得才實洎鎭荊蜀致於幕庭再兼理官專領記室捷(集作健)筆良畫二邦有聞旋遭內艱毀瘠僅立善居得禮族黨稱之免喪之歲天子南狩大尉西平王大會兵車將圖匡復公首膺辟任濤發義心琴未成聲屨及於路感激而將星芒怒謀謨而兵㑹廓清琴華旣還優典斯及拜殿中侍御史時有寵臣爲京兆者政以暴聞吏有冤弊公表陳枉直伏閤待旦言忠主悟事寢風生以繩違稱職轉侍御史以求瘼慎選爲華原令大兵之後旱歲爲虐公勞徠不倦弛張以宜復流庸於潤屋闢曠土爲多稼俄攻歙州刺史地雜歐駱號爲難理下車而簡其約束朞月而明其信誓然後破散豁聚剪鋤山豪旣去害羣之姦遂寧挻(集作埏)險之俗徵拜長安縣令威聲先路不肅而理鉏刃餘地所投皆虛擢同州刺史國歉於豐量賑爲羅號里倉者三百所而凶年備矣戒以暴骸諭之速朽成薄葬者九百家而瘠俗懲矣都人有豪奪鄉悍陰持吏失朋構訟(集作汾)獄累政患之(集作所患)公斷以孥斧破其囊橐人樂其殺而法制行焉郡城自禦寇之餘復隍殆盡朝貢所經夷夏何仰公悅使襁負大興版築下不知役而扁固立焉其餘則去思有碑詳在纂述可覆視也朝議陝明遷於陝服封介晋楚寄分函洛而戒備不脩兵庫虛閉公乃鳩工以利器閱實以練卒金革中度義勇知方旣而有淮西之役晨令暮具凛然而可觀矣河出城下造舟爲梁經費蘇(集作始匪)工敗央相繼公乃沉石而雙固中沚省艦而三分巨流(集作渠)水與意會勢若天成旣而有奔濤之沴智勝功顯終然而無害矣其餘則三降璽書旎加爵秩是明徵也後疾入覲貳職冬官歸載不過圖

書晉府盈乎粟帛豐公約私於是乎在至旣陳乞以尚書
致仕（集作政）室不交要路之賓口不言當代之事就陰委順
談者多之公自解巾至於撒樂思不踰矩動無（集作不）越思
以忠貞爲仕模以勤儉爲家訓身居侯邸清節如初男降
王姬素風愈厲羈孤聚室人各忘其亡布褐分庭士不知
其貴體温柔而事至能斷性坦易而物莫得窺（集作能窺）當官
不務於名聲所去必遺其功利毗謚尚在時論可徵已踰
書葬之期請舉易名之典謹狀
元和三年四月日故銀青光禄大夫守工部尚書致仕贈
陝州大都督博陵崔公從彌（集作外生）甥朝議郎司封員外郎
上騎都尉賜緋魚袋呂温謹上

尚書考功夫立身之道始於君親中於其人終於其身若
府君者居喪有聞臨難有功善其始也勤於官業惠於鰥
寡敬其中也家事以理年至而退謹其終也率是三懿光
于前訓以咨謚法無媿至公謹狀

銀青光禄大夫檢校戶部尚書左金吾大將軍兼
御史大夫上柱國河南縣開國公食邑二千戶贈
紫金魚袋太子少保郴公行狀　沈亞之
爲漢中從事撰

曾祖該皇任陵州録事參軍贈陵州刺史祖岑皇贈祕書
監父潭皇太僕卿駙馬都尉贈司空狀公諱晟其先河東
人也肅宗時詔取儒賢毗士其父以門業（集作業）中選拜太
僕卿尚和政公主主及太僕繼喪而公年始十二孝聞宮
姻旣去喪代宗憐之召養宮中令與皇太（集無太字）子諸王俱
受學故公得通籍中禁詔以吳大瓘爲之師又以大瓘子
通玄通微互爲助教令十日考學績責（集無責字）勸所進乾元
初除尚舍奉御得歸故邸又詔吳大瓘通玄通微令就舍
授學廣德中加檢校太常卿賜佩金魚及德宗即位以公
故奉鋼輦將欲加賜遷官（集作宮非）未幾而屬車西狩矣公徒
走會難奉天因泣奏曰臣願得尺詔持而入東都購其豪
人以爲效德宗嘉（集作奇）其忠賜詔如奏公於是備裝入賊
軍中見賊僞右將軍郭常左將軍張光晟公大說曰陰滌
之災魚鱉逍其塒壇即腸光赫明是葦不知枯挂之地者

公等寧能從其挂哉乃出詔示常等皆奉詔伏興（集作與）誓
約所歸未及期會樞籍宦官朱旣昌陰以公之狀飛告泚
遂爲泚捕縶定死矣泚詰二將詞不伏即徙於外獄稍寬
之有頃賊兵累敗守吏益怠公因其共縶者十餘人謀相
與脫其鋼梏而走之奉天德宗爲之撫背流涕明日乘（集作宸）
輿幸漢中公奉蹕至南梁還拜原王府長史貞元六年
改嘉王府長史其後（集作歲餘）翰林舍人吳通玄謫死公爲疏
陳雪弁逃不得命公濟之季止公曰上方怒寧可爲也公
不聽公章卒三頁於是德宗籍之謂公見義不回賜書寵
勞竟雪通玄改澧州別駕十一年入爲少將作求貞初遷
大將作加朝請大夫起崇陵功以檢校左散騎常侍府使

內作封河東縣開國子食邑五百戶文加銀青光祿大夫起豐陵功贈上柱國元和初西蜀叛發岐隴邠涇朔方太原及山東六郡之卒皆屬長武軍詔以高崇文討之既誅三蜀大困而漢中最險徭益不能賑輸所奉中朝以公(集作器)用當濟遂拜工部尚書兼御史大夫持節帥漢中始詔諸征蜀卒各還故部而獨以漢中卒三千人移戍梓州其卒以爲始去父母鄉里既勞而歸及境乃不得見其閭亦以公(集無此字)功自賴今則從之謂若譎耳皆蜂(集作鋒)奮食所引刃援弓迫中貴人時公行未及郡聞之遂疾驅倍走徃其所先勞之苦辛(集作辛是)勞已乃問曰君等何以而成功乎俱曰某等伐闢耳又問曰闢何以而得伐俱曰驕不受指

於天子公曰君等既知闢以不授指而得伐又親滅之而得功及不授指耶今不授指即受滅也(集作矣)是卒皆免冑匍匐遂行所從歲餘復入爲大將作使匈奴先是戎相出視國使必自據偃以相辱傲公之知乃先謂曰聞若等常以去信爲強亡禮自大禮信不爲誠不仁也何足奉吾國乎於是單于諸王貴人聞之愕然失恃皆莫能辭見則跂容跪伏遂致天子之命約信成禮而歸拜金吾右將軍始得居公爵益封千五百戶加爲大金吾九年加戶部尚書以大金吾爲左將軍元和十三年三月九日殁享年六十九上聞之一日廢聽奏詔令(集作命)從官臨弔之賜賻粟帛贈太子少保強辯多學謙下好問因危以致其節見義不顧其私輸公之急某從寮其門備得前行謹以所聞所見實録於斯謹狀

元和十四年七月十七日狀

銀青光祿大夫檢校禮部尚書兼御史大夫充浙江西道都團練觀察處置等使上柱國清河郡開國公食邑二千戶贈吏部尚書崔公行狀

杜牧

曾祖綜皇任醴泉縣令祖佶皇任太子中允贈右散騎常侍父倕皇任檢校吏部侍郎(集作郎中)兼御史中丞袁州刺史贈太師公諱鄲字廣略風儀秀偉神深氣(集作氣深)厚郎之如鑑望之如春既冠識者知不容於風塵矣貞元十二年進

士(集作二字)中第十六年平判入等授集賢殿校書郎陝虢觀察使崔公琮願公爲賓而不樂之挈辭載幣使者數返公徐爲之起且曰不關上聞猶職可也受署爲觀察巡官後轉京兆府鄠縣尉遷監察御史殿中侍御史刑部員外郎下邠國太夫人憂杖而能起人有聞焉外除拜吏部員外郎判南曹事千人百族必應進而進公親自挾格省法必當戾程必黜每縣牓案牘富室權家汗而仰視不敢出口宿吏邊巡縛手係舌顧揩一奸不能得之凡二年遷左司郎中加散朝大夫旋拜諫議大夫兼知匭使穆宗皇帝春秋富盛稍以畋遊聲色爲事公晨朝正殿揮同列進而言曰十一聖之功德四海之大萬國之衆之治之亂(唐書本傳作治)

(其亂)懸於陛下自山以(集作已)東百城千里昨日得之今日失之西望戎壘距宗廟十舍百姓憔悴蓄積無有願陛下稍親政事天下幸甚誠至氣直天子爲之動容斂神慰而謝之遷給事中敬宗皇帝始即位旁求師臣令相國奇章公上言曰非公不可遂以本官充翰林侍講學士命服紫金旋拜中書舍人仍兼舊職侍帝郊天加銀青光祿大夫高承簡罷鄭滑節度使滑人仰(集作叩)闕乞爲承簡樹德政(集作政德)碑內官進曰翰林故事職由掌詔學士上曰承簡功臣寵也治吾咽喉地克有善政罷而請紀入人深矣吾以師臣之辭且寵異焉居數月魏博節度使史憲誠拜章請(集作請字)爲故帥田季安樹神道碑內官執請亦如前辭上曰魏

北燕趙南控成皐天下形勢(集作盼)地也吾以師臣之辭且尉安焉居數月陳許節度使王沛拜章乞爲亡父樹神道碑內官執請亦如前辭上曰許昌天下精兵處也俗忠風厚沛能撫之吾視如臂吾以師臣之辭而彰其忠孝焉是三者皆御札命公令刻其辭恩禮親重無與爲比歷歲願出守本官辭懇而禮部缺侍郎上曰公可也遂以命之二年選士七十餘人大抵後浮華先行實轉兵部侍郎今上即位四年公亟請於丞相閤曰願得一方疲人而治之除陝虢觀察使兼御史大夫先是陝之官人必月挺俸錢五千助輸貢于京師者歲至八十萬公曰官人不能贍私安能卹民吾不能獨治安可自豐即以常給兼使雜費下至

于鹽酪膏薪之品十去其九可得八十萬歲爲代之官人感悅隨至短長不忍爲欺萬國西走陝實其衝復有江淮梁徐許蔡之戍兵北出朔方上郡回中汧隴間歲更往來不虛一時民之供億吏須必應生活之具至于鉼缶筋(集作見)常碎於四方之手公曰此猶束炬以焚民也於是節宴賞截浮費凡金漆陶木絲枲之用悉爲具之可饗數千人民一不知復有詔旨支稅粟輸太倉者歲數萬斛如斂民也遠遠近近就積佛寺終輸于河復藉(集作耤)民而載之民之巨牛大車半頓于路前政咸知計不能出公曰管仲曰粟行五百里民有饑色斯言粟重物也不可推遷民受其弊況今迂直之計有不趨五百里乎公乃大索有無親

執籌而計之比臨黃河樹倉四十間冗倉爲槽下澍(集作注)于舟因隙償(集作賞非)直不敗時務自壯者斛幼者斗負挈囊褁委倉而去不知有輸他境之民越逸奔走駢軫爭鬭願爲陝民政成化行上國下國更口贊頌凡二年改鄂岳安黃蘄中等州觀察使囊山帶江三十餘城繚繞數千里洞廷百越巴蜀荊漢而會注焉五十餘年比(集作比非)有蔡盜於是安鏁三關鄂綠萬卒皆傖楚善戰浸有戰風稱爲難治有往自(集作自往)矣公始臨之簡服伍旅修理械用親之以文齊之以武大瓶聽事以張威容造蒙衝小艦上下千里武士用命盡得羣盜公曰切於水者以盡殺爲習雖值童耆而無捨焉比附他盜刑不可等於是一死之內必累加之

盜相誠曰公之未去勿觸其境然後黜弃奸冐用公法也
并陟廉能用公舉也撫護窮約用公惠也豪商大賈不得
輕役不得隱田父子兄弟不得同貶於是闔境之內有餘
不足自公而均復建立儒宮置博士設生徒廩餼必具頑
惰必遷敬讓之風人知家習八年秋江水漲溢公曰安得
長堤而禦之言訖兵（集作軍）士齊民雲鍤雨杵一揮立就令
行恩結有如此者千里之內如視堂廡雖僻左下里歲臘
男子必以鷄黍賀饋女子能以簪瑱相問遺富樂歡康有
於治古凡五年遷浙西觀察使加禮部尚書公曰三吳者
國用半在焉因高爲旱因下爲水者六歲矣經賦兵役不
減於民上田沃土多歸豪強苟悅所謂公家之惠優於三

代豪強之酷甚於亡秦今其是也於是料民等第籍地沃
瘠（集作墝）均其征賦一其徭役經費宴賞約事裁節民有宿
逋不可減於上供者必代而輸之誠禱山川歲獲大稔復
曰衣冠者民之主也自艱難已來軍士得以氣加之商賈
得以財侮之不能自奮者多栖於吾（集作吳）土遂立延賓館
以待之苟有一善必接盡禮因訪里閭必（集作益）知民之疾
苦隨以理之纔逾朞歲而吳民復振開成元年十月二十
日薨于治所多士相弔曰使公相天子貞觀開元之俗可
期而見也豈公不幸實生民之不幸也主上痛悼輟朝一
日贈吏部尚書公生知（集作得）靈和自干名立朝爲公卿爲
侯伯未嘗須臾間汲汲率欲顯名於合道而仁義忠信

明知恭儉贇積發溢自然相隨不立結約（集作約結）而善人自
親不設溝壘而不肯自遠不忘於榮達而官位自及公內
外閥閱源流（集作瓜）清顯茂於甲族而復甲焉親昆仲六人
皆至達官公與伯兄季弟五司禮闈再入吏部自國朝以
來未之有也上至公相方伯下及再命一命幕府倍吏之
屬遍滿內外皆公門生公俯首益恭如孤臣客卿惕惕而
多畏也自爲重鎮苞苴金幣之貨不至權門親戚舊故周
給衣食畢其婚喪悉出俸錢不以家爲在家怡然未嘗訓
勉子弟自化皆爲名人居室卑痺不設步廊賓至值雨則
張蓋躡屐而就于外位矜鎮于陝或束挺經月不鞭一人
至于驛馬令五歲幸全則爲代之著爲定制曰致一物於

必窮之地君子不爲其爲仁愛而臻於此及遷鎮鄂渚嚴
峻刑法至於誅戮未嘗貫一等後一刻或問於公曰陝鄂
之政不一俱臻於理何也公曰陝土瘠民勞吾撫之不暇
尚恐其驚鄂之土沃民剽雜以夷狄非用威刑莫能致理
政貴知變蓋謂此也聞者服焉嗚呼公之德行材器真哲
人君子沒而不朽者也易名定謚爲國常典敢書光（集作先）
烈達于執事附于史氏云爾謹狀

尚書吏部侍郎贈吏部尚書沈公行狀　前人

曾祖某皇任泉州司戶參軍祖某皇任婺州武義縣主簿
贈屯田員外郎父齊皇任尚書禮部員外郎贈太子少保
公諱傳師字子言明春秋能文工（集作攻）書未弱（集無此字）冠知

名我烈祖司徒岐公與公先少保友善一見公喜曰沈氏有子吾無恨矣因以馮氏表生女妻之貞元末舉進士許公孟容爲給事中權文公爲禮部侍郎時稱權許進士中否二公未嘗不相聞於其間者今其年禮部畢事文公詣許曰亦有遺恨曰爲誰曰沈某一人耳許曰誰家子某不之知文公因具言先少保名字許曰若如是我故人子後數日徑詣公且責不相見公謝曰聞於丈人或桉致中第是累丈人公舉遺其（集作遺某）孤進故不敢自達許曰至（集無此字）如公者可使我急賢詣公不可使公因舊造我明年中第文公門生七十人時人比公爲顏子聯中制策科授太子校書郎鄠縣尉直史館左拾遺左補闕史館脩撰翰林學

士歷尚書司門郎中（二字集作員外郎）司勳兵部郎中中書舍人命服朱紫時穆宗皇帝親任學士時事機祕多考決在內必取其長循爲宰相公之密補弘多同列每欲面陳拜章皆互來告公必取規議用爲進退歲夕當爲其長者凡再公皆逡巡不就上欲面授之公奏曰學士院長參議大政出爲宰相臣自知必不能爲凡宰相之任非能盡知天下物情苟爲之必致敗撓況今百姓甚困燕趙適亂臣以死不敢當願得治人一土（集作方）爲陛下長養之因出稱病（集作疾）特降中使劉泰倫起之公稱益篤故相國李公德裕與公同列友善亦欲公之起詞說甚切公終不出因詔以本官兼史職出歸綸閣久處密近思効用於外歷（集作懇）請於

丞相不已由是出爲湖南觀察使兼御史大夫凡三（集作二）歲轉爲（此下諸疑本並同疑有脫逸按舊唐書沈傳書出爲湖南入爲尚書右丞出爲洪州轉宣州）人困事繁惡易滋長官人調授少得防寛遠（二字集作寛）疏通蹊逕人情物理無不曲盡吏欲爲欺於此照驗之端必明於彼民有未伸於彼開張之路必在於此疊疊循環皆極根本爲（集作尤）重刑罰杖十五至于死者每有一犯必具獄斷刑之後遍示幕府吏雖十人有一人以爲小未可者必再詳究經費遊宴約事裁節歲有水旱不可減於常貢者必爲代之江西宣州聯歲水災所貸萬計公善養性情自居方伯生殺之任喜怒好惡是四者閑覆渾然雖終歲伺之不見毫髮故黠吏欲賊公之所向高下其事終不可得每

處一事未嘗不從容盡理故所至之處富庶權康理行第一每去任人吏泣送出境不絕自宣城入爲吏部侍郎二年考覈（集作覆）搜舉品第倫比時稱精能宰物之望屬於僉議公每願用所長復治（集作理）於外及薨于位知與不知莫不相弔上悼惜輟朝一日贈吏部尚書與公先少保俱掌國史譔憲宗實録未竟出鎮湖南詔以隨之成於理所時論榮之公生得靈粹沛然而仁自幼及長未嘗須臾間汲汲牽率欲及於道温良恭儉明智忠信內積外溢自然相隨自布衣至於達官凡所交友皆當時名公獎美所長復救所不及三十年間無有携間者公常居中雖有重名每苦於飢寒兩求廉鎮時宰許之皆先要公曰欲用某爲從

事可乎公必拒之至有怒者公曰誠如此願息所請故三二集作鎮幕府皆取孤進之士未嘗有吏一人因權執入嘗擇邸吏尹倫倫頗滯闕事寮佐多言集作憲之因請易之公曰某出京師面誠倫曰止可闕事不可多事是倫適能如此受不虛矣故三二集作鎮號爲富饒凡十年間權勢貴倖之風不及於公耳苞苴寶玉之賂亦不至於權門雖有怒者亦不敢以言議公公然一作前後侵公其爲守道自得皆如此類在家無杖笞呵責家人自化兄弟生姪雖絶服者入門飲食衣服指使其奴婢無二等親戚故舊周給所得皆出俸錢不以家爲於京師開集作問化里致疑作置第價錢三百萬訖三二一作鎮牽率蒱之及在床之日周身之飾易以

任器京師仕一作士人雖然言議以爲非今日之有指爲異事嗚呼公之德行可以稱古之集無之字君子矣牧分實通家義惟集作推先執復以孱昧集作耿叨在賓席幼熟懿行長奉指教撇集作泣涕譔記以備闕以附于史氏云爾謹狀

文苑英華卷第九百七十七

文苑英華卷第九百七十八

祭文一

交舊一

祭荆州刺史陰道方文　魏收

維太昌元年十二月庚申朔越十二日辛未友人鉅鹿魏收謹以清酌少牢之饌敬祭于荆州刺史陰君之靈嗚呼哀哉惟君世載不殞英聲在茲風流有屬自爾弘之孝爲行本忠實身基旣言斯立鑿禮窮詩噐則清賞才惟英博於暢風雷蕭條丘壑顧言朝市忘懐淡薄比契沉冥均情寂寞徃塵守官及爾同僚埧箎合韻琴瑟俱調丹墀踵武清道齊鑣跡淪閑曠心共津濠乃眷平生相忻多趣殷勤宴喜流連辭賦溘矣不追長違世務詠歌徒在音徽空樹昔猶肢體與子裘裳今共往也生死殊方形骸何促天地何長申兹沃酹贈以哀傷嗚呼哀哉

祭處士仲長子光文　王勣

歲月日隣人王勣(集作績)謹以魚醴之奠敬祭仲長先生之靈曰明道若昧進道若退鳥飛知還龍亢必(集作若)悔嗟嗟夫子理融其内不忮不求無憎無愛古人有言微妙玄通識用以密養正以蒙嗟嗟夫子允執其(集作厥)中不見其始孰知其終蕩蕩心跡(集作止足)悠悠默語周覽人事退居河渚何去何從誰求(集作棄)誰與聊同聚散亦均寒暑大矣夫子其生若浮至矣夫子其死若休鄉黨不懼朋友(集作友朋)不憂素琴猶在黄經尚留老來難(集作不)婚梁鴻難偶筵無饋奠室無箕箒嗟嗟夫子豈圖其後金王蒲堂莫爲之守(集作道爲之友)凡我故人素服臨旃葛巾從窆桐棺以遷墳不易壠坎不及泉苟無恒(疑作恒)化于何問天道性旣喪仁義鋒起祭

非古也禮之爲始吾從其俗敢告夫子清樽薄奠神其歆止。

爲薛令作祭劉少監文　楊炯

中書令河東薛某謹以清酌中牢之奠敬祭故少監劉公之靈惟此陶唐有此冀方上天祚漢人神攸賛開國承家枝分葉散三貂赫赫於臺省駟馬諼諼於里閈德之有鄰吐符兮降神家之積慶受祿兮宜君星躔可以衡南越都邑可以賀(集作質)西秦言鄭公之不死謂張衡之後身雍州爲積高之地初登吏部尚書卽喉舌之端始拜郎官見天子而題柱侍明光而握蘭入麒麟之閣圖書掌於河洛測璇玉之璣造化窮於制作大風積也方絶於雲天有力負

之生悲於清罊嗚呼哀哉言念平生求其友聲適我願兮共得朋從之道又吾姨也俱承下嫁之榮良辰美景必窮於樂事茂林修竹每叶於高情援茝蘭而無愧指金石以當行誰言倏急遽隔幽明人非兮地是心折兮骨驚卜日兮先遠陰靈凝兮歲將晚臨平交兮望行轊君一去兮何時返石室兮沉沉蓬萊山兮寂又陰蒼烟漫兮紫苔深陳縶酒兮涕沾襟嗚呼哀哉

詹事府官寮祭郝少保文　前人

少詹事鄧玄機朱昌令令狐恩府司直王思善楊烱主簿鄭行該等謹以清酌庶饈之奠敬祭太子少保郝公之靈若夫星象降質山川受氣以道為尊以和為貴軒后夢之

於大澤之王卜之於清渭實憑舟檝之功（集作力）必藉鹽梅之味昭昭北斗宮號文昌隱隱西掖池名鳳凰增萬機而參政本定五字而對休光珥豐貂之韡韡識遺佩之鏘鏘懸車之歲方稱國老步輦之榮遂居師保劉蕃以光祿緝訓和嶠以尚書贊道百年方享於期頤五福異徵於壽考西山訪藥北壁尋經金丹不化玉釜何成梁木斯壞曲池坐平府庭颯而變色寮屬慘而相驚嗚呼哀哉玄機等親聞教義夙承提奬懷德音之不忘痛丹壑之長往門館閒寂簾帷彷像奠行潦之蘋蘩庶明靈之降饗嗚呼哀哉

為梓州官屬祭陸郪縣文　前人

維垂拱二年太歲景戌正月壬寅朔二十二日癸亥長史劉某謹以清酌庶羞之奠敬祭陸明府之靈夫萬里之別猶使飲淚成血思德音之斷絕況百年之分能不憂心如薰想公子兮氛氳惟彼積德挺生夫君天垂白氣地發黃雲江則有沱（集作沲是）為國之紀居傳其政愛人如子山則有梁鎮（集作國）茲一方君弘其道視人如傷久勞于外路阻且長曾未朞月人之云云嗚呼哀哉哀哀弱嗣朝暮一溢皎皎孀妻饋乎下室蜀門如劒長安如日歸路何從我心如（集作之）疚嗚呼哀哉凡我在位羈官邊城共勠力兮誰言死生思其人兮造其庭恍無見兮寂無聲稱傷兮酹酒心折兮骨驚嗚呼哀哉

祭汾陰公文　前人

維大唐光宅之六祀太歲甲申冬十有二月戊寅朔丁亥御辰楊烱以柔毛清酒（集作酌）之奠敢昭告于故中書令汾陰公之靈（靈字集作貴神）嗚呼哀哉惟公含純德而載誕兮稟元精而秀出（集作特秀非）儁百行而立身兮半千年而委質屬天地之貞觀兮逢聖人之得一若䕫龍稷卨之寅（集作翊）亮舜朝兮若肖曹魏邴之謀猷漢室懸大名於宇宙兮立大勳於輔弼如何斯人而有斯疾曾未遐壽中年殯（疑作殞）卒嗚呼哀哉若夫家傳寶鼎拆地闢金構文則屬詞而比事兮學則八索而九丘入則東藩之上相兮出則南面之諸侯（集作通）唯盡善兮未善固雖休而勿休既知退而知進兮亦能剛而能柔大才則九功惟叙兮大智則萬物潛周崇德廣

業兮樂天知命而不憂嗚呼哀哉門舘虗兮寂寞歲窮陰兮摧落備物儼兮以（集作如）存光靈耿兮焉託垂繐帷與祖帳兮罷歌臺與舞閣天子惜其毗余兮羣臣思其可作嗚呼哀哉俯循兮弱齡叨襲兮簪纓公夕拜之特也旣齒跡於渠閣公春華之日也又陪遊於層（集作郡）城叅兩宮而承顧眄兮歷二紀而洽恩榮郭有道之靑（集作題）日兮蔡中郎之下迎倏焉今古非復平生無德不報兮願摩頂而至足有生必死兮空飲恨而吞聲天慘慘兮氣冥冥月窮紀兮日上丁籍白茅兮無咎和黍稷兮非馨嗚呼哀哉

爲李總管祭趙郎將文　駱賓王

姚州道大總管李義祭趙郎將之靈惟靈降精辰象委質

昌期棄筆文場早徇封侯之志彯纓武帳坐昇戎秩之榮屬須補挺袄（集作妖）昆池（集作明）習戰應星文而動將奉天罰以揚威不能弘廟筭於五（集作四）戎叶神謀於九變致使（集作令）王師失律凶狡憑陵嶲亢南臨同五谿之深入邛關北阻類僰嶠之不歸亭候多虞故有負於明代春秋責帥豈無愧於幽途悲夫任賢與能明君之事也陳力就列忠臣之義也郎將雖見危授命固誠節之有餘臨難圖（集作權）機何智謀之不足嗚呼哀哉義猥以散才謬專分閫途經夷落路踐戎場停疲驂於九泉悲來有地痛遺骸於四野泣下無從整轂征旅之勤爰崇掩骼之義庶幽靈有托梧丘息入夢之寃壯士不還薤露起送終之曲嗚呼哀哉九真邉徼萬里長安城危踈勒山峻阜蘭因原爲隴即壞成棺夕陰低而平蕪晦秋風急而荒戍寒嗚呼哀哉異域幽埏但見新栽松栢他鄉古木非復舊邑枌榆感平生其若（集作斷）在聊申絮酒儻聰明之不昧式（集作或）薦單（集作簞）醪

爲宗尚書祭梁宣王文　宋之問

維大唐景龍元年歲次丁未十月乙未朔四日戊戌兵部尚書宗楚客弟將作大匠秦客等謹以清酌庶羞之奠致祭于梁宣王之靈惟王神岳降靈英姿濟代在周錫梁社之寵翊唐有代邸之勳不謂業在必安而釁生非意賊臣結黨大（集作弁）顛宸闈逆子弄兵輕（集作讒）誣懿戚密謀奉主惟以國家爲心飛（集作非）禍及門黼令父子併命九重軫念

悼舟殲之運沒百辟興嗟愴衣冠之殄悴楚客等早承輝眄夙忝（集作泰）娛遊姻鸞謬接於葭莩兄弟竊方於鴈（集作橘）序叨列五等同事兩朝昔以高義銘心今猶德音在耳嚴慈未徃伯季凋零友睦申於長昧成立冀於猶子而家不悔禍俱斃仇人（集作讎）入私庭而痛深過王門而悲極竹池舊賞看鴈鶩之猶歸嵩里新歌恨天人之永逝嗚呼哀哉九原撰日萬古營寃士（集作人）悲高駕帝慟津門殯（欵作殯）賢輔而星圻（一作折非）害良臣而霧昏想平生之如此（集作在）庶髣髴於斯樽尚饗

爲宗尚書兄弟祭魯忠王文　前人

維景龍二年歲次戊申月日兵部尚書楚客弟將作大匠

泰客等謹以清酌之奠敢昭告于魯忠王之靈惟玉寶構因地琁林肅（集作蔽）天靈資海岳質冠神仙德潤猶雨機清若泉不孤大造纖擢火（集作小）年百身豈贖四序云變慈軫玉扆悲盈金殿令德彌秀徽容難見悼前歲之今日共銜酸於隙電錦鸞失偶臺鳳悲隻玳席賓空金鄉戶閒徑不踐兮苔紫庭不遊兮草碧敢申賦於童耿痛平生之姻戚嗚呼哀哉鴈池送夏馬埒迎秋露白天凈雲低隴愁恨名王之淪枉悲促運之浮休蓄哀思而成泣憑聰明而致羞小山一平兮多桂樹故人雖在兮罷蘭遊心追徃而將絕淚橫目兮（集作而）難收嗚呼哀哉尚饗

為韋特進已下祭汝南王文　前人

維大唐景龍二年歲次戊申月日某官某等謹以清酌之奠祭（祭字集作敢昭告）于汝南王之靈相門踵德王實挺生天資溫克神與聰明人稱玉樹我嗣金籝芝庭欲秀桂林將遂惟彼鴈堂（集作堂）墜茲鴻陸魅奪精氣墳迷草木（集作卉）漢皇纂籙周母參功夷夏（集作憂）昭洗幽明感通九寃見日一葉隨風孝極先妃丹旐前歸慈殷諸季素旐（集作旒）相次楚吡啜泣秦人下淚荆分自久棣落無餘悲炎海之下制惟（集作懷）覩津之上書爲忌南而跕木鳶愛北而隨車嗚呼凡在枝戚銜恩極遍籠貴濯龍榮同化鷰獨傷元子寘寞無見玉宸下感金屋增悲珠亡禍速泳崩慶遲綠車爲贈黃泉各（集作未）恩官舍攸止先塋甫託齊國返瑳隨原可作靈之

歸來無惑旣駱尚饗

祭杜學士審言文　前人

維大唐景龍二年歲次戊申月日考功員外郎宋之問謹以清酌之奠敬祭于故修文館學士杜君之靈嗚呼位曰大（集作天）寶才曰天爵辭（集作辭）業備而官成名（集作多）聲高而命薄屈原不終於楚相楊雄自投於漢閣代生人而豈無人達代而咸若運鍾唐虞崇文寵儒國求至寶家獻靈珠後俊（二字集作復）有王楊盧駱繼之以子跡（集作躍）雲衢王也（集作服）才參卿於西陝楊也終遠宰於東吳盧則哀其栖山而卧疾駱則不能保族而全軀由運然也（集作聊）莫以福壽自衛將神忌也不得華實斯俱惟靈昭昭度越諸子言必得

俊意常通理其含潤也若和風欲曙搖露氣于春林其秉艷也似涼雨半晴懸日光（集作足）於秋水衆轍同遵者擯落羣心不際者探擬人也不幸而則亡名兮可大而不死君（集作宜）之栖遑自昔迷方逢時泰兮欲達聞數奇兮自傷厲文毋之不運應才子之明啟援淪秀於蘭畹侍遊仙於栢梁命以著作拜之爲郎始翔鴛於清列旋樂魅於炎荒遺旅鴈兮超彭蠡作編人兮居越裳（集作常）殊許靖之新適億虞翻之舊鄉帷皇龍興再施法度拂洗溟渤騫（集作鶱）翔甫霽通籍於八舍禁門搖筆于萬年芳樹仰赤墀兮非遠謂白首兮方遇君病何病到此彌留藥雖（集作勤）餌兮寧愈針不及兮可憂雖則妣醫莫識實冀明神獲瘳嗚呼哀哉君

(集作靈下二字同)之將亡其言也善余向十旬日或再展君感斯意贈言宛轉識金石之契密悔文章之交淺命子誠妻既懇且辨自予(集作俗也)與君弱歲遊執文翰共許風露(集作霞)相浥況窮海兮同竄復文房兮並入川流遽閱隙電初過昔乘運兮如此今造冥兮若何懷君疇昔(集作好)兮恨已積念君恩惠(集作近惠)兮情倍多道之南宅困之東粟使君孤之有餘寧我家之不足籍籍流議喧喧薄俗名全每困於鑠金身没誰恨其埋玉空落長松千尺詎置生芻一束倬彼韋公贈殷禮繆善乎崔子理感情屬相識有素見覽(集作賢)增勗潘君詞賦於雲臺之上藏君齒髮於緱山之曲緱氏山兮山上雲秦城郊兮郊外墳孟冬十日兮共歸君(集作夫君)

君(集作靈下同)有靈兮聞不聞我咀瑤胥君知自久坐泣焚芝逆哀畫柳闕視(集作覲)祖載爰(集作受非)遺(集作遺非)卮酒願歆悲誠將告良友尚饗

祭楊盈川文　前人

維大周某年月日西河宋某謹以清酌脯羞之奠敬祭于楊子之靈曰自古皆死不朽者文北河吐(集作流)液西岳生靈(集作吐雲)爰叶(集作叶神)通氣降精于君伏道孔門遊刃諸子精微博識黄中通理屬詞比事宗經匠史玉璞金渾風摇雲起聞人之善若任諸己受人之恩許之以死惟子堅剛氣陵秋霜行不苟合言不苟忘大君有命徵子文房余亦叨忝隨君頡頏同趨北禁并拜東堂志事俱得形骸兩忘載

罹寒暑貧病洛陽裘馬同弊老幼均糧自君出宰南浮江海余嘗苦饑今日猶在之子妙年香名早傳從來金馬夙昔崇賢門庭若市翰墨如泉千載之後聞而凜然死而不忘問余何傷傷余命薄益州零落生平(集作平生)之言幽顯相託痛君不嗣匪我孤諾君有兄弟同心異體陟岡增哀歸塋以禮旅櫬飄零于洛之汀我之懷矣感歎入冥見子之弟類子之形悼往心絶慰存涕盈古人有言一死一生昔子(一作子之)往矣追送傾城今子來也乃知交情惟郭是戚有崔不易來哭來祭哀文在席惟席可(集作何)依氷雪四蒲家人哀哀賓徑微斷今我傷悲情懃昔時子文子翰我緘我持子宅子兆我營我思子有神鑒我言不欺我有絜酒子

其歆之我亦引蒲儻昭神期寬兮歸來聞余此詞

祭王城門文　前人

維長安二年歲次月日司禮主簿宋某謹以清酌之奠敬祭于故宮尹丞太原王君之靈惟靈顯考抗志恬漠九辟奚顧一丘自樂行儀(集作嶷)巢由言重許郭粵我先人比德同道理闡探索詞源論討翰墨具存有真有草古人至(集作之)言朋友世親王氏凡弟飭義(集作禮)且仁撫我則厚莫殊天倫粵我幼蒙哀纏岵屺急難相顧君出諸己聞過必箴見善斯喜盛德之後昔聞其昌之子壯年朱紱始光賀者在門哭者在堂慰君之兄撫君之子郭門祖祭平生已矣問天何言閉恨泉裏嗚呼哀哉尚饗

卷終

文苑英華卷第九百七十九　祭文二

交舊二

為建安王祭苗君文　陳子昂

維某年月日朔方道大總管建安郡王攸宜以酒饌之奠祭故壯武將軍左玉鈐衛中候左三軍營主苗君之靈君忠勇兼資戎麾夙濟烏丸作逆赤羽從軍方且任君先鋒仍馳後勁刈鮮卑之壘摧蹋頓之師執馘獻俘歸受國賞何圖大勳未立隨命先凋永懷咨嗟情用兼慟故命酒奠告爾殤魂若其有靈歆茲薄酹嗚呼哀哉尚饗

祭黃州高府君文　前人

維年月日朔孫女夫某等謹以清酌庶羞之奠敢昭告于故黃州高府君之靈惟府君含德元亨保和光大才堪濟世而運屬承平器允登台而命鍾流（集作流）落有瑚璉之寶無廊廟之資豈圖大位不濟幽靈永昧尊儀潛翳三十餘年玄殯既開黃腸已古今青烏改卜丹旐來歸窀穸即期幽明永訣某奉事門闌典言追慕實憎感咽竊惟精意以享黍稷非馨敢陳薄酹以獻明靈嗚呼哀哉伏惟尚饗

祭韋府君文　前人

維年月日左拾遺陳子昂謹以少牢清酌之奠致祭故人臨海韋（一有府字）君之靈惟君孝友自天忠義由己有經世之畧懷軌物之量丹心苦節風雨不改常欲窮則獨善其身達則兼濟天下感激遐詠邈然青雲何期良策未從大運奄忽嗚呼哀哉昔君憂莫之時值余寘在叢棘獄戶咫尺邈若山河話言空存白馬不弔迨天網既開而宿草成列言笑無由夢寐不接永言感慟何時可忘今旌旐言歸關河方遠輿言永訣今古長辭鄧攸無子天道何知洛陽舊陌拱木猶存京兆新阡孤松已拱已矣韋生云何及矣大運之往賢聖同塵嗚呼哀哉伏惟尚饗

祭率府錄事文　前人

維年月日朔某等云云古人歎息者恨有志不遂如吾子良圖方遠（集作輿）青雲自致何天道之微昧而仁德之攸孤忽中年而顛沛從天運而長徂惟君仁孝自天忠義由己誠不謝於昔人實有高於烈士然而人知信而必果有不識於中庸君不慭而（集作於）貞純乃洗心於名理元常既沒墨妙不傳君之逸翰曠代同仙（蜀本作佀）豈圖此妙未極中道

而息懷衆寶而未攄求幽泉而掩晃嗚呼哀哉平生知巳疇昔周旋我之數子君交之百年相視而笑宛然昨日交臂而悲今焉巳失人代如此天道固（集作周）然所恨君者在夭當年嗣子孤藐貧窶聯翩無父何恃有毋惸焉嗚呼孫子山濤尚在嵇紹不孤君其知我無恨泉途嗚呼哀哉伏惟尚饗

祭孫府君文　前人

維年月日子昂謹以牲酒之奠致祭故延俊府折衝燕然（集有平字）孫府君之靈惟君少馳英武早効成功聲雄塞上名重關中憺稜威於敵國存大節於家風旣揮金而退老方餌玉（集作藥）於仙童何昊天之不弔隨大化之云（集作以長）終白

馬故人青烏送往素車求訣黄壚誰賞酹（集作絮）酒盈觴寃兮尚饗

祭崔侍郎文　張說

維神龍三年月朔日兵部郎中員外曹良史等謹以清酌少牢之奠敬祭故侍郎崔公之靈位以行成名以才起天臨明代是生君子長戟高門層堂峻址孝友仁愛衣冠標軌清通正直省闥（集作閣）條理束帶立朝惟國之俊抑揚吐納金聲玉振器不滯方神無留韻厚奉外不爲假坦率內不違眞泛交而容慱好施而能均欲人規巳恕巳及人故者不遺其故親者無失其親歷否泰能全其節故令名不離其身方齊六相助明三辰何孤我德何負茲神摶空落羽中駕摧輪昔時寮列今爲弔賓凡二三子夙承惠（集作遊）眷聯務七兵歲陽三變分與時積事由更練謇謇公庭中中私宴慟音徽之永掩懐儀範之不見戢容止於緌足潛眉目於蒙面哀哉柰何零涕（集作涕零）如霰絹帷初疾以迄將亡意氣精爽乾乾自強顧瞻賓客勉勉矜莊几不側弁衾無觧裳話言静密憂公不忘循肴駿馬尚聰名倡靡神不禱靡藥不嘗倏然信宿寃歸湫莊歲初置酒春中酹觴何吉凶之共域同歌哭於此堂自古及今人誰不没豈嘆生死所嗟憺卒脩途未半壯志先伐孤子亂年遺孕（集作亂）數月在親親與懐舊孰不傷心而痛骨靈（集作虚）奠易收深悲難歇尚饗

爲河內王祭陸冀州文　前人

維萬歲通天元年月朔日神兵道大總管河北道按撫使右金吾大將軍河內郡王以少牢之奠致祭故冀州刺史陸君之靈戎羯不道侵軼幽都兇渠電滅餘燎星鋪鳴弓抉（集作抉）柳飲馬長蘆攢集同惡難起無虞梟獍爲依（集作旅）鯨鯢有族棠旗來兵剡弧（集作荻）弦木泮渙呑噬睢盱觸逐亂舞梯衝（集作衝）潛攻版築鑿齒爭厲熊蟠未孰踰垣自潰守陴皆哭高扁（集作扁）巳陷連櫨（集作樓）復焚人類薙草城隨壞雲僵屍暴骨藉藉紛紛嗟嗟使君死節無吝政覺成俗兵機不振搆此（集作狡此）猖狂難以德鎮城爲讐保身膏屬刃明明上帝仁覆憫下赫赫神兵驅馳在野朝告夕赴（集作起）

如何不及將守非堅爲冦是急救兵適來涉血僵濕三軍雷歎百戍雨泣天子命我董戎冀方旌旗介冑千里相望旣掃氛濁言巡戰塲輯睦人吏撫寧孤孀徘徊城府悽愴丗棠禮重王事哀深國殤嗚今有感歆此嘉嘗尚饗

爲吏部侍郎祭故人文　張九齡

維開元十年歲次壬戌二月癸酉朔十七日已丑吏部侍郎某謹以清酌脯醢之奠致祭于故某公之靈聞夫仁必壽考所謂神道善亦慶延以爲信然今夫子之不福而聖謨之是懋孝友純固禮讓周旋行所以直業所以專誠公才而天假故官政以日宣節使是式朝宿旣至十部稱賢一人思媚鳳凰于彼雲霄以翼胡然明靈殲我良懿嗚呼

哀哉夫子之逝平生之懷襟袍素合遊處嘗偕清風對禁文石同儕自兹兩掖殆將一紀展轉清貫仳離君子曷其愛而甫云覲至正司空之掃第屬荊州之罷市欻交臂而相失殷痛心其何已今卜兆有日祖載在廷颯然象設寞爾音形驅白馬而何見瞻素車而已局德音不忘應丗棠之勿剪交情乃見伊黍稷之非馨嗚呼哀哉尚饗

祭李侍郎（集作常侍）文　前人

維年月朔日中散大夫洪州都督張九齡謹遣倉曹參軍李某以醖脯之奠敬祭于故宋國公之靈惟公世載賢傑天資忠厚外珪組而維華內水鏡而無垢善常不伐明能自晦省中之樹訪猶不言車前之馬數而後對淑慎自己

屯（集作否）亨有時孰能違（集作遂非）命公此來恩結忠主之戀深去國之悲六疾斯起五福云欺生涯遽盡精魄何之嗚呼哀哉追惟曩昔升降雲霄榮華侍從暐曄光昭日歟月歟有榮有凋丹旐孑孑白驥蕭蕭同官之感俾余寬銷靈之來歸兹焉旅次瞻望無覩悲辛自至頃畱爾而寄音今寞然而結欷南北于遠幽明永異何以敘情寄之奠饋與饗

爲王司馬祭甄都督文　前人

維開元五年歲次丁巳九月丁酉朔十四日庚戌某官謹以清酌少牢之奠敬祭于廣州都督甄公之靈惟公稟氣異人爲國良臣資忠秉義奮翼躍鱗富貴自取聲名益還故能北擁旌於玄朔南仗節於朱垠行部無幾卧理斯爲

棠陰在聽薤歌成曲下流是仰長塗叐促始望甬而隨車遽驚風而轉燭嗚呼哀哉甫兹歲首彤襜載輝今也秋季丹旐言歸嗟（集作旣）寒來而暑往將物改而人非駟馬不馭雙燕空飛對平生之氣象詠宿昔之音徽燕越兮地耿湖山兮路微奠肴觴而（集作之）在席感徒御以霑衣嗚呼哀哉尚饗

祭故相國清河房公文　杜甫

維唐廣德元年歲次癸卯九月辛丑朔二十二日壬戌京兆杜甫謹以（集作敬）醴酒茶藕蓴鯽之奠奉祭故相國清河房公之靈曰嗚呼純朴旣散聖人又殁苟非大賢孰奉天秩唐始受命群公間出君臣和同德教充溢魏杜行之夫

何畫一妻宋繼之不墜故實百餘年間見有輔弼及公入
相紀綱已失將帥干紀烟塵犯闕王風寢頓神器圮裂闕
輔蕭條乘輿播越太子即位揖讓倉卒小臣用權尊貴倏
忽公實匡救忘餐奮發累抗直詞空聞泣血時遭侵沴國
有征伐車駕還京朝廷就列盜本乘斃誅終不滅高義沉
埋赤心蕩拆貶官厭路讒口（一作言）到骨致君之誠在困彌
切天道潤遠元精茫昧偶生賢達不必際會明明我公可
去（一作云）時代賈誼慟哭雖多顛沛仲尼旅人自有遺愛二
聖崩日長號荒外後事所委不在卧内因循寢疾顛頓無
悔天闕（蜀本作死矢）泉途激揚風槩天柱既拆安仰翊戴地維
則（一作既）絶安放挾（集作夾）載豈無羣念我心忉忉不見君子

文苑英華　一八九百七十九卷　七　刻濃

逝水滔滔泄涕寒谷吞聲賊濠有車爰送有緋爰操撫墳
日落掛（集作擠）劍秋高我公誠予無作爾勞斂以素帛付諸
蓬蒿身沒（集作瘞）萬里家無一毫數子哀過他人鬱陶水漿
不入日月其滔州府救喪一二而已自古所歎罕聞知己
曩者書札望公再起徃（集作令）來禮數爲能（集作態）至此先帝
松栢故鄉枌梓靈之忠孝氣則依倚拾遺補闕視君所履
公之（集作初）罷印人實切齒甫也備位此官蓋薄劣耳見時
危急敢愛生死君何不聞刑欲加矣伏奏無成終身愧耻
乾坤慘慘豺虎紛紛蒼生破碎諸將功勳城邑自守鼙鼓
相聞山東雖定灞上多軍憂恨展轉痛傷氛（集作氤）氳玄豈
（集作堂非）色白赤（集作黑非）不分培塿蒲地崑崙無羣致祭者酒陳

情者文何當旅櫬得出江雲嗚呼哀哉尚饗

文苑英華卷第九百七十九

文苑英華　一八九百七十九卷　八

文苑英華卷第九百八十　祭文三

交舊三

祭劉評事兄文　李華

維乾元二年歲次己亥六月乙未朔三日丁酉趙郡李華祭于劉三兄之靈惟兄高韻曠度拔於時倫德契中和道符深仁泉明其照情性其文跡近無二心冥則親雅敦名教素遠權利夷險一節通塞一致有時不適與道偕醉跡（一作事）隨沉浮豈混同異白雲何遠清風自至人或知兄王佐之器豈人無福而兄夭年浙東幕庭喪此一賢識與不識辛酸泫然舂失五穀舂不相杵清標高志行乃動主聽我夫子列在中士職無所統談笑而已居室言善感於千里綿江越湖掩涕相視追懷晨夜（一作晨辰）道則同謀定交梁國周旋兩都更相黙喜吾道不孤契濶艱難誰榮誰枯良願再諧握手東吳羈旅情倍天倫豈殊去歲季冬將膺使檄累辱來召陵江掛席持酒歡酣憂懷頓釋携手終日晤言竟夕無食不均無衣不易題序申餞清深義激贈言綢繆寵我行役涉泗而還遽承遘癘猶復垂念尺書相繼將慶有瘳俄哀永逝萎我盛德天故（疑作胡）不惠嗚呼痛哉華江濱憔悴風濕所侵疾不果問喪不果臨無由執紼從茲破琴興鄉之慟於此何心不言少別便爲古今嗚呼痛哉光烈幕府覩兄重兄恩深撫孤義感平生臨吊盡哀行路涕零躬護喪事推以信誠古風復存今見哀榮嗚呼痛哉孀妻晝哭弱子纕經蕭蕭旅塋空對江月想像遊處心呼鬱結羽毛相依忍此凋鈌寢門之悲悽斷吳越蘇門朗嘯於此長絕泣戒將命往申微醊此如不祭祇益酸咽兄性與道合栖心福庭故於是奠不列葷腥願垂惠照以濟幽靈值佛開法長爲弟兄素心惟此敢告寘寘尚享

祭劉左丞文　前人

維年月日左補闕趙郡李華謹奉清酌微奠祭于故國子祭酒劉十六兄之靈痛矣夫時方刑措謫傳長沙運丁中興行藤于家命與道乖末如之何先師微言行已堙塞續儒濟德俾世爲則專門繼起人用不惑季孟叔仲並華于國文傾遷固理破楊墨濁斯渾清曲莫容直孤玉沉韻高鴻墜翼疇昔之年逆虜悖天帝命西平董戎于關上宰姦回蔽明怙權阻以監撫海内黯然督哥舒將盍不速轅（一作哥督青東哥舒盍東東衰）兄在西陲飛章上言喻引古今易亡爲存特憚姦邪不聞帝閽文武房公慷慨獨論迎吠狺狺竟寢斯

文華忝諫官亦嘗披叩千里同氣痛寐永歎請受（一作授）監收（一作帥）請（一作用）鎮豐安乞閫上黨乞備太原心竭犬馬事屈羣頑哥舒表華掌記轅門明明仁兄紹介三軍夆族在此懼為福（疑）原竟迫方寸孤天負恩聖朝孝理不忍行戮爰詔三司伏念哀鞫綱脫（一作釋）烏烏恩開桎梏實賴仁人再春枯木房公介然明華於朝兄志提挈出泥登霄言于宰司大啓學徒陳沈洎華可備師儒堂堂昌言光我囚拘褚中不行何日忘諸功曹垂侍恩比天倫手足是比榮枯一人友愛惟深憐眷益親難阨流離存亡永分冀遊門闈以慰酸辛誰謂凋落今惟二人嗚呼哀哉弟參邦憲兄鎮海夷誰云存歿北共彼有期謂天無親胡與善違儒子攀號

遂奉裳帷季氏呼天割我四支平生故人橫涕交頤寄窆原時迫（一作逼）興師官尊地偏禮不成儀回望舊邦素車遲遲潯陽地古舉目悽悲執紼流慟誰堪此時余生易感況已衰羸泣薦潢汙魂兮臨之尚享

祭亡友張五兄文　前人

維永泰二年歲次庚午正月某朔日趙郡李華謹遣從姪詹事府丞康以茶乳疏果之奠敬祭于亡友張兄博士之靈嗚呼痛哉先生之終人倫不幸況乎小子最飽道風何悲如之先生以道為貴以德為富以樂天知命為壽則非其道而貴者賤也非其德而富者貧也不樂天不知命而壽者夭也然先王道貴德富加以（樂）不天知命之壽固無限

矣所痛者仁而無後天道何以為善與神理何以為正直滔滔江水此慟何窮嗚呼哀哉華殘年衰病不足履地撫膺而哭欲往無由千里申奠不任酸咽仁兄先生俯監悲懷尚享

祭亡友揚州功曹蕭公文　前人

維乾元三年二月十日孤子趙郡（一無此二字）李華以清酌之奠祭于故亡友揚州功曹蘭陵蕭公之靈嗚呼茂挺平生相知情體如一歲月之別俄成古今天乎喪予此痛何極華釁罰深重艱棘所鍾殊方未葬觸目號裂孤窮易感況哭故人以足下才惟挺生名蓋天下道孤命屈淪阨終身遭亂全潔忠也冒危遷祔孝也王佐之才先師之訓而歿

于道路何負於天乎痛哉華疇昔之歲幸忝周旋足下不棄愚劣一言契合右稱管鮑今則蕭李有過必規無文不講知名當世實賴若人循環往復何日忘此華等（一作而況）泣血千里羈旅相依聞其（一作此）一哀心骨皆斷夫痛之至者言不能宣雖（一作惟靈）尚饗（一作皆唐文粹）

祭董大使文　崔祐甫

維寶應元年歲次壬寅月日祭于隴西董府君之靈曰秋日淒淒百卉具腓城寺無主人焉適歸矧蓄麻之望遇死喪之威弔隨慶集事與心違良知與主昨是今非嗚呼哀哉追惟曩歲未豐之遊清川倚棹廣路停轅道路契闊燕言綢繆倏焉陳迹曾不少留幾成海變何啻星周

翱翔翔上陵蒼蒼俯憐燕雀畏逼藩牆議以銜羽將貽稻粱望國酸（疑作酸）奔初念楮中之惠及門問故俄增掛劍之傷嗚呼哀哉于旐祭戟撤而不見繐帳户而風悲葦遠庭而靈泣（疑作露）邦人輟舂殲良何速爲吏霑襟于何從祿承無像於形儀庶有憑於輗躅羞蘋蘩而爲薦比隻雞而可續嗚呼哀哉尚享

爲吏部李侍郎祭蘇州李中丞文　獨孤及

年月日某官某乙謹以清酌少牢之奠敬祭于故蘇州刺史兼御史中丞贈吏部侍郎李公之靈嗚呼天以純粹鍾美於公孝友慈惠公廉貞直事君以忠臨節有勇可以師表鄉黨儀形縉紳宜荷百祿乃朋三壽執司物化曾莫輔

德諸父不死公獨返真官不過八命年未逾六十豈五藥乖養九藏失節以及此乎將脩短之域窮達之數止於是乎前期幽報如所修乎俯觀前生（集作生前）亦有恨乎昔公出入臺閣勤勞王事驅馳（集作馳驅）使車周旋天下克巳奉職一何正也姑蘇之役姦倖構難公秉義勇誅其渠魁海寇圍逼勾吴震駭公帥羸師克剪大敵奇謀生於死地貞節見於孤城夫豈惡生誓無奪志臨危致命一何壯也濯纓來朝祇若王命三府高議方以黃散咨公天乎無知不從人欲旅櫬委於空館妻孥恨於遠道其來也駟馬朱轓其往也孤轊丹旐天子興悼台臣雨（集作雪）泣情鍾我輩其（集作哀）可旣乎縮等義惟寮友季卿等屬忝宗族歎愛如昨書札

猶新伸眉未久（集作幾）交臂或（集作忽）失形骸晉此冤鬼何之嗚琴潺湲恍若在耳前路冥寞良遊無期靈之來兮歆此薄酌（集作醑）尚享

爲元相公祭嚴尚書文　前人

年月朔日某官某乙謹以清酌少牢之奠敬祭于黃門侍郎兼吏部尚書御史大夫嚴公之靈嗚呼天惟難（集作匪）諶才不必壽丹牛（集作耕）斯疾顏回知（集作短）命吉凶無朕（集作眹）凡聖共惑惟公茂質見於芳年菌蠢九葩磊落（集作砢）千丈嘗勠力當代以智開物若發硎之刃決雲切玉長安浩穰憲網踈漏天子命公尹京執法能秉直道以張皇綱（以智至皇綱三十七字集本如此華英止作以智開眹物以道張皇綱）盜奔訟清周月報政巴蜀

亟擾上爲旰食自公（集作公之）攸徂亦旣（集作亂亦）遄巳昆夷授首卬拱斂化及位（集作加）冢卿爲天喉舌謂當任極台鉉壽如岡陵青雲何攀白日忽暮嗟來黍扈溘與化往孰云夫君而有斯芳叢（集作叢）蘭春敗大壑夜失非君與哀吾誰爲慟昔公先中書以道銷讒勝不踐哀職公復筭居短曆卒無相印蒼生孤望前後同悲曩予論交於予投分形接意敵聲應事感俱涉世故累荷寵榮余忝台司公亦亞相大駕東狩卒（集作護）陪屬車各負覊紲又同（集作同扸）牧圉誠節見於多難交態彰於困蒙願言悉心共獎王室鎮蜀之後（集作後）南北頗限猶易前期未嗟少別別未艾也死生間之夙昔歡愛今返爲悲真宰何人壽夭誰司善而無報天豈余欺憶

昨攸往火旗電輜今也來思白馬龍輴鯉書遂絶鷄黍無期惜無寶劒掛君松枝旨酒一壺幽明此辭尚享

為楊左丞祭李相公文　前人

年月日尚書左丞楊綰吏部侍郎王廷昌刑部侍郎魏少遊工部侍郎徐浩謹以清酌少牢之奠敬祭于故相國李公之靈嗚呼宗祏儲祉降神生公稟天純懿為國柱石負荷代業儀刑本枝九居遐（集作事）城六處入座五嶺憲府兩登台司惟公廉忠信是務惟寬厚清淨是守危言獻可未嘗脂韋取容直躬而行不為權幸改操三已無慍一麾乃出其茂勳崇名遺芳餘事輝映策牘標準縉紳所莅之邦于今餘羡若鄭人之思子產周人之歌召伯謂公福如山

阜壽登期頤為天子元老以弼成庶政遽與化往嗚呼曷歸何萬人之具瞻與天命之相違窺遺塵於臺閣想見公之容徽嗟道中而壽短（集作衕）痛跡是而人非縮等恭承嘉惠昔嘗登門接後堂之歡娛忝東閣之討論謦欬在耳書札具存柰何少別忽閒九泉（集作原）尚享

為吏部楊侍郎祭李侍郎（集作常侍）文　前人

年月某官某乙謹以清酌少牢之奠敬祭于故右散騎常侍贈禮部尚書李公之靈嗚乎沖和（集作粹）之氣生德於公忠孝貞諒聰明宏達卓犖特立英明虛受自司翰特衡觀風執去周旋三閣出入十載能直其道而正其身致命臨節仁而有勇造次顛沛我形於色莊敬發乎談笑孝謹扃

子（集作乎）闔門若天祚明德神與正直公宜錫慶鍾壽俾大而昌于何官不至三事年不及六十積德無報為仁者惑為今行及先遠將安宅兆嗟來桑扈往無返期追思平生夙昔歡好懇款交臂之分勤拳（集作殷勤）同心之言今則冥漠無非夢想非夫人之為慟而誰為慟不知神之所在彼乎此乎旨酒一樽以為別乎（集作以為別庶）尚享

為明州獨孤俊臣（集作使君）祭員郎中文　前人

某月日某官某乙謹以觴豆之奠敬祭于故某部郎中兼某州刺史員公之靈吳越儆歲元元艱食帝咨四岳分命于公以公克勤于邦克儉于家忠而能立剛亦不吐出入臺閣將十五載動合律度言為程式及茲剖符銜疾受命

而慨然有表正東夏澄清江湖之心海隅蒼生方仰望（集作）公以大庇朝廷縉紳期公以上台而悠悠蒼天屈公以下壽時既得（集作須）而命不與致未窮而生有涯嗚呼哀哉昔公繡衣持斧余忝接武於朝公負讒投荒余亦左袵異域山川有間交情無極各隨波流在天一方險阻艱難亦既備嘗邂逅相遇荊蠻之鄉惠而好我何日能忘浙右巨鎮甬東孤城風烟接壤（集作相接）弔伐同盟未及前驅莫申微誠遽聞沉痾（集作荷）忽問死生九原誰歸萬事長往夙昔歡愛無非夢想舟遊壑走吾將安仰隻雞之薦靈兮來饗（集作歆）

祭衢州李司士文　前人

年月朔日前華陰縣尉獨孤及謹以清酌庶羞之奠敬祭

于衢州司士參軍李君之靈惟君砥節厲行抱粹含純剛
亦不吐直而能温筮仕誠立安卑道存宜錫難老亦高其
門如(集作奈)何盛德迫此短晨迫惟夙昔修好於君託以良
援申之婚姻勸我以義敦我以仁各徇薄宦俱期致身頃
復離別幾爲胡奈契闊乖阻艱難苦辛君恨靡臨陳力疏
閫余集于(集作奈)蓼零丁海濱弔恤何深舊好惟勤(集作殷)贈
言如昨尺素猶新倏忽長往吳誰與親常日音徽平生談
文今則已矣長爲古人憐君不知哭吾不聞瀝酒墳草酒
淚隴雲庶因薄奠髣髴精神尚饗

爲華陰李太守祭裴尚書文　前人

年月日華陰郡守李某謹以清酌少牢(集作庶羞)之奠敬祭于

故禮部尚書河東裴公之靈嗚呼元精純粹生德于公峻
極降祉真明在躬濯纓登朝事君以忠出入三閣周旋兩
宮褰帷井陘推轂盧龍喉舌是寄令(集作澈)聞斯崇鯤背垂
天鴻毛順風亦既左官時更困蒙夷險能一(集作齊)高明有
融三巳無愠再命滋恭俸受方伯俄昇秩宗將陳謨謀以
佐時雍如何不弔降此鞠凶珠殞聲絕蒼生望窮機返太
素勳留區中(集作景鍾)杳杳龍輀聽言徂東敬餙薄奠邀神昊
穹靈顧來享髣髴聲(集作音)容嗚呼哀哉尚享

文苑英華卷第九百八十

文苑英華卷第九百八十一　祭文四

交舊四

祭吏部元郎中文　獨孤及

年月日禮部員外郎獨孤及謹以蔬飯壺酒敬祭於(集作于)
故吏部郎中元公之靈上士齊死生下士愛生惡死而惑
之知生死若幻而不能忘情於其間者我輩所不克免始

者與公同弔死問生論議亦頗嘗及此豈謂言未絕口而
公又長往昨日經過遽成疇昔何變化之速乃至於是視
不及瞬言不容(集作及)息嗚呼元君今已返於機夫彭祖殤
子同歸於盡豈不知前後相哀達生者不爲嘆公齒髮未
老宦途方半相視而笑異前路各有所展豈圖間闊數日
而死生間之竹林如故階塵未掃惟人琴兩亡影絕響滅
湯清絃豈可復聞承以今辰將赴塋闕痛天道之無(集作茫)
昧予豈無言而悲來從中遂(集作遠)復村意匪祭也求以爲
別也尚饗

祭壽州張使君文　前人

年月日舒州刺史獨孤及謹以清酌嘉蔬柔毛之奠敬祭

（集作薦）于故尚書工部郎中壽州刺史兼侍御史張公之靈頃者剖符爲郡與公鄰邑衹役往復日以携手嘗辱嘉惠愛我則深柰何此（集作故）別後盈甂未周相去無山川之間纔聞嬰疾遽告不幸古詩稱一息不相知今而果爾（三字集作乃爾）耶別時高論精義在耳袖中尺書灑翰猶濕而形影驟滅了無還期雖欲効古賢謂非哀爲怛（集作恒非）化情莫可過徒虛語爾惟公貞亮溫毅強學好古人皆窪而盈尚而全公獨以全真（集作峭直）接物雖悔悋不改其度人多求田問舍公獨以百家言爲寶藏書至八千卷而不止以斯道也施於（集作于）有政故其德形於事業其仁浹於百姓楚人壽人如得陽春識者揣公壽與位偕今也溘然而人何望嗚呼王事拘限會葬莫及思賢嘆逝執紙涕零苦乆要之不我忘也豈不顧饗於今日蘋藻之奠尚饗

祭揚州常大夫文　　前人

年月日朝散大夫檢校尚書司封員外郎（三字集作郎中）兼舒州刺史充本州團練守捉使賜紫金魚袋獨孤及謹以嘉蔬柔毛之奠敬祭于故揚州大都督府長史兼御史大夫淮南道節度觀察處置使常公之靈王命九伯庶綏四方惟公剖符作藩維揚往歲斯民匪迪匪康自公戾止視之如傷飾吏以儒出言有章革剗煩苛載戢暴強將吏奉之（集作君）君若綱在綱罔或作威以紊典章（集作常）民斯輯睦政亦允臧和氣被物豐年降祥天之輔仁公宜熾昌柰何不淑景命遽殃（集作央）百城悼心萬民何望及忝列城備守封疆獲宥罪戾庇身余光德宇所覆今也則亡徧思遺愛追蹈（一作悼）餘芳俛仰輿懷望慕凄涼拘限所職路阻且長遙村下情旨酒一觴尚饗

祭常炎端公文　　前人

年月日司封郎中兼舒州刺史獨孤及前舒州司馬皇甫曾等謹以清酌庶羞之奠敬祭于故侍御史舒州桐城縣丞常公之靈昔公執法柱下某等接足（集作武）周行嘗（集作常）趨後塵飽聽公議及既出守曾後播遷公亦負譴玷（玷字集作黜官）辱同官爲寮之好敢不知孝弟忠信強毅正直樂善惟恐不及嫉惡不盡（集作去）不止分枉直於心職（集作識）以澄清爲已任形於造次發於自然謂必眉壽且鍾介福柰何強仕（集作壯）之年大才先謝志業所趍未申萬一有生之涯溘然永已慈親羸老弱子未亂反葬無望委體（集作骸）他山等爲歸真難（集作艱）痛太甚天不我弔哀有何極某等頃嘗以樽酒豆肉邀君同歡今之所獻猶前樽也但夙昔志氣比來話言遽忝冥冥無非夢想往既不及來莫我（集作可）追猶持此尊（集作奠）以杼永別至苦（集無此二字）天閼之痛夫復何言尚饗

祭賈尚書文　　前人

大曆七年四月二十一日朝散大夫檢校尚書司封郎中兼舒州刺史賜紫金魚袋獨孤及謹以清酌庶羞之奠敬

祭于故散騎常侍贈禮部尚書賈公六兄之靈嗚呼性命之源仲尼罕言頊者與兄存而勿（集作不）論亦謂景福必鍾德門未賡昊天驟忍我斯（集作歎是）所以分手容易前期日往書札秪嗟别離孰云别中死生間之賈生謫去遭世不用以命問鵩千古猶痛兄逢盛時任適梁棟青雲咫尺巨鱗始縱溘爾中止俄同大夢天下孤望非兄誰慟追念夙昔嘗陪討論總（集作緫）覈微言揭厲孔門匪究枝葉必探本根高論拔俗精義入神誓將以儒訓齊斯民文章陵夷鄭聲奪倫兄於其中振三代風風復爲朴（集作復雕爲朴）正始是崇學者歸仁百川相宗（集作如川朝宗）六義炳焉自兄中興大名全才儀刑百工嗚呼彼天胡不祐焉（集作賢）闒茸謏諛或錫永年

好學不幸緊兄復焉（集作然）豈天地不仁將斯民薄祜顒顒之望見奪何遽某獲見於兄三十有六年矣兄有十（集作七）年之長蒙以伯仲相視博文約禮爲（集作謂）仁由己同心之言期於沒齒前後尺牘羅列案几愔愔清論怳怳在耳一旦如失萬年（集作事）遄已民之所望今也胡俟其守職拘限會喪（集作塟）願乖白馬素車欲往無階寢門一號心酸骨悽容徽自此永不復見若魂魄無不之也豈不覩平生心於今日斗酒之奠乎尚饗

祭相里造文　前人

年月日舒州刺史獨孤及謹以清酌之奠敬祭于河南少尹贈禮部侍郎相里公之靈嗚呼往歲嘗與公度論死生變化豈不知身與萬物悉當蹔無猶謂不惑於道者可以不奪其筭豈圖論猶在耳目未及瞬而公度之身後爲異物益知觀化而恒（集作恒非）自古皆妄而哀來從中妄豈易遣嗚呼公度有志有文量足韜世善可救物宰賜言語冉季政事古莫兩大繄公兼之伊昔客薦可否廷折亮佐京師童兒亦知公名其後江人杭人頌德不暇洛表耆老傒公而蘇秉公論者無賢不肖孰不謂公致君致身方自此始柰何吉未會也凶問隨之天下悼惜士友悽欷况其投分於策名之始並命於剖符之列久要不忘平生實惟公度是望心同病同（集作同心同痾）我身子身也子與化往柰我心何名跡留爲政（集作故）事語（集作話）言存乎耳目惟音形邈忽無

前期可望每一念至哀塡胷臆往矣公度去我何之勿言一樽永難（集作無）共持儻肯顧饗表公我思尚饗

祭滁州李庶子文　前人

某月日常州刺史獨孤及謹以清酌嘉蔬之奠敬祭于故右庶子滁州刺史楊州大都督府司馬兼侍御史隴西李長夫之靈嗚呼才與上壽并者吾不得見之矣得見中壽者斯可矣嗚呼長夫曾未半之官不展才事不如志奄謝昭世溘歸黃泉雖欲茹哀哀可茹乎追惟長夫行茂神俊孝愛友睦諒直仁勇卓犖奇邁英明曠遠（集作達）文武志略邦家必聞爲州治行居百城之最詩賦歌事窮六義之美休聲喧於里巷佳句被於管絃珪璋令問中外注耳謂當

入拜九卿出分四岳萬人所望一旦中止行路悼惜豈直同心者之心滄洲長想之談玉溪獨往之興兢(集作竟)追身世永孤志頽(集作頹言)倘魂而有知當飲痛泉下往歲滁城之會俱未以小別爲感(集作感)臨岐道舊坎坎鼓我酒酣氣振言盡歡甚孰知此際以是永訣今萬事如昨日(集無日字)書札猶新惟故人音容不可復見悲莫悲兮生別離况長往之別乎王事拘限莫由執紼卮酒豆肉後會無期彼蒼悠悠逝者何之長夫長夫魂兮來思尚饗

祭裴尚書文　顧况

嗚呼天禍䍐邦尚書告薨哀哀䍐民罷市輟舂何時復覩盛德形容伏惟尊靈惠和温恭識洞元龜文掩雕龍天生

大賢叶贊時雍至人厭世寥廓爲友精神不留天地長久谷神不死是曰長生伏料尚書上賓天庭悲號者何在物之情惟公據道夙負重名爰自成才歷拜通榮五十餘年侍奉承明隨難西蜀拔身定傾有唐中興累踐銓衡朝廷擬公三老五更上夏方偶出典百城淺學自私掩善揚鄙我㦲尚書近仁不已昔在春宫先我大國辭輿多士周易有云黄中通理其斯謂乎自我江潭于今多秩恩順保終洗然自逸上官命况羈鹽蛟室奄居黄泉不見白日顧惟陋賤時承周容感德懷仁何時終畢神儀超忽靈駕徘徊敢申薄禮以表深哀伏惟尚饗

祭李員外文　前人

古之哲人銅鞮介山槨下藏文先生企之容邇四鄰逢時不昌與世遺迹先生淵然金碧無塵通識殊倫精義造神退居江潭節貫松筠皎皎先生蘭言玉聲詞林搖落天地空春宜與太一上爲帝賓若商傳說側列星辰天將以公經濟生人生人不幸天喪斯文斯文既喪嗚呼郢匠先生逝矣何人知况如况何人升堂誘進造次無爲樞機必慎跡暢高節心融容印詞不能辭其胷襟故春容於絶韻而京口歸魂毗陵旅櫬可勝悲哉心喪自何身役炎洲先生大歸赴哭無由古之達者以生爲浮先生徂征與化同遊四節不留物無長在寂寂賓階人遷事改陶潛自祭管輅知終本師瞿曇了達虚空初命少子昏冠先(一作光)禮兆祭

北望冊徒山險萬里文非尺牘辭塞盈胷想公形容昭况(一作發)深哀(疑作裹)聖朝悼歎儻遂追崇忝友季茂休戚略同肅恭尚饗

祭陸端公文　前人

維大曆八年正月朔同鄉顧况於末嘉發使具簞蔬野酌敬祭陸三十二兄端公之靈嗚呼接席之歡俄成奠酒殊鄉少別杳忽于今牽拘南役遠哭如淚兄秉德居厚植靈超茂天和發外虚白自内特挺孤操與物去害惟昔二京群盜縱横出入十年天下交兵越盜寇吳殺人燒城國危如此公乃請行我之行焉無往不平擁陣陵陽廻戈歙右江南山洞畧盡遺醜拒敵先摧群降獨受兄之令弟况之

良友感激風雲晋連詩酒昔魏有人子方叚干兄之所在人心獲安賢者讓平惟患是急兄之忠勇人莫能及燕將泣書齊師復邑迹爲功著名因義立惟帝念功君門遂通臺閣生風乃憶江東高臨山中有書滿屋與人共讀有粟加雲與人共分破富爲貧好事日聞霸霸牛潭峩峩襄嶺開流架迥倒寫烟景今日凄凉林空夜永人或有言吉凶無門我命由我以兄之才何適不可寧知一旦忽鍾兹禍鴻翔千仞自兹而墮嗚呼哀哉伏惟尚饗

文苑英華卷第九百八十一

文苑英華卷第九百八十二　祭文五

交舊五

爲常州獨孤使君祭李員外文　梁肅

維大曆元年五月日朝散大夫守常州刺史賜紫金魚袋獨孤某謹以清酌之奠祭于故尚書吏部趙郡李遐叔三兄之靈嗚呼疇昔之年接兄討論倚伏之數或尋其源當(集本文粹作當)謂仁人百祿滋蕃如何於兄斯道莫存(文粹作斯莫存焉)嗚呼哀哉惟兄孝友仁恕高明寬裕何德之茂何才之富粹氣積中暢於四肢發爲斯文郁郁耀(一本作有輝)自五百年風雅陵夷假手于兄蔚爲宗師乃登憲闈直以舉之乃列諫臣闕則補之玄宗季年戎狄内侮兄方就養拘(一本作拘)在豺虎氣霧濛濛薄汙我躬雷雨作解遠身于東帝曰孝哉可移於忠名彰(二本作居)右掖跡踐南宮丘明有耻玄晏方病清漳閑卧樂道推命哀於大賢不停(二本作享)大年人之不幸

天亦何言在昔賈生見惡絳灌王佐之用不展於漢我之方行遭世紛亂時塞道塞（二本作時運屯塞）古今一貫嗚呼哀哉其以蒙蔽夙承眷惠義均伯仲合若符契傳約乎文章（集作禮）之間（二本作事）優游乎性命之際謂得携手相期卒歲天其喪予君（二本作兄）則先逝嗚呼哀哉曩自朝列出使持節（文粹作出使持節）十年離別一旦存沒吳楚迢遞江山阻越不及歸賻（集作賵文粹作贈）仍乖執紼寢門一哀魂斷心絕恭承嘉命來牧于常繐帳所（二本作斷）在哀何可忘鞠然二孤訴彼穹蒼孰謂遐叔與天茫茫魂兮歸來（二本作兮）臨此一觴嗚呼哀哉尚饗

爲獨孤常州祭福建李大夫文　前人

年月日具官某謹以清酌之奠敬祭于故福建都團練使

李公之靈嗚呼宗祐儲祉元純降氣炳靈於公才全德充寬仁愿恭高朗（集作明）昭融文學政事儀刑王風帝謂叔父閩實下國出作侯伯導之以德內撫罷人外攘剽賊文武爲憲柔嘉是則我敎用宣我民旣安佇登巖廊爲國羽翰彼高者天胡莫祐賢人之云亡曾不永年嗚呼哀哉某往忝諫臣在公下列周旋獻納以日繼月海運方遠摶風未歇不慮不圖音徽已沬暮律嚴苦降霜肅殺臨岐一觴以抒慘怛嗚呼哀哉尚饗

爲獨孤郎中祭皇甫大夫文　前人

年月日具官某謹以清酌之奠敬祭于故浙西東觀察使皇甫公之靈古人有言智仁及勇是謂達德大夫蹈之以

衛王國乃昔天步未夷六師徂征嘗扞牧圉戡彼醜虜勇也及夫宦豎擁兵窺伺樞密公沉謀內斷輔德不穢智也分陝牧越統戎鎮俗承其風者莫不寧息仁也議者謂公方爲國翰垣爲人父母宜錫難老荷茲介福命之倚伏曾是不淑豈夫天所（集作仁）奪人所欲大旆長轂東征不復如彼魯侯往歌來哭嗚呼哀哉某頃與公相遇於斯今也言歸投弔於斯泛泛方舟旋（集作旅）載棠帷晏晏（集作昔晏）言笑今成溯洄道路遠而音塵絕而旨酒一觴惟靈享思嗚呼哀哉

祭獨孤常州文　前人

大曆十二年歲次丁巳五月朔日門生安定梁肅謹以清

酌庶羞之奠敬祭于故常州刺史河南獨孤公之靈嗚呼間氣炳靈降生哲人何辜今人而喪斯文豈上天不仁道之將廢奚盛德之淳懿忽中年而下世蹈得仁之機顏子不幸負王佐之才賈生屛外其明尚晦其用未大藏舟遷移梁木斯壞嗚呼哀哉追惟哲人應運而生行在五常志在六經博厚溫良直方而明天縱多才蔚爲時英孔門四科洪範三德惣於公躬率履不忒須聲旣微鄭衛亦（集作橫）塞或游或僻時萬時億公當其時載振其維憲章典謨爲學者元龜文哉郁乎文實在茲伊昔策名東堂作尉西華銘仙掌與函谷馳休聲於天下逮乎拾遺君前考禮太常獻可之詞直而含章建言削藁故海內莫揚旋議廟祧乃

正謚法享帝之禮終焉允洽名正言順事深體合垂後可
大賢人之業起草剖符出臨濠舒二邦之民傒我而蘇愷
悌之化風行露濡蘭陵之郊人散政弛清淨之德下車則
治比迹邵父視人如子闔境熙怡有禮知耻朝思黃霸人
仰安石霄漢在目巖廊咫尺不晉不勵坐而遐舉不慮不
圖忽焉傾徂遐邇震駭士民號呼罷市輟舂相弔路隅嗚
呼哀哀顧惟小子慕學文史公初來思拜遇梅里如舊相
識綢繆慰止更居恤貧四稔于此常謂肅曰爲學在勤爲
文在經勤則能深經則可行吾斯願言勉子有成又曰文
章可以假道道德可以長保華而不實君子所醜敬服斯
言敢忘永久若乃室中函丈之席林下清觴之醼陪李膺

之泛洛從叔子之登峴亟承國士之遇又忝公車之薦奉
明誡以周旋盡深衷於眷眄惟吉凶之倚伏若糾紛之相
纆追子鵬（集作庚子）之占日應康成之夢年不云坐奠不暇撤
懸秦醫匪（集作雖）救丘禱徒然瞬息之間音容莫傳痛心驚
骨不可問天嗚呼哀哉平居所好脩竹芳草暇日之娛左
琴右書徽言雅典（集作曲）斷而（集作一斷）不續高齋巳空蘭蕙猶
馥門人行慟稚子抱哭語（集作話）言在耳悽慘滿目嗚呼哀
哉覽遺編以流淚（集作涕）痛明德以（集作之）無還撫諸孤之尚
藐庶盛烈之斯存鄉路千里歸期九原寄觴豆以寫心見
平生之厚恩嗚呼哀哉

祭李祭酒文　前人

年月日守右補闕安定梁肅謹以清酌嘉疏之奠敬祭于
故國子監祭酒贈户部尚書李公之靈惟公之德柔嘉惟
則敬義且直惟公之才文武是該不矯不回剖符七郡風
行雨潤有禮有訓連撫二藩如江如漢之屏之翰敷聞帝
庭爰用陟明乃拜司成是親（集作勤）是行時則不幸遘茲太
病斃於道路孰識天命嗚呼哀哉追想曩昔大曆之中獲
見君子吳江之東靡適不隨無會不同于山于水于野于
寺提携宴喜荏苒半紀公鎮南方奄征江黃乖離兩鄉道
阻且長惠而好我簡牘相望于囊于箱厚意是將淑人君
子懷允不忘綢繆纓組列于朝序望公之來竊察斯佇方
期欸遇爰笑爰語豈意長徃（集作逝）終焉莫睹竁門一慟（集作

哀）意拆神沮誰云少別便是今古嗚呼哀哉古人所稱曰
仁與誼君子之道在功與事邦憲之雄元侯之貴存有盛
美歿有遺懿所恨伊何壽猶未至所悲伊何人失其庇嗚
呼哀哉九原連連乃在三原日月有時宅兆攸安某忝近職
是拘紼無緣寄陳薄酹有慟何言嗚呼哀哉尚饗

爲雷使君祭孟尚書文　前人

年月日具官某謹以清酌之奠敬祭于故福建觀察使兵
部尚書贈右僕射孟公之靈嗚呼上天（集作天之）不仁公甍于
位岳鎮傾圮士林殄瘁追論茂德忠敏恭懿仰惟盛才文
學政事昔在天寶濫觴登朝爰自（集作洎）中興鴻飛乃高入
覲京師出司藩條便繁中外聞望光昭我后統天式張百

揆公居右轄實揔聯事推轂西郊兵符攸寄俄被（集作服）蟬冕爲王近侍無諸舊城人欲地僻詔曰爾諧出作侯伯敷求民瘼宣布王澤嶺表海壖夷風載革天下謂公者德盛名宜登岩廊爲國老更方期（集作期）三壽忽夢兩楹天實不遺人誰仰成爰因（集作自）匕閩歸于九京當時大旆今也明旌嗚呼哀哉其自宦學則趍明哲邦憲府庭再參下列周旋惠好以日繼（集作繫）月不慝不圖有存有歿皇恩軫悼寵光（集作贈）昭晰邦人怨思祖奠悽噎談笑如昨音徽永昧臨岐一觴以抒慘怛嗚呼哀哉尚饗

爲杜尚書祭侍御史文　前人

惟公天挺貞淳肅恭溫仁以禮立志以道潘身惟靜惟動克儉克勤正直自立邦家必聞久侍禁闈嘉名益振上曰爾才監戎于閫身許九重禮達三軍軍中恊睦罔或不親朱紱煌煌聯于銀章方期奏報歸侍天王外迫炎瘴內纏膏肓不永斯年今也則亡浮江涉淮遠窆舊疆册旐翩翩言過維揚某早接公游仍弔公喪追懷宿昔感涕沾裳秋日悽悽浮雲無光敬陳薄奠悲塞中腸嗚呼哀哉伏惟尚饗

祭李處州文　前人

年月日淮南節度掌書記殿中侍御史內供奉梁肅謹以清酌庶羞之奠敬祭于故處州刺史隴西李公之靈和氣訢合乃生靈芝乃流醴泉降于人倫是爲後賢猗歟李公有德有言煌煌九葩濬濬一源弱歲含章典教弘文聞喜太丘遺愛斯存于越于宣先在西（集作西）藩名高（集作登）蘭臺風動輶軒濯纓歸朝再踐郎官鴻鵠入冥白雲在天或謂盛才宜管絲綸潤色謨訓以垂後昆官無中人吾道不興留滯周南退守恭陵剖符于潁美化斯弘雲油露濡山靜江澄解印歸來考槃是卜龍沙游衍餘于耕鑿與道爲徒以農代祿河洛讖緯桓譚不（集作之非）學草玄法言楊雄有作志一窮通身安淡薄遇酒便醉工文且博脫遺形骸形奄就冥漠士友殄瘁翰林凋落嚶（集作一）鳴既合久要乃申四海兄弟如公幾人公去南州角巾衡門尋集艱棘哀悼苦辛眷恤何深弔問殷懃江湖聊然書札相因方期歲暮以德爲鄰今也則亡吾誰與親卻攸無嗣桑邑亙真天道茫昧誰云與仁嗚呼哀哉我圖其室得公之出相維茂族于以納吉眷彼三星成之不日魂而不亡知此親昵嗚呼哀哉季奉裳帷九原是歸葬於洛表路出淮夷平生歡愛一慟申悲已矣夫子忽乎何之旨酒盈樽幽明此辭尚饗

爲杜東都祭竇廬州文　前人

年月日具官某謹以清酌之奠祭于故廬州刺史扶風竇公之靈嗚呼惟天難諶惟命罕言倚伏同域吉凶一門公之茂行爲直而溫公之達才卓爾不群保身以正爲政以仁宜錫難老（集作壽考）以庇斯民如何降凶奄忽亙真伊昔登朝厥猷則茂柱下執法南宮草奏赤縣浩穰四方輻輳惟

公下車善政俄報廬江曠守人或未康惠君既來美化洋洋治而有禮俾人知方予忝燕閒實知循良將以上聞冀殊寵章命之不淑曾是隕喪嗚呼哀哉追想曩昔接公周旋惠好斯存如蘭如荃聞者睽闊東西累年會遇于茲談笑依然別未（集作未）數旬遽歸九泉孰爲福善殲此仁賢官守所羈祖奠無緣寄誠薄酹有恨何言嗚呼哀哉尚饗

為人祭栁侍御史文　　前人

年月日具官某謹以清酌庶羞之奠敬祭于故侍御史栁公之靈惟公以孝友承家以直方從政以温厚行己以敬讓與人作掾大邦有親信之稱典司通邑著循吏之名冠惠文佐廉問輶軒所指吏肅風變列郡攸攝斯人以寧方

将荷餘慶而介景福播令名而延大耋天不與善命也有終士林怛（集作相）駭親友欷歔嗚呼哀哉某等獲與公游聯職戎司適云少別俄見亟歸于以設奠出乎郊岐魂也何之幽明此辭嗚呼哀哉尚饗

祭屯田栁郎中文　　權德輿

維建中二年歲次辛酉某月朔日試右金吾衛兵曹參軍權德輿謹以清酌時羞之奠敬祭于故屯田郎中栁公之靈在（集作有）漢理平子陵退耕運鍾明時公遂性情典校司諫便蕃清秩南宮之拜詔書三出中朝虛左公志不屈優游化源消息心術四時芬芳百鍊精剛德充於中用晦彌光是非萬殊不滑其常和易内蘊發於文章性命之際希夷之域理無不窮言必冥極救彼文勝作爲典式扶教立言實在清德時方逐進公則尚退文武（集作人，或是）外奬公則理内獨立不惑以身矯世萬頃淵然孰知其際顧惟小子猥奉音徽賞則過實竒常中非日想德容心存清機今則不見涕流沾衣嗚呼哀哉人世則異清風不匱繐帳寥寥泉臺下閟常聞福善今也無嗣立命如何斯文其墜尚饗

祭海陵李少府元易文　　前人

維建中三年歲次壬戌某月朔日試右金吾衛兵曹參軍權德輿謹以清酌庶羞之奠敬祭于故海陵縣尉李君元易之靈我得元易于茲三年粹秀清和仁義在焉行有餘裕其文燦然五字之中含寫風煙巖扉舊隱常聞清興諸

生討論雅有時稱（初與盧群德倫同隱居于譙山）理實歸研境無迯勝嘉招既至虛中以應從容解巾作尉江濱退以直道進無其人性志彌篤郊居食貧衡茅之下孤石蘘篘連墻者何則有元鈞（元鈞名崙君之族父）探味玄奥疎適心神晚獲覯止心乎愛矣扁舟往復就館于予静賞烟霞深窮名理友直友諒惟君是以（集作已）行不苟容必倈良工棧蘩絶足櫝閉銛鋒竟嗟不試一命淪躓身没跡晦靡申素志惟富與壽君則不至人皆有子君獨無嗣繐帷飄飄靈坐深閟幽顯此殊嗚呼元易尚享

祭李處士穊子文　　前人

惟貞元二年歲次景寅十月朔日試右金吾衛兵曹參軍

權德輿謹以時羞之奠敬祭于故李處士十六兄之靈惟
先吏部文德冠時天下翕然有所宗師鍾美於兄式克似
之爰自稱歲澹然清姿惟我與兄世有舊歡應若塤篪芳
若芝蘭居易處厚中明外寬發於濬源激爲清瀾放懷外
物清機善謔討論不倦名教爲樂迭用古義以相傳約先
王觀風命史陳詩雅南之後其道日譎騷楚怨思王風浼
夷升降之儀與代相隨國朝數公稍振舊風兄實求已服
勤於此敷陳麗則不野不史含寫佳境優游精理七發未
終俄驚不起追惟前年訪我由拳（集作拳）握手開襟慇懃款
言孰謂此訣死生間焉今我來斯舊館依然文伯既沒敬
姜哀慟子敬下世徽之來痛嗚呼哀哉流形賦命孰主張

是昏嚚闒茸或壽或貴方直清明乃夭乃否如何斯人才
命不侔未室未仕澹與化俱志業靡申沉痛泉壚福善與
仁胡其忽諸嘉殺在籩旨酒在壺寄此一慟洮瀾㳽濡尚
饗

祭李祭酒文　前人

維貞元七年歲次辛未五月朔日故吏前江南西道觀察
支使監察御史裏行權德輿謹以清酌時羞之奠敬祭于
故國子祭酒李公之靈伏惟峻閥洪宗有勞有忠光躍北
朝黎申繼封世名清純以至先公彌綸盛時德位昭融文
武吉甫克嗣其風儲慶發淳摽（擢）乎中庸天寶中年仕無異
門講道積學五經綸紛以能詒（集作詒欽非）官校理秘文温若玉

質郁如蘭薰絃琴峩峩擁傳轔轔兩無留事竝著嘉聞題
輿佐理剖竹爲政均彼化條簡其徽令風行草靡飲和發
咏難理之時四封謐靜累遷太郡亦佐成師宣其馨香蠲
彼癘疵時有行止道無磷緇處中十年觀我靈龜大君嗣
位推擇良守乃眷上游作藩夏口報政獻功察廉一方弄
扞大憝以完南邦盡艫舟師王旅乃張衆寡相懸以律而
臧就加副相乃鎮西江來懽去懷金石洋洋剛柔全德蹈
履不忒外無牆藩之峻中踐夷坦之域爲仁由已率誠不
飾播厥美利根於易直災去水火人滋衣食流庸脊附生
齒益息亦既七年慰安斯人中用知止封章乞身朝典崇
儒徵拜成均遽歎夢奠俄驚返真偎以蒙蔽再塵盛府重

問繆禮蓬茨之下惠愛傳（一作榫非）約深誠見與左右彌縫愧
無所取九江拜手浹日前期如何奄忽過隙生悲羊分峴
首良會無時庾亮樓中永絶清機前歡幾何圓魄總欽承
訃長慟潺湲㳽咽返葬迢遞西周古原郴車緫靈飛旐翩
翩體魄則降德馨長存拜奠心碎難酬舊恩尚饗

祭薛殿中文　前人

維貞元七年歲次辛未某月朔日前監察御史裏行權德
輿謹以清酌庶羞之奠敬祭于故殿中侍御史薛七兄之
靈有生必化大鈞之方盛極而衰乃理之常又曰善慶鍾
爲福祥今則繆盭天乎茫茫追惟明靈夙播馨芳解巾秘
府累冠神羊清明之用百鍊堅剛羣藻之文六律鏗鏘嘉

言婉婉令問章章靖恭端和休有耿光綠踰強仕未踐周行衆情顒然日遲騫翔早維通舊已飫馨香晚忝嘗（集作常）寮載换星霜府庭同舍居室鄰墻切劘惠愛何可弭忘憶昨從公沿泛長江寶刹初散雲帆並張晨登佛廟晚眺魚梁善譚理窟清言智囊既濟江浦俄驚府丧同歡未幾今也則亡古稱臧孫德遠流長邊歎伯道求絶蒸嘗嗚呼不膺難究蒼蒼上歸元寶（集作無莫）下閟幽荒呼天者兄晝哭者孀琴書已矣行路悽傷柔嘉備遷澄齊蒲觴神其格斯揮涕浪浪尚饗

文苑英華卷第九百八十二

文苑英華卷第九百八十三　祭文六

交舊六

祭秘書包監文　權德輿

維貞元八年歲次壬申五月朔日故吏部員外郎蕭存太常博士權德輿大理寺丞王純等謹以清酌庶羞之奠敬祭于故秘書包七丈之靈在漢鴻臚蔚為名儒以纘簪裾乃生秘書純誠伉直古訓是式納忠宣力有勞王國昔自秀造翰飛扶搖彌綸劇曹領袖清朝出入諷議嘉聲孔昭道（集作昭）塞時通乃領藩條俄復郎署俾均繇賦經費委輸待公而具受命匪躬于汴之東秩宗之貳司憲之雄鑾輅時巡關梁永通每以貞勝行於險中登賢求舊入佐司寇中和直清望與實并乃懋師氏三德興行又領秘丘六藝章明偃息文囿優游漢庭雅韻拔俗清機入冥立言大旨為經為紀行中（集作中行）文質不華不俚曾史一字詩人四始泝其源流用制頹靡以誼藩身與道為鄰虛中皦然不棲緇塵動靜專直儀刑縉紳得喪虧成靡滑吾真宜介遐福

宜受戩穀未及下壽胡爲不淑遺孤藐然銜恤茹毒善慶不誣期於必復某等劣薄嘗承討論通世宿好嘉招厚恩舞雩春遊昔實童子峴首良會俄叨知巳歲月遄邁或行或止慰薦難忘音徽不巳各忝官命（集作一官）來歸帝里話舊語新悲歡未幾驚疾厲之潜遘冀無妄而有喜信宿之間格言在耳精識不亂達生大觀謝醫禱於門人順一氣之聚散大鈞無期化徃何之邦國殄瘁古今悽其虛室寥寥繐帷披披哀從中來霣涕交揮粢嘉列薦清沽（集作酌）蒲巵神之聽之噫嘻格斯尚饗

祭吕給事文　前人

維貞元九年歲次癸酉正月庚申朔二十一日庚子右諫議大夫陽城給事中徐岱李衡中書舍人奚陟尚書駕部郎中知制誥張式左補闕權德輿謹以清酌庶羞之奠敬祭于故給事中吕公之靈君子之道貴乎艱貞公用踐履剛中粹精文學政事蔚然時名出處屯夷用晦而明命佐戎車（集作君命佐戎）于彼淮甸方國多虞妖氛（一作氛）潜熾每以明誠冀其革而外蒙耻以枉尺中飛章而告變白刃臨前丹心炳然貞其困而後濟忘其生而後全祲沴既平忠勞亦著草奏南宮嘉聲載路出領符竹澄清遠部夕拜黃扉昭宣王度獻歲朝天侍立君前華纓玉珮行止鏘然周旋陛降接踵差肩如何累日奄閟重泉嗚呼哀哉寓形此世無非大夢寢門之外莫甚[illegible]慟交歡幾時踰月于茲每冀休沐相從讌私孰謂奄忽俄生厲疵醫禱不及形神巳離某等或忝在嘗（集作常）寮或忝陪下列嘉（集作嘗）雲霧之初披恨幽冥（集作明）之遽訣瞻彼塗芻言旋洛都平昔志（集作智）氣復歸虛無酒殽靜嘉盈俎蒲壺何以道意潸然涕濡尚饗

祭梁補闕文　前人

維貞元九年歲次癸酉十一月朔日左補闕權德輿等謹以清酌庶羞之奠敬祭于故右補闕贈禮部侍郎（集作郎中）梁君之靈我思古人乃得敬之今則不見嗚呼噫嘻賢哲之生作瑞于時中立不倚大道甚夷人或多方以取世資君懼其至泊然靈龜游夐遠矣文章運衰風流不還作者蓋希君得其門獨泝澆醨遐蹈古始六經爲師初冠章甫在江之滸志形交臂或出或處久要之契脗然相與直諒切劘曠懷無阻漢庭盧左尺一旁午心與雲閑翼隨風舉恬漠虛白環中之樞篤厚誠明君子之儒精義入神英華發舒人所景行君之緒餘乃補袞職乃侍皇儲北宮寮命東觀直書致用無方迎刃皆虛漸漬教化闇然而彰文武憲章堯舜典謨空結時望莫申令圖宜錫華皓以極其道鍾美實多歸全太早子淵之仁叔度之賢皆厚其才而奪之年吁嗟敬之今亦巳焉孰司化工不與其全凡我同人官次周旋微言嘉話恍若目前吾欲問蒼蒼而訴冥冥索夫子於重泉末如之何從古以然平生一樽哭奠靈筵魂氣何徃空傷絕絃尚饗

祭韓祭酒文　前人

維貞元十年歲次甲戌三月朔日徵事郎守左補闕權德輿謹以清酌庶羞之奠敬祭于故國子祭酒韓十四丈之靈伏惟德厚流光炳靈發祥傳慶於（集作于）公鬱爲珪璋宣力中外道光明代動必有裕直而無悔從容諫垣密勿絲言炳然憲章潤色化源天（集作六）官之貳京劇之賞四方取則九賦不匱蓬山秘書大學導儒選重前代非賢勿居率是明德便蕃右職宣其馨香昭其物則四科難並全才乃克利用無方沛然餘力再世金鉉確乎匪躬光輔帝道是爲門風緇衣棣華宜復於公終缺人望天乎不傭顏惟小子夙承先友骨肉之契歲寒逾久爰自齠非深仁善誘恤

此殘生均其所有衣而食之祿而仕之闔門仰給纖悉無遺仁惻之道曲盡其宜二十年間完安保持比肩多士忝跡清時必由念慮敢不知恩秦原蒼蒼丹旐遲遲精魄何往音容莫追沉哀激中霣涕交揮神鑒如在含酸託詞尚饗

祭盧華州文　前人

維貞元十六年歲次庚辰四月巳巳朔越八日景子從表弟朝議郎守中書舍人雲騎尉賜緋魚袋權德輿謹遣使以清酌特羞之奠敬祭于故華州刺史御史大夫盧六兄之靈詩謂君子温其如玉書稱止人既富方穀明靈比德清議所屬未極全才如何不淑追憶曩歲鍾陵嘉招兄時左遷屈佐乘軺幕庭山郭並榻連鑣心同則親敢曰嘗（集作常）寮俄奏郡課復升郎位左掖斯容教官已貴殘骸被病土梗蓬累謝交辟以未能方屏居以自遂拔茅推轂退輸（集作蹈）古義七發粲然入行御至詔下江干猥登禮官故（集作頓）蓬茨之鯫生忽束帶於朝端退日良夜清言舊歡再披雲霧未契金蘭帝念長人出臨左輔河潼襟要復此居部乃亞丞相金龜映組美利休聲和風甘雨弱植何幸累叨禁垣諫曹（集作署）右史以至司言因緣覆根本推援恐累知人上負明恩一遠晤語九變凉温日夕音徽切劇討論發函疊疊如見君子或忠言以規過亦善謔而溢美方（集作冀）登楠用以末介祉每驤首於公朝期盍簪於仁里俄驚

感疾方俟有喜志切乞身恩深卧理神道興善胡然不起寢門一哀孰甚知已素車莫遂霣涕何已樽酒簋貳深誠在此尚饗

祭戶部崔侍郎文　前人

維貞元十九年歲次癸未十月戊寅十二日巳丑中書舍人楊於陵禮部侍郎權德輿謹以清酌庶羞之奠敬祭于故戶部侍郎贈右散騎常侍崔君之靈古之大觀推理以達謂生爲勞於化不恒苟非至人哀樂云云一欣一慼松茂芝焚遐想深契在於夫君素履無玷黄中有文卓爾堅明皦然貞醇夙以聲實邁於群倫伊昔宦遊風塵不雜聯簪法冠並列賓榻夷道可久淡交相合亦既府除索然離

居或憩循江或旋練湖君初卷懷寓彼群舒四年之間（集作三四年間）聯奉詔書分曹士師議禮太子中臺奏議並列哀烏道舊故懷話言于于三登首曹乃貳師徒相顧飛翻接影天衢顯允德業大僚是都凡我四人交歡靡渝直諒是程中庸是經或會公朝循疑幕庭孰謂夫子奄然冥冥交臂相失汍瀾涕零入室噭噭孀孤之聲追懷悼心痛我友生啓印左貂以哀以榮嗚呼哀哉命之所賦豈有其數乃如之人洵美無度常日謂我文昌連（集作聯）步如何今茲已隔泉路亹亹良話依依平素晦明再朞冥寞大暮萬事風燭九泉草露魂之來兮歆此薄具尚饗

祭獨孤常州文　前人

維貞元二十年歲次甲申十一月戊申朔禮部侍郎權德輿謹以清酌庶羞之奠敬祭于故常州刺史獨孤憲公十四丈之靈嗚呼德充而位不配才大而年不遐稽於賦命從古太息伏惟蘊大雅之愷悌遵六二之直方作爲文章律度當世燦如日星炳若龜龍施於政事表率萬國三郡洽和四方鼓舞而不得弘大志業歿於中年豈洪鈞造物使才命相盭先師罕言末如之何伏以夫（集作先）子篤忘形之契小人展無容之敬去世二紀清風凜然顧以息女歸公愛子雖不獲逮事而備承家法况茲菲薄實忝眷私辦方之年遠難於江徼志學之歲伏謁於郡齋典司禮職尋奉易名之義嚮仰德門令承合姓之重話言誘掖造次敢忘德容碩姿髣髴在目自爲聲舉之舊今則潘楊之歡二孤純孝遺烈鍾美鮮原改卜日月有時酒殽靜嘉式薦靈位尚饗

祭獨孤台州文　前人

維貞元二十年歲次甲申十一月戊申朔禮部侍郎權德輿謹以清酌庶羞之奠敬祭于故台州刺史獨孤七丈之靈洪範五福古人所貴伏惟道樞德機涵泳交鬯鮮龜隱機譏息東吳嗇神而去物累觀化以順天理終始貞吉歸全返真不登期頤者十數歲而已可謂康寧而壽以至考終命弘條（集作脩）政事導職居部泝沿淛河四爲二千石朱轓暢轂所至洽平率誠理身以化封内可謂攸好德其所

以興者富於義而遠於利以祿直賙姻族（集作婚）以清白遺子孫故即遠之日輤襚絕具孤嗣藐然以賻布襄事蹈道如是君子以爲難介弟憲公挺此文德含章炳章與三代同風先門友善義比金石猶子秀茂申以婚姻引進琢磨居爲雅器永懷感悦莫奉話言女子有行得奉門訓竟迫道途之阻未申供養之禮用此歎慟結於中腸輀車東來大塗斯啓柔嘉清滌用寄單誠尚饗

祭張工部文　前人

維貞元二十一年歲次乙酉七月戊辰朔四日辛未禮部侍郎權德輿謹遣男璩以清酌庶羞之奠敬祭于故工部侍郎兼御史大夫禮部尚書張二十九丈（集作兄）之靈士君

子之所以暢其業者文也學也士君子之所以植其本者正也忠也綽綽工部實由於斯起(集作起)於逢掖乃執簡記章明義類振起褒貶傳物洽聞時稱良史可不謂文乎誕章成式變禮疑議稽合於古節適于中群士屬目一言以決可不謂學乎處燎原盜泉之中不焚不濡終然遺難皎絜貞厲信信權幸惡厥中立一羅詭鑠遂去清近祕丘十年不得自足可不謂行己之正乎出疆專對照耀原隰天覆之內無遠近(集作邇)君命之下無險夷再叶翟土乃龢戎索暢威靈於大荒之外啓手足於野幕之下可不謂事君之忠乎年纔逾耳順官止貳起部於兄之量二者皆屈彼大耋大條孰宜之哉頊陪禁掖俄接仁里觴酒歌詩清言

善謔靡日而間彌年以歡一瞬之間奄成今古以此思哀如何可忘跌傷左足未任趾步鼓吹臨門涕洟如霰(集作雨)平生風味今日永訣伏枕口占寄懷斯文尚饗

祭賈魏公文　前人

維永貞元年歲次乙酉十月景申朔二十三日戊午朝散大夫守尚書戶部侍郎雲騎尉權德輿謹以清酌庶羞之奠敬祭于故司空相國贈太傅魏國賈公之靈覆載之間肖形必化惟令德淑問與天壤俱存伏惟以含一之量叶休嘉之運四征授律勲在盟府二換居中勤宣宰政注意體國緊公是圖始自黃綬至于玄袞率由坦夷以極光大浩若溟海熙如春臺歸全之日朝野相吊窮珮戈金鉉之寵可以言貴過懸車貳膳之年可以言壽中和博大之度可以言君子知命順化之理可以言至人三朝告老終不得請法賻弔祠禮嘉常數鄙薄無似辱公之知獎進切劇逮茲一紀獲居里閈亟踐堂奧接俗之韻忘年之歡疑在視聽忽成今古嗚呼魏公可勝慟耶絜此觴豆奠于冥寞髣髴風采公其降靈尚饗

祭唐舍人文　前人

維元和元年歲次景戌正月景寅朔十九日甲申戶部侍郎權德輿謹以清酌時羞之奠敬祭于故禮部郎中知制誥唐君之靈嗚呼文編行茂才全弱冠知名時推儁賢含章振藻金石在懸緣情放言采組相鮮憶昔淮湖與君覯

止忘形合志造適通理瓜步邗溝吳山楚水芝蘭之室三十年矣君自江左(集作左史)進居臺郎予叨禮官亦忝周行熙春至止休沐相將綣盍簪於上國俄出守於遐方盛山雲安風水迢遞屈此二郡俄然半世文章煥發書札相繼辛酸苦言欵曲嘉惠(集作會)顧我忝曠愧君淪滯屢封薦章輒以人廢每與公範交脩宿契不進不止中心自誓大君繼明元凱持衡方開宣室以待賈生裁成訓命所謂文炳詔君居之士友相慶遲遲征軒來自荊門凡我同(集作周非)人載勞夢魂屈指繼日候(集作俟)居西垣不及百里俄歸九原嗚呼文編此痛難言壽堂野土一別終古平昔風姿杳無處所樽酒簋貳涕零如雨冥寞之間神其聽否尚饗

祭杜岐公文　　前人

維元和八年歲次癸巳三月甲寅朔二十八日辛巳禮部尚書權德輿謹以清酌庶羞之奠敬祭于故太保太傅岐國公之靈伏(集作大)惟體温厚之氣協休和之運五常用仁九德在寬六朝揚歷三后相公契作司徒夔居太保致位遂志憂閒顯尊極人倫之壽寵備君上之恩禮傳曰行道有福詩曰求福不回考祥視履惟公是已至若循徉化元保合太和扶遵嘉會將明利澤漸漬於生民而隱於視聽者可勝道哉早辱招群仕纔初命頃沐鴻休職聯大任周旋惠愛僅三十年(集作三十餘年)公府閣議郊居盛集滄溟沃日之量清廟禮神之器四教五福明哲始終話言風采疑在夢想變化紛紛何可勝論常日賓榻今茲靈位常日歡言今茲聲淚常日精爽今茲魂氣常日鳴騶今茲騎吹求去昭代言歸厚地平生一慟拜奠歔欷尚饗

文苑英華卷第九百八十三

文苑英華卷第九百八十四

祭文七

交舊七

祭成紀公文　　崔損等

維貞元十二年月日朝議郎右諫議大夫崔損太中大夫行給事中徐岱朝議郎給事中趙宗儒正議大夫守中書舍人高郢宣德郎守駕部員外郎知制誥權德輿起居郎韋丹起居舍人楊馮(唐書作憑)左補闕歸登崔邠韋渠牟左拾遺李肇王中書右拾遺蔣武等謹以庶羞之奠敢昭告于門下平章事贈太子太傅成紀公之靈龍爲輔臣虞闕四門殷宗審象說代予言建中皇明崔爲文貞嗣德同風俾公登庸運配我唐忠昭我皇君臣合契聖賢同方乃序五行乃調三光乃作舟檝乃作棟梁温裕内淑矜嚴外莊暖若冬日肅如秋霜錯磨瑚璉黼藻文章昂不耀彩蘭非振芳疏封慶遠輔族流長祖服既纂孫謀更昌跡礿泥蟠勢漸雲翔繡衣持斧綿帳含香曾建隼旟廉察三湘亦倅龍節和柔比荒左曹駁正中臺紀綱績徹宸扆恩昇廟堂東西掖垣左右輔弼獻納忠讜訏謨愼密嘉猷必告内言罔出清廟承天圓丘攝日宣子制典鄭侯定律有倫有要惟精惟一功雖必舉愛犯斯黜保正懲邪損虛勵實儉能防侈恭能戒(一作戒暇)逸假寐(一作立範)箴門宣力王室鈞軸是秉樞

機所發先平其心後寧於物赫赫天子萬方稟朔寄公咢彛授公帷幄方資燮贊更致淳樸從籍千畝侍巡五岳福悲下壽忠惜永圖勃也厲疾倏焉夢殂皇心軫慟人望嗟呼賻贈恩篤褒崇禮殊騎吹咸京龜兆鼎城緱山舊隴太傅先塋某等相府僚屬禁闈分職敢辱陶冶愧生羽翼馬孛（疑作字）容誤龍鱗爰直孔雖不言幸亦有力徹帷啓殯執紼佽門奠薄單醪羞輕特豚悲實懷德忠何顧恩清風令範子子孫孫嗚呼哀哉伏惟尚饗

祭杜佑太保文　鄭餘慶等

維元和八年歲次癸巳四月癸未朔九日辛卯銀青光祿大夫守太子太少（一作保）兼判太常寺事鄭餘慶銀青光祿

大夫守兵部尚書王昭銀青光祿大夫吏部侍郎楊於陵中大夫守戶部侍郎判度支盧坦朝議大夫守刑部侍郎充諸道鹽鐵轉運使王播朝議大夫權知禮部侍郎韋貫之等謹以清酌之奠敬祭于故太保贈太傅杜公之靈伏惟嶽峙毓德台符炳靈實啓邦傑佐時文明厚仁保和待物推誠夷道不隔直心無營允釐群官叅歷庶務周旋四朝出入三署顧言慎行道在忠恕珪組外身江河比度始從郎位職典邦賦重人惜費惠恕周布建中之初受命分符報政長州擁節番禺趨俗蠻陬是訓是濡既撫淮楚遂荒隋都時當徐方俶擾爲虞截河鑠流擁滯邦輸統以威重簡于帝俞鎮寧二境並建雙旗十萬貔虎指麾風趨任兼文武志尚詩書兵賦著典郡政來蘇學該地理識究玄機天寵載加時問逾積聿來登庸作弼邦國邦計攸掌國機畢畫末貞之際宮闈祕隔順皇沉疾奸臣竊職公聽群位揔己夕惕躬宣誥吉捧授金冊一人出震群邪蕩滌崇秩屢增湛恩備錫朝登劍履樂侔金石沐浴良辰宴慰親客朱輪紫授（疑）富盛赫奕戒足思退居高不危國有大計猶將來咨才實不器用皆適時位極元老守逾謙卑靈壽方賜懸車忽辭冀期頤以遐保遽樂往而哀隨餘慶等早忝班行嘗承顧盼仰台庭以增欷臨素車而申奠嗚呼哀哉伏惟尚饗

祭李吉甫文　武元衡

維元和九年月日某官謹遣某以清酌之奠敬祭于故中書侍郎同中書門下平章事贈司空趙國公李公之靈元精之和變乎絪緼升爲星辰播爲賢哲當四序迭運克成歲功元德咸宜用彰聖道惟公鍾茂閒氣誕靈中和圭璧鎮於巖廊宮商備於韶護經文緯武覩奧知微究理亂之源流極天人之涯際洎濯纓清漢鳴珮天墀出入三朝徘徊二紀嘗思禁掖潤色王猷屬元聖御極之初昊天降休之日公內叅密命外正戎機竭心膂以振皇綱勵精誠以輔玄化故得三光離朗九有澄清南定勾吳西殲邛僰默運宏略弘宣大猷及公亮釆熙庸于泰台階接武翊戴元首弼諧神人論道罔違恩波共浹及公推轂淮海于亦杖

鋮坤維俱荷寵駕各從藩翰陰騭庶彙惠洽顯蒙化齒竄
之人變澆漓之俗聲應義激契重情申信誓之言期於沒
齒隋宮井絡相去萬里山水澄鮮烟綿錯峙風傳麗句緘
開素鯉金石相投鏗然在耳再徵黃覇繼入丹墀啓沃同
心歲寒共期運屬休明道濟無爲星霜八變交態不移或
乘春賞花或對酒吟詩音容不間讌語忘疲冝保太和克
享期頤報功于岱岳侍宴于瑶池庭菊有芳朝露尚滋交
臂遽失瞀如飈馳惜乎時方泰而壽不與噫道行而數奇
復淮夷之成筭雖人亡而事遺輟悼皇情哀纏冊誄瞻彼
洛土青烏爰止千里申奠九原同寄撫稽紹而不孤銘太
丘而無愧嗚呼哀哉尚饗

祭權相公文四首　楊於陵

維元和十四年歲次己亥七月丁丑朔六日壬午尚書户
部侍郎兼御史大夫上柱國弘農郡開國公楊於陵謹以
旨酒庶羞之奠敬祭于故相國贈尚書左僕射權公之靈
伏以世濟明德天資上才默識中照襟靈洞開言成典誥
筆落風雷扣寂窮妙神交思來百代遐騖九流兼該傾詞
人之藪澤爲作者之杓魁粤自童年飛聲天下論交請益
莫非賢者荏苒藩服發輝文雅遽徹明庭難留諸夏騏驥
之步騁於康莊鸞鳳之舞暢於朝野望九霄於瞬息指千
里於尋常遵曲臺之講肄脩諫省之封章帝曰絲綸代予
口語詞之頒辭政亦垂阻爾其專掌爾必師古亟換官榮

屢移星序春泉涌溢彩翰飛舞丕變澆訛裁成訓詁六官
之貳我踐其五朗鏡高懸時髦盡取陶鈞之柄義利求分
詭情異態抑有前聞公之雅素迴拔群倫知以藏用忠惟
愛君將所以懲止誇競儀刑縉紳豈獨辨是非於毫髮較
輕重於逡巡而已哉日居月諸或處或出分陝東之憂寄
統漢上之師律懋官之典雖荷於朝章福善之徵尚期於
陰騭如何不淑大禍俄鍾方佇朝天之慶翻成夢奠之凶
歎人倫之殄瘁哀令子之疚窮幸斯文之不泯將千載之
爲宗於陵爰自壯年獲承嘉惠以蕭蘭之菲質荷松栢之
深契鍾陵携手禁掖連袂講德談玄依仁遊藝平生之恨
尚嗟離別之多零落之悲何堪衰暮之際嗚呼謀及龜策

言旋洛師風凄曉籟霧偃靈輀抆淚舉酒升階致詞儻交
情之不昧實神鑒之來思尚饗

二　李直方

維年月日中散大夫試太常少卿上柱國李直方謹以清
酌庶羞之奠敬祭于故三丈相公之靈天作雷雨山川出
雲帝思理平英髦並生爰自弱歲植此休德弘重不器仁
聲淵塞旋昇外臺乃居祭視輔人成化入爲右史文學溥
傳德度謙冲載領絲言粉澤天工詞簡理詣燦然昭融俾
國家詔命上逾十代與周漢同風爰登禮曹實司選士人
罕其再我三專美椎文懿行善價端顯士昂周行鱗集麏
至（一作聚）朝推厥德乃作天官庶職惟允九流序焉帝念儲

皇輙居調護九法闕理乃遷兵部禮樂不綱斯爲奉常神人以和寮飛廟堂鼎飪三載萬方咸賴退爲宗伯碩望彌赫惟梁思理建節來萃敎化惠和流庸洽至憶昔攸往火旗雷麾今也來思白馬龍輴哀笳凝咽以增感丹旐悠揚而獨飛嗚呼哀哉直方昔在南宮擢遷綸閣提携推薦忘其菲薄顧庸淺而難持竟鴻飛而終郄今佳城行啓哀挽徐吟跪靈筵而號慟淚横墮而不禁伏惟尚饗

三　王仲舒

維年月日從姨弟使持節蘇州諸軍事守蘇州刺史賜紫金魚袋王仲舒謹遣某人以清酌之奠敬祭于故山南道節度使贈尚書左僕射權三兄相公之靈惟靈天受全氣

早挺文學用道以直閑邪存誠心常坦夷而不離法度操本堅峻而盡歸忠厚自拂衣登朝周歷清重靜專一節造次於是内翊皇極外擁麾旄賢哲極致天下榮觀豐禄足以肥家雄文可以潤屋而奉己彌約素風逾鮮顯昴山立以鎮浮俗嗚呼公之德也公之器也壽享期頤猶謂之夭况相遠乎論道上庠猶謂之薄况不至乎哀哉仲舒及冠之年情契深至非求道之要不爲辭端非爲文之蹟不著心本雲路盡相致之誠間宴諧道舊之適音容如覩書札尚新靈儀宛然驟隔今古局守遠郡臨慟無因敬薦酒殽用申平昔尚饗

四　蕭籍

維年月日門生義武軍節度使行軍司馬文林郎檢校尚書戶部員外郎驍騎尉賜紫金魚袋蕭籍謹以清酌之奠敬祭于前相國故山南西道節度使檢校吏部尚書兼興元尹御史大夫贈尚書左僕射之靈伏惟明靈稟天地絪緼之和爲唐虞文武之臣宜乎壽登期頤福如崇山安危所注意致大君於三五之上如何昊天壞我梁木承訃之日縉紳失望豈喬（疑作僑）終褰歌（疑衍）謝興謠轂相之足云乎信無等級以寄言也嗚呼哀哉公昔在貞元實司文衡等甲者七十有二人惟籍鯫生名不聞於將命者公以至公俾居選中數仞之墻得門而入荷此知己與嵩華爲輕矧乎侍立班墀常趨後塵退食台庭亟承嘉言昔之少別今

成永訣哭寢之慟百身可贖嗚呼哀哉伏以天子有命司戎使車三請會葬元侯不許既不得見曳杖之日又不得見如斧之封思欲如赤爲志如賜築室覬乎其不可及已身寄於燕趙之交神馳於涇渭之表瞻望遐路心悽目泫其可及乎所可慰者臧孫有（一作之）後載揚載顯期在茲日以此忍哀齋心遣使儻仲理之來顧庶至誠之上達嗚呼哀哉尚饗

文苑英華卷第九百八十四

文苑英華卷第九百八十五　　祭文八

交舊八

為留守鄭侍郎祭僕射文　穆員

維年月日某官謹遣某乙敢用少牢之奠致祭于故尚書左僕射彭城公之靈巨唐中否八葉嗣興天為生公為公啓運公受天所授事與時并寔為鄭侯立我王國于時方夏之内瘡傷未平兵餘於人賦倍於產公施以損益權其重輕自我竭心為國強力歲勤靡瘠師輿忘勞群帥不虞怙兵自擅典章靡及職貢莫脩律我清明徵令如饗（疑作響）九所辟選府傾時賢若金我礪若玉我琢爾材我器爾用我功至今會計之司食貨之政法公之法其事集吏公之吏其利興守公之成楊公之盛孰云公歿吾謂公存嗚呼何日不夕何榮不落何亢不悔何高不危終沒裔夷九百稱嘆皇明昭滌丹旐言旋澤及九原魂歸萬里大名備禮返葬故丘哀哀遺孤銜恤靡至毀隣於滅必復是徵某昔官南宮嘗參末吏王音如在哀挽長違祗命禁省不敢離局禮闕執事悲惝永懷敢以精誠寄於祖奠神遠聽邇庶乎降歆嗚呼哀哉尚饗

為淮西宣慰使鄭右丞祭顔太師文　前人

維年月日某使某官某奉勅以清酌庶羞之奠致祭于故太師贈司徒魯公之靈嗚呼天有晦明人亦理亂當其厄運則有盜臣至乃憑寵肆兇竊權搆逆虵吞虎噬擇肉中州天子思所以解狩獠之焚拯方割之墊遭開景命銷遏亂源惟公道冠四朝位先百辟望安社稷名動神祇期以日照天臨風清雨滌受命以出視途（疑）如歸嗚呼肇有君父孰如堯舜臣惟共鯀子亦朱均稟沴而生雖聖勿化父不能得之於子君不能得之於臣矧夫禍亂之興蓋秉中否天之方殄公君之何獨立虜庭卒致君命激昂大義潛革群心全道為全夭年非夭期順非壽得死為終惟彼兇殘殲我明哲罪均僭逆怒發天人否閉未通欝翳茲久上帝厭亂忠臣應期坐使鯨鯢化為菹醢庸非精爽達于明神幽贊元勳昭蘇宿憤詔旌大節追冊上公寵以飾終禮惟加等某肅將密命敷布皇猷慰拊殘傷勞勉忠義拜乎天闕躬承德音命以觴牢備茲俎豆發於聖旨斯謂馨香公其降靈歆我明德尚饗

為留守賈尚書祭顔太師文　前人

維年月日某官某謹以清酌少牢之奠敢昭告于故太師贈司徒顔公之靈天寶季年幽都首亂生人流血中夏為夷公守在一麾援絕千里居鯨鯢之腹而刳其腸履虎之尾而拊其背率先大義以集中興歷事四君匪躬一致全德

邁俗正詞興邦堯朝孔門兩造其極羿浞間釁東南不開帝謂師臣予厥征代徃以至化勝其兇殘于時公請老未獲蓋三年矣曾不俟駕豈公安車惟物之生善惡有性豺貘太馬罔克相遷天能生之而不能化况彼元惡逆成膏肓針藥靡攻仁智何及奉命所在顧身如遺柰何明神孤我積善帝念忠烈國思典刑悚折將壓哲萎安放嗚呼哀哉昔者仰揖重名遐跂明德邈焉當代如望古今敬今疑高風感歎大節卓爾不朽懍然如生巨猾殲夷幽魂昭奉靈車歸路千里同悲未惟忠勳宜在祀典况臨紼紖敢廢蘋蘩嗚呼哀哉尚饗

爲留守崔尚書祭袁給事文　前人

維年月日某官某謹遣某官某以清酌少年之奠敬祭于故給事中汝南公袁三丈之靈昔我烈祖洎公先哲同力王室惟歡世家俾爲塤篪且秩昭穆殆茲小子恭事丈人於惟丈人義切師友問氣全德稟之自然資元精之餘和邁生人之弘致遵周孔之軌躅行天下之直道是用莘厥孝友發于文儒播乎循良峙以謇諤出納帝命時惟掖垣政之或舛期不奉詔義之所激挺不顧身竊天聽於未聞反大號於已出吐群公之所茹垂聖朝之直聲雖霖雨舟楫之用未躋于位而股肱耳目之任獨冠于時其生也公相讓德有臧文竊位之歎其歿也縉紳相吊有國僑將壓之懼惟昔講藏萬心禱天天之愛人宜有所錫如何大運

不郎即一作遠我謀君子於是乎始疑明神而信定命輴車何所從先公居前有伊川萬古流美其離次是懼臨穴莫從百身靡追一慟何及哀塡意竭式寄蘋蘩嗚呼哀哉尚饗

爲留守鄭侍郎祭鳳翔張相公文　前人

維年月日某遣某官某敢以猳牢之奠昭告于故相國贈太子太傅張公之靈嗚呼天之不可問也信矣災不避聖禍不擇賢在昔禹湯寔逢水旱今我堯舜厥有羿浞公如季路終以結纓蓋君以避狄爲仁臣以死難爲義不朽是貴全生曷榮嗚呼哀哉公性本生知學成全德跡踐敎極心遊聖源始以耕雍終以咎稷取其餘事猶爲龔黃用其未學亦謂方召若昊天之將喪斯民也則不當生德於公錫公於主既執其柄載行其道方俾我后格于皇天一夫不獲引以爲咎而奪我靈府移於四支使魚爛自中原燎斯及主辱臣死誠不在公守位以慭是爲不沒明明元首始喪股肱九百縉紳靡所冠冕伏念平昔交如弟兄同則塤篪相和異則韋絃迭佩公頃自郎署徃蒞東西秦楚相望音容不隔逮於晩歲又忝倅戎時迫登賢事止中道恩加前好名在舊寮今寵贈表榮詔葬旌烈官司是繫吊哭無從泣遣行人哀將菲薄執云觴豆可盡平生嗚呼哀哉尚饗

爲留守鄭侍郎祭李相公文　前人

維年月日某官某謹遣某官某以酒酌少年之奠敢昭告

于故相國尚書左僕射贈司空李公之靈惟靈天鍾地資生備五福昔者玄宗之代天下治平時重文儒禮侔齒爵公始之鴻漸蔚爲羽儀從容主文在帝左右旣而皇家中否寶曆嗣興明明肅宗康難致理天地交泰聖賢相逢其所以濟川救旱和羹作醴稽梘說命事符古文嗚呼才之用捨繫乎時道之行否存乎命珪組遺累江湖爲家興協騷人我無其怨詠歌堯舜二紀忘年皇唐建中天子纘服維新庶績先禮舊臣授公成均以舉政本爰降徵命典司春官先是昆夷不庭歲爲邊患亦旣欵塞願歸聖理帝曰春秋之義許之不一而足和之五利斯在歷選列辟繄公簡心資王商之盛容將魏絳之故事公感恩自奮暮齒一作

歲方剛寵茲宥畀遵彼絕域俄屬賊臣間釁畢在邦公昭格外夷俾爲內援嗚呼風沙勤瘁共薄頹齡王事畢矣我勞盡矣僅復吾土亦終天命原夫始終寔盡善美湛恩縟禮論者宜之至若史氏立言訓辭作誥秘在天府式爲國經世有五姓冠于百族有如姬姜取貴春秋擢秀天人惟公而已有司備物返葬故丘觀者哀榮況承眷舊敢憑奠酌以降明靈尚饗

祭福鄭大夫文　前人

維年月日故吏某官某敢薦薄奠于故福建都團練觀察處置使福州刺史兼御史大夫鄭公之靈伏惟自天降靈爲國之楨溥傳閎達昭融粹精中和植本體禮敦榮應物以順逢時中清爰自筮仕之初以及乎懸車之期惟天命是信惟聖言是思德合明神心爲元龜動享黃裳之吉不稽洪範之疑論交審其始其結也不解用才要其終其報也不欺仲山吐茹吉甫文武四國羽儀蒸乂父母憶昔高門煦灼寰宇榮冠一時名列三虎我公南遷返旆東土仲也壯齡相從萬古季兮不幸昔陷于虜忽如嚴霜殞落繁柯倏爾成空天乎謂何其常以斯文忝膺辟吏載筆如昨攀車何洎我有甘棠東城桃李悠悠清溪永代流羨願託遺孤以奉恩紀忝稷非馨徽誠所至嗚呼哀哉尚饗

祭楊郎史文　許孟容

維貞元十九年歲次癸未四月壬午朔二十二日癸卯給

事中許孟容吏部郎中李傭一作備司封郎中常成季屯田員外郎穆員右補闕張惟素京兆府司錄薛冊等絜牢醴庶羞以祭于兵部郎中楊君之靈大鈞生生陰騭者誰殲惡輔善胡顛倒之擬聖草玄子雲位卑中庸殆庶回夭不時吾友懋功粹靈天資文爲國華行作人師不至公相不登期頤嗚呼昊穹報施云欺交以利合滔滔其衆直義許心惟君伯仲金石非固韋弦迭用柯葉四時古之所其昔也三虎季奪天縱今也二龍叔問丘慟甲乙論辨聲聞我求桂枝崑玉郤氏無儔典校蓬山佐賢戎州渚宮峴首人賴嘉猷琟墀記言方冊潤色列宿有耀彌綸皇極咼臣專征在浚之郊轄我綱轄俾參鞬櫜元侯歸全符節自朝戎

有伏莽變生中霄呀呀獲噬鄠里泝血正直之形豺狼不
啌歸來閑燕望在清切琴史方娛簪裳靡脊抒懷摛藻致
遠詞絕文昌貴仰莫最司戎惟是利器簡于宸衷求賢得
人天下至公鴻鵠不翦麒麟在馭九霄咫尺萬里跬步嚬
景摶風遏之中路天若可問余徵其故先哲嗣仁藩翰藎
臣南國之紀洞庭之濱叫呼在聆淚血在巾擿裂酸楚悽
心動神賓階寂寥繐帳參差露濕芳樹風淒曲池劍光塵
昏碩跡苔滋幽琴戛而無聲王弁盈而不持惟古今之俱
盡悟彭殤之一期留景飡霞兮昔人謂誰隙駒舟壑兮達
者不悲齊脩短於一致必後先之匪移平生理言造次在
茲本懸解之達觀吁坦懷而暫夷哀挩徐出泉臺永閟鯳

豆匪馨塗芻有位蒼山霧冪表滙波駛紛帷精之依遲杳
精魂之髣髴匍匐友好伶俜孀稚玉樹春凋文星晝墜士
歎梁木朝嗟國瑞三月徒來百身無異緘惋痛於胷抱孰
哀詞之可悅尚饗

文苑英華卷第九百八十五

文苑英華卷第九百八十六　祭文九

交舊九

祭韋太尉文三首　祭張中丞文二首
祭王員外文一首　祭崔中丞文一首
祭何大夫文一首　祭顗和尚文一首
祭李處士文一首　祭樊司空文一首
祭呂郎中文一首　祭李中明文一首

為劉尚書祭韋太尉文　符載

維年月日某官某祭于某官之靈乾坤瑞氣蓊鬱淳精誕
生碩臣為才為英其體顒昂其神清明大包九德全貫五
行聞望昭宣動槩崢嶸靜專動直淵默雷聲甲子之歲宗

社震驚塵飛四野人弄豆兵公一作昔在隴州保捍孤城館
徒顛頓凶孽縱橫一發沉機萬夫掃平天維地軸為之不
傾天子報功夫何超越全蜀千里虎旗龍節堅完卒乘延
納賢傑武事雄稜文華昭晰西戎天驕南詔嚮絕德惠震
威投心象闕激揚風教提携義烈二十年間滬江澄澈爰
有獷人驃國彌臣化所未洽古之不馴飲我大誠沛然來
賓遂使皇澤播其無垠奉聖功成樂府聲新一時事業萬
古紛綸實冀昊穹福善與人何豫章之磅礴奄摧落乎青
春嗚呼曩者危疑之際邪臣交搆獨秉精誠飛章上奏忠
同折檻詞近及雷昏霧忽清太陽乃晝悽凉陳跡惋毒中
壽志未展於生前寵徒光於身後嗚呼某以薄劣獲事旌

旃徦承國士之顧謬君羣彦之先徬徨授署昧懵機權顧無能於布政懼取譏於大賢蕭條岐路耿默風煙諒祖莫之無路瞻壽堂而潸然

爲賈常侍祭韋太尉文　前人

至道之世君臣聖明必有賢才爲之挺生昭昭我公得一居貞窺神靈之壼奧涵天地之淳精胸襟洞達方畧縱横文房啓而風雅斯在武庫開而禍亂乃平甲子之歲逆泚變節河海沸騰宗社几隍孤軍隴上勢窮援絶激臨危之肝肺成曠世之勳烈帝有寵命擁旄蜀川威聲烜赫德禮昭宣家有美政人無兀賢熙熙穆穆二十餘年機謀内發英明獨照頓挫西戎經營南詔通驃國之幽阻導彌臣之

叶篠咸屈膝於君王信萬古之榮耀方期驅兵卒乘覲謁帝庭承汪濊之殊澤陳訏謨之大經如何尊重遺茲殞靈地僊喬岳天沉輔星昨者疾瘳之日咸望再起頻造屏内候公動止憂國慷慨請立太子事苟未行殁而後已今上嗣位人神交喜哀傷大賢不見如此某謬以菲薄監臨此軍忝蕭曹之議論覩伊霍之功勳婁京門館顧慕風雲非百身之可贖寄一慟於斯文

爲西川幕府祭韋太尉文　前人

維年月日祭于某官之靈聖曆應數今古同風五百年間運屬我公長河噴射太華穹崇鬱起生人之表獨稟顥氣之中性者鯨鯢蕩海波濤洶洶京洛風塵人神震恐公遂屹立天授智勇斬刈師徒扶持汧隴逆黨顛頓心摧計擁縣是安危繫之輕重天子報功禮數乃殊既渥龍節亦執金吾國之西南寔曰成都夷夏混合山川盤紆苟非哲人莫啓令圖咨我賢達付之方隅公乃壓坤維以厚德注羣生以和氣應變參乎杳冥布政歸乎簡易刻風俗之姦宄平人心之險陂肅貔虎以雲屯禮英髦而麕至蠲萬病於藥草新百貨於鄽肆綢繆賓客之歡肅穆鬼神之祀補前人之漏畧極當時之能事道尊而犢俗承風聲烜而殊鄰慕義信犬戎背約報仇疆埸蠆毒大邦寇讐公動機權控扼咽喉闢其陬落係其魁酋峨和寧雲大渡橫流伏不敢動垂二十秋伊昔南蠻嚮化虔奉朝旨將率非良撫綏

失禮興兵戰伐深入邊鄙十萬之師蕩爲癘鬼公以誠往彼由感起拜新詔於皇都歸舊封於越嶲提携椎髻之類躋列青衿之齒驃國之與彌臣伏聯蹤而疊軌臣製樂以奉聖裁文以叙美考一德之輝光諒有唐而已矣方期五福之壽享九命之尊至雍熙於宇内相玉帛於天門何至業之墮爵逢逝水之迅奔竭滄海摧顏崑崙精靈一去徽烈空存嗚呼哀哉錦城秋暮北郊長路寂寞山川蕭疎草樹雖蘋藻之屢薦終轜車而不駐慟軍府之悲凉增煙霞之思暮某等俱以孱鈍獲事旌旄庇蓮府之光彩無汗馬之勳勞戴恩愧厚顧位慙高間沉痾之何有與三江之滔滔

為劉尚書祭張中丞文二首　前人

維年月日祭于某官之靈惟靈和粹在躬行方而通瀟洒囂塵之外翱翔禮樂之中與物大聖推之至公落落賢人之慶恢恢長者之風學有餘力備功衆藝環璧文章龍蛇華隸江湖之地東西無際獨負高名聞乎早歲赫赫太師光鎮此川大啓幕府盡心招延運籌帷幄之内折衝罇俎之前欝然時論謂蜀得賢某也不才接武蹟肩緬茂三益周旋十年或朝遊古寺或夜接華筵歡呼醆斝嘯傲風煙神理無狀忽鍾沉疾顧侶無悰懷仁若失陰深府舍寥落煙日雖道義不間於同心而語笑每乖乎促席何士林之凋瘵碎金相與玉質某以慵劣謬司戎律方屬理兵未遑

造室眷言襟契何啻膠漆一面有乖百齡俄戢舊鄉迢遞素帷蕭瑟望精爽以申哀誠不知涕洟之所出

二

惟靈物四科之要推六藝之先襟懷灑散文翰聯翩寄情琴酒長嘯風煙有名當世三十餘年誠謂羽翼中朝潤色王度翔鸞彩鳳翹翼雲路荏苒江海蹉跎晚暮道乃光華疾成沉痾崇巖絕集作冊壑松摧桂蠹哀兹下泉求寐不寤某頃同舍周旋後塵肺腸見許筆硯相親顧以孱虛每慕仁人實冀鄙志於兹大仲奈何昭時奄落窮塵永懷道義臨風酸辛畫翣柳車白日青春鄉關樹老岷蜀塋新戎事見羈執紼無因具罇罍以寫意聊寄恨於江濱

為劉尚書祭于員外文　前人

維年月日祭于某官之靈惟靈行業端簡襟期高朗類彼雲霄萬夫是仰根蟠一德冥入羣象和自中來道非外獎風儀峻峙神氣森爽涓濟橫流蓮峯直上爛爛文章早歲擅場鏘金扣玉折桂穿楊昔在太師作鎮坤方大啓幕府聿求賢良君赴招筵價重珪璋賓主之際赫然有光余復繼來廁接周行契侔金石韻擬笙簧並几聯曹擁闔環廊紛紜笑謔爛漫壺觴昨著象緯成災禍丁故使門庭倉卒軍旅沸渭猥蒙遺令俾司留事顧此孱虛實憂殞墜東川無狀橫相猜忌破表焚牋封山掠騎因得討罪誅其不義屢犯鋒鋩幾經憂畏天子明察龍旌旋至何事讒才忽膺

重寄告語未接遺殤已熾晷刻小睽音容永閟如何昊蒼負此沉意危迫是同歡榮乃異嗚呼哀哉僚寮分切親懿情偏念家道之霜蘿若肺腸之焦然位不過郎署壽纔及中年彼禍淫與福善吾將仰首而呼天一罇酌奠百慮纏綿惟撫孤之感躅處幾誠之在有一作焉

為杜相公祭崔中丞文　前人

嗚呼子有四教文行忠信惟公佩服終身不磷惠慈敦厚溫恭淑慎趨善如流惟賢是進公方可與利用無朕騄驥絕塵青萍淬刃累參戎府九牧大郡教化諏謀作程垂訓不躋高位丁此巨疊茫茫上天殲我賢雋嗚呼佑自弱齡實奉周旋綢繆出處四十餘年昔佐此府周行接聯佑忝

朱介公總中權朝整金鑣夕同綺筵揮動醆牟沉吟風煙對傅千場春日秋天氣振耳熱勝負爭前今也冥冥音容藐然沉思永痛涕泣纏綿嗚呼世且多故權窆茲地苟安其宅豈靈之意悠悠蠢疾浩浩官吏無因執紼遠送幽隧天寒景淑雲愁鴈思傾一巵以寫哀誠痛百年之永異

祭何大夫文　前人

巖巖泰山羣嶽攸崇公有盛德與之比崇高朗沉深神超氣融禮樂方外粹和積中顒顒昂昂大人之容天高起鶴泉深見龍早張雄詞扣玉鏗鏘文場一戰陷敵摧鋒結綬王畿部局生風拾遺丹階危言匪躬公嘗從事浙西盛府咨籌畫畧輝光賓主皇帝順符褒渠重阻納貢匍匐達行

在所帝曰首至西方惟汝建社擁旄于鄂之渚自公之來法舉令行鋤姦剪暴振獨蘇惸疆理封域繕完甲兵十五餘年夏水潦清德宇弘曠威容光明日翼休時調禺和羨嗟此梁棟奈何頹傾一作齡位竟不來負我蒼生嗚呼載有逢戶廬山之曲接連人郡沿洄徙復早獲請謁許布心腹掩過與能情優禮縟想公振揚清風無鄰律呂翰墨龜龍縉紳遺我細微合我嘉姻永言感慟破骨傷神嗚呼哀哉去歲春暮旌旗蕭路聘旆風煙留連草樹前日東亭天光曉晴金鐏玉管芳樹流豐誰謂累夕幽明遽隔瞬目交臂遂成古昔心敬無飾詞言必激寫慟絕於江千疑精靈之可覿

爲楊廷評祭何大夫文　前人

伏惟尊靈涵清明之氣秉中庸之德事業存乎教化忠厚形於家國文章根風雅之奧議論探玄聖之域虎視犀額山立玉色惟公昔年聲譽赫然拾遺補闕丹陛之前天子思理垂意藩外聿來沔鄂十五餘載浩浩茲邑民繁境大通至信於豚魚被深仁於幼艾秋霜可畏春日可愛卷風波於夏水失險阻於西塞嗚呼地有四海俟一作俟公而清天有三階望公而平昊穹謂何殲我賢明小人君子號呼震驚嗚呼賓主之道人倫之義情禮所加殺身有地如朗小子孱愚下位無絕俗之姿寡卓然之異猥辱提引叨居賢次顧侶之榮撫心多愧頃將重命驅車遠使不憚山川

敢告顛顇昔我往矣龍節煌煌今我來思丹旐悠揚慟哭江干若摧肺腸儻神理之昭鑒殊辛酸之未央

爲江西李尚侍祭顗和尚文　前人

大方浩浩天高地厚彼上人者空門稱首塵埃三界揮斥萬有如淨蓮花出泥離垢早歲蜀中師事全公一言悟解了得真空靈覺内虛妄境外融寶山見月一作寶月山見性海無風某謬以菲薄投心依止周旋瞻仰年踰一紀東洛之濱湘江之涘晨朝後夜談玄析理破壞結縛我則用喜耳露洗心簫韶洞耳一昨猥受朝寄聿來此方撫俗未幾懷仁不忘師雖無心應物則深尺素紆屈千里相尋纏綿舊故啓迪塵襟窮弊邑之風物暢平生之登臨嗚呼風火扇災

遷成沉疾聯累旬之晤語謝百靈（一作齡）之形質雖真性之
湛然愴導容之已失荒郊野塔秋晨曉日幡蓋飄蕩香花
蕭瑟奇慘怛於斯文諒悲懷之不一

祭處士李君文　前人

良友三人來自蜀川身棲廬嶽氣屬雲天至實多脆靈芝
不堅君與王生早落窮泉當時食貧交禮從權殯官蕭索
二十餘年在風塵中綰故牽纏每懷曩昔深衷惻然頃亦
有意祗承付託訪君姻族獲歸京洛賢舅緇褐外弟罷弱
實恐歲時遂移舟壑神本尚簡禮貴適時即其故地而窆
窆之衛玠短命伯道無兒千秋拱樹我心傷悲嗚呼吾李
處士已而已而

祭樊司空文　前人

天有神氣地有山川交感絪縕實生大賢聰明惠和忠厚
塞淵體剛法健動直靜專在昔安卑屈宰堯山聿來射策
懼（疑）登紫垣異日從容危冠上前以手畫地慷慨論邊道
合時來舜日堯年纏綿三接奮發九遷帝念和戎公駕軺
軒詞危氣激張威懾蕃擁旄襄漢建旆荊蠻卒乘完勁勳
庸昭宣征南當陽芳若蘭荃我有令問與之周旋嗚呼仁
人在上安危所屬世且多難奪公何速遽然多露壞乎梁
木望鈇三台壽躋五福大誠至信漸人被俗擁杵輟舂鄉
號里哭嗚呼載本諸生器識孱愚狠辱拂拭化珉爲瑜昔
歲渚宮灌涸濡沽前年南擁顧重禮殊將致賓僚將貢國

都感念厚意使人捐軀漢水之陽峴山之隅千乘轔轔旦
夕陪趨秋景沉寥春華芳歎瀾漫酣笑戛鏘笙竽拜首節
旄將去踟躕吟嘯叙什丁寧匡廬星霜未周幽顯異途神
歸蒼昊魄散黃壚明明知音今也其孤仰天涕下被臆交
濡嗚呼舊山之下石田疎惡智昧經營食無藜藿歲時淹
久情禮漏畧瞻望壽堂脾酸肺（一作肺）刷驅策輿隸匍匐窆
洛清酒隻雞中（疑作申）哀獻恪凉風白露帷帳蕭索門戟朝
開井桐夜落生芻一束意不爲薄焉慟絕於精靈冀斯文
之可託

祭呂郎中文（集作祭呂衡州溫文）　柳宗元

維元和六年歲次辛卯九月癸巳朔（文粹作八月癸亥朔）某日友人

守永州司馬員外置同正員柳宗元謹遣書吏同曹家人
襄兒以（集作奉）清酌庶羞之奠敬祭于呂八兄化光之靈嗚
呼天乎君子何厲天實仇之生人何罪天實讐之聰明正
直行爲君子天則必速其死道德仁義志存生人天則必
夭其身吾固知蒼蒼之無知（集作信）冥冥（文粹作漠漠永本作莫莫）之無
神今於化光之歿怨（文粹作悲）逾深而毒愈（集作逾）甚故復呼天
以云云天乎痛哉堯舜之道至大以簡仲尼之文至幽以
默千載紛爭或失或得綽（二本作倬）乎吾兄獨取其真（二本作直）貫
乎化始與道咸極推而下之法度不忒旁而肆之中和允
塞道大藝備斯爲全德而官止刺一州年不逾肆（文粹作五）十
佐王之志沒而不立豈非脩（文粹作循）正直以召災好仁義以

速咎(文粹作夭)者耶宗元少(二本作幼)雖好學晚未聞道(文粹作未聞其道)
洎乎獲友君(一作吾)子乃知識(集作適)於中庸削去邪雜顯彰
以施於外裕乎古不必諧於今二事相兼(二本作勸)從古至少
(二本作陳)直正而爲道不謬吾兄(二本作允實)使然嗚呼積乎中不
至於化光最爲太甚理行第一尚非所長文章過人畧而
不有夙志所著(文粹作蓄)巍然可知貪愚皆貴險很皆老則化
化之夭厄反不榮歟所慟者志不得行功不得施蚩蚩之
民不被化光之德庸庸之俗不知化光之心此言一出內
若焚裂海內甚廣知者(集作皆)幾人自友朋凋喪志業殆絕
惟望化光伸其宏畧震耀昌大與行於時使斯人(二本作使)
(斯人徒)知我所立今復往矣吾道窮(二本作息)矣雖其大(二本作存)者

志亦死矣臨江大哭萬事已矣窮天之英(文粹作學)貫古之識
一朝去矣(二本作此)又(一本作終)復何適嗚呼化光化光今(集有後字)何
爲乎止乎行乎昧乎明乎豈蕩而爲太空與化無窮乎將
結而爲光耀以助照臨乎將(二本作豈)爲雨爲露以澤下土乎
將爲雷爲霆以泄怨怒乎豈爲鳳爲麟爲景星爲慶(二本作卿)
雲以寓其神乎將爲金爲錫爲珪爲璧以棲其魄乎豈復
爲賢人以續其志乎將奮爲明神以遂其義乎不然是昭
昭者其得已乎其不得已乎抑有知乎其無知乎彼且有
知其可使吾知之乎幽明茫然一慟腸絕嗚呼化光庶或
(文粹作幾)聽之尚饗

祭李中明文　前人

維年月日柳某謹以清酌庶羞之奠致祭于亡友中明之
靈夫子之道邈以恒兮夫子之志勵以兢兮求中以謙(二字
集本作賺)末若履水兮敦仁以孝實烝烝兮雖(一作誰)毀無虧禮
莫微兮(集作惟毀死虧禮其他莫微兮)秉端守一信厥朋(集作明)兮月踰歲
長行若登兮外溫其顏內類直繩兮謾言來加不遽陵兮
舉世羣非自視弘兮庶優游於道大賚是承兮掩寃舒抑
與類升兮胡茫茫而(集作其)不信卒以禍仍兮豈謟忠哀(集又
注作衷又作履)信鬼所憎兮將敎言吾欺終不可徵兮吾方冀子
于春翼有興兮今而棄余志若崩兮若將援而止喪厥肱
兮怛而(集作其)殞心交背膺兮水之綿綿山萬層兮又逢以
雨雪紆委硱磳兮鴟鵂夜號(集作啼)羣瞑凝兮蒐思(柳州本作鬼)

以行中道凌兢兮魁魑搗呵肩可憑兮聊致吾愼(集作憤)斯
言孰稱兮

文苑英華卷第九百八十六

文苑英華卷第九百八十七　祭文十

交舊十

祭（集有姊夫二字）崔使君簡文　柳宗元

某年月日某謹以清酌庶羞之奠祭于永州刺史博陵崔君（集作公）之靈天之生人或哲或愚君取其英爰輝（集作耀）于初譽動京師（集作邑）施于方隅筮勿書奏元侯是俞蜀寇內侮禍連羌髳君出顯畫披攘其徒南平劒門西獲戎俘超受刑曹留守（集作揔）南都移刺連部下民其蘇道不可常病惑中途偶石是餌元精以渝雷謗爰興按驗增誰始雖進律終以論辜溟海浩浩而君是踰崇（集作嵩）山茫茫而君是居厥弟抗憤叫于天（集作康）衢天子憫焉訊以文書御史既斥連師是除期復中壤遽淪別區喪還大浸又溺二孤痛毒荐仍振古所無何適（讀作謫）于天降此剪屠柩不及歸寓葬荒墟將葺將就誓還里閭嗚呼君之子姓惟自我出母儀旣虧父訓又失孰孰相視撫悼增恤咸冀其才以大家室惟昔與今（集作君）年殊志足晝諮夕討期正文律實契師友豈伊親暱（集作昵）誰謂斯人變易成疾良志莫踐乖離永訣（集作訖）嗚呼永山之西湘水之東殯紖以出斧屋爰封神非久留息駕于中書石爲誌世德斯崇拜首以酌出涕無窮（集作予與以酌涕出馬窮）

祭崔使君神柩歸上都文　前人

嘻乎崔公之柩嘻乎崔公楚之南其土不可以室或坋而頽或墉而岸陰流（一作沆）泄漏濊沒渝溢碩鼠大蟻傍穿側出虧疎脆薄久乃自室不如君之鄉或堅或密嘻乎崔公

楚之南其鬼不可與友躁戾佻險睒神欺苟胜賤暗胥輕囂（一作嚚）妄走不思巳類好事群醜不如君之鄉式和且偶日月甚良子姓甚勤具是舟輿寧君之神去爾夷方返爾故隣弈奕其歸宜樂且忻君死而還我生而留未矣殊世曷從之遊酹觴于座與涕俱流

祭崔使君敏文　前人

夫崖崑崙者難爲王植鄧林者難爲木公以令望顯于華族藝邃六書學該七録耽此黃老恬於寵辱入補黑衣出參甸服紀綱淮海政令維肅宰制岳濱周於仁育儲闈典議直清攸屬久次推能二州繼牧至于是邦率由舊俗和易勿亟優游自足旣有小（集作火）吏亦勤（集作勤于）庶獄妖誣殄

除涇祠剪襮出令三日咸人無怨譱進律未行歸神何速其咸以罪戾謫茲炎方公垂惠和枯槁以光鳴鸞適野泛鷁沿湘廣筵命樂華燭飛觴高歌屢舞終以無荒紛屢斯屏憂懷暫忘良時不再斯樂難常今其柰何顧慕增(集作感)傷嗚呼哀哉室有迭去川無息流追懷曩晨恍若夢遊莫撤(集作徹)中寢魂遷葉(集作棄)舟邦人永思銜匈隱憂况我懷德心焉若抽潔誠可鑒蘋藻非羞

爲崔侍御祭穆員外文　韓愈

維年月日故人博陵崔炳謹以清酌之奠祭于亡友穆六端公之靈於乎建中之初予居于嵩攜扶北奔(集注作歸)避盜來攻晨及洛師相遇一時顧我無(集作如)故睠然顧之子有

令聞我來自山之子峻明我鈍而頑道實(集作既)云異誰從知我我思其厚不知其可(集注作不可而可)於後八年君從杜侯我時在洛亦應其招留守無事多君子寮罔有疑忌惟其嬉遊草生之春鳥鳴之朝我轡在手君揚其鑣君居其(集注作復我)室我既來即或以咏(集作嘯)歌或以偃側誨余以義我復(集註作復我)以誠終日以(蜀本作與)語無非德聲主人信讒有惑其下殺人無罪誣以成過入救不從反以爲禍赫赫有聞王命三司察我于欲相從係縲直(一作曲)生何(蜀本作可)樂曲死何(蜀本作可)悲上懷王人(蜀本作主人)内閔(杭本作闕)其私進退之難君(集作居)處之宜既釋于囚我來徐州道之悠悠思君爲憂我如京師君居父喪哭泣而拜言辭不通我歸自西君反吉服牾言無他往復其昔不日而遠使(集作重又作裨)我心惻自後聞君毋喪是丁痛毒之懷六年以并(集注作經)孰云孝子而殞厥靈今我之至入門失(集作哭)聲酒肉在前君胡不飧升君之牀(集作堂)不與我言嗚呼死矣何日來還

祭李郴州文　前人

維元和元年歲次景戌二月乙未朔二十四日戊午將仕郎守江陵府法曹參軍韓愈謹以清酌庶羞之奠敬祭于故郴州李使君員外二(集作三)兄之靈古語有之白頭如新傾蓋若舊顧意氣之何如何(集作曷)日時之足宛當貞元之癸未(一作酉非)腸皇威而左授伏荒炎之下邑嗟名頹而位仆歷貴部而西邁邇清光於(集註作而)暫覯言莫(集作若)交而情無

由既不賈而奚售哀窮遐(集作遐)之無圖挐(集作拏)百憂以(集註作而)自副辱問訊之綢繆常(集作恒)飽饑而愈疾接雄詞於章句窺逸跡於篆籀苞黄耳而致貽(一作辭)獲筆紙之雙貿拔義魚之短韻愧鮨瑕而舉秀侯新命於衡陽費薪芻於館侯空大亭以見處憩水木之幽茂逞英心於縱傳沃煩腸於(集註作以)清酌航北湖之空明覷鱗介之驚透宴州樓之豁達衆管啾(集作秋非)而並奏得恩惠於新知脫寃(集作窮)愁於往陋輟行謀於俄頃見秋月之三彀逮天書之下降猶低廻以宿留念暌離之在期謂此會之難又援(集作授)縞紵以託心示茲誠之不謬儻後日之北遷約窮歡於一晝雖捧奉之酸寒要拔貧而爲富何人生之難信指(集作捐)斯言而莫

就始誨信而（一作於）暫疎遂承（集作成）卤於不救見銘旌之低昂尚遲疑於别袖憶交酬而迭舞奠單柸而哭柩美夫君之爲政不撓（一作僥）志於讒排遭唇舌之紛羅獨凌晨而孤雊彼憸人之浮言雖百年（一作車）其何詬洞往古而高觀固邪正之相冦幸竊覩其始終敢不明白而蔽覆神乎來哉辭以爲侑尚饗

祭太常裴少卿文　前人

維元和九（一作元非）年給事中李逢吉給事中孟簡吏部侍郎張惟素吏部侍郎張賈比部郎中史館脩撰韓愈等謹以庶羞清酌之奠致祭于太常裴二十一兄之靈朝廷之重莫過乎禮雖經策具存而精通蓋寡自郊丘故事宗廟時

宜大君之所旁求丞相之所卒問群儒拱手宗祝醉心兄皆指陳根源斟酌通變罔不允符天旨克協神休至于公卿冠婚士庶喪祭疑皆諮答問必實歸從我者定（集作足）爲軌儀異我者無逃指笑動爲時法言比（集作必）古經獨立一朝高示千古而又驅馳朋執俛仰宗親擔石之儲常空於私室方丈之食每盛於賓筵賻必固辭求無不應孰云其美而不永年愈等早接遊從實欽道義致誠薄奠以訣終天嗚呼哀哉尚饗

祭薛中丞文（同李逢吉孟簡等）　前人

維元和九（一作元非）年歲次甲午閏八月乙巳朔十五日己未某官某乙等謹以清酌庶羞之奠祭于亡友故御史中丞贈刑部侍郎薛公之靈公之懿德茂行可以勵俗清文敏識足以發身宗族稱其孝慈友朋歸其信義累升科第亟踐班行左掖南臺共傳故事詩人墨客爭諷新篇羽儀朝廷輝映中外長途方騁大限俄窮聖上軫不憖之悲具寮興云亡之歎况某等忘言斯久知我俱深青春之遊白首相失來陳薄奠詎盡哀誠嗚呼哀哉尚饗

祭虞部張員外季友文　前人

維元和十年月日中書舍人王涯考功郎中知制誥韓愈禮部侍郎崔群京兆尹許季同考功員外郎庾承宣河中節度判官殿中侍御史邢冊等謹以清酌庶羞之奠敬祭于亡友張十三員外之靈嗚呼往在貞元俱從賓薦司我

明試時維邦彥各以文售幸皆少年群遊旅宿其歡甚焉出言無尤有獲同喜他年諸人莫有能比倏忽逮今二十餘歲存皆衰白半亦辭世外纏公事内迫家私中宵興歎無復昔時如何今日（集註作於今）又失夫子懿德柔聲永絶心耳廬親之墓終喪乃歸佯（集作陽）瘖避職妻子不知分司憲臺風紀由振遂遷司虞以播華問不能老壽孰究其因託嗣於宗天維不仁酒食備設靈其降止論德叙情以視諸誄哀哉尚饗

祭亡友柳子厚文　前人

維元和十五年歲次庚子五月壬寅朔五日景午韓愈謹以清酌庶羞之奠敬祭于亡友柳君（集本唐文粹無君字）子厚之靈

嗟嗟子厚而至然耶自古莫不然我又何嗟人之生世如夢一覺其間利害竟亦何校當其夢時有樂有悲及其既覺豈足追惟凡物之生不願為(杭本作謂)材犧罇青黃乃木之災子之中棄天脫馬羈玉佩瓊琚大放厥詞富貴無能磨滅誰紀子之自著表表愈㒓不善為斲血指汗顔巧匠旁觀縮手袖間子之文章而不用世乃令吾徒掌帝之制子之視人自以無前一斥不復群飛刺天嗟嗟子厚今有令亡(一作今也則亡)臨絶之音一何琅琅徧告諸友而(二本作以)寄厥子不鄙謂余亦託以死凡今之交觀勢厚薄余豈可保能承子託非我知子子實命我猶有鬼神寧(集註作寧文粹作弗)敢遺墮念子永歸無復來期設祭棺前矢心以辭嗚呼哀哉尚饗

祭張給事徹文　前人

維年月日兵部侍郎韓愈謹以清酌之奠祭于故殿中侍御史贈給事中張君之靈惟君之先以儒名家逮君皇考再振厥華鄉舉(集作貢)進秀有司第之從事元戎謹職以治遂拜郎官以職王憲不長其年飛不盡翰乃生給事忪貞王剛斡父之業纂文有光屢辟侯府亦佐梁師前人是似臺吏嗟咨御史闕人奪之於朝大厦之構斧斤未操府遷幽都禎侍未乎繫君之賴乃奏乞留乃遷殿中朱衣象服(集作板)是惟義之趨豈利之踐虺豺發豐閭府屠割(集作剝)償其恨犯君獨高脫露刀成林弓矢攘攘千萬為徒譟讙為狂君獨叱之上不貸汝為此不祥將死無所雖愚無知斷屈

變色秉(集作君)義不辱殺身就德天子嘉之贈官近侍歸於一死萬古是記我之從女為君之配君於其家行實高世無所於(集作掩)葬與(集註作輿)魂東歸誄以贈之莫知我哀嗚呼哀哉尚饗

祭竇司業牟文　前人

維年月日兵部侍郎韓愈謹以清酌庶羞之奠祭于故國子司業竇君二兄之靈惟君文行夙成有聲江東魁然厚重長者之風一舉於鄉遂收厥功屢佐大邦(表本作侯)以調兵戎詔曰予虞汝為郎中乃令洛陽歲且四終維刑之慎掌正隸僮命守高平命副(集作制)儒宮朱衣銀魚象服以崇錫榮考妣孝道上窮官不滿能亦云遝遹逾七望八年孰非

公(蜀本作踰七八年孰非望公非)在君無憾我意不克君之昆弟三以詞雄刺史郎官(集作中)四繼三同於士大夫可謂顯融我之獲見實自童蒙既受誘勸(集作既愛既勸)在麻之蓬自視鵷鸛望君飛鴻四十餘年事半如夢(集作四十年餘事如夢中)分宰河洛愧立並躬俱苦(集作官)於學以纖臨洪惠詩不酧報德以空死生莫接孰明余(集作我)衷於祭告情文以自攻嗚呼哀哉尚饗

祭馬僕射惣文　前人

維年月日吏部侍郎韓愈謹以清酌庶羞之奠敬祭于故僕射馬公十二兄之靈惟公弘大温恭全然德備天故生之其必有意將明將昌實艱初試佐戎滑臺斥由尹寺適彼甌閩氛飢跋䟲(一作躓)顛而不踣乃得其地于泉于虔始

襲郡符遂殿交州杭節番禺去其蝖蠹蠻越大蘇擢亞秋官朝得碩士人謂其崇我勞始起東征淮蔡相臣是使公撫邦憲以副經紀殲彼大憝厥勳孰似（蜀本作以）丞相歸治晉長蔡師茫茫黍稷昔實棘茨鳩鳴雀乳不見梟頤惟蔡及許舊爲血仇命公并侯耕借之牛束其弓矢禮讓優優始誅鄆戎厥疆（集作壚）腥臊公往滌之茲惟樂郊惟東有御惟西有虺顛覆朋鄰我餘有幾律卒中居斬其脊尾岱定河安惟公之勳帝念厥功還公于朝鼻（蜀本作陟）于地官且長百寮度彼四方孰樂可據顧聽衛鈞（蜀本作鈞衛）將舉以付惟公積勤以疾以憂及其歸時當謝之秋賀問（李卿本作門）未歸弔廬已卒未燕于堂已哭于次昔我及公實同危事且死且生誓莫捐棄歸來握手曾不三四曾不濡翰酬酢文字曾不醉飽以勸酒哉奠以叙哀其何能致嗚呼哀哉尚饗

祭柳州柳員外文　崔群

惟靈天資秀異才稱儁傑早著嘉名遠播芳烈惣六藝之要妙践九流之治切鏌鋣鋒利浮雲可决騏驥逸步飛塵可絶閉匣不用伏櫪何施才命罕并今古同悲五嶺三湘寒暑潛推樂道忘憂襟靈甚夷摛藻揮毫騫翔是期柰何終否神也我欺嗚呼鵬飛半空羊角中戾彼蒼難詰善人斯逝群宿受交分行敦情契遺文在篋贈言猶佩撫孤追往泫然流涕孑孑冊旐翩翩素帷鵩弔是月龜從有時路出長阡將赴京師旨酒一觴哭君江湄往矣子厚魂期來斯尚饗

文苑英華卷第九百八十七

文苑英華卷第九百八十八　祭文十一

交舊十一

祭柳員外文　劉禹錫

維元和十五年歲次庚子正月戊戌朔日孤子劉禹錫銜哀扶力謹遣所使黃長貝清酌庶羞之奠敬祭于亡友

柳君之靈嗚呼子厚我有一言君其聞否惟君平昔聰明絕人今雖化去夫豈無物意君所死乃形質耳魂氣何託聽余哀詞嗚呼痛哉嗟余不天甫遭閔凶未離所部三使來弔憂我哀病論（集作諭是）以苦言情深禮至款密重複期於（集作以）中路更申顧言途次衡陽云有柳使謂（集作復）前約忽承訃書驚號大叫如得狂病良久問故百哀攻中涕洟迸落魂魄震起（集作越）伸紙窮竟得君遺書絕絃之音悽愴徹骨初託遺嗣故（集作知）其不孤末言歸輤從祔先域凡此數事職在吾徒永言素交索居多遠鄂渚差近表臣分深想其聞訃心勇於義已命所使持書徑行友道尚終當所（集作必）加厚退之承命改牧宜陽亦馳一函候於使道勒石

垂後屬于伊人安平宣英會有還使悉已如禮形於冥（浙本作其）書嗚呼子厚此是何事朋友凋落從古所悲不圖此言乃為君發自君失意沉伏遠郡近遇國士方伸眉頭亦見遺學（集作草）恭辭舊府志氣相感必踰常倫顧余負釁營奉方重（集作萬里）猶冀前路望君銘旌古之達人朋友製（蜀本作則）服今有所厭其禮莫伸朝晡臨後出就別次南望桂水哭我故人孰云宿草此慟何極嗚呼子厚卿其死矣終我此生無相見矣何人不達使君終否何人不老使人夭死皇天后土胡寧忍此知悲無益奈恨無已子之不聞余心不理含酸執筆輒伸復（集作復中）止誓使周六同於已子魂兮來斯知我深旨嗚呼哀哉尚饗

為鄂州李大夫祭柳員外文　前人

嗚呼至人以在生為傳舍以軒冕為儻來達於理者未嘗惑此昔余與君論之詳熟孔氏四科罕能相備惟公特立秀出幾於全器才之何豐運之何否大川未濟乃失巨艦長途始半而喪良驥縉紳之倫孰不墮淚昔者與君交臂相得一言一笑未始有極馳聲日下騖名天衢射策差池高科齊驅攜手書殿分曹藍曲心志諧同追歡相續或秋月銜觴或春日馳轂甸服載朞同升憲府察視之列斯焉接武君遷外郎予侍內闈出處雖間音塵不虧勢變時移遭罹多故中復賜環上京良遇曾不踰月君又即路遠持郡符柳江之壖居陋行道疲人歌焉予來夏口忽復三年

離索則父音睨憂傳侍篋盈草隸架滿文篇鍾索繼美班揚差肩賈誼賦鵩屈原問天自古有死奚論後先痛君未老美志莫宣邅迴世路奄忽下泉嗚呼哀哉令妻早謝稱于四歲天喪斯文而君永逝翩翩冊旐來自遐裔聞君旅櫬既及岳陽寢門一慟貫裂衷腸執紼禮乖出疆路阻故人奠觴莫克親舉馳神假夢冀獲寤語平生密懷顧君遺土遺孤之才與不才敢同己子之相許嗚呼哀哉尚饗

祭吏部韓侍郎文　李翶

嗚呼孔氏云(集作去)遠楊朱恣行孟軻拒之乃壞于成戎風混華異學魁橫兄常辯之孔道益明建武以還文卑質喪氣萎體敗剽剥不讓儷花鬭葉顛倒相上及兄之爲思動

鬼神撥去其華得其本根開(文粹作闕)合恠駭驅濤湧雲包劉越嬴並武同殷六經之風絕而復新學者有歸大變于文兄之仕官(文粹作官)罔辭於艱(文粹作于難)疏奏輒斥去而復遷(集作還)升黜不改正言亟聞貞元十二兄在汴州我遊自徐始得兄交視我無能待予以友講文析道爲益之厚二十九年不知其父兄以疾休我病臥室三來視我笑語(集作言)窮日何荒不耕會之以一人心樂生皆惡言凶兄之在病則齊其終順化以盡靡憾(文粹作感)于中別我(集作欲別)千古意如不窮臨喪大號決裂肝胷老聃言壽死而不亡兄名之垂星斗之光我狀兄行下于太常聲殫天地誰云不長喪車之來(集作來東)我刺廬江君命有嚴不見兄喪遣使奠斝百酸攪腸音容若在曷日而忘嗚呼哀哉尚饗

祭劉巡官文　前人

維元和七年歲次壬辰九月景辰朔十五日庚午觀察判官攝監察御史李翶等謹以清酌庶羞之奠敬祭于劉君之靈我等與君同列賓筵共食偕行歲辰再遷公事多暇嬉遊自般柳垂於(集作于)塘荷秀于川或泛在水或祭在山歌(京本作飲)酒終夜觴觴往還笑言無虛咸盡其歡君實強盛時惟壯年宜哉壽考福祿來臻奈何遭瘦(集作疾)針藥弗痊日冀逐初憂危遽傳長路未極琴書忽捐嗚呼哀哉堂有老母室有少妻幼男稚女(蜀本作女稚男)幼或童或孩發聲怨切弔者酸悽祔葬舊城隨喪以歸已矣劉君自古如斯有肉

一豆有酒一(蜀本作盈)危我來告(集作一)別去去長辭嗚呼哀哉尚饗

祭座主故兵部尚書顧公文　呂温(集無)

維貞元十年歲次甲申月日門生侍御史王播監察御史劉禹錫陳諷柳宗元左拾遺呂温李逢吉右拾遺盧元輔劍南西川觀察支使李正叔萬年縣主簿談元茂集賢殿校書郎王啓秘書省校書郎李建京兆府文學李逢渭南縣尉席夔鄠縣尉張隸初奉禮郎獨孤郁協律郎蕭節奉禮郎時元佐滎陽主簿李宗衡前鄉貢進士鄭素等謹以清酌之奠祭于座主故兵部尚書東都留守顧公之靈哉我靈山時雨將澍聽聽大厦崇構已設歲旱方極川流遐

閟宏棟待施梁木斯折玉碎清瑩芝焚酷烈貞芳獨留千古不滅嗚呼哀哉伏惟公神氣輔質天降英靈剛健中正內外和明岐嶷之初不教而成敦敏之後確然已貞靄靄孤雲逸我高情昭昭白日懸我明誠志勵義深心融氣清靖若翔隼藹如芳英於乎立人成身忠孝一美自古全者一人而已明君得臣賢父知子公獨兼備敢陳終始厥初知禮嚴訓柔順義方年未踰卝道行于鄉盈庭之戲衆稚且狂觿管在身我獨矜莊沐浴風雨盥漱雪霜未薦甘旨未敢衣裳斯惟至性厥有大孝乃揚儒風乃奉文教服勤之功煥飾之効金石成聲縟麗開照越國山秀吳門水深句曲背朗湘沅夕陰怡神導和滌思凝心棄我奇寶鏗然

至音天寶季年羯胡內侵翰苑詞人播遷江潯金陵會稽文士成林嗤衒爭馳聲美共尋損益褒貶一言千金洙泗之風奬而侵淫我乃閉關響絕光沉藏輝必發含章以俟蛟龍得雲平陸騁驚人或妙用我蘊成器人矜諛聞我愚大智聿來膠庠享此淳懿鄉選或競我則無愧芳桂盈手青霄坐致春從王畿冬踐郎吏危險立則（一作績）艱難見志諫草焚灰絲綸深秘命官儲賢有國大備至公苟在淳化不墜翰選精重屢思虔志繫於安危弘此教義我雖受命求人報天工惟選藝器必搜賢松菊有烈薰猶在前姸蚩自分衡鏡高懸潛符希夷化若神仙道貫品類心冥陶埏歸吾至精復命上玄物不可兼道由爾全毛翔鸞鳳殼蛻

蠭蟬萬類俱適三清晏然伊昔仲尼其徒三千命不可求文實在焉微言僅存正氣莫宣用苟登席希徒執鞭曷如清時文柄克專髦彥必舉典謨備甄中侍六載內朝十年三司秋賦五掌春銓冀翼京師教化之先肅恭誠敬昭彰可傳在昔成周左伊右瀍乃命保釐撫我三川資仁感義與道周旋煥乎成功嶷若崇巔乃飾兵車兵利革堅乃脩農畝闢隴開阡榛穢荒蕪化爲良田汙潦溝瀆流爲清泉忠至誠達思焦身捐醴甘必竭膏明乃然嗚呼哀哉馹騎霄馳皇慈中激后復眞質阜還魂魄新命簫鼓舊原松栢陵谷可移德音不易嗚呼哀（一作漏）哉播等接自諸生升爲王賓念必期於霄漢手親擢其泥塵播嘗再忝於科第始

一命於朝倫感自衷於誠接權自已而情均或負知於一紀或登用於數旬恨俱長而各異哀靡極而寧伸九在京兆一十九人四忝御史三爲諫臣孔門有光游夏脩身遠奠雖設用茲慰神馨香可薦醪醴方陳歔欷相從列拜斯文伏惟尚饗

祭河南李少尹文　沈亞之

維長慶四年五月十七日福建等州團練副使沈亞之謹遣部（集作郡）吏李權奉酒殽之奠敬祭于故河南少尹李公之靈夫哲智之達塞兮繫其時之難（集作艱）通故孔子厄而周公隆管遇齊而卒業賈遭漢而不終嗚呼哀哉古昔所何（集作作）思所思惟時謨不我進綱不我維民不得濟道安（集作）

不得施雖富且貴夫何用爲夫子之道沒矣今將遺誰卷
清明之特達歸壞厦而藏之哀哉尚饗

爲韓尹祭韓令公文　前人

澤梁宋之戎郊涇雄渾於雲水陶沉毅以集作與濃剛作耽
耽集作眈眈之巨士綿將流於先故集作洪光鼓神濤之在巳昔丞
相之東征統梁城之千雉命賓余以掌櫛蹤枝馬之遺美
見公佩之横腰冠銜旗於宋壘及夷門之節臥余奉歸于
故里寧後者之無當鴻集作顧任埃之勃起司馬唤而賓從
烹血肉肆而爲市何繼師之無作始公之功由是伏豺豹
於神貌遂寧清乎千里聞君書於天閽帝嘉悅而忘恥嘗
叙族以姪余謂同源於康子言康樂於一方竟綿歷乎再

紀廪蓄衆集作粟以億計積有餘而流委櫪甲馬之萬銜惟
君王之所指撲淮童與齊薑猶烹氷以燎蒿想集作視燕趙
之強侯若負埵之群蟻彼承風其如何聞當飯而遺七乃
集作及柱天而轍日信傳壯之可倚逢諒陰集作闇之初晨遂
踐阼而爲治推轂兮昇壇河橋兮鄘畤恩光被以湛稠仍
分疆以及嗣遵比集作作年之來覲見差班於父子復何殃
之不造遽相追而没齒榮華之不道兮倏云乎已矣悼皇
情以注想每凝旒而撫扆錫祕物之必周余將集作得命爲
臨視還壞厦之將駕導清笳於哀徵鑒卑志之累恭頫降
欽而省此嗚呼哀哉尚饗

祭豐州李大夫十八丈文　令狐楚

嗚呼鄒戲之年獲見大夫自以成器異於群倫自降而遷
垂三十春服義懷德遠而逾親靈州不協坐謫三楚遐服
徂征髙館晤語謂天之道正直是與捧手欲辭以心相許
群后抗疏頌疑作訟公無辜羽林森森天授兵符適值南遷
頡襬神都風天雪夜買酒相呼帝命并士喜公爲副令尹
是毗賢王是輔嗟我小子此焉婚娶贄幣旣求酒罕亦具
河外西城振胡鎖戎詔遷大夫開府其中平生相知招我
以弓竟過方寸不能從公自此遠奉無由請謁絡繹篇章
綢繆書札不聞嬰疾不得留訣倉卒一辭寂寞長別嗚呼
哀哉惟先將軍有庸有勳及公嗣興武不害文義分如霜
志氣干雲頭蓬面垢報國事君士田未封旄鉞未受天實

福善神明爲咎埋沒黄沙摧殘白首雖以瞑目豈能鉗口
孤旐翩翩反葬秦川經過故府悵望新阡魂氣何之音容
悄然攀轅薦奠苦淚潸湲

祭李侍郎文　白居易

維長慶元年歲次辛丑五月景申朔十日乙巳翰林學士
守中書舍人集作中散大夫守中書舍人翰林學士上柱國賜紫金魚袋元稹朝議郎
守尚書主客郎中知制誥白居易謹以清酌庶羞之奠敬
祭于故刑部侍郎贈工部尚書隴西李公杓直之靈於戲
代重名義公能佩服德潤行禮彬彬集作溫溫郁郁凡繝善者
如蠟慕肉時重爵位公負楨幹天官是攝司寇是贊集作春秋
天官是儀是贊尚書六職公理其半朝重文翰公掌詔令西閣絲

言內庭密命公實出入迭操三柄家重隆盛公暨陳許兩
掖中臺差有接武青憧赤幘叔出季處門重婚嗣公娶今
族鎗鎗振振和鳴以續男女七人五珠二王年重壽考公
亦云老心雖壯健髮已華皓五十加八亦不爲夭人重康
寧公體豐盈迨乎奄忽不失和平啓手足夜無呻吟聲古
稱五福公有七福九人得一死猶瞑目矧公兼之豈有不
足所不足者不在公(集作共)身怏怏惻惻其在他人爲門戶
惜主爲骨肉惜親爲吾儕惜良友爲朝廷惜賢臣况稹也
不才居易無似辱與公遊十九年矣昔貞元年(集作歲)俱初
筮仕並命同官蘭臺令史以公明達以我頑鄙度長挈(集作絜)
能信非倫擬一言脗(京本作脗)合不知所以莫逆之交實(集作貴)

從茲始間登清近(集作清問登近)遊罹讒毀江澧通州左遷萬
里或合或散一伏一倚浩浩世途是非同軌齒牙相軋波
瀾四起公獨何人心如止水風雨如晦雞鳴不已不因紛
阻孰辨君子以膠投漆如弧有矢所以綢繆見于生死前
年去年次第徵還或先或後俱到長安水流火就松茂栢
懽置酒欲飲握手何言初論瘵癘次叙艱難三心六眼同
一潸然稹與居易旋登禁掖公領銓衡職勤務劇私室多
故公門少隙歡會實稀光陰虛擲互相勸勉急務勸適且
曰朱顏已去白日可惜花時(集作寺)春朝松園月夕大開口
笑滿酌酒喫言約則然心期未獲嗚呼杓直而忍我遺棄
我何遽(集作處)捨我何之豈反真歸寂寞然而無所爲將精
多魄(集作魂)強的然而有所知怳如聞兮倏如覩未其心於
永辭彼有靈兮此有夢胡不一來兮質我疑逝川湫其不
回日月忽乎有時指岐下以歸祔備大葬之威儀禮有進
而無退祖於庭而送於(京本作之)郊旌竿舉兮輀輪動遂不得
少留乎京師嗚呼杓直其鑒于茲爵盈不飲豆乾不食如
之何勿思公兒號我公馬嘶我如之何勿悲嗚呼杓直已
而已而哀哉尚饗

祭中書韋相公文　　前人

維大和三年歲次己酉六月乙酉朔三十日戊寅中大夫
守太子賓客分司東都上柱國晉陽縣開國男食邑三百
戶賜紫金魚袋白居易謹以茶果之奠敬祭于故中書侍

郎平章事贈司空韋公德載惟公忠貞大節輔弼嘉譽倚
注深恩哀榮盛禮伏見冊贈制中已詳惟公世祿官業家
行士風茂學清詞沖襟弘度伏見碑誌文中已詳此不重
書但申夙願公佩服世教棲心空門外爲君子儒內脩菩
薩行嘗(集作常)接餘論許追高蹤元和中出守開忠二郡日
公先以喻金鑛偈相問往復再三懸是法要心期始相會
合長慶初俱爲中書舍人日尋詣普濟寺宗律師所同受
八戒各持十齋繇是香火因緣漸相親近及公居相位走
在班行公府私家時一相見佛乘之外言不及他誓趨菩
徒交親(集作相)度脫去年臘月勝業宅中公云心(集作必)結佛
緣無如願力因自開經篋出大方廣佛華嚴經(京本有中字)十

顧品一通合掌焚香口讀手授自持護始傳一人曾未經旬公即捐館追思復視似不偶然今即日於道塲齋心持念一顧一禮如公在前以至他生不敢廢墜至若與公同科第聯官寮奉笑言豢推獎窮通榮顇之感離合存殁之悲盡成虛空何足言歎今茲薦奠不設葷腥庶幾降臨鑒察情（集作精）意噫浮生是幻真諦非空靈鷲山中旣同前會兜率天上豈無後期嗚呼常君先後間耳伏惟尚饗

祭李司徒文　前人

維大和四年歲次戊戌七月癸酉朔十九日辛卯大中大夫守太子賓客分司東都上柱國賜紫金魚袋白居易內重表弟朝請大夫守少府監上柱國李翱謹以清酌庶羞

之奠敬祭于故相國與元節度使贈司徒李公惟公之生樹置名（集作制）節忠貞諒直天下所仰惟公之殁連（集作遭）罹禍變（京本作亂）冤憤痛酷天下所知雖千萬其言終不能盡於（集作故）茲奠次但寫私誠居易應進士以鄙劣之文蒙公稱獎在翰林日以拙直之道蒙公扶持公雖徇公愚則受賜或中或外或合或離契濶綢繆三十餘年至於豆觴之會軒蓋之遊多奉光塵最承歡患眷遇旣深於常等痛憤實倍於衆情求訣奈何長慟而已翱情兼中外分辱眷知綿以歲時積成交舊敢申薄酬（集作奠）庶鑒微衷嗚呼哀哉伏惟尚饗

文苑英華卷第九百八十八

文苑英華卷第九百八十九　祭文十二

交舊十二

祭元相公文　白居易

維大和五年歲次辛亥十月乙丑朔十七日辛巳中大夫守河南尹上柱國晉陵縣開國男食邑三百户賜紫金魚袋白居易謹以清酌庶羞之奠敬祭于故相國鄂岳節度使贈尚書右僕射元公微之之靈惟公家積善慶天鍾粹

和生爲國禎出爲人瑞行業志略政術文華四科全才一時獨步雖歷將相未盡謨猷故風聲但樹於藩方功利不周於夷夏噫此蒼生之不大遇也在公豈有所不足耶詩云淑人君子胡不萬年又云如可贖兮人百其身此古人哀惜賢良之懇辭也若情理憤痛過於斯者則號叫噎（集作呼壹）鬱之不暇又安可勝言哉嗚呼微之貞元季年始定交分行止通塞靡所不同金石膠漆未足爲喻死生契濶者近（集無此字）三十載歌詩唱和者九百餘章播於人聽（集作聞）今不復叙至於爵禄患難之際[illegible]寤寐憂思之間誓心同歸交感非一布在文翰今不重云[illegible]惟近者公拜左丞自越過洛醉別悲吒投我二詩云君應[illegible]怪我留連久我亦與君離（集作

辭別難白頭徒侶漸稀少明日恐君無此歎又云（集作曰）自
識君來三度別遮（集作這）廻白盡老髭鬚戀君不去君須會
知得後廻相見無吟罷涕零執手而去私怍（集作惴）其故中
心惕然及公捐館於鄂悲訊（集作訃）忽至一慟之後萬恨（集作感）
交懷覆視前篇詞意若此得非魄兆將先知乎（集作先知之乎）
無以繼寄悲情作哀詞三章（集作首）今載於是以附奠文其
一云八月涼風吹白幕寢門廊下哭微之妻孥親友來相
弔惟道皇天無所知其二云文章卓犖生無敵風骨精靈
沒有神哭送咸陽北原上可能隨例作埃塵其三云今在
豈有相逢日未死應無暫忘時從此三篇收淚後終身無
復更吟詩嗚呼微之始以詩交終以詩訣弦筆兩絕其今

曰嗚呼微之三界之間應不生滅（集作孰不生死）四海之內誰無
無友（集作交）朋然以我爾之身爲終天之別既往者巳矣未
死者如何嗚呼微之六十衰翁灰心血流（集作淚）引酒再奠
撫棺一呼佛經云凡有業結無非因集與公緣會豈是偶
然多生巳來幾離幾合寧無後期公雖不歸我應繼往安
有形去而影在皮亡而毛存者乎嗚呼微之言盡於此尚
饗

祭崔相公文　前人

維大和六年歲次壬子十月庚申朔二十四日癸未中大
夫守河南尹上柱國晉陽縣開國男食邑三百户賜紫金
魚袋白居易謹以清酌庶羞之奠敬祭于故相國吏部尚
書贈司徒清河崔公敦詩惟公德望事業識量（集作度）操履
爲時而生作國之紀巖廊輔弼（集作匡輔）藩部政理（集作治）父母
黎元股肱天子斯皆談在人口播於（蜀本作在）人耳今所叙者
眷知而巳於戲自古及今貴重知音故詩美伐木易稱斷
金始愚與公同入翰林因官識面因事知心獻納合章對
揚聯衿以忠相勉以義相箴朝接（集作同）食夜牀並衾綢
繆五年情與時深及公登庸累分戎閫（集作鎮）愚亦去國出
領符印徐宣外（集作遠）部忠抗遐郡鴈去寄書潮來傳（集作得）
信無由會合只望音問未卜後期但敦前分（集有余字）大和之
初連徵歸朝公長（京本作分）夏司愚貳秋曹王德爾堅（集作溫）壯
（集作松）心不凋南官多暇屢接遊遨竹寺雪夜杏園花朝杜

曲春晚潘亭月高前對青山後携濁醪微之憂得慕巢師
高（集作皐）或徵雅言酣詠陶陶或命俗樂絲管嘈嘈藉草蔭
松枕麴餔糟曾未周歲索然分鑣公又授鉞南撫荆蠻報
政入覲復惣天官愚因謝病東歸瀾瀍方從四皓旋守三
川日（集作時）蒙訊問時（集作日）奉周旋豈無要約良有因緣洛
城東隅履道西偏脩篁迴合流水潺湲與公居第閭（集作門）
巷相連與公齒髮甲子同年兩心相期三逕之間優游携
手而終老焉嗚呼易失者時難諶（集作忱）者天既奪我志又
殲我賢丘園未歸館舍先捐百身莫贖一憂不還鬱鬱佳
城茫茫九原凄涼簫鼓慘澹風煙祖奠遲遲泣涕漣漣平
生親友羅拜柩前賢人巳矣天地蒼然嗚呼哀哉敦詩尚

饗

祭崔常侍文　前人

維大和九年歲次乙卯二月景子（通鑑目錄同此集作丙午）朔七日壬申（當作午集作子）中大夫守太子賓客分司東都上柱國賜紫金魚袋白居易謹以清酌之奠敬祭于故秘書監贈禮部尚書崔公惟公之世祿家行文章政事播於時論此不復云今但叙舊好寫哀衷（集作誠）而已嗚呼居易兄弟與公伯仲前後科第同登者四五屢爲僚友三十餘年（集有又字）膳部房某（集無某字）與公同風（集作聲）塵之遊定膠漆之分兩家不幸十年以來衰（集作哀）豐所鍾零落殆盡我老君病惟餘二人天不憖遺公又即世不登大位不享永年夙志莫伸幽憤何

極居易方羈疾恙不遂執紼遺姪阿龜往展情禮此如不祭痛當（集作末痛）柰何嗚呼重易平生知我寢門一慟可得而聞乎重易平生嗜酒奠筵一酌可得而歆乎嗚呼哀哉伏惟尚饗

祭處州李使君文　杜牧

維會昌五年歲次乙丑某月日池州刺史杜牧謹遣軍事押衙王鐬以清酌庶羞之奠敬致祭于亡友李君挹居之靈憶昔相遇兩未生鬢京師衆中跡循甚踈一言道合盡寫有無我於宣城忝跡賓吏君隨幕府東下繼至復與友人故薛子威邂逅適願如相期爲（集作爲期）於談劇論（集作論劇談）放各持是非攻強討深張干（集作弓）殺機怒或艴赫終成笑嬉於後七年君拜左吏來蜀西川我宦補闕云媿我先拜章請代盖私我焉我有家事乞假南來循行里第君出離杯令弟在席恣爲詼諧耳熱膽張觥連相飫我歸墜馬一支幾摧君來我坐側倚旁隈持觴（集作時聞）酸吟戲口猶開云君我殺以酒相加忌我之才及我南去君刺池陽我守黃岡葭葦之場惟君書信前後相望詞意纖悉勉我自強律我情性補短裁長一函每發沉憂併忘莘會交代沿（一作沿）械若飛江上九月凉風湍衣爲別幾時多少勸悲志業益廣不可窺知長人之術首（集作莫）爲吏師縱酒十日舞袖傲垂語公之餘且及其私許以季女配我長兒莫云稚齒可以指期各負少壯輕後會時寓居宣城書札日馳一疾不起

訃來猶疑嗚呼哀哉惟先僕射僉德冠古九二十年四領茅土所至所治曰人父母官俸餘半委庫不取京師里第逢茅數畝慶餘生君曰天酬補何聰明才智兮不使施爲何付與之多兮拆之何暴天陽地陰高卑相倂上有河漢錻（晉借叉）天横流百刻晝夜平分不饒皎不陰晦一月幾朝二男三女俗率如此三男二女無有其地君子小人鼻目並列與小人校曾不（集作會無）百一於百一中與（集作以）秀奪實人（集作九）稟陰陽生於其間陽常不勝賢者宜艱自古皆然欲復何言拊孤一弔拍棺一哭咫尺不遂涕下相續期於沒齒盡力嗣子嗚呼哀哉伏惟尚饗

祭周相公文　前人

維大和五年歲次辛未七月辛未朔八日戊寅故吏朝議郎持節湖州諸軍事守湖州刺史杜牧謹遣押衙司馬素謹以清酌庶羞之奠敬祭于故相國僕射贈司徒周公之靈伏惟相公之道徧於天下至如牧者受恩最深爰自稚齒即蒙顧許及在官途援挈益至會昌之政柄者爲誰念(集作忿)忍陰汙(平聲)多逐良善牧實忝幸亦在讁中黃岡大澤葭葦之場繼來池陽棲在孤島僻左五歲遭遇聖明收拾冤沉誅竄(集作破)罪惡牧於此際吏遷桐廬東下京江南走千里泝曲越嶂如入洞穴驚濤觸舟幾至傾沒萬山環合纔千餘家夜有哭鳥晝有毒霧病無與醫饑不兼食抑喑偪塞行少臥多逐者紛紛歸軫相接惟牧遠棄其道益艱

相公憐憫極力掀援爰及作相首取西歸授之名曹帖以重職虢國太子絳市諜人死而復生未足爲喻旌旆西去拜於都門賢士大夫無不攀惜皆曰相公事君盡忠保道輕位大張公室盡閉私門彼由徑者跛倚不進天下賢彥明知所趣(集作趨)重德壯年衆期再入牧牧(集作牧守)吳興繼奉手示但恩休退不言疾恙訃音(集作問)忽至慟哭問天嗚呼蒼生大濟而喪吾相吾爲蒼生慟豈獨私恩想像音容思惟紀期於今嗣可以効死吳洛相遠逾於三(集作二)千無因拜柩丸歸九泉哭送使者致誠奠筵伏惟尚饗

代李玄爲崔京兆祭蕭侍郎文　李商隱

年月日(集有伏字)惟靈傳芳華冑稟慶靈源漢朝輔相之流輝梁室帝王之遺懿克生儁德彰我休期高表百尋澄波萬頃及春闈獻藝會府試才騏驥出塵蛟龍得水頓纓而騖騁盡逸乘氣而驚曆皆空趨凌遠天躞蹀長道是將筮仕先(集作光)乎縉紳侯國從知大朝就選祕寶宜陳於東序朱紱必降於上玄錦帳而居青縑以覆建禮推盡瘁之績明光多伏奏之勤亦既遷榮乃司論駁高居青瑣封還(集作折)紫泥使明時無失政之譏大邦無不便之詔暫辭朝籍徃分郡符借寇莫從徵黃甚急方將答乎良友進彼令人志豈變身誓將許(集作匡)國不謂疎網猶漏斯文(集作民)未康作礪爲鹽正佚理平之運依城憑社深懷剪滅之眞上蔽聰明內求媟近故鴻猷不得而叶贊曆化莫可以輔成藐是

流離有窘陰雨嗚呼令唯逐客誰復上書欲以黨人但求俱死銜冤遷徙吞恨孤居目斷而不見長安形留而遠託異國秪平忠而獲罪貫誼壽而不長絶易炎凉遂分今昔粵自東蜀言旋上京郭泰墓邊空多會葬鄧攸身後不見遺孤信陰騭之莫知亦生人之極痛某等頃同班列獲奉周旋分結死生地兼族類依仁既切慕德方深始驚南浦之悲俄軫下泉之仆今則年良月吉筮協龜從顉埋玉之難追歎焚芝之之(集作而)何及牲牢粗絜酒醴非多聊寫冊誠以申永訣

爲絳郡公祭宣武王尚書文　前人

伏惟曾構高基徃脩峻址俯爲明時載生奇士杜林舅族

本當文理楊惲外甥（集作門）素多圖史朱檻有裕括羽成美逸足輕從東之道巨背筱圖南之水匡生明肯董氏精專魯儼豫簡汲冢遺編坐忘流麥出記懷鉛滄中莫敵稷下惟先朝有曲臺時推奧學明博士之高選資衆儒之先覺殷周損益夔夷禮樂既得根源盡除踳駮粉閽假途（集作道）諫署楊輝吾寧許訕時好依違周舉上章惟求主悟賈生草疏（一作諫）豈畏人非用之則至捨之則歸旋領藩符俄司國計鋤華煩冗脩明課第鄙晉室之需綵（集作陳疏作練）小漢朝之造幣前簪未借歛笏還家再北非罪三黜何嗟淮陽勁兵頡水豪族既佩新印仍推舊轂杜當陽何嘗跨馬雄士（集作武）爭推祭征虜不廢投壺師人自睦夷門地古梁苑藩

雄雙旌大旆二矛重弓無忌御車惟求隱者相如謝病乃慕高風方將副帝注心從時大顧率周廟之奔走惣漢庭之議論人之不幸今也則亡莊子孰分其魍魎泰醫莫究其膏肓鵬沼波瀾空聞怨咽兎園臺榭祗見荒凉共獲顧尤深豢知甚早公昔分茅愚嘗（集作當）視草於劉向論思之時務孟舒長者之號及茲出守實介親隣音徽繼好寤寐依然常期異日克奉清塵何言永慟屬此佳辰訃哀如昨歸轍攸遵林薄莽蒼川原隱磷想諸葛之旗鼓空還舊壘念伯喈之書（集作經）籍已付何人候館攸開册幡遽至瞻望衛幕連綿春時寄奠申訣纖詞寫意終阻顧於親躬徒加哀於殄瘁嗚呼哀哉尚饗

為濮陽公祭太常崔丞文　前人

年月日惟靈太岳繁祉平安盛族潤地勢於長源構堂基於脩蘢監田之産宜有良玉徂來之材宜無凡木昔我待予松王之閒黄十城之得價望千尋而可攀大年不登逸足方馳松欲秀而先蠹王將攻而遽毁聞問之時歎悼何已惟我承乏授命南征一言相許携手同行夐絶萬里飄泊雙旌念兩婢之價倍媿丘叚之酬輕地接殊隣風移中土五嶺三江炎飇瘴雨釣岸之潭跕鳶之渚席上從容幕中宴語先防載意之謗更示投香之所因使肅虛不罹罪罟越井之首芇綏之女時清則銅（集作筒）鏑納厨歲稔則銀簪叩鼓豈我之自唯子是與相從來觀文往于涇風埃古

戍霜雪孤亭偏裻（集作衣非）之服緩胡之嬰塞迴而晨嚴刁斗沙平而夜篤兆零指我以虜際勉我以武經正慰窮邊我（集作忽）還京邑北庭攢價南轅（一作園）胥泣章臺辟掾方喜趙嘉之來棘署選丞仍見譙玄之入是焉踐歷更衛飛翻況乎鳳沼又棲領原何疊成於燥濕而厲結於寒暄未及西山之藥旋為東岳之魂憶昨舊許員鄰青門出餞樂作而歎起杯行而淚泫俱容與（集作悔吝）於風波共沈吟於鐘箭揮袂如昨郵書甚頻雖遙道里未濶聲塵孰謂念歸之日翻為有慟之晨嗚呼哀哉髣髴荒阡依稀古陌徐動册旐求歸玄宅額執紼而身遠想移舟而目極迥野秋思群山暮色悵白髮之衰翁哭青雲之舊客聊茲寄奠莫寫西悲巳

乎崔子爲我歆之

文苑英華卷第九百八十九

文苑英華卷第九百九十　　祭文十三

交舊十三

重祭外舅司徒公文（此篇非交舊已移入九百九十一卷親族門）

李商隱

爲裴懿無私祭薛郎中衮文　前人

伏惟靈佐商宣業朝薛傳規門峥層搆堂叢崇基玉生藍岫芝產銅池梧高駐鳳蓮馥停龜有美令人載稱清邵訓在詩書樂惟名教王謝標格曹劉才調清如濯熱之風明若觀朝之燎靈臺委鑒虛空融和秋水望潤春臺上多卿塾掉鞅文林勵戈硯横河漢紙落煙波澤宮貍首棘埸楊葉箭去星馳弓廻月怯兩書上第五辟名公馬卿賦雪陳琳愈風平臺竹苑淮山桂叢營分細柳幕泛芙蓉顯備臺僚寀徒（集作從）憲秩冠義鐵勁衣明繡密霜下端簡風生落筆夜庭烏廻天秋隼疾帝念允職任于諫垣依違絶想從容敢言攀檻而空留跡在削藁而不見書存女史護衣太官供食伏奏多可分曹著績帳暖錦罷閣明粉白既題柱以如田（一作曲非）亦償金而類甌漢榮出牧晉議州兵廉袴歌送劉錢贈行濟南之誅巨猾楊州之試諸生虎去江静珠來岸明神豈好謙天寧秩禮靈華國之名品喪士林之模

楷使爲善者奪氣求仁者解體已不駐於卿雲竟何窺於
湫濟長洲樹古茂苑山春橘稅旣集茶征是親鷁渡雲而
去遠鵠下亭而唳類翟廚氛興殷楹夢起帳入飛鵩狀驚
鬬蟻鄭玄知數阮瞻無鬼終自膏肓傳於骨髓嗚呼哀哉
冊霄萬里建木千尋坦垣清路幢幢（集作幢）琴陰三襲基廻
九重禁深中懸流扆下集華簪無非東箭盡是南金或扶
傾作棟或望旱爲霖顯允明公宜膺百福夜暗神昧天長
景促青女變霜曦和納旭悄隋掌以銷璣慨周閑之喪騄
求惟清族本富才人有弟則陸無兄不荀原鴒奕奕沼鳫
駉駉珩奇動楚璧貴傾秦求矣彼蒼胡然人事但續椿壽
徒高鶴位摧壓光價掩淪聲味韻不濁而殄灌宗淮未絕

而傾王氏某甲因承中外（集作某甲因中外）獲奉恩知通孔李道
德之舊蕪盧（集作蘆）劉姻戚之私鑄頹有契全趙爲期靜龍
門之風水剷羊腸之嶮巇空欲銘恩何酧樹德庇孤根於
高援許加姻於弱植將歡宋子俄放湘南綬黃楚徼鬢白
昭潭歸止未卜棄予是甘許靖之悲方極王粲之憂不堪
循如重言將致故約王無改行金不如諾勗大義於幽沉
軫遐心於漂泊使者尚在凶書已來鳫足空遠魚腸不廻
淚和峽雨哭振巴雷執澆枯鮒誰藝寒灰今則言去柳江
當移澧浦稍脫疑網循罹罪罟念深慟以無期豈沉寃之
可吐嗚呼哀哉執紼路阻佳城望賒凌空之翼上漢無槎
或期他日或反中華認楊公之石馬撫周苞之碑邪況良
冶規存遺經業在臧孫有後魏萬必大敢期陋質終託餘
光帝平之貌續無望秦晉之婚姻豈忘絮酒無幾生芻是
將辭多失次涕數無行翼桂旌之不遠降蘭珮之餘芳嗚
呼哀哉尚饗

祭呂商州文　前人

惟靈族光釣渭慶顯歌齊竹分東箭玉奪南圭透迤霄路
睥睨雲梯淺牙洞鼠短刃分犀古聖堂奧前賢町畦漸腸
効藥刮膜晉篋彈琴而放臣見釋賣賦而妬后還閨旣步
京國亦薦鄉里與田蘇游有太叔美鄴都才運洛陽年齒
何晏神仙張良女子禮闈之擅譽也如彼冊府之傳名兮
若此囊成內殿之帷書貴皇都之紙中臺南省諫署戎藩

才難價重政舉人存蓮池易曉蘭圃多暄涇波獨躍弄影
孤翻王粲樓中嘗經暇日楊雄宅裏幾弔遺魂參差遺憫
蔓菲成寃漢廷毀誼楚國讒原建禮門內明光殿外直金
旣肆於猜疑魏被竟從於泌汰蒙犯霜露支離埃壒厲山
透鬱於朝嵐涉水傍奔其素瀨猶懷壽草過農非以低窺
尚憶神珠向隨臺而循（集作獨）酧渚宮貳尹相府中郎將申
蠖屈欲復鴛行朱轓意氣皂蓋輝光訓說則馬季長之居
南郡風流則殷仲文之守東陽劉寵一錢鄧攸五皷遂解
郡符來登書府儒林文圃瑤山瓊圃槧朝閱芸籤夜數瓜
當鄭灼之心錐在蘇秦之股是從佐理于彼東周雷喧洛
派電掣（集作雲紡）嵩丘玉泉嘉月金谷清秋陳思王之羅韈郭

有道之仙舟不無賦詠聊以優游漢入嶢關晉分陰地籍賢太守之政有古諸侯之貴載揚筆陣復清劍氣長卿消渴士安風痺逝川幾歎於不迴朝露俄聞於溘至嗚呼昔也風塵投分平生少年雕龍競巧倚馬爭妍開襟脩岸促膝伊川月中乃共誇科桂池裏亦相矜幕蓮劉楞耍擲畢甕多眠終以世路紛綸物情推斥撫事傷年緘歎加戚路泣楊子絲悲墨翟縱風至而音來竟月同而地隔逮余應部及子領條華樽旨酒綺席嘉殽各懸章綬俱失簞瓢雖論金而契在終照玉而顏凋予半之思魏闕望之之意漢朝誠知舌在不覺魂銷書斷三湘哀聞五嶺天涯地末高秋落景重疊憂端縱橫淚綆漏虬夜促隙駒朝騁怨藻繪

之亡雖惜陽春之亂郢言念令季記余蒿城領原鴈序昔日歡惜螢圻瘴嶠今朝哭聲慜支體遷亡於手足况兄弟不如其（集作於）友生嗚呼厚夜依塋窮泉訪路巴巴金骨嗟嗟玉樹莫和哀挽空陳薄具衛萬里之遐誠託千辭之寄喻異時松楸枯朽羊虎傾頹草宿苔厚門平闕（集作闢）摧尚期越禮用寫余哀靈兮不昧倘或來哉

祭長安楊郎中文　前人

年月日謹以云云之奠祭于宗尹郎中之靈昔莊南華之言物故則曰若巨室之偃歸人陶真白之語玄機則曰雖碩仙不如才鬼邈矣高論嚼然深旨有感斯文屬在之子黃河九曲泰華三峯陽（集作湯）亭之右陰晉之東決湧佳氣盼蠁孤風生民之秀惟子之宗既懼四知亦畏三惑昔佐赤符實毗皇極坦蕩王道昭宣帝則冊青不朽琬琰是刻狀日具東仵辰在北子之伯仲不忝前人粉飾賢路抑揚薦紳雲間日下國華席珍排龍攀陸突鶴權荀卓爾風標朗然流品妍若春輝烈如冬凛燕石知媿齊竽自審咸指路以光鋪畫登門而聲價難售者價重難知者聲清披沙揀金由是不媿鳥散花落于今有情劉儒十行孫弘三道直路循絃臺政如掃筆海驚波詞園鞠草文場不寫於中心冊苑空留於秘實晉千里國漢第一功建幢油碧䆫幕蓮紅賓高王擇韻合人同固不能加緘陳椽亦可以喜怒桓公衣薰含香省蘭臺栢赤管朝操青縑夜襲佐計相則

生聚有經贊一（集作地）是官而（集作則）孤絡叶籍於惟荔蒲言念金昆毀冠裂（集作流）帶雪泣星奔宅裏之荊枝半謝嶺頭之梅萼（集作葉）空繁陟岡望兄詩客之情何極歸縣見姉騷人之恨猶存乃擢戎曹遂荒京令將換清切以扶明聖不知者壽難言者命未謁季良（集作梁）之醫已華曾參之病嗚呼平生世路繾綣交期孫金爐米百賦千詩桂林崑嶠一片一枝絡以浮沉因兼險夷對皐壤之搖落成老大之傷悲尚冀他年或陶良夜酒筵琴席縱閣月樹俱開愁別之襟並息分岐之駕短景未果（集作短願未果）良辰不借竟爵結於深裏倏淹淪於大化况南康解楊（集作揚）于降清光會稽繼組昨辱餘芳情（集作積）分逾極銜哀更長一二十年之間難追往事五

十里之外正恨殊鄉地濶山深川寒樹古杳杳玄夜荒荒（集作芒芒）宿莽生金認石埋玉恨土寄奠緘詞呼風滯雨噫戲噫戲宗尹之魂來否

祭張書記文　前人

維會昌元年歲次辛酉四月辛丑朔二十日庚申隴西公滎陽鄭某隴西李某安定張某昌黎韓某樊南李某謹以清酌之奠致祭于故朔方書記張五審禮之靈嗚呼古有不重千金殊輕尺璧或號百夫之防或作萬人之敵争雄角秀殊途異迹念閱水於千齡若衝飈之一息吁嗟審禮寧或免之聯晔巨鼻方口疎髭始自渚宮來遊帝里論極懸河文酬段綺體物稱最登高擅美良時不來躁進爲耻

門巷蓬蒿荒凉如此藩溷筆硯寂寥而已眾多文士漢有賢王猶市駿骨首驚夜光長裾既曳健筆誰當職高蓮幕官帶芸香青袍若草白簡如霜東閣朝暖西園夜凉震起（集作豈）殺公諶性故吏渭濱迴流馬之運峴首奉詞曹之讁松筠不改琴罇有寄三逕方營一畝之地多文爲富無事當貴亦觧客嘲還答賓戲迴翔逸軌傲睨重霄將期晚節更峻清標懸蛇結疊鬪蟻成妖迴生乏祖洲之草續斷無弱水之膠陳兎重來而何望楚魂一散而難招嗚呼神道甚微天理難究桂蠹蘭敗龜年鶴壽在長短而且然於妍醜而何有某等早承餘眷晚獲聯姻或感極外家延自出之念或恩深循子多引進之仁或敬屬丈人之行或情無內妹之親有美吾姨慶靈攸屬尊公則師長庶僚夫人則儀刑六族門高弈世之侯家享萬鍾之禄經過欵狎出入遊陪映人玉潤覆水蓮開春歸別墅月滿高臺穠山傾倒謝雪徘徊惜景而持繩欲繫邀歡而秉燭相催中嘆乖離今多至止仲叔蕭砰而方亙梅福罷官而未幾一則歸從迴鴈之峰一則至自跕鳶之水方將爲笛裁竹緣箏斬梓驅羿射鴻招何釣鯉谿契濶於屯夷極平生之宴喜良覿雖屢深懷未從三靈莫効一夢俄終露先寒而隕葉漏未盡而聞鐘今則列樹開封襟著得吉絳旐前引桐棺後出隱軫原野淒凉雲月（集作日）將歸宿莽之庭欲閉青松之室殷勤舊（集作賢）偶冀望諸孤未歸下國且寓皇都江遠惟哭

天高大（集作旦）呼必有餘慶非無後圖嗚呼哀哉壼有芳醪俎多肥羜叫嘯不聞精靈何處欝憤徒極含辭莫叙冀有鑒於酸嘶庶無乖於餌酹（集作餟）

文苑英華卷第九百九十

文苑英華卷第九百九十一　　祭文十四

親族一

爲高力士祭父文　張說

維開元十七年月日孝子力士敢告于考潘州府君妣南海太君之靈小子不天夙齡凶閔身嬰寇剽家值虜裂幸供掃洒之餘遂家侍從之願扶戴明聖過畏艱難大固不

敢不密小亦不敢不誠事必記心言無漏口日愼一日將二十年玉弁加首金章在佩先靈納祐明神降鑒阿毋遠至於京華妹兄自拔于泥滓咸以官漸榮祿姻通士林慈顏復慶（集作顧復）於目前同氣展歡於膝下又錄幼育高氏變族移家敬愛盡於二堂溫清周於一紀不圖無狀招禍末見孤棄聖主恩華曲逮存歿邑封舊郡官贈本邦親感（集作戚）恩君澤子承父意致命報天誓有同於皦日竭忠資孝志無忝於幽泉敬惟靈櫬慰聞昭遂先遠有日卜兆新塋遥啓尊魂合祔良壤哀追祖載攀戀須臾謹以清酌少牢恭陳遣奠盈鐏不舉虛饌莫嘗號天叩地殞絶何仰

祭二先文（閣本作追贈祭文）　張九齡

維開元二十二年歲次乙亥孤子九齡謹遣弟某華謹以清酌脯醢（集作醢脯）庶羞之奠敢昭告于先考先妣之靈九齡積罪昊天天實降罰嚴蔭永遠（集作隔）慈顏重違欲報劬勞終天何及某夙承教誨幸有所成（集作幸而有成）忝（集作忝崇）國寵靈猥當大任聖上義存延賞追贈所天（集作及）朝恩優渥跪承摧感伏惟昭亮享慈（集作兹是）殊錫今謹具贈太常卿廣州都督告身并桂陽郡太夫人告身及玉帶金章紫衣各一副伏惟尚饗

祭處士房叔父文　李商隱

某爰在童家最承教誘違訣雖久音旨長存近者以壇山舊塋忽罹風水壽堂圮壞宰樹凋傾雖崩則不脩聞諸前

哲（集作聖）且墮而罔治那俟他人況真隱昭（集作貽）芳鴻儒著美豈可令趙岐之表墊彼玄扃郭泰之碑淪於夜埅載惟臧頊窺爾孤冲誠叫號之不停顧營辦之無素某等輒考諸蓍筮別卜丘封使羲叟以今日吉時奉移神寢奢無僭縟儉免斷疎是期永閟尊靈長安幽穸眠牛有慶自及於諸孤白馬垂祥豈祈（集作均）於猶子追懷莫及感切徒深文思平昔之時無預生徒之列陸公賜杖念榮益以何成殷氏著文媿獻酬而早亟引進之恩方極禍凶之感俄鍾誰言一記之餘又奉再遷之兆哀深永往情極初聞矧宗緒衰微簪纓殆歇五服之內一身有官將使澤底名家翻同單系山東舊族不及寒門靜思肯構之文敢忘成書之託

瑊等旣幽明無累年志漸成則當授以詩書諭其婚宦使烝嘗有奉名教無虧靈其鑒此微誠助夫至願敢有求於必大庶免歎於忽諸迫其哀憂蕪之瘵恙曾非遐遠不獲躬親瀝血裁詞叩心寫懇長風破浪敢忘昔日之規南巷齊名永絕今生之望冀因薄奠少降明煇延慕酸傷不能堪處苦痛至深永痛至深

為鄭從事妻李氏祭從父文　前人

有美吾門實系公族絳霄結蔭皇極流輝自嚴君以交辟延榮仲父以立朝衍慶叔父雖禮疎五服而義叶一家焉援於兒姪之間一情無異王華在弟兄之列數從猶親吉人寡辭君子無諍屬者以獻賦不遇投筆從戎鏡水稽山

聊屈觀書之望甬東制右始開傳(集作侍)劒之名經塗幾千去國數歲爰因職貢來奉闕庭傳車方馳朝露溘至禍生朽索釁起揚鞭始驚香而不禁俄折臂而無望嗚呼存亡恒(集作定)理壽夭常期所悲者方次中途所痛者非因美疢稅鞍告痛肩轝數晨旣鍼艾之莫徵果含襚而斯及況乎合室遠在海涯一女方齔二子未卯人生甚痛天道奚言今以國家(集作家國)載遥干戈未息尚稽歸祔乃議從權定兆城東永通門外南瞻嵩領北望邙山式崇寓殯之封且作藏神之室必也慶延異日時屬通年光溫序之恩歸侯臧孫之有後二十一姪女早蒙慈撫久歡違離今又從夫山東食貧洛水將療無及驚悲有加敢因祭酹(集作酒酹)之馨聊冀積靈之降嗚呼叔父求鑒單誠

祭韓氏老姑文(故易定韓尚書太夫人)　前人

猗歟我家世奉玄德讓弟受封勤王賜國名芳彝鼎勳盈史冊季孟國高泰晉欒(集作樂)郤恭惟柔範載禀淵塞旣作女師乃為嬪則潁水波清梁園月明言從百兩且拜雙旌計(集作託)　侯令弟配國名卿人從述職出輔專征螽斯不妬鳳凰和鳴此時同慶東都(集作郡)　分榮使者責某公子專魏帝念元昆人思仲氏杖節赴敵斬級盡殲無以家為或從王事禮優內子詩美夫人冕紘瑱紞山藪澗蘋子元罕見冀鈇如賓綠衣有感翟茀仍新遽歎夜川遄聞晝哭原所舊署孟隣斯卜閑居獻壽作賦之官兮衆望龔萩水承歡

福善餘基好謙舊祉復自良人集于之子爰從上蔡去臨易水空報登壇未聞曳履晁父先歸莫之能比趙母上言蓋不得已寒暄結恙燥濕為疵徒扂百祿靡效三醫嗚呼壽夭所賦彭殤不移誰能了悟孰不憂悲何茲達識乃克先知同易簀以就正如買棺而指期苟有所累安能及斯道遠轘轅程遥河洛建兆臨塗移舟就壑日慘林嶺風凄灌薄積靄茫茫行煙漠漠某等誠深通舊情協先親始自童子至于成人年將二紀恩冠六姻念升堂之如昨慟幽夜之無晨歌停行路舂輟比隣繼寓辭之有所終含酸而萬伸壺清媿酹(集作酹)　俎薄羞芹唯餘彤管有美清塵嗚呼哀哉

爲李郎中祭舅竇端州文　前人

始虞命（集作懋）夏楙于玄穹功垂刊木德叶堙洪洎帝相之難作誕少康於竇中由屯獲吉因生受封降及後代傳勲継庸西京則嬰爲外戚東漢則融居上公愍陽城之不享始移籍於扶風源遠更清基高自（集作足）峻有焯明靈誥然休問陋巷不憂坦途方進月遠標儀霞高映論玉寧韞匱錐要處囊宜伸尚恐將集猶翔潛師大易謙尊以光哲安老氏債少易償爰紆銅墨是宰濠梁宓琴時奏潘樹逾芳入贊朝儀言揚事舉圭璧蠻夷升見文武吐辭含韻知令傳古進揖退揚從規合矩復陶啓位殿省承榮孔門之東帶無忝漢宮之錦藝雖更君子（集有之字）信譏小人（集有之字）道長

未暇閉關佳期稅鞅暫待符竹遠出羅網誰識單飛因成利往銅梁改秩錦里經時人去而琴臺壞棟文移而石室摧基劉弘之重銘葛亮王商之更立嚴祠巃首云歸端溪遽遂角豈觸藩脊終困木海淵天盡山深霧毒許靖他鄉有名無祿馬超正色宜歌反哭何爲善之無憑而降災之甚速某欽惟教義夙所依因在昔家世勤王實般高旌大旆結駟飛輪慶豈惟於自出榮實垂（集作萃）於外姻一紀已來艱凶遄及嗟宅相以無取慨堂構之不集詎言渭水之乖離竟絕西州之出入嗚呼哀哉違京背闕古陌荒阡松門積霧隴首停（集作行）煙祖庭是日乞墅何年淚有血而皆墮憤無膺而可塡況玗剖郡符瑑持使節塞遠城迥河窮路絕顧後瞻前形孤影子長號出次重拜臨穴酒濃清醴（集作酒醴清濃）殽羞羅列庶有鑒於斯文冀不同於虛設

爲王司馬祭妻父文　張九齡

維年月朔日某乙謹遣（集作具）少牢清酌之奠敬祭（集作于）故某公府君之靈惟公聯華公侯振景天朝昔也時來則地分茅土今也福過則海變桑田豈唯魑魅之憂方爲螻蟻之患嗚呼哀哉始更榮盛早睦嘉姻謬入郄公之選當荷戴侯之遇情契闊而彌積義流離而益固公之謫官（集作宦）某又犯時永矣去國貢然來思雖窮途之至此幸隣境之在茲所忌者法豈忘於私聞析聲而容逦畏簡書而間之然猶風煙可冀翰墨無輟心已運於虛舟跡尚濡於涸轍

驟寒暑之徂謝紛吉凶之迴穴京兆之使忽追廣陵之音遽絕嗚呼哀哉平生多感自傷千里之心已矣長辭徒發九原（集作泉）之歎討疇昔之光寵痛淪亡於旅窆嘗許恤人之孤况霑愛子之半謹因遣奠（閩本作遣尊酹）敢昭（集作昭告）明靈心不可倦德以爲馨匪羞是薦惟魂是聽遣行人於信宿空泫目於郊坰嗚呼哀哉尚饗

祭外舅房州李使君文　符載

波瀾濬廣根柢深長沃日淮海捎雲豫章氣韻孤高鴛鴻翱翔高行端簡秉心直方在天寶中族大且光一門六姻鳴玉琅琅作宰藍田政聳民康栖遲半刺亦振芬芳才盛位卑屈聲昭彰遂登侯牧答時之望兩洩雲蒸虹蛸騰驤

浩路方騁羽鱗摧傷嗚呼昔公典郡歸江之涘小子旋蜀道途舍此扁舟旋泊覊植殘鄙公辱車馬晤言則喜與能獎善感慨知已意敵周親禮成半子迫切寧覲不遑留止爰方浹旬遽征千里縈紆岩嶂浩蕩雲水惠愛纏綿簡書填委食貧多故淹歷周祀遠侍板輿敬符滐旨嗚呼哀哉歲暮朐腮（夔州雲安縣之古號）積雪皚皚旅館蕭條凶訃亦來望風一號使人甚哀心膓結塞彌旬不開公嘗好古服膺儒藝擅美素琴騰芳草隷泊拜靈座清塵四蔽札蠹徽銷空知灑涕嗚呼公用中孚納人于誠人負長者薄塵頌聲道孤無隣怨抑不平逝景潛晦崇山忽傾孀稚宄號自砅徂荆霜降露濡毒漬中情今則扆恭歸厝先塋靈有安宅道無弛程泬寥之晨萬象淒清野曠鴻斷天色光明煌煌素車翩翩銘旌出祖荒逵惋慟交并聞諸格言黍稷非馨意有所欽生芻豈輕湛彼罇罍莫降明靈儻精爽之如在庶哀詞之是聽

重祭外舅司徒公文　李商隱

嗚呼哀哉人之生也變而往耶人之逝也變之來耶冥寞之間杳惚之内昆變而有氣氣變而有形形變而有生今將歸生於形歸形於氣漠然其不識浩然其無歸則雖有憂喜悲歡而亦怱能措（二字集作用）於其間矣苟或以變而之有變而之無若朝昏之相交若春夏之相易則四時見代尚動於情豈百生莫追遂可無恨儻或去此亦孰貴於最靈哉嗚呼公之世胄勲華職官楊歷並已託於寄奠備在前文今所以重具酒牢載形翰墨蓋意有所未盡痛有所難忘以公之平生之恩曩昔顧眄屬纊之夕不得開啓手之言祖庭之時不得在執紼之列終哀且痛其可（集作何）道耶嗚呼七十之年人誰不及三公之位人誰不登何數月之間不及從心之歲聞天有慟方登論道之司時泰命屯才長運否爲善何益彼蒼難知昔澤惟旣明告（集作古）敖釋桓公之病陰德未報夏侯知邴吉不亡何昔有其傳今無其諡豈人言之不當將天道之或欺雖北海懸定甕期長泳前覺灾至偃如巨室去若婦人處順不憂得正之喜在公之德斯盛在物之痛何言矧乎再軫隱居屢垂理命簡子將戰之誓唯止桐棺晏嬰送死之文寧思石槨素車僕馬疎巾䙫帷成一代之清規揚百古之休問所謂有始有卒高明（集作朗）令終嗚呼往在涇川始受殊遇綢繆之迹豈無他人罇空花朝燈盡夜室忘名器（集作品）於貴賤去形跡於尊卑語皇王致理之文（集作源）考聖哲行藏之旨每有論次必蒙褒稱及移秩農鄉分憂舊許羈牽少暇陪奉多違跡疎意通期賒道密紵衣縞帶雅貺或比於僑吳荆釵布裙高義每符於梁孟今則已矣安可贖乎（集作兮）嗚呼哀哉千里歸途東門故第數尺素帛一爐香煙耿賓從之云歸儼盤筵而不御小君多恙諸孫善喪昇堂輒啼下馬先哭含懷舊極撫事新傷植玉求歸已輕於舊日立（集作泣）珠報

惠寧盡於茲辰況邢氏吾姨蕭門仲妹愛深猶女思切仁兄撫嫈縞以增摧闔孀閨而永慟草荄土梗旁助酸辛高鳥深魚遥添怨咽嗚呼精神何往形氣安歸荀才能有所未伸勳庸有所未極則其強氣宜有異聞玉骨化於綠(集作終)鍾山楸栢實於裘氏驚愚駭俗佇有聞焉嗚呼姜氏懷安之規既闕之矣畢萬名數之慶可稱也哉(集作夫)篋有遺經匣藏傳劍積茲餘慶必有揚名愚方遁迹丘園游心墳素前耕後餉併食易衣不忮不求道誠有在自媒自衒病或未能雖呂範以父貧幸冶長之無罪昔公愛女今愚病妻內動肝肺外揮血淚得仲尼三尺之喙論意無窮盡文通五色之毫書情莫既嗚呼哀哉公其監之(此篇原編入九百九十卷交舊門今移于此)

祭外姑宇文夫人文　陳子昂

維年月日朔女夫陳子昂謹以清酌嘉疏之奠奉祭于故高氏河南宇文夫人之靈恭聞夫人有清穆之德皓潔之行淳懿肅恭內外仰則而道(集作遺)風素範蕙敷蘭滋用能惠心光浮氛氳沼沚崇嚴壼訓芬郁母儀中饋柔嘉娣姒有則豈圖慈顏幽翳於今十年毫末(集作汪木)已拱尊靈廓然今吉辰叶應幽殯方開容象如在器質已灰改卜有(集作禮)典宅兆方遷山園既列祖載行焉哀子號咷女也蟬(集作嬋)媛於(集作終)天永訣泣血流連子昂謬承嘉惠預叨姻戚生事早睽送終空積竊聞精意以享黍稷非馨敢陳薄酹以歆明靈伏惟夫人明神尚饗

文苑英華卷第九百九十一

文苑英華卷第九百九十二　祭文十五

親族二

祭兄文四首　祭弟文五首（姨弟附）

祭符離六兄文　白居易

維貞元十七年某月某日從祖弟居易等祭于符離主簿六兄之靈嗚呼聖人（集無人字）忘情愚不及情情所鍾者惟居易與兄豈不以親莫愛於兄弟別莫痛於生死（集作死生）斯親也而有斯別也孰能不哀（集作苦）後中來而失聲去年春居易南遊兄亦東適黟歙之間欣然一覿相顧笑語相勉行役中路遐別情甚感激孰知此別爲生死隔矧兄遇疾于路路無藥石歸全于家家無金帛環堵之室不容弔客稚

齒之子未知哀感自古孔懷之痛亦莫我之與劇古人有言神福仁天祐（集作福）敬又曰惡有餘殃善有餘慶惟兄道源乎太和德根乎至性以孝友肥其身以仁信軆其行而位不登於再命年不及於知命何報施之我欺俾吾兄之不幸嗚呼已焉哉既卜遠日既定（集作宅）新阡春草之中晝（集作書）爲墓田濉水南岸符離東偏其地則邇其別終天惟弟姪與家人儼拜哭於車前魂兮有知鑒斯文歆斯莚知居易之心煢煢然

祭烏江十五兄文（時在宣城）　前人

維貞元十七年七月七日從祖弟居易謹以清酌庶羞之奠敬祭于故烏江縣主簿十五兄之靈易云積善之家必有餘慶書曰非天夭人人中自（集無此字）絕命則冉牛（論語作冉伯牛）斯疾顏回不幸何繆盭（集作舛）之若斯諒聖賢而（集作之）同病惟兄之生生而不辰孩失其怙幼喪所親旁無兄弟藐然一身自強自立以至成人蓋以孤子靡託友愛彌敦自居易與兄及高九行簡雖從祖之昆弟甚同氣之天倫故雖百里信宿之別曷嘗不惻然而悲辛矧終天之永訣知後期之無因徒撫膺而隕涕諒沉痛之難伸追思乎早歲離阻各悲零傳中年集會共喜長成同參選於東都俱署吏於西京居則共被而寢出則聯騎而行友于四人同年成名優游笑傲怡怡弟兄雖不敢（集作此字）侔八龍三虎亦自謂當家一時之榮及兄辭蒲淮南薄遊江東居易亦以

行邁忽逆旅而相逢或歌或酒宴衎從容何朝不遊何夕不同常以兄仁信根於心孝弟積於躬謂至行之有益（集作答）必景福之以（集作來）從嗚呼位始及一命祿未過數鍾年又不得四十而歿於道路（集作途）之中鬱壯志而不展結幽憤於無窮况舊業東洛先塋北邙三千里外身歿陵陽有妹出嫁無男主喪悠悠孤旐未辨還鄉宣城郭（集作之）西荒草道傍旅殯於此行路悲涼秋風蕭蕭白日無光聚今晨之弟姪對前日之盃觴稽首再拜魂兮來享進三奠而退一慟孰不神酸而骨傷哀哉伏惟尚饗

祭浮梁大兄文（時在九江）　前人

維元和十二年歲次丁酉閏五月十日巳亥居易等謹以

清酌庶羞之奠再拜號奠大哥于座前伏惟哥孝友慈惠和易謙恭發自脩身施於為政行成門內信及明察蕪幹露於官方溫重形於酒德冀賁福履保受康寧不謂纔及中年始登下位辭家不（集作未）踰數日寢疾未及兩旬皇天無知降此凶酷交遊行路尚為興歎骨肉親愛豈可勝哀舉聲一號心骨俱碎今屬日時叶吉宅穸有期下卸南原未祔松檟君易負憂繫職身不自由伏枕之初既闕在左右執紼之際又不獲躬親痛恨所鍾倍百常理嗚呼追思曩昔同氣四人泉壤九重剛奴早逝巴蜀萬里行簡未歸煢然一身漂棄在此自哥至此（集作也）形影相依死灰之心重有生意豈料避亏之日毛羽摧頹垂白之年手足斷落

誰無兄弟孰不死生酌痛量悲莫如今日宅相癡小居易無男撫視之間過於猶子其餘情理非此能伸惟（集作伏）冀慈靈俯鑒悲懇哀纏痛結言不成文嗚呼哀哉伏惟尚饗

為李兵曹祭兄濠州刺史文　李商隱

年月日伏惟靈天枝挺秀帝系傳芳材高杞梓價（集作位）重珪璋蘭茁斯茂先以馨香千鎰將用不挫鋒鋩始備千牛俄仕諸衛逸意方超絕足猶縶爰佐群僕亦掾神京邑惟二宅曹實五兵地峻流急官閑政清嵩少曉礬伊洛秋明倡能吟之謝客伴作賦之賈生遂擢兗尉仍調湯膳位列（集作字）大朝名參內殿朱紱輝華銀龜儁粲漢有宗正委之親賢貳彼惟月人導我先外戎求騁（集作末騁非）天子憂遠皇華始賦紫綬俄懸雄其出塞之任假以中臺之權不拜無慙於蘇武去節寧類（集作疑）於王馬銜鬚誓死嚙雪獲全帝伏使者吾無媿旃既還中華止同屬國蒼蠅難備（集作法）貝錦方織好丹非素點白為（集作成）黑曹時不知非予有惑既先忌於絳灌遂不容於欒郤竟陵山水鍾離控扼名貴隼旟時瞻熊軾人以功遷吾由謗得其明若神其惠如春先除黠吏且活疲民汙萊盡闢邑室重新草祥木瑞獸去鳥馴方俟徵還俄嬰美疢積微而桓侯竟晚達命而徐公待盡怳怳空驚遲遲未信誰知泉路之高低孰測夜臺之遠近求惟良配亦實女師庶姜猶效君子是宜異室無怨同穴有期河魴著詠皎日裁詩嗚呼哀哉龜筮叶從日時斯

卜將去芳郊言辭華屋草樹縈帶川源廻複白髮孤弟臨棺慟哭失慈撫於終身宛聲容之在目心摧則冰炭交集血下而綆縻相續萬古永訣百身何贖酒蒲未御殽乾未臨巳矣伯氏來慰哀心

為人作祭弟文　張說

維景龍三年（集作元年按通鑑目錄景龍四年庚戌七月改元年景雲當考）歲次庚戌正月癸丑朔（通鑑目錄作壬子朔）五日丁巳從兄兵部尚書某以清酌少牢之奠致祭於故將軍弟之靈欽若貽宴俾降戩穀神作（集作拆）玉衣天開（集作門非）金屋綿系瀛寵諸宗橫福覲交泰之二儀承般序（集作序般）之九族引同本於條幹合分流於昭穆義有感而意深恩無方而情篤况且山慕喬頂林晞秀

水深仁遠廖俟子而能集作復何縱才之有餘而輔德之不
足舉朝野而皆痛在親密集作寄愛而尤酷嗚呼哀哉求懷令
弟言念生平蘭薰集作芳雪艷玉潤珠清禮樂懸解文章挺
生三篋暗記千門畫成風流望美月旦馳集作傾聲掌北軍
之師律首東觀之詞英偉壯夫之猷頌善仁者之論兵幨
新豐而臨幸逵湯井而連營那奉車之暴逝忽復綴而凶
行軫天悲於宸振聚國集作國娶族於華京惠連詩廖子敬琴
情儻昭昭之不泯知親親之素誠嗚呼哀哉尚饗

同前　　前人

維年月日兄某致祭亡弟尚書之靈天其集作實喪予不慭
遺善家殞玉樹國墜寶臣嗚呼執柔何痛之甚嗟予與爾

夙遭憫凶哀惸相鞠殆及長成性實岐集作岐嶷頴德表宣慈
居盡友悌之心言必忠貞之事綿綿我族俟子而大奉祖
德之令圖荷朝廷之渥惠白首相對紫綬相紆爾既秉國
均集作鈞既敷朝典出牧千里入宰六官余聞爾言常戒過
寵余嘉爾行在貴能卑清淨溫恭每希於上士飲食車馬
不越於平人每思與爾歸印東都懸車故里揚名講德居
常侍終當謂老夫沒於汝手不圖令弟殞集作殯自我先歿
爾纏疴屬余伏枕不見數日長悲九泉嗚呼刊述未成平
生已盡髮膚猶在魂魄焉知聞爾屬纊之辰託余身後之
事薄葬之禮還從爾心字孤之情不待遺意所恨在疾不
視於喪不臨沉綿苦懷纏迫斯甚余羸老矣傷心幾何人

琴兩亡命也命也

祭亡弟故左羽林軍兵曹參軍文　　遜逖

余年有五爾實以生四十餘載而爲兄弟撫髻並育接袵
相成奈何棄予長隔幽明爾之德器寬仁溫厚天道何欺
不假爾壽爾之緣飾文學政事大道何欺不假爾位未至
中秋總過強仕奄忽如斯嗟何及矣予蕪右職爾位中司
兩京爲別數稔于茲頃雖一見倏已三時會合嘗少悠悠
我思近有東訊駕言西上顧日望期心存目想當乘疾置
以軾徂兩方欲再馳豈圖長往醫不及許藥不及嘗壯年
殞命暴疾罹殃無一言以告訣有萬恨於冥茫長號永痛
裂膈抽腸爾逢疑天威余限王事倉卒之辰急難靡寄遣

奠之日奔臨莫遂痛緒彌深哀端益至今也來斯驟移時
律日絕遺象心摧虛室顧天倫之有戚若具體之喪一諒
修短之同歸在先後而相恤撫遺孤而流慟氣膈臆而內
圯伊物情之共傷豈余心之忍此蓬也未立穆兮仍稚以
吾視之何但猶子神本不滅爾則有知精爽如在知今心
期同蔬末絕采藻空施銜酸沃酹哀不能支

祭小弟文　　白居易

維元和八年歲次癸巳二月某朔二十五日仲兄居易季
兄行簡以清酌之奠致祭于亡弟金剛奴嗚呼川水一逝
不復再還手足一斷無因再連惟吾與汝其苦亦然黃壚
白日相見無緣每一念至腸熱骨酸如以兩火剌灼心肝

兒爾之生生也不天茁而不秀九歲夭焉昔權殯爾脽南古原今改葬爾（集作子）渭北新阡僻（集作栿）先塋之北次就甲位於東偏冀神魂之不孤庶窀穸之承安嗚呼自汝捨吾所（集作我）歸于下泉日來月往二十二年吾等罪逆不孝殃罰所延一別爾後再罹凶艱灰心垢面泣淚漣漣松檟之下其生尚殘昔爾孤於地下今吾孤於人間與其偷生而孤苦不若就死而團圓欲自決而毀滅又傷孝於歸全進退不可中心煩冤仰天一號痛苦萬端嗚呼爾魂在几爾骨在棺吾親奠酹（蜀本作酌）於爾床前苟神理之有知豈不聞吾此言尚饗

祭楊判官八弟文

唐次

維年月日姨兄開州刺史唐某以清酌庶羞之奠敬祭于楊判官八弟之靈平生懿密重以嘉姻四海之内惟君一人發自總角逮于知命遨遊讌寢一歌一詠周流俯仰得君輝映野寺孤亭松門竹徑接襟援手和神善性霜鶴唳天玉音在聽空室閑齋枯棊爛柯自非儒生受勝相磨坐隱終日負進亦多歷歷笑言其情若何歡事勝遊皆隨逝波事均榮感心冥貴賤骨肉爲交肝膽相見嗚呼哀哉婉孪幼妹爰居爾室既結其褵載和琴瑟何年齡之脆促乃貞美之先失悼手足之零落又吾人之凋殁以君之才以君之藝合蹈豐福合居上第行與命違道將時背過此仁厚天胡不惠傳雅裴君鎮此南土大昭儁髦鵷鴻作侶曾未累月中茲炎毒百藥無驗頹齡愈促悵悵旅魂淵淵緜目目雖瞑而有恨魂雖招而可復加有傷但兄惟我親淚淚横隨遍乎衣巾想容色兮如在覽毫翰兮猶新嗚呼哀哉神理昭然幽途可覿悲心自攢痛淚血瀝何疇日之歡愜變今辰之空闃歸葬猶緩俟君冢嫡魂兮歸來安此幽宅嗚呼哀哉尚饗

文苑英華卷第九百九十二

文苑英華卷第九百九十三　祭文十六

親族三

祭姨文二首　祭女文二首

祭姪文一首　祭姪女文二首

祭徐氏姨文　李商隱

嗚呼追訣慈念一十八年罪積行違上下無禱天怒很集不誅其身再丁憫凶藐無恃怙號潰荼裂心摧骨崩獲見諸甥來奉遷合舊物半同於泥滓新阡方列於松楸斷手拆足厥痛非擬終天殁地此誠莫伸究痛蒼天苦孤蒼天始其兄弟初遭家難內無強近外乏因依祗奉慈顏被蒙訓勉及除常制方志人曹以頑陋之姿辱師友之義蔓因

文筆實忝科名三千（集作遷）有司兩被公選再命芸閣叨跡時賢仲季二人亦志儒墨於顯揚而雖未在進脩（集作脩進）而不驟求惟幽靈盍亦垂鑒今者苴麻假息糞土偷存不即殞傷蓋亦有以伏以奉承大族載屬衰門三弟未婚一妹處室息胤猶闕家徒索然將恐丞嘗有曠闕之憂丘隴絕芟除之主延駐晷刻不敢自私又以祖曾之前未一完兆骨肉之內猶有旅魂將有來茲克用遍便以顯之義雖不敢望無忝之訓庶幾或存靈其聞之必將加憫然有以沒齒懷恨粉身難忘者以靈之歎茂而不登遐壽不生賢人使別女致哀猶子為後哀哀天地云胡不仁默默神祇其何可訴今嵩與二子既為我[illegible]誓當撫之以慰幽抱男勸

其學使得祿仕女求其偶必擇賢良縱乖宅相之徵庶眂忽諸之歎壽堂宿啟潛舟既移永期求訣之悲復見重開（集作闕）之兆以祥忌云近哀憂載迷不獲臨壙洎誠撫柩致奠東望景亳推心仆身具饌擇蔬灑以淚血日慘風遂叫號無聲伏惟明靈一賜臨鑒孤苦蒼天不孝蒼天

祭裴氏姨文　前人

嗚呼哀哉靈有行於元和之年返葬於會昌之歲光陰迭代三十餘秋得不以既葬（集作[illegible]）闕廟見之儀杖卜（二字集作[illegible]卜）言舉歸宗之禮不幸不祐天實為之摧心泣血孰知所訴恭惟先德實紹玄風良時不來百里為政愛女二九思託賢豪誰為行媒來薦之子雖琴瑟而著詠終天壤以興悲

謂之何哉繼以沉恙禱祠無冀奄忽凋違時先君子以交辟負來南轅已轄接舊陰於桃李寄螢殯之松楸此際兄弟尚皆乳抱空驚啼於不見未識會於沉冤淛水東西半紀漂泊其年方就傳家難旋臻躬奉板輿以引丹旐四海無可歸之地九族無可倚之親既祔故丘便同逋駭生人窮困（集作異）聞見無所及衣裳外除旨甘是急乃占數東甸傭書販舂日就月將漸立門構清白之訓幸無辱焉既登太常之第復忝天官之選免跡縣政刊書祕丘榮養之志總通啓動之期有漸而天神降罰艱棘再丁弱弟幼妹未笄未冠世（集作胤）緒猶闕家徒屢空載惟家長之寄偷存晷刻之命號天叫地五內崩摧然亦以靈寓殯獲嘉向經三

紀歸祔之禮闕然未修是冀苟全得終前恨屬劉尊叛換逼近懷城懼罹焚發之災求抱幽明之累遂以前月初吉攝線告靈號步東郊訪諸耆舊孤魂何託旅櫬奚依垂輿欲墮之悲幾有將平之恨斷手觧體何痛如之灑血荒墟飛走同感伏深朝夕二奠不敢久離遂遣義叟一人王張啓奉抱頭拊背戒以信誠附身附棺庶無遺闕壇山榮水實惟我家靈其來歸無或栖寓嗚呼哀哉靈沉綿之際殂背之時某初觧扶床猶能記問長成之後豈忘遷移頃者以先妣年高薰之多恙每欲諮畫即動作感涕泣既繁寢膳稍減雖云通禮亦所難言荏苒于斯非敢怠忽今則南望顒考東望嚴君伯姨在前猶女在後克當寓殯（疑作殯）歸

養幽都雖殘者之兆宅永安而存者之追攀莫及又以十二房舊城風水爲災胡子彭兒藐然孤小雖古無修墓著在典經而忘禮約情亦許通變今則已於左坎（集作次）別卜鄰（集作鮮）原重具棺衾再立封樹逼年難遇周（集作同是）月異辰兼小姪寄兒亦來自濟邑馭魂推魄依託尊靈遠想先域之旁纍纍相望重溝疊陌萬古千秋臨穴旣乖飲痛何極唯安陽阻姚未祔仍世遺憂昨本卜孟春便謀啓合會雍店東下逼近行營烽火朝燃鼓鼙夜動雖徒步輿櫬古有其人用之於今或爲簡率潞寇朝殄則此禮夕行首夏已來亦有通吉儻天鑒孤藐神聽至誠獲以全效免負遺託即五服之内更無流寓之魂一門之中悉共歸全之地今交親饋遺朝暮饘餬收合盈餘節省費耗所望克終遠事豈敢温飽徼生苟言斯不誠亦神明誅責老舊僕使綵餘兩人靈之組繡餘工翰墨遺跡並收藏篋笥用寄哀傷嗚呼哀哉葬夭當年骨還舊土箕箒尋移於繼室兄弟空哭於歸魂終天銜寃心骨分裂胞胎氣類寧有舊新叫號不聞精靈何去寓詞寄奠血滴緘封靈其歸來省此哀殞傷痛蒼天苦孤蒼天伏惟尚饗

於郎（集作湖）州別女足娘墓文　李翱

維長慶元年歲次辛丑十二月癸亥朔十九日辛巳父舒州刺史翱以酒菓之奠敬別於第七女足娘子之靈吾以前月二十六（集作八）日蒙恩改舒州刺史以明日將領汝母

等水路赴州故以酒菓來與汝別嗚呼我爲汝父汝則我（集作吾）女王命有期不得安處延陵葬子葬不歸吳考之於禮其合矣夫汝之形骨託終此土汝之精神冥寞不覩上及于天下及於泉鬼神有知汝骨安全永永終古無有後艱我來訣別灑涕（集作涕淚）漣漣嗚呼哀哉尚饗

爲外姑隴西郡君祭張氏女文　李商隱

吾配汝先世二十餘年七女五男撫之如一往在南海令子云亡藐爾兩孤未勝多難提挈而至踰涇涉河十年之間母子俱盡念汝差長慰吾最深女德婦容光映姻表移歸爲牧官閒倅傻實獲我心用選良對笄旒纚纚環珮鏘鏘螽斯鳳凰兩有深慶汝天（集作夫）文章播于友朋身否命

屯久而不第郎寧合浦萬里乖離汝寄京師食貧終歲項吾南逐又往朝那汝實從夫適來岐下道途雖邇面集猶妨金馬碧雞長懸魂夢及登農掾去赴天朝汝能蒲津聿來脅會朝堂夜閤曲欄熅集作溫爐稚子雛孫滿吾懷抱汝時不祐忽爾孀殘撫視兒傷載慟心骨旋移計下念汝支離下室築居言遷韻上潞童作孽使節啓行崎嶇關山暴露戎旅汝失所怙吾猶未亡念汝弟昆莫任堂構牽哀挽痛愉此殘生日往月來旋更氣序吾衰汝少吾病汝強誰謂一朝汝先吾逝五男未冠二女未笄哀憤之深難念集作全禮道章兒鷹七取以依吾汝夫先丘遠在江渚群從之內官名凡稀劉四頃年固難返葬始議權厝遂得嘉占白

馬呈祥眠牛薦吉里名三趙地爾九城風水無虞巒岡信美葬於所殆古爲達生將命來雲自我爲祖今汝之柩斯焉是歸嗚呼言自淮陽巳臨洛宅素棺丹旐託宿城隅盤具盃醪儼然巳備吾將臨汝用雪沉冤介婦諸孫憂吾衰齒俯令推測云有相妨俗忌巫言吾非甚信牽衣擁路固不可違集作遲女使僕奴寄詞而往肝腸兼潰血淚無行嗚呼纍昔容華生平淑婉漠然不見永矣何歸將籍掛諸天逵歸真路將福興靜域須赴上生將爲疊累所招遂淪幽界將是療治不至枉喪韶年千感集作感柴懷萬疑疊慮觸途氣結纍月心摧天實爲之復將何訴嗚呼汝弟言護靈輀自始及今必城必信棺衾華好封隧幽深永從汝夫以

安玄路冤摧潰結殆集作文不勝書嗚呼有靈領吾此意

祭姪集作兄子十二郎老成文　韓愈

貞元十九年五月二十六日季父愈聞汝喪之七日乃集有能字銜哀致誠使建中遠具時羞之奠告汝二郎子集作十二郎之靈嗚呼吾少孤及長不省所怙惟兄嫂是依中年兄沒南方吾與汝俱幼從嫂歸葬河陽既又與汝就食江南零丁孤苦未嘗一日相離也吾上有三兄皆不幸早世承先人後者在孫唯汝在子唯吾兩世一身形单影隻嫂常撫汝指吾而言曰韓氏兩世在集作惟此而已汝時幼小當不復記憶吾時雖能記憶亦未知其言之悲也吾年十九始來京城其後四年而歸視汝又四年吾往河陽省墳墓遇

汝從嫂喪來葬又二年吾佐董丞相集有幕字于汴州汝來省吾止一歲請歸取其孥明年丞相薨吾去汴州汝不果來是年吾蜀本有又字佐戎徐州使取汝使集無此字者始行吾又罷去汝又不果來吾念汝從于東東亦客也不可以蜀本有久字圖久遠者袁本作不可以圖久遠者莫如西歸將而集作成家而致汝嗚呼孰謂袁本作遠汝遽去吾而集註作先歿乎吾與汝俱少年以爲雖暫相別終當久相與處故捨汝而旅食京師以求斗斛之祿誠知其如此雖萬乘之公相吾不以一日輟汝而就也去年孟東野往吾書與汝曰吾年未四十而視茫茫而髮蒼蒼而牙齒動搖念諸父與諸兄皆康強而早世如吾之衰者其能久在集作存乎吾不可去汝不肯來恐旦暮

殀而汝抱無涯之戚也孰謂少者殁而長者存強者夭而病者全乎嗚呼其信然耶其夢耶其傳之非其真耶信也吾兄之盛德而夭其嗣乎汝之純明而不克蒙其澤乎少者強者而夭殁長者衰者而存全乎未可以為信也夢也傳之非其真也東野之書耿蘭之報則何為而在吾側也嗚呼其信然乎（集作矣）吾兄之盛德而夭其嗣矣汝之純明宜業其家者不克蒙其澤矣所謂天者誠難測而神者誠難得（集作明）矣所謂理者不可推而壽者不可知矣雖然吾自今年來蒼蒼者或化而為白矣動搖者或脫而落矣毛血日益衰志氣日益微幾何不從汝而死也死（集註作如）而有知其幾何離其無知悲不（蜀本有知字）幾時而不悲者無窮期

矣汝之子始十（集作一）歲吾之子始五歲少而強者不可保如此孩提者又可（集作可）冀其成立耶嗚呼哀哉嗚呼哀哉汝去年書云比得軟脚病往往而劇吾曰是病（集作疾）也江南之人常常有之未始以為憂嗚呼其竟以此而殞其生乎抑別有疾而至斯極乎汝之書六月十七日也東野云汝殁以六月二日耿蘭之報無月日蓋東野之使者不知問家人以日月（集有如字）耿蘭之報不知當言日月（集註作時）東野與吾書乃問使者使者妄稱（蜀本作偁）以應之耳其然乎（集有其不然乎）今吾使建中祭汝弔汝之孤與汝之乳母彼有食可守而待終喪則待終喪而取以來如不能守以終喪則遂取以來其餘奴婢並令守汝喪吾力能改葬（蜀本有終葬二字）

汝於先人之兆然後唯其所願（蜀本有馬字）嗚呼汝病吾不知時汝殁吾不知日生不能相養（蜀本作以相養）以共居殁又不得撫汝以盡哀殮不（袁本有得字）憑其棺窆不（袁本有得字）臨其穴吾行（唯作何）負神明而使汝夭不孝不慈而不得與汝相養以生相守以死一在（集作在）天之涯一在地之角生而影不與吾形相依死而魂不與吾夢相接吾實為之其又何尤彼蒼者天曷其有極自今也（集作已）往吾其無意於人世矣當求數頃之田於伊潁之上以待餘盡（集作年）教吾子與汝子幸其成長吾女與汝女待其嫁如此而已嗚呼言有極（集作字）而情不可終汝其知也耶其不知也耶嗚呼哀哉尚饗

祭姪女行軍夫人文　令狐楚

年月日某官某致祭于故十三姪女行軍夫人之靈嗚呼婦德尚柔以宜其家人之不幸生也有涯側聞夫人明懿穠華輝奪夜光鮮侔晨葩行軍之妻尚書之女動而中禮欲不踰矩婉彼宋子歸于鄭武主吏之昌副軍大鹵雲霄孩姑琴瑟方調孰云大年曾莫崇朝曄曄舜華不思凝風飄滾滾薤露先旦而消嗚呼哀哉昔也北來繡帷爵蔽今茲南去丹旐容曳遊矣冥漠宛然慈惠嫡女墜心良人迸涕嗚呼哀哉本支百世如水一源況是鰥夫爾憐小孫千齡共盡萬化如存申奠致詞悲何可言尚饗

奠小姪女寄寄文　李商隱

正月二十五日伯伯以果子弄物招送寄寄體魂歸大塋

之旁哀哉爾生四年方從本族旣復數月奄然歸無於鞠育而未申結悲傷而何（集作則）極來也何故去也何緣念當稚戲之辰孰測死生之位時吾赴調京下移家關中事故紛綸光陰遷貿寄瘞爾骨五年于茲白草枯荄荒塗古陌朝飢誰抱夜渴誰憐爾之栖栖吾有罪矣今吾仲姊反葬有期遂遷爾靈來從先域平原卜穴刊石書銘明知過禮之文何忍深情所屬自爾殁後姪輩數人竹馬玉環繡襜文褓堂前堦下日裏風中弄藥爭花紛吾左右獨爾精誠不知所之况吾别娶已來嗣（集作胤）緒未立猶子之義倍切他人念徃撫存五情空熱嗚呼滎水之上壇山之側汝乃曾乃祖松檟森行伯姑仲姑冢（集作墳）壙相接汝來徃於此

勿悕勿驚華絲衣裳卉香飲食汝來受此無少無多汝伯祭汝汝父哭汝哀哀寄寄汝知之耶

文苑英華卷第九百九十三

文苑英華卷第九百九十四

祭文十七

親族四

祭亡妻傅陵郡君文　獨孤及

大曆八年二月十五日檢校司封郎中兼舒州刺史獨孤及謹以清酌菓菓之奠敬祭于故傅陵郡君之靈嗚呼及顧惟鄙薄謬忝合好釆蘩助祭歲時未幾執手偕老昊天遽奪齊體苦晚遺跡太早猶未知壽域有涯短長已殊其

極耶將薄佑速豐宜爲淑明所棄耶至壁挂存琴瑟響絕脩法勤勤（集作）義今將疇依日月有時龜筮何（集作告）協將陟涉（集作）故路祔于先塋及爲印綬所拘不獲親自封樹豈虞此别死生間之徃歲方舟偕來今也單輤獨歸郊岐不（集作）一慟心胃可絕頃者萬事無非去塵變化茫茫徃矣何道今日卮酒將存永別尚饗

祭妻李氏文　符載

坤道尚順婦德尚柔於維夫人璪璪寡仇玉樹易摧慶雲不留零落當年職此之由禮云胖合意不爲薄匑余於子旣和且樂一朝已矣百端無託穆穆中閨從茲寂寞常日和鳴尚爲邈然此別如何遂欲終天夏木蓋庭新陰芊眠

美景如舊孤魂不還同穴祔從乃曰義全斯言旦旦神無情焉

祭楊夫人文　白居易

維元和三年歲次戊子八月辛亥朔十九日己巳將仕郎左拾遺翰林學士太原白居易謹以清酌庶羞之奠敬祭于（集有陳氏二字）楊夫人之靈惟夫人柔明理（集作治）性溫惠保身靜脩言容動中規度洎承訓師氏作嬪良人茂四德而蘭幽有香潔百行而玉瑩（集作仁）無玷發為淑問著為芳猷姻族有輝閨閫是式噫福行（集作仁）何昧積慶無徵宜享永年遽歸長夜浮生若此永痛如何嗚呼生必有涯如何不殁所甚感者其惟情乎故事劇者情易鍾深感者理難遣夫

人雖從宜（集作宜其）室竟未辭家畜和順之誠不得施於娣姒蘊孝恭（集作恭孝）之德不得展於舅姑有志莫伸何恨過此況一嬰沉痼自夏徂秋伏枕七旬姊妹視疾歸櫬千里弟兄主喪凋桃李之花夫遠不見失乳哺之愛女小未知其（集作乃）使哀情倍鍾血屬洛川迢遞秦野蒼茫日慘不見雲愁無色妹孤（集作姊妹）且病親老尤慈哭別一聲聞者腸斷居易早聆懿範近接嘉姻維私之眷每深百（集作有一）慟之情何已恭（集作敬）陳薄奠庶鑒悲誠尚饗

祭徐姊夫文　李商隱

嗚呼以君之文學以君之政術幼以自立老而不倦亦可以為君子人矣君子人歟而不即清途不階貴仕此其命也夫何慊焉始者仲姊有行獲託貴族半產以資於外姓閨門冀託於仁人將以衰微倚為藩援不圖薄祐天奪初心仲姊凋殂諸生不育以親以懿翻為路人再號再呼莫訴蒼昊尚以君子存伉儷之重敦行李之私二十年已來雖事睽而意通跡遠而誠密神當賜（集作白）鑒愚豈敢忘遂愚不天再丁凶釁泣血偷息餘生幾何君亦赤紱銀章制東從務道途悠邈時序徂遷訝弔緘之不來忽計書而俱至感舊懷分情如之何理玉焚芝固未可喻嗚呼今來古往人誰不亡於君之亡其酷斯甚藐然一女纔已數齡乞後旁宗又未曾立賢弟扶服東路遇疾洛師徘徊十旬淹不得進浮泛水陸厥途四千逮旐云歸曠然無主尼姑居

宗老之地黠（集作騶）奴摠家相之權獲及故阡信為餘慶其所以為祔（禮記作附下同）身祔棺之具又豈礙平生之曠達耶日月次遷卜筮斯叶幽明之異始於今辰愚方纏哀憂瘵恙縻窮不及一攀宰樹一慟荒阡謝淡成之交申永訣之禮矧余仲妹君其與（集作興）歸撫心骨以皆驚拔血淚而何算嗚呼已哉其何言耶襚衣非華奠物殊薄靈其監此慰我哀心嗚呼哀哉尚饗

為崔氏姊祭大夫何郎文　符載

嗚呼莫莫女蘿縈紆葛藟我有弱妹克配君子關雎之化夫婦之始禮奉籩豆義濟死生常恐寡訓昧章憯理夙夜箴規庶無愧恥結褵成婚垂三十春樂逾鼓瑟敬越如賓

才感道貴爲唐碩臣擁旄樹羽夏水之濱鼎食錦衣長戟朱輪宗族百口庶公清塵浩浩陂池常爲無津坊崩水涸哀此窮鱗嗚呼序當仲娣自慙蹤昧用禮過恭豊家甚泰良辰美景長幼高會錯落圓方抑揚聆睞神理如何杳杳茫茫朝榮夕落使人摧傷言自漢江將歸洛陽丧旗旐櫬親墳舊鄉苟可薦誠蘋藻馨香感深恩而何報寄沉痛於孤孀

為錢侍御太夫人祭新婦文　前人

嗚呼婦姑之間尊嚴而已情苟不至兩城千里吁嗟新婦德禮具美心之所親如臂有指齒髮衰暮方用依倚天降鞠凶胄驚心死新婦門緒薰華泒流深遠貞淑端一聰明

婉娩奉余以敬待夫有則舉案得如賓之禮均養實鳲鳩之德勤勞絲枲吉蠲酒食自中閨之與外姻莫不盡其心力嗚呼爾之事吾善非一端柔聲順色迎意承歡晨雞礿鳴風高露寒環珮至止我心則安今也年高人間意闌爾復捨我窮泉杳漫房帷空居孤稚摧落深沉注視焦然肺肝嗚呼鄉關迢遞道路乖阻權厝茲地非爲永處壽堂猶近如聞晤語靈其慰安無或羇旅撫棺永訣持觴奠醑寫一慟於高秋望素車以延佇

雜祭文

爲岐（集作伎，下同）人祭元十郎文　張說

維神龍三年月朔日故岐人伏十善謹以清酌少年之奠敬祭于元十郎之靈綠水（集作流）茂樹藻（集作萍）蘿是依山崩川竭魚鳥何歸恭惟主君高才達節賞心樂事風流不絕歌艶露華舞迴春雪幸持此技承君餘盼綺羅脂粉嬌上春自言終代保（集作寶）情親能知一日（集作旦）君魂（集作思）斷繁絃清管爲何人懷主君之一（集作異）顧顧徇命於九原迫夫人之嚴旨遂投足於他門生有十年之愛兒無數日（集作愛無一日）之恩雖強飾容（集作容飾）於新奉心摧絕而不敢言君子廣德仁心必遍疇昔與君瑟樽歡宴永懷蕙歎俯憐荼苦錫以時珍申哀故宇廞車既展祖奠斯開悲歌助挽長袖承盃平居好此魂來不來心思徃而莫遂足欲返而遲廻終天地於此訣毒煩寃而難裁嗚呼哀哉尚饗

祭和靜縣主文　前人

維年月朔日敬祭薛氏太夫人和靜縣主之靈惟夫人軒庭繁祉巍臺茂淑承訓公宮宜家鄉族博士學問（集作築）尚書題目法度蘋蘩刑儀（集作儀刑）松菊夫拜中令昔同鮑婦子昇璪閫令類馮母舉案如賓闔門戒友在貴能降居貧施厚天道祐華王風變部維城落構若木疎條欽聞積善智洽仁昭克庇二族命服兩朝肅肅柔禮（集作和）如風是暢我我（集作娥）女師如月斯望潘輿獻壽仲禄方養不弔昊天何德之喪嗚呼哀哉洛邑啓殯長安歸陌哭慟高堂（集作臺）旌懸舊宅階濕夜露庭陰曉魄嗟我外姻俱成弔客

爲留守賈尚書祭嗣曹王故太妃文　穆員

維年月日某官某乙謹遣某官某以清酌少牢之奠敬祭于荆南節度觀察使戶部尚書兼御史大夫嗣曹王故太妃之靈名山大川列于祀典以其所育能利於人恭惟太妃享用元福乘運之啓受天之終間生親賢爲國藩屏人賴德施祀之攸宜樂貴自生禮宗其本維厥分閫資於卜鄰報我以榮則公侯其位養我以志則嬰孩其心如何風樹之悲遽奪晨帷之慶哀哀嗣王泣血終制既及先遠夜焉如新中貴護喪有司備物詔臨祖奠弔集同盟風物含悽簫笳啓路泉扉一閉松月千秋黍稷非馨精誠所至尚饗

爲杜相公祭易棣張相公太夫人文　符載

熊羆之門將大而榮必有令母贊成家聲於維尊儀涵懿稟靈德補陰教言爲婦經輔助司空淑茂芳馨大君有命啓封于邢宜保攸長既休且寧鞠凶何謂鍾我天齡英英家〔燹作冢〕子少年杖鉞身靜邊封世間忠節孟軻賢聖陶侃勳列實由二母卜鄰截髮端揆承訓事君禮竭知與古人異時同轍杯圈猶澤弱枕未訣創鉅痛深茹荼泣血某以拙薄叨鎮藩維偕分天子之茅土共列太常之旌旗歲月崩迫窀穸有期拘以戎事無因載馳風景蕭索山川逶迤遣蘋藻以寫慟瞻壽堂而淒其

爲魏元忠祭石嶺戰亡兵士文　張說

維長安二年月朔日勑并州道行軍大總管兼宣勞使左肅政御史大夫同鳳閣鸞臺三品兼知并州事魏元忠遣裴思莊以酒脯時菓之奠致祭于石嶺戰歿兵士之靈戎羯漫天南牧吠主石嶺橫地北都扃戶興〔集作與〕我王卒保界并土如何不弔罹此寇虐列鎮既嚴連巖既削攻則路險守非惡賊〔集作賊惡〕彼謀匪減實衍偕作援絕兵殲軍孤勢弱地拒兩陘山望雙峯胡塵天起白刃交錯石盡矢窮旗焚胄落嗟爾戰夫烈烈忠勇奮不顧命志無旋踵身歿名揚生輕義重天子命我理兵晉陽思與士衆底寧遐荒痛茲壯士翦爲國殤盍訴天帝降厲鬼方助氣金鼓復怨沙場厲血爾酹厲醢爾嘗封屍死所招魂故鄉尚饗

爲魏元忠祭石嶺沒陷士女文　前人

維長安二年月朔日勑并州道行軍大總管兼宣勞使左肅政御史大夫同鳳閣鸞臺三品兼知并州事魏元忠遣裴思莊以酒脯時菓之奠致祭石嶺死亡百姓之靈北胡自擅賊虐不道氣悍朔風馬肥秋草侵軼郡縣驚逼稚老奔走山林是賴〔集作障〕是保兵不善守將不遠謀如何賊寇無復燒牛俾爾士女殲于寇讎魂飛狄刃血迸氊裘傷悲雨哭氣怨天愁總兵帝鄉言念北阜抗憤戎漠傷心披部泣弔郊童哀問田叟爲爾復惡誓殲群醜蹂踏蘭山脂膏蒿藪誠若克就歿亦不朽慰爾衆靈酹此簞酒尚饗

祭殤將文〔爲杜尚書〕　梁肅

年月日某使某謹以清酌之奠敬祭于壽州鎮遏十將何

鄭江某官三士之靈嗚呼勤身奉主之謂忠臨敵致果之謂勇以死成名之謂節惟此三士具玆三美犯者封境不靜寇竊斯興（集作受侵）各領軍行以當扞守山谷積阻矢石相陵謀無所用志必有死遂使勇（集作英）氣挫於小醜雄心屈於知矢人之云亡斯害也已嗚呼哀哉我居藩鎮不能守在四鄰爾有忠勳遂乃沒于（集作於）一戰且憤且歎激于中腹（集作勝是）知以今辰旋定歸壽（集作旋歸壽觴）爰遣奠酹用申悲凉加爾贈賻郵爾孤孀魂而有知知予不忘人誰不終所貴名揚已矣三士俱爲國殤嗚呼哀哉尚饗

衡州祭者（集作拓）里渡溺死百姓文　呂溫

維元和五年歲次庚寅十月戊辰朔十七日甲申刺史呂

某遣故衙前虞候何防以豚酒蔬菓（二字集作之奠）致祭蘇昇陳演李寬秦陳甫魯餘之靈爾等五人感余誠信力輸公稅爭赴先期溪山阻深潦水（集作淫潦）暴至不忍欺我忘其險艱州令未明津渡不謹致此淪逝咎由使君興言涕流痛念何及聊申薄酹兼致微贈代納殘稅皆余俸錢魂而有知諒此深意尚饗

道州祭百姓鄧助費念文　前人

維元和五年歲次庚寅五月庚子朔七日景午刺史呂某遣衙前虞候蔣洛（集作沼）以酒脯之奠告鄧助費念之靈使君受命牧汝不能庇護使賊孟鸞等敢作不道酷加殺害是用疚心疾首萬計討擒廉使仁明不貸兇惡窮泉究竄今日方申懇念無及潸然泣下故令於汝殁處陳賊之屍魂而有知歆此告酹（集作酧）嗚呼傷（集作哀）哉

文苑英華卷第九百九十四

文苑英華卷第九百九十五　祭文十八

神祠一　祭禜禡

黄州準赦祭百神文　杜牧

會昌二年歲次壬戌夏四月乙丑朔二十二日丁亥皇帝
御宣政殿（集作樓非）百辟卿士稽首再拜敢上仁聖文武至神
大孝尊號于皇帝受册禮畢廻（集作此字）御丹鳳樓因大赦天

下咸告天下刺史宜祭境内神祇有益於人者可抽常所
上賦以備供具牧爲刺史實守黄州夏六月甲子朔十八
日辛巳伏準赦書得祭諸神因爲文稱讚皇帝功德用饗
神云皇帝嗣帝天歸天付前壬申年造統天（集作大）業慈仁
寬恩聖明文武或曰誅殘曰我父母譬彼嬰兒豈不可怒
（集作恕）或曰畋游苑大林深嗜嘐跳突千毛萬羽豹裂鵰擒
其樂無伍皇帝曰不匪我不知言豈假汝未撫四夷未考
有度天地宗廟未陳簋簠如寐未寤如痒未愈斥退狗馬
未可以御或曰酒飲順氣貌神英（集作此字）酋樂工習自祖有（集
脊字）父瑶簪繡裙千萬侍女酬以觥斝助之歌舞當貫四海
不樂何苦皇帝曰不如開四海（集作海）蝗蔽田畝或曰亢旱

或曰淫雨稺老孤寡未盡得所聞一有是首不能舉乃擇
畯良乃登耇（集作者）老夕思朝議依規約矩詳刑定法深刻
不取標揭典制酌之中古遠師太宗近法憲祖怵慄思惟
不治是懼四國既平六職攸序黍稷稻粱嘔啞俯僂父父
子子供養撫乳（集作父子供養嬰兒撫乳）萬里齊倍實皇帝力繫眠而
食罔知其故皇帝乃曰予見郊廟嚴法物旖旗旐（集作旗一作旐）
（旐旒）五帝坐壇百神位（集作立）岵嵬巍盼鑾捧爵是醮海外天
内戎狄蠻夷奇服異貌伏于除外歡喜叫噪廻御丹鳳大
赦四海改元會昌咸諭有罪紹功嗣德披（集作搜）剔幽昧寒
暑合節風輕雨碎穀溢陳囷畜繁腯大東南西北根（集作限）
岸壇紀無有頊憚（得可反）不識灾害三事大夫邦伯諸侯曰

皇帝德古不能作謳歌謡詠安得（集作能）可稱百工庶人亦
有聚謀拜章叩呼願上大號神聽天聞欲揚皇帝之休（四字
集作洪休）帝曰（集作二字帝曰）無功不可虐受懇請不已出涕叩頭皇
帝不能止曰予慙羞曰因大赦惟新九州不窮不詐不饑
不偷有窮有饑實吏之尤予實天吏許之省脩約束教誡
纖悉丁寧品類細備各當源流皇帝曰俞股肱耳目誠爾
（集作示非）竭力寒暑風雨宜神是酬匪神之力其誰能謀凡爾
守土各報爾望剥烹羨臧無愛羊牛天下聞命奔走承事
牧實遭遇亦祭刺史齋齋惕慄臨谷將墜視牲濯爵（集作四字
視牲啓毛濯滌罍器）不委下吏餚羞具潔罔有不備衣冠待曉坐以
假寐步及神宇蹐足屏氣神實在前敬恭跪起詩不云乎

皇天上帝伊誰云憎天憎罪人天可指視止殃其身豈可傍熾刺史有罪可病可死其身未塞可及妻子無作水旱以及閭里皇帝仁聖神祇聰明唱和符同相爲表裏黄治雖遠黄俗雖鄙皇帝視之遠近一致洋洋在上實提人紀無貸皇帝自作羞愧月維季夏日維辛巳實神降止神如有言我答皇帝寒暑風雨其期必至瘥癘水旱末末止弭爾爲官人勉爲（集作其）爾治牧敬再拜汗流霑地

祭霍山文　張說

長安二年月日皇帝使并州道（集作大字）行軍副大總管尹元凱等敬薦酒脯時菓昭（集作敢）告霍山之靈皇帝天覆萬物各遂其性禮乎（集作祠于）群神罔不咸秩獨彼凶虜黠吸悖天

罾人窺邊猾夏略無寧歲皇帝哀此黎獻勤於征役憫彼夷落毒於昏暴常欲誅其魁首安是藩甿寇雲盈稔神人同棄今自送死并朔近驚（集作警）山陵命將出師龔行天罰惟神炳靈參野作鎮冀方歆是正直贊揚威武俾胡馬化爲沙蟲王師衆於草水獻捷之日昭報神休尚饗

別灊山神文　李翺

維長慶三年歲次癸卯十月壬午朔二十七日戊寅朝議郎守尚書禮部郎中上輕車都尉李翺謹遣舒州攝（蜀本作提）要籍司衙前虞候吴潭以清酒鹿脯告辭於灊山大神之靈翺自去歲來臨此邦遭罹炎旱淮左畢同鄰郡逃亡十家六空惟此舒人安業于農我政無能遭此歲凶災同報異乃神之聰事幸無敗饗斯有融遂忝常命復官南宮皆神所祐我亦何功將赴京邑路沿大江遣使告辭神鑒余衷尚饗

祭匡山文　白居易

維元和十二年歲次丁酉朔二十一日辛巳將仕郎江州司馬白居易謹以清酌之奠敢昭告于匡山神之靈恭惟神道正直聰明扶持匡廬福利動植居易賦命蹇薄與時參差願於靈山栖此陋質遺愛寺側既置草堂欲居其中參禪養素而開構池宇在神域中往來道途由神門外輙用酒脯告虔于神神其聽之歆此薄奠非敢徼福所期爲誠尚饗

祭廬山文　前人

維元和十二年歲次丁酉二月辛酉朔二十五日乙酉將仕郎江州司馬白居易以香火酒脯敢告于廬山遺愛寺四倚（集作傍）上下大小諸神居易夙聞匡廬天下神秀幸因在官（集作佐位）得造玆山又聞遠宗雷同居于是道俗並處古之遺風而遺愛西偏鄭氏舊隱三寺長老招于此居創新室（集作堂）宇疏舊泉沼或來或往栖遲其間不惟耽玩水石以樂野性亦欲擺去煩惱漸歸空門儻秩滿已來得以自遂餘生終老願託于斯今草構既成游（集作息）日方始爰以絜敬薦玆馨香不敢媚神不敢攘福但使疵癘不作魑（集作魑）魅不逢猛獸毒蟲各安其所茍人居之靜謐則神道之

光明齋心露誠庶幾有答尚饗

祭城隍文　張說

維大唐開元五年歲次丁巳四月庚午朔二十日己丑荊州大都督府長史上柱國燕國公張說謹以清酌之奠敢昭告于城隍之神山澤以通氣爲靈城隍以積陰爲德致和產物助天育人人之仰恩是關禮（集作祀）典說恭承朝命綱紀南邦式崇薦禮以展勤敬庶降福四甿式登（集作登我）百穀猛獸不搏毒蟲不噬精誠或通昭鑒非遠尚饗

祭桂州城隍神祝文　李商隱

維大中元年歲次丁卯八月甲午朔二十七日庚申桂州管內都防禦觀察處置等使正議大夫使持節桂州諸軍

事守桂州刺史兼御史中丞上柱國賜紫金魚袋鄭某謹遣五官攝功曹參軍文林郎守陽朔縣令莊敬質謹以吉酒庶羞之奠祭于城隍之神濬洫崇墉所以固吾圉春祈秋報所以輔農功金白露雷收蟲坏水涸念時暘而時雨將乃積而乃倉敢以吉辰式陳常典神其保茲正直歆彼馨香聿念前脩勿虧明鑒昔房豹變樂陵之井味任延易九真之風土（集作上風）豈獨人謀仰由冥助今猶古也神實聽之

爲安平公兗州祭城隍神文　前人

年月日致祭于城隍之神四民攸居是分都邑五兵未息爰假金湯神受命上玄守職茲土擁長雲之壘提却月之宮張主威靈彈厭氛祲某方宣朝旨求總藩條帳中之位既安幕內之籌敢失神其守同石堡護等王關長令崒若岸焉無使復於隍也

爲懷州李使君祭城隍神文　前人

某謬蒙朝奬叨領藩條熊軾初臨虎符適至敢資靈於水土冀同固於金湯況彼潞人實逆天理固承明之地以作巢窠毆庶樂之民以爲蟊賊一至於此其能久乎惟神廣扇威靈劃開聲勢俾氾境者望飛鳥（集作烏）而自遁滔天者聽唳鶴以匿聲崇墉載嚴巨塹無壅令來古往永無川竭之因萬歲千秋莫有土崩之事神其聽之無易我言

祭海文　陳子昂

萬歲通天二年月日清邊道軍海運度支大使（明本有燕字）虞

部郎中王玄珪敢以牲酒沉浮海王之神神之聽之我國家昭列象胥惠養戎貊百蠻率職萬方攸同鮮卑猖狂忘道悖亂人棄不保王師用征故有度遼諸軍橫海諸（集作之）將天子命我羸糧景從今旌甲雲屯樓舡霧集且欲浮碣石凌方壺襲朔裔即幽都而滇漲（集作漲海）無倪雲濤洄潏孤山遠島鴻洞天波惟爾肅恭祀（集作令）典導鴆首屏（集作騎）鯨魚呵風伯遏天吳使蒼兕不驚皇師允濟攘慝剿寇安人定災蒼蒼群生非神孰賴無昏汩亂流而作神羞急急如律令

祭城門文　張說

維大唐開元五年荊州大都督府長史上柱國燕國公張

說謹遣議郎行録事參軍皇甫嶧敢告于大府城門天有三光地有五行陰陽順序庶物以生霖雨過旬晦昧不晴奈何以陰賊陽以蒙蔽明恐害嘉穀無奉粢盛維爾崇墉本人所營積陰攸處德在助成苟人是利亦神是臧速收雲雨以復天常報爾特(集作特)豚薦爾馨香謹以清酌脯醢式陳崇事尚饗

禜北城門文為濠州刺史作　白居易

年月日某官某敬以醴幣禜于(集有外字)城北門某闔四(集作北)鄘四門之神有水旱之災於是乎禜之今年春天作淫雨將害于農蟄于民惟神積陰之氣惟北太陰之位是用昭告於城之北惟門有神裁之某以天子休命殿于是邦大

懼天(京本作夭)厲之不特俾黎民阻饑敢以止辭告神神若之何不聽敢以至誠感神神若之何不弔尚克陰沴不作特暘咸若百穀用成庶民用寧實惟鄘之神門之靈於戲北鄘北門之神明聽斯言罔俾雨昏墊以作某之憂神之羞尚饗

禜土龍文　獨孤及

陽驕陰伏女魃作孽孟夏不雨至于是月后土將乾百穀恐竭天道下濟龍德正中宜其茸雨亦祥其風日歲與時俾和而豈胡屯其膏(集作胡然屯膏)物乃殄瘁民用艱食神將之祀豈天不仁豈龍不智盍正直以是輔慍雲漢於下土詔列缺使舉火命商羊以鼓舞喻兮為雲霈(集作霂)兮為雨滲

我王土而毛之取我黍稷而膏之俾爾稼如茨俾爾穗如坻實藏為盛為粢無貽龍羞俾神我欺尚饗

禜(集作祭)龍文　白居易

維長慶三年歲次癸卯八月癸未朔二日甲申朝議大夫使持節杭州諸軍事守杭州刺史上柱國白居易率寮吏薦香火拜告于北方黑龍惟龍其色玄其位坎其神壬癸與水通靈昨者歷禱四方寂然無應今故虔誠絜意改命於黑龍龍無水欲何依神無靈將恐歇澤能(川本作無)救物我實有望於龍物不自神龍豈無求於我若三日之內一雨滂霈是龍之靈亦人之幸禮無不報神其聽之急急如律令

禜(集作祭)浙江文　前人

維長慶四年歲次甲辰五月己酉朔四日壬子朝議大夫持使節杭州諸軍事守杭州刺史上柱國白某謹以清酌少牢之奠敢昭告于浙江之神滔滔大江南國之紀潤下(集安作波)則為利泝(集作洚)流則為害故我上帝命神司之今屬潮濤失常奔激西北水無知也如有憑焉浸淫郊鄘壞敗廬舍人墜墊溺籲天無辜居易祗承(集作奉)璽書興利除害守土守水職與神同是用備物致誠躬自虔禱庶俾水返于(集作歸)壑谷遷為陵土不騫崩人無蕩析敢以醴幣羊豕沉奠于江惟神裁之無忝祀典尚饗

禡牙文　陳子昂

萬歲通天二年正（集作三）月朔日，清邊道大總管建安郡王某，敢以牲牢告軍牙之神。蓋先王作兵，以討有罪。姦慝竊命，戎夷不龔，則必肆諸市朝，大戮原野。我皇周子育萬國，寵綏百蠻，青雲干呂，白環入貢，乂有年矣。契丹凶羯，敢亂天常，乃蜂聚九山，豕食遼塞（集作注野），宴安鴆毒，作爲搀搶。天厭其凶，國用致討。皇帝命我肅將王誅，今大軍已集，吉辰叶應，旄頭首建，羽旆前列，夷貊咸集（集作威），將士聽誓。方俟天休命，爲人殄災。惟爾有神，尚䇲乃醜，召太一，會雷公，翼白虎，乘青龍，星流彗掃，朿清朔裔，使兵不血刃，戎夏大同，以昭我天子之德。允乃（肝本有爾字）神之功，豈非正直克明哉！無縱世讐，以作神羞。急急如律令。

祭纛文

獨孤及

年月日，都統江淮之南節度觀察處置等使、戶部尚書李峘，謹以少牢之奠，敬神于六纛之神。天地不仁，神明無親，惟正（集作德）是與，若嚮（疑作響）之答。敢有象龔滔天，構亹稱亂，國有明罰，神其捨諸？賊劉展假寵多難，敢包狼心，竊發蠆毒，將數雪于我上下神祇，使東溟揚波，群動昏墊。皇帝震怒，按劍授鉞（集作俾勦亂器），命我上將，底天之伐。於是虎牙鷹揚之臣，蚍矛犀渠之群，橫行而東。我伐用張，月羽（集作弧）雲旗，以先啓行。方將歷潯陽，下南陵，收京口，掃建業，斮梟獍以疊鼓，封鯨鯢爲京觀，俾萬里浪破，三象霧廓。今以令月吉月鼙（集作鼛），駕即路，是用徼福于爾。有神惟神，降衷尚弼余志。敢告：無靡旗，無絓驂，無⋯汰輔，無僨甲，命五將，護野萬靈，並觳。今天地氛祲，望風掃除，魑魅魍魎，罔不率俾。莫我敢遏，爲神祇羞。

文苑英華卷第九百九十五

文苑英華卷九百九十六　祭文十九

神祠二（祈禱）

祭江祈晴文　張說

滔滔大江南國之紀叶靈通氣降福禦災是載方冊代存祀典歲惟秋季邦（集作苗）稼大熟雨霖猥集農夫未收油油

秋稻垂生牙蘖上則粢盛（集作神威）將廢下則人天（集作心）何仰公私憂窘靡禱不周祈（集作訴）爾明靈撤此雲雨欽諸（一作以）牲幣俟答神休謹以嘉酌脯醢敬崇禋請

祭洪州城隍神祈晴文　張九齡

維開元十五年歲次丁卯六月壬寅朔十日辛亥中散大夫使持節都督洪州諸軍事洪州刺史上柱國曲江縣開國男張九齡謹以清酌脯醢之奠敬祭于城隍神之靈恭惟明神懿此潛德城池是保甿庶是依精靈以康（一作秉）正直攸好九齡忝牧茲郡敢忘在公道雖隔於幽明事或同於表裏今水潦所降亦惟其時而淫雨不止恐害嘉穀穀者人之所以爲命人者神之所以有（一作爲）祀祀不可以爲

利義不可以不福閩境山川能致雲雨豈無節制願達精誠以時弭災無或失稔則理人有（集作所）望於神明

尚饗

祭龍潭祈雨文　唐次

維年月日謹以清酌之奠致祭于清江石門之龍潭曰惟龍圖全其軀以安其居庇祐蠣獺馴擾龜魚龍之道也興致雲雨鼓動雷霆稔此蒸人助我發生龍之用也全其軀莫君靈茲潭安其居莫君庇茲土龍生雲霧雲能施雨雨雲感召黎元鼓舞旣慶成熟而無癘疵也今歲旱暵金石將流水不潤下江不勝舟穜稑皆萎稂莠滿野雷隱隱而有聲雨垂垂而不下名山大澤颻（疑）浮野馬唯龍獨潛茲

潭頑洞泓潛水面如紙纖雲不生邃宮固護重門晝扃不克民望不歆我誠若旱氣滌滌秋成莽鹵自利深淵乖張嬾旅我當涸龍之潭露龍之處跨龍之脊鞭龍之股俾之揚雲而大其雨是則人役龍也非龍德於人若果我懇懷酬報當極投以金龍增以石玉潛黿皆血翔鸞盡炙其餘馨美亦滿瑤席嗚呼祊薦至誠中告直詞未甞肆力以用其奇惟龍惟靈念茲急急如律令

祭蜀先生祈晴文　前人

年月日某官謹遣某乙以清酌之奠敢昭薦於蜀先主之靈惟靈開業保疆始終此土英聲厚德實冠於時知人授才橫出千古仁深運促徂落於茲宮觀雖平廟貌猶在歲

時水旱皆薦馨香德惠於人人仰其德祗心吏意小大皆
慶今夏潦逾旬洪波四漲邑屋有墊溺之懼麥禾有淹浸
之危而急浪奔流漸襄高嶺某奉詔守郡政化未敷懼其
災沴以病稼穡敬奠玄醴又燔薰香庶以精誠感於明德
使神明之佐騁其智英勇之將奮其怒以遏雷霆之震以
減漂蕩之聲鏡洗層霄百物蕃茂濕雲不泄陰霓潛收開
此晴霽以欽神化祈而有應大報牲牢伏惟尚饗

白帝祠祈雨文　前人

維年月日謹以清酌之奠敢昭薦於公孫帝之靈帝以椎
傑之度遇雲雷之屯思翼中夏遂荒南土覽江山之積岨
惣威武以鎮衛高築雉堞遂城於玆憑秋方肅殺之名阸

硤口崩騰之險邦人敬仰求餙閟宫水旱之災每歲祈禱
而斯應福及黎庶今大火已流商風始至時方旱暵稼穡
如燔敢以精誠用祈明哲庶滂沱大霔匪夕而朝酬報之
盛冀塡瑶席

祭皖山神祈雨文　獨孤及

年月日朝散大夫檢校司封郎中兼舒州刺史充當州團
練守捉使賜紫獨孤及奉勑以清酌之奠敢昭告於皖山
神之靈頃緣亢陽不雨粢盛將敗以人願乞靈於神謂必
肹蠁遄錫(集作賜)介福俄以浹日未蒙降衷潤礎不御(集作徹)
觸石無望稼穡盡瘁溪澗將竭豈有悔怒將爲毒痛不然
何曠(集作廣)我以旱俾滌滌至此今元元怨咨皇帝旰食下

罪己之詔崇群神之祀將以敬恭之懇徼福(集有于字)明神神
其沛然迴應驟降以雨使枯苗復生饑者得食上以應聖
主乾乾之心下以副萬人顒顒之望是人性命與神存云
敢不以大牢小牢剛鬣(集作翰)音之薦以爲明祀以報純
嘏若猶固陰蓄蘊忡忡如初(集作陽固陰蓄蘊忡如初)神則不明下人
將何賴亦當撤馨香(集作惟馨)之奠寢嚴禋之儀祭禮興廢在
此一雨敢固陳告庶無神羞尚饗

祭吳塘神祈雨文　前人

年月日朝散大夫檢校司封郎中兼舒州刺史獨孤及謹
以清酌之奠敢昭告於吳唐之神(二字集作神之靈)山作靈鎮神
實司之人作神主及實尸之神非人罔以薦馨香人非神

罔以降福祥馨香不薦伊人之尤福祥不降亦神之羞及
剖符爲邦今二年矣制節謹度不敢怠遑庶逃(集作無)罪悔
以奉禋祀祭未豐絜政或頗類守實及責(集作實及之責)非人之
愆惟神祐之俾大有年今盛夏旱蒸五稼將枯田畯訴號
靡知其辜明神豈不降鑒下土油然爲雲濡然爲(集作作)雨
使萬人歡康百穀阜滋灑我公田遂及我私我京我庾維
萬維億豈伊人粒神亦血食衆心顒顒非歲曷望望之濟
否惟神所相尚饗

祠漢武帝祈雨文　沈亞之

維長慶三年正月巳巳櫟陽尉沈亞之承命於大京兆以
歲旱用乾肉清醪恭祀於漢武皇帝之祠下因巫人以達

其祝語嗚呼陰陽水旱其司唯神五行六氣神得而均如愆作災神何爲仁惟神昔帝漢日何祥不臻雍熈滂洋其耳露麒麟(集作麒麟)人荷爲澤亦仰如春氣酏高明發爲神君(集作發而為神)非不漏誅屈抑不伸(集作居漏必誅居抑必伸)今者獻陽始歲亢而爲屯草木蔽萌塞脉洈津不蒸不洩逾于十旬雨師恡(集作慢)傲尸違不賓潛深踞(集作驕)高枯此下人風伯豐戲皷陶濃塵潰爲凝霾坌君頽雲鴻混突渤上蒙無垠掩蔽光明以垢春晨彼風伯雨師皆神所司處位不職荒役不祇神假之權使之胡(集作用)爲上帝如怒其殃孰罹神明胡不督其稽察其期(集作欺)壞法者戮後期者咎然後陰奏陽烝雨膏以時發生有涯農力有施今官庶併誠虔虔於祠

集於宮室鼓舞彈吹神其聽之無敢苟析

禱仇王神文　白居易

維長慶三年歲次癸卯八月癸未朔十七日己亥朝議大夫使持節杭州諸軍事守杭州刺史上柱國白居易謹遣朝議郎行餘杭縣令常師儒以清酌之奠敬祭于仇王神嘗聞神者所以司土地主川山率禽獸福生人也餘杭縣自去年冬逮今秋虎暴者非一神其知之乎人死者非一神其念之乎居易與師儒猥居牧守慚愧無政化不能使渡江出境是用居虔告於神惟神廟居血食非人不立則人神之主也獸神之屬也今縱其屬戕其主於神何利焉於人何辜焉一告之後神其有知即能攉靈申威伏猛禁暴是人之福幸亦神之昭昭若人苦不聞獸害不去是無神也人何望焉嗚呼正直聰明盍鑒於此尚饗

祈臯亭神文　前人

維長慶三年歲次癸卯七月癸丑朔十六日戊辰朝議大夫使持節杭州諸軍事守杭州刺史上柱國白居易以酒乳香果昭告于臯亭廟神去秋愆陽今夏少雨實憂災沴重困杭人居易忝奉詔條愧無政術旣逢愆序不敢寧居一昨禱伍相神祈城隍祠靈雖有應雨未霑足是用選日祗事敬請於神恭聞明神禀靈於陰祇資善於釋氏聰明正直潔靖慈仁無幽不通有感必應今則齋心虔告神其鑒之若四封之間五日之内雨澤霑足稼穡滋稔敢不增

脩像設重薦馨香歌舞鼓鍾備物以報如此則不獨人之福亦惟神之光若寂寥自處肸蠁無應長吏虔誠而不答下民顒望而不知坐觀田農使至枯悴如此則不獨人之困亦惟神之羞惟神裁之敬以俟命尚饗

祭城隍神祈雨文二首　杜牧

下土之人天實有之五穀豐實寒暑合節天實生之也苗方甲而水湮之苗秀旱而旱莠之饑則必死天實殺之也天實有人生之孰敢言天之仁殺之孰敢言天之不仁刺史吏也三歲一交如彼管庫敢有其寶玉如彼傳舍敢治其居屋東海孝順(集作婦)吏究殺之天實冤之殺吏可也東海之人於婦何辜而三年旱之刺史性愚治或不至癘其

身可也絕其命可也吉福殃惡止當其身胡爲降旱毒彼
百姓謹書成懇本之於天神能格天爲我巾（集作升）聞
二
牧爲刺史凡十六日（集作月是）未嘗爲吏不知吏道黃境鄰蔡
治出武夫近五十年令行一切後有文吏未盡削除伏臘
節叙牲醪雜須吏僅百輩公取於民里胥因緣侵竊十倍
簡料民費半於公租刺史知之悉皆除去鄉正村長強爲
之名豪者尸之得縱強取三萬戶中多五百人刺史知之
亦悉除去蠶絲之租兩耗其二銖租（集作稅）穀之賦斗耗其
一升刺史知之亦悉除去吏頑者笞而出之吏良者勉而
進之民物吏錢交手爲市小大之獄面盡其詞棄於市者

必守定令人口（集作戶）非多風俗不雜刺史年少事得躬親
疽抉其根矣苗去其莠矣不侵不蠹生活自如公庭晝日
不聞人聲刺史雖愚可曰無過力短不及恕亦可也殺亦
可也稚老孤寡指苗燃咼將穗秀矣忍令萎死以絕民命
古先聖哲一皆稱天舉動行止如天在旁以爲天道仁則
福之惡即殺之孤窮即憐之無過即遂之今旱已久恐無
秋成謹具刺史之所爲下人之將絕再告於神神其如何

爲舍人絳郡公鄭州禱雨文　李商隱

年月日鄭州刺史李某謹請茅山道士馮角禱請於水府
真官伏以旱魃爲害應龍不興困果日於詩人苦密雲於
易象生物斯瘁民食攸艱某叨此分憂俯慚無政爰求真
侶虔禱陰靈減哺表勤褰帷引咎伏乞下通祭播上導天
潢合爲膏澤之原用息蘊隆之患其於効信敢或逡巡暴
露託詞焦勞結慮泉間候氣樹杪占風惟望王女之披衣
敢駭商羊之鼓舞竊希玄感聽察冊誠

文苑英華卷第九百九十六

文苑英華卷第九百九十七　祭文二十

神祠三 報賽

賽江文　張說

年月日朔具官某敢昭告于大江之神王有百谷禮尊四瀆善利維神朝海作實發源岷山篤福來臻率此荆土明靈是主巳成嘉穀垂敗霖雨聽我虔祈福我農畝既嘆既穫既場既庾忻忻衆心願答神祐絜牲明酌寅奠江浦

為楊右相賽(集作祭)西岳文　獨孤及

維年月日司空兼右相楊國忠禮(集作吏)部尚書同中書門下平章事常見素等謹以少牢之奠敬祭於(集作于)西岳金天之神頃歲達於三月畜極不雨屯膏未光元元其咨滌滌是懼國忠等是用虔奉睿謨(集作憲)聿遵祀典謹遣嗚皋山人常朝真敢徼福於大神之靈精意總申而休祐肸蠁宸衷逆達而瑞澤霶(集作滂)霈非神之幽贊叶於國非(集無此字)之景命符於人則疇能降祥薦祉如此其速故簠簋犧牲(集作象)敬脩享禮雖冥應無方非馨香所答而神感如在庶明靈惟歆尚饗

祭木瓜神文　杜牧

維會昌六年歲次丙寅某月日某官某敬告於(集作于)木瓜山之神惟神聰明格天能降雲雨郡有災旱必能救之前後刺史祈無不應去歲七月苗將萎死禱神之際甘雨隨至穡然凶歲化為豐年仰神之靈感神之德願新祠宇以崇祭祀今易卑隘變為華敞正位南面廟貌嚴整風雷雲雨師伯必備侍衛旗戟羅列森然惟神繫雲在襟貯雨在袵視人如子渴即與之不容凶荒(集作邪)不降疾疫千萬年

閭使池之人敬仰不怠伏惟尚饗

賽舜廟文　李商隱

年月日昭賽虞舜之祠伏以帝符南方神留下土率華莫返積怨望於他年大麓不迷烜(集作炟)威靈於終古比憂嘉種少冐愆陽抗簡陳詞絜鐏引咎果蒙憑厲掣電跨罡揚風布沾渥於九皋起焦枯於一瞬敢布瑤席輒事蘭羞帝其罷奏南琴停吹西琯使東皇太一兼預於靈遊俾山鬼江斐無藏於沴氣庶將善政以奉明輝

賽越王神文　前人

年月日賽於(集作于)越王之神惟神耀焯殊姿抑揚奇表奉魚既爛則聊帝南荒漢鹿有歸則稱臣北闕覽英雄之載

籍信王覇之朋遊言念遺祠猶存鹿集作屬邑尚興其雨以
救公田敢陳沼沚之毛用報京坻之積神其永司此土長
庇吾人福祐桑𥁞驅除疾癘今來往古常教威著越城萬
秋千歲勿使魂歸真定神乎不昧來鑒斯言

賽永福縣城隍神文　前人

年月日賽於集作于永福縣城隍之神夫考室立家先在戶
竈聚人開邑首起城池固有明靈降而鑒治惟神克揚嘉
霆廣育黎民聊薦粢粱集作聊為粢粱少申報醞神其節宣四氣
扶祐三時勿使畢星但稱於好雨無令田祖獨擅於有神
求歆蘋藻之城長挾金湯之勢

爲中丞滎陽公桂州賽城隍神文　前人

維大中元年歲次丁卯六月甲午朔十四日丁未都防禦
觀察處置等使桂州刺史兼御史中丞鄭某謹遣登仕郎
守功曹參軍陸秩以庶羞之奠祭於集作于城隍之神夫大
邑聚人通都設屏將英集作此字雄走集必假高深不惟倚枝
風雲兼用翕張神鬼某矜蒙朝奬來佩藩符既禦寇於西
原亦觀風於南國始惟畫鷁將下伏熊屬楚雨蔽空湘雲
塞望晦我中軍之鼓濕予下瀨之師遂以誠祈果蒙神應
速如激矢勢等却河及兹薦報之時敢怠馨香之禮神其
于霄作峻習坎爲防合烽櫓之保民道川途而流恩使言
言堅壘集作壁俾地道以無彊活活深溝如井德之不改勿
違丘禱以作神羞尚饗

賽靈川縣城隍神文　前人

年月日賽於集作于靈川縣城隍之神高壘深溝用資固護
興雲深集作泄雨諒俟威靈惟聖能感至誠將成大稔遂清
冷之耕父不使楊光廻沮澤之蟠龍皆令灑潤式陳微報
願鑒惟饗

賽荔浦縣城隍神文　前人

賽於集作于荔浦縣城隍之神嗟我疲民每屢䴷食寒耕熟
耨始望於秋成鑠石流金幾傷於歲事遠資靈顧式布層
陰無煩管輅之占不待欒巴之噀竊陳薄奠集作具用荅豊
年神其據有高深主張生植同功田祖比議集作義雨師無
假怒於潛龍勿縱威於雹鬼守兹縣邑富我京坻

賽城隍神文　前人

年月日賽於集作于城隍之神惟神踞雉堞以爲雄導溝池
而作潤果成飄注以救炎焚敢恡斯牲用報嘉種神其永
通靈感長茂玄功道楚子之餘波霈晉國之膏雨苟能不
昧報亦隨之

賽北源神文　前人

年月日賽於集作于北源之神惟神雖臨南服實號北源湘
浦降神近驚於騷客滮池浸稻遠叶於詩人果能稟箭風
頭索綯雨脚不資畎澮將致倉箱聊申信於潤毛庶通靈
於水府神其揖揚蘭珮麾掉桂旗拍川后之肩攬波神之
袂共來於此饗報留恩

賽曾山蘇山神文　前人

年月日賽於（集作于）曾山蘇山之神惟神守在出雲職惟通氣果從望歲載潤嘉生將申昭報之儀敢闕馨香之獻神其遐贍惟岳廣納遊塵勉揚少女之風勤詠曾孫之稼無令渥澤盡歸濕（集作溼）水之湫泉勿使威靈下（集作不是）及歷山之仙室我辭有激神儻聽焉

賽白石神文　前人

年月日賽於（集作于）白石之神惟神載烜（集作烜）明靈克標懿號軒珠耀彩儻非珵水之源荆漢流輝即是玉山之路一昨俯憂旱歲俾禱遺祠果能爰我大田貺余膏澤不俟于公之祈（集作雪）獄無煩洛令之曝身敢命子男爰脩蘋藻神其仰濟（集作流）天澤俯祐歲功無葯可轉之心以負惟馨之禮

賽龍幡山神文　前人

年月日賽於（集作于）龍幡山之神惟神降治山川濟（集作流）思縣道龍幡鳳蓋克懋于靈司蟻穴鸛巢式揚於利澤至誠有達昭報無虧神威（集作其）叱叱飛廉鞭驅屏翳向（集作尚是）令五土屢有豐年不無行潦之羞以請油雲之惠

賽陽朔縣名山文　前人

年月日賽於（集作于）陽朔縣名山之神惟神受命上玄奠茲南服雲臺日觀遠讓於高標蓬島崑丘遐通於爽氣峻若藏刀之嶺崇如倚劒之門是宜銓管陰司拘囚異物爲神仙之下府開龍虎之神庭屬歲之（集無之字）不寧旱既太甚馳誠疊嶂託意通波果聞雷出地中電濟（集作流）巖下既茲霑足敢薦香（集作聲）芬願終如響之靈無怠（集作大）孔明之鑒尚饗

賽海陽神文　前人

年月日賽於（集作于）海陽之神頃傷多稼將困驕陽未逢玉女之披衣空見土龍之矯首式祈嘉露果降明輝神其享彼蘭羞挹茲桂酒轉災於多黍多稌功施（集作調）於好雨好風庶厲業官以酬玄澤

賽堯山廟文　前人

年月日賽於（集作于）堯山之廟伏以帝巡遐徼天作高山既比敬於軒臺亦分功於農井是留遺廟以慰斯民昨者時雨忽愆秋陽稍亢未言嘉露實自玄恩大驅蟠澤之龍盡發潛泉之介（集作蠣）倉箱興詠將慶於農夫灌浸呈功不愆於豎（集作壯）子敢茲昭報冀降明靈

賽古欖神文　前人

某月日賽於（集作于）古欖之神惟神爰因碩果遂啓靈祠爪美邵平且傳舊志李標朱仲亦茂前經昨日瘴暑爲災油雲不起式存心禱屢作神羞神能感氣蛟泉傳祥鸛垤使米生杼賦始悅於雄風高氏讀書忽驚於暴雨化太甚旱爲大有年將見助於歡康敢忘懷於昭賽

賽蘭麻神文　前人

年月日賽於于集作蘭麻之神頃者杲日揚威融風扇暴禾乃盡偃人何以堪神能倏忽應時逡巡布潤雲旗直集不資秦地之泱渠雨陣斜飛更甚成都之救火末凜靈祐敢薦嘉肴神其與蕙同芳爲蓬扶直苟集作勿虛嘉號以累豊年

文苑英華卷第九百九十七

文苑英華卷第九百九十八　祭文二十

祭古聖賢

謁舜廟文　呂温

唐貞元十一年歲次乙亥十一月一日東平呂温敢盥沐齋絜敬謁於舜帝之神恭惟至仁無方大孝不匱德馨升聞允釐百揆以聖授聖猶言歷試擇人之君良不可易聖功無全相待而宣雷驅四凶雲起八元太治蜀本作火治陶土集作世璿機轉天垂衣巖廟萬物浩然是稱至理是曰帝者混成雍熙來錫大暇乃眷南顧蒼梧之野歸堯鴻名付禹天下茫茫推遷邈萬斯年三代之後誰爲聖賢政如頹波俗若壞山韶樂猶在薰風不還於戲道有通變事有同異官帝家王隨時之義揖讓而禪固非力致所以識者存而不議若輔相之宜則成之規煥乎文章百代可知九官惟舊七政有爨弘道在人太平無時如何後王曾莫是思其易甚簡舍而弗爲歷山巋然河水東注唐虞日遠楊墨誰拒瞻彼歷山清廟集作蓮宫往訴庶幾精誠必我依據假我以

靈（集作伻羅清源）伻飛會雲行神之道以致吾君不然歸來鳥獸為群敢竭微志託於（集作于）明神

祭禹廟文　宋之問

維大唐景龍三年歲次甲子月日越州長史宋之問謹以清酌之奠敢昭告於（集作于）夏后之靈昔者巨浸橫流下民（集作人）交喪惟后得流星貫昴之夢受括地治（集作理）水之符底定九州爾成五服遂類上帝乃延群公自有生靈樹之（集作以）司牧大災（二字集作禦水災）莫踰於堯日勤人（集作隱字）不越於夏君（集作時）向微隨山奠川之功蒼生為魚至今二千九百年矣肇為父子始生君臣興用天之道廣分地之利者嗚呼皆后之功也之問移班會府出佐計鄉遂得載踐遺塵

遠探名穴朝玉帛於斯地聲存而處亡晋精靈於此山至誠而響發悲夫井家相連于今幾年當其塟也上不通臭下不及泉棺紋葛兮增（集作墳）收壤鳥耘荒兮象耕田先王為心享是明德后之從政忌此姦慝酌鏡水而勵清援竹箭以自直謁上帝之休祐期下人之蘇息日之吉神之歆激楚舞奏越吟芳狙溢醇壘深遺羞獻於魚鳥餘瀝醉於山林忽雲搖兮鳳舉空壽堂兮陰陰

謁夫子廟文（此篇已見三百七十三卷）　李觀

祭關龍逢文　王勣（集作績）

歲月日謹以清酌之奠敬祭夏忠臣關生之靈曰聖貴達節贊貴識時興亡有運用捨有期憑河暴虎前哲所嗤身滅主喪如何忽思我因行役歷于荒祠壯山河之舊壤歎墳隧之餘基松枯栢悴（集作老）草沓苔滋託深悲於薄酹魂有靈而饗之

登箕山祭巢許文　前人

懷二子之高烈背嵩岳而來遊挹千載之遐軌登箕峯之（集作而）少留昔時慷慨神輕九州今來寂寞（集作絕）魂辭一丘英蹤落而猶在精誠寘而遂幽（集作休）山荒廟僻地古松秋吾（集作余）鄙懷之有素仰前哲之清猷同聲同（集作必）感異代相求如志（集作至）誠之見接庶蘋蘩之可羞伏惟尚饗

祭杜康新廟文　同前（集無）

歲月日敢以清酌之奠敬祭先生之靈曰兩儀判闢萬象

森羅都邑未建鳥獸獨多茹毛飲血巢居穴窠天地不交人靈未和智哉先王爰作耳醴上配百牢下主五齊以宴以禱為樽為洗萬神以降三獻成禮法成必弊文盛則華奚仲斲輪焉知覆車桀紂亡國羲和喪家周公作誥迺防厥邪我聞古時王道正直賢人君子澡身浴德降及中世昏主作式刑罰不中謏淫罔極吁嗟世道一至於此達人大觀貴和其禮與制於物寧在於己乘流則逝遇坎則止眷茲酒德可以全身杜明塞智蒙垢受塵阮籍遂性劉伶保真此避其世于今幾人我嚐前說功高受賞嗟嗟先生其義可想肇基釁蘗光開祀饗大禮斯備群賢就養敢依河曲建爾靈祀前臨極岸却就長磯茅茨不翦采椽不治

掃地而祭神其享之

祭司馬相如文　陳子良

維大唐貞觀元年歲次丁亥五月壬子朔十六日丁卯相如縣令陳子良謹遣主簿譙悅齊（齊疑作齋）桂醑蘭殽之奠敬祭故文園令司馬公之靈惟君夙敏雅調雍容含章挺生慕蘭斯在題橋去蜀杖策入關終倦梁園之遊還悅臨邛之客楊意爲之延譽王孫以之開筵彈琴而感文君誦賦而驚漢主（一作武帝）金門侍制深嗟武騎之輕長門賜金方驗彫龍之重及乎茂陵謝病遊岱無歸空留對禪之書遂感哀裒之悼是知聲名籍甚絶後光前厥跡猶存餘芳無泯子忝宰茲邑似覩遺塵撫事懷賢實勞寤寐夫遊九原者

慕隨會而增悲望魏都者佇侯嬴而顧步抑惟徃彥差擬其倫緬彼風猷載深長想至於蘋蘩可薦黍稷非馨庶降明靈幸垂嘉祐神其如在希能饗之

爲兖州司馬祭王子喬文　宋之問

維大唐神龍二年歲次甲子月日前中（中字集作大中）大夫行兖州都督府司馬王某謹以清酌之奠敢昭告於（集作于）仙君之靈夫惟仙君神化寥廓昔爲葉宰莅此郛郭謁帝乘鳧賔天控鶴王以爲棺言降楚鄉土自成壠人知東岡靡靡行邁邑過諸梁實感我先顧墓增傷載馳載奔于陵于谷迺披蔓草式敬喬木孰不懷古誰非彼昆靈冑日衰遐心莫存逮及仙伯復茲道門小子實幸忝惟枝孫華陽舊里

緱氏（集作山）新宅二君爰叙百代不易豈無沃土永守遺跡有鳥有鳥歸來何斯（集作可期）緬惟此地登真之基顧考徙室樹茲豐碑有志未就靈其茄之尚饗

祭殷仲堪羊叔子文　張說

荊州府城中西北隅舊有殷仲堪祠說到官廣其堂立羊叔子廟像成而祭之

維開元六年歲次戊午正月日荊州大都督長史燕國公苑陽張君（集作某）謹遣功曹參軍吳興沈從訓敢昭告於晉羊殷二荊州之神我聞立人之道曰仁與義仁者孝之先義者忠之主也殷公惟孝子羊公惟忠臣行在晉國德施荊人不孤其美是建爲隣雙風維舊二廟維新凡百君子

高山仰止馨香以時肅（集作敬）恭明祀尚饗

準制祭伏波神文　李翺

嗚呼伏波之生好兵自喜幼有壯節騰聲出仕定冊歸漢漢俞帝旨美無失畫功伐可紀破斬徵側實平交趾來征（集作徃）蠻溪未卒而死小人赤口曷本於理薏苡南還明珠譖起乃收侯印爵不及子遺（蜀本作唯）德不忘愛留社里築廟以祭人敬（集作敬畏）其鬼久而若新千歲不毀讒口嗤嗤易白成緇孔子義失勛華不慈曾氏殺人毋投於（集作于）機居窮厥嫂陳平不疑申生寘菫晉有驪姬（蜀本有是以二字）無極巧詆（集作古）伍奢誅（集作族）夷孟子傷讒萋兮作詩公失其所梁松實爲何獨將軍自昔如斯故士有歷萬代而不滅者常被

訕於當時苟寃心而不作雖棄置兮（集無兮）其奚悲忘赫赫聖
帝嘉賢命祠酒牟既列（一本作設）神乎降斯（集作尚饗）

祭全義縣伏波廟文　李商隱

年月日觀察處置使兼御史中丞鄭某謹遣全義縣令肅
必復以酒牢之奠昭賽於漢伏波將軍新息侯馬公越城
舊疆漢將遺廟一泝湘水萬重楚山比潁川袁氏之臺悲
同異日方汝水周公之渡感極當時嗚呼昔也投隙建功
因時立志隗將軍坐談西北棄去無歸忍栢松（集作孫梁松字伯孫）
自降王姬雖來不起以若晝之眉宇開聚米之山川扶風
里中詎守錢而爲虜德陽（本傳作宣德）殿下寧相馬以推工帳
望關西超馳隴首車娉冠帶誡姪書成龍伯高之故人其

言有所公孫述之刺客相待何輕鳶跕墮行鑾溪請往銅
留鑄柱華誓裹尸男兒已立邊功壯士猶羞病死灘湘之
滸祠宇依然豈獨文宣之陵不生刺草更若武侯之壠仍
有深松向我來思停車展敬一樽有典（集作奠）五馬忘歸及
申望歲之祈又辱有秋之澤雲輿柱礎電繞壇墻何須王
女之投壺方聞天笑不待樵人之取箭已見風迴敢忘黍
稷之馨用報京坻之賜爲以時非行縣不獲躬詣靈壇詞
託煙波意傳天壤既謝三時之澤冀論千載之交勿負至
誠以孤玄契

祭田橫墓文　韓愈

貞元十一年九月愈如東京道出田橫墓下感橫高義能
得士因取酒以祭爲文而弔之其詞曰事有曠百世而相
感者予不知其何心非今世之所稱孰爲使予歔欷而不
可禁予既傳觀乎天下曷有庶幾乎夫子之所爲死者不
復生嗟予去此其從誰當秦氏之失鹿得一士而可王何
五百人之擾擾而不能脫夫子於劒鋩抑所寶者之非賢
亦天命之有常昔闕里之多士孔聖亦云其遑遑苟予行
之不迷雖顛沛其何傷自古死者非一夫子至今有耿光
跽陳辭以薦酒魂髣髴兮來享

華山酹王景畧墓文　呂温

唐貞元十二年十一月六日河東男子呂温敬酹于符秦
丞相王公景畧之墓昔馬氏暴興世不及三枝根河洛遺

枿東南鋸牙霹聲爭逐棼棼天下爲血晉猶清談帝命景
畧被茲文武秉心無親用則爲主惟秦悼世求我草莽振
衣投畚乃作雷雨雨莫不潤雷莫不震吸涼吞燕嚼魏含
晉海蕩風掃天臨嶽鎮功存生人是曰大順武功成矣文
理定矣晏開太平垂及三紀子也無壽秦其不祀日沉天
昏水竭龍死時更運改道歷消長屹彼壯骨沉爲朽壤烈
氣猶在英風可想雲開華山若見精爽樂毅佐燕功負其
名漢循求後寵號華成曷如夫子翊運而行廓定八州澤
流群生歷代王者迨我聖明盛德未闡荒墳欲平我行於
東秪駕醴酒才何敢望數亦未偶終期自致寃子户牖靈
魂君存死爲冥友

卷終

文苑英華卷第九百九十九　　祭文二十二

哀弔上

大同哀辭（并序）　梁簡文帝

大同字仁洽予之第十九子也生於仲秋殞於冬末悲夫潛慟結于心愁眉慘于外夕坐於是申旦當食以之不甘

客有謂予曰死生常也夭壽命也陳蕃所甚之家久傳紀録（藝文類聚作义記玄録）之歲華歆所聞之語已定北陵之期上聖所以忘情賢者所以達節將何戚焉予對之曰觀其明眸豐下玉色和聲豈不登髫歲而擬觸蕃及紈袴而知（類聚作仰）折李靈心摧於毫末慧識挫於趾步庶方悟於來途遂窮魂於短日豈不傷哉乃為辭曰

含精鬱抑歎嗟何極云誰之悲悲予弱息實天道之偏頗覯賦命之殊舛彼神祭之靈長獲萬春之悠緬有舜華之照灼寄一朝之浮命（類聚作淺）始夢熊而兆吉遂設弧而表慶驗天蘭之所受知地井之可映愛萱草之有微欣赤茀之在詠信歎慰之末幾悼夭零之云及乃變樂而為悲遂攻笑而成泣昔珠襦之交舒又金香之相襲籍綺茵於弱飢（疑作肌）隱孩笑於羅帷今獨親於玄壤亦何痛其如之憶餘態而心楚想媚質而廻腸藥尚殘而染地衣猶襞而在床卷金屏之四葉開銀函之九羊忽徘徊而想象曾何時而不傷於是風景暮鍾氣嚴睨候華萩萩而走皆水戔戔而鳴漏月半鏡而開河雲羅柱（疑）而下岫燈發焰而吐花火含光而成就金鹿之恨涕沾衣金瓠之哀還掩扉猶茲紫山明玉碎譬彼西都芳草腓終無逐浪息舡反何時復聞龍種歸

悲周子桑文（集作悲汝南子桑文）　皇甫湜

汝南周子桑理書（集作治書）通春秋非仁義不動止年二十三

貞元十九年如京師將舉五經秋及陝見無舉詔冬還（二字集作東還冬）及宋而病閏月丁亥將（集作而）死時天大寒雨雪火不星前纊不銖身寒之聲與將死之聲黎然其書在乎側（五字集作其具書存乎側其所行存乎側）友人安定皇甫湜（集作常字）至見之而哀之為文悲之曰（蜀本無曰字）

渾沌無端誰開闢之善惡未形誰分白之善其福耶（集作之）惡其禍耶（集作之）謂善之夷死何飢（集作騈）謂惡之禍蹈死何肥何閭閻之死金玉其墓何黔婁之死手足不覆孰主張其事而顛倒其數天視一（一作且）高地視一（一作且）遼鬼神之形幽敢問何數（集作故）巫咸招曰未吾語汝天有至（集作正）理地有坦途精者常不足麤者常有餘有餘常豐不足常枯子

乃惑之一何愚人事者矣請詣物以明衆之問子（集作王字復字）者何聖千一（集作作）而愚者其麻鳳凰不下而鷄蒲家何草不芝盡野而荍何蟲不龍盡水而鰕何（集作非）精者理少而麄者理多耶蘭萎何先蘿死何難玉何爲而脆石何為（集作故）而頑衣冠何蹇戎狄何繁（集作蕃）何麟而死（集作惟）何鶴而軒彼人事皆然推於物亦然是為自然巫咸畢歌歌巳而去之曰父耶毋耶天乎人乎（集作夫兮人兮）巳焉哉謂之柰何（集作何哉）

哀吾丘子文　李覯

古之道窮若接輿則歌吾丘子則哭哭者年志俱謝怨不容於歌歌者聲跡可晦不欲取（仁字集作嚮）當世之譏（集作機）也

然吾丘子古之窮人也哀莫至焉仲尼方適於營丘遇於途衣無裙冠無纓不言於人人亦不自言吐梗茹酸號于莽蒼（集作草莽）之間涕交於顚隨而成淵（集作泉）聲薄於巍巍一斷一連（集作聯）鳥爲之相鳴雲爲之不能（集無能字）爲飛負者息游者感仲尼亦停（集作徜）蓋為之（二字集作而）心惻顧門人之辨者徃訊而咭之吾丘子揮（集作撇）涕而言之曰太古之先有不宰者聚五行之秀氣以爲人鏤五行（集作常）之大端以為心人者以謂（集作所以）靈於萬物者也其（集作故）生必有依心者所謂（集作以）豰於百行者也其（集作故）立必有從生必有依者親立必有從者君君親之間必有交游非其親孝無所宜非其君忠無所稱非有交游不能（集作無所）成其身三者人皆

遂之則曾曾參衛史魚齊管仲夷吾皆其遂者也子獨負之夫身（二字集作天）年復衰是故哭而哀然哀（集作哭）之中有三殺焉始者至於四方希有一朝之榮以爲父母昆弟之懽遊罷乃還（集作蜒）而父母之墳巳乾今思而哭之與不養之子同中事（仁字集作仕）諸侯之朝君無德而兵侵今思而哭之與亡國之臣同復忠孝之間不聞天下（集作天下不聞）之（集作其）臣子予耻而（集後有字）交今思而哭之與言無所信同夫忠本孝而生信載義而行三者既虧於生非生行何（集作可）行也汨然自沉與波而東流不窮至今淒（集作於悲）風言於黔婁挪下惠必為之感激言於伯陽齧鈌必謂之不通（集作之未必為通）觀所以作哀吾丘子之文務勗人之中庸

楊氏子承之哀辭（并序）　柳宗元

楊氏子承之既冠有成人之道其明年四月不幸而夭其外姻辭人（末本有柳字）宗元爲之慟且出涕噫是子也氣淳以愿志專以強（集作勤）確焉（集作然）而直方吾未知其止也作辭賦書論其言甚諱予方愛之謂可以爲器者故不知慟且出涕況其親戚者乎凡天之生物也不類精麄紛龐（末本作龐亂）賢愚混同或遠而合或親而疎（集作殊）然則雖人之親戚亦將有不克知其美者若楊氏子者其親戚皆賢咸得知之者也使之（集無之字）知之徒以增其愁悲怨號之聲無益（集作為）也用是爲之辭以相其哀焉

稌醇熈兮承貞則懿文章兮好循（集作循）直誠耿介兮又綽

寬學之勤兮行彌專質壯璋兮文虎豹超淩厲兮馳聖道
力未具兮志求通道之遂兮足先窮有毋嗷嗷兮有弟哀
號世父孔悲兮湘水滔滔去昭曠兮沉幽漠魂冥冥兮竟
誰託死者靜兮生者愁子之淑兮徒增憂志甚良兮命甚
蹙子之生兮又何欲悲吾耳（求子本作身）兮動吾神誰使子兮
淑且仁嗚呼巳兮（集作乎）不可追終怨苦兮徒何爲

哭張俊餘辭并序　前人

後餘常山張氏孝其家忠其友爲經術甚邃而文少子七
年頗弟畜之與之居終日冲然忘其有人與之言鏗爾而
厲辦而歸乎中丸人有道而不顯於世則曰非其世也道
而得乎世然而（集作猶）不顯則曰命命之微不可知知而索

乎外者曰性與貌後餘之性可謂良矣其貌可謂溫（集作肅）
矣慱實宏裕宜爲大官耇老求其所以夭賤無可得焉既
得進士明年疽發髀卒後餘之死人咸痛之曰天之祐善
人而殺是子何也激者曰天之殺恒在善人而佑不肖莊
周之說以爲人之君子天之小人張君豈天所謂小人者
耶是二者又非論之適也吾謂善與惡夭與壽貴與賤異
道而出者也無取喜怒於其中道之出者多其合焉者固
少是以君子之難貴且壽也後餘毋老而喪良子東西行
者助之哭焉况其知者耶然後餘不與諂冐者同貴不與
悖亂者同壽歸絜乎身聞道而死雖勿哭焉可也嗚呼向
使其聞道而且貴且壽則其顯庸也遠矣又烏能勿痛乎

遂哭之以辭云
嗟嗟張君善不必壽惟道之聞一日爲老人皆反是百稔
猶幼子之優游是亦黃耇嗟嗟張君寵不必貴尊嚴爲仁
早服高位滛諛（集作諛）肆慾銀艾淪棄子之崇高無媿三事
吾見皤皤而童赫赫而辱進褫袴於几杖負泥塗於冕服
巳雖有餘人視不足子之跡不混乎其間者幸也宜賀而
吊宜歌而哭吾其過乎與其寵而加貴善而加壽道施於
人慶及其母從容邦家樂我朋友豈不光裕顯大歟而不
克也則吊而哭者其無過乎嗚呼

歐陽詹（集本文粹作生）哀詞并序　韓愈

歐陽詹世居閩越自詹巳上皆爲閩越官至州佐縣令者

累累有焉閩越地肥衍有山泉禽魚之樂雖有長材秀民
通文書吏事與上國齒者未常肯出仕今上初故宰相常
衮爲福建諸州觀察使治其地衮以文仕進縣鄉下（集本文粹作小）
民有能誦書作文詞者衮故宰相有名於時又作大官
臨莅其民（集作衮字）親與之爲客主人（原本無人字）之禮觀遊宴享
必召與（集作頃）之時未幾皆仕（集作化）翕然詹于時獨秀出衮
加愛敬諸生皆推服閩越之人舉進士繇詹始建中貞元
間予就食江南未接人事往往聞詹名閭巷間詹之稱於
江南也久（集有矣字）貞元三年予（集有年十九三字）始至京師舉進士
則聞詹名尤甚八年春遂與詹文詞同考試登第始相識
自後詹歸閩中予或在京師他處不見詹久者唯詹歸閩

中時爲然其他時與詹離率不歷歲移時則必合合必兩忘其所趨乂然後去故予與詹相知爲深詹事父母盡孝道仁於妻子於朋友義以誠氣醇以方容貌嶷嶷然其私燕善謔以和其文章切深喜往復善自道讀其書知其於慈孝最隆也十五年冬予以徐州從事朝正於（集作粹于）京師詹爲國子監四門助教將率其徒伏闕下舉予爲博士會監（集注作詹）有獄不果上觀其心有益於予將其其身之賤而爲之也嗚呼詹今其死矣詹閩越人也父母老疾捨朝夕之養以來京師其心將以有得於是而歸焉（集粹無此字）爲父母榮也雖其父母之心亦皆然詹在側雖無離憂其志不樂也詹在京師雖有離憂其志樂也若詹者所謂以志（文粹作忠）養志者歟詹雖未得位其名聲流於人人其德行信於朋友（文粹作友朋）雖詹與其父母皆可無憾也詹之事業文章李翺既爲之誌（集粹作傳文作說）予（文粹無予字）故作哀辭以舒予哀以傳於（集粹作于）後以遺其父母以（集粹作而）辭其悲哀（文粹作哀悲）以卒詹（集粹作其）志云

求仕與友兮遠離（集粹作遠）其鄉父母之命兮子奉以行友則既獲兮祿實不豊以志爲養兮何有牛羊事實既脩兮名譽又光父母欣欣兮常若在旁命雖云短兮其存者長終要必死兮願不永傷朋友視疾兮藥物甚良飲食孔（集作既）時兮所欲無妨受命不齊（文粹作高）兮人道之常在側與遠兮非有不同山川阻深兮魂魄流行祭祀則（集註作之）及兮勿謂不通哭泣無救（集作益）兮抑哀自強推生知死兮以慰孝誠嗚呼哀哉（集粹有兮字）是亦難忘

獨孤申叔哀辭　前人

衆萬之生誰非天耶明昭昏蒙誰使然耶行何爲而怨（集作怨）耶居何故而憐耶胡喜厚其所薄而恒不足於賢耶將下民之所好惡與彼蒼懸兮抑蒼茫無端而暫寓於其間耶死者無知吾爲子慟而已矣如有知也子其自知之矣濯濯其英曄曄其光如聞其聲如見其容（集作如覩其旁）嗚呼遠矣何日而忘

弔塞上翁文

居延（蜀本作近）海南四餘百里有南騂戍（集作有古城焉）土人云是塞上翁城今爲戍其基尙趾跡蓋數千年也丙戌之歲兮我征匈奴恭聞北叟兮託國此都第尙於（集作尙于子）叟日月遐邁予（集作及）兮來思實獲心契欣問於叟何德其愚（盱本作何德之愚）僻居幽漠浩與世殊忘情逸馬胡寧而知福謝於隣人何達而不淑丁男既存君子知復人以爲極也伊懷茲土既板且築尙禁天崇墉隍雲矗今則蕪（集作荒）穢世亦不毓其何故（集作何故）哉賢叟之德登叟之堂天道何其（集無其字）遠而茲理茫茫人代日（集作世自）故兮丘郭日荒冤鬼何家不歸其鄉（蜀本作冤魄何爲不歸故鄉盱本作冤魄何家獨不歸其故鄉）叟乎叟乎我心之傷

弔紀信文　盧藏用

維年月日其官名恭弔漢忠臣將軍紀信公曰皇綱絕兮

帝紐頹王風悲兮覇道衰天運促兮周以覇秦德棄兮漢業（集作葉疑作業）開何項王聶頁作驅除於雲雷豈淵海之飛盪資拔山之儁才於是左契歸楚群雄奉職皇矣漢祖獨負其直矧滎陽之圍城兮既孤而逼儁將軍之天誘兮矯奪其識彼見危而授命兮亦各有時考振古以爲觀兮罔愀帝基感將軍之發憤兮壯大義之在茲仰前脩以砥節兮顧車廻而馬遲嗚呼身既焚兮業既昌楚歌絕兮漢道光君不旌兮史不楊功不録兮歿不傷奄孤墳以載墊（集作弊）抑千祀而爲荒皇周敷訓兮澤及枯觜伊予寡德兮忝宰茲地奉宣嘉猷兮懼尸厥位將軍兮允忠且義託神交於萬古兮實獲心志乃斲石於他山兮式幽墳以昭貴詞曰攝

提貞歲兮奉揚仁風跋涉草莽兮詞弔紀公善彼勇兮殺身爲忠九原不作兮予將焉同金石刻名兮千萬歲鬼鬼光烈兮爲鬼雄

弔陳司馬書　張說

正月癸亥孤子范陽張君（集作說）頓首頓首陳君之靈頃伏苫廬（集作蓋）遠辱慰䟽執對號慟次於展洩來使未還傳君遇禍盡哀寢外傷心痛骨明府兄毓德南邦飛聲中夏急人之急憂人之憂濵於履危冞於從政入使天閑有尊對之美按俗交州見澄清之節故投衣衡管剖錦閩鄉越嶂舊風人俗（集作裀）輕剽捩之以淳俗華之以華章矯枉過中斯害也已齒由剛折膏爲明銷嗚呼陳君婞直而殞皇天輔德問之何故疇昔炎海契闊周旋義則朋友恩結兄弟方期歲暮𩋝𩋝（集作燁）相榮玄髮未華何圖零落山濤猶在嵇紹不孤逝者有知當昭是意兮返防闕力執（集作報是）前書幽明雖異交友無改悲言下筆涕泗從之弁徃千歲俾陳奠酹歔欷萬里哀哉柰何說頓首再拜

弔國殤文　前人

北伐兮東胡邈遼陽兮孤竹偏師兮覆衆在崇山兮峽谷露芃芃兮蔓草風蓁蓁兮拱木見馬血兮夜然聞殤魂兮雨哭君王按金鼓而氣憤撫珠鈴而泪滋横萬里兮抽恨弔群山而寫悲慰幽將兮我辱悼勇夫之被（集本文粹作秋）纍彼殷（集粹作前）監兮未遠何後來兮（集作者）不追對死地兮出陣臨

儒（集粹作傷）門兮用師軍奪帥兮虹蝕壘車脫輻兮火焚旗有欒黶兮愎矣無范宣兮媿之命窮追（集作避文粹作追）兮短兵錯膺迎（集粹作舒）刃兮血染鍔旋殘潰兮棄組練山猶骴兮谷餘戦殰原野兮柰何違君親兮不見於戯何天命之奄忽俾仁義之禮（文粹作治）兵爲蛮夷之俘骨醱六校之飛將間（文粹作鎮）吾營之勁卒吾見出兮不歸竟（集作億）名存兮身沒

同前　陳子昂

丁酉歲三月庚辰前將軍尚書王孝傑敗王師於榆關峽口吾哀之作此文（三字集作故有此作）

天來悔禍兮殲此山戎雲㕦老昏幼兮人羅其窮帝用震怒兮言翦其凶出金虎兮曜大鋒掃宇宙之甲馳燕蘇之衝

何士馬之沸渭若雲海之洶洶荆河（集作具）少年韓魏勁卒
戈矛如林白羽若月但（集作旦）欲蹈烏丸之壘刈赤山之旗
聮青丘之繳（集作徼非）封黃龍之屍凶胡猖獗姦險是憑蛇伏
泥滓蟻闘丘陵哀哉（集作我）將之佐勇兮無筭畧以是膺陷
天井之死地屬雲騎以相勝短兵既接長戟亦合星流飇
馳樹離山谷智無所施其巧勇無（集作不）能制其怯瑱金鼓
之椎威淪輿尸之敗葉（集作業）嗚呼哀哉矢石既盡白日頹
生（集作主）將巳死士卒哀徒手奮乎誰救哉含憤抗怒志未
廻殺氣凝兮蒼雲暮虎豹慄兮殤魂懼殤魂懼兮可柰何
恨非其死兮棄山阿流血（集作血流）骨債（集作積）殣荒楚思歸道
遠不得語降不戮兮背（集作此）不誅歿不賞兮功不圖豈士

力（集作方士）之未殉誠師律之見孤重曰壯士雖死精魂用凶
醜爾讎不可縱我聞強死能厲災古有結草杭杜回苟前
失之未遠儻冥讎之在哉嗚呼寃兮念歸來

哀二良文　白居易

承相隴西公出鎮於（文粹作于）汴州軍司馬御史大夫陸長源
實左右之三（集本文粹作二）年而軍用寧司空南陽公作藩於（集作于）
徐州軍副使祠部員外郎鄭通誠實先後之先（集作三）年
而民用康暨十五年春隴西薨浹辰而師亂大夫以直道
及禍十六年夏南陽薨翌日而難作員外以危行受（集粹作遇）
害惜乎大夫人之望也員外國之良也咸克潔於（集粹作于下同）
身儉於家勤於邦又申之以言行文學智謀政事故其歷
要官參劇務如刃劍發硎割而無滯如鍾鼓（集粹作鐘）在懸動
而有聲識者以爲異時登天子股肱耳目之任必能經德
秉哲紹復隴西南陽之事業以藩輔王家嗚呼善人宜將
鍾奕葉之慶而不免及身之禍天乎報施之朕何其昧歟
昔詩人有黃鳥之章以哀三良不得其所今斯文亦以哀
二良命其篇云
伊大化之無形兮浩浩而茫茫中有禍牙（集作身）兮若機之
張罙之亂兮陸受其毒徐之難兮鄭罹其殃惟善人兮邦
之紀綱邦之瘁兮而（浙本有正字）人先亡謂天之惡下民兮胡
爲（文粹有乎字）生此忠良謂天之愛下民兮胡爲（文粹有胡字）生此
豺狼我欲階冥冥問蒼蒼蒼蒼之不可問兮俾我心之盡

傷悲夫而今而後吾知夫天難忱而命靡常（文粹有耶字）

文苑英華卷第九百九十九

哀弔下

弔古戰場文　李華

浩浩兮（一作乎）平沙無垠，夐不見人。河水縈帶，群山糾紛。黯兮憯（一作慘）悴，風悲日曛。蓬斷草枯，凜若霜晨。鳥飛不下，獸鋌亡群。亭長告予曰：此古戰場也，嘗（一作常）覆三軍。往往鬼哭，天陰則聞。傷心哉！秦歟漢歟？將近代歟？吾悼（浙本作聞）夫齊魏徭戍，荆韓召募，萬里奔走，連年暴露。沙草晨牧（浙本作收），冰河夜渡。地闊天長，不知歸路。寄身鋒刃，腷臆（一作腷臆）誰愬？秦漢而還，多事四夷。中州耗斁，無代（一作世）無之。古稱戎夏，不抗王師。文教失宜，武臣用奇。奇兵有異於仁義，王道迂闊而莫爲。嗚呼噫嘻！吾想夫北風振漠，胡兵伺便，主將驕敵，畿（一作期）門受戰。野竪旄（一作旌）旗，川廻組練。法重心駭，威尊命賤。利鏃穿骨，驚沙入面。主客相搏，山川震眩。聲折（一作析）江河，勢崩雷電。至若窮陰凝閉，凜冽海隅，積雪没脛，堅冰在鬚，鷙鳥伏（一作休）巢，馬亦（一作征馬）踟躕。繒纊無温，墮指裂膚。當（一作常）此苦寒，天假强胡，憑陵殺氣，以相剪屠。徑截輜重，橫攻士卒。都尉新降，將軍覆没。屍踣港水（一作屍填巨港）之岸，血滿長城之窟。無貴無賤，同爲枯骨。可勝言乎（一作哉）！鼓衰兮力竭（一作盡），矢盡（一作竭）兮絃絶，白刃交兮寶刀折，兩軍蹙兮生死決。降矣哉，終身夷狄；鬬（一作戰）矣哉，暴骨沙礫。鳥無聲兮山寂寂，夜正長兮風淅淅。魂魄怨（一作結）兮天沉沉，鬼神聚兮雲羃羃。日光寒兮草短，月色苦兮霜白。傷心慘目，有如是耶！吾聞之：牧用趙卒，大破林胡，開地千里，遁逃匈奴。漢傾天下，財殫力痡。任人而已，其在多乎？周逐玁（一作儉）狁，北至太原，既城朔方，全師而還。飲至策勳，和樂且閒，穆穆棣棣，君臣之間。秦起長城，竟海爲關，荼毒生民（一作人），萬里朱殷。漢擊匈奴，雖得陰山，枕骸遍野，功不補患。蒼蒼蒸人（一作民），誰無父母？提携捧負，畏其不壽。誰無兄弟？如足如手。誰無夫婦？如賓如友。生也何恩？殺之何（一作如）咎？其存其殁，家莫聞知。人或有言，將信將疑。悁悁（一作娟娟）心目，寤（一作寢）寐見之。布奠傾觴，哭望天涯。天爲之愁（一作地爲愁夫），草木悽悲。弔祭不至，魂靈（一作精魂）無依。必有凶年，人其流離。嗚呼噫嘻！時耶命耶？從古如斯。爲之奈何？守在四夷。

一作皆唐文粹

弔夷齊文　柳識

洪河之東兮首陽穹崇，側聞孤竹二子，昔也餓在其中。偕隱胡爲？得仁而死。青苔古木，蒼雲秋水。魂兮來何依？兮去何止？撥澗谿之毛，薦精誠而已。礿先生鴻逸中洲，鸞伏西山，顧薇蕨之離離，歌唐虞之不還。謂易暴兮文（一作又是）武，謂墨練兮胡顏時一吒兮忘鐵若有詔兮于巖之間一作關豈不以冠弊在於上履新居一作處於下且曰一人之正位孰知三聖之純嘏讓周之意不其然乎是以知先生所恤者偏矣夫一無此字當昔夷羊在牧商漸粹作殷綱解結乾道息坤維絕鯨吞噬兮虺妖孽王奮厥武天意若曰覆昏暴資濬哲於是三老歸而八百會一戎衣而九有截況乎旗錫黃鳥珪命赤烏俾荷巨一作鉅橋之施俾伸羑里之辜故能山立雨集電掃風驅及下車也五刃不礪於武庫九駿伏轅於文途雖二士不食而兆人其蘇既其溥天率土咸爲周人一作溥天周土率土周人于嗟先生逃將何臻萬姓歸歸兮獨鬱乎方于六合莽蕩兮終蹈於一作乎一身雖忤時而過周固一作終

臣心而知惻殷所以不食其食求仁得仁然非一端事固其忠若皆旁通以阜厥躬以濟其利則焉有貞節之規各覩之事蘧乎雖非與道而保生可一作乃曷爲臣之不二

一作皆唐文粹

弔漢武帝文并序

李覯集無

閱太史氏書見漢武之御極雖非蹈道之主亦英雄之君也然觀其內傳有學神仙與築三山焉飲露食霞希升汗漫激流延石用擬林泉嗚呼覆其位而不知所以守好其事而不知所以從夫一物各異道萬彙不同致帝王之與神仙林泉之與朝市猶鱗群毛族川陸分之日居月諸晝夜常之麒麟不可又處泉蛟龍不可更居藪玉兎莫延於旦金烏莫瞻於宵附其翼者兩其足與其角者一其齒不兼之兼又理照然帝者冥本於觀人仙者冥先於遠世以林泉爲意者可居於藪澤以天下爲念者可謹於朝廷是以唐虞堯舜無野心子晉許由辭寶祚誠以帝王於神仙有隔林泉將朝市難并也今據唐堯虞舜之地而求子晉許由之志不亦迂而可痛哉況君子所以權心砥體爲僕御元元所以封膏割血爲飽暖又非圖林泉而學仙也傷心久之戊辰歲秋八月周覽泰原次茂陵之下既覩水歸之地爾懷所行之事且夫承天統物豈無足稱之德歟蓋觀日月高明有時虧昃珠玉貞潔不免瑕疵徘徊路隅興言而吊曰

赫赫兮炎靈降神造漢秦楚四葉重茂翹英荐新首出群龍卓爲世祖秋風揚文夏日昭武柔不化之入一作闢未名之士雖殊仁聖之后是異凡庸之主伊何才有不周事非所事求非所求惟此帝謨相夫仙道魚處重淵獸居茂草辨乎朝市別以林泉日由旦陞月麗宵天跡既兩分理難齊尅若死將生猶南與北貪臣王公鞅掌可以勤萬機欲升汗漫逍遙者可以爲疋夫愛深宮秘殿者可以垂旒纊好青山淥水者可以棲江湖飲露乘景激流貫都苟能同致實曰殊途堯舜曰聖巢由匪愚確乎守一亦以難俱況夫小人唯唯罔圖山水君子乾乾孰爲神仙嗚呼哀哉前鑒孔彰高臺深池夫差以代尋山越海贏致其亡有一

於此末或無殃胡爲乃㬥乎窮厥方無全虎臂車出羊腸已臨遂炭幾絶包桑反覆前聞痛心疾首藥石無人瑾瑜有垢暑來寒往時移代久吉壟將穨惡聲不朽日臨宇宙有時而虧目覩毫釐或不見皆將爲而不知復知而故爲嗚呼噫嘻

弔萇弘文辭　柳宗元

有周之羸兮邦國異圖臣乘君則兮王易爲侯威强逆制兮鬱命輔（集作甫）幽疹蟲（集作蠱）膠密兮肝膽爲仇（集作尤）姦權蒙貨兮忠勇以劉伊特云倖（集作幸）兮大夫之羞嗚呼危哉河渭潰溢兮橫軀以抑嵩高圻陊兮舉手排直壓溺之不慮兮堅剛以爲式知死不可撓兮明章人極夫何大夫之炳烈兮王不寤夫讒賊卒施快於慓狡兮佃就制乎强國松栢之斵兮蒭萁欣植盜驪折足兮罷駑抗臆鷙鳥之高翔兮孽孤喘而不食竊畏忌以群朋兮夫孰病百而伸一挺寡以校衆兮古聖人之所難矧援羸以威敖兮茲固蹈殆而違安殺身之匪予慼兮閔宗周之不完豈成城以夸功兮哀清廟之將殘嫉虒子之肆誕兮彌皇覽以爲謏姑舍道以從世兮焉用夫考古而登賢指白日而致憤（集疊憤字）兮卒頹幽而不列版上帝而飛精兮黜寥廓而殄絶竭馮雲以狂翶兮終冥冥以鬱結欲登山以號辭兮愈洋洋以超忽心沍涸其不化兮形凝冰而自慄圖（一作思）始而慮末兮非大夫之操陷瑕委厄兮固衰世之道知不可而愈進

兮誓不偷以自好陳誠以定命兮侔貞臣以（集作此字）與爲友比干之以仁類（集作義）兮緬遼絶以不群伯夷殉絜以莫怨兮孰克軌其遺塵苟誠端之內虧兮雖耆（永州本作耈）老其誰珍古固有一死兮賢者樂得其所大夫死忠兮君子所與嗚呼哀哉敬弔忠甫

弔屈原文（已見三百五十六卷）　前人

弔樂生（柳州本作毅）文并序　前人

許縱自燕來曰燕之南有墓焉其志曰樂生之墓余聞而哀之其返也與之文使弔焉

大廈之騫兮風雨萃之車亡其軸兮乘者棄之嗚呼夫子兮不幸類之尚何爲哉昭不可留兮道不可常畏死疾走兮狂顧彷徨燕復爲齊兮東海洋洋嗟夫子之專直兮不慮後而爲防胡去規而就矩兮卒陷滯以流亡惜功美之不就兮俾愚昧之周章豈夫子之不能兮無亦惡是之惶惶仁夫對趙之悃欵兮誠不忍其故邦君子之容與兮彌億載而愈光諒遭時之不然兮匪謀慮之不長怨（集作愆）陳辭以隕涕兮仰視天之茫茫苟偷世之謂何兮言（一作信）余心之所（集作不）戚

弔道殣文并序　獨孤及

辛丑歲大旱三吳饑甚人相食明年大疫死者什七八城郭邑居爲之空虛而存者無食殁者無櫬（集作棺）殯悲哀之送犬抵雖其父母妻子亦啖其肉而棄其體於田野由是

道路積骨相枝撐枕藉者彌二千里春秋已來不書或謂縣官處師旅饑饉之弊宜禳災於未然旣(集作未時)不時賑恤又苦(一有之字)以杼軸故及是及以爲不然當陽九之厄陰陽俱(浙本無此字)錯而災沴降天也非人也於是延陵包佶作道殣文蓋小雅雲漢之流也及亦裴回(集作斐然)獻吊且告之運命云

八風不知(集作和是)六氣不均上天疾威大厲荐臻俾災流行殄殲斯人此(疑作北)自淮沂達於(集作下)海隅札瘥夭昏亦旣毒痡匪蹈密網匪罹萍蒲饑饉降喪淪胥以鋪人生寄世孰非遠各嗟爾賦命天年逼迫生不餬其口死不掩其骼曠野茫茫僵屍纍纍髑髏崢嶸如堆如坻里閭無煙雞犬

去之死非爾所鬼其餒而水滔(集作滔)歷陽貴賤同傾秦坑趙軍(集作卒)肉填長平實天不傭謂禍莫京爾復胡爲無辜命弁將天夭閼之則如勿生司殺之柄孰云孔明伊昔太古上玄同之(集作之世)天無鞠凶物無癘疵(集作疵癘)父不喪子兄不哭弟亦有華胥民壽千年陰陽常和王獨常燃彼何人斯而生斯時聖人旣與大道亦隨外户反閉賢愚相欺我先王乃作五兵固不已得而用之堯舜旣設揖讓不傳黃鉞白旄謂之應天德乃下衰干戈相連陽九祆興災纏凶年鳥皆夜啼(集作鳴)人失其全食盡力罷守死道邊不自爾(集作于)後不自我(集作爾)先萬世一時運有固然帝在法宮清問下民青旗鑾輅時令惟新叶風布和天下皆春爾往莫及委骸窮塵命不可問嗚呼哉若旻

弔韓弁没胡中文(集題作弔監察御史韓弇没蕃文)　李觀

維唐貞元元年匈奴上欵乞盟天子以其言誠乃命上將往墠於邊(文粹作陰山)而聽其誓言監察御史韓君載筆而隨焉我上將杖九廟之信而首盟其間以戎人心爲(心)戎乘我不虞而有(有字集作昧受)詭謀我計無素成而姦巳宿盟(二本作姦以宿)萌故勇者死奔者追而韓君爲之擒(文粹有矣字)嗚呼有備無患軍志也戎人安所暴其詐千慮一失聖人也韓君所(文粹作是)以爲之虜天其或者將用訓(二字作譬)我非福戎也韓君之爲擒其幾(文粹作繫)命歟五年于今(集作茲)生死不尋謂之生豈復還期承承(文粹作未末 集作往往)湮沈或曰死矣愸如是切傷歌

者之心(一作曾是心商弦之心)切絶國浩浩窮西亘天(二字作極濵)強胡君(一本作居)之犬視(信信 文粹作斷斷)流沙無波陰山無春邊草不綠塞鴻不賓秦有長城漢有遺人死者虜鬼生者虜臣哀哀(集作會)韓君生死窮辛鬼能靈人能語君生其所死其所今兩寂然必(文粹作心)由中阻君初奉使(二本作役)意氣(集作咫尺)西道白珪之睍嚜掌可保激義(文粹作魯)陽之虜(二本作勇)歎典屬之老及(文粹作乃)即於事不能盡(二本作晝)奇從軍之籌君固職之可疑不疑事果用危(集作固用阽危)群羌(文粹作羌戎)髮鬑坐刃我師擒卒堪胥(二本作倉卒闘胥)血殷朔陲實死者悲(文粹作痛)非禽者智(集作非生之悲)(粹作非會之悲)夾谷之會不聞仲尼泰中八(集作九)月黃葉始下長風西來烈烈飄尾(集作野)望君常吊有(集作亦)懱來者巳乎一

魂世文粹作時也命也

文苑英華卷第一千終

文苑英華　一千卷　九　張負

文苑英華辨證原序

叔夏嘗聞太師益公先生之言曰校書之法實事是正多聞闕疑叔夏年十二三時手鈔太祖皇帝實錄其間云興衰治口之源闕一字意謂必是治亂後得善本迺作治忽三折肱爲良醫信知書不可以意輕改文苑英華一千卷字畫魚魯篇次混淆比他書尤甚曩經孝宗皇帝乙覽付之御前校勘官轉失其眞詳見益公序篇公既退老巨團命以校讎膚見淺聞竊免謬誤然攷訂商榷用功爲多散在本文覽者難徧因會稡其說以類

而分各舉數端不復具載小小異同在所弗錄原注頗略今則加詳（謂如一作某字非者今則聲說）其未注者仍附此篇（初不注者後因或人議及今存一二）勒成十卷名曰文苑英華辨證云嘉泰四年冬十有二月己丑朔鄉貢進士廬陵彭叔夏謹識

文苑英華辨證卷一

宋　彭　叔　夏　撰

用字一

凡字有本之前人不可移易者○如趙昂攻玉賦匪瑕匪穢盜有于吾欺穢一本作劌按春秋繁露玉至清而不蔽其惡内有瑕穢必見之于外故君子不隱其短則穢字是○白居易賀雨詩己責寬三農乃用左傳晉悼公己責事謂止逋責也而集本文粹並作責己上文己云下罪己詔此不應又云責己○權德輿李國貞碑人命將泛乃用漢食

貨志大命將泛泛方勇反覆也而集文作沈○此類當以文苑爲正

用字二

凡字因疑承訛當是正者○如李邕日賦將閑谷兮永言豈覆盆兮貽悔閑當作閉見文選曹植與吳質書閉濛汜之谷○驕陽賦闕名他皆倣此水干土而成妖于當作干見春秋繁露水干土則大旱○又晢中隅而有請詳上文指廣漢從事按搜神記諒輔爲廣漢從事夏旱出禱誓至日中雨不降請以身塞乃積柴將自焚至禺中時雨大作據此則中隅當作禺中○吳融沃焦山賦嘉殼蕤蕤五穫何利詳上文言幽抃之墟按管子恆山有穀四種五穫據此則嘉殼當作嘉穀○賈餗履薄冰賦時剡剡而屢起屢當作屨禮記弁行剡剡起屨○王澄梓材賦掄材者杼杼當作杍廣韻杍木工匠或作梓○浩虛舟王者父事天兄事日賦草邑難窮屢軫南陔之戀桑陰易匿常思棣鄂之華邑或改作昧非也南陔補亡詩云循彼南陔厥草油油彼居之子色思其柔則邑當作色○日中爲市賦權膾于焉積實按漢趙王彭祖傳

爲賈人權會師古曰專權賈人之會若今和市會工外反則權膾疑作權會○高郢吳公子聽樂賦馬弭毛而仰秣魚疎鱗而躍浪按左思吳都賦馬弭髦而仰秣魚竦鱗而上升則毛當作髦疎當作竦○林虛山人鍾期聽伯牙鼓琴賦納正集邪按白虎通琴者禁也禁止于邪以正人心也則集當作禁○梁涉長竿賦有格檡之修竿按司馬相如大人賦建格澤之修竿注格澤氣也格胡各反澤大各反則檡當作澤○樊晦燕巢賦或在王筵王筵當作玉筐文選安陸王碑注云有娀氏取燕

覆以玉筐○王起魚銜珠賦得廉寸之彩廉疑當作兼
左思魏都賦明珠兼寸又疑作度韓詩外傳艮珠度寸
○又如董思恭日詩滄海十枝暉見山海經扶桑九日
居下枝一日居上枝而或作滄海十丈暉○楊炯酺宴
應詔詩妖星六丈出見漢天文志五殘六賊司詭咸漢
四星並去地可六丈而或作妖星六紋出○王勃九成
宮頌林兵護野方臣啟路臣疑當作神班固東都賦山
靈護野屬御方神○又架千樓而致極致疑當作㩻揚
雄甘泉賦㩻北極之嶟嶟○劉藏器恤刑策赭衣艾筆

筆疑作畢荀子治古無肉刑而有象刑共艾畢殺赭衣
注畢與韠同○薛道衡老氏碑非纓知耻畫服興慚非
一作丱疑當作艸艸古草字草纓見慎子○王延昌河
瀆碑春以泮凍秋以涸流涸流當從漢書郊祀志作涸
凍○文墨相望文墨當從國語作丈墨五尺爲墨○漸邑麾
城漸當作㨷音幟舉手擬之也見揚雄長楊賦○崔太
師家廟碑眊眊孝子眊眊疑當作毣毣音沐謹愿貌見
漢書鮑宣傳○權德輿李國貞碑亂之劇也劇當從集
作劋國語舅犯曰大亂之劋也不可犯也注劋烽也○

張說鄭夫人誌閨門之訓閨當從集作闈國語文伯之
母闈門與康子言注闈闈寢門也○于邵謝賜甘子狀
分甘絕劣按司馬遷傳李陵絕甘分少今文既顛錯少
又作劣恐當云絕甘分少○溫庭筠上杜舍人啟物乘
其勢則嘒紀畫塗按王褒傳忽若彗氾畫塗言其易也
今訛作嘒紀恐當云彗氾畫塗○此類覽者所宜詳也

用字三

凡字有兩存于義亦通者○如天晴景星見漢天文志
晴當作暒暒精明也○雍畤舉爟火史記漢書作權火

而張晏注史記權音爟周禮有司爟許氏說文舉火曰
爟司馬氏史記索隱作權火孟康注漢書云狀如井絜
臯如淯曰權舉也○喬潭羣玉山賦登隱坌石鎮岡兩
賦登隱坌之巨莊子本作隱弅釋文弅符云反又音紛
○賈餗穿楊葉賦謑詬不能以施力莊子本作喫詬喫
口懈反喫詬多力也○李德裕大孤山賦掩二山而磔
豎據郭璞江賦虎牙嵥豎以屹崒而諸本並作傑○陶
洪滅裂禾賦並陵兢而靡窮據揚雄甘泉賦作凌兢或云
凌陵通用○陳子昂陳明經誌頷頤虎頭頷文粹作欽按後

漢周變欽頤注欽或作頷巨凡反而集又作燕頤○此類並仍其舊或注一作

用韻一

凡前人用韻有兩音而不可輒改者○如吳筠酬別詩押亮字韻下云七寶雕華裝裝唐韻側亮反行裝也而藝文類聚改作華杖陶翰贈盧司倉詩末由飭仙裝亦是去聲而或改作仗○孟浩然送辛大不及詩押汝字韻上云日暮獨悲余余與予同楚辭目眇眇兮愁予從上聲讀而集本改作愁緒○李乂贈同行人詩驄馬何嘗驅正用樂府驄馬驅事

驅唐韻區遇反或改爲駐而不知前已押節序催難駐矣○又如朱休鶱幸太學賦各呈材而切磋唐韻磋七過反而或改作效課○楊濤蟻穿九曲珠賦作見規行之迂唐韻迂於武反迴曲貌而一本疑平聲不協韻改作迴尤非○此類當以文苑爲正

用韻二

唐賦韻數平側次序初無定格今略舉一二○有四韻者泰階六符元亨利貞秋月至明周照蓂莢呈瑞聖朝丹甑國有豐年諸篇是也○有五韻者五星同色昊天有成命海上五色雲餘霞散成綺金莖日華川上動殘雪明月照積雪諸篇是也○有六韻者止水清審洞澈涵容魍魎道德仁義希夷信及豚魚聖朝道孚微隱善師不陣聖朝威服遠人諸篇是也洪氏容齋續筆乃以唐登科記東郊朝日賦國家行仲之令人鏡賦主聖臣道光貞指爲六韻按文苑所載乃是國家行仲春之令七韻主聖臣忠道光貞觀八韻蓋登科記闕此三字耳○有七韻者日再中漢文帝時數如此武藝絕倫弧矢之利威天下觀紫極舞大樂與天地同和諸篇是也○有八韻者今爲定格○有九韻者二氣合景星其狀無常出有道之國竹宮望拜神光上幸之日有事于圜丘大儺命有司送寒氣肅京室諸篇是也○有十韻者千秋鏡鵲飛如向月龍盤似映光秦客相劒決浮雲清絕塞通題爲韻冰壺清如玉壺冰何慙夙昔意

諸篇是也洪氏又云有三韻者引花萼樓以題爲韻誤矣按登科記花萼樓賦幷序以題爲韻今文苑花萼樓賦以花萼樓賦一首幷序爲韻皆押八韻凡有五首蓋唐賦所謂以題爲韻者或幷賦字押如日中有王字渭水象天河並以題爲韻而作賦者幷賦字押凡六韻今花萼樓賦一首幷序以題爲韻凡八韻非三韻也○其八韻則有四平四側者今爲定格○有三平五側者日月合璧兩曜相合候時不差先王正時令四時漸差置閏以正諸篇是也○有五平三側者冰將釋和風既至遲日初臨玉壺冰堅白貞虛作人之則諸篇是也洪氏又以宣耀門觀試武舉人賦君聖臣肅愼擇多士幽蘭賦遠芳襲人悠久不絕金柅賦直而能一斯可制動爲三平五側今文苑所載愼擇爲精擇悠久不絕爲終古無絕直而能一爲貞而能一乃四平四側與登科記不同○有二平六側者泗濱浮磬美石見質琢之成器

圖畫功臣(立定爾功惟克永代)諸篇是也○有六平二側者白雲無心(山川出雲天寶爲之)鑿壁偷光(將欲貪於鱗角之成)諸篇是也(洪氏又以旗賦風日雲舒軍容清肅爲六平二側今文苑所載風日雲野軍國清肅乃四平四側登科記必誤)○有以平上去入爲韻者如三無私山公啓事諸篇是也○有平上去入周而復始者如空賦三足烏賦諸篇是也(洪氏又云自大和後始以八韻爲常按登科記大和六年試君子之聽音賦以審音合志鏗鏘爲韻猶是六韻開成三年試霓裳羽衣曲賦任用韻文苑所載三首第一篇六韻第二第三篇皆七韻今云大和後八韻爲常未必然也)

事證

凡用事有可以證他本之非者○如楊炯渾天賦日應于天桓君山由其發難按晉天文志桓君山日天若如推磨右轉而日西行者其光景當照此廊下稍而東耳不當拔出去拔出去是應渾天法也據此則日應于天爲是而文粹乃以日作條○又景短而多暑景長而多寒按周禮日南而景短多暑日北而景長多寒諸史志並同而文粹作影長而多暑影短而多寒○又執法者廷尉之曹大夫之象按晉志左執法廷尉之象右執法御史大夫之象而文粹作大臣之象○又星芒伏鼈按前漢志旬始其怒青黑色象伏鼈宋均曰怒謂芒角刺出而文粹作星流伏鼈○王起禋六宗賦天宗必降按月令祈來年于天宗注謂日月星辰也詳此賦上文言禋于三辰則天宗爲是而一本乃作六宗○張九齡神池頌天根有見曾是不涸按國語天根見而水涸注天根亢氏之間寒露後五日朝見而集本乃作天眼○李庾東都賦至天后朝匪伊是居于焉逍遙文粹以至天后朝作高祖至于后朝按東都隋置武德四年廢則天改曰神都遂居之殆非高祖時也○杜牧李給事詩元

禮去歸綸氏學按李膺本潁川人綸氏屬潁川膺免官歸綸氏教授常千人而集本誤作緱氏○孫萬壽寄京邑親友詩唐彬不競勤按晉唐彬知孫皓將至遲留以示不競而隋書本傳載此詩乃作吾彥不爭勳吾彥本降將初無不爭功事○白居易澗底松詩金張世祿黃憲賢牛衣寒賤貂蟬貴黃憲本牛醫兒(衣字疑誤)而集本作原憲貧詳上下文黃憲賢是○駱賓王釣磯應詰文素龜靈也被髮阿門白龍神也挂豫且網莊子宋元君夢人被髮闚阿門卽白龜也說苑白龍爲豫且所網而集

本以阿門作河津且網爲罝網○蘇頲策汴王文思窮占雨沛經不測其精微按東觀漢記沛獻王輔善京氏易永平五年少雨上以易林占之繇曰蟻封穴戶大雨將至問輔輔曰蟻穴居知雨將至是占雨也而唐大詔令作沾雨○皮日休秦繆公謚論注文許里克以汾陽之田百萬丕鄭負蔡(一作葵)之田七十萬按國語注百萬百萬畝七十萬七十萬畝也而文粹以百萬作方百里七十萬作方七十里○又輿人誦之曰佞之不佞國語作佞之見佞而文粹作矦之不矦○張說隴右監牧碑

第賞堂邑之山林按東方朔傳堂邑矦尙大長公主主謂武帝臨妾山林而集粹並作京邑○又夫其處身則立無跛正也視無還端也聽無聲成也此語見國語跛作跛聲作聳而成字集粹作誠國語作成○禁原焚牧禁原見周禮禁原蠶而集粹作焚原燎牧○張九齡裴光庭碑詳施稅簡稽之政周禮大司馬施貢分職簡稽鄉民而集以施作征○梁肅獨孤及行狀惟四布然後迺斂(惟字疑)檀弓司徒旅歸四布注謂四方之賻布而集作待賜布(及卒于常州非待賜布乃斂也)○此類當以文苑爲正(案此書所載文苑英華語句攷之文苑英華刊本每有不同如李邕日賦之閑谷改作閑闔董思恭日賦之十枝仍作十丈王延昌河瀆碑之麾城誤作靡城于邵謝賜甘子狀之絶劣又作絶少殆後來校刊未見此辨證且不盡依彭叔夏所據原本今略舉大凡附識於此)

文苑英華辨證卷二

宋　彭　叔　夏　撰

事誤一

事有訛誤當是正者○如騎陽賦孫武之失諸梁君之射烏按藝文類聚引莊子太平御覽引說苑並載梁君欲射白雁行者駭之君怒欲射行者公孫龍止矢曰昔先公時大旱卜以人祠公曰求雨以爲民也言未卒大雨今君以雁殺人乎今莊子無此文而劉向新序載之以龍爲襲以先公爲齊景公非說苑也據此孫武之失

當作孫龍止矢烏當作鴈○鴻賦旣隨軒于艮史按後漢虞國爲日南太守行惠澤有雙鴻隨軒據此艮史當作艮吏○薛道衡臨渭源應詔詩激浪還天河當從初學記作象天河三輔黃圖渭水貫都象天河○李白西岳靈臺歌身騎第一龍上天飛當從集作騎二茅龍初學記華山門載列仙傳呼子先者有仙人持二茅狗來騎之迺龍也○杜甫八哀詩范雲顧其兒當從集作范曄宋書曄謀反誅將死顧念其兒也○李德裕與黠戛斯書契徑路之刀舉琉璃之酒按前漢匈奴傳單于以徑路刀金留犂撓酒注徑路匈奴寶刀金契金也契刻也留犂飲匕也琉璃當作留犂○于仲文上隋高祖書虎貔十萬之眾按隋書本傳云席毗十萬之眾席毗尉遲迥將也虎貔當作席毗○韓翃爲田神玉母謝男神功葬賜錢表周顗之親幸及貴登僕射異勤之母不見生拜司徒時神功爲右僕射薨贈司徒與周顗爲僕射母絡秀尙在則同而與馮勤爲司徒母年八十則異周當作同○李商隱爲李貽孫上李相公啟屢持寄字信未皆通敬禮小文頗嘗留意按陳書庾持好爲奇字屢

持寄字當從集作庾持奇字下對敬禮乃丁廙字也嘗作小文見文選曹植書○庾信五張寺經藏碑度河餘獸移爾舊村又曰言從楊僕請謝劉琨琨當作昆用後漢劉昆虎度河事○蘇頲陝州龍興寺碑睦而奉娣郭奕之儔也娣當作姊用晉郭奕奉姊事○楊炯楊去盈誌賈氏五虎五當作三後漢賈彪兄弟三人並有高名天下稱賈氏三虎偉節最怒○此類覽者所宜詳也

事誤二

前人用事元自舛誤而文苑有襲之者○如樊晦階賦

憶趙妃之嬌妒窮漢武之寵愁昭陽特起麗飾繁縟砌釦黃金階閬白玉按漢成帝爲趙昭儀居昭陽舍砌皆銅沓冒黃金塗白玉階則非漢武也○又陳后長信獨遭棄捐塵駁紫蘚庭鋪綠錢望金屋而魂絕對玉階而愁連按漢武帝陳后退處長門宮卽非長信而成帝班倢伃共養太后長信宮作賦自傷曰華殿塵兮玉階苔中庭萋兮綠草生賦中正指此事則非陳后也○又如長門怨詩劉皁云昭陽更漏不堪聞耿湋云聞道昭陽宴楊衡云望望昭陽信不來劉媛云愁心和雨到昭陽

王貞白云葉落長門靜又云昭陽歌舞伴昭陽乃趙昭儀則非陳后長門宮事也○梁苑靜妻沈氏昭君怨詩早信丹青巧重賂洛陽師此指毛延壽也西京雜記延壽長安杜陵人則非洛陽矣○李頎鄭櫻桃歌官軍女騎一千匹繁花照耀障河春織成花映紅綸巾紅旗掣曳鹵簿新此指石季龍也鄭櫻桃乃季龍所寵優僮季龍常以女騎一千爲鹵簿皆著紫綸巾熟錦袴金銀鏤帶五文織成韡游于戲馬觀則非織成花紅綸巾矣○常袞賀日當蝕不蝕表同道相遇當作過則聞昭子之對左傳梓愼曰分同道也至相過也則非昭子○皮日休相解上善出于性若文王在母不憂重耳弱不好弄左傳夷吾弱不好弄則非重耳○白居易祭烏江十五兄文冉求斯疾論語伯牛有疾子曰斯人也而有斯疾也伯牛名耕則非冉求○庾信矦莫陳道生誌臨晉橫船旣擒趙將按韓信臨晉陳船虜魏王豹其擒趙將乃拔幟事在虜豹後○此類恐作者之誤

事疑

事有可疑或兩存者○如史宏冰井賦盧陵之瑞空存

三色之名按異物志盧陵城中一井水二色半青半黃宋永初山川記同今作三色○李庾西都賦配前秦與後趙此言京尹也文粹又作前王似謂前有趙張後有三王但疑顚錯其文耳○矦喜秋燕辭巢賦漢落葉兮一作漢案戶兮續漢禮儀志仲秋之月縣道皆案戶比民大戴禮漢案戶漢天漢也案戶也者直戶也言正南北也一作疑是○劉孝綽上虞鄉亭觀濤詩化雞仰季智馴雉推仲康季智仇覽字仲康魯恭字也化雞一作化鶵疑是化梟仇覽傳化我鳴梟哺所生○駱賓王疇昔篇五

丁卓犖多奇力四士英靈富文藝此言蜀中也左思蜀都賦江漢炳靈世載其英蔚若相如皭如君平王襃韡韡而秀發揚雄含章而挺生四士指此一作四皓恐非蓋此篇末句又云商山四翁也○崔元翰請復尊號第三表白虎通曰伏羲正五始按白虎通伏羲因夫婦正五行始定人道今諸本並作五始疑誤此表又見柳文亦作五始○杜牧詩追尊號表武帝之逐北虜四海秏半高宗之伐鬼方三年迺克尚書班史稱德詠功按鬼方事見周易既濟未濟二卦今云尚書疑誤集本同或疑是逸書○劉彤論鹽

鐵表孝武爲政廄馬三十萬匹後宮數千萬按貢禹傳孝武取好女數千人以塡後宮今云數千萬疑非○庾信謝趙王賚犀帶啟昔沈羲將盡逢司命而還生士燮行埋値仙人而更活按三國志杜燮傳注童子謂燮曰司命使我召子幾固請童子爲求代者今作沈羲未詳士燮乃董奉事亦見三國志注○是儀謍書衣判是儀無上族變于句吳三國志是儀本姓氏孔融嘲儀氏字民無上故改爲是一本作無首非○盧思道爲北齊檄陳文逝吳明徹呂梁之敗及司馬消難奔陳事以史攷之明徹呂梁之敗在周宣政元年先一年周已滅齊後二年消難方奔陳又明年周禪隋是爲開皇元年伐陳今既題作北齊又有我大齊語疑皆當爲隋○李嶠攀龍臺碑蓄宏圖于綠鶴之鼎綠鶴當作緣鶴騷曰緣鵠飾玉后帝具饗后帝殷湯也伊尹緣亨鵠鳥之羹修飾玉鼎以事湯湯以爲相鵠鶴二字通用說見鳥獸篇○又龍頟虎肩有合良之骨法戴鈐懷斗似高密之容狀頟當作顏合當作含帝王世紀文王龍顏虎肩春秋元命苞文王四乳是謂含良高密乃禹字亦見世紀○王勃梓

州白鶴寺碑鹽泉錦室家稱三燭之毫疑當作三蜀之豪蜀都賦家有鹽泉之井又云三蜀之豪○又廣州寶莊嚴寺碑王堂之居池郡但舉賢良池疑當作汝事見後漢王堂傳一作王商非○楊炯隰川令李公誌代恭王之子郢客爲侯按漢代恭王子義嗣其父爲王楚元王子郢客由上邳侯嗣楚王今云代恭王子郢客未詳而集本又云楚代恭王之子郢非客爲侯尤不可曉○庾信周安昌公夫人鄭氏誌東都言讖司空爲武衛之官武衛一作玄武按後漢王梁傳赤伏符曰王梁主衛

作玄武玄武水神名司空水土官也○李商隱祭伏波廟文公孫淵之刺客淵集作弘俱非疑當作述事見馬援傳○又祭宣武王倚書文鄙晉室之驚練練集作陳俱非疑當作練葛也事見王導傳○此類覽者所宜詳也

人名一

凡用事有人名與他本異不可輕改者○如皇甫湜醉賦劉靈作酒德頌按文選酒德頌五臣注臧榮緒晉書劉靈字伯倫顏延之五君詠劉靈善閉關文中子劉靈古之閉關人也語林天生劉靈以酒爲名並作靈而唐

太宗晉書本傳作伶故他書通用伶字○盧肇觀雙柘枝舞賦燕趙㛐妍威嬙掩嫮按戰國策晉文公得南威三日不朝曰後代必有以色亡國者莊子毛嬙麗姬人之所美也或乃改威作嬪○裴度諸葛亮祠堂碑故州平心與元直神交謂亮與崔州平徐庶友善也庶字元直而文粹以故作荊○孫逖王敬從碑昔萬石君建陵侯皆以訥言敏行稱爲長者謂石奮衞綰也而或以建陵侯作建慶○權德輿容州刺史戴叔倫誌西晉則有司農遂遂字安丘位至大司農處士逵之弟也而集以遂作逵○此類當以文苑爲正

人名二

其有訛舛當是正者○如楊諫大蜡賦嗤子夏之來觀夏當作貢禮記子貢觀于蜡曰一國之人皆若狂子曰賜非爾所知也○劉闢如后投水賦漢祖與兮昌言納劉侯輔兮皇威震劉當作留文選運命論張良遭漢祖如以后投水○王起鄒子吹律賦抑角于斯文斯當作師列子鄭師文及秋而叩角草木發榮○錢起洞庭張樂賦炎民之頌民當作氏莊子黃帝張樂洞庭有焱氏

爲之頌釋文焱本亦作炎○白行簡斬龍毀璧賦朱蓱焉能施其術蓱當作泙莊子朱泙漫學屠龍○陳章艾人賦類宋則之初來宋當作宗荊楚歲時記宗則五月五日採艾○陸龜蒙幽居賦探郅範之智囊郅當作桓魏志曹爽傳注桓範出赴爽司馬宣王曰智囊往矣○周存授衣賦趙將軍授新衣而不遺趙一作桓是晉車騎將軍桓沖儉素浴後妻送新衣沖令持去妻復送之曰衣不經新何緣得故沖笑而服之○王冑白馬詩昆彌還謝力昆樂府作虎是左傳狄虎彌所謂有力如虎

者也○包何秋苔詩卻笑無公賦臨危滑石間無當作興孫興公天台山賦踐莓苔之滑石○沈炯勸進梁元帝表楚人固執熏丹穴以求君藝文類聚同句梁書南史作越人是莊子越人三世弒其君王子搜逃乎丹穴不肯出越人熏之以艾乘以王輿○梁湘東王薦顧協表孔愉表韓伯之才伯梁書作纘俱非當作績晉書隱逸韓績傳孔愉薦之徵以安車束帛○虞寄諫陳寶應書將軍釁非張繡罪異盧諶陳書南史通鑑並作畢諶按魏志曹操爲兗州畢諶爲別駕張邈刦諶母弟妻子

操謝遣之諶頓首無二心既出遂亡歸及呂布破諶生得衆爲諶懼操曰夫人孝于親者豈不亦忠于君乎以爲魯相盧諶乃晉劉琨從事段匹磾別駕後往投段末波仕于石氏非有先叛後歸之罪也○薛元超諫皇太子牋晉明帝之在東宮中庶子溫嶠中舍人劉放按晉書明帝爲太子溫嶠爲中庶子阮放爲中舍人劉放乃魏明帝時與孫資並用事者非晉人也○隋檄陳尚書江總文劉叔納譙周之計而獲存按蜀後主劉禪用譙周策降魏叔疑當作禪○張叔政棄農判秦陽之甿一

州陽當作楊漢貨殖傳秦楊以田農而甲一州○蘇綰家僮視天判王霸之精才霸一作朔是李廣傳望氣王朔○李德裕豪俠論袁盎善劇孟匿季布季布按漢書當作季心○權德輿弘文崇文生策問人疑張祿詞假葛襲襲當從文粹作龔事見後漢文苑傳注○張說洛州張司馬集序晉則三楊藻綴此用張氏事也晉張載字孟陽弟協字景陽亢字季陽並有才藻屬綴楊當作陽○李華楊騎曹集序昔許衞尉與徐稺穆友善此言許善心之父與徐陵也陵字孝穆稺當作孝○顧況廣

異記序嬴姬暴市六日而蘇姬一作諜是事見左傳又湯之問旱以語怪旱一作華並非當作革見列子○權德輿送南安裴中丞序王彥威之敎化當從集作士威彥三國志士燮字威彥爲交趾太守○楊炯恆州刺史王公碑北瞻洛汭尙想元亮之墳元亮當從集作元凱元凱杜預字也其遺令兆域南觀伊洛○張說鄭國夫人碑周官禮儀賓稟宣父之學父當從集作文晉韋逞母宋氏號宣文君得周官音義○權德輿崔遹誌辱安平戴公之知於公獲南宮之眷戴公當從集作戴侯文

選潘岳懷舊賦余獲見于父友東武戴侯楊君始見知名遂申之以婚姻謂東武伯楊肇以女妻岳戴其謚也述仲兄安平公實德輿之妻父故有戴侯南宮之語○此類覽者所宜詳也

文苑英華辨證卷二

文苑英華辨證卷三

宋 彭叔夏 撰

人名三

人名有與經傳集本異不可輕改者○如張說裴行儉碑自冀州刺史徽至公十二代中軍將軍雙虎至公六葉按唐宰相世系表徽生黎黎生苞苞生軫軫生嗣嗣生天明天明生雙虎雙虎生惠秀惠秀生嵩壽嵩壽生伯鳳伯鳳生定高定高生仁基仁基生行儉乃十二代自雙虎至行儉乃六葉集本脫至公十二代中軍將軍

雙虎十一字止云自冀州刺史徽至公六葉非也○常袞盧正己誌公字子寬本諱元裕以聲協上之尊稱優詔改錫正己則元裕正己本一人也而世系表乃以爲兄弟二人○李華慶王府司馬徐府君碑君諱堅字某名與宗人同故以字稱此徐有功之子也而世系表與本傳並作名倫字堅○張說節愍太子妃楊氏誌高祖士達天授中以孝明高后之父追封鄭王孝明高后謂武后之妣楊氏也而集以高后爲高氏○韓愈董晉行狀四子全道溪全素澥集本或作全道全溪全素全澥

按世系表及愈所作董溪墓誌溪澥並無全字蓋全道全素皆上所賜名也○此類當以文苑爲正

人名四

其有訛舛質于史傳當是正者○如新羅王德眞織錦作太平詩新羅王德眞（即新羅王金眞平女也平死無子女乃嗣立爲王）大破百濟之衆其弟子法敏以聞按唐書本傳王眞平死無子立女善德爲王善德死妹眞德襲王攻破百濟遣弟伊贊子春秋之子法敏入朝織錦爲頌以獻據此則德眞當作眞德法敏乃眞德弟伊贊子春秋之子也○李

嶠賀破契丹表逆賊孫萬榮按唐書聖證元年改契丹首領李盡忠爲盡滅孫萬榮爲萬斬陳子昂集中亦作萬斬今契丹已破賀表猶稱萬榮非○令狐楚爲鄭儋謝河東節度使表本使李詵奄從薨逝詵一作悅按舊唐書李說貞元十六年十月卒以鄭儋代之詵當作說（又見韓文鄭儋碑）○侯莫陳悅檄陳蕭摩訶文按悅以西魏永熙三年卒後隋伐陳乃以侯莫陳頴爲行軍總管悅疑當作頴○盧思道北齊興亡論李昌地迺密親李昌按北史當作孝昭○沈約授蕭重依左僕射詔征虜將軍吳興太守建安縣開國子蕭重依重依一作惠休是南史惠休封建安縣子從吳興太守徵爲右僕射○權德輿權自挹誌（自挹德輿之族祖）其先殷王戊丁之友集本同按世系表權氏武丁之裔孫戊丁之友疑當作武丁之支○此類覽者所宜詳也

人名五

其有與史集異同當並存者○如盧思道北齊興亡論僕射高正德北齊書本傳作高德政○朱敬則北齊高祖論趙魏之豪有高虔邕李元誠盧文緯本傳作乾邕

元忠（以諱作誠）文偉蓋代之傑有薛狐延本傳作孤延○庾信拓跋儉碑儉字慶明周書北史並云儉本名慶明碑云以公識度嚴明志節淸儉遂改公名儉字慶明則碑爲是父馘北史作棫○又宇文顯誌二史並作顯和○司馬裔誌祖龍北史作金龍○柳遐誌周書作霞○崔湜元希聲碑曾大父弘大父恭皇考孝節世系表（下云表省文）以弘爲琳之兄琳生義恭義恭生孝節○張說馮君衡誌智戣智琡唐書作智戴智彧○蘇頲韋抗碑銀靑光祿大夫太子詹事贈秦州都督謚曰貞諱瑎表作瑅

○張九齡裴光庭碑大父仁謚忠憲大王父定仁表作仁基謚忠定作定高時明皇諱隆基故避基字而高字亦削去未詳父行儉謚獻公即獻公第七子表以爲長子○又李仁瞻碑趙郡太守諱鳳昇表作子雲字鳳昇○李邕劉知柔碑祖朝散大夫陳留縣長玄邃表作隋留縣長務本○孫逖杜諮議義寬碑北齊膠州刺史保之孫隋鴈門郡守伽之子表以保作伽伽作保四子次曰惟志新舊唐書並作承志○李迥秀裴希惇碑曾祖靜慮表作澄字靜慮父之隱表以希惇爲之爽之子之隱乃之爽之兄○蕭

昕張九皐碑子十一人曰樾權梲杅表作捷擢抗捍○韋述韋湊碑父諱玄福表作福字玄福舊史止作玄○穆員李抱眞誌曾祖興表作永達祖恪表作懷恪○蕭功曹誌曾祖憬表作文憬又祖元祖表作元禮○常袞盧正己誌父貞慶表作貞松○鄭餘慶賈晛碑考珍之表作元珍○牛僧孺崔羣家廟碑懷州公諱朝字守忠表作懿忠○獨孤及韋氏誌渭南縣主簿慦表同集以慦作懿○著作郎偉睦州刺史儹之妹集作著作郎京兆從丞相此五字誤疊寫次行下文韋儹之妹表作著作郎偉睦州

刺史贊又殤子韋八誌祕書省著作郎京兆偉之甥偉集作韋儹亦誤○逍遥公生民部尚書建安公世恭表作瓘字世恭○建安生上大將軍宋州刺史仁表作仁祚仁祚乃仁基之子仁基乃世恭之弟○權德輿王定碑隋司金邢孟洺相等七州刺史明進明進生同州河西縣令喜集作隋司金上士洺相等七州刺史明明生進進生同州河西縣令喜表作周司金上士明遠生隋州都七職主簿壽壽生河西令喆○王光謙碑隋揚州戶曹參軍東表作揚州司馬孝京○韓愈烏公先廟碑贈尚書諱承洽字某新唐書作

承玭字德潤有傳○又如桂州破西原賊露布睦州武陽珠蘭金經黃橙等一百餘洞大賊帥僞號中越王廖殿僞號桂南王莫淯僞號拓南王相友僞號南越王莫尋僞號象郡王梁奉僞號鎭南王羅成僞號戎成王莫濤僞號南海王羅品等大賊帥武承裴敬簡二人面縛請罪按唐書西原蠻傳推武承裴韋敬簡爲王僭號中越王廖殿爲桂南王莫淯爲拓南王相支爲南越王梁奉爲鎭南王羅誠爲戎成王莫淳爲南海王僞號既顚錯而名亦間有異者○此類並注於本文之下

官爵一

凡官職封爵有與史集異不可輕改者○如駱賓王寄東臺詳正學士詩按唐百官志儀鳳中置詳正學士而集以正作政○劉禹錫贈澧州高大夫司馬霞寓詩按霞寓本傳拜豐州刺史後貶歸州刺史不載澧州司馬今詩云一誤雲中級南游湘水清則似澧州也○蘇頲授尹思貞御史大夫制將作大匠按唐制隋煬帝改匠爲監唐初復舊天寶中再爲監今思貞改命在開元初猶爲大匠或乃以匠爲監○張說楊執一碑司徒觀王

雄之曾孫司徒集作司空按隋書觀王傳贈司徒○張九齡李仁瞻碑五代祖始豐懿公璨始豐集作始封按世系表亦作始豐○權德輿王崇述碑一命昭武校尉蘭州金城府別將金城府集作金城縣按唐地理志蘭州有金城府又有五泉縣咸亨二年改名金城天寶元年復舊又有廣武縣乾元二年更名金城今云別將則府爲是○蘇頲命呂休璟等北伐制神山府折衝按唐志神山府在晉州唐大詔令迺作神仙莫門積石等軍建康軍使唐志莫門軍在洮州建康軍在甘州唐會要乃作英門建康○此類當以文苑爲正

官爵二

其有訛舛當是正者○如魏謩拜相制判戶部事一作兵部侍郎按新史謩本傳遷御史中丞兼戶部侍郎舊史云判戶部事而制詞亦云貳于卿秩掌我地征末云依前判戶部事並無兵部侍郎當作戶部侍郎判戶部事○常袞謝妻封弘農郡夫人表其後雖有后窮延鄉之錫亦無夫人之號唐類表無延卿二字按陳留風俗傳封丘者高祖與項氏戰厄于延鄉有翟母者免其難

故以延鄉爲封丘縣以封翟母則延鄉當作延鄉○鄖國公韋孝寬檄陳文行軍總管柱國公士彥柱國公按梁士彥傳當作上柱國郕國公○王志愔應正論任延爲武建太守按後漢本傳武建當從舊史作武威○庾信齊王憲碑都督益寧壽等二十四州益寧壽當從周書本傳作益寧巴瀘○又贈太子少保豆盧公碑此豆盧永恩也當從本傳作贈少保○李嶠攀龍臺碑進封膺國公膺一作晉此武士彠也當從本傳作應國公次兄士逸封六安郡公當從二唐書作安陸縣公唐志安

州安陸郡安陸縣無六安郡○張說馮昭泰碑起家左奉格當從集作奉裕唐志唐置兵曹改司使左右復曰千牛備身龍朔二年改千牛備身曰奉裕○楊炯任晃碑淮陽從事術數知名此用任氏事也當從集作益州從事後漢方術傳注任文公巴郡人爲州從事以占術馳名○白居易元稹誌六代祖岩封武平公集作昌平當從文粹作平昌見隋書本傳及唐世系表○此類覽者所宜詳也

官爵三

其或有疑當兩存者○如崔湜赴襄陽詩題云授江州司馬尋拜襄州刺史檢湜傳同今詩乃云始佐盧陵郡尋牧襄陽城○李華衢州刺史廳壁記武威公李僕射傑武威一作武陵按二唐書傑傳並云武威縣子○常袞謝贈官表臣亡祖故慶王文學楚珪世系表作雍王文學○李邕謝慰諭表貶臣爲常州司戶本傳作富州司戶洛州司戶崔日知日知傳作洛州司馬○沈約封左興盛等制輔國將軍參軍事左興盛直閣將軍劉山陽齊書作前軍司馬左興盛輔國將軍劉山陽○又封

李居壬等制潮陽縣開國男胡松齊書作沙陽縣○又封授臨川等五王詔北中郎將南徐州刺史秀安北將軍偉安西將軍憺梁書作輔國將軍秀冠軍將軍偉平西將軍憺○庾信周大將軍崔說碑祖辨中軍將軍魏書北史並作安南將軍父楷鎮北將軍司馬魏周二書及北史並作驃騎大將軍開府儀同三司○又尒緜永（郎段永）碑斬西城中主北史本傳作西中郎將蒙賞平昌縣開國子傳作昌平縣○豆盧公碑改封龍支侯龍支枹罕郡屬縣也周書作龍來○蕭太誌（郎蕭泰避周太祖諱作太）轉太子中書舍人周書作太子中舍人南史作中書舍人（疑並歷二官）○楊炯宇文珽碑曾祖顯和後魏將軍集作冠軍北史本傳作冠軍將軍（碑與集疑省文）○崔湜元希聲碑郧國公武攸望唐書攸望封葉國公攸宜封息國公○穆員李抱眞誌高祖修仁啟封申國公世系表作郧國公○路巖渾侃碑迴貴拜豹韜大將軍元慶右玉鈐將軍靈巳伯太壽太子僕表作迴貴豹韜大將軍靈巳伯元慶鎭國大將軍太壽太僕丞○楊炯崔獻行狀祖弘壽隋獲嘉縣開國侯父萬善皇朝左監門將軍持節隆州

諸軍事守隆州刺史表作弘壽左監門將軍獲嘉男萬善閬州刺史○顧況韓滉行狀父休太子少保贈司空權德輿韓洄行狀父休太子少保贈司徒二唐書作太子少師○又如楊炯後周青州刺史齊貞公宇文彪碑內云華州刺史封青州齊郡公而題云青州刺史○柳冕青帥乞朝覲表內有瘴癘之語唐書冕傳爲福建觀察使而題云青帥○凡此者皆未詳也

文苑英華辨證卷三

文苑英華辨證卷四

宋 彭 叔 夏 撰

郡縣一 地名附

凡郡縣名及地名有不可以他本而輕改者○如楊炯渾天賦太平太蒙爾雅東至日所出爲太平西至日所入爲太蒙（卽蒙汜也）太平之人仁太蒙之人信而文粹以太蒙作太象（又任晃誌太蒙之信太平之仁集亦作太象）○吳融沃焦山賦歸墟之積或疑當從列子渤海之東有大壑焉實惟無底之谷名曰歸墟然初學記所引列子乃作歸塘○唐太

宗望中南山詩或疑此詩編在終南山門中當作終然詩秦風終南注終南山卽周之中南山也潘岳關中記云終南一名中南言在天之中居都之南故曰中南○李商隱爲濮陽公陳情表貪泉湞水按漢武帝紀下湞水湞水出湞陽縣今屬英州改作眞陽而集本以湞作須○庾信宇文常碑羅州刺史又鄭常誌（卽宇文常也宇文蕃賜姓）遷州刺史按隋地理志西魏時于竹山縣置羅州宇文後周于房陵郡置遷州隋並號房州碑誌蓋互言也○又如隨隋二字通鑑初書楊忠爲隨公楊堅爲隨王文

帝方省文爲隋○牂牁郡漢書雖作牂柯而後漢隋書
文選並作牂牁皆船杙也集韻通用唐人多用此二字
亦或從牛○此類當以文苑爲正

郡縣二

其有訛舛當是正者○如土風賦堯作平陽一作成陽
詳此賦序云睢陽古之大郡賦內又云豈若睢陽城臨
氏房昔者舜漁雷澤堯作成陽天乙都亳沛公潛梁皆
言宋地也前漢地理志昔堯作游成陽舜漁靁澤成陽
在定陶有堯冢乃宋地堯都平陽在河東郡爲晉地據

此當作成陽○楊炯庭菊賦甾鄉貴族甾或作邕詳此
賦序云庶子裴公左庶子薛公賦內又云甾鄉貴族薛
縣名家乃指裴與薛也甾當作甾(步回反)河東聞喜縣有
甾鄉訛作邕耳○張說諫則天幸三陽宮表郜城褊小
集本同舊史作告成按唐志河南府陽城縣萬歲登封
元年將封嵩山改曰告成神龍元年復故名二年復爲
告成登封縣本嵩陽貞觀中省入陽城有三陽宮據此
當作告成○柳宗元唐貞符解滁訟于北集粹唐書並
作濮鉛按爾雅東至于泰遠西至于邠國南至于濮鉛

北至于祝栗據此則當作濮鉛○庾信周崔說碑天和
中三州北史作能和忠三州當從周書作熊和中三州
按隋志後周時宜陽曰熊州陸渾曰和州新安置中州
皆在河南郡又贈鄜延丹綏恆五州刺史北史作鄜(恐是鄜)
延等五州當從周書作敷延丹綏長五州按隋志上
郡西魏爲敷州大業二年改爲鄜城郡內部縣舊置敷
州大業初州廢弘化郡歸德縣西魏置恆州後周廢北
地郡三水縣西魏置恆州尋廢朔方郡長澤縣後魏置
長州大業三年州廢綏州在雕陰郡延州在延安郡丹

州在延安郡之義川縣並西魏置至隋或改或廢則是
後周末始有鄜恆二州也○周兗州刺史宇文常碑都
督南兗州諸軍事南兗州刺史題止云兗州當作南兗
州在譙郡兗州乃魯郡也○鄭常誌都督東徐州諸軍
事徐州刺史徐州當作東徐州在下邳郡徐州乃彭城
郡也○吳明徹志兗州人兗州當作南兗州在江都郡
(又非譙郡之南兗州)梁置南兗州後齊改爲東廣州陳復曰南兗
有六合縣舊置秦郡南史明徹秦郡人也(即此郡)○鄭薰
仇士良碑士良洪農興盜人也按唐書士良傳循州興

鹽人循州乃海豐郡洪農當作海豐○此類覽者所宜詳也

郡縣三

其或有疑當兩存者○如鄭璘授李繼密山南西道節度使制旣云華陽奧壤黑水上游提封遠振于三川列郡豈惟于千里又云可權知河陽節度題云山南制乃河陽其詞又有華陽黑水三川之句河陽在孟州漢川洋川通川在山南西道或以爲三川皆所未詳○賢良第五道策問化被桂州創基刑馬刑馬一作熊耳吳師

道對策云天皇首出瞰桂州而宅土地皇革命俯刑馬以開都俯刑馬一作符熊耳按遁甲開山圖天皇在桂州崑崙山下地皇興于熊耳山滎氏曰人皇生于刑馬山對策旣指地皇故並存之○李華衢州刺史壁記婺州分置衢州領六縣近歲析玉山全邑洎須江南鄉益信州按唐志衢州六縣析玉山常山兩縣置信州止四縣今但云玉山疑脫常山二字又疑須江南鄉或爲常山地當攷○白居易溧水令白府君誌歷泗州虹縣令泗集作宿按唐志元和四年始析泗州之虹置宿州太和三年廢七年復置時白府君卒于太和八年未審何時歷虹令也○楊炯王義童碑緜州萬安縣令緜一作錦按唐志錦州常豐縣緜州羅江縣並初名萬安至天寶元年並改今名○蘇頲褚無量碑十一代祖盛後漢海鹽長子孫因居遂爲吳郡海鹽人二唐書作杭州鹽官人碑又云五代祖陽嗣錢塘矦又云歸祔于錢塘臨平山之舊域則似爲杭人也碑云海鹽豈本其舊而言之乎○此類並注或存一作

年月一

凡年月與他本異不可輕改者○如歐陽詹迴鸞賦癸亥之歲作幸于西詳上文云承八聖之重光則德宗也德宗建中四年歲在癸亥有奉天之幸而一本乃作癸丑癸丑爲代宗大厯八年無西幸事且非承八聖也○張仁亶賀中宗登極表今月一日牒至皇帝去月二十五日光臨寶極按二唐書神龍元年正月丙午即二十五日中宗卽位時仁亶在洛州所上表作去月爲是而唐類表乃作五月失之遠矣○劉子玄昭成皇太后冊文開元四年秋八月甲辰朔攷通鑑目錄八月爲是而唐大

詔令乃作七月○權德輿奏孝子劉敦儒狀貞元二十年留守韋夏卿奏聞臣至洛都今又十年攷唐書德輿以元和八年罷相後爲東都留守自貞元二十年至元和八年恰十年而集本乃作貞元二年○呂才五行祿命葬書論春秋魯桓公六年九月又云建申之月周以子爲正月九月卽七月建申也而二唐書改作七月葢從夏正則非春秋本文矣○元稹白氏長慶集敘長慶四年樂天手自排纘成五十卷予以爲皇帝明年當改元長慶訖于是集作明年秋當改元按長慶四年穆宗

崩敬宗卽位明年改元卽正月也按詔制內寶厤赦書長慶五年正月七日改寶厤元年安得謂之秋乎○此類當以文苑爲正

年月二

其或訛舛當是正者○如呂温由鹿賦貞元丁卯歲集作己卯按丁卯乃貞元三年己卯則貞元十五年温以貞元末擢第則己卯爲是○新羅王德眞（本傳作眞德）織錦作太平詩永徽五年德眞大破百濟之衆按本傳武德四年新羅王眞平遣使者入朝貞觀五年死無子立女

善德爲王二十一年善德死妹眞德立永徽元年攻百濟破之織錦爲頌以獻五年死據此則永徽五年當作元年○沈炯勸進梁元帝表衆軍以今月戊午總集建康攷其月日當從梁書作戊子○陳貞節明堂議光武中興元年立于國城之南攷光武本紀當從唐會要作中元元年○張九齡東封赦書唐元六年六月二十六日立功官人按唐書唐隆元年六月二十日玄宗定內亂睿宗改元景雲今避玄宗諱隆云唐元是矣復云六年六月則非○舒元輿御史臺新造中書院記謹按高

祖大皇帝作大明宮將二百年矣當從文粹作高宗天皇大帝按會要高宗龍朔二年修大明宮改名蓬萊是年壬戌至太和四年庚戌元輿作記時已二百二十九年若作高祖則年代愈遠矣○崔融則天哀冊文神龍元年歲次乙巳十二月己巳朔二十六日甲午文粹作十一月二日會要作十二月二十六日大詔令作十一月己巳朔二十六日甲午二唐書通鑑並作十一月壬寅按通鑑目錄是年十一月丁丑朔壬寅卽二十六日則諸本誤矣○常袞貞懿皇后哀冊文大厤十年歲次

辛卯十月辛酉朔七日丁卯貴妃獨孤氏薨十三年六月十七日癸酉冊命以其月二十五日丁酉遷坐于莊陵七日丁卯舊史本傳及文粹並作六日景寅又云十三年十月癸酉其月二十五日丁酉以月日攷之十月癸酉爲是大詔令作六月十七日癸酉又云其年十月癸酉朔則失之遠矣○獨孤及獨孤公靈表至德二年歲次癸酉又云明年歲在甲戌集本並同攷通鑑目錄當作歲次丁酉明年歲在戊戌○陳子昂陳孜誌是歲龍集癸巳有周天授三年集作二年按唐書天授三年

四月改元長壽是歲壬辰長壽二年乃是癸巳則癸巳非天授二年三年○張說爲人祭弟文景龍二年歲次庚戌正月癸丑朔五日丁巳集作景龍三年按通鑑目錄景龍四年歲在庚戌七月改元景雲則庚戌非景龍二年三年又庚戌年正月壬子朔亦非癸丑也○白居易祭崔常侍文太和九年歲次乙卯二月景子朔七日壬申集作丙午朔七日壬子按通鑑目錄當作景子朔七日壬午○杜牧黃州祭百神文月維孟夏日維辛巳集本同詳上文云四月大赦六月甲子朔十八日辛巳准赦得祭百神則孟夏當作季夏○溫彥博突厥議貞觀十三年頡利初敗求降者衆當從唐書通鑑貞觀政要作貞觀四年○此類覽者所宜詳也又如李邕泗州普光王寺碑僧伽和尚景龍四年三月二日端坐棄代傳燈錄作景龍二年三月三日顧況廣陵大雲寺碑周紀昭王二十四年甲寅聖人生于西方穆王三十三年壬申聖人滅于西方傳鐙錄作穆王五十二年壬申以張氏經世紀年攷之則甲寅壬申並作壬子未審孰是

文苑英華辨證卷四

文苑英華辨證卷五

宋 彭叔夏 撰

年月三

其有他本原誤文苑因而襲之者○如杜佑省官議晉太元六年省七百餘員按晉武帝以乙酉歲受禪年號太始凡十年至乙未歲改元咸寧又至庚子改元太康元年始滅吳而荀勗傳所載議省州縣半吏在咸寧之後通鑑亦書于咸寧之五年今通典作晉太元六年且有吳國尙在之語所謂太元乃東晉孝武年號非晉初

之武帝佑不應爾疑雕印時誤指太始爲太元且又不及咸寧而新唐書作佑傳本傳同亦襲其誤耳○鄭薰移顏魯公詩記魯公由刑部尙書貶夷陵郡別駕大厤六年又以前秩轉廬陵郡道出宣州之溧水縣經古烈士左伯桃墓下作詩一首洎大中丁丑歲八十七年矣按魯公以永泰二年丙午二月貶峽州別駕旬餘改吉州司馬六月次江州之廬山有東西林題名必以秋至吉是年十一月改元大厤故次年丁未十月公遊靑原寺題名便稱大厤二年又明年戊申五月移撫州刺史已酉庚戌皆在官六年辛亥閏三月代到而四月書麻姑壇記猶以撫州繫銜今于文集及石刻攷之是歲八月次上元縣乃自撫歸京時也上元與溧水爲鄰邑今皆隸昇州當時溧水則隸宣城公題詩烈士墓在六年或是此時與記合然謂公由刑部尙書貶夷陵大厤六年又以前秩轉廬陵郡道出溧水薰唐人不應謬誤如此

年月四

其有與史全異所當攷者○如劉洎論太子初立請尊賢學表一作請太子尊賢重道書竊以良娣之選遍于中國仰惟聖

旨本求內助防微愼遠之慮固非羣下所測暨乎徵簡人物則與聘納相違監撫二周未延一士愚謂內既如彼外亦宜然者恐招物議將謂陛下重內而輕外也此段貞觀政要唐會要新舊唐書通鑑並無惟文苑有之會要云武德九年立中山王承乾爲太子貞觀十三年黃門侍郎劉洎上疏云云上遂敕洎令與岑文本馬周遞日往東宮與太子談論政要云貞觀十八年大帝初立爲皇太子尙未尊賢重道太宗又嘗令太子居寢殿之側絕不往東宮散騎常侍劉洎上書云云太宗乃令

洎與岑文本馬周遞日往東宮與太子談論按太子承乾以貞觀十七年廢遂立晉王爲太子二唐書通鑑皆載洎書于立晉王爲太子之後今云監撫二周則與政要所書貞觀十八年相近而會要所載武德九年及至貞觀十三年則相遠矣若以貞觀九年高祖崩太子監國至十三年亦與二周相遠又洎書云古之太子問安而退異宮而處今太子一侍天闈動移旬朔此以諫太子居寢殿之側也新史高宗紀云太宗嘗命太子遊觀習射太子辭以非所好願得奉至尊居膝下太宗大喜乃營寢殿側爲別院使太子

居之則與政要合會要以爲承乾恐非○于邵爲楊炎請冊皇太子第二表高祖義寧二年五月即位六月立建成爲皇太子太宗武德九年八月即位十月立中山王爲皇太子高宗貞觀二十三年六月即位七月立陳王爲皇太子按二唐書及會要高宗永徽三年七月立陳王忠爲皇太子非貞觀二十三年也然詳此表上下文意皆謂祖宗即位之年便立太子故云六月即位七月立皇太子于邵爲楊炎作表去高宗未遠不應與唐書會要牴牾如此

名氏一

凡撰人名氏或有以甲爲乙當以文苑爲正者○如杜誦哭長孫侍御詩今載杜甫集中按中興間氣集又玄集唐宋類詩皆云杜誦高仲武當唐中興肅宗時編間氣集載誦詩止此一首又云杜君詩平調不失如流水生涯盡浮雲世事空得生人始終之理故編之必不誤近卞圜注杜詩亦載此編雖云或以爲杜誦作然不明辨也○林逢請聽政表七首第三表載柳宗元集中作第二表晏元獻公云柳集第二表據文苑乃林逢第三

表而柳集又自別有第二表第四表亦載柳集作第三表詳表文云兩河之寇盜雖除柳集作雖除非百姓之瘡痍未合又云成先帝之大功繼中興之盛業乃穆宗敬宗時事宗元當憲宗元和十四年已卒此二表柳集誤收何疑○李吉甫郴州刺史謝上表亦載柳集以郴作柳按新史吉甫傳改郴移饒舊史乃以郴作柳是致柳集誤收況宗元自有柳州謝表其題作謝除云奉三月十三日制六月二十七日上訖今此表題作謝上又云今月二十五日上訖攷其月日文理皆非宗元事其爲吉甫

何疑○羅袞後二銘其一櫛銘而有髮旦旦思理有心焉有身焉胡不如是文粹以此爲盧仝作云人之有髮兮旦旦思理有身兮有心兮胡不如是攷玉川集梳銘云有髮兮朝朝思理有身兮胡不如是詞雖小異然爲櫛銘一也今詳文苑所載袞二銘枕銘杖銘并序復載後二銘櫛銘門銘并序其序云前惟王者之義無所不正或得賢以反國旣作枕杖二銘以風復念時人歎于自修卒違善及禍或侈滿不能長嗣因亦銘諸櫛銘諸門以勸以序觀之則四銘皆袞所作甚明文粹旣載袞

前二銘乃以盧仝門銘列于袞所作枕杖二銘之前又以仝櫛銘列于枕杖二銘之後已自可疑或者玉川亦有此作其詞偶同乎近世眉山成午編唐三百家名賢文粹亦與姚鉉同殆未見文苑故耶

名氏二

其有舛訛當是正者○如梁武帝白紵歌二首其一朱絲玉筯羅象筵飛管促節舞少年短歌流目未肯前含笑一轉私自憐其二朱光灼爍照佳人含情送意遙相親嫣然宛轉亂心神非子之故欲誰因二篇文苑共作一首而郭氏茂倩樂府析而爲二其二題作沈約夏白紵歌又自別有武帝一首纖腰嫋嫋不任衣嬌怨獨立特爲誰赴曲君前未忍歸上聲急調中心飛○唐太宗遼東山夜臨秋詩秋風何凜冽白露爲朝霜柔條朝夕勁綠葉日夜黃明月出雲崖皎皎流素光披衣臨前庭嗷嗷晨雁翔按文選及初學記並作晉左思雜詩而初學記自別有太宗遼東山夜臨秋詩烟生遙岸隱月落半崖陰連山驚鳥亂隔岫斷猿吟○蘇味道正月十五夜詩二首其一火樹銀花合星橋鐵鎖開暗塵隨馬去明

月逐人來遊妓皆穠李行歌盡落梅金吾不禁夜玉漏莫相催其二玉漏銅壺且莫催鐵關金鎖徹明開誰家見月能閑坐何處聞燈不看來按藝文類聚初學記歲時雜詠並以第二篇爲崔液夜遊詩以上三詩類聚初學記樂府所載與前詩相聯恐當時誤編耳○高適行路難二首其一君不見門前柳榮耀暫時蕭索久君不見陌上花狂風吹去落誰家誰家思婦見之嘆蓬首不梳心歷亂盛年夫壻長別離歲暮相逢色凋換其二君不見富家翁舊時貧賤誰比數一朝金多結豪貴百事

勝人健如虎子孫成長滿眼前妻能管絃妾能舞自矜一身忽如此卻笑傍人獨愁苦東鄰少年安所如席門窮巷出無車有才不肯學干謁何用年年讀空書郭氏樂府以前篇為賀蘭進明作以後篇為適第一篇而適自別有第二篇長安少年不少錢能騎駿馬鳴金鞭五侯相逢大道邊美人絃管爭留連黃金如斗不敢惜片言如山莫棄捐安知顦顇讀書者暮宿靈臺私自憐適集與樂府同則前篇為進明作明矣○劉長卿宕子怨詩垂柳覆金堤靡蕪葉正齊水溢芙蓉沼花飛桃李蹊

採桑秦氏女織錦竇家妻關山別宕子風月守空閨恆斂千金笑長垂雙玉啼盤龍隨鏡隱彩鳳逐帷低飛魂同夜鵲倦寢憶晨雞暗牖懸蛛網空梁落燕泥前年過代北今歲往遼西一去無消息那能惜馬蹄此篇長卿集不載而郭氏樂府及洪氏容齋續筆並以為薛道衡昔昔鹽按隋書通鑑隋煬帝誅道衡曰更能作空梁落燕泥否趙嘏有廣道衡詩二十首每一句作一篇卽用前詩句也文苑殆因韋縠編唐才調集作劉長卿而誤耶洪氏云玄怪錄載蘧蔯三娘工唱阿鵲鹽又有突厥鹽黃帝鹽白鴿鹽神雀鹽疏勒鹽滿座鹽歸國鹽唐詩媚賴吳娘唱是鹽更奏新聲刮骨鹽歌詩謂之鹽者如吟行曲引之類今南嶽廟樂曲有黃帝鹽而俗傳以為黃帝炎長沙志從而書之蓋不攷也○韋元甫木蘭歌按劉氏（文苑）郭氏樂府並云古詞無姓名郭氏又曰古今樂錄云木蘭不知名浙江西道觀察使兼御史中丞韋元甫續附入則非元甫作也○司空圖馮燕歌按麗情集乃沈亞之作其歌云為感詞人沈下賢長歌更與分明說下賢亞之字也嘗作馮燕傳併作此歌而司空圖

集無之則非圖作也○賈島卻赴南巴留別蘇臺知已詩載劉長卿集中長卿嘗貶南巴尉而島集無之則非島作也○又如為文武百官請復尊號六表載柳宗元集中而唐類表作崔元翰文苑總目作類表而本卷乃作常袞按唐德宗興元元年幸奉天削去徽號貞元五年六月百官請復舊卽此六表是也（舊史載貞元五年六月百官請復徽號正指此事）是時崔元翰為禮部員外郎歷知制誥唐書稱其詔令溫雅則類表云元翰作是矣況又總目明言取之類表乎本卷乃誤作常袞袞于建中初卒至是已十

年矣又柳文收此表或入正集或入外集按宗元年譜
貞元五年方十七歲時其父以事忤宰相竇參被貶八年始貢京師其
誤可知○賀赦表六首類表以爲李吉甫作而文苑以
爲李邕按邕天寶初卒而此六表乃作代宗德宗憲宗
時況文苑于五百五十九卷有重出一表題云李吉甫
乎又第二表末云謹遣當州軍事衙前虞侯王國清奉
表陳賀以聞正與吉甫郴州謝上表末語同則非邕作
也○中書門下賀赦表類表以爲令狐楚作而文苑以
爲獨孤及按此表載憲宗尊號乃元和中也及以代宗

大厤十二年卒決非及所作明也及集無此○乞朝覲表類
表以爲柳冕作而文苑以爲李俛按唐書柳冕傳亦載
此表決非俛所作也○讓吏部侍郎表見唐書邵悅本
傳而文苑作張説亦非也○奏邕管黃家賊事宜狀載
柳宗元集云代裴中丞作按元和十一年裴行立爲桂
帥請發兵誅黃少卿時宗元在柳州代裴中丞論黃賊
事表狀牒凡六篇内一首卽此狀也文苑乃以爲令狐
楚作楚時爲中書舍人恐非○石橋銘二首並載張説
集乃玄宗同玉眞公主過大哥山池作而説奉和文苑
乃並以爲張説作首篇當作玄宗次篇當云張説奉和
○顧況棄婦詞古來有棄婦棄婦有歸處高適見人臂
蒼鷹詩寒冬十二月蒼鷹八九毛今並載李白集棄婦
詞比顧又詳蒼鷹詩題作觀放白鷹恐非文苑止作詠
鷹

文苑英華辨證卷五

宋　彭叔夏　撰

名氏三

其有可疑及當兩存者○如暢當軍中醉飲寄沈八劉叟詩酒渴愛江清餘酣漱晚汀○司空曙杜鵑行古時杜宇稱望帝魂作杜鵑何微細今並載杜甫集○昇天行二首藝文類聚郭氏樂府並作曹植而文苑以爲劉孝威○愛妾換馬見張祜集樂府亦作張祜而文苑以爲陳標省試詩見唐宋類詩者名氏有異同○孔熙先爲彭城王檄征鎮

文宋書范曄傳以爲熙先令弟休先作○杜弼爲東魏檄梁文通鑑同類聚以爲魏收作○周書皇后傳論八柱國論文苑題作魏徵而周書乃令狐德棻撰○陳留郡文宣王廟碑文苑總目既題作獨孤及而兩卷重出八百十四卷八百四十六卷並作陳兼按此篇載獨孤及集中梁肅作集後敘云述聖德以揚儒風則陳留郡文宣王廟碑肅出及門必不誤書然碑末乃云命客卿前封丘縣丞泗上陳兼志之豈及命兼代作或及自作以兼爲名乎○又文武百僚謝示開府魚朝恩以所造周易鏡圖表田神玉謝端午物表二篇並以爲張說作按朝恩乃代宗時神玉大曆中爲節度使張說于開元十八年已卒疑當作邵說文苑多有以邵說爲張說者○爲李懷光讓起復表一首題作獨孤及按及神道碑以大曆十二年四月二十九日卒而舊史載懷光大曆十二年以母憂去職明年方起復決非及所作而本集亦無之疑文苑所編誤蒙前表名氏前表爲李給事讓起復七首乃獨孤及也○元稹論裴延齡表二首按表論延齡譖陸贄事又云職忝諫司然贄以貞元十年貶稹于元和元年除拾遺相去十一年而稹集亦

無之○白居易請不用姦臣表按表言元稹尚居台司裴度爲東都留守事又云職當諫列然元白交分始終不替方元傾裴時白亦不在諫列而本集亦無之○梁貞陽侯與王太尉僧辯書及爲僧辯荅貞陽侯書三首並題徐陵作按陳書徐陵傳齊送貞陽侯蕭淵明爲梁嗣遣陵隨還僧辯不納淵明往復致書皆陵詞今僧辯荅書又曰陵作恐非也○此類覽者所宜詳也

題目一

凡題目有訛舛當是正者○如張說三月三日承恩讌

樂遊園詩三日集作二十日其詩云旬宴美成功則非三日矣今乃題作三日編入上巳門○李白秋夜獨坐懷古集作懷故山詩意甚明今乃題作懷古編入懷古門○李益宮苑花集作宮怨詩云露溼晴花春殿香月明歌吹在昭陽似將海水添宮漏共滴長門一夜長今乃題作宮苑花編入雜花門○顔師古太宗廟樂舞名議貞觀十四年六月一日詔曰殷薦祖考以崇功德比雖加以誠潔而廟樂未稱宜令所司制定奏聞于是師古立議與後篇許敬宗定宗廟樂議實一事也豈有貞

觀中而豫議太宗廟樂舞名乎當題作定宗廟樂舞名議○蘇頲唐中宗謚議冊文唐大詔令文粹並作謚冊文或謂此篇有臣等上議之語而首末乃類謚冊故題目兼云謚議冊文殆一時變體然謚議謚冊文苑自分兩門此爲可疑耳○柳宗元左常侍柳渾謚議按宗元乃渾姪孫作渾行狀（行狀載九百七十七卷）仍作此上攷功狀下太常博士裴寬因謚曰貞本集並載其事而寬議不錄今乃編在謚議中

題目二

又有題目是而文則非者○如杜甫病馬詩二首其一致此自僻遠乃蓄劔詩其二棄汝亦已久則病馬詩也○李嘉祐奉陪韋潤州遊鶴林寺詩二首其一沴氣清金虎乃潤州楊別駕宅送蔣侍御收兵歸揚州詩已入二百七十一卷送行門中其二野寺江城近則遊鶴林寺詩也○吳均雪詩雪逐春風來過集巫山野瀾漫雖可愛飄颺詎堪把問君何所思思昔同心者坐須風雪霽相期洛城下此篇與類聚同而一百五十六卷重出乃作雲詩以雪逐爲雲逐風雪爲風雲誤矣按類聚自

有吳均雲詩二首其一飄飄上碧虚靄靄隱青林芬氳如有意榮鬱詎無心其二白雲蒼梧來過拂章華臺逢河散復卷經風合且開○張籍送邊使安西將各是一詩二百九十七卷既有送邊使詩而三百卷安西將又以送邊使詩充之○温庭筠重題端正樹望苑驛各是一詩二百九十八卷既有望苑驛詩而三百二十六卷重題端正樹又以望苑驛詩充之今各用集本釐正○馬周請崇節儉及制諸王疏乃是初除監察御史論奏親享廟襲封樂工等疏杜佑尚書官議乃是僕射議今

以新舊史增入馬周疏以通典增入杜佑議

門類

凡門類混淆當是正者〔一〕如梁簡文帝琴臺詩周明帝過舊宮詩並在應制門二詩既非應制又無和篇凡應制者或首列一篇餘奉和況琴臺詩又已編入三百十三卷臺門乎○崔國輔長信宮一首王昌齡二首原在長門怨中長門乃陳后長信乃班婕妤今移入長信宮門○費昶發白馬詩原在樂府白馬類按白馬乃津名故加發字與前白馬不同今移附于末○李尚書讓兼左僕射張說讓

中書侍郎嚴大夫武謝黃門侍郎三表皆在宰相門按唐僕射雖爲尚書省長官號爲宰相而李尚書乃在外檢校官制書云除臣檢校某官說以睿宗即位爲中書侍郎景雲二年方同平章事則中書侍郎未便爲宰相門下侍郎黃門東臺鸞臺同掌貳侍中之職帶平章事者爲宰相如褚遂良崔日用皆爲黃門侍郎或參綜朝政或參知機務乃宰相之任今嚴武爲黃門侍郎初未嘗爲宰相也○蘇安恆請復子正位疏又請則天復位疏並是請武后復政太子第一篇內因及封諸孫事遂立爲封建門誤矣當改爲復辟第一篇又重出在勸進門亦誤〇皇甫湜顧況集序集作顧況詩集序文苑原分文集序詩集序今編入文集門當在詩集中○柳宗元送徐從事北遊序此非遊宴也乃編入遊宴門當在送別中與七百三十二卷送辛殆庶遊南鄭序一類○又墓誌有宰相門職官門太子少師崔公宰相崔圓之父終河東判官贈太子少師乃入宰相門○相國李抱眞宰相周墀乃入職官門○獨孤及殤子韋八誌男子也乃入婦人門○李商隱重祭外舅司徒公文親族也乃入交舊門○文章門而有非文章者呂溫代辛將軍

與普閏劉尚書代呂侍郎與徐州張尚書二書是也○邊防門而有非邊防者王勃與契苾將軍駱賓王與程將軍二書是也○遷謫門而有非遷謫者韓愈上李實尚書白居易上陳給事杜牧劉蛻投知已薛逢上崔鹽鐵等書是也

脫文一

凡有脫文見于他本者○如梁簡文帝初秋詩羽翣晨猶動珠汗晝恆揮秋風忽嫋嫋向夕引涼歸卷幌通河色開窗望月輝晩花欄下照疏螢簟上飛直置猶如此

何況送將歸浮陰卽染痕清氣始乘衣文苑與初學記無末二句而類聚有之集本又以此二句在輝字韻上恐是○劉孝綽對雪詠懷詩桂華殊皎皎柳絮亦霏霏詎比咸池曲飄飄千里飛耻均班女扇羞儷曹人衣浮光亂粉壁積照朗彤闈鶴鴿搖羽至鶺鴒拂翅歸相彼猶自得嗟予獨有違終朝守玉署方夜勞石扉未能奏緗綺何由辨國闈坐銷風露質遊聯珠璧暉偶懷筆重是艮知高蓋非寄言謝端木無爲陳巧機文苑與初學記止有前八句而集本題作校書祕書省對雪詠懷有

全篇如上○何遜早朝詩詰旦鐘聲罷隱隱禁門通蘧車響北闕鄭履入南宮衙霧開馳道初日照相風胥徒紛絡繹騶御或西東暫喧耳目外還保性靈中方厭（一作騶）遊朝市此說不爲空文苑與類聚止有前八句而集本題作早朝車中聽望有全篇如上○蕭子顯日出東南隅行類聚與文苑並略而郭氏樂府有全篇日出東南隅日大明上迢迢陽城射凌霄光照窻中婦絕世同阿嬌明鏡盤龍刻簪羽鳳凰雕（文苑類聚無此二句）逶迤梁家髻冉弱楚宮腰輕紈雜重錦薄縠間飛綃三六

前年暮四五今年朝（無此四句）蠶園拾芳繭桑陌採柔條出入東城里上下洛西橋（無此二句）路逢車馬客飛蓋動簷軺單衣鼠毛織寶劍羊頭銷大夫疲應對御者輟銜鑣柱間徒脉脉垣上幾翹翹（無此二句）女本西家宿君自上宮要漢馬三萬匹夫壻仕嫖姚鞶囊虎頭綬左珥鳧盧貂橫吹龍鐘管奏鼓象牙簫（無此四句）十五張內侍十八賈登朝皆笑顏郎老盡訝董公超（無此二句）燕歌行曰初春麗景鶯欲嬌桃花流水遠河橋薔薇花開百重葉楊柳覆地數千條隴西將軍號都護樓蘭校尉稱嫖姚（無此二句）自從昔

別春鳶分經年一去不相聞無復漢地長安月惟有漠北薊城雲淮南鏡（一作桂）中明月隱流黃機上織成文充國軍行（一作行軍）屢築營陽史討虜陷平城城下風多能卻陣沙中雪淺詎停兵（無此六句）屬國小婦猶年少羽林輕騎數征行遙聞陌頭採桑曲猶勝胡笳邊地聲笳聲向暮使人泣還使（一作長望）閨中空佇立桃花落地杏花舒桐生井底寒葉疏（上句一作桃抽覆地春花舒）試爲來看上林鴈應（一作必）有遙寄隴頭書○沈約酬謝宣城詩王喬飛鳧舄東方金馬門云云共十韻見文選而文苑止從類聚載上七

韻無下三韻蓋類聚初學記並是節文而文苑止以二書編之耳○顧況短歌行文粹作悲歌三首邊城路今人犁田昔人墓岸上沙昔時江水今人家今人昔人共長嘆四氣相催節迴換明月皎皎入華池白雲離離度青漢以上文苑無我欲昇天天隔霄我欲度水水無橋我欲上山山路險我欲汲井井泉遙越人翠被今何夕獨立沙邊江草碧紫燕西飛欲寄書白雲何處逢來客其一新繫青絲百尺繩心在君家轆轤上我心皎潔君不知轆轤一轉一惆悵何處春風吹曉幕江南渌水通朱閣美人二

八顏如花泣向春風畏花落臨春風聽春鳥別時多見時少愁人一夜不得眠瑤井玉繩相對曉其二文苑無此四句軒轅皇帝初得仙鼎湖一去三千年周流三十六洞天洞中日月星辰聯騎駕龍景遊八極軒轅弓劍無人識東海青童寄消息其三無上四句今以文粹添入郭氏樂府又作六首與文苑原本同○聶夷中送友人歸江南詩皇州五更鼓月落西南維此時有行客別我孤舟歸上國身無王下第誠可悲天風動高柯不振短木枝歸路無愁腸省家無愁鬢春日隋河路楊柳飄飄吹文苑止收前六句今以集本增入○宋之問幸未央宮應制詩春發幔城中集作春發幔城東仍有四句登高省時物懷古發宸聽鐘漣長樂處臺識未央中文苑以東作中遂脫四句○吳邁遠飛來雙白鶴詩千里猶寸移樂府作千里猶待君仍有四句樂哉新相知悲來生別離持此百年命共逐寸陰移文苑止作一句遂脫二十字今各增入

文苑英華辨證卷六

文苑英華辨證卷七

宋　彭叔夏　撰

脫文二

又如徐陵冊陳王九錫文亂離永久羣盜孔多淅右凶渠連兵構逆豈止千兵五校白雀黃龍而已哉公以中軍元帥選是親賢殄寇塗窮灌然冰泮自豈止至塗窮二十七字見陳書而文苑從南史止云勢窮力蹙四字○沈炯勸進梁元帝表陛下日角龍顏之姿表于徇齊之日彤雲素氣（南史作靈）之瑞基于應物之初博覽則大哉

無所與名深言則瞱乎昭（南史作文）章之觀忠為令德孝實動天加以英威茂略雄圖武算指麾則丹浦不戰顧盼則阪泉自蕩七十六字見梁書南史而文苑止作陛下孝實動天忠為令緒加以口口威窮則阪泉自蕩○上官儀賀涼州瑞石表伏見涼州都督李襲譽表言松瑞石合百一十字其文曰高皇海出多子李八王八千年太平天子李世民王千年太子李治書燕山人樂太國子尙注諤獎文仁通千古大王五王六王七王十王鳳尾才子天子武文貞觀昌大聖延四方上下萬治忠孝為善按唐書五行志貞觀十七年八月四日原州昌松縣鴻池谷有石五青質白文成字曰高皇海出多子李元王八十年太平天子李世民千年太子李治書燕山人士樂大國主尙汪譚獎文仁邁千古大王五王六王七王十鳳毛才子七佛八菩薩及上果佛田天子文武貞觀昌大聖延四方上不治示孝仙戈八為善詞既異同而文苑脫十一字新史云樂太國主指安樂太平公主七佛八菩薩及上果佛田指武后則十字當增入然與百一十字數皆不合○許敬宗賀朔旦冬至表伏見

宣義郎李淳風表稱竊見古麻分日起于子半勘得今歲十一月甲子朔旦冬至而故太史令傅用乖天正按唐會要有此表云故太史令傅仁均欲尊異張曹玄法減餘稍多子初為朔遂差三刻用乖天正脫二十一字當增入○隋文帝求賢詔見隋書仁壽三年凡五百餘字文苑止載庶正為懷以下百餘字○權德輿歲星居心贊文苑與集同而文粹所載多百餘字○元稹賢良策文苑文粹文類止云設三式以任人而集本作四式○許籌珪禪師影堂記自結廬而下多脫略三不能止

有二不能今以傳燈錄增入○彭城王徽征鎮文周太祖檄高歡文脫畧亦多今以宋書范曄傳及周書北史增入

脫文三

其有他本節略而文苑有全篇者○如劉孝威望雨詩瓊綃挂繡幕象簟列華牀侍童拂羽扇廚人奉濫漿（內則有漿有濫注濫涼也）類聚初學記並無此四句○王胄奉和悲秋應令詩秋天擬文學秋水擅莊蒙草溼蒹葭露波卷洞庭風便坐飄桑葉長坂歇蘭叢簷喧猶有燕陂靜未來

鴻蟬噪聞疑斷池清映似空劉安悲落木曹植歎征蓬重明豈凝滯無累在淵沖隨時四序合應物五情同發言形惻隱睿作挺神功下材均朽木何以慕雕蟲此篇前五韻初學記作蕭慤秋日詩文苑一百五十八卷亦載云庾信作而一百七十九卷乃十韻共題王胄作觀其詞意只是一篇當以十韻爲正○宋之問送杜審言詩臥病人事絕聞君萬里行河橋不相送江樹遠含情別路追孫楚維舟弔屈平可惜龍泉劍流落在豐城集本同近洪氏（邁）絕句詩選入止收前二韻○駱賓王帝京篇春去春來若自馳爭名爭利徒爾爲久畱郎處終難遇空掃相門誰見知集本無此四句○張說開元大衍厤序勒成一部名曰開元大衍厤經七章一卷長厤三卷厤議十卷立成法十二卷天竺九執厤一卷古今厤書二十四卷略例奏章一卷凡五十二卷按唐會要云經章十卷長厤五卷厤議十卷立成法天竺九執厤二卷古今厤書二十四卷略例奏章一卷凡五十二卷唐藝文志云大衍厤一卷又厤議十卷厤立成十二卷厤草二十四卷七政長厤三卷心機算術括一卷二書

雖與文苑小異而其卷具存惟集本文粹脫長厤三卷至天竺九凡十七字九執乃厤名出西域也○李德林天命論隋書本傳于內節去自流于戸外至入司文武五百六十五字○劉洎請太子尊賢重道書諸本于內節去竊以艮娣之選至重內而輕外也一段（說已見年月篇）○魏徵明堂議自五帝至誠感自中九十四字何者至罔知一百五字顏師古議自聖上至僉議一百五十四字舊唐書會要文粹並節去○此類皆當從文苑

脫文四

其有原本脫逸而文苑因而襲之者○如徐彥伯題李
適碑陰詩序云八三章章八句合一十五章據此當有
五八名氏其詩每名三章今止有徐詩二章○嚴峻字挺
之以字行諫安福門酺樂表與舊史所載同但三不可舊史
作四不可四不可作五不可既有五不可卻無三不可
一段而新史亦以爲陳五不可疑脫一段○杜牧沈傳
師行狀出爲湖南觀察使兼御史大夫凡三歲轉爲此
下諸本並同疑有脫文按舊史傳師出爲湖南入爲尚
書右丞出爲洪州轉宣州○此皆可疑而亦可闕者也

同異

凡詩文與他本有題同而詞異者○如柳顧言奉和晚
日揚子江應教詩詰旦金鐃發驂駕出城闉鮮雲臨葆
蓋細草藉班輪千里煙霞色四望江山春梅風吹落蘂
酒雨減輕塵日斜歡未畢睿想良非一風生疊浪起霧
捲孤帆出掞藻麗繁星高論光朝日空美鄒牧侶終謝
淵雲筆初學記亦載一首大江都會所長洲有舊名西
流控岷蜀東泝通蓬瀛未覩纖羅動先聽遠濤聲空濛
雲色晦陿疊浪華生欲知暮雨歇當觀飛旆輕○許渾
和友人送僧歸桂州靈巖寺詩楚客送僧歸故鄉海門
帆勢落瀟湘碧雲千里暮愁合白雪一聲春思長滿院
草花平講石遶龕藤葉蓋禪牀憐師不得隨師去已戴
儒冠事素王許集有此詩二首前四句同後四句異云
柳絮擁堤添衲軟松花浮水注瓶香南宗長老幾年別
聞道半巖多影堂前詩題作和浙西從事劉三復送僧
南歸後詩作和友人送僧歸桂州靈巖寺豈文苑誤耶
○方干敘雪寄喻亮詩密片繁聲八未銷榮風雜霰轉
飄颻澄江莫辨長流色衰柳難拈自動條溼氣添寒酤

酒夜素花迎曙卷簾朝此時行逕無人迹惟望徽之問
寂寥方干集中別載一首密片無聲急復遲紛紛猶勝
落花時逡巡不覺藏莎渚宛轉偏宜傍柳枝透室虛明
非月照滿空迴散是風吹高人坐臥才方逸援筆應成
六出詞前篇唐宋類詩以爲杜荀鶴作而杜集亦無之○杜弼爲東魏檄梁文
與類聚通鑑並同惟魏書島夷蕭衍傳文既詳復先後
亦異其同者數百字而已○陳鴻長恨歌傳見麗情集
京本大曲詞多異同○以上二篇今並錄于本篇之後
○又如荅魏和移文二首前篇何敬容作頗詳後篇任

孝恭作見類聚其文大同小異○李德裕集敘二首前篇鄭亞作葢亞爲桂帥時摂今德裕集用之後篇李商隱作疑亞先委判官商隱代作亞後改定故有異同○以上四篇文苑並收覽者所宜詳也

文苑英華辨證卷七

文苑英華辨證卷八

宋 彭叔夏 撰

離合

凡詩有一篇析而爲二三篇合而爲一者○梁武帝白銅鞮歌三首一作襄陽蹋銅蹄 陌頭征人去閨中女下機含情不能言送別沾羅衣其一 草樹非一香花葉百種色寄語故情人知我心相憶其二 龍馬紫金鞍翠眊白玉羈照耀雙闕下知是襄陽兒其三 見郭氏樂府今文苑合第一第二爲一首又增襄陽白銅蹄聖德應乾來爲首句按郭

氏云隋書樂志襄陽白銅蹄梁武帝自爲三曲又令沈約爲三曲今隋志無 古今樂錄沈約又作其和云襄陽白銅蹄聖德應乾來合從樂府○張率長相思二首長相思久離別美人之遠如雨絕獨延佇心中結望雲雲遠散望鳥鳥飛滅遠望終若斯珠淚不能雪其一 長相思久別離所思何在若天垂鬱鬱相望不得知玉階月夕映羅帷風夜吹長思不能寢坐望天河移其二 見樂府今文苑從類聚無遠望終若斯珠淚不能雪二句遂合爲一首詳前後數篇當從樂府作二首○劉孝威蜀道難玉壘

高無極銅梁不可攀雙流延巘道九坂澁陽關鄧侯束
馬度王生斂轡還斂轡懼身尤叱馭奉王猷樂府作懼身充叱馭
奉玉若猶慳若慳千金重誰爲萬里侯戲馬吞珠界揚舲濯
錦流沉犀厭怪水握鏡表靈巨禺山金璧有光輝遷客
車馬尙輕肥彌想王褒擁節反更憶相如乘傳歸君平
子雲閴無嗣江漢英靈信已衰此篇文苑與類聚同惟
郭氏樂府析前五言八句後七言六句爲二首而無中
間六句劉氏樂府又止有前八句當從文苑爲一首○
江總姬人怨天寒海水慣相知空牀明月不相宜庭中

芳桂憔悴葉井上疏桐零落枝寒燈作花羞夜短霜鴈
多情恆結伴非爲隴水望秦川直至思君腸自斷又姬
人怨服散篇薄命夫壻好神仙逆愁高飛向紫煙金丹
欲成猶百鍊玉酒新熟幾千年妾家邯鄲好輕薄特忿
仙童一丸藥自悲行處綠苔生何悟啼多紅粉落莫輕
小婦狎春風羅襪也得步河宮雲車欲駕應相待羽衣
未去幸須同不學簫史還樓上會逐姮娥戲月中二詩
本集及類聚合爲一篇今詳題目一爲姬人怨一爲姬
人怨服散篇本集類聚止作姬人怨正與詞相應當從文苑爲二

首○元稹西齋小松詩松樹短于我清風亦已多況乃
枝上雪動搖微月波幽姿得閒地詎感歲蹉跎但恐廈
終搆藉君當奈何簇簇枝新黃纖纖攢素指柔芷漸依
條短莎還半委清風日夜高淩雲竟何已千歲盤老龍
修鱗自茲始此詩文苑與集本併爲一首詳其詞意既
是二韻又用二清風字當爲二首○此類覽者所宜詳
也

避諱

凡避諱而易以他字者○如庾信蕭太誌周書北史並

作蕭泰庾信蓋避周太祖諱泰改作太字○虞寄諫陳
寶應書見南史本傳以世故作艱故不世作動俗庇民
作庇人乃作史者避唐諱耳○許敬宗舉賢良詔用生
民吏民致治成治字而唐大詔令改爲生靈吏人致政
成化當太宗時二名不偏諱見實錄及會要高宗雖諱治而此
詔在貞觀二十一年六月疑是後人追改○新羅王織
錦作詩理物體含章理唐書本傳作治此在高宗永徽
元年獻詩當避高宗諱則理字是○崔沔對應封神嶽
舉賢良策用治字世字時神功元年武后雖已革命不

應使用唐諱○蘇頲冊開元神武皇帝文開者泰也罔不享享疑作亨或謂肅宗諱亨故改作享然此先天二年冊文也時肅宗諱嗣昇開元十三年改諱浚二十六年改諱紹天寶二載方改諱亨安得豫爲之諱乎○又有避家諱者如杜甫宴王使君宅詩畱懽上夜闕世謂子美不避家諱詩中兩押閑字麻沙傳孫氏覿杜詩押韻作卜夜閑北斗閑今文苑亦作卜夜閑其實皆非也或改作夜闌又不在韻按卞氏集注杜詩及別本自是畱懽上夜闕蓋有投轄之意上字誤爲卜字闕字訛爲

閑字耳北斗閑者乃諸將詩曾閃朱旗北斗殷殷於顏切紅色也用班固燕然銘朱旗絳天之意或者當國初時宣祖諱殷正緊音雖不同字則一體遂改爲閑耶（文苑不載諸將詩因併及之）

異域

異域國名有與史傳異者○如紇扢斯門按唐書黠戛斯傳黠戛斯古堅昆國亦曰紇扢斯後訛爲黠戛斯李德裕與紇扢斯書與前篇黠戛斯書及唐黠戛斯傳事迹並同今文苑既出黠戛斯門又有紇扢斯門誤矣○

韓愈送鄭尚書序眞臘于陀利之屬按南史通典並作干陀利而諸本韓文並以干作于○又烏公先廟碑從戰榛鹿集本文粹並作榛祿榛祿山也○杜牧爲中書門下請追尊號表鄭吉之理焉壘班超之鎭地乾焉當作烏地當作他見二漢書

鳥獸

凡鳥獸名有訛舛及與他本異者○如喬彝渥洼馬賦夏后九伐按山海經大樂之野夏后啟于此舞九代馬則伐疑當作代○張仲素千金市駿骨賦豈辨靈螭之

洪肩按顏延年赭白馬賦祖雲螭兮則靈疑當作雲○張說隴右監牧碑騅駓驒駱駰騢駵雒鴅駮集以駱駁作騮駵雒作鴅駱按詩有驒有駱有駵有雒注曰馬黑鬣曰駱赤身黑鬣曰駵黑身白鬣曰雒又乘乘鴇注驪白雜毛曰鴇此碑正用詩中語集本恐非○牛上士師子賦豈方姿于虤儵儵當作虪張景陽七命曰拉虤虪（上胡廿切白虎也　下式六切黑虎也）○石鎮罔兩賦雖梟鵠而異稟將斷續而則悲鵠莊子作鶴鄭愔送金城公主適西蕃詩貫主悲黃鶴（崔日用詩雙鶴顧爲歌李適詩主鶴歌悲顧鶴馬懷素詩空餘顧黃鶴）漢

書作鴿按玉篇鶴何各切鴿胡篤切漢紀注云黃鵠似大鳥非白鴿也是二物然莊子鵠不日浴而白陸德明音義直云鵠又作鶴並胡洛切則是一物又藝文類聚鶴門亦有鵠事樂府飛來雙白鶴一作白鵠則鵠鶴通用不可輕改○解鵲語判驗茲鳱鵲取效何異于公明公明管輅字也此判題云鄰婦殺夫鵲來相告事見管輅傳則鵲疑當作雒古沃切玉篇鳱雒鵲廣韻雒鳱鵠似鵲而周禮設其鵠注鳱鵠小鳥今並存之○此類覽者所宜詳也

草木

凡草木名有訛舛及與他本異者○庾信枯樹賦松子古度平仲居遷按左思吳都賦平仲君遷松梓古度注皆木名桾櫏木出交阯藝文類聚古文苑並作君遷是矣松梓二木而類聚古文苑並作松子未詳姑闕之○敬括豫章賦掩蓂靈之光價按莊子楚之南有冥靈者以五百歲為春以五百歲為秋蓂疑當作冥○劉禹錫傷往賦飄零日及之蕚集作日反按廣志日及木槿也晉成公綏潘尼並有日及賦反字恐非○敬括木連賦白居易集有木蓮樹詩序云其花似蓮此賦亦云狀中

浦之芙蓉連疑當作蓮○李迥秀和侍宴安樂公主山莊詩荻園竹徑接帷陰姚齊梧稅千畝竹判無間荻竹之奢按東方朔傳萩竹籍田是寶太主園貨殖傳河濟之間千樹萩渭川千畝竹師古曰萩即楸字集韻萩楸通用荻字恐非○庾肩吾和汎舟漢水詩桂棹桨堂船初學記作架堂船按古樂府沙棠為船桂為楫廣韻桨堂木名玉篇桨棠可衞水則堂當作棠架字誤○吳筠竹賦篥簩筋曼射筒林箬箬一作簩籀箬篾篧篧一作筆按吳郡賦篥簩有叢類聚載筋竹初學記載曼竹吳郡賦又云篠簩射筒柚梧有篁注柚梧竹出交阯張衡南都賦篠簳篾筆初學記竹譜又有篾竹似桂疑當作篥簩筋篔射筒篠簩籀箬篾筆而篾字亦可並存又箘簬緈文而繡攄菌疑作箘初學記箘簬竹皮類繡○梁元帝玄覽賦堯韭舜榮本草昌蒲一名堯韭一本作堯悲非陳章艾人賦列名號于冰壺壺一作臺是爾雅艾冰臺○康子玉瓜賦大則三尺二升升疑當作斗廣志青登瓜大如三斗魁桂枝瓜長二尺餘若止二升何足為大又黃甂白搏之質搏當作摶陸機瓜賦黃甂白摶字韻盭押班○王僧孺有

所思詩朝光照辟邪樂府作昔邪（一名擔衣 一名瓦松）見本草辟
字恐非○此類覽者所宜詳也

文苑英華辨證卷八

文苑英華辨證卷九

宋 彭叔夏 撰

雜錄一

杜甫南郊賦屏玉軑以蠖略按甘泉賦蠖略蕤綏蠖於
蠖反正言車馬之狀而集作蠖略非○李德裕瑞橘賦
霜飛文囿文囿者文王之囿也而集作天囿○白居易
射中正鵠賦且無聲而有聞聞雖訓問而集徑作問○
杜甫少年行臨軒下馬坐人牀而集作臨街傾銀注玉
驚人眼而集作注瓦皆是後人所改也○陳子昂贈倉

曹乞推命祿詩非同墨翟問空滯殺龍川集作至龍川
按墨子墨子北之齊遇日者日者日帝以今日殺黑龍
于北方而先生之色黑不可以北墨子不聽遂北而反
焉此詩謂推命祿則殺龍是集本作至非也○白居易
七德舞魏徵夢見子夜泣（徵疾亟太宗夢與徵別既寤流涕是夜徵卒故御製碑云昔殷宗得良弼于夢中今朕失賢臣于覺後見唐書）張謹哀聞辰日哭以子夜對
辰日兼注文亦明甚而一本作天子泣恐非○顧況歷
陽苦雨詩亥市風煙接亥或改作互按張籍江南詩云
江村亥日長爲市又洪氏（芻）隆興職方乘日分盛縣本

武盛縣之常州亥也嶺南村落有市謂之虛不常會多
虛日西蜀日痎如痎疾閒而復作也江南日亥本與蜀
同惡似疾稱止日亥耳二說如此則爲亥市明矣○杜
頠故絳行君不見虒祁宮左傳晉侯築虒祁之宮注虒
祁地名在絳西四十里臨汾水而文粹乃作祁禠宮非
也○白居易進士策問第二道大時不齊大信不約大
白若辱大直若屈雷一發而蟄蟲蘇句萌達霜一降而
天地肅草木衰其爲時也大矣斯豈不齊者乎日月代
明而晝夜分刻漏者準之無杪忽之失焉春秋代謝而

寒暑節律呂者候之無黍累之差焉其爲信也大矣斯
豈不約者乎堯讓天下而許由遁周有天下而伯夷餓
其爲白也大矣斯豈辱身者乎桀不道龍逄諫而死紂
不道比干諫而死其爲直也大矣斯豈屈己者乎詳上
下文斯語極爲允當而印行集本卻于辱身屈己之上
各添一不字但欲與不齊不約相應而忘其淺陋今別
白言之以見印本經後人添改大率類此益知舊書之
可信也○又衣食之源策求靡萍于中陵植橘柚于江
北靡萍見左思魏都賦尋靡蓱于中逵五臣注靡流也

而集本無靡字柚字楚辭天問靡萍九衢○孫逖文詞雅麗策反
支通奏甲夜觀書反支日不受章疏見後漢而一本作
及晨通奏未詳孰是○李德裕上尊號玉冊文寬厎劓
之罪劓誅見周禮司烜氏注又漢書遂哀紀厎劓鼎臣
而集作虔劉○元稹授趙宗儒太常卿制肇自清廟逮
予還宮贊導法儀跪于四百俛伏趨數訖無尤違趨數
見禮記其行也趨趨以數讀作促速而集作趣數○徐
陵勸進梁元帝表滕公擁樹見夏侯嬰傳一本作面擁
○祖君彥爲李密檄洛州文三空總萃見後漢陳蕃傳

而舊唐書作三靈總瘁○孫樵書田將軍邊事大入成
都門其三門作兩句讀而文粹集本乃削其三門三字
止云大入成都門遂不成文○陸龜蒙誅心符屈婞見離
騷經婞直以身亡而或作屈仕○白居易趙郡李公家
廟碑李氏南祖此李紳也唐宰相世系表紳本趙郡李
氏有南祖西祖東祖而集以南作宗○梁肅獨孤常州
行狀孔文子以敏而好學爲文公叔發以恤衞國凶饑
爲惠公叔拔一名發見禮記注而集作公叔發廩○皇
甫湜韓愈行狀五爲侍郎謂愈初遷刑侍貶潮移袁入

爲國子祭酒改兵侍使鎭州迴轉吏侍改京尹與李紳不協改兵侍因自辨後爲吏侍凡五爲侍郎也而集本乃作位爲侍郎○以上並當以文苑爲正

雜錄二

述聖賦（太宗御製敘）闕作者名氏按唐謝偃傳太宗召偃欲偃作賦先爲序一篇頗言天下治安功德茂盛意授偃使賦之偃緣帝指名曰述聖帝甚悅賜偃帛數十則此篇是謝偃所作○蕭后述志賦后常不隨從時復見帝失德心不敢措言北史本傳作未嘗不隨從后見帝

失德心知不可不敢措言因作述志賦以表其意○庾信哀江南賦茫茫慘黷錢起圖畫功臣賦掃乾坤之慘黷杜甫送郭中丞詩中原何慘黷按文選陸機漢功臣贊茫茫宇宙上墋下黷墋楚錦切塵也三字並當作墋又哀江南賦下文復云人臣慘酷則上不當用慘字明矣而周書乃以慘酷爲怨酷○鄭錫觀百獸率舞賦條支之犀黄支之轂按漢平帝紀黄支獻犀牛西域傳條支國有大鳥卵如甕疑當作黄支之犀條支之轂○高無際井賦棲永康之瑞鳥韋承慶枯井賦永康則金精化烏烏一作馬按藝文類聚引異苑永康王曠井上有洗石子婦覿二黄烏鬬掩取變成黄金則馬字非○獨孤授吉光裘賦青鳳之煥徒稱雍陶千金裘賦誇煥于青鳳按拾遺周昭王以青鳳毛爲二裘一禊質二暄肌則誇煥之煥當作燠字明矣○陸龜蒙幽居賦力止截蟬按列子臣之力堪秋蟬之翼注堪猶勝也則截當作堪○李義府在巂州遥敘封禪詩初學記凡兩出一在泰山門一在封禪門文苑所編乃泰山門中所載者而封禪門中題作羨陪封禪乃前篇節文首云日觀啟崇

期（初學記前篇與文苑作崇祠）又于第三聯有云眺迴分吳乘淩高厲漢祠（初學記前篇與文苑並無此）按爾雅路八達謂之崇期又漢官儀云泰山東南巖有日觀日觀者雞一鳴時見日始欲出長三丈所又東南有秦觀秦觀者望見長安吳觀者望見會稽周觀者望見齊所謂眺迴分吳乘即吳觀也二篇異同如此當並存之

雜錄三

李百藥少年行少年飛翠蓋上路勒金鑣始酌文君酒新吹弄玉簫少年子歡樂盡芳朝千金笑裏面一搦掌

中腰挂纓豈憚宿落珥不勝嬌少年子無辭歸路遥此篇用兩少年子在每四句後亦是而文粹樂府乃以前二句爲少年不歡樂何以盡芳朝後二句爲寄語少年子無辭歸路遥詳上下詞意殆不如文苑今姑存之○張籍蘇州江岸留別樂天詩銀泥裙映錦障泥畫舸停橈馬簇蹄淸唱曲終鸚鵡語紅旗影動薄寒嘶漸消醉色朱顏淺欲語離情翠黛低莫忘使君吟詠處汝墳湖北武丘西此詩張集不載見樂天集題作武丘寺路宴留別諸妓薄寒作駮𩥇廣韻云駮𩥇蕃大馬也汝墳作

女墳乃虎丘寺眞娘墓也以此辨之文苑誤矣○康翊仁鮫人潛織詩三日丈人嫌按樂府焦仲卿妻詩三日斷五匹大人故嫌遲後漢范滂謂母爲大人而史記索隱注韋昭云古者名男子爲丈夫尊父嫗爲丈人故漢書宣元六王傳所云丈人謂淮陽憲王外王母卽張博母也故古詩云三日斷五匹丈人故嫌遲也○趙嘏西峰卽事獻沈夫人詩山連謝宅餘霞在水應琴雞舊浪春又有宛陵寓居上沈大夫詩晚伴西峰醉客還又云謝家雲水滿東山此二首皆言宛陵也宛陵今宣州謝

玄暉守宣城有謝公亭又有詩云餘霞散成綺又有琴溪卽琴高控鯉之地則雞當作谿沈大夫卽沈傳師也○梁孝元帝蘭澤多芳草詩春蘭本無豔初學記作無絕按楚辭春蘭兮秋鞠長無絕兮終古則無絕字亦是○白居易霓裳羽衣舞歌答微之啟云七州千萬戶集作七縣十萬戶時微之在浙東若以越州管內言之則七縣十萬戶若以浙東觀察使所統言之則元文似是但千字疑啟中誇大之詞○羅隱薛陽陶觱篥歌平泉上相東征日曾爲陽陶歌觱篥烏江太守會稽侯相次三

篇皆俊逸平泉謂李德裕曾作此歌蘇州刺史白居易越州刺史元稹並有和篇此言烏江恐是吳江乃蘇州也○白居易題于家公主舊宅詩平陽有宅少人遊應是遊人到卽愁布穀鳥啼桃李院絡絲蟲繞鳳凰樓臺傾滑石猶殘砌簾斷眞珠不滿鉤聞道至今簫史在髭鬢皓白向韶州（韶集作明）按于家公主憲宗之女永昌公主下嫁于頔之子季友元和間卒追封梁國謚惠康韓退之有挽歌時季友尙存故有梧桐半樹春之句謂半死半生也于頔家河南後徙貫京兆居易所題舊宅在洛

中言公主已亡而鏞史尚在其後有寄明州于駙馬使君詩留滯三年在浙東又有近海饒風海味腥鹹之語皆指明州也檢唐史于頔傳不書季友終于何官而宰相世系表季友絳宋等州刺史不及明州葢省文也今文苑乃作韶州按唐公主有二人適于氏一則季友一則于琮適于琮者宣宗之女廣德公主以大中十三年下嫁時白居易以會昌六年卒巳十三年矣于琮以咸通八年爲相十三年貶韶州刺史廣德公主與之同往其後並死于黃巢則于琮之在韶州也夫妻尚無恙又

在居易卒之後安得題公主舊宅乎文苑誤指季友爲于琮遂改作韶州不可不辨○姚崇冰壺誡寵恭致水恭字當作參事見後漢○牛僧孺譴貓趙厥亂岷蜀以羅沖征之厥當作歇沖當作尙一名仲事見晉書○河南尹魏少游謝官表蒙恩除臣河南尹又云發自渠州星言即路按唐書少游傳自渠州刺史授京兆尹而表文又引鉤距平反二事今云河南未詳○許智仁奏懷州黃河清表伏見涼州玄石式昭靈命臣部黃河應時清澈按唐書五行志貞觀十六年正月懷州黃河清十七年涼州李襲譽奏瑞石其年鄭州滑州河清今涼州玄石在先懷州河清在後則與史異○魏知古尋李道士不遇詩忽聞歸舊縣初學記作苦縣按老子姓李楚苦縣人也下云復想入函關亦老子事並指李先生當從初學記

文苑英華辨證卷九

文苑英華辨證卷十

宋　彭　叔　夏　撰

雜錄四

盧照鄰與在朝諸賢書方回尙在王羲之就倉奴而共談桉晉劉惔傳惔與羲之友善郄愔有傖奴知文章羲之每稱于惔惔問何如方回羲之曰小人耳惔曰常奴耳則倉當作傖○張玄晏謝宰相啟假金駿爲駑駘之飾駿疑作鋄亡犯切馬首飾也張衡東京賦金鋄鏤錫○薛廷珪授司農卿制鄭玄漢之名儒也韓信漢之上

將也尙聞徵拜或至就加按前漢兩韓信傳無爲司農事而韓安國失官家居武帝召爲北地都尉遷大司農疑是安國又治粟內史秦官景帝後元年更爲大農令武帝太初元年更爲大司農則漢初未有大司農也○蘇頲授房光義光祿卿制蘭錡趨職已仗于誰何錡當作錡見張平子西京賦注云蘭錡兵架也○封敖德陽節歎道文按唐會要武宗六月十一日生名慶陽節今作德陽未詳○朱敬則北齊高祖論看尉景之肱景本傳作脈又北齊文襄論神武云日爲我蝕今死亦掩北齊書本紀作死亦何恨○庾信拓跋儉碑南起清政之樓北史本傳作清德樓李商隱祭伏波廟文德陽殿下盜相馬以推工馬援傳作宣德殿下○章華諫陳後主書世祖東定吳會西破王琳謂湘州刺史王琳不應命而世祖平之也而文苑作西破桂林恐非○杜牧上宣州高大夫書上官儀草廢武后詔李玄義助處俊言不可以位與武后而集本文粹並作上官儀草廢武后召李玄義云云按唐書高宗欲廢武后令上官儀草詔又欲令武后攝政郝處俊李義琰固爭此云李玄義未詳

然集粹誤矣又云宰相河東司空公中書令裴公皆進士文粹以司空公中書令作司徒兼中書令按下文云司空公始相憲宗又云裴公元和中翦蔡是二人也葢司空公迺杜黃裳與杜牧俱是京兆萬年人爲檢校司空河中慈隰節度使故云河東司空公既與杜牧同族故不書姓名而裴度則爲司徒兼拜中書令亦非兼也今杜牧云皆進士又分別兩人事迹則非一人矣況總云凡此十九公則是房元齡郝處俊來濟上官儀李玄義婁師德張柬之郭元振魏知古姚元崇宋璟劉幽求

蘇環子頲張說張九齡張巡幷杜黃裳裴度共十九人文粹迺云司徒兼中書令裴公則遺杜黃裳一人與下文不應當如集本作司空公中書令爲是○修堤堰判堯水屢逢媧灰未正正疑當作止淮南子女媧積蘆灰以止淫水○謝偃玉牒眞紀齊桓以三代之功按前漢郊祀志齊桓公曰寡人北伐山戎西伐上卑耳之山南伐至召陵兵車之會三據此是三伐也代當作伐○皮日休九諷並以吾之㹗（音悝）爲偪文粹以㹗作靈按玉篇廣韻有㹗字音埋慧也㹗是㹗字所注音悝字訛當作埋而文粹轉作靈非○李嶠授成善威等刺史制卜處沖久參武衛夙奉文槐文槐見張衡西京賦鏤檻文槐而或作文篪姑兩存之○獨孤及洪州刺史張公遺愛頌憀悴（集作惙）蹇亟苛察繳繞之吏憀悷蹇亟按列子作繆悷讒極又楊公遺愛頌貸首種首種見月令而集作貸其種○賦中撰人名氏有與唐登科記不同者如崔損五色土賦大曆十年上都試第四崔淢第六崔損無名損者丁春澤日觀賦大曆十年東都試作丁澤劉淸止水賦開元五年試第十三劉廷玉第十七劉疑無名

淸者崔損北斗賦開元七年試作崔鎭○沈亞之旌賦平盧軍節士文渤海人高沫沫集作鉢此李師道判官也新史舊史並作高沐○賈至授暢璀諫議大夫制總目作楊璀而舊史有暢璀傳嘗爲諫議大夫○高士廉文思博要序祕書郎宋正時而唐藝文志撰文思博要者有李淯風無宋正時○李華楊騎曹集序趙郡李嶧李傾南陽張階連年高第而唐登科記有李伉李欣張錯無李傾張階○左武衛胄曹許君（經邦）集序惟昌黎韓愈友善韓爲江西從事此篇爲權德輿作而德輿集無之愈亦未嘗爲江西從事疑愈字誤（隨興職方乘載昌黎韓泂爲觀察使張鎬僚佐正在此時恐是韓泂又英華載張鎬遺愛頌云昌黎韓泂職方乘誤作泂）○徐陵自稱徐君（與王僧辨書孤子徐君一作名）張說自稱張君（祭殷仲堪文司馬書並稱張君張氏女墓志稱季兄君本集並作某）或疑君古人自稱如文選王僧達祭顏光祿文自稱王君王績集中載兩荅刺史杜之松處士馮子華與江公重借隋紀四書並稱王君白又文選任彥升固辭奪禮啓昉字李善本作君呂延濟曰昉家集諱其名但云君撰者因而錄之未詳孰是○張說爲建安郡王武攸宜平冀州賊契丹露布建安郡王武

攸宜一本作河内郡王集作神兵道按唐書萬歲通天初建安郡王武攸宜爲淸邊道行軍大總管討契丹神功元年河内郡王武懿宗爲神兵道大總管討契丹孫萬榮今露布所載迺河内郡王而集中首題河内郡王臣某一作爲是○褚無量元希聲崔景晊墓誌沈傳師行狀元不書名止云某今以唐書塡入他皆倣此

雜錄五

張說季春下旬宴山池序尾暮春之提日按初學記晦日門引公羊傳提月六鷁退飛過宋都提月者何僅逮

是月也何以不日晦日也今題云季春下旬則提月也但日字可疑耳今公羊傳作是月釋文一徒兮反○韓愈藍田縣丞廳壁記劾數慢近世方崧卿韓集舉正云劾文苑作謗蜀本作該該轉爲劾其訛益甚又再進再屈于人洪氏容齋續筆云杭本韓文作再屈千人蜀本作再進屈千人文苑亦然舉正云蜀本作再進再屈千人文苑作再進屈千人今從他本以千爲于仍多再字方崧卿屢舉文苑以證韓文然比今本又自不同意好事者展轉改易反失其眞今各存其說○又李元賓墓誌竟何爲哉竟何爲哉邵伯溫次子博字公濟續父書號聞見

後錄謂石本以上句作意何爲哉爲妙舉正遂信其說大抵前輩文字多自改于石刻之後而石本眞贋尙未可知況邵氏父子所錄差誤非一端不可盡信以理觀之則元本竟字亦未爲不是終勝意字○楊炯薛元超行狀上幸九成宮時太子英王侍皇帝酒酒酣公獻壽日天皇合易象乾將三男震坎艮今日是也集作太子英王皇帝侍酒酣皇帝蓋謂睿宗也當如集本迺合三男之說○賦中押韻閒有不見官韻者固所未詳乃如漢文帝幸細柳營賦以將軍出令漢帝徐行爲韻賦内

云遙臨渭水之將詩在渭之將將側也本是官韻或乃改作傷○又勤政樓視朔觀雲物賦以歡作端沛父老䣛漢高祖賦以意爲里皆輕改官韻○凡文苑所編失作者年代先後或叢雜不倫今各釐正如表疏哀冊文謚議碑誌中釋門家廟神道中職官等卷是也他皆倣此覽者所宜詳也○凡詩賦雜文等多重出而頗有異同蓋編文苑時非出一手故也又二百六十一卷諸本並有兩卷其篇數雖合總目而詩多重複或全異者如周賀十二首重者三溫庭筠十五首重者五杜牧九首

皆不同許渾十四首前卷闕其九今合爲一卷去其重複注異同爲一作○按楊文公作楊徽之行狀云受詔與諸公編文苑英華以公專精風騷特命編詩爲二百卷則詩出一人之手不知何故重複如此○凡書疏表啟等文苑多與舊唐書貞觀政要太宗實錄唐會要同而新史多潤色其文頗異今亦參取○孔熙先爲彭城王檄征鎮文見宋書范曄傳乃曄與熙先等謀逆之文也文苑亦從而錄之未詳○楊盈川楊去盈墓誌蔣琬之譏盛元責在司空元集作允按後漢黃琬對司空盛

允曰蠻夷猾夏責在司空當作黃琬盛允蔣琬乃蜀人也○于邵送趙評事赴東都序身田身筐之貢身疑作乌古文厥字見廣韻玉篇

文苑英華辨證拾遺

百七十七 唐太宗餞中書侍郎來濟詩　舊來濟傳永徽二年拜中書侍郎 都穆跋云宋之問詩

三百五十九 歐陽詹唐天志云貞觀七年淸河張公式爲冬官之五年　彭云式川文作或刊本文集亦作或案或當作或工部侍郎張彧見通鑑唐紀四十八 貞元二年攷權載之文集四十九 祭故呂給事文張式於貞元九年官尙書駕部郎中知制誥舊書鄭餘慶傳張彧貞元十三年官刑部郎中

三百八十八 授韓滉戶部侍郎制　蒙上孫逖韋濟制作前人誤案舊書韓滉傳大厤六年自尙書右丞知兵六年改戶部侍郎判度支舊文苑傳孫逖上元中卒前人二字衍

三百九十二 賈至授柏庭昌憲部員外郎制理監察御史柏庭昌　按柏當作桓新書宰相世系表桓氏京兆尹臣範子庭昌刑部郎中

三百九十七 孫逖授武三思鴻臚卿制金紫光祿大夫行國子祭酒武三思　全文九百六十二 校云逖知制在開元二十四年時三思久誅新舊書亦不載三思官鴻臚卿題與撰人必有一誤今存疑編入闕名格案思當作忠三字衍舊書后妃傳上元宗貞順皇后武氏同母弟忠累遷國子祭酒新傳同 新書宰相世系表武昕忠鴻臚卿元和姓纂同昕當是忠兄表誤合一人姓纂單作忠歷官與此制正合

四百 蘇頲授楊嶠國子祭酒制魏州刺史上柱國北平縣開國子楊嶠　案楊當作陽新陽嶠傳其先北平人世徙洛陽北齊尙書右僕射休之四世孫再爲魏州刺史入爲國子祭酒

四百三 孫逖授盧詢太子詹事制稱太中大夫使持節華州諸軍事守華州刺史上柱國盧詢可太子詹事員外置同正員　彭云詢當作綸下同格案詢綸二字俱誤當作絢新書姦臣上 李林甫傳帝愛兵部侍郎盧絢醞籍稱美之林甫因出爲華州刺史俄授太子詹事員外詹事絢由是廢事跡正合

四百十三 安養百姓及諸改革制云其中岳等三方典禮猶闕朕以眇身　顧澗濱云猶闕下有脫文朕上脫

去題目是別一篇誤連十年前在文局讀得今記於此道光乙酉八月思適居士書

四百五十三 授李燧總目作璲平盧軍節度使制玉堂遺範 新蕭倣傳宣宗以李璲爲嶺南節度使倣封還詔書資治通鑑唐紀六十五 大中十二年五月以右金吾大將軍李燧爲嶺南節度使給事中蕭倣封還詔書考異曰此出東觀奏記不知何時按實錄大中十二年四月李璲自司農卿爲右金吾大將軍蓋於此除也 格案李燧奏記作李璲明本考異亦作李璲李璲當是宣宗時人

又授王安實天雄軍節度使制正議大夫前守右金吾將軍上柱國太原縣開國男食邑三百戶賜紫金魚袋王安實可起復忠武將軍守一本脫金吾衛將軍兼秦州刺史御史大夫充天雄軍節度秦州一本城誤河渭等州營田觀察處置等使散官勳賜如故 案安實當作晏實資治通鑑唐紀六十六 咸通四年二月置天雄軍於秦州以成河渭三州隸焉以前左金吾將軍王晏實爲天雄觀察使新書王晏宰傳子晏實祖智興自養之故名與諸父齒劉稹平擢淄州刺史終天雄節度使

又授鄭涯山南東道節度使制有云屢解交於都座兼尹正於三原 彭云交字疑格案漢官儀漢制八座丞郎初拜並集都座交禮遷又解交御覽二百十三引 晉書職官志宋書並同又云今惟八座解交丞郎不復解交

四百六十六 常袞答元和南省請上徽一作尊號表尾注元和十四年 常袞卒于建中四年正月見舊書當改入憲宗

四百六十七 常袞太皇答顏眞卿賀肅宗即位表 常袞寶應二年始遷爲翰林學士見舊書按顏魯公文集二不載常袞名全文四百十五常袞文亦誤載三十七元宗文已載當校併

又魏知古答張九齡賀西幸延期表 舊書開元二年魏知古卒此非知古文案唐丞相曲江張先生文集十三亦不載知古名少前首五字全文三十七元宗文已載又一百三十七魏知古文誤載當校併

五百九十七 口員士代韋令公謝先人贈官表 表云贈臣父尚書右丞司農卿先臣某揚州大都督此是韋玢

元甫父見郎官石柱題名考左中全文艮士無考案舊房式傳劉闢反高崇文至成都房式王艮士崔從盧士玖等白衣麻屩銜土請罪崇文寬禮之表其狀末云彷徨海隅是韋元甫無疑本是二首一脫其文一脫其目耳

六百六十六 裴度李大夫請朝覲表裴度集無　李大夫未詳何人表云始事憲宗過蒙驅策復事先帝猥加爵命又云起在山南不遠甸服又云李光顔薛平皆武臣也淮海以爲要重然猶遷延而至遊職明庭臣儒臣也梁漢無事道途孔邇考舊書裴度傳穆宗時裴度出爲山南西道節度使長慶四年復兼同平章事寶厤元年十一月度疏請入覲京師明年正月度至則鎭山南者卽是裴度此表當是人代裴度作者故度集無之英華誤

又 呂頌爲張侍郎乞入覲表德宗時任黔府觀察使　略云貞元五年於延英殿賜面辭之日親奉進止令臣一考卽來者又云自到黔中首末三年更入新正卽及四載案張侍郎名無考舊德宗紀亦不載其名据再請入

觀表云近日以來楊或作暢案暢是悅孫成李速裴腆皆在遐裔相次喪亡李速於貞元五年觀察黔中則張當卽繼李速之任者然考英華五百八十五呂頌黔州刺史謝上表云去年某月日恩敕授臣使持節都督黔州諸軍事守黔州刺史兼御史中丞類表大夫今年某月日到所部上訖又權載之文集四十九祭故呂給事文不著頌名案其事跡與謝上表正合有云出領符竹澄清遠部夕拜黃扉昭宣王度前署貞元九年正月則頌拜黔中當在九年之前考舊德宗紀貞元五年三月以大理卿李速爲黔州刺史黔州觀察使八年五月戊午以光祿少卿崔穆爲黔州觀察使据再請表則李速當卽于五年喪亡而呂頌卽繼其任當亦在五年至頌入拜給事而崔穆代之則當在八年自貞元五年至八年首末正得四年中閒不容又有張侍郎其人爲張侍郎四字當是衍文英華於此類誤謬甚多如柳冕青帥乞朝覲表裴度李大夫乞朝覲表之類不可盡依

六百三十八 裴晃舉杭州刺史韋皋自代狀　臣在福建與

韋皋鄰近諳其爲政甚得人心逃亡悉歸遠近皆悅頃在京兆以公造出官今領餘杭以理行高第云云豈裴晃曾爲福建觀察使耶然攷舊書韋皋傳不云刺杭州攷韓皋傳貞元十四年自京兆尹貶撫州司馬員外置同正員無幾移杭州刺史與狀文正合知韋皋是韓皋之誤又舊柳冕傳出爲婺州刺史貞元十三年兼御史中丞福州刺史充福建都團練觀察使時正相接則裴晃當作柳冕

八百一　顧況湖州刺史廳壁記云洎于頔大夫作塘貯水溉田三千頃今使君辭也唐景皇帝七代一有之字孫先公尚書先公大夫奕葉之勛一作動有功於民公實嗣之　案三千頃下今使君上文義不屬當有脫文下文云天王褒拔于公陟襄陽節度李公陟當道觀察統諸道鹽鐵轉運二牧既陟唯公盤桓云云今記上文僅述于頔無李公名攷吳興志湖州刺史于頔後有劉全白王淯李錡李詞諸人攷舊書李錡傳貞元中累至湖杭二州刺史多以寶貨賂李齊運由是遷潤州刺史兼鹽鐵使記所云李公當卽李錡則三千

頃下蓋述李錡政績疑因錡以反誅故刊去其文爾唐文粹七十三與英華同　新書宰相世系表上大鄭王房有太子賓客守散騎常侍詞于太祖正七代孫卽記所稱使君辭也詞高祖臨川郡公刑部尚書德懋父司農卿謚曰敬亦與記文先公尚書先公大夫語合又舊書李齊運傳薦李錡爲浙西觀察使受賂數十萬計舉李詞爲湖州刺史既而邑人告其贓犯上以齊運故不問而遣之吳興志李詞正元十六年自萬年縣令授遷光祿少卿統記作十四年　案記末署貞元十五年十二月哉生魄統記是

八百九　韋表微翰林學士院新樓記有云夏四月中書鄭舍人駕部郎中皆以鴻文碩學爲侍講學士　案重修承旨學士壁記大和元年四月二十三日鄭澣自中書舍人許康佐自度支郎中改駕部郎中充侍講學士此記郎中上脫許字

八百五十九　李華台州乾元國淸寺碑　碑云盈川非古邑也襟東江山因而城之則此寺當在盈川案舊書地理志台州無盈川縣惟如意元年析衢州龍邱置盈

川縣新志同又云元和七年省又元和郡縣圖志二十六分信安龍邱兩縣置不云曾屬台州則此台州當作衢州

此仁和勞格季言所校者讐戡精細考正處皆援據極確絕無一字空談以與彭氏絜較有過之無不及也爰取以拾彭氏書之所遺亦所謂合則雙美云會稽孫星華識

文苑英華

作者姓名索引

四角號碼檢字法

第一條　筆畫分為十種，用0到9十個號碼來代表：

號碼	筆名	筆形	舉例	説明	注意
0	頭	亠	言 主 广 疒	獨立的點和横相結合	123都是單筆，0456789都由二以上的單筆合為一複筆，凡能成為複筆的，切勿誤作單筆；如亠應作0不作3，寸應作4不作2，厂應作7不作2，丷應作8不作3、2，小應作9不作3、3。
1	横	一 ㇀ ㇄ ㇂	天土地江元風	包括横、挑(趯)和右鈎	
2	垂	丨 丿 亅	山 月 千 則	包括直、撇和左鈎	
3	點	丶 ㇏	宀礻冖厶之衣	包括點和捺	
4	叉	十 乂	草杏皮刈大對	兩筆相交	
5	插	扌	扌 戈 中 史	一筆通過兩筆以上	
6	方	口	國鳴目四甲由	四邊齊整的方形	
7	角	㇆ 厂 ㇁ ㇗ 厂 ㇖	羽門灰陰雪衣學罕	横和垂的鋒頭相接處	
8	八	八 丷 人 𠂉	分頁羊余災衆足午	八字形和它的變形	
9	小	小 ⺌ 丬 个 忄	尖 糸 粦 杲 惟	小字形和它的變形	

第二條　每字只取四角的筆形，順序如下：

(一)左上角　(二)右上角　(三)左下角　(四)右下角

(例) (一)左上角……端……(二)右上角
(三)左下角……端……(四)右下角

檢查時照四角的筆形和順序，每字得四碼：

(例) 顏=0128　截=4325　烙=9786

第三條　字的上部或下部，只有一筆或一複筆時，無論在何地位，都作左角，它的右角作0

(例) 宣　直　首　冬　軍　宗　母

每筆用過後，如再充他角，也作0。

(例) 成　持　掛　大　十　車　時

第四條　由整個口門鬥行所成的字，它們的下角改取內部的筆形，但上下左右有其他的筆形時，不在此例。

(例) 因=6043　閉=7724　關=7712　衡=2143

　　 茵=4460　瀾=3712　荇=4422

附則

Ⅰ.字體寫法都照楷書如下表：

正	宀	住	匕	反	礻	户	安	心	卜	斥	刃	业	亦	草	執	禺	衣
誤	宀	住	匕	反	礻	户	安	心	卜	斥	刃	业	亦	草	執	禺	衣

Ⅱ.取筆形時應注意的幾點：

1.宀户等字，凡點下的横，右方和他筆相連的，都作3，不作0。

2.尸皿門等字，方形的筆頭延長在外的，都作7，不作6。

3.角筆起落的兩頭，不作7，如𠃍。

4.筆形"八"和他筆交叉時不作8，如美。

5.业小中有二筆，水小旁有二筆，都不作小形。

Ⅲ.取角時應注意的幾點：

1.獨立或平行的筆，不問高低，一律以最左或最右的筆形作角。

(例)非　肯　疾　浦　帝

2.最左或最右的筆形，有他筆蓋在上面或托在下面時，取蓋在上面的一筆作上角，托在下面的一筆作下角。

(例)宗　幸　寧　共

3.有兩複筆可取時，在上角應取較高的複筆，在下角應取較低的複筆。

(例)功　盛　頗　鴨　奄

4.撇為下面他筆所托時，取他筆作下角。

(例)春　奎　碎　衣　辟　石

5.左上的撇作左角，它的右角取作右筆。

(例)勾　鈎　侔　鳴

Ⅳ.四角同碼字較多時，以右下角上方最貼近而露鋒芒的一筆作附角，如該筆已經用過，便將附角作0。

(例)芒=4471₀ 元 拼 是 疝 歆 畜 殘 儀 難 達 越

繕 蠻 軍 覽 功 郭 疫 癥 愁 金 速 仁 見

附角仍有同碼字時，再照各該字所含横筆(一㇀乚㇏)的數目順序排列。例如"市""帝"二字的四角和附角都相同，但市字含有二横，帝字含有三横，所以市字在前，帝字在後。

索引字頭筆畫檢字

説　明

一、本索引以本書所收作者姓名第一字的四角號碼爲序，第一字號碼相同，按第二、第三字的號碼順序排列。

1．作者係歷代帝王，據朝代名及謚號廟號。如"梁武帝"、"唐太宗"。

2．作者係釋氏，據"釋"字及法號。如"釋晝"、"釋皎然"。

3．作者姓名前冠有稱謂，概移於後，加括號以識區別。如："女郎程長文"作"程長文(女郎)"、"吉中孚妻張氏"作"張氏(吉中孚妻)"。

4．作品原署如"玉堂遺範"、"王言會最"等，視同作者。

5．作者係一人異稱，儘可能作互見。如："隋煬帝(同隋晉王廣)"、"隋晉王廣(同隋煬帝)"，"上官昭容(同上官婕妤)"、"上官婕妤(同上官昭容)"。

6．作者失姓名者俱作"闕名"，排在本索引之末。

二、作者姓名下分列本書所收作品篇題，按書中收錄次序先後排列。篇題後數字，斜線前的黑體號碼指册數，斜線後的號碼指頁數。如："冬日可愛賦 1/0030"、"長門怨 2/1009"。

本書六册的類目次序如下：第一册，賦；第二册，詩；第三册，誥行、雜文、中書制誥、翰林制詔、策問、策；第四册，判、表、牋、狀、檄、露布、彈文、移文、啓；第五册，書、疏、序、論、議、連珠、喻對、頌、讚、銘、箴、傳、記；第六册，謚哀册文、謚議、誄、碑、誌、墓表、行狀、祭文。

三、本書原刻脱誤頗多，作者、篇題一律以新編目錄爲據。目錄編製情况詳書前"出版説明"。

四、篇題過長，在無損原義的情况下酌加删節。

五、碑傳文的篇題，按下列原則處理：

1．篇題中傳主姓名完全，删去郡望、官爵等；傳主姓名不全而從傳文中可以查見的，删去郡望、官爵等並補全姓名。如"御史大夫贈右丞相程行謀神道碑"作"程行謀神道碑"，"銀青光祿大夫太子左庶子嚴公墓誌"作"嚴損之墓誌"。

2．篇題中不見傳主姓名而從傳文中可以查見的，保留郡望、官爵等而增入傳主姓名。如"撥川郡王神道碑"作"撥川郡王論弓仁神道碑"。

3．篇題中傳主姓名不全或不見，從傳文中又無可查見的，儘可能不加改動；其確係過長的，則酌加删節。

六、本書原編所收作品的篇題間有重出，今於篇題下一一注明重出册數、頁數，以便查檢。

0

0010_4童

0021_1鹿

龐

0022_3齊

0022_7方

0023_7庾

廉

0026_7唐

0466₀諸

0742₇郭

0821₂施

0864₀許

夏日登韓城門樓寓望序	5/3650
夏日登龍門樓寓望序	5/3650
越州秋日宴山亭序	5/3650
仲氏宅宴序	5/3651
上巳浮江宴序	5/3651
秋日宴洛陽序	5/3651
遊山廟序	5/3651
守歲序	5/3652
三月上巳祓禊序	5/3652
晚秋遊武擔山寺序	5/3652
夏日宴張二林亭序	5/3653
綿州北亭羣公宴序	5/3653
宇文宅秋夜山亭宴序	5/3653
遊冀州韓家園序	5/3654
與員四等宴序	5/3654
夏日諸公見尋訪詩序	5/3691
入蜀紀行詩序	5/3691
秋日登滕王閣餞別序	5/3711
秋日郝宅遇餞霍使君序	5/3712
秋日餞別序	5/3712
冬日羈游汾陰送韋少府入洛序	5/3712
越州永興李明府宅送蕭三還齊州序	5/3713
感興奉送王少府序	5/3713
江寧吳少府宅餞宴序	5/3713
送李十五序	5/3714
送白七序	5/3714
送劼赴太學序	5/3714
餞宇文明序	5/3715
秋晚入洛於畢公宅別道王宴序	5/3819
別盧主簿序	5/3820
春夜桑泉別少府序	5/3820
秋夜於綿州羣官席別薛昇華序	5/3820
還冀州別洛下知己序	5/3821
黃帝八十一難經序	5/3828
山亭興序	5/3829
山亭思友人序	5/3830
續書序	5/3830
四分律宗記序	5/3831
八卦卜大演論	5/3922
平臺秘略論十首	5/3954
拜南郊頌	5/4065
九成宮頌	5/4096
乾元殿頌	5/4100
平臺秘略讚十首	5/4145
益州夫子廟碑	6/4464
益州武都山淨惠寺碑	6/4490
梓州飛烏縣白鶴寺碑	6/4491
益州德陽縣善寂寺碑	6/4493
梓州通泉縣惠普寺碑	6/4495
梓州郪縣兜率寺浮圖碑	6/4496
廣州寶莊嚴寺舍利塔碑	6/4498
梓州郪縣靈瑞寺浮圖碑	6/4501
梓州玄武縣福會寺碑	6/4503
彭州九隴縣龍懷寺碑	6/4505
常州刺史平原郡開國公行狀	6/5109
～若邑	
越裳獻白翟	2/0907
～甚夷	
風不鳴條	2/0897
46～覩	
諫李多祚充夾侍表	4/3234
十八學士圖記	5/4389
47～轂	
春草碧色	2/0923
苦熱行	2/1042
逢道者神和子	2/1155
贈蒼溪王明府	2/1339
送友人歸閩	2/1438
吹笙引	3/1741
梅(闕)	3/1751
暑日題道邊樹	3/1751
～起	
披霧見青天賦	1/0012
登天壇山望海日初出賦	1/0026
瞽者告協風賦	1/0063
雨不破塊賦	1/0070
五色露賦	1/0073
律呂相生賦	1/0089
鄒子吹律賦	1/0090
懸土炭賦	1/0092
元日觀上公獻壽賦	1/0100
秋潭賦	1/0157
疊池賦	1/0159
冰泮曲池賦	1/0171
履霜堅冰至賦	1/0174
開冰賦	1/0175
浪井賦	1/0178
堯見姑射神人賦	1/0187
闢四門賦	1/0187
木從繩賦	1/0194
南蠻北狄同日朝見	1/0241
東郊迎春賦	1/0249
北郊迎冬賦	1/0250
禋六宗賦	1/0253
雍畤舉爟火賦	1/0255
重寸陰於尺璧賦	1/0281
書同文賦	1/0284
擲地金聲賦	1/0287
轅門射戟枝賦	1/0295
昆明池習水戰賦	1/0299
振木鐸賦	1/0303
焦桐入聽賦	1/0347
宣尼宅聞金石絲竹之聲賦	1/0353
諫鼓賦	1/0365
白玉琯賦	1/0392
斗間見劍氣賦	1/0467
切玉劍賦	1/0468
延陵季子挂劍賦	1/0469
照寶鏡賦	1/0481
獺皮書袋賦	1/0486
彈冠賦	1/0513
被褐懷玉賦	1/0528
冰蠶賦	1/0546
洗乘石賦	1/0551
蒲輪賦	1/0552
墨子迴車朝歌賦	1/0552
取榆火賦	1/0560
鑽燧改火賦	1/0561
庭燎賦	1/0561
弋不射宿賦	1/0567
朔方獻千里馬賦	1/0608
萬年縣試金馬式賦	1/0613
漢武帝遊昆明池見魚銜珠賦	1/0643
烹小鮮賦	1/0643
羨魚賦	1/0645
結網求魚賦	1/0646
黿鼉爲梁賦	1/0647
寅月釁龜賦	1/0648
蜃樓賦	1/0648
蟄蟲始振賦	1/0659
貢舉人謁先師聞雅樂	2/0900
濁水求珠	2/0910
～超	
代李相賀登極表	4/2826
48～翰	
奉和聖製送赴集賢院	2/0809
奉和恩賜樂遊園宴應制	2/0852
奉和聖製送張尚書巡邊	2/0864
贈唐祖二子	2/1260
飛鸞篇	3/1784
春女歌	3/1784
兩貫判	4/2708
～敬從	
授李彭年等中書舍人制	3/1948
授陳山慶監察御史制	3/2009

1010_8豆

1014_1聶

1020_0丁

1021_1元

31～馮吉

44～暮

80～曾

85～餗

1111_4班

50～肅

1118_6項

42～斯

1123_2張

1173_2裴

1314_0武

1710_7孟

1712$_7$鄧

1721_4翟

1742_7邢

1750_7尹

1762_0司

2224_7後

2290_4樂

2641$_8$魏

3414₇凌

3416₁浩

3418₁洪

3426₈褚

3612_7湯

3621_0祝

3630_2邊

3711_2氾

3721_0祖

3772_7郎

4060$_1$吉

4073$_2$袁

4424_2蔣

17～珣

4453₀英

4460₀苗

4462₇荀

4474₁薛

4491₄權

24～德輿

4499_0 林

4622_7 獨

7

7121_1阮

7727_2屈

7736_4駱

7740_1聞

7744_7段

8742₇鄭

8762_2舒

8824_3符

8877_7管

40～雄甫

9

9022_7尙

16～理

21～衡

常

00～袞

9148_6 類

闕　名

賦